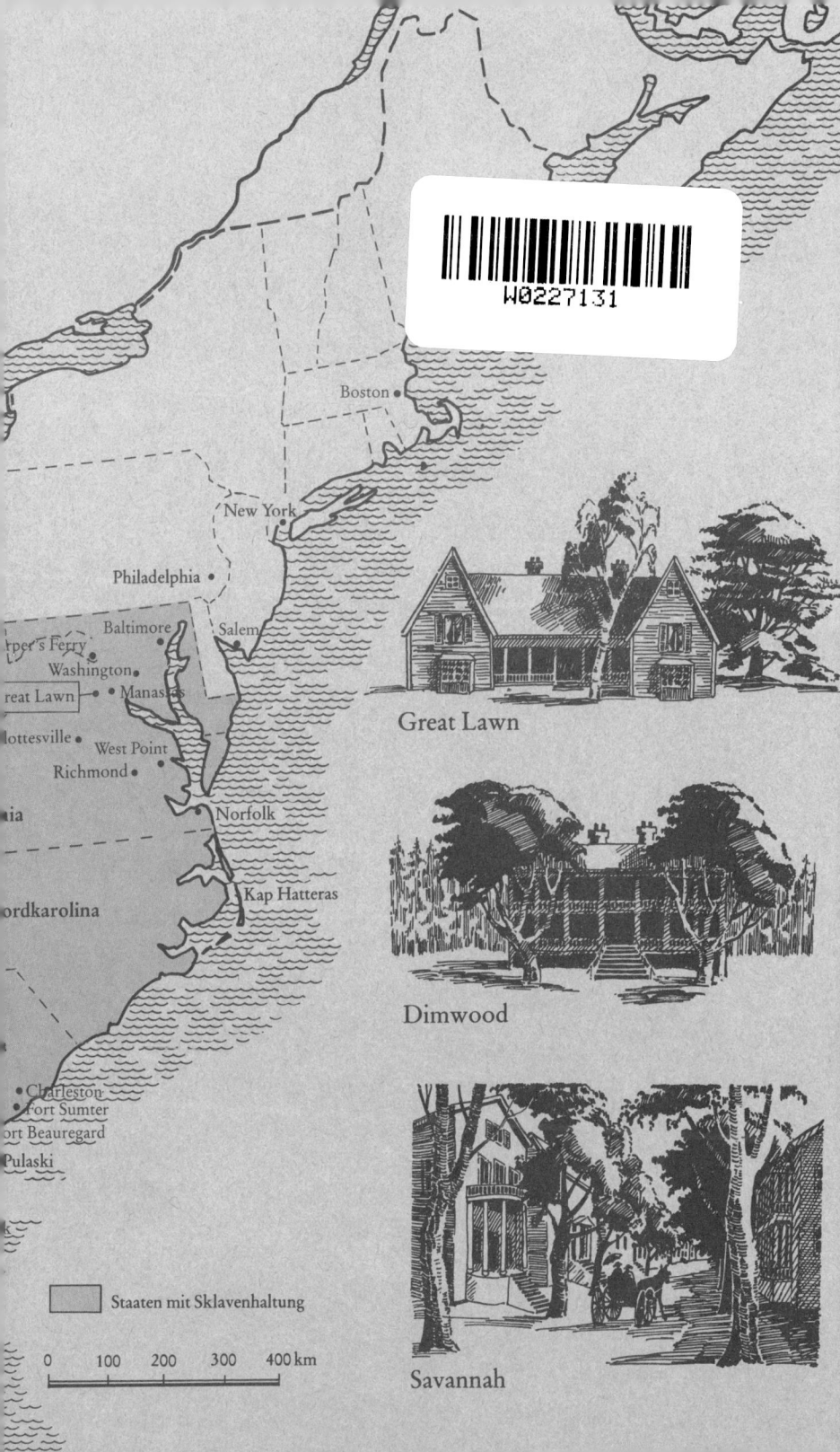

Boston

New York

Philadelphia

Baltimore · Salem
per's Ferry
Washington · Manassas
reat Lawn
lottesville · West Point
Richmond ·

ia

Norfolk

Kap Hatteras

ordkarolina

· Charleston
· Fort Sumter
ort Beauregard
Pulaski

Staaten mit Sklavenhaltung

0   100   200   300   400 km

Great Lawn

Dimwood

Savannah

Julien Green
Die Sterne
des Südens

Roman

Aus dem Französischen
von Helmut Kossodo

Carl Hanser Verlag

Titel der Originalausgabe
Les Etoiles du Sud

ISBN 3-446-15834-0
© der Originalausgabe by Editions du Seuil, Paris 1989
Alle Rechte der deutschen Ausgabe:
© Carl Hanser Verlag München Wien 1990
Satz: Fotosatz Reinhard Amann, Leutkirch
Druck und Bindung:
Franz Spiegel Buch GmbH, Ulm
Printed in Germany

Allen Soldaten des Südens
und des Nordens gewidmet,
die in einem brudermordenden
Krieg gefallen sind.

I
Der kleine Verschwörer

Der kleine Junge hockte auf allen Vieren zu Füßen seiner Mutter und tat, als pflückte er die Rosen vom Perserteppich. Wie er ganz leise einem unsichtbaren Gefährten erklärte, stellte er einen Strauß für die Person zusammen, die er am meisten auf der Welt liebte. Seine winzigen Finger, die mehr lebendigen Blumen glichen als die Blüten des farbigen Wollgartens, zeigten auf eine Rose, dann auf eine andere, dann hielten sie inne, um die schönsten auszuwählen.

Elizabeth bewachte ihn aus dem Augenwinkel, aber seit einem Augenblick richtete sie ihre Aufmerksamkeit auf etwas anderes, auf die Tür des Salons. Eine Frau stand in zögernder Haltung auf der Schwelle des grün-goldenen Zimmers.

»Was ist«, sagte Elizabeth, »wollen Sie noch lange dort stehen und uns ansehen, ohne ein Wort zu sagen? Worauf warten Sie, Miss Llewelyn? Treten Sie doch ein und setzen Sie sich.«

Die Waliserin in ihrem grauen Kleid trug einen kleinen schwarzen Strohhut mit flacher Krempe, der ihr das trügerische Aussehen bürgerlicher Ehrbarkeit verlieh.

Sie trat ein und setzte sich auf den Rand eines Sessels.

»Ich verstehe«, sagte sie, »daß mein Besuch eine Überraschung für Sie ist... doch wohl keine freudige Überraschung, wie ich vermute.«

Einen Moment lang schien sie auf einen Protest zu hoffen, der jedoch nicht kam.

In den Augen Elizabeths tauchte sie wie eine Erscheinung aus der Vergangenheit auf, der eine Kugel ins Herz ein Ende gesetzt hatte... Die Besucherin schien sich dessen nicht bewußt zu sein.

»Nach mehr als vier langen Jahren des Schweigens...«, seufzte sie.

Ihre meergrünen Augen hefteten sich auf Elizabeths Gesicht, aber diese hielt ihrem Blick ungerührt stand. Die Waliserin fuhr fort:

»Ich habe Worte in meinem Herzen, die mir nicht über die Lippen kommen wollen.«

»Entschuldigen Sie«, sagte die junge Frau, »aber wenn es Ihnen so schwer fällt, sie auszusprechen, wäre es da nicht besser, sie dort zu lassen, wo sie sind, bis zu einem anderen Mal?«

Plötzlich erhob sie sich. Da sie den Blick Miss Llewelyns nicht länger ertrug, ging sie zum Fenster, als wollte sie nach den Spaziergängern sehen. Sie beneidete die Leute, die so frei unter den Bäumen schlendern konnten.

Beunruhigt richtete sich der kleine Junge vor ihr auf und zupfte sie am Rocksaum.

»Mamma«, sagte er.

»Laß mich, mein Liebes«, murmelte Elizabeth. »Ich spreche gerade mit dieser Dame.«

»Ich hab dich lieb«, sagte er.

Sie streichelte den Kopf des Kindes, wandte sich dann Miss Llewelyn zu und versuchte zu lächeln.

»Ich habe das nicht gesagt, um Sie zu verletzen«, sagte sie hastig. »Erzählen Sie mir lieber, was es Neues in Dimwood gibt, ich bin in all den Jahren nicht mehr dort gewesen. Mr. Charles Jones erwähnt es mir gegenüber fast nie. Offenbar will er es nicht.«

Der natürliche Ton, den sie absichtlich in ihre Worte legte, gab ihr die Ruhe zurück und ließ ihr die Gegenwart dieser in unerträgliche Erinnerungen gehüllten Frau weniger bedrohlich erscheinen.

Miss Llewelyn seufzte:

»Mr. Hargrove ist zu niemandem mehr wie früher, aber Dimwood hat sich nicht verändert. In Dimwood regt sich nichts. Miss Minnie hat geheiratet und lebt jetzt in New Orleans. Sie erinnern sich vielleicht, daß sie mit einem Herrn aus Louisiana verlobt war, bevor... vor dem Ereignis...«

»Ich weiß«, sagte Elizabeth ungeduldig, »das genügt.«

Sie nahm wieder in ihrem Sessel Platz.

»Schrecklich, schrecklich«, murmelte Miss Llewelyn.

Elizabeth drückte ihren kleinen Sohn an sich. Sie war ganz bleich geworden.

»Und Susanna?« fragte sie.

»Miss Susanna hat erklärt, daß sie nicht heiraten wird. Als man sie fragte, warum, sagte sie, sie habe ihre Gründe. Ich kenne diese Gründe.«

»Wirklich? Und Mildred? Und Hilda?«

»Beide sind mit jungen Offizieren verlobt, aber es schleppt sich hin und schleppt sich hin. Den anderen geht es gut, aber sie langweilen sich. Ja, Sie wären dort willkommen. Man vermißt Sie, man redet von Ihnen. Die Gärten duften stärker denn je. Blumen in Hülle und Fülle bis zum Waldrand.«

Eine Sekunde lang sah Elizabeth sich wieder bei den Magnolien am Fuß der Freitreppe, und sie schloß die Augen. Plötzlich schreckte sie auf, als hätte sie ein Schlag getroffen.

»Aber da ist noch jemand, von dem Sie nicht sprechen«, sagte sie.

»In der Tat, Mr. William Hargrove. Wußten Sie nicht, daß er krank ist?«

»Mr. Jones hat es mir erzählt, aber nur recht ungenau.«

Fast sah es so aus, als leuchtete ein triumphierender Glanz aus allen Falten des Gesichts, das sich ihr aufmerksam zuwandte.

»Vor drei Tagen hat der Arzt Mr. Hargrove gleich nach dem Erwachen eröffnet, daß er nur noch einen Monat zu leben habe.«

»Ach! Und wie hat er es aufgenommen?«

»Es hätte nicht schlimmer sein können. Er brüllte, beklagte sich, daß man ihn nicht richtig gepflegt habe, beschuldigte seinen Arzt der Gewissenlosigkeit und beschloß, sein Testament zu ändern. Mr. Charles Jones hat versucht, ihn zu beruhigen. Nichts zu machen.«

»Ich verstehe, daß es Sie erschüttert hat, Miss Llewelyn.«

»Wenn Sie da gewesen wären, wenn Sie eine Ahnung hätten, was ich gesehen und gehört habe...«

Auf einmal stand sie auf, schien zu wachsen, als ob eine innere Kraft ihr die Ausmaße einer Riesin gegeben hätte, und das Zimmer mit seinen zarten Vergoldungen verdunkelte sich. Das Blut ihrer Rasse sprach plötzlich aus dieser Frau, brach wie eine heftige Eingebung ihres Heimatlandes aus ihr hervor. Sie redete wie eine Seherin, ihr Blick war in die Ferne gerichtet, weit über die junge Engländerin hinaus, die ihr unwillkürlich zuhörte, als sei sie von dem Zauber einer Halluzination gebannt.

Das Kind starrte sie mit strahlenden Augen an, und sein von schwarzen, rötlich schimmernden Locken umrahmtes Gesicht war wie verzückt. Seine ganze Aufmerksamkeit schien in der kleinen Nase konzentriert, die es der Waliserin entgegenstreckte, die wie ein Denkmal vor ihm aufragte.

»Das Dimwood, das Sie gekannt haben, hat sich nicht verändert, denn in Dimwood regt sich nichts, außer in den Köpfen der Bewohner, und welch ein Tumult herrscht da! Erinnern Sie sich an den großen Speisesaal, wo sich alle zu den Mahlzeiten einfanden? Nun stellen Sie sich dort die lange Tafel ohne Tischtuch vor. Ganz am Ende hockt ein abgezehrter Greis auf einem Stuhl, dessen Rückenlehne seinen kahlen Schädel hoch überragt, denn die gräßliche

Krankheit, die an ihm zehrt, hat ihm seine letzten weißen Haarsträhnen geraubt, und seine Gestalt ist zu der eines kleinen Jungen zusammengeschrumpft. Jetzt haben Sie Ihre Rache an diesem Mann, der Sie mit seiner Begierde gequält hat. William Hargrove, der gestern noch Herr des Hauses mit den weißen Säulen war, muß heute zusehen, wie es seinen spindeldürren Händen entgleitet.«

Elizabeth schrie auf: »Onkel Charlie hatte mir nicht gesagt, daß es so schlimm um Mr. Hargrove steht. Ich bedaure ihn von ganzem Herzen – trotz allem.«

»Er fürchtet den Tod und will nichts aus den Händen geben«, fuhr die Erzählerin in unnachgiebigem Tonfall fort. »Und all die Leute um ihn herum! Er hat nur noch eine ganz dünne Stimme, aber in die legt er seine ganze Wut, und er diskutiert schnaubend mit den Männern in schwarzen Anzügen, den Anwälten, Notaren und Bankiers. Rechts und links von ihm seine beiden ältesten Söhne. Die Enkelinnen und Schwiegertöchter scharen sich entsetzt am anderen Ende des Saals zusammen. Der Schrecken, den William Hargrove ihnen einflößte, war nur ein instinktives Zurückweichen vor dem Tod, dessen Gegenwart sie fühlten, denn diese Gegenwart herrschte überall, in jedem Winkel des Hauses, und wartete auf seine Stunde. Sie haben Charles Jones erwähnt. Er ist da, in seinem grauen Gehrock steht er direkt neben dem Kranken, und vor ihnen auf dem Tisch liegt zwischen Mengen von Papieren ein offenes Buch, ein in rotes Leinen gebundenes Heft. Und dieses Buch, Mrs. Jones, war ich selbst.«

Mit beiden Händen, zu Klauen gekrümmt, griff sie sich an die Brust, als wollte sie sie zerreißen. Gleich einer Wahnsinnigen flößte sie Elizabeth eine solche Angst ein, daß diese ihren kleinen Sohn an sich preßte.

»Beruhigen Sie sich, Miss Llewelyn«, rief sie ihr zu. »Sie können mir das alles später erzählen.«

Die Waliserin hörte sie nicht einmal:

»Mein Rechnungsbuch!« brüllte sie mit erneuter Wut. »Mehr als eine halbe Stunde wurde es geprüft, Seite für Seite, Zeile für Zeile, wurde auseinandergerupft, und ich stand dabei, schwitzend vor Wut und Empörung, auf die Folter gespannt...«

Elizabeth sprang auf, um die Tür des Salons zu schließen, ließ ihren kleinen Jungen für einen Augenblick allein, und er blieb reglos sitzen, fasziniert von dieser energiegeladenen Person, die er mit offenem Munde ansah, in einer Mischung aus Staunen und Neugier, jedoch ohne Furcht. Seine Mutter kam sogleich zurück und nahm ihn in die Arme.

»Auch sie machten die Tür zu«, spöttelte Miss Llewelyn, »aber das hinderte all die Schwarzen des Hauses nicht daran, am Schlüsselloch zu lauschen, um sich keine Silbe entgehen zu lassen, und ich war froh, sie dort zu wissen. Plötzlich schnitt der Oberbuchhalter dem alten Hargrove das Wort ab, als dieser beharrlich behauptete, das Rechnungsbuch sei nichts wert, beweise nichts, sage nichts über die Erpressungen aus: ›Im Namen meiner Kollegen erkläre ich, daß ich noch nie ein so peinlich genau geführtes Rechnungsbuch gesehen habe. Es ist vorbildlich in seiner Korrektheit.‹ Da brüllte Hargrove, so gut er konnte, denn seine Stimme trug nicht mehr. Man hörte nur ein Krächzen: ›Jahrelang hat mich diese Frau erpreßt…‹ Bei diesen Worten riß Mr. Charles Jones das Rechnungsbuch an sich und hielt es mit der einen Hand in die Höhe, während er mit der anderen auf die Seiten mit den Zahlenreihen klopfte. Oh! ich hätte diesem Mann um den Hals fallen mögen! Und er schrie ihn an: ›Wo sind die Erpressungen in diesem Buch, William? Sie haben es zwanzig Jahre lang jeden Abend begutachtet und nichts Regelwidriges entdeckt. Auf jeder Seite steht unten rechts Ihre Unterschrift zum Zeichen des Einverständnisses.‹ Die Stimme hallte in der stickigen Luft. Er war großartig mit seinen rosigen Wangen und dem wirr über die Stirn hängenden Haar. ›… Sie waren schon immer argwöhnisch, William Hargrove, aber das Gesetz verbietet Ihnen, die ergebenste Gouvernante, die es gibt, ohne Beweise zu beschuldigen.‹ Mr. Hargrove griff sich an den Kopf und begann zu stöhnen: ›Sie wissen es nicht, Sie wissen nichts. Diese Elende hätte mich beinahe ruiniert. Beweise, Beweise…‹, wiederholte er. ›Welche Beweise?‹ – ›Sie phantasieren ja, William Hargrove‹, rief ich ihm zu. Und da hat dieser einst so geachtete Herr wie ein Kind geweint. Er tat mir wirklich leid. ›Gott wird es Ihnen verzeihen‹, sagte ich sanftmütig. Mit einiger Mühe hob er den Kopf und blickte mich an. ›Gehen Sie‹, murmelte er. Dann trat ein großes Schweigen ein. Welch ein Augenblick für mich… Ich ging zur Tür. Aus Dimwood verjagt, aber dennoch fühlte ich im Vorübergehen die Wertschätzung fast aller, spürte sie wie den köstlichen Duft unserer Kamelien. Oh, wie süß ist es zu wissen, daß man allgemeines Ansehen genießt!«

Sie sprach diese Sätze mit einer fast religiösen Feierlichkeit, doch dann wechselte sie plötzlich den Ton:

»Als ich an der Tür war und sie mit einem kräftigen Ruck aufstieß, scheuchte ich etwa fünfzehn Schwarze auf, die eiligst in alle Richtungen davonstoben.«

Sie schwieg und setzte sich wieder.

»Was für ein schönes Kind Sie haben«, sagte sie nach einer Weile.

»Er heißt Charles Edward«, beeilte sich Elizabeth zu erwidern, um Bemerkungen, die sie vorausahnte, nicht aufkommen zu lassen.

»Er sieht seinem Vater verblüffend ähnlich. Sie scheinen müde zu sein, Miss Llewelyn. Ihre Erzählung hat einen bedrückenden Eindruck auf mich gemacht.«

»Mamma!« rief der kleine Junge mit der enttäuschten Miene eines Zuschauers, der eine spannende Vorstellung zu früh zu Ende gehen sieht.

»Psst!« machte Elizabeth, die wieder in ihrem Sessel saß.

Mit der Behendigkeit eines Tieres sprang er auf ihren Schoß und versuchte, sie zu umarmen.

»Hast du mich lieb?« fragte er. »Sagt die Dame nichts mehr?«

»Sei still, Darling. Bleib bei mir und sei artig.«

Er schmiegte sich an sie, wandte Miss Llewelyn den Kopf zu und schenkte ihr ein Lächeln, das sie mit leicht geschürzter Lippe erwiderte.

Dann versank sie in ein von Seufzern unterbrochenes Schweigen, schien jedoch nicht bereit, sich von Elizabeth zu verabschieden, die vergeblich nach Worten suchte, um sie auf eine höfliche und menschliche Art zum Fortgehen zu bewegen.

Nach einigen Minuten, die ihr endlos schienen, fragte sie ein wenig linkisch:

»Ich danke Ihnen für Ihr Vertrauen, aber warum erzählen Sie mir das alles?«

Für die Waliserin waren diese Worte wie ein Peitschenknall, der die Fortsetzung des Rennens ankündigte. Ohne ein Zeichen der Ermüdung hob sie den Kopf und fuhr ohne Übergang fort:

»Ich ging auf mein Zimmer, packte meine Koffer und suchte dann Azor auf – Sie erinnern sich doch an Azor, den Kutscher? Mit einigen Silbermünzen ließ er sich überreden, mich im Tilbury zum Kloster von Schwester Laura zu fahren. Sie empfing mich sofort und widmete mir eine ganze Stunde. Sie ermahnte mich zur Geduld und erteilte mir höchst praktische Ratschläge, um mir aus meiner peinlichen Lage zu helfen ... Auf ihr Drängen hin faßte ich den Entschluß, bei Ihnen zu klingeln.«

»Und nun?« fragte Elizabeth beunruhigt.

»Die Worte, die ich vorhin in meinem Herzen zurückhielt ...«

Die junge Frau konnte sich nicht mehr beherrschen:

»Miss Llewelyn, ich bitte Sie, kommen wir zur Sache.«

»Oh! Sie haben nichts zu befürchten, Mrs. Jones.«

Sie wird mich um Geld bitten, dachte die junge Frau.

Miss Llewelyn las den Gedanken auf Elizabeths Gesicht.

»Oh! keine Bange, Mrs. Jones. Die Vorsehung hat mich großzügig versorgt, und ich habe meine Ersparnisse, aber da ich nicht mehr die Gouvernante von Dimwood bin, habe ich die Freiheit, Ihnen meine Dienste anzubieten ...«

Elizabeth wäre vor Schrecken fast in ihren Sitz zurückgefallen, und mit tonloser Stimme antwortete sie:

»Ich habe bereits eine Gouvernante, Miss Llewelyn.«

Die Worte fielen in ein bedrückendes Schweigen, dann kniff die Waliserin die Augen zusammen, und die Entgegnung kam leise, als verriete sie ein Geheimnis:

»Eine Gouvernante wie Maisie Llewelyn gibt es nicht noch einmal, Mrs. Jones.«

»Dessen bin ich sicher, glauben Sie mir, und ich bedaure es ...«

»Ich auch«, sagte Miss Llewelyn und erhob sich, »ich bedaure es sehr, für Sie und für mich. Ich denke, wir werden uns wiedersehen.«

Ein breites Lächeln verzerrte ihr faltiges Gesicht, ohne es aufzuhellen, und sie ging zur Tür, die sie aus Gewohnheit mit einem Ruck öffnete, da ihr jede verschlossene Tür verdächtig erschien, aber es war niemand da.

Elizabeth begleitete sie nicht hinaus. Sie wartete, bis die Haustür sich öffnete und schloß. Dann legte sie den Arm um ihren kleinen Jungen und drückte ihn mit aller Kraft an sich.

»Ist die Dame nicht zufrieden?« fragte er.

»Doch! Ganz bestimmt. Sie ist immer so. Du darfst niemandem sagen, daß du sie gesehen hast. Versprochen?«

»Versprochen.«

Sie bedeckte ihn mit Küssen und flüsterte ihm ins Ohr:

»Mein Jonathan.«

»Sonathan, Sonathan!« wiederholte er lachend.

Elizabeth legte ihm den Finger auf den Mund.

2

Von einer Ecke des Fensters aus blickte sie nach allen Seiten, aber die Waliserin war bereits seit einer Weile verschwunden, und warum auch sollte sie ihr mit den Augen folgen? Sie nahm ihre guten oder bösen Absichten mit und ebenso ihr ärgerliches Geheimnis.

»Diese Frau haßt mich«, dachte sie.

Dann klingelte sie und stand da und wartete. Das Kind klammerte sich an ihren Rock, und sie streichelte ihm den Kopf.

Ein schwarzgekleideter Diener erschien, ein großer Bursche mit einem blaßgelben Mestizengesicht.

»Sam, sage Betty, ich möchte mit ihr sprechen.«

Als sie wieder allein mit ihrem Sohn war, nahm sie ihn bei den Schultern. In seinem weißen Leinenanzug mit dem offenen Kragen sah er ein bißchen wie ein Schiffsjunge aus, aber die kurzen Hosen und die gestreiften Strümpfe ließen den kleinen Städter erkennen. Sie schaute ihn an, küßte ihn, sah ihn noch einmal aufmerksam an. Glich er seinem Vater wirklich so sehr, wie man es in ihrer Umgebung behauptete? Vielleicht waren es die vollen Wangen und die auseinanderliegenden kastanienbraunen Augen. Doch was sie wirklich suchte, war das Abbild eines anderen Gesichts, an das sie immer wieder denken mußte, doch das war wohl nur die Eingebung einer krankhaften Phantasie. Wußte sie das nicht selbst? Welch seltsamem Spiel gab sie sich hin, wenn sie sich auf eine Komplizenschaft mit unentrinnbaren Erinnerungen einließ?

Fast flüsternd sagte sie zu ihm:

»Du bist mein Jonathan, hörst du? Aber das bleibt unter uns, und du darfst nie laut Jonathan sagen.«

Lachend warf er sich in ihre Arme:

»Ja, Mamma.«

In diesem Augenblick ging die Tür auf, und Betty, die ein grün und rot gemustertes Kopftuch aufhatte, eilte ihnen entgegen.

»Ich wa' mit Miss Celina inne Wäschekamma'«, entschuldigte sie sich.

»Schon gut, meine kleine Betty. Du wirst jetzt mit Charles Edward spazierengehen, jetzt ist es nicht mehr so heiß. Setz ihm seinen großen Strohhut auf und gib acht, daß du ihn nicht von der Hand läßt.«

»Nein, Miss Lisbeth, Massa Cha'leddy is' doch mein Schatz.«

Sie stürzte sich auf den Schatz, der sich wehrte und ihr mit den Fingern liebkosend über die schwarze Maske fuhr, der die Zeit so unerbittlich zugesetzt hatte, als wollte sie ihr alle Menschenähnlichkeit nehmen. Nur die riesigen dunklen Pupillen waren verschont, sie schwammen in einer unergründlichen Zärtlichkeit.

Charles Edward hüpfte vor Freude, daß er gleich ausgehen sollte, und gab Betty die Hand. Als Elizabeth sie aus dem Salon gehen sah, konnte sie nicht umhin zu lächeln. Betty in ihrem roten Mieder brauchte sich nicht sehr tief zu bücken, um den jungen Herren bei der Hand zu halten, der ihrer Obhut anvertraut war.

Schon drang ein schwächeres Licht durch die Jalousien des Salons, warf große blaßgoldene Flecken auf die Wände und verwandelte das Zimmer, das sich plötzlich an einem Ort fern von Amerika zu befinden schien. Es war die Stunde, die die junge Frau fürchtete, weil sie sich dann von einer unwiderstehlichen Melancholie ergriffen fühlte und die Verbindung mit dem wirklichen Leben verlor. Der Zauber dieses Augenblicks machte ihr Angst, aber sie erwartete ihn wie eine Befreiung. Danach mußte sie sich anstrengen, ihre Träumereien abzuschütteln und den Faden der bedeutungslosen Ereignisse, aus denen sich ihr Leben zusammensetzte, wieder aufzunehmen.

Als sie den Salon verließ, begegnete sie Sam, der ihr mit einer Verbeugung eine Visitenkarte auf einem Silbertablett überreichte. Sie las: Major Alexander Brookfield und runzelte die Stirn.

»Für diesen Herrn bin ich grundsätzlich nicht zu Hause.«

»*Yes*, M'am.«

Der junge Mestize schaute sie an. Sie warf ihm einen Blick zu, der ihn zwang, den seinen zu senken. Er verneigte sich und verschwand.

Eine Wendeltreppe führte zur ersten Etage. Auf einer der ersten Stufen blieb sie stehen, die Hand auf das polierte Holz des Geländers gestützt. Der Name, den sie soeben gelesen hatte, war durchaus nicht der, den sie auf dieser Karte mit der etwas zu großen Schrift zu finden gehofft hatte.

Mit raschen Schritten begab sie sich auf ihr Zimmer. Dieser im Halbdunkel liegende Raum mit seinen halbgeschlossenen Fensterläden bot der jungen Frau eine Art Zuflucht vor der Außenwelt, und sie streckte sich dort für eine Weile auf dem Kanapee aus Mahagoni aus. Ein großer geneigter Spiegel reflektierte das Bild der Möbel, die zu gleiten begannen, als befänden sie sich an Bord eines Schiffes bei hohem Seegang. Ganz gegen ihren Willen kam ihr immer wieder der Name Alexander Brookfield in den Sinn. Sie nannte ihn in der Tat ihre Plage Nummer eins. Er war ein schöner Mann von vierzig Jahren und Artilleriekommandant, der den ersten Rang unter ihren Bewunderern einnahm. Da er überall empfangen wurde, ließ er der jungen und allzu hübschen Witwe keine Chance, ihm zu entkommen. Dank seiner tückischen Strategie gelang es ihm früher oder später immer, sie in einer Ecke des Salons abzufangen, um sie mit seinen Komplimenten zu belästigen, von denen er ein beträchtliches Repertoire besaß. Und er bot sie ihr dar, wie man einer Person von bescheidener Intelligenz, auf die man ein Auge geworfen hat, Süßigkeiten anbieten würde. Dann ertönte seine besondere Stimme, die er den Frauen vorbehielt, mit ihren Modulationen, die sie, das Opfer, in eine solche Wut versetzten, daß sie plötzlich die Flucht ergriff. Das brachte ihr bei einem der nächsten Abendempfänge sanfte Vorwürfe ein, und so stellte sich allmählich eine Art kriegerischer Familiarität zwischen ihnen ein, aber er war in seiner Kühnheit noch nie so weit gegangen, sie in ihrem Hause aufzusuchen.

Ganz plötzlich mußte sie jedoch an jemand anderen denken.

Der Gedanke an Ned, der mit Betty spazierenging, riß sie plötzlich aus ihren Träumereien, und sie lief zum Fenster, stieß die Läden auf, blickte nach rechts und nach links, suchte die Allee nach ihm ab, die er nicht verlassen sollte, und da sie ihn nicht sah, wurde sie von panischer Angst erfaßt.

Sie klingelte. Sogleich ging die Tür auf, und eine junge weiße Frau erschien. Sie war groß und schlank und trug ein dunkelblaues Kleid mit langen Ärmeln, das ihr eine gewisse Eleganz verlieh. Ein gestärkter Kragen fügte dem Ganzen eine strenge Note hinzu, die zu dem ernsthaften und fein geschnittenen Gesicht paßte. Der ruhige Blick ihrer grauen Augen verriet eine natürliche Heiterkeit, die sofort vertrauenerweckend wirkte.

»Madame?« sagte sie.

»Miss Celina, ich mache mir Sorgen um Charles Edward.«

»Ich nicht, Madame. Er ist gerade nach Haus gekommen.«

»Aber er ist doch erst vor einer Viertelstunde ausgegangen.«

»Nein, Madame, Sie sind schon seit fast einer Stunde hier. Es wird bereits dunkel. Übrigens«, fügte sie hinzu, »höre ich ihn gerade mit Betty heraufkommen. Sie hätten sich nicht zu ängstigen brauchen.«

»Ich kann mir nicht helfen. Wenn er fort ist, bin ich so unruhig, daß ich nicht mehr zu leben glaube; ich wollte...«

Freudige Schreie unterbrachen diesen Satz. Charles Edward rannte auf sie zu und versuchte, ihr völlig außer Atem von seinem Spaziergang zu berichten, der zu einem Abenteuer voller Überraschungen geworden war. Er hatte seinen Hut noch auf dem Kopf, und die schwarzen Bänder flatterten bei jeder Geste des kleinen Erzählers.

Betty begleitete seine Erzählung mit lautem Lachen und gab ihren Kommentar dazu:

»Alle Damen wollten ihn küssen, aba' Massa Cha'leddy wollte nich' und hat sich gewehrt.«

In einer heftigen Aufwallung riß Elizabeth ihn in ihre Arme und drückte ihn fast zum Ersticken. Der kleine Hut rollte zu Boden. Miss Celina hob ihn lachend auf, und für einige Augenblicke war das Glück in diese vier Wände eingedrungen, in denen gewöhnlich das Schweigen herrschte. Immer wieder fuhr Elizabeth mit den Fingern durch die schwarzen Locken ihres Sohnes und flüsterte ihm Liebesworte ins Ohr, die fast ebenso wirr waren wie die des kleinen Jungen.

Betty unterbrach das geheimnisvolle Gespräch mit fester Stimme:

»Massa Cha'leddy, Betty will dich jetz' baden.«

»Er ist ja wirklich patschnaß«, bemerkte Miss Celina. »Also nach dem Bad gibt's eine Tasse Suppe und dann ins Bett. Nicht wahr, M'am?«

Elizabeth ließ ihn nur ungern los.

»Ich decke ihn dann selbst zu«, sagte sie. »Miss Celina, Sie werden mir beim Ankleiden helfen.«

Mit einem Ausdruck leidenschaftlicher Zärtlichkeit blickte sie dem Kind nach, das Betty an der Hand mit sich zog.

Als sie mit Miss Celina allein war, schaute sie sie ernsthaft an.

»Was meinen Sie, Miss Celina? Darf man sein Kind so anbeten wie ich es tue?«

»Was soll ich Ihnen darauf antworten, M'am? Da müßte ich schon selbst ein Kind haben, aber meine Mutter liebte mich auch so, bis zum Wahnsinn. Sie nannte mich ihre zitternde Freude. Das ist ein Ausdruck aus unserer Heimat.«

»Zitternde Freude«, sagte die junge Frau nachdenklich. »Habe ich je etwas anderes gekannt?«

»Welches Kleid möchten Sie heute abend anziehen, M'am?«
fragte Miss Celina in einem gleichgültigen Ton.

»Mein lila Taftkleid.«

»Wenn M'am mir eine Bemerkung gestatten, ist es nicht ein wenig
trist? Dauert die Trauer nicht ein bißchen lange?«

»Dann das veilchenblaue oder was Sie wollen. Heute abend ist
mir das alles egal. Ich werde mich in allen Farben des Regenbogens
gleich gut langweilen. Das Diner ist bei den Steers.«

Das Haus der Steers zählte zu den ältesten der Stadt und konnte
sich auch rühmen, eines der einfachsten zu sein. Die hohen und
schmalen Fenster verliehen ihm eine gewisse Strenge, die durch die
Eleganz des Portals mit den feinen ionischen Säulen gemildert
wurde.

Als Elizabeth eintraf, las sie sofort in allen Blicken, daß die Klei-
derwahl ihrer Gouvernante richtig gewesen war. Ganz in Weiß und
ohne ein einziges Schmuckstück sah die junge Engländerin blendend aus. Die Frische ihres Teints hatte dem Klima des Landes
standgehalten und noch den Glanz der ersten Jahre in Dimwood
bewahrt. Ein aufmerksamerer Betrachter hätte jedoch in ihren
Augen eine Spur von Unruhe entdeckt, durch die sie zu einer anderen geworden war, nicht mehr das kleine Fräulein, das vor sechs Jahren die Freitreppe zum Herrenhaus hinaufgestiegen war. Jetzt verlieh ihr schon ihr Haar, das sich in kunstvoller Nachlässigkeit um ihr
Gesicht wellte, einen Ausdruck von Überlegenheit. Nicht ohne ein
etwas gereizt wirkendes Lächeln zu zeigen, erkannten die anwesenden Schönheiten an ihr den Charme ihres Heimatlandes wieder –
»einen etwas bäuerischen Charme« –, wie sie hinter ihren Fächern
flüsternd hinzufügten. Die Männer hatten keinerlei derartige Vorbehalte. Sie erweckte eher ihr Begehren, als daß sie jene Gefühle erregt
hätte, die man für Herzenswallungen hält.

Sich als Gegenstand solcher Gelüste zu empfinden, schien ihr
nicht mit der Vorstellung vereinbar, die sie von sich selbst hatte. Deshalb pflegte sie vor diesen Herren, von denen sie im Vorübergehen
bedrängt wurde, eine höflich gleichgültige Haltung einzunehmen.
Sie hatte den Eindruck, daß manch einer mit seinen lüsternen Blik-
ken ihr Gesicht und das, was er von ihren Brüsten erraten konnte,
besudelte. Vor allem die Älteren. Die in ihre Uniform geschnürten
jungen Offiziere zeigten sich weniger zynisch und beschränkten

sich darauf, ihr schmachtend und verstohlen in die Augen zu schauen, die stumm blieben wie Saphire.

Die Tyrannei der Gepflogenheiten verlangte, daß sie die Einladungen gewisser Familien annahm, und die Steers gehörten zu den ersten in der Rangordnung. In ihren Salons bewunderte man die Bilder berühmter Maler in goldenen Rahmen, in denen die barocke Kunst sich in ihren kühnsten Verschnörkelungen zeigte. Riesige Kronleuchter mit Kristallgehängen verbreiteten ein großzügig mildes Licht, das dem Teint schmeichelte und dem Edelsteingefunkel am Hals und an den Händen der Damen einen noch geheimnisvolleren Glanz verlieh. Mit aller Raffinesse und Hinterlist ihres Geschlechts umringten diese ihre gefährliche Rivalin und durchbrachen den Schutzwall aus Bewunderern, die vor der überlegenen Macht der Anmut zurückwichen. Eine Weile wurde Elizabeth mit Komplimenten und Fragen von durchtriebener Indiskretion bestürmt. Man sähe sie fast nie, und es wäre eine solche Freude, sie begrüßen zu können und wieder einmal ihren köstlichen englischen Akzent mit den so reinen Modulationen zu hören, nicht wahr... Sie antwortete mit der ihr verbliebenen – und übrigens reizenden – Unbeholfenheit, die sie seit ihrer Ankunft in Georgia nie ganz hatte ablegen können. Und war es nicht gerade das, was zuerst Jonathan und dann Ned so bezaubert hatte? Jetzt, da sie die Gefangene dieser mit Juwelen behängten Frauen war, deren Seidenkleider und Taftroben durch eine herausfordernde Eleganz bestachen, fühlte sie sich nackt und wütend. Plötzlich wurde ihr die Gesellschaft unausstehlich. Durch die großen Türen mit den dunklen Goldrahmen sah sie Gäste in Gruppen ankommen, und ihre innere Verwirrung erreichte den Höhepunkt, als Alexander Brookfield in Uniform erschien. Nicht ohne militärische Forschheit bahnte er sich den Weg zu ihr, womit er sich entrüstete Blicke zuzog. Trotzdem näherte er sich ihr, und sie sah deutlich seinen vor Unverfrorenheit leuchtenden Blick, der seine Beute ins Visier nahm.

Von Panik ergriffen, wich sie zurück und drängte sich unter Entschuldigungen gegen die Damen, die um sie herumstanden. Diese traten ein wenig schockiert beiseite und schafften ihr Raum, den sie ohne zu zögern durchquerte. Nicht ohne Grund floh sie in diese Richtung.

Sie hatte nämlich gerade die schöne Mrs. Harrison Edwards erblickt, die zwar auch dicht umringt war, sich jedoch wie eine Gebieterin im Kreise ihrer respektvollen Bewunderer bewegte, die sie mit ihrem Fächer auf Distanz hielt. Immer wieder erhob sie das stolze Haupt, als wolle sie ihre Macht über die Gesellschaft betonen, doch ebenso großmütig teilte sie jenes Lächeln aus, dessen undefinierbarer Charme berühmt war, weil es alles auszudrücken schien, was man darin sehen wollte, das Ja oder das Nein, das Vielleicht oder das Nie, und sie spielte damit wie ein Virtuose auf seinem Instrument. Von weitem bemerkte die junge Engländerin, dank der in solchen Fällen üblichen Scharfsicht des weiblichen Blicks, daß ihr einst zur Fülle neigendes Gesicht ein wenig schmäler geworden war.

Obgleich Elizabeth sich zu dieser Frau, deren majestätisches Gehabe sie störte, nicht sehr hingezogen fühlte, war ihr klar, daß in diesem schwierigen Augenblick nur sie allein ihr helfen konnte, und sie ging leichten Schrittes auf sie zu.

Als Mrs. Harrison Edwards sie erblickte, stieß sie einen künstlichen Schrei aus, einen sehr gesitteten Schrei, denn sie wußte seit einer Viertelstunde, daß Elizabeth anwesend war, was ihr nur ein mäßiges Vergnügen bereitete.

»Elizabeth! Welch freudige Überraschung! Daß Sie hier sind!… Und schöner denn je.«

Mit einer eleganten Kehrtwendung ließ sie ihre enttäuschten Bewunderer zurück, eilte auf Elizabeth zu und küßte sie:

»Meine Liebste«, sagte sie, »wir sehen uns fast gar nicht mehr seit… seit dieser schrecklichen Sache.«

»Ich weiß, aber ich habe an den mondänen Abendempfängen wie diesem hier nie Geschmack gefunden.«

»Wie diesem hier! Aber in Savannah gibt es so etwas ständig. Wie sollten wir auch anders leben? Wir würden umkommen! Zu Hause zu bleiben ist doch ein Martyrium. Da ist es noch am besten, die Zeit in guter Gesellschaft totzuschlagen. Aber wer ist denn dieser forsche Kerl, der da anscheinend geradewegs auf Sie zusteuert?«

»Oh! Lucile, ein Graus! Dieser entsetzliche Offizier verfolgt mich mit seinen glühenden Liebeserklärungen. Tun Sie doch bitte etwas, um ihn von mir fernzuhalten.«

»Die Komplimente eines schönen Offiziers habe ich noch nie verschmäht, aber dieser da ist von einer entmutigenden Häßlichkeit.«

Als er sich mit siegesgewisser Miene näherte, wandte sie ihm plötzlich ein so gebieterisches Gesicht zu, daß er betreten stehenblieb. Noch nie war Elizabeth diese Frau, die ihr aus der Patsche half, verführerischer vorgekommen. Ihr üppiges Haar glänzte in dunklen Wellen um die kleine gewölbte Stirn und hob das samtene Weiß ihres Teints hervor. Die großen Augen von unergründlicher Tiefe schienen alle Geheimnisse der Nacht einzuschließen, und so stellte sie sich dar, wenn es ihr gefiel, einen Gegner zurückzuweisen. Dann war sie unwiderstehlich anziehend und fast ebenso abweisend.

In seiner Verblüffung blieb der Kommandant einen Augenblick stumm. Offenbar schwankte seine Bewunderung zwischen der jungen Engländerin und der herrlichen Kreatur, deren brennender Blick ihn bannte. Sie ließ ihn nicht zu Wort kommen.

»Kommandant«, sagte sie mit fester Stimme, »wir sind einander nicht vorgestellt worden, und ich bin im Gespräch mit Madame.«

Er verneigte sich.

»Oh! ich hätte mir nie erlaubt... ich wollte nur...«

»Warum gehen Sie nicht einstweilen zum Buffet? Es ist bereits von bezaubernden Damen belagert.«

Während sie diese Worte aussprach, schenkte sie ihm ein Lächeln, das sie insgeheim ihr Tigerinnenlächeln nannte; er gab sich geschlagen und trat den Rückzug an.

»Sehen Sie, Elizabeth«, sagte sie, als sie sich entfernt hatten, »so muß man die Männer dressieren.«

»Aber das habe ich nie versucht«, rief die junge Frau aus, »und habe es nicht einmal gewollt.«

»Ich fürchte, Sie überschätzen die Männer. Ich gebe gern zu, daß sie zuweilen willkommen sind, aber es ist eine große Genugtuung zu wissen, daß sie einem zu Füßen liegen.«

»Ehrlich gesagt, ich habe die Liebe nicht so gesehen, als ich noch meinen...«

»Liebe Elizabeth, trauern Sie niemandem nach, der nicht zurückkommen wird. Ich habe mein Witwentum mit heiterer Gelassenheit hingenommen. Genießen Sie die Gegenwart, Elizabeth. Das Leben, schauen Sie sich das Leben an...«

Sie wies mit einer Geste auf den Salon voller schwatzhafter Gäste. Das rauschende Murmeln der Gespräche wurde ohrenbetäubend.

»Hören Sie«, sagte sie geradezu verzückt, »welch eine Musik für die Ohren! Das ist das Leben, das köstliche Leben in einer Welt...«

Elizabeth nickte und versuchte, ihr zuzulächeln.

»Wissen Sie«, sagte sie mit lauter Stimme, um sich Gehör zu verschaffen, »ich glaube, ich werde jetzt gehen, aber ich danke Ihnen für vorhin.«

»Ich bin immer da, um Ihnen zu helfen, denn ich muß sagen, und Sie werden es mir hoffentlich nicht übelnehmen, daß Ihre Erziehung als junge Witwe noch viel zu wünschen übrigläßt, meine Liebste.« Ein langes, einschmeichelndes Lächeln milderte die Schärfe dieser Bemerkung, aber Elizabeth fühlte sich dennoch verletzt.

In ihren Augen stieg ein plötzlicher Glanz auf, und Mrs. Harrison Edwards, die Tränen zu sehen glaubte, schloß sie in ihre Arme:

»Vergessen Sie, was ich eben gesagt habe«, flüsterte sie, »das war nicht recht von mir, und es tut mir leid.«

Sie streifte mit ihren Lippen Elizabeths Wange und drückte ihr beide Hände:

»Wir sind Freundinnen, nicht wahr?«

Einem Schatten gleich, glitt ein Lächeln über ihre Züge, ein Lächeln, das man in keine Kategorie einordnen konnte, das aber aus tiefstem Herzen kam.

3

Im Wagen, der sie nach Hause fuhr, gab Elizabeth sich ganz ihrer Enttäuschung hin … Jemand, den sie zu sehen gewünscht hatte, war nicht erschienen, oder sie hatte ihn inmitten dieser Menge nicht entdecken können, aber es schien ihr fast undenkbar, daß sie in ihrem weißen Kleid seine Aufmerksamkeit nicht auf sich gelenkt hätte. Vielleicht war er auch nicht gekommen, oder seine Schüchternheit, die er nur schwer ablegen konnte, hatte ihn daran gehindert, sich ihr zu nähern. Schließlich hatten sie noch nicht mehr als zehn Worte gewechselt, aber er hätte es wissen müssen, der linkische junge Mann, er hätte es erraten müssen. Sie seufzte vor Ungeduld, wenn nicht vor Wut, und warf sich in eine Ecke ihres Wagens.

Dieser Gesellschaftsempfang hatte einen Eindruck von Blendung und Langeweile bei ihr hinterlassen. Man erstickte in den hohen Sphären … Mrs. Harrison Edwards und ihre recht zynischen Ansichten verwirrten sie, trotz der freundschaftlichen Bekundungen am Schluß. Unter den Männern, von denen die große Dame mit einer solchen Geringschätzung sprach, war kein Gesicht, das zum

Träumen anregte, denn das zählte noch für sie, ungeachtet der schmerzlichen Erinnerung.

Ihr Haus erwartete sie in einer Stille, die sie allmählich beruhigte. Dazu trug vor allem die vertraute Behaglichkeit des blaßblauen Salons bei, in dem sie angenehme Stunden mit Freundinnen zu verbringen pflegte, wenn diese sie besuchten und ihr die letzten Klatschgeschichten aus der Stadt erzählten. An diesem Abend erhellte eine Lampe auf einem niedrigen Tisch das gemütliche kleine Zimmer mit einer gewissen Zärtlichkeit. Sie kauerte sich in einen großen Sessel wie ein Vogel, der gerade einem Gewitter entronnen war, und überlegte, daß sie sich an diesem Abend äußerst dumm benommen hatte... Auszugehen, um sich zu zeigen, nur einige Augenblicke mit einer einzigen Person zu reden und dann die Flucht zu ergreifen, was sollte das bedeuten? Die Herrin des Hauses hatte sie nur von weitem gesehen, und sie hätte sie leicht aufsuchen können, aber auch sie war ständig von Gästen in Anspruch genommen und hatte ihr den Rücken zugekehrt. Warum sollte sie sich nicht ehrlich eingestehen, daß sie nur wegen eines jungen Mannes gekommen war, den sie kaum kannte? Ein Rotschopf. Nein, dunkelrot, korrigierte sie sich, als müßte sie sich entschuldigen, rötlich mit Bronzeschimmer. Und schüchtern dazu... Gewöhnlich sind die Rothaarigen doch...

Das Erscheinen der ruhigen Miss Celina riß sie aus ihren unruhigen Gedanken.

»Schon zurück?« fragte sie lächelnd.

»Ja, ich habe mich gelangweilt. Die Leute von Welt gehen mir auf die Nerven, Miss Celina.«

Miss Celina machte ein ernstes Gesicht.

»Der Kleine wollte einfach nicht einschlafen. Er sagte, sie hätten vergessen, ihm eine Geschichte zu erzählen, bevor das Licht gelöscht wurde. Ich hatte alle Mühe, ihn zu trösten, und er hat ein bißchen geweint.«

Elizabeth sprang mit einem Satz auf.

»Es ist wahr, Miss Celina, ich habe es zum erstenmal vergessen.«

»Jonathan vergessen«, dachte sie verärgert und beschämt, »ich habe vergessen, daß ich ihm jeden Abend ganz leise eine Geschichte erzähle, in der eine Person namens Jonathan vorkommt.« Dieser Augenblick zählte in ihrem täglichen Leben fast ebenso viel wie in dem ihres Sohnes. Das Ritual erlaubte keine Abweichung.

Das Ausziehen, Waschen und zu Bett bringen überließ Elizabeth stets Liza, der schwarzen Amme des Jungen, einer kräftigen und noch jungen Person. Sie war schwergewichtig und ziemlich rundlich, aber dennoch anziehend, und bewegte sich mit einem Wiegen in den Hüften; die großen und schönen Augen in ihrem kaffeebraunen Gesicht rollten im Rhythmus ihres Ganges bald nach rechts, bald nach links. Trotzdem genoß sie den Ruf einer unerschütterlichen Ehrbarkeit. Charlie Jones selbst hatte sie seiner Schwiegertochter empfohlen. Wie so viele Frauen ihrer Rasse strahlte sie Liebe aus und konzentrierte ihre Leidenschaft auf das kleine Wesen, welches sie so sehr als ihren Besitz betrachtete, daß sie es *my baby* nannte. Diese Liebe wurde erwidert. Das Kind war von der überschäumenden Zärtlichkeit seiner Mutter so sehr geprägt, daß es keinesfalls erschrak, wenn die riesige schwarze Masse sich mit dem wohligen Brummen einer verliebten Menschenfresserin über sein Gesicht beugte.

Elizabeth war bei diesen etwas monströsen Liebesbezeugungen nicht zugegen, aber wenn sie dann zu ihm kam, war es eine ganz andere Zuwendung.

Man mußte sie mit dem Liebling allein lassen, wenn sie ihn auch manchmal warten ließ. Dann lag er brav und geduldig in seinem Himmelbett und erzählte sich laut Geschichten, in denen seine Mutter immer wieder vorkam. Im schummerigen Licht der Nachtlampe erschien ihm das Zimmer größer, von großen Schattenräumen durchflutet, die seine Phantasie mit allerlei seltsamen, grimassierenden Gestalten bevölkerte, denen er jeder einen Namen gab; aber noch lieber schaute er zur Tür: bald würde sie aufgehen, und die wunderbare Person käme herein, um deren Kopf es vor lauter Gold so sanft schimmerte. Sie würde ihn lange mit Küssen liebkosen und ihn ihren Jonathan nennen. Darauf müßte er antworten: »Ja, Sonathan«, und dann würde sie ihn in ihre Arme schließen. Ihre Küsse verirrten sich überall hin auf seinem Gesicht, nicht auf die Lippen, aber oft in den Nacken, hinter das Ohr, was ihn kitzelte und zum Lachen brachte. War diese Fröhlichkeit verklungen, kam der Augenblick, den er mit einer fast schon überreizten Ungeduld erwartete, da sie ihm eine Geschichte erzählte, die er sich immer neu wünschte, unheimlich, voller Riesen und Räuber, voller Verfolgungen und Fluchten... Es folgte ein kurzes Schweigen, und mit einer Stimme, die anders war als gewohnt, ließ die Mutter den Sohn ein höchst vereinfaches Gebet aufsagen, in welchem er den *dear Lord* bat, ihn zu einem *good boy* zu machen und seine *Mom* zu segnen.

An diesem Abend jedoch, dem Abend des Empfangs bei den Steers, hatte sie so lange auf sich warten lassen, daß ihm die Lider schwer wurden. Müde von seinem Spaziergang mit Betty glitt er unmerklich in den Schlaf.

4

Ein wenig später trat Miss Celina lautlos ein. Sie ging zu dem Bett und schaute das Kind lange und aufmerksam an, als versuchte sie, ein Geheimnis zu entdecken. Er schlief mit einer Hand auf der Brust, und seine üppigen Locken waren um seinen Kopf gebreitet wie ein schwarzer Fleck auf dem weißen Kissen.

Nachdem die Gouvernante das Nachtlicht ein wenig heruntergeschraubt hatte, bis das Zimmer im Halbdunkel lag, entfernte sie sich ebenso diskret, wie sie gekommen war.

Im Salon, den sie aufsuchte, um die Rückkehr ihrer Herrin zu erwarten, ließ sie sich in einen geräumigen Sessel voller Kissen sinken und hob eine Zeitung auf, die vor ihr auf dem Teppich lag. Eine wunderschöne französische Pendeluhr, die den hohen schmalen Kamin schmückte, läutete elf Uhr. Die schrille und geschäftige Glocke erinnerte an eine ungeduldige kleine Person.

Miss Celina las auf der ersten Seite: »Neue Unruhen zwischen Weißen und Schwarzen in Kansas.« Sie gähnte. Jeden Tag die gleichen Nachrichten aus Kansas. Warum griff die Regierung nicht ein? Reden, immer nur Reden… Sie verschränkte die Finger über ihrem Bauch und schlummerte ein, voller Würde bis in den Schlaf.

Ein Schrei schreckte sie auf. In weniger als einer Minute war sie im ersten Stock in Charles Edwards Zimmer.

Der Kleine war mitten in der Nacht aufgewacht.

Die Nachtlampe verbreitete ein zu schwaches Licht, um die Finsternis zu durchdringen, und der Schrecken bemächtigte sich seiner ganzen Person. Für ihn bedeutete das Erwachen den Tag oder das Licht einer Lampe. Noch nie im Laufe seines kurzen Lebens hatte er die Augen in völliger Dunkelheit geöffnet. Das Entsetzen war gleichzeitig überall. Mit all seinen Kräften rief er nach seiner Mutter, und als sie ihm nicht sofort zu Hilfe kam, schrie er aufs neue... Endlich ging die Tür auf, als er aber Miss Celina sah, wuchsen seine Ängste nur noch mehr. Es war nicht sie, die er sehen wollte. In seiner Not begann er zu schluchzen und nach seiner Mutter zu rufen. Die Heftigkeit seines Kummers beunruhigte schließlich die Gouvernante. Es war viel mehr noch als ein Ausbruch der Betrübnis, dieser kindliche Kummer gemahnte an den Schmerz eines Erwachsenen.

Sie tat ihr bestes, um den verwirrten Kleinen zu beruhigen:

»Deine Mutter kommt bald zurück, und dann wirst du sie sehen; sie mußte dringend fort.«

»Warum ist sie nicht vorher zu mir gekommen?«

»Sie war in Eile, verstehst du, sehr in Eile, und der Wagen wartete schon auf sie, und dann...«

Er hörte zu weinen auf, und sie fühlte in der Dunkelheit, daß er einen schrecklichen Blick, den Blick eines Mannes auf sie richtete.

»Und dann?« fragte er.

»Und dann hat sie es einfach vergessen... aber sie wird noch kommen.«

»Vergessen?«

»Nun ja, es ist ihr zu spät eingefallen.«

Das Kind hatte sich halb aufgerichtet und ließ sich wieder fallen, vergrub das Gesicht im Kopfkissen, und sie fürchtete, er könnte ersticken. Darum schob sie ihren Arm unter seine Schultern und wollte ihn anheben, aber er wehrte sich schluchzend, und sie bekam es mit der Angst zu tun. Erstickte Worte drangen an ihre Ohren; sie hörte immer wieder: »Mamma vergessen«, und plötzlich in einem fast unverständlich Gemurmel:

»Sonathan...«

Zuerst glaubte sie, sich getäuscht zu haben, aber irgend etwas sagte ihr, daß sie richtig gehört hatte. Einen Augenblick war sie versucht, ihn auszufragen, aber sogleich hatte sie das unwiderstehliche Gefühl, daß sie dazu nicht berechtigt sei und daß sie es sich später vorwerfen würde.

So beschloß sie, sich auf den Stuhl an seinem Bett zu setzen und zu warten, bis diese Krise, die sie bestürzte, vorüber war; um den Schrecken der Dunkelheit zu lindern, schraubte sie das Nachtlicht ein wenig höher, während der verzweifelte Kleine unter Weinen wieder einschlief.

Als Elizabeth in den Sinn kam, daß sie vergessen hatte, ihren Sohn zu küssen, bevor sie zu den Steers ging, verschlug es ihr die Sprache. Sie blickte Miss Celina an und stammelte immer wieder:

»Wie konnte ich das vergessen?«

»Aber das ist doch ganz natürlich, Sie mußten zu diesem Abendempfang.«

»… diesem Abendempfang…«

Sie wiederholte diese Worte, wie um besser zu verstehen.

»Sie sagen, er habe geweint…«

»Ja, M'am.«

Reglos standen sich die beiden Frauen in dem kleinen Salon gegenüber und beobachteten einander stumm.

»Geweint? Hat er etwas gesagt?«

»Er hat nach Ihnen gerufen.«

»Sonst nichts? Hat er sonst nichts gesagt?«

Miss Celina gehörte zu jenen Frauen, die leicht in Verlegenheit zu bringen sind, weil sie auf keinen Fall lügen wollen.

»Was hätte er denn anderes tun sollen, als nach seiner Mutter zu rufen?«

In diesem Augenblick wußte Elizabeth, daß Miss Celina ihr etwas verheimlichte. Sie wußte auch, daß nichts sie zum Reden bringen würde, aber sie las einen großen Teil der Wahrheit in diesen schwarzen Augen, die nicht mit der Wimper zuckten. Sie hatte das Kind in sich verliebt gemacht, und natürlich warf es ihr nun ihre Abwesenheit wie eine Untreue vor.

»Ich werde hinaufgehen und ihm seinen Gutenachtkuß geben.«

»Er schläft. Ich an Ihrer Stelle, M'am, würde ihn schlafen lassen. Er hatte Mühe, sich zu beruhigen.«

In ihrem Blick lag eine solche Ernsthaftigkeit, daß die junge Frau zögerte. Sie hatte das Gefühl, daß alles um sie her sich veränderte.

»Morgen wird alles wieder gut sein«, sagte Miss Celina, die ihren Gedanken zu erraten schien.

Und dann fügte sie hinzu:

»Wenn Sie wollen, gehen wir hinauf, und ich helfe Ihnen beim Auskleiden. Sie sehen müde aus.«

»Ja, ich bin müde.«

Sie gab nach. Es ist besser so, sagte sie sich. Sie wagte sich nicht einzugestehen, daß sie sich schuldig fühlte und daß sie es vorzog, dem enttäuschten Geliebten nicht gegenüberzutreten, der weder die gewohnte Zärtlichkeit, noch seine Geschichte, noch jenen geheimnisvollen und magischen Kosenamen Jonathan bekommen hatte, den sie ihm ins Ohr flüsterte und den er leise wiederholte, wodurch er auf einmal zu einem phantastischen Wesen aus einer Zauberwelt wurde.

Plötzlich kam ihr der Gedanke, daß ihr Leben auseinanderbrach und daß das Kind ihr nicht mehr glauben würde. Er wäre nie mehr der, den sie insgeheim ihren kleinen Verschwörer nannte.

Sie wandte Miss Celina ihr ausdrucksloses Gesicht zu.

»Gehen wir hinauf«, sagte sie mit müder Stimme. »Ich werde zu schlafen versuchen.«

Mit einer Gewandtheit, die Elizabeth einfach bewundern mußte, zog die Gouvernante sie in weniger als zehn Minuten aus und brachte sie zu Bett. Mit ihrer vernünftigen und besänftigenden Stimme gelang es ihr, ihre Herrin zu beruhigen, indem sie den kleinen Wutanfall von Charles Edward als eine ganz banale Wachstumskrise bezeichnete, und diese Worte, die so gut wie nichts besagten, erschienen der Mutter wie die Weisheit selbst.

Lautlos kam und ging Miss Celina, hängte die Kleider in den Schrank, löschte die Lampe, öffnete die Tür zum Nebenzimmer, wo das Kind schlief, bewegte sich wie eine Fee in der Dunkelheit und verschwand.

Als Elizabeth allein war, blieb sie mit offenen Augen liegen, fühlte sich erschöpft und wußte, daß sie eine lange schlaflose Nacht vor sich hatte. Das Kind schlief nebenan, und sie verbot sich selbst, auf Zehenspitzen zu ihm zu gehen, um wenigstens seinen Atem zu hören. Das kleine Wesen war so empfindsam, daß es ihre Anwesenheit sofort gespürt hätte, und würden die Tränen und Vorwürfe dann nicht erneut ausbrechen und eine neue Krise auslösen?

Aus der Dunkelheit, in der sie zuerst nichts erkennen konnte, tauchten allmählich die vertrauten Möbel auf, die ganze Szenerie ihrer Einsamkeit, die bauchige Kommode mit dem Spiegel, der Sekretär, auf dem englische Frauen zur Zeit der Königin Anne vermutlich ihre Liebesbriefe geschrieben hatten, der Schaukelstuhl, in dem man sich bis zur Betäubung in seine Träume wiegen konnte. Die Musselinvorhänge am halboffenen Fenster blähten sich leicht in der nächtlichen Brise, die vom Hafen herüberwehte.

Von Zeit zu Zeit vernahm sie von der anderen Seite des Parks das ferne Rattern der Kutschen. Dort war Ned am Nachmittag mit der alten Betty spazierengegangen. In dem Moment hatte sie sich, wenn auch nicht sehr zufrieden mit ihrem Schicksal, so doch wenigstens im Frieden mit sich selbst gefühlt. Und jetzt diese Unruhe…

Zum Glück war Miss Celina bei ihr in diesem Haus, das für eine einzige Person eigentlich zu groß war.

5

Was Elizabeth von Miss Celina halten sollte, wußte sie nicht so genau, wie sie es sich gewünscht hätte. Gewiß, sie respektierte sie, aber diese Frau übte die Kunst des Schweigens in einem Maße aus, das ihre Gegenwart zuweilen bedrückend machte.

Charlie Jones kannte Celina schon seit Jahren. Lange vor Elizabeths Ankunft in Georgia pflegte er die ärmsten Viertel der Stadt zu durchforschen, ohne je davon zu reden. Es lag in seiner Natur, sich für jene zu interessieren, die man mit einer Geringschätzigkeit den Abschaum der armen Weißen nannte, die er aufs schärfste verurteilte. Sein Vermögen gestattete ihm, viele aus dem Elend zu retten. Celina war die Tochter eines kleinen Handwerkers, eines Spielzeugfabrikanten, der Bankrott gemacht hatte. Er war Protestant und stammte von jenen ab, die von dem sehr christlichen Kaiser des Heiligen Römischen Reichs aus dessen Staaten vertrieben worden waren.

Charlie Jones hatte sich des Schicksals dieses Mannes und seiner Familie angenommen, hatte den Vater in einem seiner Büros angestellt und Celina auf ein Pensionat in Macon geschickt.

Mit ihren fünfzehn Jahren hatte sie oft hungern müssen, aber sie war viel zu klug, um nicht die Chance zu ergreifen, die ihr das Leben bot. Es glich einer Herausforderung. Ihre Gefährtinnen, die auch nicht der gehobenen Gesellschaft angehörten, waren doch besser gestellt als sie, so daß sie sich fragen konnten, aus welchem Milieu sie käme. Ihre ausländische Abstammung erleichterte die Sache. Wenn man aus der Fremde stammte, hatte man das Recht, nicht genau so zu sein wie die anderen. Weniger hübsch als angenehm im Umgang, machte sie ihr Manko durch ein Lächeln wett, das sie nicht übertrieb, das jedoch verführerisch sein konnte. Schon früh hatte sie beschlossen, nicht zu heiraten.

Als es an der Zeit war, einen Beruf für sie zu finden, schickte Charlie Jones sie als Gesellschafterin zu angesehenen Damen, die sich im Schoße einer luxuriösen Witwenschaft zu Tode langweilten. Sie las ganz entzückend vor, mit dem Gleichmaß eines Metronoms, das einschläfernd wirkte, was ihr durchaus Lob eintrug, aber wenn ihr das einmal gelungen war, hatte sie nichts mehr zu bieten. Es fehlte ihr der Stoff zur Konversation. So entließ man sie nach einem Jahr.

Dank Charlie Jones machte sie die Runde in der Gesellschaft von Macon, dann von Atlanta, und sie sparte sich insgeheim ein kleines Guthaben zusammen, mit dem sie hoffte, eines Tages zu materieller Unabhängigkeit zu gelangen, aber sie war noch weit davon entfernt.

Inzwischen war es zu dem tragischen Duell gekommen, bei dem Charlie Jones seinen Sohn verloren hatte, und seitdem verspürte er nicht mehr oft das Verlangen, Elizabeth zu besuchen. Obwohl er sie im Grunde seines Herzens bedauerte, hielt er sie insgeheim für verantwortlich. Wenn sie Ned treu geblieben wäre, hätte sie ihm das Leben bewahrt. Er sah sie auf schreckliche Weise gestraft, und erst allmählich nahm das Mitleid seinen Weg.

Eines Tages im Jahre 1855 hatte er an der Tür seiner Schwiegertochter geklingelt.

Es war das Kind, das die Partie für Elizabeth gewann. Man hätte meinen können, daß der Kleine es wußte, und daß er all die kleinen unfehlbaren Listen einer Eingebung verdankte. Als er diesen großen Mann im schwarzen Gehrock sah, der sich über ihn neigte, begann er sogleich, ihn mit einem strahlenden Lächeln am Backenbart zu zupfen. Da nahm ihn sein Großvater in die Arme und hielt ihn so schwindelerregend in die Höhe, daß der junge Charles Edward in unverständliche Freudenschreie ausbrach. Es bedurfte keiner weiteren Mühe; der Sieg war sicher. Nachdem Charlie Jones ihn seiner Mutter auf den Schoß gesetzt hatte, sagte er mit unsicherer Stimme:

»Er hat bereits den Frohsinn von unserem Ned... und auch die Augen.«

Elizabeth senkte den Kopf, damit er ihr Erröten nicht sah.

»Ja, die Augen«, sagte sie.

Nachdem die Versöhnung vollzogen war, kam er auf den Boden der Tatsachen zurück und wollte von Elizabeth wissen, ob sie einen guten Koch habe. Der Koch war ein Meister seines Fachs. Und eine fähige, ergebene Dienerschaft?

»Vier insgesamt, die sehr gewissenhaft sind, und dann noch den Diener, der Ihnen die Tür geöffnet hat.«

»Er schien mir recht geschickt. Und für den Kleinen?«

»Eine prächtige schwarze Nanny, die er anbetet – und natürlich auch meine liebe Betty.«

»Gut, dann bin ich diesbezüglich beruhigt. Und doch hoffentlich einen Hauswächter?«

»Einen Iren, größer als Sie, der gelegentlich auch als Gärtner arbeitet und hart zuschlagen kann, wenn es sein muß.«

»Das klingt ja alles sehr gut. Ordnung geht vor allem. Und die Gouvernante?«

»Ich habe keine Gouvernante.«

»Und warum nicht?«

»Aus Prinzip...«

Er las in ihren Gedanken die Erinnerung an die Waliserin.

»Vergessen wir das. Ich habe eine für dich. Sage bitte nicht nein, ohne sie gesehen zu haben.«

Es folgte eine lobende, wenn auch kurze Beschreibung von Celina.

»Sie ist in Verhältnissen aufgewachsen, die man elend nennen kann. Doch das soll dich nicht abschrecken.«

»Warum sollte es? Glauben Sie vielleicht, ich hätte die Wintermonate vergessen, die ich mit Mama in London verbracht habe?... Ich weiß noch sehr wohl, wie die Armut schmeckt.«

Und es war ihr, als sähe sie die schwarzen und roten Reihenhäuser im Nebel wieder, das dunkle und eiskalte Zimmer, das scheußliche kleine Restaurant...

Er schwieg eine Weile und fuhr dann fort:

»Für Celina haben sich die Umstände ähnlich wie bei dir zum besseren gewendet und haben sie aus dem Elend gezogen.«

In diesem Augenblick hüstelten die Umstände verlegen...

»Sie war bei sehr ehrbaren Damen in Pension, hat eine makellose Erziehung erhalten und ist heute mehr als präsentabel. Als Ausländerin...«

»Ausländerin?«

»Schau nicht so beunruhigt drein. Was nicht englisch ist, muß nicht unbedingt gleich verdächtig sein. Ihre Familie stammt aus Salzburg in Österreich, ist aber gut protestantisch.«

»Na und?«

»Ich sehe sie bereits hier als vorbildliche Gouvernante.«

»Sie haben bessere Augen als ich, denn ich sehe sie hier noch keinesfalls.«

»Ich bitte dich ja nur, sie zu empfangen.«

»Wie alt ist sie?«

»Um die vierzig, und gut erhalten.«

Schließlich gab Elizabeth einer instinktiven Eingebung nach und willigte ein.

»Schicken Sie mir die gute Frau, aber ich verspreche nichts...«

Er dankte ihr mit einem Lächeln, und sie schwiegen eine Weile.

»Du rettest sie«, sagte er dann ganz einfach.

Im milden Licht dieses Spätnachmittags war in seinen Zügen blitzartig der Mann mit dem schönen englischen Gesicht wiederzuerkennen, der sie vor fünf Jahren bei sich aufgenommen hatte. Elizabeth machte eine Handbewegung, wie um sich der moralischen Wendung zu erwehren, die das Gespräch zu nehmen drohte. Er verstand sofort und erklärte:

»Ich bewundere deinen Geschmack in der Wahl der Farben für diesen kleinen Salon. Dieses Hellblau wirkt wunderbar.«

»Finden Sie? Ich werde seiner mit der Zeit ein bißchen überdrüssig.«

»Es ist wahr, daß die Gewohnheit fast alles banal erscheinen läßt. Man sieht die Dinge nicht mehr in der Frische, wie wenn sie neu sind.«

Dieser gestelzte Ton erinnerte die junge Frau an den Charlie Jones vergangener Zeiten, aber was nun folgte, beunruhigte sie.

»Ich muß dir eine Frage stellen«, sagte er, »eine Frage, die dir vielleicht indiskret erscheinen wird, und deshalb steht es dir natürlich frei, sie nicht zu beantworten.«

»Ach was, überspringen wir die Vorreden. Es ist wie mit den Vorworten in den Büchern. Wer hat schon Lust, ein Vorwort zu lesen?«

»Da du mir so freundlich entgegenkommst... es handelt sich um folgendes: So oder so betrachte ich es als meine Pflicht, Celina eine ehrbare Zukunft zu sichern.«

»Schon wieder Celina?«

»Ja. Sie soll eines Tages all ihrer Sorgen und der quälenden Angst um das Morgen enthoben sein.«

»Und Sie zählen auf mich, um ihr diesen schönen Traum zu erfüllen?«

»Auf dich oder einen anderen, denn schließlich gibt es die göttliche Vorsehung, aber sie wird den köstlichen Moment erleben, da der Seufzer der Erleichterung sich löst und die Bürde vom Herzen fällt. Ohne ihr Schicksal mit dem deinen vergleichen zu wollen – du hast sicher auch einmal den großen Befreiungsseufzer ausgestoßen.«

»Onkel Charlie, ich finde Sie höchst seltsam.«

»Aber nein, aber nein, es gab einen Augenblick, da hast du dir sagen können: ich war arm, ich bin es nicht mehr; ich bin reich.«

»Pfui, wie vulgär! Ich habe noch nie in diesem Ton zu mir gesprochen.«

»So? Mein Fall liegt anders. Als junger Mann habe ich den Hunger der Armut in meiner Magengrube gespürt. Begreifst du das?«

»Ich bin ja nicht blöd.«

»Die Jahre sind wie der Wind vergangen. Amerika, die Jugend, die Arbeit, der Ehrgeiz, die Beziehungen, die Berechnungen, die sich als richtig erwiesen haben... Dann kam der Tag, als ich fünfunddreißig war und auf dem Gipfel des Lebens stand, da ich mir darüber klar wurde, daß ich bereits zu den reichsten Männern des Landes zählte. Ich war einer von denen, die mehr Geld hatten als die meisten anderen.«

Elizabeth blickte gleichgültig drein.

»Na und?« fragte sie.

»Und da bekam ich Angst. Das Geld macht Angst. Das Übermaß an Reichtum kann gewissermaßen eine Prüfung sein.«

»Ich habe Leute gekannt, die diese Prüfung mit wunderbarem Mut ertragen haben.«

»Spotte nur nach Herzenslust, du unverbesserliche Engländerin, aber wenn es dir gegeben wäre, einen riesigen Haufen Goldstücke zu besitzen, könntest du dich fragen, woher er kommt: von Gott oder vom Teufel.«

»Vielleicht von beiden.«

»Das ist fürwahr eine Antwort. Aber gehen wir ins Detail. Eines Tages, früher oder später, wirst du in deine alte Heimat reisen. Man wird dich in die schönsten Schlösser des Königreichs einladen. Ihr Luxus wird dich blenden.«

»Mich blenden? Halten Sie mich für eine Hinterwäldlerin?«

»Aber nein. Selbst ich, der ich mich auskenne, bin immer wieder beeindruckt. Der Haufen Gold ist zu einer Sammlung von Möbeln und Gemälden geworden, die einem den Atem verschlägt. Das ist, wenn ich so sagen darf, sein eigentliches Ziel. Die Lords auf den Portraits von Raeburn oder Gainsborough sehen dich mit der unbeschreiblichen Geringschätzung vorübergehen, die ihrem Rang entspricht und die dich in den Boden versinken läßt.«

»Trösten Sie sich, sie leiden fast alle an der Gicht.«

Er ignorierte diese giftige Bemerkung und fuhr fort:

»Durch die hohen Fenster sieht man draußen die endlosen Wiesen und Wälder, denn in den höheren Kreisen liebt man die Natur.«

»Ich wußte gar nicht, daß Sie ein Revolutionär sind, Onkel Charlie.«

»Nicht mehr als Mr. Dickens, der der Welt den Skandal der Kinderarbeit in den englischen Fabriken und Bergwerken enthüllt hat.«

Plötzlich stand sie auf, und ihr Gesicht war rot vor Zorn.

»Jetzt fangen wir an, uns zu verstehen«, sagte sie, »und Sie wissen so gut wie ich, daß sich auch der Norden an der Kinderarbeit bereichert.«

In ihrer Erregung ließ sie den kleinen Charles Edward zu Boden gleiten, und er rollte lachend über den Teppich. Da er das Ganze für ein Spiel hielt, versuchte er, die Beine seines sitzenden Großvaters zu erklimmen. Onkel Charlie hob ihn auf wie einen kostbaren Gegenstand und nahm ihn auf seine Knie. Doch nun sah er sich gezwungen, seinen Backenbart zu verteidigen, dessen Anblick den Jungen faszinierte. Es folgte ein stummer Kampf mit dem stürmischen Widersacher, und Charlie Jones brach schließlich in schallendes Gelächter aus.

»Meine liebe Elizabeth«, sagte er, »über diese Dinge, die der Norden nicht hat verbergen können, bin ich bestens informiert, aber es amüsiert mich, ganz abgesehen von einem persönlichen Konflikt mit deinem Sohn, daß wir beide, du und ich, in unseren Meinungen so völlig übereinstimmen, während unser Gespräch in einem solchen Mißklang zu dem köstlichen hellblauen Glanz deines kleinen Salons steht.«

Weit entfernt, sich seiner Fröhlichkeit anzuschließen, warf sie ihm einen zornigen Blick zu.

»Glauben Sie etwa, ich sei mir dessen nicht immer wieder bewußt? Alles hat an dem Tage begonnen, als ich zum erstenmal hier herkam und in einer Vorstadt von Savannah die zerlumpten

Männer, Frauen und Kinder sah, die uns stumm in unserer Kutsche vorüberfahren sahen. Der Abschaum der armen Weißen!«

»Elizabeth, es gibt Hilfsorganisationen.«

Jetzt versuchte Charles Edward, sich auf den Schoß seines Großvaters zu stellen, um einen letzten Angriff auf den prächtigen Bakkenbart zu wagen. Charlie Jones packte den Gegner an beiden Händen und machte Miene, ihn Elizabeth zu reichen. Diese nahm verärgert das Kind in Empfang und setzte es in einen Sessel. Der Kleine blickte sie vorwurfsvoll an, und weder sie noch Charlie Jones hörten ihn vor sich hinsingen:

»Mamma… ich liebe meine Mamma… meine Mamma gehört mir…«

»Sie sagen, daß das Geld Ihnen Angst macht«, rief sie aus. »Ich aber schäme mich, wenn ich die Augen der Armen sehe. Darum halte ich mich seit meiner Trauer vom gesellschaftlichen Leben fern. Besonders von den Bällen und den glanzvollen Anlässen.«

»Man kann sich sehr wohl um die Bedürftigen kümmern, ohne deshalb auf Bälle zu verzichten. Wenn du willst, gebe ich dir alle diesbezüglichen Hinweise.«

»Danke«, sagte sie, »ich weiß, an wen ich mich zu wenden habe.«

Mit einer fast schüchternen Stimme fragte er:

»Erschiene es dir indiskret, wenn wir darüber sprächen?«

»Jawohl, ganz bestimmt. Diese Dinge muß man für sich behalten (sie zögerte) wie Liebesgeheimnisse.«

Bei diesen Worten, die sie mit einer gewissen Schamhaftigkeit aussprach, schoß ihr das Blut in die Wangen, und einen Augenblick lang war sie wieder die unschuldige junge Engländerin von früher, wie wenn die ganze Kindheit ihr aus dem Herzen ins Gesicht gestiegen wäre.

Charlie Jones betrachtete sie schweigend und mit gerührter Bewunderung.

»Elizabeth«, sagte er schließlich, »es war unbedacht von mir… du bist nicht mehr dieselbe Person.«

Dann fügte er in einem vertraulichen Ton hinzu:

»Dieser Augenblick lindert ein wenig die Trauer der Erinnerung. Das freut mich, Elizabeth, dafür würde ich dich gern küssen.«

»Ich habe nichts dagegen«, murmelte sie, bevor sie aufstand.

Er näherte sich ihr und berührte mit den Lippen ihre errötende Wange. Dann sagte er, und sprach dabei schneller:

»Ich bin im Begriff, nach Dimwood zu reisen, wo mich ziemlich unangenehme Testamentsgeschichten erwarten, aber Celina weiß Bescheid und wird sich morgen bei dir vorstellen.«

6

Jetzt, in der Einsamkeit und Dunkelheit ihres Zimmers, erlebte sie diese Szene des vergangenen Jahres mit der Scharfsicht eines unerbittlichen Gedächtnisses wieder.

Warum behauptete dieser sonst so selbstsichere Mann, Angst vor dem Reichtum zu haben? Wollte er damit sein Gewissen beruhigen wie William Hargrove, der aus dem seinen ein Steckenpferd machte? Unsinn. Charlie Jones war für seine Großzügigkeit bekannt, und wenn er auch Hunderte von Familien gerettet hatte, so gab es noch immer eine beunruhigende Anzahl von Bedürftigen, die versorgt werden mußten. Die Stiftungen genügten nicht. Sie alle hingen von ihm ab, der sie gegründet hatte, aber die Armut verbreitete sich mit einer scheinbar unaufhaltsamen Geschwindigkeit.

Und was sollte dieser aufwendige Bau im Tudorstil bedeuten? Er war in seiner Gesamtheit fast vollendet, massiv und kostbar zugleich, und bot bis in die kleinsten Einzelheiten den seltsamen Anblick einer englischen Festung. Falls eine Absicht hinter dieser so wenig kolonialen Architektur steckte, dann hielt Charlie Jones sie geheim.

Müde, sich mit diesen unergiebigen Fragen herumzuschlagen, verließ Elizabeth das Schlafgemach, schlich lautlos an die offene Tür zum Zimmer ihres Sohnes, doch wagte sie sich nicht weiter. Der Strahl einer schmalen Mondsichel fiel auf eine dunkle Parkettfliese, die er in zwei Hälften teilte. In diesem Licht wie aus einer anderen Welt nahmen die weißen Gardinen des kleinen Bettes einen beängstigenden Glanz an, für den es keine genaue Erklärung gab.

Elizabeth blieb reglos stehen und versuchte sich einzureden, daß sie den Atem desjenigen hörte, den sie in ihrem Herzen Jonathan nannte, aber nach langen Minuten des Wartens mußte sie einsehen, daß nicht der geringste Hauch durch die tiefe Stille drang.

Sie wollte sich nicht ängstigen. Immerhin war das Bett zu weit entfernt, als daß sie diesen winzigen Atem hätte vernehmen können, und dieser Gedanke beruhigte sie etwas. Trotzdem blickte sie mit Schrecken auf die in gespenstischem Weiß schimmernden Vorhänge.

Als sie wieder unter ihrer Decke lag, erinnerte sie sich an das, was Celina ihr gesagt hatte: »Die Krise ist vorüber.« Er hatte eine Krise gehabt. Eine Krise um ihretwillen, einen Weinkrampf aus Liebeskummer. Sollte sie ihn nicht ganz sachte aus dem Schlaf wecken? Die dramatische Veranlagung ihrer Phantasie lieferte ihr sofort die Antwort: »Damit riskierst du seinen Tod. Ein Schock ist immer möglich.«

Sie sah ihn tot vor sich. Vom Beten hatte sie nie viel gehalten, aber in Stunden der Gefahr warf der Schrecken sie mit einem Schlag in den Glauben zurück. Ihre besitzergreifende Liebe für das Kind war ehebrecherisch. Gott würde ihr ihren heutigen Jonathan nehmen, wie er ihr den früheren genommen hatte, weil der Ehebruch weiter in ihr fortlebte. Dieser ungeheuerliche Gedankengang erschien ihr wie die Offenbarung einer Wahrheit, die sie immer vor sich selbst verborgen hatte.

In ihrer Verwirrung steckte sie den Kopf unter die Decke, um einen Aufschrei zu ersticken:

»*O dear Lord, no!*«

Ihr Herz pochte so stark, daß es ihr weh tat. Sie warf die Decke von sich und lauschte. Kein Laut kam aus dem Nebenzimmer. Sie hatte ihn nicht geweckt, aber weckt man die Toten?

Wieder schlüpfte sie aus ihrem Bett, fühlte sich von einer instinktiven Kraft getrieben, die sie nicht zu beherrschen vermochte. Gleich einem Tier kroch sie zum Bett ihres Sohnes. Auf diese Weise konnte er sie nicht hören, falls er schlief. Ihr wirres und dichtes Haar hing ihr über das Gesicht, streifte das Parkett und den Teppich wie ein goldfunkelnder Schweif.

Am Ziel dieser seltsamen Wanderung legte sie sich flach auf den Bauch, die Stirn auf die verschränkten Arme gestützt, und wartete. Sie glaubte den Rhythmus eines schwachen Lauts zu vernehmen, das fast unmerkliche Pulsieren des Lebens. Doch was sie vor allem hörte, war das fortwährende Pochen des Blutes in ihrem Kopf, das sie für die Stimme der Stille hielt.

Sie weinte nicht, aber sie war verzweifelt. Plötzlich versank sie in tiefen Schlaf.

Als sie erwachte, drang die Sonne durch den Spalt der Vorhänge und erhellte das halbe Zimmer. Die zwitschernden Vögel begrüßten den Morgen mit einem fast hysterischen Wettstreit. Im Nu richtete sie sich auf und kniete sich vor das Bett. Das Kind schlief mit dem Gesicht im Kopfkissen.

Vom Licht ganz plötzlich aus seinen Träumen gerissen, sah es seine Mutter und warf sich mit einem Freudenschrei in ihre Arme:

»Mamma!«

Sie drückte den Jungen an sich und überhäufte ihn mit Küssen. Lachend fuhr er ihr mit den Fingern durch das Haar und zupfte es sanft:

»Nie wieder Sonathan vergessen«, sagte er, indem er seine Wange an die ihre schmiegte.

Sie schloß die Augen.

»Nie wieder, mein Liebling«, sagte sie.

7

Der folgende Tag ließ sie die Ängste der Nacht vergessen, und nicht einmal eine Erinnerung blieb zurück. Mit einem Lächeln hatte das Kind alles wieder ins Lot gebracht. Warum sollte sie unglücklich sein, wenn Jonathan es nicht war? Dem normalen Leben zurückgegeben, folgte Elizabeth zuerst ihrer natürlichen Neigung, alles im schönsten Licht zu sehen. Onkel Charlie wußte, was er tat, als er diese Celina bei ihr eingeführt hatte, die sich trotz eines Hauchs von Rätselhaftigkeit, der ihr anhaftete, als immer zuverlässiger erwies.

In ihrem blauen Baumwollkleid mit weißem Kragen und Manschetten bewegte sie sich mit einer natürlichen Anmut, die ihren Stand nicht ahnen ließ, aber die Spitzenhaube verriet die Gouvernante. Man wünschte, daß sich ihr ebenmäßiges Gesicht zuweilen entspannt und nicht ständig diese unerschütterliche Strenge bewahrt hätte. Nur die schwarzen Augen belebten sich auf ein Wort oder einen Blick hin mit einer plötzlichen Intensität, die ein Wesen von verborgener Heftigkeit verriet. Zu den Dienstboten, die unter ihrem Befehl standen, sprach sie mit einer sanften Autorität, die nicht den geringsten Widerspruch duldete, und alle Schwarzen empfanden dies so, aus dem aus Zeiten der Sklaverei vererbten Instinkt. Elizabeth erwies sie den einer Herrin gebührenden Respekt und nicht mehr. In den Augen der jungen Frau bestand ihre Haupttugend darin, daß sie im Hause von oben bis unten für vollkommene Ordnung sorgte und vor allem, daß sie sich nie zeigte, wenn ihre Anwesenheit unerwünscht war. Man konnte sie mögen oder nicht, ganz nach Belieben, aber sie war unzweifelhaft eine Persönlichkeit.

Der Oktober verging in einer köstlichen Wärme, die noch von den Düften aller Gärten der Stadt erfüllt war. Selbst auf den Avenuen berauschte die Luft, die in plötzlichen Böen auffrischte, je nach den Launen des Windes. Es war noch nicht die Saison der großen Soireen, aber die Salons begannen sich für die ersten Empfänge des Nachsommers zu öffnen, zu denen die Steers das Signal gegeben hatten.

Da ihre Verwitwung bereits weit zurücklag, verspürte Elizabeth eine gewisse Neigung zum gesellschaftlichen Leben, an dem sie nie ernsthaft teilgenommen hatte. Der Abend bei den Steers war eine enttäuschende Erfahrung gewesen. In ihrem Gespräch mit Mrs. Harrison Edwards hatte sie deren Zynismus ein wenig bestürzt, und die billige Bewunderung, die sie bei den Männern erregte, fand sie empörend. Wahrscheinlich hätte sie in Begleitung hingehen sollen, aber sie zog es nun einmal vor, allein zu sein. Allein, um sich freier bewegen zu können.

Es war nutzlos gewesen, zumal sie denjenigen nicht gesehen hatte, den sie in der Menge zu finden gehofft hatte. Um die Wahrheit zu sagen, es war ihr gar nicht so wichtig. Es handelte sich nicht um eine plötzlich entflammte große Leidenschaft. Die hatte sie nur einmal in ihrem Leben erlebt, auf einer Veranda, in den berauschenden Düften einer Sommernacht. Wie fern das alles war, und wie grausam nah doch zuweilen.

Er war ganz einfach nicht gekommen.

Diesen kleinen Satz von demütigender Banalität wiederholte sie sich nach ihrer Rückkehr von den Steers, ohne etwas anderes als verletzten Stolz zu empfinden, aber in der Schreckensnacht, die darauf gefolgt war, hatte sich die absurde Erinnerung von selbst in nichts aufgelöst.

Und jetzt, da wieder Friede in dem bezaubernden Hause am Oglethorpe Square herrschte, da ihr Jonathan sie anlächelte und sie mit seinen ewigen Liebeserklärungen überhäufte, warum mußte gerade da das Antlitz dessen, der nicht gekommen war, sie mit einer so schamlosen Beharrlichkeit verfolgen? Angesichts der Tücken eines unbeeinflußbaren Gedächtnisses war Elizabeth machtlos. Gewisse Gesichter vergaß sie nie. Für sie lag alles, was ein Mann ihr bedeutete, in seinem Gesicht. Diese Idee hatte selbst der Erfahrung der Ehe und ihrer Leidenschaft für Jonathan widerstanden, und von dieser falschen und fixen Idee, die den Zeitläuften trotzte, war sie nicht abzubringen.

Sie war ihm an einem Spätnachmittag im letzten Sommer an einem von der Aristokratie des Südens wenig besuchten Ort begegnet, in einer Versammlung einfacher Leute, die jedoch einem interessanten Milieu angehörten. Charlie Jones hatte sie dort mit dem Hintergedanken eingeführt, bei seiner Schwiegertochter eine Neigung zu guten Werken zu fördern. Es ging nicht etwa darum, die sogenannte Barmherzigkeit zu üben. Diese Leute lebten in bescheidenen Verhältnissen, aber es galt, eine unsichtbare Mauer zu durchbrechen, denn sie wurden nirgends empfangen, als ob ihr Mangel an Vermögen sie gesellschaftsunfähig machte. Sie stammten fast alle von exilierten Protestanten ab, und wenn sie auch nicht gerade bedürftig waren, so besaßen sie doch nicht die Mittel, in den Augen der Welt zu glänzen. Falls nun einige Angehörige der höheren Gesellschaftsschichten sie besuchten, würden die moralischen Vorurteile allmählich verschwinden: so folgerte Charlie Jones, während diese Verbannten in Wirklichkeit einen strengen Kastengeist bewahrten und nie zugelassen hätten, daß man sie aus Herablassung aufsuchte. In seinem guten Willen, der oft so katastrophale Folgen hatte, bildete Charlie Jones sich ein, er könne Angehörige der niederen Gesellschaft fördern, die dann mit der Zeit zu höherem Rang und sozialem Ansehen gelangen würden, als ob es möglich wäre, zwei so verschiedene Welten miteinander zu verschmelzen. Das konnte seitens der einfachen Leute nur zu stummer Empörung und Neid und seitens der Reichen nur zu einem tiefen Unverständnis führen. Der Graben, der sie trennte, war schwerer zu überwinden als der alte Befestigungsgraben der Stadt.

Die Schützlinge von Charlie Jones wohnten in Gruppen in einem ziemlich großen ockerfarbenen Haus, das in einem einst eleganten, dann von den Reichen verlassenen Stadtviertel am Fluß lag, inmitten von Gärten, deren Bäume jetzt mit Staub bedeckt waren, als hätte der Staub der verödeten Häuser den Schatten der Armut auf sie geworfen. Das große Gebäude, dessen Architektur an das Ende des vorigen Jahrhunderts gemahnte, wirkte immer noch recht ansehnlich. Man nannte es *The Old Schmick House*. Es hatte große Zeiten erlebt. Dort waren Feste veranstaltet worden, die Kutschen hatten in langen Reihen vor dem imposanten Portal gewartet, während man hinter den hohen Fenstern und durch den Spalt der schweren, von breiten goldenen Kordeln gehaltenen Vorhänge die hellfunkelnden Kronleuchter sah. Die Musik eines Orchesters war bis auf die Straße gedrungen und mit ihr das Lachen und der ganze fröhliche Lärm der Sorglosigkeit. Dann kam der Börsenkrach von 1830, und die große finanzielle Umwälzung leerte dieses Wohlstandsviertel. Einige Zeit verging, nüchtern gekleidete Leute richteten sich in dem alten Haus ein, und zur Verblüffung derer, die sich an früher erinnerten, wurde im Erdgeschoß ein Krämerladen eröffnet.

Angesichts dieses schändlichen Verfalls herrschte absolutes Schweigen in den Salons, um so mehr, als sich herausstellte, daß der Krämer Schmick über eine Seitenlinie mit einer der angesehensten Familien des Südens verwandt war. Fünf Jahre vergingen, und er machte Bankrott. Der unliebsame Laden verschwand einige Wochen später, und der alte Schmick starb darüber, nicht ohne das Haus mit einer zahlreichen Nachkommenschaft bevölkert zu haben. Ganz von selbst erwies sich der Zusammenhalt der Familie. Der Wille, sich nicht unterkriegen zu lassen, und die Bereitschaft zur Arbeit, gepaart mit der großmütigen und geheimen Komplizenschaft von Onkel Charlie, lösten die dringlichsten finanziellen Probleme.

Das ganze Innere des Hauses wurde in einem bescheidenen Stil renoviert. Ein Besucher hätte die einfachen hellen Holzmöbel sicher als harmonisch bezeichnet, ebenso die bäuerlich bestickten Tischdecken, die großen Blumensträuße, die stets in der Mitte der langen Tafel standen, die langsam und feierlich tickende geschnitzte Standuhr, kurz all die Dinge, die von einer ruhigen Zuversicht dem Leben gegenüber zeugten.

Als Elizabeth an einem Septembertag von ihrem Schwiegervater in dieses Haus geführt wurde und dann fast sogleich sich selbst überlassen blieb, hatte sie die Atmosphäre des etwas ländlichen Glücks, die sie dort atmete, als wohltuend empfunden. Das Unbehagen, das ihr der Luxus zuweilen einflößte, wich hier einem Gefühl inneren Friedens, und das entzückte sie wie die unvorhergesehene Entdeckung einer neuen Welt. Eine in Schwarz gekleidete alte Dame und zwei junge Frauen begrüßten sie lächelnd. Diese ungenierte Höflichkeit wirkte nur um so aufrichtiger. Die Bekanntschaft mit der Witwe Johann Schmicks und ihren beiden Enkeltöchtern war schnell geschlossen.

Frau Schmick hatte ihr Haupt in eine Haube mit so üppigem Spitzenbesatz gehüllt, daß sie aus diesem Kopfputz heraussah, als schaute sie aus einem Fenster. Nur wenige Falten furchten ihre Züge, aber riesige schwarze Augen blickten verzehrend aus diesem alten, gebieterischen Gesicht. Flora, die ältere der beiden Enkelinnen, zeigte ein rosiges und rundes Gesicht unter dem braunen Haar, das mit so peinlicher Sorgfalt gekämmt war, als müsse sie dem Freiheitsdrang ihrer Locken Einhalt gebieten. Ihre hellblauen Augen strahlten vor Freude. Sie war seit einem Monat verlobt und schien entschlossen, sich so ernsthaft wie möglich zu geben, aber der Frohsinn überstrahlte die ganze, etwas mollige Person.

Ida, ihre ruhigere und hübschere Schwester mit den etwas zu blonden Zöpfen, die ihr bis über die Schultern hingen, lächelte. Ihre kleine Stupsnase hatte noch etwas Kindliches, obgleich sie bereits siebzehn war, aber der beobachtende Blick ihrer kastanienbraunen Augen sagte mehr.

»Willkommen, Mrs. Jones.« (Frau Schmicks Stimme klang zugleich schrill und warm.) »Wir erwarten ein paar Freunde, die uns nach der Arbeit besuchen wollen, um unsere Flora zu beglückwünschen. Sie ist mit einem braven jungen Mann verlobt.«

Die beiden jungen Mädchen drückten Elizabeth die Hand, die eine wie die andere mit kräftigem Griff.

»Wir haben Sie schon einmal gesehen«, sagte die Jüngste, »im Warenhaus auf der Broughton Street. Es ist allerdings lange her.«

»Leider waren wir nicht in der Abteilung, wo sie mit Mr. Joshua Hargrove einkauften«, fügte ihre Schwester hinzu. »Wir arbeiten als Verkäuferinnen in der Lederwarenabteilung.«

»Er hat Sie ein wenig bei Ihren Entscheidungen beraten, außer bei der Unterwäsche«, bemerkte Ida pfiffig.

Beide begannen, von Herzen zu lachen, so daß Elizabeth, die zuerst verwirrt war, einstimmte.

»Ich erinnere mich«, sagte sie. »Es war sehr heiß.«

»Sie haben einen hübschen englischen Akzent«, sagte Flora, »wir sprechen nicht so gut.«

»Das liegt daran, daß ich Engländerin bin«, erwiderte Elizabeth lächelnd, und da sie nicht wußte, wie sie dieses Gespräch fortsetzen sollte, das in einem für sie neuen Ton geführt wurde, fragte sie: »Ihre Familie ist wohl nicht von hier?«

»Nein«, sagte Ida, »aus Salzburg, der Erzbischof hat uns aus unserer Heimat vertrieben...«

»... der Erzbischof auf Befehl Roms, der Hure Babylon aus der Apokalypse«, fügte Flora mit unerwarteter Heftigkeit hinzu.

»Richtig«, sagte Ida und hob die Nase, »wir stammen von den Mährischen Brüdern ab. Und Sie? Sind Sie nicht zufällig Methodistin?« fragte sie, und das Blut schoß ihr in die Wangen.

»Nein, Anglikanerin...«

»Das ist immer noch besser als römisch... römisch katholisch«, fügte sie mit kräftiger Betonung hinzu.

Frau Schmick klatschte in die Hände:

»Genug davon, Kinder«, sagte sie gebieterisch. »Mrs. Jones, die Mädchen werden ganz wild, wenn es um die Religion geht. Aber da kommen schon die Gäste, und der Verlobte ist noch nicht hier.«

Fünf oder sechs junge Leute traten ein, und der Fußboden knarrte unter ihren Schuhen. Sie waren alle in Grau oder Schwarz gekleidet und trugen weiße Hemden mit Krawatte. Ganz offenbar hatten sie es nach Arbeitsschluß nicht an Zeit und Mühe fehlen lassen, sich sorgfältig zu kleiden, und hatten auch den Scheitel nicht vergessen, der mit peinlicher Genauigkeit gezogen war. Ein starker Geruch von Schuhwichse und grobem Tuch ging von der Gruppe aus. Der Ansehnlichste unter ihnen hielt einen Strauß Vergißmeinnicht in der Hand, ging geradewegs auf Flora zu und überreichte ihn ihr. Vermutlich hatte man ihn auserwählt, weil er der wagemutigste war und es ihm nicht an einer gewissen derben Schönheit mangelte.

»Aufs Komplimentemachen habe ich mich nie verstanden«, sagte er, »aber diese Blumen... diese Blumen... die verdienen doch einen Kuß?«

Flora nahm den Strauß entgegen, drückte ihn an ihre Brust und antwortete nicht.

Sogleich ertönte die spöttische Stimme eines der jungen Männer:

»Bravo, Willi. Nutze die Gelegenheit, solange der Verlobte nicht da ist!«

Es folgte ein allgemeines Gelächter, und Flora bot ihm ihre vor Erregung gerötete Wange. Willi küßte sie hierhin und dahin auf Gesicht und Nacken.

»He da«, rief Frau Schmick, »willst du wohl aufhören?«

»Und wir?« fragten die anderen im Chor.

»Ihr werdet euch ruhig verhalten!« befahl die alte Frau.

In diesem Moment bemerkte Willi Elizabeth, die sich hinter den beiden Schwestern zu verbergen suchte, da sie aber wie gewöhnlich der Versuchung nicht widerstehen konnte, ein schönes Gesicht zu bewundern, hatte sie unvorsichtigerweise einen Blick auf den jungen Mann geworfen, der sie mit offenem Munde ansah. Sein Blick war starr und eindringlich geworden, und sie glaubte darin das wohlbekannte plötzliche Aufflammen der Begierde zu erkennen, jene gewaltsame Lüsternheit, die den ganzen Mann durch die Fenster seiner Augen bloßstellt. In ihrer Verwirrung mußte sie sich bei Ida anlehnen, die in Reglosigkeit verharrte.

»Willi!« sagte diese in einem strengen Ton.

In einer jener blitzartigen Halluzinationen, wie Elizabeth sie oft hatte, schien es ihr, als ob sich die Fassaden einer ganzen Straße mit Tausenden von Gesichtern bedeckten, in denen forschende Blicke wie ungeheuerliche Blüten funkelten. Obwohl dieser Mann noch jung war, konnte sie sich des Gedankens nicht erwehren, daß sie für ihn weniger eine Person als ein Gegenstand war, ein Körper, den er begehrte, und darüber empfand sie einen plötzlichen Ekel, sowohl vor diesem jungen Toren als vor sich selbst, so wie er sie sah.

Sie beschloß, möglichst rasch zu verschwinden, und fragte sich, wie sie sich verabschieden könnte, ohne jemanden zu verletzen, als plötzlich die Tür aufging und sie durch die Ankunft des Verlobten aus ihrer Verlegenheit gerettet wurde.

Er war groß und schlank und wie ein Herr gekleidet. Ein Gehrock wehte ihm bei jedem Schritt um die Waden, denn er arbeitete als zweiter Bürovorsteher in der großen Baumwollexportfirma von Charlie Jones. Wenn er auch nicht gerade ein Gentleman war, so nahm er doch die Allüren und Gebärden eines solchen an, wo er keine Abweisung riskierte. In seinem fülligen Gesicht schien die kleine Stupsnase entschlossen, die Welt zu erobern. Der an einem schmalen, schwarzen Band hängende Kneifer korrigierte sein extrem jugendliches Aussehen, das nicht zu seiner Stellung paßte, denn er war erst fünfundzwanzig Jahre alt, und andere, die älter waren als er, schielten nach seinem Platz, aber seine rasche Auffassungsgabe und sein Ehrgeiz hatten ihn unter den Günstlingen von Mr. Jones rasch aufsteigen lassen.

Um den kleinen Beifallschor zu erwidern, schwenkte er fröhlich seinen Zylinder und umarmte seine Braut. Flora gab sich ihm ohne Rückhalt hin. Der Kneifer flog in die Luft, und der an sich durchaus angemessene Kuß wurde von Frau Schmick als ein wenig zu lang befunden.

»Walter«, sagte sie spitz, »wir haben gerade erst das Aufgebot bestellt. Also bitte ein wenig Mäßigung.«

Spöttisches Gelächter begleitete diese überflüssige Ermahnung, aber Frau Schmick fügte hinzu:

»Du hast wohl noch nicht bemerkt, daß Mrs. Jones, die Schwiegertochter deines Arbeitgebers, uns die Ehre erweist...«

Sogleich schaute er sich nach allen Seiten um, erblickte Elizabeth und verbeugte sich pflichtgemäß in ihre Richtung.

Dann öffnete sich erneut die Tür, und etwa zehn sehr aufgeregte junge Mädchen stürmten unter einem Schwall von kicherndem Gelächter und kleinen Schreien herein. Sie hatten später als die Männer ihren Arbeitsplatz verlassen und zitterten bei dem Gedanken, die große Umarmung der Verlobten verpaßt zu haben, aber wie der glückliche Erwählte schlau bemerkte, konnte man zu Ehren der liebenswürdigen Verspäteten gern noch einmal von vorn beginnen!

Diese etwas plumpen Scherze verbreiteten allerdings eine ausgelassene Stimmung, die Elizabeth unangenehm war. Unter den Neuangekommenen sah man anmutige Gesichter, neugierige, schalkhafte und auch freche, denn der Gedanke an Heirat lag in der Luft, und die jungen Männer waren in den Reihen der jungen Damen bereits sehr beschäftigt.

Es herrschte keine wahre Eleganz; die schlichten Kleider unterschieden sich nur in den Farben, aber da gab es eine Farbigkeit, die alles überstrahlte und gleichsam ein riesiger Blumenstrauß in diesem strengen Gemäuer war. Nur eine Schneiderin vom *Bon Ton de Paris* fiel in ihrem lila Kleid mit weit ausladenden Volants durch einen Hauch von Originalität auf, aber sie war nicht ganz so jung wie ihre Gefährtinnen und mischte sich ein wenig herablassend unter die Menge der Feiernden.

Schließlich kamen noch die unvermeidlichen Verwandten, alle von jener gezwungenen Ernsthaftigkeit, die wie die hereinbrechende Nacht wirkt und die Jugend innerlich auf die Barrikaden treibt. Sie konnten nichts dafür, doch auf einmal war die Fröhlichkeit erloschen.

Andere Leute kamen hinzu, Unbekannte jeden Alters, die alle

recht nüchtern gekleidet waren und lächelten, wie man es von ihnen erwartete. Nicht ohne Verwirrung wohnte Elizabeth dieser allmählichen Invasion bei, die den Raum füllte und die Luft von Minute zu Minute stickiger werden ließ. Sie fühlte sich immer mehr wie eine Fremde. Die Türen blieben offen.

Jetzt war die Gelegenheit günstig, um sich davonzustehlen, zumal niemand ihre Anwesenheit zu bemerken schien. Worauf wartete sie also noch? Nur mit Mühe bahnte sie sich einen Weg zur Tür, als ihr der Durchgang ganz unverhofft von einem in Samt gekleideten jungen Mann versperrt wurde.

Er schien ebenso verwirrt wie sie von der unvorhergesehenen Begegnung. Mit einem kaum sichtbaren Lächeln sagte er:

»Mademoiselle, ich glaube, daß wir in entgegengesetzte Richtungen gehen. Ich möchte hinein und Sie hinaus… Kann ich Ihnen behilflich sein?«

Ein einziger Blick genügte Elizabeth, um alle Einzelheiten im Erscheinungsbild des Unbekannten auszumachen: ein äußerst fein geschnittenes Gesicht, schöne, sogar sehr schöne Züge, dunkelrotes, stellenweise schwarz wirkendes Haar, grüne, nein, eher aquamarinblaue Augen, und über alledem der Stolz, ein bis zum Scheitel stolzes Gesicht.

Wahrscheinlich war er für einen so aufmerksamen Blick empfänglich, denn zu Elizabeths Überraschung errötete er.

»Ich bitte um Verzeihung«, sagte er.

In Verlegenheit geraten, widersprach sie.

»Aber warum denn?«

Ein wenig feige, weil sie sich vor ihm schämte, fügte sie hinzu:

»Ich gestehe, daß ich selbst über mein Hiersein erstaunt bin.«

»Ich nicht, aber ich bin nur hier, weil Mr. Charles Jones mich ausdrücklich darum gebeten hat. Es scheint todlangweilig zu sein, nicht wahr?«

Er lachte leise.

»Mr. Charles Jones kommt auf die sonderbarsten Ideen!« sagte er in einem leicht spöttischen Ton.

Um ihn daran zu hindern, zu weit zu gehen, entgegnete sie rasch:

»Mr. Charles Jones ist mein Schwiegervater.«

Er verbeugte sich, so gut er konnte, denn es fehlte an Platz:

»Mrs. Edward Jones?«

»Jawohl, mein Herr.«

»Gestatten Sie, daß ich mich vorstelle: Algernon Steers.«

Es versetzte ihr einen kleinen Schock. Es war ein berühmter Name.

»Mr. Jones und ich sind ziemlich entfernt verwandt«, fügte er hinzu. »Durch seine erste Frau, Miss Douglas – ich bin selbst ein Douglas –, und, wie Sie wissen, auch durch seine zweite Frau.«

Jetzt gab er ihr seinerseits den neugierigen Blick von vorhin zurück. Ohne sich im geringsten zu genieren, schaute er sie bewundernd und mit Kennermiene an.

»Am Fenster können wir uns besser unterhalten, kommen Sie?«

Uns unterhalten! Mit welcher Selbstsicherheit er das sagte. Sie war im Begriff, sich zu weigern.

»Ja, gern«, sagte sie.

Sie begaben sich in eine Ecke des Saals, wo ein Luftzug wie eine Messerklinge durch den heißen Dunst drang.

»Hier kann man wenigstens ein bißchen atmen«, gestand sie, um irgend etwas zu sagen, doch war sie leicht gereizt, der Laune des schönen jungen Mannes nachgegeben zu haben.

»Ein bißchen, ja«, sagte er, »aber können Sie sich etwas Langweiligeres vorstellen, als einen Abend in Gesellschaft dieser Leute totzuschlagen?«

»Nein«, sagte sie.

Sie log, wie sie noch nie gelogen hatte. Sie log, weil seine Augen so durchsichtig wie das Meerwasser waren, leer und tief zugleich, und weil diese Augen sie liebkosten, jedoch ohne Leidenschaft. Er schien Gefallen an ihrem Aussehen zu finden, das sich ein wenig von dem der anderen Frauen unterschied, vor allem wegen ihres Haars, und er hätte nicht übel Lust gehabt, mit den Händen in all dem Gold zu wühlen.

»Sie gehen nicht viel aus«, sagte er. »Man sieht Sie weder auf den Bällen noch auf den großen Empfängen.«

»Ach«, sagte sie ein wenig patzig, »dort ist es wahrscheinlich genau so langweilig wie hier.«

»Wenn Sie so wollen, aber das Leben ist nun einmal langweilig… all die Zeit vom Morgen bis zum Abend, mit der man nichts anzufangen weiß. Also tut man so, als ob man sich amüsierte. Und da gibt es manchmal Überraschungen. Sie sollten es versuchen.«

Plötzlich verspürte sie das unwiderstehliche Verlangen, ihn zu ohrfeigen. Doch sie hielt sich zurück. Was würde ihm anderes übrigbleiben, als sich zurückzuziehen, während die Ohrfeige noch auf seiner gemeißelten Wange brannte. Da war es besser, ihn auf andere Weise zu beleidigen.

»Jedenfalls kann ich sagen«, erwiderte sie lächelnd, »daß ich heute nicht gerade verwöhnt worden bin.«

Wieder errötete er ein wenig. Diese Ohrfeige hatte gesessen, und seine schwarzen Brauen zuckten unmerklich... Sein wohlbekannter Charme hatte diesmal nicht gewirkt. Sie sah ein Funkeln des Zorns in seinen bisher leeren Augen. Plötzlich schien er sie wild zu begehren.

»Die kommende Saison verspricht glanzvoll zu werden, wie man hört«, fuhr er in einem liebenswürdigen Ton fort. »Sie beginnt bei uns wie gewöhnlich Anfang Oktober. Und meine Verwandten machen ihre Sache ziemlich gut, verstehen Sie.«

Diese Anspielung auf das riesige Vermögen der Familie fand Elizabeth mehr als geschmacklos, und auf einmal schien er ihr weniger schön. »Ein Parvenu«, dachte sie. Doch wie konnte sie sich Gewißheit verschaffen? Sie würde Onkel Charlie die seltsame Frage stellen.

»Mr. Charles Jones hat mich gebeten, hier persönlich zu erscheinen«, sagte Algernon lachend. »Aus Liebe zur Gleichheit, nehme ich an. Das ist nun getan. Ich habe mein Wort gehalten; man hat mich gesehen; muß ich noch länger bleiben?«

»Das bleibt Ihrer Entscheidung überlassen«, sagte sie.

Ein kleiner alter Mann in Schwarz war ohne Aufhebens eingetreten und hob nun die Hand, um Schweigen zu gebieten.

»Ich möchte wetten, daß jetzt gebetet wird«, sagte Elizabeth.

»O nein, nur das nicht!« rief Algernon aus. »Wenn sie zu beten anfangen, schlage ich die Scheiben ein und springe aus dem Fenster.«

Sie lachte gekünstelt.

»Es ist peinlich«, sagte sie, »das gebe ich zu.«

Plötzlich schämte sie sich und blickt zu Boden. Blitzartig kam ihr die kleine Betty in den Sinn, wie sie vor einem Heiligenbild kniete, aber an diesem Abend im Hause Schmick log sie unaufhörlich wegen dieses jungen Mannes, der einer Malklasse hätte Modell sitzen können.

Ein Gedanke von unwiderstehlicher Heftigkeit durchfuhr sie: nackt sähe er bestimmt wie all die anderen aus – gräßlich. Die Worte von Miss Llewelyn hallten in ihr nach: »Das Gesicht, das Gesicht...

und das übrige? Werden Sie das ertragen?« Und jetzt, da sie es wußte, tat sie da nicht noch viel mehr, als es zu ertragen? Doch der Kontrast schien ihr nicht weniger abscheulich. Ihre Seele lehnte sich gegen das auf, was der Körper wollte.

»Was haben Sie?« fragte Algernon Steers, indem er ihre Hand ergriff. »Sie sind ja ganz bleich.«

»Die Luft«, sagte sie, »die schlechte Luft…«

»Wollen wir gehen? Diese Gesellschaft ist zum Ersticken.«

Gehen? Ja, das wollte sie. Sie hatte genug davon, sich selbst zu befragen, herauszufinden zu suchen, warum ihr Ekel sich in Begehren verwandelte, und irgend etwas in ihr sandte einen Hilferuf aus.

Draußen schlug er ihr vor, sie in seiner Kutsche nach Hause zu bringen, aber sie hatte ihre eigene Kutsche, die ein Stückchen weiter auf sie wartete, und lehnte ab.

Er schien enttäuscht. Er drängte Elizabeth mit einer fast schüchternen Miene, die sie überraschte, aber sie blieb bei ihrem Nein, denn seit einem Augenblick hatte sie das Gefühl, nicht mehr sie selbst zu sein, und das machte sie vorsichtig.

In der ärmlichen und stillen Straße waren alle Fenster dunkel. Niemand wohnte mehr in diesen verfallenen Häusern. Ganze Reihen von Fassaden zerbröckelten, und eine graue Vegetation hatte sich über die Ziegel und die eingestürzten Vordächer gebreitet. Der Abend linderte das verfallene Aussehen der Mauern ein wenig, aber selbst im Dunkeln schienen sie beklagenswerte Wunden zu verbergen. Das finanzielle Desaster war wie ein Kanonenhagel auf diesen Teil der Stadt niedergegangen. Geißblattschößlinge brachen durch die Verandaplanken.

Unter einer Laterne im neugotischen Stil, einem Überrest aus der guten alten Zeit, standen sie sich gegenüber. Um ihre Füße breitete sich ein blaßgelber Lichtkegel, und in dieser direkten Beleuchtung konnte sie ihn mit einem viel kritischeren Auge betrachten. Aber auch hier lauerte eine Gefahr, denn im Gaslicht offenbarte sich das bildhauerische Talent, und die vollkommenen Züge dieser hochmütigen Maske traten noch stärker hervor. Der weite Bogen der schwarzen Brauen verlieh dem ganzen oberen Teil des Gesichts bis zu der leichten Wölbung der Backenknochen ein edles Aussehen; nur säumte ein schmaler Schatten den Rand seiner wie schmollend gewölbten Lippe, als wollte er, ungeachtet der wunderbaren Zeichnung des Mundes, eine gierige und grausame Natur andeuten. Was diesen Zügen von makelloser Ebenmäßigkeit fehlte, war das Unverwechselbare, jene herrliche Ausstrahlung, die der Jugend eigen ist. Der kaum fünfundzwanzigjährige Mann faszinierte, ohne zu blenden, weil irgend etwas in ihm tot war.

Elizabeth ahnte es und verspürte eine Art Schrecken. Dennoch fühlte sie sich besiegt, wütend und von dem plötzlichen Wunsch besessen, dieses von sich so eingenommene Wesen zu erniedrigen; alles in ihr empörte sich gegen diese Selbstgefälligkeit.

Er hingegen wollte liebenswürdig erscheinen. Mit jener Salonstimme, die sie haßte, fragte er lächelnd:

»Darf ich Sie wenigstens zu einem kleinen Spaziergang unter den Bäumen einladen?«

Einem anderen hätte sie es vielleicht nicht abgeschlagen, aber er fügte mit bemüht mondäner Geziertheit hinzu:

»Die Nacht ist so schön... mit all diesen Sternen.«

Die Nacht und die Sterne! Was bildete er sich eigentlich ein? Die Nacht und die Sterne gehörten ihr allein.

»Nein, wirklich...«

Sie erriet seine Wut. Gewöhnlich hatte er immer Erfolg, wenn er sich bei den Frauen poetisch gab, und jetzt mußte ihm diese kleine starrköpfige Engländerin das Spiel verderben. Er schlug einen süßlichen Ton an:

»Lassen Sie mich hoffen, daß wir uns wiedersehen.«

Sie schwieg, als müsse sie es sich überlegen. Sie gingen einige Schritte weiter, und als sie ihm im milderen Licht einen verstohlenen Blick zuwarf, fand sie in diesem ihr zugewandten Gesicht etwas von dem Charme wieder, dem sie vorhin erlegen war.

»Ich sagte Ihnen bereits, daß ich selten ausgehe«, sagte sie. »Höchstens ein oder zwei Empfänge in der Saison.«

»Eine Saison folgt der anderen. Wir erwarten den Nachsommer.«

»Sie können sich denken, daß ich nicht hierbleiben werde. In ein paar Tagen gehe ich nach Warm Springs.«

Er trat ganz nahe an sie heran, berührte ihre Hand und schaute ihr ins Gesicht. Das Antlitz des antiken Gottes vermenschlichte sich, wurde wieder so faszinierend wie im Wohnzimmer des Hauses Schmick.

»Mißfällt es Ihnen denn so sehr, daß man Sie liebt?« murmelte er.

»Sie sind wahnsinnig, Mr. Steers. Ich habe Ihnen nicht erlaubt, so mit mir zu sprechen.«

»Das Herz bedarf keiner Erlaubnis, Madame, ich kann nichts dafür.«

Er sagte es mit einer so überzeugenden Demut, daß sie schwankend wurde.

»Ich glaube, Sie sollten mich jetzt lieber zu meiner Kutsche begleiten«, sagte sie leise. »Wollen Sie?«

»Würden Sie mir wenigstens versprechen, auf den nächsten Ball bei uns zu kommen? Ich werde da sein und auf Sie warten... von der ersten Minute an.«

Sie zögerte die Antwort wohlweislich hinaus: Nach den Spielregeln mußte sie ihn ein bißchen schmachten lassen. Langsamen Schrittes gingen sie zur Kutsche. Die Stille der menschenleeren Straße war so tief, daß sie das Geräusch ihrer Schuhe auf dem schadhaften Pflaster hörten, und von Zeit zu Zeit drang ein dumpfes Raunen aus dem Hause Schmick bis zu ihnen.

»Antworten Sie, ich flehe Sie an.«

Sie wartete, bis sie vor der Kutsche stand.

»Wenn mich nichts Unvorhergesehenes daran hindert, dann werde ich kommen. Ja, ich werde kommen.«

8

Und sie war gekommen. Er nicht. Alles ließ sich in der unbarmherzigen Nacktheit dieser wenigen Worte zusammenfassen. Doch seinetwegen hatte sie zum erstenmal vergessen, ihrem Liebling Gute Nacht zu sagen... wem? Ihrem Sohn Ned oder Jonathan? In ihrem hübschen blauen Salon konnte sie in aller Freiheit über dieses faszinierende Problem nachdenken, aber im Grunde ihres Herzens zitterte etwas. Etwas, sie selbst, eine Elizabeth, die sie noch nicht ganz kannte.

Zunächst einmal: Algernon Steers war nicht gekommen, und warum nicht? Sie hatte sich in Weiß gekleidet, um besonders schön zu sein, aber auch, um in der Menge der Gäste leichter entdeckt zu werden. Eine recht naive Überlegung. Wollte er nicht von der ersten Minute an nahe beim Eingang stehen, um sie zu begrüßen, wie er selbst es ihr in aller Deutlichkeit gesagt hatte? Aber nein. Sie war mindestens eine Stunde in diesem Salon geblieben, den die Abwesenheit Algernon Steers in eine Einöde verwandelte. Wahrscheinlich hatten ihre lästigen Bewunderer aller Altersstufen sie hinter ihren schwarzen Röcken verborgen wie hinter einer Hecke, aber sie war ihnen entflohen und hatte sich durch ihr Hin- und Hergehen mit Mrs. Harrison Edwards bemerkbar gemacht, dieses weiße Kleid, das ihn suchte, müßte ihm aufgefallen sein... Schließlich war sie verärgert und beschämt heimgekehrt. Er hatte gelogen. Er war nicht gekommen.

Absichtlich? Hier öffnete sich das Feld der Vermutungen, und alle waren schmerzlich... Er rächte sich für ihre Kälte, für ihren Widerstand gegenüber seinen Komplimenten und flehentlichen Bitten. Daher diese Lektion, die er ihr erteilt hatte.

Dann versuchte sie, sich einzureden, daß ihn irgend etwas vom Kommen abgehalten hätte, aber was könnte das gewesen sein?

Vermutungen stiegen in ihr auf, die sie jedoch sofort verwarf. Zu ihren Füßen spielte Charles Edward mit Zinnsoldaten, die zu einem aus England stammenden Schachspiel gehörten, einem recht ungewöhnlichen Schachspiel übrigens. Anstatt der klassischen weißen und schwarzen Figuren standen sich goldene Ritter und dunkelgraue Rundschädel gegenüber. So konnte man den englischen Bürgerkrieg noch einmal stattfinden lassen: die Soldaten König Karls I. gegen die Soldaten Cromwells.

Der Kleine wußte nichts von diesem geschichtlichen Ereignis, aber er wußte, daß es zu einer Schlacht kommen mußte, und er zog die Ritter mit den Federhüten den Männern im eisernen Harnisch vor, die er für Bösewichter hielt... Mit geschäftiger Miene schob er die Krieger gegeneinander und durcheinander auf den Feldern des Schachbretts voran, eine Strategie, die kleine Siegesschreie auslöste, wenn er mit den schönen Rittern eine große Zahl der Rundschädel umstieß.

Von Zeit zu Zeit hob er den hübschen Lockenkopf, um seiner Mutter einen anbetungsvollen Blick zu schenken. Die Frage, die er ihr dann stellte, war immer die gleiche.

»Mamma, hast du mich lieb?«

In dieser hellen kleinen Stimme nahm sie einen Ton wahr, den sie gut kannte. In seiner gespielten Besorgnis lag eine unschuldige List, mit der er nichts anderes bezweckte, als eine Antwort zu erlangen, die ihm möglichst noch mehr Liebe bezeugte.

»Aber natürlich, mein Liebling. Sei artig und wirf die Soldaten nicht unter die Möbel.«

Dann schenkte er ihr ein Lächeln, das sie überwältigte, weil er alles hineinzulegen wußte, was er sonst noch nicht ausdrücken konnte. In der Bitternis ihrer Niederlage bei den Steers fragte sie sich, ob sie sich nicht für dieses Lächeln töten lassen würde, das frei von jeder Lüge war. Was er ihr gab, war die totale Hingabe einer Seele von vier Jahren.

Ahnte auch er eine geheimnisvolle Gegenwart? Nachdem er sich umgeblickt hatte, um ganz sicher zu sein, daß beide Türen geschlossen waren, nahm er einen vergoldeten Ritter und flüsterte:

»Sonathan, Mamma.«

Besorgt legte sie ihm den Finger auf die Lippen.

»Nein, Darling, nicht hier; heute abend...«

Die verständige Miene, mit der er darauf reagierte, war seinem Alter weit voraus. Er schüttelte den Kopf.

»Gut, Mamma.«

Plötzlich sprang sie auf, lief zu der einen Tür, öffnete sie, dann zu der anderen, aber ihre Befürchtungen erwiesen sich als grundlos. Im übrigen war sie sich sicher, daß Celina nicht an den Türen lauschte. Fast sicher... Sam vielleicht, aber er hätte es nicht gewagt.

Sie klingelte; kurz darauf erschien Celina.

»Celina, sagen Sie Betty, sie soll mit Charles Edward im Park vor dem Haus spazierengehen.«

»Spazierengehen ohne dich, Mamma?« fragte eine kleine traurige Stimme.

»Mit mir ein andermal, mein Liebling.«

Sie beugte sich zu ihm nieder, nahm ihn in die Arme und drückte ihn an sich; er lachte glücklich und fuhr ihr mit beiden Händen liebkosend über das Gesicht.

»Mamma«, wiederholte er, »Mamma.«

9

Als sie allein war, ging sie sogleich auf ihr Zimmer, um sich in dem großen viereckigen Spiegel zu betrachten, der ihr das Bild einer zuweilen strahlenden, doch meist beunruhigten Elizabeth zeigte.

An diesem Morgen aber war sie nicht gekommen, um sich zu bewundern. Mit angstvoller Strenge durchforschte ihr Blick alle

Einzelheiten ihrer Züge bis auf die Beschaffenheit der Haut, und sie hielt Ausschau nach den ersten Falten, die das Ende der Jugend verkündeten, aber ihr scharfes, unerbittlich prüfendes Auge entdeckte nicht die geringste Spur jener Schrammen, die der Zahn der Zeit hinterläßt.

Warum also sah sie so anders aus, so gar nicht mehr wie zur Zeit ihrer Ehe? Da hätte sie anderswo suchen müssen, aber das wagte sie nicht. Und doch sagte es ihr der Spiegel mit unnachgiebiger Beharrlichkeit. Der Blick war nicht mehr derselbe. Die Augen hatten zwar all ihren Glanz bewahrt, aber trotzdem fehlte irgend etwas. Was? Das Undefinierbare. Eine Frische der Seele und des Herzens, die heilige Unwissenheit gegenüber dem Leben, alles, was sie in den großen braunen Augen ihres Kindes las. Wenn sie in diese Augen schaute, hatte sie das Gefühl, an einer Quelle zu trinken.

Aus der Ferne vernahm sie den Ruf eines Dampfschiffes im Hafen, der ihr den Namen Jonathan in Erinnerung rief. Zu welcher Stunde des Tages oder der Nacht hätte sie ihn je vergessen? Oft, wenn sie mit ihrem Sohn allein war, nahm sie das kleine verliebte Gesicht in ihre Hände und hoffte, darin einen Überrest des *anderen* zu entdecken. Wäre es möglich, daß die kurze Umarmung am Flußufer eine Spur hinterlassen hatte? Sie zählte die Tage an den Fingern ab, aber Neds ehrliches Gesicht antwortete ihr in der Stille und sagte: ›Nein!‹

Doch sie gab den Gedanken nicht auf. »Mein kleiner Junge hat die gleiche glühende Liebe wie Jonathan, und die hat er von mir.« In gewissen Augenblicken, wenn der Tag zur Neige ging und sie allein war, ließ dieser Gedanke sie vor Schreck erstarren. Welches Gespenst hatte sie in ihrer beider Leben eingelassen, in das ihre und das des Kleinen? Und wie sollte sie es jetzt bannen? Sie konnte es nicht, weil sie es nicht wollte. Manchmal glaubte sie fast, den Verstand zu verlieren. Das verhaßte Wort kam ihr wieder in den Sinn: Ehebruch. Absurd. Er hatte sie am Flußufer mit Gewalt genommen, und sie liebte ihn. Allerhöchstens hätte man ihr sagen können, daß ihr Herz das einer Ehebrecherin geblieben war. Aber wer sollte ihr das zum Vorwurf machen? Welche Frau hat je ihr Herz beherrschen und es hindern können, beim bloßen Namen des Geliebten zu pochen? Und wer, abgesehen von ihrem Sohn, dem kleinen Verschwörer, wer ahnte auch nur etwas von der Existenz des Mythos Jonathan?

Das Geräusch eines vor dem Hause haltenden Wagens unterbrach ihre Überlegungen und lockte sie ans Fenster. Sie sah einen rosa Sonnenschirm in einer Kutsche.

»Um elf Uhr vormittags?« fragte sie sich. »Wer kann das sein?«

Kurz darauf ertönte ein diskretes Klopfen an der Tür, und Celina erschien mit jener ernsthaften Miene, die sie niemals verließ.

»Mrs. Harrison Edwards wünscht Madame zu sprechen; sie wartet im Salon.«

»Mrs. Harrison Edwards? Gut, ich komme sofort herunter.«

Wieder betrachtete sie sich im Spiegel, aber dieses Mal ohne selbstkritischen Hintergedanken. Nachdem sie sich das Haar gekämmt und ein Tuch über die Schultern geworfen hatte, ging sie hinunter.

Die elegante Dame stand in der Mitte des kleinen blauen Salons, ließ ihren neugierigen Blick in die Runde schweifen und strahlte in einem taubengrauen Atlaskleid mit weiten Spitzenvolants. Als wollte sie diesen Paradeaufputz etwas mäßigen, trug sie einen breiten Hut aus feinem Stroh mit kunstvoll gewölbter Krempe, der mit einem langen lila Band geschmückt war und ihr Gesicht wie unter einem Dach verbarg. Sie sah aus wie eine Gärtnerin, die plötzlich verrückt und zur Millionärin geworden war.

Nachdem sie Elizabeth mit einem fröhlichen Lachen begrüßt hatte, rief sie aus:

»Ja, ich weiß, es ist völlig unerhört. Ich komme unangemeldet zu Ihnen, und ich entführe Sie.«

»Sie entführen mich, Mrs. Edwards?«

»So ist es. Wir fahren nach Bonaventura, um uns zu zerstreuen, denn die Zeitungen sind voller schlechter Nachrichten, aber lassen wir das. Sie schienen bei den Steers so besorgt, und das hat all die Zuneigung, die ich für Sie empfinde, in mir wachgerufen. Ich mache es mir zur Pflicht, Ihnen die Lebensfreude wiederzugeben.«

»Aber ich bin noch nicht zum Ausgehen bereit, ich müßte mich erst umziehen.«

»So wie Sie sind, sehen Sie bezaubernd aus. Setzen Sie irgend etwas auf dieses herrliche Haar, und lassen Sie sich einen Sonnenschirm geben.«

Elizabeth war völlig überwältigt und gab wohl oder übel nach. Plötzlich kam sie sich wie eine Schülerin in den Ferien vor. Welch eine Gelegenheit, die traurigen Gedanken zu verbannen, die sie vorhin bedrängt hatten! All das vergessen, schnell vergessen. Das Schicksal bot ihr eine ausgezeichnete Zerstreuung in Gesellschaft dieser etwas eigenwilligen Dame, die sie an einen Ort führen würde, dessen Name schon alles besagte: Bonaventura.

In einer vornehmen schwarzen Kutsche nahm sie neben Mrs. Harrison Edwards Platz, und die beiden Sonnenschirme, der eine rosa, der andere weiß, neigten sich bereits freundschaftlich einander zu, als die Peitsche knallte und das Gespann der vier Rassepferde wie zu einem Sturmangriff durch die Avenue davonstob.

Ein wenig erschrocken wichen die Passanten auf den Gehsteigen zurück, aber man erkannte die Kutsche von Mrs. Harrison Edwards rasch, und da die vornehme Exzentrikerin eine der angesehensten Persönlichkeiten von Savannah war, begnügte man sich mit einem Lächeln.

Plötzlich stieß Elizabeth einen kleinen Schrei aus.

»Was ist denn los?« fragte Mrs. Harrison Edwards.

»Wie weit ist es bis nach Bonaventura?«

»Etwas über drei Meilen, würde ich sagen.«

Elizabeth sah den verzweifelten Kleinen vor sich, der nach seinem Spaziergang mit Betty vergeblich nach ihr rief.

»Sie sind zum Mittagessen wieder zurück, gegen zwei Uhr«, sagte Mrs. Harrison Edwards. »Ist es Ihnen recht?«

»Nein, leider nicht. Man erwartet mich zu Hause. Wie soll ich es Ihnen erklären?«

Eine smaragdbeladene Hand legte sich auf die ihre, und eine äußerst sanfte Stimme flüsterte ihr zu:

»Erklären Sie nichts, meine Liebe, ich verstehe alles, besonders das, was unausgesprochen bleibt; ich will ja nur, daß Sie glücklich sind. Also lassen wir Bonaventura einstweilen. James, zum großen Park. Sind Sie jetzt einverstanden, liebe Freundin?«

»Durchaus. Ich glaube, den Forsythe Park kenne ich.«

Der Name dieses Parks brachte ihr die ferne Erinnerung an ein Gespräch mit Tante Amelia zurück, die sie an einen ziemlich abgelegenen Ort geführt hatte, um sie in ein Familiengeheimnis einzuweihen.

»Es gibt dort stille Winkel, die mein Geheimnis sind«, sagte Mrs. Harrison Edwards, die Elizabeths Befürchtungen zu erraten schien. »James, im Galopp.«

James legte diesen Befehl auf seine Art aus, denn er verlangsamte das Tempo und nahm gemächlich seinen Weg entlang der Plätze, aber seine Herrin hatte Elizabeth zuviel zu erzählen, um es sofort zu bemerken.

»Sie ahnen bestimmt, meine liebe Elizabeth – ich darf Sie doch Elizabeth nennen, ja?« sagte sie, ohne auf die Antwort zu warten, »das reißt die Schranken nieder, nicht wahr? Also, Sie können sich wohl denken, daß ich Sie aus Ihrem Hause entführt habe, um freier mit Ihnen reden zu können als in Ihrem entzückenden blauen Salon, der nicht weniger als zwei Türen hat, und ich mißtraue den Türen ... James«, rief sie plötzlich, »du fährst absichtlich langsamer, und ich weiß, warum.«

»Tschuldigung, M'am, ich werde schneller fahren.«

»James, ich hasse dich«, fügte sie hinzu.

»Jawohl, M'am, *Yes*, Ma'«, sagte er mit gleichmütiger Stimme.

Und er berührte die Kruppe der Pferde leicht mit der Peitsche und trieb sie zum raschen Trab an.

»Er hofft, ein paar Gesprächsfetzen aufzuschnappen«, bemerkte Mrs. Harrison Edwards leise. »Diese Leute sind so klatschsüchtig, aber ich würde mich für nichts auf der Welt von ihm trennen, und das weiß er. Er ist ein hervorragender Kutscher, und er sieht wirklich sehr gut aus in seinem roten Gehrock mit den goldenen Knöpfen. Finden Sie nicht?«

»Doch«, sagte Elizabeth und errötete leicht unter ihrem Musselinschleier, den sie sich um den Kopf gewunden hatte. James' Gesicht war ihr nicht entgangen: ein junger, sehr hellhäutiger Mulatte.

»Man bewundert ihn, und das ist wichtig in Savannah, aber nun sind wir schon da. Ich heiße übrigens Lucile. Vergessen Sie es nicht, *my dear.*«

Die Kutsche hielt vor dem Eingang des Parks, James sprang von seinem Sitz und öffnete den Schlag, den Hut in der Hand. Seine Herrin stieg zuerst aus, dann Elizabeth, die ihren Schleier abgenommen hatte. Der junge Mestize war starr vor Bewunderung und konnte nicht umhin, ihr in die Augen zu schauen. Sie senkte den Blick.

Eine unerbittliche Sonne beschien die Reihen der kleinen dunkelroten Häuser und die mit rosa Ziegeln gepflasterten Gehsteige, aber sobald die beiden Frauen die große Allee betreten hatten, fühlten sie sich wie in ein Bad von köstlicher Frische getaucht. Mit einer Geste von leicht gekünstelter Anmut befreite sich Mrs. Harrison Edwards von ihrem Hut und warf den Kopf zurück, als wollte sie das erhabene, in allen Salons berühmte Profil besser zur Geltung bringen.

Unter der Kuppel der riesigen Eichen, die sich hoch über ihnen wölbten, schritten die beiden Frauen langsam voran, und seit das Halbdunkel sie umgab, sprachen sie leiser. So verschieden sie waren, empfanden sie doch das gleiche Gefühl, außerhalb der Welt zu sein. Die Einsamkeit begünstigte diese angenehme Illusion, denn es war nicht die Stunde für Spaziergänge. Von den niederen Ästen der jahrhundertealten Bäume, die sie im Vorübergehen betrachteten, hingen lange graugrüne Moosvorhänge, deren Fransen sich beim geringsten Windhauch bewegten.

Elizabeth konnte sich aufs neue in einem jener Träume des Südens wähnen, wie sie sie in Dimwood erlebt hatte. Es fehlte nur der Gesang der Vögel, aber die schwiegen um die Mittagszeit.

Sie sprach kaum ein paar Worte, während ihre majestätische Gefährtin fast unaufhörlich redete, allerdings in einem vertraulichen Tonfall. Die Umgebung half ihr, den gewünschten Eindruck zu erzielen... Aus den weiten Spitzenärmeln sahen ihre nackten Arme hervor, jene Arme, die man in Savannah als Inbegriff der Vollkommenheit bezeichnete und derer sie sich jederzeit in ausladenden Gesten bediente; man folgte ihnen mit dem Blick, sei es, daß sie auf irgendeinen bemerkenswerten Gegenstand hinwiesen, sei es, daß sie eine plötzliche Gefühlsregung, ein Erstaunen, eine Freude ausdrückten.

»Elizabeth«, sagte sie in einem feierlichen Flüsterton, den sie im Hinblick auf die Erhabenheit des Ortes für angemessen hielt, »ich habe eine Botschaft für Sie. Es geht um das Anliegen einer unglücklichen Frau. Aber lassen Sie uns zuerst etwas weitergehen«, fügte sie geheimnisvoll hinzu.

Schweigend gingen sie noch etwa zwanzig Schritte, verließen dann die Allee und bogen in einen bemoosten Pfad ein.

»Hier kommt niemand entlang«, sagte nun Mrs. Harrison Edwards, »eigentlich habe ich es entdeckt; ich liebe es, in der Natur umherzustreifen, denn im Grunde bin ich eine große Einsame, eine Barbarin, eine Wilde...«

Elizabeth mußte sich zurückhalten, um nicht in schallendes Gelächter auszubrechen. Einen Augenblick später befanden sie sich auf einem runden Platz, in dessen Mitte ein kleiner Springbrunnen plätscherte. Die junge Engländerin erkannte den abgelegenen Ort sogleich wieder, wo Tante Amelia sie vor fünf Jahren in das Familiengeheimnis von Tante Charlottes fehlgeschlagener Ehe eingeweiht hatte. Aufs neue bewunderte sie die Trauerweiden, deren lange Zweige das Sonnenlicht filterten und sich über die Köpfe der beiden Frauen neigten. Die gleichen etwas rostigen Metallstühle luden sie zum Sitzen ein, und eine wilde Magnolie, die wie ein verirrter Wanderer ganz in der Nähe wuchs, verbreitete ihren schweren und betörenden Duft.

»Ist es nicht zauberhaft?« fragte Mrs. Harrison Edwards mit einer grandiosen Geste ihres makellosen Armes.

»Zauberhaft«, sagte Elizabeth, das Herz voller Erinnerungen; ihr Jonathan lebte damals noch...

Sie setzten sich.

»Ja, meine liebe Freundin«, begann Mrs. Harrison Edwards, »ich muß Ihnen eine Botschaft von einer sehr unglücklichen Frau zukommen lassen.«

Als wollte sie den ärgerlichen Gedanken, es könnte sich um die Fürsprache für eine notleidende Person handeln, gar nicht erst aufkommen lassen, fügte sie rasch hinzu:

»Sie ist sehr unglücklich, wenn auch sagenhaft reich.«

»Dann ist sie schon ein bißchen weniger unglücklich«, bemerkte Elizabeth.

»Sagen Sie das nicht, *Darling*. Geld allein macht nicht glücklich.«

»Nun gut.«

»Schön wie eine antike Göttin, geistreich und verführerisch, und trotz allem von der Gesellschaft geächtet wie eine Aussätzige. Ist das nicht schrecklich?«

»Schrecklich.«

»Es handelt sich... aber Sie haben es gewiß schon erraten... um Annabel.«

»Ach!« sagte Elizabeth.

»Jawohl, und sie möchte Sie sehen.«

»Sind Sie sich dessen sicher? Diesen Wunsch hat sie bisher nie geäußert, und das seit... seit vier Jahren.«

»Aus vielerlei Gründen. Aus Zartgefühl vielleicht. Sie bittet ja um nichts Übertriebenes. Sie möchte Sie nur besuchen dürfen, um wieder Kontakt mit der Gesellschaft aufzunehmen.«

»Aber ich bin doch nicht die Gesellschaft!« protestierte Elizabeth.

»Doch, durch Ihre Geburt. Denken Sie einmal nach. Sie werden überall empfangen, während die Gesellschaft vor ihr wie eine Mauer aufragt. Wegen eines Tropfen schwarzen Blutes, dessen Spuren nur noch in ihren Händen sichtbar sind, verschließt man die Türen vor ihr.«

»Aber die Gesellschaft sind Sie, Lucile, Sie, die sie in den Augen der Welt mit einer einzigartigen Autorität vertreten.«

»Oh! ich...«

»Jawohl, Sie, viel mehr als ich, die ich fast nie ausgehe. Empfangen Sie sie doch selbst.«

»Aber, meine Liebe, zwischen ihr und mir gibt es auch nicht eine Spur von Verwandtschaft, während bei Ihnen...«

»Bei mir?« rief Elizabeth rot vor Empörung. »Lucile, Sie irren sich. Ich habe nichts gegen Annabel, aber wir stammen nicht aus derselben Familie.«

»Ein bißchen, trotz allem, durch die Hargroves.«

»Nein und abermals nein. Das ist eine angebliche Verwandtschaft, für die es keine Beweise gibt.«

Sie erhoben sich, die eine so erregt wie die andere, und die Diskussion drohte in einen Streit auszuarten. Ihre zu rasch anschwellenden Stimmen drohten in Schreien überzugehen, die zornigen Profile maßen einander herausfordernd, und wie es in solchen Fällen geschieht, gemahnten sie, ohne es zu wissen, an zwei kampflustige Hühner.

Umsonst verbreitete die Magnolie ihren Wohlgeruch und wehte ihnen mit jedem Windhauch den Duft verflossener Liebschaften zu, umsonst spielte das Licht in den Verästelungen der Weiden, deren Schatten es auf das Gras und auf ihre Röcke warf. Sie fuhren fort, sich mit Worten zu zerfleischen, an die sie nicht mehr glaubten, und plötzlich, in einem jener unvorhersehbaren Stimmungsumschwünge, verbarg Mrs. Harrison Edwards ihr Gesicht in den Händen.

»Ich gebe auf«, sagte sie, »weil ich mich schäme. Ich schlage mich für eine Frau, für die ich Mitleid empfinde, und es gelingt mir nicht, Sie zur Teilnahme an diesem Mitleid zu bewegen.«

Bestürzt wich Elizabeth einen Schritt zurück.

»Lucile...«, sagte sie.

Mrs. Harrison Edwards ließ die Hände sinken und schaute sie an.

»Wie soll ich Ihnen böse sein, Elizabeth? Sie sind noch zu jung.

Sie werden nie Ihrer Kindheit entwachsen. Man muß gelitten haben, um zu verstehen.«

»Aber ich habe gelitten!« rief die junge Witwe empört.

»Ich weiß, aber das Leiden kann Sie entweder allem verschließen oder Ihnen das Herz öffnen. Ich habe genug gesagt. Reden wir von etwas anderem und geben wir uns einen Kuß, einverstanden?«

Elizabeth hatte es vor Verblüffung die Sprache verschlagen. Sie bot dieser Frau, die wie durch ein Wunder menschlich geworden war, ihr Gesicht und fühlte die noch von der fieberhaften Diskussion erhitzten Lippen auf ihrer Wange.

Sie tauschten ein Lächeln aus. Da Elizabeth immer noch so impulsiv war wie als Sechzehnjährige, hatte sie Mühe, eine Aufwallung zu unterdrücken, die sie jetzt dieser Frau entgegentrieb, aber Lucile nahm mit erstaunlicher Selbstbeherrschung wieder ihre gewohnte Haltung an.

»Da wir nun wieder versöhnt sind«, sagte sie, »können wir weiterreden. Wir haben uns recht lächerlich verhalten, das ist eine Frage der Nerven, die nichts zu bedeuten hat. Täuschen Sie sich nicht in Ihrer Meinung von mir.«

»Nein, Lucile, ich versichere Ihnen…«

»Ach was! Die Person, die ich in der Gesellschaft darstelle, ist die, die die Gesellschaft von mir erwartet. Man entkommt den Spielregeln nicht. Aber im tiefsten Inneren empöre ich mich gegen die Ungerechtigkeiten unserer Sitten. Annabel ist ein Opfer. Ihr Fall ist außergewöhnlich. Die Gesellschaft weigert sich, sie aufzunehmen. Was mich betrifft, so ertrage ich es nicht länger, sie in der Einsamkeit ihres großen Hauses zu sehen, wo niemand sie aufsucht. Sie sind es, die sie zu sehen wünscht. Wenn Sie sich weigern, werde ich sie zu mir einladen, und die Gesellschaft kann denken, was sie will.«

»Sie müssen ihr sagen, daß ich sie sehen möchte, Lucile.«

»Das ist die Antwort, auf die ich seit einer Stunde warte. Übrigens habe ich das Gefühl, daß es spät geworden ist. Gehen wir zur Kutsche zurück.«

»Spät? Glauben Sie wirklich?« fragte Elizabeth, beunruhigt bei dem Gedanken an das, was sie zu Hause erwartete: eine Szene, fürwahr, die seltsamerweise einer ehelichen Szene ähneln würde…

Sie verließen rasch den Park.

Es gab keine Szene. Es war viel schlimmer. Anstatt eines kleinen Jungen, der bei ihrer Ankunft vor Freude hüpfte, sah sie einen schweigenden jungen Ned mit zutiefst verletztem Blick. Er war bereits mit allen Listen vertraut und wußte, wie er sie am quälendsten treffen konnte. Der Verliebte spielte seine Rolle gut. Instinktiv hatte er die Kunst erlernt, ihr Schmerzen zu bereiten.

Wie gewöhnlich saß er mit seiner Mutter zum Mittagessen bei Tisch. Aber an diesem Tag gelang es ihr nicht, ihn zum Sprechen zu bringen, und das tat ihr weh. Angesichts dieser Schweigsamkeit war sie fassungslos, wie wenn er ihr eine harte, strafende Lektion erteilt hätte. Welche Zukunft bahnte sich da für sie und für ihn an?

Beim Nachtisch gab sie aus lauter Verdruß vor, nichts von der Brombeertorte zu wollen:

»Keinen Nachtisch für eine Mamma, die ihr kleiner Junge nicht mehr lieb hat.«

Bei diesen Worten sprang das Kind von seinem Stuhl auf und rannte mit tränenüberströmtem Gesicht zu ihr:

»Das ist nicht wahr, Mamma! Das ist nicht wahr!«

Die Umarmung fand statt... unvermeidlich, leidenschaftlich.

»Ich gewinne«, dachte Elizabeth, »aber ich bin verloren. Wenn wir bereits bei den unlauteren Mitteln angelangt sind, ist ihm nichts mehr beizubringen. Von den sentimentalen Schlichen zu den Lügen ist der Weg nicht weit, und dann...«

Als der Abend kam, nahm er wieder von all seinen Rechten Besitz und ersparte ihr nichts. Hinter verschlossenen Türen, im milden, verschwörerischen Schein der Lampe, forderte er seinen Jonathan, einen Jonathan zur Belohnung, der ihm den am Vorabend auf geheimnisvolle Weise verschwundenen ersetzen sollte. Aufs neue mußte sie ihre Phantasie bemühen und das Trugbild dessen, den sie geliebt hatte, auf seinem schwarzen Pferd durch unbekannte Länder reiten lassen. Ganz unwillkürlich, zuweilen mit zugeschnürter Kehle, gab sie sich diesen makabren Hirngespinsten hin. Der Kleine wollte wissen, wie Jonathan aussah, verlangte genaue Beschreibungen. Sie erfand, log wie vor einem Richter, aber schlecht. Ned beharrte auf der buchstäblichen Wahrheit, berichtigte die Widersprüche, und sie gehorchte, ließ im Taumel der Erinnerung ihren Jonathan mit seinen vor Liebe flammenden Augen wiederauferstehen. Ned klatschte in die Hände. Ja, diesen wollte er, den Jonathan mit dem feurigen Blick, den tapferen, den unwiderstehlichen, denn dieser Jonathan war er selbst.

Plötzlich war sie mit ihren Nerven am Ende, brach zusammen und schluchzte in die Bettdecke, ganz nahe an der Schulter ihres Sohnes, der da im Bett lag. Der Kummer schüttelte ihren Körper, und sie ließ sich ohne Rückhalt gehen. Das Kind bekam es mit der Angst und legte ihr die Hand auf den Kopf:

»Mamma«, seufzte er, »was hast du? Bin ich schuld? Bin ich schuld?«

Mit Mühe richtete sie sich auf.

»Aber nein, *Darling*, es ist nicht deinetwegen«, sagte sie mit erstickter Stimme. »Deine Mamma ist nur sehr müde, das ist alles.«

Sie schneuzte sich.

»Du mußt schlafen, Mamma«, sagte Ned und streichelte ihr Gesicht. »Du darfst nicht mehr weinen. Hast du mich lieb?«

»Ich habe dich viel zu lieb, mein Schatz. Leg mir die Arme um den Hals. Du wirst jetzt mit mir beten und dann schlafen. Versprochen?«

Er versprach es, kniete sich in sein Bett, und legte den Kopf auf die Schulter seiner Mutter, die sich erhoben hatte. Gemeinsam sagten sie das Gebet in seiner archaischen Sprache, durch die die Herrlichkeit des Mysteriums noch erhöht wurde. Das Kind murmelte vor sich hin, ohne recht zu verstehen, aber es befand sich mit seiner Mutter auf einmal in verborgenen Regionen, während sich das Herz der jungen Frau allmählich besänftigte.

»Es ist aus«, sagte sie sich, nachdem sie den Kleinen geküßt und die Lampe gelöscht hatte. »Ich werde mir etwas ausdenken. Ich schicke Jonathan auf eine lange Reise, und Ned wird ihn vergessen. Ab morgen höre ich auf damit.«

Nachdem sie die Tür hinter sich geschlossen hatte, wiederholte sie laut diesen Satz, der ihr ihre Ruhe wiedergab:

»Ab morgen höre ich auf damit.«

Ganz deutlich antwortete ihr eine Stimme:

»Nein.«

Erschrocken und wie erstarrt blieb sie stehen. Sie hätte schwören können, daß eine Stimme ganz aus der Nähe zu ihr gesprochen hatte.

»Doch«, sagte sie, »es muß sein.«

In diesem Augenblick trat Celina auf sie zu und fragte:

»Brauchen Sie mich, Madame? Ich glaubte zu hören...«

Der folgende Tag war schwierig. Der junge Ned zeigte sich zwar sehr artig, vielleicht sogar zu artig, aber Elizabeth wurde den Verdacht nicht los, daß er etwas von ihrem Vorhaben witterte, und sie fürchtete sich bereits vor dem Abend. Es glich doch zu sehr einem Bruch, und würde sie den nötigen Mut aufbringen?

Nachdem sie Betty beauftragt hatte, sich des kleinen Jungen anzunehmen, der sie etwas betrübt fortgehen sah, jedoch keine Fragen stellte, beschloß sie, den Vormittag mit Besorgungen in der Stadt zu verbringen, und kaufte alle möglichen Dinge ein, die sie eigentlich gar nicht benötigte: französische Spitzentaschentücher, mit denen bereits ein Schubfach ihrer Kommode bis zum Bersten gefüllt war, vier oder fünf seidene Schals, die ihr nur halbwegs gefielen. Aber heute morgen hatte sie Lust, Geld auszugeben. Das war, wie sie wußte, eine wohlbekannte Grille der Reichen, eine Art, die Zeit totzuschlagen, wenn man nichts Besseres zu tun hatte.

Einer plötzlichen Eingebung folgend, kaufte sie eine Indianerpuppe aus Stoff für Ned, in der Hoffnung, daß dieser Indianer ihn ein wenig über die lange Reise hinwegtrösten würde, die ihm seinen Jonathan auf unbestimmte Zeit entführen sollte.

Sie zitterte bereits. Als sie im Wagen saß, der sie nach Hause fuhr, fragte sie sich:

»Warum bin ich auf der Welt?«

Zu Hause erwartete sie eine Überraschung. Charlie Jones, von Kopf bis Fuß in Schwarz, ging im kleinen blauen Salon auf und ab.

Sein rosiges Gesicht strahlte eine zweite Jugend aus, die Elizabeth in Erstaunen versetzte. Noch nie, so schien es ihr, war er dem Porträt, das sie einst so bewundert hatte, ähnlicher gewesen.

Allerdings lächelte er nicht, als er mit ausgestreckten Händen auf sie zu trat, eingehüllt in eine Wolke von russischem Eau de Cologne.

»Ja«, sagte er, »ich bin es wieder. Die Zeit vergeht. Unsere kleine Welt verändert sich schnell. Ich habe dir etwas mitzuteilen, das dich nicht überraschen wird.«

»Was ist es denn, Onkel Charlie?«

»Vor drei Tagen hat der Finger des Schicksals die Stirn meines alten Freundes William Hargrove berührt. Seine Stunde hatte geschlagen. Der finstere Sensenmann ist im Morgengrauen erschienen.«

»Sie wollen sagen, er ist tot?«

»Etwas brutal ausgedrückt, ja.«

»Oh!« sagte sie.

»Ich wollte dich aus allen möglichen Gründen persönlich benachrichtigen. Falls du eine Verabredung zum Mittagessen hast, sag sie ab ...«

»Was soll das bedeuten?«

»Es soll bedeuten, daß man in gewissen Umständen dieses so flüchtigen und kurzen Lebens stoisch sein muß, daß es erforderlich ist, seinen Weg schweren Herzens, doch mit heiterer Stirn fortzusetzen. Also entführe ich dich ins De Soto, das einzige Restaurant der Vereinigten Staaten, wo man einen Champagner serviert, der dieses Namens würdig ist. Denn man muß reagieren, meine liebe Kleine, reagieren.«

»Ich werde mein Bestes tun.«

»Tapfer! Tapferes kleines Veilchen aus England!«

»O nein!«

»Was hast du denn? So nannte er dich doch. Ich habe dir einiges darüber zu erzählen.«

»Ich muß aber Ned Bescheid sagen, daß er allein essen muß. Er wird sehr enttäuscht sein.«

»Der liebe kleine Ned.«

»Und dann weiß ich nicht, ob ich für das De Soto richtig gekleidet bin. Vielleicht sollte ich ...«

»Unsinn! Du siehst ungeheuer elegant aus in dieser blaugrauen Seide und mit diesem Kopfputz mit der Straußenfeder hinter dem Ohr ...«

Celina erschien in der geöffneten Tür. Sie hielt einen störrisch dreinblickenden Ned an der Hand.

»Er hat Sie gehört«, sagte Celina mit ihrer kalten Stimme. »Ein Kuß könnte die Dinge wieder ein wenig ins Lot bringen.«

»Mamma, du gehst fort!« schrie das Kind und rannte zu Elizabeth.

Sie stürzte ihm entgegen.

»Mein Liebling, ich gehe mit deinem Großpapa zum Mittagessen aus. Sag ihm guten Tag.«

»Guten Tag, Großpapa«, sagte Ned, ohne sich zu rühren.

»Guten Tag, Ned. Ah! ich verstehe, daß du deinen Ned so vergötterst«, rief Charlie Jones aus. »Bereits ganz der Vater. Es ist wunderbar, euch zusammen zu sehen. Aber er kann mich ein andermal am Backenbart zupfen. Ich muß noch zum Hafen, wo heute nachmittag ein Schiff aus Europa ankommt... Elizabeth, laß uns aufbrechen.«

Jetzt gab er sich jovial und wie von einer riesigen Bürde befreit. Auf seltsame Weise fand Elizabeth in ihm den Onkel Charlie wieder, den sie vor Jahren gekannt hatte, lange vor der schrecklichen Zeit. Sie folgte ihm irgendwie glücklich, ohne recht zu wissen warum, und stieg in die vor dem Haus wartende Kutsche.

Ned und Celina standen auf der Türschwelle. Das Kind blickte seine Mutter mit jenem Ausdruck unaussprechlicher Traurigkeit an, der sie mehr aus der Fassung brachte als sein Geschrei. Vom Wagen aus warf sie ihm Kußhändchen zu, und plötzlich rief sie:

»Celina, ich habe ihm einen Indianer mitgebracht, geben Sie ihm den Indianer!«

Die Peitsche knallte. Die Pferde setzten sich in Bewegung. Weder Celina noch das Kind winkten.

Noch nie hatte sie sich so schuldig gefühlt.

12

In der Bull Street, der schönsten und breitesten Avenue der Stadt, die Savannah vom Norden bis zum Süden, vom Fluß bis zum Forsythe Park durchquerte, ragte das Hotel De Soto mit seiner imposanten Fassade aus dunkelroten Ziegeln empor. Es war von einer geräumigen Veranda umgeben und bot die Möglichkeit, im Freien unter riesigen Sonnenschirmen oder in einem der Säle zu essen, die mit ihren Deckengemälden und Goldverzierungen durchaus eines europäischen Palastes würdig waren. Da die Sonne zu sehr brannte, zog Onkel Charlie das Innere vor, sowohl für Elizabeths Teint als für die Vertraulichkeit des Gesprächs. Übrigens besprach er diese Punkte nicht mit ihr. In einer unbewußten Nostalgie bestand er darauf, in ihr immer noch das ganz junge Mädchen zu sehen, das ihn einst bezaubert hatte, und er geleitete sie höflich nach seinem Belieben, höflich, aber mit fester Hand.

Eine etwas entlegene Ecke wurde als die günstigste befunden, und sie nahmen auf den weichen, dick gepolsterten Bänken Platz. Warum mußte so früh ein Schatten auf das schöne Bild fallen? Ein riesiger Veilchenstrauß schmückte den Tisch. Onkel Charlie ließ ihn sofort durch Rosen ersetzen, dann blickte er Elizabeth wortlos an und senkte mit wissender Miene das Kinn, um das Zartgefühl seiner Geste zu unterstreichen.

»Ein bißchen plump«, dachte sie und schenkte ihm das Lächeln, das er erwartete.

Das bereits am Vorabend von Charlie Jones festgelegte Menü stieß bei Elizabeth auf keinen Widerstand, und sie fand dann auch alles ganz köstlich. Der Champagner war, wie konnte es anders sein, ausgezeichnet.

»Krug, Jahrgang 1845, merk dir das, ein neuer Champagner, an den man noch denken wird.«

Sie versprach, es sich zu merken, und das Gespräch nahm seinen Anfang, artete jedoch sehr bald in einen Monolog von Onkel Charlie aus.

»Was du nicht weißt«, begann er, »ist, daß sich unter unseren Füßen über mehr als eine Meile endlose Kellergewölbe erstrecken. Früher dienten sie als Schutz gegen die Spanier, und heute ruhen dort dicht gedrängt die besten Weine der Welt. Diese Flasche, die wir hier trinken, ist nur ein Tropfen aus der Fülle eines berauschenden Meeres; aber lassen wir die Anekdoten und wenden wir uns den Problemen zu. Träumerisch, wie du bist – und deine Träumereien passen sehr gut zu deinem Charme – doch, doch, widersprich nicht…«

»Sie sind wirklich zu liebenswürdig.«

»Träumerisch also«, fuhr er fort, »und eine Gefangene deiner Träume, weißt du fast nichts von der Welt im allgemeinen und von Savannah im besonderen. Jetzt, da du hier lebst und zur Stadt gehörst, habe ich dich nicht etwa eingeladen, um dich in die unwürdige Falle eines erzwungenen Geschichtsunterrichts zu locken… Das Wesentliche jedoch sollst du erfahren. In den Jahren 1819 und 1820 verheerte eine dreifache Plage die Stadt. Zuerst verbreitete eine finanzielle Krise, wie sie der Süden noch nie erlebt hatte, große Panik, und, als hätte das noch nicht genügt, brach im folgenden Jahr das Feuer in Savannah aus und legte einen guten Teil der Stadt, vor allem den Hafen, in Schutt und Asche. Dann schlich sich, vermutlich aus Kuba kommend, das gelbe Fieber ein und wütete wahllos unter der Bevölkerung. Man sah Männer auf der Straße plaudern und ganz plötzlich tot umfallen. Der Körper nahm die Farbe einer reifen, mit bläulichen Flecken übersäten Orange an… Man mußte sie so schnell wie möglich beerdigen.«

»Oh!« sagte Elizabeth entsetzt und ergriff den Champagner-kelch. »Ich nehme an, daß das ganze Land der geplagten Stadt zu Hilfe eilte.«

Die beredte Wendung dieses Satzes, die ihr so gar nicht entsprach, überraschte sie selbst und ermahnte sie, sich zu mäßigen. Sie stellte den Kelch vor sich hin, ohne daran genippt zu haben.

»Lassen wir das«, fuhr Onkel Charlie fort. »Savannah war ganz auf sich gestellt; man machte sich sogleich an die Arbeit, um die Schäden der Katastrophe zu beheben. Ein junger Architekt, einer unserer Landsleute namens William Jay, war 1817 gekommen, um das wunderbare Richardson House zu bauen, das zum Glück von den Flammen verschont blieb. Diesmal half er der Stadt auf beson-ders intelligente Weise, indem er Anweisungen von erlesenem Geschmack und großer Vernunft für den Wiederaufbau der Privat-häuser erteilte. Seine Ideen waren von mutiger Einfachheit und stie-ßen auf sofortige Zustimmung: ein nüchterner Stil, weniger Fenster, nur die, die wirklich notwendig waren, keine zusätzlichen für die Symmetrie, Fassaden ohne unnütze Verzierungen, kurz, eine Schön-heit, bei der Ebenmaß und Eleganz triumphierten. Die prächtigen Bäume und eine Fülle von Blumen sollten das übrige tun. Nach zehn Jahren mühevoller Arbeit war die Stadt entstanden, die du heute siehst. Im Jahre 1834 allerdings, als alles in Savannah von dem wie-dererlangten Wohlstand zu zeugen schien, besuchte ein großer iri-scher Schauspieler die auferstandene Stadt und dachte mit Bedauern an ihren einstigen Glanz zurück. Merk dir den Namen dieses berühmten Künstlers: er hieß Tyrone Power*.«

»Ich werde ihn nie vergessen«, murmelte Elizabeth in einem ange-nehmen Nebel.

»Gut. Er hatte sich bereit erklärt, in einigen Vorstellungen aufzu-treten, und man führte ihn ins Theater, eines der Meisterwerke von William Jay, aber seine Enttäuschung war groß, als er den verwahr-losten Zustand des Zuschauerraumes und des gesamten Inneren sah. Trotzdem weigerte er sich nicht, dort aufzutreten, und wurde in mehreren Stücken mit Beifall gefeiert, allerdings von einem ziemlich spärlichen Publikum, denn die Plätze waren teuer, und das Geld war noch knapp. Manche der herrlichen Häuser der Stadt dienten damals noch als preiswerte Familienpensionen... Danke, danke.«

---

* Ein Vorfahre des bekannten Filmschauspielers Tyrone Power.

Er wartete, bis der Kellner ihm eingeschenkt hatte, trank auf das Wohl des kleinen Ned und fuhr fort:

»Nachdem Tyrone Power auf der Bühne in einer bewegenden Rede seiner Bestürzung angesichts des Verhängnisses der edlen, verfallenen Stadt, die er mit Niobe verglich, Ausdruck gegeben hatte, erinnerte er sich, daß ihn der Ruhm in England erwartete, und schiffte sich wieder ein. Es war etwa um diese Zeit, als die großen Kaufleute den Gürtel enger schnallten und in einer gewaltigen Anstrengung ihre gedemütigte Stadt in drei oder vier Jahren wieder aufrichteten. Im Jahre 1838 erstrahlte Savannah wieder in voller Pracht. Das Gold rollte aufs neue über die Ladentische, und der Walzer eroberte im Sturm die Salons, die ihren alten Glanz zurückgewonnen hatten. Nichts ändert sich. Der Krieg steht vor der Tür, und der Süden tanzt Walzer. Ich hoffe, daß dir die Lammkeule schmeckt, sie wird hier auf englische Art serviert, mit geschmortem Lattich.«

Elizabeth zeigte sich von allem entzückt.

Als sie sich umblickte, stellte sie zu ihrer großen Überraschung fest, daß der riesige Speisesaal fast leer war. Zwei oder drei Gäste saßen in entfernten Ecken über ihre Teller gebeugt, und man hörte nicht einmal das Klappern ihrer Gabeln. Es war wie in einem Traum. Durch etliche Tische mit weißen Decken, funkelnden Tellern und Veilchensträußen voneinander getrennt, aßen sie schweigend unter einem blauen Himmel, auf dem ganze Scharen pausbäckiger Putten einander nachjagten und zwischen weißen Lämmerwölkchen Girlanden schwangen. Elizabeth war bereits ein wenig benommen und schaute mit vagem Blick hinauf.

Doch der unerschöpfliche Onkel Charlie setzte seine Rede in einem hinterhältig vertraulichen Ton fort, der die junge Frau zum Zuhören zwang:

»Siehst du dort hinter den Bäumen an der Ecke des Madison Square ein hellrotes Haus?«

»Aber natürlich, Onkel Charlie, das Ihre.«

»Noch ist es auf einer Seite mit Gerüsten umgeben, und wie du siehst, ist das Dach noch nicht ganz fertig, aber in achtzehn Monaten wird alles vollendet sein. In diesem Hause werden Feste stattfinden, von denen man, das schwöre ich, bis London reden wird. Und weißt du, wem ich es bereits in meinem Testament vermacht habe?«

Instinktiv wich sie zurück, aber er näherte sich ihr sogleich, und sie nahm den Geruch seines Atems wahr:

»Deinem kleinen Ned natürlich. Hattest du das nicht erraten?«

»Nein«, sagte sie, »nein, nein.«

Onkel Charlie blickte sie verdutzt an.

»Aber es ist doch immerhin ein stattliches Geschenk, das ich deinem Jungen mache!«

»Danke, danke für ihn – und für mich! Ich hatte es nicht erwartet.«

Als ob das Kind ihr am Tisch gegenübersäße, sah sie die großen Augen, die sie ernsthaft, tief und reglos anschauten. »So weit von mir?« sagten sie mit unerträglicher Sanftheit. »Warum kommst du nicht zu deinem Jonathan zurück?«

Einen Augenblick lang gab sie sich der Sinnestäuschung hin, daß er wirklich da sei, und hörte überhaupt nicht mehr, was Onkel Charlie sagte. Ein seltsamer Gedanke ging ihr durch den Kopf, machte sich breit und bedrängte sie: die Amme sollte das Kind nicht mehr baden. Die langen schwarzen Hände durften den Körper ihres Jonathan nicht mehr berühren; von jetzt an würde sie selbst ihn waschen und einseifen.

Onkel Charlies Stimme schreckte sie auf:

»Meine liebe Kleine, was hast du denn? Es ist doch hoffentlich nicht das Essen? Du bist ganz blaß und scheinst in Gedanken weit weg zu sein...«

Sie faßte sich sofort.

»Ich versichere Ihnen, es ist nichts... ein kleines Unwohlsein... das passiert mir manchmal. Geben Sie mir noch ein bißchen Champagner.«

Um ihn völlig zu beruhigen und indiskreten Fragen vorzubeugen, sagte sie einfach aufs Geratewohl:

»So wenig Leute... in einem so berühmten Restaurant...«

»Im Süden geht man nur selten zum Mittagessen in ein Restaurant, aber wenn du am Abend einen Tisch finden willst, dann bemühst du dich vergeblich. Es ist der schickste Ort in der Stadt. Übrigens gibt es hier nur das, was man die Table d'hôte nennt.«

»Ach, wie interessant!«

»Ja, nicht wahr? Aber ich frage mich, ob du mir zugehört hast, als ich dir von der Herkunft meiner bescheidenen Person erzählte. Was weißt du von mir? Antworte nicht: gar nichts. Um es kurz zu machen, ich entstamme einer ehrbaren jüngeren Adelsfamilie aus dem Shropshire.«

Elizabeth hörte ihm zerstreut zu, während sie die Rosen mit den Fingerspitzen berührte. Die Blütenblätter fielen in die flimmernden Lichtflecke, die ihr Glas auf dem Tischtuch erzeugte.

Er fuhr fort:

»Mein Großvater Josiah war – weißt du was? – ein Korsar!«

Sofort wurde sie aufmerksam.

»Ein Korsar!« rief sie aus. »Wie bei Lord Byron.«

»Ein wirklicher Korsar, allerdings weniger romantisch, im Dienste König Georgs II. Seine Majestät konnte nicht einmal Englisch und ließ sich Amerika entgehen. Aber er brauchte wahre Korsaren, und für die versenkten französischen und spanischen Schiffe verlieh er seinem getreuen Seemann ein Adelsprädikat und Ländereien. Mit einem Wappen natürlich. Nachdem mein Großvater sein Glück gemacht hatte, kehrte er hochgeehrt in die Heimat zurück.«

»In die Heimat…«

Hier glaubte Charlie Jones in den Augen der träumerischen Elizabeth ganz England zu sehen.

»Mein Vater Joshua verließ die halb englische, halb walisische Stadt, in der ich geboren bin, und zog nach Liverpool. Dort blühten die Geschäfte des Baumwollimports aus Amerika. Er beschloß, sich den Importeuren anzuschließen und wurde mit der Zeit fast ebenso reich. Für ihn wie für viele andere seiner Generation war Amerika die Zukunft, und er schickte mich dorthin, als ich mein zwanzigstes Lebensjahr erreicht hatte. Ich ging nach Savannah, dem größten Baumwollausfuhrhafen der Vereinigten Staaten. Weil ich lernen sollte, mir durch harte Arbeit meinen Lebensunterhalt zu verdienen, hatte er mir nur sehr wenig Geld mitgegeben. Als ich angekommen war, begab ich mich zu Fuß in die Büros, wo ich meine Dienste anbieten sollte. Unterwegs begegnete ich einem Armen. Es gab derer viele im Lande, denn Georgia erholte sich nur mit Mühe von den Katastrophen der Zwanziger Jahre. ›Hier‹, sagte ich zu dem Mann, ›hier hast du die Hälfte meines Vermögens.‹ Und ich drückte ihm einen Dollar in die Hand.«

»Oh! Bravo!« rief Elizabeth.

»Vermutlich hatte ich kein so schlechtes Geschäft mit dem Himmel gemacht, denn diese Silbermünze wurde mir hundertfach und millionenfach wiedergegeben. Ja, der Herr vergilt mit wahrhaft königlicher Großzügigkeit.«

»Weil dieser Bettler Gott war«, sagte Elizabeth schüchtern.

In plötzlicher Verblüffung blickten sie sich an, als ob sie etwas Unanständiges gesagt hätten.

»Was reden wir da für seltsame Dinge«, sagte Onkel Charlie schließlich.

»Das ist der Champagner«, sagte Elizabeth, um über die Peinlichkeit des Augenblicks hinwegzukommen.

»Mit deiner britischen Ironie zerstörst du eine schöne Geschichte«, bemerkte Onkel Charlie ein bißchen traurig. »Aber kehren wir auf die Erde zurück. Wo war ich stehengeblieben?«

»Unterwegs zu ich weiß nicht welchen Büros.«

»Ach ja... Die Büros! Der Hafen... Welch ein Elend! Es war zu der Zeit, als Südkarolina, unsere ritterliche Nachbarin, den Augenblick für günstig hielt, sich den Reichtum unserer Stadt zunutze zu machen. Da die Handelsschiffe nicht mehr den Hafen von Savannah anlaufen konnten, fuhren sie den Fluß bis nach Augusta hinauf, um die Baumwolle aufzunehmen. Charleston ergriff die Gelegenheit, verständigte sich mit Augusta und baute schlauerweise eine Eisenbahnlinie, die beide Städte verband. Ein wahres Meisterwerk, die längste Eisenbahnlinie der damaligen Zeit. Im Jahre 1833 erregte sie die Begeisterung der Welt, und man nannte sie das Wunder der Epoche. So gelang es Charleston, den Hafen von Savannah auszustechen. Aber ich, wo bleibe ich bei alledem? Das fragst du dich sicher besorgt.«

»Gar nicht, Onkel Charlie. Aus Treue zu der Stadt, die Sie in ihrer Not aufgenommen hat, sind Sie tapfer in Savannah geblieben.«

»Du träumst. Wie, zum Teufel, hätte ich mir meinen Lebensunterhalt verdienen sollen? Als ein vernünftiger junger Mann habe ich meine Dienste in Charleston angeboten, wo ich dann auch eine Zeitlang gelebt habe.«

»*Sehr* ritterlich!«

»Du machst mich nervös. Das Leben ist eine Sache und die Gefühle eine andere. In Charleston wurde das Porträt gemalt, das du bei mir in deinem Zimmer gesehen hast. Erinnerst du dich?«

Und ob sie sich daran erinnerte! Dieser verteufelte Champagner verwirrte sie völlig. Sie war aufs neue in den zwanzigjährigen Charlie Jones verliebt und verzieh ihm alles, da sie ihn durch einen Nebelschleier in dem heutigen Charlie Jones wiederfand.

»Sehr gut«, sagte sie mit einem etwas traurigen Lächeln.

»Dann wird es dich vielleicht interessieren, daß der junge Mann auf dem Porträt in Charleston die Bekanntschaft eines schottischen Fräuleins machte, einer Miss Douglas, in die er sich wahnsinnig verliebte und die er heiratete.«

Wie gut kannte er doch diese noch immer so naive Engländerin und ihren Hang, sich vor jedem schönen Gesicht in Qualen zu verzehren! Bis zu welchem Punkte neckte er Elizabeth, um sie leiden zu machen? Denn trotz seiner natürlichen Güte hegte er im Grunde seines Herzens immer noch einen Rest von Groll. Diese allen Schwärmereien zugängliche Frau hatte Neds Tod verursacht. Wie es an jenem Abend im Licht der Fackeln zu der mysteriösen Duellforderung gekommen war, wußte er inzwischen oder glaubte zumindest, es zu wissen. Diesen Abenteurer Jonathan hatte Ned nicht ohne Grund zum Kampf gefordert.

Plötzlich ernüchtert, erriet Elizabeth den geheimen Gedanken in der Tiefe dieser dunkelblauen Augen, und ihre stumme Anklage traf sie wie eine verächtliche Ohrfeige mitten ins Gesicht. Hatte er sie deshalb in diesen großen, fast leeren Saal eingeladen? Um sich zu rächen? Sie konnte es nicht glauben und versuchte sich einzureden, daß sie sich täuschte. Mit schmerzlichem Blick starrte sie ihn schweigend an. Auf seinen sinnlichen und doch so fest gezeichneten Lippen las sie klar und deutlich das Wort, das er nicht aussprechen würde und von dem sie manchmal in der Nacht verfolgt wurde: Ehebruch.

Einzelne Tränen rollten über ihre Wangen, und sie schämte sich, sie nicht zurückhalten zu können.

Was ging da in Onkel Charlie vor? Ohne es auch nur zu ahnen, schlug sie ihn in seinem eigenen Spiel mit den unfairsten und seit Menschengedenken unwiderstehlichsten Waffen. Er nahm ihre Hand und hielt sie fest in der seinen. Ein zufällig Vorübergehender hätte geglaubt, sie bei einer Liebesszene zu überraschen.

»Was nützt das Reden?« sagte er schließlich mit einer vor Rührung heiseren Stimme. »Es gibt Augenblicke, da die Worte nichts mehr bedeuten. Ich habe vielleicht ebenso sehr gelitten wie du. Du wirst es noch erfahren. Weine nicht mehr, Elizabeth. Du wirst immer zu jenen Wesen gehören, denen das Leben nichts beibringen kann und die bis zum Ende eine unerfahrene Seele behalten, eine unschuldige, hätte ich fast gesagt.«

»O nein!« rief sie kopfschüttelnd.

»Nun gut«, sagte er und ließ lächelnd ihre Hand los, »lassen wir das, und bestellen wir den Nachtisch.«

Sie schneuzte sich.

»Ehrlich gesagt«, gestand sie, »habe ich keine Lust auf eine Nachspeise.«

»Ich auch nicht. Ich werde dich nach Hause bringen, wenn du willst. Für einen Spaziergang ist es ein wenig zu warm um diese Zeit, aber bevor wir uns trennen, habe ich dir noch etwas zu sagen, das dir vielleicht peinlich sein wird.«

»Schon wieder?« fragte sie beunruhigt.

»Ach, so schrecklich ist es nun auch wieder nicht. Wie du weißt, weilt William Hargrove nicht mehr unter den Lebenden.«

Sie schwieg.

»Er hatte eine unbeschreibliche Angst vor dem Tode. Der presbyterianische Pastor, den man zu seinem Beistand rief, verursachte ihm ein noch größeres Entsetzen. Sein Sohn, mein Freund Josh, kam dann auf die Idee, einen anglikanischen Pfarrer aus Savannah holen zu lassen. Die Anglikaner sind in ihrer Sanftmut und Menschlichkeit unvergleichlich. Man schickte ihm also eine Art alten Engel, der sich – wie soll ich es nennen? – die Beichte dieses von Gewissensbissen gequälten Mannes anhörte und ihm den Frieden gab. Da erklärte William Hargrove, daß er im Schoße der englischen Kirche zu sterben wünsche. Der Trauergottesdienst wird folglich in der Christ Church stattfinden, in deiner Kirche.«

Er hielt einen Augenblick inne und fügte dann hinzu:

»Man bittet dich inständig, daran teilzunehmen.«

Elizabeth fuhr auf:

»Nie und nimmer! Nichts zwingt mich dazu...«

»Die ganze Familie bittet dich darum. Du kannst es nicht abschlagen. Das wäre fast ein Skandal.«

»Was für eine seltsame Nachspeise tischen Sie mir da auf, Onkel Charlie. Gut, ich werde hingehen, aber mit dem größten Widerwillen.«

»Noch einen Schluck Champagner, um die schwarzen Gedanken zu vertreiben?«

Sie schüttelte den Kopf.

Nachdem sie das De Soto verlassen hatten, stiegen sie in die Kutsche, die vor der Tür wartete.

»Ich fahre dich nach Hause, aber wenn du gestattest, nehmen wir den längeren Weg. Ich habe dir noch einige Dinge zu erzählen, die dich interessieren werden, ohne dich zu beunruhigen, ganz im Gegenteil. Tommie, wir nehmen die Bull Street bis zum Ende.«

Elizabeth saß in eine Ecke des Wagens gekauert unter ihrem Sonnenschirm und empfand trotz der Versöhnung beim Mittagessen ein gewisses Mißtrauen. Im Schatten der hohen Sykomoren, deren dichtes Laub das blendende Licht filterte, war sie so schön wie nie. Der Sonnenschirm, den die junge Frau hielt, beschattete ihr Gesicht bis zum Mund, und die Flechten ihres Haars glänzten auf ihren Schultern.

Charlie Jones konnte seine Bewunderung nicht verbergen.

»Ich weiß nicht, wie du es fertigbringst, deine Jugend so gut zu bewahren. Es scheint mir, als sähe ich dich wie am ersten Tag.«

»Sie sind zu liebenswürdig«, antwortete sie.

»Genug der Komplimente«, sagte er, als wollte sie ihm das seine zurückgeben. »Ich vergaß, dich nach dem Empfang bei den Schmicks zu fragen. Ohne es zeigen zu wollen, sind sie von äußerster Empfindlichkeit. Deine Anwesenheit hat sie beeindruckt, deine Einfachheit, dein Lächeln...«

»Das erstaunt mich. Sie haben mir kein Wort gesagt.«

»Das ist ihre Art. Stolz und schamhaft zugleich.«

»Nun denn, wenn alle zufrieden sind, soll es mich freuen.«

»Ich hoffe, daß dieser Schlingel Algernon sich gut benommen hat. Über ihn hätte ich gern mehr erfahren. Hat er dir den Hof gemacht?«

Sie zuckte verärgert die Schultern.

»Die Männer sind alle gleich.«

»Ich habe verstanden, und das genügt mir. Aber gestatte mir, daß ich dir den Menschen etwas näher beschreibe. Zuerst das Äußere... Er ist wie ein Kunstwerk: hübsch wie ein Mädchen...«

»Ach, ich bitte Sie, dieser Herr interessiert mich überhaupt nicht.«

»Gut, aber du wirst gleich verstehen. Er hat schon Dutzende von Herzen gebrochen. Man nennt das hier *morden*: das Morden der Damen ist seine Hauptbeschäftigung, seine einzige, würde ich sagen. Muß ich noch deutlicher werden?«

Mit aller Kraft erwehrte sie sich der Gedanken, die sie bestürmten: sich von Algernon morden zu lassen...

»Onkel Charlie, Erbarmen, reden wir von etwas anderem.«

»Das Ende ist in Sicht. Da er sehr vorsichtig ist, vermeidet er es, sich zu oft in der Öffentlichkeit zu zeigen, denn er hat eine krankhafte Angst vor den wütenden Herren, die nach ihm suchen, um ihn vor aller Welt zu ohrfeigen und ihn zum Duell herauszufordern. Und Duelle fürchtet er ganz besonders. Er ist das, was man hierzulande – du wirst den vulgären Ausdruck entschuldigen – einen *Cocktail* nennt. Verstehst du?«

In ihrem Zorn glaubte sie, er sei eifersüchtig, und wandte sich ab.

»Nein, und ich habe keinerlei Lust, es zu verstehen«, sagte sie.

»Ein Cocktail«, fuhr Charlie Jones belehrend fort, »ist ein Herr, der allen Anschein eines Gentleman hat und doch keiner ist. Algernon Steers mit seinem blendenden Namen ist nämlich von mütterlicher Seite der Großneffe des Krämers Schmick.«

Ihr Herz pochte erregt, und in einem Anflug von Stolz sagte sie mit eisiger Stimme:

»Onkel Charlie, gestatten Sie mir, Ihnen zu sagen, daß mir das völlig egal ist und daß ich das Thema sehr langweilig finde.«

»Ich weiß, meine liebe Kleine«, sagte er demütig, »aber ich mußte dich warnen. Dieser Bengel war auf meinen ausdrücklichen Befehl bei den Schmicks – denn er ist andererseits mit meiner Frau verwandt –, um schlecht und recht das zu vertreten, was sich selbst rühmt, die *Gesellschaft* zu sein. Ist er bis zum Ende geblieben?«

»Ich weiß nicht, was Sie unter ›bis zum Ende‹ verstehen. Ich war schließlich nicht da, um auf ihn aufzupassen.«

»Verzeih mir, Elizabeth. Ich hielt es für meine Pflicht, dir in deinem Interesse von ihm zu erzählen.«

»Und ich wäre Ihnen dankbar, wenn Sie mich in Ruhe ließen. Wir sind übrigens da, glaube ich.«

»Ja«, sagte er zustimmend, »aber das ist noch nicht alles.«

»Was denn jetzt noch? Ach, Onkel Charlie!«

Er ließ den Wagen etwa zwanzig Meter vor Elizabeths Haus halten.

»Ich bitte tausendmal um Entschuldigung, meine liebe Elizabeth, aber ich hätte das hier fast vergessen.«

Damit zog er einen Brief aus der Brusttasche und sagte feierlich:

»Ein Brief für dich. Ich weiß nicht, was er enthält, aber es will mir scheinen, daß er wichtig ist und reiflicher Überlegung bedarf.«

Elizabeth entriß ihm den Brief, ohne ein Wort zu sagen.

»Das ist noch nicht alles«, fuhr Onkel Charlie fort, griff in eine andere Tasche, zog eine flache, in veilchenblaues Seidenpapier gewickelte Schachtel hervor und sagte: »Öffne sie in deinem Zimmer, wenn du allein bist.«

Die Schachtel nahm sie höflicher in Empfang, jedoch noch immer schweigend.

»Und jetzt«, murmelte er leise, »sag mir, daß du mir verzeihst.«

Er nahm seinen Panamahut ab und blickte sie so liebevoll an, daß sie ihren Ärger vergaß.

»Sag doch ja.«

»Ja, Onkel Charlie, aber was habe ich Ihnen denn zu verzeihen?«

»Alles. Dieses ganze Mittagessen. Ich war abscheulich. Reine Bosheit. Es ist wegen Ned – man wird dir erzählen...«

Sie konnte nur stumm protestieren.

»Doch. Aber du... du warst wunderbar.«

Er hob die Stimme:

»Tommie, fahr weiter.«

Vor dem Haus nahm er Elizabeth bei der Hand und drückte ihr einen langen Kuß auf die Wange. Und plötzlich, mit dem Lachen eines ausgelassenen Jungen, flüsterte er ihr ins Ohr:

»Diesen Kuß gibt dir nicht Onkel Charlie, sondern der junge Mann auf dem Porträt.«

Sie errötete und bemühte sich zu lachen.

13

Celina öffnete ihr die Tür, und Elizabeth fragte sie sogleich:

»Was ist mit dem Kleinen?«

»Im Augenblick schläft er. Die Hitze.«

»Aber im Hause ist es doch kühl.«

Celina blieb unerschütterlich.

»Er hat den ganzen Vormittag geschwiegen, er schweigt seit... Er war sehr artig.«

Sie nahm ihrer Herrin den Hut und den Sonnenschirm ab.

»Ich hoffe, daß Sie mit Ihrem Mittagessen zufrieden waren, M'am.«

»Sehr. Ich gehe hinauf, um mich auszuruhen, und ich möchte von niemandem gestört werden.«

»Jawohl, M'am.«

Sie ging allein die Treppe hinauf und stützte sich dabei auf das Geländer. Algernon. Großneffe eines Krämers. Na und? Ist man sein vor hundert Jahren gestorbener Ahne oder ein lebendiger und sehr schöner junger Mann?

Und wenn der Brief von ihm wäre? Und die Schachtel in veilchenblauem Seidenpapier?

Um die berauschende Ungewißheit zu verlängern, bekämpfte sie tapfer den schier unwiderstehlichen Wunsch, den Umschlag zu öffnen. Dann kam ihr ein schrecklicher Gedanke: und wenn nun dieser Brief und die veilchenblaue Schachtel von Charlie Jones wären? Er hatte bezüglich des Porträts so seltsam gescherzt... Das wäre nun wirklich das Letzte. Während Algernon... Jetzt mußte sie es sich schonungslos gestehen: sie begehrte Algernon.

Es war das erstemal in ihrem Leben, daß sie es wagte, sich eine Wahrheit so klar und deutlich einzugestehen. Sie hatte das unbeschreibliche Gefühl, eine Treppe hinaufzugehen, während sie eine andere hinabstieg.

»Ich bin nicht mehr die gleiche Person«, sagte sie sich.

Auf Zehenspitzen schlich sie in ihr Zimmer und schloß ganz leise die Tür zum Nebenraum, in dem ihr Kind schlief.

Ein köstlicher Duft schlug ihr entgegen und schnürte ihr die Kehle zu. Eine Magnolie... Dieser mit zu vielen Erinnerungen beladene Duft ließ einen Augenblick in ihr wiederaufleben, der ihrem Leben für immer entrissen war. Darum hatte sie diese Blume aus ihrem Hause verbannt. Die ganze Dienerschaft wußte es, nur Celina nicht, die erst vor einem Jahr gekommen war, und sie allein hatte die allzu geliebte Feindin in das Gemach einlassen können.

Die halb geschlossenen Läden verdunkelten das Zimmer, und die junge Frau mußte sich an dem so schmerzlich vertrauten Geruch orientieren, bis sie endlich die Blume mit den milchweißen Blüten und den spitzen dunkelgrünen Blättern fand...

»Celina wußte es nicht.« Mehrere Male wiederholte Elizabeth diese Worte, um sich selbst davon zu überzeugen. Man hatte ihr nicht gesagt – und warum hätte man es tun sollen? –, daß der irische Gärtner vor zwei Jahren auf ihren Befehl eine Magnolie in einer Ecke ihres Gartens ausgraben mußte. Pat war entrüstet und hatte mit trotzigem Murren alle Magnolien des Südens zu Zeugen aufgerufen, als er Madame diesen Frevel vorwarf.

Nach dem Dienstmädchen zu klingeln und die Blume entfernen

zu lassen, schien ihr der einzig vernünftige Entschluß. Sie konnte es nicht. Sie stand reglos vor der Kommode und betrachtete wieder und wieder die bereits weit geöffneten Blütenblätter. Ihre Augen füllten sich mit Tränen. Sie würde Celina erklären, daß sie das nie mehr tun durfte... Doch dann stieg langsam der Gedanke in ihr auf, den sie vergeblich zu verwerfen suchte: Celina wußte etwas und hatte die Blume absichtlich dort hingestellt.

Ein unsinniger Verdacht, sagte sie sich, um ihre Unruhe zu beschwichtigen. Es gab nur eine Person auf der Welt, die es der Gouvernante hätte erzählen können: die Waliserin, und Celina kannte Miss Llewelyn nicht.

Die Waliserin oder Annabel, aber damit riskierte sie, einer Wahnvorstellung zu verfallen, und sie hielt sich zurück.

»Ausgeschlossen«, sagte sie laut.

Dieses Wort gab ihr die Ruhe wieder.

Um sich die Sorgen aus dem Kopf zu schlagen, öffnete sie den Brief, den sie noch in der Hand hielt, und setzte sich in den Schaukelstuhl, um ihn in aller Bequemlichkeit zu lesen.

Zuerst verstand sie überhaupt nichts. Es waren nur zwei mit eiliger Hand geschriebene Zeilen, die ihr fast unentzifferbar vorkamen, aber sie erkannte die Unterschrift sofort und erstarrte: *William Hargrove.*

Der Brief fiel ihr aus der Hand; sie begann zu schaukeln und seufzte. Was tun? Ein Mann, den sie nicht ausstehen konnte, schrieb ihr, und dieser Mann war tot. Ein plötzlicher Ekel ergriff sie bei dem Gedanken, dieses Blatt Papier berührt zu haben, auf dem die Hand eines Toten gelegen hatte. So jedenfalls sah sie die Dinge, die ihr von Minute zu Minute widerlicher wurden. An welcher Krankheit war er gestorben? Sie wußte es nicht genau. War der Tod als solcher nicht schon ansteckend? Am liebsten hätte sie sich die Hände gewaschen; aber ein Gedanke hielt sie zurück. Wenn der Tote sie sähe...

Doch da lag der Brief zu ihren Füßen. Sie erhob sich aus ihrem Schaukelstuhl. Sie mußte den Brief lesen, jetzt wollte sie wissen, was er enthielt. Aus dem Schubfach ihrer Kommode nahm sie ein Paar Handschuhe, die sie sich über die Hände zog, und hob das entfaltete Blatt vom roten Teppich auf.

Die Buchstaben bildeten nur einen Satz, und alle Wörter fügten sich so eng zusammen, daß sie nur ein einziges endloses Wort bildeten. Wenn man sich anstrengte, müßte man schließlich zumindest den allgemeinen Sinn erraten. Eine Hand auf dem Mund, um nicht die Miasmen einzuatmen, die dieses Papier aus dem Jenseits vielleicht ausdünstete, gelang es ihr, die Mitteilung zu entziffern, und in einem entsetzten Flüstern stammelte sie:

Für die, die ich mehr als meine Seele geliebt habe und die es nie gewußt hat.

Die Heftigkeit des Schocks ließ sie fast zu Boden sinken. Sie rannte zu ihrem Bett, warf sich flach auf den Bauch und vergrub das Gesicht im Kopfkissen, um ihr Stöhnen zu ersticken.

Alles in ihr weigerte sich zu verstehen. Es mußte ein Irrtum sein. Der Brief war nicht für sie... Aber der Umschlag bewies ihr das Gegenteil. In einer Art geistiger Verwirrung durchlebte sie noch einmal die seltsamsten Augenblicke ihrer Jahre in Dimwood. Erschreckender als alles andere war jene Stunde, die sie mit dem Verstorbenen in seiner Bibliothek verbracht hatte, die geheimnisvollen Sätze, die er ihr gesagt hatte, und sein seltsames Verhalten, der ständige Wechsel von Sanftmut und Gereiztheit, die brutale Art, wie er sie plötzlich vor die Tür gesetzt hatte, und später seine Weigerung, ein Wort an sie zu richten, sein Bemühen, sie nicht zu sehen, die riesigen Blumensträuße, die absichtlich auf den Tisch gestellt wurden, um sie während der Mahlzeiten vor seinem Blick zu verbergen. Wahnsinnig, sagte sie sich. Wahnsinnig und böse.

Wie sie ihn haßte! In ihrer Wut und ihrem Ekel schlug sie auf ihrem Bett um sich, strampelte mit den Beinen, hämmerte mit den Fäusten auf das Kopfkissen. Wollte er sich über sie lustig machen, sie bestrafen, indem er versuchte, ihr mit dieser Liebeserklärung aus dem Jenseits Angst einzujagen? Und welche Absichten hegte Onkel Charlie in dieser makabren Komödie?

Plötzlich erinnerte sie sich: »Die Schachtel. Die veilchenblaue Schachtel. Wo habe ich sie hingelegt?«

Mit einem Satz sprang sie aus dem Bett, schlich auf Zehenspitzen zum Fenster und öffnete die Läden. Ihr Blick durchforschte das Zimmer und entdeckte den sorgfältig in veilchenblaues Seidenpapier gewickelten Gegenstand auf einem Stuhl. Zuerst hatte sie die Farbe nicht sonderlich beachtet, aber jetzt wurde ihr die Wahl dieses Farbtons klar, und sie ärgerte sich.

»Ihr kleines Veilchen aus England?« murmelte sie. »Nein, Mr. Hargrove, ein für allemal, nein!«

Um das Paket war eine Schleife gebunden. Wütend riß sie sie ab und wollte dem kostbaren Einband die gleiche Gewalt antun, aber sie hielt inne. Was enthielt diese Schachtel? Welche Art von Überraschung? Oder war es eine Falle? Der makabren Liebeserklärung in dem Brief glaubte sie kein Wort. Was konnte dieser Mann, der sie wahrscheinlich haßte und sich noch über den Tod hinaus über sie lustig machen wollte, in dieser Schachtel versteckt haben?

Sie schüttelte sie mit ihren behandschuhten Händen und glaubte, ein kaum vernehmbares Geräusch zu hören. Ihre Phantasie gaukelte ihr tausend Dinge vor: einen Wespenschwarm... ein Tier, das ihr ins Gesicht springen würde...

Um sich zu beruhigen, denn sie schämte sich ihrer kindischen Ängste, setzte sie sich auf das kleine Kanapee und legte die Schachtel neben sich. Die Vernunft kehrte zurück und ihr wurde klar, daß der schnelle Wechsel von Gefühlen sie alles in einem falschen Licht sehen ließ. In dieser Schachtel war kein Tier. Onkel Charlie überwachte alles und hätte nie zugelassen, daß man sie zu Tode erschreckte.

Ohne ihre Handschuhe abzulegen, löste sie die seidene Umhüllung, unter der nun ein Kästchen aus Zedernholz zum Vorschein kam, dessen köstlicher Duft ihr ins Gesicht stieg, als wollte er sie beruhigen, und mit großer Vorsicht hob sie den mit einem Wappen geschmückten Deckel.

Vor Verblüffung stieß sie einen Schrei aus, den sie sogleich unterdrückte.

Mit weit aufgerissenen Augen sah sie vor sich ein Halsband aus schweren Smaragden funkeln, an dem als Anhänger ein noch größerer Smaragd hing, der mit Diamanten eingefaßt war. Zuerst wagte sie nicht, diesen königlichen Schmuck zu berühren und betrachtete ihn wie ein Wunder, das jeden Augenblick verschwinden und sich in Luft auflösen könnte. Die Steine waren rund geschliffen und facettiert, und die Facetten vervielfachten den Glanz, aber der Anhänger übertraf sie alle, sowohl durch seine Größe als durch die feine Lichtkrone, mit der ihn die Diamanten umgaben. Schließlich schleuderte Elizabeth ihre Handschuhe zu Boden und ergriff mit beiden Händen das überwältigende Geschmeide, das zu leben begann, über ihre Handflächen floß und durch ihre Finger glitt, die nicht müde wurden, es nach allen Richtungen zu drehen und zu wenden und seine Funken sprühen zu lassen.

Es verdrehte ihr ein wenig den Kopf, und sie lachte, ohne sich beherrschen zu können. Freude und eine dumpfe Unruhe ergriffen sie abwechselnd. Sie fragte sich, ob sie nicht den Verstand verlor, denn nichts in ihrem Bewußtsein vermochte ihr das Erscheinen einer solchen Pracht, die einer Königin würdig war, zu erklären. Noch nie hatte sie etwas Vergleichbares am Halse der reichsten Damen von Savannah gesehen. Plötzlich nahm sie das Collier und legte es sich um den Hals.

In dem großen Spiegel über dem Kamin sah sie eine Person, die sie nur zögernd wiedererkannte, so sehr veränderte das Funkeln der Edelsteine die alltägliche Elizabeth. Das edle Geschmeide reichte ihr bis zum Brustansatz. Konnte sie es wagen, so prunkvoll geschmückt auszugehen? Konnte man derartige Juwelen mit Unbefangenheit tragen? Hochmütig und verächtlich, unzufrieden wie ein gekröntes Haupt, das wäre wohl eher am Platze. Sie versuchte sich einen solchen Ausdruck zu geben und mußte lachen: sie konnte es nicht, aber sie wollte das Halsband auch nicht ablegen; sie träumte bereits, es von morgens bis abends zu tragen und es nicht einmal zum Schlafen abzulegen, und sie betrachtete seinen Glanz mit stolzer und entschlossener Miene.

Ganz leise kam ihr der Name William Hargrove wieder in den Sinn. Auf unerklärliche Weise veränderte sich auch sein Aussehen. Wie sollte sie es nennen? Sie suchte und fand es: weniger schrecklich.

Viel war es nicht. Ihr Gewissen machte sich an die Arbeit, und während sie mit der Halskette spielte, fragte sie sich, ob sie in ihrer Beziehung zu William Hargrove recht oder unrecht gehandelt hatte, aber sie kam zu keinem Ergebnis. In seinem kurzen Brief sagte er ja ganz richtig, daß sie ihn nicht verstand. Sie hatte überhaupt nichts begriffen. Weil seine Liebe nicht möglich war, hatte er sie im Geheimen geliebt.

Und plötzlich strömten die Jahre zurück, und sie empfand ein unermeßliches Mitleid für diesen ergrauten Mann, der in seinem auf grausame Weise hoffnungslosen Begehren halb wahnsinnig geworden war.

Mit einer spontanen Geste streichelte sie über die Smaragde, als wollte sie ihn trösten, und murmelte:

»Armer Mr. Hargrove.«

14

Ein Schlag gegen den unteren Teil der Tür riß sie aus ihren Träumereien. Der kleine Charles Edward suchte nach ihr.

Rasch griff sie zu einem Schal und schlang ihn sich um den Hals, um das überwältigend schöne Schmuckstück zu verbergen, dann ließ sie den kleinen Jungen herein. Er sah sofort das Kästchen und den veilchenblauen Stoff und ging darauf zu, um alles mit seinen neugierigen Händchen zu betatschen.

»Laß das, mein Liebling«, sagte Elizabeth.

»Ist dir kalt?« fragte er. »Frierst du? Warum hast du das um deinen Hals?«

Sehr geschäftig lief er im Zimmer herum. Alles interessierte ihn in diesem Reich seiner Mutter. Sie gehörte ihm. Selbst wenn sie anwesend war, schien es, als suchte und fand er sie in den Gegenständen, die sie zu benutzen pflegte, in den Kleidern auf dem Sessel, in den Dingen auf ihrem Frisiertisch. Das Schmuckkästchen klappte er mindestens zehnmal auf und zu. Sie mußte es ihm aus den Händen nehmen. Aber was ihn am meisten faszinierte, war die Magnolie in der Glasschale.

Der Duft war ihm von jeher vertraut. Es war der Geruch des Südens. Von den ersten Wochen seines Lebens an hatte er ihn in den Parks geatmet, in denen Betty ihn spazierenführte, aber noch nie im Hause. Gewöhnlich verwirrte ihn alles, was die Ordnung der Dinge im mütterlichen Zimmer auch nur im geringsten störte, und dann stellte er eine Menge Fragen, aber beim Anblick der weit geöffneten Blüte in einem Kranz großer dunkler Blätter stieß er Freudenschreie aus:

»Mamma«, rief er in höchster Freude, »schau doch nur, die große Blume!«

Ein wenig beunruhigt über diese Begeisterung, antwortete sie sogleich:

»Sie ist sehr schön, mein Liebling, aber deine Mamma kann sie nicht hier behalten. Celina wird sie wegnehmen.«

Er blickte bestürzt drein:

»Aber warum denn?«

»Nun... weil ich von diesem Duft Kopfschmerzen bekomme. Und du willst doch nicht, daß ich Kopfweh habe, nicht wahr, Darling?«

Die Augen des Kindes starrten sie mit einer Ernsthaftigkeit an, die sie beunruhigte.

»Dann soll sie in mein Zimmer«, sagte er.

»O nein, das ist sehr schlecht für kleine Jungen, es hindert sie des Nachts am Schlafen.«

»Mich nicht. Gib mir die Blume, Mamma.«

Elizabeth klingelte, ohne zu antworten.

Es folgte ein kurzes Schweigen, währenddessen sie sich von dem jungen Charles Edward beobachtet fühlte. In dem aufmerksamen Gesicht, bis in die braunen Locken hinein, glaubte sie bereits eine Starrköpfigkeit zu erkennen, mit der sie nur schlecht fertig werden würde.

Es klopfte an die Tür, und das Zimmermädchen erschien.

»Sagen Sie Miss Celina, daß ich sie sprechen möchte.«

Wieder allein mit dem Kind, bemerkte sie, daß es vor ihr jene Haltung einnahm, die sie seine Miene des kleinen Mannes nannte, von der sie gewöhnlich gerührt war, aber heute störte sie sie. Keiner von ihnen sagte ein Wort. Elizabeth lächelte ohne Erfolg, aber die großen braunen Augen ließen nicht von ihr. Einen Augenblick später trat Miss Celina ein, ruhig, die Hände auf dem Bauch gefaltet.

»Miss Celina, wußten Sie nicht, daß ich keine Magnolien im Hause haben will?«

»Nein, M'am.«

»Wer hat diese Blume dort hingestellt?«

»Ich, M'am. Ihre Nachbarin, Miss Rumboldt, erlaubte mir, sie von dem Baum vor ihrer Tür zu pflücken. Er hat so viele Blüten...«

»Ja, aber warum steht sie hier?«

»Ich dachte, sie würde Ihnen gefallen«, kam es zwischen den schmalen, zusammengepreßten Lippen hervor.

Elizabeth setzte sich.

»Ich danke Ihnen«, sagte sie, »aber ich bitte Sie trotzdem, sie wegzunehmen und verschwinden zu lassen.«

Ein Schrei der Verzweiflung und Wut schreckte sie auf:

»Nein, Mamma, nein!«

Miss Celina blieb ungerührt, selbst dann, als Elizabeth ihr einen hilfesuchenden Blick zuwarf.

»Was tun? Vielleicht lasse ich sie noch einen Abend für ihn hier. Sie wird ganz braun werden, und dann will er sie nicht mehr.«

»Ich will sie immer«, drängelte das Kind.

»Darling, man kann nicht jeden Tag eine für dich pflücken. Das ist verboten.«

»Aber Celina hat es trotzdem getan.«

»Nie wieder«, sagte Miss Celina. »Man hat es mir nur dieses eine Mal erlaubt.«

Doch da das Kind ihr leid tat, zeigte sie ihm so etwas wie ein Lächeln, das er nicht bemerkte.

Statt dessen zupfte er seine Mutter am Rock und sagte mit einer Stimme, die dem Schluchzen nahe war:

»Du hast mich nicht mehr lieb.«

Ohne auf die Antwort zu warten, lief er in sein Zimmer, und sie hörten noch eine Weile sein Geheul, bis er schließlich still war.

»Darf ich Ihnen einen Rat geben?« fragte Miss Celina. »Wenn Sie dieser Laune nachgeben, werden Sie ihm schließlich in allem seinen Willen lassen müssen.«

»Sie haben wahrscheinlich recht«, sagte Elizabeth und griff sich an den Hals.

In der Tat hatte sie das Gefühl, daß die Augen der Gouvernante seit einer Weile auf die Falten des Schals starrten, unter dem sich die Smaragde verbargen.

»Ich sehe ein, daß ich ihn nicht verwöhnen darf«, fügte sie demütig hinzu, »aber es ist hart.«

»Soll ich also die Blume mitnehmen?« fragte Miss Celina.

»Ja, in Gottes Namen, ja.«

Als sie wieder allein war, bemerkte sie überrascht die tiefe Stille. Nicht das leiseste Raunen kam aus dem Nebenzimmer, wo einem Vierjährigen das Herz brach.

»Nie werde ich den Mut aufbringen, ihm zu sagen, daß Jonathan fort ist«, sagte sie sich.

Wie eine Schuldige, die um Verzeihung bitten geht, begab sie sich mit langsamen Schritten in Neds Zimmer.

15

Bei der Versöhnungsszene flossen beiderseits viele Tränen. Der kleine Tyrann verlangte vorläufig nichts mehr… Weit davon entfernt, ihm Jonathans Abreise zu verkünden, schluckte Elizabeth ihren Stolz hinunter und erfand sogleich einige neue Heldentaten, die sie vor kurzem in der abenteuerlichen Karriere des rätselhaften Recken entdeckt hatte. All das erzählte sie, ohne Vorwegnahme der obligatorischen Geschichte, die die letzte Viertelstunde vor dem Abendgebet und dem Gutenachtkuß ausschmücken sollte... Denn noch schien die Sonne, und Betty würde bald kommen, um das artige Kind zu einem Spaziergang abzuholen.

Der Tag endete also wie gewöhnlich. Elizabeth kapitulierte auf der ganzen Linie. Sie brachte nicht einmal den inneren Mut auf, zu bestimmen, daß sie von nun an ihren Jungen baden würde und nicht mehr die schwarze Mammy.

»Ich bin geschlagen«, sagte sie sich, »und ich weiß es und fühle es. Ich lese meine Zukunft wie in einem offenen Buch. Ich kann nicht nein zu einem Mann sagen. Schande über dich, Elizabeth Jones! Der Kleine hat mir alles offenbart.«

In dieser Nacht wurde ihr Schlaf von Alpträumen gestört, die sie erschreckten, und sie erwachte bei Tagesanbruch, in Schweiß gebadet, die Hände an die Kehle gepreßt. Über ihrem Nachthemd trug sie noch immer den kostbaren Schmuck.

»Der Preis der Leidenschaft eines ergrauten Mannes«, dachte sie voll Entsetzen.

Aber da empörte sich ihr ganzes Wesen. Im ungewissen Licht des Morgengrauens riß sie sich das an ihrer Haut klebende Hemd vom Leibe und stellte sich nackt vor den Spiegel. Die Smaragde waren ihr nie schöner erschienen, und sie selbst auch nicht...

»Du lebst nicht«, sagte sie halblaut, »du träumst nur, daß du lebst.«

Einige Minuten später löste sie das Halsband und legte es wieder in das Kästchen zurück.

16

In einem seiner ironischen Momente schenkte ihr das sogenannte wirkliche Leben ein besonderes Erwachen.

Während Elizabeth mit Charles Edward frühstückte, der sich trotz des Verschwindens der Magnolienblüte beruhigt hatte, fragte sie sich, was der Tag wohl für sie enthalten mochte. Ziemlich feige, aber um des lieben Friedens willen, hatte sie dem Kind versprochen, ihm eines Tages eine andere Magnolienblüte zu schenken…

Das fast runde Zimmer, in dem sie ihren Morgentee tranken, hatte einen gewissen Charme vergangener Zeiten bewahrt: Die Stühle mit den hohen, schmalen Rückenlehnen hoben sich vom Blaßgrün der Wandtäfelungen ab, und auf dem weißen Tischtuch glänzte eine schwere silberne Teekanne mit Ebenholzgriff. Ein noch mildes Licht drang durch die gelben Gardinen und verstärkte die Atmosphäre glücklicher Geborgenheit.

Mit instinktiver Auflehnung verwarf Elizabeth alles, was Charlie Jones ihr bezüglich einer Beerdigung gesagt hatte, an der sie – dessen war sie sich sicher – nicht teilnehmen würde, aber die bauchige silberne Teekanne und die Stühle, auf denen so viele Ladies und Gentlemen zur Zeit der Königin Anne gesessen hatten, sagten ihr:

»Doch, kleine Mrs. Jones, Sie werden mit der ganzen *Society* dorthin gehen, weil die *Society* es will.«

In diesem Augenblick reichte ihr ein weißbehandschuhter Diener ein silbernes Tablett mit der morgendlichen Post, bei der sich auch eine Tageszeitung befand, die stets ungeöffnet blieb.

Zwei Briefe… Die Handschrift des ersten erkannte sie sofort: Tante Charlotte kündigte ihr einen baldigen Besuch an, um wichtige Fragen mit ihr zu erörtern. Die liebe Tante Charlotte. Sie kam ein- oder zweimal im Jahr nach Savannah, und bei den wichtigen Fragen handelte es sich stets um religiöse Betrachtungen und nützliche Ratschläge zur Bibellektüre.

Der zweite Brief befand sich bereits in den Händen von Charles Edward. Dieser hatte ihn sogleich an sich genommen, denn er war begeistert von der Größe des Umschlags, den er gerade mit einem Buttermesser öffnen wollte. Elizabeth riß ihn ihm jäh aus der Hand. Sie wußte bereits alles. Rasch schlitzte sie das Kuvert mit dem Fingernagel auf und entnahm ihm eine Karte, die sie vor Entsetzen erstarren ließ. Es war die offizielle Einladung zum Begräbnis William Hargroves am 12. Oktober um Punkt elf Uhr in der Episkopalkirche Christ Church. Auch bei der Grablegung auf dem städtischen Friedhof war ihre Anwesenheit dringend erbeten, da der Verstorbene sie in seinem letzten Willen ausdrücklich gewünscht hatte.

Diese letzten, mit der Hand hinzugefügten Worte sprangen ihr wie die Krallen einer Wildkatze in die Augen. Sie hatte die energische Handschrift Onkel Charlies erkannt und wußte, daß ihr nur noch ein Ausweg blieb: vor dem nächsten Donnerstag zu sterben.

Sie stieß die noch halbvolle Teetasse zurück, klingelte und ließ die Gouvernante rufen. Diese erschien gleich darauf. Mit einer Geste, ohne ein Wort zu sagen, zeigte Elizabeth ihr die prunkvoll bedruckte Karte mit dem bestürzenden handgeschriebenen Postskriptum.

Ein Blick genügte der Gouvernante.

»Eine traurige Nachricht«, sagte sie in ruhigem Ton. »Die ganze Stadt weiß es, aber machen Sie sich keine Sorgen, M'am. Ich kenne Ihre Garderobe. Sie haben an schwarzer Kleidung genau das, was Sie brauchen. Ich kümmere mich um alles. Das ist kein Problem...«

Die monotone Stimme artikulierte diese Sätze mit einer Präzision, die das Zuhören unerträglich machte, aber Elizabeth hörte nicht hin. Nur die Worte von einem »Trauerkleid, das nur einmal getragen worden ist«, überraschten sie. Während sie die Gouvernante mit dem Parzengesicht anblickte, dachte sie verwirrt:

»Jetzt träumst du nicht mehr... all das ist Wirklichkeit...«

Das Kind wohnte dieser Szene verständnislos bei und schwieg, aber seine großen unruhigen Augen waren unverwandt auf Elizabeths Gesicht geheftet. Alles an Celinas Rede erschien ihm seltsam. Es handelte sich, so glaubte er, um etwas Angsterregendes, aber über das, was der Tod sein mochte, stellte er keinerlei Vermutungen an. Viel verwirrender als Celinas Worte war für ihn der starre Blick seiner Mutter und das leichte Zittern ihrer stummen Lippen.

Erschrocken streckte er die Hand nach ihr aus und sagte:

»Mamma, ich bin da.«

Sie streichelte ihm die Wange und murmelte:

»Sei artig, mein Liebes, alles ist gut.«

Schon glaubte sie, in Tränen auszubrechen, aber sie fand die Kraft, sich zu beherrschen, wandte sich kurz der Gouvernante zu und sagte:

»Gut, Miss Celina, wir werden das später besprechen.«

Miss Celina nickte und ging hinaus.

Die Ereignisse nahmen ihren Lauf, wie es der unmenschlichen Logik des Brauches entsprach. Es war nicht Elizabeth, die träumte. Es war das sogenannte wirkliche Leben, das sich in einem seiner ironischen Momente in einen schwarzen Traum verwandelte.

Noch am gleichen Nachmittag erhielt Elizabeth den Besuch von Miss Charlotte. Die Jahre hatten das ehrwürdige Fräulein geschont, denn sie bewahrte das gleiche Gesicht mit den lebhaften rosigen Wangen, über dem sich eine ewig schiefsitzende große Haube türmte, und ihre ganze Persönlichkeit strahlte die alte Unschuld aus. Ein Schlüsselbund baumelte in den Falten ihres Kleides, und wie gewöhnlich schwatzte sie mit schriller, aber freundlicher Stimme.

An diesem Tage allerdings hatte Elizabeth das Gefühl, daß ein fast unmerklicher Schatten sich zwischen sie legte.

»Meine liebe Kleine«, begann Miss Charlotte, »in diesem hübschen himmelblauen Salon zögert man, über zu ernsthafte Dinge zu reden. Das Leben des Menschen ist wie die Blume auf dem Felde: wenn der Wind darüber geht, so ist sie nimmer da. 103. Psalm.«

»Ich weiß«, sagte Elizabeth ein wenig ungeduldig. »Der unheilvolle Schnitter. Mr. Hargrove ist tot.«

»Fürchtest du nicht, daß ein zu ernsthaftes Gespräch deinen Jungen erschrecken könnte?«

Das Kind hatte die Besucherin nicht aus den Augen gelassen und streckte ihr mit einem strahlenden Lächeln die Hände entgegen.

»Sie sehen doch, wie er Sie vergöttert«, sagte Elizabeth, »und was er nicht verstehen kann, interessiert ihn nicht. Außerdem wird Betty gleich mit ihm spazierengehen.«

»Miss 'Lotte«, sagte Ned, »ein Bonbon.«

Miss Charlotte griff in die Tasche ihres Kleides, zog eine Schachtel hervor und öffnete sie:

»Ein Honigbonbon für das artige Kind.«

Die große Haube neigte sich ihm zu, sie küßte ihn und gab ihm das Bonbon.

»Bedenke, daß der Honig wie auch die Milch zu den Segnungen des Volkes Israel gehörten … deine Mamma wird es dir erklären.«

»Noch heute abend«, sagte Elizabeth. »Inzwischen setz dich dort ganz artig hin, mein Liebling, und laß deine Ritter zum Angriff gegen die Rundschädel starten, aber ohne Lärm, bitte.«

Er hockte sich hinter den Sessel seiner Mutter.

»Der brave kleine Kerl«, bemerkte Miss Charlotte, während sie sich im Schaukelstuhl niederließ. »Er geht auf sein fünftes Lebensjahr zu, nicht wahr?«

»Ja, so allmählich.«

»Du kannst dir nicht vorstellen, wie unwissend wir da oben in unserem lieben Great Lawn sind. Wir haben keine Ahnung von dem, was in der Welt vorgeht. Weder Amelia noch ich lesen die Zeitungen. Die Nachrichten werden zu konfus, und wir verstehen überhaupt nichts mehr.«

»Ich auch nicht, und es ist mir egal.«

»Da hast du vielleicht unrecht. Ich habe zwar immer lieber meine Bibel gelesen, aber als ich hier ankam, versetzte es mir einen Schock. Alles, was ich dir jetzt sagen werde, kommt direkt von Onkel Charlie. Wenn ich bei ihm bin – aber ich werde wieder bei dir wohnen, wenn Amelia im Winter hier sein wird –, will Charlie mich unbedingt über die Politik des Landes informieren...«

»Was mich betrifft, so hat er es aufgegeben. Er weiß zu gut, daß diese Dinge mich langweilen.«

Keineswegs entmutigt, fuhr Miss Charlotte fort:

»Das ist schade. Es gibt einen Augenblick, da die Politik bis vor unsere Türen kommt und, wenn es sein muß, durch die Fenster dringt. Zwei neue Staaten sollen in die Union eintreten.«

»Wie? Gibt es nicht schon genug? Welch ein seltsames Land, das ständig seine Form ändert.«

»Ja, es ist ein wenig wie das gelobte Land, als die Juden kamen. Man fügte bald hier, bald da ein Stück hinzu, aber es war das gelobte Land.«

»Aber wir sind nicht im gelobten Land.«

»Irrtum. Viele Emigranten kommen von überallher, aus Amerika und aus der alten Welt, um sich hier niederzulassen und zu bereichern. Und wie die Juden in Palästina richten sich die Weißen in Gebieten ein, die ihnen nicht gehören, als seien sie dort zu Hause. Sowohl Kansas als auch Nebraska sind indianische Gebiete – und die Indianer, nebenbei gesagt, haben Sklaven. Meine liebe Elizabeth, ich weiß so viel darüber, daß es mir schwindlig wird.«

»Wir könnten von anderen Dingen reden.«

»Nein, du sollst deinen Geschichtsunterricht haben. Also Kansas und Nebraska. Letzteres liegt nördlich der Linie, die den Norden vom Süden trennt, und wird folglich als freier Staat angesehen. In Kansas dagegen wird die Bevölkerung wählen und entscheiden, ob sie Sklaven haben will oder nicht.«

»Und die Indianer? Werden sie wählen?«

»Ach, wie naiv du bist! Die Indianer zählen nicht. Man wird sie vertreiben und sie in Reservaten ansiedeln, irgendwo...«

»Aber das ist doch eine Schande!«

»Du denkst wie Onkel Josh. Inzwischen fallen die Söhne des Südens in Kansas ein und sichern sich ein möglichst großes Gebiet in der für den Baumwollanbau günstigsten Gegend ... Alles wird für die Pflanzer bereit sein, die mit ihren Sklaven kommen wollen. Aber du kannst dir wohl denken, daß der Norden nicht die Hände in den Schoß legt. Er schickt eine Menge Leute, um sich dort niederzulassen und bei den Wahlen die Mehrheit zu erringen. Die Zusammenstöße beginnen, Beschimpfungen, Schlägereien, Bürgerkrieg.«

»Und das Abkommen von Missouri, Miss Charlotte?«

Die Erzählerin richtete sich auf:

»In Scherben gegangen, Kleine. Wakarusa, ein indianisches Dorf, wurde von den Nordisten in Lawrence umgetauft. Die Söhne des Südens nahmen es im Sturm, setzten die Post und einige andere Gebäude in Brand. Und dann – hier senkte sie die Stimme – erschien der Teufel.«

»Oh!« rief Elizabeth aus.

Der kleine Junge, der sich während dieser lehrreichen und mysteriösen Unterredung still verhalten hatte, schmiegte sich an das Bein seiner Mutter, drückte seinen Stoffindianer ans Herz und riß die Augen weit auf. Betty hatte ihm von diesem bösen Mann erzählt.

»Ein Rasender, ein religiöser Fanatiker, der sich vom Himmel beauftragt glaubt, die Schwarzen mit Gewalt zu befreien. In Pottawatomie – auch ein indianischer Name, wie du siehst – dringt er bei hereinbrechender Nacht mit einer Bande von achtzehn Übeltätern bei den Weißen ein, bemächtigt sich einer Gruppe von fünf Söhnen des Südens, schleppt sie in die Finsternis hinaus, schneidet sie in Stücke und verstümmelt sie mit dem Hirschfänger. Auf der Flucht tötet er auch Indianer unter dem Vorwand, daß sie Sklaven haben. Er heißt John Brown. Der Norden wird das auf seine Art auslegen und einen Helden aus ihm machen.«

In dem kleinen blauen Salon erzielte diese bestürzende Rede eine schreckliche Wirkung. Das Kind stieß einen Schrei aus und klammerte sich an den Rock seiner Mutter. Diese war ganz bleich geworden und erklärte:

»Das war im letzten Mai, wir haben bereits darüber geredet, Tante Charlotte, und zwar viel zuviel. Sie sollten dem Kind keine Angst machen.«

»Du hast vielleicht recht, aber er hängt ständig an deinem Rock-

93

zipfel, und ich habe einer augenblicklichen Eingebung nachgegeben. Ich fühlte mich verpflichtet, die Wahrheit zu verbreiten. Du
wirst ihn schon zu beruhigen wissen.«

Tränen rannen über Charles Edwards Wangen, der seine Mutter
hilfesuchend anblickte.

»Du brauchst dich nicht zu fürchten«, sagte sie und küßte ihn,
»denk nicht mehr daran, es ist längst vorbei, alles ist wieder
gut.«

»Wirklich?« fragte er.

»Aber natürlich, Darling. Tante Charlotte, wollen Sie bitte Betty
rufen?«

Beim heftigen Schaukeln des Stuhles schwangen Miss Charlottes
kurze Beine durch die Luft, doch dann sprang sie mit einem Satz auf,
lief zur Klingel und zog die Schnur.

Der kleine Charles Edward war auf Elizabeths Schoß geklettert,
und sie drückte ihn herzhaft an sich. Miss Charlotte lachte wohlge-
fällig.

»Ihr liebt euch zu sehr, ihr beiden, weißt du das?«

»Wahre Liebe kennt keine Grenzen, Tante Charlotte.«

»Das weiß ich ebenso gut wie du, auch ich habe die Liebe gekannt,
aber dieser Kleine soll einmal ein Mann werden.«

In diesem Augenblick erschien Betty mit einem grünen Tuch auf
dem Kopf.

»Geh mit Ned in der Bull Street unter den Bäumen spazieren...
und dann noch etwas: erzähl ihm nie mehr vom Teufel...«

»O nein, M'am«, rief Betty aus und machte dabei jenes Zeichen,
das Elizabeth so seltsam erschien, als wollte sie ihr Gesicht mit
einem unsichtbaren Schleier verhüllen. »Ich e'zähl dem Schatz von
seinem Schutzengel.«

»Gute Idee! Nun komm, Ned, sei lieb und geh mit Betty an die
frische Luft.«

Es folgte ein kurzer Kampf mit schweren Seufzern, aber dann gab
der Schatz nach, schleuderte den Stoffindianer mit dem Fuß in die
Höhe und schüttelte ihn, als ob er der Teufel wäre.

»Du wirst ihn noch zerreißen, deinen Indianer«, sagte Miss Charlotte.

Betty blickte zur Decke.

»Betty ve'b'ingt ih'e Zeit damit, Massa Neds Indiane' zusammen-
zunäh'n.«

Als die drei verschwunden waren, setzte sich Miss Charlotte wieder in den Schaukelstuhl, den sie im Galopp wippen ließ.

»Es wird dich vielleicht erstaunen«, sagte sie, »aber der entsetzliche John Brown tut mir leid… Er hat einen Dämon in sich wie die Besessenen des Neuen Testaments. Man weiß alles über seine Familie. Seine Mutter und seine Großmutter mütterlicherseits sind im Wahnsinn gestorben. Auch fünf seiner Vettern sind der Tobsucht verfallen. Er hat zwanzig Kinder, von denen zwei am Wahnsinn zugrunde gegangen sind. Wie sollte er dem entkommen? Er ist nicht dafür verantwortlich.«

»Dann soll man ihn in ein Irrenhaus sperren.«

»Da müßte man seiner zuerst einmal habhaft werden, aber er hat eine Truppe von Fanatikern unter seinem Befehl, die ihm wie Soldaten gehorchen. Allerdings gibt er ihnen auch viel Geld (sie kicherte ein bißchen). Für den Norden ist das ein gefundenes Fressen.«

»Was wird die Regierung tun?«

»Die Regierung wartet auf das Wahlergebnis, denn in Kansas tobt der Wahlkampf, und auf beiden Seiten wird geschwindelt.«

»Sie machen sich keine Illusionen, Tante Charlotte.«

»Überhaupt keine!« rief Miss Charlotte aus und schaukelte so heftig, daß es ihr fast den Atem verschlug. »Jetzt bist du über das Klima im Lande unterrichtet.«

Eine grausame Angst schnürte Elizabeth die Kehle zu, und sie fragte sich, ob sie den Mut aufbringen würde, die unerträgliche Frage auszusprechen, die ihr auf der Zunge brannte:

»Glauben Sie, daß es zum Krieg kommen wird?«

Miss Charlotte griff nach der Tischkante, um den Schaukelstuhl zu bremsen, und ihr durchdringender Blick senkte sich in die großen blauen Augen, worin sich noch die unaussprechlichen Ängste der Jugend spiegelten.

»Mein Kind«, sagte sie, »du hinkst den Ereignissen hinterher. Beim jetzigen Stand der Dinge ist diese Frage verpönt. Man kennt die Antwort nur zu gut. Folglich muß man so tun, als ob alles gut ginge. Charlie Jones sagt, es hat noch nie so viele Bälle gegeben, man hat noch nie so prächtige Empfänge veranstaltet. Die Welt zerbricht, und der Süden diniert, tanzt Walzer und spielt Gitarre. Hast du *Die letzten Tage von Pompeji* gelesen? Nein? Das ist ein Meisterwerk. Du solltest es lesen. Es steht in Charlies Bibliothek in Great Lawn. Ich könnte es dir bei meiner nächsten Reise mitbringen.«

Elizabeth machte eine Geste, als wollte sie ein giftsprühendes Ungeheuer vertreiben.

»Wie du willst«, sagte Miss Charlotte. »Wenn ich dir schon einmal eine Zerstreuung anbiete... Heute drängte mich etwas, dir die ganze Wahrheit zu sagen. Eine Eingebung von oben. Dem darf man sich nicht widersetzen. Aber ich habe dich sehr gern und deshalb gebe ich dir einen Rat: Falls deine Mutter herkommt und dir vorschlägt... Warum nicht? England ist deine Heimat.«

Elizabeth schüttelte den Kopf. Ein ganzer Teil ihrer selbst lebte und atmete in England, und einen Augenblick lang sah sie sich dort, das Haar vom Wind zerzaust, auf einer roten Wiese voller Mohnblumen in der Nähe des Meeres, aber die Flucht empfand sie als eine Schande. Sie glaubte, die Stimme des sterbenden Ned zu hören: »Bleib bei uns...«

»Du bist jung, du bist schön«, fuhr Miss Charlotte fort. »Ich habe mein Leben verpatzt. Verpatze das deine nicht.«

17

Der folgende Tag war schwierig, weil der junge Charles Edward die Angst vor Miss Charlottes Erzählung noch nicht losgeworden war. Ganz gegen ihren Willen mußte seine Mutter ihm erklären, daß die ganze Geschichte gar nicht wahr sei und daß es diesen John Brown nie gegeben habe, denn er sei nichts anderes als der Menschenfresser aus dem Märchen unter einem Phantasienamen. Nun blieb noch der Teufel. Dieser, so erklärte Elizabeth, zeige sich nur den sehr ungehorsamen kleinen Jungen. Aber das Kind war so verstört, daß es ihn wie Miss Charlotte in allen Ecken erblickte. Der Stoffindianer, den er stark verdächtigte, eine seiner Kreaturen zu sein, wurde sein bevorzugter Prügelknabe. Er bediente sich seiner, um seine Wut an ihm auszulassen und mit ihm auf den Fußboden und die Möbel einzuschlagen, oder er folgte einer Laune seiner zügellosen Phantasie, nannte ihn John Brown und hämmerte mit den Fäusten auf ihn ein. Am Abend pflegte Betty die Wunden des Opfers mit Nadel und Faden.

Elizabeth beobachtete das Betragen ihres Ned mit großer Besorgnis. Sie hatte bisher nur seine Sanftmut gekannt und entdeckte nun an diesem noch so jungen Wesen eine Heftigkeit, die der eines Erwachsenen ähnelte. Immerhin hatte diese verwirrende Entdeckung, so dachte sie, einen Vorteil: sie glaubte, sie sei nun von dem ewigen Jonathan der Abendstunden befreit; aber sie wurde prompt zur Ordnung gerufen. Die Phantasmagorie mußte vollständig sein, so wollte es dieses brodelnde junge Gehirn. Der Reiter auf seinem schwarzen Pferd mußte wie gewohnt im Galopp den unvorherschbaren Gefahren trotzen, immer siegen, immer schön sein. Sich seiner zu entledigen, indem man ihn auf eine lange Reise schickte, war undenkbar.

In ihrer Niederlage ermaß sie den Wahnsinn des Spiels, dessen Zauber sie ebenso wie ihr Kind verfallen war. Hatte sie nicht ihren Geliebten ins Leben zurückrufen wollen und sich dabei einen Unschuldigen zum Komplizen gewählt, der damals kaum sprechen konnte, inzwischen aber herangewachsen war und schnell reifte?

Man hätte meinen können, daß er die Herzensnot seiner Mutter ahnte. Noch am gleichen Abend, als sie ihn zu Bett brachte, stellte er ihr eine Frage, die ebenso verzwickt war, wie sie einfach schien.

»Mamma, am Tage bin ich Ned. Und jetzt?«

Wie vom Blitz getroffen begriff Elizabeth, daß sie sich dem Abgrund stellen mußte.

»Jetzt, Darling, wirst du mit mir so tun, als ob du jemand anderes wärst, jemand, der Jonathan heißt.«

Er stieß einen Schrei aus und packte ihren Arm.

»Aber ich bin doch Sonathan, Mamma, ich will, ich will Sonathan sein.«

»Ich weiß, mein Liebling, und heute nacht in deinen Träumen wirst du auf dein schwarzes Pferd steigen und durch die Wälder galoppieren, und dann wirst du Jonathan sein.«

»Mit meinem Schwert?«

»Natürlich, um die Räuber zu vertreiben. Aber du weißt doch, daß es unser Geheimnis ist, wirst du das nicht vergessen?«

»O nein, aber am Tage mit Betty bin ich immer noch Sonathan.«

Elizabeth riß sich mit Mühe zusammen.

»Für Betty bist du Massa Ned. Ist das nicht auch schön?«

»Also nicht Sonathan?«

»Für sie nicht, denn sie kennt unser Geheimnis nicht, verstehst du? Ned war der Name deines Vaters, der von uns gegangen ist.«

»Von uns gegangen«, wiederholte das Kind. »Wohin denn?«

»Das habe ich dir bereits erzählt. In den Himmel.«

»Aber nicht Sonathan. Ich mag Sonathan lieber. Ich bin da, und ich bin Sonathan.«

»Nun gut«, sagte sie erschöpft, »du bist, du bist mein…«

Irgend etwas hielt sie zurück, *mein Jonathan* zu sagen.

»Mein Liebster«, schrie sie auf und schloß ihn plötzlich in ihre Arme. »Mein Liebster! Jonathan ist weit fort auf Reisen, und ich sehe ihn nicht mehr. Deine Mamma ist sehr müde, mein Kleiner, und du mußt schlafen, schlafen.«

»Kommt Sonathan zurück?«

»Aber natürlich, Darling.«

Ein letzter Kuß wurde ausgetauscht, und das Nachtlicht wurde bis auf einen schwachen Schimmer gelöscht.

Als sie allein in ihrem Zimmer war, dessen Tür sie zugeschlagen hatte, ließ sie sich auf das Bett sinken.

»Was habe ich nur getan?« fragte sie sich. »Mein Gott, was habe ich getan?«

Erst in diesem Moment fiel ihr ein, daß sie das Gebet vergessen hatte.

18

Am nächsten Morgen kam Miss Celina, um ihr einen guten Tag zu wünschen. Sie tat es mit einer Miene, die den Umständen entsprach und das goldene Oktoberlicht sofort mit einem Trauerschleier verhängte.

»Madame, ich erlaube mir, Sie zu erinnern, daß die Beerdigung von Mr. Hargrove morgen stattfindet.«

»Morgen schon? Aber ich habe noch etwas Zeit, darüber nachzudenken.«

»Ein schwarzes Kleid?«

»Kommt nicht in Frage. Ich gehöre nicht zur Familie.«

»Dann haben wir eine große Auswahl an dunklen Kleidern.«

»Ich werde sehen, Miss Celina.«

»Ein sehr schönes lila Seidenkleid.«

»Nein, das macht älter und sieht nach Halbtrauer aus.«

»Dann vielleicht das wunderschöne Kleid aus pflaumenblauem Taft?«

»Pflaumenblauer Taft… Man wird sehen, das hat noch Zeit. Sagen Sie Neds schwarzer Mammy, sie soll kommen und sich um ihn kümmern.«

Miss Celina verneigte sich und verschwand.

Als die schwarze Mammy erschien, fand Elizabeth nicht die rechten Worte, um ihr zu sagen, was sie sagen wollte. Die Amme stand vor ihr, noch gewaltiger als gewöhnlich, wie Elizabeth fand, noch schwärzer und wie vor Liebe gedunsen in ihrem riesigen weißen Schürzenkleid, das sie aussehen ließ wie eine Wolke. Die junge Frau hätte ihr sagen wollen, daß sie von jetzt an den kleinen Ned selber baden würde, aber das ekstatische Lächeln in dem Ebenholzgesicht verhinderte alles.

»Ich geh Massa Ned waschen«, sagte die Mammy und schwang ein großes Stück lila Seife. »Massa Ned hat das seh' ge'n.«

»Schön, liebe Mammy, aber wasch ihn gründlich, auch hinter den Ohren und überall.«

»Ja, M'am Lisbeth, ich machen das seh' gut.«

Elizabeth erwiderte ihr Lächeln und blickte schweren Herzens der weißen Wolke nach, die in das Zimmer des noch schlafenden Ned zu schweben schien.

Alles an diesem Morgen bereitete ihr Verdruß. Es war ihr, als verstünde sie die Welt nicht mehr. Warum traute sie sich nicht, der schwarzen Amme zu sagen, was sie wünschte? Sie gestand es sich nicht ein. Noch nie hatte sie den nackten Körper ihres Sohnes wirklich genau angesehen, und auf einmal wollte sie es, wollte ihm die kleinen Schultern streicheln, die Brust… gleichzeitig aber hatte sie Angst davor. Angst wovor? An diesem Punkt hütete sie sich, weiterzudenken.

»Ich will der Mammy keinen Kummer machen«, sagte sie laut.

Dieser Grund mußte genügen, mußte alles erklären, aber er verbarg die Wahrheit.

Die Stunden vergingen nach und nach, und jetzt saß sie im grünen Speisezimmer bei Tisch, neben ihrem kleinen Jungen, der in seinem weißleinenen Matrosenanzug hübscher denn je aussah. Seine wohlgeformten braunen Beinchen ragten aus der kurzen Hose, und sie war stolz auf ihn. Eines Tages würde er ein prächtiger großer junger Mann sein, aber sie war fest entschlossen, nicht zuzulassen, daß die Armee ihn ihr wegnehmen würde, falls es je zu einem Krieg kommen sollte. Sie hatte bereits ihren Plan.

Im Augenblick plapperte er wirres Zeug, die Augen stets auf die Mutter geheftet. Von den Ängsten des Vortages war nichts mehr zu spüren. Dann aber doch, denn plötzlich fuchtelte er mit einer Scheibe Toast herum und rief:

»Mamma, ich will nichts mehr von Son Brown hören, ich will nur noch Geschichten von netten Leuten.«

Diese unschuldigen Worte rührten Elizabeth fast zu Tränen, dann aber fand sie sich selbst höchst lächerlich in ihrer Empfindsamkeit und begnügte sich damit, die flaumige Wange des Kindes zu streicheln.

Der Raum, der sie umgab, gefiel ihr, weil die hellgrünen Wände und die Fenstervorhänge in einem etwas kräftigeren Grün eine Atmosphäre des Glücks ausstrahlten. So auch der Tisch mit dem funkelnden Silberbesteck auf dem weißen Damasttuch, den geblümten Tassen und den Marmeladetöpfen, die in unantastbarer Ordnung rings um die schwere schwarze Teekanne standen, die aus England stammte. Und während sie neben dem schwatzhaften kleinen Jungen saß, fand sie in dieser freundlichen Umgebung willkommene Ablenkung von den trüben Gedanken, die sie seit einigen Wochen bedrängten. Sie hatte das Gefühl, den Drohungen der Zukunft ein Schnippchen zu schlagen, indem sie sie einfach aus ihrem Gedächtnis verbannte. Für sie existierte nur noch das Klappern des Löffels auf einer Untertasse und die helle Stimme eines Kindes, das sich in den konfusen Erzählungen der Mißgeschicke seines Stoffindianers verlor.

Leichteren Herzens beschloß sie, nach dem Frühstück einen Spaziergang im Garten zu machen. Ned klatschte in die Hände. Der Garten war für ihn eine andere Welt.

Da der Garten viel länger war als breit, schien er eng und erinnerte an einen Tunnel aus grünem Laub. Blumenbeete von köstlich berauschendem Duft säumten eine Allee, der man unter einem Gewölbe junger Sykomoren folgte und die bis zu einer Mauer führte, an der schwere Geißblattranken wie ein dichter Vorhang hingen. Hier fiel der Blick in der einen Ecke auf einen weiß getünchten Pavillon. Die grünen Fensterläden verliehen dieser bescheidenen Wohnung, die teilweise außerhalb der Mauern lag und sich bis auf die Straße erstreckte, ein ländliches Aussehen. Die Eingangstür wies überraschende Dimensionen auf. Sie hätte einer Scheune Ehre gemacht und erweckte neugieriges Interesse.

Als Elizabeth mit Ned dort ankam, rief sie mit energischer Stimme:

»Pat!«

Keine Antwort. Der kleine Charles Edward stimmte mit ein, und sie riefen abermals:

»Pat!«

Aus dem Inneren des Hauses ertönte nun ein Gepolter von umfallenden Möbeln, das von kaum unterdrücktem Fluchen begleitet war, dann ging die große Tür auf, und ein Koloß mit kupferrotem Haar erschien, aber man hatte den Eindruck, zuerst ein riesiges Lächeln zu sehen, und hinter diesem Lächeln lag Irland. Irland mit seinem Gesicht voller Sommersprossen und einem Paar Augen, die in ihrer himmelblauen Schalkhaftigkeit eine unwiderstehliche Fröhlichkeit ausstrahlten.

»*Yes, M'am*«, sagte er, »schönes Wetter heute, finden Sie nicht auch?«

»Pat, ich finde, daß der Garten sich langweilt, weil der Gärtner schläft, widersprechen Sie nicht.«

Pat hob einen riesigen Arm, der aus einem karierten Hemd ragte.

»M'am, der Himmel ist mein Zeuge, daß ich draußen war und mit der Bevölkerung geredet habe.«

»Mit der Bevölkerung! Wollen Sie sich über mich lustig machen?«

»Lieber würde ich sterben. Es kommen Leute vorbei, und man sagt einander guten Tag. Das ist unerläßlich. Man muß mit den Nachbarn freundlich sein, damit auf der Welt Frieden herrscht, M'am.«

»Gerade deshalb möchte ich mit Ihnen reden. Der Metzger hat sich bei mir beklagt und will uns kein Fleisch mehr liefern, weil Sie seinen Jungen verprügelt haben.«

»Das ist nicht meine Schuld, M'am. Sowie er mich an der Tür stehen sah, hat er das Fleisch auf den Boden gelegt und wollte davonrennen. Er ist eine Memme. Ich habe ihn am Bein gepackt und gesagt: ›Steh auf und kämpfe. Verteidige deine Ehre‹, denn ich bin fair, M'am. Alle heiligen Engel können es bezeugen. Ich warne immer zuerst, und nie ein Schlag unter die Gürtellinie. Zunächst ein guter Kinnhaken.«

»Pat, Sie ermüden mich mit Ihrem Heldenmut. Wir werden uns trennen müssen, wenn Sie meine Lieferanten verärgern.«

»Man braucht mir nur Lieferanten zu schicken, die eine Diskussion von Mann zu Mann mit den Fäusten austragen können, M'am.«

Plötzlich richtete Elizabeth sich auf und sprach mit so lauter Stimme, daß Pat vor Erstaunen die Stirn runzelte.

»Ich möchte Ihr Ehrenwort, daß Sie mir von nun an gehorchen, Pat, oder wir werden uns noch heute trennen: keine Geschichten mit den Lieferanten mehr, keine Prügeleien. Verstanden?«

»M'am, ich schwöre es Ihnen beim Haupt meines Schutzpatrons Saint Patrick, der die Schlangen aus Irland verjagt hat, so wie er eines Tages auch die Engländer verjagen wird.«

Elizabeth mußte lachen und erklärte:

»Die Engländer haben keine Angst vor Saint Patrick, aber ich kümmere mich nicht darum und halte mich an Ihr feierliches Versprechen.«

Das betörende breite Lächeln trat wieder in sein Gesicht.

»M'am, ich schwöre es auf den Kopf Ihres kleinen Jungen. Wenn Sie mir gestatten, es zu sagen, so sehe ich ihn bereits als Fünfzehnjährigen vor mir, der fähig ist, sich mit jedem zu schlagen, denn er hat Beine und Arme wie ein Boxer...«

»Schweigen Sie, Pat. Ich bin nicht sehr zufrieden mit Ihren Blumen, und der Rasen muß gesprengt werden.«

Die Ermahnungen gingen weiter, unterbrochen von den *»Yes, M'am«* und *»No, M'am«* eines vorübergehend zur Vernunft gebrachten Iren, und man ging die Blumen nacheinander durch. Es gab derer viele, aber die junge Frau wünschte sie sich in Mengen.

»Ihr Garten ist langweilig, bringen Sie ein bißchen Abwechslung in das Ganze. Ganz gut ist nicht ausreichend, ich möchte von allem im Überfluß, man muß glauben, vor Vergnügen zu sterben, wenn man vorbeigeht, verstehen Sie?«

»*Yes M'am*, vor Vergnügen zu sterben...«

»Mehr Heliotropen, Pfeifensträucher, Tigerlilien, Jasmin, der den Geruchsinn berauscht, und eine Fülle von Farben, es muß wie ein wahrer Aufruhr sein.«

Mit seinen kräftigen Händen raufte sich Pat seine dichte Mähne, als wollte er auch sie in Aufruhr versetzen.

»*Yes, M'am*«, sagte er. »Wenn Sie so reden, verstehe ich besser, was Ihnen gefällt.«

Mit diesen Worten näherte er sich ihr, und in seinen Augen leuchtete ein verdächtiger Schimmer.

Elizabeth wich schnell zurück.

»Es ist gut, Pat. Das ist alles für heute.«

»Tut mir leid, M'am.«

Sie tat, als verstehe sie nicht.

»Entschuldigen Sie sich nicht, aber nehmen Sie sich in acht; ich habe Sie im Auge. In Zukunft wünsche ich gute Arbeit und einen Garten, der mir Ehre macht. Komm, Charles Edward.«

Sie ging auf das Haus zu, dann drehte sie sich plötzlich noch einmal um:

»Und lassen Sie den Metzgerjungen in Ruhe.«

»*Yes, M'am*, versprochen.«

»Und auch alle anderen. Keine Prügeleien mehr in meinem Garten.«

»*Yes, M'am*, so wahr ich ein Ire bin.«

An der Hand seiner Mutter hatte Ned dieser Szene beigewohnt, ohne den Mund aufzutun, jedoch mit weit aufgerissenen Augen. Pat brachte all seine Vorstellungen von der Welt der Männer, die er für gut oder böse hielt, durcheinander. Der Gärtner ließ sich keiner Kategorie zuordnen. Seine riesige Gestalt und sein grobes Aussehen machten ihm Angst, aber sein Lächeln weckte wiederum Vertrauen, und das verstand er nicht, da seine Mutter aber unzufrieden schien, zog er es vor, zu schweigen.

»Dieser Mann ist unausstehlich«, dachte Elizabeth. »Vorhin glaubte ich schon, er würde mir einen Blick zuwerfen, den meine Mutter Kalbsaugen nennt, den Blick der Verliebten. Ich will ihn nicht vor die Tür setzen, denn er ist ein idealer Wächter, und außerdem...«

Und außerdem wollte sie sich nicht eingestehen, daß sie selbst bei diesem Rohling irgendwie den »verdammten irischen Charme« verspürte. Sie hatte ihm gefallen, und er war nahe daran gewesen, es ihr zu sagen. Aus diesem Grunde war sie wütend, weniger auf ihn als auf sich selbst.

Als sie in den hübschen himmelblauen Salon zurückgekehrt war, empfand sie plötzlich einen Abscheu vor diesem Zimmer, in dem sie schon soviel gelitten hatte, und sie wollte nicht mehr leiden, jedenfalls nicht hier. Aus Gewohnheit warf sie einen Blick in den Spiegel über dem Kamin. Wie gut ihr doch die Wut stand! Die ein wenig wirren goldenen Haarsträhnen auf ihrer Stirn wirkten wie eine absichtliche Koketterie. Was ihr in den schlimmsten Momenten blieb, war das Glück, schön und sogar sehr schön zu sein.

»Hast du mich immer noch lieb?« fragte Ned und zog sie an der Hand.

»Aber natürlich, mein Liebling, geh jetzt ein bißchen mit deinem Indianer spielen.«

»Den hat Betty, um ihn wieder heil zu machen; ich habe ihn kaputt gemacht.«

»Aber warum denn, Ned?«

»Weil er Son Brown ist.«

Wieder mußte sie ihm erklären, daß John Brown nicht existierte. In diesem Augenblick erschien Miss Celina und reichte ihr einen Umschlag auf einem Tablett.

»Ein Herr ist vorhin gekommen, M'am. Ich dachte, Sie wären ausgegangen.«

»Ich war im Garten... Danke, Miss Celina.«

»Denken Sie an morgen früh, M'am? Sie sollten das pflaumenblaue Kleid anprobieren.«

»Absolut unnötig. Ich habe mich nicht verändert. Gehen Sie jetzt bitte.«

Miss Celina verneigte sich und verließ das Zimmer.

Der Umschlag enthielt Algernon Steers Visitenkarte, der in einer großen, aristokratischen Handschrift einige Worte hinzugefügt waren:

Ganz untröstlich wegen meiner völlig unbeabsichtigten Abwesenheit. Ich lege Ihnen meine Entschuldigung zu Füßen...

Sie brach in nervöses Gelächter aus. Nach dem, was ihr Onkel Charlie erzählt hatte, verspürte sie keine große Lust mehr, sich von Algernon *morden* zu lassen. Mit einer grausamen Ironie stellte sie sich die unmögliche Begegnung zwischen Algernon und Pat vor, das In-Stücke-reißen der Aristokratie... Eigentlich schade um Algernons schönes Gesicht!

»Mamma, warum lachst du? Freust du dich?«

»Ja, ich freue mich, einen so lieben kleinen Jungen wie dich zu haben, Darling.«

»Wirst du mir heute abend von Sonathan erzählen?«

Sie legte den Finger an die Lippen.

»Psst! Nicht so laut, aber natürlich werde ich dir erzählen.«

19

Und der Abend kam, und es gab einen Jonathan, der wie wild durch die finsteren Wälder galoppierte, wo die Eulen schrien, und nach diesem Ritt, der die Erzählerin erschöpft hatte, schlief sie, so gut sie konnte, und wurde auf Friedhöfen von dem bärtigen und stacheligen Gespenst William Hargroves verfolgt und von den Eulen in den Wäldern, die »Kleines Veilchen aus England!« schrien.

Und wie gewöhnlich brach irgendwann ganz einfach der Tag an.

In ihrer Ungeduld, den gräßlichen Tag, der sie erwartete, hinter sich zu bringen, war sie bei Morgengrauen aufgestanden. Nachdem die Schrecken der Nacht sich verzogen hatten, sah sie dank jenem unendlich verlängerten Wunder, das die Damen von Savannah sich nicht zu erklären vermochten, rosiger aus als je zuvor. Sie selbst fürchtete sich manchmal bei dem Gedanken, daß auch für sie, wie für so viele andere Schönheiten, einmal die traurige Zeit des Puders und der Schminke kommen würde.

Heute jedoch konnte sie nichts mehr in Unruhe versetzen. Sie war entschlossen, das Ereignis des Tages als eine Art Feierlichkeit zu betrachten, eine Feierlichkeit, deren trauriger Ernst in Wahrheit nicht geleugnet werden konnte, aber wenn schon: jemand war gestorben, und sie lebte. Wer verspürt bei derartigen Gedanken nicht eine heimliche Zufriedenheit? Sie würde sich nicht lächerlich machen und Kummer vortäuschen. Bestand denn etwa eine wahre Verwandtschaft zwischen ihr und Mr. Hargrove? Sie stritt alles ab.

Um acht Uhr hatte sie ihre Morgentoilette beendet und klingelte der Gouvernante.

»Miss Celina, ich habe es mir überlegt, das pflaumenblaue Kleid sagt mir nicht zu. Holen Sie mir mein violettes Taftkleid.«

»O, M'am, für eine Beerdigung?«

»Miss Celina, ich bin nicht zu Diskussionen aufgelegt. Sie finden mein violettes Taftkleid im großen Schrank. Legen Sie es sorgfältig auf mein Bett. Ich werde es nach dem Frühstück allein anziehen.«

Miss Celina nickte wie gewöhnlich und verschwand.

Da Elizabeth Nachlässigkeit haßte, erschien sie zum Frühstück in ihrem elegantesten nachtblauen Schlafrock. Das violette Kleid, das in ihrem Zimmer lag wie eine in Ohnmacht gefallene Prinzessin, konnte warten.

Charles Edward saß neben ihr und begann, ihr von seinen nächtlichen Visionen zu erzählen und behauptete, Jonathan erkannt zu haben. Sanft bat sie ihn, zu schweigen:

»Darling, du weißt doch, daß all das unser Geheimnis ist. Davon darfst du nur da oben reden, wenn du zu Bett gehst.«

Vergebliche Mühe. Das Kind schien völlig überdreht:

»Aber ich hab ihn doch gesehen, Mamma, ich hab ihn gesehen.«

»Natürlich hast du ihn gesehen: in deinem Traum.«

Ned wartete einen Augenblick. Alles in seinem Gesicht schien zu erstarren, der Mund stand offen, die reglosen Augen blickten ins Leere.

»Nein«, sagte er schließlich, »nicht in meinem Traum. Er war da.«

Im milden Morgenlicht, das das Zimmer überflutete, hatten diese Worte einen Klang, der Elizabeth bestürzte. Sie bemühte sich, diesen unangenehmen Eindruck zu verscheuchen.

»Mein Liebling, was man im Traum zu sehen glaubt, existiert nicht. Denke nicht mehr daran, denn sonst kann ich dir keine Geschichten mehr erzählen... So«, fügte sie hinzu, »und jetzt ist Schluß damit.«

Die kleine Stimme blieb beharrlich.

»Aber er war doch im Zimmer, Mamma.«

Elizabeth warf die Serviette auf den Tisch und erklärte:

»Mein kleiner Junge macht mir Kummer. Du darfst nicht so reden, sonst kann ich nicht mehr frühstücken.«

Trotz ihres Schreckens nahm sie in diesem Augenblick eine Unruhe in Neds Gesicht wahr, die von Entsetzen zeugte, und sofort nahm sie ihn in ihre Arme und bedeckte ihn mit Küssen:

»Es ist nichts, Darling, sag deiner Mamma, daß du sie lieb hast.«

Ned weinte und brachte kein Wort heraus. Da trank sie die Tränen, die über seine vor Erregung geröteten Wagen rannen.

»Ich, ich hab dich lieb, ich liebe dich für zwei, mein Schatz.«

Endlich lächelte er, doch dann fragte er ganz leise:

»Ich bin immer noch dein Sonathan, Mamma?«

Sie fühlte etwas wie einen kalten Hauch in ihrem Nacken.

»Ja«, sagte sie beherrscht, »ja.«

In ihr Zimmer zurückgekehrt, ging sie mit geneigtem Kopf unruhig auf und ab, um besser nachdenken zu können. Zum erstenmal erkannte sie ihren Irrtum in seinem ganzen Ausmaß. Diese wahnsinnige Liebe, die selbst der Tod nicht aus ihrem Herzen verbannen konnte, war im Leben des Kindes schon so gegenwärtig, daß sie sich nicht mehr vertreiben ließ, als fühlte sie sich in dieser noch unversehrten Seele allzu wohl.

Eine Minute lang hatte die junge Frau Angst: Erinnerungen an phantastische Erzählungen bestürmten sie. Ihre ganze Kindheit rief ihr zu: »Und wenn es wahr wäre? Könnte Jonathan nicht zurückgekehrt sein?« In den Erzählungen hatte es viele tote Reiter gegeben, die vom Tode auferstanden waren...

Vor Wut stampfte sie mit den Füßen auf, und dann stellte sie sich vor den großen Spiegel.

»Du Idiotin!« rief sie.

Dieses über sich selbst verhängte Urteil erleichterte sie, als ob es alles wieder an seinen richtigen Platz stellte. Sie würde handeln, sie würde ihr Kind von dieser absurden Lüge befreien, in die sie es gestürzt hatte, und damit würde auch sie (aber welche Ungewißheit war da...) ihren gesunden britischen Menschenverstand wiederfinden.

Als sie sich umdrehte, erblickte sie hinten im Zimmer das violette Taftkleid und stieß einen kleinen Freudenschrei aus. Die blaue, rötlich schimmernde Farbe, die schlicht und zugleich prunkvoll wirkte, die breiten Ärmel und die sorgsam entfalteten Volants erweckten ihre Bewunderung.

Um zehn Uhr hatte sie sich allein frisiert und angezogen und war soweit fertig, wenn sie auch das Haar nicht zu einem Kranz geflochten hatte, was sie vielleicht hätte tun sollen. Statt dessen bauschte es sich ein wenig und fiel fast frei unter einer bezaubernden Haube aus dunkelviolettem Samt hervor, die ihr einen dem traurigen Anlaß angemessenen Ausdruck verlieh.

Es blieb ihr noch Zeit. Sie schloß die Tür ihres Zimmers ab und stieg auf einen Stuhl, um das Schmuckkästchen hervorzuholen, das im obersten Fach eines Regals hinter einer Reihe von Büchern versteckt war.

Zwei Minuten später hatte die junge Engländerin das Smaragdcollier um ihren Hals gelegt, und vor dem großen Spiegel gab sie sich hemmungslos der Bewunderung ihrer eigenen Person hin. Der zurückhaltende Violetton hob die Pracht der edlen Steine hervor, in denen sich das Tageslicht wie in tausend Blitzen brach. Vor diesem Bild, das der Spiegel ihr bot, konnte Elizabeth nur »Oh!« sagen, und plötzlich fühlte sie vom Kopf bis in die Zehen ein königliches Blut pulsieren. Wie es etlichen Frauen auf dieser Welt ergeht, stiegen ihr die Edelsteine zu Kopf, und diese Ekstase währte bereits eine gute Weile, als ein Klopfen an der Tür die in ihr Spiegelbild Verliebte aufschrecken ließ. Das erste Mal, als sie den Zauberschmuck angelegt hatte, war ihr Glücksgefühl bei weitem nicht so groß gewesen wie heute früh, da es sie in schwindelnde Höhen versetzte.

Es klopfte erneut.

»Einen Augenblick!« rief Elizabeth, aus ihrem Traum gerissen. »Wer ist da?«

»Miss Celina«, antwortete eine Stimme hinter der Tür. »Mr. Charlie Jones läßt Ihnen ausrichten, daß er selbst Sie in seiner Kutsche zur Kirche bringen wird. Er wird in zwanzig Minuten hier sein.«

»Gut, Miss Celina.«

Onkel Charlie, die Kirche, die unangenehme Zeremonie, die Leute, das alles ging weiter, sie mußte den Schmuck ablegen und ganz nüchtern wieder wie alle anderen leben. Trotz allem war ihr die Aufmerksamkeit des einzigen Mannes willkommen, der sie auf höfliche Weise zu ernüchtern wußte.

20

Das Innere der Christ Church erhielt nur durch ein großes Kirchenfenster, dessen Farben verblaßt waren und das fast die ganze hintere Mauer einnahm, ein wenig Tageslicht. Runde Lampen, die an Ketten zu beiden Seiten des Altars aufgehängt waren, verbreiteten ein mattes Licht, das zum Schweigen einlud. Der Küster in schwarzer Robe führte die Ankommenden zu ihren Plätzen, aber für Elizabeth nahm sich Charlie Jones dieses Amtes an.

Zuerst sah sie fast gar nichts, doch dann erkannte sie die Reihen der langen, rechts und links geschlossenen Bänke entlang des Mittelgangs. Sie saß am Ende eines solchen Gestühls aus poliertem Holz und fragte sich, wer wohl ihre Nachbarin sein mochte, als sich eine schmale, schwarz behandschuhte Hand auf die ihre legte, die entblößt geblieben war. Sie blickte nach links und erkannte Susanna im schwarzen Trauerkleid.

»Wie nett, daß du gekommen bist«, flüsterte diese ihr zu.

Elizabeth antwortete mit einem Lächeln. Zu ihrem Unbehagen fühlte sie sich wie für einen Ball angezogen, aber das Halbdunkel hüllte alles ein, und sie hatte das Gefühl, als könnte sie sich darin wie in einem Keller verstecken.

Es wurde sehr heiß, denn die Kirche war jetzt voller Leute, aber man hörte nicht den kleinsten Laut. Nur der leise Flügelschlag der behutsam bewegten Palmenwedel erzitterte in der Stille.

Fünf oder zehn Minuten vergingen in dieser Reglosigkeit, dann vernahm man das Knarren des sich öffnenden Doppelportals. Alle Anwesenden erhoben sich, Elizabeth blickte sich um, und in einem Licht, das sie blendete, sah sie einen Priester, von Kopf bis Fuß in Schwarz gekleidet, hinter einem großen Kreuz aus blankem Kupfer schreiten, das wie die Sonne strahlte, während er langsam und mit sonorer Stimme den Bibelvers sprach:

Ich bin die Auferstehung und das Leben, sagt der Herr Jesus Christus. Wer an mich glaubt, der wird leben, ob er gleich stürbe; und wer da lebet und glaubet an mich, der wird nimmermehr sterben.

Diese Worte hallten wie ein Donnerschlag in den Ohren der jungen Frau. In dieser Sekunde glaubte sie ihr ganzes Leben vorüberziehen zu sehen, und sie schloß die Augen. Das Geräusch von Schritten ließ sie wieder aufblicken, und sie sah ganz aus der Nähe den schweren, schwarz verhängten Sarg, in dem die Leiche William Hargroves lag und der von sechs Männern zum Chor getragen wurde.

Von einer unüberwindlichen Schwäche überwältigt, ließ sie sich zurückfallen, aber zwei kräftige, betreßte Arme fingen sie auf, bevor sie stürzen konnte, und dann wurde sie ohnmächtig. Sogleich hielt man ihr etwas Riechsalz unter die Nase, so daß sie sofort wieder zu sich kam, und sie warf den Kopf zurück wie ein scheuendes Pferd. Noch unter dem Eindruck der Worte, die sie soeben gehört hatte, drang plötzlich die religiöse Erziehung ihrer Jugend auf sie ein, die mehr von Schrecken als von Hoffnung bestimmt gewesen war.

»Verloren«, sagte sie sich, »ich bin verloren wegen des Kleinen, den ich in den Wahnsinn getrieben habe.«

Nur wenige Schritte von ihr entfernt, begann in einer Kiste ein Mann zu verwesen, der sie geliebt hatte, ohne es ihr je sagen zu können. Wie auf alten Stichen war der Sarg mit Bändern umwickelt, auf denen die Sätze eines Psalms zu lesen waren, als sollten sie ihm von seinem Erdenwallen erzählen:

Mein Herz ist entbrannt in meinem Leibe, und ich rede mit meiner Zunge. Herr, lehre doch mich, daß es ein Ende mit mir haben muß und mein Leben ein Ziel hat und ich davon muß. Siehe, meine Tage sind einer Hand breit bei dir, und mein Leben ist nichts vor dir...

Sie fröstelte trotz der drückenden Hitze.

»Verloren, weil ich nicht fest genug an meine Rettung geglaubt habe... Wegen des Kleinen.«

Gewaltig und sanft zugleich erfüllte der Klang der Orgel die Kirche mit einem traurigen Liebeslied. Es war der Lieblingschoral des Verstorbenen:

Bleibe bei mir, denn es will Abend werden...

«Das ist das Ende«, flüsterte Susanna Elizabeth ins Ohr. »Der Abschied und die langen Gebete sind für das Begräbnis, aber da gehst du nicht hin.«

Ihre Trauerkleidung verbreitete einen leichten Naphtalingeruch. Sie neigte sich Elizabeth zu und küßte sie rasch. Unterdessen wandte sich der Priester um und schritt, während er die Totengebete sprach, hinter dem großen Kupferkreuz auf das Portal zu, und die sechs Männer, die ihm folgten, trugen den Sarg mit einer Vorsicht und Gemächlichkeit, die ihn überdimensional groß erscheinen ließen.

Mit einem flüsternden Geräusch der Schuhe auf den Fliesen verließen die Trauergäste die Kirche, nachdem sie die Palmwedel auf die Bänke geworfen hatten.

Draußen blieben viele in der Vorhalle und auf den Stufen der Freitreppe stehen. Die Männer in Gehrock und Zylinder, die Frauen in Schals gehüllt, deren lange Fransen die Volants ihrer Kleider verbargen, alle ganz in Schwarz, sahen von weitem aus wie ein riesiger Tintenfleck auf dem Weiß der sechs griechischen Säulen. Während man den Sarg in den reich geschmückten Leichenwagen lud, die Familie in die schwarzen Trauerequipagen stieg und alle sichtlich froh waren, wieder sprechen zu dürfen, um so mehr, als ein anderer in einem Sarg auf immer schweigen mußte, tauschte man Ansichten über die jüngsten politischen Gerüchte aus:

»Man kann sagen, was man will, aber in Kansas ist bereits Krieg...«

»Es handelt sich um eine Bewegung gegen die Ausländer, gegen die Katholiken, wie Sie sehen; man verdächtigt sie alle, im Dienst Spaniens zu stehen.«

»Dieses Komplott geht auf die Gründung Südkarolinas zurück.«

»Hör dir das nicht an«, sagte Charlie Jones, der Elizabeths Arm genommen hatte, um sie zu ihrer Kutsche zu führen. »Du wirst jetzt nach Hause fahren und dich zu Bett legen. Ich komme dann später vorbei. Zuerst muß ich den armen Willy Hargrove zu seiner letzten Ruhestätte begleiten.«

»Der Süden wird das nie zulassen«, sagte eine etwas schleppende Stimme, deren Ton jedoch keinen Zweifel zuließ.

Sogleich kam es zu lebhaften Auseinandersetzungen, und der berühmte Journalist Garrison, einer jener Kerle, die immer in unruhigen Zeiten auftauchen, wurde zur Zielscheibe heftigster Reden. Besessen führte er in seiner Zeitung, *Liberator* genannt, eine Haßkampagne gegen den Süden, die sich durch blinden Fanatismus und die unermüdliche Beredsamkeit der Zeit auszeichnete. John Brown, der soviel Entsetzen um sich verbreitete, war gleichsam die Personifizierung seiner Haßträume, und Garrison stellte sich entschlossen hinter ihn. Die Schwarzen zu befreien, indem man die Plantagenbesitzer niedermetzelte, für dieses große Unternehmen benötigte man Geld.

Zu Garrisons Unglück war er jedoch nicht nur im Süden verhaßt, sondern stieß auch im Norden auf Geringschätzung. Die Reichen verweigerten ihm die riesigen Summen, die er forderte. Aber reden, das konnte er. Das war zweifellos seine mächtigste Waffe. Was er mit seiner Feder nicht vermochte, machte er mit seiner Zunge wett. Wendell Philips, der idealistische Multimillionär, ließ sich mühelos überzeugen. Wie viele Männer des Nordens war auch er gegen das Gesetz, das den Besitz von Sklaven für rechtmäßig erklärte, da aber das Gewissen über den Gesetzen steht, wie der tugendhafte Gevatter Philips bemerkte, fanden seine Dollars dank dieses Prinzips schließlich den Weg in die Taschen John Browns.

Vor dem Portal mit den weißen Säulen und von der Höhe der Freitreppe aus wurde Garrison von einem Tribunal empörter Zylinderhüte der Prozeß gemacht.

»Der Teufel steckt in dieser ganzen Angelegenheit«, erklärte ein Herr mit einem langen, vor Zorn erbleichten Gesicht. »Sein letzter

Artikel im *Liberator* ist ein Aufruf zum Mord. Worauf wartet man noch, um diese Zeitung zu verbieten?«

»Leider gibt es die Pressefreiheit, die ihn schützt. Man hat keine Mittel, dieser Kanaille das Maul zu stopfen.«

Eine süßliche Stimme erhob sich.

»Man sagt, er sei kokainsüchtig.«

»Das ist eher eine Sünde als ein Vergehen; auf diese Weise werden Sie ihm nicht beikommen«, sagte ein kleiner Greis mit schalkhaftem Blick.

Es war der ehrwürdige Mr. Robertson, dessen Silberlocken ein glattes und rosiges Gesicht umrahmten, und der trotz des Funkelns in seinen graublauen Augen eine wunderbare Treuherzigkeit ausstrahlte.

»Sie ereifern sich über diesen Verdammten, der wenigstens keinen Hehl aus seinem teuflischen Spiel macht. Was würden Sie erst sagen, wenn Sie hörten, was ich einmal in einer überfüllten Kirche in Brooklyn erlebt habe? Auf die Kanzel stieg der ehrwürdige Reverend Beecher...«

Einige schrien im Chor:

»Beecher! Der Bandenchef der Beecher, Stowe und Genossen!«

»Genau der, im Chorhemd und mit seinem berühmten engelgleichen Lächeln auf den Lippen, von dem Sie vielleicht gehört haben.«

Einige lachten höhnisch, andere riefen »Ruhe!«.

»Zu Füßen dieses Predigers, besser gesagt, unter der Kanzel saß... eine Jungfrau.«

»Eine was?« rief ein junger Mann mit spöttischer Stimme.

Ohne auf diese Frechheit einzugehen, fuhr der alte Robertson fort:

»Dort saß eine junge Mulattin von seltener Schönheit, mit langen weißen Schleiern geschmückt, wie um ihre Jungfernschaft zu garantieren, mit niedergeschlagenen Augen und gefalteten Händen. Sie stand zum Verkauf!«

»Zum Verkauf? Eine Jungfrau? Eine hübsche Mulattin?«

Jetzt entbrannte aufgrund unterschiedlicher Gefühle ein heftiger Streit.

Der ehrwürdige Robertson wartete und ergriff wieder das Wort:

»Diejenigen in der Gemeinde, die einen Beitrag zum Rückkauf dieser so gefährlich schönen Kreatur zu leisten wünschten, um sie der Freiheit der Kinder Gottes wiederzugeben, konnten ihre

Spende in den großen Kupferteller werfen, der neben ihr auf einem Stuhl lag. Und da fand das statt, was der Reverend Beecher die heilige Prozession der großmütigen Spender nannte... Der erzielte Gesamtbetrag war erstaunlich hoch und von der Kanzel aus mit einem von Dankbarkeitstränen begleiteten Segen bedacht. Doch von da an wird die Geschichte dunkel. Die Mulattin und die Dollars verschwanden gleichzeitig auf Nimmerwiedersehen. Ich bitte um Ruhe, meine Herren, das ist noch nicht alles. Die Zeit verging, und der Reverend erschien erneut, diesmal mit einer anderen farbigen Jungfrau im weißen Schleier. Man vermutet, daß der heilige Mann über mehrere Schönheiten verfügte, die er in Umlauf setzte und jeweils für eine beträchtliche Summe an den Meistbietenden verkaufte. Die gleiche religiöse Rückkaufzeremonie fand statt, allerdings, das muß ich hinzufügen, in einer anderen Stadt, und sie hatte dank der rednerischen Begabung des berühmten Predigers den gleichen Erfolg. Urteilen Sie nicht, aber wenn jemand sagt, das sei alles nicht wahr, so schicken Sie ihn zu mir. Jeder weiß, wo ich wohne. Auf Wiedersehen, meine Herren.«

Mit einer energischen Geste setzte er seinen flachen, breitkrempigen Hut auf den Kopf. Alle wichen respektvoll zurück, um ihm den Weg frei zu machen, und schweigend stieg er die Stufen hinab und verschwand.

Seine sonst so geschwätzigen Zuhörer trennten sich ohne ein Wort, und fünf Minuten später war der Platz vor der Kirche völlig leergefegt, wie jemand, der sein Gedächtnis verloren hat.

21

Elizabeth hörte kaum, was man ihr sagte. In einem halb bewußtlosen Zustand nahm sie die Hand, die ihr eine Frau, die sie nicht wiedererkannte, aus dem Inneren der Kutsche entgegenstreckte. Noch nie hatte eine so seltsame Angst sie dermaßen aus der Fassung gebracht. Sie sank kraftlos in einer Ecke des Wagens zusammen und versuchte zu begreifen, was sich ereignet hatte, aber ihre Erinnerung setzte an der Stelle aus, als sie bewußtlos geworden war. Der Schrekken der Hölle hatte sie der Welt entrissen.

Als sie wieder zu sich kam, ohne zu wissen wie, war sie sich nur noch der Gewißheit ihrer Verdammnis bewußt, und immer wieder erschien ihr dabei Neds kleines Gesicht.

Ein Sonnenschirm öffnete sich über ihr, und dann, lange danach, nahm sie eine Stimme wahr, die sie zu erreichen versuchte, aber zwischen ihr und dem Klang der Worte erstreckte sich eine unüberwindbare Distanz, als wäre sie unendlich weit entfernt. Wo sie sich befand, war der Raum grenzenlos und zerfiel in nichts.

Jemand schüttelte sie so heftig, daß sie sich wieder lebendig fühlte, körperlich lebendig, aber reglos; dann ohrfeigte man sie, und sie sah die Geste aus halbgeöffneten Augen, fühlte ihren Kopf nach rechts und nach links schnellen, und plötzlich zuckte sie zusammen. Ihre Wangen brannten, und eine Stimme rief:

»Endlich!«

Sie fiel von einer Ohnmacht in die nächste, und dazwischen glaubte sie, Miss Llewelyn wiederzuerkennen.

»Ich verstehe nicht...«, stammelte Elizabeth.

»Sie verstehen nicht? Das gefällt mir! Es ist schon gut, wenn Sie verstehen, daß Sie nicht verstehen. Sie haben mir Angst gemacht. Noch so ein Ohnmachtsanfall, und ich bringe Sie ins Krankenhaus.«

»Ins Krankenhaus...«

»Wiederholen Sie nicht alles, was ich Ihnen sage. Das kann einem ja auf die Nerven gehen. Sie sind Mrs. Edward Jones, und Ihre Kutsche hat soeben vor Ihrem Haus angehalten.«

Miss Llewelyn, die zu ihr sprach, trug einen großen schwarzen Hut, mit dem sie fast so imposant aussah wie die Herzogin. Aber es war wirklich Miss Llewelyn.

»Nun kommen Sie schon«, sagte sie, »ein bißchen Mut, Mrs. Jones. Wir sollten kein Aufsehen erregen.«

Mit größter Anstrengung gelang es Elizabeth, aufrecht zu stehen, aber sie zitterte.

»Kommen Sie«, sagt Miss Llewelyn, »nun steigen Sie schon aus, Mrs. Jones.«

Dieser Befehl wirkte auf die junge Frau, als hätte man sie noch einmal geohrfeigt, und der Stolz richtete sie auf.

Der Kutscher war vom Bock gesprungen, nahm den Hut ab und bot ihr respektvoll den Arm, aber sie wies ihn zurück.

»Danke, es geht schon allein«, sagte sie.

Trotzdem mußte man sie stützen, als sie die Stufen der Freitreppe emporsteigen wollte. Die Waliserin war ihr auf ihre unabweisbare Art dabei behilflich.

Zu Miss Celina, die die Tür öffnete, sagte sie barsch und in gebieterischem Ton:

»Richte Madames Bett und laß ihr einen starken Tee bringen. Verstanden?«

Oben auf der Treppe klammerte sich Ned ans Geländer und schrie:

»Mamma! Was ist los? Hast du dir weh getan?«

Sie winkte ihm zu und murmelte:

»Sei artig, mein Liebling, es ist nichts.«

»Bleib da oben«, sagte Miss Llewelyn, »sonst fällst du noch herunter.«

Als sie ihn endlich erreichten, hielt er seine Mutter am Rockzipfel fest und fragte:

»Gehörst du mir?«

»Mehr denn je, Liebling, aber jetzt mußt du mich in Ruhe lassen.«

Er weigerte sich strikt.

»Ich werde mich verstecken und keinen Ton sagen.«

»Er wird am Fußende des Bettes sitzen und ganz still sein«, sagte Elizabeth. »Lassen Sie ihn herein.«

Die Waliserin machte keine Einwände. Nachdem sie ihren großen Hut abgenommen hatte, der wie ein Dach auf ihrem Kopf saß, machte sie sich sogleich daran, Elizabeth in einer Geschwindigkeit zu entkleiden, die die junge Engländerin erstaunte, und drei Minuten später lag diese bereits unter ihren Decken, den Kopf auf einem Kissen, wenn auch nicht gerade glücklich, so doch wenigstens etwas beruhigt durch die unerwartete und fast mütterliche Sanftmut einer Person, die sie bisher für grob und roh gehalten hatte. Jetzt sah sie sie im Zimmer beschäftigt, das sie zunächst verdunkelte, indem sie die Jalousien herunterließ.

Ned hatte sich bereits einen Schemel genommen, auf dem er mit der Ernsthaftigkeit eines Erwachsenen, der die Lage erfaßt hat, Platz nahm, aber er behielt seinen Stoffindianer auf den Knien. Seine weit geöffneten Augen blickten starr auf Elizabeths Gesicht, die ihm wortlos zulächelte.

»Das ist kein kleiner Junge, den Sie da haben«, sagte Miss Llewelyn leise, »der ist ja richtig in Sie verliebt.«

Elizabeth blickte Ned an und lächelte.

»Jedenfalls«, sagte sie, »liebt er mich mit reinem Herzen.«

»Das will ich nicht bestreiten; ich bedaure nur, daß er keinen Bruder hat, mit dem er ein bißchen raufen könnte.«

»Ja, leider«, seufzte Elizabeth.

Die Waliserin räumte Elizabeths Kleidungsstücke auf, kam zurück und flüsterte hinter vorgehaltener Hand in einem heiteren Ton:

»Heiraten Sie wieder, Mrs. Jones.«

»Oh!« sagte Elizabeth.

Mit plötzlicher Ernsthaftigkeit fuhr Miss Llewelyn fort:

»Bei allem Respekt, den ich Ihnen schulde, muß ich Ihnen sagen, daß es mir sehr leid tut, Sie so allein in Ihrem reizenden Hause zu sehen. Alle jungen Leute von Savannah lägen Ihnen zu Füßen, wenn Sie sich nur ein bißchen mehr zeigen würden.«

»Miss Llewelyn, ich danke Ihnen für Ihre guten Ratschläge, aber ich finde, daß wir es dabei belassen sollten.«

»Nun gut, ich gehorche, aber ich gebe diesem schönen Spiegel dort das Wort, der Ihnen auf seine Art etwas sagen wird; und wissen Sie, was er sagt?«

Jetzt wehrte Elizabeth sich nicht mehr und gab ihrer natürlichen Neugier nach:

»Sagen Sie es nur, Sie amüsieren mich.«

»Er sagt Ihnen jeden Tag: Warte nicht länger.«

Schweigen war die Antwort auf diese mit ehrerbietiger Stimme vorgebrachte Ermahnung – denn Miss Llewelyn hatte immer ein Gespür für die nötige Distanz. Sofort stieg der Schrecken von heute morgen wieder in Elizabeth hoch, als sie ihre ersten Falten im Spiegel wahrgenommen hatte, und sie nickte mit einem gezwungenen Lächeln.

»Vielleicht wissen Sie nicht«, fuhr die Waliserin fort, »daß man Sie in den Salons der besten Gesellschaft stets die schöne Engländerin nennt.«

Elizabeth errötete ein wenig.

»Darf ich noch weiter gehen?«

Elizabeth hob die Brauen und wartete mit nachsichtiger Miene.

»Sie brechen die Herzen, Mrs. Jones.«

Einen Moment lang suchte Elizabeth verzweifelt nach einer passenden Antwort, und ihr fiel schließlich ein Satz ein, der ironisch klingen sollte, der aber eigenartigerweise an vergangene Zeiten erinnerte.

»Miss Llewelyn, sie wollen mich immer belehren… Ich glaube, ich werde jetzt versuchen, mich ein wenig auszuruhen.«

»Wollen Sie nicht zu Mittag essen? Es ist fast zwei Uhr.«

»Ich weiß nicht. Vielleicht später.«

Während dieser ganzen Unterhaltung war Ned reglos geblieben, hatte aber mit weit aufgerissenen Augen und geöffnetem Mund aufmerksam zugehört. In dem kleinen, von Locken umrahmten Gesicht drückte sich Ratlosigkeit aus und der leidenschaftliche Wunsch zu verstehen. Wahrscheinlich ahnte er, daß es in dieser obskuren Rede der Erwachsenen zuweilen um ihn ging. Es verwirrte ihn auch, Elizabeth im Bett zu sehen, als wollte sie schlafen, obwohl unten der Tisch gedeckt wurde. Das Mittagessen mit seiner Mutter war für ihn einer der schönsten Augenblicke des Tages, und ein solcher Verstoß gegen die Gepflogenheiten des täglichen Lebens beunruhigte ihn wie ein böses Omen.

Kaum war Miss Llewelyn verschwunden, sprang er auf und lief zum Kopfende des Bettes. Nun begann wieder der ewige Liebesdialog, aber in Neds Stimme lag ein ängstlicher Ton:

»Mom, ich bin da.«

Sie beruhigte ihn wie gewöhnlich, aber da sie diesen schmerzvollen Blick nicht ertragen konnte, fügte sie gegen ihren Willen hinzu:

»Es ist nichts passiert, Darling, deine Mamma wird sich ein wenig ausruhen, und wir gehen dann später zum Mittagessen hinunter.«

Er schüttelte seinen Indianer mit plötzlicher Ungeduld:

»Später? Nicht jetzt?«

Sie bemühte sich, ihn zu beruhigen, aber er vermutete, daß man ihm etwas verheimlichte, irgend etwas, das sein Glück bedrohte, und wie in einem Kampf gegen böse Mächte berief er sich mit einem beschwörenden Flüstern auf das geheime Bündnis:

»Sonathan, Mamma, Sonathan!«

»O, sei doch still«, flehte sie, »ich habe dir doch schon gesagt…«

Der Kleine konnte nicht mehr an sich halten. Fast außer sich sagte er ganz laut:

»Aber, Mamma, ich bin immer Sonathan!«

Elizabeth fühlte das Blut in ihren Adern erstarren. Sie legte ihm die Hand auf den Mund und befahl:

»Ich verbiete dir, ich verbiete dir…«

Gleichzeitig wurde sie sich der Worte bewußt, die in ihr aufstiegen:

»Das ehebrecherische Herz ruft dir seinen Namen zu.«

Schon während der Zeremonie in der Christ Church hatte sie diesen seltsamen Satz zu vernehmen geglaubt, wenn auch nur verschwommen, und er hatte sie nicht ganz erreicht, doch jetzt war er von einer bedrohlichen Deutlichkeit.

Kraftlos ließ sie sich in ihr Kopfkissen zurücksinken, während Ned sich schluchzend unter dem Bett versteckte. Sie konnte sich nicht rühren und wollte um Hilfe rufen: aber vergeblich, sie brachte keinen Laut hervor und blieb wie erstarrt liegen. Ein herzzerreißendes Schluchzen ertönte unter dem Bett und ängstigte sie noch mehr.

»...weil du zu sehr geliebt hast«, sagte sie sich, »zu sehr geliebt.«

Sie kam auf einmal wieder zu sich, stieg aus dem Bett, streckte den Arm nach dem Kind aus, das sich wie ein verwundeter Vogel zusammengekauert hatte, und versuchte, ihn an sich zu ziehen.

»Nein«, sagte er. »Nein.«

»Verzeih mir, Darling, ich habe dir Angst eingejagt, ohne es zu wollen. Ned, mein Ned, mach deiner Mamma keinen Kummer.«

»Sonathan«, berichtigte er.

Gegen eine solche Starrköpfigkeit vermochte sie nichts, zumindest vorläufig nicht. Das sah sie ein, und beschämt und verzweifelt gab sie nach:

»Gut, Jonathan, komm, Jonathan.«

Im Nu kroch er hervor und stellte sich ganz zerzaust vor sie hin, während sie vor dem Bett kniete. Sie hatte Mühe, in diesem Jungen, der sie schweigend anblickte, ihren kleinen Verliebten wiederzuerkennen. Mit einer zwar nicht triumphierenden, aber entschlossenen Miene wartete er, daß sie aufstand... Die stürmischen Liebesbezeugungen, derer sie manchmal müde wurde, wo blieben sie heute? Er schien ganz verändert zu sein, als ob ihn irgend etwas auf unfaßbare Weise reifer gemacht hätte. Der Stoffindianer, den er am Fuß hielt, hing wie ein Rest seiner Kindheit aus der Faust des kleinen Ned herab, der nun ein kleiner Mann zu werden begann.

Sie stand auf. In einer plötzlich aufwallenden Empörung sagte sie mit leicht zitternder Stimme:

»Du wirst in dein Zimmer gehen und dich ruhig verhalten, während ich mich anziehe; und dann essen wir. Verstanden?«

Er nickte.

»Vergiß vor allem nicht, was du mir versprochen hast: Jonathan ist unser Geheimnis. Wir werden diesen Namen nur sagen, wenn wir allein sind. Erinnerst du dich?«

»Aber ich bin Sonathan«, erwiderte er störrisch.

»Nur bei mir, nie vor den anderen. Das hast du versprochen.«

Ohne zu antworten, ging er in sein Zimmer; als sie ihm nachblickte, erkannte sie das Ausmaß der Katastrophe, und ihr Herz schnürte sich zusammen. Sie empfand heftig, was sie verloren hatte. Mit dieser kleinen Person, die sich so entschlossenen Schrittes entfernte, sah sie etwas Unwiederbringliches für immer verschwinden, eine Zärtlichkeit, die ihr ganzes Herz erfüllte und von der der kleine Junge vielleicht nichts mehr wissen wollte. In diesem Augenblick veränderte sich ihr Leben. Ohne es zu wissen, nahm Ned seine Kindheit mit sich fort, als er von einem Zimmer ins andere ging.

Sie zog sich wieder an, aber jetzt nahm sie den nachtblauen Schlafrock, den sie sonst zum Frühstück trug.

22

Wie versprochen kam Charlie Jones nach der Beerdigung, um Elizabeth zu besuchen, jedoch viel später als erwartet. Genauer gesagt, er erschien in dem Augenblick, als die Nachspeise serviert wurde, ein Erdbeereis, das das Herz eines kleinen Jungen erfreuen sollte. Doch dem war nicht so. Die Mahlzeit hatte in einem ungewöhnlichen Schweigen stattgefunden, von dem noch etwas zu verspüren war, soweit ein Schweigen ähnliche Spuren zu hinterlassen vermag wie ein unsichtbarer Nebel.

Charlie Jones spürte diese rätselhafte Stimmung, die in der Luft lag, sofort. Trotz seiner strengen Trauerkleidung verriet seine heitere Miene nicht, daß er soeben einem Mitmenschen die letzte Ehre erwiesen hatte.

»Meine liebe Elizabeth«, sagte er, indem er sich setzte, »ich nehme an, daß diese Zeremonie dich übermäßig beeindruckt hat. Die anglikanische Kirche ist immer sehr auf Pomp und Drama bedacht. Bei uns Presbyterianern ist alles viel einfacher. Bekomme ich etwas von der Nachspeise?«

Die junge Frau klingelte, und es wurde ein Gedeck für Charlie Jones aufgelegt.

»Es läßt sich nicht leugnen, die Gebete, die am Grab gesprochen werden, wollen kein Ende nehmen. Wozu muß man Gott in Erinnerung rufen, daß Willy tot ist und als guter Protestant einen auserwählten Platz im Paradies verdient? Dein Sohn scheint mir aber heute sehr schweigsam. Guten Tag, Ned.«

Das Kind antwortete nicht. Elizabeth ergriff schnell das Wort:

»Es hat ihn bestürzt, daß ich wie eine Kranke im Bett gelegen habe.«

»Empfindsam, so empfindsam wie sein lieber Papa, dem er immer ähnlicher wird.«

»Nicht wahr?«

»Ich weiß nicht, ob du bemerkt hast«, fuhr Charlie Jones fort, während er sich großzügig von dem Erdbeereis nahm, »daß ganz Dimwood in der Christ Church war, alle, einschließlich der guten Souligou mit ihrem violetten Kopftuch, dessen Enden so bedrohlich wie die Hörner eines Teufels emporstanden. Mach dich auf einige Besuche gefaßt, von denen dich mindestens einer verblüffen wird. Ach übrigens, du hast doch hoffentlich das Paket, das ich dir vor ein paar Tagen in der Kutsche gab, in sichere Verwahrung genommen.«

»Aber natürlich, Onkel Charlie.«

»Ich will nicht neugierig erscheinen und werde dich deshalb nicht fragen, ob du es geöffnet hast, aber weißt du, daß niemand auch nur die geringste Ahnung hat, was Willy Hargrove dir da hinterlassen hat, ich ebenso wenig wie die anderen? Ich wüßte zu gern, wie übrigens die ganze Familie...«

Überrascht und verlegen, da sie die Neugier in Onkel Charlies Augen funkeln sah, antwortete sie aufs Geratewohl:

»Sie werden es bald erfahren, und ich werde Sie um Ihren Rat fragen...«

»Stets zu deinen Diensten.«

Es folgte eine Pause, die sie als peinlich empfand, denn seit einer Weile beobachtete sie aus dem Augenwinkel ihren Sohn, der, die Hände auf dem Tisch, den Augenblick zu erwarten schien, da er aufstehen und das Zimmer verlassen durfte. Noch nie war er ihr so artig erschienen, so schön, und sie unterdrückte eine heftige Aufwallung der Zärtlichkeit für dieses kleine Wesen, das seit kaum zwei Stunden so ernsthaft und verschlossen geworden war. Sie bemerkte, daß auch Charlie Jones seinen Enkel betrachtete und ebenso verwundert zu sein schien wie sie.

Unbesonnen erklärte sie:

»Ich denke so oft an die Plantage, daß ich manchmal das Gefühl habe, dort am Fluß entlang und am Rande der Pinienwälder spazierenzugehen.«

»Man würde dich mit offenen Armen empfangen. Natürlich fehlen einige: Minnie, die mittlerweile in Louisiana verheiratet ist...«

Ein Name lag Elizabeth auf der Zunge, und sie konnte ihn nicht zurückhalten:

»Und Fred?«

»Ach! Der, das ist allen ein Rätsel... Kavallerieoffizier im fernen Colorado, nie eine Nachricht von ihm, und doch mochte man ihn gern, aber sein Unfall hat ihn verändert.«

Die junge Frau blickte zu Boden. Ein Dolchstich in die Brust hätte sie weniger geschmerzt, und sie hatte wieder das schmale und leidenschaftliche Gesicht vor Augen, das ihr so offen seine Liebe erklärt hatte.

Ein kleiner Aufschrei entfuhr ihr:

»Oh!«

»Was ist denn?«

»Nichts«, sagte sie, »die Erinnerungen... Das große Haus mit seinen vielen Salons, den langen Korridoren, die Bälle...«

Sie redete einfach darauf los, denn plötzlich bekam sie Angst. Ned schaute sie schon eine Weile sehr aufmerksam an, als wollte auch er in diesem unbekannten alten Haus umherwandern.

»Nichts hat sich geändert, alles ist gleich geblieben. Meiner Meinung nach könnten die Mauern, die immer dunkler werden, einen neuen Anstrich vertragen.«

»Hoffentlich hat man die Gärten so belassen.«

»Du kannst es dir nicht vorstellen; die Blumen wuchern in einem solchen Überfluß, die Gardenien, der Oleander, die Rhododendren und die...«

Sie unterbrach ihn und stand auf; Charlie Jones und Ned taten das gleiche. Plötzlich hatte sie das Gefühl, daß sie in ihren Erinnerungen zu weit gegangen sei und daß es besser wäre, nun damit aufzuhören. Außerdem war das Erdbeereis aufgegessen.

Trotzdem erwachte ihre Neugier wieder, als sie hinaus in die Halle gingen. Sie lachte in sich hinein und sagte:

»Bevor Sie uns verlassen, hätte ich gern noch gewußt, ob es das verbotene runde Zimmer im obersten Stockwerk immer noch gibt, dieses Zimmer, in dem man nicht eine Minute lang zu bleiben wagt.«

Charlie Jones brach in schallendes Gelächter aus:

»Das Zimmer, in dem das Gewissen sprach? Man hat es zugemauert, es wußte zuviel.«

Darüber lachte er noch, als er auf der Straße seinen großen schwarzen Hut aufsetzte.

II

Die Liebe muß neu erfunden werden

23

Gegen Ende desselben Nachmittags, während Betty mit dem schweigsamen jungen Charles Edward spazierenging, hatte sich Elizabeth in ihr Zimmer zurückgezogen und war gerade im Begriff einzuschlafen, als Celina kam und einen Besuch anmeldete. Zum erstenmal belebte sich das Gesicht der Gouvernante ein wenig, als sie erklärte, daß diese Person es vorziehe, ihren Namen nicht zu nennen, aber darauf bestehe, Madame unverzüglich zu sprechen.

»Das muß Annabel sein«, dachte Elizabeth, »aber warum diese Geheimnistuerei?«

Und sie antwortete:

»Bitten Sie diese Person, sich ein paar Minuten zu gedulden.«

»Im kleinen blauen Salon, Madame?«

»Natürlich«, sagte sie in einem resignierten Ton.

»In meiner himmelblauen kleinen Hölle«, dachte sie bei sich, während sie vor dem großen Spiegel ihr Haar richtete. »Wenn es Annabel ist, wird es vielleicht unangenehm, aber sicher bewegend. Sie kann mich nicht besonders gern haben, aber sie braucht mich, um die gesellschaftlichen Schranken zu durchbrechen.«

Sie hatte ihr violettes Taftkleid wieder angezogen und sah hinreißend aus, wie ihr der Spiegel bestätigte, in den sie einen letzten Blick warf. Selbstsicheren Schrittes ging die hübsche Witwe hinunter.

Im Salon glaubte sie, sie müsse den Verstand verlieren.

Vor ihr stand der schönste Mann, den sie je erblickt hatte – so schien es ihr wenigstens. Er war groß und breitschultrig und trug eine hellrote Uniformjacke mit eindrucksvollen Fangschnüren, an deren Ärmeln sich geflochtene Tressen emporrankten (die Ärmel erkannte sie wieder). Die langen Beine staken in einer enganliegenden dunkelblauen Hose, und dieses Bild von einem Menschen trug einen etwas strubbeligen Kopf, den sie mit einem Freudenschrei wiedererkannte.

»Oh! Billy! Du bist es!«

Sie warf sich an seine Brust, umschlag ihn mit ihren Armen und klammerte sich an ihn wie an einen Baum. Ohne zu zögern, nahm er ihren Kopf in seine Hände und küßte sie auf den Mund ... Sie ließ die Arme sinken und glaubte, ohnmächtig zu werden.

»Mein Gott, wie gut du aussiehst«, stieß sie schließlich lachend hervor.

»Die Uniform beeindruckt die Damen immer«, bemerkte er mit falscher Bescheidenheit. »Du hast mich nicht vergessen?«

»Dich vergessen? Nein, nicht ganz, aber was habe ich inzwischen alles erlebt! Bist du mir noch böse wegen der Ohrfeige, die ich dir damals auf der Treppe gab?«

»Elizabeth, wenn ein junger Mann von einem hübschen Mädchen eine Ohrfeige bekommt, rührt er sich nicht und wartet auf das, was folgt. Und dann hast du mir ja auch meine Krawatte gerichtet, um Frieden zu schließen, erinnerst du dich noch?«

Plötzlich unterbrach sie dieses Wechselspiel von Albernheiten.

»Billy, ich mag dieses Zimmer nicht, in dem wir jetzt sind, da ich mich hinter jeder Tür belauscht fühle. Komm und folge mir.«

Unter dem knisternden Rauschen des Taftkleides verließ sie den kleinen blauen Salon und führte Billy über einen Flur, der durch das ganze Haus ging, bis zum Fuße einer ziemlich steilen Innentreppe. Nachdem sie etwa dreißig Stufen hinaufgestiegen waren, gelangten sie auf eine langgestreckte Veranda, die durch ein grün gestrichenes Holzgitter vor den anliegenden Gärten abgeschirmt war. Durch das feine Netz der Gitterstäbe fiel ein milderes Licht, und am hinteren Ende, wo man hinaussah, ohne selbst gesehen zu werden, konnten sie sicher sein, daß niemand sie hörte.

Es gab genügend Schaukelstühle, aber Billy und Elizabeth hatten beide den Impuls, stehen zu bleiben.

»Ein wunderbarer Ort für geheime Gespräche«, sagte Billy mit dem scherzhaften Lachen eines Studenten. »Aber es sieht gar nicht nach unserem Süden aus.«

»Das haben wir aus Spanien, über Karolina.«

»Dann laß uns spanische Dinge und feurige Worte voller Leidenschaft sagen. Wer fängt an? Ich fühle, wie mich auf einmal eine dumme Schüchternheit ergreift.«

»Und ich fühle, daß ich etwas sagen werde, das ich nicht sagen sollte, aber wenn ich es nicht sage, zerspringt mir das Herz.«

»Dann laß es gleich zerspringen, um die Sache zu vereinfachen.«

Sie warf sich wieder an seine Brust, wie schon in der kleinen blauen Hölle, und verbarg ihr Gesicht in den Fangschnüren.

»Ach, Billy«, seufzte sie, »warum habe ich nicht dich geheiratet?«

Zu ihrer großen Überraschung antwortete er sehr sanft, während er ihr Gesicht in der Höhe seines roten Mundes hielt:

»Weil es damals bereits zwei Männer in deinem Leben gab, meine Angebetete.«

Sie entwand sich seinen Armen.

»Billy, was willst du damit sagen? In Great Lawn war es nur Ned, der um meine Hand anhielt.«

Billy machte einen graziösen Kniefall vor Elizabeth:

»Glaubst du vielleicht, ich wäre aus einem anderen Grund heute hierher gekommen?«

Sie neigte sich über ihn und bedeckte sein Gesicht mit Küssen.

»Mein Billy, rede nicht mehr von einem anderen Mann. Ich habe zuviel gelitten.«

Plötzlich erhoben sie sich beide und umarmten sich heftig, als ob sie fürchteten, einander wieder zu verlieren. Sie ließen die Schaukelstühle außer acht und setzten sich auf eine Bank, die vor der Mauer stand.

»In diesem Moment«, sagte er auf einmal sehr ernst, »sollten wir einander die ganze Wahrheit sagen. Du hast vielleicht nie daran gedacht, daß ich als einziger die Wahrheit über dieses Duell kenne, ein Geheimnis, das in Savannah noch immer nicht gelüftet worden ist. Als derjenige, den ich in deinem Beisein nie mehr erwähnen werde, deinen Namen aussprach, befand ich mich so nahe, daß ich ihn hören konnte, aber kein anderer, nur ich allein konnte ihn verstehen.«

Ohne zu antworten, blickte sie ihn so traurig an, daß es ihn einen Augenblick lang verwirrte, und er suchte zu entdecken, was diese klaren Augen, aus denen die Freude gewichen war, ihm verbergen mochten.

»Gibt es da noch etwas?« fragte er schließlich leise, als wenn bereits ein böses Geschick das erhoffte Glück bedrohte.

»Rette mich«, sagte sie.

Er nahm sie in seine Arme und sprach mit einer Stimme zu ihr, die sie noch nicht an ihm kannte:

»Ich bin da, um dich vor jedem zu beschützen. Wer es wagen sollte...«

»Jemand kennt den Namen, den du nicht nennen willst, und dieser Name verursacht ihm Schmerz. Es ist das Kind, mein kleiner Ned. Ich selbst habe ihn ihm gesagt. Ich konnte es nicht verhindern. So, nun ist es heraus. Jetzt weißt du es.«

»Aber warum?«

»Wie soll ich das wissen? Der Tod vermag nichts gegen die Liebe. Ich wollte, daß der Kleine den Platz des anderen einnimmt.«

Sie war im Begriff, vor ihm auf die Knie zu sinken, aber er richtete sie energisch wieder auf.

»Niemals! Du gehörst mir. Du liebst mich, und ich liebe dich. Alles andere zählt nicht. Das Kind wird alles vergessen, und du, meine Elizabeth, wirst sehen, daß du in meinen Armen die ganze Welt und ihre Gespenster vergessen kannst. Wann heiraten wir?«

Verblüfft und entzückt zugleich stammelte sie:

»Aber das weiß ich doch nicht, Billy.«

»Meine Trauer ist kein Hinderungsgrund. Mir hat er nie viel bedeutet. Zwischen meinem Großvater und mir lagen immer Welten. Wir haben nichts gemein, aber die Gesellschaft hält verbissen an der Tradition fest. Sagen wir also in zwei Monaten. Warum nicht zu Weihnachten?«

Dieses Wort voller Licht entlockte ihr ein Lächeln.

»Weihnachten, Billy, Weihnachten!«

Plötzlich erinnerte sie sich an das Weihnachten in England, als sie zwölf Jahre alt war. Weiße Felder, soweit das Auge reichte, und das helle Geläut der kleinen normannischen Kirchen, das sich in der weiten Stille des Schnees verlor.

Billy stand vor ihr, und sein Lächeln löschte die Erinnerung aus und holte sie in die Realität zurück. Unwiderstehlich, diese freche, angriffslustig wirkende Nase und diese roten Lippen, dieses struppige rötlich braune Haar, dieser ganze prächtige Kerl in dieser verteufelt schicken Uniform, die die Sonne, die durch das Gitter fiel, mit goldenen Tupfen übersäte. Tief im Innern begrüßte sie den Überwinder all ihrer Schrecken, den Vernichter ihrer Alpträume, und wie zum Beweis alles dessen bemerkte sie ein wenig unter seiner Taille den kurzen Degen, der von Wagemut zeugte.

Mit gespielter Arglosigkeit sagte sie:

»Jedenfalls hindert uns nichts daran, unsere Verlobung bekanntzugeben, denn wir sind doch jetzt verlobt, oder nicht? Dafür ist, soweit ich weiß, keine Wartezeit erforderlich.«

»Ein paar Tage vielleicht; du vergißt, daß die Beerdigung erst heute vormittag stattfand.«

»Also dann eine Woche, aber nicht mehr. Ich will nicht länger warten.«

»Ich auch nicht«, sagte er mit Nachdruck. »Wenn ich bedenke, daß ein bißchen Tuch und Taft uns wie eine Mauer vom größten Glück auf Erden trennen…«

»Viel Taft«, berichtigte sie lachend.

»Sprich nicht davon. Ich werde die ganze Nacht von dem aufregenden Rascheln deines Rocks träumen.«

Und auf einmal faßte er sie mit beiden Händen um die Taille, hob sie hoch in die Luft und sagte lachend:

»Sag, daß du mir gehörst.«

»Bist du verrückt? Hast du es immer noch nicht begriffen? Seit ich dich vorhin sah, war ich mir dessen sicher.«

»Und ich habe seit der Ohrfeige auf der Treppe immer nur daran gedacht. Das ist nun schon sechs Jahre her. Wir waren damals beide sechzehn…«

»Jetzt sind wir wieder sechzehn, aber du tätest gut daran, mich wieder auf die Erde zu lassen. Hörst du nicht? Da kommt jemand.«

»Es kommt immer jemand«, sagte er und stellte sie wieder auf ihre Füße. »Wie in der Komödie.«

Celina erschien oben an der Treppe.

»Ich habe Sie nicht gerufen, Miss Celina«, fuhr Elizabeth sie an.

»Ich bitte um Verzeihung, M'am, aber Ned ist wieder in solcher Aufregung wie an dem Abend, als Sie ausgegangen waren.«

»Sagen Sie ihm, daß ich Besuch habe. Das haben Sie doch gewußt. Sie hatten also keinen Grund, deshalb heraufzukommen.«

»Entschuldigen Sie, M'am, aber wir hatten Angst um Ned.«

»Nun gut, sagen Sie ihm, daß ich gleich komme.«

»Sie hat alles gehört«, flüsterte Elizabeth, »aber das ist mir egal. Mir ist alles egal, seit du da bist.«

»Was hat er denn, dein kleiner Junge?«

»Ach, Billy, ich bete ihn an, aber er beunruhigt mich. Ich hoffe, daß du ihn besänftigen kannst. Er ist ganz einfach eifersüchtig. Er hat Angst, daß ich fortgehe. Rette mich, Billy.«

Diese letzten Worte sagte sie ein bißchen aufs Geratewohl, ohne recht zu wissen, warum. Derartige Dinge entfuhren ihr manchmal unwillkürlich. Billy ging nicht darauf ein.

Sie gingen hinunter in den Salon, wo Charles Edward seine Mutter erwartete; der Indianer, den er am Fuß hielt, baumelte mit dem Kopf nach unten.

Mit gerunzelter Stirn saß er schweigend da, aber als er auf einmal den jungen Offizier auf sich zukommen sah, ging eine plötzliche Veränderung in ihm vor. Die Kindheit schien aus dem höchst verwunderten Gesicht zu entweichen. In einer Art geheimem Entzükken genoß er seine Verblüffung. Es war zu spüren, daß sich die Dimensionen in diesem kleinen Lockenkopf verschoben, allein durch diese Gegenwart, die den blauen Salon vergrößerte, wie um einer ganzen Armee Platz zu machen. Soldaten hatte sich Ned schon immer gewünscht, und nun bot man ihm einen, dessen Kopf fast an die Decke stieß.

Wie schon seine Mutter, sah er zuerst nur die Uniform, bewunderte die rote Jacke mit den Fangschnüren und den goldenen Tressen auf den Ärmeln und nahm erst zuletzt das Lächeln wahr, das ihm ganz persönlich galt und ihn in seiner Existenz anerkannte. Plötzlich ließ er seinen Indianer fallen.

»Mr. Charles Edward Jones?« fragte der Riese mit sanfter Stimme.

Und eine Hand kam auf ihn zu, in die er feierlich die seine legte.

In diesem Moment erblickte er seine Mutter, die er zuerst nicht bemerkt hatte, und er schenkte ihr ein leichtes Lächeln, das man als korrekt und sogar als männlich hätte bezeichnen können. Große verliebte Ausrufe schickten sich nicht in Gegenwart der bewaffneten Streitkräfte. Doch Elizabeth neigte sich über ihn und flüsterte ihm etwas ins Ohr, wie ein Geheimnis – noch ein Geheimnis:

»Sei nett zu Leutnant William Hargrove, der dir die Ehre gibt, deine Hand zu drücken. Eines Tages wird er dein Papa sein.«

Charles Edward starrte sie an, bemühte sich zu verstehen, und um das Nachdenken zu erleichtern, runzelte er die Stirn. Plötzlich wurde er zu einer Person, mit der nicht zu spaßen war.

»Papa ist fort«, sagte er leise.

Elizabeth errötete, als hätte man sie ertappt.

»Wenn der Papa eines kleinen Jungen fortgeht, bittet die Mamma jemand anderen, seinen Platz einzunehmen, verstehst du? So daß der kleine Junge nicht mehr ohne einen Papa sein muß. Nur die Mamma läßt sich nicht ersetzen, aber du wirst stolz sein, einen Papa in Uniform zu haben. Die meisten kleinen Jungen haben einen Papa in Zivil, während du einen Offizier...«

»Werde ich ihn jeden Tag sehen?«

»Vielleicht nicht jeden Tag, aber oft.«

Leutnant Hargrove schien das Geflüster der beiden zu lang zu dauern, denn er pflanzte sich breitbeinig, die Hände hinter dem Rücken verschränkt, vor ihnen auf und fragte mit spöttischer Stimme:

»Bin ich akzeptiert?«

Wieder strahlten ihn die braunen Augen vor Bewunderung an, und ein Lächeln erhellte das kleine eigenwillige Gesicht. Der Zauber der Uniform wirkte wieder einmal, und zwar sehr stark.

Elizabeth richtete sich mit einem vergnügten Lachen auf:

»Es sieht mir ganz nach einem bedingungslosen Ja aus«, sagte sie. »Nun sag schon ja, Charles Edward, und mach deiner Mamma Ehre.«

»Ja«, sagte er.

»Ja, wer?« fragte Billy.

Zu ihrer beider Überraschung sagte er:

»Ja, Leutnant Hargrove.«

»Gut geantwortet«, sagte Billy, »so spricht man unter Männern.«

Er nahm seinen Tschako und die Reitgerte, die auf einem Stuhl lagen.

»Ich lade die Armee zum Abendessen ein«, sagte Elizabeth.

Aber da war nichts zu machen: der Brauch verlangte, daß Leutnant Hargrove an der Familienzusammenkunft bei Onkel Charlie, zum Gedenken an den Verstorbenen, teilnahm, einem jener Traueressen, die fast immer in ein fröhliches Gelage der Überlebenden ausarten.

In der Tür umarmten sie sich stürmisch.

»Morgen früh um zehn Uhr komme ich dich im Tilbury zu einer Spazierfahrt abholen, wenn du willst.«

Und ob sie wollte! Und wieder küßten sie sich rückhaltlos in Gegenwart von Charles Edward, der sie aufmerksam beobachtete.

Nachdem Elizabeth die Tür geschlossen hatte, wandte sie sich um und sah ihren reglosen Sohn, dessen große glänzende Augen voller Fragen waren.

»Ich werde nicht mehr Ned Jones sein?« fragte er.

»Du wirst Ned Hargrove-Jones sein, Darling. Das ist doch ein schöner Name, findest du nicht?«

Wieder setzte er die finstere Miene auf, die ihm das Nachdenken erleichterte, und dann erklärte er mit entschlossener Stimme:

»Aber ich bin immer noch Sonathan.«

24

Am nächsten Morgen kurz vor zehn Uhr hielt ein Tilbury vor dem Haus, der von einem grauen Apfelschimmel gezogen wurde. Billy hatte kaum Zeit, von seinem Sitz zu springen, da stand Elizabeth bereits unten an der Freitreppe. Verrückt vor Ungeduld und verrückt vor Liebe wartete sie in einem taubenblauen Taftkleid, das ebenso geräuschvoll raschelte wie das Kleid vom Vortage.

»Zu spät, du Böser!« rief sie ihm fröhlich zu.

»Zu früh, du angebetete, abscheuliche kleine Engländerin!«

»Beim ersten Rendezvous ist man nur pünktlich, wenn man zu früh kommt«, erklärte sie, als sie neben ihm saß. »Los, in welches Paradies fahren wir?«

»Nach Bonaventura.«

»Seit Jahren schwärmt man mir davon vor.«

»Der Name ist ein gutes Omen.«

Die Sonne strahlte festlich am Himmel, und noch nie war Elizabeth so leichten Herzens. Sie schmiegte sich an Billy und schwatzte drauflos, und Billy tat dasselbe.

»Für uns beide fängt das Leben erst an«, sagte sie. »Alles, was hinter uns liegt, existiert nicht mehr.«

»In meinem Fall ist es ganz einfach; ich vergesse die Jahre eines primitiven Glücks.«

»Dorcas?« fragte Elizabeth und prustete vor Lachen.

»Was? Daran erinnerst du dich noch? Ein Millionär aus Louisiana hat sie mir eines Abends in einer wappenverzierten Kutsche entführt.«

Sie lachten so laut, daß selbst das Pferd an ihrer Fröhlichkeit teilzunehmen schien, denn es spitzte die Ohren und wartete nur darauf, zum Galopp angetrieben zu werden. In einer knappen Viertelstunde waren sie am Eingang zum Park von Bonaventura. Der Tilbury wurde den Schwarzen, die die Wagen bewachten, anvertraut, und ein Liebespaar mehr auf der Welt berauschte sich unter den Bäumen eines vergangenen Jahrhunderts an der Romantik.

Endlose Alleen grüner Eichen kreuzten sich am Ufer eines stillen Flusses, dessen braune Fluten sich etwas weiter unten mit denen des Savannah River vereinigten.

Wie aufgereihte Titanen standen sich diese riesigen Stämme

gegenüber und streckten mächtige Äste aus, die sich über den Köpfen der Spaziergänger zu einem Gewirr von Zweigen verbanden und eine dichte Kuppel bildeten, aus der die zerbrechliche Tapisserie des graugrünen spanischen Mooses wie ein Vorhang herabhing; diese seltsame Vegetation, die wie zerrissene Lumpen aussah, bewegte sich beim geringsten Windhauch, der vom Ozean kam, und schaffte eine düstere, unheimliche Atmosphäre, deren Zauber man sich nicht entziehen konnte. Anderswo brannte die Sonne auf die gepflasterten Wege am Flußufer herab, aber in der Kühle der laubgrünen Tunnel senkten selbst die Geschwätzigsten die Stimme und ließen sich von der Magie des Schattens verzaubern.

Zu dieser Tageszeit waren die Gärten menschenleer, während sie des Nachts von abenteuerlustigen Liebespaaren bevölkert wurden.

»Hier allein mit dir zu sein«, murmelte Elizabeth. »Wenn das ein Traum wäre, würde man nicht erwachen wollen!«

»Ich werde dir noch viel schönere zeigen«, erwiderte Billy im gleichen Ton. »Du wirst sehen.«

Als sie am Ende der Allee angelangt waren, bogen sie in eine andere ein, die unter einem ähnlichen Gewirr von Zweigen und Laub in die entgegengesetzte Richtung führte. An einer Stelle blieb Billy stehen.

»Schau dir einmal diese geradlinig aufgeschichteten Ziegel am Wegrand an. Im Inneren siehst du nur ein riesiges Gestrüpp wildwachsender Bäume, aber dort stand einst ein großes Haus, ein Palast, der bis zu diesen Ziegeln reichte. Seine Geschichte ist amüsant. Wenn du willst, erzähle ich sie dir.«

Sie wollte alles, was dem bezaubernden Erzähler Freude machte.

»Um 1760 geht ein gewisser englischer Oberst, der aus Charleston kam, in dieser verlassenen Gegend spazieren, aber da ist ja diese wunderbare Landschaft. Er sieht sie, liebt sie auf den ersten Blick, und kauft. Er läßt den Rubel rollen, und Bonaventura schießt aus dem Boden. Welche Feste, welche Bankette! Ich verstehe mich nicht aufs Beschreiben, aber ich stelle mir vor, wie es gewesen sein muß, als der Oberst seine Tochter verheiratete. Die Aristokratie des ganzen Landes, die Flut von Albernheiten unter den Kerzenleuchtern, der Lärm der tanzenden Menge, die Juwelen, die schönen Frauen, die Intrigen, die glanzvolle Parade der dummen Gänse und der eitlen Pfauen, kurz alles, die große Welt, die Gesellschaft, was weiß ich! Kannst du dir das vorstellen? Einfach herrlich! Hörst du mir zu?«

»Ich sehe es vor mir, Billy; nur weiter.«

»Eines Abends, als alle dinieren und schwatzen, erscheint ein Lakai, der wie ein Admiral gekleidet ist, und flüstert Tattnall, dem Schwiegersohn, ein paar Worte ins Ohr: ›Sir, ich bitte um Verzeihung, aber auf dem Dachboden ist Feuer ausgebrochen.‹ – ›Nun gut, dann laß den Tisch einfach auf die Wiese am Flußufer tragen. Dort werden wir das Mahl beenden.‹ Darauf steht er auf und teilt seinen Gästen mit, daß ihm gerade eingefallen sei, das Diner am Flußufer unter dem Sternenhimmel fortzusetzen, und alle folgen ihm ein wenig überrascht und plaudern fröhlich weiter. Livrierte Diener bringen den Tisch, decken ihn in Windeseile, und ehe man sich's versieht, tafelt man bei Mondenschein im Licht der Fackeln. Die Gäste halten diesen Einfall für eine phantastische Laune, und sie lachen und scherzen darüber, als sie plötzlich die Flammen aus den Fenstern des oberen Stockwerks lodern sehen, wie wenn diese ihnen beim Essen zusehen wollten. Da sie alle sehr leichtfertig und mutwillig sind und viel zu weit vom Haus entfernt, um in Gefahr zu sein, reagieren sie auf die Kaltblütigkeit ihres Gastgebers mit einer stürmischen Huldigung. Die Flammen müssen sich bereits in den Gläsern gespiegelt haben, während sie noch immer einen Toast nach dem anderen ausbrachten. Das Haus brannte anständig bis in die frühen Morgenstunden, und nichts blieb von ihm übrig. Und jetzt laß uns die Blumengärten ansehen, sie sind berühmt für ihre japanischen Pflanzen.«

Die Erzählung hatte Elizabeth so beeindruckt, daß sie nicht gleich antworten konnte, aber sie nickte, und er nahm sie um die Taille und führte sie sanft in eine abgelegene Ecke des Parks, wo sich die Blumen wie eine Lawine von einer erhöhten kleinen Terrasse ergossen.

»Von hier hat man die berühmte Aussicht, die die Reisenden am meisten loben«, erklärte er.

Sie verweilten einen Augenblick, und die Stille, die sie umgab, erschien ihnen so schön, daß sie zögerten, sie zu stören. Von dort, wo sie standen, sahen sie in der Ferne, jenseits von Wasser- und Grasflächen, die Stadt mit ihren weißen Häusern, die ganz von Bäumen umgeben war, ein Bild der Lebensfreude unter einem strahlenden Oktoberhimmel.

Es war Elizabeth, die das Schweigen als erste brach, und ihre Stimme war nur ein Flüstern:

»Wie weit entfernt man sich hier von allem fühlt«, sagte sie, während sie sich an Billy schmiegte. »Ich möchte diese Minute nie vergessen.«

»Du wirst all die anderen, noch viel schöneren, die uns beide erwarten, nicht zählen können. Freu dich auf die Zukunft, die ich dir bereite«, sagte Billy in männlichem Ton. »Laß uns von der Höhe der Terrasse den Ausblick auf das Land genießen. Du wirst deinen Augen nicht trauen.«

Während sie auf ein Ende des Parks zugingen, wo sich hinter den Mauern, die von Blumen überwachsen waren, einige Stufen verbargen, hatte Elizabeth das Gefühl, daß das kratzende Rascheln ihres Taftrocks die kostbare Stille zerriß und Billy störte.

Tatsächlich bemerkte er lachend:

»Wenn du wüßtest, was dieser Rock mit seinem Rascheln in mir erweckt, Liebste, würdest du Angst bekommen.«

»Angst?«

»O, fürchte nichts, ich sage es nur zum Spaß, aber mit welch rasender Lust werde ich ihn dir eines Abends vom Leibe reißen, um ihn zum Schweigen zu bringen.«

»Ach, Billy, ich werde ihn nie wieder tragen.«

»Doch, mein Schatz, trag ihn nur, er hat mich letzte Nacht wahnsinnig gemacht, weil du in meinen Träumen da warst, und ich ins Leere griff, aber ich wäre vor Glück fast gestorben. Verstehst du?«

»Nein.«

»Macht nichts, aber ich werde es dir erklären, ich werde dir alles erklären. Siehst du jetzt etwas auf der Terrasse?«

»Eine Art vergitterten Pavillon.«

»Ein Pavillon im orientalischen Stil mit einem runden Dach.«

»Er ist sehr hübsch, ein bißchen sonderbar.«

»Auch eine Laune von Tattnall, der hier seinen Kaffee trank und die Zeitung las. Wir werden dort ein wenig verweilen und du wirst sehen, wie schön es da ist. Wir können dann die Aussicht in aller Ruhe bewundern.«

Die Erinnerung an den Tannenwald bei Great Lawn kam ihr schlagartig in den Sinn, und sie sah sich wieder in Neds Armen.

»Ich möchte jetzt lieber nach Hause, wegen des Kleinen, der sich immer ein wenig aufregt, wenn ich nicht da bin.«

Er nahm ihre beiden Hände und blickte ihr in die Augen.

»Sag die Wahrheit, du mißtraust deinem Billy, nicht wahr?«

»Überhaupt nicht, wenn, dann mir selbst...«

»Wo denkst du hin? In einem öffentlichen Park? Mit mir in Uniform...«

Sie gingen noch ein paar Schritte, dann nahm er plötzlich ihren Kopf in beide Hände und preßte seine Lippen auf die ihren mit derselben Gier wie Ned; und wie vor sechs Jahren in dem kleinen Wald hatte sie das Gefühl, als verzehre sie sich vollständig, mit Leib und Seele, als gehöre sie sich selbst nicht mehr, in diesen Armen, die sie vom Fallen zurückhielten. Dieses seltsame Gefühl hatte sie bisher nur einmal in dieser erschreckenden und wunderbaren Intensität empfunden. Danach war es mit Ned nur noch eine abgeschwächte Wiederholung des ersten Mals gewesen. Der Taumel, bei dem ihr schwindlig wurde, fehlte... und später dann mit Jonathan, aber diese Erinnerung verdrängte sie.

»Müssen wir noch lange warten?« fragte sie, als er sie wieder losließ.

»Nein. Ich habe nachgedacht. Ich werde es nicht zulassen, daß die gesellschaftlichen Konventionen der Natur und der Liebe im Wege stehen... Ich werde alles arrangieren. Aber hab keine Angst vor mir in dem kleinen Pavillon.«

Sie schritten die etwa zehn Stufen einer runden Treppe empor, die zu einer wuchernden Blumenpracht führten, und die schweren, berauschend süßen Düfte stiegen der jungen Frau bereits unwiderstehlicher als ihrem Geliebten zu Kopf. Sie klammerte sich an seinen Arm, schloß die Augen, taumelte vor Begehren. Die Stimme, die sie in schwierigen Augenblicken so deutlich vernahm, riet ihr eindringlich, nicht zu verweilen, aber sie hatte sich nicht mehr in der Gewalt.

Als sie den Pavillon erreichten, wirkte er viel größer, als er von unten ausgesehen hatte. Er war den Pavillons in den Gärten des Serails nachempfunden und hatte fünf oder sechs kleine Fenster, deren Gitter sich öffnen und schließen ließen, wenn man sich vor der Sonne oder vor der Neugier der Spaziergänger schützen wollte. Unter einem zwiebelförmigen Dach öffnete sich ein achteckkiger Innenraum, der mit Rosengirlanden auf dunkelgrünem Untergrund verziert und rundherum mit Polsterbänken ausgestattet war.

Sobald Elizabeth einen Fuß in diesen kleinen exotischen Salon gesetzt hatte, wußte sie: »Ich bin verloren.«

Aber entgegen ihren Befürchtungen ging Billy zu einem der Fenster, sprach mit ganz ruhiger Stimme und zeigte ihr die Gebäude der Stadt, die in diesem Meer von Grün verborgen lagen.

»Savannah, die Waldstadt«, sagte er. »Bist du sicher, daß es dir dort gefallen wird, Liebste? Denn dort werden wir für immer leben.«

»Mit dir, Billy, wo wäre ich da nicht glücklich?«

»Siehst du den Hafen, wo die Masten der großen Schiffe schwanken?«

Sie nickte, faßte seinen Arm und sagte mit beunruhigter Stimme:

»Billy, mir wird ganz anders, ich habe das Gefühl, daß wir jetzt gehen sollten.«

Er zog sie an sich und liebkoste ihr Gesicht:

»Was hast du denn? Warum bist du plötzlich so blaß?«

»Müde«, murmelte sie.

Er gab ihr einen Kuß und fragte:

»Hast du noch immer Angst vor mir? Liebst du mich nicht?«

»Oh, Billy!«

Sie fühlte sich einer Ohnmacht nahe und umschlang Billys Hals, um nicht zu Boden zu sinken.

»Ich liebe dich zu sehr, aber wir müssen gehen.«

»Man liebt nie zu sehr. Aber du hast vielleicht recht. Wir sollten jetzt gehen.«

Und er fügte ganz einfach hinzu:

»Ich vergehe.«

Fast mühelos hob er sie hoch und trug sie auf seinen Armen zur Treppe, deren Stufen er mit akrobatischer Leichtigkeit hinabstieg. Den Kopf auf seiner Schulter und die Hände hinter seinem Nacken verschränkt, konnte Elizabeth sich in einem jener Träume wähnen, die sie in ihrer Einsamkeit gelegentlich träumte.

»Glücklich?« flüsterte er ihr ins Ohr.

Sie antwortete nicht. Im Rausch des Blumendufts, der sie umgab, fühlte sie sich unfähig, ein Wort zu sprechen, aber als Billy sie auf dem Sand des Gartens wieder absetzte, erwachte sie aus ihrer Benommenheit und sagte lachend:

»Noch eine Minute, die ich nie vergessen werde.«

»Und dazu noch auf den Treppenstufen, wie einst bei Charlie Jones«, erwiderte er.

Lachend schlenderten sie zum Ausgang, als eine sehr vornehme Stimme aus einer der großen Eichenalleen nach ihnen rief. Es war Mrs. Harrison Edwards, die ihnen entgegeneilte und ihnen mit dem bis zum Ellbogen entblößten Arm zuwinkte. In ihrem lila Kleid und unter einem breitkrempigen Schäferhut mit schwarzen Bändern näherte sie sich raschen Schrittes, und auf ihrem von Neugier erleuchteten Gesicht strahlte ein schalkhaftes Lächeln.

»Welch eine wunderbare Überraschung!« rief sie von weitem. »Unsere entzückende Elizabeth, der ich Bonaventura zu zeigen versprochen hatte, erliegt dem Charme des Militärs! Leutnant Hargrove, ich bin Ihnen furchtbar böse, aber ich finde Sie einfach herrlich in all diesem Rot.«

Sie begleitete jeden ihrer Schritte abwechselnd mit Vorwürfen und Komplimenten. Erleichtert, ihren Vorahnungen gefolgt zu sein, bemühte sich Elizabeth, gute Miene zum bösen Spiel zu machen, und bot der Königin der Gesellschaft, die mit spöttisch erhobenem Finger auf sie zustürmte, die Wange.

»Verräterin, ich komme Ihnen auf die Schliche, und ich freue mich für Sie. Leutnant, was darf ich vermuten? Wären meine Glückwünsche verfrüht?«

»Madame, vermuten Sie das Einfachste, und Sie werden der Wahrheit nahe sein, aber behalten Sie es einstweilen für sich, wenn ich bitten darf.«

»Bei meiner Ehre, Sie geheimnisvoller junger Mann. Ich hatte mich so gefreut, Elizabeth den köstlichen türkischen Pavillon zu zeigen, der hier ganz in der Nähe liegt, aber vielleicht hat sie bereits...«

Elizabeth fiel ihr ins Wort:

»Leider erwartet man mich zu Hause; ich muß jetzt gehen.«

»Ach! Wie schade! Wir werden uns für ein andermal verabreden. Miss Furnace kann die Geschichte von diesem architektonischen Juwel so großartig erzählen. Sie war einen Monat lang beim Sultan zu Gast, und er bestand darauf, ihr selbst die märchenhaften Gärten von Topkapi und die wunderbaren kleinen Pavillons zu zeigen, von denen aus man die Fluten des Bosporus vorbeifließen sieht. Das ist ein Bravourstück dieser großen Reisenden, die die Stadt mit ihren Talenten und ihrem unglaublichen Schatz von Erinnerungen zu betören weiß. Vor allem die Beschreibung der Harems ist ein wahrer Hochgenuß. Aber ich halte Sie auf. Bis bald, meine Liebe, und Sie, Herr Leutnant, geben Sie gut acht auf unsere schöne Engländerin.«

Mit einer anmutigen Geste verabschiedete sie sich und verschwand. Elizabeth und Billy blickten sich an.

»Sie hat alles gesehen«, sagte sie.

»Alles«, sagte er. »Sie konnte uns vom Ende dieser dunklen Allee aus beobachten, wie wir im hellsten Sonnenlicht aus dem Pavillon kamen und ich dich wie ein Kind in meinen Armen trug. Und was sie nicht gesehen hat, wird sie sich zusammenreimen.«

»Billy, morgen wird es die ganze Stadt wissen.«

»Nein, Liebste, nicht morgen: heute abend.«

»Eine Katastrophe!«

»Im Gegenteil: diese Dame zwingt mich zu handeln. Jetzt wirst du auf Billy hören, ob du die Gründe verstehst oder nicht. Ich bitte dich nur, mir zu gehorchen.«

»Alles, was du willst, solange wir einander gehören werden.«

»Also, ich bringe dich jetzt sofort nach Hause, und dann verlasse ich Savannah in rasendem Galopp... Wir müssen Zeit gewinnen und rasch handeln. Sag nichts, stell keine Fragen. Schweig. Bist du dazu fähig?«

»Das ist grausam.«

»Unser Glück steht auf dem Spiel...«

»Einverstanden, aber ich werde es nicht überleben.«

»Keine Tragödien, Liebste. Vertrau nur deinem Billy.«

Mit großen entschlossenen Schritten zog er sie zum Tilbury. Sie konnte ihm nur folgen, indem sie sich an seinen Arm klammerte, und sie hüpfte mehr, als daß sie ging.

In wenigen Minuten hatten sie Elizabeths Haus erreicht, und dort trennten sie sich, aber angesichts ihrer verstörten Miene sagte er bewegt:

»Mein Liebes, schau mich an. Seh ich aus wie ein unsicherer, gequälter und geschlagener Mann?«

Und da sah sie, wie sich seine Augen und seine Züge erhellten, sah das freudestrahlende, triumphierende, jugendliche Lächeln. Sie mußte sich sehr beherrschen, um sich nicht an seine Brust zu werfen.

»Du wirst sehen«, sagte er und lachte wie ein Schuljunge, »das Glück kommt auf raschen Flügeln.«

Mit Tränen in den Augen lachte nun auch sie.

25

Zu Hause ging alles drunter und drüber. Es war immer das gleiche, wenn sie abwesend war, obwohl Miss Celina sich alle Mühe gab. Schon wieder hatte der Gärtner den Metzgerjungen mit Fausthieben traktiert und ihm die Nase blutig geschlagen, worauf dieser davongelaufen war und geschworen hatte, nie wiederzukommen.

Was Charles Edward junior betraf, war die Gouvernante durch seine Schweigsamkeit und sein ungeselliges Gebaren beunruhigt. Elizabeth konnte es im Speisezimmer selbst erleben, wo er die Schuldige erwartete. Er schmollte auf eine bezaubernde Weise und mit der Ernsthaftigkeit eines Erwachsenen. Ohne wirklich den Kopf abzuwenden, als seine Mutter erschien, ignorierte er sie und zeigte ein verdrießliches kleines Gesicht.

»Was hast du?« fragte sie gereizt.

»Ich? Gar nichts, Mom.«

Die Stimme war klar und ruhig, die Kindlichkeit war aus ihr gewichen, und auch die Zärtlichkeit. Elizabeth empfand es wie einen Verlust: Zwischen ihr und ihrem Sohn verschwand das geheime Einverständnis der Liebenden.

Es schmerzte sie. Den kleinen Jungen in ihre Arme zu nehmen, würde nichts nützen, nichts... sie hatte es mit einem Eifersüchtigen zu tun. Eifersüchtig auf den Offizier, obwohl er ihn bewundert hatte.

Es schlug zwei Uhr. Ein schwarzer Diener deckte den Tisch für das Mittagessen.

»Nur ein Gedeck«, sagte sie leise. »Mr. Ned wird essen, und ich werde mich an meinen Platz setzen, aber ich esse nichts.«

Der, dem diese Rede galt, stand am Fenster und beobachtete das Kommen und Gehen in der Parkanlage. Heftig drehte er den Kopf und blickte Elizabeth an. Der Schlag hatte gesessen, und sie las auf dem halbgeöffneten kleinen Mund den Satz, den er sagen wollte: Auch er würde nicht essen. Aber sie vereitelte dieses Manöver sofort:

»Servieren Sie zuerst die Maiskrapfen.«

Ned schwieg. Maiskrapfen gehörten zu seinen Lieblingsspeisen.

Einige Minuten vergingen in einem lastenden Schweigen wie nach einem abziehenden Gewitter; schließlich setzte sich Ned neben seine Mutter, die sehr aufrecht vor einem leeren Teller thronte und das Betragen des Gegners aus dem Augenwinkel beobachtete. Ein Krapfen und dann noch einer wurden verschlungen. Elizabeth winkte dem Diener, ihm einen dritten zu geben, und ein schüchternes Lächeln bildete Grübchen auf den runden und rosigen Wangen des Besiegten.

»Hast du keinen Hunger, Mom?«

»Nein, Darling, du siehst ja, daß ich dir den Krapfen gebe, der für mich bestimmt war.«

Ned behielt seine Bemerkungen für sich und aß den dritten Krapfen, wonach sich ein Waffenstillstand abzeichnete. Da hörte die immer noch reglose Elizabeth den Verzweiflungsruf, der mit leiser Stimme vorgebracht wurde:

»Sonathan, Mamma.«

Sie rührte sich nicht. Ihr Entschluß war gefaßt. Mit pochendem Herzen legte sie endlich den Finger an die Lippen und flüsterte in einem unbeugsamen Ton:

»Er ist fort und kommt nie wieder.«

Ein bedrückendes Schweigen folgte dieser furchtbaren Nachricht. Sie wartete einen Augenblick, erhielt aber als Antwort nur einen trotzig herausfordernden Blick.

26

Im Zwiespalt zwischen der Sorge, die ihr Ned bereitete, und der Freude, die sie ihrem Geliebten verdankte, wußte sie mit ihrer Person und ihrer Zeit nichts anzufangen. Ned, immer weniger ihr kleiner Junge und immer mehr ihr Sohn, war einstweilen Bettys Obhut anvertraut, die ihn spazierenführte. Von dieser Seite konnte sie beruhigt sein, und dann löschte die Erinnerung an die mit Billy verbrachten Stunden alles andere aus, trotz des schmachtenden Begehrens, jener schrecklichen und doch so wunderbaren Qual. Gegen Ende des Nachmittags beschloß sie, in der endlosen Bull Street ein bißchen frische Luft zu schnappen. Allein begab sie sich nicht oft dorthin, denn in den frühen Abendstunden wurde dieser von der Gesellschaft bevorzugte Ort zu einer Art Salon. Doch heute riskierte sie es.

Eine leichte Meeresbrise bewegte die Blätter der großen Sykomoren und das milder gewordene Licht übersäte das Pflaster mit kleinen blaßgoldenen Tupfen. Die Zahl der Spaziergänger vermehrte sich, und die allabendliche Parade der winzig kleinen Sonnenschirme und der Zylinderhüte begann, also alles, was Elizabeth fürchtete, denn sie war menschenscheu geblieben, aber sie ging tapfer weiter, um nicht sich selbst überlassen zu sein, um in der Einsamkeit nicht zuviel nachzudenken.

Sie wußte, daß sie in ihrem hellgrünen Kleid, das das Gold ihres üppigen Haars voll zur Wirkung brachte, sehr schön war, und sie tat so, als ob sie die Pracht der jahrhundertealten Bäume bewunderte, die sich über die elegante Welt der Stadt neigten, aber sie konnte nicht umhin zu bemerken, daß einige sie nachdrücklicher grüßten als sonst. Unter den angenehmen Begegnungen war Algernon Steers, der sich erlaubte, im Vorübergehen eine tiefe Verbeugung vor ihr zu machen, in der sie einen Hauch von Ironie zu erkennen glaubte; oder träumte sie? Sie dankte ihm mit einem unmerklichen Neigen des Kopfes.

»So eine Unverschämtheit!« dachte sie. Aber wie schön er doch war.

Das fiel ihr auf, aber sie verscheuchte diese ungelegene Feststellung sofort, als ob der Teufel sie ihr eingeflüstert hätte. Nichtsdestoweniger bereitete ihr das Interesse, das ihre Gegenwart erregte, ein wachsendes Unbehagen, und sie kehrte plötzlich um, wollte die Avenue verlassen und sich wieder nach Hause begeben.

Doch sie hatte kaum zehn Schritte getan, da stieß sie auf Mrs. Harrison Edwards. Prächtiger denn je, in einem hellgelben Kleid aus Tussahseide, kam sie die Avenue in entgegengesetzter Richtung herauf und begrüßte sie mit einem Freudenschrei:

»Sie? Welch eine unerwartete Freude! Stellen Sie sich vor, gerade habe ich an Sie gedacht, und o Wunder, da sind Sie schon.«

»Ach, ich komme nur zufällig vorbei, ich bin auf dem Heimweg. Und ich muß gestehen, daß all diese Leute...«

»Nicht so schnell, liebe Elizabeth. Sie schenken mir doch ein paar Minuten?«

Mit einer Geste diskreter Vertraulichkeit hakte sie sich bei ihr ein.

»All diese Leute, sagen Sie? Es darf Sie doch nicht stören, wenn man Ihnen soviel Aufmerksamkeit schenkt.«

»Das ist es ja gerade...«

»Das ist ja gerade was, meine Liebe? Man bemerkt Sie, man lächelt Ihnen zu, man freut sich, daß Sie glücklich sind, denn man hat alles erraten.«

»Ach«, rief Elizabeth empört. »Und Ihr Ehrenwort?«

Der wunderschöne, mollige Arm zog sich ein bißchen zurück, aber nicht ganz.

»Was wollen Sie damit sagen? Ich empfinde zuviel Freundschaft für Sie, um mich zu ärgern, aber Ihre Naivität erschreckt mich ein wenig. Wissen Sie denn nicht, daß Savannah die neugierigste und aufmerksamste Stadt des Südens ist, und glauben Sie etwa, unbemerkt im Tilbury mit einem feschen Offizier nach Bonaventura und wieder zurück fahren zu können?«

Die Röte stieg Elizabeth in das Gesicht.

»Ich sehe nicht, was daran so außergewöhnlich sein soll. Billy und ich kennen uns, seit wir sechzehn Jahre alt sind.«

»Das macht die Sache ja so rührend, meine liebe Elizabeth. Das Wort Verlobung ist auf aller Lippen. Die ganze Gesellschaft war betrübt, Sie immer noch als Witwe zu sehen. Es fehlte nicht viel, und man hätte Ihnen auf der Straße Beifall geklatscht! Beide jung und schön und romantisch!«

Noch ganz rot vor Verlegenheit, suchte Elizabeth verzweifelt nach irgend etwas, das sie sagen könnte. Am liebsten hätte sie Mrs. Harrison Edwards mit der ganzen Gesellschaft einfach stehen gelassen und wäre Hals über Kopf davongelaufen, aber der schöne Arm hielt sie mit ungeahnter Kraft zurück.

»Ich danke Ihnen«, murmelte sie.

»Mir danken? Sie machen sich lustig. Was habe ich getan? Gestatten Sie, daß ich Sie küsse. Ich will die erste sein.«

Ohne deren Erlaubnis abzuwarten, ergriff sie Elizabeths Hände und berührte mit den Spitzen ihrer kunstvoll geschminkten Lippen ihre Wange, die wie durch ein Wunder etwas von der Frische eines jungen Mädchens bewahrt hatte.

Sie wußte genau, daß man um sie herum stehenblieb und daß man, da man sie wie auf einer Theaterbühne beobachtete, nun alles verstand. Aber sie hatte nichts gesagt. Das kaum beschädigte Ehrenwort konnte noch gelten.

27

Wieder zu Hause, fühlte sich die junge Frau so ratlos wie nie zuvor. Bald glückselig, bald bestürzt, ging sie unruhig in dem Zimmer, das sie ihre kleine blaue Hölle nannte, auf und ab und versuchte, Billys rätselhaftes Betragen zu verstehen. Wo war er? Wann würde er zurückkehren? Wollte er sie wirklich heiraten? Doch dann sah sie plötzlich das wunderbare Lächeln wieder, mit dem er sie verlassen hatte, und sie lachte vor Glück.

Sie klingelte der Gouvernante:

»Wo ist Billy?« fragte sie.

Celina antwortete nicht, aber in den gewöhnlich so ausdruckslosen Augen stieg eine Welle menschlicher Wärme empor. Hatte auch sie die Ängste der Liebe kennengelernt? Welche Geheimnisse verbarg sie? Man wußte fast nichts von ihr, außer daß sie aus einer bekannten Gegend in Mitteleuropa kam und daß sie ihre Heimat aus politischen Gründen hatte verlassen müssen. Wie viele andere Verfolgte hatte sie sich nach Amerika geflüchtet. Wie dem auch sei, sie tat so, als habe sie nicht richtig verstanden.

»Mr. Ned ist bei seiner *Black Mammy,* die ihn baden wird.«

Elizabeth war in Verlegenheit geraten und erklärte schroff:

»Von jetzt an werde ich ihn baden. Gehen Sie und sagen es Mammy, Miss Celina. Ich komme gleich hinauf.«

Celina nickte, verschwand und ließ ihre Herrin sehr erstaunt über ihre eigenen Worte zurück. Viele Frauen bestanden darauf, ihre kleinen Kinder selbst zu baden. Hatte ihre eigene Mutter sie nicht mit sorgfältiger, wenn auch etwas rauher Hand bis zu ihrem siebenten Lebensjahr gewaschen? Ohne recht zu wissen warum, weigerte sich Elizabeth, das zu tun. Sie wollte sich nicht eingestehen, daß sie es nicht wagte, und nun hatte sie auf einmal einem Impuls nachgegeben, der aus ihrem tiefsten Inneren kam, und Celina diesen Befehl erteilt.

»Dummerweise«, sagte sie sich.

Und sie ging hinauf.

Das Bad, das neben Neds Zimmer lag, war ein kleiner, dunkelrot gekachelter Raum, dessen Fenster mit weißen Leinengardinen verhängt war und auf den Garten hinausging. Geblümte Porzellanfliesen bedeckten die Wände bis zur halben Höhe. Alles wirkte heiter

in diesen Mauern, wo das Licht auf eine Wanne mit dicken Kupfer-
hähnen, einen Zuber und einen Handtuchständer fiel.

Elizabeth trat mit entschlossener Miene ein.

Kniend, ganz in Weiß gekleidet, war die gewaltige schwarze
Mammy gerade dabei, Ned seinen Matrosenzug auszuziehen. Sie
blickte auf, wandte ihrer Herrin das ebenholzfarbene Gesicht zu, in
dem das Weiße der Augen und die zu einem breiten Lächeln entblößten Zähne glänzten, und sagte mit ihrer unwiderstehlich sanften
Stimme:

»*Yes*, M'am. Miss Celina hat mi's gesagt, abe' Mammy kann die
Kleinen nunma' besse' waschen.«

»Mammy, du mußt mir gehorchen«, sagte Elizabeth lächelnd.
»Gib mir eine große weiße Schürze.«

Celina, die sich an der Tür bereithielt, verschwand sogleich.

»Massa Ned hat's ge'n, wenn Mammy ihn mit Seife wäscht«, fuhr
die Amme fort, während sie dem Kind die Hose abstreife.

Der Kleine verhielt sich still, doch beobachtete er seine Mutter
mit einer Aufmerksamkeit, die ihr peinlich wurde. Die schönen
kastanienbraunen Augen schienen Fragen zu stellen, die der Mund
nicht aussprach. In diesem ernsthaften kleinen Gesicht erkannte die
junge Frau die Flamme der Verliebtheit nicht mehr, die ihr so oft ein
Herzklopfen verursacht hatte.

Jetzt stand er, all seiner Kleider entledigt, völlig nackt vor ihr, und
sie wandte sich ab, schien von einer nervösen, ganz plötzlichen
Ungeduld ergriffen und fragte:

»Warum kommt Miss Celina nicht? Der Kleine wird sich noch
erkälten.«

»Oh, *no*, M'am«, sagte die schwarze Amme, hüllte ihren »süßen
Schatz« in ein großes Frottiertuch und drückte ihn fest an sich.

Celina kam fast im gleichen Augenblick zurück und brachte Elizabeth eine große weiße Schürze, die der schwarzen Mammy gepaßt
hätte. Mit einiger Anstrengung band die junge Frau sie sich um, aber
Celina mußte die Bänder so weit wie möglich über die Schultern ziehen, weil die Schürze zu tief am Boden hing.

Die Gouvernante erriet die Verwirrung ihrer Herrin sofort und
bemühte sich, ihr zu helfen. Ein Schwamm von der Größe einer
Wassermelone lag im warmen Wasser des Zubers, in den der entblößte Ned nun hineinstieg. Wie er dort im Licht stand, strahlte sein
vollkommener kleiner Körper eine solche Unschuld und Schönheit

aus, daß es seiner Mutter die Sprache verschlug. Seit einem Jahr vermied sie es, ihn anders als angekleidet zu betrachten, da der junge Körper sich entwickelte und immer männlicher wurde, und deshalb hatte sie es vorgezogen, das Baden der schwarzen Amme zu überlassen.

»Wollen Sie sich nicht lieber hinknien...«, schlug Miss Celina vor. Aber Elizabeth schien nicht zu verstehen. Ihre Augen richteten sich unwillkürlich gerade auf jenen Teil des männlichen Körpers, den sie nicht sehen wollte, weil sie bei seinem Anblick ein unüberwindliches Unbehagen empfand.

Der Moment, der nun folgte, war peinlich. Ned schaute Elizabeth an und konnte nicht umhin, so jung wie er war, auf dem Gesicht seiner Mutter einen Ausdruck des Ekels zu erkennen, der sie entstellte. In seinem Schrecken wandte er sich zu seiner *Black Mammy*, der nichts von alledem entgangen war. Ohne zu zögern, tauchte sie den Schwamm in den Zuber und ließ das warme Wasser über die Schultern und den Rücken des Jungen rinnen.

Elizabeth erhob sich jäh und rief die Gouvernante.

»Helfen Sie mir aus dieser Schürze«, sagte sie mit einem gezwungenen Lachen. »Ich glaube, die Mammy hat recht. Sie macht das besser als ich.«

Wieder und wieder wurde der dicke Schwamm ins Wasser getaucht und glitt über die rosig braune und wie Marmor schimmernde Haut.

»Ja, die Mammy kann das«, sagte die Amme mit dem gutmütigen Lächeln einer Menschenfresserin. »Die Ladies, die können's nich' so gut wie die Mammy.«

Jetzt hielt sie ein Stück honigfarbene Seife in ihrer großen Hand und bald war das zarte und glatte Fleisch mit Schaum bedeckt.

Sowie Elizabeth sich von ihrer weißen Schürze befreit hatte, ergriff sie die Flucht.

In ihrem Zimmer warf sie sich auf das Bett und verbarg ihr Gesicht im Kopfkissen. Sie hatte sich vor diesen beiden Frauen lächerlich gemacht, und sie erstickte vor Scham. Warum hatte sie dem törichten Wunsch nachgegeben, ihre Autorität zeigen zu wollen? Was mochten Mammy und Miss Celina von ihr denken? Und Ned? Aber darüber wollte sie sich keine Fragen stellen. Sie hatte ihm Angst gemacht. Wie sollte er auch nur ahnen, was seiner Mutter an seiner Person so mißfiel? Mit einem einzigen Schlag verletzte, tötete sie die Liebe.

An diesem Abend ging sie trotz allem zu ihm, um ihm eine gute Nacht zu wünschen und ihn wie gewöhnlich sein Gebet aufsagen zu lassen, aber er hielt sie nicht zurück, um ihr eine neue Geschichte von Jonathan abzuverlangen. Als sie ihn in ihre Arme geschlossen und mit Küssen bedeckt hatte und gerade das Zimmer verlassen wollte, brach sie plötzlich in Tränen aus, weinte über ihre Dummheit und ihr herzloses Betragen. Und da erst zeigte er eine Regung, die ein wenig an früher erinnerte.

»Warum weinst du, Mom?« fragte er, indem er ihr Gesicht streichelte. »Liebst du mich noch ein bißchen?«

»Mehr denn je, Darling... Aber jetzt mußt du schlafen.«

Im Licht der kleinen Lampe sah sie ihn mit dem frohgemuten Lächeln auf den Lippen, das sie tröstete, weil sie darin das Kind von früher wiederfand, und sie ging beruhigt hinaus. Aber eine innere Stimme sagte ihr, daß eine geheimnisvolle Welt sich für immer hinter ihnen schloß. Hatte sie den abendlichen Jonathan, indem sie ihn aus Neds Träumen verbannte, nicht auch aus ihrem Herzen verbannt?

In ihrem Zimmer zögerte sie, sich auszuziehen, schob den Augenblick hinaus, da sie zwischen ihre Laken schlüpfen würde, um eine schlaflose Nacht zu verbringen. Von Zeit zu Zeit trat sie an Neds Tür und lauschte auf seinen Atem. Endlich hörte sie ihn, leicht und regelmäßig.

Ein wenig erleichtert setzte sie sich vor den Spiegel, um ihr Haar zu lösen, und gab sich ganz der Erinnerung an ihren Vormittag mit Billy hin. Da blühte ihr Herz in einer Freude auf, die all die bösen Schatten vertrieb. Immer wieder dachte sie an die köstliche Minute, da er sie in seinen Armen die kleine Treppe des türkischen Pavillons hinuntergetragen hatte. Ihr Kopf war dem seinen so nahe gewesen, daß sie den Geruch seines Körpers gespürt hatte. Doch plötzlich, mitten in der Stille der Nacht, hörte sie den Türklopfer zweimal pochen.

Sie wartete einen Augenblick, dann ging sie hinunter und sah gerade noch, wie der Diener die Tür öffnete.

Eine Frau trat ein; sie war in Schwarz gekleidet und hatte den Kopf in einen schwarzen Spitzenschleier gehüllt. Sie war ziemlich groß, hielt sich sehr aufrecht, und ihre ganze Person strahlte eine fast königliche Vornehmheit aus.

»Elizabeth«, sagte sie einfach.

Verblüfft erkannte die junge Frau die Stimme Annabels; und in ihrer Verwirrung konnte sie nichts anderes tun, als ihr mit ausgestreckten Händen entgegenzugehen und sie in den kleinen Salon zu führen. Erst hier hob Annabel ihren Schleier, und im Licht der Lampen sah Elizabeth ein Gesicht, das sie auf den ersten Blick kaum wiedererkannte und aus dem alle Jugend gewichen war. Es blieben die edlen Züge, die stolz gewölbten Brauen, die gerade Nase, der schöne, geringschätzige Mund, aber in der Tiefe der dunklen Augen lag eine erschreckende Traurigkeit. Die Wangen hatten ihre Rundung verloren und höhlten sich unter den Backenknochen. Es fehlte jener Glanz, der diese Frau einst berühmt gemacht hatte. Und etwas anderes war dazugekommen, etwas, das sich nicht in Worten ausdrücken ließ, eine gewisse Lebensmüdigkeit, die ihren natürlichen Hochmut durch einen Hauch von Menschlichkeit milderte.

Mit einer Handbewegung ließ sie den Umhang fallen und entblößte ihre noch immer schönen Schultern und einen Ausschnitt, der ahnen ließ, daß sie ihre körperlichen Reize bewahrt hatte.

Sie setzten sich.

»Wie soll ich diesen Besuch nennen, den ich Ihnen so ganz ohne Vorwarnung mache? Einen Besuch unter Freundinnen? Was meinen Sie, Elizabeth?«

»Nennen Sie ihn, wie Sie wollen. Er kommt so überraschend, daß ich keine Muße hatte, darüber nachzudenken.«

»Kann ich Ihnen helfen? Sehen wir die Dinge doch so, wie sie sind. Hätte ich nicht allen Grund, Sie zu hassen? Haben Sie sich je gefragt, welche Liebesbande mich an den Mann knüpften, in den Sie sich verliebt haben? Daß er mein Ehemann war, hat Sie nicht gehindert, ihm zu schreiben, sei es mit eigener Hand, sei es mit der einer mir unbekannten Komplizin. Er hat diese Briefe zerrissen, aber er zerriß sie schlecht. Haben Sie mich verstanden, oder soll ich ins Detail gehen?«

»Madame«, sagte Elizabeth, deren Gesicht ganz blaß geworden war, »darf ich fragen, worauf Sie hinauswollen?«

»Auf etwas sehr Einfaches: daß Ihre Liebe wahr und ehrlich war, wenn auch unmöglich, das habe ich nie in Zweifel gezogen. Deshalb empfand ich auch Mitleid für Sie.«

»Mitleid für mich?«

»Ja, weil Sie gelitten haben. Aber haben Sie Mitleid für mich empfunden, als mein Mann durch Ihre Schuld in diesem unsinnigen Duell umkam?«

Von einer heftigen Gefühlsregung ergriffen, wollte die junge Frau sprechen, aber die Worte erstickten in ihrer Kehle. Sie nahm sich zusammen, richtete sich auf und neigte den Kopf.

Ein schwaches Lächeln glitt über Annabels Lippen, und sie sagte fast tonlos:

»Alle Entschuldigungen der Welt könnten diese einfache Geste nicht aufwiegen.«

Als sie sich bei diesen Worten etwas vorbeugte, fiel Elizabeths Blick auf einen Rubin, der Annabels Busenausschnitt schmückte. Der Stein mit seinem herrlichen Glanz, dessen seltsame Form der eines Tropfens ähnelte, funkelte an einer feinen Goldkette auf der zarten Haut der Besucherin.

»Elizabeth«, sagte diese, »wollen Sie, daß wir Frieden schließen?«

»Von ganzem Herzen, Annabel.«

Sie rief diese Worte mit freudiger Begeisterung aus. Alles, was der jungen Engländerin von ihrer Kindheit geblieben war, lag in diesem Aufschrei. Und doch konnte sie nicht umhin, in den Augen Annabels jene unergründliche Traurigkeit zu sehen, die ihr schon vorhin aufgefallen war und die an Verzweiflung grenzte.

Als sie nun zusammen auf dem Sofa saßen, waren sie einander so nahe, daß Elizabeth Annabels Atem spürte. Es war ein bitterer Geruch.

Ein plötzlicher Ekel packte Elizabeth, ohne daß sie es sich anmerken ließ. Auf einmal sah sie diese Frau, die Trauerkleidung trug, in einem neuen Licht, das ihr Angst machte. Die Annabel von einst war verschwunden, und an ihre Stelle trat eine Art Erscheinung, ein Gespenst. Weiter wagte sie nicht zu gehen, aber im tiefsten Innern wußte sie, daß diese Worte zutrafen, denn sie hatte den Eindruck, dem Tod begegnet zu sein. Ihr gesunder Menschenverstand kam ihr zu Hilfe. »Mach dich nicht lächerlich«, dachte sie. »Annabel ist nur leidend, und sie zeigt die besten Absichten.«

»Da die Wolke sich verzogen hat«, sagte Annabel mit einem Lächeln, das ihr nicht bis in die Augen stieg, »können wir frei miteinander reden, aber, wie ich hinzufügen muß, unter dem Siegel der Verschwiegenheit. Darf ich zuerst nachsehen, ob diese beiden Türen keine Ohren haben?«

»Gehen Sie zu der einen, ich kümmere mich um die andere.«

Annabel flüsterte ihr zu:

»Sie nähern sich ganz leise, dann öffnen sie sie blitzschnell.«

»Ich kenne die Methode«, erwiderte Elizabeth. »Ich werde schnell sein.«

»Und plötzlich; das ist wichtig.«

Jede ging zu einer Tür. Elizabeth war von Annabels majestätischer Erscheinung in dem langen Trauerkleid beeindruckt, dessen Schleppe aus schwerem Taft auf dem Parkett in einer unbekannten Sprache zu flüstern schien.

Die junge Frau öffnete die Tür mit einem Ruck und sah niemanden, aber Annabel hatte mehr Glück. Mit sachkundiger Hand riß sie die Tür blitzartig auf und sah, wie der Diener Joe in roter Livree ihr zu Füßen fiel. Wortlos und so rasch, wie es ihm möglich war, rappelte er sich auf, warf einen Blick auf Annabel und ergriff mit schreckentstelltem Gesicht die Flucht.

»Er ist unverbesserlich«, erklärte Elizabeth, »aber jetzt sind wir sicher, nicht mehr belauscht zu werden.«

»Werden Sie diesen Mann in Ihrem Dienst behalten?«

»Zuerst werde ich ihn morgen früh auf ein Viertelstündchen zu meinem Gärtner schicken, denn der sorgt bei mir für Ordnung.«

Annabel hob die Brauen, das war ihr einziger Kommentar. Dann nahmen sie wieder auf dem Sofa Platz.

28

Während sich diese Szene im blauen Salon abspielte, fand im ersten Stock eine Unterredung ganz anderer Art statt. Ned saß auf dem Bettrand und weigerte sich, den inständigen Bitten Celinas nachzugeben und sich wieder hinzulegen. Das schwache Licht der Nachtlampe ließ sie beide im Halbdunkel, und nur der weiße Pyjama des kleinen Jungen war zu sehen. So schien er seltsam allein, denn die Gouvernante war durch ihr schwarzes Kleid im Schatten der Nacht verborgen.

Ned schüttelte seinen Lockenkopf.

»Nein«, sagte er, »ich bleibe hier solange sitzen, bis sie kommt.«

Und dabei zappelte er mit seinen nackten Füßchen, die an Blumen erinnerten.

»Ihre Mamma wird bestimmt sehr böse sein, wenn Sie nicht schlafen«, ermahnte ihn das schwarze Kleid.

»Ich werde schlafen, wenn sie da ist. Warum ist sie unten?«

»Ich habe Ihnen doch gesagt, daß sie Besuch hat.«

Es folgte ein langes Schweigen.

»Warum bleiben Sie hier, Miss Celina?«

»Damit Sie nicht allein sind und sich ängstigen.«

»Ich habe keine Angst. Wenn sie nicht da ist, kann ich nicht schlafen. Mom muß mir immer zuerst eine Geschichte erzählen.«

»Eine Geschichte? Ich kann Ihnen sehr gut selbst eine erzählen. Ich kenne viele.«

»Aber nicht meine Geschichte. Wenn Mom sie nicht erzählt, kommt sie von ganz alleine, und dann ist es nicht mehr dasselbe.«

»Wer kommt, Mr. Ned?«

»Die Geschichte natürlich, immer wenn ich einschlafe. Das verstehen Sie nicht, Miss Celina.«

»Aber wenn Sie einschlafen, und ich bei Ihnen bleibe?«

»Dann kommt sie nicht.«

»Aber woher kommt sie denn?«

»Von da hinten, wo der große Flur ist.«

Er schwieg und zappelte weiter mit den Füßen in der Luft. Celina blickte sich um, sie erkannte gerade noch die kleinen Säulen des Himmelbettes. Dahinter sah sie nichts als Nacht. Ein leichtes Unbehagen ergriff sie, denn sie fand die Situation und das Geheimnis, in das sich der kleine Mann hüllte, höchst befremdlich. Jetzt traute sie sich nicht, ihn allein zu lassen.

»Erzählen Sie mir doch Ihre Geschichte, Master Ned.«

»Nein, die Geschichte ist unser Geheimnis, das hab ich versprochen.«

»Sie sagen, daß sie dort hinten aus dem Zimmer kommt. Ist die Geschichte denn eine Person? Sagen Sie mir das doch, mehr will ich gar nicht wissen.«

»Ich sage nichts. Sie können das nicht verstehen. Es ist unser Geheimnis.«

Miss Celina ging zum Nachttisch, nahm die Lampe, hielt sie hoch, bis sie einen Stuhl am Fußende des Bettes sah. Sie rückte ihn heran, stellte die Lampe an ihren Platz zurück und setzte sich.

Einige Minuten vergingen in Schweigen.

»Gehen Sie«, sagte Ned.

»Nein, Master Ned, ich darf Sie nicht allein lassen, wenn Sie nicht schlafen.«

»Gehen Sie, Miss Celina«, flehte er.

»Ich darf nicht.«

Plötzlich sprang er auf und stampfte vor Wut mit den Füßen.

»Wenn Sie bleiben, kommt er nicht«, schrie er. »Ich habe keine Angst. Lassen Sie mich allein!«

»Ich habe nicht das Recht, Master Ned. Ich werde solange bleiben, wie Ihre Mutter nicht hier ist.«

Da warf er sich auf sein Bett, vergrub den Kopf im Kissen, weinte und schrie vor Wut… Celina rührte sich nicht; sie war ratlos, aber überzeugt, daß sie ihren Posten nicht verlassen durfte.

Ned heulte und tobte noch eine ganze Weile. In diesem fahlen Licht, das den lautstarken Schmerzensausbruch besonders unheimlich erscheinen ließ, fühlte sich die Gouvernante von Entsetzen ergriffen, als plötzlich Stille eintrat. Ned war erschöpft in den Schlaf gesunken.

Sie wartete einige lange Minuten, bis der Atem des Schlafenden ruhiger wurde. Dann beugte sie sich über ihn und zog die Bettdecke ganz vorsichtig hoch, um ihn bis zu den Schultern zuzudecken.

Ihre Skrupel hielten sie noch eine Weile zurück, dann ging sie behutsamen Schrittes zur Tür und verschwand.

29

Im blauen Salon beendete Annabel den Bericht über die große Schmach, die sie wenige Tage nach ihrer Hochzeit mit Jonathan Armstrong erlitten hatte. Ihre Stimme wurde leiser, blieb jedoch klar und deutlich, und es klang wie ein langer dumpfer und heftiger Gesang des Zorns.

»Ich bitte Sie, Elizabeth, stellen Sie sich den großen Salon im gedämpften Kerzenlicht vor und die Spitzen der Gesellschaft, die mit einem heuchlerischen Lächeln und all dem äffischen Gehabe ihrer altmodischen Höflichkeit an meinem Mann und mir vorüberzogen. In weniger als einer Minute hatte ich begriffen, was man mir mit dieser courtoisen Maskerade zu verstehen gab; man wollte nichts von mir wissen, und ich hatte das Gefühl, am Rand der Hölle zu stehen. Muß ich noch hinzufügen, daß ich nicht das geringste Wort des Dankes erhielt und daß mich seitdem niemand mehr besucht hat? Ich hatte gehofft, die Tür vor mir aufgehen zu sehen, statt dessen wurde sie mir ins Gesicht geschlagen. Elizabeth, Sie haben eine Rebellin vor sich. Mein Mann litt nicht wie ich unter dieser Beleidigung, zumal er wußte, daß er durch seine Geburt viel höhergestellt war als diese kleinen Provinzaristokraten, aber er hatte Verständnis für meine Empörung, und als ich ihm sagte, ich sei entschlossen, künftig in Europa zu leben, willigte er ohne zu zögern ein.«

Dieser Satz traf Elizabeth wie ein Dolchstoß, und ihr entfuhr ein Aufschrei:

»Ohne zu zögern!«

Dieser Schrei blieb ohne Widerhall, aber Annabel bedachte die junge Frau mit einem Blick, der stummes Mitgefühl ausdrückte.

»Soll ich fortfahren?« fragte die Besucherin.

Elizabeth nickte.

»Ich brauche Ihnen nicht zu erzählen, daß wir einige Zeit in Wien verbracht haben; Sie wußten es aus ich weiß nicht welcher Quelle, und unsere Adresse hat Ihnen geholfen, mich zu hintergehen. Nein, protestieren Sie nicht, denn ich bin entschlossen, darüber hinwegzugehen. In dieser Stadt, der glanzvollsten Mitteleuropas, habe ich ein gewisses Ansehen genossen und ein scheinbares Glück... bis zu dem Tage, da es ihm gelang, unsere Ehe für null und nichtig erklären zu lassen. Das alles haben Sie gewußt. Welch ein Freudenrausch für ihn, welch ein Triumph. Und für Sie?«

Elizabeths Lippen öffneten sich, aber sie brachte kein Wort hervor. Annabel begnügte sich damit, sie zu betrachten, und ihr Mund verzog sich zu einem spöttischen Lächeln.

»Wie ich dieses Schweigen liebe«, sagte sie schließlich, »und wie gut Sie die Dinge aussprechen, ohne ein Wort zu sagen! In jener Zeit, es war im Sommer 1851, hatten Sie sich noch die Herzenswallungen und die Einfalt eines Schulmädchens bewahrt. Und jetzt? Gestatten Sie mir eine kleine Bemerkung über die Person, die Sie heute sind?«

»Ja, Annabel«, sagte Elizabeth ganz leise.

»Seit dem Beginn unserer Unterredung haben Sie von Zeit zu Zeit einen Blick auf den Rubin an meiner Brust geworfen. Er ist ein Geschenk des Treulosen. Der Stein, der von unvergleichlicher Schönheit ist, stammte von seiner Mutter. Er schenkte ihn mir am

Tage nach der Scheidung zum Zeichen der Reue, denn er wußte sehr wohl, daß er unehrenhaft gehandelt hatte. Ich nahm den Stein an und schmückte damit mein Dekolleté, auf das ich damals zu Recht noch sehr stolz war. Unsere Trennung wurde geheimgehalten. Der Anblick dieses Rubins an meinem Hals brachte ihn in große Verlegenheit. Das war meine einzige Rache. Ich trug den Rubin bei jeder Gelegenheit. Ganz Wien bewunderte ihn. Mit Wien meine ich die dortige Aristokratie, die einzig wahre. Denn wo sind die Ländereien, wo sind die Titel, wo ist der Souverän unserer Aristokratie, zu der Sie und ich gehören? Sie ist doch nur eine rührende Verbannte, die sich an ihre Ursprünge erinnert, wie man von einer verlorenen Heimat träumt, und sie lebt von diesem Traum. Aber genug von diesem Thema.«

Mit einer geradezu königlichen Würde erhob sie sich und löste den Rubin von ihrem Hals.

»Hier, ich schenke ihn Ihnen«, sagte sie. »Nehmen Sie ihn als Pfand der Versöhnung?«

Die junge Frau erhob sich ebenfalls und erlebte eine schreckliche Minute. Alles in ihr schrie: »Sag nein«, aber ein unwiderstehliches Begehren hinderte sie daran.

»Keine Antwort ist auch eine Antwort«, sagte Annabel und legte ihr die Kette um den Hals. »Sie werden nie schöner sein, als Sie es heute sind. Das ist eine Gnade des Himmels. Genießen Sie sie. Hier. So hängt sie gut. Betrachten Sie sich im Spiegel.«

Elizabeth rührte sich nicht.

»Ich weiß nicht, ob ich sie hätte annehmen dürfen...«, murmelte sie.

»Schönes Kind, überwinden Sie Ihre Skrupel und lassen Sie sich von mir küssen. Sie erleichtern mich von einer schrecklichen Bürde: Sie befreien mein Herz von einem namenlosen Groll.«

Während sie dies sagte, neigte sie sich zu Elizabeth herüber und drückte ihre kalten Lippen auf die vor Scham glühenden Wangen.

»Schenken Sie mir ein Lächeln«, sagte Annabel mit einer fast flehenden Stimme. »Sehen Sie nicht, daß ich Sie gern lieben möchte? Der Haß ist etwas so Trauriges. Setzen wir uns noch einen Augenblick.«

Zu überwältigt, um antworten zu können, gehorchte Elizabeth.

»Als ich erfuhr, daß ich ihn auf dieser Welt nicht wiedersehen würde«, fuhr Annabel mit sanfter Stimme fort, »und als ich endlich begriff, daß er mir für immer genommen war, fühlte ich mich gleichsam – wie soll ich sagen? – vernichtet… Als ich nach Dimwood zurückkehrte, sah ich, wie alle zögerten, mich wiederzuerkennen. Aber beenden wir diese Unterredung. Wir werden uns wahrscheinlich wiedersehen. Tragen Sie diesen schönen Rubin; er steht Ihnen so gut.«

Sie erhoben sich beide.

»Annabel…«, sagte Elizabeth.

»Nein«, sagte Annabel und drückte ihr beide Hände. »Nein.«

Raschen Schrittes trat sie zur Tür und verschwand. Aus dem Fenster sah die junge Frau die hohe und stolze Gestalt zu einer Kutsche gehen, die an der Straßenecke auf sie wartete.

30

Als Elizabeth wieder allein in diesem kleinen Salon war, den sie immer mehr verabscheute, schämte sie sich zu Tode und wollte sich den Rubin schon vom Hals reißen, als sie eine unwiderstehliche Lust verspürte, sich zuerst im großen Spiegel zu betrachten, als wollte sie ihre Demütigung bis zur Neige auskosten.

Doch hier wich ihre Wut einer Bewunderung, mit der sie nicht gerechnet hatte. Auf der matten und blassen Haut Annabels war der Rubin zwar von unbestreitbarer Pracht, aber zwischen den bernsteinfarbenen Brüsten der schönen Engländerin lebte und funkelte er, als sei er glücklich, seinen Glanz und seine Zaubermacht ganz entfalten zu können.

In höchster Verwunderung betrachtete sie sich selbst und war ganz verliebt in das Bild, das sie in dem goldenen Rahmen entdeckte. Mit beiden Händen breitete sie ihr Haar über die Schultern, drehte sich erst ein wenig zur einen, dann zur anderen Seite und berührte mit den Fingerspitzen den Stein mit seiner geheimnisvollen Anziehungskraft. Sie wurde nicht müde, ihn anzuschauen, denn er veränderte sich je nachdem, wie das Licht auf ihn fiel, und die junge Frau fand bald heraus, daß gewisse helle Töne, die wie heller Wein durch seine rätselhaften Tiefen schimmerten, mit einem dichten, zugleich reichen und schweren Rot wechselten. Immer wieder folgte sie dem Spiel der Farben im Licht der Lampe, doch plötzlich ließ sie die

Hände sinken und stieß einen Schrei aus. Was Annabel ihr an die Brust gehängt hatte, war ein Blutstropfen.

Die Absicht schien ihr klar. Der Rubin, den Jonathan Annabel geschenkt hatte, gemahnte an den Tod des Treulosen. Zwischen den beiden Frauen stand dieser purpurrote Tropfen, Jonathans Blut.

Bestürzt riß sie sich den Rubin vom Hals und schleuderte ihn auf den Teppich.

In ihrem Zimmer machte sie sich auf eine gräßliche Nacht gefaßt. Sie zögerte sogar, sich auszuziehen, und überlegte, ob sie nicht den Schlaf, den sie für unmöglich hielt, durch einen einsamen Spaziergang in der Stadt ersetzen sollte, aber lief sie dabei nicht Gefahr, von gewissen »Individuen« angesprochen zu werden? Blieb noch das Laudanum, doch auch das barg eine Ungewißheit, denn Laudanum war die Lösung in höchster Not, und sie erinnerte sich an die erste und so ärgerliche Erfahrung, die sie damit gemacht hatte.

In ihrem Zweifel rief sie die Gouvernante. Aber vielleicht schlief die bereits zu dieser späten Stunde? Sie klingelte trotzdem und bereute es sofort, aber sie mußte jemanden sehen, durfte sich nicht selbst überlassen bleiben, und sei es nur für einen Augenblick. Sie würde ihr irgend etwas sagen, sich irgend etwas ausdenken.

Immerhin war sie freudig überrascht, als Miss Celina schon nach wenigen Minuten erschien, vollständig angekleidet wie gewöhnlich, nur mit einer Kerze in der Hand, weil es unten kein Licht mehr gab.

»Es ist ein bißchen spät, Sie jetzt zu rufen, Miss Celina«, sagte Elizabeth mit leiser Stimme.

»Ganz normal, Madame.«

»War Ned artig?«

»Nein, Madame, er hat geweint.«

»Weil ich nicht bei ihm war. Er muß sich daran gewöhnen.«

»Ich bin bei ihm geblieben, bis er eingeschlafen ist.«

»Sehr nett von Ihnen, aber das brauchen Sie nicht, Celina.«

»Doch, Madame.«

»Wieso?«

»Wenn er allein ist und Sie noch auf sind, stellt er sich vor, daß irgend etwas oder irgend jemand vom Ende des Zimmers zu ihm kommt.«

Ein Schreckensschauer überlief Elizabeth.

»Schon gut, Miss Celina«, sagte sie mit einer Stimme, die ruhig klingen sollte. »Hauptsache, er schläft.«

Sie war nun etwas ruhiger und legte sich hin. Der verhängnisvolle Gegenstand war verbannt. Von ihrem Bett aus lauschte sie und redete sich ein, daß sie den regelmäßigen Atem ihres kleinen Jungen hören könnte. Alles war wieder in Ordnung, und mit einem Gedanken an Billy und das Glück, das, wie er sagte, auf raschen Schwingen herbeieilte, fühlte sie sich in einen glückseligen Schlaf sinken.

Doch kurz vor Tagesanbruch erwachte sie jäh und war von einer so starken und plötzlichen Unruhe ergriffen, daß sie ohne zu zögern aufstand und in den Salon hinunterging. Ob die Gouvernante mit ihrem Kerzenhalter nicht einen Blick in diesen Raum geworfen hatte, als sie in ihr Zimmer im Erdgeschoß zurückgekehrt war?

Der kleine blaue Salon lag im Dunkeln, aber Elizabeth machte sich nicht die Mühe, die Lampe anzuzünden. Nachdem sie an ein oder zwei Möbel gestoßen war, kniete sie sich hin, kroch auf allen Vieren herum und tastete auf dem Teppich nach allen Richtungen, bis ihre Hand sich plötzlich über dem Rubin schloß; sie hielt ihn fest, als ob er ihr sonst entgleiten würde, und im Grunde ihres Herzens schämte sie sich ihres geheimen Verdachts, daß Miss Celina ihn ihr gestohlen haben könnte.

In ihr Zimmer zurückgekehrt, versteckte sie ihn in einer Ecke des Schranks und schlief wieder ein.

31

Der morgendliche Kurier brachte ihr einen Brief, der ihr einen Freudenschrei entlockte. Er war vom 5. Dezember 1856 datiert, kam aus dem Fort Pulaski und enthielt folgende Zeilen:

Drei Hurras für den Kommandanten, meine Elizabeth! Ich komme gerade aus seinem Büro, wo ich ihn gemäß den Gepflogenheiten der Armee von unserer Heirat in Kenntnis gesetzt habe. Er gibt uns seine Einwilligung mit allen erdenklichen Segenswünschen. Du weißt nämlich nicht, daß ich dank meiner Talente als Whistspieler in seiner

*besonderen Gunst stehe, denn Whist liebt er über alles. Du kannst
die Kirche wählen, in der Du heiraten möchtest. Was mich betrifft, so
ist es mir egal. Mir ist jede recht, die mich auf immer mit Dir vereint.
Mein reizender Kommandant bittet Dich nur, nicht in der »romish
church« zu heiraten, weil er alle Katholiken verdächtigt, in spanischem Sold zu stehen. Sonst mache ich mit ihm, was ich will, aber in
diesem Punkt ist er hart wie Granit. Wir werden uns also in einer
hübschen kleinen Dorfkirche trauen lassen, und niemand wird es vor
der gegebenen Zeit erfahren. Aus Rücksicht auf die Gesellschaft mit
ihren Ideen von Schicklichkeit und der vorgeschriebenen Trauerzeit... Morgen nachmittag bin ich wieder bei Dir (es sind noch einige
Formalitäten zu erledigen, weißt Du) und mit einem Urlaub, den
ich, wenn unvorhergesehene Umstände es erfordern sollten, verlängern kann. Ich versinke in Deinem goldenen Haar.*

Dein vor Glück fast wahnsinniger Billy

Elizabeth setzte sich, schloß die Augen und blieb einige Minuten
bewegungslos, schwindlig vor Benommenheit. Sie hatte das Gefühl,
als hätte das Glück sie zu Boden geschmettert. Was sie sich seit Jahren so verzweifelt gewünscht hatte, wurde nun Wirklichkeit. Die
ganze Vergangenheit mit ihren Vereitlungen, Dramen und Schreck-
nissen verschwand, versank in einen schwarzen Abgrund. Als einziges blieb, bald leuchtend wie eine Erscheinung, bald mahnend wie
ein Gespenst, ein kleiner Schatten, der aus den dunklen Regionen
der Nacht kam: das Kind.

Ernüchtert stand sie auf und machte eine Handbewegung, als
wollte sie jemanden verscheuchen, aber ihr Herz zog sich vor
Schmerz zusammen.

»Billy wird alles ins Lot bringen«, sagte sie sich. »Er wird mit ihm
zu reden wissen.«

Aber was vermochte ein Mann?

Neds Lächeln gab ihr den Seelenfrieden zurück. Als er ihr guten
Morgen sagte, hatte er jenen liebevollen Blick, der ihr in den
schlimmsten Augenblicken Trost brachte. Nichts an ihm verriet die
geringste innere Besorgnis. Gewiß, es war nicht mehr die Über-
schwenglichkeit von einst, und sie mußte in Betracht ziehen, daß er
größer wurde, aber auch an diesem Tage gab sie wie gewöhnlich der
Verführung des strahlenden kleinen Gesichts nach.

Sie fragte ihn, ob er eine gute Nacht gehabt habe, und er versicherte ihr ohne zu zögern, daß er wunderbar geschlafen habe... Mit keinem Wort erwähnte er den Tränenausbruch, von dem Miss Celina Elizabeth unterrichtet hatte. Allem Anschein nach war er fest entschlossen, nichts preiszugeben. Der Indianer, den er wie üblich am Fuß hielt, schien heute keinen Sinn mehr zu haben. Die junge Frau wagte keine weiteren Fragen zu stellen. Sie mußte sich mit der Lüge dieser engelhaften Miene begnügen. Und brachte das die Dinge nicht besser wieder ins Lot, als Billy es hätte tun können? Es wäre sehr ungeschickt gewesen, ihn mit Fragen zu bedrängen. Die Freude, die endlich in ihr Leben zurückgekehrt war, blieb unzerstört.

Mit den ersten kühlen Tagen – Weihnachten war nicht fern – ersetzte ein blauer Matrosenanzug den weißen, den der Kleine bisher getragen hatte. Seine Beine verschwanden in langen schwarzen Strümpfen, und ein dickerer Matrosenkragen ließ seine Schultern breiter erscheinen. An diesem Morgen zeigte er sich zum erstenmal in dieser Art Uniform, und er war sichtlich so stolz darauf, daß er sich in Erwartung von Komplimenten ein wenig nach allen Richtungen drehte. Die Komplimente kamen nicht gleich. Seine immer noch besorgte Mutter brauchte eine Weile, bis sie verstand, was man von ihr erwartete, doch dann fand sie in dieser unschuldigen Koketterie plötzlich den kleinen Jungen wieder, den sie verloren zu haben fürchtete, und sie stürmte auf ihn zu, hob ihn vom Boden auf, drückte ihn an sich und überhäufte ihn mit Küssen, die sie blindlings auf seine Wangen, seinen Mund, sein Haar und seinen Nacken verteilte. Er mochte sich noch so wehren, sie ließ ihr enormes Zärtlichkeitsbedürfnis an ihm aus. Vergebens stieß er sie mit den Fäusten zurück, und in diesem ungleichen Kampf brachen sie beide in schallendes Gelächter aus:

»Mein Kragen, Mom!« stöhnte er.

»Mein Allerliebster«, antwortete sie, »mein allerliebster Schatz!«

Bei Tisch und während des ganzen Mittagessens, das wie üblich um zwei Uhr begann, war er überaus artig. Sie hätte ihn sich ein bißchen gesprächiger gewünscht, aber er hatte eine jener Anwandlungen von Schweigsamkeit, die ihn seit einiger Zeit befielen. Daß er sich in seine kleine geheimnisvolle Welt einschloß, empfand sie heute als eine Gnade des Himmels, denn so hatte sie ihre Ruhe. Immerhin veranlaßte ihre natürliche Neugier sie, sich einige Fragen zu stellen. Wenn sie ihn anschaute, lächelte er ihr fröhlich zu. In diesen Augenblicken sah er seinem Vater verblüffend ähnlich. Vorübergehend hatte sie das Gefühl, daß der Verstorbene sie durch die Augen seines Sohnes mit der gleichen Sanftmut beobachtete wie in der ersten Zeit, als er noch nicht gewagt hatte, ihr seine Liebe zu gestehen.

Während sie auf den Nachtisch warteten, stellte ihr der Kleine eine Frage, die sie auffahren ließ:

»Mom, wo ist der Offizier?«

»Er ist bei seinem Regiment, aber morgen wirst du ihn sehen.«

Die Nachricht wurde mit einem erneuten Lächeln begrüßt.

»Magst du ihn gern, Darling?«

»Sehr.«

»Gott sei Dank!« entfuhr es ihr spontan.

Mit welchem Zartgefühl die Vorsehung alle Hindernisse aus dem Weg räumte... Elizabeth war ganz gerührt.

32

Nichtsdestoweniger mußte sie bis zum folgenden Nachmittag warten, bis sie Billy wiedersah, und das Warten war ihr unerträglich. Andere konnten es, sie nicht. Das einzige, was ihr half, war Bewegung.

Sie ließ ihren Buggy anspannen und beschloß, Onkel Charlie zu besuchen, um ihm die Neuigkeit mitzuteilen und seinen Rat hinsichtlich einiger Verhaltensregeln einzuholen, denn sie hatte den Verdacht, daß es Billy an gesellschaftlichem Schliff mangelte. Gewiß, sie liebte ihn so, wie er war, aber er hatte so lange in Dimwood gelebt, also eigentlich auf dem Lande, daß ihm irgendwie etwas Bäurisches anhaftete, etwas köstlich Bäurisches natürlich, aber immerhin...

In einem an Übererregtheit grenzenden Zustand trieb sie ihr Pferd an und gelangte in weniger als fünf Minuten zum Haus am Jasper Square.

Sie hielt vor der Sykomore, wo Charlie Jones ihr, eingedenk der Tatsache, daß er ihr Vormund war, mehrmals sein Versprechen gegeben hatte, über sie und ihr Glück zu wachen. Mit einem schweren

Seufzer stieg sie die Freitreppe empor und klingelte. Ein alter Schwarzer mit grauem Haar erschien und sagte, Massa Jones sei nicht zu Hause, er sei in seinem Büro. Vor Enttäuschung hätte Elizabeth beinahe mit den Füßen auf die Marmorschwelle gestampft, aber sie hielt sich zurück und hinterließ nur eine kurze Nachricht.

»Mrs. Edward Jones möchte Mr. Charles Jones so bald wie möglich sprechen.«

Und jetzt? Was tun? Wie sollte sie all die Stunden herumbringen? Warum kam Billy nicht gleich zurück, da die Armee doch ihre Einwilligung gegeben hatte? Sie gab dem Pferd die Peitsche und stob im Galopp nach Hause.

Um ihren Mut zu kühlen, beschloß sie, ihre Wut an Pat auszulassen. Seinetwegen mußte die Köchin das Fleisch jetzt selber beim Metzger holen.

Wie eine Furie stürmte sie durch das Vestibül, wo ein Spiegel sie im Vorübergehen aufhielt, um ihr zu sagen, daß sie niemals schöner gewesen sei. Die Wut stand ihr ganz entzückend. Nur schade, daß Leutnant Billy Hargrove sie nicht so sehen konnte ...

Kaum hatte sie den Garten betreten, da fühlte sie sich von der herrlichen Fülle all dieses Grüns ergriffen, das dem Winter trotzte, einer allerdings in Savannah recht milden Jahreszeit. Die große Korkeiche streckte ihre Zweige über ihrer wirren Goldmähne aus und sagte: »Beruhige dich; das Glück kommt zu dir, und es zu erwarten, ist bereits ein Glück ...«

Aber sie hörte nicht hin, sie suchte Pat, und wie gewöhnlich war er nicht da. So lief sie zu dem kleinen Haus, öffnete die Tür und hörte ihn mit den Passanten auf der Avenue plaudern. Seine spöttische irische Stimme übertönte den etwas schleppenden Tonfall des Südens. Mit allen Kräften rief sie:

»Pat!«

Endlich erschien er, den Strohhut in der Hand, grinsend in seinem karierten Hemd.

»*Yes*, M'am. Sie brauchen nur Pat zu sagen, und Pat ist da!«

»Ich habe es satt, Pat. Der Metzgerjunge hat ein ganz geschwollenes Gesicht und wird nun nicht mehr kommen. Sie sind entlassen!«

»Nein, M'am.«

»»Nein, M'am‹, was soll das heißen? So eine Frechheit! Sie gehen morgen früh, und damit basta!«

»Nein, M'am, denn einen Gärtner wie Pat finden Sie nie wieder.«

»Irrtum. Ich werde einen gehorsamen Schwarzen nehmen.«

»Ein Schwarzer kann ja nicht mal eine Palme von einer Tanne unterscheiden.«

»Ich lasse mich auf keine Diskussionen ein. Packen Sie Ihre Koffer.«

»Sie schicken also Pat nach Irland zurück, wo dort die Hungersnot herrscht, M'am?«

»Die Hungersnot? Die große Hungersnot von 1840 ist längst vorbei!«

»Nein, M'am. Wenn bei uns eine Hungersnot vorbei ist, kommt gleich eine andere. Und die jetzt ist noch viel schlimmer.«

Mit einer dramatischen Geste schleuderte er seinen Hut zu Boden. Sein keltisches Temperament trat sogleich hervor:

»Die Kartoffeln verfaulen. Das ganze Vieh ist seit langem verzehrt. Die Menschen essen Gras – wo sie noch welches finden – oder sie reißen die Rinde von den Bäumen und kauen sie und versuchen sich vorzustellen, es sei Brot. Der liebe Gott und die Heiligen mögen Ihnen verzeihen, M'am, denn Sie schicken Pat in das Land des Hungers.«

Diese mit dumpfer und unheilvoller Stimme gehaltene Rede beeindruckte Elizabeth durch ihren aufrichtigen Klang, und sie begann unter dem Eindruck schwankend zu werden.

»Ich finde es seltsam, daß nichts darüber in den Zeitungen steht«, sagte sie schwach.

Der Mann reckte sich zu seiner ganzen Größe auf, und seine Stimme schwoll an wie die eines Propheten:

»Was kümmert es schon die Welt, daß Irland vor Hunger krepiert?«

»Nun gut«, sagte Elizabeth furchtbar verlegen. »Das genügt für heute.«

Und dann fügte sie schroff hinzu:

»Sie werden bald einen neuen Herrn haben, der nicht mit sich spaßen läßt.«

»Einen neuen Herrn?« fragte er beunruhigt.

»Sie werden es früh genug erfahren. Inzwischen machen Sie ein bißchen Ordnung in diesem Garten und hören auf, mit den Leuten draußen zu schwatzen. Ich kontrolliere Sie.«

»*Yes*, M'am«, antwortete eine ruhige Stimme.

So rasch wie möglich kehrte sie ins Haus zurück und war sich ihrer demütigenden Niederlage bewußt, aber sie zählte auf ihren Billy.

33

Aber was geschieht in der Kaserne von Fort Pulaski? Eine Meuterei? Ein Aufstand? Die Nacht bricht herein. Aus dem Saal der Offiziersmesse dringt ein seltsamer Tumult, man hört wildes Geschrei, donnernde Hurras. Etwa dreißig Leutnants, Oberleutnants und Hauptleute sitzen in ihren roten Leibröcken um den langen Tisch, auf dem ein prächtiger Leutnant stehend gestikuliert. Was haben sie alle so zu schreien?

»Nieder mit ihm! Nieder mit ihm! Er raubt uns die schöne Engländerin!«

Ganz ohne Zweifel ist es Leutnant Hargrove, den man in Stücke reißen will, der sogenannte schöne Billy in seiner von Slaughter und Carver, den besten Maßschneidern Savannahs, geschneiderten Uniform, die die breiten Schultern und die schlanke Taille zur vollen Geltung bringt.

»Wehe dem, der sie anrührt, die schöne Engländerin«, ruft er mit gewaltiger Stimme.

»Aber wenigstens anschauen darf man sie doch, deine Göttin?« fragt eine ebenso laute Stimme.

»Vielleicht, aber ich verbiete indiskrete Blicke und schmachtende Kalbsaugen.«

»Du Schuft! Laßt uns trotzdem auf das Wohl unseres schönen Billy trinken. Wer ist dafür?«

Unter stürmischem Beifallsgebrüll, das die Wände erzittern läßt, heben sich die Hände mit den Gläsern.

»Auf dein Wohl, Billy, und auf das deiner Schönen! Mach ihr viele Kinder für den Süden. Es lebe die Sezession!«

Dann ein einstimmiger Ruf:

»*Speech! Speech!*«

Allgemeine Überraschung. Die Tür geht auf; der Kommandant erscheint.

Untersetzt, mit rotem Gesicht, O-beinig, heuchelt er ein grimmiges Lächeln, und plötzlich tritt Stille ein.

»Meine Herren«, sagt er mit klangvoller Stimme, »daß man sich freut, lasse ich gelten, aber ich wünsche keine Unordnung. Man hört Sie bis auf den Hof, und die Truppe wird unruhig. Leutnant Hargrove, steigen Sie von diesem Tisch.«

Billy springt zu Boden, und der Kommandant nimmt mit athletischer Behendigkeit seinen Platz ein. Seine schwarzen Augen schweifen durch den Saal:

»Alle mit offenem Kragen«, sagt er. »Knöpfen Sie sich zu, meine Herren. Wir sind hier nicht im Norden. So will es unsere stupende Disziplin. Sie ist zwar lästig, aber ich habe sie im Blut. Und nun zurück zu dem freudigen Anlaß. Sie haben alle auf Leutnant Hargroves Wohl getrunken, nur ich noch nicht. Was haben Sie mir anzubieten?«

Ein Leutnant mit struppigem Haar schreit:

»Das beste Bier des Landes. Es kommt direkt...«

»Aus dem Norden! Das trinke ich nicht.«

Plötzlich ist er wie verwandelt. Er bricht in schallendes Gelächter aus und stampft aus Leibeskräften mit dem Fuß auf den Tisch. Die Tür geht auf, und vier Schwarze schleppen Kisten mit Champagner herein. Ihnen folgen zwei weitere Schwarze und tragen große Tabletts, auf denen Kristallkelche funkeln.

»Schenkt den Champagner ein und beeilt euch, damit er nicht warm wird. Er kommt aus Frankreich, und auch der Kaiser trinkt keinen besseren.«

Eine Welle der Fröhlichkeit durchflutet den Saal. Von allen Seiten knallen die Korken wie der siegreiche Lärm eines Gewehrfeuers. Wie durch ein Wunder gelangen die vollen Kelche fast gleichzeitig in all die erstaunten Hände.

»Billy«, befiehlt der Hauptmann, »steig wieder auf den Tisch.«

Verdutzt gehorcht der junge Mann; man reicht ihm seinen Kelch, der Kommandant hebt den seinen.

»Meine Herren, auf Leutnant Hargrove!«

Ein gewaltiges Vivat. Die Kristallkelche werden emporgestreckt und fast sogleich geleert. Doch plötzlich mischt sich in dieses Fest, das auf seinem Höhepunkt ist, eine ernsthafte Note. Der Kommandant wendet sich Billy zu, der wie er auf dem Tisch steht.

»Leutnant Hargrove, ich habe Ihnen etwas mitzuteilen, und ich werde versuchen, mich kurz zu fassen. Sie schicken sich an, die hübscheste Frau von Savannah zu heiraten. Seien Sie ihr treu.«

»Ich schwöre es!« rief Billy aus.

Es folgt ein kurzes, aber tiefes Schweigen, als sei man bereits in der Kirche.

»Diese Hochzeit ist zwar nicht geheim«, fährt der Kommandant fort, »aber sie bleibt nichtsdestoweniger privat. Ihre Kameraden werden ihr nicht beiwohnen.«

Ein dumpfes Gemurmel der Enttäuschung geht durch die Menge.

»Niemand außer dem Paar und den Trauzeugen wird die Schwelle der Kirche übertreten.«

Erneutes Schweigen, doch diesesmal mißbilligend.

»Leutnant Hargrove«, sagt der Kommandant mit feierlicher Stimme, »schenken Sie dem Süden schöne Kinder, und tun Sie es bald. Die Zeit ist kurz, und der Frieden ist unsicher.«

Man kann zwar lauter und lauter schreien, aber ist es möglich, noch stiller als still zu sein? Wer die Augen schließen würde, könnte glauben, allein im Saal zu sein.

»Vergessen Sie eins nicht«, fährt der Redner fort. »Wenn es zur Schlacht kommt, und es wird zur Schlacht kommen, begegnen Sie dem Feind mit dem Säbel in der Faust und sitzen Sie aufrecht im Sattel, ohne sich über den Hals des Pferdes zu beugen, als wollten Sie sich hinter einem Schild verbergen. Ein Gentleman des Südens greift aufrecht und mit zurückgeworfenen Schultern an. Verstanden?«

Ein Gebrüll des ganzen Saals begrüßt diese Worte:

»Aufrecht, den Säbel in der Faust!«

Ein unruhiges Hin und Her auf dem Hof, wo die Soldaten zu erfahren versuchen, was dieser Heidenlärm bedeutet, von dem sie nur den Widerhall durch die Scheiben der Offiziersmesse vernehmen, während ganz oben am Himmel die Sichel des abnehmenden Mondes Wellen des Schweigens verbreitet.

34

Zur gleichen Zeit betrat Charlie Jones den blauen Salon, wo Elizabeth sich in Ungeduld verzehrte. Er zeigte sein übliches Lächeln, das sein Gesicht wie eine Maske verhüllte, aber seine Züge wirkten müde, und ein dunkler Schatten lag in seinen Augenwinkeln. Wahrscheinlich hatte er in den Büros am Hafen einen schweren Tag gehabt. Nichtsdestoweniger schlug er einen fröhlichen Ton an.

»Ich bedaure sehr, so spät zu kommen, Elizabeth. Es ist das erstemal, daß ich eine so charmante Person warten lasse, aber du wolltest mich so bald wie möglich sprechen, und da bin ich nun. Vermutlich handelt es sich um Billy Hargrove.«

»Woher wissen Sie das, Onkel Charlie?«

»Ach, du Unschuldige! Das öffentliche Gerede, mein schönes Kind. Ich bin entzückt. Mein Traum wird Wirklichkeit, ohne daß ich auch nur den kleinen Finger rühren mußte. Ich wollte, daß du wieder heiratest und dem Jungen meines armen Ned einen kleinen Bruder schenkst. Ich gestehe, daß ich an Billy nicht gedacht hatte, aber warum nicht? Er wird dich anbeten.«

»Ich hoffe, daß er es bereits tut, aber ich erhielt einen recht kurzen Brief von ihm aus Fort Pulaski. Er war hier auf Urlaub, mußte jedoch wieder zurück.«

»So früh?«

»Wie es scheint, muß er seinen Kommandanten informieren, und er kommt erst morgen nachmittag wieder.«

»Was du nicht sagst!«

»Ja, weil er noch einige Formalitäten zu erledigen hat.«

»Der Schelm! Formalitäten nennt er das?«

»Aber ja doch? Warum lachen Sie?«

»Wegen nichts, weil ich ganz verwirrt bin vor Glück, für dich und für ihn.«

»Wir werden heiraten – und zwar sofort.«

»Leider gibt es die Trauerzeit, die einen Aufschub erfordert.«

»Nein, es wird eine fast geheime Hochzeit sein.«

»Dieses ›fast‹ ist unbezahlbar, aber man kann sich immer irgendwie arrangieren.«

Er hielt inne und sagte traurig:

»Wie damals bei dir und meinem armen Ned.«

Plötzlich schaute er besorgt drein:

»Hoffentlich habt ihr nicht bereits Dummheiten gemacht.«

Etwas betrübt schüttelte sie den Kopf.

»Ah, um so besser. Wir brauchen die Dinge also nicht zu überstürzen. Du sagst, er habe dir einen etwas kurzen Brief geschrieben, aber natürlich einen leidenschaftlichen, warmen, verliebten... Nicht wahr?«

»Es geht. Er hat mir nette Dinge über mein Haar gesagt.«

»So? Die köstliche Schüchternheit des jungen Liebhabers.«

Sie brach in Tränen aus.

»Er hat mir gesagt, er wolle darin versinken, und das ist alles.«

»Aber das ist ja die große Liebe«, rief Charlie Jones, »du kleines Dummerchen, er ist dein Romeo.«

»Glauben Sie wirklich?« fragte sie und betupfte sich die Augen.

»Ich weiß, was ich sage. Keine Tränen. Eine Engländerin weint nicht.«

»Doch. Wir sind immerhin menschlich.«

»Schon gut. Ihr braucht zwei Zeugen. Ich werde für Billy einstehen. Und für dich?«

»Ich hatte an Mrs. Harrison Edwards gedacht, falls sie einverstanden ist.«

»Und ob sie einverstanden ist! Sie zählt darauf. Sie betrachtet sich als die schönste Zierde der Gesellschaft. Und wo heiratet ihr?«

»Ich weiß nicht. In einer hübschen kleinen Dorfkirche..., schreibt er.«

»Was für ein idiotischer Einfall! Ihr werdet hier heiraten. In welcher Kirche?«

»Ich bin Anglikanerin, wie Mama.«

»Er stammt aus einer presbyterianischen Familie, aber das hat nichts zu bedeuten. Er wird anglikanisch werden. Ihr heiratet in der Christ Church. Das gehört sich so. Das Beste vom Besten, nach den Vorstellungen der *Society.* Mir ist das völlig egal. Ich habe andere Ideen. Aber beeilt euch, Kinder! Das Leben ist schön; genießt es. Und jetzt habe ich dir noch etwas zu sagen. Aber warum stehen wir hier wie Schauspieler in einer Tragödie?«

»Oh, Pardon!« sagte sie und setzte sich auf das blaue Sofa.

»Gestattest du, daß ich neben dir Platz nehme? Ich weiß zwar, daß sich das nicht gehört...«

»In England gehört es sich«, sagte sie lächelnd.

»Unter uns gesagt«, bemerkte er, »setzt diese Gepflogenheit des Südens voraus, daß man das stürmische Temperament unserer Jugend in Schach halten muß, aber lassen wir das. Ich komme gegen sechs todmüde aus meinem Büro zurück und will gerade zu Abend essen, als man mir meldet, daß du dagewesen seist und mich sprechen wolltest. Ich lasse das Essen stehen...«

»Wie? Sie haben noch nicht gegessen? Möchten Sie...«

»Nein danke. Ich möchte nichts. Der Appetit ist mit der Stunde der Mahlzeit vergangen. Ich setze den Hut auf, um zu dir zu eilen, und gerade in diesem Augenblick klingelt es an der Tür. Weißt du, wer es war?«

»Keine Ahnung.«

»Annabel.«

Elizabeth fuhr leicht zurück.

»Du magst sie nicht«, sagte Charlie Jones.

»Nein, nicht sehr. Es ist schwer zu erklären.«

»Ich gebe zu, daß ihr Anblick irgendwie peinlich wirkt, besonders wenn man sie von früher kennt, als sie eine so vollkommene Schönheit war, aber der Tod des Mannes, den sie liebte, hat ihr das Herz gebrochen.«

»Sie haßt mich, Onkel Charlie.«

Ohne darauf einzugehen, fuhr er fort:

»Sie ist deinetwegen gekommen. Essen wollte sie nichts. Ich mußte mich mit ihr im Rauchzimmer einschließen, wo niemand hinkommt. Ganz in Schwarz gehüllt und mit einem Spitzenschleier, um ihr graues Haar zu verbergen, hat sie mir von ihrem Besuch bei dir berichtet.«

»Ich habe sie vielleicht nicht mit der gebotenen Herzlichkeit empfangen.«

»Doch. Im Gegenteil. Alles, was du ihr gesagt hast, rührte sie, aber sie macht sich Sorgen um dich. Sie hält dich für sehr verwundbar.«

»Das hat überhaupt nichts zu bedeuten.«

»Sie spricht ganz offen. Ihrer Meinung nach hat deine erste Ehe dich nichts vom Leben gelehrt und dich in einer gefährlichen Unwissenheit gelassen, was die Fallstricke der Liebe angeht. Es sei zu leicht, dich zu verführen.«

Elizabeth erhob sich empört.

»Ich möchte wissen, was sie das angeht.«

Charlie Jones blieb sitzen und blickte sie traurig an.

»Hör zu«, sagte er sanft, »als du meinen lieben Ned geheiratet hast, erlebte ich eine der größten Freuden meines Lebens, aber ich habe für euch beide gezittert. Für Ned, den jungen Studenten ohne jede Erfahrung mit Frauen, und für dich... Besorgten Blicks sah ich zwei Kinder eine Bindung fürs Leben eingehen, wegen einer Ungeschicklichkeit meines Sohns.«

»Aber wir liebten uns...«

»Gewiß, doch nach dem ersten Feuer der Begeisterung war es eine recht ruhige Liebe. Glaubst du, ich hätte euch nicht beobachtet?«

»Onkel Charlie, ich bitte Sie!«

»Nein, du mußt mich anhören. Die wahre Leidenschaft, die heftige Liebe, die galt einem anderen. Als ich am Fenster meines Büros stand und die Menge auf die Ankunft der *Bonaventure* wartete, sah ich euch zusammen. Ein einziger Blick genügte. Mehr wollte ich nicht wissen, und ich zog mich zurück. Ich hatte begriffen.«

»Aber da war ich noch nicht verheiratet!« rief die junge Frau errötend vor Zorn.

»Ich weiß, ich weiß«, sagte Charlie Jones in ruhigem Ton. »Die Heirat kam später. Und dann das Duell.«

»Ich will nichts mehr davon hören«, sagte sie entschlossen. »Es ist wirklich grausam von Ihnen, das muß ich schon sagen, mich an all diese Dinge zu erinnern.«

Ohne den Ton zu ändern, fuhr er fort, als ob er sie nicht gehört hätte:

»Erinnerst du dich an unser Mittagessen im De Soto, als ich dir erzählte, daß ich Ned sah, als er im Sterben lag und du ihm Adieu gesagt hattest?«

Plötzlich erstarrte Elizabeth, und ihre Züge verhärteten sich.

»Ich erinnere mich«, sagte sie mit tonloser Stimme.

»Ich stützte ihn mit dem Arm, und er machte eine große Anstrengung, um zu sprechen; ich verstand ihn kaum. ›Meine Elizabeth … Paß auf sie auf, Papa … Sie ist ein Kind … ich habe sie geliebt … sag ihr …‹ Das war alles. Mehr hat er nicht gesagt, dann starb er.«

Zögernden Schrittes durchquerte Elizabeth das kleine Zimmer und setzte sich in einen Sessel, ziemlich weit von Charlie Jones entfernt. Sie zitterte leicht, als ob sie fröstelte, und das Blut war aus ihren Wangen gewichen.

»Ich möchte jetzt allein sein«, sagte sie leise.

»Ich verstehe, meine liebe kleine Elizabeth, ich werde gehen, aber zuvor muß ich dir noch etwas sagen. Es betrifft Annabel. Hör mir noch einen Augenblick zu. Es wird dir keinen Kummer machen.«

»Kummer habe ich bereits genug, Onkel Charlie.«

»Nie werde ich den Augenblick vergessen, als sie heute abend ihren Spitzenschleier abnahm und mich ihre Augen sehen ließ. Der ganze Schrecken des Lebens lag darin. Ich war ihr zwar vor noch nicht allzu langer Zeit in Dimwood begegnet, und die Veränderung, die sie nach dem Duell durchgemacht hatte, war beängstigend, aber heute abend hatte ich den Eindruck, als käme sie aus einer anderen Welt.«

»Ich weiß«, sagte Elizabeth, »gestern habe ich geglaubt, den Tod zu sehen.«

»O nein! In den Tiefen dieser Augen leuchtete eine schreckliche Flamme. Unter dem hellen Licht der Gaslampe fielen unbarmherzige Schatten auf ihre Wangen wie senkrechte Runzeln. Stumm angesichts der Verheerung, hörte ich mir an, was sie sagen wollte. Seltsamerweise hatte ihre Stimme den Tonfall von früher bewahrt, der einem gedämpften Singsang ähnelt. Und sie sprach von dir, eher mit Betrübtheit als mit Strenge: ›Eigentlich sollte ich diese junge Frau hassen, die mir das einzige Wesen geraubt hat, das ich auf dieser Welt geliebt habe, aber ich kann es nicht. Sie ist ein Opfer der Zufälle des Lebens und weiß nichts davon, aber sie beschäftigt mich, und ich habe Mitleid mit ihr. Welches Geschick erwartet sie in einem Land, in dem die ersten Schatten eines unsinnigen Krieges heraufziehen?‹«

Er hielt inne. Dann fuhr er fort:

»Da bin ich nicht ihrer Meinung, denn der Krieg ist noch lange nicht unvermeidlich, und ich habe noch Hoffnung, aber Annabel sprach wie eine Frau im Fieberwahn. Plötzlich rief sie aus: ›Ich habe ihr meinen kostbarsten Besitz gegeben, und es war mir, als risse ich ihn mir aus dem Herzen: einen Rubin, den er mir geschenkt hatte, als er mich noch liebte und den ich immer trug. Ich sah, daß Elizabeth ihn bewunderte, sie war fasziniert von der bezaubernden Schönheit dieses geheimnisvollen Steins. Warum habe ich ihn ihr gegeben? Aber weiß man denn immer, warum man gewisse Dinge tut? Vielleicht ist es jener heftige und plötzliche Impuls, alles aufzugeben, der mich zuweilen befällt. Ich weiß es nicht. Aber ich erriet, daß dieser Rubin ihr ebensoviel Schmerz bereiten würde, wie er sie mit seinem Glanz entzückte… Ich habe sie gebeten, ihn stets zu tragen… Und wie ich sie kenne, wird sie es tun, aber das wird ihre Strafe sein.‹«

»Ich werde ihn nicht tragen«, sagte Elizabeth.

»Wir werden sehen«, sagte Charlie Jones lächelnd.

Sie schwiegen eine Weile, dann fuhr er fort:

»Nachdem sie ihre Rede beendet hatte, hüllte sie sich wieder in ihren Schleier und erklärte sehr ruhig: ›Es ist vorbei. Ich habe mich von einer schweren Bürde befreit, und Sie waren geduldig. Ich gehe fort, und man wird mich nicht mehr oft in Savannah sehen. Sagen Sie Elizabeth, daß Annabel sie küßt. Ihnen sage ich nicht Adieu, wenn auch ein Wiedersehen unwahrscheinlich ist… Aber wer weiß? Das

Leben kann manchmal so seltsam sein...‹ Sie verneigte sich leicht mit einem altmodischen Knicks und verschwand. Das ist die Erklärung meines späten Kommens. Und jetzt höre ich dir zu, Elizabeth. Du hattest mir etwas zu sagen, glaube ich.«

»Nein«, sagte sie, »nichts, nichts mehr. Ich wollte Ihnen nur von dem Rubin erzählen.«

»Nun gut, ich rate dir, ihn zu tragen. Man hat ihn nie an ihr gesehen, denn sie verbarg ihn immer unter ihrem Schal, aber er ist bekannt, alt und fast legendär. Man nennt ihn den Armstrong-Rubin. Auf bald, meine liebe Elizabeth. Ich bin müde und gehe jetzt heim, um mich schlafen zu legen.«

35

An diesem Abend aß sie nichts. Der Appetit war ihr vergangen, und sie stieg in ihr Zimmer hinauf. Zu ihrer großen Erleichterung hörte sie den ruhigen und regelmäßigen Atem ihres kleinen Jungen, der schlief. Lautlos schloß sie die Tür und zog sich aus. Es gefiel ihr, sich vorzustellen, daß dabei alle Sorgen des Tages mit dem Kleid auf den Teppich glitten. Besonders die beunruhigenden Reden Onkel Charlies und Annabels. Warum hatte er ein solches Bedürfnis, sie von den letzten Worten ihres Mannes auf dem Totenbett zu unterrichten? Und diese dramatische Rede Annabels, die sich einen Rubin aus dem Herzen gerissen hatte, um ihn ihr zu schenken, und die ihr ausrichten ließ, daß sie sie küßte... Hatten die beiden sich verschworen, um ihr Gewissensqualen zu bereiten? Sie beschloß, sich standhaft zu zeigen. Inzwischen hatte sie ihren weißseidenen Schlafrock angezogen und ging von einer Ecke des Zimmers in die andere, machte eine Schublade auf und zu, brachte die Bürsten und Fläschchen auf ihrem Frisiertisch in Unordnung. Dann lehnte sie sich aus dem Fenster. Die Luft war etwas frisch, aber von einer erstaunlichen Milde, die sie wie eine Liebkosung auf ihrem Gesicht empfand. Wer hätte gedacht, daß es vierzehn Tage vor Weihnachten war? Unter den hohen Sykomoren der Parkanlage sah sie einen Mann und eine junge Frau, die langsam, Hand in Hand spazierengingen... vielleicht ein Liebespaar. In der Ferne funkelten die Lichter des Hafens, und dort hatte Charlie Jones sie in der Menge mit Jonathan gesehen. Sie wandte den Kopf ab.

Aufs neue wanderte sie durch ihr Zimmer. Alle möglichen Gedanken bestürmten sie, ohne daß sie sie verscheuchen konnte oder bei ihnen zu verweilen vermochte. Sie kam auf den Gedanken, sich eine Nacht wirklicher Ruhe zu verschaffen und etwas Laudanum zu nehmen. Sie hatte alles, was sie dafür benötigte, in einem verschlossenen Schrank, aber sie fürchtete, daß sie am nächsten Tag bei Billys Rückkehr wirres Zeug reden würde, wie es ihr schon einmal passiert war, und sie verzichtete darauf.

In diesem gleichen Schrank befand sich unter Wäschestücken verborgen der Smaragdschmuck, ein Schatz, mit dem sie im Moment nichts anzufangen wußte. Außerdem mußte sie sicher sein, daß er noch da war. Sie hing sehr an diesem Kleinod und hatte Angst darum. Mit Charlie Jones darüber zu sprechen, schien ihr gefährlich. Wer war dieser Mann überhaupt? Seltsame Frage. Kannte sie ihn nicht seit Jahren? Aber manchmal kam ihr der Verdacht, daß man niemanden wirklich kennen konnte und bis zu seinem Tode unter doppelzüngigen Fremden lebte.

Sie warf einen Blick auf das Bett und sagte sich: »Ich werde nicht schlafen.« Plötzlich setzte sie sich auf einen Stuhl, stützte das Gesicht in die Hände und seufzte: »Wenn nur Billy da wäre und mich an sich drückte!« Sie stellte sich diesen Augenblick vor, und ihr ganzer Körper hungerte nach dieser Umarmung, dieser Erstickung. Sie schloß die Augen und gab sich dem schwindelnden Glücksgefühl hin, dann sprang sie plötzlich auf und lief zum Schrank. Den Schlüssel hatte sie bereits kurz zuvor aus dem Schubfach genommen, ohne sich eingestehen zu wollen, warum, heimlich wie eine Diebin.

Jetzt ergab all das idiotische Kommen und Gehen in ihrem Zimmer auf einmal einen Sinn. Sie hatte das getan, wovor sie sich so gefürchtet hatte. Der Rubin in ihren Händen strahlte in sieghaftem Glanz. Mit kleinen Freudenschreien drückte sie ihn an ihre Lippen. Diesen Zauberstein hatte Jonathan in seinen Fingern gehalten, gewendet und gedreht. Als sie ihn an die Brust legte, erschauderte sie vor Wonne und Schrecken. In einer Halluzination, die ihr ganzes Wesen ergriff, fühlte sie eine glühende Hand auf ihrem Fleisch.

Wie berauscht ging sie zu Bett, vergrub sich, den Rubin an ihrem Hals, unter den Decken und wußte nichts mehr bis zum nächsten Morgen.

36

Sie erwachte mit dem verworrenen Gefühl, sich in verbotene Regionen gewagt zu haben, aber die Erinnerung war so verschwommen, daß sie nicht hätte sagen können, wo sie gewesen und wem sie dort begegnet war.

Erst nach einer Weile bemerkte sie, daß jemand ganz nahe an ihrem Bett war. Der kleine Junge stand in seinem weißen Pyjama vor ihr und betrachtete sie lächelnd. Die Locken hingen ihm wirr in die Stirn, aus seinen großen kastanienbraunen Augen strahlte die Liebe, und sie war so gerührt und bestürzt, als ob der Vater des Kindes vor ihr stünde, so groß war die Ähnlichkeit zwischen den beiden. Mit einer raschen Geste bedeckte sie ihre Brust. Der Rubin war zwischen ihre Brüste geglitten. Ned hatte ihn nicht gesehen.

»Guten Morgen, Mom«, sagte er.

Sie nahm seinen Kopf in ihre Hände und bedeckte ihn mit Küssen.

»Darling«, sagte sie, »warum bist du so früh auf?«

»Gar nicht früh, Mom, schau die Sonne.«

In der Tat drangen die Lichtstrahlen durch die Lamellen der Jalousien und warfen ihren Schatten auf den Teppich.

»Du hast geschrien«, fügte er hinzu.

»Ich muß geträumt haben«, antwortete sie beunruhigt.

Ned fuhr sehr ernsthaft fort:

»Du hast etwas gesagt, und dann hast du geschrien. Ich hab auch was geträumt...«

»O, erzähl mir doch deinen Traum«, sagte sie schnell, um ihn daran zu hindern, auf das, was er gehört hatte, näher einzugehen.

Er blickte sie schelmisch an:

»Erzähl mir zuerst deinen Traum, Mom, dann erzähle ich dir meinen.«

»Aber, Darling, ich erinnere mich nicht mehr daran.«

»Dann erzähl ich dir auch nicht meinen Traum.«

»Du bist nicht nett zu deiner Mama.«

»Und du bist nicht nett zu mir«, sagte er in singendem Tonfall. »Mom hat ihren Traum, und Ned hat seinen Traum.«

»Sag Mom wenigstens, ob du Angst gehabt hast.«

»Nein... jetzt habe ich keine Angst mehr.«

»Und vorher hattest du Angst?«

»Nur das erstemal, als er gekommen ist.«

»Wer ist gekommen, Ned?«

»Der Traum, Mom.«

Sie seufzte. Aus diesem starrköpfigen kleinen Wesen würde sie nie etwas herausbekommen. Machte es ihm Spaß, sie zu necken, oder verbarg er irgendein Geheimnis?

Sie streichelte die Wangen dieses unschuldigen Gesichts.

»Darling«, sagte sie liebevoll, »geh in dein Zimmer zurück, bis Betty kommt und sich um dich kümmert.«

»Ja, Mom.«

Er lächelte freundlich und verschwand so prompt, daß Elizabeth noch verwirrter war. Die nackten Füßchen, die sie gerade noch über den Teppich laufen sah, erfüllten ihr Herz mit Zärtlichkeit, aber sie blieb besorgt.

Als sie aus dem Bett stieg, überkam sie ein peinliches Gefühl beim Anblick der verdächtigen Unordnung, die in ihrem Zimmer herrschte und von ihrer Nacht erzählte... Das auf dem Kanapee zusammengeknüllte Kleid, die überall verstreuten Unterkleider, Strümpfe und Schuhe... In welcher Eile war sie zu Bett gegangen... Sie hoffte nur, daß der Kleine nichts bemerkt hatte, aber sie wußte auch, daß Kindern nichts entging, daß sie alles in sich aufnahmen, selbst wenn sie es nicht verstanden. Beschämt und beunruhigt bemühte sie sich, dem Zimmer wieder sein gewohntes Aussehen zu geben.

Um die trüben Gedanken zu vertreiben, widmete sie sich mit besonderer Sorgfalt der Morgentoilette. Heute war ein großer Tag. Mit Billys Rückkehr eilte die Zeit im Galopp dem Glück entgegen. Ein Kleid in einem klaren und kräftigen Grün schien ihr am besten geeignet für eine junge Dame, die beim bloßen Gedanken an die erste Umarmung den Kopf verliert. Der Rubin, den sie trug, verschwand in den Tiefen des Mieders.

Das Mittagessen entsprach dem täglichen Ritual. Für alle Fälle und in törichter Hoffnung hatte sie drei Gedecke auflegen lassen, obgleich Billy nicht vor dem Nachmittag zu erwarten war, wie er ausdrücklich erklärt hatte.

Ned zeigte sich etwas aufgeregt, als Elizabeth ihm die baldige Ankunft des Offiziers verkündete, und er stellte wohlüberlegte kleine Fragen bezüglich der Fangschnüre, der Tressen, der Angriffs- und Verteidigungswaffen des Militärs.

Gegen Ende des Nachmittags wurde das bisher so stille Haus ganz plötzlich von Tumult erfüllt, man hörte Geschrei und laute Schritte und hätte meinen können, daß ein ganzes Armeekorps einrückte, aber es war nur Billy, der seine Anwesenheit kundgab. Elizabeth flog ihm in ihrem grünen Kleid wie ein riesiger Wellensittich entgegen, wobei sie kaum die Stufen mit den Zehenspitzen berührte, und stammelte vor Glückseligkeit.

Billy fing sie in seinen Armen auf und hob sie bis zur Decke, während sie mit den Beinen strampelte und die Erschrockene spielte, und dann benetzte er ihr das Gesicht mit feuchten Küssen, ohne ein Wort zu sagen.

Im schwindenden Licht des Abends kam er wie ein verspäteter Sonnenstrahl, der sich in großer Uniform in das verdutzte Haus flüchtete, und an allen Ecken erschienen die Diener, um dieser Szene beizuwohnen, die jeden intimen Charakter verlor, während Charles Edward junior diese Flut von Zärtlichkeiten mit höchst erstaunter Aufmerksamkeit beobachtete. Sein lebhafter Wunsch, dies alles zu verstehen, ließ seine Augen immer größer werden. Celina hielt sich ziemlich entfernt, und man hätte meinen können, daß der Schatten eines Lächelns über ihre reglosen Züge glitt, während Joe, der schwarze Lakai, die zerzauste schöne Engländerin in das Kreuzfeuer seiner begehrenden Blicke nahm. Nur oben auf der Treppe die kleine Betty blieb still und ernst.

»Billy«, sagte Elizabeth außer Atem, »wir benehmen uns höchst seltsam in Gegenwart der ganzen Dienerschaft. Gehen wir in den Salon.«

Er lachte:

»Gehen wir auf dein Zimmer.«

»Du garstiger Junge!« schalt sie ihn. »Jetzt noch nicht. Ich führe dich in den Salon, und wir werden die Türen schließen.«

Im blauen Salon, der so steif, so schicklich wirkte und so gar nicht ihrer Stimmung entsprach, blickte er sich um wie ein Tiger im Käfig und musterte mit einem vernichtenden Blick das zu kurze Sofa.

»Elizabeth«, sagte er.

»Ich weiß ... Ich leide wie du ...«

Sie sah das Kinderzimmer wieder vor sich und das zu kurze Bett, auf dem sie sich dem Studenten Ned hingegeben hatte, aber dort konnte man wenigstens die Tür abschließen. Leise fuhr sie fort:

»Wenn jemand hereinkäme ... stell dir das einmal vor ...«

»Dann gehen wir in die Wälder, irgendwohin, auf den Kolonial-friedhof...«

»Bist du verrückt? An einem öffentlichen Ort... Eine Dame und ein Gentleman...«

»O nein, nein«, rief er aufgebracht. »Komm mir nicht mit diesem Lied, meine Angebetete: ›Vergiß nicht, daß du ein Gentleman bist...‹ Das hat man mir bis zum Kotzen eingetrichtert. Bist du nun schockiert? Ich spreche wie ein Soldat...«

»Du kannst mich nicht schockieren, Darling. Die *Society* geht mir ebenso auf die Nerven wie dir. Wann heiraten wir?«

»Erst übermorgen, das ist es ja gerade. Soviel Zeitverschwendung für eine Formalität, die nur zehn Minuten dauert...«

Sie konnte nicht umhin, ihn zu berichtigen:

»Eine kleine religiöse Zeremonie.«

»Wie du willst, mir ist es egal. Hauptsache, du bist mein. Sag es mir schon, du böses Mädchen!«

Sie warf sich an seine Brust, und er drückte sie, als wollte er sie zermalmen.

»Ersticke mich«, sagte sie.

37

Die Zeit, die sich bekanntlich in schwindelerregendem Lauf auf den Abgrund zubewegt, schleppt sich für auf die Hochzeit wartende Liebespaare mit sadistischer Langsamkeit dahin.

Endlich war der große Tag gekommen. Als Witwe konnte Eliza-beth natürlich nicht in Weiß erscheinen, aber sie entschied sich für ein hellrosa Kleid und einen weißen Spitzenschleier.

Punkt elf Uhr stand sie an Billys Seite vor dem mit einer Stola angetanen Pastor der Christ Church. Neben ihnen kamen Charlie Jones und Mrs. Harrison Edwards ihrer Rolle als Trauzeugen mit einer beeindruckenden Feierlichkeit nach. Alles war sehr schlicht; die einzig prunkvolle Note: Billys Uniform und die prächtige Rei-herfeder, die stolz an Mrs. Harrison Edwards Hut prangte. Im unge-wissen Licht dieser ehrwürdigen Kirche schwebte der Geist des großen Wesley, und es war eine herzbewegende Minute, als der Offi-ziant die entscheidenden Worte sprach und die Ringe ausgetauscht wurden. Man hörte die schöne Mrs. Harrison Edwards diskret schniefen, und plötzlich dachte Elizabeth an ihre Mutter – Lady Fidgety hätte desgleichen getan.

Einige elegant formulierte Segenswünsche, die der Pastor an die Neuvermählten richtete, das war alles. Eine vor Freude zitternde Elizabeth stützte sich auf den Arm ihres neuen Gemahls, um zum Ausgang zu schreiten.

Die helle Wintersonne blendete die junge Frau, als sie die Schwelle der Kirche überschritt, und sie glaubte, mehrere Dutzend Menschen auf dem Platz zu sehen; plötzlich ließ eine Donnerstimme sie jäh auffahren:

»Säbel blank gezogen!«

Am Fuße der Stufen reckten zwei Reihen Offiziere in roten Leibröcken die stählernen Klingen empor, auf denen das Licht Funken sprühte. Ein tosendes Hurra begleitete diese Bewegung. Am ganzen Körper erbebend, drückte sie den Arm ihres Mannes fester.

»Halt dich gerade, Elizabeth«, sagte er. »Die Armee grüßt dich.«

Vom Platz drangen Beifallsrufe herauf, und pochenden Herzens stieg sie wie in einem Traum die Stufen hinab.

Als sie unter diesen blitzenden Bogengang trat, fühlte sie sich vom Kriegsrausch ergriffen, aber viel mehr noch als die in der Sonne funkelnden Säbel schüchterten sie all die Männerblicke ein, die ihr in einer gleichzeitigen Bewegung der Augen von links nach rechts vom Anfang bis zum Ende folgten... Welch ein grausames und köstliches Spießrutenlaufen! Es schien ihr endlos und doch auch wieder zu kurz, so groß war ihre Verwirrung unter dem weißen Spitzenschleier.

Nach dieser ebenso beängstigenden wie glorreichen Prüfung war sie überrascht, Charlie Jones im Gespräch mit dem Kommandanten zu sehen.

Als die Säbel wieder in den Scheiden steckten, ergriff Charlie Jones mit kräftiger Stimme das Wort:

»Herr Kommandant, auf einen Umtrunk bei mir. Was halten Sie davon?«

»Meine Herren, haben Sie gehört? Mr. Charlie Jones lädt uns zu sich ein. Auf zum Jasper Square!«

Ein erneutes Hurra ertönte, während die Menge der Neugierigen das junge Paar mit Reis überschüttete.

»Und vergeßt mir nicht«, fuhr der Kommandant mit Donnerstimme fort, »daß es sich um eine geheime Hochzeit handelt. Haltet die Presse fern.«

Diese Empfehlung wurde mit schallendem Gelächter begrüßt.

»Fliehen wir«, sagte Billy und führte Elizabeth zu einem Tilbury, der zwei Schritte entfernt wartete, denn Onkel Charlie hatte an alles gedacht.

38

Als sie die dreißig Offiziere in ihren roten Leibröcken im goldverzierten weißen Salon sah, machten sie einen seltsamen Eindruck auf Elizabeth.

»Der Krieg«, dachte sie, »es ist bereits wie im Krieg...«

Alle waren jung. Einige zeichneten sich durch jene Schönheit des Südens aus, bei der die natürliche gute Laune einen unbewußten leichten Hochmut einschließt, der in der Haltung des Kopfes und im herausfordernden Funkeln der Augen sichtbar wird.

Die junge Frau war zu verwirrt, um die liebenswürdigen Worte zu verstehen, die man in Anbetracht der Gegenwart eines Gemahls, der als aufbrausend galt, mit der gebührenden Diskretion an sie richtete.

»Sie werden sterben«, dachte sie.

Die gleiche Vorahnung wie vorhin, als sie das Spalier der über ihr ausgestreckten Säbel durchschritten hatte. Vergebens hörte sie das Lachen der jungen Männer und das sorglose Geplauder ihrer etwas schleppenden Stimmen, denn nichts vermochte sie über die Gewißheit hinwegzutäuschen, daß die Schlachtfelder sie erwarteten, die Schlachtfelder, von denen sie nie zurückkehren würden.

Vor allem einer, ein blutjunger Leutnant, fiel ihr durch seine unschuldige Miene und seine erstaunten hellblauen Augen auf. Sein anmutiges Gesicht errötete wie das ihre, und sie war deshalb nicht sonderlich überrascht, als er sich zwischen seinen Kameraden zu ihr hindurchdrängte und ihr naiv erklärte:

»Ich bin Engländer, wie Sie.«

Nachdem er sich, noch mehr errötend, zu diesem Geständnis vorgewagt hatte, schenkte er ihr ein Lächeln, das eher einer Liebeserklärung ähnelte. Doch ganz bestimmt war er sich seiner Kühnheit nicht im geringsten bewußt.

Gerührt stammelte sie:

»Aus welcher Gegend?«

»Aus Haworth, einer kleinen Stadt«, fügte er hinzu, als müsse er sich entschuldigen.

»Aber dennoch berühmt«, ertönte hinter Elizabeth eine mondäne Stimme, die sie sogleich mit Bestürzung erkannte: Es war Mrs. Harrison Edwards.

Ihre Reiherfeder überragte sieghaft die Köpfe aller Männer. Mrs. Harrison Edwards kam gerade zur rechten Zeit, um einer Situation, die heikel zu werden drohte, ein Ende zu setzen.

»Junger Mann«, sagte sie, »Sie haben aber nicht den Yorkshireakzent.«

»Den hat man mir in Eton ausgetrieben«, erwiderte er lachend.

»Eton? Interessant... Meine liebe Elizabeth, Sie sehen müde aus«, erklärte sie und trat zwischen die junge Frau und ihren unbedachten Bewunderer. »Was meint *Ihr Mann* dazu?«

Der junge Engländer begriff sofort und verzog sich.

Sprachlos starrte Elizabeth Mrs. Harrison Edwards an, als ob sie sie noch nie gesehen hätte.

»Es erstaunt Sie, mich hier zu sehen, nicht wahr?« sagte diese lächelnd. »Gleich nach der Kirche habe ich mein Kabriolett genommen, einige Besorgungen gemacht, und dann bin ich hier hergekommen... Mr. Jones hat mich einen Moment beiseite genommen, um mit mir über Sie zu sprechen. Es geht da nämlich um eine etwas heikle Sache... Sie werden mir sagen, daß ich mich in alles einmische, aber lassen wir das einstweilen; wir werden noch darauf zurückkommen.«

Energisch nahm sie Elizabeth am Arm und führte sie in den verlassenen kleinen Salon. Dieses mandelgrün tapezierte Zimmer ging auf einen mit Azaleen und Magnolienbüschen bestandenen Garten hinaus.

Die beiden Frauen setzten sich auf ein dunkles Chintzsofa, das an England erinnerte und zu ruhiger Konversation einlud, aber Elizabeth fühlte sich bereits seit einer Weile von allem entfernt. Die Menschen und die Dinge um sie herum verloren ein wenig von ihrer Wirklichkeit, wie in einer Art Betäubung. Immerhin bemühte sie sich zu verstehen, was Mrs. Harrison Edwards ihr zu sagen hatte, doch es gelang ihr nicht. Jedenfalls schenkte sie dem Gesicht dieser großen, eleganten Dame viel mehr Aufmerksamkeit als den Worten, die daraus hervorsprudelten wie das Wasser aus einer Fontäne.

Wenn man sie eingehend betrachtete, fand man das hübsche junge Mädchen wieder, das sie einst gewesen sein mußte, bevor sie die schöne Frau wurde, die sie heute war. Das Leben hatte seine Spuren hinterlassen. Indem sie auf die Dreißig zuging, wurden ihre Wangen ein wenig voller und gefährdeten das Oval ihres Gesichts, in dem die Anmut der Würde zu weichen begann. Doch das Lächeln bewahrte noch die ganze Frische der Jugend, und in den veilchenblauen Augen tanzte eine kleine Flamme von unwiderstehlicher Fröhlichkeit.

Zuweilen erhaschte Elizabeth einen Satzfetzen. Sanft und vernünftig redete die Stimme auf sie ein, bis auf einmal leicht auflachend eine Bemerkung fiel, die die junge Engländerin aus ihrer Benommenheit riß:

»... ohne Ihr Schamgefühl verletzen zu wollen, muß ich Sie daran erinnern, daß es in einer Hochzeitsnacht nie ganz ruhig zugeht...«

»Ja... nein...«, sagte Elizabeth.

»Man wird Sie hören. Haben Sie daran gedacht?«

»Ach? Glauben Sie?«

»Das Kind.«

Plötzlich hatte Elizabeth alles begriffen.

»Aber die Tür ist doch verschlossen...«

»Das genügt nicht... Ich hatte mehrere Male Gelegenheit, Ihren kleinen Ned zu beobachten. Er ist nachdenklich, aufmerksam, neugierig... Wäre er jünger, so spielte das keine Rolle, aber er ist bereits ein kleiner Mann. Und wenn er sieht, daß dieser prächtige Soldat sich mit Ihnen einschließt...«

Bestürzt stand Elizabeth auf:

»Ich denke, Sie haben recht«, sagte sie, »aber was soll ich tun?«

»Beruhigen Sie sich, liebe Elizabeth. Charlie Jones schlägt vor, daß Sie für ein paar Tage hier wohnen. In der zweiten Etage steht Ihnen ein schönes Appartement mit Blick auf den Garten zur Verfügung. Man wird dem Kind sagen, Sie seien verreist.«

»Dann wird er mir noch krank! Er wird es nicht glauben, ich kenne ihn, er errät alles.«

»Zwei schwarze Engel werden über ihn wachen: Betty und seine *Black Mammy*. Später werden Sie die Zimmer anders verteilen. Ned wird in eine andere Etage ziehen.«

»Er wird sich nie daran gewöhnen. Es wird schrecklich werden.«

Während sie das sagte, trat Charlie Jones leise ein.

»Sie werden mir mein Eindringen verzeihen, meine verehrten Damen, aber Billy sucht seine Angebetete wie Orpheus seine Eurydike.«

»Er brauchte nur die Tür aufzumachen, um uns zu finden«, sagte Mrs. Harrison Edwards lachend. »Ihr Billy ist nicht sehr schlau.«

»Der Arme, er verliert den Kopf, wenn es sich um dich handelt«, sagte Charlie Jones spöttisch. »Ich hoffe, daß Mrs. Harrison Edwards dich über meinen Vorschlag unterrichtet hat.«

»Wie soll ich ihn nicht annehmen?« sagte Elizabeth mit einem Seufzer. »Danke, natürlich.«

»Ihr werdet bei mir ganz ungestört sein. Ich werde strikteste Anweisung erteilen, damit man nicht in eurer Nähe herumschleicht und sträflich die Ohren spitzt.«

»Ihr Zimmer wird ein Heiligtum sein.«

Charlie Jones blickte Mrs. Harrison Edwards an und brach in schallendes Gelächter aus.

»Lucile, was ist denn mit Ihnen los?«

Die Königin der eleganten Welt fuhr in einem prophetischen Ton fort:

»Ein lächelnder Engel wacht an der Tür der Neuvermählten und hält einen Finger an die Lippen.«

»Sind Sie verrückt? Wo haben Sie das her?«

»Ich weiß nicht. Ich habe es im Reich der Zukunft aufgeschnappt. Eine Eingebung…«

»Welchen mysteriösen und gigantischen Narren zitieren Sie da? Einen Dichter natürlich. Nur ein Dichter kann von so seichter Erhabenheit sein.«

Plötzlich wandte sich Elizabeth an Charlie Jones und sagte energisch:

»Wenn Sie mir eine Bemerkung gestatten, da es sich hier schließlich um mich und meinen Mann handelt: Sie sagen Dinge, die mir immer peinlicher werden. Billy und ich sind keine Tiere, wir werden weder brüllen, noch blöken, noch kreischen.«

Hinter ihr schüttelte Mrs. Harrison Edwards den Kopf mit der Reiherfeder, um »Doch, doch doch!« zu sagen, was sie nicht hinderte, in Charlie Jones' Gelächter einzustimmen.

»Sie hat recht«, entgegneten dann beide. »Wir benehmen uns sehr schlecht. Verzeihung, Elizabeth.«

Entwaffnet lachte nun auch sie.

»Sie sei euch gewährt«, rief sie, »wie die englischen Gouvernanten sagen. Aber jetzt geht und beruhigt meinen Billy.«

»Dein Billy tröstet sich in seiner Verzweiflung am prächtigsten Buffet des Jahrhunderts. Es war ein architektonisches Wunder, bis die Armee es niederzureißen begann: Sandwichpyramiden, Kremkuchenkolonnaden, kellenweise Kaviar und dazu der Champagner, den der französische König trinkt...«

Aber die junge Engländerin schüttelte die goldenen Locken. Sie hatte nur Lust auf Billy.

Die beiden Personen, die über ihr Glück wachten, wechselten Blicke geheimen Einvernehmens, dann nahm Charlie Jones sie wie ein Kind bei der Hand und führte sie in den ersten Stock, wo sie ihr einstiges, noch von all den Erinnerungen, Träumen und Sehnsüchten erfülltes Zimmer wiederfand. Nichts hatte sich verändert, nur das schmale Bett war einem breiten, mit weißer Seide überzogenen Doppelbett gewichen.

»So«, sagte Charlie Jones etwas verlegen, ohne recht zu wissen, warum. (Die Umstände waren wohl ein wenig seltsam für einen Mann wie ihn.) »Ich werde einmal nachsehen, was Billy macht. Warte auf ihn und ruhe dich inzwischen aus«, fügte er hinzu und zeigte auf eine über und über mit Kissen bedeckte Chaiselongue.

Es wurde ihm bewußt, daß er eine Vermittlerrolle spielte, die zwei unerfahrenen Grünschnäbeln das Rendezvous ermöglichen sollte, und er empfand die Peinlichkeit dieser lächerlichen Situation lebhaft. Das war zwar gar nicht der Fall, aber es sah ganz danach aus.

»Ein bißchen Geduld«, sagte er, bevor er im Treppenflur verschwand, aber auch das war ein ungeschickt gewähltes Wort... Es erinnerte ihn an gewisse Häuser in New Orleans... entsetzlich!

Allein geblieben, litt Elizabeth auf andere Art. Es war noch helllichter Tag, und sie erinnerte sich an den Moment, als sie ihren kleinen Jungen selber hatte baden wollen, und an die unüberwindliche Scheu vor der männlichen Blöße; der Gedanke an das, was sie nun bald an Billy sehen sollte, war ihr unerträglich. Sollte sie die Augen schließen wie bei ihrem ersten Mann, der sie verstanden hatte? Die Nacht hätte die Dinge erleichtert.

Einige Zeit verging, bis Billy erschien.

Mit zerzaustem Haar und dem geröteten und frohen Gesicht eines Mannes, der gut gegessen und getrunken hat, stürmte er herein und rief ihr mit lauter Stimme zu: »Endlich!«

Durch die Tür, die er offengelassen hatte, drang der Lärm des Gelächters, der Zwischenrufe und der immer kühner werdenden Scherze bis zu ihnen, und plötzlich, gleich der Explosion einer Haubitze, ein wildes Hurra, das Elizabeth zusammenzucken ließ.

Sie schloß die Tür und wandte sich Billy zu. Sekundenlang fragte sie sich, ob sie nicht im Begriff war, den Verstand zu verlieren. Wie er da breitbeinig vor ihr stand, schien er ihr bildschön in dieser Uniform, die seine kräftige Gestalt voll zur Geltung brachte, aber sie erkannte ihn nicht wieder. War es der Blick, der zugleich ernste und gierige Ausdruck des ganzen Gesichts? Vergeblich suchte sie die Liebe, die Zärtlichkeit der ersten Tage in diesen starren Augen, und sie hatte Angst. Irgendwo im tiefen Grunde ihrer selbst fand eine Art Kehrtwendung statt. Sie wollte verstehen und vermochte es nicht. Nur ein Wort ging ihr beharrlich durch den Kopf: Irrtum. Sie flüsterte:

»Billy, hör zu, laß uns warten bis es dunkel ist.«

»Wieso?« sagte er.

Und bevor sie antworten konnte, riß er sie an sich und nahm ihren Mund mit Gewalt, denn sie leistete wenig Widerstand.

»Warum wehrst du dich?« fragte er. »Du gehörst mir doch Tag und Nacht, oder etwa nicht? Liebst du mich nicht mehr?«

Er hakte ihr Mieder auf, und seine Finger stießen auf den Rubin, den sie zwischen ihren Brüsten verbarg. Verdutzt legte er ihn in seine Handfläche und betrachtete ihn.

»Woher hast du das?«

»Von Annabel.«

»Die ist ja verrückt, diese Mulattin! So ein Klunker ist ein Vermögen wert!«

»Laß ihn«, flehte sie.

Sie nahm den Rubin ab und umschloß ihn mit der Hand. Der Rubin war Jonathan.

»Warum machst du das?« fragte er. »Edelsteine sind doch schön an einer Frau.«

Eine plötzliche Eingebung kam Elizabeth zur Hilfe.

»Genüge ich dir nicht ohne Schmuck?«

Einen Augenblick lang schaute er sie in entzücktem Erstaunen an, und sie nutzte diesen Augenblick, um den Rubin in eine Tasche ihres Kleides gleiten zu lassen.

»Ich bete dich an, Elizabeth.«

Diese mit Inbrunst gesprochenen Worte beruhigten die junge Frau, und sie zog selbst ihr Mieder aus. Närrisch vor Begehren riß er sich seine Uniform vom Leibe, ohne sie aus den Augen zu lassen. Sie wandte den Kopf zur Seite.

39

Im Hause war es still. Das Kind schwieg. Die Gouvernante hatte befohlen, den Tisch wie gewöhnlich für zwei zu decken, und da Madame auf sich warten ließ, wurde das Mittagessen von Viertelstunde zu Viertelstunde hinausgeschoben und schließlich erst fast zur Teestunde aufgetragen.

Ned aß sehr artig seinen Teller *Hominy*, einen schneeweißen Maisbrei. Von Zeit zu Zeit blickte er zu Celina auf, die mit sanfter Stimme auf ihn einredete, aber er hörte ihr nicht zu, er tat nur so, um nett zu ihr zu sein.

»Heute früh«, wiederholte die Gouvernante, »hat Ihre Mama den schönen Offizier geheiratet, den Sie vor kurzem im kleinen Salon gesehen haben. Erinnern Sie sich? Diese prächtige rote Uniform...? Nein? Warum sagen Sie nichts, Ned?«

Mit dem Löffel in der Hand blickte er sie an, verschlang seinen *Hominy* und blieb stumm... Dieses beharrliche Schweigen beeindruckte Celina; es war nicht die Laune eines Kindes, sondern der Wille eines Erwachsenen, der sich nach reiflicher Überlegung zum Schweigen entschlossen hat. Deshalb empfand sie ein gewisses Unbehagen in seiner Gegenwart, konnte sich jedoch einer aufwallenden Zärtlichkeit für dieses arglose kleine Wesen nicht erwehren, dessen freundliches Lächeln sie rührte. Eigentlich störte sie nur die unangenehme Erinnerung an jenen Abend, da er ihr erzählt hatte, daß irgendwer oder irgend etwas, das er einen Traum nannte, vom anderen Ende seines Schlafzimmers auf ihn zukäme. Sie zog es vor, nicht daran zu denken. Schließlich war es nicht ihre Aufgabe, über Neds Schlaf zu wachen, und sie hatte sich nur zu ihm gesetzt, weil Elizabeth nicht da war.

Im Augenblick saß er bei seinem Indianer, den er auf den Stuhl neben sich gelegt hatte, zwickte die Stoffpuppe mit den Fingern und wartete auf die Nachspeise. Alles an ihm strahlte Unschuld aus, eine

Unschuld zwar, die sich mit einer geheimnisvollen Aura umgab, aber welches Kind verbirgt nicht seine kleinen Geheimnisse, von denen die großen Personen, die seiner Meinung nach nichts davon verstehen, ausgeschlossen sind?

Der Tag endete in gewohnter Weise. Der Spaziergang mit Betty fand wie immer statt, nur ein wenig verkürzt, und zur vorgesehenen Stunde badete die *Black Mammy* den kleinen Jungen, der sich ohne Widerrede einseifen und abreiben ließ. Der schwarze Engel in seiner großen weißen Wolke sang ihm ein Lied vor, das von einem Kaninchen handelte, das schlauer ist als seine Brüder und allen Gefahren entgeht.

Endlich richtete sich die Nacht im Hause ein, und Elizabeths Zimmer blieb leer. Ohne jemanden zu fragen, setzte sich die alte Betty an das Bett des kleinen Ned. Zwischen ihr und ihm hatte sich in den langen Monaten, seit sie täglich miteinander spazierengingen, ein Band stiller Liebe geknüpft, eine Art Gemeinschaft der Herzen, für die es keine Worte gab. Er fühlte, daß ihm bei ihr nichts Schreckliches zustoßen konnte. Sie hatte auf einem Schemel Platz genommen, und im Licht der Nachtlampe sah er das von Runzeln zerfurchte schwarze Gesicht, das vor Zärtlichkeit strahlte und die Angst verbannte.

»Betty«, sagte er nach einigen Minuten des Schweigens, »wo ist Mom?«

»Massa Ned, das weiß ich nich', abe' sie kommt bestimmt wiede'.«

»Ganz bestimmt?«

»Ja, sie hat heute Hochzeit gehabt, und wenn man Hochzeit hat, bleibt man den ganzen Tag weg.«

»Warum?«

»Weil man sich f'eut und weil man sich viel zu sagen hat.«

Diese Erklärung mußte dem neugierigen Jungen höchst unklar erscheinen, denn einen Augenblick später sagte er:

»Bleib hier, Betty, geh nicht weg.«

»Nein, Massa Ned, Betty geht nich' weg.«

Und fast sogleich schlief er ein.

40

Gegen neun Uhr abends klingelte es an der Tür, nicht einmal, sondern zweimal und mit Ungeduld. Leicht beunruhigt eilte Celina herbei und öffnete.

Es waren Elizabeth und ihr Mann; beide lächelten über die erstaunte Miene der Gouvernante.

»Sie haben uns nicht mehr erwartet«, sagte Elizabeth, und dann fragte sie sofort: »Was ist mit Ned?«

»Ich glaube, er schläft«, antwortete Celina. »Betty ist bei ihm.«

Elizabeth machte einen Schritt zur Treppe, aber die Gouvernante hielt sie zurück:

»Pardon, Madame, aber wenn Sie ihn wecken, wird er nicht so leicht wieder einschlafen.«

»Wissen Sie, ob er geweint hat?«

»Nein, das hätte ich gehört, denn ich war hier, aber er ist nervös und stellt viele Fragen.«

»Ich an deiner Stelle würde ihn in Ruhe lassen«, sagte Billy. »Du wirst ihn morgen früh sehen.«

»Ich werde ihn nicht wecken, ich will ihn nur anschauen, ich will...«

Sie schob Celina mit einer Handbewegung beiseite und stieg die Treppe hinauf. Dabei raffte sie den Rock mit der Hand und trat so leise auf, daß ihre Füße kaum die Stufen berührten. In ihrem Zimmer blieb sie einen Augenblick stehen, bevor sie ins Nebenzimmer ging, wo das Kind schlief.

Sie verweilte reglos und ließ den Blick in die Runde schweifen, um den vertrauten Ort neu zu entdecken. Eine Straßenlaterne auf der Avenue gestattete ihr, einige Gegenstände zu erkennen: die Kommode mit den schwach schimmernden Kupfergriffen der Schubladen und etwas weiter hinten die große blaßgrüne Fläche des Bettüberwurfs. Alles andere verschwand im Dunkeln.

Auf Zehenspitzen schlich sie in Neds Zimmer. Betty, die auf einem Stuhl hockte, sah sie sofort, fuchtelte mit den Händen, um ihr Stille zu gebieten, und das Licht der Nachtlampe warf den Schatten ihrer Arme auf die weißen Vorhänge, vergrößerte ihre Bewegungen und verlieh ihnen etwas Dramatisches.

»Psst... M'am«, flüsterte sie, »Massa Ned schläft.«

Elizabeth nickte und beugte sich über das Kind. Es schlief in seiner gewohnten Haltung, hielt die eine halbgeschlossene Hand auf der Brust, und seinem leicht geöffneten Mund entwich das kaum wahrnehmbare Geräusch seines ruhigen Atems. Auf dem Kopfkissen breiteten sich wirr seine Locken aus, schwarz und streitsüchtig.

Elizabeth mußte sich zurückhalten, um diesen kleinen Kopf voller Träume nicht mit Küssen zu bedecken. Sie neigte sich zu der alten schwarzen Frau herab und flüsterte:

»Es wird mir schwerfallen, nicht mehr in seiner Nähe zu schlafen.«

»*Yes*, M'am«, sagte Betty.

Dann lächelte sie und zeigte die vier oder fünf Zähne, die ihr geblieben waren.

»Ich we'de da sein, M'am.«

»Doch nicht die ganze Nacht?«

Betty nickte energisch mit dem Kopf, der in ein grünes Tuch mit roten Streifen gewickelt war.

Einen Augenblick lang schauten die beiden Frauen einander an, dann zog sich Elizabeth zurück.

Unten wartete Billy geduldig mit der Gouvernante.

»Nun«, fragte er, »was gibt es Neues?«

»Nichts. Er schläft.«

»Dann war's ja wirklich der Mühe wert, so lange zu bleiben«, sagte er lachend.

»Ach, Billy, das kannst du nicht verstehen.«

»Doch, doch, natürlich. Das Herz einer Mutter – aber wenn wir noch im De Soto essen wollen, wie du es wünschst, bleibt uns gerade Zeit, in meinen Tilbury zu springen und hinzufahren. Wir haben keinen Tisch reserviert… und am Abend ist es immer voll.«

In weniger als einer Minute waren sie draußen. Celina schloß die Tür hinter ihnen und gab sich im still gewordenen Haus dem ernsten Vergnügen der Nachdenklichkeit hin.

Im Vestibül blieb sie einen Augenblick versonnen stehen, als hätte sie soeben einem ungewöhnlichen Schauspiel beigewohnt. Elizabeth erschien ihr plötzlich verwandelt. Sie war schön wie immer, von jener etwas zu selbstsicheren Schönheit, doch hatte sie ihre sorgenvolle Miene verloren, die der Frische ihrer anhaltenden Jugend etwas Geheimnisvolles verlieh. Jetzt, da sie so voll aufgeblüht war und vor Glück strahlte, erweckte sie den Eindruck, nicht mehr Elizabeth, sondern eine Doppelgängerin Elizabeths zu sein.

41

Die Sonne strahlte an einem hellblauen Himmel, als sie am nächsten Morgen wieder erschienen, mit der geschäftigen Miene von Menschen, die soeben Entschlüsse gefaßt haben und keine Zeit verschwenden wollen, sie in die Tat umzusetzen. Vor allem Elizabeth. Alles an ihr verkündete den Ehestand. Was ihr gestern gefehlt hatte, besaß sie heute – jenes gewisse Etwas, das sich nicht definieren läßt: Autorität... Sie stützte sich nicht mehr auf ihren Mann, sondern trat stolzen Schrittes in ihr Haus, als beträte sie ihr Territorium, was ihr übrigens niemand streitig machte. Die durchaus charmante Schüchternheit von gestern schien auf immer verflogen. Jetzt war sie Mrs. William Stevens Hargrove.

Von ihrem Mann gefolgt, ging sie in den Salon und erklärte sogleich:

»All das muß geändert werden. Ich bin es leid, dieses banale Himmelblau zu sehen. Ich will etwas, das Charakter hat, etwas Kühneres.«

»Rot«, schlug Billy vor.

»Bravo. Nichts Abgeschmacktes mehr. Aber was für ein Rot?«

»Blutrot.«

»Blutrot!« wiederholte sie wie ein Echo. »Darling, du bist wunderbar.«

»Militärisch, Liebste.«

»Die *Society* wird toben.«

»O nein, nicht heutzutage.«

»Wirklich? Also dann zum Beispiel purpurner Damast?«

»Die Einzelheiten überlasse ich dir.«

»Ach, ich sehe schon unseren roten Salon«, rief sie aus, »ich sehe ihn vor mir, du nicht?«

»Liebste, ich werde ihn besser sehen, wenn alles eingerichtet ist. Aber kümmern wir uns jetzt um die neue Verteilung der Zimmer, so wie wir sie gestern abend beschlossen haben. Du und ich, wir nehmen Neds Zimmer, das mit dem deinen vereinigt wird.«

»O Billy«, stöhnte Elizabeth, »wie sollen wir es ihm sagen?«

»Er wird das schöne Zimmer im Erdgeschoß mit dem Bad daneben haben. Das haben wir doch gemeinsam im De Soto beschlossen.«

»Ich weiß, aber ich fühle mich zu feige… Ach, wenn du es tun könntest… Du mit deiner Persönlichkeit und deiner Uniform, du wirst alles bei ihm erreichen… Wenn du wüßtest, wie er dich bewundert…«

»Schon gut, ich gebe nach, aber jetzt zum Angriff! Wo ist er?«

»In seinem Zimmer, leider.«

Plötzlich hielt sie inne und tippte sich an die Stirn.

»Ich habe eine Idee! Wenn es im Garten geschehen könnte! Während du nett mit ihm plauderst. Das wäre weniger hart als in seinem Zimmer, das doch sein Reich ist…«

»Na schön, einverstanden. Zur Feier des Tages will ich dir auch in diesem Punkt nachgeben…«

»Ich hole den armen kleinen Schatz… Du wirst meinen Garten besichtigen, den du noch nicht kennst, und bei der Gelegenheit könntest du ein Wörtchen mit Patrick, meinem Gärtner, reden; er ist unausstehlich, ich werde es dir später erklären… er schlägt sich mit den Lieferanten, rede ein bißchen mit ihm.«

»Nennen wir das die Strafarbeit Nummer drei. Kommen noch mehr?«

»O Billy…«

»O Elizabeth… Geh schnell deinen Jungen holen, ich sehe mir inzwischen den Garten an.«

Einen Augenblick später stieg er die Stufen der Freitreppe hinab und ging ein paar Schritte in dem schmalen, langen Garten auf und ab. Da er auf einer der schönsten Plantagen Georgias aufgewachsen war, erkannte er auf den ersten Blick, daß sich hinter dieser scheinbar unberührten Natur in Elizabeths Garten eine absichtlich und sorgfältig geplante Wildnis verbarg. Daher dieses heillose Dickicht der zu dicht belaubten Büsche, die sich in den Ecken gegenseitig zu bedrängen schienen, daher die unbeschnitten emporschießenden Bäume, deren zu lange Äste sich über einsame Alleen erstreckten, wo das Gras wild wucherte, daher diese herrlichen Blumen, die vereinzelt und wie Königinnen im Exil in verborgenen Winkeln blühten und die sich zu wundern schienen, warum sie dort wuchsen, wo niemand sie hingepflanzt hatte, während der Gärtner es sehr wohl wußte. Aber in seiner Gesamtheit hatte dieses künstliche Eden durchaus seinen Reiz, und der schmale Garten, der so lang war wie eine Straße, lud zum einfachen Glück des Friedens und zu verträumtem Nichtstun ein.

So gar nicht im Einklang mit dieser ungeordneten Vegetation, die nicht zu seiner eleganten, korrekten Uniform passen wollte, durchquerte Billy mit entschlossenen Schritten diesen falschen Dschungel in seiner ganzen Länge und blieb vor der offenen Tür des kleinen Hauses stehen. Dort rief er mit lauter Stimme:

»Ist hier jemand, der auf den Namen Patrick hört?«

Schweigen. Auf der Avenue jenseits der Mauer knallten die Peitschen, rollten die Wagen, schwatzten die Leute.

Er wartete. Endlich erschien ein hochgewachsener Mann in einem vergilbten weißen Leinenkittel.

»*Yassum*« *(Yes Sir)*, sagte er.

Gleichzeitig musterte er Billy von oben bis unten.

»Bist du Patrick?« fragte dieser.

Die Augen des Iren strahlten vor Bewunderung und Neugier, und er antwortete wieder:

»*Yassum.*«

»Dann bist du mein Gärtner, und ich bin dein neuer Herr, Mrs. Jones ist nämlich meine Frau und heißt jetzt Mrs. Hargrove.«

Alle Falten in Patricks Gesicht verzogen sich zu einem breiten Lächeln, und der große Mund ging auf, als wollte er eine Rede halten, aber Billy kam ihm zuvor und sagte rasch:

»Danke für die Glückwünsche, und reden wir vom Garten. In diesem hier ist alles verkehrt. Du wirst mir das alles neu machen.«

Dann drehte er sich jäh um und sah Elizabeth, die ihm mit Ned an der Hand entgegeneilte.

Billy ergriff das Kind und hielt es mit ausgestreckten Armen hoch. Der Kleine zappelte und schrie ängstlich und vergnügt zugleich.

»Erkennst du deinen neuen Papa?« fragte Billy und stellte ihn wieder auf den Boden zurück. »Wir sind doch schon alte Freunde seit dem letztenmal, nicht wahr?«

Ned blickte mit strahlendem Gesicht zu ihm auf.

»Ja, ja.«

»Ja, Papa«, berichtigte Billy.

»Ja, Papa.«

»So, und jetzt werde ich dir ein schönes Geschenk machen. Da du kein Baby mehr bist, wirst du ein Zimmer für dich allein haben, wie ein Mann. Bist du ein Mann oder ein Baby?«

Ungewiß, was nun folgen würde, antwortete Ned nicht sehr selbstsicher:

»Ein Mann…«

»Dann gebe ich dir für dich ganz allein das schöne Zimmer im Erdgeschoß mit einem schönen großen Fenster, von dem du in den Garten schauen kannst.«

In Neds Gesicht ging etwas vor, das ganz so aussah, als ob das Baby plötzlich in ihm erwachte.

»Und Mom?« fragte er.

»Und Mom?… so spricht ein Mann nicht, mein Junge.«

Elizabeth beugte sich über Ned und schloß ihn in die Arme.

»Hab keine Angst, mein kleiner Ned. Deine Tür wird offen sein und die meine auch. Du brauchst nur Mom zu rufen, und Mom wird da sein.«

»Ich werde also nicht mehr bei dir sein«, insistierte er, den Tränen nahe.

»Ich bin ja ganz in deiner Nähe, und wenn du rufst, fliege ich schneller als ein Vogel die Treppe herab und komme zu dir. Nun sag schon: Ja, Mom, sonst ist deine Mama ganz unglücklich.«

Er antwortete nicht, blickte aber seine Mutter unverwandt an, und sie las in den großen Augen den untröstlichen Kummer eines Verliebten, den man von seiner Angebeteten trennt.

Erschrocken flüsterte sie ihm ins Ohr:

»Ich werde bei dir schlafen.«

Blitzartig stellte sie sich alles vor, sah sich bei Ned liegen, bis er einschlief, und dann in ihr Zimmer und zu ihrem Mann zurückkehren.

Ohne zu antworten, hob er die Hände, streichelte ihr Gesicht, und sie nahm ihn in die Arme, herzte ihn und drückte die Lippen auf seine schönen feuchten Augen. Der kleine Junge lächelte beruhigt.

Billy näherte sich und bemerkte in einem leicht spöttischen Ton:

»Ich möchte zwar eine so schöne Szene mütterlicher Liebe nicht stören, aber da dieses Problem gelöst ist, sollten wir uns dem Gartenbau zuwenden, Liebste: deinem Garten.«

Sie ließ das Kind los und warf Billy einen strengen Blick zu:

»Versuch doch zu verstehen«, sagte sie.

»Ist bereits geschehen«, sagte er vergnügt. »Ich hatte bereits alles begriffen, als ich euch das erstemal beieinander sah.«

»Was du gesehen hast, war ganz normal.«

»Sagen wir, ungewöhnlich normal, und lassen wir es dabei. Nun zu deinem Garten, Elizabeth. Wie möchtest du ihn haben?«

»Englisch«, sagte sie trotzig.

»Wunderbar. Das sind die schönsten. Pat, komm her!«

Pat machte drei große Schritte auf sie zu.

»Dein Garten gleicht einer Müllhalde«, sagte Billy, die Arme auf dem Rücken verschränkt und breitbeinig, »wir werden ein Paradies daraus machen. Ich will mehr Farbe, verstanden? Rosen, Azaleen, Hortensien, und für den Duft Pfeifensträucher, Geißblatt, Jasmin, Heliotrop, daß man benommen wird, Kamelien und vor allem Magnolien. Ich sehe hier keine einzige, was soll das heißen? Du wirst mir vier pflanzen, um das Herz mit Zärtlichkeit zu berauschen. Elizabeth, du bist doch einverstanden?«

Die junge Engländerin stand kerzengerade und war ganz bleich geworden, als ob sie einen Schlag erwartete.

»Natürlich«, sagte sie in kühlem Ton.

»Erinnerst du dich nicht an die beiden großen Magnolien am Fuße der Freitreppe in Dimwood? Du liebtest sie so.«

»Ich liebe sie immer noch«, sagte sie.

»Also Magnolien für die Erinnerung.«

»Das wird aber eine Menge Arbeit machen«, bemerkte Pat.

»Wenn's zuviel wird, verdopple ich dein Gehalt.«

Dann wandte er sich Elizabeth zu, nahm sie bei der Hand, um sie ins Haus zu führen, und sagte leise:

»Du wirst den Garten ganz nach deinem Geschmack anlegen, meine Angebetete, nur gib ihm mehr Farbe, wie in Dimwood. Aber deine Hände sind ja ganz kalt, was hast du? Du bist totenblaß.«

Aus seinen Augen und seiner Stimme sprach so viel Liebe, daß sie den schrecklichen Gedanken, der ihr plötzlich in den Sinn gekommen war, verscheuchte. Er dachte nicht an Jonathan. Und wer hätte ihn auch von der Episode auf der Veranda unterrichten sollen? Aber sie hatte Angst gehabt.

»Es ist nichts«, sagte sie. »Es war nur wegen des Kleinen, aber er hat sich beruhigt, und alles ist wieder gut. Ich vergaß, dich daran zu erinnern, daß du mit dem Gärtner reden mußt; er macht uns Ärger mit den Lieferanten.«

»Wieso?«

»Er boxt und schlägt die Leute zu seinem Vergnügen, das ist ein Tick von ihm, er schlägt sich furchtbar gern, und deshalb liefert man uns nichts mehr ins Haus. Andererseits möchte ich ihn behalten, denn er bewacht das Haus wie ein Hofhund. Und außerdem mag ich ihn, trotz allem.«

»Das werde ich gleich in Ordnung bringen.«

»Oh, dann bleibe ich noch«, sagte sie plötzlich belustigt. Und zu Ned gewandt, der ihr folgte: »Darling, sei artig und rühr dich nicht.«

Der Ire lächelte seiner Zukunft entgegen, die er in goldenem Glanz vor sich sah, und wollte gerade in sein Haus zurückgehen, als Billys gebieterische Stimme ihn aufhielt:

»Pat, komm her!«

Der Mann kehrte um, sein Gesicht strahlte, und das pfiffige Auge stellte bereits Berechnungen an.

»*Yassum.*«

»Wie es scheint, verprügelst du die Lieferanten.«

»Alle Heiligen Irlands sind Zeugen, daß ich es nicht mit Absicht tue. Sie haben Fäuste und brauchen sich nur zu wehren, aber man schickt mir nur Waschlappen.«

»Du hast keinen Grund, sie zu schlagen.«

»Das ist nicht meine Schuld, ich kann nicht anders. Boxen ist doch eine Kunst, nicht wahr?«

Plötzlich grinste er verschmitzt:

»Wenn ich's wagen dürfte…«, sagte er. »Nehmen wir mal an, Sie hätten Spaß daran… Sie und ich, einfach nur so, jetzt gleich…«

»Mit Vergnügen«, sagte Billy.

Er stellte sich in Positur. Pat, hocherfreut, tat desgleichen. Mit der unglaublichen Gewandtheit und Kraft eines jungen Mannes holte sein muskulöser Arm zu einem Schlag aus, dem Billy mit knapper Not ausweichen konnte, aber in der gleichen Sekunde landete Billy mit gespielter Nonchalance einen stahlharten Haken auf dem Kinn des Iren, der diesen der Länge nach zu Boden streckte.

Ned stieß einen Schreckensschrei aus, lief zu Pat und rief:

»Der Böse! Er hat Pat totgemacht!«

Darauf beugte er sich über den Besiegten und fuhr ihm mit schüchterner Hand über das stopplige Gesicht. Einige Sekunden verstrichen, dann kam der Ire wieder zu sich und zwinkerte dem Kind zu, ohne sich zu rühren.

Jetzt stieß Ned einen Freudenschrei aus:

»Mama, er ist gar nicht tot.«

Der Gärtner erhob sich lachend.

»Nun, Pat? War's das?« fragte Billy vergnügt. »Wirst du die Liefe-ranten von jetzt an in Ruhe lassen?«

»Versprochen«, sagte Pat, »außer wenn man mich provoziert.«

»Die Befehle erteile ich!« erwiderte Billy mit unnachgiebiger Stimme.

Pat blickte ihm nach, wie er sich mit Elizabeth und Ned entfernte. Vielleicht war er von Bewunderung für die Gestalt seines Bezwin-gers erfüllt, denn er brummte leise vor sich hin:

»Immerhin, was für ein Boxer wäre aus ihm geworden.«

Billy sorgte dafür, daß die vorgesehenen Veränderungen im militäri-schen Stil durchgeführt wurden: rasch, ohne Zögern und definitiv.

Angesichts dieser großen Umwälzungen, deren tiefe Ursachen er nicht verstand, bekam Ned es mit der Angst; er klammerte sich an die Rockschöße seiner entnervten Mutter und flehte sie an, dies alles zu verhindern. Besonders das Wegschaffen seines Bettes und dessen Transport über die Treppe erfüllten ihn mit Schrecken.

»Schau, Mom!« schrie er, als er es in einem Zimmer verschwinden sah, das er kaum kannte.

Betty, die eben mit der Köchin vom Markt zurückkehrte, kam gerade zur rechten Zeit, um ihn zu beruhigen. Während sie ihm die Tränen abwischte, besänftigte sie ihn mit ihrer liebevollen Stimme, die aus einer Welt zu kommen schien, die der Kindheit gehörte, und ihr zärtlicher Tonfall milderte den Kummer des Kleinen, den sie ihren Schatz nannte. Sie blieb bei ihm in seinem neuen Zimmer und drückte ihn jedesmal an sich, wenn ein weiteres Möbelstück aus sei-nem ehemaligen Zimmer gebracht wurde. Tische, Stühle und Sessel standen herum, als seien sie heimatlos geworden, und die vertraute Umgebung ließ sich nicht wiederherstellen.

Die Zärtlichkeit der schwarzen Frau gab dem kleinen Jungen schließlich seinen Seelenfrieden zurück, und als er sich mit ihr auf seinen täglichen Spaziergang begab, war ihm das Herz schon nicht mehr so schwer.

42

Der neue Lebensstil zog unaufhaltsam im Hause ein. Zumindest hatte es den Anschein, als ginge alles bestens. Die Fröhlichkeit gab im allgemeinen den Ton an. Billy sorgte mit seiner jungenhaft guten Laune, die er nie abgelegt hatte, für eine heitere Atmosphäre, und er zeigte sich unerschöpflich in vergnüglichen Anekdoten. Ned hörte ihm aufmerksam zu und verstand alles auf interessante Weise verkehrt.

Zur Schlafenszeit bewährte sich Elizabeths kleine List und wirkte wahre Wunder. Sie brauchte sich nur eine Viertelstunde zu ihm zu legen und sich schlafend zu stellen, dann hörte sie bereits Neds leisen Atem im gleichmäßigen Rhythmus des Tiefschlafs.

Zu Anfang machte sie sich gewisse Vorwürfe, die Unschuld auf so leichte Weise zu täuschen, aber Billy lachte über ihre Skrupel und beglückwünschte sie zu ihrem Einfall. Ahnte er, daß dieses Spiel von Lüge und Liebe einem Vorbereitungskurs für eheliche Untreue glich?

Aber für den Augenblick ging es in der ersten Etage des hübschen, eher zurückhaltend wirkenden Hauses an der Straßenecke um ganz andere Dinge. Es stand außer Zweifel, daß sich die heftigen Bekräftigungen von Mrs. Harrison Edwards und ihrer Reiherfeder mit ihrem »Doch, doch!« als richtig und genau erwiesen. Fast rückhaltlos gab sich Elizabeth der Leidenschaft hin, die sie seit Jonathans Tod so geduldig unterdrückt hatte. Dennoch blieb ihr jener seltsame Ekel, der sie im gegebenen Augenblick zwang, die Augen zu schließen.

Billy konnte es nicht fassen, und sein männlicher Stolz litt darunter, denn das Labyrinth der weiblichen Psyche blieb ihm ein Rätsel. Er tröstete sich mit dem Gedanken, daß er das Wesentliche besaß, und weiter drang er in seinen Überlegungen nicht vor.

Betty hatte noch keine Gelegenheit gehabt, Leutnant Hargrove aus der Nähe zu sehen, seit er bei Elizabeth eingezogen war. Es waren gerade erst ein Tag und eine Nacht vergangen, aber instinktiv zeigte sich die alte Dienerin so wenig wie möglich. Sie schien bestrebt, von niemandem bemerkt zu werden, war dem kleinen Ned zu Diensten und viel seltener dessen Mutter, die ihr doch eine rückhaltlose Zuneigung entgegenbrachte.

Doch dann ergab es sich, als Billy zum Frühstück ins Speisezimmer ging, daß er sie im Vorraum stehen sah. Vor dieser Gestalt, die ihr riesig und auf einschüchternde Weise imposant erschien, stieß Betty einen Schrei aus, der wie das Piepsen einer Maus klang.

»Massa Billy!« rief sie.

»Ja, was denn?« fragte der betreßte Riese und blickte zu Boden.

»Massa Billy, ich bin die Betty…«

Bei diesen Worten beugte er sich vor, ergriff die kleine Alte mit beiden Händen und hob sie empor, bis ihre Gesichter auf gleicher Höhe waren.

»Meine liebe Betty«, sagte er, »Elizabeth hat mir nichts gesagt, ich glaubte, du seist noch in Virginia oder bei Charlie Jones, aber wie ich sehe, hast du deinen kleinen Billy nicht vergessen, den du vor zwanzig Jahren gebadet hast.«

Der Gedanke, daß sie einst mit ihren Händen über diesen Riesenkörper gefahren sein sollte, versetzte Betty in Verwirrung, und sie sagte:

»O, Massa Billy, ich schäme mich…«

»Aber warum denn? Ich freue mich, meine *Black Mammy* wiederzusehen.«

Sehr behutsam stellte er sie auf den Boden zurück. Sie reichte ihm bis zum Gürtel.

»Und was machst du hier, Betty?«

»Ich kümme' mich um Massa Ned und geh mit ihm spazie'en.«

»Und jetzt hast du hier für immer ein Zuhause. Du bist frei, verstehst du? Keine Sklavin mehr, nicht wahr?«

»Ja, Massa Billy, danke, Massa Billy. Miss Lisbeth hat auch gesagt: ›Du bist f'ei.‹«

»Da hat sie recht getan. Ich werde dich von Kopf bis Fuß neu einkleiden, du wirst sehen.«

»O nein, Massa Billy, ich hab liebe' mein altes 'otes Kleid und das schwa'ze und mein g'ünes Kopftuch…«

»Wie du willst, kleine Betty.«

»Danke, Massa Billy. Ich geh jetz' zu Massa Ned.«

Sie machte den ungeschickten Versuch, ihm zu Ehren einen Knicks zu machen, wie eine Dame, dann ergriff sie die Flucht. Er blickte ihr nach, wie sie auf ihren kurzen, ein wenig krummen Beinen davoneilte. Sie war so alt und von der Arbeit verbraucht, daß sie wie eine sehr alte Puppe aussah, aber in den großen schwarzen Augen leuchtete immer noch jene fast übermenschliche Güte, die ihn schon als kleinen Jungen bezaubert hatte.

III
Verwirrungen

43

Weihnachten stand vor der Tür. In Savannah wurde dieses Fest mit einer, dem *Prayer Book* entsprechenden Frömmigkeit gefeiert, und die dafür vorgesehenen Lieder und Gebete waren von unvergleichlicher literarischer Schönheit. So war es korrekt, ja sogar bewegend, aber das war auch alles. Es gab noch nicht die mit kleinen Kerzen geschmückten Tannenbäume, wie man sie bereits im Norden sah, der stärker vom Mutterland beeinflußt war; und vor allem gab es noch nicht die langen und fröhlichen Festgelage mit Putenbraten und Plumpudding, denen aufregende Schlittenfahrten durch die schneeweiße Landschaft folgten. In Savannah bewahrte die Landschaft ihren kaum veränderten Zauber der Blumen und des Grüns. Die Glocken läuteten, die *Christmas Carols* lobpriesen die Engel, die Hirten und das Christkind in der Krippe, aber es fehlte der Schnee, es fehlte die Magie der Kälte.

Drei Tage vor Weihnachten erschien Charlie Jones am späten Nachmittag bei dem jungen Paar. Lächelnd wie gewöhnlich, rosig, nach Eau de Cologne duftend, in einem schwarzen Gehrock von ausgesuchter Eleganz, machte er den Eindruck, mit dem Leben im allgemeinen und mit sich selbst im besonderen äußerst zufrieden zu sein, und eine etwas aufgesetzt wirkende gute Laune zog geräuschvoll mit ihm ein. Nachdem er Elizabeth geküßt und Billy eine Art freundschaftlichen Rippenstoß versetzt hatte, verkündete er:

»Liebe Kinder, meine teure Amelia kommt morgen nach Savannah, um hier die Festtage zu verbringen, und sie bringt das Töchterchen und die beiden Jungen mit, die sie mir dort oben in unserem lieben Great Lawn geschenkt hat. Wir werden Weihnachten zu Hause in aller Ruhe und im engsten Kreise feiern. Ihr seid beide zum Mittagessen eingeladen.«

Billy und Elizabeth neigten ergeben die Köpfe, ließen es jedoch an dem erwarteten Lächeln nicht fehlen.

»Schon drei Kinder«, sagte Elizabeth höflich. »Wie schnell doch die Zeit vergeht… Ich kann es kaum glauben!«

»Die kleine Mathiwilda ist noch so jung, daß ihr sie nicht sehen werdet, aber ich bestehe darauf, euch meine beiden Söhne Emmanuel und Johnnie vorzustellen, die bereits sehr aufgeweckt sind. Bisher habe ich Amelia und meine kleine Familie immer für den Winter nach Warm Springs geschickt. Sonst sind sie das ganze Jahr über in Great Lawn. Sehnst du dich nicht manchmal ein bißchen nach Virginia zurück, Elizabeth?«

»Doch… oft«, antwortete sie ohne Überzeugung.

»Diesmal hat meine liebe Amelia sich ausnahmsweise bereitgefunden, die kalte Jahreszeit in Savannah zu verbringen. Es hat diese aufrechte Seele viel Überwindung gekostet, denn sie urteilt sehr streng über unsere Stadt, die sie für sehr verworfen hält.«

Billy brach in Gelächter aus.

»Sie verwechselt es mit Louisiana. New Orleans ist die Stadt, in der man sich wirklich amüsiert.«

Charlie Jones hob die Brauen.

»Was höre ich? Das ist nicht die Sprache eines ernsthaften Ehemanns«, sagte er mit gespielter Entrüstung, »aber lassen wir das. In ihrer Rechtschaffenheit beunruhigt Amelia sich über alles. Ihr werdet es selbst feststellen. Ihr Innenleben hat eine solche Tiefe erreicht, daß allein ihr Gesicht, ohne sich zu regen oder zu sprechen, euch eine Predigt hält.«

Elizabeth und Billy blickten sich an.

»Ich begreife eure Überraschung«, fuhr Charlie Jones fort. »Dieser wunderbaren Frau wohnt ein Mysterium inne, das ich empfinde, aber nicht verstehe. Es trägt zu einem moralischen Wohlbefinden bei, das mir das Leben angenehm macht und den häuslichen Frieden sichert. Begreift ihr das?«

»O ja, Onkel Charlie«, sagten sie wie aus einem Munde.

»Es wird zur Geburt des Heilands eine Pute mit Preißelbeersoße geben, wie in England. Das ist im Süden zwar nicht üblich, aber bei mir seid ihr in England.«

»Es lebe England«, sagte Elizabeth leise.

»Bravo, Elizabeth. Immer treu. Ich füge hinzu – und auch das ist ein Vergnügen, das ihr mir nicht ausschlagen werdet – daß alles, was in der Gesellschaft von Savannah Rang und Namen hat, euch am Weihnachtsmorgen in der Christ Church sehen soll. Das ist sehr wichtig für euch, liebe Kinder. Das Mittagessen findet um zwei Uhr statt.«

In ihr Zimmer zurückgekehrt, gaben Elizabeth und Billy keinen Kommentar darüber ab, was sie erwartete; vielmehr folgten sie einer jener unergründlichen Launen der Natur und warfen sich in einer Aufwallung der Sinne einander in die Arme.

Am Weihnachtsmorgen folgten sie dem ausdrücklichen Wunsch Onkel Charlies und begaben sich in die Christ Church, wo sie beide neben einer der angesehensten Persönlichkeiten der Stadt und seiner imposanten Gemahlin Amelia, die in pflaumenblaue Seide gekleidet war, einen guten Eindruck machten.

Man bewunderte den feschen Offizier und die schöne Engländerin, die einen Rubin am Hals trug, der niemandes Aufmerksamkeit entging.

Um die Wahrheit zu sagen, war Elizabeths Anwesenheit in der Kirche schon an sich ein Ereignis, denn sie ließ sich dort fast nie sehen. Über diesen Punkt stellte ihr niemand Fragen, und was hätte sie auch dazu sagen können? Sie wußte es sich selbst nicht zu erklären, außer vielleicht damit, daß sie es als peinlich, ja geradezu als unanständig empfand, wenn man ihr beim Verrichten ihrer Gebete zusah. Dieser Aspekt ihres Lebens sollte ihrer Ansicht nach ganz geheim bleiben. Niemand durfte daran teilhaben, nicht einmal und vor allem nicht Billy. Deshalb verspürte sie an diesem Weihnachtsmorgen in der Christ Church ein tiefes Unbehagen.

Das Mittagessen verlief viel angenehmer, als sie es vorausgesehen hatte. Onkel Charlie zerteilte selbst die Pute, ein stark überschätztes Geflügel, das nur nach dem schmeckt, was man hineinfüllt, aber alle beteuerten, daß sie saftig und köstlich sei. Ein edler französischer Wein trug das seine bei, um das Urteilsvermögen zu trüben. Amelia zeigte sich zufrieden und ließ sich sogar herab, ihre Lippen in ein Glas Saint Julien zu tauchen. Die Jahre hatten fast keine Spuren auf ihrem reglosen Gesicht hinterlassen, das durch die würdevolle Vornehmheit des Ausdrucks Respekt gebot und weder zu frivolen Gesprächen noch zu Vertraulichkeiten ermunterte.

Elizabeth, die sie von Zeit zu Zeit beobachtete, bewunderte die Tiefe der großen, nachdenklichen Augen, die sich ihr zuweilen zuwandten, so daß ihre Blicke sich kreuzten und eine stumme Konversation begannen.

Charlie Jones und Billy, einer so redselig wie der andere und beide unter dem Einfluß des Weins, plauderten fröhlich und angeregt. Onkel Charlie sah sich durch die Späße des von der guten Kost flammend rot angelaufenen Soldaten in seine Jugend zurückversetzt.

Als die Mahlzeit zu Ende ging, sagte Charlie Jones zu Elizabeth:

»Heute werde ich euch meine Kleinen nicht zeigen. Sie schlafen, erschlagen von einem Übermaß an Plumpudding, aber ich bringe euch bald meinen Emmanuel, der in einigen Wochen fünfeinhalb Jahre alt wird. Er kann sich mit eurem Ned amüsieren. Der braucht einen Gefährten zum Herumbalgen. Sie und ich, Leutnant, wir gehen ins Rauchzimmer, wo ich ihnen echte Havannas anzubieten habe. Meine Damen, ich hoffe, Sie im kleinen grünen Salon wiederzufinden, wo bequeme Sessel auf Sie warten. Dort ist man gut aufgehoben, um sich von den Strapazen der Mahlzeit auszuruhen, indem man zum Beispiel die Augen schließt…«

Diese ungezwungene Art, die Höflichkeitspflichten hintanzustellen, entsprach Charlie Jones eigentlich gar nicht, aber die drei Flaschen seines kostbaren Julien 1835, die er mit dem tapferen Husaren geleert hatte, taten ihre Wirkung.

Im grün-goldenen Salon, der auf die Gärten hinausging, setzten sich die beiden Frauen nicht in die von Charlie Jones empfohlenen großen Sessel, sondern auf ein Kanapee aus lila Atlasseide. Amelia hielt sich ein wenig zu aufrecht, so daß Elizabeth es nicht wagte, sich in die Kissen sinken zu lassen, an denen es immerhin nicht mangelte. Zunächst herrschte ein ziemlich langes Schweigen. Amelia betrachtete ein kleines Stück Himmel über den grünen Eichen des Gartens, als ob sie dort nach einer Eingebung suchte, dann wandte sie sich an Elizabeth und fragte:

»Meine liebe Kleine, erinnerst du dich an jenes Gespräch, das wir einst in einer Ecke des Kolonialfriedhofs geführt haben?«

»Ja, aber die Erinnerung ist bereits ziemlich fern. Ich glaube, Sie erzählten mir von Ihrer Schwester Charlotte.«

»So ist es. Der traurige Bruch ihrer Verlobung, der sie fast in den Wahnsinn getrieben hat…«

»Jetzt erinnere ich mich. Die arme Tante Charlotte.«

»Beklage sie nicht zu sehr, Elizabeth. Sie hat gut daran getan, nicht zu heiraten. Heute hat sie wenigstens ihren Frieden.«

»Sie ist so gutmütig.«

»Mit einem Kinderherzen. Aber weißt du, meine Lebenserfahrung ist eine ganz andere gewesen. Du hast die unglücklichste Frau dieser Stadt vor dir.«

Verblüfft blickte Elizabeth auf.

»Versteh mich richtig«, fuhr Amelia fort. »Charlie ist der beste Mann der Welt, aber die Uneinigkeit zwischen uns ist so tief, daß nichts uns je wieder zusammenbringen kann. Kurz gesagt: ich habe den Glauben, und er hat ihn nicht.«

»Und wegen des Glaubens...«

»Du kannst nicht ermessen, was für ein Graben da auf die Dauer klafft. Er sieht zwar darauf, einigen Gepflogenheiten der herkömmlichen Frömmigkeit nachzukommen, wie an gewissen Tagen dem Gottesdienst beizuwohnen, aber in Wirklichkeit glaubt er an nichts. Er ist sich dessen nicht einmal bewußt. Er hält mich ganz einfach für eine Frömmlerin... Dieses Wort würde er nie aussprechen, aber ich lese es in seinen Augen und in seinem nachsichtigen, amüsierten Lächeln, wenn er das lobt, was er meine erhabene Seele nennt. Daß er mich liebt, daran besteht nicht der geringste Zweifel. Ich bin für ihn die zärtlich geliebte Frau, die ihm Kinder schenkt. Das bekommt seiner Gesundheit ganz wunderbar, und allem Anschein nach auch der meinen... Aber ich wäre am liebsten tot.«

»Oh! Tante Amelia!«

»Laß nur, ich bin schon fertig. Ich könnte noch viel mehr erzählen, aber du würdest mich nur langweilig finden. Es ist fast unmöglich, über Religion zu sprechen. Mein ganzes Leben lang habe ich nur bei Gott Zuflucht gesucht.«

Bei diesen Worten sprang Elizabeth plötzlich auf, als zöge eine andere Elizabeth in ihr sie zu dieser so ruhig dreinblickenden Frau hin. Sie wollte etwas sagen und vermochte es nicht. Im übrigen hob Amelia die Hand, um sie daran zu hindern.

»Ich muß dich jetzt verlassen«, sagte sie ganz ruhig. »Ich bin sehr müde und werde auf mein Zimmer gehen. Wir haben uns vieles gesagt. Doch, doch, glaube nicht, daß ich scherze, denn auch du hast zu mir gesprochen und vielleicht sogar aus dem tiefsten Grunde deines Herzens. Und jetzt sei so lieb und zieh die Klingelschnur, die neben dir hängt.«

Die junge Engländerin gehorchte, und bald erschien ein schwarzer Diener.

»Geh und sag Mr. Jones, daß ich bereit bin.«

Der Diener verneigte sich und verschwand.

»Charlie weiß, was das bedeutet«, erklärte Amelia. »Er wird gleich kommen. Ich muß zugeben, daß er sehr gehorsam ist.«

Während sie diese Worte sprach, nahm ihr Gesicht einen Ausdruck von erhabener Strenge an, den es vorher nicht gehabt hatte. Elizabeth erkannte darin sofort den herausfordernden Stolz der schottischen *Highlands*, die Frucht eines erbarmungslosen Krieges gegen England, und dabei hatte sich diese Frau noch vor fünf Minuten von einer so charmanten Bescheidenheit gezeigt. Diese plötzliche Verwandlung kam von einem Stimmungswechsel, dessen Ursache Elizabeth nicht verstand, aber ganz offenbar war es Amelia, die im Hause das Sagen hatte.

»Wir sind etwas schnell aufgebrochen«, sagte Billy auf dem Heimweg zu Elizabeth. »Ich fing gerade an, mich zu amüsieren. Charlie Jones war nicht im geringsten schockiert über meine Regimentsgeschichten. Im Gegenteil, er wollte noch mehr hören. Jedenfalls haben wir wieder einmal ein Weihnachtsfest hinter uns. Diese Feste sind eine wahre Plage.«

Elizabeth ging auf dieses Geständnis von militärischer Offenheit nicht weiter ein. Sie fühlte sich viel zu verwirrt, um an etwas anderes als Amelias seltsame Geständnisse zu denken, die auf eine unbeschreibliche Weise alle Lebensvorstellungen der jungen Engländerin durcheinanderbrachten. Deshalb wäre es ihr lieber gewesen, wenn sie nichts von dem erstaunlichen Monolog gehört hätte, den Amelia aus nur ihr bekannten Gründen eine Konversation nannte. Der Entschluß, sie nicht mehr zu sehen, würde nichts nützen. Wie schade, daß man nicht nach Belieben vergessen konnte... Gewisse Sätze und Worte setzen sich im Gedächtnis fest. Sie hatte nicht das Recht...

»Übergeschnappt«, sagte sie sich. »Aber mein Billy bringt alles in Ordnung, bei ihm gibt es wenigstens keine Umschweife. Das Glück vertreibt alle Sorgen.«

Sie schmiegte sich im Tilbury an ihn.

»Geduld«, sagte er vergnügt, »ich habe verstanden.«

44

Während sie abwesend waren, war Ned zu Hause geblieben. Das tyrannische Gedächtnis der Kindheit hatte ihn nichts von der vorigen Weihnacht vergessen lassen, als die Liebe seiner Mutter noch fast zu jeder Minute über sein Glück wachte. Heute hatte sich die Welt um seine kleine Person auf seltsame Weise verändert. Gewiß hatte er selbst dazu beigetragen. Seine Mutter hatte ihn zu seinem Großvater Charlie mitnehmen wollen, und er hatte nein gesagt. Und dann war der schöne Offizier gekommen und hatte ihn lächelnd ermahnt:

»Kleiner Ned, man sagt nie nein zu seiner Mama, man sagt ja Mom, und man gehorcht.«

»Aber ich will nicht zu Großvater gehen«, hatte er gesagt, ohne den Blick von dem Offizier abzuwenden.

»Du weißt, daß ich jetzt dein Papa bin, und daß du mir gehorchen mußt, wenn ich dir etwas sage.«

Darauf hatte Ned nichts geantwortet, weil ihm diese Geschichte von einem Ersatzpapa, der den Platz des verschwundenen einnehmen sollte, nicht einleuchtete.

Elizabeth und Billy hatten sich kopfschüttelnd angeblickt.

»Na schön, wenn er nicht will...«, hatte Billy gesagt. »So macht es schließlich auch weniger Umstände. Kinder bei Tisch sind ohnehin eine Plage.«

»Es ist aber traurig, ihn am Weihnachtstag ganz allein zu Hause zu lassen.«

»Er wird nicht allein sein, er hat die Gouvernante.«

»Du scheinst nicht zu wissen, daß er sie nicht mag.«

»Nun, dann Betty.«

»Ja, Betty, aber es ist doch trotz allem ein bißchen absurd.«

»Wir sind gleich nach dem Mittagessen wieder zurück, und dann hat er all die Spielsachen, die du ihm gekauft hast.«

»Ich glaube, du hast recht, aber es macht mir Kummer. Es macht mir wirklich Kummer.«

Diese Worte taten ihr wohl, und sie wiederholte sie mehrmals. Dann ging sie hinaus, um der Köchin und Miss Celina Anweisungen zu erteilen. Man sollte Ned ein gutes Mittagessen servieren. Süße Kartoffeln und ein dickes Stück Schokoladenkuchen würden ihn in seiner Einsamkeit trösten.

Danach begab sie sich zu Ned, den sie mit Zärtlichkeiten überhäufte. Er nahm alles mit der etwas süffisanten Geduld jener verwöhnten Wesen hin, denen Liebesbezeugungen eine Selbstverständlichkeit sind, aber er nahm ihr das Versprechen ab, daß sie am Abend bei ihm schlafen würde.

Leicht beschämt über die Lüge, die sie in sein Leben brachte, versprach sie dem Kind alles, was es wollte, bevor sie hinuntereilte zu Billy, der sie vor der Tür in seinem Tilbury erwartete.

Neds Mahlzeit dauerte nicht lange. Nach Ansicht der Gouvernante, die von Zeit zu Zeit nach ihm sah, aß er viel zu schnell, aber an diesem Tag hatte er besondere Eile... Elizabeths Anweisungen gehorchend, ermahnte sie ihn, sich nach dem Essen eine Viertelstunde hinzulegen, aber er weigerte sich. In Abwesenheit seiner Mutter und des Offiziers konnte er gegenüber allen seinen Willen durchsetzen.

In seinem neuen Zimmer ersetzte ein Regiment rot- und blauuniformierter Zinnsoldaten die Rundschädel und die Reiter, die ihn nicht mehr interessierten. Die Roten stellten die berühmten »Hummer« der englischen Armee dar, und die Blauen waren die republikanischen Soldaten der Revolution von 1776. Billy hatte das Beste ausgewählt, was es in dieser Art gab, aber an diesem Vormittag schenkte ihnen das Kind nur einen gelangweilten Blick und ließ sie in Ruhe. Ebenso die hübsche kleine Eisenbahn mit den drei Wagen und einer Lokomotive, aus deren Schornstein eine kleine Rauchwolke aus schwarzer Watte emporstieg. Das alles stand gut sichtbar auf einem niedrigen Tisch in der Mitte des Zimmers, in dem Ned sich nicht zu Hause fühlte. Umsonst begeisterte sich die Gouvernante über diese prächtigen Geschenke, und sie hatte ebenso wenig Erfolg, als sie ihm noch einmal zuredete, sich ein bißchen hinzulegen. Er kehrte ihr den Rücken, und sie ging schließlich verärgert hinaus. Er wartete einen Augenblick, verließ dann das Zimmer und begab sich auf die schmale Treppe, die in den ersten Stock führte.

Dreißig steile Stufen galt es zu erklimmen. Ohne lange nachzudenken, erstieg er die erste, indem er sich mit seinen Fingerchen an die Einkerbungen des säulenförmig geschnitzten Pfostens klammerte. Die nächste Stufe erwies sich als weniger schwierig, da der dünne Geländerstab der mutigen Hand des Viereinhalbjährigen einen besseren Griff bot. Von der dritten Stufe an gelang es seinen noch etwas kurzen Beinen, die Widerstände der Treppe zu bezwingen. Als Ned schließlich den Gipfel seiner Kletterpartie erreicht hatte, setzte er sich nieder und atmete schwer.

Kaum hatte er sein ehemaliges Zimmer betreten, wich er über die völlige Veränderung erschrocken zurück, denn es standen nun ganz andere Möbel darin. Er hatte es geahnt, aber auf den ersten Blick traf es ihn wie ein Schlag. Vor Kummer schnürte sich sein Herz zusammen. Er fühlte sich beraubt, vertrieben aus seinem Paradies.

Behutsamen Schrittes, wie auf feindlichem Gebiet, ging er auf und ab und stellte im Geiste die alte Ordnung und ihre Mysterien wieder her. Sein einstiges Zimmer war von zu vielen Träumen bewohnt, von all den finsteren Geschichten, mit denen seine Mutter während langer Monate jeden Abend die Minuten vor dem Schlaf bevölkert hatte... Das alles verschwand in der neuen Umgebung. Es gab keine Worte, die das hätten ausdrücken können. In seiner abgrundtiefen Enttäuschung ging er jetzt ans Ende des Zimmers in eine schlecht beleuchtete Ecke. Dort hatte sich nichts verändert, dort blieb er stehen. Aus diesem Halbdunkel kam die Erscheinung, die das Kind nicht beim Namen nannte. Sie machte ihm keine Angst; er erwartete sie.

Bald murmelte er etwas vor sich hin. Weiß man, in welch unbekannte Welten sich die Kinder verirren, mit wem sie sprechen und was sie dort sehen? Die Erziehung wird dafür sorgen, daß der Erwachsene diese verbotenen Forschungsgänge vergißt, hinter denen sich vielleicht das Geheimnis unseres Schicksals verbirgt. Wie ein Flüstern kamen die undeutlichen Silben eines Namens aus dem kleinen Mund mit den feuchten Lippen.

Einer instinktiven Vorsicht gehorchend, verweilte er nicht länger.

Als Elizabeth und Billy heimkehrten, fanden sie ihn am Fenster seines neuen Zimmers, durch das er auf den Garten schaute, wo die Bäume die ersten Schatten des Abends auf die verlassenen Alleen warfen.

Betty stand neben ihm und machte ihm mit leiser und betrübter Stimme Vorhaltungen:

»Betty hat Massa Ned übe'all gesucht, und Massa Ned wa' ni'gends nich zu finden, und Betty wa' schon ganz t'au'ig.«

Das Kind blickte sie lächelnd an:

»Sei still, Betty.«

Er legte den Finger an den Mund. Die Eingangstür war gerade aufgegangen, und Elizabeth rief schon nach ihm.

Ned runzelte die Stirn und flüsterte Betty rasch zu:

»Sag kein Wort.«

Im gleichen Augenblick erschien seine Mutter. In ihrem rosa Kleid wirkte sie wie das hereinbrechende Glück. Das Gold flammte in ihrem Haar, und ihre ganze Person strahlte vor Jugend wie in einem stummen Jubel. Als sie Ned mit Betty am Fenster sah, rief sie ihnen zu:

»Habt ihr einen schönen Spaziergang gemacht? Und ihr seid schon zurück?«

»Wi' sind nich ausgegangen«, sagte Betty.

»Das habe ich mir gedacht. Du bist lieber bei deinen Spielsachen geblieben, aber du mußt an die frische Luft. Bald wird es zu spät sein. Also schnell, Betty.«

Dann küßte sie den kleinen Jungen.

»Billy wird dir den Krieg mit den Engländern erklären. Nun sag schon deiner Mom, daß du sie lieb hast.«

»Ja, Mom.«

Sie war so in Eile, die Treppe hinauf und in ihr Zimmer zu gehen, daß sie die ernsthafte Miene des Kindes nicht bemerkte.

»Kommst du heute Abend zu mir?« fragte er sie leise.

Dieses flehende Gemurmel drang undeutlich zu ihr, und sie antwortete eher zufällig:

»Aber natürlich, Darling.«

»Versprochen?« schrie er.

Aber da war sie schon fort.

45

An diesem Abend gab es kein Abendessen. Die Mahlzeit wurde von Elizabeth abbestellt; sie erklärte der Gouvernante durch die Tür ihres Zimmers, daß sie und ihr Mann sich ausruhen wollten und nicht gestört zu werden wünschten. Als Ned von seinem Spaziergang mit Betty zurückkehrte, wußte er nichts von diesem Beschluß. Die in eine weiße Wolke gehüllte *Black Mammy* bemächtigte sich seiner kleinen Person und badete ihn mit den üblichen gurrenden Liebesbezeugungen, danach wurde das Kind an einen kleinen Tisch in seinem Zimmer gesetzt und bekam sein Abendbrot, das aus einem Teller Suppe, einem Kompott und einem Glas kalten Tees bestand. Miss Celina hatte den Tisch vorsorglich ans Fenster stellen lassen, weil sie hoffte, daß der Anblick des nächtlichen Gartens den kleinen Ned über den Verlust seines alten Zimmers hinwegtrösten würde. In der Tat verwandelte der Mond mit seinem kalten Licht die sonst sattsam bekannte Umgebung in einen Traum von einer anderen Welt. Das Kind, das von Natur aus dem Reiz des Unwirklichen zugeneigt war, ließ sich eine Weile davon bezaubern.

Die Gouvernante leistete ihm bis zum Ende der Mahlzeit Gesellschaft, und dann überließ sie ihren Platz der stets willkommenen Betty. Diese bemühte sich mit einem etwas ungeschickten Eifer, ihren »Schatz« für die roten und blauen Zinnsoldaten und die höchst moderne kleine Eisenbahn zu interessieren. Ned hatte sie noch nicht angerührt. In seinen Augen gehörten sie zu dem neuen Zimmer, das er nicht mochte, aber seinen Stoffindianer trug er stets wie einen Fetisch aus glücklichen Tagen bei sich.

Schließlich, als Betty die Nachtlampe anzündete, kam die Schlafenszeit. Gewöhnlich erschien dann diejenige, deren Gegenwart alles in eine andere Dimension rückte. Er brauchte sie nicht einmal deutlich zu sehen; sie war es, und das genügte. Er hätte sie am Duft ihres Haares erkannt oder am Rascheln ihres Kleides, wenn sie die Volants zusammenraffte, um sich auf die Bettkante zu setzen, aber vor allem an der Aufwallung des Herzens, die er wie die Wärme einer Flamme verspürte.

»Mom wird gleich kommen«, erklärte er Betty, die ihn zum Einschlafen ermahnte, weil es schon spät zu werden begann. »Mom kommt immer.«

»Ich weiß, Massa Ned«, sagte sie ein wenig beunruhigt.

Um sie zu überzeugen, fügte er hinzu:

»Sie hat es versprochen.«

Im dunklen Hintergrund des Zimmers versuchte er die Schatten des anderen Zimmers wiederzufinden, das man ihm genommen hatte, aber dieses neue schien leer, nichts konnte aus der Tiefe zu ihm kommen, alles verbarg sich dort oben: der wilde Ritt durch die Nacht auf einem schwarzen Pferd. Nur Mom wußte davon, nur Mom und er.

Bettys schüchterne Stimme brach das Schweigen:

»Miss Celina hat gesagt, daß Miss Lisbeth seh' müde is.«

»Sie kommt immer, Betty.«

»Sie schläft, Massa Ned.«

»Sie wird kommen.«

»Massa Ned, Betty muß auch schlafengehen. Miss Lisbeth kommt nich.«

»Geh nicht fort, Betty.«

»Gut, Massa Ned, Betty wi'd aufm Fußboden schlafen, abe' Miss Lisbeth, die kommt heut abend nich.«

Ned schlug mit den Fäusten auf das Bett und schrie:

»Sie hat es mir versprochen!«

Doch plötzlich traf ihn die Wahrheit wie ein Schlag ins Gesicht, und er brach in Tränen aus. Innerhalb einer Sekunde wurde ihm die ganze Bitternis einer verratenen Liebe offenbart.

Er wollte es nicht glauben, rollte sich wie eine Kugel auf seinem Bett zusammen und vergrub den Kopf unter den Kissen, um nach Herzenslust zu schluchzen.

Entsetzt bekreuzigte sich die alte Schwarze und murmelte Gebete, daß die schreckliche Krise doch aufhören möge, aber all dieser Kummer und all diese Wut mußten sich zuerst in einem Sturm erstickter Schreie erschöpfen...

Minutenlang sah Betty die kleinen Schultern bei jedem Aufwallen des Schmerzes erzittern, und sie mußte abwarten, bis die Müdigkeit der Verzweiflung ein Ende setzte, indem sie den kleinen Jungen ganz plötzlich in tiefen Schlaf sinken ließ.

Am nächsten Morgen kam Elizabeth im weißen Schlafrock herunter, um wie gewöhnlich ihren Sohn zu küssen. Die Gouvernante half ihm beim Anziehen seiner Halbstiefel.

»Guten Morgen, Miss Celina. Guten Morgen, Darling.«

Ned schaute sie an und lächelte.

»Nun, sagt man Mom nicht guten Morgen?«

»Guten Morgen, Mom.«

»Wie hat er geschlafen?«

»Gut, nehme ich an, Madame, denn ich hatte alle Mühe, ihn zu wecken.«

»Das ist ein gutes Zeichen«, sagte Elizabeth und streichelte die Locken des Kleinen.

Sie neigte sich über ihn und küßte seine Wangen und sein Haar mit all ihrer natürlichen Zärtlichkeit, ohne zu ahnen, mit welcher Mühe er sich beherrschte, um ihr nicht die Worte entgegenzuschleudern, die ihm auf den Lippen brannten: »Du hattest versprochen...«

Er schwieg jedoch, weil er wußte, daß sie ihn sonst auf den Knien um Verzeihung bitten würde, und er liebte sie zu sehr, um sie zu beschämen, aber Tränen glänzten in den kastanienbraunen Augen.

»Was hast du, mein Schatz?« fragte sie angesichts des feuchten Blickes. »Bist du nicht zufrieden? Magst du deine Geschenke nicht? Mom wird dir andere geben. Es würde mir Spaß machen, die englischen Soldaten gegen die amerikanischen kämpfen zu lassen, und ich weiß schon, wem ich den Sieg überlassen würde... Und diese lustige kleine Eisenbahn... man zieht sie auf, und sie fährt ganz von selbst. Mir persönlich sind Eisenbahnreisen ein Graus... mit all dem Rauch, der einem ins Gesicht weht... Miss Celina, ich gehe mich jetzt ankleiden. Das Frühstück in einer Stunde, wie gewöhnlich. Für Mr. Hargrove Eier mit Speck und einen starken Kaffee. Darling, Mom wird dir zu Neujahr eine schöne Überraschung bereiten.«

46

Am späten Vormittag kam eine Nachricht, die zwar nicht weiter beunruhigend war, Elizabeth jedoch so sehr ängstigte, als ob eine gefahrvolle Zukunft ihr einen Schritt nähergerückt wäre. Dank einer jener kleinen Neckereien des Schicksals, die im Leben so häufig sind, machte ein unerwarteter Umstand die Sache noch verwirrender, denn es war der junge englische Leutnant, der das Schreiben überbrachte. Er händigte es Billy aus, als dieser mit Elizabeth im Salon plauderte.

Stirnrunzelnd entfaltete Billy den Brief und zog sich damit in eine Ecke am Fenster zurück.

»Ihr müßt mich entschuldigen«, sagte er, »er ist ziemlich lang.«

Elizabeth setzte sich in einen Sessel am anderen Ende des Zimmers. Mit einer Geste, die von einem Lächeln begleitet war, lud sie den Boten ein, auf einem Stuhl ihr gegenüber Platz zu nehmen, aber er blieb stehen, den Tschako in der Hand. Als sie ihre Aufforderung wiederholte, ließ er sich mit leicht schuldbewußter Miene auf der Kante des Stuhles nieder. Seine Schüchternheit stand in krassem Widerspruch zu seiner prachtvollen Aufmachung. Allein sein Teint sagte alles. Man hätte meinen können, daß seine immer röter werdenden Wangen mit dem kämpferischen Rot des betreßten Leibrocks wetteiferten.

War es der Zauber der Uniform, der auf Elizabeth wie auf so viele Frauen wirkte? Aber verwöhnte ihr Mann sie nicht von früh bis spät mit diesem Zauber? Oder ließ ein Aufflammen der Loyalität für *Mother England* das Herz der zu empfindsamen jungen Frau höher schlagen?

Sie blickte ihn an. Er schlug die Augen nieder.

»Jungfräulich«, dachte sie.

Und halblaut riskierte sie die Frage:
»Haben Sie manchmal Heimweh?«

Bestürzung. So wie man, dem Tode trotzend, zum Angriff stürmt, warf er ihr jenen Blick von unverhohlener Zärtlichkeit zu, den man allgemein *Kalbsaugen* nennt. Mit bezaubernder Anmut neigte sie den Kopf etwas zur Seite, was je nach der Wahl des Betroffenen dieses oder jenes bedeuten konnte.

Billys sonore Stimme unterbrach dieses idyllische, stumme Zwiegespräch.

»Es gibt Neues. Wir verlassen Pulaski. Die Festung war dazu da, um die Küste zu verteidigen, aber jetzt besetzen wir das Fort Beauregard in Südkarolina, in der Nähe von Charleston und Fort Sumter. Das wird uns etwas weiter voneinander entfernen, Elizabeth, aber zu Pferd bin ich in drei Stunden bei dir.«

»Immerhin«, beklagte sich die völlig ernüchterte Elizabeth, »wirst du weit fort sein. Diese Nachricht gefällt mir gar nicht; das sieht doch ganz nach Strategie und Kriegsvorbereitung aus.«

»Ach was, du träumst. Pulaski ist nicht mehr von Nutzen, und wir ziehen um. Man fragt sich übrigens, wozu Beauregard und Sumter noch gut sein sollen. Die hatten einen Sinn, als England und Spanien uns bedrohten, aber die Regierung besteht nun einmal darauf. Wer wird schon Charleston angreifen? Und dann kannst du mich jederzeit in Beauregard besuchen, denn es gibt ja die Eisenbahn.«

»Die Eisenbahn macht mich krank.«

»Schön, dann lassen wir uns etwas anderes einfallen. Du weißt doch, daß ich immer für alles ein Lösung finde. Nur eins mißfällt mir ein bißchen: ich muß schon am 2. Januar dort sein.«

Elizabeth schrie auf:

»Am 2. Januar? Aber das ist ja sofort!«

»Es bleiben uns noch vier Tage, aber fürchte nichts, ich beherrsche die Kunst, mir vom Kommandanten Urlaub auf Verlängerung zu verschaffen. Verstehst du?«

Plötzlich schrie sie voller Schrecken auf:

»Schwöre mir, daß es keinen Krieg geben wird!«

Lachend packte er sie bei den Schultern und machte Miene, sie zu schütteln.

»Hör nicht auf die Gerüchte und lies nicht die Zeitungen, denn davon verstehst du nichts. Sehr weit von hier an der Grenze von Kansas und Missouri ist es zu Unruhen gekommen, dort, wo die fanatischen Gegner der Sklaverei die Plantagenbesitzer überfallen, und sogar die Indianer, die ebenfalls Sklaven haben. Das sind höchstens Scharmützel, und so etwas legt sich bald.«

Sie preßte beide Hände an die Brust.

»Du beruhigst mich«, sagte sie, »aber ich würde sterben, wenn dir etwas zustoßen sollte.«

»Machst du dir Sorgen, weil man mich in eine Festung versetzt? Gewiß, ich werde mich schlagen, aber beim Whist mit dem Kommandanten.«

Elizabeth lächelte.

»Ich hasse die Festungen, weil die Festungen für mich Krieg bedeuten und ich den Krieg hasse.«

»Fang nicht wieder damit an. An gewissen Orten ist der Krieg notwendig. Im Westen wegen der Indianer und in Texas wegen Mexiko, aber das ist so weit weg. Wenn es eine Ecke gibt, wo du in Ruhe leben kannst, so ist es hier in Georgia.«

»Darling«, murmelte sie.

Am liebsten hätte sie sich an seine Brust geworfen und vor Freude in seine Fangschnüre geweint, aber die Anwesenheit des jungen Leutnants hielt sie zurück.

Um sie zu necken, flüsterte er ihr ins Ohr:

»Ich dachte, die Engländerinnen fürchteten sich vor nichts.«

Sie blickte ihn trotzig an:

»Die Engländerinnen fürchten sich vor nichts, aber sie sind menschlich und zittern für das, was sie lieben.«

»Leutnant Charlton«, sagte Billy, der eine rührende Szene voraussah, »versichern Sie dem Kommandanten meine Ehrerbietung und sagen Sie ihm, daß ich vor dem Zapfenstreich in Beauregard sein werde.«

Der Leutnant hatte seinen Tschako wieder aufgesetzt, salutierte und verschwand.

»Siehst du, wie einfach das ist«, sagte Billy.

»Darling, du bist wunderbar.«

47

Das neue Jahr wurde wie in den vorhergehenden Jahren gefeiert. Man ertränkte die uneingestandenen Ängste im Champagner und im Whisky, und die Visitenkarten machten mit der schicklichen Pünktlichkeit die Runde. Natürlich war niemand zu Hause, weil alle ihre Pflichtbesuche gleichzeitig machten, und die Abwesenden grüßten die Abwesenden mit geknickten Kärtchen.

Was Elizabeth und ihren Mann betraf, so hatten sie beschlossen, sich den ehelichen Freuden hinzugeben und die Gesellschaft zu vergessen.

Blieb der kleine Ned, der lange Stunden ungewohnter Einsamkeit verbracht hätte, wenn sein Großvater nicht um sein Schicksal besorgt gewesen wäre. Zur Feier des neuen Jahres hatte Elizabeth ihren Sohn in einen Anzug aus dunkelrotem Samt mit Spitzenkragen kleiden lassen, in welchem er ihrer Meinung nach wie ein kleiner Prinz aussah. In dieser Verkleidung fühlte sich das Kind sehr unbehaglich, aber das war nur ein Aspekt dieses Tages voller Alpträume, von denen es nichts begriff, die es aber mit verzweifelter Geduld über sich ergehen ließ.

Um die Mittagszeit, nach einem demütigenden Spaziergang mit Betty auf der großen Avenue, wo ihm amüsierte Blicke und spöttische Ausrufe der unartigen Lausbuben gefolgt waren, holte ihn ein Wagen, um ihn zu Charlie Jones zu bringen.

Dieser empfing ihn mit ausgesuchter Liebenswürdigkeit, denn Kinder waren seine Leidenschaft, und er wollte ihn ohne Verzug seinen beiden Söhnen vorstellen, zuerst aber seiner kleinen Mathiwilda, einer winzigen Person von zwölf Monaten. Sie wurde von ihrer schwarzen Nanny hereingetragen und konnte gerade eben die Ärmchen ausstrecken und die Engelsaugen rollen, bevor sie wieder verschwand.

Mit den beiden Jungen war es nicht so einfach. Johnnie, der jüngere und dreieinhalb Jahre alt, schien mit seinem glatten blonden Haar bereits das charmante Wesen zu sein, das er einmal werden sollte. Er schaute den Besucher aus seinen sanften blauen Augen an und bot ihm eine zarte und ein wenig weiche Hand. Ned nahm sie und ließ sie wie einen uninteressanten Gegenstand wieder fallen.

Bis dahin herrschte noch Frieden und so etwas wie Höflichkeit. Aber mit Emmanuel brach das große Mißverständnis aus. Er war ein Jahr älter als Ned und dazu noch sein Onkel. Dieses kräftige Bürschchen stellte sich mit seinem kurzgeschnittenen roten Haar vor dem kleinen Prinzen auf und musterte ihn von Kopf bis Fuß. War es das Samtkostüm oder nur dieser Kragen aus feinster Brüsseler Spitze? Irgend etwas reizte ihn jedenfalls wie das rote Tuch den Stier, denn plötzlich stürzte er sich mit wilder Freude auf Ned, warf ihn zu Boden und bearbeitete ihn mit seinen Fäusten.

Angesichts dieses barbarischen Überfalls bekam es der hilflose Johnnie mit der Angst zu tun und begann zu weinen. Ned erholte sich jedoch sofort von seiner Bestürzung, geriet seinerseits in Rage und hämmerte mit beiden Fäusten auf das Gesicht seines Angreifers ein, der mit einem Schmerzensschrei aufsprang. Das Blut rann ihm aus der Nase in den halboffenen Mund.

Onkel Charlie stand breitbeinig mit den Händen in den Hosentaschen da und beobachtete diesen kleinen Boxkampf, den er erwartet hatte, mit Kennermiene.

»Ein bißchen kurz«, erklärte er, »aber insgesamt zufriedenstellend. Ned, du hast dich gut gewehrt, das Blut deines Vaters hat gesprochen! Emmanuel, du solltest wissen, daß ein brüsker Angriff unfair ist, wenn es keinen Grund dafür gibt. Sag deiner schwarzen Nanny, sie soll dir die Nase putzen, aber zuerst wünsche ich, daß ihr euch die Hand reicht. Los!«

Nach einer kurzen Ungewißheit fanden sich die beiden Jungen bereit und drückten sich die Hände, allerdings ohne Überzeugung. Dann verschwand Emmanuel.

»Und du, Johnnie«, sagte Onkel Charlie, »hör endlich auf, wie ein Mädchen zu flennen: du machst mir Schande. Versuche, ein Mann zu sein.«

Johnnie schluckte seine Tränen herunter und gab sich Mühe, ein Mann zu sein, aber sein langes blondes Haar sah aus, als weinte es immer noch auf seinen Schultern.

Das Mittagessen rettete die Lage. Tante Amelia erschien in einem violetten atlasseidenen Kleid, das reglose Gesicht unter einer monumentalen, mit einer rauchgrauen Straußenfeder geschmückten Haube aus feinstem Linnen. Der nachsichtige Blick ihrer großen Augen ruhte abwechselnd auf dem einen und dem anderen und schien sich dann nach innen zu kehren. Nichtsdestoweniger zeigte sie einen edlen Appetit und erwies dem Virginiaschinken mit den rosa Süßkartoffeln alle Ehre.

Onkel Charlie zeigte sich jovial, wie es seine von Jugend an kultivierte Persönlichkeit erforderte. Um die Versöhnung zwischen Onkel und Neffen zu beschleunigen, die beide noch in zartem Alter waren und einander vorhin fast umgebracht hätten, ließ er ihr Wasser mit einem leichten Médoc färben, der ihnen diskret zu Kopfe stieg, und sie tauschten lächelnde Blicke.

Die Nachspeise sah aus wie ein mit Zinnen und Scharten versehener Turm und bestand aus verschiedenen Schichten: Schokolade, kandierte Früchte, Karamel, Mandeln und überzuckerte Kastanien, und dieses Gebäude war in einen Mantel aus Zucker gehüllt, der seine Schätze verbarg. Der Turm stürzte unter dem Messer des schwarzen Dieners ein, und ein jeder bekam eine imposante Scheibe auf seinen Teller, die rasch verschwand. Selbst Tante Amelia erwies sich als unfähig, ihrer natürlichen Naschhaftigkeit zu widerstehen, einer Eigenschaft, die sie noch mit dem Irdischen verband.

Bald setzte ein allgemeines Schweregefühl und eine Verlangsamung der Ideen ein, und eine unüberwindbare Schläfrigkeit kündigte sich an. Langeweile machte sich breit. Tante Amelia mußte sich erheben und zog sich in Würde zurück, da ihre Leber sich bereits auflehnte.

Onkel Charlie erlebte einen kurzen Augenblick der Ratlosigkeit, da er sich allein mit den drei Jungen sah, denn Emmanuel und Johnnie konnte er leicht loswerden, doch sein Enkel, der Gast, erwartete wohl, daß man sich ein wenig mit ihm beschäftigte, daß man etwas zu seiner Unterhaltung beitrug. Groß war seine Erleichterung, als Ned sich wie ein kleiner Gentleman bei ihm bedankte und ihn fragte, ob er nun wieder nach Hause gehen dürfe.

Wieder nach Hause gehen? Charlie glaubte, seinen Ohren nicht zu trauen. So einfach war es! Der Tilbury wäre in fünf Minuten bereit. Er ergriff den kleinen Jungen mit beiden Händen, küßte ihn in einer Wolke von Eau de Cologne und setzte ihn selbst in den Wagen.

Am Oglethorpe Square half der Kutscher Ned aus dem Tilbury und klingelte an der Tür. Miss Celina öffnete.

»Schon zurück, Master Ned? Ich hatte Sie nicht vor dem Abendessen erwartet, und es ist noch hellichter Tag.«

Das Kind lächelte und schob sie beiseite, ohne zu antworten. Seit er bei seinem Großvater gewesen war, trug er sich mit einem geheimen Plan, und ohne zu zögern lief er in den Garten.

Das Licht wich langsam und zögernd vor den ersten Schatten der Dämmerung. Die grünen Büsche wurden schwarz, aber auf den Bäumen entlang der Mauern leuchteten noch die letzten Sonnenstrahlen.

Die Stille des Ortes beeindruckte den kleinen Jungen so stark, daß er wie an der Schwelle eines unbekannten Gebiets stehenblieb. Wie oft war er schon hier gewesen, aber nie allein und nie so spät. Im Schimmer dieser ungewissen Stunde war alles wie verzaubert, und er blickte sich um, entzückt und seltsam beunruhigt zugleich, denn er fand in diesem verlassenen Garten etwas von seinem ehemaligen Zimmer wieder, und er folgte dem grasbewachsenen Pfad, als ob dieser in ein Land führte, wo alles möglich sei. Natürlich würde er zum Haus des Gärtners gelangen, aber das störte ihn nicht bei seinem Vorhaben. Eine Intuition leitete ihn, und er murmelte ganz leise Geschichten vor sich hin, die ein Geheimnis bleiben mußten...

Vor der Tür des Gärtners begann sein Herz stark zu pochen. Er stand einen Augenblick reglos, zögerte, dann klopfte er. Keine Antwort. Er klopfte aufs neue, ohne Erfolg, aber die Klinke, die er schließlich ergriff, bot keinerlei Widerstand, und die Tür öffnete sich wie von selbst.

Der Raum war dunkel, und es herrschte eine solche Unordnung, daß man zuerst nichts erkannte; eine dauerhafte Unordnung allerdings, die schon lange währte. Vier oder fünf übereinandergetürmte Strohstühle verstellten den Zugang zu einem Fenster mit geschlossenen Läden. Quer in der Mitte dieses unbeschreiblichen Zimmers stand ein langer, mit leeren Flaschen bedeckter Tisch und erschwerte das Kommen und Gehen, wenn man den Weg nicht kannte, der von der Tür an der Straßenseite zu der Tür zum Garten führte.

In einer noch dunkleren Ecke lag etwas, das wie eine riesige, lange und tiefe Kiste aussah, und in diese Kiste hatte man eine zerrissene Matratze gezwängt, die mit einer grauen, rot und grün gestopften Wolldecke zugedeckt war.

Abgesehen davon war das Zimmer leer. Ned wartete, dann rief er. Keine Antwort. Jetzt wurde er ungeduldig und schrie:

»Patrick!«

Fast sogleich ging die hintere Tür auf, und der Gärtner ließ sein beflissenes und sozusagen mechanisches »*Yassum!*« ertönen.

Darauf blickte er nach rechts und links, sah jedoch niemanden, bis Ned ihn noch einmal rief:

»Patrick!«

Jetzt blickte der Ire zu Boden und sah das Kind neben der langen Kiste stehen.

»Du bist's, mein kleiner *lad*?« rief er aus. »Willkommen bei Patrick, aber was machst du denn hier?«

Ned blieb stumm.

»Du sagst nichts«, fuhr Patrick fort, »aber ich weiß schon, du willst einen kleinen Ausflug nach Irland machen. Aber weißt du eigentlich, neben was du da stehst?«

»Neben deinem Bett?« fragte Ned.

»Bravo, aber zuerst war es kein Bett. Du hast dich wohl gefragt, was es sein könnte. Ich werde es dir sagen. Als ich meine Heimat wegen der Hungersnot verlassen mußte, da hat meine Großmutter, die mich mit leeren Taschen fortziehen sah, meine Großmutter, die irgendwo mit den Heiligen im Paradies sein muß, nun ja, also da hat meine Großmutter mir das Kostbarste geschenkt, das sie auf Erden besaß – ihren schönen Schrank. Und weißt du, was meine Großmutter gesagt hat? ›Man kann nie wissen‹, hat sie gesagt, ›ob sie dort auch Schränke haben.‹«

»Und dann?« fragte Ned, ein wenig benommen von den Whisky-ausdünstungen, die ihm in einem Schwall entgegenströmten.

»Und dann habe ich meinen Schrank lange behalten, meiner Großmutter zu Ehren, die jetzt im Paradies ist, und ich habe alles, was ich hatte, reingetan in den Schrank, verstehst du, und habe am Boden geschlafen, und dann habe ich meine Sachen überallhin verstreut, in alle Ecken, weil mir das bequemer war, aber eines Abends, als ich ein Glas zuviel getrunken hatte, da habe ich den Schrank ausgeräumt und einen Frevel begangen, die Engel mögen mir verzeihen, denn da habe ich ihn umgeworfen, flachgelegt und die Tür raus-gerissen. Und dann habe ich große Mengen von Lumpen reinge-stopft, mich hineingelegt und geschlafen wie noch nie, denn ich habe geträumt, daß ich dort oben sei.«

»Das hast du geträumt?«

»Ich habe geträumt, wie man bei uns träumt, das kannst du nicht verstehen. Und eines Tages fand ich bei einem Trödler im Gerümpel eine Matratze, die noch gut war, und da habe ich die Lumpen in die Ecken gestopft, und auf der Matratze schlaf ich und träume.«

»Du träumst?« fragte das Kind.

»Dann bin ich in Irland, und Irland ist mehr ein Traum als ein Land, aber das kannst du nicht wissen.«

»Siehst du auch Dinge, die Angst machen?«

»Ganz tolle, mein kleider *lad*, und das ist ja gerade das Wunderbarste.«

Ned schluckte.

»Pferde, die in der Nacht galoppieren?«

Als er diese Worte hörte, richtete sich der Mann in seiner ganzen Größe auf und schien riesig im Halbdunkel, das immer dichter wurde.

»Du«, sagte er, »du redest, wie man bei uns daheim redet. Ist deine Mom nicht eine Irin?«

»Weiß ich nicht. Ich sehe einen Reiter auf einem schwarzen Pferd.«

»Der im Galopp durch die Nacht reitet? Oh, du wackerer kleiner *lad*!«

»Aber nicht weitersagen...«, bat Ned plötzlich erschrocken, »denn es ist ein Geheimnis. Mom hat ihn auch gesehen, jeden Abend, als wir noch da oben im Haus waren.«

»Da oben, Kleiner?«

»Jetzt haben sie mich nach unten gebracht, und Mom kommt nicht mehr. Aber das darfst du niemandem sagen, nie!«

»Ich schwöre es dir, Massa Ned, so wahr ich ein Ire bin.«

Bei diesem mit dramatischer Stimme geleisteten Eid verlor das Kind den Kopf und widerstand nicht länger der Versuchung, sich jemandem anzuvertrauen.

»Er kam aus der hintersten Ecke meines Zimmers da oben, auf einem ganz schwarzen Pferd...«

»Hattest du Angst?«

»Ja, manchmal, aber nicht immer, und dann war der Reiter ja ich. Mom hat es mir gesagt.«

Der Ire war begeistert und stieß einen Überraschungsruf aus.

»Jemand aus unserem Land hat dir ein Geschenk gemacht, Kleiner, in der Welt, die man nicht sieht.«

»Was sagst du?« fragte Ned beunruhigt.

»Du brauchst keine Angst zu haben, es ist herrlich.«

Ohne ein weiteres Wort zog Patrick eine Schachtel Streichhölzer aus der Tasche, und bald erstrahlte in der Dunkelheit das Licht einer Laterne, die er in der Faust hielt. Er neigte sich über Ned, bückte sich ganz tief, um das kleine, von wirren Locken gerahmte Gesicht aus der Nähe zu sehen. Ned wich nicht zurück, schloß aber die Augen, als die Laterne vor seinem Kopf schwebte, öffnete sie dann wieder, um nicht feige zu erscheinen, und begegnete dem Blick des Iren, der dem grenzenlosen Meer unter einem grauen Himmel glich, und er fühlte sich so stark davon angezogen, daß er die groben Züge und die mit roten Bartstoppeln gespickten Wangen nicht sah…

»Du«, sagte Patrick langsam, »du kleiner Kerl bist nicht wie die anderen.«

»Die anderen?«

»Alle anderen. Wenn du in der Nacht einen zweiten Ned auf dich zugaloppieren siehst.«

»Nein, nicht Ned«, sagte das Kind. »Dann heiße ich anders; der wahre Name ist…«

Plötzlich erschrocken über das, was er beinahe gesagt hätte, hielt er sich beide Hände vor den Mund.

»Was hast du denn. Mach ich dir Angst?«

Ned ließ die Hände sinken.

»Nein, aber ich habe Mom versprochen, den Namen nicht zu sagen.«

»Dann mußt du ihn für dich behalten«, sagten die dicken Lippen neben der Laterne, »aber bei uns würde man deinen Geschichten zuhören, weil du Dinge siehst, die die anderen nicht sehen, und weil du in einer anderen Welt herumspazierst, als liefest du durch den Wald.«

Ned starrte ihn mit offenem Mund an und wußte nicht, ob er sich fürchten oder dem Wunsch, mehr zu erfahren, nachgeben sollte.

»Aber nun komm«, sagte Patrick, »es ist schon dunkel, ich werde dich nach Hause zurückbringen, sonst beunruhigt man sich noch.«

Er führte ihn zur Tür, und sie schlugen den grasbewachsenen Pfad ein, der quer durch den Garten lief. Der Mond war noch nicht aufgegangen, und alles lag im Dunkel. Patrick hielt die Laterne in der einen und die Hand des kleinen Jungen in seiner anderen Hand.

»Bei uns würdest du dich wohlfühlen«, sagte Patrick.

Diese Stimme von oben bezauberte Neds Phantasie.

»Bring mich dorthin, Pat.«

»Wenn ich könnte, Kleiner... Aber wenn du dich langweilst, komm nur zu mir; ich werde dir Geschichten von daheim erzählen, und du wirst glauben, du seist dort.«

Vor der Freitreppe trennten sie sich.

Oben an der Türschwelle stand Betty, fuchtelte mit den Armen und seufzte vor Besorgnis.

48

Elizabeth wußte nichts von diesem Abenteuer. Ihre Gedanken waren anderswo. Sie und Billy mußten sich voneinander losreißen, als am Tag nach Neujahr die Stunde des Abschieds schlug, und in dieser Nacht fand sie keinen Schlaf. Mutlos vor dieser Prüfung, begann sie zu weinen, suchte den Abwesenden in dem großen verlassenen Bett.

Doch das Leben mußte wieder seinen normalen Lauf nehmen, und wenn die junge Frau auch unglücklich war, verbot ihr doch der Stolz, es sich anmerken zu lassen.

In bezug auf Ned stellte sie sich Fragen, die sie lieber für sich behielt. Wie hatte er die Abwesenheit seiner Mutter einen ganzen Tag lang hingenommen? Allem Anschein nach war er immer noch derselbe liebe kleine Junge, den sie vergötterte. Das starke Gefühl der Liebe war nach wie vor gegenseitig. Er küßte sie mit der Inbrunst, die sie immer an ihm gekannt hatte und die sie brauchte. Nichts hatte sich geändert – aber sie wußte von nichts.

Sie wußte nichts von dem neuen Leben, das ihr Kind mehr oder weniger im Geheimen führte. Am Tage, wenn sie sich nicht mit ihm beschäftigte, lief er in den Garten. Das war ihr recht, denn sie sah es nicht gern, wenn er mit seinem Indianer in einer Ecke des Salons hockte und mit den Reitern und Rundschädeln spielte. Jetzt hielt er sich meist an der frischen Luft auf, oft allein, aber nicht immer. Manchmal erschien Patrick mit einer Harke oder einer Schaufel, und dann plauderte Ned mit ihm. Es war ein lustiger Anblick: der kleine Kerl und der hünenhafte Ire. Das gefiel ihr. Sie fragte sich lächelnd, was die beiden sich wohl zu erzählen hatten, aber sie verlor darüber kein Wort.

Das Wesentliche entging ihr. Sie wußte nicht, was des Nachts geschah, nachdem Betty oder die Gouvernante, die einander ablösten, das Zimmer des angeblich schlafenden Ned verlassen hatten, der danach noch eine Weile liegenblieb, bis alles still war, dann aus dem Bett schlüpfte, ans Fenster trat und dort wartete. Bald begann Patricks Laterne am anderen Ende des Gartens im Winkel eines Fensters zu flackern. Nun zündete Ned seinerseits ein Licht im kupfernen Kerzenständer auf seinem Fenstersims an. Es durfte nicht lange brennen, weil es verboten war und man schließich merken würde, daß die Kerze zu rasch abnahm, aber es war das verabredete Signal. Das Kind und der Ire grüßten sich von fern in der Nacht. Einige Minuten später verloschen beide Lichter.

Auch Elizabeth lebte in Träumen, aber diese waren von sehr anderer Art. Sie wurden in Liebesbriefe umgewandelt. Elizabeth glänzte auf diesem Gebiet, zu dem sie sich von Natur aus seit langem hingezogen fühlte, und um sich ihm voll und ganz hinzugeben, hatte sie einen Stil gewählt, den man als überströmend bezeichnen könnte und der bei Entfaltung aller Energie ein Mindestmaß von vier Seiten erforderte. Aber man muß zugeben, daß die ersten Worte bereits das Ganze enthielten: »Mein Heißgeliebter...«

Über ihr Briefpapier gebeugt, das sie mit ihrem langen Haar fast bedeckte, berauschte sie sich an Sätzen, die ihr das Unersetzliche vorübergehend ersetzten.

Billy, der für die epistolare Literatur nicht so außergewöhnlich begabt war wie seine Frau, entschädigte sie mit kurzen, männlichen und eher militärisch gehaltenen Antworten. »Geduld, meine Schöne, halte die Front. Verstärkung wird bald da sein. Als Neuvermählter bekomme ich einen Sonderurlaub. In vier Tagen hast du deinen Billy wieder.«

Es gab allerdings häufig Urlaub. Der Kommandant war menschlich, und er war rücksichtsvoll gegenüber einem unschlagbaren Partner beim Kartenspiel. Billy kam also zu Pferd oder mit der Eisenbahn, und der wilde Rausch der Sinne konnte mit neuer Macht beginnen. Dann geriet der gewohnte Tagesablauf in eine Art Chaos, mit dem man sich abfinden mußte. Die Eheleute erschienen zwar um zwei Uhr zum Mittagessen, aber nie zum Abendessen. Am Nachmittag verschwanden sie bis zum nächsten Tage. Ned beobachtete diese Veränderungen, ohne Fragen zu stellen. Gerade das beunruhigte die Gouvernante am meisten, aber seit sie in Elizabeths Diensten stand, hatte sie zu schweigen gelernt.

Eines Tages jedoch opferten die Liebenden eine Stunde ihrer kostbaren Zeit, um den Garten zu inspizieren. Patrick hatte die Befehle Leutnant Hargroves ausgeführt. Die schulmeisterliche Lektion, die sein neuer Herr ihm erteilt hatte, war ihm sehr wohl in Erinnerung, denn vier junge Magnolien standen jetzt ganz in der Nähe des Hauses. Billy hatte mehr Vergnügen an ihnen als seine Frau, die sie mit einem seltsamen Blick betrachtete und ihre Zustimmung nur durch ein schwaches Kopfnicken kundgab.

»Du wirst sehen«, sagte er, »von den ersten Frühlingstagen an werden sie wachsen und schöne, schwere weiße Blüten tragen... wie in Dimwood. Du erinnerst dich doch bestimmt noch daran...«

»Wie in Dimwood«, wiederholte sie mechanisch.

Trotz aller Bemühungen gelang es ihr nicht, glücklich auszusehen. Und doch liebte sie ihren Garten. Was sie störte, war nicht einmal so sehr die Erinnerung an Dimwood, sondern vielmehr die Gegenwart Neds, der sich nur zu sehr freute, in ihrer Nähe zu sein.

»Schau mal, wie hübsch, Mom«, sagte er und zupfte sie am Rock.

Wie konnte er all diese Liebe in so einfache Worte legen? Lächelnd blickte sie zu ihm herab, und da verwirrte sie die Ähnlichkeit des Kleinen mit seinem Vater. Durch ein Phänomen, das sie sich nicht zu erklären vermochte, trat diese Ähnlichkeit in gewissen Augenblicken deutlicher als sonst hervor, besonders wenn sie in ihm eine spontane Herzenswallung erriet.

Für dieses Rätsel hatte sie eine Erklärung parat, die sie scharfsichtig fand und die sie beruhigte: er war eifersüchtig auf Billy, der ihm jedesmal, wenn er nach Hause kam, seine Mutter wegnahm. Ohne es zu wissen, näherte sie sich damit einer viel ernster zu nehmenden Wahrheit. Doch wie sollte sie verstehen, daß die Ähnlichkeit sich nicht veränderte, sondern ihr nur mehr oder weniger stark auffiel, je nachdem, ob sie Ned allein oder in Billys Gegenwart sah? Im letzteren Falle erschien ihr der verstorbene Gemahl im Gesicht ihres Sohnes.

Indessen gab sie sich über gewisse Grenzen hinaus nicht lange mit Überlegungen ab. Lieber schaute sie Billy zu, wie er im Garten umherstolzierte. Er war sehr von seiner eigenen Person eingenommen und machte den Eindruck, als wolle er sich immer zur Schau stellen. Diese Eitelkeit schockierte Elizabeth nicht im geringsten.

Ganz im Gegenteil, er hatte keine leidenschaftlichere Verehrerin als sie, und sie bezeugte es ihm ohne jeden Rückhalt.

Wenn der Urlaub beendet war, kamen die Augenblicke, die sie so schwer ertrug; das schreckliche »Auf Wiedersehen« vor dem Haus, das endlose Winken mit dem Taschentuch, das den Tilbury, der das Glück davontrug, nicht aufzuhalten vermochte. Das normale Leben nahm wieder seinen Lauf.

49

Nicht weit von ihrem Hause ereigneten sich indessen interessante Dinge. Elizabeth wußte zwar davon, aber sie war so sehr mit ihren amourösen Obsessionen beschäftigt, daß sie das alles ein wenig vergessen hatte.

In einer der prunkvollsten Villen der Stadt wurde ein geheimnisvolles kleines Komplott geschmiedet. Das Haus von Mrs. Harrison Edwards, ein architektonisches Schmuckstück am Chippewa Square, nahm an Empfangstagen das Aussehen eines Schlosses an. Statt einer Kolonnade verfügte es über drei. Die zwei seitlichen zeichneten sich durch die Eleganz ihrer Zwillingssäulen aus, während sich die mittlere mit ihren imposanten Ausmaßen hinter hohen Säulen mit ionischen Kapitellen zu einer runden Terrasse öffnete.

Der Form dieser Terrasse entsprechend, bildete der in Grün und Gold gehaltene Salon einen vollkommenen Kreis. Hier fanden die glanzvollsten Bälle statt, hier wurden jene Feste gegeben, bei denen man gesehen werden mußte, um seinen Rang in der Aristokratie zu behaupten. Hier blitzten und funkelten die schönsten Juwelen des Landes, und die Krinolinen bewegten sich wie Schiffe unter einem riesigen Kronleuchter aus tausend Kristallen.

Fern von diesem Ort des Hochmuts, in einem kleinen, ganz in perlgrauem Atlas gehaltenen Salon, saßen eines Abends sechs Personen in großen Armsesseln mit hoher Rückenlehne im Kreise zusammen. Hinter den ernsthaften Mienen erriet man das heimliche Vergnügen, die Verschwörer zu spielen. Mrs. Harrison Edwards in ihrem flimmernd parmablauen, ärmellosen Taftkleid präsidierte ganz offenbar, was allein schon ihre Haltung und der etwas höhere

Sitz bewiesen. Charlie Jones zu ihrer Rechten trug einen schwarzen Frack, der sich weit über einer weißen Weste öffnete. Elizabeth, die neben ihm saß, hatte sich entschlossen, in Hellgrün zu erscheinen, einer Farbe, die sie bei großen Anlässen schmeichelhaft fand.

War es Absicht? Man hatte ihr den Platz zur Rechten Algernons angewiesen. In seinem taillierten jagdgrünen Frack bot dieser das Bild des idealen *Beau*, und sein Gesicht ragte aus einem imposanten Spitzenjabot wie aus Eischnee hervor. Sein Blick schweifte unaufhörlich über die Wangen, die Ohren, den Hals und den Busen seiner Nachbarin, die sich mit gespielter Geduld bewundern ließ. Die beiden repräsentierten die Jugend mit ihren üblichen kleinen Intrigen.

In einem scharfen Gegensatz dazu stand Major Crawfords steife und strenge Haltung; er trug einen schwarzen, bis oben geknöpften Anzug, und sein von den mexikanischen Feldzügen sonnengebräuntes Gesicht mit dem graumelierten Haar, das eine willensstarke Stirn einrahmte, wirkte wie das höchst energische Antlitz eines Militärs. Er saß in vollkommener Reglosigkeit da, hatte noch kein Wort gesprochen und schien auf die Eröffnung des Feuers zu warten.

Der ehrenwerte Richter Pilgrim neben ihm bot in seiner ernsthaften Respektabilität einen sanfteren Anblick. Rosig und ruhig unter seinen schönen weißen Locken, lächelte er zuweilen, was jedoch den stählernen Blick seiner blauen Augen keineswegs milderte.

In ihrem mondänen Tonfall eröffnete Mrs. Harrison Edwards die Debatte, und ihr charmantes Lächeln schweifte in die Runde, so daß jeder seinen Teil davon bekam.

»Da ich das Vergnügen habe, Sie unter Ausschluß der Öffentlichkeit bei mir versammelt zu sehen, werden wir in diesem kleinen Zimmer, wo kein neugieriges Ohr uns belauschen kann, in aller Freiheit sprechen können. Doch zuerst möchte ich Sie um eins bitten, falls es Ihnen recht ist: keine Politik.«

Einstimmig antworteten alle:

»Keine Politik.«

»Gut, sehr gut sogar!« fuhr sie fort. »Es handelt sich um ein heikles Problem, nämlich um die peinliche Lage von Mrs. Jonathan Armstrong, die ungerechterweise von der Gesellschaft gemieden wird und darunter leidet.«

»Die Tradition ist leider unerbittlich«, sagte Richter Pilgrim. »Die Reinheit des Blutes in unseren Adern muß bewahrt werden.«

»Wenn Sie sie im Glanz und Stolz ihrer Jugend gesehen hätten«, sagte Major Crawford auf einmal, »dann wären Sie überzeugt, daß sie der weißen Rasse alle Ehre macht.«

Von Major Crawford überraschten diese menschlichen Worte aufs angenehmste.

»Die Hände«, sagte der Richter.

»Ach, die Hände! Die Hände waren entzückend, ganz sicher waren sie es«, erwiderte Major Crawford. »Ich habe Mrs. Jonathan Armstrong nur einmal flüchtig gesehen, als ich noch Hauptmann war. Ihre Schönheit hätte selbst den ernsthaftesten unter den jungen Leuten den Kopf verdreht.«

»Major Crawford, Ihre Bewunderung für das schöne Geschlecht ist kein Geheimnis, aber Sie haben Mrs. Jonathan Armstrong, wie gesagt, nur flüchtig gesehen, während ich unter den Gästen dieses katastrophalen Empfangs war, der in der ganzen Gegend solches Aufsehen erregte. Ich habe diese Mestizenhand in der meinen gehalten...«

»Die arme Frau!« rief Elizabeth aus.

»Nein, nicht die arme Frau«, entgegnete Mrs. Harrison Edwards lebhaft. »Sie ist eine große Dame, und sie ist sich ihrer adligen Abstammung voll bewußt.«

»Wir müssen diese Kränkung wiedergutmachen«, sagte Charlie Jones, »und ich werde dafür sorgen. Es war nicht unsere Stadt, die sie verstoßen hat.«

»Es war allerdings die meine«, erwiderte Richter Pilgrim, »aber die Sache geht uns alle an, und wir sind solidarisch.«

»Was für Geschichten wegen eines leichten Schattens an den Fingerspitzen!« ließ sich plötzlich Algernon vernehmen.

Im Munde eines jungen Mannes, der zumindest gleichgültig schien, erregte diese unerwartete Bemerkung allgemeines Erstaunen, und Richter Pilgrim runzelte die Brauen.

»Mein lieber junger Freund«, sagte er, »bevor Sie uns die Gunst Ihrer Meinungsäußerung erweisen, sollten Sie ein wenig die Gesetze und Gebräuche des Staates Georgia studieren.«

Zur Überraschung aller setzte Algernon sich zur Wehr:

»Trotzdem regt sich die öffentliche Meinung über einen unglücklichen Schwarzen auf, der vor Gericht seine Freiheit fordert, weil er mit seinem Herrn in einem freien Staat gelebt hat.«

»Das hat überhaupt nichts damit zu tun«, sagte der Richter. »Seine Forderung ist null und nichtig.«

»Immerhin besteht sie trotz der Gesetze und Gebräuche im Staat Georgia...«

»Ist hier von diesem Dred Scott die Rede?« unterbrach ihn Major Crawford. »Damit liegt man uns seit Monaten in den Ohren, und ich sehe da keinen Zusammenhang mit Mrs. Jonathan Armstrong.«

In einem Anflug von Ehrgefühl trotzte Algernon dem Major und blickte ihn herausfordernd an:

»Beide werden wegen einer Abstammung verfolgt, für die sie nicht verantwortlich sind.«

»Algernon«, ermahnte ihn ernsthaft Charlie Jones, »du bist zwar kein Narr, aber heute abend redest du wie ein Narr und bringst alles durcheinander.«

»Dred Scott wäre nie auf die Idee gekommen, das Gericht anzurufen«, sagte Major Crawford, »wenn die Abolitionisten des Nordens ihn nicht dazu getrieben hätten.«

Um einer neuen Widerrede Algernons vorzubeugen, warf Mrs. Harrison Edwards dem Major einen bezaubernden Blick zu und wandte sich dann an den jungen Mann:

»Um Himmelswillen, mein lieber Algernon, eröffnen wir nicht wieder den Streit, der uns bereits an den Rand des Krieges geführt hat.«

Algernon antwortete ihr mit einem Lächeln.

In diesem Augenblick hob Richter Pilgrim die Hand, um Schweigen zu gebieten:

»Der Fall Dred Scott ist für einen Juristen nicht ohne Interesse. Der Norden bemüht sich, ihn zu einem Märtyrer, zu einem Opfer der Sklavenhalter des Südens zu machen. Aber schauen wir uns die Tatsachen ein bißchen näher an.«

Elizabeth und Algernon tauschten bestürzte Blicke.

Der Richter fuhr unbeirrt fort:

»Er ist 1795 in Virginia geboren und wurde Sklave im Hause eines Plantagenbesitzers in diesem Staat. Seit es Plantagen gibt, hat man noch nie gehört, daß ein schwarzer Diener mißhandelt wurde. Ich rufe alle Anwesenden zu Zeugen auf.«

Charlie Jones antwortete sogleich:

»Die Stellung des Dieners ist ein Privileg, nach dem jeder Schwarze strebt, wenn er als Sklave gekauft wird.«

»Früher oder später«, fügte Mrs. Harrison Edwards hinzu, »gehören sie zur Familie, wenn sie gehorsam und fleißig sind. Ich weiß, daß ein ganzer Chor von *Black Mammies* und *Old Black Joes* mir darin zustimmen würde.«

»Und viele andere, Junge und Alte, Männer und Frauen«, sagte Richter Pilgrim, »aber fahren wir fort…« (nur er fuhr fort, ohne auf das bedrückte Schweigen der anderen zu achten). »Sein Herr nahm Dred Scott auf die Reise nach Missouri mit und verkaufte ihn dort als Hausklaven an einen Militärarzt. Der neue Herr nahm ihn wiederum nach Rock Island in Illinois mit, später dann nach Fort Shelling in Wisconsin. In diesen beiden Staaten war die Sklaverei verboten. Dred Scott verbrachte dort vier Jahre mit seinem Herrn und kehrte dann nach Missouri zurück. Können Sie mir folgen?«

»Durchaus«, riefen mehrere Stimmen.

»Das ist gut, denn hier entgleist unser Dred Scott. Er erklärt nämlich, daß er jetzt ein freier Bürger des Staates Missouri sei, da er vier Jahre lang in freien Staaten gelebt hat. Diese Idee wurde ihm von den Gegnern der Sklaverei im Norden aufgeschwatzt, um ihn zu ermutigen, sich seinen angeblich neuen Status gerichtlich bestätigen zu lassen.«

»Sie bringen uns ins Jahr 1846 zurück«, unterbrach ihn Major Crawford, »und der Oberste Gerichtshof…«

Richter Pilgrim übersprang diesen Einwurf wie jemand, der an Zwischenrufe im Gerichtssaal gewöhnt ist.

»… Scott ist einundsechzig Jahre alt und arbeitsunfähig; sein Herr ist tot, die Witwe, die ihn geerbt hat, befindet sich in Schwierigkeiten und möchte diesen unglücklichen Sklaven, mit dem sie nichts anzufangen weiß, gern loswerden. Selbst die Justiz ist ratlos. Ein Schwarzer soll ein freier Bürger sein?«

»Völlig absurd«, sagte der Major.

»Aber warum denn nicht?« fragte Elizabeth.

»Elizabeth!« ermahnte Charlie Jones sie streng.

Sie schwieg.

»Ratlos? Aber ein bedeutender Jurist hat doch entschieden…«, begann der Major.

»Gewiß, Generalstaatsanwalt Taney hat vor dem Bundesgericht erklärt, daß der Sklave Dred Scott seinem Herrn zurückerstattet werden muß.«

Richter Pilgrim fuhr unbeirrt fort:

»Seine Ansicht gewann die Oberhand, aber vor dem Urteilsspruch ist der Norden über Taney hergefallen. Es wurde gesagt, daß ein Sklave seinem Herren gehört, ganz gleich, wo er sich mit ihm befinden mag! Soweit sind wir jetzt. Das Urteil wird öffentlich verkündet, sowie der neue Präsident im Amt ist.«

Mit einem listigen Lächeln mischte sich Mrs. Harrison Edwards in die Diskussion.

»Das Pikanteste an dieser Geschichte, wenn ich so sagen darf – denn sie hätte auch tragisch enden und grandiose Proportionen annehmen können –, ist folgendes: der arme Dred Scott, der sich in einem Staat des Nordens für einen Augenblick frei glaubte, begriff plötzlich, was die Nordisten von ihm verlangen würden, und da er keine Lust hatte, für sie zu arbeiten, um sich seinen Lebensunterhalt zu verdienen, verspürte er bald ein jähes Heimweh nach seiner alten Plantage...«

Der Richter verneigte sich feierlich, wie um sich zu entschuldigen, daß er ihr das Wort entzog:

»Infolge einer der unvorhersehbaren Launen des Gesetzes in diesen großen politischen Auseinandersetzungen wurde seine Freilassung wiederaufgehoben, und man gab ihn seinem Herrn zurück. Dred Scott erklärte sich dennoch sehr glücklich über seine Heimkehr in den Süden, denn alles war ihm lieber als die verfängliche Freiheit, die ihm der Norden bot. Ich habe vereinfacht, um Ihnen die ermüdenden Einzelheiten zu ersparen.«

»Elizabeth«, fragte Mrs. Harrison Edwards, »siehst du jetzt etwas klarer in diesem Durcheinander von Ideen, mit dem sich unser Land herumschlägt?«

»Nein«, antwortete diese, »aber es kommt mir unheimlich vor.«

Major Crawford, der die schöne Engländerin nicht aus den Augen ließ, erklärte galant:

»Wozu sollen wir eine so bezaubernde junge Dame beunruhigen, die von unseren Streitereien nicht betroffen ist, da sie aus einem anderen Lande stammt?«

»Oh, Herr Major«, sagte Mrs. Harrison Edwards, »Sie vergessen, daß ihr Mann Leutnant der Husaren in der Armee der Vereinigten Staaten ist.«

»Ach, zum Teufel«, brummte der Major, »das war mir einen Augenblick entfallen.«

Algernon ergriff die Gelegenheit, sich nach dem Verweis, den er vorhin hatte einstecken müssen, zu behaupten, und um zu zeigen, daß er keine Angst hatte, wandte er sich dem Major zu und sagte etwas spöttisch:

»Da sehen Sie, Major Crawford, welchen Gefahren uns die Begeisterung für das schöne Geschlecht aussetzt.«

Die donnernde Stimme des Majors ließ alle auffahren:

»Junger Mann, ich habe mich schon aus geringerem Anlaß als diesem duelliert und meinen Säbel einem Laffen Ihrer Art in die Brust gerammt, so daß er auf der anderen Seite wieder herausgekommen ist.«

Algernon wurde so weiß wie seine Halsbinde und wäre von seinem Sessel unter den Tisch geglitten, wenn Elizabeth ihn nicht am Arm gepackt hätte.

»Verhalten Sie sich wie ein Mann«, flüsterte sie ihm zu.

Der ehrenwerte Richter Pilgrim rettete die Lage mit einer Handbewegung wie im Gerichtssaal, dann sprach er langsam, mit tiefer und gewichtiger Stimme:

»Lassen wir einstweilen unsere persönlichen Meinungsverschiedenheiten ruhen, und setzen wir Mrs. Hargrove von den wesentlichen Tatsachen in Kenntnis: der Prozeß, der nicht weniger als vier Jahre gedauert hat, trug schließlich zur Einigung der Republikanischen Partei bei, welche über den Parteien zu schweben vorgibt, indem sie die Autorität der Zentralregierung unterstützt, um die Union zu festigen. Ein gewisser Lincoln, er heißt sogar Abraham, steht an der Spitze dieser Bewegung.«

»Er ist aus dem Staate Illinois«, unterbrach ihn Mrs. Harrison Edwards, um Ablenkung zu schaffen, »und er ist kein Adonis! Eher ein bißchen grobschlächtig, wie es scheint.«

»Das alles hat den großen Streit bezüglich des Selbstbestimmungsrechts eines jeden Staates aufs neue entfacht. Und die Parteien schießen empor und erheben ihre Ansprüche. Die *Know Nothing* wollen keine Ausländer, vor allem keine katholischen. Andere fordern mit Gewalt »Amerika den Amerikanern«, und ihnen allein. Sie können sich denken, daß die Republikaner versuchen werden, all dieses Pack für sich zu gewinnen...«

»Ach«, rief Mrs. Harrison Edwards aus, »warum können wir nicht unseren lieben Franklin Pierce als Präsidenten behalten... Er ist die Vernunft und die Rechtschaffenheit in Person; ihn hat man noch nie lügen gehört. Er ist die Ehre des Südens. Von ihm weiß man, daß er den Frieden im Lande will, und er hätte bestimmt eine

Lösung für unsere Probleme gefunden, denn er ist nicht gegen die Autorität der Zentralregierung, wenn es drauf ankommt. Aber leider wird er in einigen Wochen diesem Buchanan seinen Platz überlassen, und der flößt mir keinerlei Vertrauen ein.«

»Immerhin scheint er dem Süden günstig gesinnt«, bemerkte Charlie Jones, »und er hat ein Recht auf Vertrauen wie jeder Präsident zu Beginn seiner Amtsperiode…«

»Auf das meine wird er verzichten müssen«, sagte Mrs. Harrison Edwards und warf trotzig den Kopf zurück. »Er ist unentschlossen, schrecklich beeinflußbar, ohne jede Autorität, ein lächerlicher alter Beau, dessen Betragen komisch wirkt. Wie soll er den Demokraten des Nordens die Stirn bieten, da es ja jetzt auch im Norden Demokraten gibt?«

»Jedenfalls«, sagte Charlie Jones, »ist es eine Explosion in der politischen Welt, die dieser unglückliche Schwarze zwar nicht verursacht hat, der er aber zum Vorwand diente.«

In diesem Augenblick wollte Algernon seine Schande wiedergutmachen und auf Elizabeths Rat hin mannhafte Entschlossenheit zeigen:

»Jawohl, da fliegt sie in Stücke, diese tyrannische Union. Was mich betrifft, so bin ich froh darüber. Das Amerika dieser Leute bricht auseinander!«

Der Major sprang sogleich auf:

»Junger Mann«, schrie er, »wenn Sie sich nicht schlagen wollen, werden Sie diese unwürdigen Worte zurücknehmen. Es ist mein Land und das Ihre, das Sie beschimpfen. Fünf Minuten von hier entfernt gibt es einen Ort, den man den Kolonialfriedhof nennt. Dort können wir uns mit dem Säbel über Ihre interessante Auffassung des Vaterlandsbegriffs streiten.«

»Major Crawford«, sagte Charlie Jones sehr ruhig, »ich nehme die Ansichten unseres Freundes Algernon auf mich, und Sie können die in diesen Fällen üblichen Entschuldigungen als erledigt betrachten.«

Algernon, der stumm vor Schrecken und bleich wie ein zum Tode Verurteilter aufgestanden war, setzte sich wieder und wischte sich die Stirn mit einem entzückenden Spitzentaschentuch, das er aus seinem Ärmel gezogen hatte. Der Major zuckte wütend die Schultern, warf dem jungen Mann einen verächtlichen Blick zu, lachte höhnisch und setzte sich ebenfalls.

»Ich gebe Ihnen zu bedenken«, fuhr Charlie Jones in einem schulmeisterlichen Ton fort, »daß seine Ansichten über den Zustand der Union einige Elemente der Wahrheit enthalten, wenn sie auch ohne Rücksicht auf die Sprache der Diplomatie formuliert worden sind, denn Amerika bricht auseinander, wie die Sezessionsdrohungen beweisen. Die Union ist nicht von Bestand, weil ihr eine schlecht konzipierte Verfassung zugrunde liegt, die bereits durch ein gutes Dutzend Amendments notdürftig zusammengeflickt wurde. Wenn man sie nicht ernstlich abändert, und das muß früher oder später geschehen, wird die Union verletzlich bleiben.«

Wutschnaubend wie ein Drache wollte der Major erneut losbrüllen, aber Charlie Jones schnitt ihm mit einer autoritären Geste das Wort ab.

»Hören Sie sich lieber zuerst an, was Sie vielleicht nicht wissen. Als die Landesväter über die Frage der Sklaverei und das Prinzip dieser Institution debattieren sollten, sprach sich einer der Urheber unserer Verfassung gegen die Sklaverei aus. Er war ein Südstaatler, und er hieß Thomas Jefferson. Ein anderes Mitglied dieser Versammlung setzte sich eindringlich für die Beibehaltung der Sklaverei ein. Er war aus dem Norden, und sein Name war Benjamin Franklin.«

»Korrekt«, sagte der ehrenwerte Pilgrim.

»Aha!« sagte Algernon und begann gefährlich zu jubeln.

»Algernon, halt den Mund!« wies Charlie Jones ihn zurecht.

Der junge Mann gehorchte und bemühte sich, wieder Haltung anzunehmen. In einer jener quasi mütterlichen Eingebungen, die bei den Frauen so häufig sind, drückte ihm Elizabeth unter dem Tisch die Hand.

»Die Ehre ist gerettet«, flüsterte sie ihm zu.

Doch Charlie Jones, der einmal das Wort ergriffen hatte, ließ sich nicht unterbrechen:

»Das alles entfernt uns vom Gegenstand dieser Zusammenkunft. Wir verlieren Mrs. Jonathan Armstrong aus den Augen, deren Name allein für ihren Adel bürgt. Einst war sie eine Schönheit, heute gleicht sie einem prächtigen Spätsommertag.«

»Charlie Jones, wie wunderbar Sie reden«, sagte Mrs. Harrison Edwards.

Algernon brannte darauf, ein Wort zu sagen:

»Ich bin für sie!« rief er.

Der Major hob erstaunt die Brauen, wandte sich seinem Lieblingsopfer zu und sagte mit spöttischem Gelächter:

»Also, mein Junge, da wären wir uns für einmal einig… Ich begrüße in Mrs. Jonathan Armstrong die Frau, die gestern die ganze Schönheit des Südens verkörperte und uns heute noch mit der Pracht beglückt, die davon geblieben ist.«

»Auf mein Wort!« rief Mrs. Harrison Edwards aus, »die Reize, die wir schwachen Frauen besitzen, machen die Männer zu höchst einfallsreichen Dichtern!«

Berauscht von diesem Kompliment, erwiderte der Major:

»Madame, wenn Sie gestatten, darf ich im Namen aller erklären, daß Sie die Zierde des mit Recht so genannten *schönen Geschlechts* sind. Hat jemand etwas dagegen einzuwenden?«

»Niemand«, sagte die flötende Stimme Algernons.

Elizabeth wandte sich ein wenig von ihm ab. Der ehrenwerte Richter Pilgrim, der ein gewichtiges Schweigen bewahrt hatte, ergriff nun mit kräftiger Stimme das Wort:

»Ohne so einfallsreich zu sein wie diese Herren, gefalle ich mir in der Gesellschaft der großen Dichter, und was Mrs. Jonathan Armstrong und diesen ärgerlichen Tropfen Mestizenblut betrifft, möchte ich Ihnen einen berühmten Satz zitieren: ›Alle Wohlgerüche Arabiens…‹«

»O nein«, rief Charlie Jones aus, »bloß das nicht!«

»›… würden diese kleine Hand nicht süßer duften lassen‹«, fuhr der Richter unbeirrt fort.

»Ich protestiere!« schrie Charlie Jones. »Mrs. Jonathan Armstrong ist nicht Lady Macbeth, und da gibt es keinen möglichen Vergleich.«

»Auch ich protestiere«, sagte der Major. »Ich kenne zwar diese Dame nicht, von der unser Freund Charlie Jones spricht, aber ich protestiere, weil es keinen Zusammenhang gibt. Nun kommen Sie schon, mein Junge, und protestieren Sie auch.«

»Oh, ich protestiere, ich protestiere«, sagte Algernon.

»Mein lieber und sehr ehrenwerter Freund«, sagte Charlie Jones zu dem Richter gewandt, »zeigen Sie der Welt, daß die Justiz ein Herz hat, wenn es sein muß. Ihre Prinzipien werden nicht darunter leiden, und die arme Annabel, die nicht daran denkt, sich wieder zu verheiraten, wird ohne Nachkommen sterben. Wer wird sich da an die Farbe ihrer Fingernägel erinnern?«

»Sie sind in tiefster Seele Advokat«, erwiderte Richter Pilgrim, »und so vorgebracht, ist Ihre These akzeptabel. Ich tue meinen Ansichten Gewalt an und gebe nach, ich gebe einem Gefühl nach, was immer gefährlich ist und weshalb davon abzuraten ist, aber ich bitte mir aus, daß diese Debatte keine rechtskräftige Spur hinterläßt und nicht als Präzedenzfall angeführt werden darf.«

»Bewilligt! Bewilligt!« rief Mrs. Harrison Edwards. »Wir sind alle einverstanden, nicht wahr, meine liebe Elizabeth, die Sie die schönste Engländerin der Welt sind?«

Wie eine ins Wasser getauchte Blume blühte die schöne Engländerin angesichts dieser Huldigung auf, die sie allerdings reichlich verspätet fand.

»Natürlich bin ich einverstanden.«

Mrs. Harrison Edwards erhob sich:

»Diese Aufnahme in die Gesellschaft muß gefeiert werden, und ich schlage vor, daß das Fest bei mir im großen Terrassensaal stattfindet. Sind alle einverstanden?«

Alle waren einverstanden, und sie fuhr mit wachsender Bestimmtheit fort:

»Ich will, daß dieses Ereignis in der Geschichte unserer Stadt unvergeßlich bleibt und daß unsere Kindeskinder sich mit Rührung daran erinnern.«

»Wird auch getanzt?« fragte Algernon.

»Das versteht sich doch von selbst, junger Mann. Ein Orchester von zwanzig oder dreißig Musikern. An Platz fehlt es nicht.«

»Und das Buffet?«

»Algernon«, sagte Charlie Jones, »halte den Mund.«

»Lassen Sie ihn nur«, sagte Mrs. Harrison Edwards, »ich finde diese naiven Fragen charmant, aber Sie können ganz beruhigt sein, mein lieber Algernon. An all diese köstlichen Details ist gedacht.«

»Gestatten Sie mir noch einen Hinweis«, sagte Charlie Jones. »Der unheilvolle kleine Makel stammt aus einer Ehe, die während der Revolution auf der Insel Haïti geschlossen wurde, und da die Mutter Annabels sich von der Welt zurückgezogen hat, könnte uns nur eine Person über die Umstände dieser Heirat aufklären.«

»Ich bitte Sie, das ist doch ohne jede Bedeutung. Was uns Sorgen macht, ist das bedauerliche Resultat.«

»Für die Ehre Annabels muß ein für allemal festgestellt werden, daß ihre Mutter einen Weißen zu heiraten glaubte. Eine einzige Person, ich wiederhole es, ist darüber informiert: Mrs. Llewelyn, die Annabel aufgezogen hat.«

»Die Waliserin? Mein lieber Charlie, ich sehe wirklich nicht, wie diese Frau in meinem Salon als Zeugin auftreten sollte. Das kann ich meinen Gästen nicht zumuten. Bedenken Sie nur, eine Frau aus dem Volk...«

»Sie kennen sie nicht wie ich. Sie hat die Beredtheit ihres Volkes, und das wird Sie verblüffen. In wenigen Minuten wird sie Ihren ganzen Salon nach Haïti versetzt haben.«

»Das könnte interessant sein«, sagte der Major.

»Es könnte ganz einfach der Clou Ihres Abends werden«, sagte Charlie Jones. »Was riskieren Sie? Einen Augenblick der Bestürzung, gefolgt von einer Stunde begeisterten Staunens. Ich nehme dieses Wagnis auf mich. Ich selbst werde Mrs. Llewelyn vorstellen.«

»Unter diesen Umständen kann ich nur den Rückzug antreten. Sie allein sind eine Armee in Schlachtordnung.«

Die Armee in Schlachtordnung verneigte sich, doch nicht ohne einen Hauch von Eitelkeit:

»Sie sind zu liebenswürdig.«

»Jetzt bleibt uns nur noch, das Datum dieses Abends festzusetzen, von dem ich mir wünsche, daß er glanzvoll wird. Der Winter geht zu Ende, also schlage ich den April vor. Sind wir uns einig?«

Die Zustimmung war einhellig.

»Vielleicht«, sagte der ehrenwerte Pilgrim, »sollten wir uns vorher versichern, daß Mrs. Jonathan Armstrong zu kommen bereit ist, und auch Mrs. Llewelyn nicht vergessen.«

»Dafür sorge ich«, sagte Charlie Jones mit einer Zuversicht, die er in schwierigen Momenten an den Tag zu legen pflegte. »Sie werden kommen.«

»Offenbar können Ihnen die Frauen nicht widerstehen«, bemerkte Mrs. Harrison Edwards mit einem schalkhaften Lachen.

»Ich zwinge niemandem meinen Willen auf«, erwiderte er und lächelte ebenfalls.

»Also dann«, schloß Mrs. Harrison Edwards, »können wir uns freudig trennen, ohne voreilig in Siegesjubel auszubrechen. Meine lieben Freunde, die Sitzung ist beendet, und einige Erfrischungen erwarten Sie im *nördlichen* Speisesaal, – verzeihen Sie den Ausdruck – aber dort ist es am kühlsten.«

Beim allgemeinen Ansturm auf den Speisesaal kam es zu einem

höflichen Gedränge, und das nun verlassene kleine Zimmer glich einem völlig leeren Gehirn, das kaum noch von verhallenden Worten gestört wurde und bald in der Stille versank.

50

In Elizabeths Garten stand Patrick auf einen Spaten gestützt, und Ned hatte die Hände auf dem Rücken verschränkt, und sie tauschten ihre Ansichten über die Welt und die Menschen aus.

Ein strahlend schöner Februarhimmel leuchtete über dem dichten Grün und den jungen Magnolien, die gerade in die rostfarbene Erde gepflanzt worden waren. Die kühle Brise spielte mit den braunen Locken des kleinen Jungen, und Patrick blinzelte, als er in die Sonne sah.

»Tja, mein Kerlchen«, sagte er, »früher oder später wirst du lernen müssen, dich mit den Fäusten zu wehren.«

»Mich wehren?«

»Ja, gegen die Leute, denn die Leute... mit denen kommt man gut aus oder gar nicht. Wenn's nicht geht, dann peng in die Kinnlade, das bringt alles in Ordnung. Manchmal sogar unter Kumpeln. Vor ein paar Tagen hat mir dein militärischer Papa eine versetzt, daß ich wie 'ne Leiche dagelegen habe, aber wir bleiben Freunde. Dein Papa ist übrigens ein toller Boxer.«

»Er ist nicht mein richtiger Papa. Mein richtiger Papa ist fort.«

»Verstanden. Immerhin teilt sein Stellvertreter Fausthiebe aus, die sich sehen lassen können. Er wird es dir beibringen. Ich auch, wenn du willst.«

»Bei Großvater hab ich meinen Vetter geboxt, und er hat geweint wie ein kleines Mädchen.«

»Das hast du mir schon erzählt, aber er hat dich zuerst zu Boden geschlagen. Überrumpelungsangriff, das ist verboten. Komm nach Irland. Da wird man dir alles beibringen. Da haut sich jeder mit jedem, wegen nichts, bloß so zum Spaß.«

Der Name Irland wirkte auf Ned wie ein Zauberwort. Dank Patrick hatte er bereits den Kopf voller Geschichten von Feen, Riesen, Hexen und Gespenstern.

»Da reite ich in der Nacht hin, im Galopp auf meinem schwarzen Pferd.«

»Dein Reiter wird dich hinten aufsitzen lassen.«

»Nein, das verstehst du nicht. Der Reiter kommt im Galopp in mein neues Zimmer, aber nicht mehr aus der Ecke wie oben... ich weiß eigentlich nicht recht, wie er kommt... vielleicht durchs Fenster, aber sicher bin ich nicht.«

»Das würde doch viel Lärm machen, nicht wahr?«

Ned steckte sich einen Finger in den Mund und verharrte nachdenklich; dann sagte er:

»Ich glaube, er kommt von der Decke.«

Patrick mußte lachen.

»Du hast recht«, sagte er, »das klingt schon wahrscheinlicher. Sehr klar ist deine Geschichte nicht, aber das macht nichts: komm zu uns.«

»Jetzt brauche ich nur noch die Augen zuzumachen, und dann kommt er... Heute nacht werde ich dorthin reiten, wenn ich die Augen zugemacht habe, denn in der Nacht bin ich der Reiter und reiße aus von zu Hause, und dann hör ich die Leute, die im Wald meinen Namen rufen. Mom weiß meinen Namen, und niemand sonst, aber Mom ruft mich nicht mehr.«

»Ist etwas passiert?«

»Ja, als der Offizier gekommen ist.«

»Ach, siehst du, so sind die Frauen, aber laß nur, sie hat dich trotzdem immer noch lieb.«

»Es ist nicht dasselbe.«

»Das kenne ich. Mach dir nichts draus, Ned. So ist das Leben.«

Ned wandte ihm einen schmerzerfüllten Blick zu.

»Wie ist es denn?«

Der Gärtner nahm seinen breitkrempigen Hut ab und kratzte sich am Kopf.

»Weiß ich auch nicht genau, aber vor allem, weine nicht, Kleiner. Ein Mann weint nicht, ein Mann schlägt sich.«

»Versteh ich nicht.«

»Macht nichts. Geh nach Hause, ich muß arbeiten, aber du wirst sehen, deine Mom hat dich immer noch lieb.«

»Morgen komm ich wieder, Pat.«

»Morgen, ganz bestimmt, aber heute nacht sehen wir uns bei uns in Irland.«

Das Kind lächelte.

»Heute nacht in Irland.«

In diesem Augenblick hörte er Elizabeths Stimme, die nach ihm
rief. Sie war soeben heimgekehrt und stand auf der Freitreppe.

»Mom!« schrie er.

Und so schnell er konnte, rannte er zum Haus zurück.

Patrick brach in schallendes Gelächter aus und stieß den Spaten in
die Erde.

»Wir sind doch alle gleich«, sagte er.

51

Acht Tage später, am 5. März 1857, zog Buchanan ins Weiße Haus
ein. Seit vier Monaten erwartet, stiftete dieses Ereignis dennoch
einige Verwirrung in der Öffentlichkeit. Man war sich zwar einig,
daß Buchanan, der ein Freund des Südens war, obwohl in Pennsylvania geboren, zu gewöhnlichen Zeiten einen ausgezeichneten Präsidenten abgegeben und das Dekorum des Amts mit Würde gewahrt
hätte, aber man fürchtete, daß er in der Krise, die das Land durch-
machte, nicht der geeignete Mann wäre. Denn das Spiel der Ein-
flüsse, das sich in seiner Umgebung ankündigte, ließ nichts Gutes
ahnen.

So hatte Charlie Jones alles stehen und liegen gelassen und am 28.
Februar den Zug nach Washington genommen. Da seine Einkünfte
ihm alles gestatteten, reiste er in einem eigens zu seinem persönlichen Gebrauch reservierten Wagen. Die fahlrot gepolsterten Leder-
sitze der geräumigen Abteile waren überaus bequem, und die mit
Scheiben versehenen Fenster hielten den ungemein lästigen Rauch
ab, den die weniger privilegierten Reisenden stöhnend und hustend
ertragen mußten. In dieser Ausstattung, die den höchsten Ansprüchen genügt, hatte man weder das Bett noch den Tisch vergessen.
Köche und Diener in weißen Jacken waren in einem bescheideneren
Abteil untergebracht, das jedoch nach Ansicht von Charlie Jones
einen durchaus angemessenen Komfort bot. Erforderlich waren vor
allem Gehorsam und Hygiene, und was letztere betraf, so hatte man
für alles bis ins kleinste Detail gesorgt. Denn Charlie Jones duldete
keinen Gestank. Folglich umschwebte ihn kein anderer Duft als der
von russischem Eau de Cologne. Den Tabak hatte er sich für die
Dauer der Reise untersagt, aber dafür gestattete er sich einen nicht

zu verachtenden Ausgleich: in einer innen mit Metall ausgeschlagenen großen Mahagonikiste ruhten im Eis vierzig Flaschen Champagner, »*Krug* natürlich«, wie er sagte.

Alles das entbehrte nicht einer gewissen Protzerei, aber man hütete sich, es ihm übelzunehmen, denn er konnte sehr großzügig sein, und seine schwarzen Diener, weit entfernt, sich über ihr Schicksal zu beklagen, betrachteten eine Reise mit Massa Charlie als eine Erholung. In der Tat wollte er nur ebenso glückliche wie zuverlässige Sklaven um sich sehen, und dementsprechend verwöhnte er sie auch.

Doch da er wenig Geschmack an der Einsamkeit fand, wählte er sich gewöhnlich einen oder zwei Reisegefährten aus. Eine solche Einladung schlug man nicht aus, wenn sie sich auch als schwierig erwies. Im allgemeinen zählte er die Politiker zu den langweiligsten Bewohnern der Erde, abgesehen von den Pastoren.

Aber diesmal war der Auserwählte kein anderer als Robert Toombs, der Mann mit der Donnerstimme. Zuvor hatten die beiden Freunde ein Übereinkommen getroffen: wegen des schwarzen Personals durfte das Wort Sklaverei nicht ausgesprochen werden. Statt dessen würde man sich mit der offiziellen und schamhaften Bezeichnung »besondere Institution« begnügen. Der Koloß des Südens in seinem schwarzen Anzug mit der weißen Weste und der goldenen Uhrkette drückte Charlie Jones herzlich und unter lautstarken Freundschaftsbezeugungen beide Hände. Sein Ruf, schön wie Apoll zu sein, folgte ihm getreu, auch wenn er schon einige Silbersträhnen an den Schläfen aufwies, aber das Alter – er war weit über vierzig – schien sein Gesicht eines zürnenden Gottes kaum verändert zu haben. Da er die Abschaffung der Sklaverei befürwortete, hätte er eine nicht eingeweihte Zuhörerschaft in Bestürzung versetzt, wenn er nicht dank seiner fanatischen Hingabe für die Sache des Südens zu einer Berühmtheit geworden wäre. Kaum saß er Charlie Jones gegenüber, da funkelten seine schwarzen Augen wie Blitze, und er machte seinem Zorn mit ein paar energischen Sätzen Luft:

»Wenn wir die besondere Institution des Teufels erst einmal abgeschafft haben, werden wir besser in der Lage sein, die Ärmel hochzukrempeln und es den heuchlerischen Moralisten des Nordens heimzuzahlen.«

»Immer mit der Ruhe, mein lieber Robert; so einfach liegen die Dinge nicht. In gewissen Teilen des Nordens gibt es eine starke

Opposition gegen die Schwarzen, und jeden Tag werden dort Abolitionisten verprügelt... Wie soll man in alledem klar sehen? Die Affäre Dred Scott zieht sich in die Länge. Dieser kleine Schwarze, der ein Bürger des Staates Missouri werden wollte, hätte beinahe die Basis der Union ins Wanken gebracht wie eine auf der Spitze stehende Pyramide. In Kansas haben wir schon Bürgerkrieg. Richten wir den Blick auf den Mann, der im Aufstieg begriffen ist: Abraham Lincoln.«

»Was? Dieser Republikaner? Der wird in sechs Monaten weggefegt sein.«

»Das ist gar nicht so sicher. Ich hatte Gelegenheit, ihn zu sehen. Er hat das Aussehen und die robuste Kraft eines Bauern; riesige Hände und dazu den klaren und offenen Blick eines Mannes, der nicht zu lügen scheint.«

Schallendes Gelächter begrüßte dieses Lob.

»Wie schade, Charlie, daß er sich nicht an Stelle Buchanans ins Weiße Haus setzen kann!«

»Toombs, es gibt Fälle, wo ein zweifelhafter Verbündeter gefährlicher ist als ein intelligenter Gegner.«

»Du zweifelst bereits an unserem angehenden Präsidenten, bevor er im Amt ist?«

»Jawohl. Seine Integrität steht nicht in Frage; er scheint würdig und ernsthaft zu sein wie ein gelehrter Mann, aber es fehlt ihm völlig an Selbstvertrauen, er ist unentschlossen, hört bald auf den Rat der einen, bald auf den der anderen. Wir haben einen schwachen Präsidenten.«

»Wenn ich dich richtig verstehe, würdest du also lieber einen Mann des Nordens wie Abraham Lincoln als Präsidenten sehen?«

»Lincoln hat sich nicht zur Wahl gestellt.«

»Glaubst du, daß dieser Spitzbube mit seinem geschickten Auftreten nicht daran denkt?«

»Das ist durchaus möglich.«

Toombs begann sich aufzuregen.

»Und du würdest ihn als Präsidenten der Union sehen?«

»Ich wünsche es nicht, aber es scheint mir möglich.«

»Lincoln Präsident!« brüllte Toombs. »Dieser ungeschlachte Kerl im Weißen Haus! Warum dann nicht gleich ein Riesenaffe aus Afrika?«

»Nicht so laut, Robert. Stifte keine Aufregung.«

Toombs senkte die Stimme:

»Bei uns wiederholen die Leute ständig, daß die Schwarzen sich nicht auflehnen werden, aber das sagen sie, um sich selbst zu beruhigen... Sagt dir der Name John Brown etwas?«

»John Brown ist ein Tobsüchtiger, der ins Irrenhaus gehört.«

»Gut. Und Toussaint Louverture in Haïti, erinnerst du dich an den?«

»Von Haïti ist wieder die Rede, aber Gott sei Dank sind wir nicht dort. Hier hätte ein neuer Toussaint Louverture keine Chance.«

»Aber ich glaube, daß alle Schwarzen von ihm träumen und daß er im Herzen aller Schwarzen schlummert. In den Köpfen dieser Menschen spukt die schreckliche Frage: ›Warum nicht ich?‹«

Während er das sagte, erhob er sich und stellte sich hin wie ein Prophet, den Zeigefinger zur Decke gerichtet.

»Auf mein Wort, Robert, man könnte schwören, daß sie dir Angst machen.«

Jetzt ließ Toombs seine berühmte Donnerstimme ertönen.

»Ich fürchte nichts, und ich trotze der Welt«, brüllte er, »aber ich will sie raus haben, alle, bis zum kleinsten *Pickaninnie*. Auf den ersten Ruf nach Freiheit antworte ich ›Liberia!‹, und wenn es sein muß, wird eine ganze Flotte sie dorthin bringen.«

»Dieses Programm könntest du Lincoln erzählen«, sagte Charlie Jones mit sehr ruhiger Stimme. »In diesem Punkt ist er mit dir einig. Was mich betrifft, so bediene ich mich einer anderen Methode, um mit dem schwierigen Problem der besonderen Institution fertig zu werden. Ich rede mit den Schwarzen nicht wie mit Gleichgestellten, weil sie das nicht verstehen würden, sondern wie mit Leuten, die zwar von einer anderen Rasse, jedoch von der gleichen Art sind, und dann spüren sie, daß ich sie mag.«

»Aber ich liebe sie«, brüllte Toombs, »ich liebe sie ebensosehr wie du, nur will ich sie nicht hier haben, sondern weit, weit weg. Ich will, daß sie alles erdenkliche Glück genießen, aber mit dem Atlantik zwischen uns.«

»Machen wir Schluß damit; es wird langweilig, und ich habe Durst.«

Charlie zog eine Klingelschnur.

»Du übrigens auch«, fügte er hinzu.

Die olympische Stirn Robert Toombs glättete sich auf einmal.

»Ich gestehe...«, begann er.

Aber weiter kam er nicht, denn die Tür öffnete sich einen Spalt, und der Kopf eines jungen Schwarzen wurde sichtbar. Charlie Jones lächelte, der Schwarze lächelte, Charlie Jones hob die Hand und spreizte den Zeige- und den Mittelfinger... Der schwarze Kopf verschwand, und die Tür ging wieder zu.

»Telegraphie«, bemerkte Toombs.

»Telepathie«, berichtigte ihn Charlie Jones.

»Ein lauschendes Ohr an der Tür vielleicht?«

»Eine Tradition, die auf die Erfindung der Türen zurückgeht. Ohne Türen und ohne lauschende Ohren... wie viele Kapitel würden da in der Weltgeschichte fehlen! Überleg nur einmal.«

Kurz darauf wurden ihnen zwei Juleps gebracht, und die gute Laune war wieder da.

»Ich weiß nicht, ob du Washington magst«, sagte Charlie Jones. »Für mich ist es die Hauptstadt der Langeweile, wie es alle wichtigen Hauptstädte sind. Mit ihren schnurgeraden Avenuen, die sternförmig vom Capitol oder vom Weißen Haus ausgehen, strahlt sie eine trübsinnige Atmosphäre aus. Selbst ihre schattigen Alleen sind in meinen Augen kein Ausgleich dafür. Es fehlt eine gewisse Unordnung, die des alten Europa...«

»Die Stadt ist noch nicht fertig gebaut, außerdem geht man nicht nach Washington, um sich zu amüsieren.«

»Wo gehst du dann hin?«

»Wenn ich mich austoben will? Nach New Orleans.«

»Als ich jung war, pflegte ich mich in New York auszutoben. Du brauchst keine großen Augen zu machen. Es ist die tollste Stadt, und dann bin ich Engländer und gehe hin, wo es mir beliebt, in den Norden oder in den Süden. Aber seit ich mit Amelia verheiratet bin – eine heilige Frau übrigens –, sind meine Reisen ein bißchen ernsthafter geworden, und ich habe eine Menge sehr nützlicher Dinge gesehen. Dort oben riecht es ebenso stark nach Krieg wie im Süden. Die Zivilisten bereiten ihn vor, und die jungen Leute machen ihn.«

»Du machst mich neugierig«, sagte Toombs zwischen zwei Schlucken Julep.

Eine große schwarze Rauchwolke umwehte den Zug und hüllte die Reisenden einen Augenblick in Dunkelheit.

»Ich beklage unsere Weggefährten, die in ihren Wagen, in denen sie allen Winden ausgesetzt sind, husten und stöhnen.«

Robert Toombs Stimme ertönte in der Finsternis:

»Warum rebellieren sie nicht? Worauf warten sie?«

»Auf die Genehmigung des Staates oder der Eisenbahngesellschaften.«

»Ich will dich zwar nicht kritisieren, aber ist dein Luxuswagen nicht geradezu eine Herausforderung an die Öffentlichkeit?«

»Es ist meine Art, mich aufzulehnen. Gefällt es dir denn nicht, dich mit mir aufzulehnen?«

»Nehmen wir an, ich hätte nichts gesagt. Die Wolke scheint sich aufzulösen. Aber nun erzähl mir mal, was du im Norden gesehen hast.«

»Eine Menge Dinge, die mir angesichts unserer Sorglosigkeit Angst machen, besonders was unsere Rüstung betrifft. Keine einzige Fabrik im Süden. Im Norden schießen sie wie Pilze aus dem Boden.«

»Nichtsdestoweniger ist unsere Jugend durchaus kampfbereit. Und die des Nordens?«

»Sie ist weit davon entfernt, einstimmig für den Krieg zu sein; viele sind dagegen, aber alle würden sich stellen, sei es freiwillig oder gezwungenermaßen. Bedenke eins: du bist gegen die Sklaverei der Schwarzen. Jeder Krieg ist zuallererst ein Aufgebot weißer Sklaven, denn jeder Soldat ist ein mit einem Gewehr bewaffneter Sklave … Wenn er davonläuft, wird er gefangen, erhängt oder erschossen.«

Mit einem Satz sprang Toombs auf.

»Das sind mir aber Neuigkeiten!« rief er aus.

»Irrtum. Das geht auf vorgeschichtliche Zeiten zurück. Man erzieht das Kind in einem Ideal des Heldentums. Die Politiker finden die Vorwände, Journalisten und Prediger heizen die Atmosphäre an, und die gut dressierten Sklaven marschieren in hellen Scharen ins Gemetzel, unter den Jubelrufen der Männer und Frauen, die zu Hause bleiben.«

»Und du? Was wirst du tun, wenn der Krieg ausbricht?«

Charlie Jones antwortete sehr ruhig:

»In meiner Eigenschaft als Untertan Seiner Majestät, des Königs von England, begebe ich mich ins Ausland und tue von dort aus alles, was ich kann, um dem Süden zu helfen.«

»Und wenn die Sklaven in Uniform rebellieren?«

»Das ist unwahrscheinlich. Sie haben den Krieg im Blut, das ist wie ein Trieb; aber ich schlage eine Lösung vor. Man mobilisiere alle

Verantwortlichen, deren Name Legion ist... All diese Herren – und da gibt es keine Altersgrenze – werden bewaffnet und den Verantwortlichen des feindlichen Landes entgegengeführt. Da gäbe es schwere Verluste, und es wäre das Ende aller Kriege. Aber das ist nur ein schöner Traum. Mach dir keine Illusionen, Robert. Der unsinnige Konflikt bereitet sich vor, und er wird abscheulich und grausam sein... Denn was der Norden will, ist die absolute Unterwerfung des Südens.«

»Und die Abschaffung der Sklaverei? Sie reden doch ständig nur davon! *Onkel Toms Hütte*, dieser Schmöker, schlägt alle Buchhandelserfolge unserer Zeit.«

»Das alles ist nur ein Vorwand, ein Ablenkungsmanöver. Und er ist stark genug, um das wahre Ziel einer uneingestandenen Politik zu verbergen. Der Norden will den Süden haben. So einfach ist das. Da kam ihm allerdings die unglaubliche Einfalt des Publikums wie gerufen, das die Spinnereien der Mrs. Beecher-Stowe mit der gleichen Begeisterung schluckt, wie ein Junge seine Räubergeschichten. Ich hatte Gelegenheit, mich mit der besagten Dame zu unterhalten. Da ich Engländer bin, gewann ich ihr Vertrauen. Vom Süden kennt sie nur Kentucky, und sie bezog ihre Informationen von Leuten, die sie für *ernsthaft* hält, denn sie selbst hat den wahren Süden nie betreten. Dumm und überspannt, das ist die Dame!«

»Sie gesteht bescheiden, daß sie nicht die Autorin dieses Buches sei: ›Gott hat es geschrieben‹, erklärt sie.«

»Eine interessante Feststellung, aber lassen wir das. Der Norden will die Union um jeden Preis durch die Eroberung festigen. Euer großer Henry Clay hatte mit Nachdruck behauptet, daß die wahre Union nur durch die Union der Herzen zu verwirklichen sei. Diesen Weg schlagen wir nicht ein. Was sieht man übrigens durch das Fenster?«

»Nichts besonderes. Brachliegende Felder und ganz in der Ferne Sümpfe.«

»Das Detail, Robert, das Detail belebt die Landschaft. Ganz da hinten sitzt ein kleiner Alter in einem Karren, der von einem Esel gezogen wird... dort, auf einem Sandpfad.«

»Du hast Augen, die einem Spion Ehre machen würden.«

»Im Süden und im Norden wimmelt es von solchen Leuten. Sie sind die Sturmschwalben, die das Gewitter ankündigen... und wie immer in schwierigen Zeiten hat sich in Washington eine Unzahl von Kartenlegerinnen und Wahrsagerinnen niedergelassen, bei denen sich die Politiker, die sie sehr schätzen, zu heimlichen Konsultationen einfinden.«

Die Unterhaltung nahm einen frivolen Ton an, und ein Julep folgte dem nächsten bis zum Mittagessen, das ihnen in einem Abteil nebenan serviert wurde, wo das Familiensilber auf einem weiß gedeckten runden Tisch glänzte. Die Enge des Raums begünstigte den täuschenden Eindruck, daß man sich im Séparée eines Luxusrestaurants befand, und die köstliche Mahlzeit wurde so großzügig mit Champagner begossen, daß ihr ein ausgiebiges Mittagsschläfchen folgte, so daß ihnen der herbe Reiz der Landschaft entging. Da sie in einiger Entfernung an der Küste entlangfuhren, hätten sie übrigens nur die großen tiefgrünen Sümpfe gesehen, die sich unter einem grauen Himmel bis zum Ozean hin erstreckten.

Der Tag ging allmählich zur Neige, als sie gerade noch rechtzeitig erwachten, um am Horizont die Ausläufer einer Bergkette zu bewundern.

Ein wenig beschämt, so lange geschlafen zu haben, überboten sie einander an begeisterten Reden über die Pracht der Natur, aber die einbrechende Dunkelheit setzte den banalen Ausrufen bald ein Ende. Das ungewisse Licht der Öllampen wirkte beruhigend, ermutigte sie jedoch noch einmal, zum Austausch ihrer politischen Ansichten zurückzukehren, und es endete damit, daß sie sich gegenseitig insgeheim etwas starrköpfig fanden. Daher wurde der Abend auch nicht weiter in die Länge gezogen. Der Champagner floß aufs neue, und dann suchte ein jeder seinen Diwan auf, den man inzwischen in ein Bett von ausgesuchter Bequemlichkeit verwandelt hatte.

52

Am folgenden Tag fuhren sie durch Nordkarolina, wo die Tabakplantagen ihnen neue Themen lieferten, die das immer schleppender werdende Gespräch bereicherten und belebten, denn sie entdeckten allmählich, daß sie sich alles Wesentliche gesagt hatten.

Die Zeitungen, die sie in großen Mengen auf dem Bahnhof von Salisbury gekauft hatten, verhalfen ihnen zu der klassischen

Zuflucht hinter einer Mauer von Papier. Juleps und Champagner taten das ihre, um ihnen das Leben erträglich zu machen. Die Mahlzeiten führten eine Art Waffenstillstand herbei, und man bemühte sich, zur Kameraderie der ersten Stunden zurückzufinden. Charlie versuchte, seinen Reisegefährten mit Hilfe eines Witzes aufzuheitern, der sich in den Bars von Savannah großer Beliebtheit erfreute.

»Weißt du, was der Gouverneur von Nordkarolina zum Gouverneur von Südkarolina gesagt hat?«

Toombs schüttelte den Kopf. Darauf beugte sich Charlie Jones über den Tisch und nahm einen vertraulichen Ton an:

»*It's a long time between two drinks.*«

Toombs brach in schallendes Gelächter aus, und die Fröhlichkeit stellte sich nach und nach wieder her.

Ganz anders verlief der letzte Tag der Reise. Sie saßen bei ihrem Morgenkaffee, blickten aus dem Fenster, und das Herz ging ihnen auf. Links schienen die beschneiten Bergkämme des Blue Ridge im Himmel zu verschwinden und sich im Blau aufzulösen, während sich rechts ein unermeßliches Tal einen Weg durch die welligen Hügel bahnte.

»Virginia«, flüsterten sie beide wie liebestrunken.

Angesichts der ruhigen Pracht dieser weiten Räume, die von der Schönheit der Welt, von Frieden und Freude sprachen, fragten sie sich stumm, warum sie an einem anderen Ort zu leben gewählt hatten.

In Richmond hatte der Zug zehn Minuten Aufenthalt, und sie schlenderten ein wenig im Bahnhof umher. Die Zeitungen meldeten Buchanans Amtsantritt ohne weitere Kommentare. Nirgends zeigte sich die Nervosität, die in Savannah herrschte. Selbst die Stimmen der Leute klangen gedämpfter und weniger singend als die in Georgia und schafften eine beruhigende Atmosphäre.

Vor Washington sollte der Zug nicht mehr halten, aber als sie an Charlottesville vorbeifuhren, konnten sie in der Ferne die Kuppel der Bibliothek sehen, und Charlie Jones fühlte sich schmerzlich an seinen im Duell getöteten Sohn erinnert.

»Du hast ihn nicht gekannt«, sagte er zu Toombs. »Er war ein guter Junge, ernsthaft und liebevoll. Ein Mustergatte. Warum er gestorben ist, werde ich nie genau erfahren. Man hat mir etwas verheimlicht. Es entsprach nicht seinem Wesen, mit irgend jemandem Streit zu suchen. Mein armer Ned. Nur Annabel Armstrong könnte es uns sagen, aber sie wird nie reden.«

»Ich kenne Mrs. Armstrong. Eine wirkliche Dame und untröstliche Witwe.«

»Damit hast du in wenigen Worten alles gesagt. Aber reden wir von etwas anderem. In Kürze werden wir in der Nähe von Manassas vorbeifahren. Einige Meilen von dort befindet sich unser Landhaus, wo meine Frau sich im Sommer aufzuhalten pflegt. Ich wünsche mir sehr, daß du uns einmal dort besuchst.«

»Mit Vergnügen.«

Jetzt fühlte sich Charlie Jones zu Vertraulichkeiten aufgelegt und widerstand nicht dem dringlichen Wunsch, über seine Frau zu lästern, indem er sie zugleich in den Himmel hob.

»Kennst du Amelia gut?«

»Mein lieber Charlie, ich kenne sie und zolle ihr, wenn ich so sagen darf, einen kniefälligen Respekt, denn sie ist eine würdige und imposante Frau.«

»Sie ist eine Heilige.«

»Ah?«

»Jawohl.«

»Charlie, du wirst mir doch nicht erzählen, daß sie katholisch ist.«

»Wo denkst du hin? So tief ist niemand in der Familie gesunken. Unter einer Heiligen verstehe ich eine heilige Frau.«

»Also fromm, meinst du.«

»Schlimmer als das, mein Guter. Ich bete sie an, und ich kann sie nicht ansehen, ohne mich wie ein junger Mann jedesmal aufs neue in sie zu verlieben. Ohne ins Detail gehen zu wollen, aber sie hat mir bereits zwei Söhne und eine Tochter geschenkt.«

»Unwiderlegbar.«

»Und trotzdem entzieht sich mir diese Frau, die ich zu besitzen glaube.«

»Donnerwetter, Charlie, hast du Zweifel?«

»Ach was! Da liegst du ganz falsch, mein Lieber, völlig falsch. Eher würde sie sich das Herz durchbohren und die Kehle aufschlitzen lassen, als einen anderen Mann anzusehen... Es ist etwas ganz anderes. Wenn ich es zu sagen wagte...«

»Wage es, wage es ruhig, Charlie. Ich bin verschwiegen wie das Grab, und du hast mein Ehrenwort.«

»Sie atmet die Religion aus allen Poren ihres Wesens.«

»Das muß recht qualvoll für dich sein.«

»Du hast keine Ahnung. Sie taucht in ihre Bibel wie ein Otter in den See, und sie entsteigt ihr triefend von zuweilen recht beunruhigenden Zitaten.«

»Schon deshalb schlage ich seit meiner Kindheit die Bibel nicht mehr auf. Man fühlt sich auf jeder Seite durchschaut, wenn man daran glaubt.«

»Siehst du, da hast du den heiklen Punkt berührt. Sie glaubt daran, aber in einem Maße, das die Vernunft übersteigt. Sie ist wahnsinnig.«

»Solange sie sich ruhig verhält... was hast du schon zu befürchten?«

»Darum geht es nicht. Sie ist von einer erschreckenden Reglosigkeit. Stets bereit, sich hinzugeben, und doch immer abwesend.«

»Wo denn? Drück dich klarer aus, alter Freund.«

»Wenn ich es könnte, wenn ich es wüßte, aber ich weiß und fühle nur, daß sie abwesend ist. Es gelingt mir nicht, sie zu fassen, verstehst du? Ewig willig, ewig abwesend.«

»Das ist so etwas wie ein Schatten moralischer Untreue.«

»Metaphysischer Untreue, Robert.«

»Teufel, du tust mir leid.«

»Die heilige Frau in all ihrer Schrecklichkeit, aber das ist noch nicht alles. Ich errate, ich wittere etwas anderes.«

»Als ob das nicht bereits genügte.«

»Sie mag es nicht.«

»Was?«

»Nun ja, du verstehst schon.«

»Kein weiteres Wort, ich habe verstanden, aber du scheinst nicht zu wissen, daß die meisten verheirateten Frauen in Amerika den gleichen Ekel empfinden. Es gibt zahllose Mütter, die nie ein Vergnügen dabei empfunden haben.«

»Bei ihr ist es etwas anderes, weil bei ihr alles anders ist. Ich habe das Gefühl, daß sie es als eine Schändung betrachtet, die sie ertragen muß.«

»Das ist nun einmal die Ehe. Ich will deine Frau nicht kritisieren, aber sie ist kompliziert.«

»Gläubige Frauen sind manchmal einfach nicht zu verstehen. Bist du gläubig?«

»Ach, ich gehe zu Ostern in die Kirche, weil es eine gesellschaftliche Gepflogenheit ist, aber das besagt nichts. Ich bin kein Fanatiker.«

»Ich auch nicht. Es gibt da einen ganzen Haufen von Abstraktionen und Legenden, die ich nicht akzeptiere. Am besten überläßt man das den Frauen, weil es sie zu Mustergattinnen macht... mit Ausnahme der meinen, die zuviel Religion geschluckt hat, wie man zuviel Laudanum schluckt. Es läßt sich nicht wieder einrenken. Sie gehört einem anderen.«

»Ein Rätsel!«

»Du weißt gar nicht, wie recht du hast. Sie hindert mich zwar nicht, glücklich zu sein, aber sie vergiftet mein Glück. Doch vergiß, was ich dir gesagt habe, und reden wir nicht mehr davon. Wir sind eben an Manassas vorbeigefahren, einem großen Dorf ohne Bedeutung. Washington ist nicht mehr weit. Wollen wir noch ein letztes Glas Champagner trinken?«

»Gute Idee.«

Charlie Jones klingelte, und der Diener erschien fast sofort.

»Champagner«, sagte Charlie Jones.

»Massa Charlie«, antwortete der Schwarze bestürzt, »kein Champagner mehr.«

Leer, die vierzig Flaschen. Vierzig Flaschen fröhlichen Gelächters, witziger Reden, vertraulicher Geständnisse, heftiger Diskussionen, guter Laune...

»Macht nichts«, sagte Charlie Jones. »In Washington kenne ich alle guten Adressen.«

Diese aufmunternden Worte machten ihnen wieder Mut, bis zu dem Augenblick, da die Glocke der Lokomotive mit triumphierendem Geläut die Ankunft auf dem Bahnhof von Washington verkündete.

53

Eine Kalesche erwartete sie, und auf dem Weg zum Capitol überhäufte Charlie Jones seinen Freund Toombs mit Erläuterungen, da dieser selbst für die Senatssitzungen höchst ungern nach Washington kam.

»Hier wird ständig gebaut«, sagte der Koloß des Südens, »was soll daran interessant sein?«

»Dickens nennt es die Stadt der erhabenen Absichten, aber er läßt sich keine Gelegenheit entgehen, über Amerika zu spotten, wo er doch immerhin wie ein Fürst empfangen worden ist. Schau, diese herrliche, von hohen Bäumen gesäumte Avenue – du wirst doch nicht leugnen, daß sie schön ist?«

»Daß ich nicht lache! Schön auf der einen Seite, zugegeben, aber auf der anderen ist sie nur ein Bauplatz. Es tut mir leid, aber ich habe Augen, um zu sehen, und ich sehe die großen Mörtelhaufen, die Berge von Ziegelsteinen, unzählige Säulenfragmente in einer heillosen Unordnung. Bravo! Ich gratuliere! Das ist also die Pennsylvania Avenue!«

»Hör auf zu meckern und bewundere lieber die schönen Proportionen des Capitols. Du mußt zugeben, daß die Kolonnade über der Freitreppe imposant ist.«

»Und diese Gerüste da oben, vorn, an den Seiten und überall?«

»Die Kuppel muß doch noch errichtet werden!«

»Man versucht also, das alles auf feste Füße zu stellen wie die Union selbst!«

Charlie Jones war nahe daran, die Geduld zu verlieren, aber er beherrschte sich.

Die Kalesche hielt am Fuße der Freitreppe, die sie im Festtagstumult emporstiegen. Die lärmende und aufgeregte Menge drängte sich unter Gelächter und lauten Ausrufen zum Schauspiel, man grölte, schwenkte Blumensträuße und Papierfähnchen, gab sich in einer kollektiven Rückkehr zu den anarchischen Kindheitsinstinkten ganz dem Rausch einer Freude hin, die Ähnlichkeit mit einer Meuterei hatte. Inmitten dieses munteren Pöbels, der Männer in Hemdsärmeln und der Frauen mit Haarknoten, fielen einige schwarzgekleidete Herren auf, die davon abstachen, als müßten sie dieser Versammlung einen offiziellen Charakter verleihen.

»Verschwinden wir«, schrie Toombs seinem Gefährten ins Ohr.

»Noch nicht. Du wirst sehen, daß es die Mühe lohnt, wenn es auch Überwindung kostet. Geschichte wird in der Unordnung gemacht.«

Einer so kräftig wie der andere, bahnten sie sich mit Schultern und Ellenbogen einen Weg bis zur großen Halle, wo riesige Statuen zwischen den Säulen emporragten. Mit blinden Augen schauten die in Marmor gehauenen Figuren, die Stärke, die Gerechtigkeit und die Brüderlichkeit, aus ihrer Höhe auf die im Herzen der Macht losgelassene Menge. Dort hatte ein wohlgesinnter Ordnungsdienst eine Sperre errichtet, um der Menschenmasse den Zutritt zur Rotunde zu verwehren. Toombs ließ seinen kritischen Blick rasch in diesem großen, von korinthischen Säulen umgebenen Raum umherschweifen. Ohne die grüne Zeltleinwand, die die Arbeiten in der unvollendeten Kuppel verbarg, wäre die Wirkung grandios gewesen. Doch die provisorische Decke verdarb durchaus nicht alles. In ihrer Gesamtheit beeindruckte diese Halle durch eine majestätische Würde, die sogar die grölende Menge ein wenig zu besänftigen schien.

Buchanan stand inmitten eines weiten Kreises von Männern in schwarzen Gehröcken und las seine Antrittsrede. Der ständig von draußen aufsteigende Lärm übertönte seine kraftlose Stimme, und man vernahm nur, einem schwachen Kläffen gleich, hie und da einen farblosen Satzfetzen. Der Mann war nichtssagend. Alle fühlten es. Er war einer jener Unglücklichen, die sich nie Gehör zu verschaffen vermögen, ganz gleich mit welcher Autorität man sie ausstattet. Die Fingerspitzen auf das Pult gestützt, als suchte er Halt, litt er sichtlich unter seiner unübersehbaren Unfähigkeit. Zu seiner Rechten saß Präsident Pierce und spielte bescheiden die Rolle des großen Mannes, der seinen Platz an einen Unterlegenen abtritt. Er fühlte sich bewundert und genoß seine Rückkehr ins Privatleben, die der Armseligkeit seines Nachfolgers den falschen Anschein eines Sieges verlieh.

Unterdessen verhedderte sich Buchanan in mühsam langen Satzperioden und kostete den bitteren Geschmack eines künstlichen Ruhms, dem die Gegenwart seines lästigen Nachbarn zum Verhängnis wurde.

Charlie Jones und sein Gefährte blickten sich kopfschüttelnd an. Dieses eine Mal waren sie gleicher Meinung.

»Verschwinden wir!«

In aller Eile stiegen sie in die Kutsche.

»Bevor wir abfahren«, sagte Toombs ironisch, »wirf wenigstens noch einen Blick auf die beiden vollendeten Flügel des Gebäudes. Im rechten befindet sich der Senat, wo viele meiner Kollegen zu schlafen pflegen oder sich mit Papierkügelchen bewerfen, um die Zeit totzuschlagen, und im anderen tagt das Repräsentantenhaus. Sie sind unterhalb der Kuppel durch geräumige unterirdische Gänge miteinander verbunden, und das Publikum geht dort gern spazieren. An wichtigen Tagen wird es da ein schönes Durcheinander geben! Aber jetzt im Galopp zum Weißen Haus! Wir wollen noch vor dem großen Massenansturm da sein, der bald einsetzen wird, denn ins Capitol geht man, um sich zu langweilen, und ins *White House*, um zu feiern. Zumindest wollen wir es hoffen!«

Sie kamen in der Tat vor dem Massenansturm an, und Charlie Jones hatte die große Genugtuung, Toombs einmal freudig überrascht zu sehen.

»Endlich restauriert, aber mit Kunstverstand«, brummte er bewundernd.

Dieser niedrige und lange zweistöckige Bau hätte ohne den sehr majestätischen, von zehn griechischen Säulen gestützten und mit einem dreieckigen Giebel geschmückten Vorbau ein Landhaus sein können, zumal die Wiese, die sich hinter ihm erstreckte, zu dem unschuldig ländlichen Eindruck beitrug.

Als sie in den Salon eintraten, waren die beiden Präsidenten – der von gestern und der von heute – bereits von Gästen im Frack umgeben, und riesige Spiegel vervielfältigten die Kristalleuchter mit ihren zahllosen Gehängen bis ins Unendliche. Die Wände schienen unter dem Überfluß vergoldeten Stucks zu verschwinden, und die Louis XV-Sessel, die überall herumstanden, vollendeten den Eindruck eines überladenen Luxus, denn es war einfach zuviel, zuviel Gold und zuviel Glanz.

»Es ist wie *Tausendundeine Nacht* mit einem Schuß Versailles«, bemerkte Charlie Jones.

Aber Toombs blickte sich nur um, ohne zu antworten.

Jetzt wurde auch das Publikum eingelassen, und es unterschied sich sehr von dem des Capitols, da es sichtlich eingeschüchtert war. Polizisten in Zivil, die man an ihrem inquisitorischen Blick erkannte, bewachten die Ein- und Ausgänge.

Toombs nahm Charlie Jones beim Arm und führte ihn in eine Ecke des Salons, wo der neue Präsident seine Gäste begrüßte.

»Schau dir die Komödie an, die sich jetzt abspielt«, flüsterte er ihm zu. Buchanan und Pierce standen nebeneinander und tauschten mit etwa dem gleichen Geschick Höflichkeiten aus, aber auf eine undefinierbare Weise erwies sich Buchanan als ein wahrer Meister in diesem Spiel, während Pierce mit ein wenig mehr Zurückhaltung lächelte. Bald fühlte sich Buchanan seiner Rolle als Hausherr voll gewachsen, warf sich in die Brust und wendete dem verabschiedeten Präsidenten von Zeit zu Zeit einen zugleich gütigen und leicht melancholischen Blick zu, da endlich der Augenblick nahte, einander Lebewohl zu sagen.

Pierce bedurfte keiner besonderen Intuition, um diesen so feinfühligen Wink zu verstehen, schlug dem Protokoll ein Schnippchen und verzog sich wie ein Schatten, während der neugewählte Buchanan sehr angeregt mit den Damen plauderte.

»Gut gespielt«, murmelte Toombs Charlie Jones zu.

Einige Minuten später beschlossen sie, den Ort zu verlassen. Toombs bemerkte:

»Wenn du wüßtest, was sich hinter diesen Liebenswürdigkeiten und höflichen Grimassen verbirgt!«

Als sie die Stufen hinabstiegen, hörten sie, wie jemand hinter ihnen ihre Namen rief.

Charlie Jones drehte sich um: »Jeff Davis!«

Jefferson Davis lachte:

»Mit einem Schlag Charlie Jones und Robert Toombs anzutreffen, das ist eine Entschädigung für diese tödlich langweilige Sitzung, aber was macht ihr denn hier?«

»Das gleiche, was das amerikanische Volk macht: wir wohnen einem historischen Ereignis bei.«

»Einem nicht sehr gelungenen«, sagte Jefferson Davis, »aber ich habe den Hauptdarsteller nicht ausgewählt. Übrigens seht ihr ja den Reinfall. Das Publikum hatte etwas anderes erwartet … Toombs, ich habe dich in Savannah gehört, als du über die Sklaverei sprachst. Wir sind uns fast in allen Punkten einig, aber jedenfalls bist du die Stimme des Südens.«

Charlie Jones berichtigte leise:

»Der Donner des Südens.«

»Also dann dreimal hurra für den Donner des Südens!« sagte Jefferson Davis.

Er war im gleichen Alter wie Charlie Jones und trug einen mit betonter Eleganz geschneiderten Frack, und eine breite schwarze Seidenkrawatte unterstrich das feingeschnittene und ebenmäßige Gesicht, in welchem der ungewöhnlich lebhafte Blick trotz eines erkrankten Auges Feuer spie. Man spürte, daß der Zorn in diesen hellen Augen ganz plötzlich aufflammen konnte, wenn auch der Ton seiner Stimme stets höflich zu bleiben pflegte.

Er lud die beiden Besucher aus Georgia zu einem kleinen Spaziergang unter den Bäumen ein.

»Jetzt, da Franklin Pierce nicht mehr Präsident ist, verlasse ich dieses Weiße Haus ohne Bedauern«, vertraute er ihnen an. »Der Süden wird nicht leicht Ersatz für einen Mann finden, der in solcher Weise unsere Rechte verteidigt hat.«

»Und Buchanan?« fragte Charlie Jones.

Jefferson Davis zuckte die Schultern.

»Arglos«, sagte er.

»Im Munde eines Kriegsministers muß ein solches Urteil für die Zukunft das Schlimmste befürchten lassen«, bemerkte Toombs.

»Seit Pierce aus dem Amt geschieden ist, bin ich nicht mehr Kriegsminister, und noch ist das Schlimmste nicht zu befürchten, aber ich verrate kein Geheimnis, wenn ich euch sage, was ihr bereits wißt, daß nämlich die Gouverneure mehrerer Nordstaaten bedeutende Waffenvorräte in den Arsenalen anlegen.«

»Buchanan muß es doch wissen«, sagte Charlie Jones.

»Buchanan zieht es vor, alles zu ignorieren, was seinen Schlaf stören könnte. Es gibt genug Leute in seiner Umgebung, in deren Interesse es ist, ihm einzureden, daß alles in Ordnung sei.«

Der Märzwind schüttelte die Kronen der hohen Sykomoren am Straßenrand, ohne die Spaziergänger zu stören. Diese schlugen bald wieder den Weg zum Weißen Haus ein, und Charlie Jones ergriff das Wort:

»Aller Augen sind auf das Capitol gerichtet, und auf allen Lippen des Südens schwebt die Frage: ›Bedeutet das Krieg?‹«

Eine Flamme blitzte in Jefferson Davis' Augen auf, aber er antwortete in einem Ton, der sehr ruhig klingen sollte:

»Ich bin kein Prophet, Charlie Jones, aber jeden Tag kommt aus dem Nebel der Zukunft eine Stimme, die zum Süden sagt: ›Halte die Hand am Schwert.‹«

Und als wollte er die übertriebene Emphase dieser Erklärung etwas mildern, fügte er mit einem breiten Lächeln hinzu:

»Eines versichere ich euch, meine Freunde: Falls unsere Nachbarn aus dem Norden uns in Uniform und mit dem Gewehr in der Hand besuchen wollen, werden wir da sein und sie zu empfangen wissen.«

»Jetzt ist es an mir, dir Beifall zu spenden!« rief Toombs aus. »Du solltest auf eine der Stufen des Weißen Hauses steigen und das noch einmal mit aller Deutlichkeit sagen. Die Menge würde dir zujubeln.«

»In Washington?« sagte Jefferson Davis. »Vielleicht, aber soweit sind wir noch nicht. Womit alles noch zu retten wäre, das ist eine richtige Union.«

»Du träumst«, sagte Toombs.

»Mag sein, aber es war der Traum von Henry Clay: die Union der Herzen...«

»Ach ja«, sagte Charlie Jones mit einem Seufzer. »Calhoun fand die Formel naiv; aber Clay hatte recht. Es wird niemals eine Union geben, hörst du, niemals, was immer auch geschehen mag, ob Krieg oder Frieden, solange es nicht endlich gelingt, die Union der Herzen zu schaffen.«

»Dann solltest du auf die Stufen des Weißen Hauses steigen, um das der Menge zu verkünden«, sagte Jefferson Davis.

»Es tut mir furchtbar leid, aber ich bin Engländer und habe nicht das Recht dazu.«

»Du, ein Engländer?« erwiderte Jefferson Davis. »Du bist ein Waliser wie ich.«

»In dieser Hinsicht ist die Union der Herzen vollkommen«, sagte Charlie Jones, »aber mein Paß ruft mir in Erinnerung, daß ich ein Untertan Ihrer Majestät, der Königin Victoria bin, und ich versichere dir, daß mir das sehr nützlich ist.«

Toombs brüllte:

»Du bist ein Südstaatler; der Süden hat dich adoptiert.«

»Und als ein Sohn des Südens will ich meiner Adoptivheimat dienen, aber ich wünsche für den Frieden zu arbeiten und mich für die großen Prinzipien Henry Clays einzusetzen.«

Von seiner Beredsamkeit fortgerissen, ließ er die Stimme immer mehr anschwellen, und die Passanten blieben stehen, um ihm zuzuhören. Nicht im geringsten verlegen, gefiel es ihm, diesem Gelegenheitspublikum eine Ansprache zu halten:

»Der Friede durch die Union der Herzen«, rief er, »die aufrichtige und tiefgehende Union, die über alles triumphierende Brüderlichkeit, ohne die Amerika in Trümmern und Blut zusammenbricht...«

Jefferson Davis nahm ihn beim Arm:

»Charlie, beruhige dich«, sagte er. »Mit deinem englischen Akzent wird man dich noch für einen Spitzel der Königin Victoria halten.«

»Victoria ist für den Süden«, fuhr Charlie Jones fort, »und nur dieser Deutsche, Prinz Albert, ist für den Norden.«

»Nun komm schon!« sagte Jefferson Davis.

Er und Toombs schoben ihn durch die Menge der Neugierigen, die immer aufmerksamer wurden.

»Sie reden wenigstens, um etwas zu sagen«, rief ihm im Vorübergehen eine Frau aus dem Volk zu, »während der neue Präsident...«

Eine höhnische Stimme übertönte sie und brüllte:

»Der Präsident mit seiner Verfassung... wie 'ne Katze, der man 'ne Blechbüchse an'n Schwanz gebunden hat!«

»Wunderbar! Subversiv!« rief Toombs laut lachend. »Charlie, du bist dabei, einen Aufstand auszulösen. Zu den Kutschen! Zu den Kutschen!«

Jefferson Davis lachte mit ihm:

»Erstens wird es keinen Aufstand geben, weil ich immer noch Senator bin und die Menge den Senat respektiert. Zweitens habe ich keine Kutsche, da ich ganz demokratisch zu Fuß gekommen bin.«

»Ach was«, sagte Charlie Jones ein wenig beschwichtigt, »ich habe keine Lust, Unruhe zu stiften, aber dieser alberne Buchanan mit seinem ständigen Gefasel von Gerechtigkeit und Verfassungstreue hat mich in Wut versetzt.«

»Sachte, mein Freund«, sagte Jefferson Davis, »der Süden wäre mit Freuden bereit, sich für diese Verfassung zu schlagen – aber genug davon. Toombs, bleibst du in Washington?«

»O nein! Ich kehre nach Savannah zurück.«

»Und Charlie? Du fährst doch bestimmt nach Hause?«

Charlie Jones antwortete in einem gewichtigen Ton:

»Nein, ich reise in den Norden.«

»Sehr mysteriös, aber ich stelle keine Fragen.«

»Es ist ganz einfach. Ich will mich unterrichten, denn auch ich bin neugierig, und Informationen zu sammeln, ist meine Leidenschaft.«

»Sei vorsichtig, denn sie fangen an, mißtrauisch zu werden.«

»Ein Engländer geht, wohin er will, und tut, was ihm beliebt. Ein Engländer, mein lieber Jeff, ist un-an-tast-bar.«

Nach diesen rätselhaften Worten fanden die drei Freunde, daß es an der Zeit war, einander die Hand zu drücken und sich zu trennen...

»Nur noch einen letzten Blick auf dieses Weiße Haus«, sagte Toombs. »Es wird mein Herz nie höher schlagen lassen, aber ich gebe zu, daß es ganz hübsch ist, gelungen im Aussehen, schmuck sogar.«

»Es sah allerdings nicht sehr schmuck aus an jenem Tag im Jahre 14, als die Engländer es in Brand setzten, um die Eingeborenen zu lehren, was es heißt, die Blockade Seiner Majestät zu stören und zu versuchen, ihre Handelsbeziehungen mit Europa ohne deren Einwilligung wiederaufzunehmen. Damals wurde euer Weißes Haus ganz schwarz.«

»Ja, aber als die Engländer abzogen, hat man es wieder weiß gestrichen«, sagte Toombs. »... dein England kann eine wahre Plage sein!«

»England weiß es und bleibt dabei und wird es auch weiterhin sein!«

Sie lachten herzlich, und dann verabschiedeten sie sich.

54

Die Tage vergingen in einer Flut von Reden, und es wurde sehr bald offenbar, daß Buchanan ein Mann war, der nichts in Angriff nahm, eine Art Übergangspräsident, als ob die Geschichte einer Ruhephase bedürfte, einer Zeit des Stillstands, in der alles gären sollte. Die Redner ereiferten sich nach Herzenslust, und die schönen Phrasen blühten sowohl auf den Lippen der Politiker als auch auf denen der Prediger, und die gleichen rhetorischen Floskeln und großsprecherischen Worte fanden sich in den Zeitungen des Nordens. Unterdessen beschuldigte man diskret den neuen Präsidenten, dem Süden zugetan zu sein und sich von Leuten beraten zu lassen, die zu allen Zugeständnissen bereit seien; als Politiker, und mehr war er nicht, wies er die entschiedenen Gegner der Union der Herzen in ihre Schranken, um wieder ein Gleichgewicht herzustellen.

Der Senator Douglas agitierte in Illinois bereits im Hinblick auf die nächste Präsidentschaftswahl, der Nordist Garrison in New York spie immer noch seine von der Zwietracht entflammten Worte; und im ganzen Lande formten die all diesen Mündern entwichenen großen Phrasen über den stillen Wäldern, den Sümpfen, den Flüssen, den Baumwollplantagen, über dem unermeßlichen Schachbrett der Getreidefelder, der Gehölze, der Städte Tag für Tag jene Buchstaben, aus denen sich bald über eben diesen Landschaften Amerikas Kriegsgesänge formen sollten.

55

In Savannah brach der Frühling aus wie ein Siegesgesang. In allen Gärten der roten und weißen Häuser am Rande der Plätze blühten die Blumen in unüberschaubaren Mengen.

In Elizabeths Garten triumphierte Billys leidenschaftliche Vorliebe für Magnolien über die heimlichen Vorbehalte seiner Frau, die schüchtern etwas mehr Mäßigung vorschlug, zumal er sie überall haben wollte, überall Magnolien!

»Erinnerst du dich nicht an die Magnolien am Eingang der Veranda in Dimwood? Du warst ganz vernarrt in sie und bliebst vor ihnen stehen, als wolltest du mit ihnen reden...«

Natürlich erinnerte sie sich daran, sehr gut sogar. Sie fragte sich nur, ob man sie in ihrem gemeinsamen Garten nicht zum Beispiel in etwas größeren Abständen pflanzen könnte.

Und Billy in seiner Uniform, die ihm so gut stand, die ihn auf fast befremdliche Weise verschönerte, nahm sie sanft beim Arm und sagte mit einem strahlenden Lächeln:

»Liebste, läßt du mich tun, was ich will?«

Sie verstand, was das bedeutete, er wußte sie nur zu gut zur Vernunft zu bringen, und ohne zu antworten, lächelte sie, wenn sie auch im Grunde ihres Herzens zutiefst empört war über eine Schwäche, die sie bei sich nicht kannte. Und diese Bäume streckten ihr ihre Blüten entgegen, diese Bäume mit den dunkel glänzenden Blättern streckten in ihrer sinnlichen Pracht die erinnerungsschweren, duftgeschwängerten großen Blumen nach ihr aus. Sie waren noch jung und berührten einander fast. Eines Tages würden sie die Mauer in ihrer ganzen Länge verbergen, bis zu Patricks Haus, der sich wie gewöhnlich nicht sehen ließ.

Billy betrachtete Elizabeths Gesicht, die in Schweigen verharrte.

»Zufrieden?« fragte er.

»Sehr zufrieden.«

»Du siehst so versonnen aus und sagst nichts«, drängte er.

»Ich schaue, Billy. Es sind wirklich eine Menge Magnolien! Ich habe einmal mit Patrick darüber gesprochen, aber er hatte deine Anweisungen erhalten, und da wollte ich die Dinge nicht komplizieren, also...«

Er blickte ihr in die Augen.

»Das ist die Elizabeth, die ich anbete«, sagte er mit jener zärtlichen Sanftmut, die er gewissen Augenblicken ihrer Intimität vorbehielt.

Sie versuchte sich aufzulehnen und sagte mit spöttischer Stimme:

»Es gibt also eine Elizabeth, die nicht anbetungswürdig ist?«

Zu ihrer großen Überraschung lächelte er nicht mehr und ließ langsam ihren Arm los.

»Du weißt sehr gut, was ich meine«, sagte er.

Am liebsten hätte sie geschrien, aber sie hielt sich zurück und richtete sich auf.

»Nein«, sagte sie.

Dieses Wort gab ihr die Energie zurück, als wenn es wieder die stolze und stets auflehnungsbereite junge Engländerin von früher in ihr erweckte, aber widersprüchliche Gedanken kreisten in ihrem Kopf und erregten ein Schwindelgefühl.

»Gehen wir fort von hier, kommst du?« bat sie.

»Aber natürlich«, sagte er in einem verständigen Ton, wie man ein Kind beruhigt. »Es ist wahrscheinlich der Duft dieser Blumen, der dir nicht bekommt.«

Sie trotzte ihm mit einem verächtlichen Blick, fühlte jedoch das heftige Pochen ihres Herzens.

»Ich will mich einfach nur ausruhen«, sagte sie.

Nicht ohne eine leicht affektierte Galanterie bot er ihr den Arm, und sie gingen schweigend zur Freitreppe.

Ihrer Gewohnheit entsprechend, begaben sie sich ins Speisezimmer, wo ihnen ein kleines Abendessen serviert wurde. Elizabeth rührte kaum etwas an und begnügte sich mit zwei Tassen Tee, aber Billy aß mit gewaltigem Appetit. Kein Wort wurde während dieser kurzen Mahlzeit gewechselt, und die einbrechende Dunkelheit erhöhte noch den Ernst der Stunde. Nur das fröhliche Erscheinen Neds, der von seinem Spaziergang mit Betty zurückkehrte, hellte die Stimmung einen Augenblick lang auf. Er stürmte auf seine Mutter zu und überhäufte sie mit den lautstarken Liebesbezeugungen, derer sie an diesem Tage besonders dringend bedurfte. Er trug einen weißen Leinenanzug mit einem breiten Matrosenkragen, aus dem sein wuscheliger Lockenkopf ragte, und lachte, während er eine Geschichte zu erzählen versuchte:

»Mom, ich hab dir noch gar nicht erzählt, was ich gestern nacht geträumt habe...«

»Willst du deinem Papa nicht guten Tag sagen?« fragte sie.

Er blickte Billy an und sagte nur:

»Guten Tag.«

»Papa kommt später, wenn wir uns besser kennen«, sagte Billy mit einem bitteren Lächeln.

»War er artig?« fragte Elizabeth die alte Betty.

Diese trat näher und zeigte ihr breites Lächeln, das sich seit langem nicht mehr geändert zu haben schien, denn die Furchen der Runzeln hatten sich tief in die hageren, glänzenden Wangen eingegraben.

»Massa Ned macht g'oße 'eisen, wenn e' schläft«, sagte sie mit einem Kinderlachen.

»Nein, Betty«, schrie Ned, »du nicht, ich will Mom meinen Traum erzählen.«

Mit Tränen in den Augen nahm Elizabeth ihn in ihre Arme und bedeckte ihn mit Küssen.

»Ach, Mom, warum weinst du denn?« fragte er und streichelte ihr Gesicht.

»Ich weiß es nicht, mein Schatz, aber du mußt jetzt essen und schlafengehen. Morgen kannst du mir dann alles erzählen. Betty, bring ihn hinaus.«

Das Kind verschwand mit der alten Dienerin.

Elizabeth erhob sich.

»Gehen wir hinauf«, sagte sie, »ich bin müde.«

Im Zimmer mit den geschlossenen Läden verbreitete die Öllampe ihr mildes Licht auf dem Nachttisch, und das große Doppelbett mit dem ordentlich in Dreiecksform zurückgeschlagenen Laken wartete. Diese vertraute Szenerie schien geduldig der heillosen Unordnung des wilden Liebesspiels entgegenzusehen, das wenige Minuten später zu folgen pflegte. Doch an diesem Abend geschah nichts dergleichen. Die Nacht verlief mustergültig.

Elizabeth ging als erste zu Bett, während Billy sich bedächtig auszog, um dann ohne Überstürzung und ohne Heißblütigkeit seiner ehelichen Pflicht nachzukommen. Darauf wünschte er seiner Frau eine gute Nacht, kehrte ihr den Rücken zu und schlief ein.

Elizabeth brauchte viel länger, bis sie Schlaf fand. Zuerst benötigte sie eine gute Viertelstunde, um sich darauf vorzubereiten, und nachdem die Lampe erloschen war, lag sie mit weit geöffneten

Augen in diesem gleichen Bett, das noch vor kurzem der Ort stürmischer Liebe gewesen war ... Etwas sehr Einfaches hatte sich ereignet: zwei leidenschaftlich Liebende waren zu einem Ehepaar geworden. Und jetzt herrschte die eheliche Ordnung in all ihrer Schicklichkeit, ohne hitzige Zuckungen und Geschrei, wie Mrs. Harrison Edwards sie kannte.

Im Schlafgemach, das nur von einer Straßenlaterne der Avenue erhellt wurde, folgte die gezähmte schöne Engländerin dem Lauf ganz neuer Gedanken.

»Er wußte es. Ich hätte es mir denken können, da er auch auf dem Ball unter den Bäumen von Dimwood war, als Jonathan erschien. Eine unvergeßliche, schreckliche Minute. Das Glas Champagner mitten ins Gesicht ... Wie sollte er da nicht alles verstanden haben? Aber er ist ja so arglistig, so falsch. Er wollte mich, und er hat mich bekommen, aber er ist eifersüchtig, eifersüchtig auf einen Toten, eifersüchtig auf dieses Gespenst, das mein armer kleiner Ned in seinen Kinderträumen voller unheimlicher nächtlicher Ritte wiederauferstehen läßt. Und dann diese Roheit, diese Magnolieninvasion in meinem Garten ... Das ist mir allerdings ein Rätsel. Wer hat es ihm erzählt? Niemand konnte es wissen ... Hat er uns nachspioniert? Das wäre die einzige Möglichkeit. Der Kleine hat treu Wort gehalten und den Namen verschwiegen, an den ich immer mit pochendem Herzen denken werde ... Oh, Schande, Schande über mich! ... Was ist aus meinem Liebestraum geworden? Da liege ich neben einem Soldaten, der sich nicht einmal zu mir umdreht ...«

Und der Soldat schnarchte.

Plötzlich flammte ein Name in Elizabeths Erinnerung auf: Miss Llewelyn. Die Worte der Waliserin klangen ihr noch in den Ohren. Die scharfe und zu intelligente Stimme, die sie fragte: »Wissen Sie, was das Begehren ist, Elizabeth?« – »Ja, die Liebe.« – »Nicht notwendigerweise.« Mit diesen beiden Worten war alles gesagt. Sie glaubte, diesen Mann zu lieben, aber sie begehrte ihn nur.

Instinktiv rückte sie von ihm ab. Sie liebte ihn nicht mehr. Aber was nützte ihr dieser Selbstbetrug? Sie liebte ihn nicht, mußte sich jedoch eingestehen, daß sie ihn mit einer Heftigkeit begehrte, derer sie nie Herr werden würde.

Die Nacht verging. Das Erwachen am Morgen brachte Schwierigkeiten. Er stand auf und zeigte beim Waschen und Anziehen eine

Eile, die sie nicht gleich verstand. Als er sich fast fertig rasiert hatte, sagte er beiläufig:

»Ich vergaß, es dir gestern zu sagen. Ich reise noch heute früh ab.«

Es traf sie wie ein Schlag, aber sie blieb regungslos und sagte nichts. Er fügte hinzu:

»Man erwartet mich dort. Ich werde dir schreiben, um dir meinen nächsten Besuch anzukündigen.«

»Wie du willst«, sagte sie.

War er enttäuscht, sie so ruhig zu sehen? Er knöpfte seinen Rock zu und schlug einen burschikosen Ton an:

»Du wirst dich gedulden müssen, meine kleine Elizabeth.«

Wie selbstsicher er war, wie zuversichtlich in seiner Eitelkeit des schönen Offiziers! Sie fand schnell die Antwort.

»In Savannah fehlt es nie an Gelegenheit, sich zu zerstreuen«, sagte sie lachend.

Er lächelte nachsichtig. Wenn jemand sie gut kannte, so war er es: sie würde leiden.

56

Sowie er das Haus verlassen hatte, es war nach dem Frühstück – ein reichhaltiges für ihn, ein sehr leichtes für sie –, eilte sie in den Salon. Dort, in der Fensterecke und halb hinter einem Vorhang verborgen, beobachtete sie sein Fortgehen, obwohl sie sich gelobt hatte, es nicht zu tun, aber sie fühlte sich bereits des Kämpfens müde, gab einem kindlichen Kummer nach und hatte wieder die großen Augen des enttäuschten kleinen Mädchens. Was er da siegesgewissen Schrittes mit sich davontrug, war ihr Glück, ihr ganzes Glück... Und wie schön er ihr erschien! Wie hatte sie ihn einfach gehen lassen können? Hätte sie sich in seine Arme geworfen, so wäre es ihr ein leichtes gewesen, ihn zurückzuerobern, ihn zum Nachgeben zu zwingen, denn er war nicht imstande, ihr zu widerstehen; sie kannte die Worte, die sie hätte sagen müssen; er brannte wie sie, mit der gleichen Flamme, in der gleichen Lüsternheit.

Sie lehnte sich an die Wand, um nicht zu fallen, um die schlimmste Verzweiflung vorübergehen zu lassen. Schließlich wagte sie ein paar Schritte in den Salon. Wie sie ihn jetzt haßte, diesen kleinen blauen

Salon! Er brachte ihr nur Unglück mit seinen unmöglichen blauen Wänden... Billy hatte ganz recht: blutrot müßte er sein. Aber sie hatte überall bei den besten Tapezierern in Savannah nachfragen lassen, und man fand einfach nicht den Stoff, den sie wünschte. Man hatte ihr zu verstehen gegeben, daß sie sich lieber im Norden danach umschauen sollte – da alles aus dem Norden kam. Und das würde Onkel Charlie für sie tun. Sie verließ das Zimmer und stieg die Treppe empor, wobei sie sich am Geländer festhielt.

Ihr Zimmer war in Ordnung gebracht worden, während sie mit Billy gefrühstückt hatte. Alles war an seinem Platz, und die Erinnerung an die schreckliche Nacht verschwand. Jetzt fand sie wieder zu sich und war fest entschlossen, nicht mehr zu seufzen. Sie verschloß die Tür des Schlafzimmers mit dem Schlüssel, ging ins Badezimmer, öffnete den kleinen Medizinschrank, und ohne lange herumzutasten fand sie das blaue Fläschchen mit dem gelben Etikett, auf dem all die Anweisungen standen, die sie auswendig kannte: Dosierung... Empfehlungen zur Vorsicht...!

In Billys Schrank entdeckte sie den Portwein. Es fehlte nichts.

Plötzlich fühlte sie die Gegenwart ihrer Mutter, die mit ihr die Tropfen zählte.

Jemand klopfte an die Tür, wahrscheinlich die Gouvernante.

Elizabeth fuhr ungeduldig auf:

»Ich wünsche den ganzen Tag über nicht gestört zu werden«, rief sie. »Ich ruhe mich aus.«

Der gebieterische Ton ihrer eigenen Stimme bestärkte sie.

57

Am gleichen Tag klingelte es gegen drei Uhr nachmittags an der Eingangstür. Eingedenk der strikten Anweisung, die ihr die Herrin des Hauses erteilt hatte, ging die Gouvernante öffnen.

Instinktiv wich sie zurück, als sie Miss Llewelyn über die Schwelle treten sah. Im Gegenlicht wirkte die schwarzgekleidete Waliserin noch imposanter als im vollen Tageslicht. Nichtsdestoweniger versuchte Miss Celina, sie am Eintreten zu hindern.

»Madame ist allein im Hause und wünscht sich auszuruhen.«

Miss Llewelyns kräftiger Arm schob sie beiseite.

»Allein im Hause, das bedeutet vermutlich, daß ihr Gemahl abwesend ist, nicht wahr?«

»Ja, Madame, er ging heute früh fort.«

»Verstanden«, sagte Miss Llewelyn, »ich gehe zu Madame hinauf.«

»Aber Madame hat Anweisung gegeben, daß...«

»Schon gut, Celina, gehen Sie wieder an Ihre Arbeit.«

Raschen Schrittes durchquerte sie das Vestibül und stieg die Treppe hinauf, deren Stufen unter ihrem Gewicht knarrten. Sie klopfte an Elizabeths Tür, und da sie keine Antwort erhielt, sagte sie mit lauter Stimme:

»Mrs. Hargrove, Sie müssen mich einlassen. Ich bin Miss Llewelyn, und was ich Ihnen zu sagen habe, ist wichtig.«

Schweigen.

»Ich weiß sehr wohl, was geschehen ist. Er ist fort, aber wenn Sie mit dem grünen Fläschchen nicht Maß halten, dann werden Sie noch krank werden.«

Eine kaum vernehmbare Stimme drang zu ihr:

»Ich will mich ausruhen.«

»Nun gut, ich gehe in den Garten hinunter, aber ich komme wieder. Sie sind völlig unerfahren. Denken Sie an den Tag, als Sie vom Hafen zurückkehrten.«

Jetzt schlug sie mit der flachen Hand an die Tür:

»Sie haben mich sehr wohl verstanden... Als Sie vom Hafen kamen, an dem Tage, da er nach Europa fuhr.«

Schweigen. Miss Llewelyn wartete noch einen Augenblick, dann zuckte sie die Schultern und ging hinunter.

Auf der Freitreppe blieb sie stehen und stieß einen Seufzer aus:

»Mit all diesen Magnolien hat der Garten seinen Charakter verloren.«

Patrick stand in der Nähe seines Häuschens und plauderte mit Ned, der einen winzigen Spaten schwang und eine Geschichte zu erzählen versuchte. Sobald er aber Miss Llewelyn erblickte, warf er seinen Spaten fort und wandte sich der Besucherin zu, die er sogleich erkannte. Dieses bleiche, lächelnde Gesicht unter dem komischen schwarzen Strohhut erinnerte ihn an eine spannende Szene, darum lächelte auch er und ging rasch der Waliserin entgegen.

Am Fuße der Freitreppe beugte sie sich nieder, ergriff Ned, hob ihn hoch bis zur Höhe ihres Gesichts und sagte lachend:

»Mein Kleiner, ich bin zwar nicht mehr schön genug, um geküßt zu werden, aber es würde mich freuen.«

Ned brauchte einige Sekunden, bis er begriffen hatte, und dann bot er ihr rasch seine runden Wangen. Sie berührte sie mit gespitzten Lippen und war so gerührt, daß eine Träne in ihren grünen Augen zitterte.

»Wie ich sehe, hat man die Dame nicht vergessen, die bei deiner Mama so laut gezetert hat. Hast du denn keine Angst gehabt?«

»Nein, ich hatte keine Angst«, sagte er.

Sie stellte ihn sanft wieder auf den Boden.

»Du bist ein netter kleiner Kerl«, sagte sie.

Er dankte ihr mit einem Lächeln.

»Und das ist doch sicher der Gärtner, dort vor dem Häuschen.«

»Ja, das ist Pat.«

»Ein Ire«, sagte sie, »das sieht man von weitem…«

Ned nickte mit wissender Miene.

»Ja, Irland«, sagte er. »Ich weiß. Wir beide gehen in Irland spazieren.«

Miss Llewelyn betrachtete ihn überrascht und sagte:

»Sieh einmal an.«

Er schüttelte die Locken und sagte:

»Jawohl.«

Verblüfft fragte sie:

»Vorhin sah ich dich den Spaten schwingen, als du mit ihm sprachst. Habt ihr da vielleicht auch von Irland geredet?«

Ned fühlte sich plötzlich sehr wichtig.

»Ja. Gestern nacht bin ich dort hingereist.«

Mit welcher Aufmerksamkeit sie ihm jetzt zuhörte! Das Mordsvergnügen, eine erwachsene Person in Erstaunen zu versetzen, stieg dem kleinen Jungen zu Kopfe. Er erklärte, ohne zuviel zu verraten, wie ein wahrer Erzähler:

»Ich reise in Irland herum, aber«, fügte er mit überlegener Miene hinzu, »das können Sie nicht verstehen, also…«

Auf diese Weise in ihre Schranken gewiesen, lächelte sie, neigte sich ihm zu und sagte:

»Ned, ich habe das Gefühl, daß wir gute Freunde sein werden, weil du sehr interessante Dinge erzählst. Und wie hast du diese schöne Reise gemacht?«

Ein wenig selbstgefällig antwortete er:

»Zu Pferde.«

Vor Überraschung mußte sie sich auf die Mauer der Freitreppe stützen, aber sie war zu schlau, um sich etwas anmerken zu lassen, und beschloß, zum Gegenangriff überzugehen, um Bestürzung in die Seele dieses geheimnisvollen kleinen Kerls zu säen:

»In meinem Lande«, sagte sie, »benutzen wir Frauen den Besenstiel, um unsere Reisen zu machen.«

»Oh!«

»Wie ich es dir sage. Es ist sehr praktisch, aber wenn du willst, werde ich mich dort auf eine Stufe der Freitreppe setzen, und dann können wir uns von unseren Reisen erzählen. Hierzulande finde ich nicht die Besenstiele, die ich brauche, aber bei mir daheim hatte ich alles, was ich wollte. So bin ich in meiner Jugend durch die Lüfte geflogen.«

»Ich habe lieber mein Pferd«, sagte er.

Langsam und mit aller Vorsicht setzte sie sich auf die zweite Stufe der Freitreppe, richtete ihren Hut und sagte artig:

»Ich höre dir zu. Du weißt eine Menge. Welche Farbe hat dein Pferd?«

»Schwarz.«

»Schwarz, das ist herrlich. Und natürlich holt man es für dich aus dem Stall.«

»Nein. Es kommt von ganz alleine, wenn die Lampe gelöscht ist. Aber zuerst muß ich die Augen zumachen.«

»Und dann?«

»Dann kommt es im Galopp.«

»Im Galopp? Aber von wo denn, Kleiner?«

»Von hinten aus dem Zimmer, von wo denn sonst?«

»Ach, natürlich, wie dumm von mir! Ned, deine schöne Geschichte gefällt mir sehr.«

»Ich erzähle sie nicht jedem«, sagte er, »nur Pat, weil ich ihn dort besuche, und dann zeigt er mir Irland.«

Miss Llewelyn neigte den Kopf, als könnte sie so ihre Freude und ihre verzehrende Neugier verbergen.

»Und wie gefällt dir Irland? Ist es dort schön?«

Die Antwort war überraschend und kam unverzüglich:

»Wie im Himmel.«

»Wie im Himmel«, wiederholte sie verdutzt. »Kennst du denn den Himmel, Ned?«

»Pat sagt, daß es wie im Himmel ist.«

Miss Llewelyn konnte sich eines Lächelns nicht enthalten.

Und er gab der Versuchung nach, noch ein Stückchen seines Geheimnisses preiszugeben, das ihn in den Augen dieser aufmerksamen Dame so interessant machte, und fügte hinzu:

»Mom kennt auch die Geschichte von dem schwarzen Pferd, aber sie will nichts mehr davon hören, und sie hat's mir verboten. Also sagen Sie nichts, das dürfen Sie nicht.«

Die Waliserin fühlte, daß sie den Fuß auf die richtige Fährte gesetzt hatte.

»Zuerst«, fuhr der unschuldige Erzähler fort, »gehörte das Pferd nicht mir, sondern dem anderen Reiter, der genauso heißt wie ich.«

»Ned?«

Er lachte verschmitzt.

»Ach was, ein viel schönerer Name natürlich.«

»Dann sag ihn mir.«

»Nein, niemals, das darf niemand wissen. Ich habe Mom versprochen, es niemals zu sagen, nie und nimmer.«

Die Augen der Waliserin wurden schmal, als suchten sie etwas Seltsames in der Ferne zu erspähen... In Elizabeths Leben gab es nur einen auf immer verbotenen Namen, und es war gewiß nicht der ihres Gemahls.

Immerhin sah sie ein, daß es ungerecht wäre, dieses Verhör weiterzutreiben, und sie zögerte einige Sekunden. Ned blickte sie schelmisch an und weidete sich an ihrer enttäuschten Neugier.

»Jedenfalls heißt du genauso wie der Reiter«, sagte sie schließlich.

»Ja. Deshalb bin ich der Reiter.«

»Und deine Mama nennt dich auch bei diesem Namen?«

»Nur wenn wir allein sind und sie mir gute Nacht sagt...«

Ein Schatten glitt über sein Gesicht, und er fügte traurig hinzu:

»Aber jetzt nicht mehr... Seit der Soldat gekommen ist.«

»Aber der Soldat ist doch sicher nett zu dir...«

»Ja, sehr nett – aber früher war es schöner.«

»Du meinst, daß deine Mama dir früher den Namen des Reiters gegeben hat und jetzt nicht mehr, weil der Soldat es nicht will?«

»Ach, der weiß ja nichts davon. Es war Moms und mein Geheimnis... aber der Soldat weiß nichts, Mom will es nicht, nie, nie...«

Vom Leben abgehärtet, wie sie war, fühlte die Waliserin dennoch, wie ihre Augen feucht wurden, und sie schwieg. »Maisie Llewelyn«, sagte sie sich, »du bist ein böses Weib. Mit der Arglist eines Untersuchungsrichters oder Polizisten entreißt du einem Engel all seine kleinen Geheimnisse. Jetzt weißt du alles. Elizabeth ahnt, daß Billy eifersüchtig auf einen Toten ist. Das hat man schon erlebt, und ich kenne da einige Beispiele. Daß Jonathan unter einem Grabstein verwest, ändert nichts daran. Denn was ihn umgebracht hat, war seine Liebe zu ihr, und deshalb wird sie ihn immer lieben. Sie wäre keine Frau, wenn sie sich nicht verriete, ohne es zu merken. Selbst ein so einfältiger Junge wie Billy muß irgendwann etwas wittern. Also kein Wort darüber, nie und nimmer.«

Mit großer Mühe stand sie auf. Es knackte in ihren Gelenken, und mit einer Grimasse des Schmerzes biß sie sich auf die Lippen.

»Kleiner«, sagte sie, »laß uns zu Patrick gehen... Auch ich kenne Irland.«

Sie nahm Ned bei der Hand, und sie näherten sich mit langsamen Schritten dem Gärtnerhaus. Als sie sich an den Sträuchern mit den weißen Blüten entlangbewegte, wirkte ihre schwarze Gestalt monumental neben dem kleinen Jungen, der ihr bis zur Taille reichte, und so gingen sie, begleitet von jenen schweren Düften, die eine des Vergessens unfähige Engländerin immer noch verwirrten.

Patrick trat Miss Llewelyn entgegen und zog respektvoll seinen Strohhut.

»Pat«, sagte sie ohne weitere Formalitäten, »ich bin eine alte Freundin von Mrs. Hargrove, und ich bringe Ihnen den kleinen Jungen zurück, der gerade von Ihnen weggegangen ist, als Sie ihm, wenn ich richtig verstanden habe, von Ihrem Lande erzählten. Ich kenne Irland, und ich bin Waliserin, wie Sie sicher an meinem Akzent erraten haben.«

»Es lebe Wales!« sagte er.

»Es lebe Irland ohne die Engländer!« antwortete sie. »Wie es scheint, finden Sie Ihr Land so schön wie den Himmel.«

»Madame«, sagte er, »wenn Sie in den Himmel kommen – aber vielleicht sind Sie protestantisch?«

»Nein, katholisch.«

»Also«, fuhr er beruhigt fort, »wenn Sie in den Himmel kommen, werden Sie sich umschauen und sagen: ›Ach, aber das ist ja Irland...‹«

»Und ich«, rief Ned. »Komm ich nicht in den Himmel?«

Miss Llewelyn zwinkerte Patrick zu.

»Anglikanisch«, murmelte sie zwischen den Zähnen.

Die Antwort kam sofort:

»Natürlich kommst du in den Himmel«, sagte er zu Ned. »Aber zuerst in den Wartesaal.«

»Der ist übrigens ganz entzückend«, erklärte Miss Llewelyn. »Ein großer, großer Garten mit vielen Blumen.«

Das ängstliche Gesicht des kleinen Jungen hellte sich ein wenig auf.

»Aber ich werde doch im Himmel sein?« fragte er.

»Mein lieber kleiner Mann«, sagte Patrick mit ernster Miene, »jetzt hör mir mal gut zu; du kommst schneller in den Himmel als wir, wenn du so bleibst, wie du bist: ein reines Herz und saubere Hände.«

»Ich bin mir des Herzens sicherer als der Hände«, bemerkte Miss Llewelyn mit einem schelmischen Lächeln, »denn die sind immer schwarz.«

»Er wird sie sich waschen, und dann ist alles gut«, sagte Patrick. »Hab keine Angst, Ned.«

»Betty hat schwarze Hände«, sagte Ned.

Patrick und Miss Llewelyn blickten einander an.

»Wir hätten lieber nicht vom Himmel reden sollen«, murmelte die Waliserin.

Dann neigte sie sich zu dem Kind und sagte sanft:

»Betty hat zwar schwarze Hände, aber sie sind sehr sauber, weil sie nie etwas Böses getan hat, und du auch nicht, und du wirst auch nie etwas Böses tun, da bin ich ganz sicher. Du kannst ganz beruhigt und glücklich sein.«

Er schaute sie an, und sie war überwältigt von der tiefen Unschuld seiner kastanienbraunen Augen. Zum ersten Mal in ihrem Leben war es dieser Frau gegeben, in einer reinen, noch nie vom Bösen heimgesuchten Seele zu lesen, und sie verspürte plötzlich eine tödliche Unruhe beim Gedanken an das Schicksal, das sie bei ihrem Hinscheiden aus dieser Welt erwartete. In ihrer Angst wandte sie den Kopf ab und legte die Hand auf den Arm des Gärtners.

»Pat, was wir diesem kleinen Kerl erzählen, gefällt mir gar nicht. Ich werde ihn nach Hause bringen. Es ist sicher Zeit für seinen Spaziergang mit Betty.«

Dann fügte sie schroff hinzu:

»Dein Garten sieht lächerlich aus mit all diesen Magnolien, die wie Soldaten in Reih und Glied stehen. Es war doch nicht Mrs. Hargrove, die dir befohlen hat, sie in dieser Anordnung zu pflanzen?«

Er zuckte die Schultern.

»Natürlich nicht, aber sie kann es ihrem Mann nicht abschlagen, und er will es nun einmal so haben.«

Ein kurzes Zögern, und dann fügte er hinzu:

»Er hat da seine eigene Vorstellung, ich weiß nicht wieso, aber er besteht darauf. Immerhin ist er ein Mordskerl, wenn's drauf ankommt. Davon kann ich ein Lied singen.«

»Wir werden sehen, was er wert ist, wenn es zum Krieg kommt, Pat.«

»Und dazu kommt es«, sagte er lakonisch.

Da ihm die Sonne ins Gesicht schien, schob er sich blinzelnd den Strohhut über die angriffslustige rote Nase.

»Pat«, sagte die Waliserin, »hör auf meinen Rat und geh nach Irland zurück.«

»In die Heimat, um der Hungersnot guten Tag zu sagen? So dumm bin ich nicht. Ich bleibe hier, M'am, und marschiere mit.«

»Es wird ein schmutziger Krieg werden.«

»Alle Kriege sind schmutzig. Man geht nicht in den Krieg wie auf eine Hochzeit.«

»Der Süden ist nicht vorbereitet. Keine einzige Fabrik im ganzen Lande. Komm, Ned, du gehst jetzt nach Hause.«

Hand in Hand entfernten sie sich, aber nach einigen Schritten drehte sie sich noch einmal um und sagte zu Pat:

»Immerhin würde ich an deiner Stelle genau das gleiche tun. Mit Gesang und Begeisterung.«

58

Nachdem Elizabeth aus dem Nebel des Laudanums erwacht war, sank sie erneut in einen schweren Schlaf, der sie von ihren Ängsten oder zumindest von der Trübsal einer trauernden Frau befreite. Es blieb ihr gegenwärtig nichts anderes übrig, als sich mit der Gleichgültigkeit eines Gemahls abzufinden, der sie nicht mehr begehrte, und sie mußte ihr ganzes Selbstwertgefühl aufbieten, um in den Augen der Gesellschaft mit Anstand die Rolle der verschmähten

Ehefrau zu spielen. Damit begann sie in den ersten Stunden des Tages.

Wie gewöhnlich, wenn Billy abwesend war, saß sie neben Ned und frühstückte mit ihm. Der kleine Junge, dem sie etwas zerstreut zuhörte, erzählte ihr geheimnisvoll von einer großen Dame in Schwarz, und da sie glaubte, daß es sich um einen seiner äußerst verwirrten Träume handelte, nickte sie nur lächelnd, ohne auf seine Fragen einzugehen.

Doch dann überreichte ihr Miss Celina wie an jedem Morgen die Post, und als sie darunter einen unfrankierten Brief sah, wurde ihr plötzlich alles klar. Auf dem Umschlag erkannte sie nämlich Miss Llewelyns Handschrift, und dann las sie folgende Zeilen:

Liebe Mrs. Hargrove,
dieser Brief wird Ihnen morgen früh zusammen mit der Post von Ihrer Gouvernante ausgehändigt werden. Dann werden Sie vermutlich wieder in der Lage sein, eine wichtige Nachricht zu verstehen, die zu übermitteln mir heute unmöglich war. Aus Gründen, die mich nichts angehen, die ich jedoch leicht errate, waren Sie unter dem Einfluß der Droge, und die Dosis muß sehr stark gewesen sein. Es steht Ihnen frei, aber Sie sollten nicht so jung am Leben vorbeigehen. Ich muß Sie unbedingt, dringend, am Dienstag früh sehen, und ich werde um zehn Uhr bei Ihnen vorsprechen. Im Namen der Vernunft, kommen Sie wieder zu sich, und betrachten Sie mich als Ihre ergebene Dienerin. *Maisie Llewelyn*

»Dieser Ton!« sagte Elizabeth und steckte den Brief in den Umschlag zurück. »Respektvoll und gebieterisch zugleich: ›Im Namen der Vernunft…‹ Wie kann sie es wagen! Aber sie wird immer dieselbe bleiben, und wie soll ich mich weigern, sie zu empfangen?«

Es war fast halb zehn. Der Gedanke an eine Unterredung mit der Waliserin in dem kleinen unheilvollen Salon behagte ihr ganz und gar nicht. Sie klingelte der Gouvernante.

»Miss Celina«, sagte sie zu ihr, »wenn diese Dame heute früh kommt, führen Sie sie ins Obergeschoß, wo ich sie auf der Veranda erwarten werde.«

Sie ließ ihre noch volle Tasse stehen und beschloß, sich auf ihr Zimmer zu begeben, doch im Vestibül wurde sie von Ned verfolgt, der unbedingt wissen wollte, ob sie ihn noch wie früher liebte.

»Mehr als je, mein Schatz«, rief sie ihm von der Treppe zu, »aber deine Mama ist in großer Eile. Und jetzt lauf schnell zurück und iß deinen Krapfen mit Ahornsirup auf!«

Sie setzte sich vor ihren Spiegel und betrachtete ihr Gesicht mit der detaillierten Aufmerksamkeit eines Portraitisten, der sein Modell studiert. Waren noch Spuren von der Krise zu sehen? Hatte die Droge ihr Aussehen beeinträchtigt, dem Teint die Frische genommen, die Züge gespannt, vielleicht gar eine Falte hinterlassen, den Alptraum einer jeden Frau? War sie immer noch die schöne Engländerin, der die Jahre nichts anzuhaben vermochten? Nur die Jugend machte das Leben erträglich.

Sie erhob sich beruhigt. Alles war in Ordnung. Doch etwas Undefinierbares war ihr entgangen. Aber wie hätte sie es sehen können, da es gerade das Medium war, dessen sie sich bediente, um sich zu sehen? Der Blick, der aus den verborgensten Tiefen ihrer herrlichen blauen Augen kam. Eine gewisse Unerfahrenheit des Lebens, der verwirrende Reiz einer verlängerten Unschuld, der sich nicht nachahmen läßt.

Mit einer fast manischen Sorgfalt frisiert – nach einem endlosen Kämmen und Bürsten –, verließ sie den Spiegel erst, als sie völlig zufrieden war, und begab sich dann auf die Veranda.

Dort strahlte das vom Holzgitter gefilterte Licht in einem milden Glanz, und die im Halbkreis aufgestellten breiten Korbsessel mit geblümten Kissen warteten auf Besucher.

Im Schatten der Sykomoren in der Parkanlage, die sie vor der Sonne schützten, ging Elizabeth auf und ab und fächerte sich lässig mit einem Palmenwedel, der ihr vor allem dazu diente, die für diese Gelegenheit gewählte nonchalante Haltung zu unterstreichen. In Wahrheit verzehrte sie sich vor Ungeduld und fragte sich, was diese dringliche Nachricht wohl sein könnte, die die Waliserin ihr überbringen wollte. Bald hörte sie schwere, schleppende Schritte, so daß sie ihren Fächer fallen ließ und zur Treppe eilte.

Gleich einer großen dunklen Masse, aus der nur eine Hand ragte, die sich ans Geländer klammerte, stieg Miss Llewelyn, ohne aufzublicken, zu ihr hinauf, und auf einmal schämte sich Elizabeth:

»Oh, Miss Llewelyn«, rief sie aus, »es tut mir aufrichtig leid, daß ich so unbesonnen war, Ihnen diese Anstrengung zuzumuten...«

Rot angelaufen und schweißtriefend zeigte sich endlich das Gesicht, eine Botschaft des Leidens und Zorns.

Es folgte ein kurzes Schweigen, in dem man einen keuchenden Atem vernahm.

»Es freut mich, daß Sie endlich ein wenig Herz beweisen, Mrs. Hargrove. Was das meine betrifft, so pocht es zum Zerspringen. Sie müssen mich entschuldigen.«

Elizabeth trat ihr entgegen und reichte ihr die Hand, um ihr die letzten Stufen hinaufzuhelfen, aber die Waliserin wies sie zurück.

»Ich kann's allein«, sagte sie.

Beide nahmen in den Sesseln Platz, doch plötzlich stand Elizabeth wieder auf, hob den Palmenwedel vom Boden auf und reichte ihn Miss Llewelyn, die ihn mit einer Art wildem Eifer vor ihrem roten Gesicht hin und her schwang. Ihr kurzer und pfeifender Atem machte ein seltsames Geräusch, das Elizabeth beunruhigte, da sie sich aber dafür verantwortlich fühlte, schien es ihr unangemessen, irgendwelche Fragen zu stellen.

So war es Miss Llewelyn, die als erste sprach, nachdem sie ein wenig verschnauft hatte, und ihre Stimme ließ jene Sanftmut vermissen, derer sie sich, wenn nötig, zu bedienen wußte:

»Da ich hier bin, um Ihnen eine Nachricht zu überbringen, tue ich es ohne Umschweife.«

Elizabeth unterbrach sie:

»Kann ich Ihnen nicht zuerst eine Erfrischung servieren lassen? Das macht keine Umstände. Ich brauche nur mit dem Gong zu rufen.«

Miss Llewelyn schüttelte ablehnend den Kopf.

»Man hat mich über die kleine Verschwörung zugunsten von Mrs. Jonathan Armstrong unterrichtet, deren Wiederaufnahme in den Schoß der Gesellschaft Sie zu erreichen wünschen, nachdem diese seit sechs oder sieben Jahren nichts mehr von ihr wissen wollte. Mrs. Armstrong hatte zu dieser Zeit einen großen Empfang auf ihrem Besitz in der Nähe von Macon veranstaltet. Es war ein denkwürdiger Fehlschlag.«

»Das alles weiß ich«, sagte Elizabeth ein wenig ungeduldig, »aber es handelte sich damals nur um ein paar Familien aus der Provinz.«

»Sie interessieren sich also so sehr für Mrs. Armstrong, obwohl...«

»Ich unterhalte gute Beziehungen zu Annabel«, erwiderte Elizabeth schroff. »Sie hat mir einen freundschaftlichen Besuch gemacht, den ich nicht vergesse.«

»Und Sie glauben, daß sie in Savannah mehr Erfolg haben wird als bei der ländlichen Aristokratie? Der Affront wird weniger direkt und weniger grob sein, aber die sogenannte Küstenaristokratie ist von einer geradezu sprichwörtlichen Strenge.«

Hier wurde Miss Llewelyns Stimme versöhnlicher, und ein unmerkliches Lächeln des Mitleids begleitete ihre Worte. Sie fügte hinzu:

»Gestatten Sie mir, Ihnen etwas zu sagen. Ich finde Sie kein bißchen besser über die menschliche Natur unterrichtet, als Sie es vor Ihren beiden Ehen waren. Nun, schauen Sie nicht so verdrießlich drein, und lassen Sie uns versuchen, wie früher miteinander zu reden, wie damals, als Sie mich zu Hilfe riefen, wenn Sie gewisse Briefe zu schreiben hatten...«

Elizabeth sprang auf, mit zornentflammtem Gesicht:

»Miss Llewelyn, ich erlaube Ihnen nicht...«

»Doch, doch«, sagte die Waliserin sehr ruhig und lehnte sich tiefer in ihren Sessel, »Sie erlauben Maisie Llewelyn alles, da ihre Gegenwart unerläßlich sein wird.«

»Unerläßlich? Das verstehe ich nicht.«

»Es ist ganz einfach. Mrs. Jonathan Armstrong wird erneut auf Ablehnung stoßen, falls ich nicht bei ihr bin, wenn sie im Salon erscheint.«

Die ruhige Selbstsicherheit der Waliserin ging Elizabeth auf die Nerven. Sie setzte sich wieder und sagte kühl:

»Wenn ich nicht irre, handelt es sich um Mrs. Armstrong und nicht um Sie.«

Die Antwort kam langsam und wie seit langem vorbereitet:

»Mrs. Hargrove, glauben Sie, ich hätte jemals die Hoffnung genährt, Zutritt zu Ihrer Gesellschaft zu erlangen? Ich sage es Ihnen: der bloße Gedanke, Ihnen einen Schritt näher zu treten, würde jeden Tropfen meines Blutes zum Kochen bringen. Doch mit welchem Titel, in Himmels Namen, würde ich die Schwelle Ihrer Aristokratie übertreten? Als Wappen hätte ich eine Nähmaschine und einen Besen, denen ich vielleicht noch die Heugabel und den Spaten hinzufügen könnte, die meine Vettern daheim auf dem Lande noch benutzen.«

Das Gesicht der schönen Engländerin zeigte Bestürzung und Betretenheit.

»Schon gut«, sagte sie mit aller Würde, deren sie in ihrer Verlegenheit fähig war. »Vielleicht habe ich mich schlecht ausgedrückt.«

»Sehr schlecht, Mrs. Hargrove. Aber jetzt hören Sie mir zu und versuchen Sie, richtig zu verstehen. Es gibt nur eine einzige Person auf der Welt, die wirklich weiß, was sich in Haïti zugetragen und was Mrs. Armstrongs Schicksal entschieden hat. Ich sage bewußt, eine einzige Person, denn die andere, das erste und entscheidende Opfer, hat sich von der schnöden Welt und ihrem aristokratischen Karneval zurückgezogen: Laura, die beste von allen, die nie reden wird. So bin ich es, Maisie Llewelyn, Tochter des Volkes, die Lady Jonathan Armstrong die Tore Ihrer *Society* öffnen wird.«

Mit welch verächtlichem Zischen sie Elizabeth dieses Wort entgegenschleuderte, die erschauderte und vergeblich mit der Hand die Redeflut abzuwehren suchte! Die Waliserin fuhr unbeirrt fort:

»Ihnen steht das Schwierigste bevor, ohne das nichts möglich sein wird: zu erreichen, daß das Eindringen der dicken Maisie in Mrs. Harrison Edwards weißgoldenen Salon – welch ein Theatercoup! – vor den Reihen der steifen und geringschätzigen, auf ihrem Ahnenstolz bestehenden Personen zugelassen wird.«

Elizabeth war plötzlich ganz bleich geworden und erhob sich:

»Miss Llewelyn, Sie gehen zu weit«, sagte sie mit leicht zitternder Stimme.

»Ich weiß«, erwiderte Miss Llewelyn ungerührt, »ich überschreite die Grenzen... Aber ich sehe Ihnen an, daß Sie nicht den Mut haben werden, mich daran zu hindern.«

»Mr. Charles Jones wird sich um alles kümmern«, erwiderte Elizabeth.

»Daß Charlie Jones in Savannah allmächtig ist, weiß ich sehr wohl, aber es gibt Grenzen, die man nur mit Gewalt überschreitet. Ich werde allein handeln, und wie es mir beliebt.«

»In diesem Fall«, sagte Elizabeth in einem sanfteren Ton, »darf ich wohl unser Gespräch als beendet betrachten?«

Sie stand noch immer und wartete auf Miss Llewelyns Antwort, aber diese blieb sitzen und schaute sie nur an. Das Schweigen wurde bedrückend. In den Augen der Waliserin lag tiefe Betrübnis.

»Wissen Sie, warum ich Dimwood verlassen habe?« fragte sie leise.

Diese unerwartete Frage brachte Elizabeth in Verlegenheit.

»Ich nehme an«, sagte sie schließlich, »daß Sie nach dem Tod von Mr. Hargrove, der Sie angestellt hatte…«

Miss Llewelyn unterbrach sie sofort:

»Würden Sie mir den Gefallen tun, wieder Platz zu nehmen?«

Es war eine andere Frau, die jetzt sprach, und eine Weigerung schien unmöglich. Wortlos setzte sich Elizabeth.

»Mr. Hargroves Abwesenheit hat nichts geändert«, fuhr die Waliserin fort. »Ich hätte bleiben können. Eine Maisie Llewelyn ersetzt man nicht so leicht. Die wahre Herrin des Hauses war ich. Alles lief wunderbar, solange ich da war und über alles wachte. Ich wußte genau Bescheid, ich wußte fast zuviel.«

Sie hielt einen Augenblick inne, um Atem zu schöpfen.

»Erinnern Sie sich an Miss Pringle?«

»Ja, natürlich. Ich hatte nichts mit ihr zu tun, aber wir begegneten uns in den Gängen. Sie interessierte mich nicht.«

»Sie dagegen interessierte sich für Sie, und sogar sehr.«

»Was Sie nicht sagen!«

»Sie sprachen von England, und Miss Pringle machte sich Notizen. Sie schrieb alles auf. Sie war eine Spionin der Nordstaaten. Alles, was sie aufschnappen konnte, hat sie notiert. Mr. Stoddard, der sich in sie verliebt hatte, war ein Werkzeug in ihren Händen. Als sie witterte, daß ich ihre kleinen Machenschaften durchschaute, kündigte sie ihre Abreise nach Gettysburg an, wo sie, wie sie sagte, ein bescheidenes Landhaus besaß.«

»Das abscheuliche Geschöpf!«

»Richtig, aber das ist noch nicht alles. Zu Hause angekommen, mußte sie nachweisen, was sie den Leuten berichtet hatte, in deren Dienst sie stand und die sie dafür bezahlten. Zu diesem Zweck schrieb sie einen Brief, aber nicht an Mr. Hargrove, der kaum noch zurechnungsfähig war, sondern an einen seiner Söhne, in der Hoffnung, eine Antwort zu erhalten, die ihre Auftraggeber zufriedenstellen würde.«

»Und?« fragte Elizabeth, die immer aufmerksamer wurde.

»Miss Pringles Brief war an Joshua Hargrove adressiert. Dieser las ihn, und da er ein Ehrenmann ist, zerriß er ihn und warf ihn in den Papierkorb, ohne ihn zu beantworten. Ich habe diesen Brief.«

»Sie werden meine Neugier entschuldigen, aber wie konnten Sie…«

»Ihn mir beschaffen? Das ist ganz einfach. Sie kennen die Neugier der Schwarzen. An den Türen lauschen, die Papierkörbe durchstöbern, das ist für sie die willkommenste Zerstreuung in ihrem eintönigen Dasein. Einer von ihnen fand diesen zerrissenen Brief. Er las ihn und sah meinen Namen... Da es für die Schwarzen äußerst wichtig ist, sich mit der Gouvernante gut zu stellen, gab er ihn mir gegen eine Belohnung.«

»Ist in diesem Brief von mir die Rede?« fragte Elizabeth.

»Mit keinem Wort. Aber was mich betrifft, so werde ich darin als eine gefährliche Spionin der Spanier denunziert. Miss Pringle hatte nämlich erfahren, daß ich katholisch bin, also im Sold der Spanier stehe. Das ist eine fixe Idee im Norden und leider auch im Süden. Übrigens habe ich den Brief bei mir. Lesen Sie den Absender und das Datum.«

Damit zog sie das zusammengeklebte Papier aus der Tasche und reichte es Elizabeth. Die Handschrift war zierlich und sorgfältig. Elizabeth las:

Gettysburg, Pennsylvania, den 10. September

Sofort gab die junge Engländerin den Brief an Miss Llewelyn zurück.

»Nehmen Sie ihn wieder«, sagte sie, »es ekelt mich, ihn auch nur anzufassen, und ich bin es nicht gewohnt, Briefe zu lesen, die nicht für mich bestimmt sind.«

»Immer noch so stolz«, sagte Miss Llewelyn, »aber ich verstehe Sie. Fällt Ihnen an der Adresse nichts auf?«

»Nein, warum?«

»Joshua Hargrove verlegte Gettysburg nach Massachusetts, weil er Miss Pringle nicht mochte und sie instinktiv in möglichst weiter Ferne wünschte. Allerdings ist Gettysburg eine ganz kleine Stadt, deren Name den Leuten nicht viel sagt und Joshua Hargrove schon gar nichts. Ich hütete mich wohl, auch nur ein Wort darüber zu verlieren, zumal ich als Katholikin in einer etwas prekären Lage bin, wenn auch nicht in den Augen der Sklaven, die alle von Schwester Laura bekehrt worden sind, aber vielleicht doch in denen der Hargroves.«

»Nicht in den meinen«, sagte Elizabeth lebhaft.

Da Miss Llewelyn sie höchst erstaunt anblickte, fügte sie rasch hinzu:

»Mein Standpunkt hat sich vor allem Bettys wegen geändert, aber fahren Sie bitte fort.«

»Ich habe fast alles gesagt. Joshua Hargrove, der ein Mann mit Herz und Menschenverstand ist, hat den Namen Miss Pringles nie mehr erwähnt, und in Dimwood hat sich nichts geändert bis zum Tod von Mr. Hargrove, dem die Testamentseröffnung folgte. Alles weitere ist Ihnen bekannt: ich ergriff die Gelegenheit, um mich vor den Beschuldigungen des Verstorbenen zu rechtfertigen, und verließ die Plantage. Spionage interessiert mich nicht, und ich habe nichts gegen die Spanier, werde es aber nie ertragen, verdächtigt zu werden.«

Sie stützte sich mit aller Kraft auf die Armlehnen des Sessels und hievte sich empor, dann stellte sie sich vor Elizabeth hin, die sofort zu ihr sagte:

»Lassen Sie mich Celina rufen; sie wird Ihnen hinunterhelfen.«

Die grünen Augen der Waliserin bannten sie mit einem scharfen Blick:

»Ich kann es allein«, sagte sie. »Ich bin allein hinaufgestiegen und werde auch allein hinuntergehen. Aber eine Frage hätte ich noch an Sie. Ich werde alt, und das wissen Sie, Mrs. Hargrove. Als Sie mich mühsam die beiden Treppen zu Ihrer Veranda hinaufsteigen sahen, haben Sie da nicht daran gedacht, daß es einfacher und auch menschlicher gewesen wäre, mir diese ermüdende Anstrengung zu ersparen und mich in Ihrem kleinen blauen Salon im Erdgeschoß zu empfangen?«

Bestürzt stammelte Elizabeth:

»Aus persönlichen Gründen hasse ich diesen blauen Salon.«

Langsam und mit fester Stimme, ohne den Blick von ihr abzuwenden, erwiderte die Waliserin:

»Das ist teuer bezahlt für eine Laune, finden Sie nicht?«

Diese Worte beschämten die junge Engländerin vollends, und sie rief aus:

»Es war unrecht von mir, Miss Llewelyn, ich gebe zu, daß ich rücksichtslos gehandelt habe; ich wußte es, als ich Sie heraufkommen sah. Ich bitte Sie, das zu vergessen und…«

Die Waliserin schnitt ihr das Wort ab:

»Schon geschehen. Ich vergesse, und ich werde mich nur an diese Minute erinnern, die mir die Elizabeth von einst wiedergibt, die Elizabeth, die ich geliebt habe. Also trennen wir uns als gute Freundinnen, wenn Sie das nicht gegen die guten Sitten finden.«

Elizabeth schrie auf:

»Die guten Sitten! Man muß so tun, als ob man daran glaubte, aber ich weigere mich, einen Unterschied zwischen uns zu sehen.«

Damit ergriff sie die Hand der Waliserin und drückte sie in den ihren.

Kein weiteres Wort wurde gewechselt. Maisie Llewelyn wandte den Kopf ab und schickte sich an, die Treppe hinabzusteigen, allein, wie sie es gesagt hatte. Sie ging Elizabeth voraus, die zur Vernunft gekommen war und ihr fast wie eine Begleiterin folgte.

Am Fuße der Stufen hielten sich beide vor einer Umarmung zurück. Ein Blick ersetzte diese Gefühlsregung.

59

Beschämt von allem, was sie an diesem Morgen gesagt und getan hatte, flüchtete sich Elizabeth in ihr Zimmer. Im Laufe der Jahre schien es ihr immer offenbarer zu werden, daß ihre Ungeschicklichkeiten sich häuften, weil sie mit den Menschen nicht umzugehen wußte. Allmählich wurde ihr klar, daß sie es nicht fertigbrachte, ihre Kindheit abzulegen. Sobald sie in aufwallender Energie wie eine Frau handelte, folgte mit Sicherheit eine Katastrophe. Gewiß, es renkte sich alles wieder ein, denn das Leben renkt alles ein – aber schlecht.

Die derbe und zuweilen grobe Waliserin hatte einfach mehr Herz als sie. Ihr gegenüber fühlte Elizabeth sich unfähig, die ihrer gesellschaftlichen Stellung entsprechende Rolle überzeugend zu spielen. Bald gab sie sich als die arrogante Dame, bald erniedrigte sie sich zu einer ihrer unwürdigen Demut, wie vorhin auf der Veranda bei ihrer gemeinsamen Unterredung. Mit Schamesröte im Gesicht rief sie sich die ganze Szene in Erinnerung und erriet, daß die Waliserin sie im Grunde verachtete, wenn sie ihr auch eine herablassende Freundschaft bewahrte. Mit diesem Affront wurde sie nicht leicht fertig, aber trotz allem bewunderte sie diese heftige, arglistige, gierige, dicke Frau für ihren Mut und jene unermüdlich herausfordernde Art, den Mächten der Welt die Stirn zu bieten.

Die Stunde war schwer zu ertragen. Ein einziger Mensch hätte sie in ihrer Demütigung trösten können, aber auch da war sie geschlagen. Billy begehrte sie nicht mehr. Die Niederlage schien ihr so ernst, daß sie sich fragte, ob sie nicht lieber ihre Mutter in England aufsuchen sollte. Dort wäre sie wenigstens vor den blutigen Unruhen geschützt, die sich in Amerika anbahnten. Denn auch sie bekam es mit der Angst zu tun; sie war nicht mehr die Elizabeth, die zu sein sie sich einbildete. Die stolze Engländerin war plötzlich beschämt, nachdem sie sich so lange belogen hatte. Eines Tages würde sie vielleicht sogar entdecken, daß sie feige war. Hatte sie denn je einen Kanonenschuß gehört?

In ihrer inneren Zerrüttung tat sie das, was sie in Fällen äußerster Ungewißheit zu tun pflegte: sie setzte sich vor den Spiegel, um sich zu kämmen und sich dabei anzuschauen; das Kämmen wurde zu einer Geste der Verzweiflung. Hundertmal fuhren die Zähnchen aus Horn durch die dichten goldenen Haarmassen, die dieses angsterfüllte Gesicht umspielten. Billy liebte es, seine Hände in dieses lichtdurchtränkte Haar zu tauchen, sich damit die Stirn, die Wangen, den Mund zu bedecken, und er war ganz vernarrt in diesen Duft, vernarrt in so viele andere Dinge, wenn er sich mit einer Art barbarischer Wildheit ihrer und ihres Körpers bemächtigte, früher... Ja, früher. Das wollte sie, und nichts anderes. Was nützte es ihr jetzt, sich aufs Bett zu werfen und ins Kopfkissen zu weinen?

Die Krise ging vorüber. Sie frisierte sich noch einmal, ging hinunter, aß wie gewöhnlich zu Mittag, und wie gewöhnlich saß Ned neben ihr und redete von seinem kleinen Leben im Garten mit den Magnolien, von den Geschichten, die Patrick ihm erzählt hatte. Die unerbittliche Langeweile des Daseins schloß sich über ihr, entriß sie der Turbulenz ihres Begehrens, zwang sie zur Ruhe, wie man ein wildes Tier in einem hübschen Käfig zum Gehorsam bringt.

60

An diesem Nachmittag zog sie ihr blaßgrünes Kleid an, das ihr am besten stand, und ließ die Kutsche anspannen. Erhobenen Hauptes unter einem kleinen weißen Sonnenschirm gab sie dem Kutscher Befehl, sie irgendwo hinzufahren, nur nicht in die Gegend des Hafens.

»Reagieren, ich muß reagieren!« sagte sie sich, um in den Trümmern ihres verheerten Stolzes ein bißchen Zuversicht, ein bißchen

Selbstachtung wiederzufinden. Selbst wenn sie alles verloren hatte, blieb sie immer noch die unzerstörbar schöne Engländerin. Das weit ausladende Schwenken der Hüte, das einer Königin würdig gewesen wäre, bewies ihr aufs neue die inbrünstige Bewunderung der Männer von Geschmack, und sie lernte wieder zu lächeln.

Ihr etwas ratloser und nicht mit viel Phantasie begabter schwarzer Kutscher fuhr sie der Reihe nach an allen Parkanlagen entlang, und sie ließ den Blick über die eleganten weißen oder roten Häuser schweifen, die von erlesener Schlichtheit waren. Die blühenden Büsche, in deren tiefgrünem Laub sich das Rostrot, das Kobaltblau, das Azur, das Purpur, das Violett und das Resedagelb eine Schlacht lieferten, schienen sie auf undefinierbare Weise auf Distanz vor der Welt zu halten. Nicht ohne einen Hauch von Verachtung bewahrten sie eine ruhige Würde, die auf die Menschen dort draußen ein wenig einschüchternd wirkte.

Miss Llewelyns Tirade gegen die Gesellschaft kam Elizabeth in ihrer ganzen Heftigkeit wieder in Erinnerung. Wie wahrscheinlich war es, daß sie dieser Mauer bürgerlicher Respektabilität gegenüber recht hatte? Doch wer vermochte zu sagen, ob es hinter diesen stummen Fensterkreuzen nicht auch Frauen gab, die wie sie in der Einsamkeit langer Nächte litten? Ein lakonischer Satz ihrer Mutter kam ihr in den Sinn: »Man arrangiert sich.« Die Schatten der Sykomoren streiften sanft über die hochmütigen Fassaden, wie um ihnen den Anschein eines natürlichen Lebens zu verleihen, aber sie blieben regungslos, von allem zurückgezogen.

Schließlich befahl Elizabeth dem Kutscher, die Bull Street hinaufzufahren, wo der Anblick der Spaziergänger ihr Zerstreuung bieten könnte. Es war noch nicht die Stunde des großen Andrangs, aber man sah bereits Damen in Tüllkleidern, deren helle und bunte Farbtöne miteinander wetteiferten. Die sie begleitenden Herren waren im Schwalbenschwanz, der unabänderlich für alle Jahreszeiten geltenden Kleidung. Von ihrer Kutsche aus konnte die junge Engländerin nur wenige Personen erkennen, denn sie hatte die zur Reiterallee parallel verlaufende Avenue gewählt.

Männer ritten im Trab vorbei, die meisten auf hochbeinigen Rassepferden, nur um gesehen zu werden. Vor allem die Jungen... Stolz und in strammer Haltung in ihren grauen Röcken mit wallenden Schößen, erkühnten sich einige sogar, die schöne blonde Dame zu grüßen, obwohl sie sie nur vom Sehen kannten, denn sie hatte jenes unwiderstehliche gewisse Etwas, das ihnen das Blut erhitzte. Sie selbst war sich dessen seit ihrer Heirat mit Billy voll bewußt. Man hätte meinen können, daß der stürmische Husar schlummernde Energien in ihr geweckt hätte.

Welches Geschick verfolgte sie ohne Unterlaß? Ein Reiter kam vorbei. Er war von besonderer Schönheit, und als er Elizabeth erblickte, schickte er sich an, seinen Rotfuchs in die Richtung ihrer Kutsche zu lenken. Mit einer instinktiven Geste senkte sie ihren Sonnenschirm, um ihr Gesicht vor dem Erobererblick zu verbergen, der ihr zugeworfen wurde.

Es war Algernon, dem alle Schönen der Stadt zum Opfer fielen. Mit gekonnter Grazie schwenkte er seinen mausgrauen Zylinderhut. Sie hob ihren Sonnenschirm und sagte:

»Guten Tag.«

Mehr wollte er im Moment gar nicht, aber er machte es sich ausgiebig zunutze, und bald sah die Unbedachte ihn neben ihrer Kutsche traben.

»Es rührt mich, daß Sie sich an den abscheulichen Abend im Hause Schmick erinnern. Ich konnte es Ihnen an jenem Abend bei Mrs. Harrison Edwards nicht sagen.«

»Ich versuche nicht mehr daran zu denken, denn ich glaubte vor Langeweile zu sterben…«

»Ihr ergebenster Diener bewahrt davon zumindest eine teure Erinnerung: einige Worte, die wir etwas später wechselten…«

»Aber doch nicht auf der Straße, mein Herr«, sagte sie, denn sie witterte die Gefahr, näher darauf einzugehen.

»Der Ort ist kaum von Belang, wenn Sie mir gewisse Worte sagen wollen.«

Er war ganz Lächeln, während er diese geschmacklosen Banalitäten von sich gab, aber sie fühlte aufs neue die magische Anziehungskraft seines schönen Gesichts. Immerhin wehrte sie sich ein bißchen.

»Keine Ahnung, was ich Ihnen gesagt haben könnte.«

Das Ebenmaß der Züge war vollkommen, sehr ausgewogen der Abstand der Augen und die Form des Mundes, und was die Sanftmut des Blicks und seine geheimen Anspielungen betraf, so schien es ratsamer, den Kopf anmutig abzuwenden, um ihm nicht zu verfallen. Sie entdeckte, daß Algernon heute und im hellen Sonnenlicht zehnmal schöner anzuschauen war als im Schimmer einer Straßenlaterne oder in einem Salon. In ihrer Verwirrung sagte sie:

»Mein Herr, ich kehre jetzt heim und muß Sie verlassen.«

»Ach! Dann sei mir wenigstens gestattet, Ihnen an einem der nächsten Tage meine Aufwartung zu machen.«

Seine Aufwartung? Wahrscheinlich seine Visitenkarte... was sollte sie damit anfangen?

»Ja, gewiß, und... auf Wiedersehen. Kutscher! Nach Hause.«

Auf dem ganzen Weg bis zum Oglethorpe Square grübelte sie über den geheimnisvollen Rat ihrer Mutter nach: »Man arrangiert sich.« Was wollte sie damit sagen? Elizabeth wußte es nur zu gut. Jetzt, da Billy sie praktisch vernachlässigte, wünschte sie sich nichts mehr, als sich mit Algernon »zu arrangieren«, aber das wagte sie sich nicht einzugestehen. In ihrer Vorstellung war das Bild des glühenden Eisens, mit dem man einst die Schulter der ehebrecherischen Frauen brandmarkte, noch zu lebendig. Ein schwieriges Problem, zu schwierig für eine junge Frau, die nur sehr ungenügend über die Wandlung der Sitten informiert ist. Als letzte gedankliche Zuflucht stellte sie sich vor, was Miss Llewelyn in bezug auf den *Scharlachroten Buchstaben* geantwortet hätte, und fast sogleich glaubte sie die Worte zu hören:

»Was für ein Unsinn, Elizabeth, die Zeiten haben sich geändert!«

Etwas ruhiger kam sie zu Hause an und klingelte. Die Gouvernante öffnete ihr und überreichte ihr einen Brief, den ein junger Offizier soeben für sie abgegeben hatte.

Ihr Herz pochte wild. Zuerst hatte sie Angst, als könnte Billy ihr in einer blitzartigen Eingebung seine Meinung über ehebrecherische Gemahlinnen kundtun. Dann verwarf sie diese unwahrscheinliche Vermutung, gab ihrer brennenden Ungeduld nach und war gerade dabei, den Umschlag mit der Fingerspitze zu öffnen, als sie Stimmen im blauen Salon vernahm. Sie eilte hinein und stieß einen Schrei aus:

»Minnie!«

Ihre Kusine, die sie seit fünf Jahren nicht mehr gesehen hatte, stand vor ihr, neben ihr ein sehr eleganter junger Mann in Hellgrau. Minnie warf sich in Elizabeths Arme.

»Jawohl, es ist Minnie, die aus New Orleans gekommen ist, um die Familie wiederzusehen. Mein Mann, Antonin de Siverac, verzehrt sich vor Ungeduld, dich kennenzulernen. Wir werden künftig in Charleston leben.«

Auf die gegenseitige Vorstellung folgte erwartungsgemäß das

kleine Durcheinander von Fragen und Gelächter. Minnie strahlte vor Glück. Sie hatte sich fast nicht verändert. Ihr etwas runder gewordenes Gesicht bewahrte all die frühere Lebhaftigkeit, und in den schwarzen Augen glänzte immer noch der gleiche ruhige und sanfte Frohsinn. Sie lächelte ständig und zeigte dabei ihre blendend weißen Zähne, auf die sie sichtlich stolz war.

Ihr Mann, dunkelhaarig, breitschultrig, von schöner und hochgewachsener Gestalt, trug einen buschigen schwarzen Backenbart, der das hübsche, schmale, feingeschnittene Gesicht in Klammern zu setzen schien, wie um der zarten Physiognomie mehr Männlichkeit zu verleihen, und die tiefschwarzen Augen strahlten Wagemut aus.

Elizabeth hatte Billys Brief in ihre Handtasche gesteckt und täuschte ausgelassene Freude vor, um sich dem Ton dieser etwas ungelegenen Besucher anzupassen. Doch sie liebte ihre Kusine Minnie, und die Erinnerungen lebten auf.

»Weißt du noch, wie du mir am Tag nach meiner Ankunft in Dimwood dieses blaue Kleid geliehen hast?«

»Mildreds Kleid? Ich sehe es noch genau... es war... warte mal... von der gleichen Farbe wie dein entzückender blauer Salon.«

Elizabeth schnitt eine Grimasse, die sie sofort in ein Lächeln verwandelte.

»Und diese Sommernacht«, fuhr Mildred fort, »als wir uns zu dritt auf eine alte Steinbank stellten, um den Neumond mit drei Verbeugungen zu begrüßen.«

»Und bei der dritten sind wir ins Gras gekullert, du, Susanna und ich, alle drei auf einmal...«

»Was du für ein Gedächtnis hast!«

»Und Susanna weinte...«

»Aus Liebeskummer – aber das ist lange her... Ihr müßt uns unbedingt in Charleston besuchen, du und dein Mann. Wo ist übrigens Billy?«

»In Beaufort, nicht weit von hier und ziemlich nahe bei euch. Er ist Leutnant bei den Husaren...«

»Bei den Husaren, hast du gehört?«

Sie wandte sich ihrem Mann zu.

»Die Husaren! Bravo!« sagte Siverac mit bebender Stimme. »Ich habe zwei Jahre bei den Husaren in Bâton Rouge gedient. Beim ersten Alarm bin ich mit Freuden bereit, mich ihnen anzuschließen.«

Minnie lachte:

»Antonin ist ein wahrer Haudegen, der nur ans Kämpfen denkt – aber es wird doch keinen Krieg geben, nicht wahr, Elizabeth?«

»Natürlich nicht. Billy ist sich dessen sicher.«

»Na, siehst du. Man darf vor allem keine Zeitungen lesen, die wer weiß was erzählen. Charleston ist voller junger Hitzköpfe, die laut schreien und die Regierung in Washington beschimpfen. Sie führen nur das Wort Sezession im Munde... Hoffentlich hat Billy seine Kusine Minnie nicht vergessen. Er schreibt mir nie.«

»Er schreibt überhaupt nie«, sagte Elizabeth und betastete nervös ihre Handtasche, um sich zu vergewissern, daß sein Brief noch da war. »Er ist nun einmal so.«

Minnie blickte sie seltsam an.

»Er liebt dich... sehr, dessen bin ich sicher«, sagte sie ohne Überzeugung.

»Aber natürlich, Minnie.«

»Dann ist ja alles wunderbar. Wir sind für einen Monat hier. Wenn ihr uns besuchen kommt, wird euch unser Haus interessieren. Antonin hat es von seinem Großvater mütterlicherseits geerbt. Wir haben als Nachbarn die Lows, die mit euch verwandt sind, glaube ich.«

»Mag sein... Ich weiß es nicht. Die Genealogie ist nicht meine Stärke.«

»Im Süden«, erklärte Antonin gewichtig, »ist jeder mit jedem verwandt – von einer gewissen Gesellschaftsschicht an...«

Minnie unterbrach diese Rede, die in eine Abhandlung über den Adel auszuarten drohte.

»Elizabeth, wir haben uns noch so viel zu erzählen, aber wir werden uns oft wiedersehen, hoffe ich. Heute abend müssen Antonin und ich noch ein paar Besuche machen. Unsere Adresse ist ganz einfach: wir wohnen bei Onkel Charlie, der dieser Tage zurückkehren wollte. Du läßt also von dir hören?«

Sie küßte sie zärtlich.

»Bis bald, Minnie, Darling. Du bist immer noch wie in Dimwood, so lieb und charmant... Auf Wiedersehen, Antonin.«

Antonin verneigte sich tief.

Auf der Schwelle des Hauses umarmte man sich noch einmal.

»Und du, du wirst immer die schönste sein«, sagte Minnie.

Nachdem sie die Tür geschlossen hatte, ließ sich Elizabeth auf einen Stuhl im Vestibül sinken und seufzte:

»Endlich!«

Sie verließ eilig den blauen Salon und ging unverzüglich auf ihr Zimmer. Dort wollte sie Billys Brief lesen, ganz allein. Sie zog ihn aus ihrer Handtasche und setzte sich in den Schaukelstuhl.

»Wenn es der Bruch ist«, dachte sie beim Öffnen des Umschlags, »zögere ich nicht. Ich habe ja noch Algernon.«

Die große, ungeschickte Handschrift füllte die erste Seite:

Meine Allerliebste, vergiß alles, ich bin nur ein Narr, und seit ich wieder hier bin, ist es mir klar geworden, daß ich mich wie ein Idiot benommen habe. Frag mich nicht warum, denn ich weiß es selbst nicht. Es gibt Augenblicke, da ich den Kopf verliere, obgleich ich vor wilder Begierde koche. Vergiß das alles. Ich wälze mich in deinem Haar, und ich habe mir ganz neue Dinge ausgedacht, du wirst sehen. Du verzeihst mir, und dann wirst du den Garten ganz nach deinem Geschmack einrichten. Wir werden die Magnolien ausreißen und sie hinpflanzen lassen, wo du willst, und wir werden unten essen, wie alle anderen, und so leben wie alle anderen, außer da oben in unserem Zimmer, wo wir Dinge tun werden, die alle anderen nicht tun...

Es folgte eine Liste dieser Dinge. Schon in der folgenden Zeile las sie Worte, die sie auffahren ließen. Noch nie hatte sie schwarz auf weiß und so deutlich geschilderte Einzelheiten gesehen, und vor Bestürzung ließ sie den Brief aus den Händen gleiten.

Er muß verrückt geworden sein: das war der erste Gedanke, der ihr in den Sinn kam. Sie erinnerte sich an den seltsamen Ton, in dem Minnie von ihrem Vetter Billy und seiner Liebe gesprochen hatte; man hätte meinen können, daß sie nicht daran glaubte. Und dann, in einer plötzlichen Erinnerung an die ferne Vergangenheit, sah Elizabeth ihren Billy wieder bei Onkel Charlie im Speisezimmer allein vor einer großen Schüssel Erdbeeren mit Schlagsahne sitzen, wie er sich in seiner Eile, alles zu verschlingen, Mund und Wangen beschmierte. Der Zusammenhang zwischen dieser Gefräßigkeit und dem Inhalt dieses Briefes schien ihr klar. Sie selbst war für ihn nur eine andere Art von Näscherei.

Trotz allem hob sie den Brief wieder auf, las noch einige Zeilen und steckte ihn dann in den Umschlag zurück, ohne die Lektüre beendet zu haben.

»Ein Vielfraß«, sagte sie halblaut. »Und so etwas habe ich geheiratet.«

Sie hatte das seltsame Gefühl, für ihn nicht eine Person, sondern ein Gegenstand zu sein.

Dann sah sie auf einmal Jonathan wieder vor sich, und mit der ganzen Heftigkeit ihres wilden Liebesverlangens bewahrte sie dem Bild, das sie sich von ihm machte, seine unvergängliche Lebendigkeit; in dieser unbeschreiblichen Minute fühlte sie sich über all die Zeiträume hinweg, durch die sie von ihm getrennt war, in wahnsinniger Liebe wieder diesem Mann verfallen.

Sie hatte ihr Herz ein für allemal vergeben.

61

Die folgenden Stunden waren schwierig. Wie in einem Wachtraum hörte sie den kleinen Ned zu sich reden, konnte ihn nur wortlos umarmen und an sich drücken, und ohne gegessen zu haben, zog sie sich auf ihr Zimmer zurück.

Zum ersten Mal empfand sie Ekel vor dem Leben. Billys Brief hatte einen Schleier zerrissen. Alle Gesten, alle körperlichen Regungen zeigte er ihr nun unter einem Aspekt, der sie abstieß und ihr Übelkeit erregte. Das Erstaunen hatte beruhigend auf sie gewirkt, und jetzt nahm sie mit kühlem Kopf die brutale Beschreibung all dessen auf, was sie im Taumel der Begierde hatte tun können. Die Worte töteten irgend etwas in ihr, sie wußte nicht, was. Es handelte sich nicht um Verschämtheit oder Moral: diese Ausdrücke schienen ihr in diesem Zusammenhang einfach lächerlich. Etwas anderes verschwand, die Verzauberung, das Verschließen der Tür, das Geheimnis, die Faszination dessen, von dem man nie sprach, unter keinen Umständen, als sei es ein Verbrechen, und es war doch keins, von etwas Verbotenem, das es gar nicht war, von allem, was eine animalisch banale Handlung mit der Aura des Mysteriums umgab.

Nach einer Zeit des Nachdenkens zerriß sie langsam, zugleich wütend und sorgfältig den Brief in kleine Fetzen, die sich über den Teppich verstreuten.

Müde und ernüchtert zog sie sich rasch aus und suchte früh ihr Bett auf, das sie noch gestern abend ihre Einöde genannt hatte. Von der Avenue kam das zuweilen flackernde Licht der Straßenlaterne vor dem Nachbarhaus, und so schwach dieses Licht auch war, bannte es doch den Schrecken der völligen Dunkelheit, jenes Elements, das die Kinder fürchten und das Elizabeth nicht ertrug. Der gelbliche Schimmer drang durch die halbgeschlossenen Läden und gestattete ihr, die Umrisse des Schrankes und der Kommode sowie eines Sessels zu erkennen, und das genügte, um die Ängste fernzuhalten. Der Schlaf überfiel sie plötzlich, während sie dem Stundengeläut einer nahen Kirche lauschte.

Kurz vor dem Morgengrauen, in der tiefsten Dunkelheit, schreckte ein großer Lärm sie auf. Unten schlug eine Tür zu, dann hallten rasche Schritte auf der Treppe und stürzten sie in kindlichen Schrecken. Sie schrie. Jemand trat ein.

Es war Billy, aber ein Billy, den sie nicht wiedererkannte. Im schwachen Schimmer der Straßenlaterne sah sie die hohe und schlanke Gestalt, und dann rief eine rauhe Stimme:

»Elizabeth, bist du da?«

»Natürlich. Was ist denn los?«

»Dieser Brief. Ich will ihn wiederhaben. Wach auf und gib ihn mir.«

»Diesen Brief?«

»Jawohl, meinen Brief natürlich. Hast du noch andere erhalten?«

Sie fühlte die dumpfe Wut aufsteigen, die seit Stunden in ihr gebrodelt hatte.

»Heute nicht«, antwortete sie schroff.

Ein kurzes Schweigen, dann sagte er mit veränderter Stimme:

»Liebste, gib mir den Brief zurück.«

Sie war so verdutzt, daß sie nicht wußte, was sie sagen sollte; sie hatte das Gefühl, daß diese Worte in einer plötzlichen Reglosigkeit verhallten, in der alles erstarrte, die Zeit, die Nacht, die Dinge.

Schließlich sagte sie leise:

»Wenn du die Nachttischlampe anzündest, können wir klarer sehen und ihn finden.«

Er trat an das Bett, ließ ein Streichholz aufflammen und zündete die kleine Öllampe an. In ihrem Licht erkannte sie zuerst seine kräftigen Hände, dann sein rotwangiges Gesicht und die widerspenstigen Strähnen seines blonden Haars, die ihm das Aussehen eines Schuljungen verliehen.

Elizabeth wartete einen Augenblick. Die Erregung schnürte ihr die Kehle zu.

»Sieh mal dort beim Schaukelstuhl nach«, sagte sie.

Er glaubte, sie wolle sich über ihn lustig machen.

»Ich spaße nicht«, sagte er, ohne sich zu rühren.

Sie hob ein wenig den Kopf, und ihre Blicke begegneten sich.

»Billy«, sagte sie ernst, »auch ich spaße nicht. Warum tust du nicht, was ich dir sage?«

Er zögerte, beschämt wie ein Kind, das nicht glauben will, was man ihm sagt, das Angst hat, sich lächerlich zu machen, dann aber doch widerwillig gehorcht, und er ging zum Schaukelstuhl.

»Nun?« sagte er gereizt. »Wo soll ich den Brief suchen? Hier ist nichts.«

»Schau dich um, ohne dich vom Fleck zu rühren, schau dich überall um.«

Mit gerunzelten Brauen ließ er den Blick durch das ganze Zimmer schweifen, und als er plötzlich die Augen senkte, stieß er einen Schrei aus:

»Da, auf dem Fußboden!«

»Jawohl, da ist dein Brief.«

»Du hast ihn in tausend Stücke zerrissen!«

Mit einem Satz sprang er zum Bett und warf sich vor ihr auf die Knie. Jetzt sah sie aufs neue die Liebe in seinem Gesicht erstrahlen, und er redete überstürzt, nahm Elizabeths Hände in die seinen, drückte sie, zermalmte sie fast im Augenblick der heftigsten Erregung.

»Du hast gut daran getan, oh, du hast gut daran getan, meine Elizabeth! Mehr als drei Stunden bin ich im Galopp durch die Nacht geritten, um dir diesen schmutzigen Brief zu entreißen, in der Hoffnung, daß du ihn noch nicht gelesen hättest...«

»Ich habe ihn nicht ganz gelesen, nur die erste Seite.«

»Nicht das Ende? Oh, Gott sei Dank! Hör zu. Ich habe diese Seiten in einem Augenblick des Wahnsinns geschrieben. Du kennst nicht die Qualen, die ein Mann erleidet, der das entbehrt, wonach sich sein ganzer Körper verzehrt. Dann gewisse Dinge zu schreiben, ist eine Art sinnestäuschender Kompensation... es gibt Worte, die Halluzinationen hervorrufen. Ich schäme mich, ich vergehe vor Scham vor dir, aber ich bin nicht so wie in diesem abscheulichen Brief, verurteile mich nicht, Elizabeth. *Richtet nicht.* Das ist ein Wort, das man manchmal zitiert. Ich weiß nicht, wer es zuerst gesagt hat, aber wer es auch war, er hatte recht...«

Stumm vor Überraschung wollte Elizabeth ihre Hände aus den seinen befreien, doch es gelang ihr nicht. Eine innere Stimme rief ihr zu: »Sag ihm, wer es war! Sag ihm den Namen! Zögere nicht!« Sie warf den Kopf zurück, und das Haar fiel ihr über den Rücken.

»Laß mich los«, sagte sie, »ich bitte dich.«

»Was hast du denn? Denkst du nicht wie ich? Verurteilst du mich? Findest du, daß man richten sollte?«

»Aber nein, nein, nur der, der das gesagt hat…«

Sie vermochte den Namen nicht auszusprechen, wenn sie ihn sagte, könnte sich alles ändern, ihr Leben verändern, Billy verändern… Man konnte nie wissen, aber die Stimme schwieg nicht: »Sag mir den Namen, Elizabeth…«

»Der das gesagt hat…«, begann sie, doch dann hielt sie inne.

»Es spielt doch keine Rolle, wer es gesagt hat! Was er gesagt hat, bleibt wahr. Man soll mich nicht richten, weil man mich nicht kennt, und das gilt doch für alle, glaubst du nicht auch? Sag mir, daß du es glaubst, mein Lieb.«

»Aber ja«, sagte sie, »natürlich ist es wahr.«

In ihrem Innern wurde es still.

Billy löste seinen festen Griff, nahm Elizabeths Gesicht in seine Hände und drückte seine Lippen auf die ihren. Sie schloß die Augen und gab sich der Ekstase des wiedergefundenen Glücks hin.

62

Als sie wieder fähig waren, von anderen Dingen zu reden und nicht nur von ihrem Vergnügen, gestand er ihr, daß er sich diesen kleinen Extraurlaub vom Kommandanten erschlichen hatte, indem er sich von ihm zweimal beim Whist und Écarté hatte schlagen lassen. Noch zehn Tage, dann würde er einen längeren Urlaub erhalten.

Sie war ihm dankbar, daß er sich tagsüber höflicher und umgänglicher zeigte. Gemeinsam inspizierten sie den Garten, und er gab Patrick Anweisung, allen gärtnerischen Phantasien von Madame Folge zu leisten.

Außerdem gab er sich Mühe, Neds Gunst zu erobern, indem er ihn mit phantastischen Erzählungen bezauberte.

Als er am nächsten Abend Abschied nahm, ließ er eine verliebtere

Elizabeth zurück als je zuvor. Sie liebte ihn in der Tat um so mehr, als sie geglaubt hatte, ihn auf immer verloren zu haben.

In der Folge halfen ihr kleine Ereignisse, die Qualen der Abwesenheit zu ertragen. Eines Tages erhielt sie den Besuch von Mrs. Harrison Edwards, die sich ihrerseits äußerst beunruhigt zeigte. Sie war wie immer höchst elegant mit ihrem schiefsitzenden Federhut, doch in ihrem Blick lag Panik. Die Szene spielte sich im blauen Salon ab, der ohnehin, wie Elizabeth fand, unter einem Unstern stand.

»Meine Liebe«, sagte die Besucherin, »unsere Pläne drohen zu scheitern.«

Sie ließ sich in einen Sessel sinken, warf ungeduldig ihre Handtasche auf den Teppich und fuhr fort:

»Alles war bereit für die große Soirée am 16. April, die Einladungen verschickt, angekommen und ohne Ausnahme angenommen. Die bestellten Musiker hatten ihre Dispositionen getroffen, um an diesem Tage verfügbar zu sein. Kurz, alles war bis in die kleinsten Einzelheiten vorbereitet, einschließlich des sagenhaftesten Buffets, das man sich vorstellen kann. Verstehen Sie, begreifen Sie, sehen Sie?«

»Wunderbar, wenn man so sagen darf.«

»In der Tat, denn Annabel wird nicht erscheinen.«

»Wird nicht erscheinen?«

»Sie schreibt mir in höflichem, ein wenig altmodischem Stil, daß ihr ein Affront genüge und daß sie nach reiflicher Überlegung keinerlei Lust verspüre, sich einem zweiten Affront auszusetzen, der noch verletzender und sogar mörderisch sein würde.«

Elizabeth zeigte sich bestürzt. Mrs. Harrison Edwards erhob sich:

»Sie allein können mich retten, meinen Abend retten.«

»Ich?« fragte Elizabeth, die Hand auf der Brust, denn die ein wenig theatralische Wendung, die die Szene nahm, riß sie mit. »Ich, die sie für die Frau hält, die für ihr Unglück verantwortlich ist...«

»Gütiger Himmel!« stöhnte Mrs. Harrison Edwards und rang die Hände, oder zumindest versuchte sie es, was gar nicht so einfach war, da sie lila Wildlederhandschuhe trug. »Was sollen wir tun? Sie hatte mir zwar nicht zugesagt, mich aber immerhin hoffen lassen, daß sie kommen würde, wenn sich das alles diskret und mit Takt arrangieren ließe. Mit Takt, die Elende!«

»Aber nein«, sagte Elizabeth, »es bleibt uns noch, Onkel Charlie zu Hilfe zu rufen; er bringt gewöhnlich alles ins Lot.«

»Tun Sie es für mich, Elizabeth. Sie haben eine arme, fassungslose Frau vor sich.«

Fassungslos stimmte nicht ganz. Mrs. Harrison Edwards bewahrte immer einen kühlen Kopf, aber der Stolz verbot ihr, gewisse Schritte zu unternehmen, die sie demütigend fand. Schon die Weigerung Annabels schmerzte sie empfindlich. Sie wußte, daß sie mit einigen Emotionen das Herz der naiven Elizabeth rühren konnte, so daß diese für sie die Bittstellerin spielen würde.

Die junge Engländerin hatte die große Dame der *Society* noch nie in einem solchen Zustand gesehen, und sie fühlte Mitleid.

»Beruhigen Sie sich«, sagte sie edelmütig, »ich werde mit Onkel Charlie reden. Ihm ist daran gelegen, daß Annabel kommt, da er ja mit Ihnen zusammen diese außergewöhnliche *Party* organisiert hat.«

Sie umarmten sich und trennten sich. Dann kam Mrs. Harrison Edwards noch einmal zurück, und sie umarmten sich aufs neue mit aller Inbrunst wie zwei verwandte Seelen. Und plötzlich, in einer Aufwallung von Dankbarkeit, entfuhr der Besucherin der aus tiefstem Herzen kommende Schrei:

»Sie retten meine *Party*!«

63

Als Onkel Charlie am übernächsten Tag heimkehrte, zeigte er sich viel einfacher als befürchtet. Elizabeth besuchte ihn, sobald es möglich war, und er empfing sie in seinem kleinen privaten Salon. Das Mobiliar dieses mit besonderem Charme eingerichteten Zimmers bestand aus geräumigen vergoldeten Sesseln und einem breiten, mit eierschalenfarbenem Samt überzogenen, üppig gepolsterten Sofa, das zu wollüstig aussah, um ehrbar zu sein, aber die beiden Büsten des Aristoteles und des Lykurg in zwei hohen Nischen schienen eigens dazu dazusein, um zweifelhaften Vermutungen Einhalt zu gebieten und die Lästermäuler zum Schweigen zu bringen.

In diesem liebenswürdig zweideutigen Rahmen begrüßte er Elizabeth mit väterlicher Zuneigung, denn in seinen Augen war sie noch immer sein Mündel. Allerdings trug auch Elizabeths Schönheit dazu bei. Sowie sie seinen kleinen Privatsalon betreten hatte, nahm er ihre beiden Hände, zog sie an sich und drückte ihr einen Kuß auf jede Wange, wie man es auf dem Lande tut.

»Gute Nachrichten, mein liebes Kind«, sagte er. »Ich habe in einem New Yorker Geschäft den Stoff gefunden, den du für deinen Salon brauchst. Dreißig Rollen hellroten Brokats sind auf dem Weg zu deinem hübschen Haus. Du wirst einen Salon haben, von dem die ganze Stadt sprechen wird, einen wahren Offiziersgattinnensalon: ausgesprochen heroisch. Wie geht es denn deinem Billy?«

Sie antwortete ihm kurz und in gutgelauntem Ton, ging dann aber ohne zu zögern auf den Zweck ihres Besuches über. Die Erregung machte sie geschwätzig, und sie drückte sich recht unbeholfen aus, aber es gelang ihr schließlich, ihm die Beunruhigung von Mrs. Harrison Edwards zu schildern, und Charlie Jones hörte ihr geduldig zu.

»Die arme, liebe Lucile«, sagte er mit einem gutmütigen Lächeln, »immer so empfindsam und teilnahmsvoll, aber das Problem ist nicht sehr schwierig, und ich werde mich von meiner langen Erfahrung als Anwalt inspirieren lassen. Morgen wird Annabel einen Brief erhalten, aber nicht den mit massiven Argumenten überzeugenden Brief, sondern den Brief, der das Herz rührt und der nie seinen Zweck verfehlt. Aber jetzt, meine liebe kleine Elizabeth, muß ich dich verlassen, da gerade ein Schiff im Hafen einläuft. Auf jeden Fall sehen wir uns am Abend des 16. April wieder. Es wird ein großes Ereignis in der Geschichte Savannahs sein, das sage ich dir.«

Als er allein war, murmelte er vor sich hin:
»Der Brief, der das Herz rührt, das ist schnell gesagt … Versuchen wir es gleich, das Büro kann warten.«

In seinem Arbeitszimmer setzte er sich an einen schweren, mit Büchern und Papieren bedeckten Mahagonitisch. Auf ein großes weißes Blatt schrieb er mit feiner Hand einige Zeilen, strich sie durch, schrieb sie neu und strich sie wieder durch. Schließlich entstand folgender Brief:

Liebe Annabel,

an Sie, die Sie uns aus so vielen Gründen teuer sind, denke ich heute abend als ein Mann, den eine harte Lebenserfahrung von manchen Illusionen befreit und von allen Lügen der Gesellschaft geheilt hat. Und da sehe ich Sie im stillen Schimmer meiner Lampe (in Wahrheit strahlte die Sonne an einem wolkenlosen Himmel) so wie Sie sind: reinen Herzens, von vornehmer Abstammung und vornehmem Aussehen und von einer Schönheit, der die Zeit nichts anzuhaben vermag. Ihre Absage an die Welt, oh, ich verstehe sie und billige sie, aber in der Stille dieser Aprilnacht appelliere ich an Ihre töchterliche Liebe. Denken Sie an Ihre wunderbare Mutter, auch sie ein Opfer der Grausamkeit der Menschen. Man hat ihr einen vermeintlichen Fehltritt angelastet und sie wie eine Schuldige behandelt, bis der Abscheu sie in die Einsamkeit trieb. Kommen Sie, Annabel, erscheinen Sie vor einer Gesellschaft, die durch die Wahrheit eines besseren belehrt wurde und sich ihres Irrtums schämt, die bereit ist, Sie mit der Ihnen gebührenden Hochachtung in ihrem Schoße aufzunehmen. Rächen Sie die Ehre Ihrer Mutter von dem Schimpf eines schändlichen Verdachts. Kommen Sie aus Liebe zu Ihrer Mutter, und ich verbürge mich für den Empfang, den unsere Aristokratie Ihnen bereiten wird, die gerührt ist über ihr Schicksal und ungeduldig darauf wartet, die Verirrungen einiger Landadliger wiedergutzumachen.   *Ihr Charles Jones.*

»Ich habe da den Dingen vielleicht ein wenig vorgegriffen«, sagte er sich, als er den Brief zusammenfaltete, »aber es genügt, daß Annabel anwesend ist; alles übrige besorge ich.«

Ein Kurier des Büros trug den Brief eine Stunde später an die Adresse von Lady Jonathan Armstrong. Die Antwort ließ nicht lange auf sich warten. Am folgenden Abend kam sie mit der Post. Charlie Jones öffnete den Umschlag und las folgende Worte:

Mama zuliebe werde ich natürlich da sein.

Aber es mangelt Ihnen an Schlichtheit, mein lieber Charlie. Sie brauchten doch kein großes Orchester, um ganz einfach zu singen: »Kommen Sie.« *Man mag Sie trotz allem gern.*   *Annabel.*

64

Acht Tage vor der großen *Party* bei Mrs. Harrison Edwards fanden bei Charlie Jones wichtige Unterredungen statt. Dieser fühlte sich nämlich wie Mrs. Harrison Edwards von wachsender Unruhe ergriffen, je näher der 16. April kam. Beide waren übereinkommen, daß der Ankunft Lady Armstrongs das Erscheinen Miss Llewelyns vorausgehen sollte, deren Aussage zwar entscheidend war, sich aber übermäßig in die Länge zu ziehen drohte. Und das war noch gar nichts im Vergleich zu der Kühnheit, eine Frau von gewöhnlicher Herkunft, um nicht zu sagen, eine Frau aus dem Volke, in einer exklusiven mondänen Versammlung erscheinen zu lassen. Das Prinzip dieses unerhörten Auftritts war gegen Ende März gebilligt worden, also bevor man die Einladungen versandt hatte. Aus der Ferne besehen, schien das Ereignis zwar ein wenig schwierig, jedoch möglich. Jetzt, da es sozusagen vor der Tür stand, schwebte Mrs. Harrison Edwards in Angst und Schrecken und hielt sich nur noch mit Hilfe des Laudanums auf den Beinen. Was Charlie Jones betraf, so beherrschte er sich, litt jedoch Qualen bei dem Gedanken, daß sich da vielleicht eine Art von Skandal anbahnte.

In einem Augenblick der Feigheit, den sie einander nicht eingestanden und den sie lieber eine Eingebung der Vernunft nannten, kamen sie überein, Miss Llewelyn zum Verzicht auf die getroffene Abmachung zu bewegen und sie zu bitten, am besagten Tag zu Hause zu bleiben. Man lud sie also zu einer Unterredung am Jasper Square ein, und die Begegnung der drei Personen fand in Charlie Jones' kleinem Privatsalon statt.

Die Diskussion war heftig und wurde bald so laut, daß vier schwarze Ohren an der Tür lauschten. Das Risiko war groß, das Vergnügen jedoch zu außergewöhnlich. Miss Llewelyn weigerte sich ganz entschieden und erklärte, daß sie Dinge zu enthüllen habe, ohne die man den Vorurteilen der *High Society* gegenüber einer Mestizin, auch wenn sie dem englischen Adel angehörte, nicht beikommen könnte. Angesichts ihrer Autorität und ihres Zorns erzitterte Mrs. Harrison Edwards, die ihre *Party* bereits zu einer Katastrophe werden sah. Charlie Jones aber, der sich nicht so leicht unterkriegen ließ, konterte mit einem Einwand, den er für unwiderlegbar hielt: Wie würde eine Frau ohne Erfahrung der öffentlichen Rede so lange die Aufmerksamkeit von etwa vierzig Damen und ebenso vielen Herren fesseln können, die nur kommen würden, um einen angenehmen Abend zu verbringen?

»Eine sehr lange Geschichte zu erzählen«, sagte er schließlich, »ist eine schwierige Kunst, die eine gründliche Übung erfordert.«

Bei diesen Worten geriet Miss Llewelyn außer sich und entgegnete

mit einer so ohrenbetäubenden Stimme, daß sie eine dicke Steinmauer durchdrungen hätte:

»Eine Waliserin zu fragen, ob sie fähig ist, ohne Zögern eine lange
Geschichte vom Anfang bis zum Ende zu erzählen, heißt eine Nachtigall fragen, ob sie singen kann.«

»Mag sein«, sagte Charlie Jones puterrot, »aber Mrs. Harrison
Edwards kann Ihnen den Zutritt zu ihrem Salon verweigern.«

»Auch das mag sein, Mr. Jones, aber dann bleibt mir noch die
Straße, und dort, das versichere ich Ihnen, werde ich meine
Geschichte laut verkünden und innerhalb von drei Minuten mein
Publikum haben.«

Mrs. Harrison Edwards war in einen Sessel gesunken und hielt
sich ein Fläschchen Riechsalz vor die Nase.

»Charlie«, murmelte sie schwach, »es scheint mir unmöglich, sie
abzuweisen.«

Er nickte zustimmend.

»Also«, sagte er, »wird Miss Llewelyn am 16. April bei Mrs. Harrison Edwards erscheinen. Um wieviel Uhr?«

»Die Einladung ist für sieben Uhr«, stöhnte Mrs. Harrison
Edwards, »aber wir müssen mit Verspätungen rechnen. Sagen wir
also halb acht.«

»Punkt halb acht wird Maisie Llewelyn da sein«, sagte die Waliserin mit fester Stimme.

Fast am Rande der Tränen fragte Mrs. Harrison Edwards:

»Darf ich wissen – o, mein Gott! – in welcher Toilette?«

Die Antwort folgte schlagartig und nicht ohne Hochmut:

»Den Umständen gemäß.«

Mit einer Kopfbewegung, die Genugtuung ausdrückte, jedoch
auch als ein Gruß gelten konnte, zog sie sich zurück.

65

In der Stadt war nur noch die Rede von dem großen Abendempfang
bei Mrs. Harrison Edwards am 16. April, jenem Abend, der im voraus alle politischen Nachrichten in den Schatten stellte. Durch das
Geflüster von Tür zu Tür erfuhr man nach und nach die Namen aller
Geladenen. Die vollständige Liste hätte als Wappenbuch des Adels

der Ostküste gelten können. Einige stolze Familien unbedeutender Herkunft empfanden es als schmerzlich, vergessen worden zu sein, und die Intrigen, durch die man die glanzvolle Einladung zu ergattern hoffte, wurden in einem heimlichen, unerbittlichen und zuweilen an Tragik grenzenden Krieg ausgefochten. Die Enttäuschung ertränkte man in Tränen der Wut, denn Mrs. Harrison Edwards hatte sich unnachgiebig gezeigt. Der adlige Abstammungsnachweis war allein ausschlaggebend, sonst nichts.

Im Selbstgefühl seiner persönlichen Autorität hatte sich Charlie Jones bald von der stürmischen Szene mit Miss Llewelyn erholt, aber Mrs. Harrison Edwards vermochte sich nicht von den Qualen der Ungewißheit zu befreien. Sie, die sich für so mutig hielt, hatte Angst vor der Waliserin. Jeden Tag mußte Charlie Jones sie beruhigen, doch vergebens, denn jede Nacht verfolgte sie aufs neue der Alptraum ihrer in eine Katastrophe ausartenden *Party*. In ihrer Herzensnot rief sie sogar die göttliche Vorsehung zu Hilfe, ihr durch ihr Eingreifen die Schande eines zu schmerzlichen Fiaskos zu ersparen. Doch der Himmel antwortete nicht. Während sie ihr Laudanum bereitete, sagte sie sich, daß sie, falls das Schlimmste eintreffen sollte, das Land verlassen und irgendwo in Europa ein Dasein im Exil fristen würde. In London natürlich.

Es versteht sich von selbst, daß Elizabeth nichts von diesem inneren Drama ahnte. Für sie war es ganz einfach. Sie hatte eine Einladung zum Empfang am 16. April erhalten, und sie dachte von Zeit zu Zeit daran, nicht ohne Vergnügen und mit großer Neugier.

Was sie zuweilen bekümmerte, waren Sorgen ganz anderer Art. Als sie sich in ihrem Spiegel bewunderte, stellte sie unwillkürlich fest, daß ihre Taille sich gerundet hatte, und bald wurde es ihr offenbar. Billys stürmische Liebesattacken trugen ihre Früchte, und sie würde also dem kleinen Ned einen Bruder oder eine Schwester schenken. Zu Weihnachten, vielleicht schon früher, würden die starken, bereits ein wenig vergessenen Schmerzen ihren Körper martern. Dieses unvermeidliche Ereignis gab ihr Anlaß zu endlosen Fragen. Das Leiden verursachte ihr Angst, und andererseits machte ihr Billys Betragen Sorge. Er hatte nie den Wunsch geäußert, ein Kind zu haben. Was er vor allem wollte, war das Vergnügen; für ihn hatte die Liebe keinen anderen Sinn als diesen.

Tage vergingen, und eines Abends bekam sie einen unerwarteten Besuch, der sie bestürzte. Annabel, in Trauerkleidung, erschien nach dem Diner und bat sie um eine Unterredung in ihrem Zimmer.

Nach einem strahlenden Spätnachmittag ging der Tag rasch zur Neige, und die Gaslampe brannte bereits auf dem Treppenflur.

In Elizabeths Zimmer verbreitete die Nachttischlampe ein friedliches Licht, so daß das dramatische Erscheinen dieser Frau im schwarzen Kleide irgendwie störend wirkte.

»Elizabeth«, sagte Annabel ohne Umschweife, »seien Sie nicht allzu überrascht, mich hier zu sehen, aber in fünf Tagen findet der Empfang statt, an dem zu erscheinen ich mich verpflichtet habe. In Ihrem Besitz befindet sich ein Gegenstand, der mir gehört und den ich Sie bitte, mir zurückzugeben.«

»Ein Gegenstand?« fragte Elizabeth verwirrt.

»Versuchen Sie nicht, meiner Frage auszuweichen; Sie wissen genau, um was es sich handelt: mein Smaragdhalsband. Es gehört mir, und ich will es haben.«

Angesichts dieses Tons errötete die junge Engländerin in jäher Empörung.

»Ich werde es Ihnen sofort geben, aber es wurde mir von William Hargrove vermacht und von Charlie Jones ausgehändigt.«

»Daran zweifle ich keine Sekunde, aber es war das Hochzeitsgeschenk meines Vaters für meine Mutter, und als diese der Welt den Rücken kehrte, um den Schleier zu nehmen, beauftragte sie ihren Vater, William Hargrove, es mir nach seinem Tode zu hinterlassen. In seinem damaligen Testament stand auch, daß das Smaragdhalsband mir übergeben werden sollte, als Vermächtnis meiner Mutter. Inzwischen hatte er das, was er eine Gewissenskrise nannte, und er beschloß im Namen der Moral, daß dieser Schmuck, der einer Sünderin gehört hatte – und das war meine Mutter nach seinen Maßstäben – nicht einer anderen Sünderin vermacht werden dürfe, nämlich mir. So wurde das Testament zu Ihren Gunsten abgeändert. Billigen Sie diesen Verrat?«

Anstatt zu antworten, suchte Elizabeth den Schlüssel zum Wäscheschrank in einem Schubfach ihrer Kommode, öffnete den Schrank, holte unter einem Stapel Hemden das Smaragdhalsband hervor und überreichte es wortlos Annabel, die es in beide Hände nahm, es einen Augenblick betrachtete und dann in ihre Handtasche steckte.

»Ich glaube nicht, daß ich Ihnen zu Dank verpflichtet bin«, sagte sie etwas freundlicher, »aber ich weiß es zu schätzen, daß Sie mir ohne zu zögern geglaubt haben. Auch bin ich mir bewußt, daß Ihnen mein Verhalten hart erscheinen muß. Doch, doch. Für das allein bitte ich Sie um Entschuldigung. Gute Nacht, Elizabeth. Sie sind wirklich so, wie ich es erhofft hatte.«

Als sie zur Tür ging, hielt Elizabeth sie zurück:

»Verzeihung, aber ich habe noch eine Frage an Sie.«

Annabel lächelte:

»Ich glaube zu erraten, was Sie mich fragen wollen. An Ihrer Stelle hätte ich das gleiche getan – und nicht erst jetzt.«

Sie setzte sich und sagte:

»Lassen Sie hören.«

»Nun gut«, sagte Elizabeth, nachdem auch sie wieder Platz genommen hatte, »machen wir keine Umschweife: woher wußten Sie, daß dieses Schmuckstück sich hier in meinem Zimmer befand?«

»Ihre direkte Art gefällt mir, und sie erspart uns unnützen Zeitverlust. Sie haben vorhin gesagt, daß dieses Halsband Ihnen von Charlie Jones ausgehändigt worden ist.«

»Jawohl.«

»Und diesen in den Augen der Welt so überaus kostbaren Gegenstand hat er Ihnen in einem Schmuckkästchen überreicht, das in einer Schachtel lag.«

»Das stimmt.«

»Er selbst wußte aber nicht, was die Schachtel enthielt, und das weckte seine Neugierde.«

»Das kann man wohl sagen. Er brannte geradezu darauf, zu erfahren, was William Hargrove mir hinterlassen hatte.«

»Und Sie haben es ihm nicht gesagt... Das weiß ich, weil er sich mir eines Tages eröffnet hat. Er wollte es wissen, da er aber zu gut erzogen ist, um Sie mit Fragen zu bedrängen, fragte er mich, ob ich es wüßte.«

»Jetzt wird mir alles klar. Sie haben es ihm gesagt.«

»Nicht ganz. Ich konnte ja nicht einen Gegenstand beschreiben, den ich nie gesehen hatte, aber mit diesem Smaragdhalsband, das während der Revolution in Haïti verschwand, war eine Art Legende verknüpft. Man erzählte sich einmal, daß es der Königin von Spanien, ein andermal, daß es der Königin von England gehört haben soll. Alles ist möglich, selbst das Unwahrscheinliche. Nur zwei Menschen konnten eine genaue Beschreibung dieses Schmuckstücks liefern. Der eine war Mama, die heute nicht mehr an solche Eitelkeiten denkt, wenn sie auch, und dessen bin ich sicher, den Mann nicht vergißt, den sie von ganzem Herzen geliebt hat. Der andere war William Hargrove, der das Halsband im Augenblick der Flucht aus Haïti an sich genommen und bis zu seinem Tode versteckt hat.«

»Warum?«

»Das weiß ich nicht, aber als man erfuhr, daß er Ihnen einen Gegenstand vererbt hat, über dessen Beschaffenheit er nichts hat verlauten lassen, kamen mehrere Personen, darunter Charlie Jones und ich, vor allem ich, auf den gleichen Gedanken: es mußte das Smaragdhalsband sein.«

»Es war also nur eine Vermutung.«

»Was mich betrifft, so war es eine innere Gewißheit. Ich hatte zwar keinen Beweis, erinnerte mich jedoch an das, was meine Mutter mir Jahre zuvor erzählt hatte. Auch das wußte man nicht, aber ich bewahrte meine Geheimnisse. Nur ist eine Erinnerung natürlich noch kein Beweis. Als ich zu Ihnen kam, konnte ich also nichts mit absoluter Gewißheit behaupten. Daher habe ich es mit einem Bluff versucht. Ich kannte Sie. Aber als ich Ihnen sagte, daß der Gegenstand sich hier befände, hätten Sie mir mit einem Wort den Mund stopfen können: ›Haben Sie einen Beweis?‹«

Elizabeth erhob sich und sagte mit sehr ruhiger Stimme:

»Ich habe mich also einschüchtern lassen.«

Annabel, die bereits die Hand auf dem Türknauf hatte, drehte sich noch einmal um:

»So ist es.«

»Und Sie finden das gerecht?«

»Nein, aber es gibt Schlösser, die man mit Gewalt öffnen darf, um eine Ungerechtigkeit wiedergutzumachen.«

»Das ist ja eine ganz neue Moral, die ich noch nicht kannte und die – Sie werden es mir nicht übelnehmen – die Bewunderung des verstorbenen William Hargrove erregt hätte.«

Annabel blickte sie lange an, bevor sie antwortete, und dann sagte sie sanft:

»Elizabeth, einmal werden der Tag und die Stunde kommen, da Sie diese Worte bereuen werden, aber man hat Sie provoziert, und es gefällt mir, daß Sie reagiert haben.«

Elizabeth ging schweigend mit ihr hinunter und begleitete sie bis zur Haustür. Auf der Freitreppe blieb Annabel stehen, als wollte sie den Vögeln in den Sykomoren lauschen, die die Nacht begrüßten.

»Lieben Sie den Süden, Elizabeth?« fragte sie.

»Aber ja … sehr. Wußten Sie das nicht?«

»Doch. Ein neues Band verknüpft Sie mit ihm, ein ebenso starkes wie das der Ehe. Verstehen Sie?«

»Aber …«

»Sie werden dem Süden ein zweites Kind schenken.«

Elizabeth war verwirrt von dem ohrenbetäubenden Vogelgezwitscher und antwortete nicht. Annabel begnügte sich mit einem Lächeln und sagte noch:

»Wie ich sehe, tragen Sie immer noch den Rubin von meinem Jonathan … Würde es Ihnen etwas ausmachen, mich zu küssen?«

Ohne zu zögern, legte Elizabeth die Lippen auf die kalte Wange, die sich ihr darbot. Annabel drückte ihr die Hände.

»Bis zum 16. April«, sagte sie und stieg die Stufen hinab.

Bald verlor sich ihre hohe Gestalt im Dunkel.

In ihr Zimmer zurückgekehrt, verfiel Elizabeth in eine jener Verzweiflungskrisen, die bei ihr immer häufiger auftraten, weil sie nicht mehr recht verstand, welche Richtung ihr Leben nahm. Zitternd erinnerte sie sich an die glücklichen Tage, als noch nichts ihre persönliche Zukunft zu bedrohen schien. Man hatte ihr eingeredet, daß es keinen Krieg geben würde, aber fern, sehr fern irgendwo in ihrem Innern lebte der Gedanke an eine Flucht nach England, falls die Dinge sich zum Schlechten wenden sollten, eine unsinnige Träumerei, der eine Angst zugrunde lag, die sie sich nicht eingestehen wollte. Und ausgerechnet jetzt stürzte Annabel sie in Verwirrung durch einen Satz, der sie zu einer Gefangenen des Südens machte. Ein neues Band, ebenso stark wie das der Ehe, fesselte sie an dieses Land: das Kind, das eines Tages im nächsten Winter auf die Welt kommen würde.

Und dann der Name Jonathan, der in den letzten Minuten dieser seltsamen Unterredung so plötzlich gefallen war. Wie hatte Annabel ihr das Smaragdhalsband auf so energische Weise wegnehmen können? »Ich glaube nicht, daß ich Ihnen zu Dank verpflichtet bin« … Ebenso wenig wie man einer Diebin, die man auf frischer Tat ertappt, zu Dank verpflichtet ist.

Rot vor Wut und Angst, vermochte sie sich erst zu beruhigen, als sie an die plötzliche Sanftmut der großen Dame in Schwarz dachte, die sie auf der Freitreppe um einen Kuß gebeten hatte. Es gab keinen Zweifel: Annabel war verrückt geworden. Aus Kummer vielleicht. Die Erwähnung des Rubins schien Elizabeth voller unheimlicher Andeutungen.

Es ärgerte sie, daß sie sich das Smaragdhalsband von einer Geisteskranken hatte wegnehmen lassen. Sie hätte »Nein, nein und abermals nein!« sagen sollen. Aber sie hatte den Kopf verloren. »Ich habe es mit einem Bluff versucht.« Das waren die Worte, die diese Frau, die älter war als sie, ihr zu sagen gewagt hatte, und es war Annabel nur deshalb gelungen, sie einzuschüchtern, weil sie sich über sie erhaben wußte. Ihre schönen Smaragde, die Elizabeth nur zuweilen und ganz allein zu betrachten pflegte, die sie nie jemandem zeigte, nicht einmal Billy … und nun trat plötzlich diese Mestizin in ihr Zimmer und erzählte ihr, daß die Smaragde ihr gar nicht gehörten, sondern ihr, Annabel, und daß sie ihr auf der Stelle ausgehändigt werden müßten. Und ohne Widerrede, wie eine einfältige Gans, hatte Elizabeth sie ihr gegeben.

Sie wiederholte sich diese Dinge, als müßte sie sich davon überzeugen, daß sie wirklich vorgefallen waren.

Inzwischen drang der gelbe Widerschein der Straßenlaterne in das Zimmer.

Elizabeth setzte sich vor den Spiegel, begann mit Sorgfalt, ihr Haar zu kämmen, und betrachtete fasziniert die über ihre Haarsträhnen laufenden kupferroten Lichtreflexe. Und die Haare knisterten unter dem Kamm.

66

Mrs. Harrison Edwards konnte nichts dafür: der 16. April erstrahlte ohne ihr Zutun in einem sieghaften Licht, und der in allen Gärten triumphierende Frühling verbreitete die betörendsten Düfte. Man hätte sich keinen besseren Tag für ein Fest erträumen können.

Auf der Terrasse und im Salon erwarteten etwa hundert im Halbkreis aufgestellte vergoldete Holzsessel die Gäste. Eine riesige cremefarbene Zeltbahn aus Segeltuch sollte diejenigen schützen, die es vorzogen, im Freien zu sitzen.

Mit riesigen Federfächern bewaffnet, hielten sich die Schwarzen in ihren königsblauen und silberbetreßten Livreen bereit, die schwüle Hitze eines Spätnachmittags zu bekämpfen.

Auf dem Chippewa Square reihten sich die Kutschen dicht an dicht; die Wagenschläge knallten hochmütig, und die großen Räder glänzten in einem prächtigen Durcheinander, denn die von allen Seiten der Stadt kommenden Wagen zwängten sich, so gut sie konnten, in die noch freien Plätze. Die Kutscher mit ihren grauen Zylinderhüten fluchten und schimpften, aber das gehörte nun einmal zum allgemeinen Tumult, der die großen gesellschaftlichen Festlichkeiten begleitet.

Im Inneren des Hauses schwangen sich die mit Blumen und Früchten verzierten Laubgirlanden um die Säulen der prächtigen Eingangshalle, und aus einem benachbarten Zimmer drangen die zärtlichen Klänge einer Serenade. Doch leider ging der Reiz dieser Willkommensmusik im fröhlichen Geplauder der Ladies verloren, die sich in ihren Toiletten von allzu gesuchter, wenn nicht gar herausfordernder Eleganz zur Schau stellten. Viel champagnerfarbene Seide, aber auch buntschillernder Taft sowie violetter und rosa Atlas. Die älteren Damen bevorzugten die dunkellila Farbtöne mit goldenem oder rotem Schimmer, aber hie und da beeindruckte auch das reine Schwarz durch seine stolze und ruhige Würde. Wie die Schwingen gefesselter Vögel flatterten die Fächer aus Federn oder bemaltem Papier, während Mrs. Harrison Edwards, in hellila Samt gekleidet, sich geradezu heldenhaft bemühte, ein wenig Ordnung in diese prunkvolle Konfusion zu bringen. Verzweifelt sah sie, wie all diese Damen aufs Geratewohl irgendwo Platz nahmen, obwohl man vorsorglich Ehrenplätze für die Angehörigen des ältesten Adels reserviert hatte, aber nichts gleicht einer Horde übermütiger Schulmädchen mehr als eine Versammlung großer Damen, die nur noch auf ihr eigenes Geplauder hören.

Endlich waren alle Sessel besetzt, und die Verspäteten wurden höflich auf die Terrasse gebeten, wo sie so bequeme Sitzgelegenheiten vorfanden, daß die verletzte Eitelkeit bald vergessen war. Wie ein Schwarm Raben kamen die Herren im schwarzen Frack dazu und wurden mit der gebotenen Höflichkeit begrüßt und unter Komplimenten in die hintersten Sitzreihen geführt.

Die Versammlung war jetzt vollständig und erstrahlte im funkelnden Glanz der Edelsteine. Brillantgehänge rieselten über die flachen und runden Brüste oder bildeten eine Art Hundehalsband, das den Siebzigjährigen durch einen langsamen Strangulationsprozeß half, den Kopf aufrecht zu halten und dem Tode zu spotten. Wo man hinsah, bluteten Rubine, zuweilen auf zarten Händen oder wie bei Elizabeth in einem einzigen Tropfen, der absichtlich nur unzureichend in dem herrlichen Busenausschnitt verborgen war. Auf vielen anderen Hälsen, Fingern, Armen, Ohren, Stirnen, überall, wo die edle Haut es duldete, triumphierte der Saphir. Der stolze Familienschmuck schien gekommen, um in den Salons einmal frische Luft zu schnappen.

Draußen in der Abenddämmerung, rings um die Terrasse, schrien sich die Vögel heiser, um eine andere Geschichte zu erzählen, und sie flatterten so verstört von Ast zu Ast, als beunruhigte sie das Geplauder da unten.

In diesem Augenblick erschien Charlie Jones. Mit der Selbstsicherheit eines berühmten Tenors trat er in die Mitte des blanken, leeren Parketts und vor die sitzende Menge. Mit dem rosigen Teint eines wohlgenährten jungen Mannes bewegte er sich in einer Wolke von Eau de Cologne, die man von ferne roch. Sein in London geschneiderter Frack verlieh ihm eine schlanke Taille.

»Meine verehrten Damen«, begann er mit warmer und sonorer Stimme, »und ihr dort hinten, meine guten alten Freunde, Mrs. Harrison Edwards, die Perle unserer Stadt, die uns die Ehre dieses heutigen Abendempfanges erweist, bittet mich, einige Worte an Sie zu richten. Im Laufe dieses Abends, der interessant und voller Überraschungen zu werden verspricht, wird zuerst eine Person erscheinen, deren Freundschaft uns teuer ist, die aber angesichts ihrer Stellung nicht die Gewohnheit hat, über unsere Teppiche zu schreiten... Der Empfang, den Sie ihr bereiten, wird mir der Beweis Ihres Wohlwollens sein, das ich mir bisher stets verdient zu haben hoffe...«

Ein höfliches Gemurmel gab ihm zu verstehen, daß er sich des Vertrauens aller erfreute und daß man sich mit Seelenstärke auf alles gefaßt machte.

Charlie Jones verbeugte sich und zog sich auf die Terrasse zurück, wo er neben Algernon Platz nahm.

Jetzt öffnete sich die Doppeltür der Eingangshalle, und Miss Llewelyn trat raschen Schrittes ein, um erst kurz vor den Sitzreihen der Damen stehenzubleiben, die sich bereits hinter ihren ausgebreiteten Fächern verschanzten.

In einem stahlgrauen Kleid, unter dem die spitzen schwarzen Halbstiefel hervorschauten, hatte sie dem mondänen Charakter dieses Abends nur ein einziges Zugeständnis gemacht ... Sie hatte ihr graues Haar oben auf dem Kopf zu einem Knoten geschlungen, und darin steckte eine große hellrosa Blüte, die exotisch aussah und bei dieser in der Gartenkunst durchaus bewanderten Versammlung Verwunderung erregte, und es war diese Blüte, die alle möglichen abfälligen Bemerkungen und Proteste zum Schweigen brachte. Man wollte wissen, woher sie kam, und die Fächer zuckten nervös, aber schon der bloße Anblick dieser großen und korpulenten Frau hatte etwas so Aggressives und Dominierendes, daß man sich eines gewissen Unbehagens nicht erwehren konnte. Ihre kleinen hellgrünen Augen ließen einen herausfordernden Blick über diese wie für einen Ball herausgeputzte Menge schweifen, deren Juwelen im Widerschein eines riesigen Kristalleuchters funkelten. In diesem Licht, das direkt auf sie fiel, zeichneten sich auf den energischen Zügen der Waliserin schwarze, wie mit dem Kohlestift gezeichnete Schatten ab: die zornige Nase mit den weit geblähten Nüstern, der harte, stets zur Schmähung bereite Mund.

Wahrscheinlich war sie sich des Eindrucks gar nicht bewußt, den sie machte, ohne auch nur ein Wort gesagt zu haben, aber sie war von ihrer Wichtigkeit durchdrungen und hatte sich sozusagen innerlich aufgebläht, und sie genoß die Freude, der Gesellschaft im Zentrum ihrer Versammlung zu trotzen. Seltsamerweise fühlte sie sich als die Stärkere, obgleich sie allein war, doch da sie zu intelligent war, um dem Stolz nachzugeben, erinnerte sie sich, daß sie gekommen war, um einer fast aussichtslosen Sache durch ihre Überredungskunst zum Siege zu verhelfen.

Mit schallender Stimme, die sie zu mildern bemüht war, und ohne die Gegenwart der an den Seiten und hinten sitzenden Männer zu beachten, begann sie:

»Meine verehrten Damen, Sie sind erstaunt, mich in Ihrem Kreis zu sehen. Ich auch. Ich bin es wegen des Begriffs, den ich mir von der Ehre mache und der vielleicht nicht dem Ihren entspricht, aber lassen wir das. Schon seit mehr als einem Jahr redet man in Savannah wieder von Haïti, von Souloque dem Ersten und von den Unruhen auf der Insel, und das läßt alte und dunkle Erinnerungen wiedererwachen. Aber wissen Sie denn, was Haïti ist? Nun, ich werde es Ihnen sagen. Haïti ist das Blau des Himmels, ist der Smaragd, ist die Leidenschaft, die Liebe, die Gewalt und das Blut.«

IV
Laura
oder
Das verlorene Paradies

»Paradies der Liebe,
Verlor'nes Paradies.«

67

In den letzten Minuten der Abenddämmerung, die stillzustehen scheint, taucht die Sonne alles in ihre rötlichen Fluten. Wie von Panik ergriffen vor der Nacht, flattern und kreischen Vögel aller Größen um die Bäume: Blauhäher, scharlachrote Kardinäle, Papageien, Kolibris fliehen im Wirbelflug vor der Dunkelheit, die ganz plötzlich einbrechen wird.

Zwei Männer und eine Frau stehen auf der Wiese oberhalb einer riesigen Plantage: William Hargrove unterhält sich mit Anatole de Siverac. Eine große amerikanische Flagge weht über einem langen einstöckigen Haus, dessen Fassade von einer Veranda mit geneigtem Dach geschmückt wird.

Die Frau, eine robuste und sehr selbstbewußte Person, hört den Männern zu und mischt sich zuweilen in ihr Gespräch: Maisie Llewelyn, die Waliserin. Obwohl sie noch jung ist, hat sie seit dem Tod von Mrs. Hargrove im Jahre 1816 die Oberaufsicht über das Haus inne.

»Ich kann es einfach nicht glauben, daß ein neues Unglück das Land bedroht... Die Zeiten Rigauds und Dessalines liegen so weit zurück. Diese Insel war ein Paradies, und das ist sie noch immer.«

Hargroves naive Worte scheinen Anatole de Siverac zu irritieren. Der achtunddreißigjährige Plantagenbesitzer blickt verträumt in die Ferne. Er ist hochgewachsen und breitschultrig, trägt einen Panamahut, unter dem sich ein sorgfältig geschnittener schwarzer Backenbart abhebt; die Züge sind von schöner Ebenmäßigkeit, aber den dunklen Augen fehlt es an Sanftmut.

»Sehen Sie denn nicht«, sagt Anatole de Siverac, »diesen aufsteigenden Rauch dort hinten, am anderen Ufer des Artibonite? Da setzt man schon wieder einmal die Häuser der Spanier in Brand. Sie werden sie massakrieren wie die Franzosen im Jahre 1804.«

William Hargrove wirft ihm unter der Krempe seines Panamahutes einen Blick zu:

»Sie haben jedenfalls nichts mehr zu befürchten, denn Sie besitzen ja jetzt einen amerikanischen Paß.«

»Nicht mehr als Sie, seit ich auf Ihrem Hause die amerikanische Flagge hissen ließ, die einzige, die die Schwarzen noch respektieren.«

»Ach was! Ich glaube trotzdem, daß das Schlimmste vorüber ist. Man hat gesehen, wie dieser Sklave Christophe sich zum Herrn über Haïti gemacht hat und als Despot die Insel regierte.«

»Er war Kaiser. Ein Schwarzer als Kaiser! Das hat wie bei den anderen ein tragisches Ende genommen. Er erschoß sich mit einer goldenen Kugel. Jetzt sind San Domingo und Haïti vereint, wir haben einen Präsidenten und eine Republik.«

»Und Mr. Boyer scheint Ihnen solider als Christophe?«

»Ein Präsident der Republik ist beruhigender als ein Kaiser.«

»Trauen Sie dem Frieden nicht«, sagte Maisie Llewelyn. »Blut ruft nach Blut. Die Greueltaten ändern sich nicht, aber der Mut auch nicht. Zur Zeit des Kaisers Christophe herrschte der Schrecken. Die farbigen Frauen waren wunderbar. Kennen Sie die Geschichte von dem verwundeten Weißen, der sich zu einer von ihnen geflüchtet hatte? Sie hat ihn versteckt. Eine Gruppe schwarzer Soldaten, die ihn verfolgte, will mit Gewalt bei ihr eindringen, um ihn wieder einzufangen und abzuschlachten. Sie verbirgt sich in einer dunklen Ecke hinter der Tür, und als sie ins Haus brechen, tötet sie vier Mann mit einer Machete. Dann schleppt sie die Leichen mit Hilfe einer alten Mulattin auf ihre Veranda und wirft sie auf die Straße. Die Menge zollt Bewunderung und spendet Beifall, aber sonst nichts. Und das Gemetzel wird fortgesetzt.«

»Eine Frau, die ihren Mann steht!« sagte Anatole de Siverac.

»Nicht wahr? Natürlich flohen die Angreifer, als sei ihnen der Teufel auf den Fersen.«

Es folgt ein Schweigen. Der sinkende Tag zeigt sich in einer Schönheit, die das Herz bedrückt. Vor diesen drei Personen, die plötzlich aufmerksam geworden sind, erstrahlt die ganze Plantage in einem letzten Glanz, bevor sie in Nacht versinkt. Hinter einem Gewirr von langen, hellen Blättern verbergen die Bananenstauden ihre grünen Früchte ganz nahe dem riesigen roten Fleck der Sonne, der mit seinen Flammen das Zwielicht besiegt. Etwas weiter hinten breiten sich die gewaltigen Tabakblätter aus und schmücken den flach abfallenden Hang, der sich bis zu den Baumwollfeldern erstreckt, deren schneeweiße Flocken sich von einem Hain blutroter Manzinellensträucher abheben. Mangobäume biegen sich unter ihren schweren goldenen Früchten in den letzten Sonnenstrahlen. Die große Farbenvielfalt verblaßt langsam bis zu den Ufern des Sturzbachs, versinkt plötzlich, bezähmt in einer trägen Mulde, wo

die Mangroven ihre ungeheuerlichen Wurzeln miteinander verschlingen. Überall auf diesem fiebernden Stück Erde recken sich die
in das Licht verliebten Palmen den sinkenden Strahlen der Sonne
entgegen, die der Horizont verschlingen wird. Auf einmal verstummen alle Vögel.

»Welch ein Liebesgesang verstummt«, murmelte William Hargrove, »wenn die Abenddämmerung hereinbricht!«

»Sie werden ja poetisch«, spöttelte die Waliserin. »Ich an Ihrer
Stelle würde mich lieber ernstlich um unsere Verteidigungsmittel im
Falle eines Aufstands kümmern.«

»Das Sternenbanner beschützt uns. Und dann behandeln wir
unsere Schwarzen viel zu gut, als daß sie sich auflehnen würden. Sie
lieben uns.«

»Das wird man sehen«, sagte Maisie Llewelyn.

»William, wir müssen mit dem revolutionären Fieber rechnen,
das allmählich um sich greift.«

»Nicht bei uns. Hier wird kein amerikanischer Besitz angerührt.
Wir können ganz ruhig sein.«

Ein letztes Beben der Sonne und der ganzen Natur; die Bäume,
der Himmel, die Sprechenden, alles wird rot. Plötzlich bricht ein
Schwarm Fledermäuse ein in den Schatten, der diese drei reglos ver-
harrenden Personen umgibt, umschwirrt sie, streift fast ihre Gesichter, wie schwarze neugierige Hände.

Diener mit Fackeln kommen ihrer Herrschaft zu Hilfe und geleiten sie ins Haus zurück.

Das große Zimmer, in dem sie sich versammelt hatten, bot einen
überraschenden Eindruck von Leere und Raffinesse. In der Tat
bestand sein Mobiliar nur aus einem Tisch und einigen Stühlen im
holländischen Stil mit geschnitzter Rückenlehne. Auf dem weißen
Tischtuch funkelten schwere Silberbestecke und Kristallgläser im
Licht der Kerzenleuchter.

Entgegen allen Gepflogenheiten der alten Welt setzte sich Maisie
Llewelyn zwischen die beiden Männer, nahm also den Platz der verstorbenen Mrs. Hargrove ein.

Diener in Weiß servierten sogleich eine kalte Suppe, und die Gläser wurden mit einem Wein von wunderbar dunkelgranatroter
Farbe gefüllt.

»Ohne den Pessimisten spielen zu wollen«, sagte Anatole de

Siverac, »muß ich gestehen, daß mir diese Einladung bei Don Diego de Serra y Atalaya, die uns noch vor acht Tagen so begeistert hat, heute abend weniger erfreulich erscheint.«

»Ein Abschiedsessen«, sagte William Hargrove. »Sein Besitz liegt etwa zwanzig Kilometer entfernt von hier, hinter dem Hügel von San Raphaël. Sie sind noch nicht bedroht, ziehen es jedoch vor, das Land zu verlassen. Es wird kein trauriges Fest sein, ganz im Gegenteil. Ihre Empfänge sind immer prächtig.«

»Ach, das Risiko ist nicht groß, aber da wir für die Hin- und Rückfahrt und den Aufenthalt dort mit mindestens vierunddreißig Stunden rechnen müssen, sind wir lange fort.«

»Was fürchten Sie?« fragte Maisie Llewelyn. »Ich werde da sein, mit Miss Laura und den Jungen – und mit den Dienstboten.«

»Miss Llewelyn hat ganz recht«, sagte William Hargrove. »Douglas und Joshua sind siebzehn und achtzehn Jahre alt und durchaus in der Lage, sich zur Wehr zu setzen. Sogar Frank ist alt genug, um mit der Flinte umzugehen. Und dann, was denken Sie sich eigentlich? Mit dieser großen Fahne, die im Winde flattert... Ihre Fahne, mein Lieber!«

»Schon gut. Wann fahren wir?«

»Übermorgen früh, um neun Uhr vielleicht.«

»Das ist ein bißchen knapp, um rechtzeitig anzukommen – aber wir werden wahrscheinlich nicht die einzigen sein, die mit Verspätung eintreffen.«

»Fahren Sie unbesorgt«, sagte Maisie Llewelyn. »Ich bin nicht umsonst Waliserin.«

68

Am übernächsten Tag und zur festgesetzten Stunde fuhren William Hargrove und Anatole de Siverac in der vierspännigen Kutsche über die sandigen Straßen, die hie und da von Palmen beschattet wurden. Weit in der Ferne hing der Hitzedunst wie ein Vorhang über dem Meer. Trotz der Lianen, die oft die Wege behinderten, ging die Reise gut voran bis zu dem Augenblick, da ein hoher Berg vor ihnen aufragte, der Hügel von San Raphaël, dessen steilen und gefährlichen Hängen sie folgen mußten, und dann überquerten sie einen steinigen Paß. Am Hügel selbst verbargen sich in grünen Palmenhainen immer wieder einsame Hütten. Große Raubvögel kreisten am leeren Himmel. Danach bescherte ihnen das Land zwar eine ruhigere Fahrt, aber sie rollten in der Tageshitze dahin, und man spannte große Sonnenschirme auf. Bald kamen sie an dicht wuchernden, undurchdringlich scheinenden Wäldern entlang, und nach weniger als einer Stunde sahen die freudig überraschten Reisenden einen Wasserfall, der von einer waldigen Höhe herabstürzte und sie angenehm erschaudern ließ. Erfrischt und von ihren Strapazen erholt, gelangten sie an das Gehölz mit den riesigen Pinien, das die Residenz ihres Freudes Don Diego de Serra y Atalaya umgab, der seine adlige Abstammung auf die Zeiten des Königs Boabdil zurückführte.

Inmitten großer Bäume gelegen, die Kühle spendeten, unterschied sich Don Diegos Haus nicht sehr von dem, das sie am Morgen verlassen hatten, aber es war wesentlich geräumiger und prunkvoller. Im Innern funkelten auf einem Tisch, dessen Ende man nicht sah, die goldenen Schüsseln und Bestecke in einem geheimnisvollen Glanz, denn der Saal war absichtlich seit dem Morgengrauen verdunkelt.

Aus den Gärten, deren Düfte das Haus erfüllten, strömten bald die Gäste herein und mit ihnen das sonore Gemurmel der kastilischen Sprache. Lakaien zündeten Kerzen in den vier Ecken des Saales an. William Hargrove und Anatole de Siverac wurden von Don Diego und der Duquesa begrüßt und zu ihren Ehrenplätzen geleitet; das Mittagessen begann in einem fröhlichen Lärm. Die Vokale tönten laut und stark inmitten der rollenden R und der heiseren H, man sprach von allem außer von Politik, und beim Dessert, als die Stimmung ihren Höhepunkt erreicht hatte, sah man durch die Veranda, die sich zur Plantage hin öffnete, einen ziemlich spärlich bekleideten jungen Schwarzen, der dort herumhüpfte. Mit seiner klaren und lauten Stimme gab er ein paar Lieder zum besten, über deren Inhalt die Damen leicht erröteten, aber bald lachten alle, denn dem Schelm fehlte es nicht an Witz, und er tanzte mit der kindlichen Anmut seiner Rasse.

»Er ist unser Spaßmacher«, sagte Don Diego. »Ganz lustig, aber auf die Dauer schwer erträglich.«

Die Gäste beteuerten, daß sie ihn amüsant fänden, und bedauerten nur, daß er so weit weg war. Alle erhoben sich, verließen den Tisch ohne Umstände und gruppierten sich unter dem Verandadach.

Einige waren kühner und wagten sich weiter hinaus, und bald hatten alle dem unwiderstehlichen Drang der Neugier nachgegeben und standen zusammen vor dem Haus, um sich die Possen des Spaßmachers anzuschauen. Dieser übertraf sich an Purzelbäumen und Luftsprüngen, wobei er eine überraschende Gewandtheit an den Tag legte.

Die Herren nahmen die Damen bei der Hand und führten sie in die Allee, um sich dem Tänzer zu nähern, und unter ihren Sonnenschirmen gaben sie sich ohne Rückhalt einer ungehemmten Fröhlichkeit hin, die selbst auf die ernsthaftesten unter ihnen ansteckend wirkte.

Unterdessen räumten die Diener den Tisch ab, wobei man sie vielleicht ein wenig hätte überwachen sollen, aber da jetzt alle draußen waren, achtete niemand darauf.

Je mehr sich die Menge dem Spaßmacher näherte, desto weiter entfernte er sich. Plötzlich verschwand er hinter einem Baum, um sogleich auf der anderen Seite wieder aufzutauchen, aber diesmal splitternackt. Es gab einige Proteste, doch er begann zu singen und zu gestikulieren:

> *Oh, die Madame, die Madame schreit Kanaille,*
> *Reiß ein Blatt ab, deck das zu!*
> *Ah! Ah! Blatt abreißen, schreit die Madame*
> *Und nicht bedient, die Madame,*
> *Nicht bedient, deck das zu!*

Er äffte ihre Verbeugungen nach, und auf einmal, während die kleine Truppe sprachlos starrte, drehte er sich um, zeigte seinen Hintern und schrie grobe Anzüglichkeiten.

Empört zog Don Diego seine Pistole und schoß zweimal in die Luft, um ihm Angst zu machen, und der Junge suchte schlenkernd und hüpfend das Weite. Einen Augenblick später tauchte er zehn Meter weiter entfernt wieder auf. Ein wenig verdutzt folgten ihm die Männer, während die Damen neugierig in einem Rondell der Allee stehenblieben und vorgaben, das alles sehr lustig zu finden; herausfordernd drehte sich der Spaßmacher um, schrie neue Beschimpfungen und vollführte unanständige Bewegungen. Die Gäste ließen sich von dem Spiel mitreißen, liefen ein Stück weiter und verfolgten ihn, als ganz plötzlich laute Schreie ertönten. Hinter all diesen Leuten, inmitten der Plantage, brannte Don Diegos vornehmes Haus lich-

terloh, und das gewaltige Prasseln erinnerte an eine wilde Schießerei. Riesige Flammen züngelten in den schwarzen Rauchwolken;
das Haus zerbarst.

Sofort brach eine Panik aus, die alle Gebote der Wohlerzogenheit
vergessen ließ, alle Vorrechte des Rangs oder des Alters. Vergebens
bemühte sich Don Diego, der Hysterie seiner vornehmen Gäste
Herr zu werden. Man hätte ihn niedergetreten, um sich schneller in
die Kutschen stürzen zu können, die sich zum Glück etwas abseits
befanden, aber dort kam es zu neuen, noch schlimmeren Schrecken.
Die vom Feuer rasend gewordenen Pferde bäumten sich auf wie
Wappentiere, und die an ihren Zügeln hängenden Kutscher liefen
Gefahr, mitsamt den Wagen in einem höllischen Galopp davongeris-
sen zu werden.

Unter diesen schwierigen Umständen erwies sich William Hargrove nicht gerade als ein Held. Sein Gefährte Anatole de Siverac
mußte ihn kräftig schütteln, um ihn auf die Beine zu zwingen und
sich nicht wie ein Sterbender bis zu seinem Wagen schleppen zu lassen, wo der Kutscher unerschrocken mit den vier vor Angst schnau-
benden Pferden kämpfte. Dank der gemeinsamen Bemühungen des
Kutschers und Siveracs gelang es, die in Panik ausschlagenden Tiere
zu bezähmen, und William Hargrove, den man ziemlich unsanft in
den Wagen gestoßen hatte, landete auf dem Boden zwischen den Sitzen. Drei Minuten später rollte die Kutsche ruhigeren Regionen entgegen. Als Anatole de Siverac den in einer Ecke zusammengekauer-
ten William Hargrove sah, rief er ihm barsch zu:

»Erheben sie sich, mein Lieber, Sie sind außer Gefahr.«

69

Während sich dieses Drama abspielte, ereigneten sich zwanzig Kilometer von dort im Hause William Hargroves Dinge ganz anderer
Art.

Kurz nachdem die Kutsche abgefahren war, begab sich Maisie
Llewelyn in das Zimmer von Miss Laura Hargrove, die gerade einen
Brief schrieb. Das junge Fräulein war etwas über fünfzehn Jahre alt
und nicht gerade das, was man eine Schönheit nennt. So begnügte sie
sich mit der lieblichen Wirkung ihrer kastanienbraunen Augen, die

für das kleine Gesicht fast zu groß schienen, und der Masse ihres rötlich braunen Haars, das ihr über die wohl gerundeten Schultern und den Üppigkeit verkündenden Busen fiel. In ihrem weißen Musselinkleid bezauberte sie sofort durch die Sanftheit ihres Blicks und die natürliche Anmut, die jeder Bewegung ihrer Arme und ihrer ganzen Person innewohnte.

»Nun?« fragte sie, als sie die Waliserin erblickte.

»Freuen Sie sich, mein Kind. Die Männer sind einen ganzen Tag fort. Jetzt können Sie Ihre Amme schicken, um den schönen Offizier zu holen, den Sie in einer Ecke des Salons empfangen werden. Das ist schicklicher, als sich mit ihm im Park sehen zu lassen.«

Laura klatschte in die Hände.

»Danke, Miss Maisie, Sie arrangieren alles so wunderbar. Ich werde doch allein im Salon sein mit ihm?«

»Aber natürlich. Alle sind einverstanden. Man betet Ihren Régis an. Aber keine Unvorsichtigkeiten, keine Gefühlsergüsse vor der Hochzeit!«

Laura runzelte entrüstet die Brauen.

»Ich habe ihm gerade einen Brief geschrieben, als Sie eintraten. Wollen Sie Betty bitten, ihm den zu übergeben? Ich füge noch ein Wort hinzu, um ihm zu sagen, daß er gleich kommen soll.«

»Wenn er frei ist...«

»Er wird sich freimachen. Ein Leutnant...«

Sie beugte sich über ihren Brief, kritzelte ein paar Worte, steckte ihn in einen Umschlag und reichte ihn der Waliserin.

»Schnell, Miss Maisie, schnell«, flehte sie. »Jede Minute zählt in Papas Abwesenheit. Oh, ich sterbe...«

Fast hätte sie die große Frau hinausgestoßen, um sie zur Eile anzutreiben, und als sie allein war, wußte sie nichts mehr mit sich, mit ihrer kleinen und keineswegs imposanten Person anzufangen. In ihrem Zimmer, wo alles weiß war, vom Moskitonetz des Bettes und den Fenstervorhängen bis zu den schneeweißen, leicht bläulich schimmernden Wänden, lief sie grundlos hin und her wie ein Vogel, der sich in einen Raum verirrt hat, aus dem er nicht heraus kann. Ein riesiger, geneigter Spiegel sah ihr zu, wie sie umherflatterte, fast wahnsinnig vor Freude und Unruhe. Aus einem ovalen Rahmen, der so an der Wand hing, daß sie ihn von ihrem Bett aus sehen konnte, lächelte ihr das große Bildnis einer zum Himmel fahrenden Madonna mit ernster Miene zu. Dieses spanische Gemälde in zarten

Farben hatte Maisie Llewelyn nach dem Tod von Mrs. Hargrove dort hingehängt. Die junge Laura hatte das Bild so oft betrachtet, daß sie es nicht mehr sah. Sie wußte nur, daß es da war.

Jetzt lief sie vom Fenster zur Tür, als ob der Geliebte jeden Augenblick erscheinen würde. Zuweilen warf sie sich für einige Sekunden in einen großen Schaukelstuhl, der wie alle anderen Möbel des Zimmers aus kostbarem schwarzen und glänzenden Holz war. Dort wiegte sich Laura hin und her, schleuderte ihre rotbeschuhten Füßchen in die Luft, sprang wieder zu Boden, rannte zum Fenster, lehnte sich hinaus, wenn sie das Geräusch von Pferdehufen auf der Allee zum Hause vernahm – aber es waren immer nur Gutsverwalter oder Mulatten, die für ihren Nachbarn arbeiteten. Endlich erblickte sie ihn. Im Nu stürmte sie zur Treppe, eilte die Stufen hinunter, die sie kaum berührte, und landete im Salon vor dem Angebeteten, der in einer dunkelblauen Uniformjacke und weißer Hose vor ihr stand.

Obwohl von mittlerem Wuchs, überragte er sie, die ihm kaum bis zur Schulter reichte, und schien groß neben ihr. Sogleich sank sie in seine Arme und mußte den Kopf zurückwerfen, um sein Gesicht zu betrachten, das für sie das schönste der Welt war, und vielleicht kam sie damit der Wahrheit ziemlich nahe, denn man konnte sich in der Tat nichts Anmutigeres vorstellen als diese feinen Züge, die ein inspirierter Maler mit Liebe gezeichnet zu haben schien. Nur der feurige Blick der tiefgrünen Augen verlieh dieser äußersten Zartheit etwas Mannhaftes. Auffallend war vor allem der Glanz seines mattweißen Teints. Das wie vom Sturm gekämmte schwarze Haar verwob sich um die kleinen Ohren mit seinem leichten Backenbart.

Nachdem er sich befreit hatte, nahm er sie bei der Hand, führte sie zu einem Sessel und nahm auf einem Stuhl vor ihr Platz.

In dem langen Raum mit den hohen Fenstern drang das Sonnenlicht durch die orangefarbenen Jalousien, und die dunklen Möbel zwischen den weißen Wänden verloren etwas von ihrer Strenge, als wollten sie diesen großen und feierlichen Salon ein wenig freundlicher machen.

»Laura, was ist denn los?« fragte er mit ruhiger Stimme.

»Ich liebe dich«, sagte sie.

»Ich liebe dich auch, aber du läßt mich ganz plötzlich rufen, als ob irgend etwas geschehen wäre.«

»Nichts ist geschehen. Ich mußte dich sehen.«

»Laura, hör auf, mich mit unruhigen Augen anzuschauen, als

wenn ich eine Landschaft wäre, und reden wir ernsthaft miteinander.«

»Ich schaue dich an, weil ich dich jedesmal schöner finde.«

Er lachte nervös, als ärgerte ihn dieses Kompliment, das er schon zur Genüge gehört hatte.

»Wenn man mir doch einmal etwas anderes sagen könnte: zum Beispiel, du siehst so intelligent aus, oder ich finde dich so tapfer. Und dann, meine kleine Laura, hör mir gut zu, ich muß dir etwas erklären. Du weißt wohl, daß ich dich liebe.«

Sie rief aus:

»Küsse mich, wenn du mich liebst!«

Er stand auf und trat an ein Fenster.

»Du machst es mir schwer, wenn du mich kommen läßt, obgleich ich dich inständig gebeten hatte, geduldig zu sein. Der Entschluß zu heiraten, ist gefaßt. Aber im Augenblick ist es nicht leicht.«

»Warum?« fragte sie am Rande der Tränen.

»Du weißt es sehr wohl. Dein Vater widersetzt sich, weil ich katholisch bin und er die Katholiken haßt, wie fast alle Engländer.«

»Aber ich wurde doch vor sechs Monaten von Maisie Llewelyn bekehrt.«

»Ja, aber das weiß er nicht. Wir können uns also nur heimlich trauen lassen. Was mich betrifft, so konnte ich mir nur schwer die Erlaubnis beschaffen. Du bist noch so jung... Um einen Skandal zu vermeiden, müssen wir warten, bis dein Vater verreist ist.«

»Aber heute, heute ist er fort!«

»Daran ist nicht zu denken. Er könnte jeden Augenblick wieder hier sein.«

»Ach, ich sterbe vor Liebe, und die Liebe will nichts von mir wissen.«

Jetzt sprach er in einem strengen Ton, der sie bestürzte.

»Laura, wann wirst du dich endlich wie eine Erwachsene benehmen? Du zwingst mich, dir zu sagen, daß ich in diesem Augenblick gegen den brennenden Wunsch ankämpfe, dich an mich zu drücken. Ich habe das heiße Blut der Männer meines Landes. Wenn wir eine Unvorsichtigkeit begehen, ist die Partie verloren. Die hiesige Kirche ist unbeugsam. Ich sage nicht, daß sie recht hat, aber ich bin gezwungen, ihr zu gehorchen.«

Nun stand auch sie auf und blickte ihm in die Augen.

»Du liebst mich nicht«, sagte sie.

Ohne sich zu rühren, sagte er in gebieterischem Ton:

»Komm her.«

Vedutzt näherte sie sich ihm wie in einem Traum. Der Mann schien nicht mehr der gleiche zu sein wie einen Augenblick zuvor. In seinen grünen Augen lag ein beängstigender Glanz, der ihn jedoch noch anziehender machte. Als sie vor ihm stand, fühlte sie die Glut, die sein Körper ausstrahlte.

»Laura«, sagte er mit veränderter Stimme, »sag mir noch einmal, daß ich dich nicht liebe.«

Sie schwieg. Ein seltsames Begehren durchflutete sie plötzlich, und sie wagte nichts zu sagen, aber ihr Gesicht wurde rot.

»Du hast mich in eine Falle locken wollen. Weißt du denn nicht, daß es gefährlich ist, dieses Spiel mit einem Mann wie mir zu spielen?«

Von plötzlicher Unruhe ergriffen, wandte sie sich ab, denn sie glaubte Zorn in diesen Augen zu lesen, aber er packte sie um die Taille und beugte sich über sie. Jetzt empfand sie zum erstenmal den Schrecken der Begierde, die sie erregte, und sie wollte schreien, aber er drückte ihr den Mund mit dem seinen zu. Alles in ihr erstarrte angesichts dieser Gier.

Eine Minute lang hielt er sie an sich gepreßt, hielt sie gefangen in der Umarmung und dem Erschrecken des ersten Kusses, den sie von einem Mann erhalten hatte.

Als er sie losließ, wankte sie von ihm zurück und wischte sich mit der Hand über den Mund.

Mit einer sanfteren Stimme, doch die Augen immer noch entflammt von dieser unverständlichen Wut, fragte er sie:

»Laura, war es das, was du gewollt hast?«

Sie vermochte nicht zu antworten; ihr ganzes Wesen empörte sich gegen diesen Mann, und sie starrte ihn entsetzt an, obgleich sie ihn nie schöner gefunden hatte. Sie konnte es nicht fassen, daß ein so vollkommenes Gesicht einer solchen Roheit fähig war.

Er mußte erraten haben, was in ihr vorging, denn plötzlich schien er wie verwandelt. Vor ihr stand nun ein Mensch von unbeschreiblicher Sanftmut, der ihr mit liebevoller Betrübnis zulächelte.

»Ich habe dich schockiert, meine kleine Laura, ich habe einer Aufwallung nachgegeben, die ich nicht zu beherrschen vermochte, und gerade das hatte ich befürchtet, als ich mich allein mit dir in diesem Salon sah, aber die Liebe kennt kein Hindernis.«

»Die Liebe…«, sagte sie.

»Ja, die Liebe, das ist es, diese schreckliche Wallung, dieser erste
so wilde und so verzehrende Kuß… der auch mich verzehrte…«

Instinktiv wich sie zurück.

»Ich wußte nicht…«, sagte sie.

Er näherte sich ihr, und mit der Scheu eines Kindes streichelte sie
ihm die Augen und flüsterte:

»Bleib so, wie du jetzt bist, schön und ruhig. Ängstige mich nie
mehr.«

Mit den Fingerspitzen fuhr sie ihm über die Stirn, die Nase und
schließlich auch über die Lippen jenes Mundes, der ihr Gewalt angetan hatte, und dort verweilte sie endlos, bis er sie plötzlich bei den
Handgelenken packte:

»Nein«, sagte er.

Sie riß die erstaunten Augen auf:

»Warum nicht?« fragte sie.

Sein Gesicht war von überwältigender Zärtlichkeit, und er sagte
leise:

»Ich kann dir nicht sagen, warum, aber das darfst du nicht tun.«

Sie blickte ihn wie geblendet an, als sähe sie einen Engel, und sie
blieb stumm. Er fuhr im selben Ton fort:

»Du bist wie ein kleines Mädchen, und du bist es noch mehr, als
ich dachte. Aber wir werden heiraten, und du wirst sehen, wie glücklich wir dann sind.«

»Sei immer so, wie du jetzt bist«, flüsterte sie noch einmal.

Er antwortete nicht, und das nun folgende Schweigen sagte ihnen
alles, was sie sich an diesem Tage zu sagen hatten.

Ein leises Geräusch ließ sie zur Tür blicken, die langsam und vorsichtig geöffnet wurde. Maisie Llewelyn erschien.

»Störe ich?« fragte sie.

»Nicht im geringsten«, sagte Régis gutgelaunt. »Überzeugen Sie
sich selbst.«

In der Tat standen sie sich gegenüber, beide etwas verlegen, aber
jeder aus einem anderen Grunde. Miss Llewelyn verstand überhaupt
nichts mehr. Immerhin hatte sie gewissenhaft an der Tür gelauscht,
bevor sie eingetreten war, wie es sich ihrer Meinung nach gehörte,
und sie hatte sich auf eine nette kleine Liebesszene gefaßt gemacht,
statt dessen…

»Jedenfalls hoffe ich, daß ihr zufrieden seid.«

Dieser Satz von einer untadeligen Banalität erschien ihr auf unerklärliche Weise taktlos, und sie bedauerte, ihn ausgesprochen zu haben. Zum erstenmal in ihrem Leben war sie verwirrt und enttäuscht. Der schöne junge Offizier schien ihr eine Partie für Laura, wie man sie sich besser nicht hätte wünschen können. Sowohl in der Armee als auch in der Stadt waren die Rechtschaffenheit und Festigkeit seines Charakters fast sprichwörtlich. Es wäre sogar verständlich gewesen, wenn er sich ein wenig leichtfertig verhalten hätte, was ihm seine Jugend und sein blendend schönes Aussehen durchaus gestattet hätten, aber auch da fand man leider nichts an ihm auszusetzen ... Er blieb ebenso charmant wie rätselhaft. Was ihn trotz allem interessant machte, war sein Vermögen, das Erbe eines verstorbenen Verwandten, der für die Zukunft des ihm teuren und hochgeschätzten jungen Mannes Sorge getragen hatte. Denn das Geld zählte in den Augen Maisie Llewelyns. Es übte auf sie einen geheimnisvollen, beinahe magischen Reiz aus. Wo immer sie etwas davon witterte, war sie zugegen.

Wie sollte sie nun wissen, ob er immer noch die Absicht hatte, Laura zu heiraten? Auf keinen Fall durfte sie ihm direkte Fragen stellen. Eine gewisse sprachliche Eleganz schien ihr notwendig.

»Ich wette«, begann sie im Plauderton, »daß man sich wichtige Dinge zu sagen hatte.«

»Sehr«, sagte Régis.

»Sehr, sehr«, sagte Laura.

»Falls es Schwierigkeiten geben sollte«, fuhr die Waliserin fort, »bin ich für Sie da.«

»Mademoiselle Laura ist noch keine sechzehn Jahre alt. Was können wir dagegen tun? Sie steht unter Vormundschaft.«

Diese mit trauriger Stimme gesprochenen Worte waren dazu angetan, die kämpferische Natur Miss Llewelyns zu begeistern. Ihre kleinen grünen Augen blitzten kühn.

»Die Vormundschaft wird nachgeben, wenn ich es will, aber ist Ihr Entschluß gefaßt?«

»Er hat sich nie geändert. Ich würde Laura morgen früh heiraten, wenn es möglich wäre, aber ich glaube nicht an Wunder.«

»Lassen Sie die Wunder. Sie werden sehen, was eine Waliserin vermag, wenn sie nur will. Aber, Herr Leutnant, vergessen Sie eines nicht: Sie müssen beim ersten Ruf zugegen sein.«

Er verneigte sich.

»Sie haben mein Wort, Miss Llewelyn.«

»Maisie!« rief das junge Mädchen.

Mehr brachte sie nicht hervor, denn die Erregung schnürte ihr die Kehle zu.

»Ich weiß«, sagte Miss Llewelyn mit überlegener Miene. »Ich habe das alles in jungen Jahren gekannt, aber machen wir es kurz. Herr Leutnant, der Tag geht zur Neige, und Sie haben noch einen langen Weg vor sich.«

Aufs neue verneigte er sich, und nach einem letzten Liebesblick für Laura verschwand er.

70

Kurz vor drei Uhr morgens schreckte ein Geräusch von Rädern und Hufen Maisie Llewelyn auf, die ohnehin nicht schlafen konnte. Sie schaute aus dem Fenster und bemerkte nichts. In der Aprilnacht verbreitete der Mond sein milchiges Licht über die Plantage und verlieh dieser vertrauten Landschaft den unwirklichen Aspekt eines Traumes, trotz der außergewöhnlich präzisen Einzelheiten. Jedes Blatt hob sich wie mit schwarzer Tinte gezeichnet ab und schimmerte gläsern.

Die Waliserin bewunderte die Landschaft nicht lange. Sie schlüpfte in einen rosa Schlafrock, begab sich ins Erdgeschoß und trat hinaus ins Freie. Hinter dem Haus sah sie die Kutsche und einen jäh aus dem Schlaf gerissenen Schwarzen, der sich um das Gespann zu kümmern hatte.

M. de Siverac kam auf sie zu, barhäuptig und mit aufgeknöpfter Jacke.

»Sie können mir helfen, Ihren Herrn hineinzutragen; wir nehmen die kleine Verandatür.«

Nach diesen Worten öffnete er den Schlag der Kutsche, packte den auf der Sitzbank liegenden William Hargrove bei den Schultern und zog ihn heraus. Die Waliserin nahm ihn bei den Beinen.

»Ohnmächtig geworden?« fragte sie.

»Ich glaube nicht, eher erschlagen vor Müdigkeit und Angst. San Miguel ist in Flammen aufgegangen.«

Ohne weitere Fragen zu stellen, half sie Monsieur de Siverac, den regungslosen Reisenden zuerst ins Haus und dann auf sein vom Mondlicht durchfluteten Zimmer mit den gespenstisch weißen Musselinvorhängen zu tragen.

Nachdem sie ihn in sein Bett gelegt hatten, sagte M. de Siverac mit leiser Stimme:

»Hoffentlich hat uns niemand gesehen. Er befindet sich in einem Zustand, der mich beschämt. Ohne jeden Mut...«

»Den hat er nie gehabt«, sagte die Waliserin verächtlich.

»Jedenfalls ist er jetzt zu Hause und schläft. Er hat sich auf der Straße und im Wagen erbrochen.«

»Er riecht sehr schlecht. Später werde ich ihn ein bißchen waschen, aber mein Gott, ist es denn wahr? Haben die Schwarzen das Feuer gelegt?«

»Es ist immer das gleiche. Sie locken alle Leute aus dem Hause, und die Helfershelfer werfen brennende Fackeln in den Salon. Wir haben Stunden gebraucht, um über den Paß von San Raphaël zu kommen, wo wir auf viel Gegenverkehr stießen, denn das Feuer lockt immer die Neugierigen an. Ich verlasse Sie jetzt. Behalten Sie ihn im Auge. Sagen Sie ihm, es ginge ihm gut und er solle sich ausruhen. Sagen Sie ihm, was Sie wollen. Ich bin sterbensmüde und gehe nach Hause, um mich hinzulegen.«

Als Maisie Llewelyn mit William Hargrove allein war, beschloß sie, ihn bis zum Morgen schlafen zu lassen. Doch zuerst entkleidete sie ihn, zog ihm die Jacke und die Hose aus, ohne daß er es merkte, ließ ihm nur das Hemd und die Unterwäsche, bei deren Anblick sie Ekel empfand, und deckte ihn dann mit einem Laken und einer leichten Wolldecke zu. Trotz allem voller Mitleid, wischte sie ihm den von Erbrochenem besudelten Mund und den Backenbart mit einem Schwamm ab. Darauf zog sie sich zurück, um bis zum Morgen noch ein wenig zu ruhen.

Während man unten das Frühstück servierte, erschien sie, jetzt vollständig angezogen, wieder in William Hargroves Zimmer. Er schlief noch immer. Sie rüttelte ihn an der Schulter. Mit Mühe machte er ein Auge auf und fragte:

»Was ist los?«

»Aufstehen!« befahl sie.

Er wiederholte:

»Was ist los?«

In ihrem dunkellila Baumwollkleid stand sie vor seinem Bett, gebieterisch wie eine Schicksalsgöttin, während er sich unter seiner Decke wand.

»Wenn Sie noch einmal ›Was ist los?‹ fragen, reißt mir die Geduld«, fuhr sie ihn drohend an. »Unten begreift man nicht, daß Sie noch nicht zum Frühstück erschienen sind.«

»Das Feuer bei den Spaniern …«, stammelte er.

»Das wissen wir bereits, aber Siverac sitzt bei Tisch wie alle anderen.«

Er richtete sich in seinem Bett auf und lehnte sich an eine der dünnen Säulen. Sein Gesicht hatte alle Würde verloren. Mit seinem struppigen Haar und seinen noch halbgeschlossenen Augen erinnerte er an einen Landstreicher, der sich von einem Gendarmen ertappt fühlt.

»Ich will fort von hier«, stöhnte er.

»Das werden wir später sehen. Zuerst einmal werden Sie sich im Badezimmer gründlich waschen. Ich bin in einer Viertelstunde zurück.«

»Maisie«, flehte er.

Sie antwortete nicht, ging hinaus und knallte die Tür hinter sich zu.

Im Speisesaal fand sie alle bei Tisch: William Hargroves Söhne Douglas und Joshua, zwei große Jungen von siebzehn und achtzehn Jahren, ihre Schwester Laura, Frank, den jüngsten, einen Knaben mit rosigen Wangen, und Anatole de Siverac.

Neben diesem nahm sie Platz. Ganz im Gegensatz zu William Hargrove schien er frisch und ausgeruht, und seine Kleidung verriet einen Hang zur Eleganz.

»Es freut mich, Sie zu sehen, Miss Llewelyn. Ich habe Ihnen etwas zu erzählen, was Sie interessieren wird. Nachdem wir gestern San Miguel unter den Ihnen bekannten Umständen verlassen hatten, ließ ich den Wagen vor dem Hügel halten, den man umfahren muß. Wie gewöhnlich befand sich das Fernrohr in der Kutsche. In der heutigen Zeit ist es unerläßlich, den Horizont zu überblicken. Es war noch ziemlich hell, und ich konnte von weitem, inmitten eines Gehölzes am Rande der Savanne, eine Gruppe von *Papas-Lois* beobachten. In ihren zerschlissenen, mit Hahnenfedern geschmückten Hemden, die ihnen wie Fetzen am Körper hingen, sahen sie aus wie

326

in Trance. Auch im Haar trugen sie Federbüsche. Sie tanzten ganz wild und schwenkten Kuhschwänze in der Luft, um ich weiß nicht welche Gefahr abzuwenden.«

»Das ist alles ganz eindeutig«, erwiderte Miss Llewelyn mit ruhiger Stimme. »Sie tanzen so, um eine Bedrohung für das Land zu verkünden.«

»Aha«, sagte M. de Siverac. »Wie ich sehe, sind Sie gut informiert. Ein Glück, daß William Hargrove uns nicht hört. Was Sie da sagen, würde ihn entsetzen.«

»Durchaus nicht«, protestierte Joshua lebhaft. »Papa ist sehr mutig.«

»Ich kann euch sagen, daß sein Entschluß gefaßt ist«, fuhr Miss Llewelyn fort. »Er will das Land verlassen.«

»Haïti verlassen?« rief Laura aus.

»Er wird es euch selbst sagen. Ich muß gleich wieder zu ihm hinauf... Er wird euch seinen Standpunkt erklären«, fügte sie spöttisch hinzu.

»Nach reiflicher Überlegung kann ich ihm nicht ganz unrecht geben«, bemerkte Siverac.

»Aber, Sir«, sagte Joshua, »was soll dann die amerikanische Fahne, die auf dem Hause weht?«

»Amerika ist mächtig und verhältnismäßig nahe«, erwiderte Siverac, »aber wenn der revolutionäre Geist ein Land erfaßt, kennt die Gewalt keine Grenzen mehr, dann dienen die Fahnen nur noch dazu...«

Bei diesen Worten stieß Laura einen Schrei aus und verbarg ihr Gesicht in den Händen.

»Fürchte dich nicht, Laura«, sagte Douglas und legte ihr den Arm um die Schultern, »wir werden da sein, um dich zu beschützen.«

Ohne ihren Tee auszutrinken, verschwand Miss Llewelyn.

In William Hargroves Zimmer zurückgekehrt, fand sie ihn im Begriff, seine Hose anzuziehen.

»Das geht aber sehr langsam«, sagte sie streng.

Er warf ihr einen verärgerten Blick zu, ohne zu antworten.

»Jedenfalls will ich hoffen, daß Sie gewaschen sind«, fuhr sie fort.

»Riechen Sie denn nicht das Eau de Cologne?«

»Das beweist noch lange nicht, daß man sich gründlich gewaschen hat. Es verdrängt bestenfalls den schlechten Geruch.«

»Maisie, es gibt Augenblicke, da ich Sie unausstehlich finde.«

»Dafür gibt es andere, da Sie Ihre Maisie brauchen. Nun kämmen Sie sich schon, ziehen Sie Ihre Jacke an und gehen Sie hinunter. Versuchen Sie sich wie ein Mann zu benehmen.«

Fünf Minuten später waren sie unten.

»Guten Morgen, William«, sagte Anatole de Siverac. »Wie es scheint, denken Sie an die Abreise.«

»Es ist alles wohlüberlegt«, sagte Hargrove, indem er sich setzte. »Ich habe genug von einem Land, wo die Plantagen an allen Ecken in Flammen aufgehen.«

»Nicht hier, Sir«, sagte Joshua. »Die amerikanische Flagge.«

»Das Sternenbanner, Papa«, sagte Douglas mit dem Brustton der Überzeugung.

In seiner angestauten Wut blähte sich William Hargrove auf und schlug einen energischen Ton an.

»Boys«, sagte er, »packt eure Koffer. Wir fahren morgen nach Port Haïtien und von dort nach Amerika.«

»Das nenne ich mir ein Machtwort«, bemerkte Maisie Llewelyn.

Die beiden Jungen standen auf.

»Sir«, sagte Douglas, »ich verstehe nicht...«

»Ich bringe euch nach Louisiana und von dort nach Virginia auf die Universität. Ihr seid im richtigen Alter.«

Die Jungen blickten einander an.

»Die Universität von Virginia!« sagten sie wie aus einem Munde und mit begeisterter Miene.

»Eine noch junge, doch bereits in ganz Amerika berühmte Universität«, sagte Anatole de Siverac. »Eine Universität für Gentlemen.«

»Das ist zumindest ihr Ruf«, sagte Maisie Llewelyn.

»Und wie lange gedenkst du, abwesend zu sein?« fragte Siverac.

»Das kommt ganz darauf an.«

»Ungewißheit und Übereilung«, sagte Maisie Llewelyn, »das geht aus Ihrem Plan hervor.«

»Miss Llewelyn, ich ersuche Sie, den Mund zu halten«, sagte William Hargrove.

Sie verneigte sich.

»Mr. Hargrove, ich bitte um Entschuldigung«, sagte sie heuchlerisch.

Hargrove wandte sich an Siverac.

»Rechnen Sie mit zwei, zweieinhalb Monaten«, sagte er. »Miss Llewelyn, Sie kümmern sich um mein Gepäck. Ich will, daß alles heute abend bereit ist. Boys, trefft eure Vorbereitungen und vergeßt nichts. Wir verlassen die Plantage morgen bei Tagesanbruch, um die Hitze zu meiden.«

Die Präzision, mit der er diese Befehle erteilte, verlieh ihm eine Autorität, die alle Anwesenden mit Ausnahme von Maisie Llewelyn erstaunte.

»Sie werden sich auf eine sehr kurze und voraussichtlich schlaflose Nacht gefaßt machen müssen«, erklärte sie. »Sie haben eine Menge Arbeit vor sich.«

»Miss Llewelyn, ich brauche mir von Ihnen keine Anweisungen geben zu lassen«, entgegnete er mit einem niederschmetternden Blick, der mit einem feinen Lächeln erwidert wurde.

»Mr. Hargrove, ich tue nur meine Pflicht.«

Dieses kurze Wortgefecht amüsierte Siverac sehr, denn er hatte seit langem die Lage durchschaut.

»Die Sklaven haben zuweilen den Instinkt der Rebellion«, bemerkte er scharfsinnig. »Selbst hier muß man sie überwachen.«

»Ach«, rief der unschuldige Joshua, »da Sie nicht fortgehen, können wir uns darauf verlassen, daß Sie die Plantage beschützen werden.«

»Und auch unsere liebe Laura«, sagte Douglas mit einem zärtlichen Blick auf seine Schwester.

»Jungs, seid unbesorgt«, erwiderte Siverac, »solange man diesen kleinen Auflehnungsgelüsten rechtzeitig vorbeugt, ist man Herr der Lage, und alles beruhigt sich wieder.«

Blitzartig wurde William Hargrove klar, daß in diesen arglistigen Anspielungen von ihm die Rede war, und bleich vor Wut verließ er wortlos das Speisezimmer.

»Und ich?« fragte plötzlich der junge Frank.

Mit seinen vierzehn Jahren und dem hübschen, nachdenklichen Gesicht unter einer schwarzen Mähne verriet er keinerlei Erregung; nur die großen dunklen Augen schweiften mit ruhiger Neugier von einem zum anderen.

»Du? Du bleibst bei mir«, sagte Laura leise zu ihm. »Bruder und Schwester gehören zusammen. Geh nicht fort.«

Während sie das sagte, warf sie ihm einen Blick voller Verzweiflung zu. Er lächelte und drückte ihr unter dem Tisch die Hand.

71

Bis zum Nachmittag nahm das Leben mehr oder weniger seinen gewohnten Gang, aber am Abend herrschte im Hause ein heilloses Durcheinander. Die Schwarzen liefen im Fieber der großen Reisevorbereitungen ganz aufgeregt herum und schleppten Koffer, Kisten, Pakete, zuweilen auch einzelne Anzüge auf Kleiderbügeln, die sie an einem Finger hielten. Mahlzeiten wurden auf Tabletts serviert, und ständig öffneten sich Türen, durch die ungeduldige Anweisungen erteilt wurden.

Maisie Llewelyn schloß sich in William Hargroves Zimmer ein, der sich immer noch nicht von den Vorfällen des Morgens erholt hatte. Sie richtete einige gute Worte an ihn:

»Beruhigen Sie sich, mein Freund. Sie sehen ja ganz verstört aus. Machen Sie sich keine Sorgen. Man kümmert sich um Sie, um Ihre Reise, um Ihr Wohlbefinden. Die Diener haben alle Anweisungen erhalten.«

Er ließ sich auf einen Stuhl sinken.

»Diese Reise hatte ich vorausgesehen«, sagte Maisie Llewelyn, »ich habe geahnt, daß Sie den Wunsch zur Flucht haben würden...«

»Aber ich werde ganz bestimmt zurückkehren... es ist nur wegen meiner Jungen, die dort besser aufgehoben sind...«

»Natürlich, natürlich. Aber die Zeit vergeht, und wir haben noch viel zu tun.«

Er brummelte irgend etwas vor sich hin, das sie nicht verstand, und auf einmal packte ihn erneut die Wut:

»Die Art, wie Siverac mit mir spricht, gefällt mir ganz und gar nicht«, sagte er und ballte die Fäuste.

»Ach! Fangen Sie nicht schon wieder an. Vergessen Sie das alles. In vierundzwanzig Stunden sind Sie weit weg von hier.«

»Diese Anmaßung! Monsieur hält sich für einen großen Herrn...«

»... weil sein Großvater einen Adelstitel hatte, den er bei der Revolution aufgab. Was hat das schon zu bedeuten? Heute früh hat er Sie ein bißchen aufgezogen, aber im Grunde mag er Sie gern.«

»Wie nett von ihm!«

Er verschränkte die Hände auf dem Rücken und ging auf und ab. Das Zimmer hatte eine hohe Decke und war so riesig, daß die großen

Möbel sich zwischen den hellgrün gestrichenen Wänden zu verlieren schienen: das höchst majestätische Säulenbett mit den weißen Tüllvorhängen, der mit geflochtenem Stroh bespannte Schaukelstuhl aus schwarzem Holz und der riesige Arbeitstisch in der Mitte des Zimmers, der von Stühlen mit übermäßig hohen, im holländischen Stil geschnitzten Rückenlehnen umgeben war, wie sie vor hundert Jahren in England Mode gewesen waren. An allen Fenstern hingen Moskitonetze aus weißem Musselin. Nur der Fußboden mit den rosa Fliesen gab diesem absichtlich strengen Ensemble eine farbige und etwas heitere Note, denn in der Tat hätte selbst von weitem nichts vermuten lassen, daß sich hier ein Liebesnest befand.

»Haben Sie Hunger?« fragte sie. »Soll ich Ihnen ein Tablett heraufbringen lassen?«

»O nein, Maisie, mir ist wirklich nicht nach Essen zumute.«

»Mir auch nicht. Und dann haben wir heute noch viel Arbeit vor uns, die vielleicht die ganze Nacht beanspruchen wird.«

»Arbeit!« sagte er entsetzt.

»Man reist nicht so einfach Hals über Kopf ab, ohne zuerst seine Angelegenheiten in Ordnung gebracht zu haben.«

»Meine Angelegenheiten? Ich verstehe nicht…«

»Sie werden es gleich verstehen.«

Er wandte sich von ihr ab, als ob sie ihm gefährlich würde, und flüchtete sich an ein Fenster, wo er sich hinter dem Musselinvorhang verbarg.

Gleich einer plötzlichen Vision erschien ihm die Plantage im Mondlicht, und noch nie hatte er sie von so ergreifender Schönheit, von so unwiderstehlichem Reiz gefunden. Ganz in der Ferne, zwischen zwei bewaldeten Hügelkuppen, schimmerte das Meer im silberweißen Glanz, während am Horizont kleine verschwommene rote Punkte flimmerten: Port Haïtien.

William Hargroves Herz schnürte sich zusammen. Ihm wurde bewußt, wie sehr er an dieser Insel hing, die heute von Gefahren bedroht war und ihn doch so sehr bezauberte.

»Wie schade!« rief er aus.

»Was haben Sie denn?« fragte die Waliserin.

Er befreite sich von dem Musselinvorhang und trat auf sie zu.

»Ich kann nichts dafür, aber es betrübt mich, von hier fortzugehen.«

»Ach was! Sie werden ja wiederkommen.«

Den Kopf zur Seite geneigt, murmelte er:

»Wochenlang von Ihnen getrennt. Diese Nacht ist die letzte, Maisie.«

Er versuchte, sie zu umarmen, aber sie stieß ihn entschlossen zurück.

»Nein, nein, mein Freund«, sagte sie mit einem erbarmungslosen Lächeln. »Später vielleicht.«

»Später? Wann später? Warum nicht jetzt gleich?«

»Kommt nicht in Frage.«

»Oh, böse Maisie!«

»Zuerst die Pflicht, dann die Zärtlichkeiten. Folgen Sie mir, Sie Faulpelz.«

Mit kräftiger Hand nahm sie ihn beim Arm und führte ihn an den großen Tisch, wo sie ihn aufforderte, sich neben sie zu setzen.

War es, um ihn gefügiger zu machen, daß sie dem Verlangen spottete? Sie trug einen lila Schlafrock, der sich sehr direkt über dem Busen öffnete.

Wie dem auch sei, sie arbeiteten. Aus einer tiefen Schublade des Tisches zog sie erst eine, dann eine zweite, dann noch eine Aktenmappe hervor, alle drei gefüllt mit Dokumenten in amtlichem Format. Um den Unglücklichen nicht zu demoralisieren, wurde ihm ein Schriftstück nach dem anderen zur Unterschrift vorgelegt.

Eine kleine Öllampe mit dunkelgrünem Schirm warf ein beflissenes Licht auf die zu überprüfenden Zahlenkolonnen. Draußen zirpten die Grillen in den Zweigen der Bäume. Ohne sich von diesem irritierenden Geräusch stören zu lassen, kitzelte Maisie Llewelyns vernünftige Stimme das Ohr des Plantagenbesitzers.

»Hier haben Sie das Konto von Oreste Lepou, dem sie sechzig Ballen Baumwolle verkauft haben und der nur fünfunddreißig bezahlt hat. Sie erwarten den Restbetrag. Es gibt einen diesbezüglichen Eintrag.«

Sie reichte ihm eine in Tinte getauchte Feder, und er unterschrieb mit feuchter Hand.

Es folgte der Verkauf eines Grundstücks. Unterschrift.

Ernsthafter war der Protest eines Nachbarn, der sich weigerte, eine Mauer niederzureißen, die ganz am Ende der Plantage quer durch ein Tabakfeld lief. Also Mahnung an Népomucène Tuvache, sich dem im Lande geltenden Gesetz zu fügen. Unterschrift.

Mit geduldiger Hand nahm sie die großen raschelnden Blätter

und legte sie ordentlich neben sich auf den Tisch. Es waren bereits Dutzende.

William Hargrove widmete jedem Blatt nur einen ziemlich kurzen Blick, denn seit dem Tode seiner Gemahlin, die sich aufmerksamer als er um die Verwaltung des Familienbesitzes gekümmert hatte, verließ er sich ganz auf Miss Llewelyn, deren Fähigkeiten in finanziellen Dingen bekannt waren. Aber in dieser Nacht schien es ihm, als zeigte sie sich besorgter um seine Güter als je zuvor, und es kam ihm der beängstigende Gedanke, daß sie ihn in Gefahr glaubte, aus dieser Welt zu verschwinden. Trotzdem bewunderte er ihre Rechtschaffenheit und ihre Detailbesessenheit, wenn es sich um die Interessen der Plantage handelte.

Mit vorgetäuschter Aufmerksamkeit nahm er an diesem Spiel der Nachprüfung teil, neigte den Kopf, ließ den Blick über die Zahlenkolonnen und die ihnen folgenden Paragraphen in Schönschrift schweifen, und dann, nach beendeter Prüfung, fragte Miss Llewelyn: »In Ordnung?« und das Blatt verschwand.

Eine wachsende Müdigkeit senkte sich schwer auf die Lider William Hargroves, und es kam vor, daß er fast gleichzeitig mit der Waliserin »In Ordnung« sagte, die sich nichts anmerken ließ, dann aber das neue Dokument noch etwas rascher umdrehte und zur Seite legte.

Nachdem die erste Mappe geleert war, wurde die zweite mit erneutem Eifer in Angriff genommen, als ob frische Kräfte die Aufseherin der Plantage beseelten.

Einmal stöhnte William Hargrove leise und erklärte:

»Ich finde diese Arbeit irgendwie furchtbar deprimierend. Ich habe das Gefühl, mich selbst unter all diesen Papieren zu begraben.«

»Das sind Hirngespinste«, erwiderte sie lächelnd, »aber bleiben Sie wach, denn jetzt werde ich Sie um einige weitere Unterschriften bitten. Wir kommen zu ernsthafteren Problemen.«

»Ach ja?« fragte er mit undeutlicher Stimme.

»Das hier zum Beispiel kommt aus den Vereinigten Staaten.«

»Was habe ich getan?«

»Nichts. Sind Sie als britischer Untertan mit den amerikanischen Gesetzen bezüglich des Eigentums am Grundbesitz einverstanden?«

»Aber natürlich, ja.«

»Unterschrift.«

Er unterschrieb, und das Blatt wurde beiseitegelegt.

»Werden Sie sich im Falle eines Streits an den Konsul der Vereinigten Staaten wenden?«

»Ja.«

»Unterschrift.«

Andere Dokumente dieser Art wurden ihm vorgelegt, und er unterschrieb sie mit müder Hand. Offenbar aus Mitleid mit seinem Zustand las Miss Llewelyn mit immer rascherer, jedoch stets sehr deutlicher Stimme: sie artikulierte vortrefflich. Die Texte, in denen der Kanzleistil triumphierte, waren sehr verwirrend. Nur Miss Llewelyns Schlußformel blieb unverändert:

»In Ordnung? Unterschrift.«

»In Ordnung, Unterschrift«, wiederholte er automatisch und kritzelte seinen Namen unter jede Seite.

»Gut so«, sagte sie zufrieden, indem sie die zweite Mappe zuklappte. »Sie arbeiten wie ein Engel. Nehmen wir uns die dritte und letzte Mappe vor. Aber diesmal will ich leserlichere Unterschriften sehen. Geben Sie sich Mühe, mein Freund.«

Er versprach es, und wieder las sie mit einer Aussprache, um die eine große Schauspielerin sie hätte beneiden können; dank dieser Präzision gestattete sie sich, ihr Tempo zu beschleunigen.

»Hören Sie mir zu?« fragte sie mit plötzlicher Gewissenhaftigkeit.

»Aber ja, ganz genau.«

In Wahrheit hörte er ihr schon lange nicht mehr zu: die Texte, die sie ihm vorlegte, verschwammen in einer Art grauem Nebel, und er unterschrieb.

»Le-ser-lich!« befahl die gebieterische Stimme.

Schweißtropfen perlten auf William Hargroves Stirn, und indem er wütend auf die Feder drückte, um endlich zum Schluß zu kommen, gelang es ihm, eine exemplarische Unterschrift zu produzieren. Draußen waren die Grillen verstummt, und von allen Seiten stieg das dumpfe Quaken der Ochsenfrösche auf.

Wieder und wieder unterschrieb er nach bestem Vermögen, aber die Waliserin machte sich nicht mehr die Mühe, ihn zur Eile anzutreiben. Es war nicht mehr notwendig. Die letzten Blätter waren nicht wichtig. Sie ließ sie ununterschrieben in der Mappe. William Hargrove war über den Tisch gesunken und schlief.

72

Die letzten Sterne verloschen am Himmel. Es war die schwärzeste Stunde, die Stunde, da die Dämmerung noch zögert, da die Nacht nicht sterben will. Die Waliserin öffnete noch einmal die letzte Mappe voller unterschriebener Dokumente, zog eins heraus und las es aufmerksam im Licht der kleinen Lampe. Ein strahlendes Lächeln gab ihrem Gesicht ein wenig von der Jugend wieder, die die Müdigkeit ihr genommen hatte.

Ohne Eile durchschritt sie das Zimmer und verschloß das kostbare Papier mit einer doppelten Umdrehung des Schlüssels in einer Lade ihrer Kommode.

Ein fahles Licht kroch unter den Vorhängen durch und verbreitete sich wie ein See auf den rosa Fliesen. Jetzt legte die Frau die Hand auf die Schulter des Schlafenden, der zusammenzuckte und sie verwirrt anstarrte.

»Machen Sie sich schnell ein bißchen zurecht, mein Freund«, sagte sie. »Ich höre bereits Geräusche im Haus. Ihre Söhne sind aufgestanden. Sie haben gerade noch Zeit, sich fertigzumachen und in den Wagen zu springen.«

»Maisie!« rief er aus.

Seine Hände griffen nach ihr, und er versuchte, sich an sie zu klammern, aber sie befreite sich ohne Mühe.

»Das schieben wir auf, bis Sie wieder zurück sind«, sagte sie mit schallendem Gelächter. »Trösten Sie sich, Willy, und reisen Sie mit ruhigem Gewissen. Sie haben Ihre Pflicht getan.«

73

Als die Sonne aufging, waren die Reisenden bereits weit von der Plantage entfernt. Nunmehr frei, nach Belieben zu handeln, setzte Maisie Llewelyn die Dinge rasch und entschlossen in Gang.

Leutnant Régis wurde ein Brief von ihr überbracht, in dem sie ihn bat, unverzüglich zu erscheinen, und am nächsten Morgen war er da. Sogleich schloß sie sich mit ihm und Siverac in einem kleinen Salon ein, wo sie ihnen folgende Rede hielt:

»Nach geduldigen Bemühungen und langen Diskussionen mit William Hargrove, der heute mit Douglas und Joshua auf dem Wege nach Louisiana ist, habe ich ihn bewegen können, dieses Dokument zu unterschreiben, das ich Ihnen jetzt vorlesen werde:

Ich, der Unterzeichnete, William Hargrove, Besitzer der unter dem Namen Die Neue Welt *bekannten Plantage in der Republik Haïti, erteile für die Zeit meiner Abwesenheit von noch unbestimmter Dauer meinem Freund und Nachbarn Anatole de Siverac sowie Miss Maisie Llewelyn, der Oberaufseherin meiner Güter, die Vollmacht und die Rechte der Vormundschaft über die Person und den Besitz meiner Tochter Laura, geboren 1809 aus der Ehe mit der verstorbenen Lady Escridge. Sie werden sich verpflichten, diese meine Tochter mit dem Leutnant Régis de Lavaur in der katholischen Kirche an dem in gemeinsamem Einverständnis gewählten Datum trauen zu lassen.*

Unterzeichnet am 8. April 1824 auf der Plantage Die Neue Welt *in Haïti.*

William Hargrove

Jetzt müssen wir nur noch unsererseits dieses Dokument unterschreiben, von dem M. de Siverac und ich dann den Pfarrer von Saint-Michel, der Pfarrkirche von Dondon, in Kenntnis setzen werden.«

Nachdem dies getan war, reichte sie das Dokument dem Leutnant Régis, der es mit vor Erregung leicht zitternder Hand in Empfang nahm. Seine Augen richteten sich auf Siverac, der vor Bewunderung über diese Handlungsweise sprachlos war.

Das Gesicht des jungen Offiziers strahlte von einem solchen Glück, daß er noch verführerischer als gewöhnlich wirkte und selbst die Waliserin beeindruckte. Er trat ein paar Schritte auf sie zu.

»Wie soll ich Ihnen sagen…«, begann er.

Sie unterbrach diese Dankesbezeugungen schroff, denn sie drohten, überschwenglich zu werden.

»Machen wir es kurz«, sagte sie. »Wir müssen schnell handeln. Eine rechtmäßige Trauung improvisiert man nicht, selbst wenn sie in aller Diskretion stattfinden soll. Das Aufgebot ist nicht unerläßlich, aber es sind gewisse Vorbereitungen zu treffen. Die Sache darf nicht übereilt aussehen. Andrerseits kenne ich Hargrove. Er wäre fähig, unversehens heimzukehren und seine Söhne sich selbst zu überlassen, nachdem er ihnen genug Geld in die Taschen gestopft hat. Und dann wird er versuchen, alles zu vereiteln.«

»Er wird einen Skandal machen«, sagte Siverac.

»Einen Skandal!« rief sie empört. »Das möchte ich mal sehen. Ein Wort von mir genügt, und Hargrove verkriecht sich. Verstehen Sie mich recht«, sagte sie in einem sanfteren Ton zu Leutnant Régis, »ich will, daß sich die Sache in aller Dezenz und Einfachheit abspielt, aber auch mit einem Hauch von Heimlichkeit. Mr. Hargrove wird es erfahren, wenn ich es für richtig halte. Ist das klar?«

Der Leutnant verneigte sich.

»Kennen Sie den Herrn Pfarrer?«

»Ein wenig. Ich sehe ihn jeden Sonntag bei der Messe.«

Mit etwas leiserer Stimme, wie von einem Skrupel der Schamhaftigkeit bewegt, fügte er hinzu:

»Kann ich je vergessen, daß ich Miss Laura zum erstenmal bei der Sonntagsmesse sah... Jeden Sonntag ist sie da mit ihrer schwarzen Amme, der lieben Betty.«

Eine Sekunde lang schien Maisie Llewelyn in Verlegenheit zu geraten, aber sie faßte sich schnell:

»Oh... Ah... Jeden Sonntag bei der Messe... aber das ist ja sehr gut. Was mich betrifft, so gehe ich nur an den großen Feiertagen in die Kirche.«

»Ich auch«, sagte Siverac.

»Aber der Herr Pfarrer kennt uns«, fuhr Maisie Llewelyn fort. »Um so mehr, als wir bei der Kollekte nicht knausern. Diese Einzelheiten haben ihre Wichtigkeit in den Beziehungen mit...«

Sie wagte nicht, den Satz zu beenden. Siverac kam ihr zu Hilfe:

»... mit den kirchlichen Autoritäten, da haben Sie leider recht. Man ist katholisch, oder man ist es nicht. Meine Familie ist es seit zwanzig Generationen...«

»Monsieur Siverac, wir kommen vom Thema ab«, sagte die Waliserin, »und die Zeit drängt. Leutnant Régis, wir werden für Ihr Glück arbeiten. Sobald es notwendig ist, wird man Sie rufen. Also auf bald; das glaube ich Ihnen schon jetzt sagen zu können.«

Der Leutnant verneigte sich aufs neue und zog sich zurück.

Ohne Aufschub begab sich Miss Llewelyn mit Siverac in die kleine katholische Kirche in einem großen Dorf nahe der Plantage. Der

Pfarrer Chautard empfing sie in einem bescheidenen weißen Haus, um dessen Mauern sich violettrote Weinreben rankten und in dem eine alte Haushälterin für mustergültige Ordnung sorgte.

Mit feierlicher und zugleich durchtriebener Miene betrachtete der aus dem Périgord gebürtige alte Abbé Chautard das Dokument durch seine Drahtbrille.

»Eine durch stellvertretende Vormundschaft genehmigte Eheschließung«, sagte er endlich, »das ist aber ganz ungewöhnlich, doch da wir Monsieur 'Argroves Unterschrift haben...«

Der Satz blieb in der Luft hängen, und die beiden Besucher warteten in geduldigem Schweigen. Der alte Priester fuhr fort:

»Ich habe nicht das Vergnügen, Monsieur 'Argrove zu meinen Pfarrkindern zu zählen, aber das Dokument bewahrt nichtsdestoweniger seine Gültigkeit.«

»Nicht wahr?« sagte Maisie Llewelyn.

Der alte Priester redete weiter in seinem altmodischen Französisch:

»Zum Ausgleich ist es mir vergönnt, Mademoiselle Laura 'Argrove und den Leutnant Régis gut zu kennen und mich von ihrer beider beharrlichen Frömmigkeit überzeugt zu haben.«

Maisie Llewelyn und Siverac blickten zerstreut auf die Bäume, die man vor dem Fenster sah.

»Die Trauung wird nicht vor drei Wochen vollzogen werden können, selbst ohne die Veröffentlichung des Aufgebots, von der der Urheber dieses Dokuments abzusehen wünscht.«

»Ach was! Die Liebenden werden sich gedulden«, sagte Siverac in einem scherzhaften Ton. »Diese alten Förmlichkeiten fordern ihren Tribut.«

»Monsieur, ich bitte Sie, es handelt sich um ein Sakrament.«

Diese Richtigstellung erfolgte in einem so strengen Ton, daß die Waliserin zusammenzuckte.

»Der Herr Pfarrer hat recht«, sagte sie und warf dem Unbedachten einen einschüchternden Blick zu.

Der Besuch endete mit dem Ergebnis, daß eine beträchtliche Summe Geldes für die Armen gespendet wurde. Der Priester dankte mit Würde:

»Die Armen werden Sie im Paradies empfangen«, sagte er, als er sie zur Tür begleitete.

74

Für Laura und den Leutnant Régis, denen die Nachricht sofort mitgeteilt wurde, schleppten sich die drei Wochen tödlich langsam dahin. Sie sahen sich so oft wie möglich, denn dem musterhaften jungen Offizier wurde häufig Sonderurlaub gewährt. Nachdem die von den Regengüssen fortgeschwemmte Brücke über den Großen Fluß wieder aufgebaut war, vertraute man ihm eine neue Aufgabe an, die ihn der Plantage noch näher brachte: die Wiederherstellung der an mehreren Stellen von einem Sturzbach unterbrochene *Route de Marmelade*.

In seinen Unterredungen mit der Angebeteten beteuerte Régis immer wieder, daß er sich nie mehr mit jener Wildheit betragen werde, die sie so schockiert hatte. Sie glaubte ihm, wollte in ihm nur einen Engel sehen. Hätte man ihr boshafterweise zu bedenken gegeben, daß die Engel kein Geschlecht haben, so wäre sie auch das zu glauben bereit gewesen. Das Wenige, das sie von der männlichen Anatomie kannte, flößte ihr Schrecken und Ekel ein. Daß es zwischen dem von Reinheit strahlenden Gesicht und der weiter unten situierten, schlecht verborgenen und unbeschreiblichen Abscheulichkeit irgendeine verbindende Beziehung gab, wollte sie nicht anerkennen. Zu ihrer eigenen Beruhigung und um das Bild, das sie sich von Régis machte, nicht zu trüben, redete sie sich ein, daß er ihr auf jeden Fall jene barbarischen Brutalitäten ersparen würde, von denen einige Klassenkameradinnen ihr mit ekstatischer Miene erzählt hatten.

»Bleib immer so, wie du bist«, pflegte sie ihrem verdutzten Bräutigam zu sagen.

Maisie Llewelyn ihrerseits lebte in ständiger Unruhe und stürzte ans Fenster, wenn sie einen Wagen vor dem Hause hörte. Der Gedanke, daß William Hargrove unversehens heimkehren könnte, raubte ihr den Schlaf. Doch falls es ihm einfallen sollte, vor dem Tag der Hochzeit zu erscheinen, war sie entschlossen, ihn durch Erpressung zum Schweigen zu bringen. Denn dieser Feigling zitterte vor Angst, sie könnte ausplaudern, was die Welt nie erfahren durfte, und das Geheimnis ihres seit dem Tode seiner Gemahlin bestehenden Verhältnisses preisgeben. Immerhin hoffte die Waliserin, dieses entehrende Zwangsmittel nicht anwenden zu müssen.

Ihre Befürchtungen waren umsonst. Eines Morgens läutete die Glocke der kleinen Kirche leise, und die Trauung fand fast ohne Wissen der Einwohner statt. Das Innere dieses ziemlich ärmlich wirkenden Gebäudes mit seinen weiß gestrichenen Mauern war mit einigen bunt bemalten Statuen geschmückt. Man sah die sternengekrönte Madonna und den Erzengel Michael in seiner Rüstung, der seine Lanze ins Leere streckte, denn der Dämon hatte selbst als Besiegter keinen Zutritt zu diesem heiligen Ort. Auf dem Altar glänzte ein schöner Christus aus vergoldetem Kupfer zwischen großen Kerzen in schweren silbernen Ständern. Das Ganze machte einen schwer zu beschreibenden Eindruck von bescheidener und daher um so bewegenderer Pracht. Régis trug seine Paradeuniform, hatte jedoch seinen Degen in der Kaserne gelassen. Laura war ganz einfach in weißen Musselin gekleidet – woher in der Tat hätte sie sich ein atlasseidenes Kleid beschaffen sollen? – und trug auch einen Schleier. Was aber Verblüffung erregte, war ein Smaragdschmuck auf ihrer Brust, der einer Königin würdig gewesen wäre. Er hing an einer goldenen Kette um ihren Hals und funkelte im Licht der Sonnenstrahlen. Die junge Braut mußte es als peinlich empfunden haben, denn sie bemühte sich, ihn hinter einem leichten, über ihrem Busen verschlungenen weißen Seidenschal zu verbergen.

Das Brautpaar näherte sich Hand in Hand dem Altar, und angesichts der fast übernatürlichen Schönheit dieser beiden vor Glück und Jugend strahlenden Menschen konnte selbst der ehrwürdige Abbé Chautard seine Bewunderung nicht verhehlen. Obgleich er sie beide gut kannte, schienen sie ihm an diesem Morgen aus einer anderen Welt zu kommen.

Hinter diesen beiden Wesen von beispielloser Anmut machten Maisie Llewelyn in einem lila Kleid und Siverac im Frack, ohne es zu wissen, eine ziemlich klägliche Figur, während die kleine glückselige Betty schüchtern folgte und sich in einer Ecke auf einem Betstuhl noch kleiner machte.

Die Zeremonie dauerte nicht lange. Der Abbé Chautard hielt den Neuvermählten eine kurze, aber bewegte Rede, denn er war ihnen sehr zugetan. Es war unmöglich, daß er den Smaragdschmuck nicht bemerkt hatte, aber er versagte es sich, darüber irgendeine Frage zu stellen. Siverac und die Waliserin dagegen zeigten sich weniger diskret. Kaum war der Abbé Chautard in der Sakristei verschwunden, da wollten sie schon wissen...

Der noch ganz vom Rausch dieser einmaligen Stunde befangene Leutnant war sprachlos, mit solcher Dringlichkeit befragt zu werden, während sie noch alle in der Kirche waren.

»Es ist mein Hochzeitsgeschenk für meine Frau«, sagte er rasch. »Komm, Laura.«

Alleingeblieben mit Betty, die kein Wort sagte, blickten Siverac und Maisie Llewelyn sich an.

»Ich werde die Kleine schon zum Reden bringen«, murmelte sie, indem sie die Fingerspitzen in das Weihwasserbecken tauchte.

Und sie bekreuzigte sich.

75

Während der dem Leutnant Régis gewährten Urlaubstage bewohnten die Neuvermählten William Hargroves Zimmer. Laura wußte nichts von dessen Verhältnis mit der Waliserin, aber vor dem großen Säulenbett sagte sie zu ihrem Mann:

»In diesem Bett bin ich zur Welt gekommen. Mama liebte es sehr, sie hatte es aus Virginia kommen lassen.«

Er nahm sie in seine Arme und drückte sie, bis sie fast erstickte.

»Oh, du tust mir weh«, sagte sie lachend. »Es sind diese schönen Smaragde.«

Auch er lachte vor Glück und ließ sie los.

»Wie neugierig die beiden sind«, sagte er, »und in der Kirche!«

»Ach, ich weiß. Vor allem Miss Llewelyn.«

»Hör zu, wenn sie dich quälen, um alles zu erfahren, sagst du ihnen, daß ich diese Juwelen von meiner Großmutter geerbt habe, die sie von einem Vizekönig von Peru zum Geschenk erhielt, als sie in Madrid wohnte.«

»Ein Vizekönig von Peru?«

»Liebste, mehr kann ich dir nicht sagen, denn das ist alles, was man mir erzählt hat. Ich weiß nur, daß sie sehr schön gewesen sein soll, hinreißend schön – aber nicht so hinreißend wie du!« rief er plötzlich aus.

Und mit einer Geste äußersten Zartgefühls nahm er ihr das Schmuckstück ab und löste die Knöpfe ihres Mieders.

Sogleich geriet sie in Angst und flehte:

»Bitte, nein, nicht jetzt.«

Und um irgendeinen Grund für ihre plötzliche Panik zu finden, sagte sie:

»Unten wird das Mittagessen zubereitet.«

»Ich sehe da zwar keinen Zusammenhang«, sagte er mit einem traurigen Lächeln, »aber dann heute nacht, Geliebte.«

»Versprich mir, daß du lieb sein wirst und mir keine Angst machst... wie damals im Salon?«

»Das mußt du vergessen, Laura. Du wirst sehen, wie nett ich sein kann.«

Der Tisch war an diesem Tage reich mit weißen Blumen geschmückt, mit Jasmin, Schwertlilien und Amaryllis, die einen schweren, hinterhältig zu Kopfe steigenden Duft verbreiteten. Man trank von dem Champagner, den William Hargrove aus Paris hatte kommen lassen... Maisie Llewelyn hatte an alles gedacht, um diesem Mittagessen ein festliches Gepräge zu geben... Die blaßrosa Jalousien sorgten für ein angenehmes Zwielicht, und die Pankhas* bewegten sich langsam über der Tafelrunde, als ruderten sie in der warmen Luft.

Auf die Bitte ihres Gemahls trug Laura wieder das Smaragdhalsband, von dem Maisie Llewelyn die Augen nicht lassen konnte, und als der Nachtisch aufgetragen wurde, erzählte Leutnant Régis – sozusagen als zusätzlichen Leckerbissen – noch einmal kurz seine Geschichte.

»... vom Vizekönig von Peru!« riefen Siverac und die Waliserin wie aus einem Munde.

Ihre Bewunderung wirkte geradezu anstößig und grenzte an schlecht verhohlenen Neid. Mit ihren gierigen Blicken berechneten sie den ungeheuren Wert dieser strahlenden Juwelen.

»Ihre Frau Großmutter muß von einer Schönheit gewesen sein, die Monarchen bezauberte«, sagte Siverac in einem gestelzten Ton.

»Einen Vizekönig jedenfalls«, erwiderte Régis und hob bescheiden die Brauen.

Laura verging vor Scham, tat, als hörte sie nichts, und stocherte mit dem Löffel in ihrem Pistazieneis. Es schmerzte sie, daß man sie um ihren Schmuck beneidete, und sie sehnte sich seufzend nach der

---

* Pankhas sind mit Stoff überzogene Holzrahmen an der Zimmerdecke, die wie Fächer bewegt werden.

Minute, da sie das schöne Gesicht ihres Régis wieder und wieder liebkosen könnte.

Endlich kam die so inbrünstig herbeigewünschte Nacht, aber als sie einander gegenüberstanden, fühlten sie sich so unbeholfen wie Kinder. Man hätte meinen können, daß die Liebe ihnen Angst machte. In Wirklichkeit sah sich Régis von der mit Schrecken gemischten Leidenschaft, die er ihr einflößte, behindert. Mit einer unerwarteten Geste, anstatt die Hand an Lauras Mieder zu legen, wie er es am Vormittag getan hatte, knöpfte er sich seine Uniformjacke auf, und sie lief ihm davon.

»Bleib, wie du bist«, flehte sie ihn hinter dem Schaukelstuhl an.

Die Situation war so komisch, daß er unwillkürlich lachen mußte.

»Aber Liebste«, sagte er, »warum, glaubst du, sind wir hier? Ich werde dir doch nicht wehtun; ich bete dich an.«

Sie rannte zur verschlossenen Tür und versuchte, sie zu öffnen, aber er war mit einem Satz bei ihr und fand sie atemlos wie ein erschrockenes Tier. Bemüht, sie zu besänftigen, redete er mit zärtlicher Stimme auf sie ein und hielt ihre Hände.

»Schau, wir werden uns ganz einfach ins Bett legen wie zwei müde Leute, die schlafen wollen. Willst du denn nicht neben dem schlafen, der dich so sehr liebt?«

»Ich habe Angst vor der Dunkelheit. Du wirst doch das Licht nicht löschen?«

Er versprach alles, was sie wollte. Nach einer langen Zwiesprache voller List und Zärtlichkeit auf seiten des einen, und voller Liebe und Argwohn auf seiten der anderen entkleideten sie sich, ein jeder an seinem Ende. Sie schlüpfte als erste ins Bett und verbarg den Kopf unter den Laken, um nicht zu sehen, was er tat. Bald lag er neben ihr.

»Du läßt aber die Lampe an«, sagte sie.

»Ich habe es dir doch versprochen.«

Das Herz voller Zärtlichkeit, streichelte sie glücklich und beruhigt seine Wange, als sie plötzlich den Körper ihres Régis ganz nahe an dem ihren fühlte und zu schreien begann, aber er brachte sie zum Schweigen, indem er ihren Mund mit dem seinen verschloß und sie liebevoll wie ein Kind in seine Arme nahm.

Bei Tagesanbruch redete er mit ihr. Ihr langes Schweigen hatte ihn zuerst überrascht und dann beunruhigt.

»Du hast ein wenig gelitten, Laura, aber das ist vorüber.«
Sie flüsterte:
»Ja, es ist vorüber.«
Mit der Geste eines kleinen Mädchens streichelte sie sein Gesicht, als wollte sie ihn für den ihr zugefügten Schmerz trösten.
»Aber dann hat es dir doch Vergnügen gemacht?«
Sie wollte nicht antworten.
»Du wirst sehen«, sagte er schließlich, »das nächste Mal wirst du zufrieden sein.«
Sie hatte das Vergnügen auf niederschmetternde Art empfunden, in einem Taumel der Sinne, die darauf nicht gefaßt waren, aber sie vermochte nichts gegen die Empörung, die dieser Schock der Wollust in ihrem Inneren auslöste. Deshalb hatte sie die Augen geschlossen, um nichts zu sehen. In der folgenden Nacht jedoch, als er das Bett verlassen hatte, sah sie ihn in einem großen Spiegel, wie er das Zimmer durchschritt, und angesichts dieses jungen und geschmeidigen Körpers traf es sie wie eine Offenbarung, und sie begann innerlich gegen eine totale Hörigkeit anzukämpfen. Sie wollte nicht, was sie doch mit ihrem ganzen Körper und ihrem ganzen Herzen ersehnte.
»Er wird es nie wissen«, dachte sie, als die Lampe erlosch und er von Glückseligkeit erschöpft einschlief. »Er wird es nie wissen, weil ich ihn zu sehr liebe...«
Das Kindsein war vorbei. Jetzt sprach die Frau. »Ich liebe ihn zu sehr«, sagte sie sich immer wieder, »ich liebe ihn zu sehr...«
In dem Augenblick, da sie selbst in den Abgrund des Schlafs glitt, flüsterte eine unbekannte Stimme ihr zu:
»Wer nicht zu sehr liebt, kennt die Liebe nicht.«

76

Einige Tage später, als sein Urlaub abgelaufen war, ging er fort, und sie begann zu leiden.
»Verliebt«, sagte sie sich. »Von nun an hängt all meine Freude von der Gegenwart eines einzigen Wesens ab, mein ganzes Leben...«
Doch sie war entschlossen, sich ihre Traurigkeit nicht anmerken zu lassen. Wer sie in Gesellschaft von Monsieur Siverac und Miss

Llewelyn lächeln sah, wäre nie auf die Idee gekommen, daß sie sich unglücklich fühlte. Ohne an den Gesprächen bei Tisch teilzunehmen, lauschte sie aufmerksam, was die anderen sagten. Vor allem waren ihr die Nachrichten wichtig.

Auch der junge Frank lauschte begierig den zuweilen recht beunruhigenden Berichten. Mit seiner kleinen Stupsnase und den großen kastanienbraunen Augen war er das Bild lauernder Unschuld, und von Zeit zu Zeit erhob er die Stimme, aber da man ihm dann sogleich zu schweigen befahl, wurde er wieder ganz still.

»Ich muß Ihnen gestehen«, sagte M. Siverac eines Morgens, »daß ich diese Gegend bereits verlassen hätte, wenn unsere große amerikanische Flagge nicht über unseren Köpfen wehte.«

»Hat man schon wieder Plantagen in Brand gesetzt?« fragte Miss Llewelyn. »Das wird ja allmählich zur Gewohnheit.«

»Man jagt und verfolgt die Spanier in der Gegend von San Domingo, aber es ist etwas Neues dazugekommen: Man hat einen Savannenpriester in Begleitung von *Papas-Lois* gesehen, der die Brandstifter anführte; es ist jetzt eine Bande von Mulatten.«

»Man kann nicht vor allem Angst haben. Ich finde diese Schwarzen in ihren langen, wallenden, mit Amuletten behängten Soutanen nur komisch. Manche tragen darüber noch ein weißes Chorhemd aus so zerfetzten Spitzen, als hätte sich eine Katze daran die Krallen gewetzt. Einfach lächerlich.«

»Vielleicht, aber sie hetzen die Schwarzen und die Mulatten auf.«

»Na und? Kreuzen die englischen Kriegsschiffe vielleicht vor der Küste, um sich die Landschaft anzuschauen?«

»Ich möchte mal einen Savannenpriester sehen!« rief Frank plötzlich dazwischen. »Das muß zum Totlachen sein!«

»Schweig und iß dein Kompott«, sagte Miss Llewelyn. »Laura«, fuhr sie fort, da sie die ernsthafte Miene der Jungvermählten beobachtet hatte, »hören Sie nicht auf unseren Freund. Es gefällt Monsieur Siverac, seinem Publikum Angstschauer einzujagen. Wir sind hier in völliger Sicherheit.«

»Ich denke nicht nur an mich«, sagte Laura.

»Wenn Sie Régis meinen, können Sie ganz beruhigt sein. Grande-Rivière ist nicht bedroht, und Dondon und Marmelade auch nicht. Übrigens ist Ihr Mann dort mit Soldaten, die unter seinem Befehl stehen und die uns im Notfall zu Hilfe kommen würden.«

»Ach«, sagte Siverac ironisch, »Sie glauben, daß die Leute die

Brücke, die sie reparieren, einfach stehen und liegen lassen werden, um mit ihren Gewehren zu uns zu eilen?«

»Wenn ihr Leutnant es ihnen befiehlt, ganz bestimmt. Sie vergöttern ihn.«

»Laura, glauben Sie mir. Verlassen Sie sich lieber auf das Sternenbanner.«

»Monsieur Siverac, ich finde, Sie gehen zu weit«, sagte die Waliserin spitz, und ihre Augen schleuderten Blitze.

Laura wurde bleich, stand plötzlich auf und verließ das Speisezimmer.

»Siverac«, rief Miss Llewelyn, »Sie sind ihr eine Abbitte schuldig, oder Sie sind herzlos.«

Er erhob sich ebenfalls.

»Gut«, sagte er, »ich gehe schon, aber die kleine Dame kann einem auf die Nerven gehen mit ihrer mimosenhaften Empfindlichkeit!«

Als Miss Llewelyn mit Frank allein war, ermahnte sie ihn ernsthaft:

»Du wirst den Mund halten und kein Wort von dem erzählen, was eben vorgefallen ist, Frank. Gib mir dein Ehrenwort.«

»Ehrenwort«, sagte er verdutzt, aber auch stolz, weil man ihn wie einen Mann behandelte.

Miss Llewelyn blickte ihn an, während sie mit dem Löffel in ihrer Kaffeetasse rührte.

»Hast du Angst, hier zu sein«, fragte sie.

»O, nein!« antwortete er mit einem Heldenmut, der ganz neu an ihm war. Er ließ einen Augenblick verstreichen, und dann fragte er:

»Hat Monsieur Siverac Angst?«

»Das habe ich nicht gesagt«, erwiderte sie lebhaft. »Monsieur Siverac ist sehr mutig, aber er fürchtet für Laura. Er muß irgend etwas erfahren haben, das er für sich behält.«

Damit endete das Gespräch. Frank ging zu einem Pony, einem Pferdchen jener leichten und kräftigen Rasse, wie man sie auf der Insel antrifft, das wie eine Ziege klettern konnte, und Miss Llewelyn begab sich auf ihr Zimmer mit den sorgfältig zugezogenen Läden und Moskitonetzen. Im angenehmen, nach den Streitereien so erholsamen Halbdunkel schleuderte sie zuerst ihre großen Stiefel von sich, warf sich dann auf das Doppelbett, spreizte Arme und Beine wie ein X, seufzte und begann vor sich hinzumurmeln:

»Dieser kleine Bengel sieht ganz richtig; natürlich hat Siverac Angst. Das ist offensichtlich. Auch ich habe Angst. Angst haben alle, aber man zeigt es doch nicht in der Öffentlichkeit, verdammt nochmal, man stellt sich keck und verwegen, besonders wenn man das hat, was die Leute Rasse nennen. Und wissen Sie, Monsieur de Siverac, was Großpapas Adelsprädikat macht? Ich werde es Ihnen sagen: es summt wie eine dicke schwarze Fliege im Raum über den verwesenden Ahnen herum. Maisie Llewelyn, beglückwünsche dich, die Tochter einer Haushälterin und eines Hufschmieds zu sein. Du hast dich dank deiner Unverfrorenheit in der Welt durchgesetzt, und weil du dich weigerst, dir von einer Talmiaristokratie etwas vormachen zu lassen. Laura bewahrt wenigstens Haltung. Sie verzehrt sich in tausend Ängsten um ihren Gemahl mit dem Engelsgesicht. Ich frage mich nur, was dieser alberne Siverac ihr erzählt hat, der Armen...«

Unter der Einwirkung der Hitze begann sie bald zu schnarchen, ohne auch nur gemerkt zu haben, daß sie eingeschlafen war.

77

Am Abend nach dem Essen hatte sie es mit einem Monsieur Siverac zu tun, der sich sehr von dem etwas spöttischen und finsteren Mann unterschied, der ihr noch am Morgen so unausstehlich gewesen war. Sie hatte beschlossen, während der Mahlzeit kein einziges Wort an ihn zu richten. Laura war nicht erschienen, sie war in ihrem Zimmer geblieben. Es war fast zehn Uhr, der Mond verbreitete ein zugleich strahlendes und totes Licht über der Plantage. Die Grillen zirpten in den Tiefen der Bäume.

Als Miss Llewelyn die Stufen der Veranda hinabstieg, um in den großen Alleen frische Luft zu schöpfen, gesellte sich Siverac zu ihr, und er sprach jetzt so ungezwungen und einfach, daß alle gesellschaftlichen Unterschiede zwischen ihnen im Nu verschwanden:

»Miss Llewelyn, Ihr Schweigen während der Mahlzeit hat mich betroffen und nachdenklich gestimmt. Ich bitte Sie um Verzeihung für die Unbedachtheit meiner Worte, die ich heute beim Frühstück geäußert habe.«

»Bewilligt«, erwiderte sie hochmütig. »Und was haben Sie mir zu sagen?«

»Wenn Sie gestatten, daß wir uns ein wenig vom Hause entfernen, wird es mir leichter fallen, Ihnen zu erzählen, was ich gestern abend erfahren habe.«

Schweigend machten sie einige Schritte bis unter die Korkeichen. Mondstrahlen drangen durch das Laub der Bäume und übersäten den Boden mit kleinen Silberflecken.

»Zwischen dem Frankreich Ludwigs XVIII. und Haïti wird es immer Schwierigkeiten geben«, begann er.

»Monsieur Siverac«, entgegnete sie ungeduldig, »das ist nichts Neues.«

»Machen wir es also kurz. Die Schwarzen leben in Angst und Schrecken, weil sie eine Landung französischer Truppen befürchten. In ihrer Wut machen sie Jagd auf die Franzosen, und vor drei Tagen haben sie in der Nähe von Port-au-Prince ein Haus in Brand gesetzt, in dem Franzosen wohnten; sie sind alle lebendig verbrannt.«

Miss Llewelyn blieb entsetzt stehen.

»Ich verstehe Ihre Erregung«, sagte sie.

»Das ist nicht alles. Ich fahre fort, wenn es Ihnen recht ist. Auf einem Schild vor dem Haus stand eine Inschrift in großen roten, ungeschickt geschriebenen Buchstaben:

LI SOUVENI MAUREPAS

Verstehen Sie?«

»In Erinnerung an Maurepas, nehme ich an. Und was hat das zu bedeuten, falls Sie es wissen?«

»Das ist zwanzig Jahre her. Maurepas, ein Schwarzer, war im Norden Kommandant der Truppen von Toussaint Louverture, die gegen die Franzosen kämpften. Diese kauften ihn und ernannten ihn zum Kommandanten von Port-de-Paix, aber die Franzosen wurden vom gelben Fieber besiegt. Da Maurepas Repressalien von Dessalines befürchtete, flüchtete er mit seiner Familie und seinen Adjutanten in einem Boot zu einem französischen Schiff, das ihn nach Frankreich bringen sollte. Im Canal de la Tortue, also zwischen Haïti und dieser Insel, fand die Schreckensszene statt. Ein Gefährte von Maurepas wird erdolcht und den Haifischen zum Fraß vorgeworfen; dem zu Tode erschrockenen Maurepas werden die Kleider vom Leibe gerissen, und man fesselt ihn nackt an den großen Mast. Da gibt ihm seine Frau ein Beispiel an Mut. Man hängt sie mit ihren Kindern an die große Rahe. Die Epauletten eines Divisionsgenerals werden dem Unglücklichen mit langen Nägeln in die Schultern geschlagen. Von diesem Augenblick an wahrt er eine bewundernswerte Haltung, als müßte er die Ehre seiner Rasse retten. Er stößt nicht einen einzigen Schrei aus. Zur Vollendung dieser teuflischen Verhöhnung nagelt man ihm einen betreßten Admiralshut auf den Kopf, *um ihm Schatten zu spenden.* Dann wird seine Leiche ins Meer geworfen. So war es.«

Miss Llewelyn hörte diesen Bericht bis zum Ende an, während sie sich mit ruhiger Hand Luft zufächelte.

»Es ist eine abscheuliche Geschichte«, bemerkte sie, »die den Franzosen keine Ehre macht, aber Ihr Maurepas hat den Fehler begangen, mitten im Krieg das Lager zu wechseln, und das nennt man gewöhnlich Verrat.«

»Nennen Sie es, wie Sie wollen«, sagte Siverac, »aber das ändert nichts an der Tatsache, daß die Schwarzen einen Märtyrer aus ihm machen, und die Macht eines Märtyrers ist gewaltig. Er könnte zum Anführer eines ganzen Volkes werden.«

»Was diesen Punkt betrifft, so haben Sie recht, aber in dem Fall, der Sie bewegt, sollten Sie das Wort Märtyrer in Anführungszeichen setzen.«

»Darf ich Sie fragen, warum?«

»Weil Ihr Märtyrer ein Verräter ist.«

»Oh, das finde ich ungerecht von Ihnen.«

»Tut mir leid, aber ich mag Verräter nicht.«

»Seinetwegen und wegen ähnlicher Fälle wird das Land für alles, was französischen Ursprungs ist, immer gefährlicher.«

»Nun, dann fliehen Sie, solange noch Zeit ist.«

Siverac unterdrückte einen Ausbruch der Empörung und antwortete kalt:

»Es ist meine Pflicht, hier auf die Rückkehr William Hargroves zu warten und mit Ihnen über die Sicherheit von Frank und Laura zu wachen.«

»Nun, dann bleiben Sie.«

Angesichts der perfiden Ironie dieser Entgegnung bereute Siverac, Miss Llewelyn um Verzeihung gebeten zu haben, und er hätte seine Worte gern zurückgenommen. Aber dann beschloß er, lieber einstweilen zu schweigen und es der Waliserin auf einem Gebiet heimzuzahlen, wo sie verletzlich war.

In der köstlichen Abendkühle gelangten sie ans Ende der Korkeichenallee, und in der frischen und klaren Luft sahen sie zwischen zwei Berghängen die rötlich schimmernden Lichter von Port Haïtien. Nichts störte den nächtlichen Frieden, und man vernahm nur den schüchternen Gesang der Frösche, an den sich das Ohr so schnell gewöhnte, daß man ihn kaum wahrnahm. Einen Augenblick lang gaben sie sich Träumereien hin, die jedoch weniger den Reiz der Landschaft betrafen als vielmehr die Mittel und Wege, einander in dem seit Jahren zwischen ihnen geführten geheimen Krieg zu besiegen. Diesmal witterte Maisie Llewelyn, daß Siverac die hübsche Laura hoffnungslos bewunderte. Er wiederum hatte die Waliserin überrascht, als sie dem schönen Régis einen verstohlenen Blick zuwarf.

Instinktiv schlug er diese Richtung ein.

»Wollen wir umkehren?« schlug er vor. »Das verpflichtet uns natürlich nicht, nach Hause zu gehen.«

Die plötzliche Sanftmut seines Tons amüsierte sie, und sie mußte lachen.

»Monsieur Siverac, ich liebe diese kleinen Versöhnungen nach unseren ständigen Streitereien. Was haben Sie mir zu sagen?«

»Es handelt sich um Leutnant Régis.«

»Sieh einmal an!« sagte sie ruhig und gefaßt.

»Wissen Sie, daß schwarzes Blut in seinen Adern fließt?«

»Ist das alles?« fragte sie. »Aber eine Enthüllung ist einer anderen wert: Wissen Sie, daß er eine Schwester hat?«

Er wußte es nicht.

»Ich habe davon gehört«, sagte er.

»Ich dachte, Sie seien besser informiert. Sie ist Karmeliterin und lebt in einem Kloster, das sie nie verläßt.«

Verdutzt stammelte er:

»Sehr gut... wunderbar.«

»Milchkaffeebraun.«

»Was sagen Sie da?«

»Ich sage, daß sie milchkaffeebraun ist.«

»Ach«, sagte er verwirrt, »das ist ein unwiderlegbarer Beweis.«

In der Hoffnung, trotz allem ihre Neugier zu schüren, ließ er sich zu unfairen Indiskretionen hinreißen:

»Regimentskameraden, die ihn nackt in der Grande Rivière baden sahen, behaupten, er sei von Kopf bis Fuß schneeweiß.«

»Was Sie nicht sagen!« erwiderte sie. »Aber da hätten Sie ebensogut unsere kleine Laura fragen können, die es besser wissen muß als sonst irgendwer.«

Er blieb mit offenem Munde stehen, was sie in der Dunkelheit nicht sah, und sie fuhr sehr gelassen fort:

»Er stammt übrigens aus einer der besten Familien, in der es außer dieser Karmeliterin keine Spur schwarzen Blutes gibt.«

Auf der ganzen Linie geschlagen, bemühte er sich, einen Wermutstropfen in die Gewißheit des Gegners zu gießen.

»Ahnt Laura, daß ein dunkler Zweifel über der Person ihres Angebeteten liegt?«

»Endlich einmal eine intelligente Frage. Jetzt geht es nicht mehr darum, den Schlauen zu spielen, sondern Herz zu beweisen.«

»Ich werde mein Bestes tun. Versuchen Sie es Ihrerseits.«

»Gut geantwortet. Es gibt nur zwei Möglichkeiten. Entweder weiß sie es, oder sie weiß es nicht. Nehmen wir an, sie wüßte es – und wer zum Teufel hätte es ihr erzählt? Dann ist es ihr gleich. Sie nimmt den jungen Mann so, wie er ist. Weil sie in ihn verliebt ist, verstehen Sie?«

»Einverstanden.«

»Gut. Oder aber sie weiß es nicht, und jemand wird den traurigen Mut haben, die junge Verliebte zu ernüchtern. Werden Sie es sein?«

»Lieber würde ich sterben.«

»Auf mein Wort, wenn man Sie hört, könnte man Sie für menschlich halten. Aber nun kommt Vermutung Nummer drei: sie weiß, daß sie Gefahr läuft, ein schwarzes Kind zur Welt zu bringen, und dieses Risiko, das sich in einem Höllengalopp nähert, geht sie ein.«

Außer Gefecht gesetzt, antwortete er:

»Miss Llewelyn, Sie haben recht.«

»Die Frauen haben immer recht, weil bei ihnen das Herz stets über das siegt, was Sie die Schwäche haben, Ihre Intelligenz zu nennen. Aber wir sind schon ganz in der Nähe des Hauses. Wollen wir uns noch einmal die Lichter von Port Haïtien anschauen, bevor wir uns gute Nacht sagen?«

»Nein danke«, sagte er niedergeschlagen. »Ich fühle mich ein bißchen erschöpft.«

»Also dann gute Nacht, Monsieur Siverac, und hoffen wir, daß die Liebesprobleme unserer Laura Sie nicht zu lange wachhalten.«

»Gute Nacht, Miss Llewelyn.«

78

Zwei- oder sogar dreimal in der Woche fand Régis Mittel und Wege, die Nacht auf der Plantage zu verbringen. Laura lebte nur noch für diese Augenblicke des Glücks, jedoch in der seltsam beharrlichen Furcht, sie schon wieder zuende gehen zu sehen, kaum daß sie begonnen hatten.

Davon sagte sie Régis nichts, denn dann gab sie sich ganz der Freude hin, ihn im Rausch der Sinne und des Herzens für sich allein zu haben. Das Schlafen wäre ihnen als eine Zeitverschwendung erschienen, und kurze, meist etwas zusammenhanglose Gespräche wechselten mit dem Vergnügen ab. Dabei vertraute sie ihm einige ihrer Besorgnisse an. Die Diskussion zwischen Siverac und Miss Llewelyn, wegen der sie eines Morgens das Speisezimmer verlassen hatte, wollte ihr nicht aus dem Kopf gehen: die ausländischen Plantagen brannten eine nach der anderen nieder, und das Land war in Aufruhr.

»Das wird sich legen«, sagte er. »Versuch nicht zu verstehen, das ist die Politik.«

»Man verfolgt die Franzosen.«

»Weil Frankreich dem Land eine riesige Summe als Preis für die Freiheit abfordert und französische Kriegsschiffe vor unseren Küsten kreuzen. Übrigens auch englische Schiffe, aber das alles wird sich schließlich einrenken, denn alles renkt sich einmal ein.«

»Bleiben deine Soldaten ruhig?«

»Meine Soldaten sind brave Schwarze, die mir stets gehorchen. Aber, Liebste, denk nicht mehr an all das. Die Nacht gehört uns. Hörst du nicht die Frösche in den Bäumen?«

»Und nach den Fröschen kommt die Stille des Morgens so schnell...«

»Nein, Laura, jetzt zählt die Gegenwart und nichts anderes, verstehst du?«

Trotz alledem kam der Tag wie ein Übeltäter, raubte ihr den Gemahl, und die Ängste erwachten wieder, stärker als zuvor. Sie jammerte nicht, denn es lag nicht in ihrem Wesen, sich zu beklagen, aber man sah ihr an, daß sie sich vor den von Woche zu Woche immer massiger am Horizont ballenden Bedrohungen fürchtete. Aus diesem Grunde schonte man sie, doch sie konnte nicht verhin-

dern, daß die schlechten Nachrichten durch die Mauer der geflüster-
ten Gespräche zu ihr drangen. Im Süden, in Jacmel, brachen Aufstände aus. Im Norden, in Cap-Haïtien, rebellierten die Anhänger
des ehemaligen Königs Christophe und besetzten bald eine Stadt,
bald eine Garnison.

Bei anderen Gelegenheiten hörte sie den Namen des Präsidenten
Boyer. Er war gegen alle Weißen, ganz gleich welcher Nationalität.
Vergeblich bat sie Régis, ihr diese Dinge zu erklären.

»Laura«, sagte er eines Nachts in einem fast strengen Ton, den sie
an ihm nicht kannte, »man wird nie und nimmer eine amerikanische
Plantage anrühren. Frankreich und England sind weit entfernt, aber
Amerika ist viel näher, und Amerika ist stark. Sage dir nur immer
wieder, daß das Sternenbanner in dieser Ecke des Landes, in der wir
uns befinden, so mächtig ist wie eine Armee. Und dann wird dein
Régis mit seinen Schwarzen immer da sein, um dich zu beschützen.
Glaubst du mir oder nicht?«

»Ich glaube alles, was du mir sagst, mein Geliebter.«

79

Laura bemühte sich zu glauben, daß Régis sich nicht irren konnte,
und wenn er bei ihr war, wurde ihr Glück durch nichts gestört,
außer von dem Hintergedanken, daß jede Sekunde sie dem Augenblick näherbrachte, da er sich wieder anziehen und fortgehen
würde...

Als ob diese Beunruhigung nicht genügte, gab es noch etwas, das
ihr die Freude zu verderben drohte. Sie versuchte, nicht daran zu
denken, aber es kam ihr immer wieder ganz unverhofft in den Sinn
und wurde dann zu einem wahren Problem: das Bett, in dem sie das
köstliche Glück der Liebe genoß, war das große Bett, in welchem
Miss Llewelyn gewöhnlich schlief, wenn William Hargrove auf Reisen war, und das sie ihnen in den Nächten, da Régis zu ihr kam, zur
Verfügung stellte. Die ohnehin sehr ekelempfindliche junge Frau
hatte den Eindruck, aus dem Glas der Waliserin zu trinken. Wie
wäre ihr wohl zumute gewesen, wenn sie die ganze Wahrheit
gekannt hätte? Zwar hätte sie mit ihrem Mann auch in ihrem eigenen
Zimmer schlafen können, aber da gab es zwei Einwände: erstens

war das Bett zu schmal für zwei, und zweitens hing dort das große Gemälde der Madonna, die sie, so schien es ihr, beobachtet hätte, und das wäre ihr unerträglich gewesen.

Indessen veränderte sich das tägliche Leben um sie herum allmählich. Monsieur Siverac und Miss Llewelyn, die sich wieder einmal versöhnt hatten, waren es leid, die Jungvermählte wie ein kleines Mädchen zu behandeln, und genierten sich nicht mehr, in ihrer Gegenwart über die immer schlechter werdenden Nachrichten des Tages zu diskutieren. Das war eins ihrer Vergnügen beim Frühstück. Es gab die Zeitungen, und es gab die Gerüchte.

»Jetzt geht es auch in der Armee los«, sagte Siverac und entfaltete seine Serviette.

»Sie brauchen aber lange, um das zu merken. Gestern abend in Port-de-Paix kam es bereits zum zweiten Putsch. Ein schwarzer General hat mit einem Gewaltstreich die Macht ergriffen. Wenn er sich drei Tage hält, hat er Glück gehabt.«

»Wahrscheinlich ein ehemaliger Gefährte von König Christophe. Es wird wie gewöhnlich enden.«

»Das will ich hoffen«, rief sie ironisch aus.

»Beruhigen Sie sich. Der aufständische General erscheint mit einem großen Federhut. Er regiert eine Weile als unumschränkter Herrscher, ohne Blutvergießen. Dann kommt plötzlich die reguläre Armee. Das Treffen findet statt und verläuft friedlich. Der Rebellengeneral erhält einen neuen Federbusch für seinen Hut und einen höheren Rang als den, den er sich bereits gegeben hat, und tritt zurück.«

»Der Putsch in Port Haïtien hat mehr Aufruhr gemacht.«

»Ach was! Man hat viel geschrien. Es lebe Christophe! Nieder mit Boyer!«

»Der Präsident tut jedenfalls nichts, um die Ordnung wiederherzustellen.«

»Der Präsident pfeift darauf. Er ist kein wirklich böser Mensch, aber er ist zu sarkastisch. Wissen Sie, was er jedesmal sagt? ›Schon wieda ein Aufständischa! D'ei Gegne' hab ich schon, und wenn ich noch einen vie'ten dazuk'ieg, können sie 'ne Pa'tie Ka'ten spielen.‹«

»Ach, das alles ist doch nicht ernstzunehmen«, sagte Miss Llewelyn ein wenig enttäuscht.

»Nein, aber es kommt zu häufig vor. Die Unordnung nimmt überhand. Die *Congos tout nus* werden bedrohlich.«

»Die *Congos tout nus*? Was ist denn das?« wollte Frank wissen.

»Die nackten Congos, mein junger Freund, sind ganz gefährliche Burschen. Sie schmieren ihre Buschmesser mit dem Gehirnfett ein, das ihnen die Leichen ihrer Feinde liefern. Und diese vergifteten Waffen verursachen entsetzliche Wunden.«

»Tödliche«, erklärte Miss Llewelyn. »Blutvergiftung. Sehr geschickt. Die Grausamkeit dieser Schwarzen ist sprichwörtlich. Und wo kann man sie sehen, diese *Congos tout nus*?«

»Das läßt sich nicht so genau sagen. Meist verstreuen sie sich in der Natur. Sie verstecken sich hinter Wasserfällen, wo es Höhlen gibt.«

Er wandte sich Frank zu und fragte:

»Bist du zufrieden, junger Freund?«

»Ja«, sagte Frank ein wenig bleich.

»Diese Kerle«, bemerkte Miss Llewelyn, »haben wenigstens mehr Charakter als all die Generäle mit ihren Federbüschen.«

Siverac, der in seinem Thema schwelgte, hielt es für gut, noch eine Einzelheit hinzuzufügen:

»Wißt ihr, was ein *Maringouin* ist?«

»Eine Stechmücke? Eine Art Schmeißfliege?« fragte die Waliserin.

»Ganz richtig, nur ist es eine Stechmücke, deren Stachel sich tief ins Fleisch bohrt und drinbleibt. Die Schmerzen sind unerträglich. Und unsere nackten Congos bewegen sich inmitten dichter Schwärme dieser Mücken, ohne behelligt zu werden. Die *Maringouins* lassen sie in Ruhe, als ob sie in ihnen höllische Wesen witterten.«

»Ich muß gestehen«, sagte Miss Llewelyn, »daß es höchst lehrreich ist, mit Ihnen zu frühstücken.«

Er verneigte sich mit einem liebenswürdigen Lächeln.

Laura vermochte trotz allem den Widerwillen zu bezwingen, den diese Reden ihr einflößten, und um zu zeigen, daß sie sich dadurch nicht aus der Ruhe bringen ließ, nahm sie noch etwas Marmelade. Diese Geste genügte, um die mehr oder weniger absichtlich erzeugte Schreckensstimmung zu vertreiben, aber im Grunde ihres Herzens stand die junge Frau Todesängste aus. In ihrer Phantasie stellte sie sich Régis im Kampf mit den Wilden vor... Doch es war vereinbart, daß ihr Mann die Nacht mit ihr verbringen würde, und dieser Gedanke tröstete sie.

80

Doch dann war es William Hargrove, der wie ein böser Traum am Abend erschien. Eine große Überraschung. Niemand hatte ihn erwartet, und seine zufriedene Miene kontrastierte sehr mit der im Hause herrschenden Niedergeschlagenheit.

Laura, die am Fenster nach dem Geliebten Ausschau hielt, mußte sich an den Vorhang klammern, um nicht zu fallen, als sie die Reisekalesche erkannte, der ihr Vater wie ein falscher Liebhaber entstieg. Ihr Schrecken war um so größer, als sie sich in dem Zimmer mit dem Doppelbett befand, das Miss Llewelyn ihr wieder einmal zur Verfügung gestellt hatte.

Die Waliserin trat rasch ein.

»Alarm!« sagte sie. »Er ist zurückgekehrt. Gehen Sie auf Ihr Zimmer und denken Sie daran, daß er nichts wissen darf. Ich werde Ihnen helfen, Ihre Sachen fortzuschaffen.«

Das geschah in weniger als zwei Minuten, während unten die theatralische Stimme ertönte, die wahrscheinlich der Situation des aus der Ferne heimkehrenden Reisenden entsprechen sollte.

»Hallo! Ist jemand da? Wo sind sie nur alle? Da komme ich nach Hause, und niemand heißt mich willkommen!«

Siverac trat aus einem kleinen Salon, wo er gerade ein Schläfchen gehalten hatte.

»Beruhigen Sie sich, William«, sagte er. »Sie sehen doch, daß man Ihnen entgegeneilt.«

Und da er den Wunsch verspürte, ihn zum Spaß ein bißchen zu erschrecken, fügte er hinzu:

»Sie sind zu Hause, das bestreitet niemand. Sie dürfen nicht bereuen, daß sie heimgekehrt und nicht ferngeblieben sind.«

Angesichts der erschrockenen Miene William Hargroves, der ihm mit offenem Mund zuhörte, konnte er nicht umhin, in schallendes Gelächter auszubrechen. Dann fuhr er fort:

»Wo kommen Sie denn her? Wissen Sie nicht, daß Haïti das Land des Schreckens geworden ist, wo das Feuer wütet und die Erde Blut trinkt?«

Hargrove hatte den kleinen Koffer, den er in der Hand hielt, zu Boden gestellt. Instinktiv ergriff er ihn wieder.

»Müssen wir fort?« stammelte er.

»Oh, vielleicht nicht heute abend oder morgen früh, aber es wäre weise, daran zu denken.«

Hargrove nahm seinen Panamahut ab und ließ sich auf einen Stuhl sinken, ohne seinen Koffer loszulassen.

»Hätte ich das gewußt«, stöhnte er. »Ich hatte einen Unterschlupf in Jamaika, wo ich soeben eine Plantage gekauft habe.«

»Und wir?« fragte Siverac.

»Ihr wärt zu mir gekommen. Ich hätte euch erwartet.«

Plötzlich ernsthaft geworden, trat Siverac auf ihn zu, beugte sich über ihn, packte ihn beim Backenbart, schüttelte ihm den Kopf, blickte ihm tief in die Augen und sagte leise:

»Sie sind wirklich sehr feige, mein armer William.«

Das darauf folgende Schweigen war so intensiv wie die Minute nach einem Mord. Siverac hatte sich wieder aufgerichtet, aber Hargrove blieb reglos.

In diesem Augenblick trat ein Diener ein. Er trug zwei brennende Lampen, die er in einer gewissen Entfernung voneinander auf einen langen Tisch stellte, dann zog er sich zurück.

Von der Treppe her ertönte Lauras Stimme:

»Guten Abend, Papa«, sagte sie ganz ruhig.

Er schrie auf:

»Meine kleine Laura!«

Gleichzeitig bemühte er sich aufzustehen, aber es gelang ihm nicht. Siverac legte ihm die Hand auf die Schulter.

»Ruhen Sie sich aus, William«, sagte er. »Keine Aufregung nach den Strapazen der Reise. Schonen Sie Ihr Herz.«

Hinter Laura erschien Miss Llewelyn, und sie begrüßte ihn sehr einfach:

»Da sind Sie also wieder, Mr. Hargrove; Sie freuen sich bestimmt, ihre liebe Plantage wohlbehalten vorzufinden.«

Er schüttelte den Kopf, womit er sagen wollte, daß er sich in der Tat freute, aber er brachte kein Wort hervor.

Einige Sekunden vergingen in einem wachsenden Unbehagen, denn man wartete, ohne sich zu rühren, daß der Weitgereiste das Wort ergriff, und das große, spärlich erleuchtete Zimmer bot den Anblick eines Gemäldes, wirkte wie ein schweigendes Konversationsstück. Das Licht der Lampen erhellte die anwesenden Personen kaum und vermochte die großen Schatten nicht zu durchdringen, in denen sich die Zimmerdecke und der obere Teil der Treppe verbargen.

Wieder war es Miss Llewelyn, die das Schweigen brach und die allgemeine Erstarrung löste. Sie nahm einen Stuhl und setzte sich neben William Hargrove. Voller Mitleid für diesen vor Schrecken gelähmten Mann, fragte sie ihn mit sanfter Stimme:

»Ist Ihnen nicht wohl, Mr. Hargrove? Soll ich Sie auf Ihr Zimmer bringen? Was Sie brauchen, ist eine gute Nachtruhe.«

Er wandte ihr den Blick eines wunden Tieres zu und flüsterte:

»Danke, Maisie.«

Vielleicht wollte er noch etwas sagen, als der Hufschlag eines Pferdes vor dem Haus ihn aufhorchen ließ. An seiner beunruhigten Miene sah man, daß ihn alles erschreckte, als ob die Welt um ihn herum sich veränderte.

»Was ist das?« fragte er.

Siverac durchschritt den Saal, und fast im gleichen Augenblick ging die Tür auf. Es war Régis.

Er erfaßte die Lage auf den ersten Blick und trat ohne zu zögern ein... Sein Erscheinen hatte eine sofortige Wirkung auf William Hargrove, der sich erheben wollte, aber Maisie Llewelyn hielt ihn mit kräftiger Hand zurück. Eine seit langem unterdrückte Wut machte sich plötzlich Luft und belebte ihn.

»Régis«, brummte er mit dumpfer Stimme, »was haben Sie hier zu suchen?«

Der junge Offizier nahm seinen Tschako ab.

»Ich wollte Sie nur begrüßen, Mr. Hargrove.«

»So spät am Abend?«

»Meine Soldaten haben von weitem eine Kutsche gesehen, die auf die Plantage zufuhr. Ich wollte mich vergewissern, daß Sie es waren, und bin sogleich auf mein Pferd gesprungen. Hoffentlich sind Sie gut gereist.«

William Hargrove antwortete nicht.

»Leutnant Régis, setzen Sie sich«, sagte Maisie Llewelyn gebieterisch, »und sagen Sie uns, was es Neues im Lande gibt.«

»Nichts besonderes. Unruhen in Port Haïtien, wie gewöhnlich. Aufstände im Süden; in Jacmel hat man ein paar Kolonisten entzweigeschnitten. Auf der spanischen Seite ist die Lage undurchschaubar.«

Er zögerte, als sie ihm einen Sessel anbot, blieb jedoch stehen. Siverac trat zu ihm.

»Möchten Sie nicht etwas trinken?« fragte er. »Vielleicht ein Glas Champagner? Bei diesem schwülen Wetter...«

»Meinen Champagner«, brummte Hargrove.

»Aber ja doch«, sagte Maisie Llewelyn. »Um Ihre Heimkehr zu feiern.«

»Nein«, sagte er.

»William«, fragte Siverac, »ist Ihnen in Port Haïtien denn nichts aufgefallen? Lärm oder Schreie?«

William Hargrove erwiderte ärgerlich:

»Mir ist nichts aufgefallen, weil ich in Port Dauphin angekommen bin, mit einem englischen Schiff.«

»Frank«, sagte Siverac, »sag den Dienstboten Bescheid, daß man uns Champagner servieren soll. Aber Laura, warum versteckst du dich dort in der Ecke? Komm und sag Régis guten Abend.«

Laura hielt sich in der Tat abseits, und ihr Herz pochte. Sie trug ein weißes Tüllkleid, weil Régis sie gern darin sah. Beherrscht und mit einem traurigen Lächeln trat sie auf ihn zu.

»Guten Abend«, sagte sie.

»Guten Abend, Laura.«

William Hargrove platzte vor Wut:

»Miss Laura!« brüllte er.

Sofort war die Waliserin bei ihm und maßregelte ihn energisch:

»Leutnant Régis und Ihre Tochter kennen sich lange genug, um solcher Höflichkeitsformeln enthoben zu sein.«

In diesem Augenblick kam Frank aus dem Vorzimmer.

»Der Champagner ist im Eisschrank«, sagte er zu Siverac, »man wird ihn in ein paar Minuten bringen. Bekomme ich auch ein Glas?«

»Natürlich«, sagte Siverac, »William, Sie werden uns doch nicht böse sein? Trinken Sie mit uns.«

»Nein«, erwiderte Hargrove, »ich gehe schlafen. Man bringe mir so schnell wie möglich mein Gepäck herauf.«

Es gelang ihm aufzustehen, aber er mußte sich auf die Stuhllehne stützen, um nicht zu fallen. Maisie Llewelyn fing ihn auf.

»Kommen Sie«, sagte sie, »wenn Sie hinaufgehen wollen, gehen wir hinauf, aber ich werde Ihnen helfen.«

Und ohne auf seine Einwände zu hören, nahm sie ihn beim Arm und führte ihn zur Treppe. Gemeinsam stiegen sie die ersten Stufen empor. Er bot keinen Widerstand mehr.

»Maisie«, stöhnte er, sich auf sie stützend, »was ist denn nur los? Ich kann mich nicht mehr auf den Beinen halten.«

»Sie sind keine zwanzig mehr, und die Aufregung hat Ihnen zugesetzt, aber heute abend hätten Sie Prügel verdient. Ich habe Sie noch nie so ungezogen gesehen.«

»Dieser Régis stellt meiner Tochter nach. Das paßt mir nicht. Ich bin sicher, daß er heute abend nur ihretwegen gekommen ist.«

»Na und? Wir sind doch alle da. Was kann er denn tun?«

»Ich mißtraue ihm.«

»Ganz zu Unrecht. Sein Benehmen ist untadelig.«

»Ich kann ihn nicht ausstehen. Ich hasse ihn. Ich verachte ihn.«

»Tralala! Und was noch? Wollen Sie uns eine Opernarie singen? Passen Sie lieber auf, daß Sie nicht stolpern, und halten Sie sich am Geländer fest, wir sind gleich da. Maisie wird Sie verwöhnen.«

»Ach, Maisie«, sagte er auf den letzten Stufen. »Maisie, ich bin so unglücklich heute abend.«

»Willy«, sagte sie, als sie in das Zimmer traten, wo eine Nachttischlampe am großen Doppelbett leuchtete, »wir werden später versuchen, das alles in Ordnung zu bringen.«

Sobald William Hargrove mit Maisie Llewelyn verschwunden war, gab Régis Siverac ein Zeichen und trat an den langen Tisch, wo eine Flasche Champagner in einem von Kelchen umgebenen Eiskübel sie erwartete. Die beiden Lampen verliehen dem Ganzen eine festliche Note, aber der junge Leutnant hatte anderes im Sinn. Die Kristallkelche wurden sogleich gefüllt, und jeder erhielt den seinen, auch Laura und Frank. Doch diese beiden wurden mit allem erdenklichen Zartgefühl gebeten, sich vom Tisch zu entfernen, da Régis wichtige Angelegenheiten mit M. Siverac zu besprechen wünschte. Sie gingen also – Laura sehr beunruhigt, Frank von Neugier verzehrt –, setzten sich in eine Ecke des Zimmers, wo sie alles sehen, aber nichts hören konnten und nippten an dem köstlichen Champagner, der weder ihr noch ihm schmeckte.

Régis begann ohne Umschweife:

»Ich bin heute abend gekommen, um Ihnen zu sagen, daß Sie Haïti verlassen müssen. Das Land ist nicht mehr sicher. Sie müssen fort, und zwar ziemlich rasch.«

Siverac zuckte zusammen.

»Donnerwetter, Régis. Das kommt aber überraschend. Was verstehen Sie unter ziemlich rasch?«

»Am besten sofort, aber ich nehme an, daß nichts vorbereitet ist.«

»Ich glaube zu träumen. Erklären Sie das näher.«

Sie standen einander gegenüber, blickten sich über den Tisch hinweg an, und die beiden Lampen warfen ein bernsteinfarbenes Licht auf ihre ernsten Gesichter.

Gleichzeitig hoben sie ihre Gläser:

»Auf die Zukunft«, sagte Régis.

»Auf unser aller Glück«, erwiderte Siverac.

»Das ist viel verlangt«, sagte Régis und stellte sein leeres Glas nieder.

Dann griff er in eine kleine Tasche, die er an einem Riemen über der Schulter trug, und entnahm ihr zwei kleine Landkarten, die er auf dem Tisch ausbreitete, nachdem er den Champagnerkübel beiseitegeschoben hatte.

»Ich werde mich kurz fassen«, sagte er. »Selbst wenn Sie übermorgen aufbrechen, muß ich Ihnen zeigen, wie Sie am schnellsten und ungefährlichsten nach Port-de-Paix gelangen.«

»Port-de-Paix? Warum nicht Cap Haïtien?«

»Cap Haïtien ist momentan in den Händen eines schwarzen Generals, der es gestern eingenommen hat und die Reede schließen ließ … General Alexis, der Hafenkommandant, hat die Bojen entfernen lassen, und der Hafen ist gefährlich wegen der vielen Klippen.«

»Und die englischen Schiffe?«

»Das englische Geschwader kreuzt vor der Küste, kann aber wegen all der Felsenriffs unter Wasser nicht näher kommen. Andererseits sind die Befestigungen und das Zollgebäude voller Waffen. Sie könnten also unmöglich ein englisches Schiff erreichen. Vergessen Sie Cap Haïtien.«

Sein Finger bewegte sich auf der Karte bis nach Port-de-Paix.

»Hier ist Ihre einzige Chance. Zwei Wege sind möglich. Folgen Sie mir: Da ist die Bucht von Manceville, aber Sie müssen zuerst durch eine Ebene, die nicht sicher ist, und wenn Sie über die Hügel auf der spanischen Seite kommen, um dann am Massacre entlang an die Küste zu gelangen, riskieren Sie, unkontrollierten Banden zu begegnen. Diesen Weg schließen wir also aus.«

»Aber wenn überall Gefahren lauern, wie sollen wir es dann schaffen?«

»Das werde ich Ihnen sagen, aber passen Sie auf und merken Sie sich meine Anweisungen: Sie müssen diesen Weg hier nehmen; über die Hügel bei Marmelade und dann bis zu dieser geräumten Festung, die Fortin Paradis heißt. Der Weg ist lang, aber vorläufig ohne Gefahr. Dort warten Sie auf mich; ich komme mit meinen Leuten, um Ihnen zu helfen. In der Tat ziehen Mulattentruppen vom Artibonite hier herauf. Dann machen wir den Abstieg über die Trois Rivières bis nach Port-de-Paix. Dort werden wir ein Schiff finden, das Sie zur Ile de la Tortue bringt, die die englischen Schiffe anlaufen. So sind Sie gerettet.«

»Gut. Ich gehe jetzt nach Hause. Hargrove hatte mich gebeten, ihn während seiner Abwesenheit zu vertreten und über seine Kinder zu wachen, aber ich habe mich kaum um meine eigenen Angelegenheiten gekümmert. Ich muß mit meinen Gutsverwaltern reden.«

»Bleiben Sie nicht zu lange. Hargrove ist, ohne es zu wissen, durch eine gefährliche Gegend gekommen. Die nördliche Ebene ist nicht sicher, und er muß in schnellem Galopp gefahren sein, so daß niemand Zeit hatte, ihn anzuhalten.«

»Wahrscheinlich hat er in Port Dauphin eine vierspännige Reisekalesche gemietet.«

»Aber zu welchem Preis!«

»Ach, er hat stets die Taschen voller Gold. Gute Nacht, Régis. Ich gehe meine Koffer packen.«

»Gute Nacht. Beeilen Sie sich.«

81

Kaum hatte sich die Tür hinter Siverac geschlossen, kam Miss Llewelyn die Treppe herunter und trat geradewegs auf den jungen Offizier zu, der seine Karten zusammenfaltete. Sie schien ruhig und entschlossen.

»Wundern Sie sich nicht über das, was ich Ihnen sagen werde«, begann sie. »Ich habe fast alles von Ihrem Gespräch mit Siverac gehört. Ich habe Sie auf der Treppe belauscht. Das gehört sich nicht, von mir aus, aber so ist es nun einmal. Ich bin ganz Ihrer Meinung. Wir müssen fort.«

»Mir bricht es natürlich das Herz – wegen Laura.«

»Wo ist sie?«

»Dort hinten im Zimmer.«

»Da soll sie noch einen Augenblick bleiben. Laura«, rief sie, »rühr dich nicht vom Fleck, ich habe noch etwas mit Leutnant Régis zu besprechen.«

Laura hatte sich erhoben und blieb stehen.

»Und ich?« fragte Frank.

»Du gehst sofort schlafen.«

»Jetzt schon? Kann ich nicht mit Laura hierbleiben?«

Maisie Llewelyn machte einen Schritt auf ihn zu, und er lief Hals über Kopf davon.

»Ich verstehe«, sagte sie zu Régis, »daß die Trennung von Laura eine schwere Prüfung für Sie ist, aber Sie werden uns doch zumindest zwei Tage gewähren?«

»Allerhöchstens.«

»Dann verbringen Sie wenigstens diese Nacht mit Ihrer Frau.«

»Aber wo? Hier ist es nicht möglich.«

»Hören Sie mir zu. William Hargrove hat natürlich wieder sein Zimmer bezogen, das ich in seiner Abwesenheit bewohne und Ihnen zur Verfügung stelle, wenn Sie die Nacht mit Laura verbringen.«

»Ich weiß es und ich bin Ihnen dankbar, aber wo würden Sie heute nacht schlafen?«

Maisie Llewelyn zog die geziemende Antwort aus dem Arsenal von Lügen, das sie in ihrem Kopfe trug, und sie wählte sie geschickt.

»Ich? Ach, das ist ganz einfach, ich gehe in mein Zimmer. Von dort überwache ich alles. Lauras Zimmer im Erdgeschoß liegt abseits, dort haben Sie Ruhe.«

»Die Nacht mit Laura in ihrem Zimmer? Das wird sie nicht wollen.«

»Warum denn nicht? Zugegeben, das Bett ist recht schmal, aber das stört doch die Liebe nicht, oder?«

»Ach, das ist es nicht«, sagte er ein wenig verlegen. »Aber Laura hat ihre Einwände – wegen des großen Gemäldes, das sie von ihrem Bett aus sieht. Sie hat es mir erklärt.«

»Einwände! Daß ich nicht lache! Gegen wen und gegen was?«

Mit gebieterischer Stimme rief sie:

»Laura!«

Die junge Frau kam ruhigen Schrittes näher.

»Wie es scheint«, spöttelte Miss Llewelyn ironisch, »will Madame die Nacht mit ihrem Mann nicht in ihrem Zimmer verbringen, weil sie von ihrem Bett aus das große Gemälde sieht...«

Laura und Régis zeigten sich gleichermaßen betreten.

»Ich bitte Sie«, sagte Laura.

»Ach was! Ihr werdet mir wohl erlauben, ein Wort darüber zu sagen. Also reden wir von Religion, das geschieht hier nicht oft und wird uns allen guttun. Es stört euch, daß die Madonna euch zusieht, wenn ihr Kinder macht, wie die Kirche es uns im Sakrament der Ehe befiehlt.«

»Miss Llewelyn, hören Sie um Gottes Willen auf!« rief Laura puterrot.

»Und ihr bildet euch ein«, fuhr die Waliserin ruhig fort, »daß die Maria ihr Antlitz verhüllt, um das nicht zu sehen? Da laßt mich euch zuerst eines sagen: die Maria hat anderes zu tun, als euch zu beobachten; sie blickt nur den lieben Herrgott an, aber sie weiß, daß ihr da seid, und sie beschützt euch.«

Jetzt ergriff Régis das Wort:

»Miss Llewelyn«, flehte er mit gefalteten Händen, »bitte hören Sie auf, wir sind einverstanden! Nicht wahr, Laura?«

»Ja, tausendmal ja, Miss Llewelyn.«

»Dann gehe ich auf mein Zimmer, und alles ist bestens geregelt«, sagte die Waliserin, indem sie sich flüchtig bekreuzigte.

Und ohne länger zu verweilen, verschwand sie im Dunkel der Treppe. Mit größter Behutsamkeit schlich sie sich in das Zimmer mit dem großen Doppelbett, wo ein vor Ungeduld und Verlangen zitternder William Hargrove sie erwartete.

In dem von einer einzigen Lampe spärlich erleuchteten Zimmer im Erdgeschoß verschwand der obere Teil des Gemäldes im Dunkel. Die Umrisse des Kopfes und der Schultern waren kaum sichtbar.

»Siehst du«, flüsterte Régis, »es stört gar nicht.«

»Aber sie ist da.«

Er nahm sie in seine Arme.

»Denk nicht mehr daran.«

Mit einer Schnelligkeit, die die junge Frau überraschte, entledigte er sich seiner Kleider, und eine Minute später lag er bei ihr. Sie umarmten sich wie bei einem Wiedersehen nach einer langen Reise. Die Freude trug sie mit Leib und Seele in ein Land, wo die Angst nicht existierte. Atemlos betete sie innerlich, daß dieser kleine Tod, der sie der Welt entriß, nie enden möge, aber die Rückkehr in die gewohnte Wirklichkeit ließ ihr wenigstens das unerschöpfliche

Vergnügen, das schöne, von der Liebe erhitzte Gesicht zu liebkosen.

»Ich hoffe, daß dir nie etwas zustoßen wird«, sagte sie und fuhr mit den Fingern über seine Lider, seine Lippen.

»Fürchte dich nicht, es gibt keinen wahren Krieg in dieser Gegend. Nur Scharmützel von Zeit zu Zeit. Das zählt nicht.«

In wenigen Worten erklärte er ihr die Reise, die ihr bevorstand.

»Sie wird dir lang erscheinen, aber du wirst tapfer sein.«

Sie stieß einen tiefen Seufzer aus, wie ein kleines Mädchen: »Müssen wir uns trennen?«

»Nein, ich treffe dich dort wieder, wo du dann sein wirst.«

»Schwöre es mir, Régis.«

»Ich werde dich nie verlassen, verstehst du? Selbst wenn...«

»Selbst wenn was? Sag es mir, sag es mir.«

»Selbst wenn du mich nicht siehst, werde ich da sein.«

»Du meinst, wenn wir fern voneinander leben?«

In einer plötzlichen Gefühlsaufwallung drückte er sie ganz an sich.

»Du bist auf immer mein, Laura, auf immer, bis ans Lebensende.«

Mit beiden Händen umklammerte sie seinen Kopf.

»Ich habe Angst«, sagte sie, »verlaß mich nicht. Der Tod ist überall. Bitte das große Bild, daß man uns nicht trennt.«

»Tu du es. Ich kann das nicht so gut.«

Er nahm sie aufs neue, und aufs neue verlor sie das Bewußtsein von der Welt um sie her.

Das Morgengrauen riß sie auseinander.

82

Knapp vor Tagesanbruch, als der Himmel sich rötlich zu färben begann, verließ Régis die Plantage auf seinem grauen Apfelschimmel und ritt auf der Straße nach Marmelade davon.

Maisie Llewelyn war als erste aufgestanden und übernahm es, in ihrem lila Schlafrock alle Hausbewohner zu wecken, nur William Hargrove ließ sie schlafen, weil sie ihn wach eher lästig als nützlich fand.

Sie hatte Eile, alle Vorbereitungen für die Abreise noch am Morgen zu treffen, um die Hektik der letzten Minuten zu vermeiden. Wahrscheinlich hätte sie sich trotzdem etwas mehr Zeit lassen können, aber sie folgte ihrem Vorsatz mit unbeugsamer Beharrlichkeit.

Aus Menschlichkeit verbot sie sich immerhin, Laura zu stören, die, von einer Art schmerzlicher Erstarrung befallen, in der schrecklichen Einsamkeit ihres Zimmers verharrte.

Eine Stunde später häuften sich Reisetaschen und Koffer im großen Saal des Erdgeschosses. Unter dem Befehl der Waliserin trottete Betty in ihrem roten Mieder wie eine Maus in alle Richtungen und schleppte die notwendigsten Gegenstände herbei. Frank, ganz außer sich vor Aufregung, lief mit gewichtiger Miene herum und brachte seine Abenteuerromane, dazu einen Ball und Schläger, die er unter den gegebenen Umständen für unentbehrlich hielt.

Gegen elf Uhr erschien plötzlich Siverac. Angesichts all des Gepäcks, das sich dank der sorgfältigen Fluchtvorbereitung im großen Saal angesammelt hatte, blieb er zuerst verdutzt stehen, dann schleuderte er seinen Hut zu Boden.

»Zu spät!« schrie er.

»Was ist denn los?« fragte Miss Llewelyn.

»Alles das«, sagte er und wies auf den kunterbunten Haufen. »Ihr seid euch der Lage wohl nicht bewußt. Als ich gestern nacht heimkehrte, erwartete mich niemand. Heute früh rufe ich, suche nach meinen Gutsverwaltern. Sie sind alle fort. Nur vier treue Schwarze sind geblieben, die sich vor Schreck nicht zu rühren wagen. Sie haben im Morgengrauen in der Umgebung meines Hauses eine Gruppe von Papas-Lois gesehen, die mit ihren Kuhschwanzklappern fuchtelten. Und wissen Sie, was ich an meine Haustür genagelt fand? Einen weißen Hahn mit gespreizten Flügeln und voller Blut. Wissen Sie, was das bedeutet? Es ist alles verloren. Ich bin durch sämtliche Zimmer gegangen, habe alles an mich genommen, was ich an Wertsachen fand, und habe es in meinen Reisesack gepackt, der dort vor der Tür steht. Zwei der Schwarzen sind mir gefolgt und warten in der Küche. Sie werden mit uns kommen. Was die Kutschen betrifft, die bleiben im Schuppen. Wir werden reiten. Wo ist Hargrove?«

»Oben«, sagte die Waliserin.

Bei Siveracs Bericht war sie ganz bleich geworden, doch sie hielt sich aufrecht, stützte sich mit der Hand auf eine Stuhllehne.

»Frank«, sagte sie, »geh hinauf und klopf bei deinem Vater an.«
Der Junge, der eine aufregende Räubergeschichte zu erleben glaubte, sprang wie ein Zicklein die Stufen empor.

»Er kann doch unmöglich noch schlafen?« sagte Siverac.

»O nein. Ich habe ihn vor einer Weile geweckt. Er brauchte Zeit, um sich von gestern zu erholen. Er wäscht sich und zieht sich an.«

»Und Laura?«

»Laura ist in ihrem Zimmer.«

»Régis hatte recht, wir hätten gestern aufbrechen sollen... Aber er mußte ja seine Liebesnacht haben.«

»Er hat nicht darum gebeten«, erwiderte Maisie Llewelyn lebhaft. »Ich habe darauf bestanden.«

»Und das war wohlgetan. Er wird lange Zeit keine mehr haben. Aber was treibt Hargrove?«

Gleichsam als Antwort auf diese Frage vernahm man den zögernden Schritt von William Hargrove, der die Treppe herunterkam, wobei er sich mit der Hand am Geländer festklammerte. Er schien sich der drohenden Gefahr gar nicht bewußt zu sein, denn er hatte sich in Schwarz gekleidet, als wollte er in der Stadt zu Mittag essen, aber vielleicht auch, um den kläglichen Eindruck seines Betragens am Vorabend vergessen zu machen.

Als er den Haufen Gepäck mitten im Saal erblickte, stieß er einen Schrei aus:

»Was? So weit sind wir bereits?«

»Reg dich nicht zu sehr darüber auf, William. All dieses Zeug kann bleiben, wo es ist, bis zum Jüngsten Gericht.«

»Haben Sie den Kopf verloren?« rief Miss Llewelyn. »Auf der Reise werden wir eine Menge Dinge brauchen.«

»Verzeihung, das ist ein Irrtum. Sie scheinen nicht zu wissen, was eine Flucht ist. Ich habe einen Reisesack, und das ist alles. Tun Sie desgleichen. In einer Stunde müssen wir fort sein. Wollen Sie bitte Laura benachrichtigen? Ich werde meine Schwarzen anweisen, die Bergponys zu satteln.«

Ohne die Kommentare auf seine Worte abzuwarten, ging er zur Tür und verschwand.

William Hargrove ließ sich in einen Sessel sinken.

»Wahnsinnig«, sagte er, sich an den Kopf fassend. »Dieser Mann ist wahnsinnig.«

»Ich glaube nicht«, sagte die Waliserin heftig. »Wir sind es, weil wir weiterhin in einem Traum von Sicherheit leben, wegen dieses Sternenbanners, das der Teufel holen soll, wenn es ihm gefällt. Machen Sie sich bereit, Mr. Hargrove. Ich werde mit Laura reden.«

Zu Ihrer großen Überraschung fand Maisie Llewelyn die junge Frau auf dem Bettrand sitzend. Sie hatte einen kleinen Koffer neben sich stehen.

Auf ihrem Gesicht, dem noch die Kindheit anhaftete, zeichneten sich die Spuren der Müdigkeit und des Kummers ab.

»Ich weiß«, sagte sie ganz einfach. »Mein Mann hat mir alles erklärt. Wann brechen wir auf?«

»Bald.«

»Ich verlasse dieses Zimmer lieber gleich«, sagte sie und erhob sich.

Miss Llewelyn umarmte sie stumm und ging hinaus. Bevor Laura ihr folgte, machte sie eine Geste, in die sie zugleich ihre Herzensangst und ihre Hoffnung legte: sie wandte sich dem großen Gemälde zu und bekreuzigte sich heftig.

83

Die kräftigen haïtischen Ponys standen zusammen in ihrem Stall. Mit ihren kleinen harten Hufen konnten sie mühelos über Berge und Felsen klettern. Alle waren bereit, aber die Natur widersetzte sich diesem Exodus. Eine glühende Hitze schien aus dem Boden zu steigen, und die Blätter der Bäume hingen in einem fahlen Licht wie leblose Hände. Die Luft war reglos, als hielten die Winde ihren Atem an.

Gegen Mittag verdunkelte sich der Himmel plötzlich und verkündete ein Gewitter. Vorläufig konnte also von Aufbruch nicht die Rede sein, und das Herzeleid, der Kummer, das Haus verlassen zu müssen, wich dem Schrecken, der Angst, zum Bleiben gezwungen zu sein, denn die allgegenwärtige Gefahr setzte ihnen immer mehr zu.

Auf der Straße vor dem Haus ging Siverac, blieb stehen, kehrte wieder um, getrieben von dem Wunsch zu sehen, was sich inzwischen bei ihm ereignet hatte, und zurückgehalten von der abergläubischen Furcht, dem Schicksal in die Falle zu gehen.

Da er nicht wußte, was er tun sollte, kehrte er in den großen Saal zurück, wo Maisie Llewelyn, Laura und Frank geduldig warteten. Hargrove, der in einem großen Korbsessel versunken war, kehrte ihnen den Rücken zu. Er hatte seinen schwarzen Gehrock ausgezogen, den er zusammengefaltet auf seinen Knien hielt, und schwitzte in einem Hemd mit aufgekrempelten Ärmeln. Sein mürrisches Schweigen kontrastierte mit den Bemühungen der Waliserin, wenigstens den Anschein einer guten Stimmung aufkommen zu lassen.

»Wenn ich Karten hätte, würde ich euch wahrsagen. Eine Frau aus meinem Lande hat stets die Gabe, das Dunkel der Zukunft zu durchdringen. Laura, ich sehe dich bereits jenseits des Meeres...«

»Mich auch?« fragte Frank.

»Natürlich, dich auch, zusammen mit deiner Schwester.«

»Glücklich?« fragte Laura.

»Was hat das in diesen Zeiten schon zu bedeuten? Lebendig und ruhig. Das ist bereits eine Menge.«

»Und ich?« fragte Frank.

»Ach du... die Jungen ziehen sich immer aus der Affäre.«

»Und wann soll das sein?« fragte Siverac und kam näher.

»Beeilen Sie sich nicht, Monsieur Siverac. Sie werden früh genug auf dem Flecken Erde sein, der uns dort erwartet.«

»Mit solchen Antworten kann man eine Menge Narren an der Nase herumführen«, sagte er.

»Finden Sie etwas Besseres zu Ihrem Vergnügen«, erwiderte sie mit einem freudlosen Lachen.

Er gab den nutzlos angehäuften Paketen einen Fußtritt.

Hargrove hatte die Hände unter seinen Gehrock gesteckt und rührte sich nicht.

Die Minuten verstrichen quälend langsam und in einer mysteriösen Feindseligkeit der Dinge gegen diese hilflosen Menschen.

Plötzlich kam Betty hereingerannt. Sie war außer Atem, redete wirr, und die rote Schleife ihres Kopftuchs hing ihr schief über dem Ohr.

»Da d'außen... auf de' St'aße«, stammelte sie.

Siverac stürzte hinaus, spähte in die Ferne, in Richtung der Hügel, und sah nichts. Doch dann erblickte er ganz in der Nähe einen Trupp schwarzer Soldaten in blauen Uniformen mit roten Aufschlägen, die durch die Allee auf ihn zukamen. Ihnen voran ritt ein weißer Offizier. Siverac erkannte Régis und schrie auf. Unter dem dunkelgrauen Himmel hatte dieser große Farbfleck die Intensität einer Explosion, und die Landschaft schien sich gleichzeitig mit den Männern zu bewegen.

Régis legte die Hand wie ein Sprachrohr an den Mund:

»Kehren Sie auf keinen Fall in Ihr Haus zurück«, rief er durch den Dunst der schwülen Luft. »Plündernde Banden nehmen alles mit, sie werden das Gebäude in Brand setzen.«

In Schweiß gebadet, rannte Siverac ihm entgegen und schrie:

»Was werden Sie tun, wenn sie hier herkommen?«

Régis streckte den Arm nach Westen aus, wo sich die grüne Masse eines Hügels erhob, dessen Kuppe in der Dunkelheit verschwand. An seinem Fuße sah man noch deutlich die gelben Steine eines steilen Felspfads.

»Nehmen Sie diesen Weg«, sagte er, »aber beeilen Sie sich, brechen Sie sofort auf. Ich werde die Angreifer in der Allee zurückhalten.«

Auf seinen Befehl schwärmten die Soldaten aus und postierten sich rings um die Plantage. In diesem Augenblick erschien Hargrove an einem offenen Fenster im Erdgeschoß. Er hatte seinen Gehrock über die Schulter gelegt und fuchtelte mit dem freien Arm. Seine vor Wut aus den Höhlen tretenden Augen richteten sich auf den Leutnant, den er erkannt hatte.

»Wer hat Sie gebeten, hier herzukommen?« brüllte er. »Wir rühren uns nicht vom Fleck.«

Régis antwortete nicht. Er sprang vom Pferd und eilte zu seinen Leuten. Auf der Straße knallten bereits Schüsse, und die Mulattenbanden griffen die schwarzen Soldaten an. Der Leutnant gab Schießbefehl, aber die Angreifer stürzten sich wütend auf die Schwarzen. Hohe, blühende, mit gefährlich langen Stacheln gewappnete Kampeschenhecken auf beiden Seiten der Straße und nahe am Haus zwangen sie, sich dicht zusammenzudrängen, und sie kamen in hellen Scharen. Vom Tafia* berauscht, trotzten sie dem Tod, und aus den weit aufgerissenen Mündern der teuflisch verzerrten Gesichter ertönte wildes Gebrüll. Hinter ihnen sah man die Papas-Lois, die wie die Rasenden ihre Kuhschwänze schwenkten.

Die Kugeln der Schwarzen streckten etwa ein Dutzend der Angreifer nieder, und im Gegenschlag fielen fast ebenso viele Schwarze.

---

* Kreolischer Zuckerbranntwein

In der fahlen, von Gewehrfeuern durchzuckten Dunkelheit stürzten oder taumelten die Leiber in einem zunehmenden Durcheinander. Die klare Stimme des Leutnants übertönte den Tumult, und unter seinem Befehl zogen sich die Soldaten zurück, um den Ansturm der Mulatten auf die Plantage aufzuhalten.

Im Hause hatten sich alle Bewohner gemeinsam in einen der hinteren Räume geflüchtet, nur Siverac feuerte durch die Latten eines Fensterladens im ersten Stock auf die Angreifer. Hargrove hockte zusammengekauert und wie versteinert in der geschützten Ecke eines der großen Salonfenster. Die Angst lähmte seine Züge, aber seine Augen bewegten sich unruhig hin und her, wie die eines gehetzten Tieres, und Tränen vermengten sich mit den Schweißtropfen, die ihm bis in die Stoppeln seines Backenbarts rannen. In seiner Faust funkelte eine Pistole, die er in seinem Gehrock verborgen hatte.

Einen Augenblick glaubte er ein Schwanken in den Reihen der Schwarzen zu sehen, und da erblickte er Régis, der den Arm hob und kurze Befehle erteilte. Hargrove erkannte ihn an seinem weißen Gesicht. Die Schüsse hagelten immer heftiger. Jetzt waren die Angreifer bis zu den von purpurroten Passionsblumen überwachsenen Bäumen am Ende der Allee zurückgewichen, da die sandige Fläche vor der Plantage ihnen keinen Schutz mehr bot, während die Soldaten unter Régis' Befehl von den mit Bananenblättern überdachten Schuppen, die als Lagerräume dienten, auf die das Haus umgebende Veranda ausschwärmten. Der Leutnant kletterte mit zwei von seinen Leuten über die Balustrade, um jedem weiteren Angriff zuvorzukommen. Gleich darauf blitzten Schüsse in der zunehmenden Dunkelheit auf.

Hargrove war auf die Knie gegangen und hatte sich fast ganz in den Falten eines grünen Vorhangs verborgen. Er erspähte die Silhouette von Régis, diesmal inmitten einer Gruppe von Schatten, die sich rasch bewegten. Von Panik ergriffen, schoß er aufs Geratewohl. Aufs Geratewohl? Diese Frage sollte er sich bis an sein Lebensende stellen.

84

Am anderen Ende der Veranda, wie Hargrove in der Nische eines
großen Fensters verborgen, stand Laura neben Maisie Llewelyn. Mit
der Autorität einer Mutter hatte diese den Arm um die Schultern der
jungen Frau gelegt, die unbedingt sehen wollte, was vor dem Hause
geschah. Im Schutze eines halboffenen Ladens sah sie zunächst nur
eine wirre Schar von Soldaten, deren Bewegungen sie nicht verstand.
Sie schienen auf der Stelle zu treten. Doch bald bildete sie sich voller
Entsetzen ein, daß die Soldaten zurückwichen, daß ein Kampf am
Ende der Veranda stattfand, auf der sie sich befand. Die Angst schoß
ihr in die Eingeweide, sie verspürte in allen Fasern ihres Wesens
einen unwiderstehlichen Ekel vor dem Tod, und sie lehnte sich an
Miss Llewelyn wie an eine Wand. Sie reckte den Kopf vor und suchte
Régis' Augen, doch es gelang ihr nicht, ihn im Dunkeln von seinen
Leuten zu unterscheiden. Endlich tauchte sein weißes Gesicht aus
der Masse der schwarzen Schatten auf. Die Schüsse hagelten immer
dichter und kamen, wie es ihr schien, immer näher. Plötzlich tauchte
das weiße Gesicht noch einmal auf, und fast sogleich war es nicht
mehr da. Sie fühlte eine große Hand, die sich auf ihre Augen legte,
und ohne einen Schrei glitt sie zu Boden.

Maisie Llewelyn trug sie in ein Zimmer, das möglichst weit von
der Veranda entfernt war.

Draußen begannen Regentropfen zu fallen, vereinzelt, schwer und
groß wie geöffnete Männerhände.

Es war den Mulatten gelungen, sich bis zu den drei langgestreckten Gebäuden in der Nähe des Hauses zu schleichen. Um den Gegner unter Feuer halten zu können, wählten sie das höchste, den großen Schuppen, in dem riesige Stapel von Baumwollballen und eine
große Menge Indigo lagerten und wo die Tabakblätter trockneten.
Die Eindringlinge konnten zuerst nicht sehen, welche Reichtümer
sich da verbargen. Doch als die ersten Blitze zuckten, vermochten
sie sie zu erkennen und stellten überdies überrascht fest, daß sie sich
im Angesicht der schwarzen Schützen befanden, die sich dort verschanzt hatten, um das Haus zu verteidigen.

Sofort kam es zu einem brutalen Gefecht. Von beiden Seiten
wurde fast gleichzeitig geschossen. Sehr rasch verlagerte sich der

Kampf ins Innere des Gebäudes und in die dunkelsten Ecken, während draußen die Blitze den Himmel aufrissen, als zeichneten sie das Schicksal der Gegner vor; zuweilen landeten verirrte Kugeln in den Baumwollballen, und bald schossen hohen Flammen wie Freudenfeuer in der Finsternis auf. Das aus trockenen Bananenblättern bestehende Dach begann ebenfalls Feuer zu fangen. Die Männer kämpften wie die Besessenen, und ihr wütendes Ringen zog den Blitz an, der nun seinerseits in den Schuppen einschlug. Fast sofort war das Feuer überall. Die Überlebenden flohen in heilloser Unordnung, zuerst die Mulatten, verfolgt von einigen Schwarzen, die auf sie schossen.

Plötzlich schien sich der Himmel zu öffnen. Senkrecht und heftig prasselte ein warmer Regen nieder, ergoß sich in Sturzbächen über den Boden, doch anstatt den Brand zu löschen, schien er ihn zunächst zu schüren. Die Papas-Lois flohen in die Allee.

Die Reisekalesche, die allein vor dem Hause zurückgeblieben war, streckte wie zum Hohn ihre Deichsel den prächtigen, im Zukken der Blitze aufleuchtenden Passionsblumen entgegen. Noch hörte man das dumpfe Knistern der Flammen, dann endlich erlosch alles unter den Regenfluten, und ein beizender, nach Baumwolle und verkohltem Tabak riechender Rauch senkte sich über die noch unversehrten Mulatten, die im Schutze dieser Tarnwolke verschwanden.

Die schwarzen Soldaten sammelten ihre Verwundeten.

Das Haus glich einer Person, die sich von einem Schlaganfall erholt und zu begreifen versucht, was um sie herum geschehen ist. Die Schüsse knallten nicht mehr, und die Blitze wurden seltener, aber der Regen trommelte mit einer eintönigen Beharrlichkeit auf das Verandadach, die wohl einen Sinn ergab, aber welchen? Leute kamen und gingen von einem Zimmer ins andere, und irgendwo im Hause rief man wieder und wieder. Hie und da, auf einem Tisch, bemühte sich eine kleine Lampe vergebens, die Schatten zu vertreiben, aber es waren zu viele, und sie waren überall, sie verbargen die Decken und die Wände.

Maisie Llewelyn saß in ihrem Zimmer, Laura gegenüber, der sie es in einem Schaukelstuhl bequem gemacht hatte. Keine von beiden sprach ein Wort, aber die Waliserin fächerte der jungen Frau von Zeit zu Zeit mit einem Palmwedel ein wenig Luft zu, und diese blickte sie an, ohne sie zu sehen. Zum erstenmal fühlte sich Maisie Llewelyn eingeschüchtert. Sie hatte Jammern und Tränenfluten erwartet, aber nicht diese stumme Reglosigkeit, die ihr schließlich unerträglich wurde. Sie las auch nichts in diesen großen schwarzen Augen, deren Aufmerksamkeit sich über ihre Schulter hinweg auf die Tür hinter ihr zu richten schien. Und was konnte sie ihr sagen? Welche Worte sollte sie an eine sechzehnjährige Frau richten, die seit fünf Uhr nachmittags Witwe war? So begnügte sie sich mit dieser Geste des Fächerns... Aber auf die Dauer wurde es ebenso beklemmend zu schweigen, wie zu sprechen. Ganz gleich was, nur irgend etwas sagen.

Sie lehnte sich ein wenig vor und hob die Stimme, um das unheimliche Geschwätz des Regens zu übertönen:

»Keine Gefahr mehr«, sagte sie. »Sie sind fort.«

Diese Worte erreichten Laura erst nach einer Weile. In ihrem mattweißen Gesicht regten sich die Lippen:

»Wo ist er?« fragte sie.

Maisie Llewelyn nahm ihre eiskalte Hände in die ihren.

»Die Soldaten sind bei ihm«, sagte sie.

Laura antwortete nichts darauf. In ihrem Geiste tobte eine Schlacht, von der ihr ganzes Dasein abhing. Sie brauchte den Mut, die einzig mögliche Frage zu stellen, und sie traute sich nicht: Lebt er? Eine oder zwei Minuten lang zögerte sie, dann fragte sie mit tonloser Stimme:

»Wo ist er bei den Soldaten?«

In die Enge getrieben, suchte die Waliserin nach einer glaubwürdigen Antwort und sagte schließlich:

»Er ist sehr müde und ruht sich mit ihnen von der Schlacht aus.«

»Wo ruht er sich aus? Ich will es wissen.«

»Im Augenblick ist das nicht möglich.«

Diesmal blickte Laura sie durchdringend an und sagte nichts. Eine innere Stimme flüsterte ihr zu: »Du wirst ihn nie wiedersehen.« Aber sie wollte es nicht laut hören, weil die Stille ihr den Zweifel einer letzten Hoffnung bot.

Entschlossen, diesem quälenden Gespräch ein Ende zu setzen, sagte Maisie Llewelyn mit gezwungenem Lächeln:

»Laura, ich muß Sie über unsere Pläne unterrichten. Wollen Sie mir aufmerksam zuhören?«

Laura neigte ein wenig den Kopf.

»Nun denn. Sie wissen, daß wir schnellstens dieses sehr gefährliche Land verlassen müssen. Heute hatten Sie den Beweis.«

Sie hielt kurz inne:

»Alles ist bereit. Wir brechen im Morgengrauen auf, wenn der Regen aufgehört hat.«

»Der Regen...«

»Ja, Sie hören ihn.«

Tief, gleichmäßig und dumpf vernahm man das beharrliche Rauschen unter den Fenstern.

»Es müßte jetzt acht Uhr sein«, fuhr Maisie Llewelyn fort. »Sie sollten sich ein wenig ausruhen; ich habe Ihnen Ihr Bett gemacht.«

»Nein«, sagte Laura... »Der Lärm...«

»Wie Sie wollen, aber die Reise wird voraussichtlich anstrengend. Sie müssen sich schonen.«

Ein kurzes Schweigen, dann fuhr sie sanft fort:

»Ich weiß nicht, ob Sie über diese Dinge unterrichtet sind, aber ich habe die Tage und die Wochen zusammengezählt. Ein Kind ist unterwegs.«

Laura antwortete nicht.

»Sie werden im Damensattel sitzen, und wir werden möglichst langsam reiten, aber Sie dürfen eins nicht vergessen: der kleine Unbekannte, den Sie in sich tragen – das ist auch ein Stück von ihm.«

Bei diesen Worten erhob sie sich und küßte die junge Frau, die reglos sitzen blieb.

»Ich möchte allein sein«, murmelte sie. »Entschuldigen Sie mich.«

»Ich lasse Sie. Versuchen Sie trotz des Lärms, die Augen zu schließen. Ich bleibe in Ihrer Nähe und werde auf Sie aufpassen.«

Dann warf sie einen Blick auf das Bett, um sich zu überzeugen, daß alles in Ordnung war, drehte den Docht der Lampe ein wenig auf, und nach einem letzten Lächeln, das ohne Antwort blieb, zog sie sich zurück.

Die Waliserin entfernte sich aus dem Zimmer, ließ einige Minuten vergehen, schlich dann auf Zehenspitzen zurück und lauschte an der Tür. Sie brauchte nicht lange zu warten... Der einen ganzen Tag lang zurückgehaltene Kummer machte sich mit einer schrecklichen Heftigkeit Luft. Ein endloses Schluchzen ertönte, unterbrochen vom würgenden Schlucken der Atemnot. »Es ist besser so«, sagte sich

Maisie Llewelyn. »Soll sie ihre Krise nur jetzt vor der Reise haben. Aber du tust mir leid, kleine Laura. Du beherrschst dich vor den Leuten, du bist tapfer. Nicht umsonst eine Engländerin.«

Nach einer Weile ging sie wieder, aus Zartgefühl. Als sie die Treppe zur Veranda hinabstieg, stieß sie auf Siverac. In der Dunkelheit wären sie beinahe zusammengeprallt.

»Haben Sie Laura gesehen?« fragte er. »Wie fühlt sie sich?«

»Gehen Sie nicht zu ihr. Sie weiß alles und will mit ihrem Kummer allein sein. Ich bin hinausgegangen, bevor es zum Ausbruch kam, aber ich habe alles gehört. Es ist furchtbar, und es ist normal, und es bricht mir das Herz.«

»Sie hatten recht, sie allein zu lassen. Hargrove war von einer Niedertracht...«

»Und wie! Er hat Régis umgebracht«, sagte sie mit leiser Stimme.

»Das habe ich mir gedacht«, sagte er im gleichen Ton, »aber warum? Er wußte doch nichts von ihrer Heirat.«

»Nein, aber er wollte keine Heirat.«

»Mit einem Katholiken, das ist es.«

»Nein. Er wollte überhaupt keine Heirat.«

»Wie kommen Sie denn darauf? Im allgemeinen sorgt sich ein Vater doch nur darum, seine Töchter um jeden Preis an den Mann zu bringen.«

»Monsieur Siverac, Ihre Unwissenheit erstaunt mich.«

»Dann erklären Sie es mir, Miss Llewelyn. Ich will es wissen.«

»Es ist ganz einfach. Er wollte sie ganz allein für sich haben, für immer.«

»Höchst absonderlich!«

»Monsieur Siverac, Sie finden manchmal das richtige Wort. Nennen wir es so, und reden wir nicht mehr davon.«

Und sie fügte spöttisch hinzu:

»Übrigens scheint mir diese Treppe, auf der wir uns befinden, gerade der richtige Ort für solche Vertraulichkeiten; weder ganz oben noch ganz unten, aber sichtlich weiter unten als oben, und auch dieses Halbdunkel ist günstig. Möge also das, was wir uns soeben gesagt haben, nie dieses Dunkel verlassen.«

»Ich glaube, ich habe Sie verstanden...«

»Sie sind intelligent, Monsieur Siverac.«

»... aber ich betrachte von nun an meine Beziehungen zu Hargrove als abgebrochen.«

»Bis auf das unbedingt Notwendige während der Reise vielleicht.«

Gegen Mitternacht ließ der Regen nach und hörte dann plötzlich auf. Einige Sterne wurden sichtbar, die Passatwinde vertrieben die Wolken, und bald leuchteten die Sternbilder überall am Himmel.

Im bläulichen Morgendunst spannten die Soldaten die Kutsche an, legten ihre Toten hinein und holten die Leiche des Leutnants Régis von der Veranda, wo er gefallen war. Die Kugel hatte ihn in die Halsschlagader getroffen.

Im Geleit der anderen Soldaten fuhren sie ab. Der schwarze Unteroffizier, der nach dem Tode des Leutnants das Kommando übernommen hatte, riet Siverac dringend, keine Stunde zu verlieren und sofort aufzubrechen:

»Die ande'en we'den mit Ve'stä'kung zu'ückkommen. Wenn du jetz' gleich in die Be'ge ve'schwindest, bist du ge'ettet. Wi' fah'en übe' die g'oße St'aße zum F'iedhof bei dem He'n Pfa'e'. De' a'me Leutnant!« fügte er hinzu und drückte Siverac die Hand.

Ohne zu zögern, ließ Siverac die Pferde und die Ponys satteln.

Maisie Llewelyn stieg in aller Eile zu Laura hinauf, die sie schlafend vorfand, die aber mit einem Satz aufsprang, als sie die Anwesenheit der Waliserin spürte. Diese hatte im ersten Moment den Eindruck, eine Person zu sehen, die sie nicht wiedererkannte. Es lag nicht etwa daran, daß das Gesicht der jungen Frau gealtert wäre oder sich im Schlaf verhärtet hätte, sondern sie war ganz einfach eine andere Person geworden, deren Aussehen sich verändert hatte. Jene letzte kindliche Verwunderung im Blick der großen Augen, die Régis so betört hatte, war nicht mehr da.

Ohne eine Sekunde zu zögern, sagte sie:

»Brechen wir auf? Gehen Sie hinunter, ich folge Ihnen.«

Im Erdgeschoß trafen alle schweigend ihre letzten Vorbereitungen, und es war ihnen, als ob das Haus im Sterben läge. In gewissen Augenblicken der Angst hatten sie es gehaßt, und nun rief es ihnen plötzlich die Stunden des Glücks in Erinnerung, und diese Erinnerung ertrugen sie nicht. So verließen sie es mit einem uneingestandenen Gefühl der Erleichterung.

85

Die Schatten verzogen sich langsam, als sie alle im Sattel saßen; Siverac ritt voran, Maisie Llewelyn und Frank zu beiden Seiten neben Laura, die bewunderswert aufrecht auf einem Pferd mit wehender Mähne saß. Offenbar war sie entschlossen, wie eine wahre Engländerin um jeden Preis eine gute Figur zu machen. Das konnte man von Hargrove nicht sagen, der die ihm angebotene Ehre, die kleine Truppe an der Seite Siveracs anzuführen, verweigert hatte und es vorzog, bequem inmitten seiner sechs schwarzen Diener und in Bettys Gefolge die Nachhut zu bilden.

Die steinige und von Moos überwachsene Straße war breit und stieg zuerst unmerklich an, einem Hügel entgegen, über dessen Kuppe eine blasse Wolke schwebte, während der Dunst noch in den Mulden der Täler dampfte. Die Ponys und Pferde trabten gemächlich und gingen nur dort im Schritt, wo das Gelände steil abfiel. Die Luft war mild, einige Sterne verloschen am blaßblauen, noch nicht ganz hellen Himmel.

Der mit kleinen und kurzen Bäumen überwachsene Hügel, den sie umgingen, ließ hie und da wie durch die Löcher eines dunkelgrünen Mantels das kräftige Rot der Früchte des Manzanillabaumes sehen. Niemand sprach ein Wort. Allein das harte und präzise Geräusch der Hufe ertönte in der Stille des anbrechenden Tages. Jetzt folgten sie einem Weg, der über eine Reihe leicht abfallender Terrassenstufen in ein Tal führte. Fast immer ritten sie im gleichen Trab an den Berghängen entlang, von einem Hügel zum anderen, und während sie sich gen Westen bewegten, blieben sie im Schutze des Schattens, der sie vor den Blicken möglicher Feinde verbarg. Diese ebenso berauschende wie gefährliche Reiseroute ersparte den Flüchtenden die Strapazen der Straßen, die sich nach dem Gewitter des Vorabends in Schlammgruben verwandelt hatten und möglicherweise den wild umherstreifenden Banden als Hinterhalte dienten. Siverac rechnete in der Tat mit einer gewaltsamen Rückkehr der Mulatten an die Orte, die sie verlassen hatten, aber die Distanz zwischen ihnen und den fliehenden Weißen vergrößerte sich zusehends.

Eingewiegt vom gleichmäßigen Schritt der Reittiere, war ein jeder in seine Gedanken versunken und sah die Landschaft nur durch den Schleier seiner Träume. Für Laura war das Kind, das sie unter ihrem

Herzen trug, mit der Seele des geliebten Verstorbenen verbunden, und sie schenkte ihm bereits all die Liebe, die in ihrem Herzen war.

Miss Llewelyn beobachtete sie aus dem Augenwinkel und bewunderte ihre Beherrschtheit und zurückgewonnene Ruhe. Zum Glück wußte Laura nicht, von wo der Schuß gekommen war, der den Leutnant getötet hatte, und das durfte sie nie erfahren, aber wie mochte es wohl dem elenden Verbrecher zumute sein, der da hinten der gemächlich dahintrabenden Kolonne folgte?

Frank, der zur Rechten seiner Schwester ritt, beschäftigten ganz andere Gedanken. Ihm mißfiel das behutsame Tempo der Reise, und er bedauerte, seinem Pferd nicht die Sporen geben zu können, um in raschem Galopp über die Berge zu stieben. Mit ein bißchen Glück könnte er vielleicht einen mit Adlerfedern geschmückten Siouxstamm entdecken, den eine Laune der Geschichte dorthin verschlagen hatte. Er träumte auf seine Art, und die Ereignisse des Vorabends vermischten sich mit seinen Träumen.

Der von seinen Schwarzen umgebene und beschützte William Hargrove hingegen wußte, daß nichts ihm den Frieden zurückzugeben vermochte, und er hatte das Gefühl, einem Alptraum entflohen zu sein, um sogleich in einen anderen zu geraten, in den ihn das Schicksal mit sanfter Perfidie hatte gleiten lassen. Niemand ahnte etwas, niemand hatte es gesehen, und er hatte die Pistole unter ein Sofa geworfen. Er konnte also beruhigt sein und mit Kennerblick die Eigenheiten der Landschaft bewundern, aber er wurde den unangenehmen Eindruck nicht los, daß ihn – er wußte nicht von wo – ein stummes Gelächter verfolgte.

Indessen gelangte die kleine Truppe auf einen Paß, und man sah zu beiden Seiten in tiefe, mit Dickicht überwachsene Täler hinab. Nach einem zögernden Leuchten am Horizont überflutete der helle Tag plötzlich den Himmel und gab den Blick frei auf eine Bergkette von matter tiefblauer Farbe, mit einem flaumigen Schimmer, der an Samt erinnerte… Ein einstimmiger Ausruf begrüßte diesen Ausbruch der Schönheit in einer von Haß verheerten Welt, und die Herzen der Fliehenden schlugen höher, als wenn ein Hoffnungsgesang aus der Erde aufgestiegen wäre.

Einer Eingebung folgend, hielten sie einen Augenblick an, um die große Botschaft zu empfangen, und schlugen dann Pfade ein, die abseits der Straßen verliefen, wo sie feindlichen Truppen begegnen konnten. Das Terrain erstreckte sich über mäßig ansteigende und abfallende Hänge, und sie kamen ziemlich rasch voran, aber aus Vorsicht wechselten sie kein einziges Wort, weil sie dem Echo mißtrauten.

Zuweilen schwebten Geier über ihnen in dieser verwilderten Landschaft. Eine leichte Unruhe erwachte wieder, aber die Stunden in der öden Steppe vergingen ohne Zwischenfälle. In dieser Einsamkeit sprach alles von Kampf und Flucht.

Bald mußten sie einen Pinienwald durchqueren, wo sie in einem Schatten untertauchten, der von Lichtstrahlen durchbrochen war. Unter dem Nadelteppich wurde der Boden schlüpfrig, wenn nicht gar gefährlich oder zumindest beschwerlich, aber die kräftigen kleinen haïtischen Pferde wußten die harte Kante ihrer Hufe jedem Untergrund anzupassen. Plötzlich schoß der Pfad in ein enges Tal hinab, wo die Stille so undurchdringlich schien, daß man sie zu hören vermeinte.

Sie kamen an eine verlassene Umzäunung. Bananenstauden fegten den Boden mit ihren riesigen Blättern bis zur Schwelle eines Hauses, dessen Dach eingestürzt war und dessen Türen und Fenster sich wie gähnende Höhlen auf einen von Unkraut überwachsenen Obstgarten öffneten. Dort versanken Pfirsichbäume unter der Last wilder Früchte, um die sich eine ganze Armee grüner Papageien mit viel Federrascheln und Geschrei zankte. Es war zehn Uhr morgens. Siverac schlug eine Rast vor. Betty machte sich sogleich ans Werk. Sie hatte an alles gedacht. Mit einem Eifer und einer Gewandtheit, die man bewundern mußte, hatte sie in wenigen Minuten ein Leintuch auf dem Rasen ausgebreitet und eine Mahlzeit aus Pfannkuchen und kaltem Fleisch hergerichtet. Zwei Schwarze machten sich auf die Suche nach Trinkwasser und fanden es bald in einem Gebirgsbach unterhalb der Umfriedung.

Sie verbrachten eine Stunde unter den Bäumen.

Als sie sich wieder auf den Weg machten, blendete sie das Licht. Der Pfad war gewunden, aber die Höhenunterschiede blieben gering, zwischen sechs- und siebenhundert Meter. Auf den Hügeln gegen Westen wurden die Wälder immer dichter. Nach und nach schienen die Wege sie in ein Paradies zu führen. Zwischen den gewaltigen Stämmen der Mahagonibäume erblickten sie auf einem anderen Berghang das weiße Schäumen eines Sturzbachs, der von Stufe zu Stufe in Kaskaden herabfiel und zuweilen über ein Bett von Lianen glitt oder hinter ihnen ganz verschwand. Diese wiederum flochten Girlanden, Gehänge und natürliche Blumengebinde von Baum zu Baum. Der Schatten des Waldes, den sie jetzt durchquerten, schien blau. Im üppigen Laubdickicht öffneten sich hie und da große Lükken, in denen Orchideen wucherten und aufgeregte Kolibris schwirrend in der Luft tanzten, ohne sich vom Fleck zu bewegen.

Unwillkürlich verlangsamten die Reisenden den Schritt, als wären auch sie ein Teil des Traums, in den die ganze Natur versunken schien.

In den späteren Nachmittagsstunden wurde das Licht milder. In der Nähe eines Wasserfalls legten sie noch einmal eine Ruhepause ein.

»Seid ihr euch der Tatsache bewußt«, fragte Siverac, »daß wir noch zwei lange Stunden vor uns haben, bis wir in dem kleinen Fort sind, wo wir die Nacht in Sicherheit verbringen können? Wir haben zwölf Stunden für einen Weg gebraucht, den man gewöhnlich in einem knappen Tagesmarsch zurücklegt.«

»Genug«, sagte Maisie Llewelyn, »es war zeitweilig schwindelerregend.«

»Hätten wir Ihrer Meinung nach lieber im Haus verbrennen sollen?«

»Schon gut. Und nach dem Fort?« fragte sie.

»Wir werden versuchen, zur Küste zu gelangen, aber wir müssen die Dörfer und die Plantagen der kleinen Kolonisten meiden, da man ihnen in dieser Gegend nicht trauen kann.«

»Aber sie sind doch Weiße!«

»Das hat nichts zu bedeuten. Der Eigennutz, die Politik und die Angst haben keine Farbe.«

»Brechen wir auf.«

»Dann also los! Alles aufgesessen!«

Die Waliserin nahm wieder ihren Platz zur Linken Lauras ein, und sie ritten weiter durch das leuchtende Grün. Die Schönheit dessen, was sich ihren Blicken bot, war durch nichts zu übertreffen. Ein Sturzbach ergoß sich in Sprüngen zwischen zwei steilen Böschungen, und über seinen sprühenden Fluten spannte sich ein Regenbogen; riesige schwarze Baumwurzeln klammerten sich an nicht weniger dunkle Basaltfelsen, dienten den sich von Stamm zu Stamm rankenden, alles unter einer Blumenflut begrabenden Schlingpflanzen als Halt; es war eine Lawine von Blüten, eine Schlacht wilder

Farben, unter denen man hie und da die silbernen Strudel des Wassers aufblitzen sah; an den Hängen der Hügel liefen die Pfade entlang und machten plötzlich kehrt, als fürchteten sie, in einen Abgrund zu stürzen; glänzende Wolken über den Gipfeln verdeckten einen Teil der Ferne mit ihren Schatten, aber die Höhenbrise klärte die Atmosphäre, und das ganze Tal bot sich dem Auge in all seinen Einzelheiten mit der Präzision eines Fernrohres dar. Dort, wo man noch vor einem Augenblick nur ein paar verschwommene Flecken gesehen hatte, schien jetzt die gelbe Mauer einer verlassenen Hütte hinter einem spiegelglatten Teich in greifbarer Nähe zu liegen. Und überall entlang der mattgrauen Berghänge erstreckte sich der wie Moos wuchernde Wald, zwischen dessen tiefgrünen Ausläufern in den Schluchten die hellen Sterne des wilden Jasmins aufleuchteten. Auf ihrer Flucht und gleichsam unbewußt sahen sie jene Orte, die bald zu bloßen Namen der Erinnerung werden sollten: Dondon mit seiner milchweiß getünchten Kirche und seinen über den Steilhang verstreuten Hütten, und der nördlichen Ebene zu, jenseits von Marmelade, die langen, flachen Ziegelmauern der verfallenen Zuckersiedereien; und sie überquerten die Wege, die nach Plaisance, zum Gros Morne, nach Babiole oder nach Westen führten. Hie und da gähnten in den Bergen schwarze Höhlen, hinter denen sich Grotten verbargen; und zuweilen vermochte das geblendete Auge die im grellen Sonnenlicht flimmernden Steinbrüche der Alabaster- und Kreideklippen in den großen Felsspalten nicht zu erkennen.

Die Schatten vor ihnen wurden länger, milderten die flammende Sonnenglut. Ein Buschwald erstreckte sich bis ins Tal. Oft verstellten stachelige Sträucher und Kakteen den Weg, behinderten das Fortkommen, aber allein der Name des Fortin Paradis belebte die Reisenden mit der Hoffnung auf eine ruhige Nacht in Sicherheit vor allen Gefahren. Siverac hörte nicht auf, den Horizont abzusuchen, und schließlich erschien im Visier seines Fernglases ein Gebäude aus bläulichem Gestein. Aus der Ferne konnte er nur die Umrisse der quadratischen Masse erkennen, aber als sie näherkamen, glaubte er, Wachtposten in den Büschen vor dem Fort zu sehen. Nach wenigen Minuten war er sicher. Er rief einen der Schwarzen und ging voraus, um sich zu vergewissern; vergebens rief er, aber die Posten rührten sich nicht. Als er in unmittelbarer Nähe war, packte ihn der Schrecken angesichts dessen, was er entdeckte. Die Wachtposten waren

Vogelscheuchen; man hatte Uniformen auf die Pfähle gesteckt, und darüber je einen abgeschlagenen Kopf, der in der Sonne fast ganz ausgetrocknet war; eine schief über den leeren Augenhöhlen sitzende Soldatenmütze verlieh dieser grinsenden Kugel ein spöttisch kriegerisches Aussehen. Sofort schlugen Siverac und der Schwarze diese grauenhaften Puppen nieder, um sie vor den Blicken Franks und Lauras zu verbergen, und bald darauf konnten die Reisenden den Innenhof der kleinen Festung betreten, eines Gebäudes aus fahlblauem, mit Moosflechten überwachsenen Vulkangestein. Die Kasematten, deren Türen man herausgerissen hatte, lagen einander gegenüber, waren fast bis in Schwellenhöhe überschwemmt, und in dem fauligen Wasser rosteten ganze Stapel von Munition.

Immerhin bot ein breites und ziemlich tief hängendes Wetterschutzdach eine Art Unterschlupf, wo die erschöpften Reisenden sich auf langen Bananenblättern ausstrecken konnten, die die Schwarzen am Nachmittag im Obstgarten mit den grünen Papageien geschnitten hatten.

Um die Schlafenden zu schützen, lösten sich die Männer ab und hielten der Reihe nach Wache auf dem Festungswall, aber der Zauber der Landschaft erleichterte ihnen die Mühe. Der Mond in seinem vollen Glanz verbreitete Stille über den Hügeln und hüllte sie in ein übernatürliches Licht, das alles zu einer Traumvision werden ließ. Wenn man mit offenen Augen träumte, konnte man sich leicht vorstellen, daß diese in Licht getauchte Landschaft in der Stille der Mondnacht geheimnisvoll über dieser Welt schwebte.

Das Morgengrauen setzte dem Entzücken ein Ende. Bei Tagesanbruch waren die Ponys und Pferde gesattelt, und die Reisenden machten sich wieder auf den Weg. Sie hatten noch den ganzen Tag zu reiten, fühlten sich jedoch von einer Nacht tiefen Schlafs erfrischt.

Zu Anfang zumindest schien alles günstig. Der Weg verlief in leichtem Gefälle zwischen zwei Berghängen, und als die Sonne zu brennen begann, durchquerten sie dichte Reihen von Platanen, deren lange Äste sich über ihnen wölbten. Aber schon am frühen Vormittag hatten sie das Gefühl, sich in einen Glutofen zu begeben, der nur darauf wartete, sie zu entmutigen und am Fortkommen zu hindern. Dennoch ritten sie weiter und spähten nach einem schattigen Plätzchen aus, wo sie rasten könnten. In der Ferne schienen ihnen einige unter Bäumen verborgene Plantagen französischer Kolonisten Schutz zu bieten, aber Siverac war mißtrauisch und wollte nichts davon wissen. Sie mußten sogar schweren Herzens und ungeachtet der an den Schultern und im Rücken klebenden Kleider weite Umwege machen, um nicht gesehen zu werden.

Endlich gelangten sie nach Trois Rivières, einem Fluß, der aus drei Sturzbächen gebildet wurde und der wenigstens eine Idee von Frische vermittelte. An ihm schleppten sie sich entlang und versuchten sich einzureden, daß sie nun weniger litten.

Unterdessen veränderte sich die Landschaft. Die Berge verloren immer mehr an Höhe und verschwanden schließlich hinter den Hügeln. Zwei Tage lang waren die Flüchtenden unterwegs, über Berge und Täler, auf beschwerlichen Pfaden, nur zu glücklich, von Zeit zu Zeit einen Wald zu finden und sich unter den Bäumen versteckt ein wenig auszuruhen, denn sie durften sich nicht der Gefahr aussetzen, entdeckt zu werden. Am zweiten Abend konnten sie sich in einer Art Lager hinter den riesigen Schilfrohrstauden am Flußufer verschanzen. Am nächsten Morgen wehte ihnen plötzlich eine Brise den salzigen Geruch des Meeres entgegen. Die Reise näherte sich ihrem Ende, aber jetzt wurde die Straße flach, und sie bewegten sich in einer Ebene, wo eine feuchte und drückende Hitze herrschte. Sie hielten an.

»Es wäre schade, im Hafen zu sterben«, sagte Maisie Llewelyn zu Siverac. »Ich fürchte weniger für mich als für die Kleine. Seit der Abreise vom Haus kein einziges Wort. Manchmal macht sie mir wirklich Angst.«

»Bei diesem Meergeruch, der uns direkt ins Gesicht weht, kann der Strand nicht mehr fern sein. Dort können wir uns wenigstens einen Moment ausruhen. Port-de-Paix liegt am Ende dieser Straße.«

Alle setzten sich wieder in Bewegung, ohne Widerrede, wie in einem bösen Traum, und bald lag die kleine Bucht vor ihnen, aber – welche Überraschung! – auf dem Strand wimmelte es von Krabben. Zum Glück verschwanden die unter dem Tang kauernden Tiere beim Geräusch ihrer Schritte, und die Flüchtlinge, deren Beine vor Müdigkeit zitterten, konnten sich im Schatten der Pinien auf dem Sand ausstrecken.

Nur Frank wollte sich keine Ruhe gönnen. Mit dem Ungestüm seines Alters lief er den Krabben nach, die, den Rücken mit Algen bedeckt, davonstoben. In einer Verengung der Bucht, wo die schlammigen Wasser fast zum Stehen kamen, hatte die Brandung allen möglichen Abfall angeschwemmt, fauliges Holz, Muscheln, tote Fische, und der Junge störte die auf dem Aas eines Pelikans krabbelnden kleinen Nager auf. Der Gestank der Fäulnis vertrieb ihn. Er setzte sich zu seiner Schwester, die aufs Meer hinausblickte und nichts um sich herum wahrzunehmen schien.

Siverac und Maisie Llewelyn, die Widerstandsfähigeren, standen unter den Bäumen und betrachteten die Schlafenden.

»Zerlumpt, schmutzig und stinkend«, sagte Siverac.

»Wie wir«, bemerkte die Waliserin.

»Wie die Straßenräuber.«

»Oder ganz einfach wie die Armen. Wir schleppen alle Gerüche des Elends mit uns herum. Diese Unglücklichen sind erschöpft, aber dafür sind sie jetzt außer Gefahr.«

»Für den Augenblick vielleicht, aber es bleibt uns noch das Gefährlichste: auf die Ile de la Tortue zu gelangen.«

Jemand zupfte ihn am Ärmel. Er drehte sich um und sah niemanden, doch dann erkannte er Betty, die ihm kaum bis an die Schulter reichte. Ihre Kleidung war zerfetzt und hing ihr, von Bindfäden zusammengehalten, am Leibe, aber an ihrem Hals funkelte das bescheidene goldene Kruzifix, das sie Lauras Mutter, ihrer verstorbenen Herrin, verdankte.

»M'ssieu Sivac«, sagte sie ganz aufgeregt, »Betty wi'd ein Boot fü' die Übe'fah't auf die To'tue finden, Betty kennt sich gut in Po't-de-Paix aus, denn in Po't-de-Paix hat Betty zwei Kusinen.«

»Lassen wir sie gehen«, sagte Maisie Llewelyn. »Ich kenne sie, sie wird uns helfen.«

»Abe' eine' de' Schwa'zen muß mitkommen«, erklärte Betty.

»Nimm Ezechiel.«

»Gut«, sagte Betty.

Und dann rief sie:

»Zikiel!«

Eine Minute später erschien Ezechiel. Er war am Fuße eines Baums, abseits der Weißen, eingeschlafen und eilte im Laufschritt herbei. Klein, untersetzt und lächelnd in seinem zerrissenen Leinenanzug, trat er direkt auf Siverac zu und sagte:

»*Yassa?*«

Siverac wies mit dem Kopf auf Betty:

»Du wirst tun, was sie dir sagt.«

Beide entfernten sich und gingen auf die Stadt zu.

Alle Straßen mündeten wohl oder übel in eine Allee, die zur Place Louis XVI. führte. Dort stand ein Denkmal aus vergoldetem Metall, das seiner Form nach wohl eine nackte Frau als Allegorie für irgend etwas darstellen sollte. Einstöckige Holzhäuser mit weit geöffneten Fenstern umgaben den Platz in lockerer Anordnung.

Es war die Stunde, da die Stadt sich belebte. In einem orangeroten Licht, das diesem Spätnachmittag einen gewissen Glanz verlieh, promenierten elegante Geschöpfe in weißen Musselinkleidern am Arm ihrer nicht minder feschen Galane in roten oder königsblauen Jacken mit bestickten Aufschlägen. Unter den Frauen sah man einige von strahlender Schönheit, deren kühn ausgeschnittene Mieder genug offenbarten, um den jungen Dandys, die um sie herumscharwenzelten, die Köpfe zu verdrehen. Etliche dieser jungen Herren hatten ihr lang gewachsenes Nackenhaar zu einem Zopf geflochten, der mit einer scharlachroten Bandschleife geschmückt war und ihnen bis auf den Rücken hing. Ein wohltönendes Raunen stieg von dieser Menge auf, das charmante Gezwitscher der schwarzen Stimmen. Betty ging zögernd und langsam, blickte bald nach rechts, bald nach links, als ein junger Geck mit blauer Jacke und rotem Kragen sie aus Versehen anrempelte:

»Kannst du nich' aufpassen?« schimpfte er. »Wo willst du denn hin? Suchst du jemand, ode' was?«

Sie starrte ihn wie geblendet an.

»Meine Kusine, die wohnt hie'.«

Der Junge schien ihr nicht böse zu sein.

»Wie heißt sie denn, deine Kusine?«

»Ida 'icou.«

»Ida 'icou? Die wohnt hie' ganz in die Nähe, dicht bei die Allee. Ida 'icou, die kennt doch jede'.«

Betty dankte ihm und ging in die angegebene Richtung. Die Häuser waren klein und einstöckig, die meisten aus Holz, einige aus Backstein, und auf allen Mauern rankte sich das Geißblatt, dessen milder Duft die anbrechende Dämmerung erfüllte.

In den Hauseingängen thronten beleibte Damen auf prächtigen Korbsesseln mit fächerförmiger Rückenlehne, schmauchten ihre Pfeife und schauten auf die vorüberziehende schöne Welt. Dabei schwatzten und tratschten sie, riefen einander Bemerkungen zu, spöttelten vertraulich.

Als Betty in Begleitung ihres Schwarzen erschien, herrschte einen

Augenblick lang Verblüffung, denn die Neuangekommene ging kühn ihres Weges. Eine flötende Stimme ertönte von einer der Gruppen her:

»Oh, la la! Die Madame in Lumpen, die die P'inzessin spielt!«

Ohne zu zögern, antwortete Betty klar und deutlich:

»Die Madame in Lumpen 'uft ih'e schwa'zen B'üde' und Schweste'n zu Hilfe.«

»Hilfe? We' wi'd di' schon helfen?«

Fröhliches Gelächter erschallte, und die, die gesprochen hatte, wiegte sich in ihrem Sessel.

»Ida 'icou, meine Kusine.«

»Ida 'icou? Wa'um hast du das nich' gleich gesagt?«

Und die Dame erhob sich ein wenig, die Pfeife in der Hand, und rief:

»Ida! Ida-a-a-a!«

Schräg gegenüber, aus einer Veranda, ertönte eine Stimme:

»Was willst du denn schon wiede', Lili? Die Ida is' hie'. Also was?«

»Deine Kusine sucht dich!«

»Ich hab hie' keine Kusine nich', Lili. E'zähl mich keine Mä'chen nich'.«

Betty überquerte die Straße und ging zu dem Haus, aus dem die Stimme gekommen war. Dieses unter den Geißblattranken verborgene Haus von bescheidenen Ausmaßen wirkte um so kleiner, als eine ganz außergewöhnlich beleibte Frau vor seiner Tür saß. Sie trug ein lila Baumwollkleid mit bauschigen Falten; die sehr weiten Puffärmel ließen ein Paar prächtiger Sängerinnenarme frei. Das wirre krause Lockenhaar umrahmte ein Gesicht, dessen von Fett strotzendes Fleisch nicht die Spur einer Runzel aufwies. Ihre ganze Person strahlte jene besondere Gutherzigkeit aus, die man bei so vielen Schwarzen findet. Als sie Betty auf sich zukommen sah, rief sie ihr entgegen:

»Was machst du denn hie'? Hast du Unglück gehabt?«

»O ja, meine a'me Ida. Ich bin mit Zikiel gekommen. E' is' lieb, e' hilft mi' seh'.«

Ida stand sofort auf.

»Na, dann kommt mal ins Haus, ih' beiden!«

Sie ging ihnen voraus und führte sie in einen Raum, der so dunkel war, daß sie zuerst nichts sahen, außer einem riesigen Dahlienstrauß, der aus der Nacht aufzutauchen schien, um sie wie mit großen Augen zu begrüßen.

»Ich mach euch einen sta'ken Kaffee, das tut imme' gut«, sagte Ida.

Sie bewegte sich emsig und verschwand irgendwo im Dunkel, aus dem ihre Stimme ertönte:

»Setzt euch, ich bin inne Küche.«

Sie rührten sich nicht. Um ihre Anwesenheit in wenigen Worten zu erklären, rief Betty ihr zu:

»Das Haus is abgeb'annt.«

»Oh, du A'me«, stöhnte es in der Küche.

Dann erschien Ida wieder wie eine lila Wolke, eilte zur Tür und schrie mit mächtiger Stimme:

»Bettys Haus is abgeb'annt!«

Sofort stiegen Klagelaute von den benachbarten Türen auf:

»O je! O je! O je!«

Ida wandte sich wieder Betty zu:

»We' hat dein Haus abgeb'annt?«

»Banditen. Sie haben auf den Mann von die kleine Lau'a geschossen, und e' is tot«, sagte Betty und begann plötzlich zu schluchzen.

»Und Banditen haben den Mann von die kleine Lau'a totgeschossen«, wiederholte Ida aus voller Kehle, um die Information an die Nachbarinnen weiterzugeben.

Niemand wußte, wer die kleine Laura war, aber dennoch hallte der Klagechor durch die erste Abenddämmerung:

»Oh, die A'me, oh, die a'me Kleine…«

»Und so mußte sie weg«, fuhr Betty fort, »mit ih'e Familie, und jetz' b'auchen wi' ein Boot.«

»Was? Ein Boot?«

»Um auf die Ile de la To'tue zu kommen.«

»Betty will ein Boot, das sie und ih'e Familie auf die Ile de la To'tue b'ingt«, verkündete Ida mit singender Stimme.

Plötzlich murmelte sie vor sich hin:

»Mein Kaffee!«

Sie verschwand im Dunkel des hinteren Raums, und Betty war allein mit Ezechiel. Ihre Augen hatten sich an das Halbdunkel gewöhnt, sie erblickten eine Bank vor einem kleinen Tisch und setzten sich. Draußen ertönte wieder der Klagechor, aber der Ton änderte sich allmählich.

»Ein Boot fü' die Kleine, damit sie weg kann, das ve'steht sich. Ein Boot, ein Boot, das findet man nich' so leicht!«

»Da muß sie den Kommandant Thomas f'agen.«

»He! He! Kommandant Thomas läßt abe' niemand nich' so einfach aussen Hafen! De' Hafen is geschlossen von wegen die f'anzösische Schiffe.«

Ida kam mit einer großen metallenen Kaffeekanne zurück, die sie auf den Tisch stellte.

»Kommandant Thomas!« sagte sie. »Du kannst bloß aussen Haffen, wenn die T'ommel schlägt.«

Sie lehnte sich aus dem Fenster. Im letzten Licht des geröteten Himmels stieg der Pfeifenrauch spiralförmig an den Häuserwänden auf.

»Schlägt die T'ommel heute abend?« fragte sie.

»Kein Tamtam nich', wenn de' Kommandant was sieht...«

»Kommandant sieht nu', was e' glaubt, genau wie sein heilige' Schutzpat'on...«

»Abe' was du da sagst, is' doch umgekeh't«, sagte Betty. »E' glaubt nu', was e' sieht.«

»Nein, nich Kommandant Thomas nich. De' glaubt zue'st, und dann sieht e'.«

Eine Stimme von der Straße mischte sich ein:

»E' glaubt alles, was du willst, wenn du ihm k'eolisches Feue'wasse' gibst.«

Gelächter erschallte.

»Zikiel«, sagte Ida, »hol die Tassen, unte' dem Bett – abe' wa'te, man sieht ja nix.«

Aufs neue verschwand sie und kam gleich darauf mit einer brennenden Kerze zurück, die sie auf einen Fleck aus geschmolzenem Wachs mitten auf den Tisch stellte. Die kleine Flamme flackerte zuerst zögernd, dann ließ sie ein Zimmer erkennen, in dem Hemden, gestreifte Strümpfe und Unterhosen an einer Wäscheleine hingen. Dahinter verbarg sich ein Schrank aus weißem Holz. Ein großes, hochbeiniges Metallbett, auf dem sich rote Daunendecken stapelten, stand in einer entlegenen Ecke. Ezechiel legte sich flach auf den Boden, griff tastend ins Dunkle und holte schließlich die Tassen aus dickem Steingut hervor.

Unterdessen machte Ida es sich in einem großen Korbsessel bequem und erteilte Betty ihre Anweisungen:

»Du, du gehst die Familie holen, und mo'gen f'üh ham wi' das Boot.«

»Wie willst du das anstellen?«

»Du tust, was Ida sagt, und ih' bleibt alle hie'. Ve'standen?«

Betty nickte, und Ida fuhr fort:

»Du b'ingst alle die ande'n he', und sie we'n im Ga'ten schlafen; da sind Hängematten an den Bäumen.«

Dann beugte sie sich aus dem Fenster und ließ ihre tiefe Stimme erschallen:

»Heute nacht schlafen sie alle in mein Ga'ten, und wi' kümme'n uns um das Boot. Einve'standen, ih' Mädchen?«

Ein einstimmiges Ja antwortete ihr, begleitet von einem Schwall erregter Rufe. »Oh! Oh! Oh!«

»Betty«, sagte Ida, »du gehst sie jetz schnell holen und b'ingst sie hie' he'.«

Ohne auch nur eine Sekunde zu zögern, eilte Betty davon. Zwischen Ida und der Straße wurde der Dialog im heroischen Ton großer Ereignisse fortgesetzt:

»Mo'gen ist Sankt Thomastag, da hat de' Kommandant sein Namensfest. Wi' ham Glück, ih' Mädchen, denn dann kann man Musik machen. Wi' gehn alle zum Hafen.«

»Musik! Also du bist eine! Oh! Oh! Oh!«

»Pauken, T'ompeten und Tamtam, ve'standen?«

»O, la la! Du! Ve'standen. Es lebe das Namensfest von Kommandant mit T'ommeln und Tamtam, bumm! bumm! bumm!«

»Mo'gen, mo'gen. Nich zu schnell nich, Mädchen.«

»Alle zum Hafen und bumm! bumm!«

»Abe' e'st müssen wi' sie alle anmalen!«

»Anmalen? Oh! Und wie denn?«

»Schwa'z, mit Kohle und 'uß! Dann glaubt e' nichts, weil e' nichts sieht.«

»Also du! Ah! Ah! Ah! Du bist eine!«

Der Rest verlor sich in fröhlichem Jubel, während der Mond am Horizont über den Terrassen der Stadt aufging.

Unterdessen war Betty zur Gruppe der Flüchtlinge gelangt, die sich schon über ihre lange Abwesenheit beunruhigt hatten. Instinktiv zählten sie nämlich alle auf die kleine schwarze Frau. Sie war mehr als erregt, was ihr das Sprechen erschwerte, aber sie gab ihnen ziemlich rasch zu verstehen, daß man ihr folgen müsse, um die

Nacht im Garten ihrer Kusine Ida zu verbringen, und daß am nächsten Morgen ein Boot bereitstünde. Die Waliserin, die im Schatten unter den Pinien der Bucht stand, traf wie gewöhnlich die schnellste Entscheidung. Sie hörte der stammelnden Botschafterin bis zum Ende zu und erklärte dann:

»Es scheint verrückt, aber es ist unsere einzige Chance. Betty, wir folgen dir.«

Um sie nicht den Blicken der allzu neugierigen Schönen und ihrer Galane auf dem Platz auszusetzen, führte Betty sie vorsichtig auf Umwegen durch menschenleere Straßen, und in weniger als einer halben Stunde gelangten sie in die große Allee. Dort wurden sie im Licht der in den Fenstern brennenden Lampen von den Pfeifenraucherinnen der Nachbarschaft mit einer unerwarteten Ovation begrüßt.

Ida empfing sie wie eine Mutter, bereitete ihnen eine Mahlzeit und führte sie dann in einen großen Garten, wo Hängematten sie erwarteten. Es waren ausreichend viele für alle vorhanden, aber die Schwarzen zogen es vor, sich im Gras auszustrecken.

Ein Gefühl köstlicher Geborgenheit schloß allen fast gleichzeitig die Lider. Das Zwitschern der Vögel und das Geschrei der Papageien weckten sie aus einem glücklichen Schlummer. Nur Laura hatte nicht schlafen können, aber sie ließ sich nichts anmerken.

Während ihre Reisegefährten mit den sehr notdürftigen Waschgelegenheiten vorliebnahmen, suchte Maisie Llewelyn, die vor allen anderen aufgestanden war, die Herrin des Hauses auf:

»Ida, was du für uns getan hast, werden wir nie vergessen... Du bist eine Frau mit Herz und entschlossener Tatkraft. All unsere Pferde da draußen gehören dir. Zwölf Reittiere für ein Boot.«

»O, la la! Die Madame!«

Lachend umarmten sich die beiden Frauen.

»Paß gut auf meine Betty auf«, sagte Ida.

»Versprochen, geschworen! Wir vergöttern sie, deine Betty.«

86

In den frühen Morgenstunden wiegte sich das versprochene Segelboot sanft auf dem Wasser im Hafen. Unterdessen schwärzten Ida und ihre Komplizinnen die Gesichter der weißen Reisenden mit

Ruß, und sie verrichteten diese Arbeit sehr sorgfältig, trugen zwei Schichten auf, weil es halten mußte. Maisie Llewelyn und Siverac unterzogen sich gefügig dieser Operation, Frank, den der Abenteuergeist beseelte, mit Begeisterung und Laura mit Ergebenheit.

Der Hafen war ruhig. Am Ende eines Brettersteges schaukelte ein Segelschiff in der Brise; sonst war die sichelförmige Bucht leer. An beiden Spitzen der Sichel wachten zwei mit Kanonen bestückte Forts, und am Kai, unter den Kokospalmen, warteten schwarze Fässer und Holzstapel auf ihre noch ungewisse Verladung. Rosig schimmernde Wolken schwebten am Morgenhimmel über dieser schmucklosen Szenerie.

Ein wenig abseits erhob sich das Büro des Kommandanten, ein kleiner Backsteinbau mit Arkaden, über denen sich ein Dach aus rosa Ziegeln wölbte. Es war fast ganz von Kokospalmen umgeben, die ihm Schatten spendeten.

Vor der Tür des Büros saß mit weit gespreizten Beinen ein Wachtposten auf einem Stuhl und kaute an einem Stück Zuckerrohr. Sein Gewehr hatte er an die Mauer gelehnt, und über ihm hing ein Schild, auf dem in großen Buchstaben folgende Worte zu lesen waren:

KRAFT DES GESETZES
Hier herrschen Ruhe und Ordnung.
Wer diesen Ort verläßt, muß einen Paß vorweisen.
Wer diesen Ort betritt, muß einen Paß vorweisen.

Lange Minuten vergingen, ohne daß etwas dieses friedliche Bild störte, als sich plötzlich ein fernes Raunen näherte, das aus der Stille zu kommen schien. Man mußte wirklich die Ohren spitzen, um es zu hören, und der Wachtposten träumte von ganz anderen Dingen, während er in sein Zuckerrohr biß.

Doch der Lärm kam immer näher, dumpf, in einem nicht faßbaren Rhythmus.

Der Soldat stand auf und griff für alle Fälle zu seinem Gewehr.

Jetzt sah er etwa vierzig beleibte Frauen mit bunten Kopftüchern vom Platz her aufmarschieren; sie trugen helle Baumwollkleider in allen Farben, lila, rosa, blaßgrün, himmelblau, weiß, und eine in Grellrot wirkte wie ein Schrei in einem Blumenbeet. Alle waren Schwarze, aber in den verschiedensten Tönungen, von milchkaffeebraun bis ebenholzschwarz, und alle summten leise vor sich hin, doch sie schleppten alle möglichen Instrumente mit sich, um

Lärm zu machen: Trommeln, Tamburine, Tamtams, Riesenmuscheln.

Instinktiv hob der Wachsoldat das Gewehr, aber sie lachten ihm gutmütig ins Gesicht und stellten sich in respektvoller Distanz im Halbkreis vor der Tür des Kommandanten Thomas auf, wobei sie nicht aufhörten, sich leicht in den Hüften zu wiegen – und mit welcher Anmut! Selbst der Soldat mußte lächeln und achtete nicht auf eine Gruppe zerlumpter Schwarzer, die sich hinter den Musikantinnen zu dem Segelboot schlichen.

Plötzlich flog die Tür des Büros auf, und Kommandant Thomas erschien mit zorniger Miene. Er wirkte sehr imposant in seiner goldbestickten und bis zum Hals zugeknöpften Uniform, doch schien er auf seinen langen Beinen ein bißchen zu schwanken, was ihm das würdige und unzufriedene Aussehen eines Mannes verlieh, der getrunken hat, denn der Kommandant Thomas war ein großer Trinker vor dem Herrn... In diesem Augenblick streckte sich ein prächtiger Arm aus einer lila Wolke hervor und reichte ihm ein großes, bis an den Rand mit kreolischem Branntwein gefülltes Glas. Wortlos nahm er es, roch daran und führte es an die Lippen, während die einfallsreiche Ida nach einem anderen Glas griff, das jedoch nur reines Wasser enthielt, und ihm mit verführerischer Stimme zuflötete:

»F'ohes Fest, He' Kommandant! Auf Ih' kostba'es Wohl!«

Mit diesen Worten leerte sie ihr Glas, er leerte das seine, und unter der Wirkung dieses unvorhergesehen starken Schlucks geriet er ins Torkeln und mußte sich mit der Schulter an den Türrahmen lehnen.

Mit einem leichten Kopfnicken gab nun Ida den Frauen das Signal, und sie setzten sich in Bewegung, zuerst sehr langsam, indem sie ihre Tamburine und Tamtams, die sie zwischen Arm und Hüfte hielten, ganz leicht mit den Fingerspitzen berührten. Bald hallte das dumpfe Geräusch über den ganzen Platz, verstärkte sich allmählich im Rhythmus der schaukelnden Hüften, und plötzlich ergriff eine Woge der Begeisterung diese massigen Körper und trieb sie zu einem unwiderstehlichen Tanz an. Unter dem gedämpften Dröhnen der Trommeln stiegen Stimmen von köstlicher Reinheit zum blauen Himmel auf und sangen melodiöse Ungereimtheiten:

Heut ist dein Namensfest, Kommandant Thomas, dein Namenstag.
Wi' gehn g'oße Humme' fischen
Fü' das Fest fü' dich, Kommandant Thomas...

Die kleine Truppe der wahren und falschen Schwarzen hatte sich bereits in das Segelboot begeben, als Ida mit ihren kräftigen Armen auf eine Armeetrommel schlug und das vorschriftsmäßige Signal zur Öffnung des Hafens gab.

Kommandant Thomas, den ein zweites Glas kreolischen Branntweins fast umgehauen hatte, sah und hörte alles in der Euphorie eines Wachtraums.

87

Das Boot war unbemerkt aus dem Hafen gelangt, glitt über das schäumende Wasser, hob und senkte sich auf den Wellen, und Haïti verschwand, tauchte auf und verschwand wieder, denn in der Meerenge, die sie von der Ile de la Tortue trennte, sprudelten gefährliche und unvorhersehbare Strömungen unter den Fluten, als ob dort Gewitter tobten. Ringsum bewegten sich die Schatten lauernder Haifische. Keiner der Flüchtlinge rührte sich oder sprach ein Wort, und man überließ es den Schwarzen, die Segel zu richten. Mit jeder Minute vernahm man den fröhlichen Tumult der Gesänge und Tänze auf dem Hafenplatz schwächer, gleich einer Erinnerung, die das Gedächtnis flieht, und es wurde ihnen bang ums Herz. Dann kam der Augenblick, da sie weit genug waren, um die Insel zu sehen, die sich zuerst zu entfernen und immer flacher zu werden schien, aber so, wie sie sich ihnen darbot, blieb sie seltsam schön und anziehend. Der magische Zauber Haïtis erweckte traurige Gedanken in ihnen an strahlende, für immer verlorene Stunden. Frank war untröstlich über den Verlust der unendlichen Abenteuermöglichkeiten, die die Insel seiner Jugend eröffnet hatte. Selbst die sonst unerschütterliche Waliserin konnte sich einiger Seufzer nicht enthalten. Laura hatte sich in eine Ecke des Bootes gekauert. Der Wind zerzauste ihr das Haar, und Strähnen verdeckten ihr Gesicht, ohne daß sie es merkte, denn sie strich sie nicht zurück. In ihrer tiefsten Seele flüsterte ihr eine Stimme zu, daß die Welt nach dem Tode dessen, den sie geliebt hatte, nie mehr einen Sinn für sie haben würde.

Und die Schwarzen blickten schweigend, mit vor Liebe geweiteten Augen, auf die langsam verschwindende Heimat zurück.

Die Insel La Tortue näherte sich wie ein riesiger, aus dem Meer emporgeschossener Wald. Als sie nahe genug waren, zogen die Matrosen das Segel ein, um Kurs auf den Hafen von Cayonne zu nehmen, von dem man nichts erkennen konnte, während nun zahlreiche Sandbuchten inmitten der bis ans Ufer reichenden Bäume sichtbar wurden.

An der Landungsbrücke wartete eine Menschenmenge. Die Ankunft eines Schiffes war die große Zerstreuung des Vormittags. Die Frauen trugen geknotete Kopftücher und Schürzenkleider in allen Farben, die Männer halblange Hosen, und alle waren barfuß, schwatzten, lachten und kommentierten das Landungsmanöver.

Der Empfang war durchaus nicht feindselig. Ganz im Gegenteil, man ließ die Reisenden mit einem freundlichen Lächeln an Land gehen. Sie begaben sich sogleich in die sogenannte Stadt. Eine sehr einfache kleine Ortschaft: enge Gassen, Holzhütten mit Palmendächern. Angesichts der Unschlüssigkeit dieser Fremden, die nicht wußten, wohin sie gehen sollten, erbot sich eine alte schwarze Frau, sie zu geleiten. Es war ein kurzer Weg. Sie führte sie zu einem Schuppen, wo gebrauchte und zerknitterte, jedoch saubere Kleidungsstücke an Wäscheleinen hingen. Maisie Llewelyn und Siverac nahmen scherzend damit vorlieb, desgleichen der stets zum Unerwarteten bereite junge Frank, aber Hargrove machte eine saure Miene und zog schließlich einen viel zu großen Leinenanzug an, der seine Würde verletzte. Laura schlüpfte gefügig in ein buntes Baumwollkleid, dessen frohe Farben im krassen Widerspruch zur ernsthaften Miene der jungen Frau standen; zu ihr hätte die Trauer besser gepaßt. Was Betty betraf, so begnügte sie sich mit einem kleinen blauen Kleid, das Miss Llewelyn für sie auswählte. Die Schwarzen hatten sich schnell Hosen aus dickem weißen Segeltuch übergestreift, die man ihnen kameradschaftlich schenkte. Die falschen Schwarzen mit den rußgeschwärzten Gesichtern fanden sie allerdings höchst verdächtig, sagten jedoch kein Wort darüber.

Viele Häuser standen leer. Siverac mietete so viele, wie er benötigte, um alle unterzubringen. Eine Menge Wasser wurde in verschiedene Bottiche geschüttet, und in weniger als zwei Stunden verließen die Flüchtlinge, die wieder ihre natürliche Farbe zurückgewonnen hatten, ihre Notunterkünfte, um sich zu einer Lagebesprechung unter den Bäumen zu versammeln. In ihren behelfsmäßigen Kleidern sahen sie wie eine Schauspielertruppe aus, die man für eine

Posse engagiert hatte. Als die Bewohner von Cayonne, die herbeige-
eilt waren, um die Ankömmlinge neugierig zu betrachten, ihre
kuriose Aufmachung sahen, liefen sie prustend vor Lachen davon.
Maisie Llewelyn, Siverac und Frank zeigten sich sehr vergnügt darüber, aber Hargrove litt, und Betty führte Laura ein Stück abseits,
um sie nicht dem allgemeinen Gelächter auszusetzen.

Als die Ruhe wiederhergestellt war, verkündete Siverac:

»Für den Augenblick sind wir bestens aufgehoben. Wir sehen ein
bißchen lächerlich aus – na und? In wohltuender Heiterkeit sind wir
einer schrecklichen Tragödie entkommen, wir alle, außer...«

Er blickte sich um, und da er Laura nicht sah, beendete er seinen
Satz mit ernsthafter Miene:

»... außer dem jungen Opfer, das es so grausam getroffen hat.«

Während er das sagte, warf er dem in die Ferne starrenden Hargrove einen Blick zu.

»Die herzensgute Betty ist mit ihr in den Wald gegangen«, sagte
Maisie Llewelyn.

Siverac fuhr fort:

»Wie es scheint, wird in vier oder fünf Tagen eine englische Fregatte in Cayonne einlaufen. Wir können warten. Die Natur hat für
alles gesorgt. Es gibt Früchte im Überfluß, und in den Buchten soll
man die besten roten Krabben der Welt finden. Überdies ist uns die
Bevölkerung freundlich gesinnt. Gedulden wir uns also in diesem
kleinen Paradies.«

Der erste Tag verlief friedlich und für manche äußerst angenehm.
Die Bewohner, die sozusagen keiner Beschäftigung nachgingen, fanden sich nur allzu gern bereit, den Fremden die Schönheiten der
Insel zu zeigen, auf die sie stolz waren. Es gab herrliche Spaziergänge durch die Pampelmusen- und Zitronenhaine. Dorthin führte
Betty Laura in der Hoffnung, sie ein wenig zu zerstreuen, denn sie
liebte Laura, und es tat ihr weh, sie von einem Kummer verzehrt zu
sehen, über den sie kein Wort verlor. Um sie herum schwirrten die
Kolibris, deren Gezwitscher sie in der Einsamkeit begleitete. Zuweilen lächelte die junge Frau, stellte jedoch keine Frage, weil nichts ihr
Interesse weckte. Von Zeit zu Zeit glitt ihre Hand über den Smaragdschmuck, den sie unter ihrem Kleid verbarg.

Frank wiederum begab sich auf abenteuerliche Wanderungen,
durchforschte die Felsen und Klippen am Meer. Er hatte den Kopf

voller berauschender Lektüren und hoffte inbrünstig, daß der Zufall ihn zu jenen mysteriösen Grotten führen würde, in denen die Seeräuber der heroischen Zeiten ihre sagenhaften Schätze verbargen. Aber er verirrte sich in den Wäldern, die sich bis zu den wie ein Stück tiefblauer Nachthimmel schimmernden Fluten erstreckten.

Nach einer Stunde vergeblichen Hin- und Herwanderns trat er beschämt den Rückweg zur Stadt an, beschloß jedoch, auf einem Umweg heimzukehren. Am anderen Ende von Cayonne lagen verstreut einige kleine Häuser, von denen sich eines, das in der Nähe einer trockenen Steinmole am Meeresufer lag, besonders absonderte. Als sollte seine Einsamkeit betont werden, hatte man es rot angestrichen. Franks Herz begann zu pochen. Mit seinem Instinkt des Unerwarteten witterte er das große Abenteuer und schlich sich verstohlen bis an die halboffene Tür. Ein an den Türrahmen geklebtes Plakat ließ ihn innehalten. In roten Großbuchstaben stand da folgende Inschrift:

Wer dieses Haus ohne Befugnis betritt, begibt sich in Lebensgefahr.

Und statt einer Unterschrift sah man zwei schräg gekreuzte Knochen.

Unentschlossen wich er zurück. Das war zu schön, um wahr zu sein. Er erkannte die große Sprache der Seeräuber und war versucht, seinen kleinen Strohhut zu lüften, aber er hatte Angst, ganz wie er es sich vorgestellt hatte, und trat noch einen Schritt zurück. Die nun folgenden Sekunden waren unvergeßlich. Davonzulaufen wäre entehrend; stehenzubleiben führte zu nichts. Er beschloß, eine weite Runde vor dem roten Haus zu machen. Als er wieder vor der halboffenen Tür stand, fühlte er ein Prickeln auf der Kopfhaut, aber da sein Abenteuergeist im höchsten Grade erregt war, schwor er sich, nicht von der Stelle zu weichen. Zuerst sah er nichts, doch dann kam eine klare und deutliche Stimme aus dem Haus:

»Geh deines Wegs, oder ich schieße.«

Frank sammelte alle seine Reserven an Mut und Stolz. Er erinnerte sich, daß der Held unter derartigen Umständen und wenn man den besten Autoren glauben durfte, eine wunderbare Tapferkeit beweisen mußte. Mit einer etwas gepreßten Stimme rief er:

»Warum? Ich tue ja nichts, ich habe das Recht…«

Ein unheimliches Lachen ertönte, und der Mann fuhr fort:

»Du bist auf meinem Gebiet. Eins!«

Frank rührte sich nicht, aber er dachte:

»Ich bleibe, ich bleibe und lasse mich von nichts abhalten.« Eine innere Stimme berichtigte: »Zwischen Zwei und Drei türmst du.«

Er wartete, und vor Schrecken befiel ihn ein Ohrensausen. Das »Zwei!« kam nicht, aber die Stimme sagte:

»Komm her.«

Gleichzeitig öffnete sich die Tür mit einem Fußtritt, und er sah einen hochgewachsenen Mann auf einem Stuhl im Inneren des Hauses, ganz nahe an der Schwelle. Sein dunkelrotes Haar hing ihm wirr über das spöttische, sonnengebräunte Gesicht, dessen Züge zwar grob, aber ebenmäßig waren. Eine lange blutrote Hose bedeckte die kraftvollen Beine, und ein Hirschfänger funkelte an seinem Gürtel. Seine riesige Hand spielte lässig mit einer Pistole, und seine grünen Augen hefteten sich unverwandt auf den Jungen, der diesem starren Blick nach bestem Vermögen standhielt.

»Wer bist du, und wie heißt du?«

»Ich komme aus Haïti, und mein Name ist Hargrove – Frank Hargrove«, fügte er hinzu.

»Franzose?«

»Nein. Amerikaner.«

»Um so besser für dich.«

Der rauhe Akzent verriet eine schottische Herkunft.

»Und was machst du hier auf der Tortue?«

Die Antwort kam wie der Blitz:

»Auf der Insel gibt es Höhlen.«

Die Pistole flog in die Luft und wurde gleich wieder aufgefangen.

»Donnerwetter! Du suchst die Schätze der Seeräuber?«

Der Mann brach in schallendes Gelächter aus.

»Es gibt nur einen Menschen, der die Höhlen hier kennt, und das bin ich.«

Frank wurde puterrot. Der Mann stand auf und steckte die Pistole in das Halfter an seinem Gürtel. Sein Kopf schien die Decke zu berühren.

»Wie lange bleibst du auf meiner Insel?«

»Nur ein paar Tage. Wir gehen nach Jamaika.«

»Schade. Du hast keine Angst gehabt, als ich zu schießen drohte, und mit Burschen wie dir kann man sich verstehen.«

Die Hände in die Hüften gestemmt, betrachtete er Frank mit einem Lächeln.

»Ich hätte dich gelehrt, mit der Harpune zu fischen und wie ein wahrer Seeräuber zu schießen«, sagte er.

Frank verspürte ein seltsames Unbehagen, als wäre er im Begriff, an den Küsten jener unbekannten Gestade zu landen, von denen die Bücher erzählten, während ihn gleichzeitig eine Hand zurückzog.

»Seeräuber...«, wiederholte er aufs Geratewohl.

»Weißt du, daß du mit einem Piraten sprichst, mein Junge?«

Und ohne ihm Zeit zum Atemholen zu lassen, sagte er:

»Schon mal von Käpten Kidd gehört? Dem Fürst der Piraten?«

»Oh! Ich habe seine Geschichte gelesen.«

»Ich würde sie dir besser erzählen, als sie in deinen Büchern steht... Ich hätte dir die Grotten gezeigt, wo die Seeräuber ihre Beute versteckt haben. Was wirst du später einmal tun? Man wird dich auf ein College schicken, und du wirst wie alle anderen sein.«

Die Zusammenhanglosigkeit dieser Rede verwirrte Frank, und es kam ihm der leise Verdacht, daß sein Gesprächspartner nicht ganz bei Verstand war.

»Du bist jung und kräftig«, fuhr dieser fort, »ich hätte einen Mann aus dir gemacht.«

Und von einer plötzlichen Wut gepackt, brüllte er ihn an:

»Jetzt reicht's mir aber! Verschwinde! Los! Weg von hier!«

Frank zog sich sofort zurück. Als er draußen war, verspürte er eine Unruhe, die ihn zur Eile antrieb, und zutiefst beschämt, begann er zu rennen.

In seinem Zimmer angelangt, warf er sich bäuchlings auf das Bett, und sein Herz pochte wild. Die kehlige Stimme des Seeräubers hallte ihm noch in den Ohren, und er fragte sich, ob er nicht mit knapper Not einem Mord entkommen sei, aber diese rückwirkende Befürchtung vermengte sich mit dem verschwommenen Gefühl, dem großen Traum des Abenteuers begegnet zu sein, den ein unverständlicher Wutausbruch wieder zerstört hatte.

Einige Häuser weiter stand Maisie Llewelyn vor William Hargrove in dessen Zimmer. Die Tür war weit offen. Er hockte zusammengesunken auf dem Rand seines mit Laub bedeckten Lagers und hatte den Kopf in die Hände gestützt, während die Waliserin auf ihn einredete:

»Um Himmels willen, reißen Sie sich zusammen, Willy. Hören Sie auf, dieses Gesicht eines Galeerensträflings zu machen. In einigen Tagen wird ein englisches Schiff Sie in ein ruhigeres Land bringen. Also? Tun Sie doch wenigstens so, als ob Sie ein Mann wären. Was sollen die Leute von Ihnen denken? Sie haben Probleme? Wer hat die nicht?«

Er blickte verzweifelt zu ihr auf:

»Oh, Maisie, wenn Sie wüßten, wie entsetzlich es ist, in meiner Haut zu stecken!«

Diese Worte, die sie nicht erwartet hatte, trafen die Waliserin ins Herz. Von Mitleid ergriffen, schlug sie einen freundlicheren Ton an:

»Nun kommen Sie schon, eines Tages werden Sie das alles Ihrer Maisie erzählen, sie hat schon ganz andere Dinge gehört. Inzwischen werde ich einen Saum an Ihre Ärmel und Hosenbeine nähen, damit Sie in diesem Riesenkostüm nicht so lächerlich aussehen.«

»Maisie, ich möchte sterben.«

»Nein, Willy, lassen Sie das, keine großen Worte. Wir sind alle zu allem fähig, und die, die sich für die Besten halten, sind nicht viel wert. Ein bißchen Mumm, Willy Hargrove! Tun Sie als ob – wie wir alle.«

Er klammerte sich an den Bettpfosten und erhob sich mühsam:

»Ich möchte Sie um einen Gefallen bitten.«

»Gewährt.«

»Lassen Sie meine Schwarzen rufen, ich will mit ihnen reden.«

»Was ist in Sie gefahren? Wollen Sie ihnen eine Rede halten? Aber ich werde sie rufen. Nichts leichter als das. Zwei stehen vor dem Haus.«

Sie winkte sie heran, und sie kamen sofort.

»*Yes*, Ma'm?«

»Versammelt eure Kameraden und sagt ihnen, sie sollen herkommen. Mr. Hargrove möchte mit ihnen reden.«

»*Yes*, M'am, wi' we'den sie übe'all suchen.«

»Beeilt euch.«

»Es wird noch einen Moment dauern«, sagte sie, als sie zu Hargrove zurückkehrte. »Man muß sie zuerst finden. Gedulden Sie sich.«

In dem kleinen, sehr notdürftig eingerichteten Zimmer gab es immerhin einen Schaukelstuhl aus weißem Holz. Darin nahm sie Platz.

»Ich werde versuchen, Sie zu zerstreuen«, sagte sie, verschränkte die Hände auf ihrem Bauch und begann zu schaukeln.

Hargrove ging auf und ab und fühlte sich ein wenig getröstet von den rauhen, aber wohlmeinenden Worten dieser Frau, die, wie er sich einbildete, von nichts wußte. In einem erneuten Anfall von Selbstmitleid sagte er plötzlich:

»Ich würde sehr gern auch mit meiner lieben kleinen Laura sprechen.«

»Ach, Laura«, erwiderte die Waliserin und schaukelte energisch weiter, »Sie werden sie später sehen. Betty ist mit ihr in den Wald gegangen, und die Möglichkeit, sie in diesen mysteriösen Tiefen zu finden...« (sie war stolz auf diese Wendung).

»Ich will aber mit ihr reden. Seit einigen Tagen sieht sie gar nicht wohl aus.«

»Das ist diese Reise, Willy.«

»Ich könnte es mir nie verzeihen, wenn sie krank würde.«

»Das nenne ich einen vortrefflichen Papa. Sie sind so gütig.«

Er blickte sie erschrocken an:

»Finden Sie, Maisie? Ist das Ihr Ernst?«

»Zweifeln Sie daran?«

Schweigen. Der Schaukelstuhl knarrte mit einer provozierenden Regelmäßigkeit auf dem unebenen Fußboden.

»Das dauert aber lange«, sagte Hargrove und setzte sich auf das Bett.

»Ach was! Denken Sie an etwas anderes, denken Sie an Ihre Pläne... Da sind sie ja schon, Ihre Schwarzen... Ich sehe sie die Straße heraufkommen, und in welcher Eile!«

In der Tat kamen sie alle sechs an und stellten sich vor der Tür auf, ein wenig besorgt, als erwarteten sie eine Strafpredigt. Hargrove beruhigte sie mit einem Lächeln.

»Das Zimmer ist zu klein, um euch alle hereinzulassen«, sagte er. »Einer genügt.«

Es entstand ein erhebliches Zögern in diesen Köpfen von nächtlicher Schönheit, die sich einander zuwandten, dann ein Flüstern, und schließlich trat einer von ihnen hervor, hochgewachsen, breitschultrig, mit starrem Blick.

» *Yassa*«, sagte er.

Hargrove begann mit sanfter Stimme:

»Ihr habt mir jahrelang gedient, ihr wart nie ungehorsam, ihr seid wie meine Kinder. Wenn ihr in die Heimat zurückkehren wollt, könnt ihr gehen, und ich werde euch das Doppelte von dem geben, was ich euch schuldig bin. Wenn ihr uns nach Amerika folgen wollt, werdet ihr dort in meinen Diensten stehen, aber ihr bleibt frei. Ihr könnt euch entscheiden.«

Aufs neue berieten sich die schwarzen Köpfe, wieder ein Flüstern, aus dem man Bestürzung heraushörte, und dann riefen sie einstimmig:

»Wi' gehn alle mit di' und deine Familie.«

»Sehr gut, ich bin zufrieden. Das Schiff wird in wenigen Tagen da sein. Das ist alles.«

Strahlendes Lächeln allerseits. Die Schwarzen verneigten sich leicht, zogen sich im Krebsgang zurück und verstreuten sich dann auf der Straße, wo sie Freunde gefunden hatten.

Der Sessel schaukelte nicht mehr. Maisie Llewelyn hatte einen Finger an die Lippen gelegt und blickte Hargrove nachdenklich an:

»Hören Sie, Willy«, sagte sie schließlich, »das war aber sehr gut, was Sie da eben getan haben.«

Er hatte den gleichen erschrockenen Blick wie vorhin:

»Finden Sie?« fragte er.

»Ja, das finde ich. In gewissen Augenblicken spricht das Herz. Ich lasse Sie jetzt allein, bin aber in wenigen Minuten zurück. Warten Sie auf mich.«

Sie machte sich auf die Suche nach Siverac, den sie im Kleiderschuppen fand.

»Ich kann in diesem lächerlichen Aufzug nicht herumlaufen«, erklärte er, während er in den gebrauchten Kleidern wühlte. »Wenn ich bloß etwas Besseres fände... Bedenken Sie nur, wenn ich in dieser Hanswurstverkleidung bei einem englischen Schiffskapitän vorsprechen soll...«

»Wir werden ihm unsere Geschichte in wenigen Worten erzählen, und er wird sie verstehen, da können Sie sicher ein, aber lassen wir das einstweilen. Wir müssen bezüglich William Hargroves eine Entscheidung treffen.«

»Hargrove interessiert mich nicht.«

»Mag sein, aber es geht um Laura... Wir müssen Hargrove beibringen, daß sie verheiratet ist.«

»Wozu denn? Ihr Mann ist tot.«

»Aber diese Ehe kann Folgen haben...«

»Können Sie sich seine Wut vorstellen, wenn er sich hinters Licht geführt sieht?«

»Sehr gut sogar, aber das macht mir keine Angst. Und Ihnen?«

»Mir auch nicht, aber brechen wir zuerst einmal die Brücken zu Haïti und La Tortue ab und reden wir mit ihm, wenn wir auf hoher See sind.«

»Mit einem Skandal an Bord? Kommt nicht in Frage. Es muß jetzt sein, Siverac. Ich glaube, daß er jetzt in der entsprechenden Verfassung ist, um den Schock zu verkraften. Er ist kaum wiederzuerkennen. Sein Gewissen quält ihn.«

»Sein was? Hargrove hat ein Gewissen?«

»Ich mag keine großen Reden, und ich fasse mich kurz. Ihm sitzt noch das Entsetzen über seine Tat in den Knochen. Er versucht sich einzureden, daß es nicht wahr ist, daß es ein Mulatte war, der Régis erschossen hat, und nicht er. Wenn Sie ihn grob anfahren, droht er den Verstand zu verlieren... Und dann... Ich gestehe, daß er mir leid tut.«

»Sie sind eine Frau.«

»Wenn ich das Betragen der Männer sehe, bin ich froh, eine Frau zu sein.«

»Ahnt er, daß wir wissen, wer Régis umgebracht hat?«

»Er befürchtet, daß Sie es erraten haben... Was mich betrifft, so zögert er. Also los, Monsieur Siverac, seien wir mutig und gehen wir zu ihm.«

Hargrove erwartete Maisie Llewelyn, aber als er Siverac sah, zuckte er zusammen. Er saß im Schaukelstuhl und stieß ihn so heftig, daß er fast aufrecht stand.

»Monsieur Siverac«, sagte er, »ich glaube, daß wir uns seit unserer letzten Unterredung nichts mehr zu sagen haben.«

»Ich bitte um Verzeihung«, sagte Siverac, »aber Miss Llewelyn und ich haben Ihnen etwas mitzuteilen, das Sie überraschen wird. Es handelt sich um Ihre Tochter Laura.«

»Setzen wir uns zuerst«, sagte Maisie Llewelyn. »Ich nehme den Sessel, und Sie, Mr. Hargrove, sollten sich auf das Bett setzen. Das rate ich Ihnen, denn es ist besser für Sie, ganz bestimmt.«

Hargrove setzte sich, Siverac blieb stehen, breitbeinig, die Hände im Rücken verschränkt.

»Miss Llewelyn, Sie haben das Wort«, sagte er.

»William Hargrove«, begann sie mit ruhiger Stimme, »Sie müssen wissen, daß Ihre Tochter sich während Ihrer Abwesenheit, als Sie in Jamaika und Amerika waren, verheiratet hat.«

Hargrove sprang mit einem Satz auf, wurde puterrot und brüllte: »Das ist nicht wahr!«

»Es entspricht aber durchaus der Wahrheit«, entgegnete Siverac kalt. »Die Trauung fand vor Zeugen statt.«

»Ich glaube Ihnen nicht, Siverac.«

»Dieser Ehrenhandel könnte sehr gut morgen früh ausgetragen werden, Hargrove. Wir werden bestimmt eine Wiese in der Nähe finden; ich habe meine Pistole dabei und Sie die Ihre ebenfalls, glaube ich.«

Bei dieser Rede wechselte Hargrove die Farbe, aber die Waliserin griff mit gutmütiger Autorität ein.

»Aber, aber«, sagte sie, »ihr werdet doch nicht gleich die Duellanten spielen! Es geht um die Zukunft der kleinen Laura. Ich begreife William Hargroves Erregung angesichts einer so unvorhergesehenen Nachricht, aber kümmern wir uns zuerst einmal um die Zukunft seiner Tochter. Eure Streitigkeiten könnt ihr später in Amerika ausfechten – oder in der Hölle! Die Ehe wurde vor Zeugen geschlossen, das ist wahr, aber nehmen Sie bitte zur Kenntnis, William Hargrove, daß Ihre Tochter Witwe ist.«

»Witwe?« wiederholte Hargrove mit verstörter Miene. »Ich verstehe nicht...«

»Begreifen Sie den Sinn der Worte nicht mehr?« fuhr Siverac ihn hart an. »Lauras Mann wurde von einem aufs Geratewohl gefeuerten Pistolenschuß getötet.«

Hargrove wäre fast umgefallen, wenn Miss Llewelyn ihn nicht aufgefangen und zu seinem Bett geführt hätte.

»Régis...«, murmelte er, ohne zu wissen, was er sagte.

»Sieh einmal an!« sagte Siverac. »Woher wissen Sie denn das?«

Maisie Llewelyn, die eine Hand auf Hargroves Schulter gelegt hatte, warf Siverac einen strengen Blick zu und runzelte die Stirn.

»William Hargrove vermutet, daß es Régis war, und er hat richtig geraten, das ist alles. Meines Erachtens haben wir genug über diese Angelegenheit gesagt. Geben wir Mr. Hargrove Zeit, sich von dem Schock zu erholen. Später werde ich Laura herbitten, damit er ihr ein paar Worte sagen und sie umarmen kann, nicht wahr, Mr. Hargrove?«

»Niemals!« schrie dieser. »Ich will sie nie mehr sehen.«

Diesmal konnte die Waliserin nur die Augen zur Decke aufschlagen.

»Gehen wir«, sagte sie zu Siverac. »Wir haben getan, was zu tun war, aber es bereitet mir Übelkeit.«

»Ich hätte diesen Kerl zusammenschlagen mögen«, sagte Siverac, als sie draußen waren.

»Er tut mir trotz allem leid«, sagte sie, »ich kann mir nicht helfen.«

»Miss Llewelyn, ich finde Sie einfach wunderbar. Warum bleiben Sie nicht bei dem Mörder und trösten ihn, wenn sie schon mal dabei sind?«

»Hören Sie auf, Siverac, Sie verstehen nichts.«

Und sie trennten sich sogleich, wie in stillschweigendem Einverständnis.

88

Der junge Frank war untröstlich, die Insel La Tortue verlassen zu müssen, ohne wenigstens einen Blick in eine Höhle geworfen zu haben. Und trotz des Schreckens, den ihm der Seeräuber in seinem roten Haus eingeflößt hatte, beschloß er, ihn auf jeden Fall noch einmal zu besuchen. Die Verlockung war zu stark.

Wie am Vortag fand er die Tür halb offen, und wieder blieb er in respektvoller Entfernung vor ihr stehen. Da ihm keine Drohung entgegentönte, trat er ein paar Schritte näher. Groß war seine Enttäuschung: nichts rührte sich im Haus. Nach einigem Zögern faßte er den Mut, wenn schon nicht in eine Felsenhöhle, so doch zumindest ins Innere dieser seltsamen Wohnung vorzudringen. Gewehre hingen an den Wänden, und weiter hinten stapelten sich Tierfelle auf einer mit Eisen beschlagenen Ledertruhe.

Plötzlich packte ihn eine Hand am Kragen. Eine Minute lang wurde er ohne ein Wort hin- und hergeschüttelt, bis ihm der Atem verging. Als er sich endlich umdrehen konnte, sah er zuerst die Beine in den blutroten Hosen, dann den ganzen rothaarigen Mann, der sich mit nacktem Oberkörper wie ein Koloß über ihn beugte.

»Du kleiner Narr«, sagte er, »hat man dir nicht beigebracht, daß ein Bürschchen in deinem Alter nicht bei anderen Leuten herumschnüffelt, während sie weg sind, und sich bei einem Piraten mausig macht?«

Mit beiden Händen griff er ihn beim Schopf, zauste ihn und verpaßte ihm eine gehörige Abreibung.

»Damit du lernst, daß man nicht ungestraft bei einem Seeräuber eindringt. So, und jetzt sag mir, was du hier willst.«

Noch ganz benommen von der Tracht Prügel, brachte Frank kein Wort hervor. Der Mann betrachtete ihn mit einem grausamen Lächeln.

»Da du die Sprache verloren hast, werde ich es dir sagen. Du willst immer noch eine Höhle sehen. Aber in meiner Behausung wirst du bestimmt keine finden, du Tropf. Also komm. Ich kann dir zwar so eine nicht zeigen, aber du wirst schon verstehen.«

Gemeinsam verließen sie die Stadt und folgten einem Weg, der zu den Wäldern am Meeresufer führte. Sie stapften durch das herb und penetrant riechende Laub, und der Mann schob die Zweige mit seinen kräftigen Armen beiseite, während Frank ihm in glückseliger Benommenheit folgte, wie in einem seiner Träume.

Als sie ans Ufer gelangt waren, blickte der Mann schweigend über das Meer, dessen tiefblaue Oberfläche die Sonne mit Lichttupfen übersäte. Nach einer Weile sagte er mit abgehackter Stimme:

»In deinem Alter hatte ich mich zwischen dem Meer und dem Land entschieden. Von meiner Bude aus lasse ich es nicht aus den Augen, und die ganze Nacht hindurch kann ich es hören. Du weißt nicht, was das heißt.«

»Aber auch ich liebe das Meer«, protestierte Frank.

Der Mann zuckte die Achseln.

»Wenn man liebt, hat man gewählt. Entweder das Meer oder das Land. Wenn du hier geblieben wärst, hätte ich dir beigebracht, ein Schiff zu steuern und mit der Harpune zu fischen. Vor zwanzig Jahren war ich bereits mit meinen Kameraden an Bord. Damals konnte man noch Schiffe entern, mit dem Messer kämpfen, Gold, Edelsteine und kostbare Stoffe ergattern. Das war die Beute, die man in den Höhlen versteckte.«

Lächelnd und leicht herablassend fuhr er fort, als ob er nicht mehr zu Frank spräche, sondern über diesen hinweg zu dem Jungen, der er selbst einst gewesen war:

»Es waren harte Burschen. Kreuzfidele Kerle. Nichts oder fast nichts am Leibe, Fetzen aus Segeltuch und Leder, aber den Diamanten im Ohr oder den Goldring. Die Gischt spülte über sie hinweg. Verheiratet waren sie... mit der See! Im übrigen keine Geschichten! Zu Lande hatten sie (er verbesserte sich), hatten wir Hunde für die Jagd, bis zu fünfunddreißig pro Mann... Wilde, genau wie wir, wahre Dämonen, die hinter ihrer Beute herhetzten. Und auf den Wellen...«

Wieder blickte er eine Weile aufs Meer, als ob dort endlich etwas auftauchen würde. Frank machte große Augen und schwieg, aber sein Herz klopfte.

»... auf den Wellen«, fuhr der rothaarige Mann fort, »waren wir die Hunde, hetzten den großen Schiffen nach, die wie wilde Büffel und Wildschweine da hinten im Tal zu fliehen versuchten. Wir holten sie im Wettlauf ein. Und alles, was sie in ihren Bäuchen verborgen hatten, kostbare Möbel, goldenes Geschirr, alles nahmen wir mit... Und all das versteckten wir in den Felsenhöhlen.«

»Hier?« fragte Frank.

»Das möchtest du wohl sehen, was? Nun, um dort hinzugelangen, gab es keinen Weg. Nur einen gefährlichen Pfad: unten das Plätschern der Wellen, oben die stechend heiße Sonne. Und dann wurden wir immer weniger. Im Namen der Moral hatte man uns Schiffe mit getarnten Kanonen nachgeschickt, um uns zu täuschen. Nur Lafitte hat bis jetzt ausgehalten. Und es gab auch richtige Seeschlachten. Der Franzose und der Engländer brauchten die *Brüder der Küste* für ihren Krieg. Ja, die Brüder der Küste wurden auf einmal sehr nützlich! Bald war der eine, bald der andere unser Feind. Aber darüber hinaus immer der Spanier. In drei Jahrhunderten hat das große Goldfieber bei weitem nicht so rasch gewütet wie ein kleines Fieber von drei Monaten. Die Franzosen haben es überall mit sich herumgeschleppt, das gelbe Fieber, den gelben Tod! Am Anfang vom Ende war ich so alt wie du, vierzehn Jahre. Das Torenalter... Ein paar von uns sind noch davongekommen und leben hie und da verstreut auf den Inseln. Frei. Und eines Tages...«

»Was wird eines Tages sein?«

Der Mann blickte drein, als ob er wieder Gespenster auf dem Meer sähe.

»Dieses Leben ist nichts für dich. Der Traum ist nicht dazu da, um glücklich zu sein. Los, geh nach Hause, ich hab genug von dir.«

»Vorhin sagten Sie, ich sollte bleiben.«

»Das habe ich nur so gesagt. Los, verschwinde.«

»Hätte ich nicht eine Höhle sehen können?«

»Sie sind alle ausgeräumt, bis auf die Schatzhöhle, die unberührt bleibt. Die würdest du nie entdecken – hinter dem dichten Lianengestrüpp, da könntest du tausendmal vorbeigehen, ohne was zu ahnen.«

»Und Sie? Sie kennen sie?«

»Das habe ich nicht gesagt, aber als ich in deinem Alter war, hat man mir alles gezeigt. Die großen Spiegel, die man auf den Schiffen der Reichen gekapert hat, die stehen an den Wänden, und das gibt Licht, wenn man reinkommt, und dann überall die Truhen voller Gold, riesige Ballen Seidenkrepp, Rubine, Smaragde, Diamanten in Kisten, jede Menge kostbarer Gegenstände.«

»Und wenn man die Höhle finden würde?«

»Die kann man lange suchen.«

»Haben Sie sie gesucht?«

»Auch das habe ich nicht gesagt. Nun zieh schon endlich ab, du weißt zu viel für dein Alter. Wir trennen uns hier. Ich gehe fischen.«

Plötzlich packte er Franks Hand und drückte sie zum Zerbrechen.

»Du kleiner Strolch«, sagte er mit einem Lächeln, das ihm die Wangen furchte, »ich hätte dich gern bei uns aufgenommen, wir hätten dir was beigebracht. So, und jetzt reicht's mir. Lauf zu deinen Eltern und denk nicht mehr an den Seeräuber.«

Frank zögerte, aber der Mann stieß ihn zum Pfad.

»Gehst du, oder soll ich dir Beine machen?«

Der Junge ging ein paar Schritte, dann drehte er sich wieder um.

»Auf Wiedersehen«, sagte er.

»Es gibt kein Wiedersehen. Verschwinde! Und daß du dich nie wieder blicken läßt!«

Widerwillig stieg Frank zwischen den Bäumen empor, deren Zweige ihm im Vorübergehen ins Gesicht schlugen, und er folgte dem Pfad bis auf die große Grasfläche hinter den Häusern. Dort drehte er sich noch einmal um, aber der Wald verbarg das Ufer, und er sah nur das Meer und die abertausend kleinen Pfeile, welche die Sonne auf das dunkle Blau herabsandte, bis zum Horizont.

Schweren Herzens, ohne daß er so recht gewußt hätte, warum, fand er die Holzhütten wieder, die ihm und seinen Reisegefährten als Unterkunft dienten. Er wurde den Eindruck nicht los, ein großes

Abenteuer verpaßt zu haben, und er empfand eine große Enttäuschung. Von nun an sollte ihn eine eindrucksvolle Persönlichkeit in
seinen Träumen begleiten, ein rauher, rothaariger Genosse der
gefürchteten Seeräuber, den ein Hauch wilder Poesie umwehte.

Von diesem Erlebnis verriet er kein Wort, aber jede Nacht begab
er sich tapfer auf die Suche nach der Schatzhöhle.

89

Der folgende Tag verlief freudlos. Keiner sprach mehr mit dem anderen, zumindest hatte man zunächst diesen Eindruck, aber bei nähe-
rer Betrachtung sah man, daß diese Unverträglichkeit sich auf Hargrove, Siverac und Miss Llewelyn beschränkte, die einander nicht
einmal eines Blickes würdigten. Laura blieb in der Stille ihres Kummers gefangen. Frank hätte sie alle brennend gern über die Seeräuber ausgefragt, aber er stieß überall nur auf mürrische Ablehnung,
außer bei seiner Schwester, die ihn durch ein trauriges Lächeln
entmutigte.

Drückend lastete diese trübe Stimmung auf ihnen, als am Morgen
des übernächsten Tages ein großer Dreimaster am Horizont auf-
tauchte. Wie die Fregatte mit einem fast unmerklichen Schaukeln
über die Wellen glitt, schien sie fast schwerelos zu sein, doch je näher
sie kam, desto bedrohlicher wirkte sie mit ihren gesenkten Luken
und den Jagdkanonen auf dem Vorderdeck. Bei alledem aber
bewahrte sie ihre Anmut, und bald ging sie in geringer Entfernung
von dem Hafen von La Tortue vor Anker.

Kurz darauf sandte sie zwei Schaluppen aus, um an Land Vorräte
aufzunehmen, denn es war den ausländischen Schiffen nicht möglich, die Häfen von Haïti anzulaufen, die gesperrt waren, weil die
Franzosen gedroht hatten, die Ordnung wiederherzustellen. Während die Matrosen ihre Fässer mit Trinkwasser auffüllten und bei
den Eingeborenen geräuchertes Wildschwein und frisches Moschus-
ochsenfleisch einkauften, sprach Siverac mit dem befehlshabenden
Offizier der Einheit, und dieser lud ihn ein, sich mit der ersten
Ladung von Früchten und Trinkwasser an Bord des Schiffes zu
begeben.

Die Erklärungen Siveracs wurden vom Kapitän ohne Zögern

akzeptiert. Er war ein unerschütterlicher Mann, der im Laufe der letzten Jahre schon viele derartige Geschichten gehört hatte. Die Schaluppe kam zurück, um die Gruppe abzuholen, die sich vor Ungeduld verzehrte. Es war der seit Tagen erhoffte Augenblick, und die Erleichterung ließ sie einstweilen ihren Groll vergessen. Die Reisenden wurden im Heck unter dem Besanmast einquartiert, die Schwarzen etwas primitiver im Laderaum; und dann lichtete die *Quarrelsome* den Anker.

Die ganze Gruppe lehnte sich über die Reling, als die Fregatte in See stach, und sagte diesem Paradies ein letztes Adieu; einigen schnürte sich das Herz zu. Besonders Frank, der sich wider allen Verstand gewünscht hatte, seinen Seeräuber im Hafen oder am Ufer winken zu sehen, aber kein Seeräuber war gekommen. Immerhin konnte er das rote Haus sehen, und Tränen rannen über seine Wangen, die er sich nicht zu erklären vermochte. Man weint doch nicht wegen einer Hütte. Oder war es wegen der ganzen Insel? Natürlich, warum hatte er nicht gleich daran gedacht?

Auch Laura weinte, reglos, abseits von allen. Aufs neue fühlte sie jenen Seelenschmerz, für den es keinen Namen gibt.

Auf dem Hinterdeck hatte man eine Art Pavillon aus Zeltleinen errichtet, in den der Kapitän die Passagiere einlud. Ein Mittagessen mit spanischem Wein wurde ihnen serviert, und Maisie Llewelyn nahm den für Mrs. Hargrove bestimmten Ehrenplatz ein. Der etwas schwere Wein löste die Zungen, und die Situation auf Haïti wurde dem Kapitän in allen Einzelheiten erklärt. Die ehemaligen Sklaven hatten sich selbst zu den Herren gemacht und ihrerseits einen Militärstaat errichtet; sie verbreiteten einen Schrecken im Lande, der gar nicht dem natürlichen, von Frohsinn und Sorglosigkeit geprägten Wesen ihrer Rasse entsprach. Dann wendete sich das Gespräch der vom Trunk und dem im Segeltuch klatschenden Wind ein wenig angeheiterten Gäste plötzlich der Lage in Europa zu.

Frank hörte dieser allgemeinen und immer verworrener werdenden Konversation nur mit halbem Ohr zu. Seine Gedanken waren anderswo, und da er stumm am äußersten Ende des Tisches saß, konnte er sich nach dem Dessert verstohlen davonschleichen.

Er wäre gern auf dem Deck herumspaziert, aber durch das leichte Schlingern des Schiffs verlor er das Gleichgewicht und zog es vor, an der Reling entlangzugehen. Offenbar hatte die Wirkung des spanischen Weins zu diesem Entschluß beigetragen. Er fühlte sich glücklicher als im Augenblick der Abfahrt. Die See war ihm auf ihre Weise zu Kopf gestiegen. Sie begünstigte die großen Abenteuer, sie verlieh den einfachsten Reisen etwas Edles. In ihren unerforschlichen Tiefen verbargen sich die von den Piraten versenkten Schiffe. Mit welchem Respekt hatte doch Franks Seeräuber von John Kidd, dem Fürsten der Piraten, gesprochen! In der erhitzten Phantasie des Jungen schienen ihm die Matrosen aus der gleichen Familie zu stammen, und er blickte sich um, sah aber nur drei oder vier, die die Deckplanken mit Hilfe von Besen und Wassereimern scheuerten, eine Tätigkeit, die man nicht gerade heldenhaft nennen konnte. Freilich gab es noch Matrosen in den Wanten, aber sie kletterten und bewegten sich viel zu schnell, als daß er sie in Ruhe hätte beobachten können. Was der junge Frank suchte, hätte er nicht zu sagen gewagt, weil die Sache zu unsinnig erschienen wäre: Er hoffte, in den Augen dieser Männer den Blick des rothaarigen Seeräubers wiederzufinden, seine Art, den Blick in die Ferne zu richten, in eine Ferne von abertausend Meilen, wie ihm schien, bis an den Rand der Unendlichkeit. Aber einen solchen Blick konnte man nicht nachahmen...

Mit einem Seufzer beschloß er, mit den Deckwäschern vorlieb zu nehmen, und er näherte sich ihnen schüchtern. Doch der Empfang war ziemlich rauh.

»Weg da!« schrie ihm einer von ihnen zu.

Und es folgten nicht sehr anständige Flüche.

Gekränkt entfernte er sich und kehrte an seinen Platz zurück. Die Unterhaltung erlahmte, aber Kapitän de Witt machte zuweilen interessante Bemerkungen, und das in einer präzisen Sprache, die aufhorchen ließ. So hörte ihm Frank bald mit unerwartetem Vergnügen zu. Denn was er da vernahm, war das schöne Englisch aus England und nicht jene ein wenig schludrige, etwas schleppende, wenn auch nicht reizlose Sprechweise der Pflanzer.

Laura ihrerseits lauschte begierig dem Akzent des Kapitäns, diesen kurzen Modulationen, in denen sie etwas von dem verlorenen Paradies ihrer frühen Kindheit wiederfand – jenem Landgut ihrer Eltern, das zwischen Kent und Surrey lag –; auf immer hatte sich die Erinnerung an die Parks mit den Eichenalleen, die Schlösser aus dunkelrotem Backstein und den melodiösen Klang der glücklichen Stimmen ihrem Gedächtnis eingeprägt. Kurz nach ihrer Geburt hatten die Eltern Virginia verlassen, um in die geliebte Heimat zurückzukehren. Dort hatte sie, bis sie fünf Jahre alt war, das unwiederbringliche Glück eines Lebens gekannt, das nur aus Liebe und Spielen bestand, und die Erwachsenen pflegten mit der gleichen Ruhe und Wohlgelauntheit wie dieser Offizier in seiner weißen Uniform zu reden. Warum nur hatten ihre Eltern die Heimat aufs neue verlassen, um diesmal in die Karibik zu ziehen, wo sie ein tragisches Schicksal erwartete? Für einen kurzen Augenblick konnte sie sich noch einmal in die vergangenen Freuden zurückversetzen. Die ganze Nacht sollte sie davon träumen.

Die Reise verlief ohne Zwischenfälle. Gegen Abend, in einer Dämmerung, die alles in eine goldene Wolke hüllte, fuhr die *Quarrelsome* an der Küste von Kuba entlang, und die Passagiere jammerten, nicht an Land gehen zu können, aber das kam nicht in Frage, und einige Stunden später gelangten sie nach Jamaika und liefen im Hafen von Kingston ein. Inzwischen war es Nacht geworden, und da sie gemäß den Hafenvorschriften nicht vor dem Morgen anlegen durften, mußten sie an Bord übernachten, was die Geduld der Passagiere auf eine unerträglich harte Probe stellte, weil die Lichter der Stadt und die in einem fröhlichen Tumult bis zu ihnen dringenden Geräusche sie bis zum Morgengrauen wach hielten.

Dann allerdings entschädigte die Schönheit der Landschaft sie reichlich für die Strapazen der schlaflosen Nacht. Weit hinter der Stadt erstreckte sich eine Bergkette von einem tiefen, wie Indigo schimmernden Blau. In den bereits sehr belebten Straßen tummelten sich Schwarze in rosa, blaßgrünen und lila Gewändern auf einem Markt, der wie eine Promenade aussah. Die Gruppe der Reisenden begab sich in ein Viertel, wo das *Grand Hotel* der Stadt lag. Doch zuerst stürmten sie in die eleganten Geschäfte, in denen sie perfekt geschneiderte Kleidung vorfanden, denn die reiche englische Kolonie von Port Royal und Kingston zeigte sich äußerst wählerisch und hatte die einheimischen Schneider geschult. Unsere Reisenden verließen diese Läden begeistert, ein jeder hatte seine Persönlichkeit wiedergefunden, oder zumindest das, was er sich darunter vorstellte und was der sehr viel bescheideneren Wahrheit nicht unbedingt entsprach. Siverac erschien als Grandseigneur mit einem hohen und steifen Kragen, der ihm den Kopf zurückbog, Hargrove als Plantagenbesitzer der obersten Klasse, Herr über sich selbst und stolz auf seine Güter, und Frank war kein halbwüchsiger Junge mehr, sondern zeigte sich als Mann in Schnürhosen und – unerklärliche Phantasie – mit einem auf Korsarenart schief geknoteten schwarzen Halstuch. Maisie Llewelyn hatte sich als Dame gekleidet, nicht mehr und nicht weniger, wirkte jedoch recht elegant in einem hellgrauen Kleid mit dunkelgrauen Streifen, das trotz aller Hochstapelei keinen Mißton aufkommen ließ. Nur Laura widerstand dem Rausch der Lüge, sie wählte ein lila Musselinkleid, das ein wenig ernsthafter wirkte als die jugendlicheren Farbtöne, die man ihr vorschlug.

So aufgeputzt, trennten sie sich in zwei Gruppen: Frank und Laura in Begleitung Bettys, die sie beharrlich »die Kinder« nannte, besichtigten die Stadt, während Hargrove Miss Llewelyn und Siverac auf seine Plantage führte, die er für einen guten Preis loszuwerden hoffte, indem er sie an Siverac verkaufte. Und da die beiden Männer nicht mehr miteinander sprachen, wurde die Waliserin mit der Verhandlung beauftragt.

Die Plantage befand sich in einiger Entfernung von der Stadt. Ein Mietwagen fuhr sie hin. Das langgestreckte einstöckige Haus im reinsten georgianischen Stil lag am Hang eines bewaldeten Hügels. Die schönen Proportionen, die hohen Fenster und die imposante, doppelt geschwungene Freitreppe machten es zu einem Meisterwerk des späten 18. Jahrhunderts, und Siverac war sofort begeistert, da er sich diesem aristokratischen Wohnsitz ganz und gar ebenbürtig fühlte.

Die eigentliche Plantage bot fast die gleiche Vielfalt wie die in Haïti, wenn auch hier die Kaffeesträucher vorherrschten. Sie erstreckte sich über ein Gebiet von beträchtlichen Ausmaßen, auf dem riesige Palmen wuchsen, und überall zitterte das Laub der Kokospalmen im Winde.

Siverac bewunderte alles rückhaltlos und bat Miss Llewelyn, sich nach dem Preis zu erkundigen, den William Hargrove, jetzt nur noch Mr. Hargrove, dafür verlangte. Der Preis – er war horrend – wurde ihm sogleich von Miss Llewelyn mitgeteilt, und der Schlag traf Siverac mitten ins Herz, doch er ließ sich nichts anmerken.

Eine Besichtigung war unerläßlich. In eisigem Schweigen stiegen sie zu dritt die Stufen empor. Die günstige Bauart der Treppe erlaubte dem gegenseitigen Haß, sich unterwegs abzukühlen. Hargrove und die neutral bleibende Miss Llewelyn nahmen den rechten Treppenflügel, Siverac den linken.

Im Schimmer des schwindenden Tages erhellten zahlreiche Windlichter die mit höchster Schlichtheit eingerichteten Zimmer. Der leere Raum schien ein Element des Dekors zu sein, was den Reichtum jedoch nicht hinderte, sich gerade dort zu entfalten, wo man ihn am wenigsten vermutete. Die so streng wirkenden Möbel waren von unerhörtem Raffinement. Die Sessel mit den geraden Rückenlehnen, die von fächerförmigen Ornamenten gekrönt waren, deren Schnitzereien den Betrachter in Erstaunen setzten, waren aus unerhört seltenen Hölzern gefertigt. In den Zimmern standen die Fenster ohne Vorhänge im Gegensatz zu den Himmelbetten mit den wie Taue gedrechselten Säulen und den Knäufen in Form von Ananasfrüchten.

Siverac sah sich das alles an, warf Miss Llewelyn vielsagende Blicke zu und nickte, so gut er es mit seinem steifen Kragen vermochte, um ja zu sagen, und dann begaben sich die drei Personen in den Salon, wo auf einem schweren Tisch aus Nußbaumholz ein kalligraphiertes Pergament lag, das die Bedingungen des Kaufvertrags enthielt und nur noch ihrer Unterschriften bedurfte.

Siverac, der sich mit Dokumenten dieser Art bestens auskannte, überflog es mit einem Adlerblick. Dann zeichnete er mit großer, verächtlicher Schrift die Buchstaben seines Namens und warf den Gänsekiel beiseite. Miss Llewelyn hob ihn auf und reichte ihn Hargrove, der mit ebenso trotziger Miene unterschrieb.

Obgleich die beiden Vertragspartner es strikt ablehnten, auch nur ein Wort miteinander zu wechseln, war Miss Llewelyn gezwungen, einige Fragen bezüglich der unerläßlichen Modalitäten an sie zu richten.

»Wie«, fragte sie Siverac, »gedenken Sie, die Zahlung zu begleichen?«

»Mit einem Scheck meiner Bank in New Orleans natürlich«, antwortete er in einem leicht geringschätzigen Ton.

»Monsieur Siverac wird mit einem Scheck seiner Bank in New Orleans bezahlen«, sagte sie zu Hargrove.

Die Antwort kam sofort:

»Bewilligt, unter Vorbehalt gerichtlicher Klage, falls der Käufer sein Wort bricht und die Ehrlosigkeit begeht, die soeben vor Zeugen geschlossene Vereinbarung nicht einzuhalten.«

Miss Llewelyn gab diese Mitteilung Wort für Wort weiter, und die Entgegnung ließ nicht auf sich warten:

»Kann der Käufer sich infolge dieser Vereinbarung nunmehr als Herr dieses Hauses betrachten?«

Die Antwort erfolgte ohne Zögern.

»Das versteht sich von selbst. Unter Gentlemen kann eine solche Frage nur als unsinnig gelten.«

Auf obige Antwort folgte umgehend die Erwiderung:

»In diesem Falle und unter Gentlemen wird William Hargrove ersucht, binnen fünf Minuten von der nunmehr ihrem neuen Besitzer gehörenden Plantage zu verschwinden.«

Die notariellen Formalitäten wurden am nächsten Morgen in der Kanzlei von Rechtsanwalt Slaughter erledigt, der noch vor weniger als drei Monaten den Verkauf der Plantage an William Hargrove vermittelt hatte. Miss Llewelyn setzte als Zeugin ihre Unterschrift unter das Abkommen, und die Angelegenheit wurde gemäß den Erfordernissen der englischen Gesetze abgewickelt.

90

Einige Tage später legte ein Schiff mit englischer Flagge im Hafen von Kingston an, das in die Vereinigten Staaten unterwegs war. Hargrove reservierte Kabinen, und die ganze Gruppe von der Plantage *Die Neue Welt*, mit Ausnahme Siveracs, schiffte sich ein. Ein weiteres amerikanisches Schiff folgte ihnen in geringem Abstand, und beide wurden von dem schwer bewaffneten englischen Patrouillenboot *Avenger* eskortiert, das sie vor dem letzten in den karibischen Gewässern streunenden Piraten beschützen sollte. Der für seinen Wagemut und die Tücke seiner Manöver bekannte Lafitte hatte nämlich New Orleans verlassen, wo man glaubte, ihn zur Vernunft gebracht zu haben, und von überall her, sowohl aus dem Golf von Mexiko als auch von den Caïman Inseln und der düsteren Umgebung von Barbados wurde gemeldet, daß man ihn gesichtet hätte.

Die Reise von Jamaika nach Florida konnte sich auch sonst als ein recht schwieriges Abenteuer erweisen, denn hinter Kingston mußte man die Windwardpassage zwischen der Spitze Kubas und Haïtis durchqueren, die für die Heftigkeit ihrer Stürme berüchtigt war. Dort lauerten mehr oder weniger herzzerreißende Erinnerungen auf unsere Reisenden, wie auch Piraten anderer Art. Als sie an der Küste von La Tortue entlangsegelten, erfuhren sie von einem Offizier an Bord, daß man sich in Haïti immer noch die Kehlen aufschlitzte und daß die Schiffe Port-au-Prince mieden. Es war mindestens das zehnte Mal, daß man Port Haïtien in Brand gesetzt hatte... Und doch bewahrte die Zauberinsel, die hinter dem vom Meer aufsteigenden Dunstschleier kaum zu sehen war, in den Augen und Herzen der Passagiere all ihre Reize. Jenseits davon erstreckten sich die Bahamas, Paradiese mit magischen Namen, die sich bis nahe an die Küste Floridas hinzogen.

In der drückenden Schwüle des Sommers schien die Reise kein Ende nehmen zu wollen. Eine Stunde lang wurden sie von Delphinen begleitet, und danach bot sich ihnen keine andere Zerstreuung als die wechselnde Farbe des Meeres. Bei den Inseln südlich von Florida war es rosa, schimmerte wie die Morgenröte über den Korallenriffen, und als sie an der Küste entlangfuhren, wurde es türkisblau, dann grün und färbte sich, je weiter sie nach Norden kamen, immer dunkler. Über den hohen Zypressen an den unendlich weiten Sandstränden folgte ihr Blick einem steil auffliegenden blauen Reiher, den die Geräusche des Schiffes, obwohl einige hundert Meter vom Ufer entfernt, aus seinen Fischgründen aufgeschreckt hatten.

Die kurze Abenddämmerung gestattete ihnen nicht, viel von der Küste zu sehen, aber am folgenden Morgen erblickten sie ein langgestrecktes Steingebäude von bedrohlichem Aussehen, das Franks Neugier erregte. Das Fort von San Augustin, ein Überbleibsel aus der Zeit der spanischen Besetzung, schien nach einem Feind auf dem Meer auszuspähen, den es beschießen könnte. Die Phantasie des Jungen entflammte sich, und er war versucht, an der Kabine seines Vaters zu klopfen, um sich das Fernrohr auszuleihen, aber eine Intuition hielt ihn zurück, und er zog es vor, darauf zu verzichten.

Hargrove hatte in der Tat nicht geschlafen. Noch unter dem Eindruck der Ereignisse von Jamaika, das immerhin schon weit hinter ihnen lag, war er ziemlich früh in das große Bett seiner behaglichen, wenn nicht luxuriösen Kabine gestiegen, und als das immer tiefere Schnarchen bereits einen versöhnenden Schlaf verkündete, hatte sich die Tür leise geöffnet. Maisie Llewelyn steckte den Kopf hinein, lauschte und zog sich dann noch leiser zurück.

An Bord der *Prosperous* hatte sie sich unter dem Namen Mrs. William Hargrove eintragen lassen, und die Überzeugungskraft einer Lüge, die man sich selbst vorspielt, ist so groß, daß sie sogar daran glaubte, zumal sie ja tatsächlich die entsprechenden Funktionen ausübte. Ein anderer Teil ihrer selbst aber machte sich darüber lustig.

Kurz, sie teilte zu Wasser wie zu Lande das Lager William Hargroves.

An diesem Abend jedoch zögerte sie, kehrte wieder auf das Deck der *Prosperous* zurück, spazierte an der Reling entlang und überlegte, was sie tun sollte. Schließlich entschied sie sich für das, was sie die militärische Art nannte. Müde und entschlossen zugleich suchte sie zu später Stunde die Kabine und das eheliche oder vorgeblich eheliche Lager auf.

Nachdem sie sich entkleidet und parfümiert hatte, stieg sie in das große Bett und stieß William Hargrove, der die ganze Mitte einnahm, etwas roh zur Seite. Er ließ ein Brummen vernehmen, drehte sich um und stammelte:

»Ach, Liebste, Sie sind es?«

»Wer denn sonst, Dummkopf? Dachten Sie vielleicht, es sei der Kapitän? Und dann gibt es keine Liebste heute abend. Ich habe ein ernstes Wort mit Ihnen zu reden.«

Auf einmal riß er die Augen weit auf.

»Machen Sie Licht«, sagte er.

»Wozu? Das Licht der Laterne auf dem Deck ist völlig ausreichend. Und jetzt machen Sie sich auf einen Schock gefaßt.«

»Schon wieder!« stöhnte er.

»Jawohl, schon wieder. Schon wieder ist richtig. Einen haben Sie bereits auf La Tortue erhalten. Jetzt kommt der zweite, und den verkraften Sie besser, wenn Sie auf dem Rücken liegen. Ich habe Ihnen bereits in Gegenwart Siveracs auf La Tortue gesagt, daß Ihre Tochter in Ihrer Abwesenheit geheiratet hat.«

»Sie hat nicht geheiratet«, schrie er. »Das ist nicht wahr!«

»Nicht so laut, wir haben Nachbarn. Siverac hat bestätigt, was ich gesagt habe.«

»Siverac ist ein Lügner.«

»Das ist leicht gesagt, solange er weit weg ist. Denken Sie an das Duell in Amerika, das er Ihnen versprochen hat, falls er je dorthin zurückkehrt.«

Hargrove schwieg, und Maisie Llewelyn fuhr fort:

»Ich erkläre Ihnen noch einmal, daß sie verheiratet ist. Siverac und ich waren Trauzeugen in der Kapelle von Saint Michel de Dondon.«

Aufs neue schrie er:

»Das ist nicht wahr!«

Sie rückte ein wenig beiseite, um besser zielen zu können, und

versetzte ihm eine schallende Ohrfeige in das bärtige, schreckens-
starre Gesicht.

»So«, sagte sie, »das war für ›Das ist nicht wahr‹. Und jetzt hören
Sie mal...«

»Was?« fragte er verwirrt.

»Hören Sie nichts? Man amüsiert sich in der Kabine nebenan. Ein
Ehekrach, das ist immer komisch, also lauscht man und lacht.
Hören Sie es nicht?«

Ein kaum ersticktes Gelächter drang durch die Trennwand.

»Zum Glück sind Ihre Kinder am anderen Ende des Gangs, aber
morgen, wenn Sie auf dem Deck spazierengehen, wird man hämisch
grinsen.«

»Ich werde die Kabine nicht verlassen«, murmelte er.

»Gut, ich verstehe Sie, und es freut mich, Sie wieder ruhig zu
sehen. Wir werden uns also ohne Geschrei unterhalten können,
nicht wahr? Verstanden?«

Er nickte, und Maisie Llewelyn fuhr mit freundlich vernünftiger
Stimme fort:

»Ihre Tochter Laura...«

»Ja, und?«

»Haben Sie sie aufmerksam angeschaut?«

»Aber ja doch.«

»Aber nein: ihr Männer haltet euch für wer weiß wie schlau und
seht überhaupt nichts. Sie ist jetzt seit fast drei Monaten verheiratet...«

»Verheiratet? Und der Beweis?«

»Sie werden doch nicht schon wieder anfangen.«

»Ich will den Beweis dieser Ehe sehen.«

»Aber ich sage Ihnen doch, daß ich als Trauzeuge in der Kapelle
war.«

»Maisie, der Beweis, daß Sie da waren... falls überhaupt eine
Trauung stattgefunden hat...«

»Sagen Sie mal, genügt Ihnen die Ohrfeige von vorhin nicht? Wollen Sie noch eine?«

Hargrove gab sich widerspenstig.

»Maisie, ich verteidige die Ehre meiner Tochter.«

»Donnerwetter! Wenn Régis hier wäre, wenn man ihn nicht
umgebracht hätte...«

»Er ist tot, und das geschieht ihm recht.«

»Sind Sie verrückt geworden? Ich an Ihrer Stelle würde mich hüten, solche Reden zu führen. Die Gerüchte, William Hargrove!«

»Die Gerüchte?«

»Lassen wir die einstweilen auf sich beruhen, und kommen wir auf Ihre Laura zurück. Sie haben es nicht bemerkt, aber sie blüht auf. Sie ist kein junges Mädchen mehr. Das Auge einer Maisie Llewelyn läßt sich nicht täuschen.«

»Ich hatte es nicht bemerkt«, stammelte er.

»Natürlich nicht. Und nun hören Sie mir gut zu, mein lieber Freund: Ihre Tochter Laura ist eine Frau geworden. Wissen Sie, was eine Schwangerschaft ist?«

Diesmal starrte er sie an, ohne zu antworten. Sie sprach jetzt mit sanfterer Stimme:

»Kommen Sie, Willy, trösten Sie sich. Ich werde Ihnen gleich Ihr Laudanum geben, und dann können Sie ein bißchen darüber schlafen. Sie leiden, das sehe ich wohl.«

Er sank in sich zusammen.

»Oh! Maisie!« stöhnte er.

Nachdem sie ihm geholfen hatte, wieder unter seine Baumwolldecke zu schlüpfen, bereitete sie ihm das Laudanum. Alles, was sie dazu brauchte, befand sich in einem kleinen Reisenecessaire, das sie in Voraussicht der dramatischen Wendung, die das entscheidende Gespräch nehmen würde, in Kingston gekauft hatte.

Eine halbe Stunde später lag er in tiefem Schlaf. Die Dosis war stark gewesen. Er erwachte erst am Nachmittag des folgenden Tages. Dank der aufmerksamen Pflege jener Dame, die unter dem Namen Mrs. Hargrove reiste, geschah nichts von dem, was er befürchtet hatte. Das Diner wurde ihm in der Kabine serviert, und das machte er sich schnell zur Gewohnheit. Für den Rest der Reise blieb er für sich und wollte niemanden sehen außer Maisie Llewelyn, die er jetzt ständig mit Fragen quälte, aber vergebens, denn sie weigerte sich, ihm zu antworten.

»Ich habe mich oft genug anraunzen lassen«, erklärte sie ihm eines Tages, »und ich überlasse Sie jetzt Ihren Überlegungen. Was Ihre Tochter betrifft, so wird die Natur in aller Ruhe ihren Lauf nehmen, und wir haben Zeit, darüber nachzudenken. Übermorgen werden wir ankommen. Dann beginnt ein neues Leben für uns alle.«

91

Im Morgengrauen des 30. Juli sichteten sie Savannah. Dieser wohl-klingende Name bewahrte den Zauber indianischer Poesie und konnte nur einer sehr schönen Stadt gehören. Das war auch das Gefühl William Hargroves. Die Pracht Savannahs war seit dem 18. Jahrhundert im ganzen Süden sprichwörtlich. Gewiß, es hatte 1819 den Finanzkrach und danach den großen Brand gegeben, aber das war fünf Jahre her, und inzwischen hatte der Staat Georgia mit seinem Reichtum Zeit gehabt, alles wieder aufzubauen. Und doch schien es ihm, als er mit den vielen Reisenden an Land stieg, wie ein Alptraum.

Sein erster Eindruck war der eines noch vor kurzem vom Krieg heimgesuchten Hafens. Einige Schwarze schlenderten lässig daher, während die Weißen mit rascherem Schritt einen breiten, schlecht gepflasterten und von Unkraut überwachsenen Kai durchquerten. Das Zollgebäude, dessen Ziegel noch vom Ruß geschwärzt waren, lag am Fluß und bot den Anblick einer Fassade mit zerbrochenen Fenstern. In dieser seltsamen Kulisse des Zerfalls erinnerten die am anderen Ende des Kais aufgestapelten Fässer und Kisten noch an den Handel, aber auf so armselige Art, daß sie eher den Bankrott und das Elend offenbarten.

In seiner Verblüffung wandte er sich Miss Llewelyn zu, die ihn begleitete, und befragte sie mit einem stummen Blick.

»Nun ja, mein Freund«, sagte sie, »ich bin ebenso erstaunt wie Sie. Savannah hat sich noch nicht erholt, aber das ist nur eine Frage der Zeit. In Georgia fehlt es nicht an Gold. Und was gedenken Sie jetzt zu tun?«

»Mir die Stadt ansehen und ein Hotel suchen. Wir können eine Kutsche nehmen.«

»Eine Kutsche? Aber nicht doch! Machen wir lieber einen Spaziergang mit den Kindern. Wir brauchen nur den Hafen zu verlassen und durch die Parkanlagen zu gehen; das hat man uns an Bord gesagt. Dort können die Schwarzen mit unserem spärlichen Gepäck im Schatten der Sykomoren auf uns warten.«

Wieder einmal beugte sich Hargrove dem Willen der Waliserin, die ihn immer mehr am Gängelband führte. Die Gegenwart Lauras war ihm peinlich, aber die Umstände erlaubten ihm nicht, sich ihr zu entziehen, und er folgte gefügig Miss Llewelyn.

Man hatte sie nicht schlecht beraten. Die schadhaft gepflasterten Straßen erschwerten die ersten Schritte; viele Häuser waren vom Feuer zerstört, aber die von riesigen Sykomoren umgebenen Plätze weckten die Erinnerung an eine prunkvolle Vergangenheit, und zehn Minuten später bestätigte ein herrschaftliches Haus diesen Eindruck. Es war ein zweistöckiges Gebäude, dessen hohe Fenster durch die Schönheit ihrer Proportionen beeindruckten, und allein die dunkelgrüne Tür mit dem schweren Kupferklopfer erinnerte an die englische Eleganz verflossener Zeiten.

Miss Llewelyn rief erfreut aus:

»Das ist jedenfalls ein gutes Zeichen. Klopfen wir an; man wird uns bestimmt nützliche Auskünfte geben können.«

Mit kräftiger Hand hob sie den Klopfer und ließ ihn zweimal fallen. Es folgte ein langes, vielleicht entrüstetes Schweigen, dann ging die Tür vorsichtig auf, und eine schwarze Dienerin mit ergrautem Haar und einer weißen, mit Volants besetzten Schürze erschien.

»Wen wolln Sie sp'echen?« fragte sie durch die halboffene Tür.

»Die Herrin des Hauses, wenn möglich«, sagte Miss Llewelyn.

»Die He'in des Hauses da'f jetzt nicht gestö't we'n. Wenn Sie ein Zimme' suchen, sag ich Ihnen gleich: die Pension is voll. Das hie' is nämich ne Pension.«

Und damit schloß sie wieder die Tür.

Nach drei Sekunden der Ungewißheit erklärte Maisie Llewelyn:

»Diese Antwort ist inakzeptabel.«

Wieder ergriff sie den Türklopfer, pochte viermal mit aller Kraft und sagte zu Hargrove:

»Schnell, Ihr Portemonnaie. Wie hoch steht das Gewissen beim Teufel in Kurs?«

Die Tür öffnete sich so wütend, wie eine Tür sich nur öffnen kann.

»Schon wiede' Sie!« sagte die schwarze Dienerin.

»Aber ja doch. Schauen Sie, das habe ich soeben in meinem Portemonnaie gefunden. Gehört es nicht zufällig Ihnen?«

Eine Goldmünze funkelte in ihren Fingern. Die Tür ging weit auf.

»T'eten Sie ein, M'am.«

Sie traten alle ein, Maisie Llewelyn als erste, die Goldmünze immer noch in ihren Fingern.

»Ich wünsche klare und präzise Auskünfte«, sagte sie in einem forschen Ton. »Wir brauchen Zimmer in einem erstklassigen Hotel. Wo kann ich ein solches finden?«

»M'am, die hiesigen Hotels nich' seh' gut. Nich wie f'ühe'.«

»Dann will ich sie nicht.«

»Dann gibt's weite' oben inne selbe St'aße ein schönes lee'es Haus. Die Dame ve'mietet manchmal Zimme'. Sie hat noch and'e Häuse' in Savannah.«

»Welche Nummer hat das Haus?«

»Keine Numme' nich«, sagte die Dienerin ein wenig schockiert, »abe' ne seh' g'oße Sykomo'e steht davo'.«

»Gut«, sagte Miss Llewelyn und steckte ihr die Münze in die Hand. »Wenn ich zufrieden bin, bekommen Sie noch mehr.«

»Oh! M'am!«

Miss Llewelyn drängte ihre Leute sanft hinaus.

»Jetzt werden wir sehen«, sagte sie. »Wenn diese Frau die Wahrheit gesagt hat, kriegt sie ihre zweite Münze, und wenn nicht, wird sie erfahren, wie eine Waliserin einer Lügnerin die Leviten liest.«

»Sie sah sehr ehrbar aus«, bemerkte Hargrove.

»Mr. Hargrove, jeder Mann hat seinen Preis, wie der Königsmörder Cromwell sagte. Die Frau manchmal auch. Geh voran, Frank, du bummelst immer, um zu hören, was die Erwachsenen sagen.«

Sie beschleunigten ihre Schritte und warfen nur einen gleichgültigen Blick auf eine Reihe kleiner rosa getünchter und mit Geißblatt berankter Ziegelhäuser, die ganz hübsch waren. Hie und da nahm ein leeres, von Unkraut überwuchertes Gelände den Platz eines von der Feuersbrunst zerstörten Gebäudes ein, aber bald ragte vor ihnen das schneeweiße Haus mit der riesigen Sykomore auf. Die imposanten Ausmaße und die stolze georgianische Fassade erregten die Bewunderung der Passanten.

Miss Llewelyn blieb stehen und ließ einen Ausruf vernehmen, der alles enthielt:

»Donnerwetter!«

Sie stieg die vier Stufen der Freitreppe empor und hob, vorsichtig und selbstsicher zugleich, den kupfernen Türklopfer in Form einer heraldischen Lilie. Die Antwort ließ auf sich warten: eine höfliche Lektion der Geduld. Ein wenig irritiert wollte Miss Llewelyn aufs neue klopfen, als die Tür sich langsam öffnete und eine Dame von etwa vierzig Jahren reglos vor den vier Personen stand. Sie war klein und schlank, jedoch sehr würdig und trug eine weiße Haube mit Nackenschleier und ein knöchellanges lila Kleid. Ihr starrer Blick war auf Miss Llewelyn gerichtet:

»Sie wünschen...?« fragte sie in eisigem Ton.

Auf einmal überkam die Waliserin ein Gefühl, das sie in Wut versetzte, aber dessen sie nicht Herr zu werden vermochte: das Gefühl des gesellschaftlichen Abstands.

»Gestatten Sie mir, daß ich mich und meinen Mann vorstelle: Mr. William Hargrove.«

»Ah! Ich bin Mrs. Devilue Upton Smythe... aber noch einmal, was wünschen Sie?«

Mit einer raschen und vor Höflichkeit gestelzten Stimme erklärte die Waliserin:

»Wir kommen aus Haïti, wo mein Gatte große Plantagen besitzt, und da wir vorübergehend in Savannah bleiben wollen, suchen wir...«

»Was suchen Sie?«

...»sehr schöne Zimmer, Madame«, erwiderte tapfer Maisie Llewelyn.

»Und was gestattet Ihnen zu glauben, daß Sie deshalb einfach an meine Tür klopfen können?«

Jetzt geschah etwas sehr Merkwürdiges. Verärgert über dieses lange, umständliche Palaver, erwachte der steinreiche Mann in William Hargrove, und er verlor den Kopf:

»Was wir wünschen, Madame, ist, Ihr Haus zu kaufen, was immer Sie dafür verlangen – jawohl, so beträchtlich der Preis auch sein mag.«

In diesem Augenblick hatte man den Eindruck, daß die Tür sich vor lauter Entrüstung ganz von selbst in ihren Angeln drehen und diesen vulgären Fremdlingen ins Gesicht schlagen würde.

»Monsieur... Ihren Namen weiß ich nicht mehr... was unterstehen Sie sich? Mein Haus, das Haus meiner Vorfahren...«

»Sie besitzen deren mehrere, glaube ich...«

»Was geht Sie das an? Aber dieses Gespräch hat lange genug gedauert, also *good afternoon*, nicht wahr?«

Und sie schloß kurzerhand die Tür.

Maisie Llewelyn warf Hargrove einen strengen Blick zu.

»Sind Sie verrückt geworden?« fuhr sie ihn an. »Sie verderben alles, sowie Sie den Mund aufmachen.«

»Aber nein«, sagte er, »ich versichere Ihnen...«

Da sie sich zum Fortgehen nicht entschließen konnten, zankten sie noch eine Minute lang auf der Freitreppe, als die Tür plötzlich wieder geöffnet wurde:

»Wie hoch war genau Ihr Angebot?« fragte die Dame in Lila.

92

Hargrove kaufte das Haus zu einem völlig unsinnigen Preis, aber diese Torheit gestattete ihm, seine Zuversicht wiederzufinden, wieder aus voller Brust zu atmen, und er genoß es, wieder an sich selber glauben zu können... Mrs. Devilue Upton Smythe stieg von ihren Höhen herab und sprach mit einer Art Hochachtung zu ihm, die er als äußerst tröstend empfand, ganz als ob ihn sein Gewissen nun auf unerklärliche Weise in Ruhe ließe, aber was hatte das eine mit dem anderen zu tun? Er versuchte, nicht darüber nachzudenken, und war entschlossen, sich keine Fragen mehr zu stellen. Jetzt konnte er eines der prächtigsten und meistbewunderten Häuser in Savannah sein eigen nennen. Es war von oben bis unten schön, vom Dach bis in den Keller, und jedesmal, wenn der Wind wehte, verneigte sich die große Sykomore vor ihm. All das vermochte die Zaubermacht einiger Handvoll Gold. Sie befreite einen von Gott weiß welchen Beschwerlichkeiten.

So verliefen die ersten Tage in Georgia angenehm, trotz der Sorge, die ihm Lauras Problem, wie er es bei sich nannte, noch immer bereitete. Eines Tages, als Maisie Llewelyn mit ihm allein war, erteilte sie ihm eine rüde Belehrung:

»Willy, Sie sind nicht imstande, sich um derartige Dinge zu kümmern. Behalten Sie Ihr Haus, es ist unbezahlbar, aber versuchen Sie nicht, sich in dieser Stadt mit ihrem tragischen Schicksal niederzulassen. Gehen Sie nach Macon oder Augusta, wo Sie alle Mittel finden, Georgia zu erforschen. Es gibt bestimmt Plantagen, die zum Verkauf stehen. Das Leben wird für Sie leichter sein, wenn Sie dort neu beginnen, wo niemand Sie kennt, und die Natur ist herrlich in diesen Gegenden.«

»Und Laura, Maisie?«

»Die überlassen Sie mir. Ich kümmere mich um die Kleine. Ich habe bereits meine Erkundigungen eingeholt und weiß, was ich zu tun habe. Sie wird in guten Händen sein, aber vor dem Ereignis werden Sie sie nicht mehr sehen.«

»Ich will sie nicht mehr sehen«, sagte Hargrove leise.

»Dann sind Sie ein Rabenvater.«

»Quälen Sie mich nicht, Maisie. Es ist nur zu offenbar, daß die Vorsehung über mich wacht, und ich habe mir nichts vorzuwerfen.

Lauras Betragen war einer Tochter unwürdig; sie ist nie verheiratet gewesen.«

»Doch. Sowohl Siverac als auch ich haben es Ihnen gesagt.«

»Dann will ich den Beweis sehen, und zwar den schriftlichen Beweis.«

»Den Ihnen wahrscheinlich ein Engel des Paradieses bringen muß. William Hargrove, Sie sollten sich schämen.«

»Ich brauche Ihre Ratschläge nicht mehr. Da Sie sich um Laura kümmern wollen, vertraue ich sie Ihnen von Herzen gern an. Sehen Sie darin einen Beweis meiner Wertschätzung.«

»Ich sage Ihnen lieber nicht, was ich von Ihnen denke. Haïti ist nicht so fern.«

»Haïti gehört einer Vergangenheit an, die nicht mehr existiert und von der wir nie mehr reden werden.«

»Hoffen wir, daß Sie Monsieur de Siverac nie mehr begegnen werden, denn er könnte Sie daran erinnern.«

»Maisie, es gibt Augenblicke, da ich Sie nicht mehr sehen möchte.«

»Und wir erleben gerade einen solchen Augenblick. Ach, welch ein Unglück! Aber die Vorsehung, die Sie eben erwähnten, hat dafür gesorgt, daß ich mit einem zähen Gedächtnis ausgestattet bin, und wir haben so viele gemeinsame Erinnerungen, Willy! Überdies benötigen Sie die schreckliche Waliserin in den schwierigen Stunden... und dann, ich weiß nicht, warum, macht sie Ihnen Angst. Also warum bringen Sie sie nicht um? Es sind doch sicher noch ein paar Kugeln in der Pistole, die Sie damals im Salon hatten, in der Ecke beim Fenster, ja dort, in jener ereignisreichen Nacht, als die Mulatten angriffen...«

»Maisie!« schrie er, rasend vor Wut. »Wieviel Gold muß ich Ihnen geben, um Sie zum Schweigen zu bringen?«

»Ach, Liebster, die Schätze aller Piraten der Karibik wären nicht genug. Geben Sie es auf, kleiner Mann, und versuchen Sie, schön artig zu sein, da ich nun einmal da bin...«

Das Blut wich aus William Hargroves Wangen.

»Erpressung«, zischte er durch die Zähne.

Ein spöttisches Lächeln glitt über ihre Züge.

»Mein lieber Freund«, sagte sie, »ist Ihnen bewußt, daß das, was Sie Erpressung zu nennen belieben, fast allen menschlichen, sozialen, sentimentalen, finanziellen und sonstigen Beziehungen zugrunde liegt? Wenn du dies nicht tust, tue ich das nicht. Das ist das Gesetz der Welt, und niemand entkommt ihm, wenn er nicht aus der Welt scheidet. Aber weder Sie noch ich haben den Wunsch, aus der Welt zu scheiden.«

»Miss Llewelyn«, sagte Hargrove in einem eisigen Ton, »aus Gründen, auf die ich nicht zurückkommen möchte, die ich jedoch akzeptiere, haben Sie vorhin von einer längeren Abwesenheit gesprochen, mehrere Monate, sechs vielleicht…«

»Runden Sie nur auf.«

»Sagen wir acht, wenn es Ihnen paßt. Also eine Abwesenheit von acht Monaten, in Gesellschaft jener, die zu meinem Bedauern meinen Namen trägt.«

»Irrtum: den Namen ihres Gemahls.«

»Die Existenz eines Gemahls werde ich bis in den Tod leugnen. Sie wird also zu meinem lebhaften Bedauern den Namen ihres Vaters tragen, denn sie bleibt Laura Hargrove, solange sie unter meinem Dach lebt, und zu meinen Lebzeiten wird sie nie einen anderen Wohnsitz haben. Dafür werde ich sorgen, glauben Sie mir. Ich wünsche, daß sie ihren Fehltritt an meiner Seite abbüßt.«

»Die Hölle also…«

Er ging auf diese Worte nicht ein und fuhr fort:

»Um alle Kosten dieser… Abwesenheit zu decken, werde ich Ihnen binnen achtundvierzig Stunden die notwendige Summe in Banknoten und Goldmünzen zukommen lassen. Ich zahle großzügig.«

»Ein weiser Entschluß, denn anderenfalls gebe ich Ihnen Ihre Tochter nicht in achtundvierzig Stunden, sondern in sechzig Minuten zurück.«

»Miss Llewelyn, ich erlaube Ihnen nicht, an meinem Wort zu zweifeln.«

»Sehen Sie, wie gut das System funktioniert? Wenn du nicht dies tust, und so weiter.«

»Ich glaube, daß wir uns alles gesagt haben, was wir uns zu sagen hatten – für immer.«

»O nein, William Hargrove! Verpfänden Sie die Zukunft nicht so leichtfertig. Zuerst einmal: Sie sind noch reicher, als ich es vermutete, aber Sie sind unbesonnen – wie alle Reichen. An welche Adresse, bitte, werden Sie mir diese Summe senden, die dazu bestimmt ist, und so weiter und so weiter?«

»Was stellen Sie sich vor? Wollen Sie auf die Straße gehen? Sie haben bis jetzt in dem Bett geschlafen, das Mrs. Devilue Upton Smythe Ihnen in dem Hause zur Verfügung gestellt hat, welches heute mir gehört.«

»Und das ich heute abend verlasse. Ich suche mir etwas anderes.«

»Da täten Sie unrecht. Die Einrichtungsfachleute sind bereits auf dem Speicher dieses großen Hauses und bringen die teuren antiken Möbel herunter, die ich sogleich erworben habe. Ein Zimmer ist für Sie vorbereitet, ein anderes für Laura, meine unwürdige Tochter – unwürdig, wenn das, was Sie sagen, der Wahrheit entspricht. Jedenfalls wird Ihnen die besagte Summe in Ihrem Zimmer von meinem Vertrauensmann überreicht werden.«

»Ach, sieh einmal an! Alles ist bereits auf großem Fuße organisiert.«

»Wenn Sie so wollen. Es ist nur ein Anfang, aber ich bitte Sie, sehen Sie in dieser Adresse, die die Ihre sein wird, keine unbefristete Einladung. Ich habe für euch beide nur einen kurzen, einen sehr kurzen Aufenthalt vorgesehen.«

»Man könnte nicht galanter sein, und Sie sind gar zu gütig, aber fürchten Sie nichts: wir brauchen nur die Zeit, um einen Wagen zu mieten, und wir verschwinden.«

»Auch da habe ich für alles gesorgt. Ein sehr anständiger Wagen, ein Zweispänner wird Sie vor meinem Haus erwarten, den ganzen Tag lang, wenn es sein muß.«

»Ihre Fürsorge beschämt mich... Sagen wir uns am besten gleich auf Wiedersehen, wenn Sie einverstanden sind, um Zeit zu gewinnen.«

»Es wird in der Tat ein Wiedersehen geben. Ebenso wie ich nicht an Ihre Heiratsgeschichte glaube, weigere ich mich auch zu glauben, daß meine kleine Tochter...«

Eine heftige Erregung ergriff ihn plötzlich, Tränen glänzten in seinen Augen, und er mußte sich beherrschen, um weiterreden zu können, doch dann beendete er den Satz mit bebender Stimme:

»... daß sie sich von einem Unbekannten hat verführen lassen.«

»Und die Liebe? Was ist damit?«

»Glauben Sie, ich wüßte nicht, was Liebe ist? Die Liebe eines Vaters, ist das vielleicht keine Liebe?«

Sie war im Begriff, ihn anzuschreien, daß er schamlos mit den

Worten spielte, aber angesichts des Schmerzes, der diesen Mann verzehrte, verschloß ihr das Mitleid den Mund.

»Nehmen wir also an, ich hätte Sie noch einmal belogen«, sagte sie mit einem bitteren Lächeln. »Wenn das Ereignis stattgefunden hat, werde ich es Sie wissen lassen.«

»Ich werde da sein«, sagte er.

»Und dann werden Sie mir vielleicht glauben.«

»Nichts wird geschehen, dessen bin ich sicher; ihr Aussehen hat sich nicht verändert, aber Sie haben mir mit Ihren Verdächtigungen das Herz vergiftet. Nur eins weiß ich mit Bestimmtheit: dieser Mann hat ihr nachgestellt.«

»Und er ist tot.«

»Jawohl, er ist tot, ich hatte aufs Geratewohl geschossen, und er hat das, was er tun wollte, mit seinem Leben bezahlt. Der Himmel hat ihn gestraft.«

Sie blickte ihn an, diesmal stumm, und wagte nicht auszusprechen, was ihr durch den Kopf ging: »Dieser Mann ist ein Ungeheuer, aber wie soll ich ihn verurteilen? Er ist verliebt, verliebt mit dem Ungestüm eines zwanzigjährigen Herzens.«

»Sie machen mir Angst«, sagte sie schließlich mit leiser Stimme.

Er antwortete nicht sofort, aber sein Gesicht veränderte sich und nahm den Ausdruck ratloser Unruhe an, den er früher so oft gehabt hatte.

»Bin ich denn so schrecklich?«

»Ich gehe jetzt, William. Wenn ich einmal dort bin mit Ihrer Laura, schreibe ich. Und Sie werden kommen, falls es nötig ist.«

Das sagte sie, um ihm wenigstens einen Hoffnungsschimmer zu lassen, und entfernte sich rasch, um dieses gequälte Gesicht nicht mehr zu sehen.

Unwillkürlich begann sie zu laufen, bis sie in dem verwahrlosten Garten war, wo die seit langem nicht mehr gestutzten Bäume ihre verwilderten Äste ineinanderschlangen, und plötzlich durchzuckte ein Gedanke ihren Sinn:

»Er hat ganz einfach seinen Rivalen umgebracht.«

Und wie um es nicht hören zu müssen, hielt sie sich mit beiden Händen die Ohren zu.

93

Am folgenden Morgen brachen sie und Laura zu früher Stunde auf. Trotz all der Beschlüsse, die er gefaßt hatte, hielt Hargrove sich nicht zurück, seine Tochter zu küssen, ohne allerdings ein einziges Wort an sie zu richten. Frank war da, bestürzt über diese Abreise, von der er nichts begriff. Laura warf sich weinend in seine Arme:

»Bete für mich«, flüsterte sie ihm zu.

Die kleine Stadt, die man Miss Llewelyn angegeben hatte, lag einige Meilen von Macon entfernt. Eine Gesellschaft protestantischer Damen, Klosterschwestern ziemlich ähnlich, führte dort eine Art Hospiz, in dem nur bestens empfohlene Personen aufgenommen wurden, die aus diesem oder jenem Grunde besonderer Pflege bedurften.

Ein ganz abseits am Stadtrand gelegenes Haus, behaglich und von einem Garten umgeben, wurde gemietet, und Spaziergänge in den Wäldern oder Wagenfahrten auf dem Land erleichterten ein wenig dieses Leben, das einer Verbannung glich, aber die Waliserin beherrschte die Kunst der Zerstreuung und wußte im Rahmen des Möglichen auch Trost zu spenden.

Dann kamen die kritischen Tage, da Laura so erschöpft war, daß sie zu den protestantischen Damen gebracht werden mußte. Man gab ihr das schönste Zimmer, und Maisie Llewelyn schrieb an William Hargrove.

Zwei Tage später kam er. Laura litt sehr. Hargrove gelang es mit einiger Anstrengung, sich zu beherrschen und menschlich zu erscheinen. Er setzte sich an das Bett seiner Tochter und blickte sie gütig an. Sie erwiderte seinen Blick mit einem Lächeln und dankte ihm, daß er gekommen war.

»Mein kleines Mädchen«, sagte er, »möge diese Prüfung dir heilsam sein. Gott hat dir verziehen, ich fühle es.«

»Aber Papa, ich habe doch nichts Böses getan!«

Er lächelte, erhob sich und ging hinaus. In einem Nebenzimmer fand er Maisie Llewelyn, die ihn erwartete.

»Wahrlich«, sagte er, »man richtet eine Mauer von Lügen um mich auf – um mich, der ich nur für die Wahrheit lebe.«

»William Hargrove«, flüsterte deutlich Maisie Llewelyn, »der Teufel soll Sie holen und bei sich behalten.«

Und damit kehrte sie ihm den Rücken.

Betty und Maisie Llewelyn wachten abwechselnd an Lauras Lager, die sich in ihrem Bett wälzte und das Stöhnen nicht mehr unterdrükken konnte. Die entscheidenden Stunden ließen noch auf sich warten, und zuweilen fand die vor Müdigkeit erschöpfte junge Frau ein wenig Schlaf.

Während einer dieser Ruhepausen erschien Hargrove erneut. Zu seiner Befriedigung stellte er fest, daß Laura mit Betty allein war. Den Finger an den Lippen, näherte er sich seiner schlafenden Tochter und blickte sie an. Das vom Leiden gezeichnete Gesicht blieb schön, von einer tragischen Schönheit. Hargroves Blick wurde immer aufmerksamer. Bereits auf der langen und sehr beschwerlichen Reise von der Plantage nach Jamaika war ihm etwas aufgefallen, obwohl er nichts gesagt hatte.

Jetzt öffnete er behutsam den ziemlich weiten Kragen des Hemdes, das Lauras Brust bedeckte. Betty stand sofort auf und hob den Arm, wie um ihm Einhalt zu gebieten, aber er wies sie mit einer energischen Geste zurück.

Da er nicht sah, was er zu finden glaubte, streckte er die Hand nach dem kleinen Nachttisch neben dem Bett aus und zog die Schublade auf. Da lag das Smaragdhalsband. Ohne zu zögern nahm er es an sich und musterte es nachdenklich...

Laura war von dem leisen Geräusch der Schublade erwacht und schlug in dem Augenblick die Augen auf, als ihr Vater die Smaragde betrachtete.

»Papa«, sagte sie, »das gehört mir.«

»Mein Kind«, sagte er sanft, »das bezweifle ich nicht, aber von wem hast du diesen Schmuck?«

»Von meinem Mann«, sagte sie ohne Zaudern. »Er hat ihn mir am Tage unserer Hochzeit geschenkt.«

Hargrove schwieg einen Augenblick, dann erklärte er in sehr ernsthaftem Ton:

»Jedenfalls, mein kleines Mädchen, ist das ein viel zu kostbarer Gegenstand, der dir am Ende noch abhanden kommen könnte, wenn du ihn hier herumliegen läßt. Er gehört dir, aber ich werde ihn zur Sicherheit in meinem Tresor verschließen.«

Sie ließ eine schwache, aber empörte Stimme vernehmen:

»Oh, warum nehmen Sie mir, was mir gehört?«

»Ich handle wohlüberlegt, Laura«, antwortete er. »Danke dem Herrn, daß er dir einen Vater gab, der liebend über dich wacht.«

Mit diesen Worten zog er sich zurück und ging ins Nebenzimmer, wo Miss Llewelyn sich von den Strapazen in einem Sessel ausruhte und die Stunde erwartete, da sie Betty ablösen sollte. Als sie Hargrove erblickte, sprang sie mit einem Satz auf.

»Schon wieder Sie!« fuhr sie ihn an.

Er zeigte ihr das Schmuckstück in seiner Hand.

»Ja, schon wieder ich«, sagte er mit ruhiger Stimme, »und das hier habe ich soeben entdeckt. Lügen und abermals Lügen. Die arme Kleine, die ich rein wie einen Engel glaubte, gibt zu, daß sie dieses Ding von einem Mann erhalten hat, den sie wagt, ihren Gemahl zu nennen. Man schuldet mir die Wahrheit, und man verbirgt sie mir... Doch sie hat sich mir offenbart, trotz aller Bemühungen, sie durch Lügen zu verschleiern. Wissen Sie, was das ist, das da in meiner offenen Hand funkelt? Ich werde es Ihnen sagen, Miss Llewelyn: Es ist der Lohn der Sünde.«

Sie hörte sich diese Rede bis zu Ende an, die Wangen und die Stirn vor Wut entflammt, und plötzlich schien sie zu wachsen und riesig zu werden. Indem sie so dicht an Hargrove herantrat, daß er ihren heißen Atem auf dem Gesicht verspürte, schrie sie ihm ins Gesicht:

»Dieb!«

Er wich zurück und steckte den Schmuck in seine Jackentasche.

»Ich verbiete Ihnen...«

»Was verbieten Sie mir, Sie schmutziger Dieb? Je mehr Sie mir verbieten, desto mehr werde ich reden, und wenn die Waliserin sich Gehör verschaffen will, hört man ihr zu, das können Sie mir glauben. Der Skandal wird Sie bis in den Tod verfolgen, wenn ich es will, und Sie werden Ihrer Tochter ihr Eigentum zurückgeben.«

»Wenn ich den Beweis habe, daß sie geheiratet hat.«

»Den Beweis, immer den Beweis! Dieses Wort wird Ihnen eines Tages im Halse steckenbleiben. Doch für heute ist es genug. Also raus, verstanden? Raus mit Ihnen!«

»Aber mit welchem Recht wagen Sie es, so mit mir zu reden?«

»Wollen Sie, daß ich rufe, Willy?«

Einige von diesem Lärm beunruhigte Damen in Schwarz erschienen. Ohne ein Wort ging Hargrove zur Tür.

Laura, die zwangsläufig von diesem Auftritt ein paar Satzfetzen mithörte, wenn auch verschwommen, äußerte am folgenden Tag den

Wunsch, in das abgelegene Haus, das Maisie Llewelyn gemietet hatte, zurückzukehren. Ohne jeden Zweifel wollte die junge Frau, da sie katholisch war, nicht in einem protestantischen Hause niederkommen.

Sie war nie sehr kräftig gewesen, und was ihr bevorstand, ließ Schwierigkeiten befürchten. Das Kind kam zehn Tage später zur Welt, im Morgengrauen des 25. Januar. Es war ein Mädchen. Miss Llewelyn, die für alles gesorgt hatte, ließ in aller Heimlichkeit einen katholischen Priester kommen, der das Kind auf den Namen Annabel taufte. Diesen Namen hatte Laura gewählt, weil er auch der von Régis' Mutter war.

Indessen war der Zustand der Wöchnerin zwar nicht beängstigend, wohl aber ziemlich beunruhigend. Sie erholte sich schlecht, und sowohl Betty als auch die Waliserin machten sich Sorgen. So war man eigentlich eher erleichtert, als William Hargrove, der seine Tochter ständig belauerte, aufs neue erschien. Die Streitigkeiten wurden vergessen und energisch Entschlüsse gefaßt.

Hargrove sollte sich mit seiner Tochter nach Warm Springs begeben, wo das milde Klima ihr zur Genesung verhelfen würde. Maisie Llewelyn und Betty würden sich des Kindes annehmen. Wenn dieses kräftig genug wäre, um das Haus zu verlassen, würde man es in ein erstklassiges aristokratisches Institut bringen, das nicht weit von der Stadt entfernt war.

Hargrove hatte dank seines Geldes das Notwendige getan, und das Kind wurde dort erwartet. Maisie Llewelyn durchschaute zwar die Pläne dieses Mannes, für den sie nur Verachtung empfand, aber sie stimmte ihnen zumindest vorläufig zu. Er war entschlossen, Laura unter seiner Obhut zu behalten, um sie für sich allein zu haben, und unter den gegenwärtigen Umständen konnte ihn nichts daran hindern, denn die Waliserin, voll Mitleid für die kleine Annabel, das unschuldige Opfer dieser Machenschaften, war nicht weniger fest entschlossen, über sie zu wachen, wie Hargrove es ihr aufgetragen hatte.

In dem Zustand äußerster Schwäche, in dem sie sich befand, litt Laura sehr unter der Hartherzigkeit dieser beiden Personen, die sie aus Gründen, die sie nicht verstand, von ihrem Kind trennten, und sie begann sie beide zu hassen, nachdem sie sich alle Mühe gegeben hatte, sie zu lieben. Und wie sollte sie sich wehren? Eines Morgens im März mußte sie ihrer geliebten kleinen Tochter Lebewohl sagen und mit William Hargrove zu den warmen Quellen von Warm Springs fahren. Zwei Tage später brachten die Waliserin und Betty die arme Annabel in das luxuriöse Institut, das sich ihres weiteren Schicksals annahm.

Während der beiden folgenden Jahre reiste Hargrove mit seiner Tochter in die schönsten Gegenden des Südens, versuchte mit allen Mitteln, ihr das Leben angenehm zu machen, und erreichte damit nur, sie immer mehr zu verbittern. Denn er verweigerte ihr die Erlaubnis, ihre Tochter wiederzusehen, und ließ sie nicht einmal wissen, wo die Kleine sich befand.

Schließlich, im Jahre 1827, erzählte man ihm von einer in etlicher Entfernung von Savannah gelegenen Plantage, die ihm als der ideale Ort für ein glückliches Leben mit den Seinen erschien. Harold Armstrong, Sprößlich einer der besten englischen Familien, jedoch in finanziellen Schwierigkeiten, überließ sie ihm gemäß den Gepflogenheiten des befristeten Verkaufs für fünfundzwanzig Jahre. Hargrove richtete sich dort mit seinen beiden älteren Söhnen ein, die inzwischen ihr Studium beendet hatten, während Frank, der jüngste, nun seinerseits auf die Universität geschickt wurde.

Das war für Laura der Beginn eines neuen Lebens, das sie ebensogut ein Martyrium hätte nennen können.

94

Die Jahre vergingen. Laura war untröstlich, ihre kleine Tochter nicht wiederzusehen. Nur Maisie Llewelyn und Betty brachten dem Kind Süßigkeiten und Spielzeug, hielten sich jedoch an das von William Hargrove befohlene grausame Schweigen.

Mit fünfzehn Jahren war Annabel eine blendende Schönheit: ein Teint wie Kamelien, große veilchenblaue Augen, eine stolze Haltung. Ein verheerender Zufall wollte es, daß sie auf einem Fest ihres Colleges einem der reichsten Männer von New York ins Auge fiel. Der alte Mr. Jurgen, ein Milliardär, machte sie zu seiner Erbin. Dieser »alte« Mr. Jurgen war in Wirklichkeit erst fünfzig Jahre alt, aber er hatte den Takt, ganz plötzlich zu sterben. Damit war Annabels Geschick vorgezeichnet. Sie fand Geschmack am Geld und an den Möglichkeiten, alle Launen einer feurigen Natur zu befriedigen.

Von Zeit zu Zeit beorderte Hargrove die Waliserin in seine Bibliothek. Dann fanden hinter den verschlossenen Türen heftige Auseinandersetzungen statt.

»War für einen Beweis?« rief Maisie Llewelyn. »Sie führen nur dieses Wort im Munde, und ich habe Ihnen zwanzigmal gesagt, daß die kleine Kirche von Dondon abgebrannt ist. Gott allein weiß, was mit dem armen Pfarrer geschehen ist... Und dann diese Smaragde, die Sie einfach an sich genommen haben...«

»... um sie in Sicherheit zu bringen. Sie liefern mir zumindest den Beweis einer verlorenen Unschuld und einer Lüge...«

»Sie wagen es, von Lüge zu reden. Ausgerechnet Sie?«

»Ich rede davon, weil ich für die Wahrheit lebe, und diese Steine, diese Smaragde, die soviel Unheil angerichtet haben und die, solange ich lebe, keins mehr anrichten werden, diese verfluchten Smaragde sind das Abbild einer verfluchten Erde und ebenso grün wie sie!«

»Grün wie die Angst und die Eifersucht, Willy Hargrove!«

V
Eine zitternde Freude

95

Im großen runden Saal verweilte der rosige Schimmer der untergehenden Sonne noch einen Augenblick, um die letzten Sätze der Erzählung zu verschönen, denn Maisie Llewelyn war noch nicht ganz am Ende. Sie ließ einige Sekunden des Schweigens verstreichen, während derer man nur das leise Rascheln der Fächer vernahm, und dann fuhr sie mit einem Seufzer fort:

»So war es. Ich glaube, Ihnen alles gesagt zu haben, was ich schicklicherweise erzählen kann. Bedenken Sie jedoch, welches Unheil Mr. Hargrove durch seine Starrköpfigkeit anrichtete, indem er einen Beweis forderte, der nicht erbracht werden konnte. Der junge Frank Hargrove war inzwischen erwachsen geworden, als er eines Tages hörte, wie ein Schwätzer der berühmten Annabel Hargrove nachzusagen wagte, sie sei das Kind eines unbekannten Vaters. Er forderte den Mann zum Duell und wurde am folgenden Morgen durch einen Degenstoß ins Herz getötet.

Ein Murmeln der Bestürzung ging durch den Saal, denn die Erzählerin hatte es verstanden, eine fast zärtliche Zuneigung für den Bewunderer der Piraten zu erregen. Einige Damen schneuzten sich diskret, dann ließ Mrs. Harrison Edwards ihre vornehme Stimme vernehmen:

»Das alles ist sehr traurig. Aber man muß gerechterweise zugeben, daß das Fehlen eines jeden schriftlichen Beweises, wie ihn der verstorbene William Hargrove mit einer solchen Beharrlichkeit verlangte, höchst bedauerlich ist.«

Diese mit ausgesuchter Höflichkeit vorgebrachten Worte bewirkten bei den hinter den Damen stehenden Herren eine Art Tumult. Einer von ihnen rief in der Tat:

»Ich bitte um Entschuldigung.«

Und nachdem er sich höflich einen Weg durch die Reihen der verblüfften Ladies gebahnt hatte, begab er sich auf den Platz, wo Maisie Llewelyn ihre Rede beenden wollte.

»Diesen Beweis«, sagte er mit lauter Stimme, »habe ich.«

Es war der junge Siverac, Minnies Gemahl. Man hätte glauben können, die Luft sei von elektrischen Schwingungen durchzogen, so groß war die Spannung. Maisie Llewelyn grinste wie eine Katze.

»Der Beweis! Der Beweis!« murmelte man.

Stolz und schlank, die Augen vor Empörung funkelnd, erklärte Antonin de Siverac mit energischer Stimme:

»Mein Vater war bei Lauras Trauung anwesend; er hat mir alles erzählt. William Hargrove hatte die Stirn, seine Aussage in Zweifel zu ziehen, was ihm die Forderung zu einem Duell einbrachte, dem er sich aber entzog...«

»Oder das«, unterbrach ihn Miss Llewelyn, »auf später vertagt wurde, um unsere Reise nicht zu komplizieren.«

»Wie es Ihnen beliebt«, sagte Siverac, »aber das ändert nichts an der Tatsache, daß der verstorbene William Hargrove grün anlief – so grün wie die Angst, wie Sie es soeben erwähnten –, doch kommen wir zur Sache. Nach dem unglücklichen Tod des tapferen Régis, den seine Soldaten den Engel zu nennen pflegten, zog der schwarze Unteroffizier, der dann seinen Posten einnahm, die Brieftasche und einen Rosenkranz aus den Taschen des Gefallenen und übergab sie meinem Vater ›für die junge Frau‹. Aus Respekt vor dem jungen Offizier, den er bewunderte, überprüfte mein Vater die Brieftasche nicht, bis er allein in Jamaika war. Dort entdeckte er einige Briefe. Zwei davon rührten ihn heftig. Régis hatte sie von seiner Schwester, der Nonne in Port-au-Prince erhalten. Im ersten Brief beglückwünschte sie ihn zu seiner Verlobung, von der er sie, wie es scheint, in einem Rausch von Liebe und Glückseligkeit unterrichtet hatte. Der zweite, einen Monat später geschrieben, war voller Begeisterung und beteuerte ihm, wie sehr sie sich freute, ihn verheiratet zu wissen. Nachdem mein Vater mir vom Inhalt dieser Briefe erzählt hatte, wollte er sie mir zu lesen geben, aber das Herz war mir vor Rührung zu schwer, und ich lehnte ab. Er hatte sich nicht entschließen können, Lauras Kummer neu zu entfachen. Die Briefe befinden sich bei mir in unserem Haus in Charleston. Ich kann Mrs. Harrison Edwards eine Kopie zukommen lassen, da sie das Fehlen eines Beweises bedauert hat.«

Mrs. Harrison Edwards brach in Tränen aus.

In diesem Augenblick öffnete sich die hintere Doppeltür, und die allgemeine Rührung erreichte ihren Höhepunkt, als der Ausrufer mit machtvoller Stimme verkündete:

»Mrs. Jonathan Armstrong.«

Dieser unter allen hochgeachtete Name erschallte wie ein Fanfarenstoß, aber Annabels Erscheinen bestach durch äußerste Schlichtheit. Sie trug ein einfaches hellgraues Kleid und darüber ein schwarzes Cape von dramatischer Strenge, und in wirkungsvollem Gegensatz dazu funkelte der Smaragdschmuck hochmütig auf ihrer Brust.

Mit einer Natürlichkeit, die ihrem Wesen entsprach, bewegte sich diese trotz einiger Falten immer noch blendend schöne Frau wie eine Königin in einem fremden Land. Ganz offenbar hatten die meisten der Anwesenden, mit Ausnahme der am Komplott Beteiligten, nicht erwartet, sie hier zu sehen; Elizabeth, die ein wenig hinter der ersten Reihe saß, erhob sich spontan, um sich gleich wieder zu setzen.

Annabel blieb in der Mitte des Salons stehen und verneigte sich leicht – mit einer Anmut, die in der schweigenden Versammlung eine stumme Bewunderung erregte.

»Ich fühle es wohl, meine Damen«, sagte sie, »daß mein Erscheinen Sie in Erstaunen setzt, und ich verstehe dieses Erstaunen um so besser, als ich es ungeachtet der sehr liebenswürdigen Einladung von Mrs. Harrison Edwards selbst noch immer nicht fassen kann, daß ich mich hier befinde, das Herz voller präziser, wenn auch bereits sehr ferner Erinnerungen.«

Mrs. Harrison Edwards erhob sich:

»Mrs. Armstrong, uns liegt daran, das, was nie hätte geschehen dürfen und was uns alle entrüstet hat, ungeschehen zu machen.«

Annabel verneigte sich aufs neue und sagte:

»Ich bin heute abend gekommen, um die Ehre meiner Mutter zu verteidigen.«

Die Einfachheit, mit der sie das sagte, rührte alle anwesenden Personen, und wieder traten hie und da die kleinen Spitzentaschentücher in Erscheinung. Siverac näherte sich Annabel, begrüßte sie und stellte sich vor:

»Madame«, sagte er, »die Ehre der Mrs. Régis de Lavaur hat im Geiste derer, die sie gekannt haben, nie zum geringsten Zweifel Anlaß gegeben. Mein Vater, der wie Miss Maisie Llewelyn ihr Trauzeuge war, hat mir unwiderlegliche schriftliche Beweise geliefert, die ich Ihnen gerne überreichen werde.«

Er erklärte ihr in wenigen Worten, worum es sich handelte, und sie dankte ihm, wobei sie sich sehr anstrengen mußte, das heftige Pochen ihres Herzens zu beherrschen.

»Das Ziel meines Besuchs ist also erreicht«, sagte sie, »und ich bin zu glücklich, um mehr darüber sagen zu können.«

In der Tat blieb sie eine Weile stumm und völlig reglos. Da die

Dunkelheit einbrach, zündeten die Diener Fackeln an, und dieses milde Licht schien ihr etwas von der geheimnisvollen Macht wiederzugeben, über die sie als junge Frau verfügt hatte. Nun griff sie nach den Smaragden an ihrem Hals, die seit ihrem Erscheinen alle anwesenden Damen geblendet und neugierig gemacht hatten, und erklärte verlegen:

»Meine Damen, verzeihen Sie mir, Ihre Aufmerksamkeit auf diese Juwelen zu lenken, die so gar nicht mehr zu der Person passen, die ich geworden bin, aber es ist das erste und letzte Mal, daß Sie sie an mir sehen. Es sind tatsächlich jene Smaragde, die meine Mutter am Tage ihrer Hochzeit getragen hat. Auf ihre Weise sind sie ihre Fürsprecher.«

Als sie diese letzten Worte mit erstickender Stimme sprach, glänzten ihre Augen vor Zorn und füllten sich mit Tränen.

In einer plötzlichen Gefühlsaufwallung und kühnen Eingebung, stürzte Mrs. Harrison Edwards ihr entgegen:

»Madame«, sagte sie, »ich bin sicher, daß ich in unser aller Namen spreche, wenn ich Sie bitte, sich als eine der Unseren zu betrachten und dieser großen Familie anzugehören, welche die Gesellschaft des Südens darstellt.«

Ein heilloses Durcheinander folgte auf diese unerwartete Rede. In allgemeiner Bestürzung wandten sich die Damen einander zu, neigten sich nach allen Richtungen, und ein verworrenes Raunen erfüllte den Saal; aber zu viele Tränen rannen auf zu vielen Gesichtern, und die Rührung gewann die Oberhand, zeigte heftige Auswirkungen, warf alle Einwände und Vorbehalte über den Haufen. Mrs. Devilue Upton Smythe, deren Kopf unter einem Monument aus Spitzen wackelte, deren meckernde Stimme aber ihre ganze Autorität bewahrte, rief:

»Ja, für Lauras Ehre und die Wiedergutmachung eines schrecklichen Unrechts.«

»Für Lauras Ehre!« donnerte es durch den ganzen Saal, denn die Herren im Hintergrund erhoben gewaltig die Stimme. »Für die Ehre!«

Man mußte die schwankende Annabel stützen. Sie faßte sich jedoch sogleich und nahm all ihre Energie zusammen, während die Damen aus der Fassung gerieten und die Fächer schwirrten.

Annabel richtete sich kerzengerade auf, faßte mit beiden Händen die Aufschläge ihres geöffneten schwarzen Capes und erklärte langsam und feierlich:

»Ladies, und auch Sie, Gentlemen, endlich schlägt mein Herz im gleichen Takt wie das Ihre, und Sie geben mir den Stolz auf unseren Süden zurück, dessen Tochter ich bin. Die Person aber, die jetzt zu Ihnen spricht, hat ihren vollen Anteil an dem Leid gehabt, das die Welt einer Frauenseele zuzufügen vermag, und in der vergangenen Nacht folgte sie einem Ruf, der von oben kommt und nicht aus der Welt, und sie hat beschlossen, dieser für immer Lebewohl zu sagen. Gestatten Sie mir, Ihnen meinen Dank auszusprechen und mich von Ihnen zu verabschieden, indem ich Sie grüße, wie es Ihnen gebührt.«

Sie wich drei Schritte zurück, breitete Cape und Kleid mit beiden Händen weit auseinander, und verbeugte sich, so tief sie konnte, mit jenem großen Hofknicks, den man sonst nur vor einer Königin macht.

Alle Damen erhoben sich. Hie und da vernahm man ein diskretes Schniefen. Mrs. Devilue Upton Smythe, deren meckernde Stimme sich überschlug, erklärte:

»Madame, Sie berauben uns einer großen Freude, aber wir verstehen Sie, und unser Segen wird Sie begleiten.«

Algernon, der in einer Ecke saß, fiel vor höflicher Rührung in Ohnmacht und wurde von jungen Offizieren mit Kopfnüssen wieder zu sich gebracht, während Charlie Jones die Hand von Mrs. Harrison Edwards ergriff, um Annabel hinauszubegleiten. Verstört und die Augen voller Tränen, folgte ihnen Elizabeth in den kleinen Salon des Vestibüls. Annabel wandte sich ihr mit einem breiten Lächeln zu, in dem sich viel Zärtlichkeit verbarg.

»Ich habe dich erwartet, kleine Elizabeth, aber du kommst recht spät, um deine alte Freundin zu umarmen. Ich verzeihe dir, weil ich sehe, daß du immer noch den kostbaren Rubintropfen am Hals trägst, der mich an die grausamste Minute meines Lebens erinnert.«

»Oh, Annabel!« rief Elizabeth und schüttelte ihre goldene Mähne.

»Genug der Herzenswallungen für heute abend, Elizabeth. Nicht wahr?« fragte sie Charlie Jones und Mrs. Harrison Edwards.

»Eine empfindsame Seele«, sagte Charlie Jones.

»Und jung...«, murmelte Mrs. Harrison Edwards, das Taschentuch in der Hand.

»Und jetzt«, sagte Annabel, »lassen wir einmal die Gefühlsausbrüche; Elizabeth, halt einen Augenblick still.«

Sie öffnete das Schloß ihres Smaragdhalsbandes und legte es

um den Hals der jungen Frau, die vor Glückseligkeit die Augen schloß.

»Wie soll ich Ihnen danken?« fragte sie, die Hände auf der Brust.

»Du sagst einfach danke und gibst mir einen Kuß. Das ist alles... So, so ist es recht. Ich gehe, vergeßt mich nicht.«

Und noch bevor man ihr antworten konnte, war sie draußen.

96

Es versteht sich von selbst, daß dieser Empfang bei Mrs. Harrison Edwards, gefolgt von Annabels Abreise, das große Ereignis der Saison war. Man erging sich darüber in endlosen Kommentaren. Billy, der es erst zehn Tage später erfuhr, zeigte sich höchst verärgert, als Elizabeth ihn davon in Kenntnis setzte.

»Du wußtest es, und du hast mir alles verschwiegen. Ich hätte Kusine Annabel gern auf Wiedersehen gesagt – und du hättest mich noch lauter als die anderen Beifall rufen hören. Deinetwegen habe ich eine großartige Soiree verpaßt, und ich liebe so etwas.«

»Natürlich zählt das, was ich dir zu bieten habe, überhaupt nicht.«

»Schweig! Verschließ die Tür, und laß uns keine Zeit verlieren.«

Der gewohnte Liebestaumel fand statt, und Billy machte in seinem Feuereifer immer wieder etwas Neues daraus.

Aber auch das weniger stürmische Leben der Mrs. Harrison Edwards gewann wieder Reize, die sie bereits verschwunden glaubte. Der riesige Erfolg ihres Empfangs, der von einer Reise nach Haïti und dem hochdramatischen Abschied von Mrs. Jonathan Armstrong gekrönt war, entschädigte sie für ihre Ängste. Charlie Jones, der wie sie gezittert hatte, teilte ihre Erleichterung, doch zuweilen fiel ein Schatten auf seine sprichwörtliche gute Laune. Mit der Zeit machten ihm die Umtriebe der Abolitionisten des Nordens immer ernstere Sorgen. Entgegen ihren Hoffnungen wurde dem Schwarzen Dred Scott am Ende eines endlosen Prozesses durch einen Urteilsspruch des *Chief Justice* Tanay sein Sklavenstatus bestätigt. Übrigens wollte der Betroffene um keinen Preis jene Freiheit, die ihm der Norden geboten hätte, denn er wußte, daß ihm diese Freiheit nur im Austausch gegen eine Arbeit in der Fabrik gegeben würde, die viel härter wäre als die Tätigkeiten eines Dieners im Süden. Das Urteil des obersten Gerichtshofs vergiftete die politische Atmosphäre, während sich eine Wahlkampagne am Horizont abzeichnete.

Für seine eigenen Geschäfte reiste Charlie Jones ziemlich oft in den Norden und kehrte jedesmal ein wenig pessimistischer zurück. Er sprach darüber nur im engsten Kreis, aber das Wort des sterbenden Calhoun kam ihm manchmal in den Sinn: »Ach, mein armer Süden!« Trotzdem blieb Charlie Jones mit Leib und Seele der glühende und treue Freund des Landes, das ihn in seiner abenteuerlichen Jugendzeit wie einen Sohn aufgenommen hatte. Nichts würde ihn je davon abbringen können, aber die Unruhe wuchs in seinem Herzen.

Indessen ging das scheinbar sorglose Leben in Savannah weiter. Die Jugend gab sich der Walzerseligkeit hin, wenn sie nicht in den Sommernächten bei Mandolinenklang unter den Veranden schmachtende Liebeslieder sang. Zuweilen fielen die Namen Lincoln oder Douglas, »der kleine Riese«, im Gespräch, aber man hielt sich nicht lange damit auf. Gibt es etwas Langweiligeres als die Politik? Ist es nicht viel schöner, im Strudel des Vergnügens herumzuwirbeln? Elizabeth konnte das nur bei sich zu Hause mit Billy tun; seine Eifersucht war die eines Tigers, der nur mit einem Auge schlief, und dann war ein Kind unterwegs, das man im September erwartete. Und doch fühlte sie sich glücklich. Sie glaubte nicht an den Krieg, weil Billy ihr eingeredet hatte, daß es keinen geben würde. Immerhin konnte sie nicht umhin zu bemerken, daß das Leben bei ihr ernsthafter wurde. Der kleine Ned, den sie immer noch so leidenschaftlich liebte, bereitete ihr seltsame Sorgen ... Zwischen ihm und dem irischen Gärtner fanden Gespräche statt, von denen sie einiges erlauschte und die ihr Angst machten. Sie wetteiferten in närrischen Reden, spazierten in Wäldern herum, die nicht von lebendigen Personen, sondern von irgendwelchen in einer unbekannten Sprache redenden Stimmen bevölkert waren, und diese Stimmen ahmten sie nach, einer immer rascher als der andere. Ned erwies sich als vortrefflich in diesem Spiel. Noch beunruhigender fand die bereits hinreichend erschrockene Elizabeth, daß der Name Jonathan ständig wiederkehrte. Sowie sie Elizabeth erblickten, schwiegen sie. Ned gähnte, Pat griff zu einer Schaufel oder Harke und begrüßte Elizabeth.

»*Good morning*, M'am, kommen Sie sich Ihre Magnolien anschauen? Die werden jeden Tag schöner.«

Und die Magnolien an der Mauer betörten die junge Frau mit
ihrem süßen, erinnerungsschweren Duft.

»Was ihr euch für Geschichten erzählt!« sagte sie lachend. »Ich
höre euch vom Hause aus.«

»Irland, M'am. Ich erzähle ihm von meiner Heimat. Eines Tages
muß Ihr Junge unbedingt mal eine Reise dorthin machen.«

»Oh ja, Mom, da will ich hin, in Pats Land.«

Beunruhigt ging sie ins Haus zurück. Auf keinen Fall durfte Billy
je den Namen Jonathan hören. Er wußte bereits zuviel, da er Zeuge
jener Duellforderung unter den grünen Eichen von Dimwood gewesen war. Nie durfte man davon reden, und plötzlich tauchte Jonathans Name auf den Lippen des kleinen Ned wieder auf...

Acht oder zehn Tage später sprach Celina bei ihrer Herrin vor.
Mit ihrer etwas kühlen Höflichkeit und in ihrem korrekten Auslän-
derenglisch teilte sie Elizabeth ihre Absicht mit, nach Europa, in das
Land ihrer Familie, zurückzukehren.

Elizabeth sah sogleich die unvermeidlichen Erschwernisse eines
Lebens ohne Gouvernante vor sich.

»Das tut mir leid, Celina«, sagte sie leise. »Vielleicht fürchten Sie
einen Krieg, aber da kann ich Sie beruhigen. Ich habe Informationen
aus einer absolut zuverlässigen Quelle.«

»Madame, ich fürchte den Krieg nicht.«

»Mein Sohn ist doch hoffentlich immer nett zu Ihnen gewesen?«

»Immer, M'am und ich liebe ihn sehr.«

Sie zögerte eine Sekunde.

»Wenn Sie mir eine Bemerkung gestatten, M'am... Ich gehe jeden
Abend nach dem Essen zu ihm. Gewöhnlich schläft er um diese
Stunde, und er redet im Schlaf vor sich hin.«

»Alle Kinder, Celina...«

»Ich weiß, M'am, aber er ist – wie sagt man auf englisch – überer-
regt, und er spricht in einer Sprache, die ich nicht kenne.«

»Pat wird ihm ein paar Worte Irisch beigebracht haben.«

Celina machte eine Geste, daß sie es nicht wisse, und fuhr fort:

»Ich glaube, man muß auf den kleinen Ned aufpassen, M'am.«

»Schon gut, Celina. Ich werde Ihnen Ihr Gehalt bezahlen und
Ihnen ein gutes Zeugnis ausstellen.«

»Danke, M'am. Ich glaube, ich habe getan, was zu tun war.«

»Wir trennen uns im besten Einvernehmen, Celina. Können Sie mir nicht sagen, warum Sie gehen?«

»Das Heimweh, M'am. Nichts weiter, aber es ist sehr stark.«

»Ja, ich weiß, wie das ist. Noch jetzt sehne ich mich zuweilen nach England.«

»*Yes*, M'am.«

Celina ging am folgenden Morgen, und Elizabeth überwand ihren Stolz und schrieb an Maisie Llewelyn. Diese erschien, ohne lange auf sich warten zu lassen... Die Szene fand in dem kleinen, einst blauen und jetzt blutroten Salon statt, wo Onkel Charlies Tapezierer rasche Arbeit geleistet hatten.

»Ach«, sagte Maisie Llewelyn, »die Kulisse hat sich verändert, aber wir fahren in unserer Szene dort fort, wo wir sie unterbrochen hatten. Ich hatte Ihnen geraten, Celina zu entlassen, und sie ist fort. Daran hat sie gut getan.«

»Wieso?«

»Sie wäre in Kürze angezeigt worden.«

»Ich verstehe nicht...«

»Immer noch so naiv, Miss Lisbeth, wenn Sie verzeihen.«

»Aber was denn? Eine Diebin?«

»Sie sind aber neugierig.«

»Sie wollen doch nicht etwa sagen...«

»Doch. Wie Miss Pringle in Dimwood, erinnern Sie sich? Mr. Charles Jones hat Celina nachspüren lassen. Sie ist jetzt auf dem Weg nach dem Norden und wird ihren Auftraggebern ihr kleines Paket an Beobachtungen über die Mentalität des Südens übergeben.«

»Sie wirkte so rechtschaffen...«

»Ihrer eigenen Auffassung nach war sie es auch; sie glaubt, einer gerechten Sache zu dienen, die kleine dumme Gans. Aber lassen wir das. Sie haben also niemanden, um das Haus zu führen, und Sie rufen mich zu Hilfe, nicht wahr?«

»Oh, Miss Llewelyn...«

»Oh, Miss Llewelyn genügt. Ich will das Rechnungsbuch sehen.«

Dieses Dokument wurde ihr auf der Stelle ausgehändigt, und damit war sie fest im Hause Elizabeths angestellt. Nichts änderte sich, und doch war alles anders. Die Tageseinteilung blieb die gleiche, und der Gehorsam ebenso, aber man spürte jetzt die Gegenwart eines eisernen Willens, während man zu Celinas Zeit den Eindruck hatte, daß alles von einem Augenblick zum anderen nachgeben konnte und daß eine lässige Ordnung herrschte, die nur durch eine Folge günstiger Zufälle aufrechterhalten wurde.

Einer der ersten Schritte der Waliserin war ein Besuch beim Gärtner, der Ned zu seinem Lieblingsgefährten gemacht zu haben schien, aber vor allem interessierte Maisie Llewelyn sich für den kleinen Jungen, und das seit der Minute, als sie ihn zum erstenmal zu Füßen seiner Mutter Blumen vom Perserteppich hatte pflücken gesehen. Zwischen sich und ihm witterte sie eine undefinierbare Wesensverwandtschaft.

An diesem Morgen standen sie beide in der Ecke des Gartens, wo die dicht gepflanzten Magnolien ihre Zweige ineinanderschlangen und die großen blassen Blüten hie und da im dunklen Laub aufleuchteten. Wenn man den Gärtner und das Kind sah, mußte man an zwei Verschwörer in einem Wald denken.

Pat stützte sich auf seinen Spaten und sagte nichts. Ned hockte vor einem Veilchenbeet und betrachtete aufmerksam diese winzigen, unter einem Sonnenstrahl aufblühenden Blumen.

»Nur eine, Pat«, sagte er, »eine einzige, für Mom.«

»Nein, nicht einmal eine«, sagte Pat. »Streng verboten. Die gehören Celina.«

Keiner von ihnen sah Maisie Llewelyn, die sich ganz leise durch das Gras anschlich und dann stehenblieb, um sie zu belauschen.

»Guten Tag«, sagte sie plötzlich.

Sie drehten sich um, und Pat lüftete seinen großen Strohhut.

»Guten Tag, Miss Maisie«, sagte er. »Welch ein Vergnügen, Sie zu sehen, aber Sie kommen nicht sehr oft.«

»Richtig, Pat, aber das wird sich ändern. Von heute an werden Sie mich sehr oft sehen.«

Ein wenig verblüfft, antwortete er für alle Fälle mit einem breiten Lächeln, während Ned die riesige Dame, die so unverständliche, aber interessante Dinge sagte, mit offenem Munde anstarrte.

»Also«, sagte die Waliserin, »diese Veilchen gehören Celina?«

»Ja... Soviel ich weiß, hat sie einen Verlobten irgendwo in der Stadt, und sie hebt die Veilchen auf, um daraus einen Strauß zu machen, den sie an ihrem Hochzeitstag tragen wird.«

»Sie träumen, Pat.«

»Wieso denn? Sie ist gar nicht so übel, die Celina. Sie hat bestimmt Verehrer, aber sie erzählt nichts.«

»Kommt sie oft?«

»Jeden Tag. Sie wird sicher gleich da sein.«

»Meinen Sie? Ist sie geschwätzig?«

»Nicht sehr. Sie hört mir lieber zu, wenn ich zu reden anfange. Ich bringe sie zum Lachen, das hat sie gern, besonders wenn ich ihr erzähle, was ich auf der Straße höre. Ich kann die Leute gut nachmachen, ihre Gesichter, ihre Sprechweise.«

»Mrs. Lisbeth hat Ihnen doch verboten... Sie tun das, anstatt zu arbeiten.«

»Ach, das sagt Mrs. Lisbeth... Aber ich informiere mich, das ist mein gutes Recht, verstehen Sie? Und dann macht es der Celina einen solchen Spaß... Eines Tages hat sie mir, ohne sich was anmerken zu lassen, mehrere Male die Hand gedrückt... Einfach so... Ich sage das nicht, damit Sie glauben, sie hätte nicht nein gesagt... aber nett ist sie... Wenn der Kleine nicht dagewesen wäre...«

»Hätten Sie ihr ein bißchen den Hof gemacht? Das ist nicht verboten.«

»Nein, nicht wahr?«

Er näherte sich ihr mit einer komischen Miene. Sie wich zurück.

»He da, junger Mann! Gleich gibt's Ohrfeigen. Ich bin keine Celina.«

»Ach was, Miss Maisie, zu Hause haben Sie früher sicher einige Verehrer gehabt. Und Komplimente, die hört man doch immer noch gern, oder?«

Diese Anspielung auf ihr Alter irritierte Maisie Llewelyn. Sie war zwar nicht mehr die jüngste, wollte aber immer noch gefallen.

»Schon gut, Pat, es war nicht so gemeint. Sagen Sie mir lieber, worüber Sie mit dem Kleinen reden. Wenn er nicht mit Betty spazierengeht, ist er immer bei Ihnen.«

»Wissen Sie, er unterhält sich ebenso gern wie ich. Ich bringe ihm die Namen der Blumen bei und erzähle ihm von meinem Zuhause.«

»Von Irland«, sagte Ned mit glänzenden Augen. »Da will ich hin, Pat, du hast es mir versprochen.«

»Was für eine komische Idee«, sagte die Waliserin lachend. »Warum nicht zu uns nach Caerphilly?«

»Dort bei Ihnen ist es bestimmt sehr hübsch, Miss Maisie, aber er hat es sich zur Gewohnheit gemacht, jeden Abend zu uns zu kommen, nicht wahr, Ned?«

»Jeden Abend!« rief Ned aus.

»Potztausend! Und wie fährst du dorthin? Mit dem Schiff?«

»Nein, zu Pferd, aber das darf niemand wissen.«

»Ich werde es niemandem erzählen, Ned… Auf mein Wort, das Wort einer Waliserin.«

Ned blickte den Gärtner an.

»Kann ich's ihr sagen?«

»Wenn du willst, Kleiner, da uns Miss Maisie ihr Wort gibt.«

»Also es ist so: Wenn Celina die Lampe ausbläst, muß ich zuerst die Augen zumachen und so tun, als ob ich schlafe…«

Er zögerte. Die riesige Dame hörte ihm aufmerksam zu, und das schmeichelte ihm jedesmal.

»Also«, sagte er, die Luft einziehend, wie um Atem zu holen, »der Reiter kommt im Galopp aus der hinteren Ecke des Zimmers und nimmt mich mit.«

Dieser in einem Zug gesprochene Satz hatte eine überraschende Wirkung auf Maisie Llewelyn. Es war ihr, als öffnete sich vor ihren Augen eine ganze Welt der Poesie, wie in ihrer Heimat. Sie neigte sich Ned zu:

»Was du da erzählst, ist ja hochinteressant. Der Reiter galoppiert also über das Meer und bringt dich dorthin.«

»O ja, ich sehe das Meer, und es ist ganz schwarz.«

»Weil es Nacht ist«, erklärt Pat. »Aber Jonathan fürchtet sich vor nichts.«

Ned schrie bestürzt auf:

»Ach, Pat, das sollst du doch nicht! Du darfst nicht Sonathan sagen. Mama hat es verboten.«

Die Waliserin begriff alles, ließ sich aber nichts anmerken.

»Wenn deine Mama es verboten hat, muß man ihr gehorchen«, sagte sie und tätschelte die Wange des kleinen Jungen.

»Miss Maisie hat dir versprochen, daß sie es niemandem erzählen wird«, sagte Pat, »also hast du nichts Unrechtes getan.«

»Natürlich hast du nichts Unrechtes getan, mein kleiner Ned«, beteuerte Maisie Llewelyn ihrerseits. »Und dann ist Jonathan ein sehr hübscher Name.«

»O ja«, sagte Ned völlig beruhigt, »und dann ist es mein Name.«

»Dein Name?« fragte Maisie Llewelyn mit unschuldiger Stimme: »Ich dachte, du heißt Ned.«

»Ich heiße Sonathan«, sagte das Kind mit Nachdruck. »Nur darf man es nicht sagen. Mama will es nicht.«

Die Waliserin war eine Sekunde wie vor Schrecken gelähmt, als hätte das Kind einen Toten erweckt, aber sie beherrschte sich.

»Nun gut, wir werden es nicht sagen«, versicherte sie ihm. »Nicht wahr, Pat?«

»Eher sterben! Das schwöre ich«, sagte Pat, der den Sinn dieser Unterredung übrigens nicht begriff.

So beruhigten sie beide den kleinen Jungen wieder. Doch um die vage Unruhe eines noch unversehrten Gewissens zu besänftigen, machte er einen Versuch der Wiedergutmachung.

»Kann ich Mom nicht ein kleines Veilchen schenken?«

»Du kannst«, sagte die Waliserin, »ich erlaube es dir.«

»Und Celina?« fragte Pat. »Sie will nicht, daß man die Veilchen anrührt.«

»Ich weiß nicht, was sie damit zu tun hat, aber das spielt keine Rolle. Ich vergaß, Ihnen zu sagen, daß sie sich hier nie mehr sehen lassen wird. Die Gouvernante bin jetzt ich. Ja, mein guter Pat, Ihre geliebte Celina zieht den Norden dem Süden vor, und sie ist auf dem Wege dorthin.«

»Dieses Luder! Sie hat bei uns spioniert.«

»Nicht ganz. Wir sind nicht im Krieg, aber der Norden möchte sich informieren, ob wir reif sind.«

»Reif?«

»Jawohl, reif genug, um gepflückt zu werden, ohne daß es ihn zuviel kostet. So ist das. Und jetzt, Pat, bin ich diejenige, die hier in Madames Namen die Anweisungen erteilt. Also an die Arbeit! Wir sind gute Freunde, aber ich will, daß man arbeitet. Und du, Kleiner, kommst mit mir. Es ist Zeit für deinen Spaziergang mit Betty.«

Sie nahm ihn bei der Hand. Er drehte sich nach dem Gärtner um und sagte ihm etwas, das die Waliserin nicht verstand. Pat antwortete auf die gleiche Art. Sie redeten rasch, in einer verworrenen, seltsam klingenden Sprache.

»Was erzählt ihr euch da?« fragte sie Ned, als sie sich entfernt hatten.

»Nichts, wir reden einfach so.«

»Hat er dir das beigebracht?«

»Nein, wenn ich allein im Dunkeln bin, rede ich immer so.«

»Und er auch?«

»Ach, er versteht es sofort, und er spricht auch so, aber nicht ganz so wie ich.«

»Das gefällt mir nicht sehr, Ned.«

»Aber sagen Sie es nicht der Mama, Miss Maisie.«

»Nein, das verspreche ich dir.«

»Auch Betty nicht.«

»Niemandem. Aber es ist doch seltsam, dieses Kauderwelsch.«

»Aber hübsch ist es«, sagte der kleine Junge.

Am Abend eines arbeitsreichen Tages besuchte Charlie Jones Elizabeth in ihrem scharlachroten Salon.

»Hoffentlich«, sagte er, sich umblickend, »bist du mit deiner neuen Einrichtung zufrieden.«

»Vor allem Billy. Er ist begeistert.«

»Du natürlich weniger. Es ist einer der hinterlistigsten Streiche, die uns das Leben spielt, daß es uns gibt, was wir verlangen. Aber lassen wir das. Die liebe Annabel hat dir ein königliches Geschenk gemacht.«

»Ich zögere ein wenig, diesen Schmuck zu tragen. Was sollen die Leute denken?«

»Sie werden das denken, was Mrs. Harrison Edwards und ich in ganz Savannah bekanntgemacht haben. Man erwartet, dich mit den Smaragden am Hals zu sehen. Sie stehen dir prächtig, aber was bist du nur für eine Geheimniskrämerin! Sie waren in der Schachtel, die ich dir im De Soto überreicht hatte. Ich wollte es um alles in der Welt gern wissen. Hat Billy sie gesehen?«

»Nein.«

»Du bist mir rätselhaft! Er wäre entzückt gewesen.«

»Ich wollte es nicht.«

»Warum nicht? Das interessiert mich aber.«

»Ich weiß es nicht. Sie sind sehr schön, ich habe sie angezogen, wenn ich allein war... Aber jetzt, ich weiß nicht, warum... machen sie mir Angst. Vielleicht ist es wegen Miss Llewelyns Bericht. Diese Steine gehörten Kusine Laura und haben ihr kein Glück gebracht.«

»Schändlicher Aberglaube! Laura hat sie ihrer Tochter geschenkt, die sie dir dann selbst um den Hals gelegt hat. Du wirst mir das Vergnügen machen, dich damit zu schmücken und Savannah in Erstaunen zu setzen.«

»Ich werde den Rubin zu Hause lassen.«

»Vielleicht, denn die beiden passen nicht zusammen. Der Rubin ist wundervoll, aber...«

»… tragisch, das denken Sie doch. Er ist ein Blutstropfen. Annabel hat es mir gesagt.«

Charlie Jones deutete eine Geste des Entsetzens an, die er sogleich unterdrückte.

»Um Himmels willen, Elizabeth, sei doch wieder die reizende Engländerin, die die Stadt bezaubert, und hör auf, alle Welt zu betrauern. Übrigens wirst du dich über Celinas Fortgehen bald trösten. Sie wäre am Ende noch gefährlich geworden. Maisie Llewelyn wird dein Haus führen, wie sie Dimwood geführt hat. Du wirst dich beglückwünschen können… Und Billy? Du erzählst mir gar nichts von ihm.«

»Ach, Billy ist mein ganzes Leben.«

»Bravo. Wenn ich noch bis zehn zählen kann, müßtet ihr im September den Besuch eines kleinen Unbekannten erwarten. Jetzt haben wir Juni, oder fast. Es wird eine Zeit kommen, da Billy Vernunft annehmen muß.«

Elizabeth errötete.

»Onkel Charlie, ich bitte Sie.«

»Schon gut. Ich werde mit ihm reden. Er hat soviel Urteilsvermögen wie ein wilder Hengst. Noch ein Wort, und dann verabschiede ich mich. Laß dich von den Gerüchten, die im Umlauf sind, nicht beeindrucken. Seit März sind die Abolitionisten im Norden wegen Taney außer sich. Sein Urteil in der Affäre Dred Scott wirkt zur großen Zufriedenheit des Südens wie ein Gesetz.«

»Taney? Wer ist Taney, Onkel Charlie?«

»Großartig. Das übersteigt meine Erwartungen. Meine liebe Elizabeth, vergiß das alles und schlafe in Frieden. Paß gut auf den kleinen Ned auf. Er ist ein Weichling und ein Träumer. Er braucht einen Bruder, der ihn wachrüttelt und ein bißchen boxt. Schick ihn einen Nachmittag zu mir nach Hause. Ich habe einen Jungen, der nichts lieber tut, als sich zu balgen.«

97

Der Sommer zog mit seiner erstickenden Glut ein, und man hatte den Eindruck, daß sich das Leben bis zu einer tödlichen Reglosigkeit verlangsamte, doch dies hinderte nicht die Farbenpracht der

Blumen längs der Häuser mit den verschlossenen Läden. Auch der Energie Maisie Llewelyns vermochte die schwüle Hitze nichts anzuhaben. Ruhig und rasch, trotz ihres Gewichtes, hatte sie Elizabeths Haus unter ihre Herrschaft gebracht, und wie in Dimwood übte sie ihre seltsame Gabe der offensichtlichen Allgegenwart aus. Sie kam nicht, sondern sie erschien, nirgends und überall zugleich, doch stets dort, wo man sie am wenigsten erwartete.

Weit davon entfernt, Unruhe zu verbreiten, erntete sie ganz im Gegenteil die Früchte ihrer dramatischen Erzählung bei Mrs. Harrison Edwards. Sie hatte ein sehr anspruchsvolles Publikum mit Schaudern des Vergnügens und des Schreckens erfüllt, indem sie es in einem von Revolutionen erschütterten Paradies spazierenführte. Man bewunderte sie wie eine Künstlerin, die sich auf ihren Beruf versteht. Und überdies hatte sie sogar eine fast an Liebe grenzende Sympathie verspürt, die ihr wie eine Flut entgegenströmte, denn ohne die Wahrheit zu verfälschen, hatte sie sich selbst in bescheidenem Edelmut gezeigt, und die Aristokratie der Stadt war sehr von ihr angetan. Dieser Sieg schwellte ihr die Brust. Man respektierte sie. Endlich.

Die Welt um sie her veränderte sich. Die gewöhnlich so deprimierende Hitze vermochte nichts gegen eine Welle nationalen Stolzes, die sich über den Süden ergoß. Daß es Taney gelungen war, die Wut der Abolitionisten des Nordens in Schach zu halten, verlieh der Luft das Aroma jener glücklichen Tage, die auf einen siegreichen Krieg folgen. Vor allem in Charleston hielt man herausfordernde Reden, und der Stolz blühte auf. Man feuerte Ehrensalven für Taney ab.

Leutnant Billy und seine Kameraden hatten ihren Teil an diesem Ausbruch kriegerischer Begeisterung. Denn Elizabeths Gemahl, der sich nichts heißer wünschte, als seiner ehelichen Pflicht nachzukommen, war dennoch vom Kriegseifer beseelt, und die beiden Instinkte ergänzten sich wunderbar. Leider wurden die Urlaube seltener. In der Tat bedurften die Verteidigungsanlagen von Beaufort einer zusätzlichen Verstärkung. Mit Fort Sumter in Charleston war Fort Beauregard eine der wichtigsten Festungen, um Südkarolina zu halten, das immer schon bereit war, in den Krieg einzutreten. Was nun andererseits Leutnant Billy betraf, so behinderte eine beträchtliche Kleinigkeit seine unbezwingliche Natur: der Kommandant kam nicht mehr ohne ihn aus, wenn er eine Partie Whist spielen wollte, und nahm die Befestigungsarbeiten von Beaufort zum Vorwand, um die früher wöchentlich bewilligten Urlaube einzuschränken.

So litten sowohl Billy als auch Elizabeth an einer der grausamsten Formen der körperlichen Entbehrung. Was Elizabeths Qual noch verschlimmerte, waren die Empfehlungen Maisie Llewelyns, die denen von Onkel Charlie gefolgt waren. Vorsicht, Vorsicht, je mehr die Wochen verstrichen, aber wozu sollten diese Ratschläge gut sein, da der Abwesende immer abwesend blieb? Die Waliserin, die sich auf diese Dinge verstand, hatte alles vorbedacht.

»Wenn es ein Mädchen ist«, sagte sie eines Abends, »werden Sie keine Probleme haben, aber wenn es ein Junge ist, kann man nie wissen, wie der kleine Ned sich damit abfinden wird. Ich habe ihm vor einem Monat davon erzählt.«

»Ach, Miss Llewelyn, was versteht ein Kind schon davon?«

»Nichts, aber ich habe ihm gesagt, daß er im September vielleicht einen kleinen Bruder bekommen wird, und die Art, wie er mich da angeblickt hat, läßt mich vermuten, daß er seinem Alter voraus ist. Er weiß bereits, was Eifersucht ist. Monsieur will allein sein.«

»Ach, wenn es weiter nichts ist! Ich werde das alles durch Zärtlichkeit wiedergutmachen. Er weiß sehr gut, daß ich ihn abgöttisch liebe.«

»Nun, dann schöpfen Sie ausgiebig in den Schätzen des Herzens. Er wird verlangen, Ihr Liebling zu sein... Ihr Lieblingskind, wie...«

»Wie wer?«

»Wie Ihr Mann natürlich, wie sein Vater.«

»Natürlich. Ich danke Ihnen, Miss Llewelyn. Ich möchte jetzt schlafen.«

Die Waliserin zog sich sogleich zurück, aber Elizabeth schlief nicht.

»Was hat sie wohl sagen wollen?« fragte sie sich. »Warum diese Anspielung auf Jonathan?«

Am folgenden Morgen ging Miss Llewelyn in den Garten. Niemand war da. In der Ecke mit den Magnolien verweilte sie und atmete genüßlich den schweren Duft der Blumen, der sie an den Geruch der jungen Männer ihrer Heimat erinnerte. Sie seufzte. Einst hatte man sie geliebt.

Sie verscheuchte die Erinnerungen und ging zum Gärtnerhaus,

das einer finsteren Höhle glich, deren Tür offenstand, während Pat sich damit vergnügte, die Leute auf der Avenue zu beobachten. Mit donnernder Stimme rief sie ihn. Fast sofort tauchte er aus dem Dunkel auf und begrüßte sie mit dem Ausruf:

»*Yes*, Miss Maisie! Welch eine schöne Überraschung!«

»Du Spaßvogel! Bald wirst du die schöne Überraschung erleben, auf die Straße gesetzt zu werden, da sie dich so interessiert. Willst du, daß ich Madame davon erzähle?«

»Miss Maisie, ich schwöre Ihnen bei meinem Schutzpatron...«

»Genug. Diesmal werde ich nichts sagen, aber ich will dich mit der Harke in der Hand sehen. Deine Alleen sind ganz verwildert. Wo ist Ned?«

»Bei Betty, wie immer um diese Zeit.«

»Was ist das für ein Dialekt, in dem ihr miteinander redet?«

»Den hat er ganz allein erfunden.«

»Er sagt auch, daß er in der Nacht Leute hört, die so sprechen.«

»Dafür kann ich nichts.«

»Pat, du lügst. Glaubst du etwa, ich verstünde kein Gälisch?«

»Ach! Hie und da mal ein Wort. Die Sprache des kleinen Volks*.«

»Das ist nicht gut für ein Kind in seinem Alter. Er lebt bereits zu sehr in seinen Träumen. Ich verbiete dir, ihn darin zu bestärken. Verstanden?«

»*Yes*, M'am. Aber ich kann ihn nicht daran hindern, so zu reden.«

»Dann antworte ihm nicht. Und jetzt noch etwas. Der Name Jonathan. Von Jonathan darf nie mehr die Rede sein, wenn du nicht entlassen werden willst. Dein Wort, Pat. Wenn Madame das wüßte, wärst du in weniger als einer Minute draußen.«

Pat gab ihr sein Wort unter einer Flut von Schwüren und Anrufungen aller Heiligen des irischen Paradieses.

»Schon gut. An die Arbeit!«

Wie durch ein Wunder erschien die Harke in Pats Faust und wurde durch die Luft geschwungen.

»Laß das Theater!« fuhr sie ihn barsch an. »Arbeite. Und vergiß die Sache mit Jonathan nicht. Wenn du schweigst, bleibst du. Wenn nicht, fort mit dir!«

Ohne ein weiteres Wort kehrte sie ihm den Rücken und ließ ihn in seiner Verblüffung zurück. Warum maß man diesem Jonathan, den

---

* *The little people:* die in Irland wohlbekannte Feensprache.

er für eine Phantasiefigur gehalten hatte, eine solche Wichtigkeit bei? Er stützte sich auf seine Harke und begann zu träumen.

Seit ihrer Ankunft im Hause bewohnte Miss Llewelyn Celinas Zimmer, die sich durch ihre Flucht der Verhaftung entzogen hatte. Es war ein freundliches, im Kolonialstil der Jahrhundertwende eingerichtetes Zimmer mit einem Säulenbett aus schwarzem Holz, einem breiten Schaukelstuhl, einem Toilettentisch und einem in Mahagoni gerahmten großen Wandspiegel, der diesem etwas engen Raum mehr Tiefe verlieh. Das Fenster öffnete sich nicht auf den Garten, wie die Waliserin es gewünscht hätte, sondern auf den von Sykomoren umgebenen Platz. In dieser Umgebung von geradezu klassischer Banalität versuchte Maisie Llewelyn, ihre Gedanken zu ordnen. Mehr als alles andere verwirrte sie die Veränderung, die in dem kleinen Ned vorgegangen war, seit sie ihn zu Füßen seiner Mutter auf dem Teppich hatte spielen gesehen. Aus dem lispelnden und lachenden Kind, das sich wie ein Baby bewegte, war ein Visionär voller beunruhigender Phantasien geworden. Seine Mutter hatte die Anwesenheit ihres verstorbenen Geliebten in sein junges Leben gebracht. Und jetzt hielt Ned sich für einen anderen. Das war genug, um den Verstand zu verlieren. Sie dachte lange darüber nach, wie sie da Abhilfe schaffen könnte. Die Geburt eines Bruders oder einer Schwester würde die Sache vielleicht wieder ins Lot bringen. Zum erstenmal in ihrem Leben verspürte sie die Ratlosigkeit gegenüber einem Schicksal, dessen Sinn ihr verborgen blieb. Trotz allem fühlte sie sich irgendwie verantwortlich für das Geschick dieses von geistiger Verwirrung bedrohten kleinen Jungen. Und da meldete sich eine unhörbare, jedoch deutliche Stimme in ihr mit der seltsamen Frage: »Wer ist schuld daran?«

Von Wut und Schrecken ergriffen, stampfte sie mit dem Fuß auf und rief: »Nein!«

Aber sie mochte noch so sehr tun, als habe sie nicht gehört, es gelang ihr schlecht. Winzige Einzelheiten kamen ihr wieder in den Sinn. Besonders ein absurder kleiner Satz tauchte mit quälender Beharrlichkeit in ihrem Gedächtnis auf: »Diesen Brief ins Feuer…«

Sie zuckte die Schultern und lachte. All das war so fern. Es gab einen Augenblick, da die Dinge der Vergangenheit all ihren Sinn verloren.

Elizabeth erholte sich schlecht von ihrer Unterredung mit der Waliserin, die sie in einen Abgrund der Unruhe gestürzt hatte.

»Was will sie mit ihren Andeutungen sagen«, fragte sie sich, während sie sich in ihrem Bett wälzte, »und was mag sie wohl im Sinn haben? Diese Anspielung auf Jonathan, das Lieblingskind... Der Kleine hat mich verraten. Man hat ihm sein Geheimnis entlockt. Er plaudert ja ständig mit Pat...«

Maisie Llewelyn, allein in ihrem Zimmer, teilte ihrerseits ganz und gar die Besorgnisse ihrer Herrin. Ohne es zu wissen, stellten sich beide dieselben Fragen und fast im gleichen Wortlaut. Infolge ihrer unerschütterlichen Zuneigung für Elizabeth beschloß die Waliserin, ihr zu helfen.

Sie wartete noch einen Tag. Es versprach ein schöner Tag zu werden. Eine Flotte weißer Wolken zog über den strahlend blauen Himmel. Die Waliserin suchte die junge Frau in ihrem Zimmer auf und sprach mit ihr in einer brüsken und doch liebevollen Art:

»Sie werden mir doch nicht böse sein, wenn ich Ihnen ohne Umschweife sage, was ich auf dem Herzen habe.«

Elizabeth blickte sie bestürzt an.

»Was ist denn nun schon wieder, Miss Llewelyn? Sie sind kaum zehn Tage bei mir, und schon ist etwas nicht in Ordnung?«

Maisie Llewelyn lächelte ihr zu.

»Ich sehe, daß Sie unglücklich sind, und ich möchte Ihnen den Frieden wiedergeben, ich möchte die junge Engländerin von einst wiederfinden, mit der ich einen freundschaftlichen Umgang hatte. Überspringen wir die Jahre, finden wir uns wieder; wir haben uns tausend Dinge zu sagen, die uns von unseren Sorgen und Nöten befreien werden.«

Diese kleine, mit walisischem Charme und Singsang vorgebrachte Rede machte Elizabeth zuerst Angst, und sie schwieg. Die Waliserin wartete geduldig, dann sagte sie leise:

»Elizabeth, ich bin keine schlechte Frau.«

Dieser Satz, den sie nie vergessen hatte, versetzte Elizabeth, die noch mißtrauisch war, in ferne Zeiten zurück, nach Dimwood und nach Great Lawn in Virginia, und rief ihr durch die magische Kraft der Erinnerung Jonathans Gesicht ins Gedächtnis. Diesen Mann verdankte sie dieser Frau.

»Was wollen Sie?« fragte sie schließlich.

»Ich schlage Ihnen einen Spaziergang auf dem Kolonialfriedhof vor, wo wir uns ganz unbefangen unterhalten können. Was ich Ihnen zu sagen habe, ist übrigens so einfach, daß es Sie überraschen wird. Ich bestelle Ihre Kutsche, und in fünf Minuten sind wir dort.«

Angesichts der schwankenden Launen Elizabeths fand sie auf einmal ihre gebieterische Art wieder. Es fehlte nicht viel, und sie hätte die unschlüssige junge Engländerin bei der Hand genommen.

Kaum eine Viertelstunde später schlenderten sie gemächlich unter den Platanen dieses Parks, der abgesehen von einigen verstreuten und bemoosten Grabsteinen durchaus nicht melancholisch wirkte. Hie und da drangen Sonnenstrahlen durch die dichten Schatten über den mit blaßrosa Ziegeln gepflasterten Alleen. Andere Damen, die dort spazierengingen, plauderten unter ihren Sonnenschirmen. Es war kaum vorstellbar, daß sich hier die jungen Männer der Aristokratie in den frühen Morgenstunden auf den Lichtungen hinter den Alleen duellierten.

Unwillkürlich war Elizabeth aufs neue von der Waliserin fasziniert, wie es übrigens die ganze Gesellschaft von Savannah bei Mrs. Harrison Edwards gewesen war. Der Zauber der beredsamen Erzählerin wirkte noch immer. Mit einer sanften und deutlichen Stimme sagte sie, ihrer Herrin fast ins Ohr flüsternd:

»Wie rätselhaft doch die Kinder sind, M'am... Durch welchen Zufall hat Ihr lieber kleiner Ned den Namen Jonathan gehört?«

Elizabeth zuckte zusammen.

»Aber ich habe keine Ahnung. Worauf wollen Sie hinaus, Miss Llewelyn?«

»Auf folgendes: er hat sich seiner bemächtigt. Der Name gefiel ihm, und er will eine Person namens Jonathan werden.«

»Höchst absonderlich. Und welches Interesse sollte er daran haben?«

»Keines. Alle Kinder haben einmal gespielt, jemand anders zu sein. Er hat vielleicht mit dem Gärtner darüber gesprochen, dem dieser Name nichts sagt.«

»Und?«

»Ich verstehe doch am besten, welche Erinnerungen das in Ihnen weckt... Aber da der Gentleman keine Nachkommenschaft hinterlassen hat, wer spricht da noch von ihm? Der Einfall Ihres kleinen Jungen bedeutet also niemandem etwas, außer...«

»Das genügt, Miss Llewelyn.«

»Sehr gut, M'am. Ich wollte Sie ja nur beruhigen.«

»Ich danke Ihnen für diese gute Absicht. Wir sind jetzt weit genug gegangen, ich möchte heimkehren.«

Sie gingen ein paar Schritte, ohne ein Wort zu wechseln, als ihre Aufmerksamkeit auf einen Mann etwas abseits ihres Weges gelenkt wurde. Er war in Schwarz gekleidet, trug einen breitkrempigen Hut und ging auf und ab, gefolgt von einigen Personen, die ihm schweigend zuhörten, denn er sprach im Ton eines Predigers. Elizabeth und Miss Llewelyn erkannten ihn sofort an seinem ehrwürdigen Aussehen. Es war jener Mr. Robertson, der nach dem Beerdigungsgottesdienst für William Hargrove auf der Freitreppe der Christ Church eine Rede gehalten hatte, die sie nicht mehr angehört hatten. In schweigendem Einvernehmen blieben Elizabeth und Miss Llewelyn stehen, um dieser schönen, tiefen und sonoren Stimme zu lauschen.

»Unter den Grabsteinen, die die letzte Ruhestätte der Helden des Unabhängigkeitskrieges bezeichnen, werden Sie einen bemerken, der jüngeren Datums ist, nämlich aus dem Jahre 1837.«

Nach diesen in bewegtem Ton gesprochenen Worten zögerte er. Auf seinem rosigen, von weißen Locken umrahmten Gesicht erschien plötzlich ein Ausdruck des Schmerzes, während die Vögel in den Zweigen über ihm aus voller Kehle sangen. Er nahm seinen Hut ab.

»Ich liebte den, der da unter diesem Stein ruht. Er war siebenundzwanzig Jahre alt. Eines Tages hörte er in einem Salon unserer Stadt einen jungen Mann aus Louisiana mit hämischem Grinsen von einer gewissen Miss Laura Hargrove reden, die die Mutter einer angeblich illegitimen Tochter sei. Der junge Frank Hargrove trat vor und schnitt dem Schwätzer das Wort ab, indem er ihm mit dem Handrücken einen Schlag versetzte, der ihn zu Boden sinken ließ. Das Duell, das im Morgengrauen des nächsten Tages folgte, fand hier in dieser Ecke des Parks statt. Ich befand mich unter den Zeugen. Die Degen blitzten, berührten einander, flüsterten den geheimen Namen des Todes. Ich sah Frank niedersinken; sein Hemd war in der Höhe der Leber voller Blut. Sein Gegner warf den Degen von sich und ergriff die Flucht...«

Er hielt inne und fuhr dann fort:

»Das ist noch keine zwanzig Jahre her. Es geschah am 20. Juli 1837, an einem Morgen wie diesem. Und die Vögel sangen.«

Elizabeth blieb reglos, während Maisie Llewelyn sich beide Hände vor das Gesicht hielt, um die Tränen zu verbergen.

»Frank«, sagte sie ganz leise.

»Das ist alles«, sagte Mr. Robertson und setzte seinen Hut wieder auf. »Ich habe Sie hier hergebeten, und Sie sind gekommen. Ich danke Ihnen. Die Erinnerung an diesen unsinnigen, von einem Schwachkopf provozierten Tod hat nie aufgehört, mich zu verfolgen, und hat dazu geführt, daß mir alle Kriege verhaßt sind, für die das Duell eine Art Abkürzung ist.«

Plötzlich verzerrte sich sein Gesicht vor Wut:

»Ja, der Krieg«, sagte er. »Seit Jahren erzählt man uns immer wieder, daß es auf amerikanischem Boden keinen Krieg geben wird, und dann wieder, daß er sich nähert und vor der Tür steht. Wie können wir nur so blind sein? Man fürchtet den Bürgerkrieg. Aber er ist bereits da, er wütet seit zwei Jahren ganz offen in Kansas, das seinen Eintritt in die Union fordert. Doch die Bevölkerung, die aus Einwanderern besteht, soll wählen, welche Art von Regierung sie wünscht. Die Einwanderer aus dem Süden sind dafür, daß die Sklaverei im Staat genehmigt wird, die aus dem Norden sind entschieden dagegen. Man stimmt ab. Ein Konvent folgt dem anderen. Man wählt, und man mogelt. Eine Mehrheit kommt nicht zustande. Und gleichzeitig schlägt man sich... Die Anzahl der Toten und Verwundeten steigt ständig. Ein großsprecherischer Redner hat erklärt, das Totengeläut für die Union habe mit dem ersten vergossenen Blutstropfen begonnen. Das Schlachtfeld kann sich nur noch ausbreiten. Kanonenschüsse werden den Eintritt des Staates Kansas in die Republik verkünden. Und dann beginnt das große Blutbad. Politiker und Prediger tragen ihren Teil bei durch patriotische und religiöse Reden, und wie immer wird die Jugend die Rechnung mit ihrem schönen karminroten Blut reichlich bezahlen. Ja, meine Freunde, der Norden will seinen Krieg, und er wird ihn haben, denn er beginnt bereits.«

Maisie Llewelyn packte Elizabeth am Arm.

»Gehen wir«, sagte sie. »Wenn die Irren wie die Weisen reden, tut sich der Himmel auf, und das Weltende bricht an.«

Mit diesen laut gesprochenen Worten offenbarte sich Elizabeth eine Frau, die sie nicht kannte, und sie hatte das Gefühl, daß die Waliserin einer prophetischen Eingebung folgte. Plötzlich ging ihre eigene Phantasie mit ihr durch, und sie sah den Krieg. Sie sah ihn in der gleichen Weise wie Maisie Llewelyn. Und von einer Erregung ergriffen, ohne zu wissen warum, fingen beide Frauen zu rennen an.

So gelangten sie zum Ausgang des Park, wo die Kutsche sie erwartete. Dort brach Maisie Llewelyn in Gelächter aus:
»Was ist in Sie gefahren?« sagte sie. »Beruhigen Sie sich, M'am. Es wird immer Kriege geben, und die Menschheit überlebt sie, wie man einen Sturm überlebt, trotz all der Toten, die es geben wird... Lassen Sie nur, ich helfe Ihnen beim Einsteigen.«
»Ich will nicht, daß Billy stirbt«, sagte Elizabeth auf dem Trittbrett des Wagens.
Die Waliserin drängte sie hinein, und sie fiel fast auf die Sitzbank.
»Nur Mut! Sie sind Engländerin. Das haben die Engländer doch zumindest.«
»Billy behauptet, daß es keinen Krieg geben wird, Miss Llewelyn.«
»Er redet mit Ihnen wie mit einem kleinen Mädchen. Glauben Sie mir: dieser alte verrückte Robertson weiß mehr darüber als er.«
Elizabeth schneuzte sich und antwortete nicht.

98

Die folgenden Wochen waren für alle beschwerlich. Wie in jedem Jahr erinnerte sich niemand, je einen so drückenden Spätsommer erlebt zu haben, aber es gehörte nicht zum guten Ton, darüber zu klagen. Savannah bestand auf seinem Ruf, ein Paradies auf Erden zu sein. Nach den schrecklichen Jahren, die es durch die Demütigung eines völligen Ruins erlebt hatte, genoß es aufs neue die Annehmlichkeiten des wiedererlangten Wohlstands. Was die Kriegsgerüchte betraf, so büßten sie schon allein durch ihre Häufigkeit viel von ihrer erschreckenden Wirkung ein. Elizabeth gewöhnte sich nicht daran – und dann kam noch etwas anderes hinzu. Eines Morgens brachte ihr der Kurier einen halb spaßigen, halb verliebten Brief von Billy, der ihr seine Ankunft für den übernächsten Tag ankündigte. Welche Mühe hatte er gehabt, um diesen erbärmlich kurzen Urlaub von zwei Tagen zu ergattern! Aber schließlich sollte die Freude zurückkehren. »... also, meine Lisbeth, mach dich schön, denn das Vergnügen naht im Galopp...«
Das Vergnügen... Elizabeth trat vor den Spiegel. Als sie sich in ihrem Musselinkleid mit dem imposanten Umfang sah, konnte sie

ein paar Tränen des Verdrusses nicht zurückhalten, und während sie vor ihrem Spiegelbild auf und ab ging, war sie zu ihrer großen Bestürzung, ohne es zu merken, zwei- oder dreimal auf Billys Brief getreten. Das Leben war doch zu schlecht!

In diesem Augenblick kam Miss Llewelyn herein, diskret und mit einem leicht spöttischen Lächeln auf den Lippen.

»Nicht wahr?« sagte sie.

Elizabeth drehte sich um.

»Sie haben mir Angst gemacht. Was wollen Sie sagen?«

»Daß Vorsicht angesagt ist und daß dieser Brief, den Sie, falls ich richtig rate, im Saum Ihres Kleides mit sich herumtragen...«

»Ja, Sie erraten alles, man kann Ihnen nichts verbergen. Ich weiß, daß ich furchtbar dick bin und daß er unzufrieden sein wird. Entschuldigen Sie, aber Sie gehen mir auf die Nerven.«

Ein leises Klopfen an der Tür. Es war Ned, der seiner Mutter guten Tag sagen wollte. Als er sie in dieser gewaltigen Musselinwolke vor dem Spiegel stehen sah, lachte er.

»Guten Tag, Mom.«

Elizabeth küßte ihn wie gewöhnlich, und die Waliserin führte ihn rasch wieder hinaus, denn sie sah, daß er seine Mutter mit großen Augen anstarrte.

»Verschwinde«, sagte Maisie Llewelyn. »Deine Mama braucht Ruhe.«

»Mom ißt zuviel«, flüsterte er.

Das Kind kam vierzehn Tage später zur Welt. Es war ein Junge. Die Waliserin hatte sich mit Hingabe um alles gekümmert, so daß Elizabeth glücklich und zur Versöhnung bereit war. Billy vergaß die grausame Enttäuschung, die er hatte erleiden müssen, als er nach einem gewagten Erpressungsmanöver beim Whist, mit dem er dem Kommandanten einen neuen Urlaub abluchste, endlich den winzigen Neugeborenen bewundern konnte, der vor Wut plärrte, weil er sich in einer Welt befand, die er nicht kannte und von der er um keinen Preis etwas wissen wollte. Trotzdem wurde er in der Christ Church, wie es zu erwarten war, auf den Namen Christopher getauft. Die Zeremonie fand im engsten Kreise statt. Billy platzte fast vor Stolz in seiner Galauniform, und die Mutter, glücklich, nicht mehr leiden zu müssen, machte den besten Eindruck in ihrem weißen Kleid und mit dem prächtigen Rubin, der mysteriös an ihrem Busen funkelte. Der kleine Ned zeigte sich geduldig und zurückhaltend. Im großen und ganzen ging alles gut, doch nach der Zeremonie kam es zu einem kleinen Vorfall, der beinahe so etwas wie ein Drama ausgelöst hätte. Der ehrwürdige Priester wollte mit den anwesenden Personen ein paar freundliche Worte wechseln. Er wandte sich auch Ned zu, streichelte ihm den Kopf und kam auf die unglückliche Idee, ihn nach seinem Namen zu fragen. Ned zögerte eine Weile, und Elizabeth zitterte vor Angst. Dann antwortete sie an seiner Stelle und sagte rasch und mit fester Stimme:

»Edward. Er heißt Edward.«

Einige Zeit danach, an einem jener schönen Herbstabende, da das Tageslicht sich nicht entschließen kann, der Nacht zu weichen, besuchte die um ihre Finanzen besorgte Maisie Llewelyn ihren Bankier Charlie Jones. Zu diesem Anlaß hatte sie ein dunkelblaues, fast schwarzes Kleid angezogen, das vielleicht ein wenig zu feierlich wirkte, aber Charlie Jones gehörte zu jenen Personen, die sie am meisten schätzte. Er empfing sie in einer Laube seines Gartens, wo die letzten Sonnenstrahlen in den Geißblattranken spielten.

»Es ist mir immer ein Vergnügen, mit Ihnen zu plaudern, Miss Llewelyn. Ich will Ihnen keine Komplimente machen, aber man hat Sie, besonders seit dem denkwürdigen Abend bei Mrs. Harrison Edwards, nie reden gehört, wenn Sie nichts zu sagen hatten.«

»Heute abend jedenfalls hoffe ich, Ihnen das bestätigen zu können. Wollen Sie mir verzeihen, wenn ich gleich zur Sache komme?«

»Im Gegenteil, Ihre Art gefällt mir.«

»Nun, in der vergangenen Nacht habe ich kein Auge zugetan. Ich habe gelesen. Sagt Ihnen der Name Helper etwas?«

»Helper, das ist doch der, der zu Hilfe kommt, nicht wahr?«

»Dieser Name ist vorbestimmt. Helper war noch vor kurzem einer dieser armen Weißen, die man völlig zu Unrecht verachtet hat. Aber wenn ich nicht irre, haben Sie sich ihrer immer großmütig angenommen.«

»Schmick House«, sagte Charlie Jones.

»In der Tat. Wie viele arme Weiße verdanken Ihnen heute eine ehrbare Existenz. Mein Helfer, wenn ich so sagen darf, heißt Hinton Rowan Helper. Er ist der Sohn eines deutschen Einwanderers, der sich in Nordkarolina niedergelassen hatte, dort als Baumwollpflanzer Reichtum erwarb und viele Sklaven besaß. Der junge Hinton hatte eine glückliche Kindheit, aber dann starb sein Vater, und bald war die Familie ruiniert. Und nun ist der noch sehr junge Hinton in der Masse der armen Weißen verloren.«

»Ihre Geschichte ist traurig. Soll ich läuten und uns einen Kaffee bringen lassen?«

»Vielen Dank. Aber Sie möchten sicher eine Tasse? Nein? Dann fahre ich fort. Hinton erinnert sich an die glücklichen Zeiten und denkt viel nach, obwohl er hart arbeitet. Besonders beschäftigt ihn das Problem der Sklaverei als Quelle des Reichtums. Hinton denkt nur noch an dieses Problem: wie es im Norden und im Süden so verschieden beurteilt wird und wie es dieser gefährlichen Verrückten Beecher-Stowe erschien, die weder den Süden noch die Hütte eines Schwarzen jemals betreten hat. Im Mannesalter wird dieses Problem für Hinton zur Besessenheit. Da kommt er auf eine merkwürdige Idee. Er geht den statistischen Erhebungen der Sklaverei in den Vereinigten Staaten nach. Das Ergebnis seiner Nachforschungen ist überraschend. Dieser Mann, der sich leidenschaftlich für Statistiken interessiert, schließt daraus, daß die Theorien Calhouns bezüglich der angeblich unwiderleglichen Vorteile des Sklavensystems zum Scheitern verurteilt sind. Gemäß Calhoun hatte die Sklaverei den Süden zum größten und reichsten landwirtschaftlichen Gebiet der Vereinigten Staaten gemacht. Aber Helper hatte die Zahlen vor Augen, und die Zahlen widersprachen dem. Leider kann ich mich nicht mehr an all die Zahlen erinnern.«

»Vielleicht kann ich Ihnen helfen, Miss Llewelyn. Jährlicher Ertrag der Landwirtschaft in den Sklavereistaaten: *grosso modo* 155 Millionen Dollar. Jährliches Einkommen der Landwirtschaft in den freien Staaten: *grosso modo* 214 Millionen Dollar. Die Sklaverei ist ein schlechtes Geschäft.«

Maisie Llewelyn sprang auf.

»Mr. Jones!« rief sie aus.

Charlie Jones lachte.

»Verzeihen Sie, Miss Llewelyn, Sie haben das Problem wunderbar zusammengefaßt, und ich bin sicher, daß Sie mir nicht böse sein werden, aber...«

Er zog ein kleines Buch aus der Tasche und legte es auf den Tisch:

»*Die drohende Krise*«, sagte er. »Auch ich habe mit dieser Lektüre eine schlaflose Nacht verbracht. Ich bewundere, wie ernsthaft Sie diese Untersuchung studiert haben.«

»Aber dann sind wir ja gerettet!« rief die Waliserin aus. »Wie...
wie sollte man die Zahlen der offiziellen Statistiken anfechten?«

»Gerettet? Vielleicht, wenn man fähig wäre, einen kühlen Kopf zu
bewahren, aber den hat weder der Norden noch der Süden. Clay
und Webster sind nicht mehr da, und Sie sehen ja, wohin es jetzt
gekommen ist. Überall siegt der Affekt über die Vernunft. Und dann
mischt sich noch die Moral hinein, und mit dem Frieden ist es endgültig vorbei. Der Süden erklärt, die Sklaverei sei eine Plage, für die
er nicht verantwortlich ist. Der Norden ist gegen die Sklaverei im
Namen der Moral.«

»Wenn Sie mir gestatten, meine Meinung über die Sklaverei zu
äußern...«

»Sie hassen sie, und Sie haben nicht unrecht.«

»Aber Sie haben doch auch Sklaven...«

»Diener, Miss Llewelyn, Diener... und falls die Lust haben, in
den Norden zu fliehen, wissen sie genau, daß ihnen das freisteht.
Aber so dumm sind sie nicht. Sie fühlen sich bei mir sehr wohl. Sie
gehören zum Haus und auch ein bißchen zur Familie. Also?«

»Ich weiß, ich weiß, aber die Sklaven auf den Plantagen?«

»Ich habe keine Plantagen. Ich besitze Ländereien, die ich als
Plantagen verpachte, und das ist alles.«

»Und Pilatus wusch seine Hände in Unschuld.«

»Nun sagen Sie mal, Waliserin, wer hat denn mit dem Sklavenhandel in Amerika angefangen?«

»Der Süden!«

»Das müssen Sie mir erzählen. Da erfahre ich etwas Neues.«

»Es erstaunt mich, daß Sie die Schwarzen vergessen, die in Norfolk an Land gebracht wurden.«

»Ach, Sie meinen dieses unter holländischer Flagge segelnde
Schiff, das 1619 einige Schwarze an der Küste bei Jamestown abgesetzt hat?«

»Jawohl.«

»Wie viele Schwarze, glauben Sie, waren das?«

»Was weiß ich! Die Schiffsladung.«

»Das Schiff war nicht sehr groß: zwanzig Schwarze.«

»Immerhin ein Anfang.«

»Aber ein bescheidener. Und merkwürdigerweise scheint der Vorfall kaum auf Interesse gestoßen zu sein, denn weder der Name des
Schiffes noch der seines Kapitäns sind der Nachwelt erhalten geblie-

ben. Das wackere kleine Gespensterschiff hat sich im Nebel der Vergessenheit verloren.«

»Zugegeben, zugegeben, aber andere Schiffe sind ihm gefolgt.«

»Immer langsam, Miss Llewelyn, die sind nicht nach Jamestown gefahren. Die meisten von ihnen brachten ihre Ladung nach Boston, jawohl, nach Boston. Viele der großen Familien dort verdanken ihr Vermögen dem Sklavenhandel. Was sagen Sie dazu? Auf diese Weise entstand eine sehr achtbare Aristokratie von Kaufleuten, die aber unserer Aristokratie an Hochmut in nichts nachsteht.«

»Ach! Wenn ich dieses Wort Aristokratie höre...«

»... wird Ihnen schlecht, nehme ich an. Glauben Sie vielleicht, all die vornehmen Leute, die an jenem Abend bei Mrs. Harrison Edwards versammelt waren, hätten das nicht gewittert? Was sie allerdings nicht hinderte, von Ihnen hingerissen zu sein. Aber ich verstehe Sie. Ich selbst gehöre der *Society* nur dank meiner beiden Ehen mit zwei Damen an, deren schottische Ahnen in den Lowlands Schafe raubten. Sehr ehrbare Leute also.«

»Finden Sie?«

»Nein, aber so denkt man dort... Ich bin nicht von Adel. Ich habe nur einen Großvater, dem George II. zum Dank dafür, daß er viele spanische und französische Schiffe versenkt hat, einen Titel und Ländereien verlieh.«

»Also auch ein ehrbarer Mann, nicht wahr?«

»Wie man so sagt.«

»Entschuldigen Sie, aber unter uns gesagt, was für ein schändlicher Großvater.«

»Ein Pirat, Miss Llewelyn, ein Seeräubergroßvater, aber man nennt das einen Korsaren.«

»Mr. Jones, wenn Sie so sprechen, fühle ich mich Ihnen näher, aber wir kommen vom Thema ab.«

»Sie sagen es. Kehren wir also nach Neuengland zurück. Es dauerte nicht lange, und die Schiffe der Kaufleute aus Boston nahmen Kurs auf die Goldküste, wo sie die Schwarzen an Bord luden, die man gewaltsam entführt und ihren Familien entrissen hatte, gewiß, aber schließlich mußte doch der Wohlstand der großen Familien Neuenglands sichergestellt werden! Wissen Sie, wann und wo ein Schiff namens *Désire*, das erste amerikanische Sklavenschiff, seine Ladung abgesetzt hat?«

»Nein. Sagen Sie es mir.«

»1638 in Salem. Es gehörte der Stadt Salem.«

»Salem? Die Stadt der Hexen?«

»Jawohl. Heute scheint uns dieser Sklavenhandel schrecklich, aber damals nahm niemand Anstoß daran. Es entsprach den damaligen Vorstellungen. Liverpool kaufte und verkaufte schwarze Menschen. La Rochelle, Bordeaux und Brest machten ihm Konkurrenz. Erst zu Beginn unseres Jahrhunderts wurde der Sklavenhandel in Neuengland illegal. Glauben Sie, das sei eine Gewissensfrage gewesen?«

»Warum nicht? Es sind ja nicht alle Teufel.«

»Gewiß nicht, aber das Klima hat sich zum Verbündeten des Gewissens gemacht. Die Kälte Neuenglands erwies sich als tödlich für die Schwarzen. Die Moral atmet auf... aber das Klima des Südens ist genau richtig, und der Süden braucht Arbeitskräfte für die Bewirtschaftung der Plantagen.«

»Jetzt kommen Sie endlich auf den Punkt.«

»Wie Sie sagen. Neuengland fuhr dennoch fort, sich am Handel mit den Sklaven zu bereichern, die es nun an den Süden verkaufte, was die abolitionistische Bewegung keineswegs behinderte... Immer das Gewissen! So ist es nicht erstaunlich, daß angesichts einer so verworrenen Lage die Idee der Sezession Neuenglands aufkam. Sie scheiterte. Wie soll man nun bei alledem, was den Norden wie den Süden betrifft, zu einer klaren Einsicht gelangen? Nur eins bleibt wahr: solange die Politiker in beiden Teilen des Landes sich nicht beruhigen, riskieren sie, die Union in einen schrecklichen Krieg zu stürzen. Dagegen kann auch der arme Helper mit seiner Vernunft und seinen Statistiken nichts tun. Übrigens reißt man sich nicht um seine *Drohende Krise*, und dann kann man leicht zwischen den Zeilen lesen, daß die Lebensbedingungen der armen Weißen und die Sklaverei in den Fabriken des Nordens sein eigentliches Anliegen sind. Die Schwarzen des Südens kommen erst an dritter Stelle. Die Wahrheit ist nicht besonders reizvoll. Wenn sie ein schwaches Stimmchen vernehmen läßt, sagt man ihr, sie singe falsch. Man zieht ihr die kräftigen Tenöre der Lüge vor. Trotzdem, und so sehr ich mich auch als Engländer fühle, bleibe ich dem Süden treu.«

»Sie könnten ihm nicht treuer sein als ich, die ich Waliserin bin. Gute Nacht, Mr. Jones. Ich höre die Käuzchen hinten im Garten. Sie haben zu allem das letzte Wort, und was sie heute abend sagen, gefällt mir nicht.«

Elizabeth wußte nichts von diesem Buch, dessen Erscheinen wie ein Donnerschlag hätte wirken müssen, aber in der guten Gesellschaft schickte es sich, nicht davon zu reden, falls jemand es gelesen haben sollte. So schwieg auch Miss Llewelyn gegenüber Elizabeth, die immer noch unter dem Eindruck des Schocks auf dem Kolonialfriedhof stand, und Billy bedurfte seiner ganzen natürlichen Überredungsgabe, um sie zu überzeugen, daß alles gut gehen und es nie einen Krieg geben würde.

Als sie wieder bei Kräften war, kümmerte sie sich um den kleinen Christopher, doch es wollte ihr nicht gelingen, ihn schön zu finden.

Mit den ersten frischen Oktobertagen machte sich ein Wiederaufleben der gesellschaftlichen Aktivitäten bemerkbar. Der große Abendempfang, der die Saison eröffnete, fand wie immer in den Salons der Steers statt, die im Palladio-Stil gehalten waren. Elizabeth war nur einmal dort gewesen, kurz vor ihrer zweiten Heirat, und sie erinnerte sich nicht gern an diesen Abend, aber heute verführte sie eine Laune ihres Selbstgefühls dazu, diesen Eindruck auf glänzende Weise wieder wettzumachen. Noch tiefer war ihr allerdings uneingestandenes Bedürfnis, die ständig neu erwachende Unruhe zu besiegen, die sie seit ihrem Spaziergang mit Miss Llewelyn und der prophetischen Rede des ehrwürdigen Mr. Robertson quälte.

Doch diese Rückkehr in die Gesellschaft der Steers war nur in Billys Begleitung möglich, der, abgesehen davon, daß er ihr Mann war, sehr dekorativ wirkte. Der Urlaub wurde mit den üblichen Mitteln erkämpft, wozu noch das zu Herzen gehende Argument der Ankunft des kleinen Christopher hinzukam, der bereits seit drei Wochen auf der Welt war. Die Erpressung beim Whist tat das übrige, und Billy erschien mit militärischer Pünktlichkeit... Der Gedanke an seinen Auftritt bei den Steers berauschte ihn. Die Husarenuniform stand ihm so vortrefflich, daß er es selbst kaum fassen konnte, so gut auszusehen. Doch alle verfügbaren Spiegel bestätigten ihm das mit dem Eifer verliebter Frauen. Dieser Genugtuung gesellte sich noch die zweite, nicht minder erhebliche hinzu, am Arm eines der verführerischsten Geschöpfe gesehen zu werden, dessen Herr und Meister, ja, dessen Eigentümer er sozusagen war.

Alles stand also unter den bestmöglichen Vorzeichen. Am Abend des Empfangs hatten die beiden Eheleute eine kurze Unterredung, bevor sie in ihre Kutsche stiegen. Elizabeth war auf die grandiose Idee gekommen, sich in meergrünen Musselin zu kleiden, was eine

Undine aus ihr machte. Billy war hell begeistert von dieser Toilette, die das berühmte Goldhaar zur vollen Geltung brachte, und er erlaubte sich eine äußerst feinsinnige Bemerkung:

»Sicher wirst du als Halsschmuck diesen herrlichen Rubin tragen, den dir Tante Annabel geschenkt hat. Glaubst du, daß dieses flammende Rot und dieses Grün...«

»Laß mich nur machen, Liebster. Ich werde zuerst dieses entzükkende indische Seidentuch um den Hals legen und es im gegebenen Augenblick öffnen. Ich gebe dir mein Wort, daß das Juwel seine Wirkung nicht verfehlen wird.«

»Wie soll man dir nicht gehorchen, meine Angebetete? Am liebsten würde ich mich wie ein Wolf auf dich stürzen...«

»Sei artig. Der Kutscher wartet. Erlaube nur, daß ich mir noch das Tuch umlege...«

Eine Minute später kam sie zurück, und das dichte und zugleich leichte Tuch verhüllte ihren Ausschnitt... Sie fuhren ab.

Vor dem Hause der Steers legte eine riesige Zahl von Kutschen die Befürchtung nahe, sie könnten die letzten sein.

»Kein Grund zur Beunruhigung«, sagte Elizabeth. »Heutzutage ist es Mode, mit Verspätung zu erscheinen.«

In den großen Räumen der drei ineinandergehenden Salons brannten alle Deckenleuchter, und breite Kristalluntersätze sorgten dafür, daß das Wachs nicht auf die Schultern der Gäste tropfte. Das milde Licht verschönte die Zimmer, die durch die riesigen Spiegel in ihren schweren Goldrahmen noch größer wirkten. Ein hinter Palmen verborgenes Orchester spielte leise, jedoch keine Walzer, weil es kein Ball war, sondern diskrete Weisen.

Der Ausrufer verkündete die Ankunft von Leutnant Hargrove und seiner Gemahlin, worauf sich einige Blicke zur Tür wandten, und die Neuangekommenen hatten einige Mühe, sich einen Weg durch die Menge der eleganten Damen und Herren zu bahnen, um zu den alten Steers zu gelangen; er mit einem Backenbart à la Franz Joseph, sie in einem violetten Kleid mit Volants und einer turmförmigen Spitzenhaube. Nachdem man einige fade, aber herzliche Komplimente ausgetauscht hatte, wie der Brauch es verlangte, spürte die junge Engländerin, daß es an der Zeit war, mit ihrem Überraschungseffekt aufzuwarten.

Mit einer gelassenen Geste, in die sie all ihre Grazie zu legen versuchte, löste sie die Enden des Seidentuchs und zeigte ihr Dekolleté, auf dem in provozierendem Glanz die Smaragde von Annabel erstrahlten.

Man wußte aus den Erzählungen von Onkel Charlie und Mrs. Harrison Edwards, daß Mrs. Jonathan Armstrong die junge Frau mit diesem von tragischen Erinnerungen umwitterten Schmuckstück beschenkt hatte. Wollte sie es auf diese Weise für immer vor den Augen von Schwester Laura verbergen, die den Anblick nicht ertragen hätte? Das wurde jedenfalls allgemein angenommen. Dennoch war das Erstaunen groß, als Elizabeth am Arm von Leutnant Billy ein paar Schritte in den ersten Salon tat. Billy mußte einen Aufschrei unterdrücken, als er die Smaragde sah, die seine Frau bisher vor ihm versteckt hatte, und er warf ihr den wütenden Blick des Gemahls zu, der unbedingt die Wahrheit erfahren will.

Sie erwiderte diesen Blick mit einem zugleich spöttischen und betörenden Lächeln und sagte leise:

»Ein Geschenk von Tante Annabel.«

Fast sogleich bildete sich ein Kreis um sie, und das von Mrs. Harrison Edwards instruierte Orchester stimmte *Die Schöne Melusine* von Mendelssohn an, während ein tiefes Raunen der Bewunderung an die Ohren der schönen Engländerin drang, die schöner und englischer wirkte als je zuvor. Alles geriet in Bewegung, und Billy fühlte sich isoliert und wie von ihr zurückgewiesen. Umsonst stellte er sich in Positur; Männer und Frauen hatten nur noch Augen für die Dame mit den Smaragden. Kaum erntete er einen flüchtigen Blick von Algernon, der seine Aufmerksamkeit jedoch gleich wieder dem Busen seiner Frau zuwandte, was ihm zu gewöhnlichen Zeiten eine Herausforderung zum Duell eingetragen hätte, aber an diesem Abend hatte er das Recht, weil alle das Recht dazu hatten. Und er verhöhnte straflos den jungen Gott, dessen Herz voller Wut unter den vergoldeten Tressen pochte.

Billy litt. Dieses Aufblühen seiner Frau in der Öffentlichkeit ließ ihn ganz einfach verschwinden, und er mußte diese abscheuliche Folter erdulden, ohne ein Wort zu sagen. Man raubte ihm seinen kleinen Augenblick des Ruhms. Die Damen beschnupperten die Haut Elizabeths, um den Schmuck ganz aus der Nähe zu bewundern, und all das unter vernehmlichem Knistern des Tafts, im Rascheln der Seide, im Duft der Parfums, und mit Ausrufen wie *»Oh, my dear!«* Und auch die Männer näherten sich, nicht nur dieser Geck Algernon, sondern auch die anderen... Es war die Hölle.

Inmitten dieser Menschenmenge, die ihm unmenschlich erschien, tauchte plötzlich ein in Schwarz gekleideter untersetzter Mann mit rotem Gesicht auf, der die Lage zu erfassen und ihr gleichzeitig ein Ende setzen zu wollen schien. Mit lauter und gebieterischer Stimme rief er:

»*Ladies and gentlemen*, es ist uns nicht alle Tage beschieden, in diesen Salons ein so wunderbar elegantes Paar zu sehen wie den Leutnant und Mrs. Hargrove. Und da man jetzt schon – o, bezaubernde Überraschung – die Champagnerkelche herumreicht, schlage ich einen Trinkspruch vor: auf das Wohl der Schönheit und der Jugend!«

Eine Minute lang herrschte Aufregung bei der Verteilung der gefüllten Gläser, ein Teil des Champagners ergoß sich auf die Volants der Kleider und die langen Rockschöße, aber aus dem Tumult erwuchs die Begeisterung, und die Worte formten sich von selbst:

»Auf das Wohl unserer Jugend, der Jugend des Südens!«

Instinktiv faßte sich Billy an den Kopf. Er hatte seinen Kommandanten erkannt, der incognito gekommen war, um seinem bevorzugten Whistpartner beizustehen und auch einmal die Dame, von der man so viel sprach, aus der Nähe zu bewundern. Die von dem Komplott überraschten Steers erteilten der unerwarteten Wendung, die ihr Empfang nahm, eine Art Segen, während Mrs. Harrison Edwards hinter den Palmen verschwand, um die Musik mit der neuen Lage in Einklang zu bringen. Wie ein Donnerschlag erschallte plötzlich ein unwiderstehlicher Galopp, der die Leuchter zum Erklirren brachte. Der Taumel griff um sich, und die erstaunten Paare wirbelten mitgerissen herum. Der Kommandant stürmte auf Elizabeth zu und entführte sie Billy mit einem siegesgewissen Augenzwinkern. Diesem blieb nichts anderes übrig, als mit Mrs. Harrison Edwards, die seit Beginn des Abends ein Auge auf ihn geworfen hatte, übers Parkett zu schweben.

99

Wie zu erwarten war, wurde dieser Empfang bei den Steers in der Stadt ausgiebig kommentiert. Nachdem man sich von der ersten Überraschung erholt hatte, beschloß man, die Sache amüsant zu finden, geistreich sogar, denn die Steers konnten nichts tun, was nicht zum guten Ton gehört hätte. Nur Billy war anderer Meinung, aber er behielt seine Einwände für sich. Doch von diesem Tage an gab er das Spiel der Erpressung beim Whist auf und schlug seinen Kommandanten jedesmal, ohne ihm die Gnade eines einzigen Gefälligkeitssieges zu lassen. Andererseits behandelte er Elizabeth ziemlich grob, was sie, einer Laune der weiblichen Natur zufolge, ganz wunderbar fand.

All diese Wirrnisse einer in sich geschlossenen Welt hatten die glückliche Wirkung, die Angst vor dem Krieg für eine Weile vergessen zu machen.

Was Elizabeth betraf, so genoß sie diese vorübergehende Ruhe. Die Erinnerung an den ehrwürdigen Robertson verflüchtigte sich allmählich. In dieser Gegend des Südens, wo sie lebte, trug alles zu dem Eindruck einer unbesiegbaren Stabilität bei... Die Häuser mit den weißen Säulen, die Gärten, das Kommen und Gehen der Leute, die mit ruhiger Stimme sprachen und lachten, nichts ließ vermuten, daß ein so harmonisches und ganz offenbar zur Beständigkeit geschaffenes Gesamtbild gestört werden könnte. Billy hatte recht gehabt.

Allein der kleine Christopher bereitete ihr Sorgen. Sie liebte ihn, jedoch nicht mit jener Inbrunst, die sich für eine Mutter geziemt hätte. Um die Wahrheit zu sagen, fühlte sie sich nicht sehr mütterlich. Das Baby war jetzt zwei Monate alt, und sie vermochte es beim besten Willen nicht hübsch zu finden. Kahlköpfig, zahnlos, mit einem verhutzelten Gesicht und erstaunten blauen Augen, fehlte ihm der Charme jenes anderen, den sie nicht mehr Jonathan zu nennen wagte; und als Betty ihren Christopher, den kleinen *Kid*, liebevoll in ihre Arme nahm, überließ Elizabeth ihn ihr. Es gab manchmal Streit zwischen der kleinen alten Frau im roten Mieder und der schwerfälligen schwarzen Amme, die ihr das Kind wegnahm, um es zu stillen – die Mutter wollte das nicht tun – und es mit ihrer Zärtlichkeit zu umgeben. Was Ned betraf, so schmollte er ein wenig mit seinem kleinen Bruder, der ihn sabbernd und mit offenem Mund anstarrte. Ein der Eifersucht nahes Gefühl erwachte im Herzen des Älteren, aber er hatte von dieser Seite nichts zu befürchten, denn Elizabeth empfand immer noch dasselbe wie einst für diesen Jungen, den sie heimlich Jonathan nannte, und all die Ekstasen der Liebe mit Billy änderten nichts daran.

In Abwesenheit ihres Mannes ging sie immer häufiger aus, bald in Begleitung von Onkel Charlie, bald mit Mrs. Harrison Edwards. Ohne es sich je einzugestehen, vermied sie es, allein zu sein, weil in der Einsamkeit die Angst lauerte. Nachdem man die Drohungen des Krieges aus den Gesprächen verbannt hatte, herrschte jetzt eine sozusagen traditionelle Besorgnis. Miss Llewelyns Erfolg hatte nicht nur glückliche Wirkungen erzielt. In Haïti waren die politischen Verhältnisse wie gewöhnlich schlecht. Soulouque, der sich seit zehn Jahren für eine Art Napoleon hielt, regierte und schreckte vor keinem Blutbad zurück, wenn es ihm nützlich schien. Er war als Faustin I. zum Kaiser ernannt worden und trug eine goldene Krone. Man mordete Weiße, Schwarze und Mulatten. »Bei uns«, sagte man in Savannah, »wäre so etwas nicht möglich. Ein Aufstand der Schwarzen ist hier ausgeschlossen.« Das sagte man oft, sehr oft sogar. Elizabeth weigerte sich, auch nur daran zu denken. Wie sollten sich Betty und die schwarze Nanny gegen sie auflehnen? Die Schwarzen liebten ihre Herren, das war die Wahrheit, eine ein für allemal feststehende Wahrheit. Und in Kansas trug alles weiterhin dazu bei, die ruhigsten Gemüter zu erhitzen, aber Buchanan neigte dem Süden zu, also würde bald ein weiterer Staat zur Sklavenhaltung übergehen...

Die Ablenkung der Salons brachte alles wieder ins Lot. Man betäubte sich im Rausch der stürmischen oder schmachtenden Walzer, man plauderte, man lachte laut und ohne Grund. Nichts war von Wichtigkeit. So ist das Leben. Wer unauffällig durch die Salons ging, erhaschte zuweilen Gesprächsfetzen von älteren Personen. Da hörte man manchmal seltsame Dinge. Der russische Zar hatte die Befreiung der Leibeigenen befohlen. Welch eine Idee! Aber vielleicht eine Plage weniger... Elizabeth interessierte sich nicht für Politik. Sie war es zufrieden, sich bewundern zu lassen. Ihr goldenes Haar verführte die jungen Leute zu idiotischen Komplimenten. Wer sollte es ihnen verübeln?

Seit dem Abend bei den Steers kam Billy weniger oft. Zwischen ihm und dem Kommandanten stand ein unsichtbarer Schatten, doch dann gelang es ihm plötzlich, mit wer weiß welchen unlauteren Mitteln, einen Urlaub nach dem anderen zu ergattern. Und alle Arten des Vergnügens hielten Einzug in Elizabeths Leben. Die Bälle waren davon nicht ausgenommen, ganz im Gegenteil, denn Billy tanzte mit männlicher Anmut. Man schaute ihm nach. Elizabeth war stolz auf ihren Husaren, und sie machte kein Geheimnis daraus. Dann stellte er sich gern eifersüchtig.

»Wenn du noch einmal solche Blicke nach allen Richtungen wirfst, beiße ich dir vor allen Anwesenden ins Ohr!«

Sie lachte ihm ins Gesicht.

»Ich schwöre es dir«, sagte er, »ich beiße dir ein Ohrläppchen ab.«

Sie tat so, als ängstigte sie sich, und das war köstlich, aber sie witterte dennoch einen Scherz, der gar nicht komisch war.

Einige Stunden später im Schlafzimmer nahm er sie ein wenig gewaltsam. Sie wartete auf diesen Augenblick und erinnerte sich an Jonathan.

100

Weihnachten näherte sich allmählich. In den weniger begünstigten Ländern kündigte die Geburt des Heilands die schüchterne Rückkehr der Sonne und das noch ferne Ende der Kälte an, während der Winter in Savannah fast unbemerkt verging. Natürlich tauschte man gute Wünsche und Geschenke aus, und die Kirchenglocken läuteten mit der dem Fest entsprechenden Würde. Die Frömmigkeit war manifest, aber nicht stärker als gewöhnlich.

Bei Elizabeth wurde niemand vergessen. Betty, die schwarze Nanny, Patrick, Maisie Llewelyn sowie Ned und seine Mutter, sie alle nahmen mit überraschten Ausrufen Dinge in Empfang, die sie sich vielleicht selbst nicht ausgesucht hätten, aber die gute Absicht war da, und sie allein zählte.

Ein unglücklicher Zufall wollte es, daß Onkel Charlie seinem Enkel Ned in aller Unschuld ein prächtiges schwarzes Schaukelpferd schenkte... Elizabeth machte ein bestürztes Gesicht, aber wie hätte Onkel Charlie das wissen können? Sie blickte das Tier schweigend an. Ned sagte nur:

473

»Oh, Mom!«

Und mit einem Satz schwang er sich auf das Roß, welches sofort mit wildem Blick vor- und rückwärts zu schaukeln begann und den Fußboden zum Knarren brachte. Der Junge wandte sich begeistert Elizabeth zu und flüsterte verschwörerisch:

»Sonathan.«

»Nein«, rief sie entsetzt, »du hast mir doch versprochen, nie mehr diesen Namen zu sagen.«

»Aber es ist ja niemand da.«

»Egal, du sollst diesen Namen nie mehr sagen, nie mehr.«

Er schenkte ihr ein Lächeln und schaukelte heftiger.

»Gut, Mom«, sagte er, »nie mehr.«

Noch unter dem Schock dieses finsteren Streichs, den das Schicksal ihr gespielt hatte, konnte sich Elizabeth nicht einmal mit Billys so sehnsüchtig erhofftem Besuch trösten. Ein Urlaub am Neujahrstag wäre doch ganz normal gewesen, aber der erste Januar 1858 kam und ging vorüber, ohne daß der unwiderstehliche Husar sich hätte blicken lassen. Es wurde der übliche Tag der geknifften Visitenkarten, an dem die eine Hälfte der Stadt der anderen Glück wünschte und wie gewöhnlich niemand zu Hause war.

Elizabeth gab wie alle anderen ihre Karten ab, und das füllte wenigstens einen tödlich langweiligen Nachmittag aus, aber am Abend hatte sie das Gefühl, in den schwarzen Abgrund der Einsamkeit zu stürzen.

Der flüchtige Rausch des Balls ließ ihr diese Einsamkeit, die sie bei ihrer Heimkehr erwartete, um so grausamer erscheinen, da es die wahre Einsamkeit war, die des leeren und zweimal zu großen Betts. Wie hatte sie nur so schwach sein können, einen Soldaten zu heiraten, den die Erfordernisse des Dienstes ihr ständig wegnahmen? Er hatte ihr lediglich bei der Beerdigung von William Hargrove den Arm um die Schultern gelegt und sie zu seiner Gefangenen gemacht. Sie hungerte nach ihm, nach allem, was er war, nach diesem großen Körper, der sie umfing. Schrecklich ist der Hunger des verliebten Körpers. Andere Frauen ertrugen ihn wahrscheinlich besser als sie, nahmen einen Liebhaber, als wären die Männer auswechselbar...

Ohne Appetit auf das Abendessen ging sie zu Ned, um ihm gute Nacht zu sagen. Seit ihrer Hochzeit hatte sie diese Gewohnheit, die ihr einst so viel bedeutet hatte, ein wenig vernachlässigt. Es war

Betty, die den Docht der Nachtlampe heruntergeschraubt hatte und dem Jungen die Bettdecke bis zu den Ohren zog, als wollte sie ihn vor wer weiß welchen nächtlichen Schrecken schützen. Die kleine alte Schwarze sang leise vor sich hin. Elizabeth schob sie mit einer liebevollen Geste beiseite.

»Laß mich«, sagte sie, »heute abend übernehme ich das.«

Jetzt, da sie am Bett ihres Sohnes saß, fühlte sie sich ruhiger. Die Lider des Kindes zuckten, während er sich gegen die Müdigkeit wehrte. Die Aufregungen des Tages hatten ihn allzu sehr erschöpft. Wie in einem Fieber hatte er allen Onkel Charlies Geschenk gezeigt und es bewundern lassen, ohne jedoch das Geheimnis seiner nächtlichen Galoppaden zu verraten. Er bedauerte nur, daß er seinen Vertrauten, den Gärtner, nicht zu sich einladen konnte. Aber er war in den Garten gegangen, hatte Pat sein schwarzes Pferd beschrieben und es ihm dann von seinem Fenster aus gezeigt.

Schon im Halbschlaf, murmelte er:

»Mom!«

»Ja, ich bin's. Schlaf, mein Liebling.«

Er stammelte:

»Das schwarze Pferd...«

»Es ist sehr schön. Du wirst dich bei Onkel Charlie bedanken.«

»Der andere wird kommen...«

Die Augen fielen ihm zu. Sie gab ihm rasch einen Kuß und ging im Dunkeln weg. Wenn sie es auch nicht bereute, gekommen zu sein, fühlte sie doch ein Unbehagen. Die Beharrlichkeit, mit der Ned sich an diese gespenstische Geschichte erinnerte, schien ihr gefährlich. Er wuchs in einer unwirklichen Welt auf, die eine geradezu halluzinatorische Intensität annahm. Morgen würde sie mit Pat reden. Er ermutigte den Kleinen, auf irische Weise zu phantasieren. Zum Glück wußte Billy nichts davon. Eine Nacht mit Billy hätte fast alles wiedergutgemacht, sie brauchte ihn so sehr, daß sie am liebsten geschrien hätte, und das machte ihr Angst. Wenn sie weiter so litt, würde sie altern... Das war eine andere Obsession. Sie mied sogar das ungebrochene Licht, wenn sie Besuch empfing. Als sie in dieser Nacht in ihr Zimmer zurückkehrte, nahm sie ein paar Tropfen Laudanum, nach dem Rezept ihrer Mutter.

Es war fast, als hätte das Leben Mitleid und versuchte, die Dinge wieder ins Lot zu bringen – allerdings ziemlich schlecht. Acht Tage später erhielt sie einen Brief von Billy. Um ihn zu lesen, setzte sie sich in eine Ecke ihres Zimmers nahe am Fenster, dann drückte sie den Briefumschlag an ihre Brust: Er würde kommen, endlich.

Meine Angebetete, schrieb er, *eine gute Nachricht bringt eine weniger gute mit sich, aber zuerst einmal freue Dich, denn ich komme übermorgen. Es war schwer ... Zwischen dem Kommandanten und mir herrscht eine eisige Kälte. Er hat mir bei den Steers einen Streich gespielt, als er Dich zwang, mit ihm und seinen krummen Beinen Walzer zu tanzen. Ich habe mich gerächt, indem ich ihn zehn-, zwanzigmal hintereinander beim Whist zu Boden gezwungen habe. Es ist also aus. Abbruch der diplomatischen Beziehungen. Jetzt spielt er lieber Écarté mit dem kleinen englischen Leutnant. Zum Glück gibt es Neues in der Familie: Meine Kusine Hilda wird sich Ende des Monats in Dimwood mit einem Herrn aus Charleston verheiraten, der ihr seit sechs Monaten den Hof macht; er ist mir ein bißchen zu ernst, aber sie vergöttern einander. Ich hatte vergeblich um einen Urlaub für die Familienhochzeit gebeten: zuerst schroffe Abweisung und ein hämisches Grinsen. Dann hat Hilda es übernommen, an ihn zu schreiben, wie die Frauen es zu tun verstehen, in einem von Vergißmeinnicht und Goldregen umwobenen Stil, mit einem Appell an die Menschlichkeit, und er hat nachgegeben! Also vier Tage in Dimwood, stell Dir vor ...*

Sie ließ den Brief sinken. Dimwood. Der Liebesrausch inmitten schrecklicher Erinnerungen, die Magnolien am Fuße der Freitreppe zur Veranda, aber dafür würde sie Billy ganz für sich haben, vier Tage lang. Das war zu schön. Sie nahm den Brief wieder auf:

Und hier ist die Kehrseite dieser verteufelten Medaille: man arbeitet immer härter an der Instandsetzung von Fort Beauregard. Das soll nicht heißen, daß es zum Krieg kommt, aber es ist nun einmal so, und ich werde einen Monat lang in Charleston festsitzen, um Baumaterial zu holen und dann die Arbeiten zu überwachen. Der Kommandant hat mir die Nachricht mit kühler Miene verkündet, als er mir meinen Urlaub für Dimwood erteilte. So. Das ist alles. Das Beste und das Schlimmste. Aber das Beste wird gut sein, ich träume in der Nacht bereits davon. Also ... Mach Dich schön. Nimm Dein schönes Smaragdzeug mit, um die Gäste zu blenden. Ich hätte Lust, Dir

noch so einen Brief zu schreiben wie den, den Du in tausend Fetzen
zerrissen hast; er war sehr komisch. Schade für Dich!
Dein verrückter Billy.

Dieser Brief, den sie mindestens zwanzigmal las, verursachte einen
Wirbel im Kopf der schönen Engländerin... Sie schwankte zwischen Ja und Nein, bis ihr schwindlig wurde. Dimwood wiederzusehen, war ihr nicht vorstellbar. Das hieß, eine innere Erfahrung zu
wiederholen, deren Erinnerung sie quälte. Andererseits Billy,
sie und Billy, mit Körper und Seele vereint – »vor allem mit dem
Körper«, flüsterte ihr die wohlbekannte innere Stimme zu. Sie
zuckte die Schultern. Wie könnte sie auch nur eine Sekunde
zögern?...
    Die Zeit schleppte sich hin, bis zu der von einer reglos am Fenster
stehenden Dame in Grün so sehnsüchtig erwarteten Minute. Im Nu
verließ sie das Zimmer und lief zur Freitreppe.

Billy hatte ganz einfach am Bahnhof eine Droschke genommen. Das
schien prosaisch, aber sowie er in seiner roten Uniform abgestiegen
war, wirkte er allein wie ein ganzes Husarenregiment, und trotzdem
verlieh ihm sein freudiges Lächeln das Aussehen eines Schuljungen,
der Ferien hat. Die nun folgende Szene war zugleich kurz und tur-
bulent. Die Diener standen vor der offenen Tür im Vestibül, um alles
zu sehen. Der kleine Ned schrie und klammerte sich an die Röcke
seiner Mutter.
    »Mom! Geh nicht fort!«
    Sie beugte sich über ihn und gab ihm einen Kuß.
    »Vier Tage, das vergeht schnell. Du wirst sehen, Darling.«
    Miss Llewelyn trat einen Schritt auf sie zu:
    »Ich werde da sein, M'am. Keine Sorge.«
    Elizabeth blickte sie an, als hätte sie nicht erwartet, sie zu sehen.
    »Oh, Miss Llewelyn! Wenn Sie doch nur mit uns kommen könn-
ten...«
    »Nach Dimwood? Niemals! Ich fühle mich nur dort wohl, wo ich
etwas zu sagen habe. In Dimwood bin ich niemand mehr.«
    »Hier...«
    Billy stürmte herein:
    »Guten Tag allerseits! Elizabeth, es ist fast ein Uhr. Wir dürfen
keine Minute länger warten. Die Kutsche...«

»Die Kutsche kommt, sie ist schon da«, sagte Miss Llewelyn. »Joe, nimm den Koffer vom Herrn Leutnant.«

Aufs neue machte Elizabeth ihr erstauntes Gesicht, als ob sie nicht verstünde. Die Waliserin lachte.

»Wachen Sie auf, M'am, und fahren Sie los. Hier kümmere ich mich um alles. Seien Sie glücklich in Dimwood. Beeilen Sie sich.«

Billy zerrte Elizabeth am Arm.

»Miss Llewelyn hat recht, Liebste. Man vergeudet nicht eine einzige Sekunde des Glücks.«

»Mom!« schrie Ned.

Er wollte ihr nachrennen, aber Betty hielt ihn zurück. In weniger als einer Minute waren die Reisenden draußen und stiegen in den Wagen.

»Im Galopp bis zum Ende der Avenue!« rief Billy dem Kutscher zu.

Mit einem Peitschenhieb trieb der Kutscher seine vier Pferde zu einem schnellen Trab an. In eine Ecke der Sitzbank gekauert, wie um sich vor der Welt zu verbergen, wandte Elizabeth die Augen ihrem Mann zu:

»Billy«, sagte sie, »ist es wirklich wahr?«

101

Jetzt rollte der Wagen durch das Land, wo alles Elizabeth an das erinnerte, was sie für immer aus ihrem Gedächtnis verbannt zu haben hoffte. Wie im Sturm drangen unerbittliche Erinnerungen an ein zerstörtes Glück auf sie ein und rissen sie zurück in die Tragödie ihrer ersten Liebe. Hinter den Scheiben blitzten Szenen der Vergangenheit auf. Plötzlich sah sie einen Reiter, der sich im Galopp der Kutsche näherte, ihr einen vor Begierde glühenden Blick zuwarf und auf seinem schwarzen Pferd sogleich wieder verschwand.

»Was hast du denn, Liebste?« fragte Billy und schlang seinen Arm um ihre Taille. »Du siehst ja ganz verstört aus.«

»Ich habe die ganze Nacht nicht geschlafen. Ich habe gewartet…«

»Aber jetzt sind wir beisammen. Wenn wir erst dort sind, wirst du sehen. Ich habe unser Zimmer ausgesucht. Das mit dem Blick auf die Gärten. Das Labyrinth, erinnerst du dich?«

478

»Ja, die Gärten…«

Sie brachte kein weiteres Wort hervor und begnügte sich mit einem Lächeln.

Die Kutsche hielt vor dem großen, feierlichen Tor, das nicht oft geöffnet wurde. Elizabeth fühlte sich erleichtert und stieß einen Seufzer aus. Sie hätte es nicht ertragen, die Freitreppe der Veranda zu betreten.

Ein alter Schwarzer in roter Livree begrüßte sie im Hause.

»Oh, Miss Lisbeth und Massa Bill!« rief er erfreut.

»Guten Tag, Jonah«, sagte Billy. »Wir sind sehr spät dran, glaube ich.«

»Ja, Massa Bill, man se'vie't g'ade die Nachspeise.«

»Nachspeisen liebe ich«, sagte Billy lachend.

Angesichts dieses Saals, der so unwahrscheinlich lang war, daß man hätte glauben können, man träume, hatte Elizabeth einen ganz anderen Eindruck. Die hohen Fenster, die schwarzen Marmorfliesen, die Flucht der Wände zu einem letzten, noch fernen Zimmer, das alles hatte sie gekannt, das war wirklich, aber all die früheren Jahre waren es nicht mehr oder waren es nie gewesen. Sie trat ein in die Halluzination der Wirklichkeit, und sie hatte Angst, denn da hinten, am Ende eines Tunnels, gab es zwei zu Tode verwundete Männer in einem Wald…

Von der Vergangenheit gebannt, ging sie an Billys Arm, ohne ihn zu sehen.

Ganz hinten saßen ein Dutzend Personen an einem runden Tisch und redeten so laut, daß sie dem nahenden Paar keine Aufmerksamkeit schenkten. Doch plötzlich löste sich Onkel Josh aus der Gruppe und eilte ihnen mit offenen Armen entgegen.

»Endlich!« rief er. »Wir haben uns schon gefragt, ob ihr euch unterwegs verirrt habt. Die Trauung ist lange vorbei.«

»Es war uns wirklich nicht möglich, so früh zu kommen«, erwiderte Billy lachend.

Nun brach jener Tumult aus, der gewöhnlich den zu ausgiebigen Mahlzeiten folgt: man schob die Stühle zurück, warf die Servietten auf die Teller, und die ganze Familie stürzte sich auf die Neuangekommenen. Hilda in ihrem weißen Kleid warf sich Elizabeth an den Hals.

»Darling, du bist ein Engel! Endlich sehen wir uns wieder!«

Sie war klein und wirkte resolut, auch war sie nicht mehr so schlank wie einst, aber in ihren schwarzen Augen funkelte immer noch das fröhliche Lächeln ihrer Jugend. Überglücklich nahm sie Elizabeth in die Arme und stellte ihr dann ihren Gemahl vor, einen jungen Mann, der wohl darum so förmlich war, weil es ihn große Anstrengung kostete, sich aufrecht zu halten. Schlank und stolz, jedoch schwankend, hatte er das Aussehen eines modischen Gentleman mit einem etwas zu rosigen Gesicht und einem flaumigen blonden Backenbart. Onkel Douglas schob ihn beiseite und ging auf Elizabeth zu.

»Willkommen in Dimwood, unsere schöne Engländerin! Erinnerst du dich an die Aprilnacht, als du hier angekommen bist?«

Elizabeth stützte sich auf Billy und lächelte, ohne zu antworten. Tante Emma bemerkte ihre Verwirrung und drückte ihr die Hände, gefolgt von Tante Augusta, die sie zum Tisch führte und ihr einen Sessel anbot. Plötzlich herrschte allgemeine Verlegenheit.

»Diese Reise ist anstrengend«, sagte Onkel Joshua. »Möchtest du dich zuerst ein bißchen hinlegen oder gleich zu Mittag essen? Es macht keine Umstände. Man wird dir servieren, was du willst, dir und Billy, der bestimmt vor Hunger umkommt...«

Elizabeth gab wortlos zu verstehen, daß sie nichts wünschte, aber ihr Mann nahm bereitwillig neben ihr Platz, nachdem er seinen Tschako einem Diener gegeben hatte.

»Du wirst etwas Köstliches trinken, was dir wieder Kraft gibt«, sagte Hilda. »Ein Glas Champagner...«

»Nein danke, wirklich nicht«, sagte Elizabeth endlich. »Ich fühle mich schon besser.«

In diesem Augenblick setzte sich Susanna neben sie auf den Stuhl, den Hilda ihr überließ. In wenigen Jahren hatte sich im Gesicht dieser anderen Cousine eine schwer zu beschreibende Veränderung vollzogen. Ohne gealtert zu sein, war sie eine andere geworden. Allerdings hatte sie die gleichen zarten Züge wie in ihrer Jugend bewahrt. Mit ihren langen schwarzen Locken, die ihre blassen Wangen noch schmaler erscheinen ließen, war sie von einer geradezu ergreifenden Schönheit, denn der Blick ihrer dunklen Augen verriet eine hoffnungslose Traurigkeit. Trotzdem lächelte sie, als sie sich in scherzendem Ton an die junge Frau wandte:

»Wie komisch ist doch das Leben, liebe Elizabeth... Da sitzen wir wieder nebeneinander... Ich hätte nie gehofft, daß wir eines Tages... Nun ja...«

»Ich auch nicht«, sagte Elizabeth etwas unentschlossen.

»Erinnerst du dich an den Abend, als wir drei, du und ich und Minnie, auf die Bank an der großen Allee gestiegen sind, um den Vollmond zu begrüßen?«

»Und wir sind alle drei ins Gras gefallen«, sagte Elizabeth nachdenklich, »weißt du noch?«

»Als ob es gestern gewesen wäre…«

»Arme Susanna, du warst nicht glücklich an jenem Abend…«

»Ich werde nie glücklich sein.«

»Oh, Darling, wenn du dich verheiraten könntest…«

Susanna antwortete nicht. Sie erhob sich, neigte den Kopf ganz tief zu Elizabeth hinab, bis diese die schwarzen Locken auf ihrer Stirn fühlte, küßte sie verstohlen auf die Wange und verschwand.

Die Gäste nahmen wieder ihre Plätze ein, nicht ohne einen Augenblick der Unsicherheit nach dem Fortgehen Susannas, das übrigens kommentarlos hingenommen wurde, denn man kannte ihre brüsken Entscheidungen und ihr unerklärliches Verstummen. Aus Gewohnheit hob man einfach die Brauen, und das war alles.

Billy wie auch seine Frau nahmen nichts vom Virginiaschinken und den Salaten, die man ihnen anbot; sie zogen es vor, die Mahlzeit von hinten zu beginnen. Aber die Engländerin wünschte nur eine Tasse Tee, während sich ihr Husarengemahl auf die Nachspeisen stürzte, die gerade in einer kaum zu fassenden Vielfalt serviert wurden. Ein einziger Gast fand sich ein wenig in die Ecke gedrängt, und das war Mike. Schmutzfinger Mike, Billys Bruder, zu Elizabeths ersten Zeiten in Dimwood der Schrecken aller Damen in Weiß. Inzwischen war er fast vierzehn, seit kurzem aus dem College entlassen, und zeigte ein vor Appetit und Lebensfreude strahlendes Gesicht. Rötliche Haarsträhnen fielen ihm wirr in die Stirn, über die Nase oder die grünen Augen. Alle mochten ihn gern, aber man mußte ihn ständig zum Schweigen ermahnen, denn er hatte zu allem eine Meinung. Im Augenblick saß er eingezwängt zwischen Onkel Josh und Tante Augusta.

Vom lauten Klappern der Löffel und Teller begleitet, nahm die Konversation am Tisch wieder ihren Lauf, während die Diener in ihren roten Livreen die etwas heimtückischen Dessertweine einschenkten. Nach einer kurzen Stille kam das Geplauder in Schwung. Onkel Douglas wandte sich an seinen Sohn:

»Leutnant Hargrove«, sagte er in gewichtigem Ton, »Sie kommen von Beauregard; was hält man dort von den Kriegsdrohungen?«

Billy warf seiner Frau einen besorgten Blick zu.

»Immer die gleichen altbekannten Drohungen seit zehn Jahren. Man gewöhnt sich dran, und nichts rührt sich.«

»Das ist eine Art, die Dinge zu sehen«, sagte Siverac. »Bei uns in Charleston rührt sich auch nichts, aber alles kann jeden Augenblick explodieren.«

»Schwefelgeruch liegt in der Luft«, bemerkte Tante Augusta.

»Es wird doch keinen Krieg geben?« fragte Elizabeth mit tonloser Stimme.

»Wenn's Krieg gibt, marschiere ich!« schrie Mike sehr laut und schrill.

»Douglas, schick ihn hinaus«, sagte Tante Emma. »Seit Beginn der Mahlzeit stößt er gellende Schreie aus.«

»Dafür kann er nichts. Das ist der Stimmbruch.«

»Er erschreckt Cousine Elizabeth«, sagte Mildred. »Wenn er doch bloß schweigen und essen wollte, wie ein Gentleman! Mehr verlangt man ja nicht von ihm.«

»Wir sollten das Thema wechseln«, sagte Hilda. »Es gibt schließlich noch andere Dinge als den Krieg bei uns.«

»Ach, du findest, daß es anderswo besser geht?« fragte Siverac. »Der letzte September liegt noch nicht weit zurück. Das Land hat das Massaker von Mountain Meadows noch nicht verdaut.«

Fest und ein wenig aggressiv blickte Onkel Douglas seinem Bruder in die Augen.

»Das haben deine lieben Rothäute, die Paiuten, getan.«

Die Antwort kam wie der Blitz:

»Aufgestachelt und bewaffnet von diesen Mormonen, die die Einwanderer aus dem Norden hassen und ihnen den Weg nach Kalifornien versperren wollen.«

»Immerhin wurde ein Blutbad angerichtet.«

»Und wer hat es auf sich genommen, den kleinen Jungen und Mädchen mit der Axt die Schädel zu spalten – hundertzwanzig Amerikaner zu töten? Die Mormonen, indem sie Gott für das Opfer priesen, das sie ihm brachten.«

Elizabeth schrie auf:

»Die Mormonen? Wer sind die Mormonen?«

Unbewußt schnitt Billy ein zugleich wildes und zweideutiges Gesicht:

»Die Mormonen sind eine starke Sekte im Staate Utah, die die Polygamie praktiziert. Das heißt, ein Mann darf einen ganzen Haufen legitimer Frauen haben.«

»Nicht mehr als fünf, Billy«, sagte Siverac.

In einem Augenblick der Schwäche lehnte sich Elizabeth an die Schulter Mildreds, die neben ihr saß.

»Ich frage mich, ob ich nicht in England hätte bleiben sollen«, seufzte sie.

Onkel Douglas ließ erneut seine lautstarke und kampfeslustige Stimme vernehmen:

»Was tut die Regierung? Es ist an ihr, zu handeln. Mit diesem Marionettenpräsidenten wünsche ich ihr viel Glück.«

»Aber er handelt«, sagte Siverac. »Er schickt Truppen aus Colorado.«

»Und ausgerechnet dort ist Fred!« stöhnte Tante Emma.

»Du kannst sicher sein, daß er seine Pflicht tun wird«, sagte Onkel Douglas.

»Fred hat Mumm in den Knochen, Papa«, sagte Billy. »Er ist einer der ersten Kavallerieoffiziere in West Point.«

»Fred...«, murmelte Elizabeth.

Im Gewirr der hin- und hergehenden Worte erinnerte sie sich an die hübsche, traurige Stimme, die ihr unter der Veranda ein Ständchen gesungen hatte, und an die zugleich linkische und rührende Liebeserklärung kurz vor ihrer Abreise...

Billys schmetternde Stimme riß sie aus diesen Träumereien:

»Schon im Jahre 52 meinte Fred, man müsse gegen die Kerle im Norden losschlagen, denn später sei es zu spät.«

»Und er hatte recht!« rief plötzlich Lawrence mit überraschend lauter Stimme. Der Dessertwein hatte ihn geweckt.

Mike schloß sich sogleich Hildas Bräutigam an:

»Fred hatte recht: losschlagen!«

»Mike, raus mit dir!« fuhr ihn Emma entnervt an.

»Nein, er soll bleiben«, sagte Onkel Josh gebieterisch, »so kann er wenigstens etwas lernen. Mike, wenn du jemanden etwas Schlechtes über die Rothäute sagen hörst, so frag ihn einfach: ›Wer hat die Rothäute aus ihrer Heimat vertrieben? Wer hat sie niedergemetzelt? Wer raubt ihnen weiterhin ihre Gebiete?‹«

»Und die Zivilisation?« brüllte Onkel Douglas.

»Hältst du sie für Wilde? Was du unsere Zivilisation nennst, ist mit dem Fluch der indianischen Rasse gegen die weiße Rasse beladen. Dafür werden wir alle einmal bezahlen.«

»Josh, wir sind stark genug, um die Rechnung zu begleichen.«

»Das werden wir ja sehen. Wenn es zum Krieg kommt.«

Die beiden Brüder saßen sich am Tisch gegenüber und boten einander die Stirn. Alle Gäste verharrten in peinlichem Schweigen. Onkel Douglas hatte Mühe, sich zu beherrschen.

»Josh«, sagte er, »ich möchte keine Andeutungen hören, die falsch verstanden werden könnten. Wir befinden uns auf einem gefährlichen Terrain. Der Krieg ist immer noch möglich, wenn nicht sogar wahrscheinlich.«

»Als Strafe des Himmels vielleicht.«

»Bist du wahnsinnig? In Kriegszeiten würde man dich für solche Reden verhaften. Was würdest du denn tun, wenn es zum Krieg käme?«

»Mein Gewehr nehmen und sofort losziehen, aus Selbstachtung, vielleicht auch aus Feigheit...«

»Oh, Sir!« rief Billy aus.

»Auch du«, antwortete Onkel Josh, »wirst noch erfahren, daß es in einer Armee von Helden immer ein paar Feiglinge gibt, die auf sehr anständige Weise in den Tod gehen...«

»Welch wunderbare Wirkung des guten Beispiels«, bemerkte Tante Augusta.

Onkel Josh warf ihr einen wütenden Blick zu und beendete seinen Satz: »...die sich aber im Grunde ihres Herzens bis zum Tode schämen, nicht protestiert zu haben.«

Ruhig und bleich ballte Douglas die Fäuste und verkündete:

»Nach so seltsamen Erklärungen, und da wir nun seit Stunden bei Tisch sitzen, bin ich der Meinung, daß ein Spaziergang in der großen Allee uns allen gut tun würde. Die Luft ist lau und der Abend schön. Josh, gib mir deine Hand.«

Onkel Josh blickte ihn erstaunt an.

»Josh, ich will deine Hand.«

Onkel Josh streckte die Hand über dem Tisch aus, und sein Bruder schüttelte sie so heftig, als wollte er sie ihm abreißen.

»Douglas, du bist schon immer ein Starrkopf gewesen«, sagte er lachend, »und du hast stets den Wald vor Bäumen nicht gesehen, aber ich mag dich gern. Unser ganzer Streit heute abend ist nur die Fortsetzung unserer jugendlichen Balgereien.«

»Zugegeben, Josh, aber welches Schauspiel haben wir unseren Gästen geboten! Besonders unserer lieben Engländerin, die bestimmt kein Wort davon versteht.«

Sie wandten sich gemeinsam Elizabeth zu.

Diese saß sehr blaß und sehr aufrecht auf ihrem Stuhl und rührte sich nicht, als sei sie in Trance. Von dem ganzen Streit der beiden Männer hatte sie nur das Wort *Krieg* begriffen, und das machte ihr Angst.

Während sich alle erhoben, stand auch sie auf und stützte sich auf Billy, der ihr zu Hilfe geeilt war. Er legte ihr den Arm um die Schultern und sagte mit einer Stimme voller Zärtlichkeit:

»Liebste, man schlägt uns einen Spaziergang in der Allee vor.«

»O nein«, erwiderte sie lebhaft, »dort will ich auf keinen Fall hin.«

»Möchtest du lieber, daß wir gleich hinaufgehen?«

Sie wollte, was er wollte, und war froh, sich von dem verworrenen Lärm der geschwätzigen Stimmen zu entfernen. Im Hinausgehen kamen die anderen nahe an ihr vorbei, und sie hörte, wie die jungen Frauen liebevoll etwas zu ihr sagten und wie ihr Mann antwortete:

»Es ist nichts; sie wird sich ausruhen.«

Dann näherte sich Onkel Josh dem Leutnant und flüsterte ihm etwas ins Ohr, worauf dieser sagte:

»Ich kenne sie, Sir, und ich sehe wohl, daß sie erschöpft ist, aber ich werde vorsichtig sein.«

Plötzlich hatte sie das angenehme Gefühl, nicht mehr den Boden zu berühren, und alle Müdigkeit fiel von ihrem Körper ab. Billy hatte sie in seine Arme genommen und trug sie die Treppe zum Obergeschoß hinauf. Vom Schlaf überwältigt, vermochte sie an nichts mehr zu denken, aber sie erkannte den Geruch des Hauses wieder, den Geruch der Täfelungen aus Pinienholz, und um sie herum erwachte eine verschwunden geglaubte Welt von herzzerreißender Zärtlichkeit.

Was in den folgenden Minuten geschah, bemerkte sie nicht. Hände lösten ihr das Kleid; sie fühlte sie auf ihrer Brust. Fast sogleich kam sie wieder zu sich und flüsterte Billys Namen.

Er schrie vor Glück auf, als hätte er sie aus einem bösen Traum gerissen, und er umarmte sie mit einer Art verliebter Raserei; aber anstatt sich ihm mit der gewohnten Inbrunst hinzugeben, unterwarf sie sich seinem Willen. Vielleicht ahnte er es nicht. Der Rausch erfaßte seinen ganzen Körper, und sein Verlangen nach dieser zwar nicht ganz leblosen, aber doch abwesenden Frau wurde unersättlich. Mit einer Gier, die sie ohne einen Seufzer über sich ergehen ließ, verausgabte er seine Kräfte.

Nach einer langen Weile übermannte ihn die Müdigkeit, und er rollte sich zur Seite. Bald hörte sie, wie sein Atem ruhiger wurde. Er schlief, wie sie ihn noch nie hatte schlafen gesehen. Seine breite Brust hob und senkte sich in jenem langsamen Rhythmus, der von Glück und Frieden zeugte. Sie schlüpfte aus dem Bett und zog sich einen Schlafrock an. Die Luft wurde frischer, und die Käuzchen schrien im Wald hinter den Gärten. Ein Dreiviertelmond leuchtete am schwarzen Himmel und verlieh dieser vertrauten Landschaft eine klar umrissene Wirklichkeit, als sollten die Bilder des Tages ausgelöscht werden, denn bis hin zu den kleinsten Blumen hob sich alles mit der Schärfe einer Federzeichnung ab. In diesem unerbittlichen Licht fühlte die junge Frau sich in ihrem innersten Wesen der Schöpfung nahe. Eine gewaltige Anziehungskraft hob sie empor über die Welt.

Sie kehrte zum Bett zurück und betrachtete den Schlafenden. Sie konnte nicht umhin, die langen und kräftigen Glieder dieses Mannes zu bewundern, der aussah, als sei er in die Tiefe eines Abgrunds gebettet. Im Traum hatte sie ihn so gesehen, aber in dieser Nacht war sie dem Traum entstiegen. Sie bewegte sich in einem Raum, der keinen Namen trug, weil man sonst hätte sagen können, daß er gar nicht existiere.

Auf Zehenspitzen verließ sie das Zimmer durch die Verandatür, aber bereits bei den ersten Schritten traf es sie wie ein Schlag. Zwischen dem Labyrinth und dem Verfluchten Wald, in dem großen leeren Raum, sah sie sich mit Jonathan. Es war seine letzte Nacht. In dieser Nacht fiel vom Himmel kein Licht, und sie gingen im Dunkel. Weder das Raunen ihrer Worte noch das Flüstern ihrer Schritte auf dem Sand waren zu vernehmen. Und doch näherten sie sich dem Haus. Immer deutlicher erkannte sie ihre Silhouetten, dann die ganzen Figuren. Sie gingen langsam, und auf einmal trennten sie sich; sie lief zum Haus, während Jonathan ins Dunkel der Nacht zurückkehrte. Und plötzlich stand sie allein auf der Veranda, eine Hand aufs Geländer gestützt, um nicht zu fallen, denn diese Vision hätte sie beinahe zu Boden geworfen. Die Phantasie trat an die Stelle der Erinnerung. Sie schloß die Augen und ließ ein paar Minuten verstreichen. Ihr Herz pochte so stark, als schlüge man ihr mit Fäusten auf die Brust. Sie wartete, zögerte und setzte dann ihren Weg um die Veranda fort.

Als sie den Punkt erreichte, wo man die Einfahrt der Allee und die riesigen Eichen sah, die sich mit ihren Wipfeln berührten, wagte sie nur einen Blick und rannte entsetzt davon, als ob sie fürchtete, noch einmal das Glas Champagner zu sehen, das man Jonathan ins Gesicht geschleudert hatte. Außer Atem von der heftigen Erregung gelangte sie schließlich ans andere Ende der Veranda. Jahrelang hatte sie in Savannah davon geträumt, hier zu sein, aufs neue berauscht vom Duft der Magnolien. War sie nicht deshalb gekommen? Und jetzt, da sie hier stand, das Gesicht diesen offenen Blüten zugeneigt, in diesem gleichen Licht von eisiger und magischer Pracht, hätte sie jetzt den Mut zu sagen, was sie erhoffte? Sie wartete. Aber weder erinnerten die vereinzelten Rufe der Käuzchen an den fortwähren- den und wie Flüssigkeit rieselnden Gesang der Frösche, noch glich diese Spätwinternacht jener Mainacht, als sie sechzehn Jahre alt war. Sie neigte sich noch etwas tiefer. Die Blätter und Blüten bewegten sich nicht. Nichts rührte sich in ihrer Nähe. Niemand war da.

102

Am nächsten Morgen begab sich Onkel Douglas mit seinen beiden Söhnen in die große Allee, den gewohnten Ort für politische, senti- mentale oder vertrauliche Gespräche. Die Erhabenheit der Szenerie war übrigens auch interessanten Indiskretionen nicht abträglich. Mit den Jahren wurde das Laub der Eichen immer dichter, und nur wenige Sonnentupfen drangen hindurch.

»Boys«, begann er. »Das Familienfest ist zu Ende. Unsere Gäste sind soeben abgereist und unterwegs nach Charleston, wo ihr sie, wie ich hoffe, eines Tages in ihren schönen Häusern besuchen wer- det... Dimwood muß euch jetzt ein wenig öde, ein wenig ernsthaft erscheinen...«

»O nein«, protestierten die beiden Jungen.

»Ich habe vor, ein paar Ausritte in die Umgebung zu machen«, sagte Mike.

»Gut, da kann ich dir meinen alten Wildfang leihen, er ist noch rüstig; nur darfst du ihn nicht im Galopp strapazieren ...«

»Doch kommen wir nun zu den ernsthaften Dingen«, fuhr Douglas fort. »Wie ihr wißt, hat mir eure Tante Annabel nach dem Tode ihres im Duell gefallenen Mannes Dimwood vermacht. Außerdem erbe ich zusammen mit Josh auch Jonathan Armstrongs Plantage, die ebenfalls seiner Witwe gehörte.«

»Man fragt sich, warum sie all ihren Besitz aufgegeben hat«, sagte Billy.

»Aus Gründen, die nur sie angehen.«

»Und welche sind das?« fragte Mike vorwitzig.

Mit einem Wort stopfte ihm sein Vater das Maul:

»Metaphysische.«

»Ach so«, sagte Mike verdutzt.

Douglas fuhr fort:

»Eines Tages wird ganz Dimwood in euren Besitz übergehen, und ich vergesse dabei auch Fred nicht, der zur Zeit am anderen Ende von Amerika ist.«

»Eine beträchtliche Erbschaft!« rief Billy aus.

»Beträchtlich«, sagte Onkel Douglas in einem ruhigen Ton, »und schwer. Wenn es zum Krieg kommt, was durchaus möglich ist, sind gewisse Veränderungen zu befürchten, aber alle notariellen Akten sind in Savannah in Sicherheit. Man wird euch benachrichtigen. Und jetzt, Billy, hast du bestimmt das brennende Verlangen, zu deiner Elizabeth zu gehen, und du, Mike, zu dem lieben alten Wildfang. Was mich betrifft, so werde ich meinen Spaziergang allein fortsetzen.«

»Sir«, sagte Billy mit einer Geste, »wie soll ich Ihnen sagen ...«

»Nein«, unterbrach ihn sein Vater, »keine Dankesbezeugungen, das ist eher peinlich und versteht sich im übrigen von selbst.«

Damit kehrte er ihnen den Rücken und entfernte sich mit langsamen und würdevollen Schritten. Doch plötzlich drehte er sich noch einmal um und sagte:

»Dennoch, habt meinen Segen, Kinder ...«

Und im Weitergehen fügte er für sich hinzu:

»... wenn er auch nicht viel wert ist.«

Elizabeth hatte sich davongeschlichen, sowie sie Billy verschwinden sah. Ohne eine Minute zu verlieren, eilte sie durch die langen und dunklen Gänge des alten Hauses, bis sie an die kleine, fast vertikale Treppe gelangte, die zu der Schneiderwerkstatt von Mademoiselle Souligou führte.

Die junge Engländerin brauchte die halboffene Tür nur aufzustoßen. Wie erwartet, sah sie zuerst die von den beiden Spitzen eines indigofarbenen Kopftuchs überragte Rückenlehne jenes großen roten Plüschsessels, den sie so gut kannte, und hinter dieser Rückenlehne ertönte aus den Tiefen der Jahre die unvergeßliche schrille Stimme hervor:

»Treten Sie ein und setzen Sie sich, Elizabeth. Ich habe Sie erwartet.«

»Sie haben mich erwartet? Seit wann?«

»Seit einiger Zeit, seit einiger Zeit. Genug der Fragen.«

Ein einziger Blick genügte Elizabeth, um zu sehen, daß sich hier wie überall in Dimwood nichts verändert hatte: die riesige Wäschekammer mit der niedrigen Decke, die vielen Ecken und Winkel, die Schießscharten ähnlichen Dachluken, durch die das Tageslicht drang, die Tupfen der vereinzelten Sonnenstrahlen auf dem schwarz gestrichenen Fußboden, der Tisch, der bei intensivem Hinsehen länger zu werden schien und mit der Wäsche aus dem ganzen Hause beladen war, die vierzehn Stühle, die ihn umgaben, und vor allem die Souligou, die Alte aus der Karibik, mit ihrem geneigten Kopf und der spitzen Schnüffelnase.

»Was schauen Sie?« fragte sie ungeduldig. »Ich habe Sie aufgefordert, sich zu setzen, hierher, zu mir.«

»Es ist, als ob die Zeit stillstünde«, murmelte Elizabeth.

»Immer noch verträumt, immer noch schön und immer noch so närrisch. Trotzdem freut es mich, Sie zu sehen. Erinnern Sie sich an die Spielkarte, mit der ich am Tage Ihrer Abreise aus dem Fenster gewinkt habe? Das war eine Warnung des Tarock.«

»Was gibt es denn?«

»Dummheiten, wie immer, Elizabeth, Irrtümer. Und dann sollten Sie die Verstorbenen in Ruhe lassen.«

»Was wollen Sie damit sagen?«

»Tun Sie nicht so. Sie wissen schon.«

Die junge Frau warf sich zurück.

»Letzte Nacht habe ich draußen jemanden gesehen.«

Die Souligou lachte, und es klang wie ein Gackern.

»Außer mir behauptet jeder hier, ihn mindestens einmal in der

Nähe des Verfluchten Waldes gesehen zu haben, wegen des Duells; nie anderswo. Jede Plantage hat ihr Gespenst. Dimwood hat sich dieses geschaffen.«

»Sie glauben nicht daran?«

»Nein.«

»Ich hätte schwören können, daß er da war, und ich neben ihm.«

»Ach was! Das haben Sie sich gewünscht... Und mit Ihrer Phantasie... Aber Sie hätten nicht kommen sollen. Mischen Sie mir die Karten und heben Sie ab.«

Mit schweißfeuchtem Gesicht griff die junge Frau zu den Karten und mischte sie wieder und wieder.

»Das genügt«, sagte die Schneiderin. »Das macht sie weder besser noch... schlechter. Jetzt heben Sie ab – geben Sie mir mit der linken Hand.«

Sie breitete die Karten auf dem Tisch aus, betrachtete sie und schob sie plötzlich mit ihren knöcherigen Fingern beiseite.

»Alles gesehen«, sagte sie. »Ich an Ihrer Stelle würde abreisen.«

»Aber ich verlasse Dimwood erst in drei Tagen.«

»Ach, Dimwood! Es handelt sich doch nicht um Dimwood!«

»Also um welchen Ort?«

»Das wird man Ihnen sagen, Elizabeth, aber nicht ich.«

»Warum nicht? Ist es verboten?«

»Sie fragen zuviel, aber ich mag Sie gern. Es ist nun fünf Jahre her, daß ich Sie gewarnt habe. Sie irren sich oft: das Herz, die Sinne. Das ist Ihr Schicksal. Ich sag's Ihnen ein für allemal, bringen Sie sich in Sicherheit.«

»Ich kann doch meinen Mann nicht verlassen.«

»Lieben Sie ihn denn so sehr?«

Elizabeth wurde rot und erhob sich.

»Mademoiselle Souligou, er erwartet mich, und ich gehe zu ihm, aber auch ich habe mich gefreut, Sie zu sehen.«

Zu ihrer großen Überraschung stand die Schneiderin ebenfalls auf und umarmte sie wortlos. Ein undefinierbarer Geruch von Haufen alter Schals und Unterwäsche, der durch einen schwachen Duft der Inseln gemildert, aber nicht übertönt wurde, stieg der Engländerin in die Nase, und sie versuchte sich loszumachen, ohne daß es ihr gelang.

»Nein, Elizabeth«, hauchte ihr die Alte ins Gesicht, »wenigstens einmal werden Sie die Wahrheit hören: Sie sind eine sinnliche und eine sentimentale Person, und das kommt aufs gleiche heraus.«

»Lassen Sie mich, Souligou«, befahl Elizabeth. »So redet man nicht mit mir.«

»Leider nicht«, sagte die Souligou und ließ sie los, »und das ist schade. Sie wählen Ihre Männer mit der Ungeschicklichkeit einer Anfängerin. Oh! Sie können immer noch die Dame in den Salons spielen, aber das wird Sie nicht glücklich machen.«

Elizabeth blickte sie wütend und bestürzt an. In den kleinen Augen dieser seltsamen Frau lag eine Kraft, die sie sprachlos machte.

»Ihren Billy«, fuhr sie fort, »den habe ich hier in Dimwood schon gekannt, als er noch ein Knirps war; jetzt ist er groß und schön und gibt Ihnen die Lust und die Zärtlichkeit, die die Lust begleitet und die man für Liebe hält.«

»Und was soll ich tun?« rief Elizabeth in einem Schrei der Verzweiflung.

»Nur die erste Liebe zählt, Elizabeth, selbst wenn sie so katastrophal war wie die Ihre. Ich habe alles gewußt. Dieses Duell hat alles an den Tag gebracht. Sie glauben, Sie hätten Jonathan wiedergesehen. Er hat Sie nie verlassen. Und kein Billy wird Sie von ihm befreien.«

»Ich liebe Billy«, protestierte Elizabeth mit fester Stimme.

»Natürlich, aber Sie ziehen den anderen vor. Jemand wird Sie das alles vergessen machen, wenn es nicht schon zu spät ist.«

»Souligou, ich verstehe kein Wort von dem, was Sie da sagen.«

»Natürlich nicht. Ich sage, was ich sehe – das ist mein Beruf. Schneiderin bin ich nur zufällig. Daheim in der Karibik hat man meine Fähigkeiten geschätzt, und bei uns kennt man sich darin aus.«

»Sie verwirren mich mit Ihren Geschichten. Ich will nicht, daß Billy etwas zustößt.«

»Quälen Sie sich nicht zu sehr. Diese Dinge renken sich ganz von selbst ein. Man nennt das Schicksal. Im Tarock ist es die Karte, die Sie nicht genau gesehen haben. Wollen Sie, daß ich sie Ihnen zeige? Die, mit der ich aus dem Fenster gewunken habe?«

Sie drehte sich um, wühlte in den Karten auf dem Tisch und zog eine hervor.

»Der Teufel!«

»Das Schicksal. Das ist dasselbe.«

»Vielleicht bei Ihnen, aber nicht hier. Ich war gekommen, um mir

Ihren Rat zu erbitten; ich hoffte, ich weiß nicht, warum, daß Sie mir den Frieden wiedergeben würden – aber nein.«

»Hören Sie. Für Sie wird es ein zweites Mal geben. Überlegen Sie vorher gut. Fallen Sie nicht dem ersten besten Kerl in die Arme.«

»Souligou, ich bin nie dem ersten besten Kerl in die Arme gefallen.«

»Das würde auch keine Frau zugeben. Jedenfalls wird es ein zweites Mal geben. Wählen Sie mit Bedacht.«

»Als ob man das könnte! Adieu, Souligou.«

Billy war von seiner ersten Nacht spät aufgewacht, und als er seine Frau still und brav neben sich liegen sah, ahnte er keine Sekunde lang etwas von ihrer melancholischen nächtlichen Eskapade.

Nach der Unterredung mit seinem Vater in der großen Allee suchte er Elizabeth überall in den Gärten und im Hause und entschloß sich schließlich, einen Nachmittagsschlaf zu halten und sie in ihrem Zimmer zu erwarten.

»Na endlich«, sagte er erstaunt, als sie von der Souligou zurückkehrte, »ich habe dich überall gesucht.«

»Ich dich auch.«

»Wo warst du?«

»Fast überall; die Plantage ist groß. Ich habe, wenn man so sagen kann, einen Spaziergang in die Vergangenheit gemacht.«

»Da hätten wir uns lange suchen können. Wann wirst du endlich aufhören zu träumen? Darling, wollen wir uns ein bißchen ausruhen, oder sollen wir beide einen Rundgang durch die Vergangenheit machen?«

Sie blickte ihn an.

»Oh, nicht überallhin«, sagte er schnell, »nicht draußen; im Hause.«

Sie nickte, brachte jedoch kein Wort hervor.

»Du wirst sehen«, sagte er und sprang splitternackt aus dem Bett, »ich brauche nur zehn Minuten, und wir treffen uns unten.«

Sie vermied es, ihn anzusehen, und erhob sich aus ihrem Sessel.

»Unten?«

»Ja, im Salon beim Eingang, dort, wo ich dich mit der Familie zum erstenmal gesehen habe. Dort wird unser kleiner Rundgang durch die Vergangenheit beginnen.«

»Ja, wenn du willst«, sagte sie ohne Begeisterung.

Er lachte wie ein Schuljunge, und das rührte sie mehr als seine Nacktheit.

Unten im menschenleeren Salon fühlte sie sich sieben lange Jahre zurückversetzt, sah Onkel, Tanten, Vettern und Cousinen und spürte Billys feuchte Lippen auf ihrer Wange:

»Ich bin dein Vetter Billy Stevens...«

Alles, was sich bei dieser etwas dramatischen Ankunft abgespielt hatte, war rührend und nicht ohne Poesie gewesen, aber seit ihrer Unterredung mit der Souligou machte sich in ihr eine fast boshafte Gleichgültigkeit breit. Manche Sätze der Alten enthielten Gift: »Die Wahl Ihrer Männer...« – ihrer Männer! Und besonders diese, mit perfider Nonchalance gestellte Frage: »Lieben Sie ihn denn so sehr?« Und doch fand sie ihn überwältigend, nackt oder in Uniform. War das nicht Liebe? Die schrille Stimme der Schneiderin klang ihr wieder in den Ohren: »Sinnlich und sentimental... Zärtlichkeit der Lust... das ist alles.«

Sie stand auf und ging hin und her, um sich von der schrecklichen Erinnerung zu befreien. Wenn sie sich umblickte, sah sie über den Konsolen in den großen Spiegeln, die bis an die Deckenleisten ragten, das beruhigende Bild der schönen Engländerin in ihrem blaßgrünen, mit kleinen grünen Bändern verzierten Kleid, auf die Savannah stolz war. Warum kam Billy nicht herunter?

Gestern nacht hatte sie ihr Glück verschwendet und nur an den anderen gedacht. Jetzt brauchte sie Billy, war aufs neue in ihn verliebt. Es gab vier Spiegel. Wenn sie sich an einen gewissen Punkt stellte, sah sie zwei ganze und zwei halbe Elizabeths. Darüber mußte sie lachen.

»Das werde ich Billy zeigen«, dachte sie. »Sich dort hinstellen und auf einen Schlag vier schöne junge Offiziere sehen...«

Wieder lachte sie.

»Die vermaledeite alte Souligou!« sagte sie laut.

Mit lautem Gepolter der Stiefel auf den Treppenstufen erschien er, strahlend wie immer, ohne die geringste Ahnung von irgend etwas, ein wahrer Mustergatte.

»Wo fangen wir an?« fragte sie wohlgemut.

»Welch eine Überraschung! In deinem Zimmer.«

»Aber Billy, ich weiß nicht, ob ich Lust dazu habe. Wozu soll das gut sein?«

»Zur Erinnerung. Ich bitte dich, schlag es mir nicht ab. Das Bett, mein Schatz, in dem du deine erste Nacht in Dimwood verbracht hast. Warte, ich werde dich in meinen Armen hinauftragen.«

»Wir sind nicht im chinesischen Pavillon von Bonaventura... Und dann wirst du mir noch mein schönes Kleid zerknittern.«

Sie hängte sich an seinen Arm und blickte zu ihm auf.

»Aber sei's drum. Wenn ich dir etwas abschlage, kannst du die Scheidung verlangen«, sagte sie.

»Eher jage ich mir eine Kugel in den Kopf«, sagte Billy lachend.

Sie schrie auf.

»Warum sagst du das? Man scherzt nicht mit solchen Dingen.«

»Du kleine Närrin, du weißt sehr gut, daß ich ohne dich nicht leben kann, keine Stunde!«

Damit hob er sie vom Boden auf und trug sie in seinen Armen bis in den ersten Stock. Es war nicht mehr ganz so leicht wie in Bonaventura, aber sie schafften es. Noch drei Schritte, und dann lud er Elizabeth sanft vor dem Zimmer ab, in dem sie ihre ersten Monate in Dimwood verbracht hatte. Sie traten ein. In dieses Zimmer war sie tausendmal in ihren Träumen zurückgekehrt, weil ein Teil von ihr es nie verlassen hatte. Das Himmelbett, der Schaukelstuhl, die Kommode, das gedämpfte Licht von der Veranda... Einen Augenblick blieb sie stumm vor Rührung. Die Gegenwart kam nicht los von der Vergangenheit und wurde wieder Vergangenheit. Sie war wieder sechzehn Jahre alt.

Billys Reaktionen waren viel einfacher.

»Sieh einmal an! Der Großpapa hatte dich nicht schlecht untergebracht.«

Sie hatte das Gefühl, daß dieser Satz sie zurückriß, als sollte er sie wecken.

»Nun«, sagte er plötzlich mit einem seltsamen Grinsen, »hier hast du also deine erste Nacht verbracht... mit sechzehn Jahren.«

Er blickte zum Bett, dann zu Elizabeth.

Mit einem Schlag war sie wieder in der Gegenwart.

»Nein, nein und nochmal nein! Heute abend.«

Ihre Stimme klang so fest, daß er sich damit begnügte, ihr einen schmachtenden Blick zuzuwerfen.

»Das war mein erster Gedanke, als ich dich in jener Nacht sah.«

»Mag sein«, sagte sie, »aber das alles liegt schon weit zurück.«

Er seufzte.

»Tu mir den Gefallen«, sagte sie. »Geh bis zur Ecke der Veranda und an die Treppe. Du wirst sehen… die Magnolien… dieser Duft…«

Die Stimme versagte ihr, und sie beendete den Satz mit einer Handbewegung, wies mit dem Zeigefinger in die Richtung des Ortes, dessen Erinnerung sie quälte.

»Ich kenne die Stelle«, sagte er, »komm mit.«

Sie schüttelte den Kopf und murmelte:

»Nein, bitte nicht.«

»Na schön«, sagte er mit einem enttäuschten Lächeln, »aber du bist wirklich komisch, Liebste.«

Sie sah ihn fortgehen und war aufs neue überrascht von seiner Anmut, die sich in diesem großen Körper mit der ruhigen Selbstgewißheit der Kraft paarte, aber als sie ihn ganz in der Nähe des Orts erblickte, wo sie Jonathans Stimme gehört hatte, lehnte sich etwas in ihr auf, und sie biß die Zähne zusammen, wie um sich zu verteidigen.

»Nicht übel«, flüsterte Billy, »besonders mit diesem dichten Magnoliengestrüpp.«

Verstohlen schlich sie sich weiter auf der Veranda bis zu einer offenen Tür.

Das war Lauras Zimmer. Es war leer und unbewohnt und hatte von seinem Mobiliar nur das Bett mit den geordneten Laken und Decken behalten, so wie Laura es verlassen hatte. Darüber sah man, ziemlich hoch, einen Nagel in der Wand und die Spur eines Kreuzes.

»Laura«, sagte sie leise, »du hast geliebt. Aber warum sage ich das? Warum bin ich hier, wo ich nichts zu suchen habe?«

Billy rief mehrmals nach ihr, dann hörte sie ihn über die Veranda laufen. Sogleich erschien sie auf der Schwelle des Zimmers.

Er lachte, sichtlich erleichtert.

»Was machst du denn da? Weißt du, wo du bist? In Lauras Zimmer.«

»Ja.«

»Interessierst du dich für sie?«

»Ich habe Laura gekannt.«

»Na und? Alle kannten sie. Sie war in Ordnung. Ich fand sie nett, aber nicht gerade amüsant… Das war ein Theater, als sie fortgegangen ist! Man weiß nicht, warum. Sie sagte nichts.«

»Ich mochte sie sehr.«

»Komm, gehen wir weiter.«
Diesmal nahm er sie bei der Hand.

Langsam schlenderten sie über die Veranda und um das Haus. Von einer plötzlichen Traurigkeit ergriffen, die man an ihm gar nicht kannte, begann Billy mit ungewöhnlich ernsthafter Stimme zu sprechen:
»Elizabeth, ich kann mich nicht an den Gedanken gewöhnen, daß ich dich in weniger als drei Tagen verlassen muß.«
»Aber Billy, du wirst doch wiederkommen.«
»Nicht vor einem guten Monat, vielleicht sogar zwei. Mindestens ein Monat im Arsenal in Charleston, und danach...«
»Wird man dir denn keinen Urlaub geben?«
»Was denkst du! Ich muß da sein, um den Abtransport der Munition nach Beaufort zu überwachen. Im Falle eines Konflikts muß Beaufort gut gerüstet sein – es wird keinen Konflikt geben, beruhige dich, aber man muß vorsorgen. Das gestattet uns jedenfalls zu sehen, wie es um die Armee und ihre Verteidigungsmittel auf dieser Seite steht. Alle Offiziere in Charleston sind sehr daran interessiert.«
Mit Genugtuung fügte er hinzu:
»... weil alle Offiziere aus dem Süden sind.«
Elizabeth begriff den Sinn dieser Bemerkung nicht.
»Aber es ist doch immer noch die amerikanische Armee.«
»Natürlich, aber das kannst du nicht verstehen. Man muß auf alles gefaßt sein.«
»Doch nicht etwa auf den Krieg, Billy!«
»Momentan ist in Charleston Frieden, aber anderswo, im Westen, ist der Krieg bereits im Gange. Ich erzähle dir nichts Neues. Man hat bei Tisch über die Vorfälle bei den Mormonen gesprochen.«
»Ach ja, ich weiß, die Einwanderer, die man umgebracht hat.«
»Die Bundestruppen sind in den Bergen vom Schnee eingeschlossen, aber wir müssen die Mormonen zur Vernunft bringen. In Mountain Meadows...«
»Dieses schreckliche Blutbad...«
»Man hat inzwischen Genaueres erfahren. Es ist noch schlimmer, als man vermutete. Die Mormonen haben bis jetzt alle Transportzüge angegriffen, und als die Regierung mit Repressalien drohte, wurde ein gewisser John Lee, einer der ihren, gewählt, um eine

Einigung herbeizuführen. Törichterweise hat man ihm Vertrauen geschenkt. Aber ich fürchte, du wirst dich aufregen…«

Elizabeths Neugier gewann die Oberhand:

»Du hast mir zuviel erzählt, um nicht fortzufahren.«

»Im vorigen Sommer durchquerten die Einwanderer in ihrem größten Transportzug mit Wagen und Vieh ganz Amerika, um sich in Kalifornien niederzulassen. Als sie in die Nähe des Gebiets der Mormonen gelangten, beschlossen diese, sie von ihrem Berg aus anzugreifen. Sie wiegelten die Indianer auf, und mehr noch, sie verkleideten sich sogar selbst als Indianer. Im Morgengrauen haben sie das Lager umringt und beschossen; die Einwanderer schossen zurück, weil sie sich von den Rothäuten angegriffen glaubten. Da erschien John Lee mit einer weißen Fahne und forderte sie auf, ihre Waffen niederzulegen, da die Mormonen sie beschützen und ihnen den Weg zur pazifischen Küste und nach Kalifornien freimachen würden. Sie glaubten ihm und warfen ihre Waffen fort.«

»Und dann?«

»Dann befahl John Lee den Mormonen, mit ihren Revolvern auf sie loszugehen. Die *Heiligen der Letzten Tage* – wie sie sich nennen – knallten alles nieder, was sich bewegte, Männer und Frauen.«

»Und die Kinder?«

»Wurden dem Herrn unter frommen Gebeten zum Opfer gebracht. Alle niedergemetzelt und skalpiert. Du kannst dir denken, daß die Mormonen nach der Schneeschmelze eine gehörige Abrechnung zu erwarten haben. Was John Lee betrifft, so gebe ich nicht viel für seine Haut. So ist es, da du es ja wissen wolltest.«

Die junge Frau ließ sich in einen Sessel auf der Veranda sinken.

»Es war besser so«, sagte sie. »Man kann nicht immer die Augen verschließen, um nichts zu sehen, aber daß ich gerade hier von diesen Dingen erfahren muß…«

Sie streckte die Hand zu den Gärten des Labyrinths aus, wo die ersten Blumen in einem blassen, goldenen Licht aufblühten.

Weiter hinten, am Rande der großen Wiesen, erstreckten sich die dunklen Wälder, deren Pracht etwas Erschreckendes hatte, weil dort angeblich die Gespenster der Indianer umgingen. Und doch hatten gerade dort die jungen Mädchen von Dimwood jenen verzauberten Ort entdeckt, den sie zu ihrem sonderbaren Paradies auserkoren hatten. Mitten in dieser schönen Landschaft bildeten Elizabeths Erinnerungen einen krassen Gegensatz zu dem schrecklichen Bericht, den sie soeben gehört hatte, und sie schwieg. Auch Billy, unter der Wirkung seiner eigenen Worte, blieb versonnen, und sie beendeten stumm ihren Spaziergang in eine unwiederbringliche Zeit.

Beim Abendessen kam es zu einem neuen Gewitter zwischen den beiden Brüdern, unter den beunruhigten Blicken ihrer Frauen. Mit Elizabeth, Billy und dem jungen Mike am Ende des Tisches war die Familie so zusammengeschrumpft, daß der Speisesaal riesig wirkte und die Stimmen besonders stark hallten. Zuerst jammerte Tante Emma über die Abreise aller, denn die einen fuhren nach Charleston und die anderen nach Savannah. Noch nie hatte Dimwood eine solche Einsamkeit erlebt wie die, die nun bevorstand.

»Aber wir sind doch auch noch da«, protestierten die Ehemänner.

»Und ich reise nicht vor Ende der Woche ab«, rief Billy.

»Pardon, Billy«, sagte Emma, »aber ich liebe nun einmal ein volles Haus.«

Onkel Josh, der in sarkastischer Laune war, erklärte:

»Es bleiben immerhin der Gutsverwalter, die Oberaufseherin Elisa Carp, Mademoiselle Souligou und zwanzig sehr ergebene Dienstboten. Das macht doch etwas her.«

»Ja, es macht etwas her, das ist das richtige Wort«, erwiderte Emma wie ein Echo.

Tante Augusta bemühte sich, den schwierigen Streit zu beenden.

»Wie es scheint«, sagte sie, »versuchen die Mormonen, vom Ausmaß der gegen sie gesandten Truppen beeindruckt, unter der Hand zu verhandeln.«

»Wo hast du das gelesen?«

»In der Zeitung, die heute nachmittag mit der Post gekommen ist.«

»Eine Ente«, sagte Onkel Josh. »Die Indianer werden sich nie ergeben.«

»Die Indianer?« fragte Elizabeth.

»Ja, die Indianer«, antwortete Onkel Josh. »Bist du denn nicht unterrichtet, Elizabeth? Durch unredliche Mittel ist es den Mormonen gelungen, die Indianer von Utah auf ihre Seite zu bringen, und diese habe an dem Massaker von Mountain Meadows teilgenommen, weil man ihnen eingeredet hat, daß die amerikanischen Einwanderer nur gekommen seien, um sie anzugreifen.«

»Und sie haben sie skalpiert«, sagte Onkel Douglas mit ruhiger Stimme. »Ihre Grausamkeit übersteigt alles.«

»Und was haben wir bei ihnen zu suchen?« fragte Onkel Josh.
»Die Mormonen und die Einwanderer skalpieren auch ihre Opfer.«
»Josh, wir wollen doch nicht schon wieder anfangen.«
Onkel Josh wandte sich an Elizabeth:
»Elizabeth, es ist höchste Zeit, daß dir jemand in aller Klarheit die Lage erläutert. Wir leben auf einem Kontinent – ich sage Kontinent und nicht Land –, und wir haben ein seit unvordenklichen Zeiten hier ansässiges Volk, das aus einer edlen und stolzen Zivilisation hervorgegangen ist, bereits zum Teil ausgerottet. Mit welchem Recht sind wir hier?«
»Mit dem Recht der Eroberer«, sagte Onkel Douglas gelassen.
»Mit dem Recht der Plünderer.«
»Falsch. Wir haben schließlich die Gebiete, die wir besetzt haben, mit unserem Geld bezahlt.«
»Und die unglücklichen Indianer haben darauf mit dem Schrei geantwortet, den man immer noch hört: ›Was bedeutet euer Geld? Könnt ihr damit unser Wasser und unsere Erde kaufen? Könnt ihr damit die Vögel, die Wolken und den Wind kaufen?‹ Dieser Schrei eines Volkes, dem man seine Heimat wegnimmt, steigt unablässig wie eine Klage zum Himmel empor, der ihn gewiß hören und uns seinen Zorn spüren lassen wird.«
»Josh, du wirst lyrisch, du solltest deine Medizin nehmen.«
Onkel Josh stand auf und schleuderte seine Serviette auf den Tisch.
»Douglas, ich schäme mich für dich.«
»Darf ich meinem lieben Bruder zu bedenken geben, daß er vor einem Offizier der amerikanischen Armee wie ein Verräter spricht?«
»Nicht wie ein Verräter!« schrie Billy.
»Was? Du auch?« sagte Onkel Douglas.
»Hurra für die Indianer!« brüllte Mike aufs Geratewohl.
»Oh, ich hätte schweigen sollen«, seufzte Elizabeth.
»Und ich erst«, sagte Tante Emma. »Ich schlage eine Versöhnung vor.«
»Du«, sagte Onkel Douglas und zeigte mit dem ausgestreckten Finger auf Mike, »dir werde ich beibringen, was Versöhnung ist, und zwar in meiner Bibliothek hinter verschlossenen Türen.«
»Was habe ich denn getan?«
»Das habe ich vor, dir mit kräftiger Hand verständlich zu machen.«

Elizabeth erhob entrüstet die Stimme:

»Ich nehme ihn mit nach Savannah.«

»Natürlich fährt er mit dir am Samstag zurück«, sagte Emma. »Er muß am Montag wieder in seinem Pensionat sein.«

»Nein«, fuhr Elizabeth in einem plötzlichen Anfall von Großzügigkeit fort, »er kommt zu uns, nicht wahr, Billy?«

»Keine Bedenken.«

»Mit welchem Recht verfügt ihr über meinen Sohn?« fragte Onkel Douglas ein wenig fassungslos.

»Mit dem Recht der Eroberer, Douglas«, rief Onkel Josh. »Siehst du denn nicht, daß der Junge vor Freude strahlt? Er haßt sein Pensionat.«

»Dreckspensionat!« murmelte Mike.

Onkel Douglas stieß einen Seufzer aus, der wie ein unterdrückter Wutschrei klang.

»Nun gut«, sagte er, »ich gebe noch einmal nach, um des lieben Friedens willen. Mein Junge wird zu dir kommen, Billy, das ist ja nur natürlich, aber nimm ihn ordentlich an die Kandare.«

»Ich werde einen Soldaten aus ihm machen«, sagte Billy.

Elizabeth lächelte Mike zu.

»Ich bin ja auch noch da«, sagte sie nur.

Jetzt war der Junge völlig beruhigt und konnte sich einen Ausruf nicht verkneifen:

»So ein Glück!« schrie er. »Nicht mehr ins Pensionat!«

»Du wirst weiterhin am Unterricht teilnehmen, und dein Bruder wird deine Aufgaben überprüfen«, erklärte Onkel Douglas grimmig.

Aber nichts vermochte die Begeisterung des Jungen zu dämpfen, den eine Art Glücksfieber schüttelte, und da er in seinem ungestümen Eifer unbedingt seine Geschichtskenntnisse zeigen wollte, krähte er:

»Was übrigens die Indianer betrifft, so hat Christoph Kolumbus...«

»Ruhe!« brüllte Onkel Douglas, »ich verbiete, daß man sich an dem vergreift.«

»Warum denn?« fragte Onkel Josh. »Er ist der Hauptverantwortliche. Ohne ihn hätte es keine Konquistadoren und keine Massaker an den Azteken gegeben.«

»Die Azteken mit ihren Menschenopfern«, sagte Onkel Douglas.

»Und die Spanier mit ihrer Religion und ihren Scheiterhaufen.«
Tante Augustas tiefe Stimme ließ sich vernehmen:
»Es wäre besser gewesen, ihnen ein paar gute Pastoren zu schik-
ken, um diesen Heiden zu zeigen, daß sie unrecht hatten, und sie zu
bekehren.«

Ein betretenes Schweigen unterstrich die Unschuld dieser kleinen
Rede, und in gemeinsamem Einvernehmen erhoben sich alle wie am
Schluß einer Sitzung.

Zufrieden und stolz, die Ordnung wieder hergestellt zu haben,
ging Tante Augusta als erste hinaus.

»Wir werden diesen Meinungsaustausch später fortsetzen, mein
guter Josh«, sagte Onkel Douglas, als sie allein waren, während er
seinem Bruder ein wenig zu stark den Arm drückte.

»Einverstanden, Douglas. Nach dem Krieg.«

»Bist du verrückt?«

»Nein, ich bin einer von denen, die sich weigern, blind herumzu-
laufen, um nur noch das zu sehen, was sie sehen wollen.«

103

Eine unsichtbare Wolke schwebte am Himmel während der letzten
Tage, die Elizabeth und Billy in Dimwood verbrachten. Die Meinungsverschiedenheiten der beiden Brüder Hargrove zeigten sich
zu oft, um nicht an einen Bürgerkrieg *en miniature* zu erinnern,
während man den anderen bereits nahen fühlte.

Für Billy gab es nur ein Problem: die Zeit bis zum Einbruch der
Nacht totzuschlagen, bis zu der Minute, da er seine Uniform ausziehen konnte, um sich Elizabeths zu bemächtigen. Doch bevor es
dazu kam, mußte er die lange Durststrecke der schönen Nachmit-
tage auf dem Lande überwinden, wo sich dem Wohlgefühl jene fast
unmerkbare Langeweile zugesellt, die man sich nicht eingesteht.

So organisierte man eintönige Kutschenfahrten, um den Stunden
zwischen den Mahlzeiten einen Anschein von Ferien zu verleihen.
Wie es sich geziemte, stattete man den Nachbarn unerwartete Besuche ab und plauderte in lustlosen Gesprächen über die Aussichten
einer guten Baumwollernte. Man vermied es, von den Nachrichten
zu reden, man beglückwünschte sich, fern vom Lärm der dichtbe-

völkerten Städte zu leben. Das Lächeln erstarrte auf den vor Ungeduld steifen Gesichtern. Wenn die Stunde endlich verstrichen war,
verabschiedete man sich mit all den Höflichkeitsbezeugungen, die
ein jahrhundertealtes Zeremoniell verlangte.

»Es war reizend«, erklärte Tante Augusta. »Ich freue mich, daß sie
unseren Billy in Uniform gesehen haben. Er vermittelt eine ausgezeichnete Vorstellung von der Kraft unserer Nation.«

Das Gesicht unter der Krempe ihres Glockenhuts verborgen, sah
sie nicht den mörderischen Blick, den der erboste Husar ihr zuwarf...

Nur Mike hatte sich der Prüfung dieser obligatorischen Höflichkeitsbezeugungen entziehen können. Als freier Sohn der Natur ritt
er durchs Land und sang aus voller Kehle, was ihm gerade in den
Sinn kam. Der arme Wildfang gehorchte den ungestümen Sporen-
stößen nach bestem Vermögen, aber wenn der Junge in die Wiesen
abschwenkte, legte sich das Pferd behutsam ins Gras und ließ Mike
zur Seite rollen. Dann ruhten sie sich beide aus und genossen, jeder
auf seine Art, die unendliche Einsamkeit, die sie vor aller Augen verbarg. Mike lag auf dem Rücken, die Hände hinter dem Kopf verschränkt, und gab sich dem unbeschreiblichen Glück hin, vierzehn
Jahre alt zu sein und eine Armada weißer Wolken am blauen Himmel über sich langsam vorüberziehen zu sehen. Sein ganzes Wesen
strahlte von der schlichten Freude des Daseins, und seine unersättlichen Augen tranken das Licht.

Weit von solchen Gefühlen entfernt, empfand Elizabeth inmitten
der kleinen Familiengruppe eine Art Überdruß. Es schmerzte sie,
daß sie in Dimwood nicht das Dimwood ihrer ersten Träume wiederfand. Nur die Kulissen waren noch da, aber sie erzählten nicht
mehr dieselbe Geschichte, erzählten nicht mehr von dem ersten
Liebesschauder vor dem Gesicht eines Mannes, nicht einmal mehr
von der Verzweiflung, die auf sein Fortgehen folgte, und von den
Tränen einer unerfüllten Zärtlichkeit während dem Rest der Nacht
in der Einsamkeit ihres Zimmers. Im ganzen Haus gab es nur noch
diese Ecke der Veranda, die ihr etwas bedeutete. Jetzt verstand sie,
daß sie nur deswegen gekommen war, um dort glücklich und
unglücklich zu sein. Aus welch seltsamer Überlegung heraus hatte
sie gehofft, daß Billys Gegenwart an diesem Ort auf der Veranda
eine Erinnerung bannen könnte, von der sie sich so schmerzlich verfolgt fühlte? Niemals würde sie Jonathan aus ihrem Leben vertrei-

ben können. Diese Erkenntnis traf sie wie eine grausame Offenbarung.

In dieser Nacht gab sie sich Billy hin. Ihr Geist mochte wer weiß wo sein, die Sinne gehorchten mit einer Raserei, die sie nicht zu beherrschen vermochte. Wenn sie geglaubt hatte, ein Gespenst zu umarmen, so belehrte sie ihr Husarengemahl rasch eines Besseren, und sie verliebte sich aufs neue in ihn.

Am Tage vor ihrer Abreise, gegen Mitte des Nachmittags, als Billy sein Schläfchen machte, nutzte sie die Stunde des Alleinseins zu einem letzten Spaziergang in der Umgebung des großen Hauses. Überall fand sie sich wieder und verglich sich mit einem Schatten, dem Schatten einer jüngeren Elizabeth, die nie mehr auferstehen würde. Diese sentimentale Ansicht ihrer selbst amüsierte und betrübte sie zugleich. Wegen der schrecklichen Erinnerung, die sie daran bewahrte, wagte sie sich nicht in die Nähe der großen Allee, wo Jonathan ihr Lebewohl gesagt hatte, indem er nur ihren Namen ausgesprochen hatte.

Während dieses etwas melancholischen Spaziergangs gelangte sie zufällig an den Fluß, der sich längs der Wiesen dahinschlängelte. Am gegenüberliegenden Ufer ließen die Pinien das Raunen des Windes in ihren Wipfeln vernehmen, und diese leise und undeutliche Stimme schien Geheimnisse in einer unbekannten Sprache zu flüstern. Elizabeth lauschte, während sie die kleinen stillen Wellen betrachtete, die eine Art gleichbleibendes Netz zu bilden schienen, das ihre Aufmerksamkeit fesselte, und dann fiel ihr plötzlich wieder ein, wie Susanna eines Tages an diesem Flußufer einen mysteriösen Zettel unter einem Stein hinterlassen hatte, der die anderen hatte glauben lassen, daß sie sich ertränken wollte. Welche Aufregung in Dimwood! – außer bei Fred.

Fred... Sie beschloß, heimzukehren und zu ihrem Mann zu gehen... Am Fuße der Treppe begegnete sie Susanna.

»Ich habe dich vom Fenster meines Zimmers aus gesehen«, sagte sie. »Ich schaue oft hinaus, und ich gestehe, daß ich ein bißchen neugierig war.«

»Liebe Susanna, warum ißt du nie mit uns zu Abend?«

»Ich esse allein, wenn wir Besuch haben. Die Leute langweilen mich. Aber du nicht!« fügte sie lächelnd hinzu. »Vorgestern bin ich nur deinetwegen gekommen.«

Trotz der etwas strengen Farbe ihres perlgrauen Kleids, das ihr bis zu den Waden reichte, wirkte sie sehr jung; selbst ihre Melancholie hatte sie nicht altern lassen. Ihre großen dunklen Augen hefteten sich auf Elizabeth.

Sie fuhr fort:

»Du bist nicht weit von dem Ort stehengeblieben, wo ich eine Nachricht hinterlassen hatte. Erinnerst du dich?«

»Aber natürlich. Alle hatten Angst um dich.«

»Du sollst es wissen. An diesem Tage wollte ich wirklich sterben. Nicht dort, aber ein Stück weiter ist das Wasser tief. Doch ich hatte nicht genügend Mut.«

»Du wolltest sterben, Susanna? Aber warum denn?«

»Das kannst du nicht verstehen. Ich frage mich, warum ich auf der Welt bin. Bestimmt nicht, um glücklich zu sein.«

»Aber doch, du hast alles, was man dafür braucht.«

»Nein, du wirst es nie verstehen. Es ist, als ob ich mich an dem Tag, an dem ich den Zettel ans Wasser gelegt habe, wirklich umgebracht hätte. Ich habe jemanden getötet...«

Ihre Stimme war so ruhig, daß die überraschte und beunruhigte junge Engländerin keine Worte fand.

In diesem Augenblick fragte sie sich, ob die Frau nicht geistesgestört sei.

»Du gehst morgen fort«, sagte Susanna. »Morgen werde ich nicht den Mut haben, dir auf Wiedersehen zu sagen. Deshalb werde ich es jetzt tun.«

»Aber Susanna, warum bist du unglücklich?«

»Ich bin unglücklich, weil ich Susanna bin, weil ich so bin, wie ich bin, das ist alles.«

Elizabeth verhielt sich reglos, aber ihr Herz pochte immer stärker, und sie verspürte ein Unbehagen, das sie mit einem Lächeln zu verbergen suchte.

Es folgte ein Schweigen, dann erhob Susanna aufs neue die Stimme, aber sie klang angstverzerrt:

»Laß mich dich anschauen, Elizabeth.«

»So wie auch ich dich anschaue, Susanna – voller Zuneigung.«

Zu ihrer großen Überraschung schüttelte Susanna nur langsam verneinend den Kopf, stieg etwa zehn Treppenstufen empor und drehte sich noch einmal um:

»Elizabeth«, sagte sie nur, dann eilte sie rasch hinauf und verschwand.

Die junge Engländerin war bestürzt, aber auch seltsam gerührt… Ihr Name, ohne jedes weitere Wort, jedoch mit einer ergreifenden Zärtlichkeit ausgesprochen, erinnerte sie sofort an Jonathans letzten Ruf. Warum? Das wußte sie nicht, aber den unnachahmlichen Ton erkannte sie wieder.

»Auf Wiedersehen, Susanna«, rief sie.

Das Geräusch einer sich schließenden Tür war die einzige Antwort.

Der folgende Tag versprach, noch schöner, noch wärmer, noch leuchtender als die vorangegangenen zu werden, wie um den Abschied noch trauriger zu machen. Die Natur spottete der Herzensergüsse, die, was Elizabeth und Billy betraf, nicht weit von einer Tragödie entfernt waren. Im Begriff, sich auf lange Zeit von ihm zu trennen, sah Elizabeth ihren Billy wieder, wie sie ihn geliebt hatte, ohne Flucht in die Welt des Traums, und er konnte sich vor Wut nicht lassen, da er sich der Quelle seines größten Glücks auf Erden beraubt sah. Sie waren beide erschöpft und küßten sich rückhaltlos vor den Augen einer gerührt lächelnden Familie – schließlich nahm die Moral keinen Schaden. Nur Tante Augusta hob die Brauen und senkte die Lider.

Mit wiedererwachter Energie schwang sich Billy auf seinen Rotfuchs, an dessen Sattel die Reisetasche hing, und stob in heldenmütigem Galopp davon. Elizabeths Abreise dauerte etwas länger. Sie zitterte bei dem Gedanken, etwas vergessen zu haben, und nutzte diesen Vorwand, um drei oder viermal hinaufzugehen und einen letzten Blick in das Zimmer ihrer Liebesfreuden zu werfen, während ein großer Junge von vierzehn Jahren in der Kutsche vor Ungeduld zappelte.

Doch in letzter Minute gab es noch eine Überraschung für die junge Frau. Als sie vor dem Haus in der Kutsche Platz genommen hatte, schaute sie voll innerer Bewegung noch einmal zur Fassade mit den weißen Säulen hinauf. Und da erblickte sie hinter einem Fenster das von langen schwarzen Locken umrahmte bleiche Gesicht der Verzweiflung.

In ihrer Bestürzung konnte sie nur winken und rufen:

»Susanna!«

Im gleichen Augenblick knallte ein Peitschenschlag wie eine Pistole, und das Gefährt raste über die große Allee. Elizabeth schloß die Augen, bis sie sich ziemlich weit vom Hause entfernt hatten. Mike war so aufgeregt, daß er ohne Unterlaß redete, aber sie verstand kein Wort von dem, was er sagte, denn die Erinnerung an dieses Gesicht hinter der Fensterscheibe, das von so unerklärlicher Verzweiflung ergriffen war, verfolgte sie. Was hätte sie dieser rätselhaften Person sagen sollen, als sie mit ihr allein am Fuße der Treppe stand? Was wollte sie? Ja, was wollte sie nur? Dieser Gedanke quälte sie so, daß sie die Landschaft nicht mehr sah. Mikes Stimme tat ihr in den Ohren weh. Um ihn zur Ruhe zu bringen, legte sie ihm die Hand auf den Arm. Sie konnte nicht umhin, ihn mit seinem kleinen steifen Strohhut, der ihm auf die Nase rutschte, hübsch zu finden, und sie stellte sich vor, wie er aussähe, wenn er vier Jahre älter wäre... ein schöner Mann... Und wie würde er sich mit Ned verstehen?

Diese Frage und viele andere gingen ihr durch den Kopf. Hatte sie richtig gehandelt, diesen Jungen bei sich aufzunehmen? Seit ihrer Kindheit folgte sie nur ihren Launen und sah nie die Zukunft.

Alles verlief besser, als sie vorausgesehen hatte. Zu Hause kehrte die beruhigende Banalität des Alltags wieder ein. Miss Llewelyn war da, sorgte für Ordnung und verhielt sich Elizabeth gegenüber respektvoll und gebieterisch zugleich:

»Hier hat sich nichts gerührt, Mrs. Lisbeth«, sagte sie. »Mr. Ned ist bei bester Gesundheit, und der Jüngste wird von Betty und der schwarzen Mammy, die er sehr gernhat, mit mütterlicher Pflege umsorgt.«

Sie blickte Mike an und zeigte ihm ihr Tigerlächeln, bei dem sie die Mundwinkel verzog, ohne auch nur den Schatten eines menschlichen Gefühls anzudeuten.

»Ich sehe mich«, fuhr sie fort, »einem alten Bekannten gegenüber, wenn ich diese Bezeichnung auf einen so jungen Herrn anwenden darf, aber ich kann mich auch an eine Jagd mit dem Kehrbesen unter dem Eßzimmertisch erinnern.«

Mike funkelte sie mit seinen grünen Augen an.

»Keine Ahnung, wovon Sie reden«, sagte er.

»Ich will Sie nicht beleidigen, Master Mike, aber das war eine Anspielung auf einen gewissen Mike Schmutzfinger, den Schrecken der weißgekleideten Damen...«

»Lassen Sie ihn in Ruhe, Miss Llewelyn. Mr. Mike Hargrove wird bei uns wohnen. Wo ist Ned?«

»Ich werde ihn rufen. Im Augenblick plaudert er mit Pat unter den Magnolien.«

»Wie ich sehe, hat sich tatsächlich nichts geändert«, sagte Elizabeth.

Mit ihrem ordnungsgebietenden strammen Schritt ging die Waliserin zur Freitreppe, die in den Garten führte, und rief:

»Mr. Ned, eine Dame möchte Sie sprechen. Raten Sie mal, wer.«

»Oh, Mom!« war die Antwort.

Der kleine Junge kam ins Haus gerannt und warf sich Elizabeth in die Arme, die ihn an sich drückte und mit Küssen bedeckte. Er war ganz zerzaust und lachte vor Glück, als er plötzlich Mike erblickte und jäh verstummte. Mit finsterer Miene betrachtete er den Neuangekommenen, und ohne zu zögern stellte sich Elizabeth zwischen sie, nahm sie beide bei der Hand und sagte mit fester Stimme:

»Ned, das ist Mike, der Bruder deines Papas. Mike, das ist mein Junge, dein Neffe Ned. Und nun gebt euch die Hand wie zwei Männer und Freunde.«

Ned starrte mit offenem Munde vor sich hin und rührte sich nicht, während Mike die Hand des Kleinen gewaltsam, aber herzlich ergriff und sie lachend schüttelte:

»Auf Leben und Tod, Ned«, sagte er.

Sein Haar fiel ihm in goldroten Locken in die Stirn, und sein sommersprossiges Gesicht strahlte soviel gute Laune aus, daß Ned ihn schließlich anlächelte. Erleichtert streichelte Elizabeth Mikes Wange. Zu ihrer Bestürzung blickte der Junge sie mit einer Zärtlichkeit an, die mehr verriet, als er selbst ahnte, und sie zog die Hand rasch zurück, als ob sie sich verbrannt hätte, während er sie noch immer entzückt anlächelte.

Und doch, welche Unschuld in diesem runden Gesicht und diesen schönen, arglosen Augen... Ganz offenbar wußte er nichts von seiner aufkeimenden Macht. Mit seinem gutmütigen Menschenfresserlächeln war er fähig, sie zu verwirren. Beängstigende Gedanken schossen ihr kreuz und quer durch den Kopf. »Es war ein Fehler... Wenn Billy hier wäre, würde er mit ihm reden... Ich würde ihn am liebsten in sein Pensionat zurückschicken... Nein, das kann ich nicht, das will ich nicht... Sehr streng, sehr konsequent muß ich mit diesem Kind sein, denn er ist noch ein Kind... Nein... Mein Gott... Cousine Laura...« Warum Cousine Laura? Das hätte sie nicht zu sagen vermocht, aber sie sah sich wieder in dem leeren Zimmer, wo Laura gelebt, gelitten und gebetet hatte... Die Spur des Kruzifixes an der Wand, die Schmucklosigkeit dieses nackten Raums... Was hatte das mit ihr, Elizabeth, zu tun? Nichts, außer daß Laura auch eine große Liebende gewesen war – und um sich von der Liebe zu heilen, hatte sie sich in einer Klosterzelle eingeschlossen. Wie hatte sie das tun können? Und was war mit der Erinnerung an ihre große Liebe, an ihren schönen Régis, der in Haïti umgekommen war? Vergessen, zerstört? Die Waliserin hatte das alles erzählt. Sie würde sie fragen...

Diese stürmische Meditation wurde von Neds Stimme unterbrochen, der glücklichen Stimme aus guten Tagen.

»Mom, ich zeige ihm den Garten und die *Manolien*.«

Offenbar war eine plötzliche Freundschaft erwacht. Mike warf Elizabeth einen eindringlichen Blick zu und ging hinaus.

»Wenn er jetzt schon anfängt, mir Kalbsaugen zu machen«, sagte sie sich, »muß ich ihn fortschicken.«

Im Garten blühten die Magnolien und taten ihr Bestes, um den jungen Besucher zu beeindrucken, aber dieser, an die Blumenpracht von Dimwood gewöhnt, bewunderte sie höflich und rasch. Indessen hatte der Gärtner, der vor seiner Tür stand, ihn von weitem kommen gesehen, zusammen mit Ned, der seinen Gefährten nicht losließ, und der Ire brauchte nicht lange, um sich von dem Jungen eine erste Meinung zu bilden.

»Mike ist der Bruder von meinem Papa, dem Leutnant«, sagte Ned.

»Ein zünftiger Boxer, dein Papa.«

Er schob seinen unförmigen Strohhut zurück, um den Betreffenden besser mustern zu können.

»Mein Junge«, sagte er, »du wirst einmal wie dein Bruder, wenn du groß bist: gut gebaut, schlank und kräftig. Kannst du boxen?«

»Nein«, sagte Mike angriffslustig, »aber ich weiß mich zu wehren.«

»Man wehrt sich mit den Fäusten, das ist die edle Kunst des Boxens. Soll ich's dir jetzt gleich beibringen? Los, stell dich auf!«

»Morgen«, sagte Mike.

»Du darfst ihm nicht weh tun, Pat«, bat Ned. »Er ist mein Freund.

Nimm ihn nach Irland mit, Pat. Wir gehen nämlich jeden Abend nach Irland«, erklärte er Mike.

Pat zog seine Pfeife aus der Tasche und steckte sie sich zwischen die gelben Zähne.

»Das ist eine andere Geschichte«, sagte er. »Du mußt ihm dein Pferd leihen, Ned.«

»Nein«, sagte Ned bestimmt, »mein Pferd leihe ich ihm nicht, aber er kann hinten aufsitzen.«

»Ned«, sagte Mike, »deine Mama wird mir mein Zimmer zeigen. Also Pat, auf bald. Geben wir uns die Hand, Pat?«

Es war ein männlicher, kräftiger Handschlag.

»Du packst aber ganz schön zu für dein Alter«, sagte Pat. »Aus dir kann was werden, mein Kleiner.«

»Ich schlage mich gern.«

»Dann komm zu mir, da wirst du dich nicht langweilen.«

»Wirst du ihm von den Hexen erzählen«, fragte Ned, um Mikes Bildung besorgt.

»Von den Hexen und allem. Von meinem Irland.«

Es gab zu viele Dinge in diesem Gespräch, die Mike nicht verstand, und instinktiv witterte er einen Hauch von Wahnsinn. So zog er es vor, wieder zu Elizabeth zurückzukehren.

Statt ihrer geriet er an Miss Llewelyn, die ihn auf der Freitreppe erwartete.

»Folgen Sie mir, Mister Mike«, sagte sie. »Ich werde Sie auf Ihr Zimmer führen.«

In ihrem ewigen grauen Kleid nahm sie bei dieser Gelegenheit eine Haltung von unerbittlicher Strenge an. Das war ihre Art, mit jungen Leuten umzugehen; ihr Lächeln blieb nur gewissen Erwachsenen vorbehalten.

»Junger Mann«, sagte sie, »Sie sind jetzt bei uns. Ich weiß nicht, wie Sie das in Dimwood erreicht haben, und ich möchte es lieber nicht wissen.«

»Ich habe auch nicht die Absicht, es Ihnen zu sagen«, erwiderte er wütend über diesen unverschämten Ton.

Schweigend und raschen Schrittes durchquerten sie ein Zimmer im Erdgeschoß und gelangten in einen zweiten Raum, der sozusagen von dem ersten abging; beide Zimmer waren nur durch eine Tür miteinander verbunden. Mike blickte sich um. Die Einrichtung enthielt nichts Überraschendes: das schmale Bett, der Schaukelstuhl, der Tisch, der Stuhl mit einem etwas abgenutzten roten Samtpolster und vor dem Bett ein bestickter Teppich von unbestimmter, jedoch dunkler Farbe. Ein freundlicheres Element in diesem strengen Rahmen bildete das Fenster, das sich auf einen langen Garten öffnete, denselben, wo Mike sich kurz zuvor mit dem Iren unterhalten hatte.

»Mr. Ned ist Ihr Nachbar, und Sie gelangen nur durch sein Zimmer in das Ihre. Ich warne Sie. Stören Sie ihn nicht in seinem Schlaf. Außerdem werden Sie sich beide den gemeinsamen Waschraum teilen.«

Sie wies mit dem Kopf auf die Nische in einer Ecke des Zimmers.

»Und das ist alles«, schloß sie. »Ich möchte nur noch bemerken, daß dieses Zimmer, in dem wir uns befinden, nicht das Gästezimmer ist.«

Aufs äußerste gereizt, antwortete er schlagfertig:

»Da ich zur Familie gehöre, betrachte ich mich nicht als Gast, ich bin hier zu Hause.«

Vor Überraschung zuckte sie mit den Wimpern. Als eine erfahrene Gegnerin bewunderte sie insgeheim die Erwiderung. Dann kehrte sie ihm den Rücken und verschwand wortlos.

Elizabeth ihrerseits saß mit Betty an der Wiege ihres schlafenden Jüngsten und betrachtete ihn mit dem Wunsch, eine Wallung mütterlicher Liebe zu verspüren, aber diese gute Absicht war umsonst. Vergeblich versuchte sie ihre Einbildungskraft zu bemühen, indem sie sich wiederholte: »Er ist doch Billys Sohn! Also…«

Es war ihr nicht möglich, die geringste Spur einer Ähnlichkeit, selbst einer entfernten Ähnlichkeit zu finden. Dieses rätselhafte kleine Wesen mit dem leichten Atem schien ihr zwar rührend in seiner Schwäche, seiner absoluten Wehrlosigkeit, seiner Zerbrechlichkeit, aber sie mußte sich selbst eingestehen, daß sie nicht das hatte, was man ein Mutterherz nennt; jedenfalls nicht für dieses Kind. Bei dem anderen, bei Ned, war es etwas anderes: er war das Kind einer leidenschaftlichen Liebe. Bei diesem hier war sie nicht so sicher… Billy hatte ihn nicht gewünscht, weil… Aber sie würde den kleinen Christopher lieben, dazu war sie fest entschlossen. Um gleich damit anzufangen, wollte sie dieses winzige Gesichtchen, das sie an eine Blume erinnerte, mit den Lippen berühren. Betty hob schüchtern die Hand, um sie daran zu hindern.

»Miss Lisbeth, das wi'd ihn wecken.«

»Du hast recht, Betty. Man darf ihn nie allein lassen, auch nicht nachts, wenn er schläft.«

»Betty is' imme' da, Miss Lisbeth, ode' Mammy, und Mammy betet ihn an.«

»Ich auch, Betty, auch ich bete ihn an, ja, aber ich habe Angst.«

Das Gespräch wurde leise flüsternd fortgesetzt:

»Sie müssen keine Angst nich haben, Miss Lisbeth. Die Tü' is' fest zugeschlossen, mit'm Schlüssel«

»Ja, aber man könnte durch das Fenster einsteigen. Es gibt Dämonen und böse Geister.«

Betty bekreuzigte sich.

»Warum tust du das, Betty? Hast du auch Angst?«

»Nein, Miss Lisbeth, de' liebe Gott beschützt das Baby.«

»Aber wenn ein Wahnsinniger in der Nacht hier eindringt, wenn auch du schläfst und ihn nicht hindern kannst…«

»O nein!«

»Doch. Du hörst ihn nicht, er nähert sich dem Kleinen, und dann legt er ihm einfach die Hand auf den Mund, und dann kann das Baby nicht mehr atmen, und dann…«

Betty sprang plötzlich auf, und ihr schwarzes Gesicht verzerrte sich vor Schrecken.

»Oh, M'am, wa'um sagen Sie das?«

»Ich weiß es nicht, Betty, aber es ist mein Alptraum. Wir müssen alle Läden schließen und die Türen doppelt verriegeln.«

Bei diesen Worten war Elizabeth furchtbar bleich geworden, und jetzt sprach sie so leise, daß sie sich selbst kaum noch hören konnte:

»Man muß für ihn beten. Betty, du kannst beten, ich kann es nicht mehr, man erhört mich nicht, verstehst du? Weil… ich weiß nicht, warum, aber ich habe den Eindruck, ins Leere zu reden…«

»Oh, Miss Lisbeth, das dü'fen Sie nich' sagen.«

»Als ich jünger war, glaubte ich, daß da jemand ist, aber jetzt bin ich mir nicht mehr so sicher.«

»Oh, Miss Lisbeth, man muß siche' sein.«

»Dann bitte du an meiner Stelle, für mich.«

Sie stand plötzlich auf und ging hinaus.

Im Vestibül fand sie niemanden. Sie rief Joe.

»Hast du mein Gepäck in mein Zimmer gebracht?«

»*Yes*, M'am, gleich als Sie angekommen sind.«

»Wo ist Mr. Mike?«

»Weiß ich nich', M'am.«

Miss Llewelyn erschien.

»Mr. Mike ist ausgegangen, er wird wohl auf der Straße sein, denke ich.«

»Und sein Zimmer, Miss Llewelyn? Haben Sie an sein Zimmer gedacht?«

»Natürlich. Er wird in dem Zimmer neben Mr. Ned schlafen.«

»Was denken Sie denn? Das dient doch nur noch als Rumpelkammer.«

»Ich habe das Bett richten lassen. Er ist doch dort sehr gut aufgehoben, M'am.«

»Noch einmal, was denken Sie denn? Wir haben schließlich ein Gästezimmer.«

»Nicht weit von dem Ihren, am Ende des Korridors. Dort, wo ich ihn einquartiert habe, kann er sein Zimmer nicht verlassen, ohne durch das Zimmer von Mr. Ned zu gehen, und dem entgeht nichts. Und umgekehrt kann man nicht zu ihm…«

Rot vor Wut hob Elizabeth die Stimme.

»Ich verlange eine Erklärung für das, was Sie da eben gesagt haben.«

Dank einer ihrer seltsamen natürlichen Gaben richtete die Waliserin sich auf, dehnte die Brust und erschien riesig.

»Wollen Sie eine platte Entschuldigung oder die Wahrheit? Die platte Entschuldigung, mit Verlaub, werden Sie nicht hören… Bleibt das Schweigen oder die Wahrheit.«

»Was unterstehen Sie sich? Nun gut, lassen Sie Ihre Wahrheit hören, Sie machen mir keine Angst.«

»Mrs. Hargrove, Sie sind in Gefahr…«

»Ich verbiete Ihnen…«

»… und eines Tages werden Sie Maisie Llewelyn dankbar sein, daß sie Sie rechtzeitig gewarnt hat.«

Elizabeth antwortete nicht.

»Sind Sie sich bewußt, daß Sie jemanden in größte Verwirrung gestürzt haben?«

»Wenn das so ist, geschah es absolut unwillentlich.«

»Das glaube ich, aber er sollte nicht hier sein.«

»Sie haben mir nicht immer Moral gepredigt, Miss Llewelyn.«

»Damals war der Galan in Wien, heute wäre er, wenn Sie ihn gewähren ließen, am Ende des Korridors.«

»Schweigen Sie. Ich finde Sie unverschämt.«

»Aber nein. Es ist die Vernunft, die mit der Direktheit des Volkes zu Ihnen spricht. Wollen Sie mich anhören? Es ist zwei Uhr, und Mr. Mike wird gleich zurückkehren. Sie haben drei kräftige Schwarze im Hause. Essen Sie ruhig mit Ihrem Schwager zu Mittag – denn er ist Ihr Schwager. Wenn Mr. Mike dann in sein Zimmer geht, wird er es nicht wiedererkennen. Ich habe für alles gesorgt.«

»Sie werden doch nicht…«

»Doch. Was im einen Sinne machbar war, läßt sich auch im entgegengesetzten Sinne tun. Für diese farbigen Burschen ist es ein Kinderspiel.«

»Wer hat Sie dazu ermächtigt?«

»Am Abend vor dem Schlafengehen beten Sie vielleicht noch ›und führe uns nicht in Versuchung‹. Diese Versuchung wende ich ab.«

»Lassen Sie gefälligst meine Seele in Ruhe, ja?«

»Ich begreife Ihre Verärgerung, denn ich habe mich nie viel um Prinzipien geschert, aber heute haben Sie mir Angst eingejagt. Gegenüber der Liebe sind Sie wehrlos.«

»Na und? Was sehen Sie denn Schlechtes in der Liebe?«

»Nichts, nur ist die Liebe bei Ihnen ein Plural.«

»Miss Llewelyn, es hat Zeiten gegeben, da ich mich Ihnen sehr nahe fühlte, aber es gibt andere, da ich Sie nicht ausstehen kann.«

»Ach!«

»Wie zum Beispiel jetzt, wo Sie auf eine provozierende Weise recht haben. Ihre Taktlosigkeit könnte einen Heiligen zum Wahnsinn bringen.«

»Sehr richtig. Die Waliserin, verstehen Sie? Aber ich kann nicht wortlos zuschauen, wie Sie geradewegs…«

»… zur Hölle fahren. Sagen Sie es nur, denn es brennt Ihnen auf der Zunge, nicht wahr?«

»Nicht gar so weit, Miss Lisbeth. Man kann auf halbem Wege innehalten. So war es bei mir.«

Mit plötzlicher Aufmerksamkeit trat Elizabeth ganz nahe an sie heran.

»Wie das?«

»Laura.«

»Wollen Sie sich bitte etwas klarer ausdrücken? Auch ich denke manchmal an sie.«

»Erinnern Sie sich an den Tag, als ich ihre Geschichte von Haïti erzählte?«

»Wie jeder in Savannah, Miss Llewelyn.«

»An jenem Nachmittag habe ich alles wieder vor mir gesehen, ich war dort. Bei ihrer Trauung in der kleinen Kirche, dann auf der Plantage, die von den Mulatten angegriffen wurde. Ich habe den Leutnant Régis sterben gesehen, von einem Schuß getroffen, der aus dem Haus abgefeuert wurde. Lauras Gesicht hat mich verfolgt. Ich habe nicht den Mut gehabt, sie in ihrem Kloster zu besuchen, seit Annabel bei ihr ist.«

»Was ändert die Gegenwart Annabels?«

»Nichts und alles. Annabel ist loyal und wird nicht über Sie reden, aber schließlich war es doch Ihretwegen... daß sie die Welt verlassen hat; der Rubin, den ich wie einen Blutstropfen an Ihrem Hals hängen sehe, erzählt die ganze Geschichte, Ihre Geschichte...«

Sie besann sich und fuhr fort:

»Nein, unsere Geschichte, denn ich trage einen Teil der Verantwortung. Das weiß Annabel nicht, aber ich weiß es, und sie ist dort bei ihrer Mutter. Sie hat alles verziehen, aber sie ist dort. Ich habe verstanden, ich habe gefühlt, daß ich für meinen Teil, wenn ich auch nur einen Schritt weiterginge, an den Punkt käme, von dem es kein Zurück mehr gibt. Das hat mir Angst gemacht, und ich habe mich ergeben. Die Person, mit der Sie reden, ist eine andere geworden...«

Sie hielt einen Augenblick inne, und dann fragte sie:

»Haben Sie meine Briefe verbrannt?«

»Natürlich! Und Sie? Die meinen sind ebenso gefährlich.«

»Heute früh.«

»Wie?« schrie Elizabeth empört, »Sie haben sie die ganze Zeit behalten?«

»Ja. Ich liebte das Geld. Die Briefe waren viel wert, und Sie hatten alle Aussichten, sehr reich zu werden.«

»Welch eine abscheuliche Berechnung!«

»Jawohl, abscheulich. Aber ich habe alles gestanden... Ich habe es Ihnen gesagt, ich bin es losgeworden, das und alles übrige aus meinem vergangenen Leben. Ich bin eine andere geworden und lebe im Frieden mit mir selbst. Aber Sie, Elizabeth, Sie sind ganz nahe an dem Punkt, von dem es keine Rückkehr gibt. Sie dürfen diesen Jungen nicht anrühren.«

»Sind Sie verrückt? Wer sagt Ihnen, daß ich Mike anrühren will?«

»Alles verrät es mir, wenn ich Sie beisammen sehe. Mike ist eine zu leichte und zu willige Beute.«

»Ich bin also verloren.«

»Gerettet! Weil Maisie Llewelyn wie ein Engel mit flammendem Schwert über Sie wacht. Sie wissen nicht, was eine Waliserin ist, wenn die Religion sie packt.«

»Miss Llewelyn, wir werden uns trennen müssen, wenn Sie in diesem Ton fortfahren.«

»Unter keinen Umständen. Ich habe die Aufgabe, über Sie zu wachen.«

In diesem Augenblick hörten sie ein lärmendes Gepolter über ihren Köpfen. Möbel wurden angehoben und schwer und dumpf auf den Boden gesetzt.

»Beunruhigen Sie sich nicht«, sagte Miss Llewelyn. »Es sind Ihre Schwarzen. Sie haben das Bett im Gästezimmer auseinandergenommen und schleppen es durch den unseligen Korridor.«

»Den unseligen Korridor?«

»Ja, der, über den dieser arme Tropf sich des Nachts zu Ihnen geschlichen hätte.«

»Jetzt reden Sie wie der Teufel.«

»Es ist aber die reine Wahrheit. Sehen Sie, wie der Seelenfeind die allerreinsten Absichten nutzt, um seine finsteren Pläne auszuführen. *Vade retro, Satanas!*«

Kaum hatte sie diese Worte gesprochen, da verstärkte sich der Lärm der Möbelträger zu einem donnernden Krach. Elizabeth blickte die Waliserin an, die mit höchst zufriedener Miene nickte, und fast sogleich erschien oben auf der Treppe ein Bett, ohne Säulen und ohne Baldachin. Zwei vor Schweiß triefende Schwarze wuchteten es in Schüben herunter, bremsten hart mit den Hacken auf den Stufen und ließen ein heiseres Stöhnen vernehmen.

Wie um die Verwirrung noch größer zu machen, klingelte es an der Tür, und da niemand öffnete, ging Elizabeth selbst hin. Vor ihr stand Mike, der sie wegen des Lärms verblüfft anstarrte und ihr offenbar eine Menge Fragen stellen wollte.

»Achte nicht darauf«, rief Elizabeth ihm zu, »du wirst es später erfahren. Geh ins Eßzimmer.«

Er sagte nur:

»Betty.«

In der Tat kam sie mit Ned hinterher, den sie etwas länger als gewöhnlich spazierengeführt hatte. Sie warf einen Blick zur Treppe und riß erstaunt den Mund auf, aber Elizabeth kam ihr zuvor und ließ sie gar nicht erst zu Wort kommen.

»Bring den Kleinen ins Eßzimmer«, befahl sie.

Im Speisezimmer, das ziemlich weit vom Vestibül entfernt war, hörte man nichts von dem Umzugsgepolter. Der Tisch war gedeckt, und die heruntergelassenen Jalousien milderten das grelle Licht der Februarsonne. Elizabeth setzte sich zwischen Ned und Mike. Sie war so empört über das Betragen der Waliserin, daß sie all ihre britische Aggressivität wiederfand. In einer Ecke des Zimmers zeigte die große Standuhr ein Viertel vor drei.

»Warten wir also«, sagte Elizabeth. »In der Küche sollte man wissen, daß wir da sind.«

Miss Llewelyn erschien in der Tür.

»Miss Llewelyn«, sagte Elizabeth schroff, »sorgen Sie bitte dafür, daß man uns auf der Stelle bedient.«

Dieser Hausherrinnenton schien alles wieder an seinen Platz zu rücken und keine weiteren Diskussionen aufkommen zu lassen.

»*Yes*, M'am, sofort«, sagte die Waliserin.

Als sie verschwunden war, wandte sich Elizabeth an Mike:

»Wenn du nachher auf dein Zimmer gehst, wirst du es etwas besser eingerichtet finden. Hoffentlich gefällt es dir dann.«

»Oh, es hat mir sehr gut gefallen, wie es war«, antwortete er mit dem Lächeln eines artigen Kindes.

Man sah, daß es ihm ein Bedürfnis war, alles gutzuheißen, was sie für ihn beschloß, und er konnte nicht umhin, sie mit einer naiven Bewunderung anzublicken, aus der seine tiefe Unschuld sprach. Elizabeth wäre keine Frau gewesen, wenn die Aufrichtigkeit dieser Huldigung sie nicht gerührt hätte, aber sie zitterte vor ihm.

Ein Diener in roter Livree brachte eine Schüssel mit schneeweißem, dampfendem Reis herein, ein zweiter eine Platte mit rosigem, in feine Scheiben geschnittenen Fleisch. Elizabeth bediente ihre jungen Gäste selbst, und das die Mahlzeit begleitende Gespräch verlief sehr unkompliziert. Ned zeigte sich am gesprächigsten und erzählte seine Träume der vergangenen Nacht bis in die kleinsten Einzelheiten. Diskret erschien Miss Llewelyn, um die Diener zu überwachen, doch ohne es sich anmerken zu lassen, blinzelte sie und warf einen beobachtenden, wenn auch verstohlenen Blick auf Elizabeth und Mike, bevor sie sich zurückzog. Die schöne Engländerin beherrschte sich, so gut sie konnte.

Mike zeigte sich begeistert von der Verwandlung seines Zimmers. Stilreine Möbel aus der Zeit Georges III. ersetzten das Gerümpel, das man ins anliegende Zimmer geschafft hatte, doch war dieses so spärlich eingerichtet, daß es einem Kind von sechs Jahren immer noch genügend Platz bot. Ned beklagte sich jedenfalls nicht, denn ein zusätzliches Bett und ein Sessel bildeten neue Elemente für den Rahmen seiner phantastischen Geschichten. Außerdem freute er sich, so ganz in Mikes Nähe zu sein, in dem er einen willkommenen Zuhörer sah und der eine Abwechslung gegenüber Pat darstellte, der ein wenig alltäglich wurde. Mike hatte übrigens eine Zuneigung zu dem träumerischen kleinen Erzähler gefaßt. Er hörte ihm geduldig und mit der aufgesetzten Miene des Erstaunens zu, aber als er am übernächsten Tag in seine Klasse zurückkehren mußte, war es ihm gar nicht so leid, wie er am ersten Tag geglaubt hatte, denn er langweilte sich bei seiner Schwägerin.

Er sah sie nur bei den Mahlzeiten, und wenn er sie anblickte, schlug sie stets die Augen nieder. Sie schien ihm deshalb zwar nicht weniger schön, aber er begann, in ihrer Gegenwart undeutliche Schuldgefühle zu empfinden. Zuerst beeindruckte ihn die unglaubliche Fülle dieses goldenen Haars, und dann – hier begann die Träumerei der Sinne – der Glanz des so frischen hellrosa Teints und das, was er unter dem Musselinschal von ihrem Busen erriet.

Sie sprach nur selten mit ihm; der Blick eines wilden Tiers, den ganz junge Männer an sich haben, störte sie, wenn sie es sich auch nicht eingestand. »Ein Halbwüchsiger«, dachte sie. »Diese neuerdings von der Religion besessene Verrückte warnt mich vor einem Schuljungen…« Aber die Waliserin hatte recht, und es war besser, daß der Junge nicht am Ende des Korridors schlief. »Der unselige Korridor«, fügte Elizabeth innerlich mit einem stummen Gelächter hinzu. Ach! Wie sehr sie sich wünschte, daß Billy wieder da wäre, um dieser unbehaglichen Situation ein Ende zu machen! Aber wie? Das wußte sie nicht. Billy brachte alles ins Lot.

Indessen ging im Hause dem Anschein nach alles gut. Miss Llewelyn beruhigte sich nach ihrer spektakulären Gewissenskrise und führte wieder das Regiment in Elizabeths kleiner Welt. Die beiden Jungen kamen wunderbar miteinander aus. Des Nachts hörte Mike zuweilen die kleinen Schreckensschreie seines jungen Nachbarn, der ihm dann am nächsten Morgen seine Alpträume mit einer Fülle von verwirrenden Einzelheiten erzählte.

Zu Abend aß er meist allein, da Elizabeth ihre Gewohnheit, oft auszugehen und spät heimzukehren, wiederaufgenommen hatte. Dann erschien Miss Llewelyn und blieb lange im Speisezimmer, nicht um ihm Gesellschaft zu leisten, sondern um zu schauen, daß er gut bedient wurde. Mit einer seltsamen Mischung von Zartgefühl und Taktlosigkeit stellte sie ihm Fragen, deren Sinn er nicht verstand. Sie ging dabei ziemlich weit und brach das Verhör dann gerade noch rechtzeitig ab. In ihrer Neugier wollte sie alles über seine Schulkameraden und Lehrer wissen, zeigte sich besorgt um die Moral, die an diesem College herrschte, und – warum nicht? – insbesondere um die seine. Das war dem Jungen äußerst peinlich, und er antwortete nicht. Was wollte diese große und beleibte Frau mit dem ergrauten Haar, deren starken Atem er hinter seinem Stuhl verspürte? Was wollte sie von ihm? Ihre Sprache war dunkel. Er hätte gern gehabt, daß sie fortging, aber sie blieb. Sie blieb bis zur Nachspeise, die sie natürlich nicht anrührte. Denn diese Nachspeise mochte sie nicht.

104

So glanzvoll wie in den vergangenen Jahren, wenn nicht noch prächtiger, verlief die Saison und erreichte in der Zeit zwischen März und Ende April ihren Höhepunkt. Unter den großen Kronleuchtern vergaß eine elegante und geschwätzige Gesellschaft die Sorgen der historischen Stunde. Dieses Untertauchen in eine zeitfremde Welt war von einer wunderbaren Mühelosigkeit. Es genügte, eine gute Figur zu machen und nicht langweilig zu sein.

In Mrs. Harrison Edwards großem runden Salon sorgte Elizabeths Erscheinen stets für einen Augenblick der Bewunderung, den die Vielfalt ihrer Toiletten und vor allem ihr Haar, das sie nie zweimal hintereinander auf die gleiche Weise frisiert trug, auf sich zogen. Sie spielte mit ihrer Goldmähne, wie man seine Reichtümer zur

Schau stellt. Die Raffinesse der angewandten Mittel verriet das Können eines Pariser Künstlers, der seine Kundschaft auf nur wenige Damen beschränkte. Das Geheimnis der Überraschung lag in der unerwarteten Einfachheit. Das üppige Gold erleichterte seine listenreichen Erfindungen.

Wir müssen hinzufügen, daß Elizabeth sich ihrer natürlichen Schönheit stets bewußt blieb und diese schamlos zu ihrem Vorteil nutzte. Ihre Unsicherheit erweckte in den Männern den edlen Beschützerinstinkt; das hatte sie nach einigen Auftritten in der Gesellschaft ganz von selbst gelernt. So umschwirrten sie die jungen Frackträger wie ein Ballett von Fischen mit Schwalbenschwänzen. Zu den besonders Anmutigen gehörte der unwiderstehliche Algernon, der nie die Hoffnung aufgab, auch ihre Gefühle zu erobern. Natürlich hatte er Leutnant Hargrove zu fürchten, und Billy terrorisierte Algernon über alles hinaus, was die menschliche Sprache auszudrücken vermag, aber an diesem Abend war Leutnant Hargrove durch einen Zufall, den Algernon nicht der göttlichen Vorsehung zuzuschreiben wagte, nicht anwesend. Endlich gelang es ihm, sich der schönen Engländerin zu nähern. Mit schmachtenden Augen sagte er zu ihr:

»Elizabeth, erinnern Sie sich...«

Mit einer brüsken Bewegung wandte sie sich zu ihm:

»An was soll ich mich erinnern?«

»Aber an unseren Abend bei den Schmicks.«

»Sind Sie verrückt geworden, Algernon? Ich versuche, diesen Alptraum zu vergessen.«

Bestürzt wich er einen Schritt zurück, und sein Platz wurde sogleich von einem anderen Unwiderstehlichen eingenommen, der im Knopfloch eine Gardenie trug, die er abnahm und Elizabeth schenkte. Sie nahm die Blume, atmete ihren Duft ein, schloß die Augen und war versucht, das Gesicht ihres Bewunderers zu streicheln, denn sie fand ihn ganz nach ihrem Geschmack. Doch sie beherrschte sich...

Algernon verschwand für diesen Abend.

Als Billy nach einer Zeit grausamer Entbehrungen heimkehrte, fand er das Haus so vor, wie er es verlassen hatte – oder doch fast. Eine kleine Welt, die stillzustehen scheint, verändert sich doch auf eine Art, die sich der Analyse entzieht. Vielleicht zeigte sich die Waliserin eine Idee herrischer als sonst, und Mike hatte zugenommen... Man aß gut am Oglethorpe Square. Aber was war es nur? Mit jedem Urlaub fand Billy eine noch schönere und noch leidenschaftlichere Elizabeth vor; diesmal warf sie sich wie eine verliebte Furie in seine Arme. So hatte er sie noch nie gesehen, und er schloß daraus, daß auch sie sehr unter der Trennung gelitten hatte. Alles war also zum Besten bestellt.

Am zweiten Tage zog ein Schatten auf. Billy hätte ihm keinen Namen geben können. Eine Ungewißheit vielleicht, aber etwas so Geringes, daß er sich zuerst getäuscht zu haben glaubte. Es zeigte sich besonders bei Tisch, wenn er Mike mit rosigem und noch vollerem Gesicht neben Elizabeth sitzen sah. Er schaute sie so unschuldig an, wie etwa ein Kind am Heiligabend verstohlen einen Weihnachtsbaum anschaut. Und da kamen Billy idiotische Gedanken, die er von sich wies, aber idiotische Gedanken haben nun einmal die Eigenschaft, immer wiederzukommen. Warum? Gerade weil sie idiotisch sind.

An einer anderen Ecke des Tisches beobachtete ein sechsjähriger Junge, der von Irland träumte, versonnen diese stets ein wenig rätselhaften Erwachsenen, aber auch er blickte Elizabeth mit einer Anbetung an, aus der er keinen Hehl machte. Zuweilen lächelte er Mike zu, und Mike antwortete ihm mit einem fröhlichen Zwinkern.

Die Tage vergingen sowohl für Billy als auch für Elizabeth mit schrecklicher Schnelligkeit. Der Urlaub war dieses Mal großzügig und lang gewesen, denn zwischen dem Kommandanten und dem arglistigsten seiner Husaren hatte eine Versöhnung beim Whist stattgefunden, doch die letzten Stunden waren in Sicht. In Billys Welt gab es nur Elizabeth, aber eines Tages ging er zu seinem kleinen Sohn und kitzelte ihn so lange mit den Fingerspitzen, bis dieser entnervt zu plärren begann.

»Er lacht«, sagte Elizabeth.

Betty machte dem Spiel ein Ende, indem sie das Kind in die Arme nahm, und die glücklichen Eltern zogen sich zurück.

»Als ich ihn ansah, bin ich auf eine Idee gekommen«, sagte Billy. »Wenn er wächst, wird er schon hübscher werden. Für den Augenblick... Aber wir sehen alle nicht schlecht aus in der Familie. Mike zum Beispiel. Der fängt an, sich zu mausern. Er ist ein kräftiger junger Kerl. Gerade das, was wir in der Armee brauchen.«

»Um Himmels willen, Billy!« rief Elizabeth aus.

»Wieso? Gefällt dir das nicht?«

»Doch, durchaus, aber wir sind so daran gewohnt, ihn im Haus zu haben.«

»Liebst du ihn denn so sehr?«

»Er ist ein guter Junge.«

»In seinem Pensionat bringt man ihm nur Dummheiten bei. Ich nehme ihn dir fort und stecke ihn ins Kadettencorps von Charleston. Ich kenne fast alle Offiziere, die dort als Ausbilder tätig sind. Was sagst du dazu?«

Elizabeth schluckte und suchte verzweifelt nach einem passenden Wort, dem unter solchen Umständen einzig möglichen.

»Großartig«, sagte sie mit pochendem Herzen.

Plötzlich nahm er sie in die Arme und drückte sie zum Ersticken.

»Ich habe in all diesen Tagen meinen Plan reifen lassen«, sagte er strahlend. »Du wirst ihm gleich sagen, daß er seine Koffer packen soll, oder ist es dir lieber, wenn ich selbst mit ihm rede?«

Jetzt konnte sie ihre Tränen nicht länger zurückhalten, und sie schneuzte sich.

»Es wird ihm Kummer machen«, sagte sie und faßte sich wieder. »Vielleicht ist es besser, wenn ich es ihm erkläre.«

»Mag sein, denn ich kann nur sprechen wie ein Soldat.«

Mike war mit Ned im Garten. Sie nahm ihn unter den Magnolien beiseite, deren Duft sie mit Zärtlichkeit einzuhüllen schien. Elizabeth vermochte nur Sätze zu stammeln, die er nicht verstand. In der Tat neigte sie den Kopf und legte dem erstaunten Jungen beide Hände auf die Brust. Endlich fand sie die nötigen Worte, um ihm Billys Vorhaben zu erklären. Als er das Wort Kadettenanstalt hörte, begannen seinen Augen zu strahlen.

»Dort kommt man mit dem Rang eines Offiziers heraus«, sagte er.

»Das nehme ich an«, seufzte Elizabeth.

Auf diesen fröhlichen Ton war sie nicht gefaßt; sie hatte sich etwas ganz anderes erhofft, irgend etwas Gefühlvolleres zumindest... denn in diesen Blicken, die er ihr bei Tisch zuwarf, hatte sie schüchterne Geständnisse zu entdecken geglaubt...

Plötzlich umarmte er sie ungeschickt und drückte ihr aufs Geratewohl einen Kuß auf die Stirn.

»Sei nicht traurig, ich komme wieder.«

Sie richtete sich auf, pikiert über diesen Anflug männlicher Herablassung.

»Aber ich bin gar nicht traurig, mein kleiner Mike. Geh und sag deinem Bruder, daß wir einverstanden sind.«

Er rannte zur Freitreppe. Dort stand Miss Llewelyn, die Hände in die Hüften gestemmt. Sie beobachtete ihn aus der Ferne, hatte aber nichts gehört.

»Wohin denn so eilig?« fragte sie Mike lächelnd.

»Zu meinem Bruder«, antwortete er aufgeregt. »Er nimmt mich mit nach Charleston. Ich komme in die Kadettenanstalt.«

Sie trat beiseite, um ihn vorbeizulassen, und blieb wie benommen an die Tür gelehnt stehen, als hätte er sie geschlagen.

»In die Kadettenanstalt...«, murmelte sie vor sich hin.

Mike war bereits im Zimmer seines Bruder. Dieser war in Hemdsärmeln und suchte in der Schublade einer tiefen Kommode nach Kleidungsstücken.

»Nun?« fragte er. »Hast du mit meiner Frau gesprochen?«

»Ja, sie ist einverstanden; sie war sehr nett.«

»Natürlich. Die Frauen, die mit ihrer Sanftmut alles in Ordnung bringen... Übermorgen früh nehmen wir den Zug. Elizabeth wird dir beim Kofferpacken helfen. Freust du dich?«

»O ja, Billy! Denk nur, mit dir zu reisen...«

»Schon gut, verschwinde. In der Armee macht man keine großen Worte.«

Mike sprang wie ein junges Tier davon und rannte die Treppe hinunter. Unten erwartete ihn Ned in einem blauen Leinenanzug mit kurzen Hosen.

»Kommst du nicht in den Garten?«

Die helle Stimme stieg wie ein Ruf der ganzen glücklichen Kindheit empor. Mike nahm die letzten Stufen langsamer. Unten angekommen, setzte er sich vor Ned hin und ergriff seine beiden Arme:

»Ned, ich habe dir etwas mitzuteilen. Ich werde Soldat, wie Billy.«

Ned verstand nicht sofort, aber seine großen Augen, die noch größer wurden, waren voller Unruhe.

»Wann?« fragte er.

»Bald. Aber du und ich, wir werden immer gute Freunde bleiben, nicht wahr?«

»Wann bald?«

»Hör zu, wenn ich dich mitnehmen könnte... aber das kann ich nicht. Übermorgen.«

Ned öffnete den Mund und stieß einen Schrei aus, der so laut war, daß er größer schien als er. Miss Llewelyn eilte herbei, dann Elizabeth, und selbst Billy erschien oben auf der Treppe, während Mike den kleinen Jungen in die Arme nahm und sich bemühte, ihn zu beruhigen. Aber Ned wehrte sich, seine Schreie hörten nicht auf und wurden von einem Keuchen unterbrochen, das allen Angst machte. Von allen Seiten tauchten besorgte Gesichter auf, besonders aus der Küche. Betty und die *Black Mammy* wollten sich dem Kind nähern. Entschlossener als alle anderen, packte ihn die Waliserin und trug ihn in Mikes Zimmer, wo sie ihn in das große Himmelbett legte. Dort gelang es ihr, ihn zu besänftigen, indem sie ihm mit leiser Stimme Lieder in einer Sprache vorsang, die er nicht kannte. Nach einer Weile entspannte sich der vor Müdigkeit erschöpfte kleine Körper, und die tränennassen braunen Augen fielen zu.

Elizabeth trat leise ein, aber die Waliserin setzte sie sofort vor die Tür:

»Wenn die Zärtlichkeit ins Spiel kommt«, sagte sie in einem strengen Flüstern, »fängt alles wieder von vorne an.«

»Aber er ist doch mein Sohn.«

»M'am, wollen Sie, daß er einen Nervenzusammenbruch bekommt?«

Und sie schob sie hinaus. Elizabeth hörte verblüfft, wie sich hinter ihr der Schlüssel zweimal im Schloß drehte.

Im Vestibül herrschte zuerst ein bestürztes Schweigen, und nur Billy fand, daß Miss Llewelyn recht gehandelt hatte.

»Deine Waliserin zeigt gesunden Menschenverstand«, sagte er zu seiner Frau. »Energisch durchgreifen, siehst du, das ist das einzig Richtige. Und was soll überhaupt diese ganze Geschichte? Hast du eine Ahnung?«

Sie antwortete nicht, ging mit Betty und der schwarzen Mammy in Neds Zimmer und wartete. Kein Geräusch drang aus dem Nebenzimmer, wo die Ursache all dieser Aufregung in tiefem Schlummer lag.

Der Abend nahm ziemlich rasch den seltsamen Charakter eines Trauertages ohne Verstorbenen an. Elizabeth und Mike saßen abwechselnd an Neds Bett; er verweigerte jegliche Nahrung, gab dann aber doch der unlauteren, jedoch heilsamen Versuchung einer

Tafel Milchschokolade nach, die Mike ihm heimlich bei Einbruch der Dunkelheit zusteckte.

Ned ließ sich kraftlos an Elizabeths Schulter sinken, fragte sie ständig, warum Mike fortmüsse, und sie tröstete ihn mit dem Versprechen, daß er sehr bald zurückkommen werde. Die Lüge wurde ihm in vollen Zügen ausgeteilt. Mike, an den er sich wie ein Ertrinkender klammerte, bekam nur eine flehentliche Bitte zu hören, immer die gleiche:

»Geh nicht fort, Miky, geh nicht fort!«

Man hätte meinen können, daß die Heftigkeit des ersten Schocks die Kräfte der Verzweiflung erschöpft hätten und er nur noch zu stöhnen vermochte. Allmählich beruhigte sich das Kind, aber diese Resignation, die so gar nicht seinem Alter entsprach, war herzzerreißender als seine Schreie und seine Empörung über die unverständlichen Launen des Lebens. Noch schwieriger wurde es am nächsten Tag, obgleich das Drama sich fast in der Stille abspielte. Ned folgte Mike auf Schritt und Tritt, als fürchtete er, daß er ihm an der Ecke eines Korridors oder hinter einer Tür abhanden käme. Um ihm die letzten Qualen des Abschieds zu ersparen, die einen neuerlichen Ausbruch zur Folge haben könnten, wurde beschlossen, daß der Leutnant das Haus mit seinem Bruder bei Morgengrauen verlassen sollte. Billy erklärte sich nicht ohne Murren damit einverstanden.

Alles ging auf die einfachste Art der Welt vor sich. Im matten Schimmer des Tages, der noch hinter den Baumwipfeln zögerte, stand Joe in roter Livree mit einer Laterne und beleuchtete die kleine Gruppe auf der Freitreppe. Unten wartete ein Wagen, um die Reisenden zum Bahnhof zu bringen.

Die unvermeidliche Konfusion der allerletzten Minuten begann in dem Augenblick, da die Diener das Gepäck zum Wagen trugen. Billy umarmte seine Frau mehrere Male mit aller Kraft, denn zur Liebesglut gesellte sich die Verzweiflung über die Abreise, und die Knöpfe seiner Uniformjacke gruben sich in die Haut ihres nur leicht verhüllten Busens. Dann nahm Mike, einer plötzlichen Eingebung folgend, Elizabeth in seine Arme, und ihre beiden Münder berührten sich in einem raschen, unter Verwandten erlaubten Kuß. Und war er nicht ihr Schwager?

Miss Llewelyn zeigte sich viel distanzierter in ihrer Haltung, mit ihrem von schmerzlicher Betrübnis verhärteten Gesicht. Sie lächelte dem Knaben nur zu, der ihr höflich dankte, daß sie sich um ihn und sein Wohlbefinden gekümmert hatte.

In weniger als drei Minuten war alles vorüber. Die Peitsche knallte, und der Wagen verschwand, während die ersten Sonnenstrahlen verstohlen über die Dächer glitten. Es folgte ein peinliches Schweigen, dann begleitete Miss Llewelyn die junge Frau bis zur Eingangstür. Als sie dort allein waren, entschlüpfte ihr diese mit bitterer Stimme gesprochene Bemerkung:

»Wie konnten Sie nur auf den Gedanken verfallen, diesen Jungen bei sich aufzunehmen? Mit seinen schönen grünen Wildkatzenaugen hat er uns alle betört.«

Elizabeth antwortete nicht und stieg hinauf in ihr Zimmer. Etwas lauter, damit man sie auch hörte, fügte die Waliserin hinzu:

»Ich werde das Gästezimmer wieder so einrichten lassen, wie es war... am Ende des Korridors.«

Einige Sekunden verstrichen, und dann rief sie noch:

»Von nun an können Sie dort wen immer Sie wollen einquartieren.«

Die Antwort kam hart und streng von der oberen Treppe:

»Danke für die Erlaubnis, aber jetzt ist es genug, Miss Llewelyn.«

»*Yes*, M'am«, sagte die Waliserin, eher zufrieden, daß ihre Engländerin immer noch die normalen britischen Reaktionen zeigte.

105

Die folgenden Wochen vergingen in einer etwas gekünstelten Ruhe, denn zu viele Herzen waren aufgewühlt worden, ohne den Frieden wiederzufinden. Ned, der am stärksten betroffen war, verzieh nicht einmal seiner Mutter, daß sie ihn um die traurige Freude gebracht hatte, Mike am Morgen seiner Abreise ein letztes Mal zu sehen. So jung er auch war, witterte er dennoch eine angeblich nur in bester Absicht angezettelte allgemeine Verschwörung der Erwachsenen gegen die Kinder, die man als ein kleines Volk für sich betrachtete. Diese noch sehr verworrenen Gedanken entstammten einer tiefen Intuition, die ganz junge Menschen manchmal haben, vor allem in der Zeit vor jener sogenannten Erziehung, die die Kinder systematisch von ihren instinktiven und richtigen Erkenntnissen abbringen wird.

Miss Llewelyn, die ihn wahrscheinlich besser als die anderen verstand, fand es ratsam, Christopher in dem Zimmer schlafen zu lassen, das Mike nur allzu kurze Zeit bewohnt hatte. Betty und die schwarze Mammy würden dem Kleinen Gesellschaft leisten. Sie dachte in der Tat an Neds Schrecken vor dem leeren, doch bereits erinnerungsbeladenen Zimmer neben dem seinen.

Auf dem Ball bei Mrs. Harrison Edwards, der während Billys langer Abwesenheit stattfand, hatte Elizabeth wieder Geschmack am gesellschaftlichen Leben gefunden. Ahnte sie, daß die dahinfliehende Zeit etwas damit zu tun hatte? Wenn man vierundzwanzig ist und noch immer als die schönste der Schönen in Savannah gilt, findet man sich nicht mit der Einsamkeit ab. Man will sich sehen lassen und die Sinne betäuben. Besonders jetzt, nach Billys erneuter Abreise und dem fast ebenso herzzerreißenden Abschied von dem unschuldigen Mike mit dem so gefährlichen Charme mußte sie sich um jeden Preis wieder in das lichtumflutete Getöse der großen prunkvollen Salons stürzen. Also schnell meine Kutsche, Joe!

Trotz der ersten sommerlichen Hitzewellen strahlte das mondäne Leben in einem ungewohnten Glanz, als wenn die Drohungen der Zukunft die elegante Welt geradezu anspornten.

Was Elizabeths Leben noch aufregender machte, waren Billys häufigere Urlaubsbesuche. Da er sein Kommen stets vorher ankündigte, riskierte er nie die Enttäuschung, daß sie nicht da war, denn mit dem blinden Vertrauen des zugleich eifersüchtigen und selbstsicheren Ehemannes ermutigte er sie zum Ausgehen, weil er fürchtete, daß die Langeweile sie auf schlechte Gedanken brächte. Allerdings gab es trotz allem einen Menschen, den er absolut nicht ausstehen konnte: Algernon. Aber er hatte ihn im Traum so oft mit seinem Säbel durchbohrt, daß er sich schließlich beruhigte. Nichtsdestoweniger versäumte er es nie, wenn er Elizabeth in seinen Armen hielt, sie mit einer Miene, die sie gut kannte, nach dem Laffen, wie er ihn nannte, zu fragen und Elizabeth konnte ihm stets mit einer gewissen Aufrichtigkeit antworten, sie habe nichts von ihm gehört...

Während der Pausen ihres Vergnügens unterrichtete er sie über das, was sie wissen mußte, zum Beispiel, daß sein Vater ihm auf einen einfachen Brief hin die unerläßliche schriftliche Erlaubnis erteilt hatte, Mike in der Kadettenanstalt von Charleston anzumelden. Um sie über die wenigen Ereignisse, die die interessierten, auf dem laufenden zu halten, erzählte er ihr außerdem, daß die Bundestruppen nach der Schneeschmelze in Utah aus den Bergen gekommen und in Salt Lake City, der Haupstadt der Mormonen, einmarschiert waren. Diese hatten sich sogleich ergeben und den Soldaten die Männer ausgeliefert, die des Angriffs auf die Einwanderer verdächtigt wurden. Der abscheuliche John Lee, einige Mormonen und ein paar Indianer wurden in Mountain Meadows, dem Schauplatz des Massakers, gehenkt und ihre Leichen den Coyoten und Aasgeiern zum Fraß überlassen.

Elizabeth erschauderte ein bißchen, wie es sich gehört, verhehlte jedoch nicht eine gewisse Genugtuung. Die Opfer waren gerächt. Und dann erinnerte Billy sie noch einmal daran, daß sich dies alles in der Ferne, weit von Savannah, ereignet hatte.

Nach Billys Abreise war sie aufs neue allein und tröstete sich damit, die Einladungen, die am Spiegel über dem Kamin steckten, zu betrachten. Zahlreich waren die hübschen, auf Büttenpapier gedruckten Karten, denn sie galt wahrlich als die Königin der vielbesuchten Abendempfänge, als der Liebling der jungen *Society*. Sie unterdrückte ein leichtes Gähnen des Überdrusses. Die Gesellschaft und ihre Pflichten...

An diesem Abend fand ein Ball bei Mrs. Harrison Edwards statt, ein Ball, den man auf keinen Fall versäumen durfte. Man feierte nämlich die Einweihung der Fontäne im Forsythe Park, der schönsten der Vereinigten Staaten, wie die Journalisten behaupteten. Während der Arbeiten war sie von einem Lattenzaun umgeben, aber es gab Lücken, durch die man einen Blick werfen konnte. Viele waren hingegangen, um sie sich anzuschauen, besonders in den letzten Tagen. Miss Llewelyn hatte sich den Schaulustigen angeschlossen, um sich, wie sie sagte, von der Wirkung zu überzeugen, aber sie kam mit verächtlicher Miene zurück und behauptete, in Haïti viel imposantere Fontänen gesehen zu haben. Elizabeth war zu Hause geblieben. Also auf zu Mrs. Harrison Edwards.

Sie ließ Miss Llewelyn rufen, die einen Augenblick später mit einem spöttischen Lächeln auf den Lippen erschien.

»Monsieur César?« fragte Elizabeth.

»Schon wieder dieser Monsieur César.«

»Behalten Sie Ihre Bemerkungen für sich, Miss Llewelyn. Ich habe Sie gefragt, ob Monsieur César angekommen ist.«

»Er wohnt nicht gerade in der Nähe und hat die ganze Stadtkundschaft am Hals. Aber da er an Ihnen das meiste Geld verdient, können Sie sicher sein, stets als erste dranzukommen. Er ist schon da.«

Elizabeth hatte kaum Zeit, ihre Schultern mit dem für diesen Umstand erforderlichen weißen Morgenrock zu bedecken, als es an die Tür klopfte. Miss Llewelyn, die noch im Zimmer war, öffnete und trat beiseite, um einen Herrn von mittlerer Größe einzulassen. Er war schlank und elegant und trug einen Anzug mit Schwalbenschwanz, als gehe er zu einem Abendempfang. Sein spärliches pechschwarzes Haar bedeckte nach bestem Vermögen die hohe kahle Stirn, und der schmale, ebenfalls schwarze Schnurrbart unter der Adlernase sah aus, als sei er auf die hellbraune Haut gemalt. Die Augen, wenigstens sie von natürlicher schwarzer Farbe, glänzten und blickten ein wenig stechend unter den langen, sorgfältig wie auf den Porträts persischer Fürsten gezeichneten Brauen hervor. Woher kam dieser Mann? Niemand hätte es zu sagen vermocht, aber sein Akzent konnte – selbst wenn er englisch sprach – nur der eines Parisers sein. Der mysteriöse Anschein, mit dem er sich umgab, verflog zum Teil, wenn er den Mund aufmachte, denn er war gesprächig und stets bereit, die Geheimnisse der Gesellschaft auszuplaudern, nur nicht das seine.

Nachdem er sein flaches Köfferchen aus rotem Maroquin abgestellt hatte, machte er eine tiefe Verbeugung und rief aus:

»Schon bereit, Madame, mit diesem goldbesetzten Königsmantel um die Schultern? Gestatten Sie?«

Damit griff er in die schwere Goldmähne, hob sie auf der einen Seite an und ließ sie sanft auf die andere fallen.

»So, jetzt sind Sie frisiert, Madame«, sagte er.

»Aber Monsieur César, doch nicht für heute abend. Wie schrecklich!«

»Schrecklich? Schauen Sie in den Spiegel und drehen Sie sich ein wenig in meine Richtung.«

»Ah!« sagte sie.

»Eine Windstoßfrisur. Sie sind in einen Sturm geraten, und diesen Sturm fixiere ich und halte ihn fest.«

Aus seinem Köfferchen, das er mit einer Hand öffnete, nahm er einen Zerstäuber, dem eine Dunstwolke entwich. Elizabeth warf einen Blick in den Spiegel und erkannte sich nicht wieder. Er hatte sie in eine Furie verwandelt, aber sie fand sich schön, wenn auch von einer erschreckenden Schönheit.

»Herrlich«, sagte sie, »aber vielleicht nicht das Richtige für heute abend. Die ganze Gesellschaft wird da sein, und sie sind alle so gekünstelt, so förmlich.«

»Sehr gut, ich zerstöre alles und erfinde etwas anderes.«

»Etwas Einfacheres, nicht wahr?«

Er warf ihr einen leicht vorwurfsvollen Blick zu.

»Ich kenne nur das Einfache, Madame, das ist der Gipfel der Kunst.«

Ohne sich weiter mit ihr zu beraten, ging er um sie herum und schwenkte seinen Kamm wie einen Zauberstab.

»Ich möchte nichts weiter als schön sein«, sagte sie ein wenig beunruhigt, »aber ich möchte niemandem Angst machen.«

»Angst machen? In Paris hätte man Sie einfach fabelhaft und ganz nach der Mode gefunden. Seit dem 20. Januar weiß Paris, was Angst ist. Die Angst ist dort zuhause.«

»Das verstehe ich nicht, Monsieur César.«

»Orsini, Madame.«

»Orsini? Ich meine, diesen Namen schon einmal gehört zu haben, aber ich lese keine Zeitungen, müssen Sie wissen.«

»Madame«, sagte er mitleidig. »Ihre kaiserlichen Majestäten gehen in die Oper… Der Abschiedsabend eines Sängers… In dem Augenblick, da ihre Kutsche auf dem Boulevard wendet, explodieren Bomben – eine, zwei, drei. Napoleon III. wird leicht an der Hand verletzt, eine Schürfwunde, und Ugénies* weißes Kleid ist von Blutspritzern befleckt. Hundertfünfzig Verwundete und acht Tote. Italien hat sie um ein Weniges verfehlt.«

»Wie schrecklich!«

»Nicht wahr? Der Kaiser verhielt sich großartig. Mitten im Akt betritt er den Saal, wo man die Detonation gehört hatte; das Orchester hält inne und spielt dann *En partant pour la Syrie* (er summte die Melodie), und die Vorstellung wird wiederaufgenommen. Was wollen Sie, das Leben mit seinen Vergnügungen geht weiter! Unterdessen verläßt der Kaiser heimlich seine Loge, um sich zu einer seiner sterbenden Leibwachen zu begeben, in eine Apotheke in der Rue Le Pelletier neben der Oper. Und er hat dem Mann den Orden der Ehrenlegion an die Brust geheftet (er senkte die Stimme) – ganz Frankreich hat geweint. Was für eine wahnsinnige Geschichte…

_____
* So wurde der Name damals im Volke ausgesprochen.

Wenden Sie jetzt bitte den Kopf ein wenig zu mir. Die neue Oper hat den Mord angezogen. Sie wurde aus den Mauerresten der Vorgängerin erbaut, in welcher der Herzog von Berry ermordet worden ist. So hat sich der Fluch der ersten Oper in der zweiten eingerichtet.«

»Das wußte ich nicht.«

»Wie dem auch sei. Ganz Paris sprach nur noch darüber, und ganz Paris kannte das Programm auswendig, das Ihre kaiserlichen Majestäten an diesem Abend hören sollten. Das Schicksal sagte alles so klar wie irgend möglich voraus. Soll ich Ihnen sagen, was auf dem Programm stand?«

»Bitte, unbedingt.«

»Zweiter Akt der Oper *Wilhelm Tell*, Verschwörung der schweizer Patrioten gegen den österreichischen Landvogt. Sagt Ihnen das etwas?«

»Ich weiß nicht recht... nur ungefähr.«

»Macht nichts. Es handelt sich um einen Mann, der umgebracht werden soll.«

Mit einer beachtlichen Baritonstimme sang er die Arie *Dunkle Wälder*...

»Der wunderbare Rossini!« rief er aus. »Dann die *Maria Stuart* von Donizetti. Die Königin wird nicht auf der Bühne geköpft, aber man weiß, daß ihr das Fallbeil bestimmt ist.«

»Oh!«

Elizabeth ließ ein entsetztes Stöhnen vernehmen.

»Nicht wahr? Dann die Eröffnung des Balls aus *Gustav III.* von Auber. Noch ein Mord an einem gekrönten Haupt.«

»Ah!«

»Nicht wahr! Und zum Schluß der zweite Akt aus *Die Stumme von Portici*... Die Revolution im Königreich Neapel.«

»Aber, Monsieur César, da sollte man doch meinen, daß der Auswahl eine Absicht zugrundelag.«

»Nicht wahr? Das Schicksal, das Verhängnis. Oh, Sie werden zufrieden sein, aber Geduld. Dann schlug die Macht zu. Der ratlose Kaiser – Orsini ist ein bemerkenswerter Mann – entschließt sich endlich zu handeln. Den Schuldigen erwartet die Guillotine, und plötzlich wimmelt es in Paris von Verdächtigen. Innerhalb von drei Monaten werden zweitausend Personen verhaftet, vierhundert deportiert, zuerst nach Toulon und von dort nach Algerien, die Presse wird zensiert...«

»Monsieur César, Ihre Geschichte flößt mir kaltes Entsetzen ein, aber ich vergaß, Ihnen zu sagen, daß ich keine Stirnlöckchen wollte.«

»Wo denken Sie hin? Stirnlöckchen sind etwas für Kammerzofen.«

Mit seinem Kamm streichelte er ihr Haar, und seine Hand war so leicht, daß Elizabeth erschauderte.

Dann hielt er plötzlich inne und sagte:

»Fertig. Würden Sie jetzt bitte aufstehen und diesen Spiegel so halten, daß Sie sich von hinten im Wandspiegel sehen können?«

Sie nahm den Spiegel und betrachtete sich:

»Aber, Monsieur César, ich bin ja gar nicht frisiert. Sie haben nichts getan!«

»Madame«, sagte er in einem verletzten Ton.

»Na schön, das Haar hängt mir im Rücken. Ist das alles?«

»Verzeihung… der einzige Ball, auf den man heute abend geht…«

»… ist der bei Mrs. Harrison Edwards«, sagte sie ein wenig irritiert. »Worauf wollen Sie heraus?«

»… zur Einweihung dieser Fontäne, die ich mir wie alle bereits heimlich angesehen habe. Die Journalisten behaupten ohne Sinn und Verstand, sie sei die getreue Kopie des Brunnens auf unserer Place de la Concorde in Paris. Doch damit hat sie sehr wenig Ähnlichkeit. Auf unserem Brunnen bieten sich Tritonen und Najaden von aufreizender Schönheit ohne jede Scham den Blicken der bewundernden Spaziergänger dar. Bei dieser hier kann man zwischen den Brettern nur Schilf und, wie mir schien, einen verächtlich dreinblickenden Reiher sehen, sowie ein paar Tritonen, aber keine Najaden. Was für ein Land!«

»Was hat mein Haar mit alledem zu tun, Monsieur César?«

»Schauen Sie mich nicht so streng an, Madame, und gedulden Sie sich bitte ein wenig. Was ist das Thema dieses Balls? Eine Fontäne. Bravo! Da erscheinen Sie… die Königin aller Najaden, ganz in Weiß, und Ihr Haar ergießt sich wie ein Wasserfall bei strahlender Sonne, wie ein Gerisel funkelnder Tropfen, schillernd wie… ja, wie was? Wie Diamanten natürlich, Madame! Stecken Sie sich hie und da und überall Diamanten in diese göttliche Goldmähne. Ugénie wird vor Neid platzen, wenn sie davon hört, und man wird davon sprechen, glauben Sie mir.«

»Aber Diamanten? Was stellen Sie sich vor? Natürlich habe ich welche. Welche Dame hat keine in ihrem Schmuckkasten? Die Frage ist nur, ob ich genügend habe.«

Sie ging durch das Zimmer und zog die Schublade einer großen Kommode auf, der sie ein Schlüsselbund entnahm. Dann verschwand sie im Nebenzimmer. Einige Minuten später kam sie mit einem kleinen Kasten aus Chagrinleder zurück, den sie auf den Tisch stellte. Als sie den Deckel abgenommen hatte, sah Monsieur César, der sich diskret in einer gewissen Distanz hielt, genug, um zum Zeichen der Bewunderung die Arme zu heben und tänzelnd einen Schritt zurückzuweichen.

»Großartig!« rief er aus.

»Es ist ein Geschenk meines Schwiegervaters, Mr. Charles Jones, aber ich habe mir nie viel aus Diamanten gemacht. Ich ziehe Smaragde und Saphire bei weitem vor, und deshalb habe ich nur wenige.«

»Ihr prächtiges Smaragdhalsband ist für diesen Abend nicht geeignet, Madame, gestatten Sie mir, Ihnen das zu sagen, und begnügen wir uns für heute mit der göttlichen Schlichtheit des Diamanten.«

Die Inbrunst, mit der er diese Worte sprach, überzeugte sie sofort, und für die nächsten Stunden waren sie beschäftigt.

Dieser wichtigste Ball aller Bälle der Saison sollte, so hatte Mrs. Harrison Edwards beschlossen, ein Fest im großen Stil werden. Alle Salons ihres riesigen Hauses wurden geöffnet. Überall sollte getanzt werden. Für die Vorbereitungen benötigte man nicht weniger als drei Tage.

Aus den Händen von Monsieur César entlassen, der über alle Einzelheiten gewacht hatte, war Elizabeths Erscheinen ein unvergeßliches Ereignis im mehr oder weniger langen Leben der Gäste. Sie glaubten in der Tat – und dieses Wort machte die Runde –, die Fee der Seen, Flüsse und Wasserfälle eintreten zu sehen. Mit ihrer kunstvoll drapierten Robe aus Musselin erweckte sie bei jedem Schritt die Vorstellung von fließendem Wasser, und ihr mit Diamanten besetztes Haar spiegelte in vielfarbigen Flämmchen den Glanz der Kronleuchter wieder. Ein Detail, das hätte lächerlich wirken können, wenn sie nicht von so strahlender Schönheit gewesen wäre, rief bei allen Verblüffung und Bewunderung hervor: um sein Meisterwerk zu vollenden, war Monsieur César auf die Idee verfallen, ihr einen Glasstab in die Hand zu geben, an dessen Ende er einen Stern aus Diamanten befestigt hatte. Mit seiner Geschwätzigkeit und in seinem Selbstvertrauen, der unbestrittene Meister auf dem Gebiet der Frisierkunst zu sein, war es ihm gelungen, sein Opfer zu behexen, und sie hatte um so williger zugestimmt, als er ihr einen Triumph garantierte. Doch als sie sich gerade von einem Kreis von Bewunderern umringt fand, vernahm sie die ersten Klänge eines unsichtbaren Orchesters und geriet in eine Art Panik bei der Vorstellung, daß gleich ein Walzer erklingen würde und sie eine komische Figur machen könnte. Ihr Stab, auf den sie so stolz gewesen war, schien ihr nun besonders lästig, und sie beschloß, sich seiner so rasch wie möglich zu entledigen. Auch war es ihr unvorstellbar, in diesem bauschigen weißen Kleid zu tanzen, aber Monsieur César hatte für alles vorgesorgt. Der wallende Musselin war nur ein Schleier, den sie, nachdem alle darüber einmal in Entzücken ausgebrochen waren, getrost abnehmen konnte. Sie hörte ein lautes Raunen schmeichelhafter Ausrufe und stark übertriebener Komplimente und sah sich von allen Seiten von ekstatisch lächelnden eleganten jungen Männern bestürmt. Fast sogleich erkannte sie unter ihnen den wagemutigen Algernon, und in einer plötzlichen Eingebung weiblicher Arglist nickte sie ihm ermutigend zu. Nachdem es ihm gelungen war, sich ihr zu nähern, schenkte er ihr seinen allerzärtlichsten Blick, und wie beim letzten Mal sagte er nur:

»Elizabeth.«

Worauf sie antwortete:

»Algernon.«

Und sie reichte ihm ihren diamantverzierten Stab, den er mit einem tiefen Seufzer in Empfang nahm.

»Und vor allem«, fügte die grausame Engländerin hinzu, »halten Sie ihn gut fest und geben Sie ihn nicht aus der Hand, denn er ist mein Zepter.«

Er blickte sie mit einer so ergebenen Dankbarkeit an, daß sie sich fast schuldig fühlte, aber was sollte sie dagegen tun, der schöne Algernon ging ihr nun einmal auf die Nerven.

Sie drehte den Kopf in eine andere Richtung, verzog die Lippen zu einem Lächeln, das allen und niemandem galt, und fragte mit zuckersüßer Stimme:

»Würde einer von Ihnen so lieb sein, mir zu helfen?«

»Einer von Ihnen« – es waren ihrer zehn, die den zarten Musselin, den sie von ihren Schultern gleiten ließ, beinahe in Stücke zerrissen. Jetzt zeigte sie sich in einem weißen Seidenkleid, in dem sie zwar weniger feenhaft, jedoch sehr viel realer und gefährlich attraktiv wirkte. Fast spürte sie den Atem dieser jungen Männer auf ihrer Haut, und die Lage wurde schwierig, als ein schmetternder Fanfarenstoß alle Gespräche verstummen ließ. Zur Eröffnung des Balls spielte man *Rosen im Mai*, einen einschmeichelnden Walzer von Josef Strauß. Sofort wählte Elizabeth unter ihren Verehrern den angenehmsten, der ihr schon vor ein paar Minuten aufgefallen war, und ließ sich von den verräterisch langsamen Rhythmen in den beginnenden Taumel treiben. Mit der schneller werdenden Musik fühlte sie sich zunehmend beschwingt und entzog sich nicht dem charmanten Gesicht, das sich kühn dem ihren näherte, ihre Lippen suchte, und dem sie einen ziemlich schwachen Widerstand bot. Ihr unbekannter Partner hob sie vom Boden auf, und wie zufällig berührten sich ihre Lippen. Fast im gleichen Moment erblickte sie in der Ferne, inmitten der fröhlichen Menge der Tänzer, ihr unentschlossen bald in die eine, bald in die andere Richtung geschwungenes Zepter, dessen Träger sichtlich bemüht war, dem Gedränge zu entkommen, und es gab ihr einen Stich. Wahrscheinlich belächelte man die Bemühungen des schönen Algernon, sich, den Tod im Herzen, der Einkreisung der *Rosen im Mai* zu entziehen. Nach einer Weile suchte sie ihn mit den Augen, doch zu ihrer großen Überraschung sah sie ihn nicht mehr. Vielleicht hatte er sich in den Salon begeben, wo die Damen im ehrwürdigen Alter hinter ihren Fächern die herumwirbelnde Jugend betrachteten. Unterdessen verlangsamte sich der unermüdliche Walzer, der kein Ende nehmen wollte, sondern noch mehr Zärtlichkeit verströmte, und die schöne Engländerin tauschte mit ihrem Bewunderer jene nichtssagenden Banalitäten aus, die manchmal allerdings ziemlich weit führen. Da erlebte sie eine zweite, noch größere Überraschung. Sie hatte nicht mehr an Algernon gedacht, und plötzlich sah sie ihn ganz in der Nähe, nur zwei Paare von ihr getrennt. Ihre Blicke begegneten sich. An seinem Arm hing ein junges blondes Fräulein mit niedlichem Gesicht, das ihn allerliebst anlächelte. Er verneigte sich graziös vor Elizabeth, die ihm rasch drei Worte zurief:

»Und mein Zepter?«

»In der Garderobe«, antwortete er mit einem ironischen Lächeln.

Einen Augenblick verschlug es ihr die Sprache, dann brach sie in Gelächter aus.

»Gut gegeben, Algernon!« sagte sie.

Eine erneute Walzerdrehung trennte sie voneinander, während die *Rosen im Mai* mit einem letzten Liebesschauder verklangen.

Es folgte ein höfliches Gedränge zum Saal mit den Erfrischungen, einem langen, mit blauer Seide tapezierten Raum, wo die weißgedeckten Tische unter Bergen von Früchten, Sandwichs und einer verblüffenden Vielfalt an Leckereien verschwanden. Die Flaschen waren in Dreierreihen wie Regimenter aufgestellt.

Die Damen in ihren auserlesenen Toiletten zeigten einen wahren Heißhunger und vielleicht auch eine größere Gewandtheit im Sturmangriff auf dieses Schlemmerparadies. Sie waren sich des zarten Farbengemischs, das ihre Kleider aus Taft und Atlasseide ergaben, nicht bewußt. Vor diesem in allen Nuancen schillernden Hintergrund bildeten die eleganten Herrenbataillone im schwarzen Frack mit den langen Rockschößen einen Kontrast von unvermuteter Schönheit.

Inzwischen waren in einem angenehmen kleinen Salon, wo sie ihre Zigarillos rauchen durften, die älteren Gentlemen zusammengekommen, um ihre Ansichten über den jetzigen Zustand der Union auszutauschen und die letzten Nachrichten zu kommentieren. Unter ihnen hatte die weiße Weste von Charlie Jones eine geradezu prophetische Ausstrahlung.

»Wie auf einer Theaterbühne werden die Wahlen in Illinois zwei Männer ins Rampenlicht stellen, von denen vielleicht das Schicksal unseres Landes abhängt. Für Douglas steht der Wind günstig, und falls man ihn wiederwählt, können Sie sich denken, daß er in drei Jahren auch den Sprung in den Präsidentensessel wagen wird. Man fragt sich nur, wie der *kleine Riese* das Land regieren will. Aber wer ist eigentlich dieser Stephen Douglas?«

»Der Spitzname nützt ihm ebenso, wie er ihm schadet. Man glaubt mehr an seine kleine Gestalt als an die gewaltige Intelligenz, die seine Partei ihm zuschreibt und von der er selbst überzeugt ist. Er glaubt, den Süden zu vertreten, aber der Süden mißtraut ihm.«

Das war die Antwort des alten Dr. Appleton, Professor an der Universität von Georgia. Sein weißes Haar hing ihm in Locken um das pockennarbige Gesicht, das einen verbitterten Ausdruck zeigte.

»Nicht ohne Grund«, stimmte Charlie Jones ihm zu. »Ein Aristokrat, das muß man ihm lassen, von schottischer Abstammung und aus dem Douglas-Clan wie meine Frau, ein Schönredner, der die Einfältigen blendet, aber dieser Mann hat zwei Gesichter...«

Ein hagerer Herr mit einer Halsbinde bis zu den Ohren ergriff mit geringschätziger Stimme das Wort:

»Die Umstände bringen ihn dazu. Die demokratische Partei des Südens hat ihr Pendant in der neu gegründeten demokratischen Partei des Nordens gefunden. Also kann Ihr Douglas hier noch so sehr mit seiner Beredsamkeit glänzen, aber er wird nichtsdestoweniger nach denen da oben schielen, weil das mehr Stimmen einbringt. Ein Politiker läßt so etwas nicht außer acht!«

»Er hat wenigstens das Glück, einen Mann zum Gegner zu haben, der im voraus zum Scheitern verurteilt ist«, sagte Dr. Appleton, »nämlich diesen langen Lulatsch mit dem patriarchalischen Vornamen.«

»Gestatten Sie mir, daß ich da anderer Meinung bin«, sagte Charlie Jones. »Ich gebe zu, daß Abraham Lincoln keinen sehr guten Eindruck macht. Er ist ein Sohn des Volkes, noch dazu des armen Volkes, und er hat keine Manieren. In einem Salon kann man ihn sich nicht vorstellen...«

Diese Bemerkung erregte einiges Gelächter.

»Auch nicht im Senat!« rief Mr. Sallow, der Herr mit der hohen Halsbinde.

»Oder gar im Präsidentensessel«, fügte Dr. Appleton kichernd hinzu. »Und man behauptet, den habe er im Sinn!«

Alle lachten.

Mit neuem Mut ergriff Mr. Sallow wieder das Wort:

»Das Problem der Sklaverei macht ihm Sorgen, denn diese Bohnenstange meint es ernst. Er soll einmal erklärt haben, daß die wahre Lösung darin bestünde, alle Schwarzen, so wie Henry Clay es wollte, nach Afrika, nach Liberia zu schicken. Dann hätten wir keine Schwarzen mehr, also auch kein Problem mehr. Glänzend für einen Advokaten, finden Sie nicht?«

»Er hat auch gesagt«, fügte Dr. Appleton hinzu, »daß er, wenn er an der Stelle des Südens wäre, nicht wüßte, wie einer so gefährlichen und schwierigen Lage wie der unseren beizukommen wäre.«

»Welch ein Ohnmachtsgeständnis für einen Politiker!«

»Das sind lauter Ideen des Nordens!«

»Meine Herren«, sagte Charlie Jones, »ich frage mich, ob Sie seine letzte Rede vom 16. Juni gelesen haben.«

»Nein.«

»Ja, überflogen.«

»Gestatten Sie, daß ich ein paar Worte daraus vorlese«, fuhr Charlie Jones fort und zog einen Ausschnitt aus dem *Mercury* aus seiner Brieftasche. »Hören Sie zu: ›Ein jegliches Haus, wenn es mit sich selbst uneins wird, das wird wüste und zerfällt (Lukas, 11, 17). Ich glaube, daß diese Regierung, die halb für die Sklaverei und halb für die Befreiung ist, auf Dauer nicht bestehen kann. Ich wünsche mir nicht, daß das Haus zerfällt – aber ich erwarte, daß es aufhört, mit sich selbst uneins zu sein.‹ Meine Herren, mir scheint, ich höre da den Klang einer Stimme, einer – wie ich fürchte – prophetischen Stimme.«

Wahrscheinlich war niemand in der Laune, darauf zu antworten, denn die Zigarillos wurden in peinlichem Schweigen zu Ende geraucht.

Plötzlich vernahm man, gedämpft, aber doch deutlich, die verlockenden ersten Takte eines Wiener Walzers aus dem großen Saal, und die Herren erhoben sich, um sich, wie man es nannte, »den Damen anzuschließen«, was übrigens nur eine Form der Koketterie war, denn »sich den Damen anschließen« bedeutete, sich brav mit den Müttern auf die Stuhlreihe an der Wand zu setzen und der im Licht herumwirbelnden Jugend zuzuschauen.

Charlie Jones hing noch eine Weile seinen Gedanken nach und blieb im kleinen Salon stehen, als er einen Mann von etwa fünfzig Jahren auf sich zukommen sah. Auf einen Stock gestützt, hochgewachsen, schlicht, aber mit einer gewissen Eleganz gekleidet – schwarzer Anzug, weiße Halsbinde – zeugte der Blick seiner dunkelblauen Augen von wilder Energie, und alles in seiner strammen Haltung verriet den Militär. Er verneigte sich leicht vor Charlie Jones.

»Mr. Jones, Sie kennen mich nicht«, sagte er, »mein Name ist Miles Edward Achison, und ich bin hier mit meiner Tochter. Ich wurde in Mexiko verwundet, wo ich im Jahre 33 unter dem Befehl von Oberst Lee gekämpft habe, der diesen Feldzug später als einen Eroberungskrieg bezeichnete, aber lassen wir das…«

»Als britischer Untertan«, erwiderte Charlie Jones, »steht es mir nicht zu, eine Meinung darüber zu äußern, aber ich verstehe Ihren Oberst.«

»Ich habe vorhin Ihrem Gespräch mit diesen Herren zugehört, als Sie einige Worte aus der Rede Abrahm Lincolns zitierten... Er hat ein Thema berührt, das mich seit meiner Jugend beschäftigt. Ich bin aus Charleston in Südkarolina. Sie sagten, Sie hätten den Eindruck gehabt, daß sich da eine bedeutende Stimme hat vernehmen lassen. Auch ich fand etwas Erhabenes im Ton dieser Sätze, aber ich stellte mir dieselbe Frage wie in meinem fünfzehnten Lebensjahr. Möchten Sie wissen, wie Sie lautet?«

»Ich bitte Sie darum.«

»Warum will er die Union?«

Und ohne auf die Antwort zu warten, verneigte er sich aufs neue und zog sich mit steifen und vorsichtig wirkenden Schritten zurück.

Charlie Jones zögerte noch eine Weile, bevor er sich wieder in die Salons begab. Obgleich er nicht die geringste Verärgerung verspürte, beeindruckte ihn die unterdrückte Heftigkeit der Worte des Soldaten aus Lees Regiment, und dieser schöne furchtlose Blick verfolgte ihn noch lange.

»Es sieht ganz so aus, als ob er mir eine Lektion erteilt hätte«, sagte er sich lachend. »Aber der Süden kann mit einer einzigen Bemerkung Einspruch erheben. Es handelt sich nicht um ein Haus, sondern um zwei.« Einige Minuten lang sank diese Erkenntnis wie durch ein unerforschtes Terrain in ihn ein.

Doch der alles übertönende Lärm des Walzers brachte ihn auf andere Gedanken, und immer noch recht agil, trotz seiner beginnenden Beleibtheit, eilte er zum großen Salon. Dort wäre er beinahe mit Mrs. Harrison Edwards zusammengestoßen, und da der Dämon des Walzers sich seiner bemächtigte, ergriff er die Dame im pfirsichfarbenen Seidenkleid, schwang sie herum und ließ sie in der Luft schweben wie die anderen, worüber sie beide ebenso verblüfft wie entzückt waren.

Sie tanzten. Alle tanzten, und der große runde Salon schien sich zu drehen, als nähmen auch die Wände an der allgemeinen Tollheit teil. Dieser Eindruck war so stark, daß Mrs. Harrison Edwards in der Sorge um ihren Salon die Augen schließen mußte. Überall um sie herum reckte man die Arme und schwang das Tanzbein.

»Haben wir je miteinander Polka getanzt?« fragte Onkel Charlie seine Partnerin.

»Noch nie.«

»Was haben wir da versäumt!«

In diesem Augenblick kam es zu einem jähen, sekundenlangen Halt, und dann ertönte ein gewaltiger Krach, der alle in die Luft springen und die Leuchter erzittern ließ. Alle Pauken und Trommeln vereinigten sich, um das Rollen des Donners nachzuahmen.

»*Polka Explosion*«, sagte Mrs. Harrison Edwards mit einem Bacchantinnenlächeln.

»Also los«, sagte Onkel Charlie.

Und sie stürzten sich wieder in die wirbelnden Fluten. Aufs neue verzaubert, fühlten sie sich beide wieder wie zwanzig. Sie beugten sich vor, warfen sich zurück, stampften mit den Hacken auf den Boden, warfen die Absätze in die Luft und gaben sich rückhaltlos dem Taumel hin.

»Ich sterbe«, keuchte Mrs. Harrison Edwards.

»Ich auch«, antwortete ihr Partner.

»Süßer Tod.«

Im letzten Schimmer der Abenddämmerung spielte das Orchester wieder sanfter. Die Tänzer waren der Erschöpfung nahe und sahen einander mit abwesenden Blicken an, als plötzlich in den Gärten der Donner losbrach und der Himmel in Flammen stand.

»Das ist das Weltenende.«

»Das ist der Krieg.«

»Nein, es ist mein Feuerwerk«, berichtigte Mrs. Harrison Edwards mit ihrer schrillen Stimme.

Der schwarze Nachthimmel bedeckte sich mit vielfarbigen Sternen. In zischenden Garben stiegen scharlachrote Rosensträuße empor, die sich am schwarzen Himmel verstreuten, und von der anderen Seite der Gärten, entlang der Avenue, stieg ein *Ah!* aus der Menge auf.

Der nicht endenwollende Paukenwirbel begleitete das Schauspiel mit einer Art Kanonendonner. Von allen Seiten des Himmels schossen Feuerzeichen in Form von Blumen auf, und die Gäste drängten sich in hellen Scharen zum Geländer der Terrasse, wo die Sicht besser war als unter den Leuchtern des Salons. Im Halbdunkel erweckten die lebhaften Ausrufe und das Gelächter den Eindruck einer Meuterei.

Elizabeth benahm sich schlecht. Zwei Gläser Champagner hatten ihr den Kopf verdreht. Zu viele junge Leute drängten sich um sie, zu viele Hände griffen hilfsbereit nach ihrem Schal, der ihr ständig von den Schultern glitt. Sie wußte nicht mehr recht, was sie tat, und sie wehrte sich kaum. Einige Jünglinge wagten es, derbe Witze zu reißen, und sie lachte mit ihnen, ohne auch nur ein Wort verstanden zu haben. Der gedämpfte Donner der Paukenwirbel ließ ihr Herz ein wenig rascher schlagen. Lächelnde oder ernsthafte und gierige Gesichter tauchten auf und verschwanden, sagten ihr Dinge, die sie wegen des Lärms nicht hören konnte, aber sie lachte und verneinte, ohne zu wissen, warum.

Doch plötzlich ließ eine unerwartete Erscheinung sie zu sich kommen. Zuerst glaubte sie, es sei ein böser Wachtraum. Miss Llewelyn stand vor ihr und schob alle anderen gewaltsam beiseite. Sie war bis zu den Halbstiefeln in ein Cape aus schwarzem Tuch gehüllt. Ihr Kopf verschwand unter einer sehr weiten, ebenfalls schwarzen Kapuze, aber ihr strenges Gesicht war zu sehen, und ihr starrer Blick durchbohrte Elizabeth, die nur den Mund aufzumachen und mit zögernder Zunge zu stammeln vermochte:

»Miss Llew...«

»Jawohl, Miss Llewelyn«, fiel eine laute und deutliche Stimme ein. »Ich habe Mrs. Hargrove mitzuteilen, daß ihr Herr Gemahl soeben aus Charleston angekommen ist und sie zu Hause erwartet.«

In diesem Augenblick steigerte sich der Paukenwirbel, und ein Komet schoß senkrecht in den Himmel, wo er explodierte und dann in einer zweiten Explosion das Firmament mit blauen, weißen und roten Sternen übersäte, um über der ganzen Stadt die Nationalfarben aufleuchten zu lassen. Das war eine Idee des Feuerwerkers, der damit das Schauspiel krönen wollte. Die Menge grölte.

Doch die Begeisterung unter den Gästen war nicht einstimmig. Verschiedene Meinungen wurden geäußert, und es kam zu Streitigkeiten, die das Fest empfindlich zu stören drohten und Mrs. Harrison Edwards erzittern ließen, aber der erfahrene Orchesterdirigent löste das Problem auf seine Weise. Eine der beliebtesten Melodien des Südens übertönte den ausbrechenden Tumult, und sogleich stimmten alle aus voller Kehle das Lied *Twinkling Stars* an. Die Atmosphäre wurde heroisch und fröhlich.

Twinkling stars are laughing, love,
Laughing on you and me;
While your bright eyes look in mine,
Peeping stars they seem to be.
Troubles come and go, love,

> *Brightest scenes must leave our sights;*
> *But the star of hope, love,*
> *Shines with radiant beams to-night.*

Draußen fiel die Menge im Chor ein und fuhr fort:

> *Golden beams are shining, love,*
> *Shining on you to bless;*
> *Like the queen of night you fill*
> *Darkest space with loveliness.*
> *Silver stars how bright, love,*
> *Mother moon thronely might*
> *Gaze on us to bless, love,*
> *Purest vows here made to-night.*
> *Twinkling stars are laughing, love,*
> *Laughing on you and me...*

Das Orchester, Mrs. Harrison Edwards Gäste, die Menschenmenge auf der Avenue, das ganze nächtliche Savannah sang.

Unterdessen hatte die Waliserin Elizabeth bei der Hand genommen und führte sie entschlossenen Schrittes durch die Salons zum Ausgang. Als sie im Vestibül waren, sahen sie Algernon, der ihnen mit dem diamantgeschmückten Zepter nacheilte, das die schöne Engländerin ihm anvertraut hatte. Er hatte vor Aufregung rote Wangen und hielt den Stab über seinem Kopf.

Noch unter dem Schock ihrer Überraschung starrte Elizabeth ihn mit offenem Munde an. Er reichte ihr den Gegenstand, aber Miss Llewelyn nahm ihn mit einer raschen Geste an sich.

»Was ist denn das?« fragte sie barsch den armen Algernon.

Durch diese Schroffheit sogleich wieder zu sich gekommen, befahl Elizabeth ihr mit strenger Stimme:

»Geben Sie mir unverzüglich diesen Stab und holen Sie mir mein weißes Cape, das irgendwo in der Garderobe hängen muß.«

Die Stimmen der beiden Frauen waren ziemlich laut, und einige Personen, die gerade fortgehen wollten, blieben neugierig stehen.

»Lassen Sie nur, ich gehe selbst«, sagte Algernon, »ich hätte daran denken sollen.«

Während er verschwand, zogen sich Elizabeth und Miss Llewelyn in eine Ecke des Vorzimmers zurück, da sie einsahen, daß sie beinahe einen kleinen Skandal hervorgerufen hätten. Sie setzten sich, fanden es ratsam, zu schweigen, blickten einander aber unverwandt und trotzig an.

Dann sprach Miss Llewelyn plötzlich mit ruhiger und leiser Stimme:

»Mrs. Hargrove, Sie stürzen sich ins Verderben.«

Verblüfft, jedoch fest entschlossen, sich nicht in aller Öffentlichkeit mit einer in ihren Diensten stehenden Frau in eine Diskussion einzulassen, reagierte Elizabeth nur mit einem Achselzucken.

»Ich habe Sie von weitem mit all diesen jungen Leuten gesehen«, fuhr Miss Llewelyn im gleichen Ton fort. »Sie betragen sich ehrlos und sind auf dem besten Wege dorthin, von wo man nie zurückkehrt.«

»Miss Llewelyn, verschonen Sie mich mit Ihren Moralpredigten«, erwiderte die junge Engländerin mit eisiger Stimme. »Übrigens habe ich soeben beschlossen, daß Sie von heute abend an wieder frei über sich verfügen können.«

Die Waliserin rührte sich nicht.

»*No*, M'am«, sagte sie.

»Wie? Nein?«

»Ich lebe bei Ihnen, und von dort darf ich mich nie mehr entfernen – in Ihrem eigenen Interesse. Ich kenne Sie seit jeher, das heißt seit dem Abend, als Sie Dimwood zum ersten Mal betreten haben. Kurz, ich weiß zu viel, als daß ich es mir erlauben könnte, nicht da zu sein, um zu schweigen und alle zum Schweigen zu bringen.«

Die schöne rosige Farbe wich aus den Wangen der Engländerin, und an ihre Stelle trat eine papierene Blässe.

»Miss Llewelyn, ich kann kaum glauben, was ich da höre. Es gibt ein Wort für das, was Sie tun.«

»Sprechen Sie es nicht aus, M'am, denn es bringt die Toten zum Reden.«

»Falls es sich um meine Briefe handelt, so haben Sie mir versichert, daß Sie sie verbrannt hätten.«

»Habe ich das gesagt? Na schön, gehen wir davon aus, daß dem so ist, aber gestatten Sie mir, Ihnen einen Rat zu geben: Schweigen wir beide, und versuchen wir, einander zu ertragen. Ach, da ist ja wieder Ihr liebenswürdiger Kavalier mit einem Haufen Musselin.«

Algernon eilte fast im Laufschritt herbei.

»Ich bitte tausendmal um Verzeihung, Elizabeth. Man schlägt

sich an der Garderobe, die Gäste beginnen aufzubrechen. Hier ist Ihr herrliches Schneegewand. Darf ich Ihnen hineinhelfen?«

Elizabeth stand auf.

»Ich wäre Ihnen sehr verbunden, Algernon.«

Die Sache ging dem ewigen Bewunderer viel zu schnell, aber die Dame war in Eile.

»Ihr Zepter, Elizabeth.«

»Ich schenke es Ihnen.«

Eine Minute später war sie draußen, den Kopf in einen Schal gehüllt, der das mit Diamanten geschmückte Haar verbarg.

Miss Llewelyn folgte ihr in respektvoller Distanz, während Algernon, den Zauberstab in der Hand, ihnen vorauslief, um die Kutsche zu suchen.

Zu Hause angekommen, hatte Elizabeth bereits den Fuß auf der ersten Treppenstufe, als Miss Llewelyn sich die Freiheit nahm, sie am Arm zurückzuhalten.

»Noch ein Wort, Mrs. Hargrove«, sagte sie sanft. »Sie können mich nicht ausstehen, und ich verstehe Sie.«

»Ich muß in der Tat gestehen, daß ich heute abend...«

»Schon gut. Ich habe mich unlauterer Mittel bedient, um Ihnen meine Gegenwart unter Ihrem Dach aufzuzwingen. Sie werden mir dafür dankbar sein...«

»Das glaube ich nicht.«

»... Weil Sie Maisie Llewelyn immer brauchen werden. Ich bin unausstehlich, aber ich bin treu, und ich würde mich, wenn nötig, für Sie schlagen. Und dann vergessen Sie bitte eins nicht...«

»Miss Llewelyn, mein Mann erwartet mich.«

»... vergessen Sie bitte eins nicht, nämlich daß ich keine schlechte Frau bin und viel Freundschaft für sie empfinde, Elizabeth.«

Elizabeth stieg hinauf, ohne zu antworten.

Sie fand Billy im Bett; er schlief und war halb ausgezogen. Sowie er sie eintreten hörte, erwachte er und sprang auf.

»Endlich! Endlich!«

»Ja, endlich. Ich war auf dem Ball bei Mrs. Harrison Edwards. Ein gigantisches Fest.«

»Du wirst mir alles erzählen... aber was sehe ich denn da?«

»Ach, eine Idee von Monsieur César. Du kannst mir helfen, das alles abzunehmen...«

»Kommt nicht in Frage, du siehst großartig aus. Aber nun schnell ins Bett, Liebste.«

»Mit all dem Plunder, Billy? Wo denkst du hin?«

»Ich will es so.«

Sie mußte sich seinem Willen fügen, aber als die Sonne aufging, funkelten die Diamanten hier und da verstreut auf dem Teppich, der das Ehebett umgab.

Noch vor dem Frühstück brach Billy wieder zum Fort Beauregard auf. Dieser Urlaub war ausgesprochen regelwidrig, aber er rechnete fest damit, daß der Kommandant beim nächsten Kartenspiel ein Auge zudrücken würde.

Elizabeth frühstückte allein mit Ned, der ihr seine diesmal außergewöhnlich verworrenen Träume in allen Einzelheiten erzählte, und nach den Ereignissen des Vorabends fragte sie sich, ob sie das nicht alles selbst geträumt hatte. Doch was sie am meisten störte, war die Gegenwart der Waliserin, die von Zeit zu Zeit unter verschiedenen Vorwänden mit ihrem aufmerksamen Gouvernantenlächeln erschien… War es möglich, daß diese Frau ihr noch vor acht oder zehn Stunden mit der Hölle gedroht hatte und sich dann auf unverschämte Weise und mit erpresserischen Mitteln weigerte, ihre Entlassung anzunehmen, um ihr kurz darauf zu beteuern, daß sie ihre Freundin sei?

An diesem Morgen überbot sie sich in Zuvorkommenheit und machte sogar den Versuch, ein Gespräch zu beginnen. Daraus wurde jedoch nichts, da ein Diener auf einem Tablett einen Brief hereinbrachte.

»Soeben persönlich übergeben, M'am.«

Elizabeth nahm den Brief und erkannte nicht wenig überrascht die Handschrift von Mrs. Harrison Edwards.

»Es ist auch ein Paket mit Zeitungen da«, meldete der Diener. »Der Postbote kam gerade vorbei.«

»Ich will sie nicht auf diesem Tisch haben, während ich frühstücke. Legen Sie sie im Salon in eine Ecke.«

Der Diener verneigte sich und verschwand.

»Wenn Sie gestatten«, sagte Miss Llewelyn, »werde ich einen Blick hineinwerfen.«

»Bitte sehr, lesen Sie sie nur. Ich werde sie nicht einmal aufmachen.«

Die Waliserin ging hinaus, und ihre Herrin stürzte sich auf den Brief von Mrs. Harrison Edwards. In einer großen unordentlichen Schrift nahm er nicht weniger als vier Seiten ein, und der Stil war ein wenig geziert.

Elizabeth, meine Allerliebste,
Diese wenigen Zeilen schreibe ich in der Dämmerung und in jener tiefen Stille, die den Festen zu folgen pflegt. Ich denke an Sie, die Sie die Zierde, nein, das Juwel meines Abends waren. Meine Dankbarkeit ist grenzenlos, und ich bin Ihnen auf immer zugetan, aber nach diesem Sprung in eine Welt berauschender Verführungen strebt meine Seele, wie sicher auch die Ihre, meine Allerschönste, inbrünstig nach einer Zuflucht am Busen der Natur, um den frischen Wind vom Meer zu atmen. Kurz, ich entführe Sie morgen – und ist es nicht schon morgen – um Punkt zehn Uhr für einige Stunden nach Tybee Beach, wo wir beide, ein Herz und eine Seele, in schweigender Andacht die Unermeßlichkeit betrachten werden.
Ihre Lucile.

Elizabeth legte den Brief lächelnd nieder, denn plötzlich erwachte die Engländerin in ihr voll und ganz.

»Wenn man von seiner Seele spricht«, sagte sie sich, »hat man entweder ein Glas Champagner zuviel getrunken, oder aber es geht um etwas anderes.«

Etwas anderes?

»Mom, warum lachst du?« fragte Ned mit erhobenem Löffel.

»Es ist nichts, Ned, Darling, manchmal lache ich ganz von allein, einfach so.«

Sie sah in der Tat Mrs. Harrison Edwards vor sich, wie sie mit Onkel Charlie eine teuflisch beschwingte Polka tanzte... und von da aus war es nicht schwer, sich das Unvorstellbare vorzustellen... Sie stellte es sich vor, und das war der Grund ihres geheimnisvollen Lachens!

»Mom«, sagte Ned leise, »wenn niemand da ist, warum nennst du mich dann nicht Sonathan wie am Abend?«

Sie erhob sich jäh.

»Du hast dein Kirschkompott aufgegessen. Komm, wir gehen jetzt ein bißchen in den Garten.«

106

Während ihrer Abwesenheit klingelte es an der Eingangstür. Es war Mrs. Harrison Edwards, obwohl es noch nicht zehn Uhr geschlagen hatte. Eine prächtige, mit einer grünen Schleife unter dem Kinn zusammengebundene Haube aus geschmeidigem Stroh ersetzte den Federhut. Ohne dem Diener irgendwelche Fragen zu stellen, ging sie direkt in den Salon, wo sie Elizabeth zu finden meinte.

Inmitten eines Haufens unordentlicher Zeitungen stand die Waliserin und senkte bei ihrem Eintreten die *Savannah Morning News*, die sie mit ausgestreckten Armen vor sich hielt.

»Guten Tag, Miss Llewelyn, ich möchte Mrs. Hargrove sprechen.«

»Sie muß im Garten sein, ich werde sie rufen, Mrs. Edwards. Aber haben Sie heute schon die Zeitungen gelesen? Sie sind voller erstaunlicher Nachrichten.«

Mrs. Harrison Edwards kannte jetzt Miss Llewelyn wie jeder in Savannah, aber sie hatte sie noch nie so lebhaft dreinblicken gesehen. Die kleinen grünen Augen funkelten vor Aufregung.

»Was gibt es denn? Krieg?«

»Noch nicht, aber die Welt um uns herum ist in vollem Aufruhr. Ich rede nicht von den Verhaftungen in Frankreich; das ist das tägliche Brot der Journalisten.«

»Und ein inzwischen altbackenes Brot. Wenn das alles ist...«

»Ein unterseeisches Kabel wird im nächsten Monat den amerikanischen Kontinent mit Europa verbinden, und zwar zwischen Neufundland und Irland.«

»Ach ja, man sprach davon.«

»Hier schickt die *Western Union* telegraphische Nachrichten vom Norden in den Süden.«

»Ach was!«

»Soweit für die sogenannten Vereinigten Staaten. In Haïti gibt es wieder einen spektakulären und blutigen Aufstand. Ich zitiere den *Express* aus Petersburg. Ich kenne Haïti, es muß ein Alptraum sein, die Hölle mitten im Paradies... Und in China... Gott behüte!«

»In China?... Setzen wir uns. Mit Ihnen zu reden, ist wunderbar,

Maisie Llewelyn, die Unterhaltung hat Niveau. Sie nehmen kein Blatt vor den Mund. Also in China?«

»Ein französisch-englisches Geschwader vor Peking.«

»Teufel! Was haben die dort zu suchen?«

»Sie fordern die Öffnung der Handelshäfen.«

»Und mit welchem Recht?«

»Mit dem Recht des Stärkeren. Das ist doch das einzige Recht, das die Politiker anerkennen, oder? Und um mit dem *Charleston Mercury* in unsere Regionen zurückzukehren: In Mexiko herrscht ein offener Krieg zwischen zwei Generälen: Miramon gegen Comonfort; der eine ist für den Laizismus, der andere für das Banner der Religion. Wenn die Religion sich einmischt, kann der Teufel seinen Rachen – pardon, seinen Höllenschlund weit aufreißen.«

»Oh! Maisie Llewelyn, Sie jagen mir einen wahren Schauder ein, aber Sie sind immer interessant, wie an meinem haïtischen Abend. Und stets ein bißchen subversiv; das gefällt mir.«

»Ein bißchen?« rief die Waliserin aus. »Von Kopf bis Fuß, wollen Sie sagen.«

»Ach! Wie schrecklich Sie sein können! Ich liebe das. Sie haben all die Unverfrorenheit, die ich selbst gern hätte, aber die gesellschaftlichen Formen... Und was gibt es sonst noch Neues?«

»Nichts. Der deutsche Kaiser ist verrückt geworden... Doch... Da steht es... (sie klopfte auf eine Zeitung aus Charleston). In Europa geht es um die ewige Frage des Orients. Der Sultan, die Ausrottung der Armenier durch die Türken, alle Völker des Balkans stehen am Rande einer Revolte...«

Soweit war sie mit ihrem leidenschaftlichen Bericht, als Elizabeth an der Hand eines Sechsjährigen erschien, der fest entschlossen war, sie nicht loszulassen.

»Liebe Lucile, Ihr Brief...«

»Liebe Elizabeth, mein Herz hat Ihnen viel mehr zu sagen.«

Sie umarmten sich.

»Meine Damen, wenn ich an Ihrer Stelle wäre«, sagte Miss Llewelyn, »würde ich nicht länger zögern. Es kann unterwegs sehr heiß werden.«

»Ich komme mit dir, Mom!« rief Ned.

»Aber... natürlich«, sagte Mrs. Harrison Edwards.

Einen Gefährten hatte sie nicht vorausgesehen, und es störte ein wenig ihre Pläne, aber wie konnte sie es abschlagen?

»Er wird am Strand spielen«, beruhigte sie Elizabeth. »Seinen weißen Anzug hat er bereits an... Betty wird für das übrige sorgen, Strohhut und Sandalen... Was mich betrifft, so weiß ich nicht mehr, wo ich meinen Umhang gelassen habe.«

Sie öffnete die Tür und rief Betty.

Alles ging sehr rasch. Als sie alle drei in der Kutsche saßen, plauderten sie bereits in fröhlicher Ausflugslaune, lachten und scherzten ohne Grund, und Ned sprach am meisten. Zwischen seiner Mutter in Blaßgrün und der ganz in Lila gekleideten Mrs. Harrison Edwards – jetzt nur noch Lucile genannt – zappelte und gestikulierte er, und die Bänder seines kleinen runden Huts flatterten lustig in der Brise.

Die Reise war nicht weit. Hinter den ärmlichen Vorstädten, wo die Weißen den Glücklichen in ihrer prächtigen Kutsche mit den schwarz-gelben Rädern nachblickten, fuhren sie durch eine fast öde Gegend. Vereinzelte, recht bescheidene Holzhäuser ragten am Rande der Straße auf, deren sandiger Boden den Schritt der Pferde verlangsamte. Es folgten weiße Villen mit schmalen Veranden, vor denen die immer zahlreicher werdenden Palmen ihre Wipfel bewegten. Endlich tauchten die ersten Häuser von Tybee auf, noch ziemlich weit vom Strand entfernt, den sie dem Blick verbargen, und dann sah man plötzlich die flutende Unermeßlichkeit, deren Anblick die Reisenden wie die Anwesenheit einer schrecklichen Gewalt für einen Augenblick verstummen ließ. Vom Winde aufgewühlt, schleuderte die dunkelgrüne Masse eine breite, schäumende Welle auf den Sand, um sie dann mit einem leisen Geräusch wieder zurückzuziehen. Elizabeth fühlte, wie ihr das Herz in der Brust pochte.

»Jenseits all dieses Wassers«, sagte sie sich, »viele Tagereisen von hier entfernt, liegt das Land, das man mir genommen hat, als ich sechzehn Jahre alt war. Warum bin ich noch immer verbannt auf diese fremde Erde, an die ich mich nie gewöhnen werde?«

Ned klatschte in die Hände und stieß kleine Schreie aus. Er wollte sofort aus dem Wagen springen, doch dieser fuhr noch etwas weiter und hielt erst vor einem mit Planken bedeckten Weg.

Sie stiegen alle drei aus. Lucile, weniger bewegt als Elizabeth, empfand trotz allem eine innere Wesensverwandtschaft mit dem Ozean, mit diesem unter einer mäßig erregten Oberfläche versteckten Tumult. Sie redete sich nämlich gern ein, daß sich auf dem Grunde ihres Herzens, der *First Lady* der *Society*, eine Barbarin voll wilder Leidenschaften und mit einem verzehrenden Lebenshunger verbarg. Die *Polka Explosion* hatte ihre Instinkte zwar nur auf allzu kurze Zeit befreit, aber davon konnte hier keine Rede mehr sein, mit dieser nostalgischen Engländerin und ihrem kleinen Jungen, den man zerstreuen mußte.

Im Augenblick störte er niemanden. Er rannte am Strand entlang, wo Kinder seines Alters herumtollten, und er schloß sich ihnen ohne Zögern an. Gegenseitige Vorstellungen waren unnötig. Es dauerte weniger als eine Minute, und er balgte sich mit ihnen im Sand, setzte sich lachend gegen die Jungen zur Wehr, die ihm seinen Hut wegnahmen und ihn an den Locken rissen. Ohne böse Absicht wurden Fausthiebe ausgeteilt. Er war glücklich und genoß zum erstenmal jene ausgelassene Freude, die seine Glieder löste.

Elegante, mit Kissen versehene Strandkörbe gestatteten den Damen, auf möglichst bequeme Art die Fluten und Wolken zu betrachten. Nur einer dieser Körbe war groß genug, um zwei Personen Platz zu bieten, und diesen hatte Mrs. Harrison Edwards für den ganzen Tag reserviert, denn ihre Verbundenheit mit dem Ozean hinderte sie nicht, einen stets wachen Sinn für das Praktische zu bewahren. So nahm sie Elizabeth beim Arm und führte sie zu diesem vor dem Wind und den Menschen geschützten Doppelstrandkorb, wo sie Hand in Hand in schwesterlicher Eintracht Platz nahmen, um sich freudig der Bewunderung des Unermeßlichen hinzugeben; doch das Schweigen dauerte nur drei Minuten, dann lösten sich die Zungen:

»Darling«, sagte Mrs. Harrison Edwards. »was uns hier geboten wird, ist ein auserlesenes Schauspiel, für das wir beide aus vollem Herzen danken müssen.«

Einen Augenblick fürchtete Elizabeth, daß Lucile zu irgendeiner frommen Improvisation ansetzen würde, aber sie wurde fast sogleich beruhigt:

»Daran werden wir heute abend natürlich denken«, fuhr Mrs. Harrison Edwards fort. »Inzwischen erinnert uns die Natur an unsere menschliche Situation.«

Es folgten lange und recht amüsante Betrachtungen, und ihre Plauderei wurde erst viel später von der plötzlichen Frage unterbrochen:

»Haben Sie Hunger?«

»Ja, die frische Luft…«

»Sehr gut. Sie werden eine kleine Überraschung erleben. Heute morgen in aller Frühe sind meine Schwarzen hier hergekommen, um dort hinten im Pinienhain, zwei Schritte von uns entfernt, ein sehr einfaches Mittagessen, fast einen Imbiß, für uns zuzubereiten. Es gibt zwar sicher ein Restaurant in der Gegend, aber was für einen entsetzlichen Fraß würde man uns dort wohl vorsetzen?«

»In der Tat, ich fürchte…«

»Sie müssen also bald Ihren kleinen Ned rufen. Aber schauen wir ihm zuerst ein wenig zu, wie ihm die Locken in das hübsche Gesicht fallen und er in der Sonne herumspringt. Reizend. Onkel Charlie sagte mir, er sei bereits ganz das Ebenbild seines Vaters, Ihres armen Verstorbenen, Ihres…«

Elizabeth schnitt ihr das Wort ab und rief mit lauter Stimme nach Ned. Sofort verließ er seine neuen Freunde, die sich mit ihren Schaufeln balgten, und eilte zerzaust und mit Sand beschmutzt herbei. Der magische Klang der mütterlichen Stimme spornte ihn zum Rennen an, und er wollte sich auf Elizabeth stürzen, aber sie wehrte ihn sanft ab. Jetzt warf Mrs. Harrison Edwards ein:

»Einer meiner Schwarzen wird ihm das Gesicht waschen und ihn kämmen. Gehen wir, meine Beste. Ich liebe diese trauten Gespräche mit Ihnen, aber auch ich fühle, wie meine Kräfte schwinden. Dieser frische Meereswind macht schrecklichen Hunger.«

Sie verließen ihren Strandkorb und begaben sich zur Kutsche, die sie dreihundert Meter weiter am Rande eines Pinienhains absetzte. Ned, der unablässig auf der Sitzbank herumgezappelt hatte, lachte durch seine Locken, die ihm wirr über Stirn und Wangen hingen, und in seiner übermäßigen und ganz neuen Vitalität stotterte er, als er die Spiele am Strand zu beschreiben versuchte. Elizabeth erkannte ihn nicht wieder und war erleichtert, als ein junger schwarzer Diener sich seiner bemächtigte, um ihm kurz vor dem Mittagessen wieder ein fast präsentables Aussehen zu geben.

Der Ort war von einem märchenhaften Reiz. Im geheimnisvollen Schatten der Pinien hatte man ein hohes und geräumiges Zelt aus grüngestreiftem Segeltuch errichtet, in dem man bequem um einen weißgedeckten Tisch herumgehen konnte. Die Tischgäste nahmen Platz, und ein Diener in Livree servierte zuerst einen Langustensalat, von dem nach fünf Minuten nichts mehr übrig war, da man nur kurze Bemerkungen austauschte und die Gabeln nicht ruhen ließ.

Einige Schluck Champagner wurden in aller Eile hinuntergespült, um das Verschlingen der Schalentiere zu erleichtern. Nur Ned trank ein Glas Limonade. Nachdem dieser erste Heißhunger gestillt war, konnten die Damen den Blick wieder über den Ozean schweifen lassen, dessen Ausmaße zum Träumen anregten, und Mrs. Harrison Edwards erging sich in edlen Phrasen. Dann kam eine imposante Lachspastete, zu der man mehrere Gläser Champagner, beziehungsweise eine Menge Limonade trank. Man zeigte sich immer heiterer, das Leben wurde immer schöner. Aus Höflichkeit gegenüber Elizabeth bedauerte Mrs. Harrison Edwards, daß Leutnant Billy nicht am Fest teilnehmen konnte, und sie verstieg sich zu einem ziemlich gewagten Witz über die Husaren. Ned lachte, ohne zu verstehen. Alle waren glücklich, und eine neue Flasche Champagner wurde aus dem Eiskübel geholt.

Der Himmel bedeckte sich. Weißgerandete Wolken zogen unheilverkündend auf, und am Strand sah man keine spielenden Kinder mehr.

Dann kam das Dessert, ein riesiger Zitronenbaiser, der ein Meisterwerk genannt wurde und wie durch einen Zauber von den Tellern verschwand.

Der livrierte Diener erlaubte sich zu bemerken, daß ein Sturm im Anzug sei.

»Schon gut«, sagte Mrs. Harrison Edwards, »bring den türkischen Kaffee.«

In einem bescheidenen Ton erklärte sie, daß sie beim Anblick der entfesselten Elemente stets etwas Wildes, Unbezähmtes in sich aufsteigen fühle, dem – wie sie festgestellt habe – eine dunkle Wesensverwandtschaft zugrundeliegen müsse.

Der schon seit einer Weile zubereitete türkische Kaffee wurde in zwei Porzellantäßchen gegossen, während man dem lächelnden und von allem begeisterten Ned einen schmackhaften Kräutertee servierte. Seit einer Weile beobachtete Elizabeth ihn mit besorgter Aufmerksamkeit. Hatte sie ihn seit seinen ersten Lebenstagen etwa nicht genug angeschaut? Ihr wurde bewußt, daß sie ihn erst heute so sah, wie er wirklich war, und nicht so, wie sie sich all die Jahre hindurch bemüht hatte, ihn zu sehen. »Das Ebenbild seines Vaters...« Diese Worte von Mrs. Harrison Edwards drehten sich in ihrem Kopf. Wie hatte sie sich der Wahrheit verschließen können? Aber diese Ähnlichkeit war erst an diesem Vormittag offenbar geworden, als sie ihn am Strand hatte spielen gesehen, wie er mit zerzaustem Haar in der Sonne tollte, berauscht von einem ganz neuen Glück, und es beschlich sie das seltsame Gefühl, jemanden verloren zu haben.

Wie in einem Traum hörte sie Mrs. Harrison Edwards Anweisungen geben:

»Macht sofort das Wagenverdeck zu und öffnet die großen Regenschirme. Bringt Massa Ned in die Kutsche, ich will nicht, daß er naß wird. Räumt alles auf und stellt euch im Zelt unter.«

Jetzt war sie mit Mrs. Harrison Edwards draußen, und die ersten Tropfen fielen schwer und dumpf auf die großen grünen Regenschirme, die die Schwarzen über ihre Köpfe hielten. Der nette junge Diener, der den kleinen Ned gewaschen hatte, trug ihn nun in seinen Armen hinaus, alle beide in eine große erdfarbene Kapuze gehüllt.

Gerade noch rechtzeitig bestiegen die Reisenden die Kutsche und waren so froh, dem Gewitter zu entkommen, daß auch das noch wie ein Fest wirkte. Immerhin bemitleidete Elizabeth die armen Schwarzen, die man im strömenden Regen zurückgelassen hatte.

»Beruhigen Sie sich, das Segeltuch ist wasserdicht. Ich habe an alles gedacht.«

Das Gespann trabte langsam davon, denn der Sand behinderte das Vorwärtskommen, und erst auf der Straße begannen die Pferde zu galoppieren. Unter dem riesigen Lederverdeck, das wie ein Topfdeckel über den Wagen gestülpt war, konnten die Reisenden fast nichts sehen, aber es gab nur entweder Dunkelheit oder Licht und Regen, da das eine nicht ohne das andere zu haben war; man hatte die Ritzen zugestopft, und das Dunkel verlieh dem so friedlich begonnenen Ausflug etwas Geheimnisvolles und einen Hauch von Abenteuer.

Ned amüsierte sich köstlich. Der Regen peitschte, trommelte auf das Verdeck, und plötzlich zuckte ein Blitz durch die Finsternis, gefolgt von einem Donnerschlag, der den ganzen Himmel auszufüllen schien. Die beiden Frauen faßten sich bei der Hand... Ned gab vor, Angst zu haben, stieß kleine Schreie aus und versteckte sich unter der Sitzbank.

Durch das Prasseln des Regens hindurch hörte man den harten und hämmernden Hufschlag der vier Pferde auf der Straße, ein beruhigendes Geräusch, da es verkündete, daß man die unzerstörbare, mit Austernmuscheln gepflasterte Chaussee erreicht hatte, aber erneut flammten Blitze auf, und auch in die Kutsche, so gut sie auch abgedichtet sein mochte, drang etwas von diesem fahlen Leuchten, zerriß das Dunkel wie mit stählernen Klingen und verbreitete eine Sekunde lang panischen Schrecken. Die beiden Frauen starrten einander an und jede von ihnen sah die andere wie eine Tragödienmaske mit offenem Munde. Als es wieder dunkel war, regte sich die Selbstachtung.

»Ich hoffe, Sie fürchten sich nicht«, sagte Mrs. Harrison Edwards. »Ich für meinen Teil finde dieses Wüten der Natur eher grandios.«

»Sie haben recht, daß ich mich nicht fürchte«, erwiderte Elizabeth mit ruhiger Stimme. »In England habe ich mindestens ebenso bemerkenswerte Gewitter gesehen, aber ich frage mich, mit Verlaub, was vom Zelt im Pinienwald übrigbleiben wird.«

»Nichts. Ich werde ein neues bestellen.«

»In Savannah?«

»Oh, Darling, was für eine Frage! In New York natürlich, da wir doch alles aus dem Norden haben. Das ist übrigens absurd. Aber ich gebe eine telegraphische Bestellung auf, und in weniger als einem Monat habe ich ein neues Zelt, das genauso aussieht wie das erste. Sie haben dort das Modell.«

»Und Ihre Schwarzen, die im Zelt geblieben sind?«

»Ach, die Schwarzen... Die ziehen sich immer irgendwie aus der Affäre. Und dann kann ich nichts daran ändern, oder?... Aber wo ist Ned? Man hört ihn schon einige Zeit nicht mehr.«

»Ned!« schrie Elizabeth verängstigt.

Eine Stimme unter der Sitzbank antwortete:

»Mom? Sind wir bald da?«

»Aber ja doch, mein Liebling. Du mußt keine Angst haben.«

»Ich habe keine Angst, aber ich will nach Hause.«

»Wir sind gleich da. Du wirst sehen. Warum bleibst du da unten?«

Ein klagendes Stimmchen ließ sich vernehmen:

»Ich habe Bauchweh, Mom.«

»Komm, setz dich zwischen uns.«

»Ich bleib lieber hier, Mom.«

»Was soll ich tun, Lucile?«

»Nichts. Gar nichts, alles kommt wieder in Ordnung... schlecht, aber es kommt in Ordnung.«

Einmal mehr drang die unerbittlich fahle Helle in den Wagen und grub sich in die Gesichter ein, um sie sogleich wieder dem Dunkel zurückzugeben.

»Oh! Mom! Sind wir da?« stöhnte es unter der Sitzbank.

Eine quälend lange Viertelstunde später fuhren sie durch die Vororte von Savannah. Der Regen ließ allmählich nach, und das letzte Rollen des Donners erstarb in der Ferne. Als der Wagen vor dem Haus am Oglethorpe Square hielt, stieg Elizabeth allein aus und klingelte an der Tür.

Miss Llewelyn erwartete sie im Vestibül.

»Schnell«, sagte Elizabeth, »lassen Sie Ned holen, es eilt.«

Die Waliserin verstand sofort und rief Betty und die schwarze Mammy, die schreiend und mit erhobenen Armen zur Kutsche stürzten. Ned wurde unter der Sitzbank hervorgezogen, wo er sich wie ein Missetäter versteckte. Die *Black Mammy* hüllte ihn in ihre weiße Schürze und trug ihn ins Haus. Er weinte und hielt sich mit den Händen die Augen zu. Als er an der Waliserin vorbeikam, lächelte sie ihm schalkhaft zu und sagte:

»Lassen Sie nur, Mr. Ned, das passiert in den besten Familien.«

107

In ihrem Zimmer dachte Elizabeth an ihren Tag in Tybee Beach zurück. Das Gewitter hatte sie weniger verwirrt als das Betragen ihres Jungen. Er war nicht mehr das geschwätzige, jedoch zuweilen verträumte und stille Kind, das sie jeden Tag sah.

»Es ist nichts«, redete sie sich zu ihrer Beruhigung ein, »zwei oder drei Stunden am Strand mit turbulenten Spielgefährten... Er braucht nur Schlaf, und dann wird er sich wieder erholen.«

Sie aß allein zu Abend. Miss Llewelyn, die sie immer noch ein bißchen beunruhigt sah, erlaubte sich, ihre Meinung zu äußern:

»Dieser kleine Unfall, der Ihnen Sorgen zu machen scheint, ist völlig normal. Ihr Junge hat zuviel gegessen, das ist alles, und es ist sogar ganz gut. Von Zeit zu Zeit muß man über die Stränge schlagen.«

»Über die Stränge schlagen«, wiederholte Elizabeth nachdenklich. »Sie haben eine Art, die Dinge auszusprechen...«

»Eine walisische, Mrs. Hargrove, ich bin Waliserin.«

»Schläft er?«

»Um diese Zeit bestimmt, und wenn er aufwacht, ist er frisch wie…«

»Eine Rose.«

»… nein, eher wie ein kleiner Kampfhahn.«

Damit endete das Gespräch… Elizabeth zog sich sehr früh zurück. In ihrem Bett, das ihr wüst und leer schien, schweiften ihre Gedanken zum ersten Mal nicht zu Billy, sondern zu Ned. Ganz offenbar war er an diesem Tag in Tybee ein *anderer* geworden. Sie fand kein anderes Wort, um die Verwandlung zu beschreiben. Und eine Einzelheit war ihr aufgefallen: er lispelte nicht mehr. Das erschien ihr normal, sogar wünschenswert. Sie schlief ein.

Am nächsten Morgen fand sie ihn zu ihrer Erleichterung wieder so, wie er gewöhnlich war: sehr liebevoll und von ausgelassener Fröhlichkeit. Aber er fragte ständig, wann sie wieder nach Tybee fahren würden, und bekam ausweichende Antworten. Selbstverständlich machte man nicht die geringste Anspielung auf die bedauerliche Laune der Natur. Im übrigen mußte Elizabeth den Reisebericht diesmal nicht aus der Perspektive seines Traumlabyrinths über sich ergehen lassen.

Den ganzen Tag lang dachte sie über diese Dinge nach und wartete, daß es Abend würde. Bei Anbruch der Nacht trat sie in das Zimmer ihres kleinen Jungen. Mit weitgeöffneten Augen lag er in seinem Bett; die Lampe flackerte auf dem Nachttisch, und Betty saß auf einem Stuhl bei ihm. Sie erhob sich, als sie ihre Herrin sah, und ein sanftes Lächeln erhellte ihr Gesicht. Wie ein Licht aus einer anderen Welt strahlte eine unendliche Güte aus diesem vom Alter und der Müdigkeit gefurchten schwarzen Antlitz.

»Meine liebe Betty«, sagte Elizabeth, »du wirst mich jetzt mit Ned allein lassen. Heute abend werde ich einen Augenblick bei ihm bleiben, wie früher.«

Ned stieß einen Freudenschrei aus:

»Wie früher, Mom, das ist schon lange her…«

»Nicht so lange, nicht wahr, Betty?«

»Etwa einen Monat, M'am.«

»So? Nun gut, Betty, gute Nacht.«

Als sie mit Ned allein war, küßte sie ihn und sagte:

»Ich bleibe hier bei dir, bis du einschläfst.«

»Ja, Mom. Fahren wir bald wieder nach Tybee?«

»Ich weiß nicht, ob es bald sein wird, aber wir fahren wieder hin.«

»Versprochen?«

»Ja, aber jetzt mußt du schlafen. Sowie du spürst, daß der Traum kommt... Dein Traum, nicht wahr?«

»Mein Traum?«

»Aber ja doch, Ned, der Reiter...«

Zu ihrer Überraschung schwieg er.

»Nun?« fragte sie beunruhigt.

»Mom, es gibt keinen Traum mehr; gestern war nichts.«

Plötzlich begann Elizabeths Herz zu pochen, wie bei einem nahenden Unglück. Sie ließ eine Minute verstreichen, liebkoste das Gesicht ihres Sohnes, dann neigte sie sich ein wenig über ihn und sagte ihm wie mit zugeschnürter Kehle ins Ohr:

»Schau, wir sind allein, niemand hört uns.«

»Ja, Mom.«

Ganz nahe an seinem Ohr flüsterte sie:

»Von hinten im Zimmer, Ned, der Reiter auf seinem schwarzen Pferd.«

»Gestern nicht, Mom. Es gibt ihn nicht mehr.«

»Hör zu, Ned...«

Sie zögerte. Ned schwieg. Endlich murmelte sie:

»Jonathan, Ned.«

Ned antwortete nicht.

»Warum sagst du nichts?« fragte sie fast laut. »Ich dachte, du hast mich lieb.«

»Aber ich hab dich doch lieb, Mom.«

»Jonathan«, sagte sie, von Angst ergriffen.

»Es gibt ihn nicht mehr, Mom, er ist nicht mehr da«, sagte er und streichelte ihr sanft die Wange.

Seine Augen schlossen sich halb.

»Du willst schlafen, Darling.«

Aber da schlummerte er schon. Elizabeth wartete noch eine Weile. Der leichte Atem von friedlicher Regelmäßigkeit schien die Stille auszufüllen. Zitternd erhob sie sich, schraubte den Docht der Lampe herunter und ging hinaus.

In ihrem Zimmer warf sie sich auf das Bett, ohne Licht zu machen. Die Dunkelheit war ihr eine Zuflucht, denn in der Finsternis konnte sie ihre Schande und ihre grausame Enttäuschung verbergen. Das Gespenst, das sie noch an ihre erste Liebe band, war in dem

Augenblick verschwunden, da es die Träume ihres Jungen nicht mehr besuchte, aber welcher Wahnsinn, sich an einen Schatten zu klammern! Sie war sich dessen seit langem bewußt gewesen. Nur aus Schwäche hatte sie dieser Neigung nachgegeben, diesem Hirngespinst, diesem seltsamen Trost... An diesem Abend wurde sie das Gefühl nicht los, daß Jonathan zum zweitenmal und nun für immer gestorben war.

Noch bitterer als alles übrige empfand sie etwas anderes, das sie sich nicht eingestand: Neds immer deutlicher zutage tretende Ähnlichkeit mit seinem Vater. Es gab eine Art Koinzidenz zwischen dem Verschwinden von Jonathan und dem Auftauchen des anderen, neuen Ned. Der Vater hatte sich sein Kind zurückgeholt... Die grausame Ironie dieser Situation entlockte ihr ein nervöses Lachen, dem sie vergeblich Einhalt zu gebieten versuchte. Das Gesicht im Kopfkissen vergraben und mit einem krampfhaften Zucken der Schultern, lachte sie schier zum Ersticken.

Plötzlich drang ein gelber Lichtstrahl quer durch das Zimmer... Die Überraschung setzte dem Lachen ein Ende, Elizabeth hob den Kopf und blickte sich verwirrt um, bevor sie verstand...

Der Laternenanzünder war die Straße heraufgekommen und beendete seinen Rundgang mit der großen Bronzelaterne vor dem Haus.

108

Niemand durfte je etwas von diesem ganz persönlichen Drama erfahren. Das Leben in Savannah nahm seinen normalen, von kleinen, lokalen Ereignissen begleiteten Lauf. Die Bälle wurden seltener. Nach dem epochemachenden Fest bei Mrs. Harrison Edwards fanden nur noch bescheidene Tanzvergnügen statt. Selbst die Zeitungen wurden in der allgemeinen Verschlafenheit des Sommers weniger gelesen. Immerhin herrschte große Bestürzung, als man erfuhr, daß das unterseeische Kabel zwischen Amerika und Irland im Monat Juli, also bereits nach drei Wochen, nicht mehr funktionierte.

Ein weiteres Wiederaufflammen des Interesses galt den Nachrichten aus Haïti. Man war zwar über den letzten Aufstand informiert, aber nun hatten sich neue Vorfälle ereignet. Soulouque I., Kaiser von Haïti und Träger einer goldenen, eigens in Paris für ihn hergestellten dreistöckigen Krone war von einem General gestürzt worden. Man machte Bekanntschaft mit einem neuen Namen: General Geffrard herrschte jetzt über die Insel. Nach dem so eindrucksvollen Bericht von Miss Llewelyn, den die *Society* noch ganz frisch in Erinnerung hatte, war Haïti ein wenig ins Zentrum des Interesses gerückt, und man hätte leidenschaftlich gern all die schrecklichen Einzelheiten erfahren, aber man mußte warten.

Und was geschah sonst? Anscheinend nicht viel. Während der großen Sommerhitze hätte man meinen können, die Geschichte schlafe. Es sei denn, man interessierte sich für das Blabla der Reden, für die Wortgefechte zwischen dem Demokraten Douglas und dem Republikaner Lincoln um den Posten des Senators von Illinois, wobei Douglas allerdings das Vertrauen des Südens immer mehr verlor. Er schwankte zu sehr zwischen den Rechten des Südens und den Ideen des Nordens...

Elizabeth kümmerte sich nicht um diese Dinge. Sie sah vor ihren Augen den verstorbenen Gemahl heranwachsen, der wieder zum Kind geworden war, und die ganze Vergangenheit einer verbotenen Liebe verschwand vor dem Blick eines unschuldigen Gesichts.

Nur ein- oder zweimal im Monat gab Billy ihr die Lebensfreude wieder, aber die Rückfälle in die Melancholie waren hart. Onkel Charlie hatte sich mit seiner Frau und den Kindern nach Virginia begeben, wo das Klima besser war. Doch weil die Besuche des einzigen Mannes, der sie zu trösten vermochte, oft unvorhergesehen erfolgten, rührte sich Elizabeth nicht vom Oglethorpe Square.

Der August verging in dieser Erstarrung. Des Nachts schlief man nackt, am Tage hechelte man. Es war der Höhepunkt der Langeweile. Auf der großen, menschenleeren Avenue ging zur Dämmerstunde langsam eine Dame spazieren, eine schöne Engländerin, die Gefangene eines Husaren.

Mit dem ersten Lächeln des Septembers wurde alles wieder besser. Das Thermometer beruhigte sich ein wenig, gegen Ende des Monats kehrte die feine Gesellschaft vorsichtig, wie nach einer Katastrophe, zurück, und in den allerletzten Tagen geschah etwas. Eine vornehme Kutsche hielt vor Elizabeths Haus, und ein Lakai in königsblauer Livree, der neben dem Kutscher saß, sprang vom Bock, eilte die Stufen hinauf und klingelte energisch an der Tür. Joe, in roter Livree – welch ein Gegensatz! – öffnete ihm sogleich. Hinter ihm erschien Miss Llewelyn, die das freche Klingeln neugierig gemacht hatte.

»Wohnt hier Mrs. William Hargrove?« fragte der königsblaue Lakai mit einem unüberhörbar englischen Akzent.

Auf die bejahende Antwort hin sprang er die Freitreppe hinunter, stürmte zum Wagen und öffnete den Schlag. Der Kutsche entstieg nun mit Hilfe des vorbildlichen Lakaien eine beleibte und aufrechte Dame in einem beigen Reisekostüm, den Kopf unter einem Kabrioletthut verborgen, dessen Ränder das Gesicht wie zwei Mauern umgaben. Aus der Tiefe dieser Höhle funkelte ein Raubvogelblick.

Mit einer schroffen Geste wies sie den Lakaien ab, der ihr eine weißbehandschuhte Hand bot, und stieg die Freitreppe empor, bis sie der Waliserin gegenüberstand. Zwischen der Aristokratie und dem Volk verstand man sich sofort, wenn beide auch im übrigen bereit waren, bei der geringsten Provokation die Feindseligkeiten zu eröffnen.

»Wir sind uns schon einmal begegnet«, sagte die Dame mit königlicher Herablassung. »Sie kennen mich. Richten Sie Mrs. Hargrove aus, daß ihre Mutter sie erwartet. Und schnell, einen Sessel. Ich warte nicht im Stehen.«

»*Yes*, M'am«, sagte Miss Llewelyn und schob ihr einen der größten Sessel des Vestibüls hin.

Lady Fidgety setzte sich, und die Waliserin, wie von einem unsichtbaren Stachel angespornt, erklomm die Treppe mit ihrer einstigen Behendigkeit. Sie klopfte an Elizabeths Tür.

»Ihre Frau Mutter erwartet Sie unten«, sagte sie.

»Sie träumen, Miss Llewelyn.«

»Ich träume nicht, und ich füge hinzu, daß man bei ihr den Adel sofort erkennt, den wahren wohlgemerkt, der mit dem Ihrer Küstenaristokratie nichts gemein hat.«

»Noch eine solche Bemerkung, und ich setze Sie vor die Tür.«

»Sie wissen genau, daß Sie das nicht können. Inzwischen rate ich Ihnen, hinunterzugehen. Der Adel hat wenig Geduld.«

Rot vor Erregung und Wut warf sich Elizabeth einen leichten weißen Wollschal über die Schultern und ging hinunter.

Lady Fidgety rührte sich nicht aus ihrem Sessel.

»Deine Mutter, jawohl, deine Mutter, ach! Welch eine Überraschung! Erspare dir deine Ausrufe, wir wollen nicht rührselig werden. Du bist jung, du kannst ruhig stehen.«

»Miss Llewelyn, noch einen Sessel.«

»Nicht schlecht«, sagte Lady Fidgety, »du hast also doch noch ein bißchen Charakter. Ich fürchtete, einen von dem physischen und moralischen Klima Amerikas aufgeweichten Waschlappen vorzufinden.«

Miss Llewelyn brachte einen zweiten Sessel, der dem ersten aufs Haar glich, und verneigte sich ehrerbietig vor ihrer Herrin.

»Hier, M'am«, sagte sie.

»Gut, Sie können gehen.«

Miss Llewelyn verneigte sich aufs neue und verschwand aus dem Blickfeld der beiden Damen, die einander gegenübersaßen.

»Ich finde«, sagte Elizabeth mit vernehmlicher und zerstreuter Stimme, »daß wir im Salon bei verschlossenen Türen besser aufgehoben wären.«

»Wer Ohren hat, möge hören«, erwiderte Lady Fidgety, »aber diese Vorsicht ist unnötig, denn ich habe dir nichts Geheimes mitzuteilen. Wir bleiben einstweilen hier.«

»Mama, fühlen Sie sich wie zu Hause.«

»So möchte ich es auch verstanden wissen. Ich hasse die Hotels dieses Landes, deren Vulgarität nur noch durch den Mangel an Komfort übertroffen wird. Ein Wagen mit meinem ganzen Gepäck muß in ein paar Minuten ankommen. Natürlich werde ich hierbleiben.«

Elizabeth richtete sich auf.

»Aber Mama, Sie hätten mir eine Nachricht geben sollen. Nichts ist vorbereitet.«

»Eine gehorsame Tochter ist immer bereit, ihre Mutter bei sich aufzunehmen. Ich hatte deinen Schwiegervater von meiner Ankunft unterrichtet, und zwar mittels der wunderbaren amerikanischen Erfindung des unterseeischen Kabels, aber dann erfuhr ich ein wenig später, daß dieses Wunder der Wissenschaft erbärmlich gescheitert ist. Was kann ich dafür? Jedenfalls bin ich da.«

»Nun gut, wir werden uns arrangieren. Sie werden zwei große Zimmer im ersten Stock bewohnen, die auf die Veranda gehen, mit Ausblick auf den Garten und die Parks der Umgebung.«

»Eine Treppe hoch? Ich will doch sehr hoffen, daß deine Schwarzen mich hinauftragen werden.«

»Meine Schwarzen…?« sagte Elizabeth unsicher. »Aber ja, natürlich.«

»Ich hörte von Mr. Charlie Jones, daß du dich wieder verheiratet hast… mit einem der Hargrove-Söhne.«

»Ja.«

»Hatte ich dir nicht geraten, einen Mann in fortgeschrittenem Alter zu wählen, der nicht mehr in den Krieg ziehen muß?«

»Mama, wir haben keinen Krieg.«

»Aber wir werden ihn bekommen, das ist so sicher, wie die Erde sich dreht. Wen hast du geheiratet?«

»Billy.«

»Jetzt hör mir mal zu. Wenn du durch deine erste Ehe nicht reich geworden und vor den mütterlichen Repressalien geschützt wärst…«

Aufs äußerste gereizt, warf Elizabeth ihr einen trotzigen Blick zu, und ihre blauen Augen begannen zu funkeln.

»Was dann, Mutter?«

»Dann, meine Tochter, hätte ich dich enterbt.«

»Ich möchte Ihnen nie etwas anderes schulden als den Ihnen gebührenden Respekt, und ich mache mir nichts aus all Ihrem Besitz.«

Zu ihrer Überraschung glaubte sie aus den Tiefen des Hutes ein zufriedenes Lächeln zu sehen.

»Meine Meinung über dich hat sich nicht geändert«, sagte Lady Fidgety. »Du bist eine dumme Gans, aber an deiner Stelle hätte ich nicht anders antworten können. Endlich höre ich die Stimme des Blutes. Und in welcher Position ist dein Mann?«

»Er ist Husarenleutnant in einem Regiment in Karolina.«

Lady Fidgety brach in Gelächter aus.

»Das ist der Gipfel, Elizabeth… Geh, schau, ob mein Gepäck angekommen ist.«

»Miss Llewelyn!« rief Elizabeth.

Wie durch einen Zauber trat die Waliserin aus einer dunklen Ecke hervor. Ohne sie eines Blickes zu würdigen, gab Elizabeth den Befehl ihrer Mutter an sie weiter.

Miss Llewelyn begab sich zur Freitreppe und kam zurück.

»Ein mit Truhen und Koffern beladener Mietwagen ist da, M'am.«

»Man möge warten«, sagte Lady Fidgety. »Ich will zuerst einmal sehen, ob diese Zimmer im ersten Stock mir gefallen; wenn nicht, wirst du deiner Mutter sicher deine Zimmer zur Verfügung stellen. Hast du nicht gesagt, ich sei hier zu Hause?«

»Miss Llewelyn, bitten Sie Joe und Toby, Lady Fidgety in die erste Etage hinaufzuhelfen.«

»Wer sind Joe und Toby?«

»Die kräftigsten meiner Diener, Mama.«

Der Transport des Gastes war nicht ganz einfach. Miss Llewelyn hatte dafür gesorgt, daß der Küchengehilfe weiße Baumwollhandschuhe angezogen hatte, und der schwarze Koloß löste seine Aufgabe so, daß er die vornehme Dame einfach in seinen Armen hinauftrug, nicht ohne viel Geschrei und Beschimpfungen seitens der kostbaren Bürde. Joe in seiner roten Livree beschränkte sich auf das Öffnen und Schließen der Türen.

Unten ließ sich Elizabeth in ihren Sessel sinken und seufzte:

»Ich hätte mit ihr hinaufgehen sollen.«

»Das erwartete sie wohl auch«, bemerkte Miss Llewelyn, die bei ihrer Herrin geblieben war.

»Ich weiß. Aber mir fehlte der Mut. Wenn diese Zimmer ihr nicht gefallen...«

»Beruhigen Sie sich, M'am. Sie kann sich nicht ohne die Erlaubnis Ihres Mannes in Ihren beiden Zimmern einrichten... Falls sie darauf bestehen sollte, nehme ich es auf mich, ihr das beizubringen... Sie macht mir keine Angst, und das weiß sie. Ein Blick hat ihr genügt, um das zu verstehen.«

»Ach! Miss Llewelyn, ich bin ja so froh, daß Sie da sind.«

»Na endlich«, sagte die Waliserin.

»Mama wirkt ein wenig hart«, fuhr Elizabeth wie zu sich selbst fort, »aber sie hat Herz. Jeder weiß, welch schwierige Zeiten sie und ich damals in London durchgemacht haben. Ich werde nie vergessen, wie sie eines Nachts in dem eiskalten Zimmer des elenden Hotels, in dem wir wohnten, ihren Mantel ausgezogen hat, um mich im Schlaf zuzudecken.«

»Dafür verzeiht man ihr alles!« rief die Waliserin aus.

»Ich habe ihr nichts zu verzeihen, aber ich hoffe, daß sie nicht zu bald wieder herunterkommen wird.«

Entgegen aller Erwartung kam sie erst zwei Stunden später herunter, wieder in den Armen des Küchengehilfen und sichtlich zufrieden.

Behutsam auf den Boden gestellt, machte sie einen majestätischen Eindruck in ihrem pflaumenblauen Taftkleid, das bei jedem Schritt laut raschelte.

»In den Salon«, sagte sie zu ihrer Tochter.

Elizabeth führte sie in den kleinen scharlachroten Raum.

»Was für ein entsetzlicher Geschmack!« rief Lady Fidgety aus. »… das erinnert ja geradezu an die Massaker von Lucknow.«

»Lucknow?«

»Du weißt aber auch gar nichts. Ich erzähle es dir ein andermal.«

Sogleich setzte sie sich in den geräumigsten Sessel des Salons und ordnete die Falten ihres Kleides, die sie um sich ausbreitete. Ihr Gesicht, das nun aus dem Kerker des Kabrioletthuts befreit war, bestach durch die edlen, scharf geschnittenen Züge, die lange feine Nase, den schmalen Mund und den durchdringenden Blick ihrer grünen Augen, in denen zuweilen ein zärtliches Strahlen aufleuchtete, wenn sie zu ihrer Tochter sprach. Eine Spitzenhaube verbarg das dichte, jedoch bereits ergraute Haar.

»Mein kleines Mädchen«, sagte sie, »du hast zum zweitenmal einen gefährlichen Fehler gemacht, einen noch schlimmeren als den ersten. Warum hast du ausgerechnet einen Husaren geheiratet? Ist er denn so schön?«

Diese unerwartete Frage verblüffte die junge Frau, aber sie antwortete ohne zu zögern:

»Er ist der schönste Mann, den man je gesehen hat.«

»Dann verstehe ich dich. Als ich in deinem Alter war, hatte ich die gleichen Schwächen.«

»Sie, Mama?«

»Jawohl, ich. Schau mich nicht so an. Ich bin durchaus menschlich. Als junger Mann war dein Vater bildschön. Aber lassen wir das. Weißt du, daß es Krieg geben wird?«

»Ich glaube nicht daran.«

»Er wird auch ohne deine Erlaubnis ausbrechen. Und wo gehst du dann hin?«

»Wohin? Ich kann nur hierbleiben. Der Süden wird sich zu verteidigen wissen.«

»Der Süden ist mutig, weil er englisch ist, aber das Gleichgewicht der Kräfte ist furchtbar für ihn. Der Norden wird ihn vernichten. Ganz England ist davon überzeugt. Hör mir gut zu. Trotz deiner Ehe bleibst du Engländerin. Onkel Charlie, der alles erreicht, was er will, hat das Notwendige getan. Deinen britischen Paß kann man dir nie wegnehmen. Komm mit mir nach England. Kehre zu uns zurück.«

»Billy verlassen, Mama? Nie und nimmer.«

»Wenn du anders geantwortet hättest, so hätte ich mich deiner geschämt. Jawohl, geschämt, aber trotzdem hätte ich dich mit Freuden zurückgenommen. Gib mir einen Kuß, meine Kleine. Wir haben uns noch nicht umarmt.«

Elizabeth warf sich in ihre Arme.

»Aber keine Tränen«, sagte Lady Fidgety und bedeckte ihr Gesicht mit Küssen, »eine Engländerin weint nicht.«

Diese Worte sprach sie stockend, mit heiserer Stimme, während ihr Tränen über die Wangen liefen.

Nach einer Weile beruhigten sie sich beide, und Elizabeth setzte sich wieder.

»Wenn ich bedenke«, sagte Lady Fidgety mit einem verstohlenen Schniefen, »daß es in England von schönen Männern wimmelt, und daß du, schön wie du bist, denn du bist sehr schön, arme Elizabeth, nur zu wählen bräuchtest. Aber was soll's.«

»Vielleicht wird es keinen Krieg geben.«

»Jedenfalls folge meinem Rat: Wenn es je zur Katastrophe kommen sollte, geh zu Onkel Charlie und rühre dich nicht aus seinem Haus. Er ist eine sehr wichtige Persönlichkeit und zudem so britisch, wie man nur sein kann. Im Konfliktfall respektiert man die Ausländer.«

»Ja, Mama.«

»Aber ich möchte unbedingt deinen Billy kennenlernen. Ich bin anspruchsvoll, und wir werden sehen, ob wir den gleichen Geschmack haben.«

»Sie werden ihn in ein paar Tagen sehen.«

»Deine Gouvernante hat mir gesagt, daß Charlie aus Virginia zurück ist. Ich habe eine Botschaft für ihn aus Liverpool. Laß ihm eine Nachricht zukommen, daß er mich aufsuchen soll.«

Man mußte der neugierigen Lady Fidgety das Haus von oben bis unten zeigen, und sie bewunderte alles, außer dem Salon, den sie partout nicht mehr betreten wollte, weil er sie an die Stadt in Indien erinnerte. Im Garten kam es zu einer Begegnung zwischen ihr und dem kleinen Ned. Sie betrachteten einander einen Moment lang, dann lächelten sie beide ziemlich gezwungen, ein Versuch gegenseitiger Verführung, aus dem sich jedoch nichts ergab. Lady Fidgety mochte keine kleinen Jungen, und Ned fand die Dame streng und abweisend.

Den ganzen Tag lang wartete man auf Charlie Jones. Er erschien nach dem Abendessen, als man schon nicht mehr mit ihm rechnete. Elizabeth schlug vor, auf der Veranda Platz zu nehmen. Lady Fidgety hängte sich an Onkel Charlies Arm, ließ sich von ihm von Stufe zu Stufe heben und lachte dabei vergnügt, als handele es sich um ein Spiel, anstatt Beschimpfungen auszustoßen, wie sie sie am Morgen dem Küchengehilfen ins Ohr gebrüllt hatte.

Alle drei setzten sich in die geräumigen, mit Kissen gepolsterten Sessel. Die Nacht war von einer köstlichen Milde. Nur selten unterbrach das ferne Rollen einer Kutsche auf der Avenue die wohltuende Stille. Man empfand ein grundloses Glücksgefühl und genoß die von den Düften der Gärten geschwängerte Luft. Lady Fidgety griff in eine lange Tasche aus schwarzem Leinen, die sie am Arm trug, holte eine Rolle sorgfältig zusammengeschnürter Papiere hervor und übergab sie Charlie Jones.

»Ihre Reedereien in Liverpool«, sagte sie in einem sehr offiziellen Ton.

Er nahm die Papiere mit einer im Nachhinein entsetzten Miene an sich.

»Das haben Sie einfach so mitgebracht?«

»Sie wissen besser als irgendwer sonst, daß man in Savannah an Land geht, wie man will.«

»In Charleston läßt die Regierung niemanden ohne Kontrolle herein«, sagte er mit leiser Stimme.

»Deshalb war ich auch nicht so dumm, über Charleston zu kommen«, erwiderte sie im gleichen Ton. »Und dann haben Sie schließlich das Recht, Handelsschiffe anzufordern, wenn es Ihnen beliebt.«

»Jetzt nicht mehr. Jedenfalls bin ich dir sehr dankbar, meine liebe Laura.« Er duzte sie wieder, wie er es von früher gewohnt war.

Beide flüsterten nun wie Verschwörer.

»Für den Süden, der englisch geblieben ist«, sagte sie, »obgleich er sich gegen uns erhoben hat.«

»Solide und friedliche Handelsschiffe«, sagte er.

»… die für nützliche Zwecke umgebaut werden können«, fügte sie hinzu, indem sie ein schalkhaftes Lachen unterdrückte.

»Pst! Um Himmels willen!«

Sie näherte ihren Mund seinem Ohr:

»Wer kann uns hören?«

Auf die gleiche Weise raunte er ihr zu:

»Die Käuzchen!«

Wie um seine Worte zu bestätigen, ließen einige Käuzchen ihre leisen Schreie vernehmen. Elizabeth glaubte, sie küßten sich.

»Wenn ich Sie störe«, sagte sie spitz, »kann ich ja gehen.«

»Pardon Elizabeth«, sagte Onkel Charlie laut. »Wir sind sehr langweilig. Wir tauschten nur sehr vertrauliche Ansichten aus.«

»Über den Krieg.«

Onkel Charlies joviales Lachen brachte alles wieder ins Lot.

»Liebe Kleine, es gibt keinen Krieg. In unserem geliebten Savannah herrschen Ruhe und Frieden.«

»Hm!« machte Lady Fidgety. »Aber verlassen wir Ihre Hemisphäre. Sind Sie über die Ereignisse in Indien unterrichtet?«

»Wie jeder. England versucht seit über einem Jahr einen Aufstandsversuch niederzuschlagen. Man kämpft verbissen bei Delhi. Die Sepoys...«

»Jawohl, die Sepoys. Der Sepoy-Aufstand. Man hat Einzelheiten über die Geschehnisse in Lucknow und Canpowre erfahren. Elizabeth, du solltest lieber gehen, wenn du nichts Schreckliches hören willst.«

»Ich bin kein Schwächling, und ich will endlich wissen, warum mein Salon wie Lucknow aussieht.«

»Nun, nicht in Lucknow selbst, sondern in der Umgebung von Lucknow hat man Hunderte von Sepoys an die Mündungen der Kanonenrohre gefesselt, um ihre Leiber an die Stadtmauern zu schießen, die sich sogleich in Mauern aus blutigem Fleisch verwandelten.«

»Schande über uns!« rief Onkel Charlie aus.

»Ja, aber nicht über die Kanoniere, die nur die Befehle ausgeführt haben, sondern über die Offiziere, die nicht gezögert haben, derartig barbarische Befehle zu erteilen. Gladstone hat die Stimme erhoben, um dagegen zu protestieren. Man wartet gespannt auf seine Rede im Parlament. Die Öffentlichkeit ist empört und beschämt. Wie stehen wir vor der Welt da? Jetzt sind wir die Barbaren.«

»Ich werde meinen Salon grün streichen lassen«, erklärte Elizabeth entschlossen.

»Was soll denn das?« fragte Onkel Charlie. »Hast du geschlafen?«

»Laß nur, Charlie«, sagte Lady Fidgety. »Was Elizabeth sagt, ist sehr vernünftig.«

»Hier sind solche Greuel wenigstens unbekannt«, sagte Elizabeth.

Charlie Jones sprang beinahe aus seinem Sessel.

»Unbekannt?« schrie er. »Und die Ausrottung der Indianer? Ist das vielleicht nichts? Elizabeth, du redest wie ein kleines Mädchen – darum lieben wir dich übrigens auch«, fügte er rasch hinzu, »aber du solltest wissen, daß es unter den sogenannten zivilisierten Völkern der Erde kein einziges gibt, das nicht ähnliche Greueltaten begangen hat wie die, von denen du eben gehört hast. Spanien, Italien, Frankreich, Preußen, alle. Überall ist der Mensch der gleiche, ein Tier, das sich seit vorsintflutlichen Zeiten kaum entwickelt hat. Die tiefen Instinkte sind immer noch dieselben. Das Evangelium hat nichts daran geändert. Die Assyrer waren nicht schlimmer als wir.«

»Geschichtsunterricht bei Mondschein, mein lieber Charlie«, sagte Lady Fidgety. »Hatten die Assyrer auch Schiffe, die man verwandeln konnte?«

»Ich weiß, ich bin völlig lächerlich«, gab Onkel Charlie lachend zu, »aber ich habe recht. Im Grunde habe ich recht.«

»Natürlich« sagte Lady Fidgety. »Ich denke genau wie du, Charlie… Schau, wie der Mond zu unseren Füßen leuchtet!«

Die Silberstrahlen, die durch das Verandagitter fielen, zeichneten eine Veranda aus Licht auf den Fußboden.

»Es ist spät«, sagte Lady Fidgety, »und die Reise hat mich sehr erschöpft, aber wir sehen uns wieder. Ich bleibe mindestens noch zwei Monate hier. Mein lieber Gemahl ist infolge starker Schmerzen an seinen Sessel in Bath gefesselt – das macht der Portwein«, fügte sie vergnügt hinzu – »aber er erwartet mich an Weihnachten zurück. Gute Nacht, Charlie, mein Lieber. Elizabeth, ich bin ganz vernarrt in meine beiden Zimmer und sehe mich bereits in meinem herrlichen Himmelbett. Also bis morgen früh, mein liebes Kind.«

Nach dieser in ihrem klaren und spitzzüngigen Tonfall gesprochenen kleinen Rede verschwand sie unter heftigem Rascheln des Tafts.

Charlie Jones und Elizabeth gingen gemächlich die Treppe hinunter.

»Deine Mutter ist eine bemerkenswerte Frau«, sagte er versonnen.

»Wer ist denn dieser arme Herr Gemahl, der wegen seiner Schmerzen in Bath bleiben muß?«

»Er besitzt eins der größten Vermögen des Vereinigten Königreichs.«

»Wenn er nicht hier herkommt, werde ich ihn vielleicht nie kennenlernen. Liebt Mama ihn? Warum hat sie ihn geheiratet?«

»Gestatte mir, einen Autor zu parodieren, den du wahrscheinlich nie lesen wirst: Das Herz hat seine Gründe, die nur das Portemonnaie kennt... Aber wir sind am Fuß der Treppe angelangt. Behalte für dich, was du heute abend gehört hast, und gute Nacht, du liebe und bezaubernd schöne Elizabeth.«

VI
Es wird keinen Krieg geben

109

Das tägliche Leben im Haus am Oglethorpe Square nahm einen einigermaßen geordneten Verlauf. Ned wurde in ein Institut eingeschult, das schon Mike einst besucht hatte. Der ehemalige kleine Jonathan, der jetzt nur noch auf den Namen Ned hörte, fand in seiner Primarschulklasse nette Kameraden, mit denen er sich schlagen konnte. Lady Fidgety, die mit den entsprechenden psychologischen Neigungen und dem Eroberersinn einer englischen Lady ausgestattet war, bahnte sich einen Weg in die *Society*, die ihr nicht den geringsten Widerstand bot – ganz im Gegenteil.

Das allgemeine Interesse der Öffentlichkeit richtete sich jetzt auf die Redeschlacht für den Senatorensitz des Staates Illinois. Douglas, der »kleine Riese«, galt als der voraussichtliche Sieger, aber er hatte eigentlich nur die Unterstützung der Demokraten seines Staates und aus dem Norden. Der Süden vertraute ihm nicht mehr, und die demokratische Partei drohte auseinanderzufallen. Der sehr gemäßigt abolitionistisch eingestellte Lincoln spielte die Partie ohne besonderes Engagement und war allen noch ein Rätsel.

Am 2. November, einem kalten und regnerischen Tag, wurde Douglas gewählt, aber Lincoln betrachtete seine persönliche Niederlage als eine Art Sieg, weil die Republikaner eine große Zahl von Stimmen gewannen. Von den wenigen öffentlichen oder privaten Erklärungen, die er abgegeben hatte, blieben zwei den Leuten des Südens als besonders interessant im Gedächtnis. Er war von vornherein gegen das Prinzip einer Staatsbürgerschaft für die Schwarzen, denen es übrigens immer noch verboten war, sich in Illinois niederzulassen, und er unterstützte die alte humanitäre Idee Henry Clays, alle Farbigen nach Liberia zu schicken, um ihnen die Freiheit, ihre Bräuche und ihre Heimat zurückzugeben. Was den Senatorentitel betraf, so war er daran nicht sonderlich interessiert, denn er blickte in die Zukunft und strebte nach Höherem.

Beunruhigender war dagegen Seward, der Senator von New York, ein sehr von sich eingenommener Fanatiker, der eine sofortige Auseinandersetzung forderte. »Der Konflikt ist nicht aufzuhalten«, verkündete er. Mit all seinen Kräften hetzte er zum Krieg, den er uneingeschränkt herbeiwünschte, um die Frage ein für allemal aus der Welt zu schaffen. Viele hielten ihn für einen Narren, aber er war nur ein Politiker, und es mangelt nicht an Beispielen, daß gerade solche »Narren« eine Katastrophe entfesselt haben. Er beabsichtigte, sich – wie Lincoln – im Namen der Republikaner um das Amt des Präsidenten zu bewerben, aber sein Programm war allgemein bekannt: die Ausrottung des Südens. Er gehörte wie Garrison und Wendell Phillips dem kleinen Kreis der Hitzköpfe an, die die moralistischen und irrwitzigen Spinnereien der Beechers propagierten.

Es ist merkwürdig, daß 1859 trotz dieser politischen Kämpfe ein Jahr der Beruhigung zu werden versprach. Infolge eines Umstandes, der sich der Analyse entzieht, wehte ein optimistischer Wind, der vielleicht nur daher kam, daß man der ständigen Angst überdrüssig war. Man hatte den Krieg so lange gefürchtet, ohne ihn je ausbrechen zu sehen, daß man sich nun einredete, er sei nur eine Vogelscheuche. Die Zukunft einer ganzen Nation konnte nicht auf ewig verbaut sein. Man wollte um jeden Preis hoffen, und das moralische Klima veränderte sich.

Charlie Jones machte auch weiterhin seine geheimnisvollen Reisen nach New York und ins Ausland, aber er kehrte meist rascher zurück, nicht nur um seinen Geschäften im Hafen von Savannah nachzugehen, sondern auch um die Bauarbeiten an seinem Tudor-Haus zu überwachen, von dem die ganze Stadt sprach. Es fehlte nur noch das Dach, denn der wichtigste Teil des Hauses war bereits bewohnbar. Man bewunderte die Schönheit der gewaltigen Proportionen und insbesondere die vorspringenden Erkerfenster im reinsten elisabethanischen Stil, die wie kleine krenelierte Käfige in der Luft hingen.

Lady Fidgety ließ ihren neugierigen Blick über dieses Monument schweifen und geruhte, dessen Architektur korrekt zu finden.

»Aber«, fragte sie Charlie Jones, »was soll dieser Spätling aus der Zeit der Tudors in einer Stadt, die doch eher dem 18. Jahrhundert anzugehören scheint?«

Charlie Jones antwortete mit seinem betörendsten Lächeln:

»Weil ich unseren glorreichen Heinrich VIII. den vier Georgs von Hannover vorziehe, die nie so zu reden vermochten, wie man bei uns spricht.«

»Und wie willst du unserem jähzornigen Heinrich VIII. die Anwesenheit dieser Palmen erklären, deren Schatten auf die hübschen roten Ziegel fallen?«

»Englische Ziege, wohlgemerkt. Ich werde dir deine perfide Frage beantworten: Ich wollte auf eine ferne Erde und in dieses heiße Klima ein Stück England verpflanzen, das im Kriegsfall als Zufluchtsstätte dienen wird.«

»Oh, bravo! Dann ist unsere Elizabeth gerettet. Ich nehme alle meine Einwände zurück.«

Diese gute und ein wenig neckische Freundschaft mit dem einflußreichsten Mann von Savannah kam dem Aufenthalt Lady Fidgetys sehr zugute, und sie erreichte alles, was sie sich wünschte. Sie wurde von allen Seiten eingeladen, und da sie die Gesellschaft über alles liebte, stellten ihr ihre britische Eleganz, ihre majestätische Haltung, der beißende Witz und die Scharfsicht ihrer scheinbar harmlosen Bosheiten, kurz alles, eine brillante Karriere in den Salons in Aussicht. Sie bedauerte nur, auf den Bällen nicht in den Armen der jungen Männer herumwirbeln zu können, deren charmante Gesichter und schlanke Taillen sie mit Kennerblick zu schätzen wußte.

Und zu ihrem lebhaften Bedauern gelang es ihr nicht oft, Elizabeth zur Teilnahme an ihren mondänen Ausgängen zu bewegen. Wie hätte sie ahnen können, daß die junge Frau, in der sie ein Musterbeispiel ehelicher Treue sah, ihre Freiheit und ihren Anteil rauschhaften Lebens haben wollte? Und was konnte in einem solchen Fall störender sein als die mütterliche Gegenwart?

Aber auch ernsthaftere Angelegenheiten beschäftigten Lady Fidgety. Eines Morgens begab sie sich auf die Docks von Savannah, an jenen Ort, den Elizabeth seit Jonathans Tod nie mehr betreten hatte. Ihre Kutsche brachte sie hin, und sie ließ sich in das Büro von Onkel Charlie führen. Es war nicht das erste Mal, daß sie ihn dort besuchte. Die Betriebsamkeit der Angestellten und Sekretäre in dem langen Saal, dessen Wände mit großen Seekarten geschmückt waren, gefiel ihr, und sie hatte den Eindruck, daß in dem anregenden Geschäftslärm alle Leute gleichzeitig redeten. Die Namen der Schiffe und der fernen Häfen kreuzten sich in der von Zigarettenrauch geschwängerten Luft mit Ziffern und Zahlen. Doch dort fand sie Charlie Jones nicht. Er war von ihrem Besuch unterrichtet und erwartete sie hinter einem großen Palisanderschreibtisch in einem kleinen Raum mit zwei gepolsterten Türen. Als sie eintrat, erhob er sich aus seinem Sessel und bot ihr eine bequeme Sitzgelegenheit an, aber sie setzte sich nicht. Sie wandte sich der Veranda zu, die auf den Hafen hinausging und blickte eine Weile auf die Schiffe, deren Masten leicht vor dem von hellen Wolken überzogenen Himmel schwankten. Ganze Berge von in Leinwand verschnürten Baumwollballen häuften sich in einer Ecke des Hafens, und halbnackte Schwarze schleppten sie langsam zum Laderaum eines Schiffes. Eine müßige Menschenmenge ging auf dem Kai spazieren, wo sie zuweilen mit den Gepäckträgern und Arbeitern zusammenstieß, und das Raunen der Stimmen stieg bis zu den großen offenen Fenstern empor.

Lady Fidgety blieb nicht lange in die Betrachtung dieser Landschaft versunken, die ihr immerhin mehr zusagte als die Plätze und langen Avenuen von Savannah.

»Du wirst nie erraten, was mich heute morgen hierhergeführt hat«, sagte sie, während sie Platz nahm. »Doch zuallererst warne ich dich, daß ich keinerlei Einwände dulden werde.«

»Somit hast du mir den Maulkorb angelegt«, sagte Charlie Jones. »Nun kannst du bellen.«

»Ich belle also, aber paß auf, daß du nicht gebissen wirst. Als ich nach England zurückkehrte...«

»Das war vor acht Jahren«, bemerkte Charlie Jones, der etwas witterte.

»Acht Jahre, ich habe alles ausgerechnet... Ich schuldete dir und Hargrove eine beträchtliche Summe.«

»Was fällt dir ein? Das alles ist vergessen. Du wirst doch nicht... du kannst doch nicht einfach...«

»Schweig, denk an den Maulkorb! Die Zinsen sind ständig gewachsen, und ich konnte nicht einmal eine Rückzahlung in Raten ins Auge fassen. Dann habe ich Lord Fidgety geheiratet, der immer älter wird und dessen Verwandte und Freunde laufend sterben, und er beerbt sie. Mein verehrter Gemahl ist nämlich ein wahrer Erbsammler. Kurz, gib mir Papier und eine Feder.«

Achselzuckend reichte er ihr ein weißes Blatt Papier und eine in Tinte getauchte Gänsefeder. Sie legte das Blatt auf den Schreibtisch und schrieb unter leichtem Knirschen des Gänsekiels eine Zahl.

Er nahm das Papier und sagte nur:

»Du bist verrückt.«

»Brauchst du eine Abrechnung? Du wirst sie bekommen.«

»Ich weigere mich, ich will das alles nicht.«

»Dann werde ich beißen«, sagte sie. »Ich hielt dich für einen Gentleman, aber man kann sich auch irren, nicht wahr?«

»Worauf wollen Sie hinaus, Sie böses Weib?«

Sie zog einen Wechsel aus ihrer Handtasche, trug sorgfältig die Zahl ein und reichte ihn ihm.

»Wie soll ich das annehmen?« stöhnte er.

Sie neigte sich ihm zu, die beiden Fäuste auf den Schreibtisch gestemmt.

»Für den Süden«, sagte sie und blickte ihm herausfordernd in die Augen; dann fügte sie leise hinzu: »Für die assyrische Flotte.«

Mit einem Satz sprang er auf und rief:

»Aus Liebe zur assyrischen Flotte!«

Und, über den Schreibtisch gebeugt, küßten sie sich. Keiner von beiden hatte auch nur eine Sekunde daran gezweifelt, daß der Scheck zuerst angeboten, dann verweigert und dann angenommen werden würde, aber die kleine Komödie half über die Peinlichkeit der Transaktion hinweg.

Lady Fidgety war bei Elizabeth untergebracht, wie sie es besser nicht hätte sein können, und sie genoß ein sonniges Novemberende, machte immer zahlreichere Besuche in der Stadt und dachte bereits an ihre einsame Heimreise. Ihr herrliches Haus in Bath, wo ein gichtkranker, an seinen Sessel gefesselter Liebhaber von zweiundsiebzig Jahren sie erwartete, welchen Reiz konnte das jetzt noch für sie haben, ohne ihre Tochter, die sie dem Süden zu entreißen hoffte? Sie hatte gespielt und verloren.

»Aber ich werde wiederkommen«, ließ sie sich eines Tages deutlich vernehmen.

Und wann, *my Lady*? Die Antwort auf diese Frage ließ sich nicht aussprechen, nicht einmal leise eingestehen, aber sie schwebte irgendwo im Dunkel: »Wenn der Krieg ihr ihren Billy genommen hat.« Dieser böse Gedanke streifte sie nur flüchtig, und sie wies ihn mit einer edlen Geste zurück, aber die Geste vertrieb ihn ebensowenig, wie sie eine Fliege verscheucht hätte.

Endlich, die Überraschung! Billy erschien; ein unvorhergesehener Urlaub wie beim letzten Mal. Die englische Dame und der Husar standen sich im Vestibül allein gegenüber, während Elizabeth sich in ihre Pantoffeln und ihren Schlafrock stürzte.

Die Begegnung war kurz, aber entscheidend, die Begrüßung so knapp wie das Kläffen eines Mopses, aber die darauffolgende Szene war nicht uninteressant. Lady Fidgety betrachtete den Husaren, wie man eine Landschaft bewundert, machte dann Miene, sich zurückzuziehen, genierte sich jedoch nicht, um ihn herumzugehen und ihn sich von allen Seiten anzusehen, als wäre er ein Denkmal. Man sollte annehmen, daß er versucht hätte, sich dieser schamlosen Besichtigung zu entziehen, aber durchaus nicht. Mit gespielter Entrüstung ließ er die Musterung aus Eitelkeit gern über sich ergehen, stellte sich sogar in Positur und beschränkte sich auf ein leichtes Hüsteln. Die englische Dame fand ihn schön. Schließlich war er an derartige Situationen gewöhnt und hatte sie stets stoisch ertragen.

Dann erschien plötzlich Elizabeth und warf sich wie ein scheuer, seinem Käfig entflohener Vogel wortlos in Billys Arme.

Lady Fidgety zog es vor, in Richtung Garten zu verschwinden.

»Wie? Sie ist fort?« rief Elizabeth aus. »Habt ihr miteinander gesprochen? Nein? Bist du dir bewußt, daß sie meine Mutter ist?«

»Deine Mutter?«

Er lachte.

»Warum lachst du?«

»Ich weiß es nicht«, sagte er und küßte sie. »Wir werden sie später sehen.«

Und ohne ein weiteres Wort gingen sie auf ihr Zimmer.

Je näher das Datum der Abreise rückte, desto besser gefiel es Lady Fidgety im Haus am Oglethorpe Square. Sie hatte sich eingewöhnt und fühlte sich wohl. Zwei ihrer Meinung nach zwingende Gründe rechtfertigten ihre Anwesenheit in Savannah: erstens wollte sie Charlie Jones beim Aufbau seiner Flotte helfen, und zweitens – ein nicht minder wichtiges, wenn auch geheimes Vorhaben – plante sie einen neuen Versuch, ihre Tochter nach England zurückzuholen. Auf der einen Seite war sie zufrieden, auf der anderen unglücklich.

Was Billy betraf, so war ihr Herz so geteilt wie das einer Tragödienheldin. Sie haßte ihn, weil er Elizabeth in Amerika zurückhielt, aber sie gab einer feigen Schwäche nach, sobald sie ihn im Salon herumstolzieren sah. Tat er je etwas anderes? Der Elende erriet in den grauen Augen die Bewunderung, die er bei dieser stolzen Frau erregte. So kurz auch die Dauer seines Urlaubs war, sie hatte doch zu höflichen Beziehungen zwischen ihm und seinem Opfer geführt, welches zwar litt, dabei jedoch ein geheimes Vergnügen empfand. Des Nachts in ihrer Einsamkeit ließ sie ihrer Phantasie freien Lauf und beneidete ihre Tochter rückhaltlos.

So fühlte sie sich erleichtert, als der Herzensbrecher eines Tages bei Morgengrauen aus dem Hause verschwand und eine ganze Welt von Träumen und Begierden mit sich nahm.

Sie tröstete sich, so gut sie konnte, und fügte sich, wie man sagt, in das Unabänderliche. Sie war etwas über fünfzig und konnte in ihrem Alter gegenüber einem schönen Offizier natürlich nicht wie eine dumme Gans von zwanzig den stürmischen Wallungen des Herzens und des Körpers nachgeben... doch das änderte nichts an der Tatsache, daß sie fast ebenso verliebt war wie ihre Tochter.

Zwei Tage vor ihrer Abreise ging sie in den Garten hinunter, um Ned Lebewohl zu sagen. An diesem Morgen hatte sie ihn vom Fenster aus in der Ferne gesehen, und er war ihr allerliebst erschienen... Er dagegen hatte sie bisher abstoßend gefunden. Das war ihr nicht entgangen und hatte sie ziemlich unangenehm berührt.

Jetzt gerade sang er allein vor sich hin und spielte dabei mit einem Ball, den er in die Höhe warf und ungeschickt wieder auffing. Als er Lady Fidgety in ihrem pflaumenblauen Kleid auf sich zukommen sah, blieb er wie versteinert stehen. Sie selbst wurde von einer absurden Schüchternheit ergriffen und lächelte aufs freundlichste.

»Guten Tag, Ned«, sagte sie.

»Guten Tag, M'am.«

Und nun bediente sie sich der unlautersten Waffe der Erwachsenen, jener, die alle Kindesverführer anwenden, weil sie im allgemeinen unfehlbar ist. Sie kramte in ihrer Handtasche und zog eine große Schachtel Bonbons aus Louisiana hervor. Es gab keinen Jungen in Savannah, der sie nicht kannte, und das älteste aller Kindheitsgelüste leuchtete in Neds Augen.

Lady Fidgety öffnete die Schachtel und bat ihn, sich ein Bonbon zu nehmen, doch diese waren so bunt gemischt, daß Ned angesichts der Schwierigkeit der Wahl ganz verwirrt wurde. Auf einmal klappte sie die Schachtel wieder zu.

»Sie gehören alle dir, nimm die Schachtel, ich schenke sie dir, weil du der netteste Junge bist, den ich in Amerika getroffen habe. Ich werde abreisen, Ned. Wollen wir uns zum Abschied umarmen?«

Ohne die Schachtel loszulassen, hielt er ihr sein glückstrahlendes Gesicht entgegen. Sie nahm ihn in die Arme, hob ihn vom Boden auf und bedeckte ihn mit Küssen wie in einem Überschwang von Zärtlichkeit.

»Ich habe dich sehr, sehr lieb«, sagte sie.

Das Kind lachte und drückte die Schachtel an seine Brust.

Schließlich kam der Abschiedsmorgen und die Stunde, da sie sich im Hafen von Savannah, schon mit einem Fuß auf der Laufplanke, noch einmal umdrehte und ihr tränennasses Gesicht an das ihrer Tochter drückte, ohne daß sie ein einziges Wort hervorzubringen vermochte.

Ein halbe Stunde später befand sich Elizabeth wieder in ihrem Zimmer und blickte mit einem seltsamen Gefühl des Grolls auf die Möbel und Wände um sie herum. Es fiel ihr schwer, zurückzukommen, um weiter in dieser gewohnten Umgebung zu leben, während das Schiff noch da war und auf die letzten Passagiere wartete. Sie träumte einen Augenblick, im Galopp mit der Kutsche zum Hafen zu fahren, so daß sie gerade noch rechtzeitig vor der Abreise auf das Schiff steigen könnte, aber sie wußte nur zu gut, daß sie sich nicht von ihrem Schaukelstuhl rühren würde und daß ihre Mutter allein reisen und England mit sich nehmen würde.

Noch schmerzlicher war eine Erinnerung, die sie verfolgte. Vergeblich versuchte sie, sie aus ihrem Gedächtnis zu verbannen, aber sie kam immer wieder. Elizabeth gab nach, alles begann aufs neue, eine köstliche Qual: sie war wieder sechzehn Jahre alt, und sie stand auf dem Kai, fast am selben Ort wie vorhin, die Menge um sie herum brach in Jubel aus und begrüßte das Schiff, das langsam in den Hafen einlief. Die kleine Miss Charlotte stand vor ihr und hob die Arme wie alle, und da war er, ganz nahe bei ihr, nahm sie in seine Arme, berührte ihre Lippen mit den seinen, dann hörte sie seine Stimme an ihrem Ohr, das Flüstern, in dem er ihr wieder und wieder seine Liebe gestand, und schließlich die schreckliche Minute, da er ihr Lebewohl sagte, inmitten des Jubels der schreienden Menge und der im Winde flatternden Banderolen und Fähnchen, diese Worte, die sie monatelang mit sich tragen sollte: »Ich komme wieder.« Und plötzlich war sie allein, umgeben von Schultern und schreienden Köpfen. Sie blickte sich um und sah, wie sich die helle Wildlederjacke über den Platz bewegte, sah ihn zu Annabels Wagen rennen, die ihn dort am Ende des Kais erwartete... Ich komme wieder. Er war wiedergekommen, und nach seinem Tod im Duell war er hundertmal in den Träumen des kleinen Jonathan wiedergekommen. Jetzt nicht mehr. Nie mehr würde er wiederkommen. Die Seele hat ihre Agonien wie der Körper, und sie sind nicht weniger hart.

Nach der Abreise von Lady Fidgety schien das Haus leer, viel zu groß. Diese ungestüme Frau mit ihren etwas verworrenen Reden hatte ein ganzes Land mitgebracht: allein ihre Stimme, ihr Akzent ließen London, Bath und die ganze dortige Gesellschaft gegenwärtig werden.

Das Jahr 1859 begann vielversprechend, wie ein Fest, mit einem Überfluß an Geschenken und Freundlichkeiten. Die Rosen blühten, und die Jugend tanzte Walzer, bis es ihr schwindelte. Man erwachte aus einem bösen Traum; fast hätte man glauben können, es sei der Tag nach einem Sieg, und es war auch einer, ein Sieg über die Unglückspropheten, ein Sieg des Friedens, den man für alle Zeiten gesichert glaubte. Der Tod war entlassen.

Diese Euphorie dauerte bis zum Mai. Dann war wieder die Rede vom Krieg. Doch wo gab es Krieg? In weiter Ferne, in Europa, jenem Erdteil, von dem man nicht genau wußte, wo er lag, und der die verschiedensten Nationen beherbergte. Diesmal kämpfte Frankreich gegen Österreich, und wo? In Italien. Die Zeitungen schrieben viel darüber, aber wer hatte schon Lust, Zeitung zu lesen, wenn man hier glücklich war? Man ließ Europa seine unverständlichen Streitigkeiten ausfechten, und aus Gewohnheit, aber ohne Furcht, wandte man den Blick eher nach Norden, wo soeben eine Bombe explodiert war.

Die Drohende Krise, das Buch des Deutschen Helper; dieses Werk, das vor zwei Jahren erschienen war und im Süden wenig Erfolg gehabt hatte und längst vergessen war, wurde im Norden wiederentdeckt und zur Sensation gemacht. Welch Aufhebens um diese mit Zahlen gespickten Voraussagen! Der Süden ging seinem Ruin entgegen. Die Sklaverei führte langsam in den Bankrott. Die Zwangsarbeit der Schwarzen auf den Plantagen zahlte sich auf die Dauer nicht aus. Der Reichtum der Sklavenstaaten täuschte zwar darüber hinweg, aber welch eine katastrophale Zukunft stand ihnen bevor! Der Autor bewies alles mit einer verblüffenden Klarsicht... Zahlen, Zahlen und wieder Zahlen. Der Norden jubelte mit glücklichem Gewissen. Die so besonders unmoralische »besondere Institution« erhielt endlich den Todesstoß. »Wir werden dieses Problem selbst lösen«, antwortete der Süden, »wir brauchen niemandes Einmischung in unsere Angelegenheiten.«

Ein wenig später, Anfang Juni, gab Mrs. Furnace ein Essen in ihrem

Haus am Monterey Square. Sie hatte diese sehr beträchtliche Liegenschaft sowie ein komfortables Vermögen von Mrs. Devilue Upton Smythe geerbt, deren treue Gesellschafterin sie viele Jahre lang gewesen war... seit der Hochzeit von Ned und Elizabeth. Unter den Gästen befanden sich Elizabeth, Algernon und seine Mutter, Mrs. Steers, der Anwalt Harry Longcope, Mrs. Harrison Edwards, ohne die es der kleinen Versammlung ein wenig an Glanz gefehlt hätte, der ehrwürdige Mr. Robertson, dem man stets so andächtig zuhörte, und schließlich noch der mit seiner Donnerstimme zur Unterhaltung beitragende Major Crawford.

Man muß dazu wissen, daß aus Mrs. Furnace wunderbarerweise Lady Furnace geworden war, denn dank eines mehr oder weniger gewollten Versehens hatte Mrs. Devilue Upton Smythe sie eines Abends auf einem großen Empfang bei den Steers unter diesem Namen vorgestellt. Da niemand die Geschmacklosigkeit beging, diesen Irrtum zu berichtigen, blieb ihr der Adelstitel, zumal sie selbst nie dagegen Einspruch erhob.

Was das ihr vermachte herrliche Haus betraf, so war es jenes, das William Hargrove bei seiner Rückkehr aus Haïti von Mrs. Devilue Upton Smythe erworben hatte; aber nachdem er nach Dimwood gezogen war, hatte er sein Haus in Savannah wieder zum Verkauf angeboten, und die ehemalige Eigentümerin war mit Freuden bereit gewesen, den Wohnsitz ihrer Ahnen zurückzukaufen. So gingen die Millionen hin und her.

Alles in diesen Mauern schien auf Prunk ausgerichtet. So war die Decke des Speisesaals derartig hoch, daß sie sich im Halbdunkel verlor, aber der mit Leuchtern beladene runde Tisch verlieh dem Raum doch eine gewisse Intimität, dank des gedämpften und schmeichelhaften Kerzenlichts.

Gardenien lagen verstreut zwischen den vergoldeten Silbergedekken und den Gläsern aus böhmischem Kristall. Die ältesten der Gäste erkannten auf den feinen Porzellantellern die Wappen der heldenhaften Devilues wieder, die im Jahre 1066 den unglücklichen König Harold in dieser unglücklichen Schlacht bei Hastings beschützt hatten, in welcher er sein Königreich an Wilhelm den Eroberer verlor. Kurz, man machte eine Reise durch die Geschichte, während man köstliche Dinge zu sich nahm. Diener in dunkelvioletten und goldbetreßten Livreen kamen und gingen in diesem Traum, der einer Gesellschaftsdame gehörte, die ganz einfach größenwahnsinnig war.

Doch hinsichtlich gewisser Punkte bewahrte Lady Furnace einen kühlen Kopf. Die unverbesserliche Erzählerin hatte sich gelobt, ihre Gäste in nicht mehr als zwei exotische Länder zu entführen. Da sie sich bei den Sultanen und Emiren des Orients besonders gut auskannte, versetzte sie ihre Gäste mit dem Beginn der Hors d'Oeuvres nach Kaschmir, wo sie sie gewaltig mit den nostalgisch klingenden Fürstennamen blendete.

Elizabeths Wangen hatten den rosa-goldenen Schimmer einer Statue, sie lächelte schweigend und beobachtete aufmerksam diese im Glanze ihrer Juwelen strahlende Dame, die sie schon in Virginia gekannt hatte und die ihr an diesem Abend nicht weniger schön erschien als damals. Zwischen ihnen stand ein Geheimnis, das die junge Engländerin nicht vergessen konnte. Lady Furnace war ihr dankbar, diese traurige Begebenheit nie ausgeplaudert zu haben. Daher waren die beiden so verschiedenen Frauen einander zuneigungsvoll verbunden, in einer weiblichen Komplizenschaft.

Nach der Beschreibung Kaschmirs und der intimen Bekanntschaft von Lady Furnace mit mehreren Maharadschas dieses Landes wurde die Konversation sofort allgemein und bewegte sich mit dem Einverständnis aller auf die *Drohende Krise* zu. Da jedoch alle gleichzeitig die Stimmen erhoben, bedurfte es der höflichen Autorität des ehrwürdigen Mr. Robertson, um für einen Augenblick wieder Ruhe herzustellen.

»Es ist nicht alles falsch von dem, was der Norden sagt, aber das Gift sitzt im Stachel, das heißt in der Schlußfolgerung. Er schlägt aus humanitären Gründen und für das Wohl des Südens vor, die Sklaverei unverzüglich abzuschaffen.«

Major Crawford, dessen ziegelrotes Gesicht noch röter wurde, ließ seine berühmte Stimme vernehmen:

»Und er hat recht!« rief er. »Aber falls es ihm einfallen sollte, seine Truppen zu mobilisieren, um unsere Grenzen zu überschreiten, werden wir alle da sein und ihm den Empfang bereiten, den er verdient.«

»Zu den Bajonetten!«

Dieser laute und helle Ruf ertönte merkwürdigerweise aus Algernons Munde, und schon deshalb war die Überraschung groß. Einige klatschten ihm Beifall.

»So weit sind wir noch nicht«, bemerkte Mr. Robertson beschwichtigend.

»Mag sein«, erwiderte Algernon, »aber es gibt zwei Arten, einen Text zu lesen, und ich habe diesen Text gelesen.«

Alle Augen richteten sich auf ihn. Er war von der Erregung wie verwandelt und glich einer griechischen Statue, die sich purpurn verfärbt hatte. Elizabeth blickte ihn bewundernd an.

»Man kann eine Seite von oben bis unten lesen, ohne eine Zeile auszulassen, und man kann die gleiche Seite zur Hälfte mit der Hand verdecken, um nicht zu sehen, was einen stört.«

Eine Totenstille war der Kommentar zu diesen Worten, und alles Geflüster verstummte.

»Helper stellt anhand von Zahlen fest«, fuhr Algernon fort, »daß die jährliche Arbeit der Sklaven mit Sicherheit viel weniger einbringt als die landwirtschaftliche Arbeit in den sogenannten freien Staaten. Mit unermüdlicher Geduld legt er im Rückblick die Entwicklung der vergangenen Jahre dar. Die Erträge sinken unablässig, und der Ruin des Südens ist unvermeidlich. Das rechnet er vor, Staat für Staat, im Süden wie im Norden, und im Norden Hektar für Hektar, Scheffel für Scheffel, Weizen, Hafer, Roggen, mit einer teuflischen Akribie...«

Hier unterbrach ihn Mr. Robertson und ergriff das Wort.

»Junger Mann«, sagte er, »Sie sprechen gut, aber Sie lassen zwei sehr wichtige Dinge außer acht. Erstens ist Helper jahrelang ein armer Weißer gewesen, und dazu noch ein armer Weißer im Süden, also ein *Geächteter*.«

Einige gedämpfte Protestrufe wurden laut.

»Erscheint Ihnen das Wort *Geächteter* zu hart?« fragte Mr. Robertson. »Dann finden Sie ein besseres. Sie nennen diese Leute doch den *Abschaum der weißen Rasse*.«

Es folgte ein Schweigen, das man als finster hätte bezeichnen können.

»Aus diesem Grunde«, fuhr Mr. Robertson fort, »haßt Helper die Aristokratie des Südens. Zweitens, und das ist besonders wichtig, existiert die Sklaverei unter einem anderen Namen und in anderer Form in den Ländern, wo das Übermaß des Reichtums zur Kastenbildung geführt hat. Wer in einer Fabrik oder einem Büro hart arbeitet, wird nie in die Kaste der Reichen gelangen, wenn es ihm nicht gelingt, zu Vermögen zu kommen. Erfolg haben heißt, sich bereichern. Daran läßt sich nichts ändern. Der Mann, der in einer Fabrik arbeitet, wird sich nie an den Tisch des Reichen setzen. Helper weiß, wovon er redet. Er hat in seiner Jugend das Leben der Reichen kennengelernt, er wurde durch den Tod seines Vaters ins Elend gestürzt. Das Problem der schwarzen Knechtschaft interessiert ihn nur im Verhältnis zum Problem der weißen Knechtschaft.«

Jetzt ertönte Major Crawfords Donnerstimme:

»Aber der Norden grenzt dieses Problem der schwarzen Sklaverei aus, um daraus eine moralische Frage zu machen. *Onkel Toms Hütte* gilt ihm als Evangelium. Wer schert sich darum, daß die Dame Beecher in Wirklichkeit nie die Hütte eines Schwarzen betreten hat; der flammende Text liefert den Vorwand. Die Moral verbündet sich mit der Lüge!«

»Und wenn es zu einem Krieg kommen sollte«, entgegnete leise der Rechtsanwalt Longcope, der bisher heldenmütig geschwiegen hatte, »dürfte es interessant zu beobachten sein, wie sich die Schwarzen und wie sich die armen Weißen verhalten werden.«

»Mein Herr«, fragte ihn Major Crawford, »aus welchem Staat des Nordens kommen Sie?«

»Aus Louisiana, mein Herr, wenn es beliebt, und ich stehe Ihnen zur Stunde und am Ort Ihrer Wahl zur Verfügung.«

Mr. Robertson erhob sich.

»Meine Herren«, sagte er mit Wärme, »Sie werden sich doch nicht wegen eines Mißverständnisses schlagen. Mr. Longcopes Frage ist sehr vernünftig. Was die drei Millionen Schwarzen und die fünf Millionen armen Weißen im Falle eines Konflikts tun werden, bleibt ein Rätsel. Wir alle stellen uns dieselbe Frage.«

»Sie haben recht«, sagte Major Crawford. »Mr. Longcope, ich habe übereilt gesprochen.«

»Major Crawford, nur weil wir sowohl im Norden als im Süden übereilt sprechen, besteht die Gefahr, daß der Krieg ausbricht. Auch ich sprach übereilt, als ich Ihnen antwortete.«

Zur allgemeinen Überraschung hob Mrs. Harrison Edwards zugleich prophetisch und anmutsvoll den Arm.

»Gentlemen«, sagte sie, »aus dem, was Sie gesagt haben, müssen wir schließen, daß der Norden sich den ganzen Süden aneignen will.«

»Das, nie und nimmer!« verkündete Lady Furnace. »Aber da wir beim Thema sind, muß ich Ihnen unbedingt erzählen, was ich in Anatolien gesehen habe. Und Sie«, fuhr sie den reglos an der Tür stehenden schwarzen Diener an, »rühren Sie sich gefälligst ein bißchen und sagen Sie in der Küche Bescheid, daß man die Pute servieren soll.«

110

Neds siebenter Geburtstag war auf die einfachste Weise gefeiert worden, die seinem Geschmack am meisten entsprach. Zuerst gab es einige Geschenke zu Hause, aber dann war Elizabeth mit ihm nach Tybee Beach gefahren, anstatt ihn in die Schule zu bringen, und dort konnte er vom Morgen bis zum Abend nach Herzenslust herumtollen und sich balgen. Begeistert von diesem Tag, war er zum Oglethorpe Square zurückgekehrt, doch dort erwartete ihn eine weitere Überraschung, von der er allerdings noch nichts ahnte, und das Leben ging weiter, einfach und banal.

Er war kein kleiner Junge mehr. Er trug jetzt eine längere Hose, die ihm bis zu den Waden reichte, und einen Strohhut mit steifem Rand, wie er ihn bei Mike gesehen hatte, den er sich nun auch tief ins Gesicht ziehen konnte; ein im Winde flatterndes schwarzes Band verlieh seinem Kopfputz den letzten Schick. Kurz, der kleine Ned mauserte sich zu einem kleinen Mann.

An einem schulfreien Tag, kurz nach dem Diner bei Lady Furnace, hielt eine Kutsche vor dem Haus, und ein Lakai in dunkelgrüner Livree fragte im Auftrag von Mr. Charles Jones nach Mr. Charles-Edward. Sehr erstaunt setzte sich Ned seinen frechen Hut auf und ging die Freitreppe hinunter. Die Kutsche war leer. Er stieg ein und wurde zum großen Haus im Tudor-Stil gefahren. Zum ersten Mal sah er es ohne Gerüst, allem Anschein nach war der Bau vollendet.

Er stieg aus und ging auf die große Eingangstür zu, deren beide Flügel sich sogleich öffneten. Ganz in Schwarz gekleidet wie zu einem Empfang, streckte Charles Jones ihm beide Hände entgegen, während Ned seinen Hut abnahm und nichts weiter zu sagen fand als:

»Guten Tag, Großvater.«

»Charles-Edward, ich heiße dich willkommen«, sagte sein Großvater mit einem schönen Lächeln. »Aus einem Grunde, den du ein wenig später erfahren wirst, möchte ich, daß du mein Haus als erster besichtigst. Es fehlt noch das Dach, aber du wirst feststellen, daß man durchaus bereits darin wohnen kann.«

Wie im Banne eines seiner seltsamsten Kinderträume folgte Ned Charlie Jones, verstand jedoch kaum ein Wort von dem, was dieser ihm erzählte. Sie traten beide in eine Halle, die dem jungen Besucher so breit wie eine Straße erschien; an den Wänden aufgereiht standen Marmorstatuen auf Säulenstümpfen. Kenner hätten in ihnen Venus, Apollo, Diana, Hermes und Dionysos bewundern können, die in keuscher antikischer Nacktheit dargestellt waren, aber der noch wenig gebildete Ned glaubte, den Verstand zu verlieren.

Charlie Jones, der sah, daß er wie geblendet war, nahm ihn lachend beim Arm und führte ihn in einen riesigen Salon, der rechts von der Halle abzweigte. Sehr hohe, mit dunklem Holz gerahmte Fenster reichten fast bis zu den sehr kunstvoll verzierten Deckenleisten hinauf. Durch ihr Format wirkten sie schmal, aber gerade das verlieh dem Raum ein ungewöhnlich feierliches Aussehen. Ein sehr breites rotes Kanapee von zugleich runder und bizarrer Form trug dazu bei, daß das Ganze nicht zu streng wirkte. Stühle und Sessel aus Veilchenholz im gleichen Stil nahmen dem eher einladenden als förmlichen Ensemble allen feierlichen Ernst.

Ned drehte sich abwechselnd nach rechts und nach links, sperrte den Mund auf und sagte nichts, worüber Charlie Jones herzlich lachte; dann legte er ihm die Hand auf die Schulter und fragte ihn:

»Nun, Ned, gefällt es dir? Findest du mein Haus hübsch?«

»Oh, Großvater!«

Ned fiel nichts anderes ein, was er hätte sagen können, aber die braunen Locken wippten um sein vor Bewunderung strahlendes Gesicht.

»Gehen wir weiter«, sagte sein Großvater und nahm ihn bei der Hand.

Sie gingen wieder durch die Halle zurück, und Charlie Jones' Stimme klang seltsam in dem leeren Haus. Doch alles an diesem Besuch schien so merkwürdig, als handelte es sich um einen Besuch im Mondschein, obwohl die Sonne hell durch die dreifachen weißen Gardinen drang.

Links sah man aus einer langen, mit römischen Büsten geschmückten Bibliothek hinaus auf eine Allee, an deren Seiten junge Sykomoren und eine schüchterne Palme wuchsen.

»Wenn das Haus erst ein Dach hat«, erklärte Charlie Jones, »wird es von Bäumen umgeben sein, aber dazu ist es noch zu früh.«

»All diese Bücher...«, sagte Ned plötzlich und wies auf die endlosen Buchreihen, deren blaßgoldene Titel schwach auf den dunklen Lederrücken schimmerten. »Wieviele sind es?«

Auf diese naive Frage antwortete Charlie Jones:

»Tausende, viele tausend Freunde, die einzigen, die dich nie verraten.«

Ned hörte, ohne zu verstehen; alles, was sein Großvater sagte, schien ihm schön. Sie gingen weiter, ohne auf die nackten Männer und Frauen zu achten, und gelangten an eine Wendeltreppe, die in Neds Augen wunderbarerweise zu schweben schien. Er fragte sich, wie sie sich im leeren Raum halten konnte, aber so war es.

»Man sollte meinen, sie tanzt«, sagte Charlie Jones. »Findest du nicht?«

»O ja, Großvater.«

»Graziös, nicht wahr?«

»O ja, graziös.«

»Das Haus gefällt dir also?«

»Ja, sehr, Großvater.«

»Dann hör mir gut zu, Charles-Edward. Ich hatte dir nichts zu deinem Geburtstag geschenkt…«

Ned beteuerte höflich:

»Aber das macht doch nichts, Großvater, wirklich nicht.«

»Und deshalb, Charles-Edward, schenke ich dir heute dieses Haus. Wenn du groß bist, wirst du hier mit deiner Familie wohnen. Bist du zufrieden?«

Ned antwortete nicht. Alles verschwamm vor seinen Augen. Er nahm die Hand seines Großvaters und drückte sie wortlos.

»Das ist die schönste Dankesbezeugung, die ich je bekommen habe«, sagte Charlie Jones; er neigte sich zu ihm und küßte ihn. »Und noch eins«, fügte er hinzu, indem er sich wieder aufrichtete: »Falls der Feind aus dem Norden je in Savannah eindringen sollte, bevor du erwachsen bist, könnt ihr euch alle hierher flüchten, denn mein Haus ist englisch, und ihr werdet hier in Sicherheit sein – wie in Gottes Westentasche.«

Gottes Westentasche brachte den Jungen zum Lachen.

»Gut, Großvater.«

Sie gingen wieder zum Eingang zurück und blieben unterwegs vor einem riesigen Bild stehen. Es war in einen stark verzierten, sehr fein ausgearbeiteten Stuckrahmen gefaßt, der oben rund zulief und an ein dichtes Laubwerk voller Vögel und Blumen erinnerte. Aus diesem weißen Rahmen blickte ein überraschendes Gemälde: die Jungfrau Maria, in ein blaßblaues Gewand und in einen dunkelblauen Mantel gehüllt, hielt das Jesuskind in ihren Armen und wandte ihm ihr Antlitz zu. Der Hintergrund glich einer rotgoldenen Wolke.

»Schau, Ned, das ist von einem sehr großen spanischen Maler, Murillo. Die Tochter Israels hält das Kind auf dem Arm, das die Welt erlöst hat. Du wirst viel Schlechtes hören über das Volk, dem die beiden entstammen. Aber du wirst so etwas nie sagen. Du wirst dich an dieses Bild erinnern.«

»Ja, Großvater.«

»Versprichst du es mir?«

»Ich gebe Ihnen mein Ehrenwort, Großvater.«

»Sehr gut. Du bist ein guter Junge und ein Gentleman. Das war's. Wir wollen uns jetzt verabschieden, aber wir werden uns oft sehen. Die Kutsche wartet, um dich zum Oglethorpe Square zurückzubringen, es sei denn, du gehst lieber zu Fuß.«

Ned antwortete lächelnd:

»Ich ziehe die Kutsche vor, Großvater. Mir ist ganz schwindlig.«

»Das verstehe ich, du hast auch allen Grund.« Charlie Jones lachte. »Gib mir deine Hand.«

Eine Minute später rollte ein noch ganz benommener Junge in Richtung Oglethorpe Square.

Das Leben verlief ohne besondere Zwischenfälle, und in der schlichten Daseinsfreude fand man die glücklichen Zeiten von einst wieder, denen die alten Leute mit Rührung nachhingen. Feste, Empfänge und Bälle folgten einander ohne Unterlaß und geleiteten die Menschen angenehm in den Sommer, da die Stadt in der Hitze und im Frieden dahindämmerte.

Für Elizabeth brachten Billys plötzliche und völlig unvorhersehbare Besuche etwas Abwechslung in dieses lange, ein wenig eintönige Glück. Er liebte es, wie er sagte, sie mit einem im Fluge erhaschten Urlaub zu überraschen, und die junge Frau, der nichts ferner lag, als sich darüber zu beklagen, freute sich jedesmal, ohne nach Erklärungen zu fragen, zumal Billy stets der gleiche war und seiner Rolle des verliebten Ehemanns vorbildlich nachkam. Allerdings fragte er seine Frau häufiger als früher über ihr Leben während seiner Abwesenheit aus. Diese Neugier schmeichelte Elizabeth, und sie schilderte ihm Besuche, Bälle und Empfänge, um seinem Wunsch zu entsprechen, denn er wollte sie in Gedanken begleiten. »...aber auch mit dem Herzen, Liebste, in den Stunden der Einsamkeit.« So gab es in ihm doch etwas mehr als die unmäßige Neigung zum Vergnügen – die sie teilte. Ein zartfühlenderer Billy verbarg sich unter der Uniform des wilden Kriegers.

Er wiederum versuchte, sie mit den Klatschgeschichten zu zerstreuen, die gerade in der Offiziersmesse umgingen und von denen einige ihr eine willkommene Abwechslung von dem ewigen Tratsch der *Society* boten.

»Hast du vom letzten Skandal in Washington gehört? Nein? Das erstaunt mich nicht. Aber ganz Amerika redet davon. Washington ist schließlich die Hauptstadt, und mein Skandal ist noch ganz frisch. Es handelt sich um eine wichtige Persönlichkeit, den *District Attorney*, einen Mann von etwa vierzig Jahren mit einem gut geschnittenen kleinen Schnurrbart, sehr fesch, elegant und in der tonangebenden Gesellschaft hoch angesehen. Eines schönen Sonntagnachmittags, am 27. Februar, um genau zu sein, geht er wie alles, was in Washington Rang und Namen hat, in der Umgebung des Weißen Hauses spazieren. Eine südliche Brise erwärmt die Luft. Unser Staatsanwalt schlendert langsam dahin, überquert die Avenue, bleibt gegenüber dem Hause eines ehrbaren Kongreßabgeordneten stehen, zieht ein weißes Taschentuch aus seiner Jacke und schwenkt es dreimal im Kreise; es ist ein verabredetes Zeichen.«

»Oh, Billy, wie romantisch!« unterbrach ihn Elizabeth. »Und dann?«

»Amüsiert es dich?«

»Es interessiert mich brennend. Auf Liebesgeschichten bin ich ganz versessen.«

»Woher willst du denn wissen, daß es eine Liebesgeschichte ist?«

»Aber schau! Was kann es denn sonst sein?«

»Du wirst sehen. Er schwenkt also dreimal sein Taschentuch, blickt zu einem Fenster hinauf und wartet. Niemand zeigt sich, aber plötzlich...«

»Plötzlich?«

»... während er ein niedliches Opernglas zur Hand nimmt, um es auf dieses leerbleibende Fenster zu richten, erscheint nur wenige Schritte entfernt, wutschnaubend wie ein Stier, der ein rotes Tuch gesehen hat, der *Ehemann*!«

»Der Ehemann?«

»Jawohl, der Gemahl der Dame, die auf das Zeichen mit dem

Taschentuch nicht geantwortet hat. Sie liegt in diesem Augenblick mit einer Nervenkrise im Bett, da ihr Mann, der ehrenwerte Kongreßabgeordnete Daniel Sickles, eine bekannte Persönlichkeit, ihr das Geständnis ihrer Liaison mit dem Staatsanwalt entrissen hat. Er zückt einen Revolver ... er schießt ...«

»O nein, Billy, nein!«

»... und verfehlt ihn.«

Sie seufzte erleichtert auf.

»Der Staatsanwalt rennt Hals über Kopf davon. Der Ehemann verfolgt ihn und schießt weiter. Um sich zu verteidigen, schleudert ihm der Staatsanwalt das Etui seines Opernglases ins Gesicht und schreit: ›Mord! Schießen Sie nicht! Töten Sie mich nicht!‹ Auf der Flucht gelingt es ihm, sich hinter dem Stamm einer dicken Plantane zu verstecken, doch fast sogleich erwischt ihn der ehrenwerte Kongreßabgeordnete. Ein kurzes Ringen, und dann plötzlich ein neuer Schuß. Der Staatsanwalt stürzt zu Boden, rollt über den Gehsteig und windet sich in Schmerzen, während der Ehemann noch zwei Schüsse abfeuert, die ihm den Rest geben.«

»Aber das ist ja entsetzlich!«

»Passanten eilen auf den Mörder zu. Einige kennen ihn gut, und sie führen ihn beiseite. ›Er hat mich entehrt!‹ schreit er.«

»Ein schrecklicher Rohling!«

»Aber nein, Liebste, es wird seiner Karriere nicht schaden, ganz im Gegenteil. Der Prozeß hat ihn berühmt gemacht, und er geht als Sieger und gerechtfertigt daraus hervor. Aber ich sehe, daß meine kleine Geschichte dich beeindruckt. Reden wir von etwas anderem. Von Algernon, zum Beispiel.«

»Von Algernon, Billy?«

»Jawohl, schau nicht so verdutzt drein. Wann hast du ihn zum letztenmal gesehen?«

Er stellte diese Frage mit lässiger Miene.

»Auf einem Diner bei Lady Furnace. Aber warum diese Fragen?«

»Hast du mit ihm gesprochen?«

»Nein.«

»Ich will die Wahrheit wissen.«

»Ich habe dir die Wahrheit gesagt. Was willst du noch mehr?«

»Ich will die ganze Wahrheit.«

»Bist du verrückt geworden?«

»Warst du in seiner Nähe?«

»Nun ja, wir haben bei Tisch nebeneinander gesessen.«

»Und ihr habt nicht miteinander gesprochen?«

»Nein. Es wurde über Politik gesprochen, über ein Buch von... ich weiß nicht mehr wem. Major Crawford sagte, man würde den Norden gebührend empfangen, falls er die Grenze überschreiten sollte, und da hat Algernon geschrien: ›Zu den Bajonetten!‹«

»Algernon?«

»Jawohl, Algernon Steers. Aber du bist ja ganz rot. Was ist in dich gefahren? So kenne ich dich ja gar nicht. Du bist nicht mehr derselbe, Billy.«

Sie erhob sich jäh und ging zur Tür des Nebenzimmers. Von Panik ergriffen, lief er ihr nach und nahm sie in seine Arme.

»Doch«, rief er, »doch!«

Sie wehrte sich ein wenig, doch ohne Überzeugung.

III

Der Herbst brachte plötzlich eine Nachricht, die zuerst den Süden, dann ganz Amerika in Aufruhr versetzte. Am 16. Oktober um zehn Uhr abends hatten zwanzig bewaffnete Männer die Metallbrücke von Harper's Ferry gestürmt und sich im Schutze der Dunkelheit – als ob es dieser Finsternis bedurfte, um den Wahnsinn und das Blut zu verbergen – des Bundesarsenals bemächtigt.

Am Zusammenfluß der Shenandoah und des Potomac, zwischen den Staaten Maryland und Virginia, hatte ein junger englischer Architekt, ein Einwanderer aus Oxford, der von der Schönheit der Landschaft und der Eignung dieses Ortes für eine durch indianisches Gebiet nach Westen führende Straße fasziniert war, zu Beginn des 18. Jahrhunderts eine Fähre über den Fluß und dann eine Brücke entworfen, die man nach ihm Harper's Ferry benannt hatte. Später ließ George Washington, der die besondere Kraft des Gefälles und die außergewöhnlichen Eigenschaften des Wassers für die Eisengewinnung erkannte, dort die Waffenmanufaktur der Regierung errichten und sogar die Berge Bolivar und Loudoun kaufen, um alle notwendigen Einrichtungen in der Nähe zu haben.

Von den Höhen von Maryland jenseits des Potomac reicht die Sicht fast ins Unendliche, aber wenn man durch den Dunst, der von den beiden Flüssen aufsteigt, nach Harper's Ferry hinunterkommt, ragen die Hügel gespenstisch empor, und zuweilen sieht man die zerzausten Umrisse einer Fichte, als sähe man einen Irren im Nebel tanzen. Ganz unten überquert die überdachte Eisenbahnbrücke den Potomac, und auf der anderen Seite läuft bei Harper's Ferry eine große Straße an der Shenandoah entlang. Hier hatte John Brown, aus Maryland kommend, seinen Handstreich ausgeführt. Die wenigen Soldaten der Bundesarmee, die zur Bewachung des Arsenals eingesetzt waren, sowie etwa zwanzig Ortsansässige, die auf dem Heimweg in der Nähe vorbeikamen, wurden gefesselt. Ein freier Schwarzer, der die Brücke ungeachtet der Befehle John Browns überschreiten wollte, fiel unter den Schüssen eines Mannes, der – Ironie des Schicksals – vorgab, für die Befreiung der Schwarzen zu kämpfen.

Einen Augenblick später erschien der Bürgermeister der Stadt, um mit diesen unbekannten Angreifern zu verhandeln, die sich im dunklen Ziegelgebäude verschanzt hatten, wo sich die Dampfmaschine befand. Ein Schuß streckte ihn nieder. Die Leiche blieb stundenlang liegen, da niemand ihr nahekommen konnte, ohne sich John Browns mörderischem Feuer auszusetzen. Dem Barmann des einzigen Hotels der Stadt gelang es trotz allem, bis zu dem Toten zu gelangen und ihm die Augen zu schließen, aber zur Belohnung für seinen Mut wurde er von den Männern, die sich im Arsenal verschanzt hatten, gefangengenommen.

Im Morgengrauen kehrte eine kleine Gruppe, die von John Brown auf die benachbarten Plantagen geschickt worden war, um die Sklaven aufzuwiegeln, mit Geiseln zurück: Oberst Lewis Washington und vierzehn seiner Schwarzen. Diese wurden von Brown als Gefangene betrachtet, weil sie sich weigerten, die Waffen für das zu ergreifen, was er die Freiheit nannte. Oberst Lewis Washington sah zu seiner Bestürzung, daß die Angreifer bei ihm ein Familienheiligtum gestohlen hatten: den Degen seines Ahnen George Washington. Und diesen Degen übergaben sie John Brown, der ihn ohne jedes Zögern an seinen Gürtel hängte.

Die Stadt erwachte in einem dichten Nebel. Man wußte immer noch nicht, wer diese Eindringlinge waren, die bereits drei Morde auf dem Gewissen hatten, und so bewaffneten sich alle Einwohner, Männer und Frauen, um die Soldaten und die Geiseln zu befreien. Inzwischen wurde Brown gewahr, daß er für die Versorgung seiner

Leute nicht vorgesorgt hatte. Nach einigen Diskussionen fand er sich bereit, den Barmann gehen zu lassen, um Nahrungsmittel für mindestens fünfzig Personen zu holen. Er gab ihm eine Stunde, die Geiseln sollten mit ihrem Leben dafür haften.

Wer war nun eigentlich dieser John Brown, den man bereits von seinen Bluttaten in Kansas her kannte? Ein physisch und geistig kranker Mensch. Seine Mutter war im Wahnsinn gestorben, wie auch seine Großmutter mütterlicherseits, und, was als ein finsterer Scherz hätte gelten können, eine seiner Tanten, fünf seiner Vettern und zwei seiner Söhne starben hinter Gittern.

Sein persönlicher Wahn zeigte sich in Form einer religiösen Hysterie. Dieser große, hagere Mann mit den zusammengekniffenen Lippen behauptete, ein Werkzeug Gottes zu sein. Er war zweimal verheiratet, hatte zwanzig Kinder, die zu erziehen er unfähig war, aber einige Söhne nahm er in seine Mörderbande auf. Er war ein Sadist, doch vor und nach jedem Mord, den er beging, las er seinen Leuten mit lauter und erregter Stimme Psalmen vor. Musik rührte ihn zu Tränen.

In diesem so tragisch gestörten Geist entstand die Idee, er allein könnte alle Sklaven befreien. Er träumte davon, sie zu bewaffnen und mit Hilfe der Abolitionisten aus dem Norden militärische, von Schwarzen besetzte Festungen in den Bergen von Virginia zu errichten.

Während einiger Monate zog er sich nach Kanada zurück; dort reifte eine neue Eingebung: ein unabhängiger schwarzer Staat im Süden Washingtons, dessen Präsident er selbst sein sollte. Zu diesem Zwecke berief er eine Versammlung von etwa fünfzehn Weißen und vierunddreißig entflohenen Sklaven ein. Man arbeitete eine Verfassung aus und stellte eine fünfköpfige Regierung zusammen. Darauf fuhr Brown nach Boston, um die nötigen Geldmittel aufzutreiben. Wendell Phillips, ein Fanatiker mit einem guten Millionärsgewissen, Gerrit Smith und einige andere vermögende und ehrbare Bürger, deren Familien sich am Sklavenhandel bereichert hatten, gewährten ihm dreitausendachthundert Dollar. Doch einige Gegner der Sklaverei mißtrauten ihm: der berühmte Garrison, der offizielle Agitator des Nordens, klopfte die Asche aus seiner Pfeife und sagte nein. Andere einflußreiche Persönlichkeiten lehnten schlicht ab. Mit dem erhaltenen Geld versteckte sich Brown auf einer verlassenen Farm, zehn Kilometer von Harper's Ferry entfernt, jedoch am anderen Flußufer im Staate Maryland, um das Kommen und Gehen auszukundschaften und seinen Angriff vorzubereiten. Er versammelte seine Truppe in diesem verlassenen Winkel und bezahlte einen ehemaligen Soldaten der Bundesarmee für die Ausbildung seiner Leute.

Schließlich, in jener Nacht des 16. Oktober, überschritt der bedauernswerte Irre den Potomac und fiel in den Süden ein.

Unterdessen erhielt der Barmann im Arsenal gegen einen Schinken und Eier für fünfzig Hungernde seine Freiheit zurück.

Die Stunden verstrichen. Um zwölf Uhr mittags hatten die Bewohner der kleinen Stadt und Umgebung das Gebäude völlig umzingelt, und Schüsse hallten aus allen Richtungen. Zwei Söhne Browns wurden tödlich verletzt und vier seiner Leute getötet. Einem der Belagerten gelang es, den Fluß zu erreichen, und er versuchte, schwimmend zu entkommen. Doch die Einwohner, die von der Brücke aus schossen, nahmen ihn ins Sperrfeuer, und seine Leiche trieb mit der Strömung fort.

Am Abend des 17. begriff Brown, daß die Schwarzen sich dem Aufstand nicht anschließen würden. Einen Beweis lieferten ihm die Sklaven von Oberst Washington, die erklärten, sie seien glücklich bei ihrem Herrn. Dieser saß da, die Arme auf einer Feuerspritze verschränkt, und ließ seinem Zorn freien Lauf.

Bei Einbruch der Dunkelheit kamen die *Marines*, angeführt von Kommandant Green und unter dem Befehl von Oberst Robert E. Lee. Der Kriegsminister hatte ihn persönlich ausgewählt und sogleich von General Scott, dem Oberbefehlshaber der Armee, nach Harper's Ferry schicken lassen. Es verging eine Nacht mit Warten in dichtem Nebel. Bei Tagesanbruch erschien eine Staffel mit weißer Fahne vor dem Arsenal, um zu unterhandeln. Brown wurde aufgefordert, die Geiseln freizulassen und sich zu ergeben. Brown weigerte sich. Weniger als eine Stunde später ließ Oberst Lee die Tür sprengen, und die Geiseln wurden befreit. Auf der Seite der Bundesarmee gab es einen Toten. Brown erlitt Verletzungen und verlor fast all seine Leute, außer drei Mann, die zusammen mit ihm festgenommen wurden. Am nächsten Tag überführte man sie in das Gefängnis von Charlestown in Virginia.

Acht Tage später begann der Prozeß wegen Hochverrat, Mord

und versuchter Meuterei, ein Prozeß, der Amerika in zwei Lager teilte, nicht nur den Norden und den Süden, sondern auch den Norden selbst, wo ein großer Teil der öffentlichen Meinung den Überfall auf ein Bundesarsenal aufs schärfste verurteilte. Während der fünf Prozeßtage wurde die kleine Stadt in Virginia unter Kriegsrecht gestellt, und es wurden Truppen aus Washington und Richmond gesandt, um die Ordnung zu sichern. Ein ganzer Schwarm von Rechtsanwälten kam aus dem Norden, und die Korrespondenten aller Zeitungen Amerikas machten den Gerichtssaal zur Tribüne sämtlicher Ideologien, die in der Union vertreten waren.

112

Anfang November erhielt Billy zu seiner Überraschung einen Brief von Fred. Das Schreiben erwartete ihn am Oglethorpe Square, wo er wieder einmal einen der mehr oder weniger regulären Urlaube nutzte, um Elizabeth zu trösten und zugleich über sie zu wachen. Er runzelte die Brauen, um besser zu verstehen, und las folgendes:

Charlestown, Va.
1. November 1859

Lieber Billy,
    wir schreiben uns nie, Briefe sind nicht unserer beider Stärke. Man verliert sich ein wenig aus den Augen, aber wir sind nie fern voneinander. Die Erinnerung an Dimwood sitzt tief. Ich habe erfahren, daß Du in Charleston, Südkarolina bist. Ich bin zur Zeit in einem Charlestown im Westen von Virginia, und ich hätte gern mein Charlestown gegen das Deine eingetauscht, aber in diesen Tagen ist die kleine verschlafene Stadt plötzlich ganz in das Zentrum des öffentlichen Interesses gerückt.
    Ich erzähle Dir nichts Neues: John Brown wurde in Charlestown vor Gericht gestellt und gestern zum Tode verurteilt. Als Hauptmann der Kavallerie von Colorado gehöre ich zu den Truppen, die für die Dauer des verhängten Kriegsrechts in der Stadt die Ordnung gewährleisten sollen, und als Adjutant von Oberst Lee konnte ich dem Prozeß beiwohnen. Wir liegen etwa zehn Meilen von Harper's Ferry, wo die Dir bekannten Ereignisse stattfanden. Die Zeitungen

haben ausführlich darüber berichtet, und es erübrigt sich, darauf zurückzukommen. Da John Brown beim Angriff auf das Arsenal am Bein verletzt wurde, lag er halb ausgestreckt auf einer zur Chaiselongue umgebauten Bahre, und er hat bei jeder Verhandlung viel geschrien. Er ist keineswegs ein alter Mann, wie die Zeitungen behaupten. Er ist siebenundfünfzig Jahre alt und hat das härteste Gesicht, das ich je gesehen habe, sei es in der Armee oder im täglichen Leben. Die Züge sind scharf, der Blick von einer erschreckenden Grausamkeit. Der erste und dauerhafteste Eindruck, den man von ihm gewinnt, ist der eines Wahnsinnigen, nicht mehr und nicht weniger. Das allein spricht sowohl für als auch gegen ihn... Im Norden wie im Süden hat die Grausamkeit, die er im Laufe des Massakers von Pottowatomie bewies, ein unauslöschliches Entsetzen hinterlassen. Man kann indessen nicht leugnen, daß es ihm in den drei Tagen des Prozesses keinesfalls an Mut gemangelt hat. Ganz im Gegenteil, er hat der Gesellschaft mit einer Flut von Beschimpfungen und Flüchen die Stirn geboten, aber seine geistige Umnachtung ist so offenbar, daß sie mir zu denken gab.

Es steht außer Zweifel, daß er sich gegen den Staat verschworen, daß er eine ganze Menge Leute umgebracht, besser gesagt niedergemetzelt hat und daß er, soweit man für die Todesstrafe ist, diese durchaus verdient hätte, wenn er ein normaler Mensch wäre. Aber das ist nicht der Fall. Ich bedaure für ihn wie für uns alle, daß er nicht in den Kämpfen bei Harper's Ferry erschossen wurde, denn er ist ein dem Wahn des Mordens verfallener Irrer, den man hinrichten wird.

Ich bedaure auch, daß die Bundesregierung, die ihn anklagt und ihn verhaften ließ, sich nicht ausbedungen hat, ihn in Washington vor Gericht zu stellen, aber man mußte die Rechte der Staaten respektieren, die fordern, daß er dort gerichtet und verurteilt wird, wo er die Revolte angezettelt hat, indem er sich eines Arsenals der Regierung bemächtigte.

Ich bin wie Du ein Sohn des Südens und stets bereit, für die Rechte der Staaten und die Verfassung, die sie garantiert, zu kämpfen, und ich sehe mit Bestürzung, daß Virginia mit der Hinrichtung dieses unseligen Irren den Gegnern der Sklaverei im Norden einen Vorwand liefern wird, aus ihm einen Helden und mehr noch, einen Märtyrer zu machen. Du wirst sehen, wie der Name John Brown zum Feldgeschrei aller Feinde des Südens werden wird, und die abolitionistischen Heuchler spielen wieder einmal die Karte der Moral aus, die *sie stets im Ärmel halten. Deshalb finde ich, daß man diesen Mann in eine Anstalt sperren sollte, denn seine Hinrichtung ist ein nicht wiedergutzumachender Fehler, unter dem wir noch zu leiden haben werden.*

Kurz vor dem Prozeß besuchte Wise, der Gouverneur von Virginia, ihn in seiner Zelle und versuchte ihn zum Reden zu bringen. John Brown hatte sich nämlich vor seinem Überfall auf Harper's Ferry in einem verlassenen Farmhaus in Maryland versteckt, das später durchsucht wurde. Und dort fand man außer einer gewissen Summe Geldes auch Papiere, die darauf hinwiesen, daß der Irre im Auftrag einiger Leute aus dem Norden gehandelt haben mußte. Man verdächtigte vor allem Wendell Phillips. Wise unternahm große Anstrengungen, um von Brown die Namen seiner Komplizen zu erfahren, aber seine Mühe war umsonst, was dem Gefangenen immerhin zur Ehre gereicht. Es versteht sich von selbst, daß die Journalisten des Nordens dieses fruchtlose Verhör mit keinem Wort erwähnt haben. Zu viele angesehene Persönlichkeiten wären in diese Affäre verstrickt gewesen, die die ganze abolitionistische Welt zum Kochen bringt. Präsident Buchanan weigert sich seinerseits strikt, auf ein Gnadengesuch einzugehen, aber die Hetzkampagne hat gerade erst begonnen.

Lassen wir das, und reden wir ein wenig von Dimwood. Die Dispositionen, die unser Vater für die Zukunft getroffen hat, machen uns, Dich, mich und Mike, zu den Besitzern der Plantage. Ich weiß nicht, was Du zu tun gedenkst. Ich für meinen Teil verspüre keinerlei Lust, dorthin zurückzukehren. Schmerzliche Erinnerungen halten mich davon ab, und doch, mit welchem Heimweh denke ich zuweilen an die Gärten, die Wälder und das alte Haus... Und ist es nicht auch seltsam, wie wir uns im Grunde unserer selbst manchmal nach den Orten sehnen, an denen wir am meisten gelitten haben? In diesem Paradies, das mich verfolgt, war ich der unglücklichste Mensch. Versuche nicht zu verstehen. Du könntest es nicht, aber ich wollte es Dir doch sagen, ohne es ganz zu sagen. Ich wünsche Dir aus vollem Herzen, daß Du mit Elizabeth glücklich bist. Du kannst ihr sagen, daß Fred Dir geschrieben hat. Vielleicht wird es sie amüsieren.

Was den Krieg betrifft, so steuern wir geradewegs darauf zu. Du weißt ja, wie ich darüber denke. Erinnere Dich an die fünfziger Jahre und an das, was ich damals geschrien habe. Das war die Zeit, da wir hätten angreifen und auf sie losschlagen sollen. Der Sieg wäre uns sicher gewesen ... Weißt Du noch, wie wir an jenem Morgen beim Frühstück »Es lebe die Sezession!« geschrien haben? Auch du hast sehr laut gebrüllt. Doch diese Zeit ist vorbei. Wir haben zehn Jahre verloren. Gewiß, wir werden kämpfen und siegen, aber die Partie wird schwieriger sein.

Leb wohl, Billy, Du wirst mir in der Familie immer der Liebste sein, und auch wenn es nicht üblich ist: ich umarme Dich.

Fred.

Noch in Hemdsärmeln und die langen Beine von sich gestreckt, las Billy diesen Brief in einem Sessel, während Elizabeth sich im weißen Morgenrock mit nie erlahmendem Vergnügen die Haare kämmte. Sie hörte das leichte Rascheln der Seiten in den Fingern ihres Gemahls und fragte sich, wer ihm wohl einen so langen Brief geschrieben haben könnte, denn er hatte ihr nichts gesagt. Er war ihr gegenüber nicht mehr ganz derselbe seit jener ein wenig lächerlichen Szene, als er zuerst seine Eifersucht zeigte und sich dann bei ihr entschuldigt hatte. Sie fühlte, daß er ihr zu mißtrauen begann, sie sogar verdächtigte, aber mit der Tücke eines Kindes stellte er ihr sehr dumme Fragen, von denen einige so geschickt ins Schwarze trafen, daß man ihnen rasch ausweichen mußte. Jedenfalls war er zur Stunde der ehelichen Pflicht noch so stürmisch wie je. Er zeigte dabei eine ganz neue Art der Leidenschaft, über die sie sich nicht beklagte und die sie seinem Wunsch zuschrieb, immer wieder ihre Verzeihung zu erlangen.

»Ein Brief von Fred«, sagte er, nachdem er seine Lektüre beendet hatte.

Sie zuckte zusammen.

»Ach?« sagte sie und fuhr fort, sich zu kämmen.

»Ja, er erzählt mir lang und breit von dem Prozeß gegen John Brown, der zum Tode verurteilt worden ist. Hast du davon gehört?«

»Mehr oder weniger. Miss Llewelyn, die die Zeitungen liest, hat vor ein paar Tagen darüber gesprochen. Er hat viele Leute umgebracht.«

»Das ist es im großen und ganzen. Fred erzählt das alles mit einer Sorgfalt... Man kann schreiben in unserer Familie, aber es ist ein bißchen lang.«

Sie hob ihr Haar, um sich im Nacken einen Knoten zu flechten.

»Ein kleiner Gruß an uns alle, nehme ich an«, sagte sie mit gleichgültiger Stimme.

»So ungefähr. Er redet von Dimwood. Ach, da wird er derartig verworren, daß man ihm die Müdigkeit anmerkt. Er muß recht erschöpft gewesen sein. Man versteht überhaupt nichts mehr. Er gibt selbst zu, daß er nicht so genau weiß, was er sagen will. Hör dir das an.«

Elizabeth beendete das Flechten ihres Haares und setzte sich in den Schaukelstuhl.

Ein wenig stotternd, da Freds Schrift am Schluß des Briefes sehr nachlässig wurde, las Billy die Stelle vor, die Dimwood und die widersprüchlichen Gefühle betraf, die es in ihm auslöste.

Hie und da fügte Billy einen irritierten Kommentar hinzu.

»Mal ist er zufrieden, mal ist er es nicht... Der gute Bruder muß an diesem Abend getrunken haben.«

Elizabeth schloß die Augen und fühlte, wie ihre Hände eiskalt wurden. Diese für sie so klaren Anspielungen schnürten ihr die Kehle zu: *Schmerzliche Erinnerungen... der unglücklichste Mensch auf Erden...* Und dann der kleine Satz am Schluß, von einer so grausamen Ironie, wie ein Vorwurf... Sie schluckte und biß sich auf die Lippen.

Billy lachte.

»Er umarmt mich! Das ist doch immerhin nett von meinem alten Fred. Aber was hast du denn, Liebste? Ist dir nicht gut? Schau in den Spiegel. Du bist ganz bleich.«

»Ich will mich hinlegen«, sagte sie. »Ich bin müde.«

»Das ist meine Schuld«, sagte er, nahm sie in seine Arme und trug sie zum Bett. »Ruh dich aus, mein Lieb. Letzte Nacht war ich wie ein Wahnsinniger, verstehst du? Ganz außer mir vor Begehren.«

Sie streichelte sein Gesicht.

»Schon gut«, murmelte sie, »es ist nichts.«

»Fühlst du dich besser?«

»Ja, schon viel besser. Es ist nichts, Billy. Ich ziehe mein Kleid an, und wir gehen hinunter. Der Tee wird mir gut tun.«

Erfreut, daß alles wieder gut war, schlüpfte Billy in seinen Uniformrock, und fünf Minuten später gingen sie beide ins Speisezimmer hinunter.

113

Am 2. Dezember wurde John Brown gehängt. Seine Gefährten erlitten ein wenig später das gleiche Schicksal… Der Gouverneur von Virginia hatte die Begnadigung verweigert, und auch Präsident Buchanan war nicht gewillt, zugunsten eines Mannes zu intervenieren, den er als Verräter betrachtete. Die abolitionistische Presse dagegen wütete wie nie zuvor, aber die öffentliche Meinung folgte ihr nicht, und man ging sogar so weit, in Cincinnati und Chicago gewisse Zeitungen zu verbrennen, zumal die demokratische Partei des Nordens der Hinrichtung zustimmte. In New York war die Empörung gegen die Abolitionisten so stark, daß die Möglichkeit einer Sezession dieses Teils der Union an Boden gewann.

Indessen bestätigte sich das, was Fred vorausgesehen hatte, in eklatanter Weise. Zwei der angesehensten Schriftsteller des Nordens, Emerson und Longfellow, sprachen ein wenig zu schnell und unbedacht von John Brown als einem Nationalhelden. Man vergaß das Gemetzel und den Plan einer aufständischen, Washington feindlichen Regierung, und der Wahnsinnige wurde zum Märtyrer. Zwar erhoben sich Proteste gegen diese Überspanntheit, aber es war unmöglich, gegen eine ebenso vereinfachende wie ergreifende Sichtweise anzukämpfen, die zwar nicht der Wahrheit entsprach, aber doch der Tendenz der Geschichte folgte, und wenn die Gegner des Südens auch falsch geurteilt hatten, so hatten sie doch richtig gerechnet.

In Savannah wurde das Ereignis leidenschaftlich diskutiert. Im allgemeinen bedauerte man, daß Brown nicht schon längst gefangengenommen und in ein Irrenhaus gesperrt oder ganz einfach irrtümlich erschossen worden war. Man sprach auch immer häufiger von einem Komplott. Der Süden bezichtigte einstimmig den Norden insgesamt, ohne zu bedenken, daß im Norden eine kleine Gruppe von Unruhestiftern wie ein Tintenfisch eine undurchsichtige Tintenwolke verbreitete, um das, was wirklich die öffentliche Meinung war, zu verschleiern. Die Journalisten ereiferten sich, Beschimpfungen wurden laut, die Beechers und ihr Gefolge hörten nicht auf, ihre karnevalesken Schaustellungen in Szene zu setzen: fiktive Sklavenverkäufe, Predigten, in denen die Hölle ihre Flammen auflodern ließ, die aus den Geldbörsen der Mitbürger gespeist wurden. Im Repräsentantenhaus wurde es von Sitzung zu Sitzung turbulenter, man fand sich sogar zu Handgreiflichkeiten bereit, nachdem man all seine Fähigkeiten zum Rufmord erschöpft hatte. Was sich in der Kongreßhalle abspielte, glich fast einer Boxveranstaltung.

Dann kam Weihnachten, und wieder einmal rückten die Gedanken an den Krieg in die Ferne. Es war Präsident Buchanans letztes Amtsjahr, und die nächsten Wahlen zeichneten sich bereits ab. Gewiß, in Savannah und in Charleston hatte man dem noch amtierenden Präsidenten, dessen Umgebung sich hauptsächlich aus Südstaatlern zusammensetzte, nichts vorzuwerfen, es sei denn, daß er nicht offener Stellung bezog. An der Schwelle des Jahres 1860 gähnte die Zukunft.

Am Oglethorpe Square verbrachte Elizabeth die Festtage allein mit ihren Kindern. Angesichts der politischen Lage wurden die Truppen konsigniert; in Fort Beauregard litt Billy ebenso darunter wie seine Frau, und da diese es nicht länger ohne ihn aushielt, faßte sie den kühnen Entschluß, ihn dort aufzusuchen. Sie ließ sich von Joe fahren, und eines schönen Abends im Januar hielt ihre Kutsche vor dem Festungstor. Die Kühnheit machte sich bezahlt. Zuerst wollte man sie nicht hineinlassen. Doch sie begann zu schimpfen und zu toben, wie es nur eine Frau kann, der man ihren Mann weggenommen hat. Ein junger Offizier erschien beim Wachtposten, stieß einen Überraschungsschrei aus und stammelte vor Erregung. Es war der junge englische Leutnant, der Billy als Meldereiter diente, wenn die Situation es erforderte. Elizabeth schenkte ihm ihr verführerischstes Lächeln.

»Ich will meinen Mann, Leutnant Hargrove, sehen«, sagte sie, wie man einen Befehl erteilt.

Der Leutnant salutierte und verschwand. Elizabeth blieb in ihrer Kutsche. Sie nahm den Hut ab, ließ das Haar auf die Schultern fallen und wartete, jedoch nicht lange. Ein verdutzter Billy kam aus der Tür und rannte auf den Wagen zu:

»Du anbetungswürdige kleine Verrückte«, rief er, während er zu ihr in die Kutsche sprang, »was stellst du dir vor... aber ich werde alles arrangieren... der Kommandant ist vorgewarnt.«

Gleich darauf eilte auch schon der Kommandant auf seinen krummen Beinen herbei.

»Meine Verehrung, Madame«, rief er von weitem.

Elizabeth fühlte, daß das Spiel gewonnen war, als er sich über die Kutsche lehnte.

»In meiner ganzen Karriere«, erklärte er, »habe ich noch nie einen so kecken Verstoß gegen die Vorschriften erlebt. Aber Sie und ich, wir werden diesen Verstoß bis zu Ende führen. Erklären Sie mir nichts. Ich habe alles verstanden ... Eine schöne Engländerin in den Armen eines meiner Offiziere, und das vor meinen Augen! Leutnant Hargrove, raus und stillgestanden, lassen Sie den Wagen von Madame in den Hof einfahren!«

Billy sprang auf und gehorchte. Die verblüfften Wachsoldaten taten es ihm nach, während der Vierspänner in den Hof einfuhr. Elizabeth war zugleich erschrocken und entzückt über ihre unglaubliche Kühnheit. Die Kunde von ihrer Ankunft verbreitete sich wie ein Lauffeuer. In weniger als einer Minute füllten sich alle Fenster mit Husaren und leerten sich sogleich wieder, dann hallte Stiefelgepolter von den Treppen, und alle stürmten auf den Hof, während sie sich noch die Uniformjacken zuknöpften.

Man hatte den Eindruck, daß die Drohung des Krieges einer Festtagsstimmung wich. Elizabeth wurde in den Gemächern einquartiert, die für ranghohe, meist hochdekorierte Besucher reserviert waren. Der Kommandant gab genaue Anweisungen:

»Alle Offiziere sind eingeladen, an der Tafel Platz zu nehmen, um unseren charmanten Ehrengast in gebührender Distanz bewundern zu können. Die Truppe kann sich im Hof versammeln und darf ausnahmsweise durch die Fenster spähen, aber ich bitte mir Ordnung aus.«

Was Billy betraf, so nahm er ihn beiseite und ermahnte ihn im entsetzlich strengen Ton einer Gardinenpredigt:

»Ihnen, Leutnant Hargrove, befehle ich zur Strafe für Ihre unzähligen Verstöße gegen die Dienstordnung, während der ganzen Nacht über die Sicherheit Madames zu wachen, und das in ihren Gemächern, verstanden? Wegtreten!«

Da man zu Recht vermutete, daß die schöne Engländerin nach ihrer Reise vor Hunger umkäme, wurde in der Offiziersmesse ein bescheidenes Souper mit fünfundzwanzig Gedecken improvisiert, während Billy mit übertriebener Aufmerksamkeit über die Sicherheit seiner Gemahlin wachte.

Ein wenig zerzaust, aber korrekt, erschien er mit ihr im riesigen Speisesaal, wo man einen langen weißgedeckten Tisch aufgestellt hatte. Alle Offiziere und einige Unteroffiziere warteten stehend auf das Paar, wie bei einem Hochzeitsessen. In ihren Uniformen nahmen sie Haltung an, als ob sie paradierten, aber als Billy an ihnen vorbeikam, vernahm er ein freundschaftliches Raunen, immer das gleiche:

»Du Schwerenöter, was bist du doch für ein Glückspilz!«

Das Essen war einfach; man hatte um Elizabeths schöner Augen und ihrer wunderbaren Goldmähne willen, auf die all diese Kriegsmänner ein Auge warfen, die Vorräte des Forts und die des Kommandanten geplündert. Sechs Virginiaschinken waren die Hauptopfer, die mit etwa vierzig Flaschen Champagner begossen wurden. Köstliche Maiskrapfen, in aller Eile von den auf eine harte Nervenprobe gestellten Köchen zubereitet, vervollständigten recht und schlecht diese Behelfsmahlzeit, in deren Verlauf zwei Dutzend Offiziere ständig Trinksprüche ausgaben, wenn sie nicht gerade die Speisen vertilgten, die für eine ganze Woche reichen sollten. Zum Nachtisch wurden mit Cognac flambierte Crêpes in großen Mengen aufgetragen, bekrönt von einem Berg von Früchten.

Elizabeth nippte nur an dem Champagner, dessen gefährliche Wirkung sie kannte, doch die übertriebenen Komplimente dieser Militärs bezüglich der schicklichen Teile ihrer Person nahm sie ohne falsche Bescheidenheit entgegen: das Saphirblau der Augen, die unwahrscheinliche Pracht des Goldhaars, die Alabasterhände, ein wenig auch die Arme, aber weiter ging es nicht, denn der Kommandant achtete auf den guten Ton, und Billy rollte zuweilen wild mit den Augen. In vollkommener Beherrschung genoß die junge Frau den aufdringlichen Beweis ihrer Macht über das starke Geschlecht. Insgeheim fühlte sie sich schuldig und vulgär, wenn sie bei jedem Hurraruf einen Schauder des Vergnügens empfand, aber sie drückte Billys Hand, um ihn zu beruhigen, und lächelte mit der Nachsicht einer Königin.

Das Bankett endete ziemlich spät. Man trennte sich mit Bedauern, und die gierigen Augen hinter den Fenstern verschwanden wie Lichter, die man löscht. Elizabeth wurde mit der Ehrerbietung, die man normalerweise einem General bezeugt, auf ihr Zimmer geleitet. Der Kommandant nahm Billy beim Arm und führte ihn fast gewaltsam in einen kleinen Nebenraum der Offiziersmesse; dort setzten sie sich in die Sessel, und er hielt ihm folgende, dem Ort angemessene Rede:

»Leutnant Hargrove, guter Freund«, sagte er, »diese Liebeseskapade deiner Frau finde ich großartig. Du bist jung, sie ist schön, du machst dir die Gelegenheit zunutze, und es amüsiert mich, ein wenig der Komplize eures Glücks zu sein, denn du darfst dich keinen Illusionen hingeben: der Krieg ist da, er steht vor der Tür. Wenn du nach Charleston gehst, wirst du es sehen. Rede nicht mit Elizabeth darüber; sie möchte es lieber gar nicht wissen. Wie ich dir vorhin sagte, gebe ich dir vier Tage frei. Ihr werdet leicht eine Unterkunft finden, aber ich bitte mir aus, daß du am Morgen des fünften Tages wieder hier bist, sonst gibt es keinen Urlaub mehr. Und dann, warte... Du schuldest mir noch eine Revanche beim Whist. Wir werden das noch heute abend, und zwar sofort und an diesem Tisch, erledigen. Die Schöne wird warten. Wir machen es kurz.«

Er zog die Karten aus einer Schublade, und die Partie begann. Der Kommandant spielte mit einer Art Besessenheit, als wollte er sich nicht nur für die erlittenen Niederlagen rächen, sondern seinen Gegner auch für die ihm bevorstehende Nacht bestrafen, für diese köstliche Nacht, von der er selbst wie alle Männer in Fort Beauregard bereits träumte. In seiner Ungeduld, die Partie möglichst rasch zu beenden, ließ Billy sich elendiglich schlagen, und sein strahlender Sieger wünschte ihm mit burschikos ironischen Worten eine angenehme Nachtruhe.

Das Trompetensignal weckte sie. Billys Ordonnanz erschien und öffnete die Fensterläden. Das Licht der Morgendämmerung drang in das Zimmer und tauchte alles in seinen rosigen Schimmer, auch das Moskitonetz, das das zerwühlte Bett kaum verbarg. Um acht Uhr saßen sie in der Kutsche, und Joe ließ die Peitsche fröhlich in der kühlen Morgenluft knallen.

Noch ein wenig benommen, blickten die Reisenden auf die Straße und sahen, wie die Tannen sich aus den Hüllen des Morgennebels befreiten. Für Elizabeth gehörte das Fort mit den roten Mauern bereits der Erinnerung an. Sie hatte die Vivatrufe vom Abendessen und die guten Reisewünsche von Billys Kameraden noch in den Ohren. Im Rückblick sah sie noch einmal den Kasernenhof in der Morgensonne, die Eimer schleppenden und zu allen möglichen Arbeiten abkommandierten Soldaten, die Stallungen mit den offenen Boxen, in denen die Hufe stampften und aus denen der dampfende Atem der Pferde drang, die kleinen Kasematten aus dunklen Ziegeln, und die Bronzekanonen in Reih und Glied, die das Meer überwachten.

Sie kamen durch Wälder, fuhren Palmenalleen entlang und folgten in Beaufort der Mündung des Broad River, den sie auf einer Fähre überquerten, dann ging es weiter in Richtung Charleston. Neue Wälder, neue Flüsse: der indianische Fluß Combahee mit seinen rostfarbenen Fluten, der raschere Edisto und breite, schlammige Gewässer, auf denen Baumstämme mit ihren noch belaubten Ästen trieben.

Auf einer kahlen Anhöhe machten sie eine kurze Rast, um zu Mittag zu essen. Der Wald erstreckte sich in wellenförmigen Abstufungen zu ihren Füßen, während auf der anderen Seite im Osten das gewittergraue Meer völlig reglos wirkte.

Am Nachmittag befanden sie sich auf der großen Straße am Ufer des Ozeans, im Norden von Charleston, aber sie fühlten sich immer noch verloren in ihrem Traum der Nacht. Elizabeth kuschelte sich an Billy. Abwechselnd ein wenig schlummernd, dann wieder mit offenen Augen, fragte sie sich, ob der Traum sich auf dieser Reise durch ein unbekanntes Land nicht fortsetzte, wo die langgestreckten Pinienwälder einander in der Stille einer unermeßlichen Einsamkeit folgten. Savannah verschwand aus ihrem Gedächtnis. Sie vergaß alles, um sich ganz der gegenwärtigen Minute hinzugeben, und sie verspürte die Wonne eines fast animalischen Glücks. Allein der Mann zählte, den sie mit einem Arm umschlang, den Kopf an seine Schulter geschmiegt.

An ihn zu denken und ihm ganz nahe zu sein, brachte ihr erneut ein Gefühl der Erfüllung, das alles sinnliche Begehren übertraf, und ihr Herz schwoll in einer Liebe, für die es in der menschlichen Sprache keine Worte gibt und die ihr Angst machte. Die Angst, ihn zu verlieren, streifte sie. Irgendwann versuchte sie mit ihm zu sprechen, redete aufs Geratewohl von den Wäldern und den Wolken, um ein Wort von ihm zu hören, aber er antwortete kaum und war bloß erstaunt, daß sie eine Landschaft bewunderte, wo er nichts sah.

»Das findest du schön, Liebste? Mich langweilt es, aber du bist da, und so ist alles gut.«

»Bist du vielleicht müde?«

»Nein, aber warte nur bis heute nacht. Hier in der Kutsche... verstehst du?«

»Daran dachte ich nicht, Billy.«

Er flüsterte ihr ins Ohr:

»Joe hört, was du sagst, verstehst du?«

»Ja, natürlich.«

Um sie zu beruhigen, streichelte er ihr Gesicht. Das liebte sie, aber sie wies ihn sanft zurück.

»Sei artig«, sagte sie in einem spöttischen Ton.

Möwen flogen schreiend durch die Luft. Dieser wilde Ruf riß sie plötzlich aus ihren Gedanken. Es schien ihr, daß die Elizabeth, die sie an den ersten Tagen in Amerika gewesen war, auf unerklärliche Weise mit ihrer Unsicherheit, ihrer Ahnungslosigkeit gegenüber dem Leben zurückkehrte. Das war sie, und die junge Frau, die sich in einer Kutsche an einen jungen Offizier lehnte, das war sie auch. Die wiedererwachte Vernunft warnte sie, sich auf solche Hirngespinste einzulassen. Jetzt war sie die Frau dessen, den man den schönen Billy nannte, und er war auch wirklich ein Prachtexemplar von Mann. Sie hoffte nur, daß er immer so bleiben würde wie jetzt. Er aß viel zuviel. Und wenn er dick werden sollte? Die leise Stimme, die sie zuweilen vernahm, fragte: »Wirst du ihn dann noch lieben?« Sie wehrte sich gegen diesen Gedanken, der ihr unsinnig erschien; es war doch nicht möglich, die Zeit anzuhalten, aber die Gegenwart machte sie jedenfalls überglücklich.

»Schau, Billy, diese Möwen dort... Ist es nicht herrlich, wie sie in alle Richtungen fliegen?«

»Drecksvögel...« sagte er, »Drecksvögel. Sicher liegt irgendwo ein verendetes Tier. Ihr Geschrei geht mir auf die Nerven.«

Sie lachte auf und wurde still. Irgend etwas in ihrem Leben ging nicht mehr. Nichts hatte sich geändert, und doch war nichts mehr gleich... Instinktiv weigerte sie sich, nach einer Erklärung zu suchen. Mit Hilfe einiger einfacher Überlegungen hätte sie es verstanden, aber dann riskierte sie, zu verdrießlichen Feststellungen zu gelangen, die die angenehme Gegenwart trüben würden. Wo konnte sie einen schöneren und feurigeren Mann als Billy finden? »Und einen erfahreneren«, flüsterte ihr die Stimme zu. Dieser Zusatz empörte sie, und in einer plötzlichen Gefühlsaufwallung drückte sie Billys Arm mit aller Kraft:

»Billy, ich liebe dich«, sagte sie.

Aus seiner Schläfrigkeit gerissen, wandte er ihr ein überraschtes Gesicht zu:

»Was?«

Sie blickte ihn mit zärtlichen Augen an.

»Ich liebe dich, du bist mein Billy.«

»Natürlich.« Er tätschelte ihr die Wange. »Du mußt lieb sein und dich schön gedulden. Heute abend wirst du sehen…«

»Oh, Billy!« stöhnte sie. »Ich denke doch nicht immer an das.«

»Aber ich«, erwiderte er, »nur beherrsche ich mich, Liebste.«

Da er sah, daß sie bestürzt war, fügte er hinzu:

»Wir werden eine alte, etwas verwahrloste Plantage aufsuchen, wo man Reisende für die Nacht aufnimmt. Der Kommandant hat sie mir empfohlen. Also beruhige dich, wir werden glücklich sein.«

Damit kuschelte er sich in eine Ecke und schlief wieder ein, die Hände an die Schenkel gelegt. »Was für ein seltsamer Mann«, sagte sich Elizabeth, und dann lehnte auch sie sich in der Kutsche zurück. Sie hatte das Gefühl, daß die Hufe auf der Straße ihre Ehe zertrampelten. Jener Morgen kam ihr wieder in den Sinn, als Billy ihr Freds Brief vorgelesen hatte und sich über das lustig machte, was er für verworrenes Zeug hielt, während diese Sätze für sie klar und deutlich waren und ihr fast das Herz zerrissen. Wie hätte der arme Husar begreifen können, daß das, was er mit so spöttischer Stimme las, eine Liebeserklärung an seine Frau war? Eine so verzweifelte Liebeserklärung wie der Schrei eines Mannes, dem man einen Knebel aus dem Mund reißt. Und welch eine intelligente Empfindsamkeit sprach aus allem, was Billy ihr von diesem Brief vorgelesen hatte! Sie träumte von den Gesprächen, die sie mit einem Menschen dieser Art hätte haben können… Und die Erinnerung durchfuhr sie wie ein Dolchstoß, als irgendwo in ihrem Inneren aufs neue die melancholische Serenade von der Spottdrossel auf dem Grabe der Geliebten ertönte. Und schließlich, noch grausamer als das, die schreckliche verneinende Kopfbewegung, mit der sie sein schlichtes Liebesgeständnis erwidert hatte. Ach, warum nur, warum? Es war in der Tat ein bißchen spät, nach dem Warum zu fragen, jetzt, da sie einem Mann angehörte, der in ihr nichts weiter als ein entzückendes Instrument des Vergnügens sah… Aber nein, das war ungerecht, er liebte sie auf seine Art, seine körperliche Art, und er würde sich für sie umbringen lassen. Fred hatte das auch gesagt. Es waren Freds Worte gewesen, die letzten. Sie kam immer wieder auf ihn zurück.

In diesem Augenblick tauchte eine riesige, flammend rote Sonne hinter einem Pinienwald auf. Inmitten Hunderter von schwarzen Stämmen ließ sie den Glorienschein eines Brandes ohne Feuer aufleuchten, und die junge Frau war so davon angetan, daß sie Billy am Arm schüttelte.

»Schau«, rief sie, »schau doch nur, Billy, ein Wunder!«

Er räkelte sich und gähnte.

»Ich schlief so gut«, sagte er. »Ach ja, ist es deswegen? Ein Zeichen für trockenes Wetter morgen. Übrigens sind wir gleich da. Joe, du folgst dem Pinienwald bis zu einer Straßenkreuzung. Dort ist ein Schild, und dort zündest du die Laternen an. Es wird hier rasch dunkel. Elizabeth, rück näher.«

Sie gehorchte wie immer. Im Halbdunkel betatschte seine Hand ihre Brust unter der pelzverbrämten Jacke. Sie ließ ihn gewähren.

Am Ende des Weges zündete Joe die beiden Laternen an und bog in eine etwas breitere, jedoch holprige Straße ein, und bald erblickten sie in der zunehmenden Dunkelheit ein paar Lichter inmitten eines Wäldchens. Die Pferde gingen fast im Schritt. Einige Minuten später erkannten sie ein weißes Haus, umgeben von niedrigen Eichen mit krummen, von spanischem Moos behangenen Ästen, dessen zerrissene graue Schleier sich leise in der Abendbrise bewegten.

Ein schwaches Licht erhellte die Freitreppe, und eine alte schwarze Dienerin führte die Reisenden in das Vestibül. Fast sogleich erschien ein grauhaariger Mann. In seinem abgetragenen Gehrock ließ er längst vergangene Zeiten wieder erstehen, und seine etwas förmlichen Manieren bestätigten diesen Eindruck.

»Ich heiße Sie herzlich willkommen«, sagte er. »Wir essen in einer Stunde, aber Sie werden mit einem frugalen Mahl vorliebnehmen müssen.«

Elizabeth und Billy beteuerten, daß sie sich nichts anderes wünschten.

»Ada wird Ihnen Ihr Zimmer zeigen«, fuhr der alte Herr fort.

Er klatschte in die Hände, und die schwarze Dienerin kam wieder. Die Reisenden folgten ihr eine schmale Treppe hinauf. Sie trug eine kleine Öllampe und führte sie bis ans Ende eines Korridors, wo sie eine Tür öffnete.

Kaum hatten sie einen Blick in das Zimmer geworfen, kam ihnen beiden der gleiche Gedanke: »Nur weg von hier«, aber gleichzeitig zögerten sie, etwas zu sagen, da sie den alten Herrn, der sie empfangen hatte, nicht verletzen wollten, und sie deuteten mit einer Geste an, daß das Zimmer ihren Ansprüchen genügte. Die Lampe wurde auf einen Tisch gestellt, und die schwarze Frau zog sich in das Dunkel zurück, in dem sie sich offenbar wohlfühlte und verschwand.

Das große und leer wirkende Zimmer bot als einzige Bequemlichkeit ein breites, aber durchgelegenes Bett. Ein zerrissener Musselinvorhang sollte als Moskitonetz dienen. Eine Schüssel und ein großer Wasserkrug in einer Ecke lieferten den Bedarf für die Morgentoilette. Das einzige Fenster war mit Läden, in denen einige Latten fehlten, gegen das Tageslicht geschützt.

»Nehmen wir die Sache lieber mit Humor«, sagte Elizabeth ermunternd. »Es ist schließlich nur ein Unterschlupf für die Nacht.«

»Morgen sind wir bei unseren Vettern in Charleston«, sagte Billy. »Dort wirst du dich des Luxus erfreuen und einer der besten Küchen des Südens.«

Plötzlich trieb es sie zueinander, sie umschlangen sich stehend, und die Lampe warf den phantastischen Schatten zweier Körper an die Wand, die einander gefangenhielten.

Wie ihr Gastgeber angekündigt hatte, war das Essen sehr einfach... Schwarzbrot, das man in eine dicke Suppe tunken konnte, stillte den Hunger, dann folgten einige Scheiben Schinken mit Salat. Ein Apfel stellte den Nachtisch dar, und das Wasser, angeblich aus einer nahen Quelle, wurde nach Bedarf aus einer Zinnkanne nachgeschenkt. Der grauhaarige Gentleman hatte den Vorsitz der Tafel und sprach zu Beginn und am Ende die üblichen, an alte Zeiten erinnernden Gebete. Er tat es mit einer Anmut, die Elizabeth rührte und Billy, einen Feind jeder Frömmelei, zum Zähneknirschen brachte. Sein Kommandant hatte ihm erzählt, die einst blühende Plantage sei seit zwanzig Jahren heruntergewirtschaftet, zeige aber noch Spuren vergangener Pracht. Er sah nichts dergleichen, während Elizabeth an den Wänden des heruntergekommenen Speisezimmers das stilvolle Stuckwerk im Geschmack des vorigen Jahrhunderts, vor der Revolution von 1776, bemerkte. Sie sagte nichts darüber, aber die grauen Augen des alten Herrn folgten ihrem Blick, und er dankte ihr wortlos mit einem schönen melancholischen Lächeln.

Die Nacht der beiden Vermählten gestaltete sich wie üblich. Sie verlief banal und heftig und unterschied sich von den anderen nur insofern, als das Bett einstürzte.

Sie brachen früh auf.

Die Gärten der Plantage, die einst für ihren Farbenreichtum berühmt gewesen, waren verkommen. Die alte schwarze Frau hatte Joe den Weg dorthin gezeigt. Über ihren Köpfen wölbte sich das Gewirr der Äste mit dem dunklen Eichenlaub, und sie hatten den

Eindruck, eine mit zerschlissenen Fahnen geschmückte Basilika zu durchqueren. Plötzlich verschwand das Gewölbe, und sie fuhren zwischen zwei Mauern aus gelben und roten Azaleen entlang, die das frühe Tageslicht ihnen darzubieten schien. Joe hatte die Pferde im Schritt gehen lassen. Es folgte eine zerbrechlich wirkende Fülle von aus dunklem Blattwerk sprießenden Gardenien, deren zugleich süßer und frischer Duft sie betäubte. Schließlich hielten sie auf einer Lichtung am Ufer eines Teichs. Einige Planken bildeten einen Landungssteg, an dem flache, im Gestrüpp der Seerosen gefangene Barken befestigt waren. Billy sprang aus der Kutsche.

»Machen wir eine kleine Rundfahrt!«

Zuerst glitt das Boot durch einen schmalen Wasserweg zwischen blumenbewachsenen Böschungen. Zuweilen stieß Billy die Blumen mit dem Ruder zurück, da sie die Durchfahrt fast versperrten… Endlich gelangten sie zu den riesigen Zypressen, die aussahen, als seien sie in Tinte getaucht.

Ein leichter Dunst lag über diesem dunklen Gewässer. Das Boot kam langsam voran, und sein Kielwasser glättete sich fast sofort unter den hohen Säulen der Bäume. Hinter schweren Vorhängen aus weißem Dunst zuckte eine kranke Sonne. Die reglose Luft erstickte den ängstlichen Schrei der fernen Vögel, und das Wasser schimmerte unheilvoll unter den ungeheuerlichen Wurzeln, die sich nicht darin spiegelten. Ein riesiger Baum, mit zerfetztem Flitter aus schwärzlichem Moos und grünlichen Flechten überladen, reckte seinen Titanenarm über den Sumpf, aus dem der Geruch des Todes aufstieg. Nichts regte sich. Seit vielen Jahren hatte keine Piroge eines Eingeborenen mehr dieses faulige Wasser durchfurcht, hatte kein menschliches Wort die Stille dieses Ortes gestört, der seit jeher auf einen Mord zu warten schien, für den er den geeigneten Schauplatz bot, denn der Schrecken schwebte über dieser glasigen Oberfläche. Ja, dieser Sumpf wollte nur ersticken, und die Würgeranken hingen nutzlos von manchen Zweigen herab. Im Hinterhalt dieses vom Alptraum bewohnten Dschungels wartete die Natur mit der Geduld eines Indianers auf ihren alten Feind, den weißen Mann.

Nach einer Weile kehrten sie um, ohne ein Wort gewechselt zu haben. Der Weg war nicht leicht. Die Stille, die sie umgab, schien von einer geheimen Drohung erfüllt, bis sie plötzlich wieder die Rufe der Vögel aus der Ferne vernahmen. Die letzten in erstarrter Heftigkeit gekrümmten Wurzeln verschwanden unter dem ruhigen

Fächer des Farns, und dann begrüßte sie gleich einem unerwarteten Lächeln die üppige Blütenpracht weißer und rosaroter Kamelien.

»So«, sagte Billy, als sie wieder auf der Straße waren. »Jetzt hast du eine der Sehenswürdigkeiten der Gegend besichtigt. Der Kommandant meinte, wir sollten uns das auf keinen Fall entgehen lassen. Was hältst du davon?«

»Aber... ich weiß nicht.«

»Immerhin... dieser ganze Umweg, um so einen schmutzigen Tümpel zu sehen...«

Sie antwortete nicht.

»Ach, warte nur... heute abend im Bett wirst du gesprächiger sein. Und jetzt auf nach Charleston.«

Er half ihr in die Kutsche und setzte sich ganz dicht neben sie. Joe trieb das Gespann zu einem raschen Trab an. Da sie übereingekommen waren, im Wagen keine Gespräche zu führen, hatte Elizabeth alle Muße, sich in ihre Träumereien zu flüchten. Die ersten Ruderschläge hatten sie in eine Welt entführt, wo ihr alles seltsam vertraut schien. Schon sechs Jahre zuvor, auf ihrer ersten Reise von Dimwood nach Savannah, war sie ein paar Sekunden lang ziemlich nahe an einem solchen Sumpf vorbeigefahren, auf dem Stämme toter Bäume schwammen, und dieser nur flüchtig erspähte Ort, von dem sie den Eindruck einer schrecklichen, herzbedrückenden Einsamkeit bewahrte, hatte trotz allem eine unwiderstehliche Faszination auf sie ausgeübt. Souligou, die in allerlei Hexenkünsten bewanderte Schneiderin, hatte ihr versichert, daß sie über das verfüge, was sie als »besondere Gaben« bezeichnete; Elizabeth zog es vor, nichts Genaues darüber zu erfahren, weil es ihr Angst machte, und vorhin im Boot hatte sie gerade in dem Augenblick daran gedacht, als der Gesang der Vögel verstummt war. Inmitten des Sumpfes hatte eine unbeschreiblich tiefe Stille alles Leben verschlungen, und Billy war sich dessen während der Überfahrt nicht im geringsten bewußt gewesen, sie aber wäre vor Entsetzen beinahe unter ihre Bank gesunken. Reglos hatte sie die schreckliche Komplizenschaft mit dem Unsichtbaren über sich ergehen lassen und erleichtert aufgeatmet, als sie wieder auf festem Boden war.

Noch im Banne dieser seltsamen inneren Reise, nahm sie weder die den Weg säumenden Palmen wahr, noch die Weihnachtssterne und Kameliensträucher in den Gärten der sonst recht bescheidenen Häuser, die immer näher aneinanderrückten. Gegen ein Uhr fuhren sie durch die Vororte und gelangten in die Stadt. »*Sweet watermelons, sweet watermelons... crab fish, crab fish.*« Die sanften Stimmen der schwarzen Wassermelonen- und Fischverkäufer stiegen von allen Seiten auf, rissen sie in die Wirklichkeit zurück und erinnerten sie an Savannah, aber dann verstummte ganz plötzlich dieser zugleich fröhliche und klagende Singsang. Der harte Hufschlag auf dem Straßenpflaster hallte durch die Stille. Vor Elizabeths Augen tauchten prächtige Wohnhäuser auf, deren übereinanderliegende Veranden mit weißen Säulen geschmückt waren. Kein einziges Haus berührte seine Nachbarn; man hätte meinen können, daß sie sich ein klein wenig die kalte Schulter zeigten. Riesige Sykomoren beschatteten die Avenue, aber man sah keine Gärten, denn diese entfalteten ihre Blumenpracht hinter den Mauern, und der süße Duft der Magnolien wurde von der Meeresbrise fortgetragen.

Das war Charleston.

VII
Der rote Flügel

114

Neun Uhr abends. In dem runden Zimmer, wo verschiedene
Leuchter ein mattgoldenes Licht zur Decke und auf die pfirsich-
rosa Wände werfen, sitzen neun Personen um einen Tisch und
fallen sich gegenseitig ins Wort in einer ständig von Gelächter
unterbrochenen Konversation. Ausrufe schwirren durch den
Raum. Kristallkaraffen werden von einem Ende zum anderen der
weißgedeckten Tafel gereicht, auf der das schwere Familiensilber
funkelt. Die Gläser füllen und leeren sich wie durch ein Wunder.
Hilda schüttelt ihre schwarzen Locken, und in der hitzigen Diskussion ist sie halb von ihrem Stuhl aufgestanden, um sich Gehör
zu verschaffen. Ein geschwisterliches Wortgefecht wird zwischen
ihr und ihrer Schwester Minnie ausgetragen, deren rotbraune
Haarflechten das blasse und zarte Gesicht noch schmaler erscheinen lassen.

»Susanna ist ein Dickkopf«, sagt diese. »Sie will sich partout nicht
aus Dimwood fortbewegen, und dabei wäre sie hier bei uns viel
glücklicher.«

»Du weißt aber auch gar nichts. Sie hat sich mir anvertraut.
Schließlich hat sie das Recht, so zu leben, wie es ihr gefällt.«

»Nein, sie hat unrecht«, schreit Minnie. »Wenn sie heute abend
hier wäre, hätten wir ganz Dimwood beisammen, von den Eltern
abgesehen.«

»Und von Fred«, kreischt Mildred und wirft die blonden Locken
kampflustig zurück. »Und wenn er hier wäre, hätten wir bereits die
Sezession ausgerufen, anstatt in der Politik nicht von der Stelle zu
kommen.«

»Ich bin für Fred«, ruft Billy. »Seit 1850 hat er immer gesagt, man
müsse losschlagen. Zehn Jahre hat man vertan.«

»Das hat Fred gesagt?« schreit Mike mit schriller Stimme. »In der
Zitadelle sagt man das gleiche. Mit den Bajonetten losschlagen.
Aber es ist noch nicht zu spät.«

Eine dumpfe und zornige Stimme übertönt das Geschrei. Es ist
Minnies Mann.

»Besser spät als nie, wenn es nur gleich ist«, erklärt er. »Der Süden
ist stark genug, um mit diesem zusammengewürfelten Krämerpack
fertigzuwerden, das sich für eine Nation hält.«

»Ach! Antonin, wie gut du redest«, sagt Minnie. »Wenn Fred dich hören könnte...«

»Er hat mir einen Brief geschrieben«, unterbricht Billy sie mit wichtiger Miene. »Einen Brief von mindestens acht Seiten.«

»Dir hat er geschrieben?«

Es ist Lawrence Turner, der diesen ungläubigen Ton anschlägt. Der große Trinker vor dem Herrn hält sich aufrechter und artikuliert besser, je mehr Weißwein er hinunterspült.

»Ohne jemanden verletzen zu wollen«, fährt er fort, »frage ich mich, was er ausgerechnet dir mitzuteilen hatte.«

»Das geht dich nichts an«, erwidert Billy, »außer seinem Bericht über den Prozeß gegen John Brown, der jeden interessiert.«

»Jetzt nicht mehr«, entgegnet Lawrence unverfroren, »das ist bereits graue Vergangenheit. Man hat ihn im Dezember gehängt.«

»Aber leider«, sagt Antonin de Siverac, »hat der Norden ihn ausgegraben, mumifiziert und zu einem Helden gemacht. Das ist ein Toter, der ein zähes Leben hat.«

»Was konnte unser Fred bloß in Harper's Ferry zu schaffen haben?« fragt Hilda.

»Er ist Oberst Lees Adjutant.«

»Oberst Lee?« ruft Minnie aus. »Warum hast du das nicht gleich gesagt? Billy, ist das nicht toll?«

Lautes Geschrei um den ganzen Tisch.

»Lee! Trinken wir auf Oberst Lee.«

Alle stehen auf und heben die Gläser mit ausgestrecktem Arm. Ein brausendes Hurra ertönt, die schwarzen Diener erzittern und verziehen sich.

»Auf dem College verehren ihn alle«, brüllt Mike und schüttet sein Glas zur Hälfte über Elizabeth, die darauf bestanden hatte, sich neben ihn zu setzen.

Lachend wischt sie die Tropfen weg und erhebt sich verdutzt, weil sie überhaupt nicht mitgekommen ist. Der Name Lee sagt ihr gar nichts. Seit Beginn des Essens träumt sie; sie ist glücklich, neben Mike zu sitzen. Er füllt ein Glas, reicht es ihr und flüstert ihr zu:

»Schrei hurra für Oberst Lee.«

Sie schreit hurra und stellt ihr Glas nieder, an dem sie nur genippt hat. Sie denkt an die Kamelien am Ufer des Sumpfes, wo die Stille den Gesang der Vögel ersterben läßt. Ihre Gedanken schweifen ab...

»Alle Offiziere in Beauregard sind für den Süden«, brüllt Billy, »und auch die von Beaufort und Pinckney.«

»Lee steht ganz auf unserer Seite«, schreit Mike, »und alle Offiziere. Worauf warten wir noch mit der Sezession?«

»Es lebe die Sezession!« ruft Lawrence und stützt sich mit allen Kräften auf Minnie, um nicht umzufallen.

»Ihr schreit so laut, daß man euch auf der Straße hört«, warnt Antonin de Siverac.

»Und wenn schon«, sagt Hilda. »Glaubst du vielleicht, in Charleston schreie man nicht ebenso laut?«

»Lawrence, laß das, oder du kriegst eine Ohrfeige. Hältst du mich für ein Möbelstück? Setz dich gefälligst, du bist betrunken.«

Und Minnie drückt ihn gewaltsam auf einen Stuhl. Der Tumult legt sich ein wenig.

»Lawrence, reiß dich zusammen«, sagt Antonin de Siverac. »Du bist hier der einzige, der Oberst Lee kennt, und alles, was du herausbringst, ist ›Es lebe die Sezession!‹ Du hast uns bestimmt mehr zu sagen.«

»Ich habe ihn gesehen«, ruft Hilda und steht auf. »Lawrence hat mich dreimal nach Virginia mitgenommen, nach Kinloch zu seinem Onkel, wo der Oberst im alten Haus im Fauquier County Ferien macht.«

»Ja, Kinloch«, lallt Lawrence mit einer schweren Zunge, die sich bemüht, deutlich zu sprechen, »das ist da oben in den Hügeln, fern von allem... riesige Bäume... überall, auf allen Seiten...«

»Schon gut«, sagt Siverac, »wir sind im Bilde. Und der Oberst?«

»Der Oberst ist ein prächtiger Mann«, sagt Hilda mit Bestimmtheit. »Groß, sehr schön, helle Augen, und immer sehr ruhig.«

»Ruhig?« unterbricht Mike. »Bist du sicher?«

»Doch, doch«, sagt Lawrence, »er spricht sanft und leise.«

»Sehr höflich«, fährt Hilda fort, »sehr ernst, er liest viel.«

»Sein Pferd Traveller...« versucht Lawrence zu sagen.

»Ach ja, auf seinem Freund Traveller, er nennt ihn seinen Freund, reitet er durch die Wälder... Er mag es nicht, wenn man mit ihm über Texas redet. Man schaut ihn an, und man liebt ihn, alle im Lande lieben ihn, und wenn er lächelt, hat man das Gefühl, daß er einem alles mögliche damit sagt.«

»Na, deine Frau ist ja ganz schön in den Oberst verliebt«, bemerkt Siverac.

»Sie ist wie alle«, sagt Lawrence, der aus seiner Benommenheit erwacht, »es gibt Männer, die nicht viel reden, aber für die man sich umbringen lassen würde.«

»So ist es«, schreit Mike. »Das sagen auch alle Offiziere.«

»Dann ist er also für die Sezession!« brüllt William Hampton, der sich plötzlich erhebt.

»Er redet nie davon«, sagt Lawrence. »In Virginia ist man viel ruhiger als hier.«

Mildred gibt triumphierend zum besten:

»Er stammt aus einer sagenhaft alten Familie.«

»So sagenhaft ist sie nun auch wieder nicht«, berichtigt Lawrence Turner. »Seine Ahnen haben sich an der Seite König Harolds gegen die Normannen geschlagen.«

»Hastings, 1066«, kräht Mike.

Zur allgemeinen Überraschung ergreift Elizabeth das Wort, jedoch nicht ohne einen Hauch von Ironie:

»Charlie Jones war 1066 auch dabei. Jeder will König Harold verteidigt haben. Es muß von Aristokraten gewimmelt haben...«

»Du machst dich über uns lustig!« empört sich Mildred und springt kampfbereit auf, wie auch ihr Mann William, der schöne blonde Hitzkopf.

»Durchaus nicht. Man hat es mir von meiner eigenen Familie erzählt, aber ich glaube nicht daran. Es gibt keinerlei Beweise.«

»Für Lee gibt es derer mehr als genug«, sagt Lawrence Turner, »aber er will nichts davon hören. Er hat in meiner Gegenwart erklärt, daß seine Vorfahren ihn nicht interessierten und daß die Genealogie ihn langweile.«

»Er ist wirklich nicht wie jedermann!« ruft William Hampton aus.

»Nein, und darum lieben wir ihn«, sagt Hilda. »Er ist ein großer Mann. Bei ihm vergeht einem die Lust zu diskutieren; mit einem Lächeln bringt er einen zum Schweigen.«

»Aber man weiß nie, was er denkt«, sagt Lawrence wieder völlig nüchtern. »Ich gehöre zwar zu seiner Familie, aber er vertraut sich mir nicht an.«

»Was macht das schon aus?« fragt William Hampton in einem aggressiven Ton. »So wie er ist, verkörpert er den Süden.«

»Also trinken wir noch einmal auf Oberst Lee!« brüllt Mike und steigt auf seinen Stuhl.

In seiner blauen Uniform und mit seinem zerzausten Haar reckt er die Arme zur Decke und wirkt wie das Abbild der von Begeisterung berauschten Jugend. Das Knallen der Champagnerkorken zerreißt die Luft, und der Schaum ergießt sich über die Tischdecke. Alle Gläser werden erhoben, und der Abend klingt in ohrenbetäubenden Hurrarufen aus.

Man trennte sich mit Bedauern. Das Haus war geräumig und die Zimmer zahlreich. Die Gutenachtwünsche auf der ersten Etage wollten kein Ende nehmen.

Einige Minuten später war der Saal leer und die unbeschreibliche Unordnung auf dem Tisch erinnerte an ein Schlachtfeld, wo soeben ein Heer von Flaschen in verbissenem Kampf eine rote Zitadelle eingenommen und wild verwüstet hatte. Fächer und offene Zigarettenetuis lagen unter den Opfern herum.

Behutsam wie die Mäuse erschienen nun zwei alte schwarze Diener in grauen Jacketts... Wortlos ergriffen sie die Flaschen, von denen einige umgestürzt, jedoch noch nicht ganz leer waren, und tranken sie alle bis auf den letzten Tropfen aus, schweigend, mit geradezu professionellem Eifer, um die Ordnung wiederherzustellen. Dann kam die riesige Himbeertorte an die Reihe und wurde in dicken Stücken verschlungen. Das nahm Zeit in Anspruch, aber man hörte nur das geschäftige Geräusch der Lippen und Zungen. Kein Krümel blieb übrig, und es folgte die köstliche Verdauungspause in den tiefen Sesseln. Der zarte Duft der Zigaretten aus den Silberetuis verbreitete sich in der schwülen Luft des großen Champagnerdiners, und die Gedanken begannen zu kreisen, verworren, im Flüsterton.

»Tja«, sagte einer der beiden krausen Grauköpfe, »die Sezession. Ve'stehst du das?«

»Na kla'«, sagte der zweite, »is' doch ganz einfach; alle Weißen we'n sich schlagen, und wi' hauen ab.«

»Du alte' Esel du, und wo willste hin? Ich bin nich' so dumm, ich bleibe hie', weil man hie' mit den Madames is', wo essen wollen. Bis' du vielleich nicht zuf'ieden inne Küche, du?«

»Na kla'. Du hast 'echt. Die Madames, die sin' imme' nett mit die eh'lichen Fa'bigen.«

»Wenn du abhaust, e'wischt man dich, un' dann biste auf die Plantage. Möchtest du inne Sonne auf de' Plantage schuften?«

»Und wenn wi' innen No'den gehen?«

»Oh, da biste beim Teufel, du, da mußte inne Fa'bik schuften, und das is' die Hölle...«

»Ich bin zu alt fü' die Fab'ik.«

»Nu komm schon, mach bloß keine Blödheiten nich'. Hie' haste deine 'uhe. Hie' passie't di' nichts... Abe' jetz' müssen wi' abdek-ken, den Tisch und alles. Mo'gen f'üh muß alles saube' und o'ntlich sein.«

»Kla', sonst macht Hilda K'ach.«

»Du sollst nich' Hilda sagen, du mußt ›Madam‹ sagen.«

»Ach, wi' sind doch unte' uns. Hö't ja niemand nich'.«

»Du bist mi' eine'! Also schön, machen wi's fü' Hilda!«

»Fü' Hilda«, erwiderte der zweite Graukopf.

Beide machten sich daran, den Tisch abzuräumen, und bald hatte das Zimmer wieder sein normales Aussehen, aber der Graukopf, der von Flucht träumte, schlug vor, ein Fenster zu öffnen, um frische Luft einzulassen. Da sahen sie schwarze Vögel, die mit weit ausgestreckten Schwingen zwischen den Häusern herumflogen, und die beiden Männer stießen einen Schrei aus:

»O weh! Die Bussa'de! Machen wi' schnell zu!«

Sie zitterten in abergläubischer Angst vor diesen Aasgeiern. Für sie standen diese finsteren Vögel im Dienst des Todes und sagten Unheil voraus... In aller Eile löschten sie die Leuchter und verschwanden in der Dunkelheit.

Das Mittagessen am folgenden Tag vereinte dieselben Personen, versprach jedoch, viel ruhiger zu verlaufen. Ihr sezessionistisches Geschrei vom Vorabend hatte sich herumgesprochen, was Hilda etwas peinlich war. Übrigens empfanden alle insgeheim eine ähnliche Verlegenheit, außer Mike und Billy, die stets zu Geschrei aufgelegt waren.

Das Speisezimmer verlor im Tageslicht den etwas theatralischen Charakter, den ihm das Licht der Leuchter verliehen hatte, es erinnerte an eine Person, die sich nach einer bedauerlichen Nervenkrise beruhigt hat. Sein Reiz lag in der schlichten Eleganz der auserlesenen englischen Möbel. Große bunte Blumensträuße auf den Konsolen betonten die glückliche Ruhe, die zwischen diesen Wänden herrschte.

Die Konversation begann unter dem günstigen Vorzeichen der Friedfertigkeit, kam aber nur langsam in Gang. Man sprach ein wenig obenhin über die Wahlkonvente des kommenden Frühjahrs, auf denen die demokratische und die republikanische Partei ihre Kandidaten für die Präsidentschaft benennen sollten. Lawrence Turner ließ eine verächtliche Bemerkung über den Präsidenten Buchanan fallen, dem der Süden nicht nachweinen würde:

»Es genügt nicht, ein liebenswürdiger Gentleman zu sein, und Buchanans Wankelmut war gefährlich.«

Nicht eine einzige Stimme erhob sich, um den noch amtierenden Präsidenten zu verteidigen, und die überbackenen Krabben wurden für köstlich befunden.

»Ist es nicht merkwürdig«, fuhr Lawrence Turner fort, »sich vorzustellen, daß der Unbekannte, von dem in einem Jahr unser aller Schicksal abhängen wird, sozusagen bereits heute auf dem Präsidentensessel Platz nimmt?«

Wir wählen doch schließlich keine Gespenster«, bemerkte Siverac, »aber mehrere Namen liegen bereits in der Luft, obwohl die Konvente erst im April stattfinden: Douglas für den Süden, Seward für den Norden, aber weder der eine...«

Die etwas gehässige Stimme William Hamptons unterbrach diesen Satz:

»Douglas wird im Süden von vornherein abgelehnt. Er hat uns in der Kansasaffäre verraten. Was Seward betrifft, so mißtraut ihm selbst der Norden. Er ist für den Konflikt um jeden Preis; er will den Krieg, er will uns ganz einfach vernichten.«

»Immerhin hat die Kanaille Seward doch einige Chancen«, sagte Antonin. »Hinter ihm stehen die Wendell Phillips und die Hochfinanz.«

»Was wir bräuchten, wäre ein Mann wie Toombs«, sagte Lawrence. »Toombs ist die Donnerstimme. Er wäre der Herold des Südens. Stellt ihn euch bei einer seiner Lieblingserklärungen vor: ›Die Sklaverei ist ein Problem, das wir selbst lösen werden. Der Norden soll sich um seine Sklaven in den Fabriken kümmern!‹«

»Bravo!« schrie Mike. »Ich bin für Toombs.«

Diese Erklärung wurde mit Gelächter aufgenommen.

»Aber selbst wenn er sich zur Wahl stellen würde«, fuhr Lawrence Turner fort, »wäre die Partie nicht leicht zu gewinnen. Douglas ist von eigenen Leuten umgeben, die er gekauft hat und von denen einige ziemlich mächtig sind.«

Es gab eine Unterbrechung, als der mit Pilzen gefüllte Stör hereingebracht wurde. Dieses Meerestier war von imposanter Größe, und ein Murmeln genießerischer Bewunderung ehrte sein Erscheinen. Die Champagnerflaschen ließen ihre Pistolenschüsse knallen, die zu jedem Fest gehören. Das Ganze wurde in jenem andächtigen Halbschweigen genossen, das allen Feinschmeckern wohlbekannt ist. Die Politik kam diskret wieder zur Sprache, als die Teller leer waren. Antonin de Siverac bemerkte:

»Der interessanteste dieser heutigen Politiker ist wohl jemand, den wir nicht erwähnt haben: Abraham Lincoln, von dem so viel geredet wird und der sich nicht zur Wahl gestellt hat.«

»Selbst wenn er auf unserer Seite wäre, fände ich ihn nicht sehr sympathisch... Es gibt Photos von seiner Debatte mit Douglas.«

»Er ist in der Tat nicht für uns«, sagte Siverac, »aber er ist aus dem Süden, aus Kentucky, und stolz darauf, wie es scheint. Was seine Niederlage in dem Streitgespräch gegen Douglas betrifft, so betrachtet er selbst die Sache als einen Erfolg, da sie ihm alle republikanischen Stimmen eingebracht hat.«

»Er ist Anwalt«, bemerkte Lawrence, »und einer der gefürchtetsten.«

»Ein Republikaner, also ein Abolitionist«, sagte Hilda.

»Man sagt soviel widersprüchliche Dinge über ihn«, fuhr Lawrence fort, »daß ich nicht übel Lust habe, euch ein paar Zeilen aus einer seiner Reden vorzulesen. Entschuldigt mich, ich habe den Zeitungsausschnitt in meinem Sekretär aufbewahrt. Ich gehe ihn holen und bin in einer Minute zurück.«

Er verschwand sogleich.

»Wie leidenschaftlich sich dein Mann für die Politik interessiert«, sagte Minnie.

Hilda blickte zur Decke.

»Du kannst es dir nicht vorstellen. Und Lincoln interessiert ihn ganz besonders, ich weiß nicht, warum.«

»Ach, dieser große schlaksige Kerl, schlecht angezogen, vulgär...«

Mildred ergriff das Wort, um dem Porträt des mysteriösen Republikaners eine weitere Nuance hinzuzufügen:

»Man erzählt, daß er bei sich zu Hause in Illinois seine Anwaltskollegen damit amüsiert, die Pastoren bei der Predigt nachzuahmen. Er redet mit näselnder Stimme, rollt die Augen, streckt die Arme aus und gibt frömmelnde Blödheiten zum besten... ein wahrer Beecher...«

Sie wollte fortfahren, aber da erschien Lawrence mit einem Stück Papier in der Hand. Er hob die Stimme, als wollte er eine Rede halten: »Hier ist es. Es handelt sich um eine Rede, die er 1858 in Charleston, Illinois, gehalten hat: *Ich bin weder jetzt, noch war ich je ein Befürworter der Gleichheit der weißen und der schwarzen Rasse... Zwischen ihnen besteht ein physischer Unterschied, der es ihnen verbietet, je gemeinsam in sozialer und politischer Gleichberechtigung zu leben. Natürlich gibt es eine Situation des Überlegenen und des Untergebenen, und ich halte es für richtig, die Lage des Überlegenen der weißen Rasse zuzuschreiben.*«

»Verblüffende Erklärungen für einen Republikaner«, sagte William Hampton. »Man hat ihn uns immer als Abolitionisten vorgeführt.«

»Er erklärt sich auch nicht als Feind der Schwarzen«, sagte Lawrence. »Er widersetzt sich nur der Gleichheit der beiden Rassen.«

»Jetzt aber Aufmerksamkeit für den *Mud Pie*«, rief Hilda.

Der *Mud Pie* sah aus wie ein Kuchen aus glattem, getrocknetem Schlamm, der sich beim ersten Löffelstich in Lagen aus cremiger Schokolade zerteilte. Er wurde schweigend verschlungen, danach gab es einen starken Kaffee nach New Orleans-Art.

Alle erfreuten sich guter Laune; die Diskussion war nicht so heftig wie am Vorabend, aber dennoch interessant. Die Politiker schienen austauschbar, und die jungen Leute fühlten sich angesichts all der nutzlosen und gefährlichen Reden insgeheim entwaffnet.

Gegen vier Uhr trennten sie sich, und ein jeder verfügte nach Belieben über seine Zeit. Lawrence Turner erklärte, er müsse sich in sein Architekturbüro in der Nähe der Broad Street begeben.

»Ich begleite dich«, sagte William Hampton, »es wird mir ein Vergnügen sein, noch ein bißchen mit dir zu plaudern.«

»Aber ich warne dich: wir gehen zu Fuß. Nach einem solchen Mittagessen...«

»Einverstanden.«

Kaum waren sie draußen, redeten sie aufs neue über die politische Lage.

»Vor den Frauen kann man nie die ganze Wahrheit sagen. Sie regen sich gleich auf. Mit ihnen wäre man schon lange im Krieg. Man hat den Eindruck, daß er sich bald nähert, bald wieder zurückweicht.«

»Glaube mir, es wird eine Erleichterung sein, wenn er zum Ausbruch kommt«, sagte Hampton. »Nichts ist lähmender als die Ungewißheit, aber lassen wir das. Ich fand Elizabeths Betragen während des ganzen Essens höchst seltsam.«

Er hatte die Hände im Rücken gefaltet und zeigte seinem Gefährten das Gesicht eines blonden Hitzkopfs. Der ruhigere Turner warf ihm einen amüsierten Blick zu.

»Sie ist mir immer schon höchst seltsam vorgekommen, wie du es nennst, aber ich muß hinzufügen, daß ich sie bisher nur am Tage meiner Hochzeit in Dimwood gesehen habe. Sie hat eine Art zu schweigen, die gar nicht typisch ist für eine Frau. Willst du das damit sagen?«

»Einverstanden, soweit es ihr Schweigen betrifft, aber was sie sich gegen den Adel geleistet hat... Ich hätte ihr beinahe meine Meinung gesagt.«

»Das konntest du nicht. Sie hat sich ja selbst dazugerechnet. Dumm ist sie nicht.«

Sie schlenderten langsam unter den Sykomoren entlang, und die Sonne säte blaßgoldene Tupfen auf ihre dunkelblauen Gehröcke.

»Ich kann mir nicht helfen«, sagte Hampton mit einem Quentchen Ungeduld, »aber ich finde sie geheimnisvoll.«

»Geheimnisvoll ist das richtige Wort. Ich weiß nicht, ob sie viel nachdenkt, aber sie träumt.«

»Wovon? Ich habe da so meine Idee, aber vielleicht sollte ich sie lieber für mich behalten, aus Diskretion.«

»William, wir kennen uns zu gut, um uns gute Manieren vorzuspielen. Also verrate mir deine Idee.«

Hampton machte plötzlich eine höchst unzufriedene Miene.

»Wenn du mir den Ausdruck verzeihst, sie schaut ihren Mann mit... äh... mit einer Begehrlichkeit an...«

Turner brach in schallendes Gelächter aus.

»Na und? Wenn jemand dazu das Recht hat, ist es wohl sie!«

»Das bestreite ich nicht, aber so benimmt man sich nicht in Gesellschaft.«

»William«, sagte Lawrence lächelnd, »du magst sie nicht.«

»Was soll das heißen! Ich habe sie gestern abend zum ersten Mal gesehen... sie ist mir völlig gleichgültig.«

»Na schön. Findest du sie nicht... sagen wir... hübsch?«

Bei dieser Frage geriet Hampton fast außer sich.

»Was hat das damit zu tun?« fragte er bissig. »Sie benimmt sich schlecht, und das ist alles.«

»Sie ist bei mir zu Gast, unter meinem Dach«, sagte Lawrence, der mit geheuchelter Unschuld die Neckerei ziemlich weit trieb.

»Mein Gast ist sie nicht, ebensowenig wie ihr Mann mit seinen Siegerallüren.«

»Jetzt ist der Mann dran«, sagte Lawrence leicht ironisch.

Hampton blieb stehen und blickte Turner in die Augen.

»Lawrence«, sagte er, »ich fürchte, du verstehst überhaupt nichts.«

»Doch, William, Elizabeth ist für die Wirkung bekannt, die sie auf manche Männer ausübt; ich habe es am eigenen Leibe verspürt. Glaube mir, man erholt sich schnell davon.«

Hampton zuckte die Schultern.

»Wovon soll ich mich erholen?« fragte er plötzlich.

Und dann rief er auf einmal aus:

»Vergessen wir diese dumme Diskussion, Lawrence. Wir sind an der Broad Street angelangt. Ich lasse dich jetzt allein weitergehen. Es bleibt mir nur noch, dir für deine Gastfreundschaft zu danken. Heute abend bleibe ich mit meiner Frau zu Hause.«

Er packte Turners Hand und drückte sie kräftig.

»Die Freundschaft ist das Wichtigste«, sagte er. »Achte nicht auf meine Launen. Auf bald.«

Damit drehte er sich um, überquerte die Straße und entfernte sich mit raschen Schritten. Turner blickte ihm nach.

»Verknallt«, dachte er sich. »Wie wir alle, einer nach dem anderen. Diese kleine Engländerin verschont kein einziges Herz, und sie weiß es nicht einmal. Ich bin erleichtert, wenn sie abreist, aber ich werde sie auch vermissen.«

Er seufzte. Die Broad Street gab ihm ein wenig von seiner guten Laune wieder. Diese große und belebte Straße ließ das menschliche Leben weniger kompliziert erscheinen. Dort sah man Schwarze in der Ausübung aller möglichen Beschäftigungen herumeilen, meist Laufburschen in farbenfrohen Livreen, rosa, himmelblau, grün, hellgrau, ein buntes Durcheinander, das keine trübseligen Gedanken aufkommen ließ.

Die Nachmittagssonne schuf Kontraste: auf der einen Seite schimmerten all diese Farben in einem blaßgoldenen Glanz, unter den Bäumen leuchteten sie hie und da heller auf, und auf der dunklen Seite verloschen sie zu aschgrauen Schatten. Die Betriebsamkeit nahm zu. In den Banken und Läden herrschte die fieberhafte Aktivität der letzten Tagesstunden, wie um die lange Nachmittagsruhe zu rechtfertigen; Düfte schwebten durch die Luft, man genoß die Schönheit der Stadt, das angenehme Leben...

Die Stunden vergingen rasch und mit ihnen das, was von Billys Urlaub übrigblieb. Joe brachte ihn nach Beauregard und fuhr die ganze Nacht, um vor dem Appell dazusein. Elizabeth beschloß, noch ein wenig in Charleston zu bleiben, um dem Drängen Hildas nachzugeben, die für ihre Zerstreuung sorgte.

Das schöne Wetter eignete sich zu allem: zum Kriege wie zum Fest. Im Augenblick ging es weder um das eine noch um das andere, sondern nur um die einfache Freude, der Engländerin etwas von dieser Stadt zu zeigen, die sich mit Stolz rühmte, die schönste des Südens zu sein.

Eine Wagenfahrt nach der Battery schien unumgänglich. Am Zusammenfluß von Ashley und Cooper gelegen, führte die Promenade über den Boulevard zu den im ganzen Lande berühmten White Point Gardens. Dort, auf den Terrassen oberhalb des Hafens, versammelte man sich in warmen Mondnächten, um dem Gitarrenspiel der jungen Leute über den flimmernden Fluten zu lauschen. Aber im Morgengrauen ließen sich dort auch die Aasgeier nieder, bevor sie die Straßen säuberten. Eichen mit ungeheuer dicken Stämmen boten an heißen Tagen einen kühlen Schutz und bildeten einen Gegensatz zu den jugendlich schlanken Palmen, die unten in der Bucht die Sonne begrüßten. Überall am Rande der Alleen drängten sich Myrten, Jasmin und berauschend duftende Blumen. Hilda kannte alle Winkel dieser märchenhaften Gegend und wählte einen Weg, der sie zu einem Aussichtspunkt führte. Von hier aus überblickte man die Flußmündung in ihrer ganzen Länge, den Hafen und die Bucht, deren strategische Bedeutung selbst für Elizabeths naive Augen offenkundig erschien. Sie glaubte, inmitten der Bucht ein langes, dunkelrotes, mit etwa einem Dutzend viereckiger Öffnungen versehenes Schiff zu sehen, und am einen Ende dieses seltsamen Kahns ragte etwas empor, das sie für ein niedriges Gebäude hielt.

»Fort Sumter«, sagte Hilda. »Wer dieses Fort hält, hält den Süden. Beim geringsten Alarm ist jede dieser Öffnungen mit einer Kanone bestückt. Amerika besitzt keine abschreckendere Festung. Aus diesem Grunde hat sich die Bundesregierung dort fest eingerichtet.«

Sie sprach diese Worte in einem männlichen Ton, so daß Elizabeth die gewohnte Hilda kaum wiedererkannte, und das um so mehr, als sie ihre kriegerische Rede mit präzisen Gesten begleitete, während sie mit dem Zeigefinger auf verschiedene Punkte in der Bucht wies.

»Dieses Fort ist nicht das einzige. Es gibt noch drei andere fast ebenso furchteinflößende: Moultrie, Johnson und Pinckney, ohne die Zitadelle und das Arsenal mitzuzählen.«

»Sind sie in den Händen des Nordens oder des Südens?« fragte Elizabeth.

»Sagen wir, in den Händen der Regierung.«

Die junge Engländerin verstand nichts und schwieg. Es folgte eine so lange Stille, daß sie das Trillern eines Vogels in den Lüften vernahmen. Von der Meeresbrise getragen, verstummte diese winzige Stimme zuweilen und ertönte dann wieder etwas weiter entfernt.

»Denkst du noch manchmal an Dimwood zurück?« fragte Elizabeth.

Wie aus tiefem Nachdenken gerissen, blickte Hilda lebhaft auf:

»Oft«, sagte sie. »Es war eine gute Zeit im Leben... die Jugend... Ich erinnere mich an den Abend, als du mit deiner Mutter ankamst... Wir haben dich gleich ins Herz geschlossen. Du brachtest etwas Neues...«

»Ich hatte ein bißchen Angst, aber ihr wart so nett zu mir. Du, Mildred und Susanna. Erinnerst du dich an das kleine verborgene Paradies in dem verwilderten Garten?«

»Das verborgene Paradies?«

»Ja, bei dem riesigen Farn und nahe dem verbotenen Ort, wo die Indianer ruhten...«

»Ich entsinne mich undeutlich, aber es ist so fern, und jetzt gehen wir kaum noch dorthin.«

Elizabeth lachte vergnügt.

»Und unsere Spitzenhöschen, die wir zeigen sollten, und ich traute mich nicht?«

»Ja? Keine Erinnerung, *my dear*, du hast ein besseres Gedächtnis als ich. Gehen wir noch ein Stück.«

Sie standen auf und schlenderten durch die langen Alleen, die rings um die Gärten führten. Die Sonne schien mit aller Kraft auf das dichte Laub der hellen Eichen, und obwohl sie im Schatten standen, öffneten sie ihre kleinen Sonnenschirme. Die schweren Düfte der Blumen begleiteten sie, und sie fühlten sich glücklich.

»Du hast gut daran getan, Billy zu heiraten«, sagte Hilda. »Wir wußten alle vom ersten Tag an, daß er wahnsinnig in dich verliebt war. Die ganze Familie war in das Geheimnis eingeweiht, und wir sagten ihm, er solle sich erklären, aber er traute sich nicht. Er war noch zu jung. Wir amüsierten uns köstlich … Und dann bist du nach Virginia gereist, und alles wurde anders.«

»Ja, alles wurde anders«, wiederholte Elizabeth mechanisch.

»Jetzt ist er überglücklich. Das sieht man. Und du, bist du glücklich, Darling?«

»O ja, sehr, liebe Hilda.«

»Alle waren in dich verliebt. Auch Fred hätte dich gern geheiratet. Das wußte man, das sah man, aber man redete nicht davon.«

Elizabeth errötete.

»Fred?« sagte sie.

»Du hattest keine Ahnung. Wir haben ihn sehr gern, aber du hast, ohne es zu wissen, die beste Wahl getroffen. Fred ist so ernsthaft. Wir sagten immer: ›Er wird einmal unser großer Mann.‹ Und dann hatte er diesen Unfall, der ihm ein wenig aufs Gemüt geschlagen ist, als er aus dem Fenster fiel.«

Tränen rannen über Elizabeths Wangen.

»Was hast du denn?« fragte Hilda.

»Der arme Fred.«

»Ja, natürlich, aber wie empfindsam du bist, Darling. Jedenfalls hat er sich nach seiner Operation sehr gut erholt. Er hinkt jetzt kaum noch. Wer es nicht weiß, würde es nicht bemerken. Man hat idiotische Geschichten erzählt, von einem Selbstmordversuch. Das ist alles vergessen. Ich hörte ihn gern singen, er hat eine bezaubernde Stimme, eine richtige Stimme des Südens, aber er singt sehr selten. Schau, hier sieht man, wie sich die Wasser von Ashley und Cooper vermengen, sie sind ganz braun und vom Wind gekräuselt. Du siehst müde aus; möchtest du dich setzen?«

Elizabeth nickte. Sie gingen noch ein paar Schritte bis zu einer Bank. Die Stunde war köstlich. Das Licht wurde milder, und der Himmel verfärbte sich rosa am Horizont. Die von Natur aus ziemlich geschwätzige Hilda redete weiter liebevoll auf ihre Kusine aus England ein und war glücklich, sie in alle Einzelheiten und kleinen Geheimnisse des Familienlebens einzuweihen, aber Elizabeth folgte ihr schon seit einer Weile nicht mehr... In einer Verwirrung des Herzens und der Gefühle offenbarte sich ihr eine seltsam vom Wege abweichende Existenz: zuerst Jonathan im Schatten ihres Mannes, dann der romantische und ritterliche Fred im Schatten Billys, ohne den sie nicht leben konnte. Und Jonathan lag unter der Erde wie auch Edward, der ihn getötet hatte.

»Mir ist kalt«, sagte sie plötzlich.

»Kalt? Kehren wir heim, Darling.«

115

Elizabeth blieb keinen Tag länger in Charleston. Billy war nicht mehr da, und der bloße Anblick des leeren gemeinsamen Zimmers wurde ihr unerträglich. Man umarmte sie zum Ersticken, die Frauen bedeckten ihre schönen rosigen Wangen mit Küssen, und der aus Beaufort zurückgekehrte Joe erwartete sie vor dem Haus. Sie sprang in die Kutsche, und auf ging's nach Savannah.

Am Oglethorpe Square bemerkte sie zunächst absolut nichts Neues. Sie glaubte, während ihrer Abwesenheit könnte sich nichts vom Fleck gerührt haben. Vielleicht aus Respekt vor ihr. Sie sollte noch erfahren, daß sich alles zu jeder Stunde auf die verstohlenste Weise verändern kann.

Miss Llewelyn begrüßte sie im Vestibül.

»Ich hoffe«, sagte sie, »daß ich Ihre Koffer gut gepackt hatte und für alles gesorgt habe.«

»Für alles. Sie sind unübertrefflich, Miss Llewelyn.«

»Ja, M'am, das ist mein Beruf.«

Ned erschien auf der Freitreppe. Er kam aus dem Garten und ging langsam auf Elizabeth zu.

»Guten Tag, Mom.«

»Ist das alles?« fragte sie lachend.

Was für sie zählte, war die unbeschreibliche Aufwallung des ganzen Wesens, die sich im Laufen, in der Stimme, im freudestrahlenden Gesicht kundtat, und nicht dieses ruhige und wohlerzogene »Guten Tag«.

Sie machte ein trauriges Gesicht.

»Mein kleiner Junge hat mich gar nicht mehr lieb«, sagte sie.

629

Da stürzte er sich mit einem Klagelaut auf sie, ergriff sie bei den Armen und zog sie zu seinem Gesicht herunter.

»Ist gar nicht wahr, Mom!«

Jetzt hatte sie ihn, diesen Schrei, den sie hören wollte.

Die Waliserin beobachtete die Szene mit einem amüsierten Lächeln.

»Sie sind schon sehr früh morgens abgereist«, sagte sie in einem ruhigen Ton, »und hatten vergessen, ihm auf Wiedersehen zu sagen.«

Nun schrie auch die junge Frau auf:

»Ach, Darling, ich wollte dich nicht wecken. Du weißt doch, wie lieb ich dich habe.«

»Oh, Mom, natürlich weiß ich das.«

Beiderseits gerührt, setzten sie sich auf eine Treppenstufe und hielten sich bei der Hand. Da die Liebesszene ihr ein wenig auf die Nerven ging, entfernte sich die Waliserin.

»Ich werde Ihr Gepäck hinaufbringen lassen…«

Und bevor sie verschwand, rief sie ihnen zu:

»… wenn Sie fertig sind und die Güte haben, die Treppe freizumachen.«

So wurde die Ordnung wiederhergestellt.

In seinem marineblauen Anzug mit den langen Hosen nahm der siebeneinhalbjährige Ned unmerklich das Aussehen des jungen Mannes an, der er einmal sein würde. Das Herz bewahrte eine fast zu starke Empfindsamkeit. Der Blick war bedachtsamer, und nur seine Mutter vermochte ihn noch zum Weinen zu bringen. Die nächtlichen Ritte schienen aus der Mode gekommen zu sein. Dafür las man jetzt Indianergeschichten. Betty beklagte sich, daß Massa Ned nicht mehr in ihrer Begleitung spazierengehen wollte. In der Tat, er war nun ebenso groß wie sie, und wie hätte das ausgesehen? Ihre riesigen schwarzen Augen blickten Massa Ned betrübt nach, wenn er ohne sie zur Schule ging, den kleinen mit Bändern besetzten Hut in die Stirn gezogen, wie ihn die jungen Leute damals trugen.

Er hatte noch niemandem von dem Geschenk seines Großvaters erzählt, durch das er zum Besitzer des erstaunlichsten Hauses von Savannah geworden war. Er hatte lange gebraucht, um ganz daran zu glauben, und dann beschlossen, daß es das große Geheimnis zwischen Großvater und ihm bleiben sollte, ein Geheimnis unter Männern, aber das erklärte ein wenig den schiefen Sitz seines kecken Hütchens.

In Savannah bemühte man sich, zu einer ganz normalen und vor allem friedlichen Lebensart zurückzukehren. Über Politik zu sprechen, gehörte nicht zum guten Ton. Nach den Ereignissen, die das Land erschüttert hatten, der Überfall auf Harper's Ferry und die Hinrichtung John Browns, war die Ruhe allmählich in diese große Stadt des Südens zurückgekehrt. Gemäß dem Prinzip, nach dem das, wovon man nicht redet, auch nicht existiert, brachte das Schweigen den Frieden zurück. Sollte der Norden ruhig zetern, wenn ihm das ein ruhiges Gewissen bescherte.

Unterdessen reifte in Charlie Jones' Kopf der Plan eines geheimen Unternehmens. Nach einem Besuch in New York, wohin ihn seine Geschäfte ständig riefen, war er mit einem großartigen Vorhaben heimgekehrt, über das er zunächst mit niemandem sprach. Erst gegen Ende Januar beschloß er, die ersten Richtlinien für eine spektakuläre Annäherung zwischen gewissen Spitzen der Gesellschaft des Nordens und des Südens festzulegen.

Zu diesem Zweck lud er drei seiner gewohnten Komplizen zu seinem georgianischen Kreis ein: Mrs. Harrison Edwards, Josh Hargrove und Algernon, der sich bereits bei dem Komplott, Annabel in die gute Gesellschaft von Savannah einzuführen, bewährt hatte.

Es herrschte eine Stimmung wie bei einer Verschwörung. Die drei Gäste wurden gebeten, sich um zehn Uhr abends an der kleinen Eingangstür des Tudor-Hauses einzufinden, das bisher noch niemand außer Ned und seinem Großvater betreten hatte. Natürlich wurde strengste Geheimhaltung verlangt. Die Nacht war finster. Charlie Jones stand an der Tür zu dem Gang, der vom Speisesaal zu den Küchen führte. Er war allein in dem leeren Haus. Die ganze Dienerschaft hatte Ausgang bis zum nächsten Morgen.

Schon bei den ersten Schritten in dem großen Hause, das sie noch nicht kannten, hatten die Gäste das Gefühl einer geheimnisvollen Atmosphäre, die einen bezaubernden Abend versprach. Fünf oder sechs Fackeln erhellten die große Halle, wo die Marmorstatuen schimmerten und über die Stille zu wachen schienen. Dieses absichtlich ungenügende Licht ließ rechts und links im Halbdunkel riesige Zimmer vermuten.

Die Reaktionen der Gäste waren unterschiedlich. Mrs. Harrison Edwards erging sich in lauten Ausrufen, die mehr als Worte sagten. Algernon ergötzte sich am Anblick der griechisch-römischen Nacktheiten; Josh erklärte nach einem kurzen Schweigen:

»Mein lieber Charlie, das ist dir unbestreitbar gelungen. Mein Kompliment.«

»Ach, mein alter Josh, dieses Haus ist noch lange nicht das, was ich mir erträumte, aber wer hätte das Problem des unerreichbaren Ideals schon gelöst?«

»Spiel nicht den Bescheidenen, Charlie, es ist wirklich nicht schlecht.«

»Danke. Und jetzt, liebe Freunde, gehen wir zu den ernsthafteren Dingen über. Habt ihr Hunger?«

Ein höfliches Schweigen... Alle erwarteten ein köstliches Essen.

Er führte sie in einen Raum, den sie nicht bemerkt hatten und der sie durch die Bescheidenheit seiner Proportionen beeindruckte. Ein ovaler Tisch und sechs reichverzierte Stühle nahmen die ganze Mitte des Zimmers ein. Für die Diener dürfte es nicht leicht werden, hinter den Gästen vorbeizugelangen, aber an diesem Abend gab es dieses Problem nicht. Alles stand bereit. Eine höchst imposante Wildpastete, Austern, diverse Cremes, Sahnebaisers und eine Karaffe mit rubinfarbenem Wein. Die Gäste machten sich sogleich daran, diese auserlesenen Speisen zu vertilgen, und ihr Eifer brachte sie eine Weile zum Schweigen, was Charlie Jones gestattete, ihnen über das geschäftige Klappern der Gabeln hinweg sein Vorhaben darzulegen.

»Liebe Freunde, es ist mir ein Vergnügen, daß ihr so freundlich seid, mit diesem improvisierten kleinen Imbiß vorlieb zu nehmen... Um nichts auf der Welt möchte ich einen so guten Appetit verderben, indem ich euch in Erinnerung rufe, daß der Krieg gar nicht mehr unwahrscheinlich ist. Wir müssen ihn verhindern. Wir müssen ihm mit einem entschiedenen Nein begegnen. Hier ist mein Plan: Im April nächsten Jahres wird das traditionelle Richtfest dieses Hauses stattfinden, und am Abend werde ich einen Empfang geben, wie Savannah ihn seit dem vorigen Jahrhundert nicht erlebt hat. Da es sich um angesehene Persönlichkeiten handelt, habe ich bereits Einladungen verschickt und verbindliche Zusagen erhalten. Bei einigen Namen werdet ihr vielleicht die Ohren spitzen: Mr. Breckinridge, unser Vizepräsident, und Lord Lyons, der englische Gesandte, kommen bestimmt, und natürlich ist auch mein Freund Jefferson Davis eingeladen.«

»Das ist eine Persönlichkeit«, unterbrach ihn Algernon. »Habt ihr gehört, wie er in seinen Reden vor dem Senat unsere Rechte verteidigt?«

»Mit Leidenschaft«, sagte Mrs. Harrison Edwards, während sie ihre Gabel in eine Auster bohrte.

»Ich gebe euch immerhin zu bedenken, daß er sich fanatisch für die Union einsetzt«, sagte Onkel Charlie.

»Das verträgt sich nicht leicht miteinander«, sagte Josh. »Alle sind für die Union, und alle sind dagegen. Nur ein paar Fanatiker aus dem Norden fordern eine möglichst baldige Staatentrennung. Ihr habt gelesen, was Greely in New York darüber schreibt.«

»Apropos New York«, unterbrach ihn Charlie Jones, »da weiß ich eine Geschichte zu erzählen. Aber zuerst empfehle ich euch diesen Château Yquem zur Pastete… Lucile, gestatten Sie? Das ist einmal eine Abwechslung von dem üblichen Champagner, finden Sie nicht?«

»Oh, Charlie«, sagte sie. »Sie kennen sich aber auch in allem aus… in der Kochkunst wie in der Politik, und ist das nicht das gleiche? Aber schnell, Ihre Geschichte. Wir hören Ihnen mit pochendem Herzen zu.«

»Ich komme aus New York zurück. Dort herrscht eine Hundekälte, aber die Theater sind voll. Wissen Sie, was in einem der populärsten Theater auf dem Spielplan steht?«

Da niemand antwortete, fuhr er fort und war sich seiner Wirkung sicher:

»Ein Stück nach dem Roman der Beecher, mit dem Segen der Dame. Natürlich bin ich hineingegangen.«

Allgemeines Gemurmel.

»Ach!« rief Mrs. Harrison Edwards aus. »Da müssen die einfältigen Seelen aber geweint haben.«

»Einfältige Seelen in New York!« bemerkte Algernon spöttisch.

»Algernon, Sie sind unausstehlich!« schalt ihn Charlie Jones. »Sie torpedieren mir meine Geschichte.«

»Pardon«, sagte Algernon. »Halt den Mund, Algernon!«

Der Erzähler fuhr fort:

»Auf der Bühne lachten die schwarzen Statisten beim geringsten Anlaß. Am Ende des ersten Aktes fällt der Vorhang, und der Leiter der Truppe brüllt sie an: ›Schweinebande, wenn ihr so weitermacht, lasse ich euch auf der Bühne wirklich auspeitschen, und dann könnt ihr weinen: so wie es im Text steht!‹«

»Prächtig!« sagte Mrs. Harrison Edwards.

»Ich habe schon immer gesagt, daß es im Norden Sklaven gibt«, sagte Algernon.

»Das ist noch nicht alles«, fuhr Charlie Jones, verärgert über diese Unterbrechungen, fort. »Das Stück geht weiter. Die Schwarzen rollen das Weiße ihrer Augen, machen verstörte Mienen, und das unerbittliche New Yorker Publikum bricht bei jeder Replik in schallendes Gelächter aus. Trotzdem richten die Hirngespinste dieser Frau viel Unheil an.«

»Und was machen die Indianer bei alledem?« fragte Josh.

»Auf die Indianer kommen wir später, Josh. Kennst du das Wort, das in New York umgeht? ›Es gibt drei Arten von Menschen: die Heiligen, die Sünder und die Beecher!‹«

Sofort erhoben sich die Kristallkelche.

»*Cheers!*« riefen alle im Chor.

Charlie Jones wurde wieder ernsthaft und zog ein Stück Papier aus der Tasche, um der Tischrunde die Liste der geladenen Gäste vorzulesen.

»Toombs!« sagte er.

»Der Gute!« rief Mrs. Harrison Edwards.

»Er ist das Herz des Südens«, verkündete Algernon.

»Jawohl«, sagte Charlie Jones, »das Herz des Südens. Leidenschaftlich und laut, aber großmütig und tapfer wie ein Löwe, von einer überwältigenden Beredsamkeit und herrlich in seinem Zorn. Ich fahre fort: Courtenay von der *Times*. Wir brauchen gute Journalisten, die für den Süden sind. Dieser ist klar und scharf. Dann mehrere Direktoren unserer Zeitungen: vom *Mercury* und der *Petersburg Morning News*. Und dann Leute aus dem Norden, insbesondere Simon Cameron aus Pennsylvania. Ich glaube, daß er gegen Seward kandidieren wird. Dann Alexander Stephens, Gouverneur Brown, Julian Hartridge und alles, was in Charleston, in Augusta und hier Rang und Namen hat. Außerdem John Crittenden, der Senator von Kentucky, einige Demokraten aus dem Norden, und jemand, den ich noch nicht verrate… ferner Geschäftsleute aus New York und Philadelphia… Ich will ihnen zeigen, was unser Süden wirklich ist, unser Süden in der ganzen Pracht seiner Gastfreundschaft. Und das wird hier stattfinden, wo wir uns befinden, das erste Fest in diesem Hause…«

Dieser Redeschwall wurde von einem dröhnenden *Cheers* unterbrochen, und die Gläser leerten sich.

»Ich zähle auf euch«, fuhr er fort. »Ganz Savannah soll an jenem Abend feiern!«

»Ich werde alles illuminieren lassen«, sagte Algernon.

»Soll ich die Indianer kommen lassen?« schlug Josh vor.

»Sie werden alles, alles bekommen«, versprach Mrs. Harrison Edwards.

»Aber selbstverständlich ist Schweigen geboten!« mahnte Charlie Jones.

Nach einem letzten *Cheers* traten sie wieder in die spärlich beleuchtete Halle des dunklen und menschenleeren Hauses. Charlie Jones begleitete sie, eine Fackel in der Hand, bis zur großen Tür. Dort trennten sie sich im Mondlicht und wünschten einander wie wahre Verschwörer mit leiser Stimme eine gute Nacht.

116

Es war der 30. April. Charlie Jones wollte ein Fest, das alle Erwartungen überstieg. Zuerst hatte er es als einen diplomatischen Schritt zur nationalen Versöhnung gesehen, aber nach reiflichem Nachdenken war er schließlich zu der Überzeugung gelangt, daß es wie eine Erscheinung des Friedens wirken sollte, der im entscheidenden Moment über alle Furcht siegt. Tag und Nacht lebte er in diesem grandiosen Traum, dessen Verwirklichung er mit einem nahezu manischen Arbeitseifer betrieb. Was die Pracht der Ausstattung betraf, so verursachte sie ihm keinerlei Sorgen. Mit den Mitteln, über die er verfügte, war er sicher, das Vorstellbare zu übertreffen, hingegen kamen ihm zuweilen Zweifel in bezug auf die Wahl der Gäste. Da war er Risiken eingegangen, die er zwar sorgfältig berechnet hatte, wie es ein sehr erfahrener Finanzmann mit Wertpapieren an der Börse tut, aber von Zeit zu Zeit überkam ihn ein Anflug von Unsicherheit. Nicht von seiten Englands, denn Lord Lyons würde ihn mit allen Kräften unterstützen. Man wußte, daß Königin Viktoria und der ganze Adel für den Süden waren, der in ihren Augen englisch blieb, und das trotz der Opposition des ziemlich bornierten und geckenhaften Prinzgemahls Albert. Die Hoffnung auf eine Parteinahme des Königshauses zugunsten der Sache des Südens war noch möglich, zumal sich die englische Presse in ihrer Gesamtheit dafür einsetzte.

Charlie Jones Sorgen betrafen einen Punkt, der ihn viel empfind-

licher treffen konnte, weil eine langjährige Freundschaft im Spiel
war. Es handelte sich um Jefferson Davis. Die Rechtschaffenheit
und die politischen Meinungen des Mannes waren über jeden Zweifel erhaben. Am 2. Februar hatte er beim Senat verschiedene sehr
klare und in allen Punkten der Verfassung entsprechende Anträge
eingebracht und durchgesetzt, die die Rechte der Staaten definieren
sollten. Diese Stellungnahme hatte um so mehr Gewicht, als der
ganze Süden bereit war, sich dafür zu schlagen. Soweit schien alles
klar. Blieb nur die Frage, wer Jefferson Davis eigentlich war. Charlie
Jones bewunderte ihn rückhaltlos. Der Senator aus Mississippi war
außergewöhnlich gebildet, seine Belesenheit erstaunlich. Ein
Büchernarr? Viel mehr als das: ein von Idealen besessener Philo-
soph, dessen Schwäche – denn darum ging es schließlich – darin
bestand, daß er die Worte für Wirklichkeit nahm. Einen Gegner mit
unwiderlegbaren Argumenten zu überzeugen, schien ihm der
sichere Beweis eines errungenen Sieges. Eine natürliche Überre-
dungskraft maskierte dieses blinde Vertrauen in die Macht des Wor-
tes und machte sie gefährlich. Die höchsten moralischen Qualitäten
konnten daran nichts ändern. Jefferson Davis hatte etwas von einem
Visionär. Daher dieser Schatten, der über seiner Person schwebte
und seinem Freund Charlie Jones solches Kopfzerbrechen bereitete.

Doch sein unheilbarer Optimismus zog ihn aus diesen trübseligen Gedanken, und er schritt zur Tat. Ein ganzer Trupp von erfahre-
nen Dienern wurde beauftragt, das Haus in einen Palast aus *Tau-
sendundeiner Nacht* zu verwandeln. Die große Galerie wurde von
einem aus allen Richtungen flutenden, zugleich milden und starken
Licht erhellt und erstrahlte in der Pracht der Morgenröte. Keine
Frau, die im Licht dieser Halle nicht schöner gewirkt hätte. Beim
Übertreten der Schwelle verspürte man ein unerklärliches Glücksgefühl, das in Wirklichkeit von jenem mysteriösen Glanz der zahllosen Deckenleuchter herrührte, die ein funkelndes, kunstvoll durch
einige blaßrosa Glaskugeln gedämpftes Gewölbe bildeten. Nur
wenige errieten, daß das Geheimnis dieses Wunders nichts weiter
war als das im ganzen Zauber seiner Neuheit erstrahlende Leucht-
gas.

Die Gäste waren so zahlreich, daß man an der großen Tür die Ein-
ladungskarten verlangte. Ganz Savannah überfiel das Tudor-Haus,
ganz Savannah und irgendwie der ganze Süden, wenn nicht gar ganz
Amerika. Die in Seide, Taft oder Damast gekleideten Damen wettei-

ferten an Einfallsreichtum, um sich gegenseitig durch die Originalität ihrer Frisuren oder ihres Schmucks zu übertreffen. Viele hatten ihr Haar zu Kronen geflochten und es mit einer Tiara aus Perlen, Korallen oder Diamanten geschmückt. Einige, Sklavinnen der letzten Modelaunen, zierten sich mit Locken, die fast ihre ganze Stirn verdeckten, »à l'idiote«, wie es die unbarmherzige Ironie der Pariser nannte, aber alle strahlten im Glanz ihrer Juwelen am Hals, an den Ohren, an den Handgelenken und am Busen. Bestickte, aber dennoch leichte Schals verbargen gerade soviel, wie es der Anstand erforderte, und auch das kaum. Die Handschuhe gingen zwar bis zu den Ellbogen, doch gestatteten die weit ausgeschnittenen Ärmel einen vertraulichen Blick auf die schönen nackten Arme. Die überraschende Vielfalt der zarten Farbtöne erregte die Bewunderung der sie eskortierenden Männer. Diese stolzierten in ihren schwarzen Gehröcken gleich Schwarzdrosseln keck in diesem riesigen hin und herwogenden Beet unnatürlicher Blumen.

Ein lärmendes Stimmengewirr stieg von dieser Menge auf, die sich an der fast kindlichen Freude berauschte, hier zu sein und sich auf diesem einmaligen Empfang zu zeigen. Ohne auch nur eine Sekunde ihr Geplauder zu unterbrechen, ließen die Damen den alles erspähenden Blick in jede Ecke schweifen. Monumentale Spiegel in überladenen Goldrahmen reflektierten das Bild der großen aristokratischen Menge und keine der Damen versäumte es, sich selbst im Vorübergehen zu betrachten. Die Fächer flatterten, und vor den edlen Nacktheiten aus Marmor warf man in einer allgemeinen Bewegung angenehmen Erstaunens und amüsierten Interesses den Kopf in den Nacken.

Unterdessen stimmte ein Orchester in der Bibliothek die ersten Takte der *Amerikanischen Suite* von Gottschalk an, eine fröhliche Musik, die dem guten Geschmack entsprach und die Herzen höher schlagen ließ, ohne Widerspruch zu erwecken. Ein Raunen der Zustimmung begrüßte diese Klänge, und dann strömten die Gäste in die großen Säle rechts von der Halle, wo sie die Pracht des Mobiliars bestaunten. Lange Sofas und geräumige, mit karminrotem Samt gepolsterte Sessel waren in einer verblüffend kühnen Anordnung gruppiert. War es ein neuer Stil oder nur ein Einfall von Charlie Jones? »Reich, schwer und verschnörkelt«, das war sein Ideal auf dem Gebiet der Innenarchitektur. Man konnte eine so naive Formel belächeln, aber sie hielt selbst für den anspruchsvollsten Kenner manche Überraschung bereit. Das dunkle Veilchenholz, das dieser Vollkommenheitsfanatiker bevorzugte, war der Vorwand für unzählige Windungen und Verästelungen von Früchten und Blumen in einem Laubwerk winziger Blätter, das sich über Rückenlehnen, Armlehnen und Füße sämtlicher Sitzmöbel erstreckte. Es hätte entsetzlich überladen wirken können, doch es war äußerst reizvoll.

Charlie Jones stand mitten in der Halle, um seine Gäste zu begrüßen, aber angesichts der großen Menge wurde er unschlüssig und gab es schließlich auf... Im übrigen strömte die *Society* ja vor allem ins Tudor-Haus, um dabei zu sein. Der diensthabende Ausrufer schrie sich heiser bei der Ankündigung der bekanntesten Namen. Die wichtigen Persönlichkeiten hatte man absichtlich zu einer späteren Stunde eingeladen, um ihnen die Unannehmlichkeiten des Gedränges zu ersparen. Diese erwartete Charlie Jones in der Nähe der Bibliothek.

Als erster erschien Lord Lyons. Mit einem breiten Lächeln trat er geradewegs auf Charlie Jones zu. Nichts an ihm verriet den Berufsdiplomaten, aber an der Ungezwungenheit seiner Manieren erkannte man die vornehme Abstammung. Er war schlank und hochgewachsen und bestach sofort durch seine Anmut und seine gute Haltung. Was an seinem ebenmäßigen Gesicht zuerst auffiel, war die hohe Stirn und der gerade Blick, dem man sich nur entzog, indem man den Kopf abwendete. Inmitten dieser amerikanischen Versammlung konnte man ihn mit keinem der anderen Gäste verwechseln, so sehr verkörperte er England. Charlie führte ihn in eine Ecke des Salons, wo die patriotischen Klänge des Orchesters weniger hörbar waren, und dort kamen sie ohne Umschweife auf das Hauptanliegen dieses Abends zu sprechen.

»Den Krieg um jeden Preis verhindern?« sagte Lord Lyons. »Ein so nobles Ideal entspricht ganz Ihrer Großzügigkeit. Sie sehen alles im großen Stil.«

»Wir spielen eine Partie mit dem Schicksal, und die dürfen wir nicht verlieren, indem wir über Kleinlichkeiten stolpern.«

»Die Opposition des Premierministers gegen den Süden ist nicht außer acht zu lassen.«

»Ich verabscheue Lord Palmerston.«

»Aber leider ist er es, der die englische Außenpolitik mit der Zustimmung Ihrer Majestät, der Königin, leitet, das heißt vor allem mit der Prinz Alberts, der noch immer einen entscheidenden und vielleicht unheilvollen Einfluß auf sie ausübt.«

»Und Sie? Was denken Sie?« fragte Charlie Jones, empfindlich getroffen.

»Wie können Sie an meiner Verbundenheit mit dem Süden zweifeln? Aber etwas wird Sie trösten. Man redet bei uns immer mehr von Gladstone als dem Mann der Zukunft. Er ist voll und ganz für den Süden und hat großen Einfluß auf die öffentliche Meinung.«

»Könnte sich das in einem kritischen Augenblick entscheidend auswirken?«

»Ja, wenn er genug Zeit hat, wenn das Schicksal die Güte hat, bis zum Sturz von Lord Palmerston zu warten... Haben Sie auch Journalisten eingeladen?«

»Courtenay von der *Times* und einige andere, aus London, aus New York, von den Zeitungen Floridas und der hiesigen Presse.«

»Ich werde mit ihnen reden. Verlassen Sie sich auf mich, Charlie. Heute abend bin ich beim ersten Ruf gekommen. Sie können sicher sein, daß es immer so sein wird.«

Sie trennten sich, als andere angesehene Gäste erschienen, und es war unnötig, sie einander vorzustellen, da alle sich mehr oder weniger kannten. Wie erwartet, erregte Senator Toombs bereits bei seinem Eintreten großes Aufsehen. Er gab sich alle Mühe, seine Donnerstimme vernehmen zu lassen, aber das Orchester übertönte die Stimmen und störte den Effekt seiner Rede. Seine berühmte apollinische Gestalt hatte bereits ziemlich viel Fett angesetzt, aber er schüttelte seine üppige Mähne, als er sich an ein paar junge Leute wandte, die ihn begrüßen kamen:

»Wir brauchen niemandes Hilfe, um hier im Süden mit unseren Problemen fertigzuwerden. Mögen die Herren im Norden sich nur nicht unterstehen, ihre abolitionistischen Schnüfflernasen über unsere Grenzen zu stecken!«

Charlie Jones griff in aller Eile ein und nahm Toombs beim Arm:

»Robert«, sagte er, »um Himmels willen, du bist die Stimme des Südens, und wir alle lieben dich, aber heute abend versammeln wir uns im Namen des Friedens. Erinnere dich an Henry Clay, an die ›Union der Herzen‹. Das ist der Zweck dieses Abends. Versuch mich zu verstehen, Toombs. Wir müssen den Krieg verhindern. Hilf mir.«

Nach langem Zureden und eindringlichen Blicken gelang es ihm, ihn zu beruhigen.

Am Ende der Galerie belagerte die Menge der Gäste einen der größten Säle, dessen beharrlich offenstehende Türen von einer Schar kräftiger schwarzer Diener gehalten wurden, die lachend den Eintritt versperrten. Inmitten dieses Raums, der im Glanz üppigen Goldstucks erstrahlte, sah man ein Monument, ähnlich einer Pyramide und mit kandierten Früchten beladen, die es wie in einen leuchtenden und vielfarbigen Mantel hüllten. Tische und Stühle in großer Zahl standen neben aufgestapelten Tellern und ein paar hundert Flaschen Champagner bereit. Ohne die geringste Zurückhaltung wetteiferten die Damen an Kühnheit und Kraft, um zu dem verlockenden Bauwerk zu gelangen. Vergebens boten ihnen Diener in weißen Jacken Teller und Löffel an, aber sie stürzten sich gleich einer Horde aufgeputzter Furien auf ihre Lieblingsleckereien und griffen mit solcher Energie danach, daß sich bald lange Risse in das Bauwerk gruben und die Tiefen der zarten Marzipanfüllung enthüllten. Dieses geduldige Zerstörungswerk endete mit dem langsamen und progressiven Einsturz des Gebäudes, was allgemeines Gelächter erregte, den Appetit der Unersättlichen jedoch keineswegs schmälerte.

Die Männer schlossen sich diesen dummen Streichen zurückgebliebener kleiner Mädchen galant an und gaben vor, Vergnügen daran zu finden, aber ihr wirkliches Interesse galt eher den Champagnerflaschen, und bald knallten denn auch die Korken.

»Das nenne ich mir einen ordentlichen Beschuß!« rief ein Herr von militärischem Aussehen. »An der Alma, bei Inkermann, bei Malakoff hätten die Kanonen damit nicht wetteifern können...«

Dieser glückliche Vergleich wurde mit lautem Lachen begrüßt, und die Gespräche belebten sich. Das knallende Geräusch lockte seinerseits immer zahlreichere Liebhaber an, und die schönen Näscherinnen sahen sich ziemlich rasch in einem Kreis von Männern gefangen, die bei jedem Anlaß die Gläser hoben. Eine kameradschaftliche Atmosphäre kam auf, als diskret ein lächelnder Gast erschien. Er hörte dem Gerede mit nachsichtiger und ein wenig spöttischer Miene zu. Sein Gesicht zeichnete sich durch feingeschnittene Züge aus und zeugte von einer ruhigen und selbstsicheren Intelligenz. Das dichte und ergraute Haar bedeckte den Schädel wie eine Mütze.

»Simon Cameron«, sagte jemand, »welch ein Vergnügen, Sie unter uns zu sehen.«

»Freundschaftsbesuch eines Nachbarn aus dem Norden«, sagte er, »aber ich bin nicht allein. Noah Brooks von der *Tribune* brennt wieder einmal vor Verlangen, einen sensationellen Bericht an seine Zeitung zu schicken.«

»Das wird aber eine Neuigkeit sein«, bemerkte James Butler, ein für seine unerschütterliche Ironie bekannter Korrespondent der *Savannah Morning News*.

»Bewundern wir jedenfalls die Treue der Journalisten, die stets und überall präsent sind«, sagte Senator Hunter. »Mr. Cameron, sind Sie gewillt, mit einem Virginier auf das Wohl der Journalisten zu trinken?«

»Es ist an mir, die Treue des Champagners zu bewundern, der stets bereit ist, jeder beliebigen Sache zu dienen. Meine Herren, trinken wir auf die Journalisten.«

Man trank auf das Wohl der erstaunten und hocherfreuten Journalisten.

»Aber«, fuhr Simon Cameron fort, »ich sehe hier bei uns den Senator von Alabama und schätze mich glücklich, ihn begrüßen zu dürfen. Mr. Clay, gestatten Sie mir, mich eines Ausdrucks zu bedienen, den Ihr Onkel, der große Mann des Südens, geprägt hat – die schönste Formel, die man gefunden hat, um den Frieden zu feiern?«

»Mr. Cameron«, sagte Clement Clay mit sonorer Stimme, »das wollte ich Ihnen gerade vorschlagen.«

Simon Cameron blickte sehr ernsthaft in die Runde, und in einem Ton, der die Aufmerksamkeit aller Gäste erweckte, rief er:

»Meine Herren, wie es vor mir ein großer Diener unseres Landes tat, möchte ich einen Toast auf die Union der Herzen ausbringen.«

Die Gläser wurden zur Decke gehoben, und ein dröhnendes Hurra brachte die Gehänge der Kristalleuchter zum Erzittern.

Charlie Jones eilte herbei.

»Mr. Cameron, Sie erfüllen meinen Herzenswunsch. Sie geben der Hoffnung machtvollen Auftrieb.«

»Ich vermittle nur eine Botschaft. Wenn man auf Henry Clay und Daniel Webster gehört hätte, wäre der Frieden schon im Jahre 1850 auf immer gesichert gewesen.«

Es folgte ein Augenblick der Rührung, und selbst die bezechtesten Gesichter wurden ernst.

»Nur die Machenschaften der Politiker haben dieses Ideal zum Scheitern gebracht«, erklärte Gouverneur Wise*.

»Und doch gibt es auch ehrliche Politiker«, bemerkte Senator Hunter**.

Der Ton änderte sich und wurde süßsauer. Ein strebsamer Journalist des *Petersburg Express* bahnte sich seinen Weg zu Simon Cameron:

»Mr. Cameron, was ist Ihrer Meinung nach ein ehrlicher Politiker?«

Simon Cameron musterte ihn.

»Ein ehrlicher Politiker, mein Freund, ist ein Politiker, der, wenn er sich verkauft hat, dabei bleibt.«

Diese Antwort entfesselte ein dröhnendes Gelächter und man klatschte Beifall. Selbst Lord Lyons, der sich der Gruppe genähert hatte, konnte seine Freude nicht verbergen.

»Mr. Cameron, das waren goldene Worte«, sagte er. »Ihre Definition wird bleiben, sie gilt für alle Länder und für alle Zeiten.«

Simon Cameron verneigte sich leicht. Dann fiel sein Blick auf einen Mann von mittlerem Wuchs, der herangekommen war, ohne sich durch die Menge der Journalisten zu drängen, und nun neben Charlie Jones stand. Mit seinem schönen, friedlichen Gesicht erweckte Jefferson Davis den undefinierbaren Eindruck, als sei er von Stille umgeben, selbst hier, inmitten der Menge, die ihr Geschwätz wiederaufgenommen hatte. Alles an ihm strahlte eine souveräne Ungezwungenheit aus, und seinen abwesenden Blick hätte man für traumverloren halten können, aber Charlie Jones brachte ihn mit einem zugleich jovialen und zuneigungsvollen Wort sogleich in die Wirklichkeit zurück.

»Jeff, du machst dir doch hoffentlich keine Sorgen?«

»Zuweilen vielleicht, aber nicht heute abend«, sagte Jefferson Davis lächelnd. »Deine Gegenwart verscheucht manchen Schatten, aber kurz nach meiner Wiederwahl in den Senat hatte ich einige kleine Probleme mit der Gesundheit.«

»Doch nichts Ernsthaftes?«

»Nein, immer noch die Augen... aber das wird schon wieder werden.«

---

* Gouverneur von Virginia.
** Senator von Virginia.

Während Charlie Jones mit ihm etwas abseits der eingestürzten Pyramide plauderte und das unbewegliche Gesicht dieses Mannes zu deuten versuchte, den er so sehr bewunderte, stellte er sich immer die gleiche Frage:

»Der erste Mann im Staat. Würde er das sein, wenn die Umstände es erforderten?«

Und als ob Jefferson Davis seine Gedanken erraten hätte, blickte er ihn wie ein spöttischer Schuljunge an und fragte:

»Nun, Charlie, hegst du irgendwelche Zweifel bezüglich meiner Identität?«

»Entschuldige, Jeff, aber ich kann es einfach nicht fassen, daß du stets so munter und fesch aussiehst.«

»Du alter Schmeichler! Führe mich zu Simon Cameron, ich habe diesem Republikaner ein Wort zu sagen.«

»Jeff, ich bitte dich, provoziere ihn nicht.«

»Du wirst schon sehen.«

Zu Simon Cameron gelangt, streckte er ihm die Hand entgegen, die dieser freudig ergriff.

»Mr. Cameron, ich gratuliere Ihnen zu Ihrem Trinkspruch auf die Union der Herzen. Wenn ich nicht fürchten müßte, ein so schönes Fest zu trüben, indem ich Zwietracht säe, hätte ich Ihnen vorgeschlagen, ganz einfach auf die Union als solche zu trinken.«

»Ich danke Ihnen, Mr. Davis, und ich weiß, daß wir in vielen Punkten übereinstimmen, aber meine Antwort läßt sich nur in einem Seufzer zusammenfassen: zu spät!«

Dieses Gespräch wurde von einigen Personen mitangehört, und ein Murmeln erhob sich. Dann erklärte ein Gentleman plötzlich mit lauter Stimme:

»Glauben Sie mir, meine Herren, Sie wären hier nicht die einzigen gewesen, die auf das Wohl der Union getrunken hätten, und ich bin vor allem ein Anhänger des Südens.«

Jetzt ergriff Charlie Jones das Wort, wie er es in einem solchen Fall zu tun verstand, mit der Autorität, die ihm sein bereits im ganzen Lande sprichwörtlicher Reichtum verlieh.

»Meine lieben Freunde«, sagte er, »wie ich sehe, bahnt sich hier eine hochinteressante politische Diskussion an, aber es ist fast zehn Uhr, und das ist die vorgesehene Stunde, um Ihnen ein Vergnügen zu bereiten, das – da bin ich sicher – uns alle in einer ganz anderen Union vereinen wird.«

Mit einer überraschenden Behendigkeit verschwand er. Die Menge der Gäste bewegte sich bereits langsam zu dem der Eingangstür gegenüberliegenden Ende der langen Galerie. Dort bauten Schwarze mit schnellen, fast mechanischen Bewegungen ein mit rotem Samt verkleidetes Podium auf.

Die Neugier erreichte ihren Höhepunkt, und das Stimmengewirr schwoll zu einem solchen Dröhnen an, daß man hätte glauben können, man sei auf einer öffentlichen Demonstration. Und da sah man Charlie Jones in der Mitte der Halle auf einen Stuhl steigen und mit ausgestrecktem Arm um Ruhe bitten. Da ihm dies nicht gelang, verwandelte er sich plötzlich in eine Art Volkstribun, der sich jedoch trotz des Stimmaufwands um eine deutliche Diktion bemühte:

»*Ladies and Gentlemen*«, rief er, »verzeihen Sie mir, einen so ungehörig lauten Ton anzuschlagen, aber ich tue es, um Ihnen eine freudige Überraschung anzukündigen. Ich habe bis zur letzten Minute vor Angst gezittert, daß es nicht klappen würde, aber das Wunder ist geschehen, und ich werde die Ehre haben, Ihnen ein junges Mädchen von kaum siebzehn Jahren vorzustellen, um das sich bereits die ganze Welt reißt. Sie war so freundlich, aus New York hier herzukommen, um Sie mit der schönsten Stimme zu beglücken, die des Menschen Ohr vernommen hat, seit… seit…«

»Seit der Sintflut«, rief ein Spaßmacher vom Ende der Galerie.

Charlie Jones berichtigte ihn:

»… seit Adams Zeiten, vor dem bedauerlichen Zwischenfall mit dem Apfel.«

Diese Rede, die das Publikum amüsieren sollte, während es den Auftritt der so vielversprechenden Unbekannten erwartete, gestattete dieser, mit Hilfe einiger liebenswürdiger Gentlemen das Podium zu besteigen. Ohne wirklich schön zu sein, strahlte das junge Mädchen einen unwiderstehlichen Charme aus. Die feine, jedoch etwas weit hervorspringende Nase, eine verwegene Nase, war dem kleinen Gesicht mit dem verzehrenden italienischen Blick voller Liebe nicht abträglich. Schon hielten die Damen, denen die Kehle wie zugeschnürt war, den Atem an, und alle Männer verliebten sich in die junge Person. Charlie Jones verkündete mit bebender Stimme:

»*Ladies and Gentlemen*, ich stelle Ihnen Adelina Patti vor, die Ihnen eine der herzzerreißendsten Arien des großen Donizetti vorsingen wird, *Lucia di Lammermoor*… die Wahnsinnsarie.«

Vom einen Ende der Galerie zum anderen flüsterte man sich den Namen zu wie ein Zauberwort. Dann wurde es still, während das Orchester in der Bibliothek leise die Instrumente stimmte. Charlie Jones sprang von seinem Stuhl herab und verschwand, und die sehr zarte, jedoch selbstsichere junge Sängerin wartete auf die ersten Takte. Ihr schwarzes Haar, das ihr über die Schultern fiel, wurde nur von einem einzigen Kamm zurückgehalten und war mit einer Rose über dem Ohr geschmückt. In ihrem weißen bodenlangen Kleid bewahrte sie noch etwas von der köstlichen Unbeholfenheit der frühen Jugend.

Sowie das Orchester zu spielen begann, veränderte sich ihr Gesicht. Aus ihrem weit geöffneten Munde schwebten die Töne mit der unwiderstehlichen Reinheit eines Vogelgesangs bis zum Ende des Saals und ließen die bezauberten Zuhörer vor Freude erschaudern. Dann brach der Wahn aus, in einer Flut von Koloraturen, von der Flöte begleitet, jener Wahn der Lucia nach dem Mord an dem ihr aufgezwungenen Gemahl und dem Traum von der Heirat mit dem geliebten Mann. Alle Ausdrucksmittel des Koloratursoprans verhalfen dieser Erzählung, die von einer überspannten Romantik geprägt war, zu ihren emotionalen Höhepunkten. Als die letzten Triller dieser Stimme, die aus einer anderen Welt zu kommen schien, verklungen waren, brach das Publikum in einen unbändigen Begeisterungssturm aus. Fächer flogen in die Luft, die Damen küßten sich, ohne zu wissen warum, vielleicht um sich zu trösten, die Männer trampelten und schrien wie die Wilden. Man mußte das schöne Kind beschützen, um es all den ausgestreckten Händen zu entziehen und so rasch wie möglich in Sicherheit zu bringen.

Draußen jubelte die Menge, die alles durch die offenen Fenster gehört hatte, und verlangte eine unmögliche Zugabe. Das gute Mädchen wäre diesem Wunsch gern nachgekommen und sagte dies dem ihr als Leibwächter dienenden Charlie Jones in einem köstlich gebrochenen Englisch. Er hielt sie in seinen Armen so, daß ihre Füße kaum den Boden berührten.

»Ihre Sicherheit geht vor.«

So laut und kräftig er konnte, schrie er:

»Meine Herren, tun Sie Ihre Pflicht! Helfen Sie mir durchzukommen, und halten sie Ihre charmanten Frauen zurück, damit sie die Signorina nicht ersticken.«

Mit größter Mühe trug er sie bis zum Fuße der Treppe.

»Gehen Sie hinauf«, sagte er, »treten Sie ein und verriegeln Sie die Tür. Alle Zimmer sind beleuchtet. Haben Sie keine Angst. Ich passe auf. Man wird Sie abholen, wenn wieder Ruhe eingetreten ist.«

Zuversichtlich und noch ganz im Rausch ihres Triumphs, schien sie die Stufen emporzufliegen, und gleich darauf hörte Charlie Jones, wie die Tür sich hinter ihr schloß. Er stand unten an der Treppe, breitbeinig, mit wild entschlossenem Gesicht, bereit, notfalls einzugreifen.

Einige Minuten verstrichen, und der Tumult legte sich allmählich, zuerst in der Galerie, dann auch draußen – als man plötzlich wieder die Zauberstimme über dem allgemeinen Stimmengewirr vernahm... Die Patti trällerte ein paar Töne aus einem zum Platz hin geöffneten Fenster, hielt inne, und plötzlich wurde es still im Hause und in den umliegenden Straßen. Man wartete auf das Wunder, und *La Paloma* flog zum Sternenhimmel empor. Die Wirkung war nicht die gleiche wie eben, denn diesmal ging die Musik direkt zu Herzen, in einer Flut von Zärtlichkeit. In der Bibliothek unter diesem Fenster fielen sogleich die Gitarren des Orchesters ein, um sie zu begleiten. Die Melodie war allen bekannt, nicht aber diese unbeschreiblichen *Vibrati*, die aus der Kehle einer Nachtigall aufzusteigen schienen. Dazu kam noch die Sehnsucht nach einem Märchenland, und es traf die Empfindsamkeit der dafür stets anfälligen Menge mit unwiderstehlicher Gewalt. Man schwelgte in Glückseligkeit, man litt, und alle Frauen vergossen Tränen ohne Scham.

Inzwischen hatte eine Kutsche vor der großen Tür gehalten, und in dieser Kutsche genoß Elizabeth reglos den Zauber der Melancholie. Sie hatte zuerst gar nicht auf dem Abendempfang ihres Schwiegervaters erscheinen wollen, weil sie wußte, daß man dort über amerikanische Politik sprechen würde, und die panische Angst vor allem, was den drohenden Krieg betraf, hatte sie zurückgehalten, aber als sie erfuhr, daß ganz Savannah sich dort zeigen würde, war das unwiderstehliche Verlangen in ihr erwacht, sich sehen zu lassen und Bewunderung zu erregen. Sehr spät hatte sie diesem Wunsch nachgegeben, und jetzt ließ diese Stimme von göttlicher Reinheit sie wie angenagelt auf der Sitzbank ihres Wagens verharren, zumal dieser im dichten Gedränge vor dem Haus nicht weiterkam. Ohne zu verstehen oder verstehen zu wollen, gab sie sich dem märchenhaften Zauber hin.

Die letzten Klänge von *La Paloma* und die darauffolgende Stille wirkten auf alle, ob sie sich auf der Straße, auf dem Platz und im Hause befanden, wie ein Schock. Die Ernüchterung drückte sich in einem langen »Ah!« aus, und dann brach der donnernde Beifall mit solchem Getöse los, daß die Signorina sich vom Fenster zurückzog.

Unten in der Galerie fanden sich die empfindsamen Seelen in gemeinsamer Rührung vereint, wie beim erstenmal, doch mit noch mehr Zartgefühl in den unvorhergesehenen Freundschaftsbezeugungen. Die Union der Herzen wäre vollkommen gewesen, wenn die Männer sich daran beteiligt hätten, aber sie brüllten nur wie die Tiere.

In einer fernen Ecke des Salons hatte sich Mrs. Harrison Edwards des ein wenig verdutzten Algernon bemächtigt, den sie in ihre Arme nahm, um seufzend den Kopf an seine Schulter zu legen:

»Algernon, sind Sie nicht gerührt? Warum zeigen Sie sich so schüchtern gegenüber dem schönen Geschlecht? Ihr Gesicht und Ihr Name berechtigen Sie zu den größten Kühnheiten. Aber was sage ich da? Sehen Sie, welcher Schande ich mich aussetze? Ach, nutzen Sie meine Schwäche nicht aus.«

Die Ironie dieser Rede verwirrte ihn, und er erdreistete sich, Mrs. Harrison Edwards feuchte Wange zu küssen.

»Ist das alles?« fragte sie. »Aber lassen wir das... Sie stellen sich doch nicht etwa vor, daß die Patti sich um Charlie Jones' schöner Augen willen von New York hier herbemüht hat. Er ist nach New York gefahren, und etliche tausend Golddollar sind aus seinen Händen in die der Zauberin geflossen – das heißt in die ihres Impresarios – und es hat sogar einiger Handgreiflichkeiten mit ihren Managern bedurft, die sie partout nicht aus den Klauen lassen wollten. Das alles hat man mir zugetragen. Aber nichts widersteht dem Geld, nicht einmal das Gewissen der New Yorker Manager... Aber was ist denn dort an der Eingangstür los? Eine Schlägerei? Das Volk dringt in die Halle ein. Sie sind ein Mann, gehen Sie hin, verteidigen Sie uns.«

Nur zu glücklich, sich aus den prächtigen nackten Armen der Verführerin zu befreien, die allein vor sich hin lachte, verlor sich Algernon in der neugierig zum Eingang strömenden Menge, aber es handelte sich nicht um einen Volksaufstand. Es war Elizabeth, die all das Aufsehen erregte; bebend vor Empörung beklagte sie sich über die Hindernisse, die sie überwinden mußte, um in das Haus ihres Schwiegervaters zu gelangen. Fremde Menschen hatten versucht,

mit ihr in die Halle zu dringen, und man hatte sie gestoßen... Einige
Herren kamen ihr zu Hilfe und bemühten sich, sie zu beruhigen,
während die große Tür wieder hinter ihr geschlossen und verriegelt
wurde.

Ein weites schwarzes Taftkleid mit goldenem Schimmer verlieh
der schönen Engländerin ein majestätisches Aussehen und unterstrich die Zornesröte, die ihr Antlitz überzog. Sie verlangte gebieterisch, Mr. Charlie Jones von ihrer Ankunft zu unterrichten. Leider
war Mr. Charlie Jones nicht auffindbar, und so mußte sie sich selbst
auf die Suche nach ihm machen. Ihr in kunstvoller Unordnung fri-
siertes Haar und die auf ihrem Busen funkelnden Smaragde übten
die gewohnte Wirkung aus – sogar auf diejenigen, die sie bereits
kannten, vor allem aber auf einen hochgewachsenen Mann, der sie
noch nie gesehen hatte. Er war gut gebaut und kräftig und segelte
wie ein Schlachtschiff auf sie zu. Das rabenschwarze Haar umgab
eine hohe Stirn, unter der zwei helle Augen einen Adlerblick mit
unverhohlener Bewunderung auf Elizabeth hefteten. Ein paar
Schritte vor ihr blieb er stehen und verneigte sich feierlich.

»Mein Kompliment, Madame«, sagte er. »Gestatten Sie, daß ich
mich vorstelle: John Breckinridge.«

Ein gezwungenes Lächeln war die einzige Antwort, die er erhielt.
Elizabeth suchte Charlie Jones. Dieser Unbekannte konnte sie also
nur stören. Plötzlich eilte Onkel Josh herbei; er hatte sie bei ihrer
Ankunft erblickt, trat auf John Breckinridge zu und sagte:

»Herr Vizepräsident, Mrs. William Hargrove ist Engländerin,
aber ihr Mann ist Offizier in Südkarolina.«

»Oh! Ah!« sagte Mr. Breckinridge.

Vizepräsident? Elizabeth wurde ganz wirr im Kopf, und schon
fand sie Mr. Breckinridges Gegenwart weniger störend. Sein
Gesicht war durchaus aristokratisch. Sie schenkte ihm ein zweites,
dieses Mal höflicheres Lächeln. In Wahrheit wußte Elizabeth mit
einem Vizepräsidenten nichts anzufangen. Ein schöner junger Militär wäre ihr lieber gewesen.

»Mrs. William Hargrove ist die Schwiegertochter von Mr. Charles
Jones«, sagte Onkel Josh.

»Ach! Welch einen unvergeßlichen Abend er uns beschert. Wie
hat Ihnen die *Lucia* gefallen, Madame?«

Lucia? Offen gestanden, sagte ihr diese Person gar nichts.

»*Lucia die Lammermoor*«, flüsterte Onkel Josh ihr zu.

Sie schüttelte den Kopf.

Mr. Breckinridge lächelte feinsinnig.

»Ach ja, Kenner wie Sie sind manchmal ein bißchen streng. Was mich betrifft, so muß ich in aller Bescheidenheit gestehen, daß *La Paloma* mich begeistert hat.«

La Paloma! O ja! Elizabeth war im Begriff zu sagen, daß sie sie draußen auf dem Platz gehört hatte, aber wie hätte das ausgesehen! Sie geriet in Verwirrung. Der Blick des Herrn Vizepräsidenten senkte sich auf die herrlichen Smaragde und glitt flüchtig über den Busen von Mrs. William Hargrove. Onkel Josh glänzte nicht gerade in Situationen, die diplomatisches Geschick erforderten, und schlug vor, daß einer der weniger frequentierten Salons sich besser zu einem Gespräch über Musik eignen würde. Er zeigte ihnen einen, der ganz in der Nähe lag. Elizabeth warf ihm einen ängstlichen Blick zu.

»Ich gehe inzwischen Charlie suchen«, sagte er.

Mr. Breckinridge bot Elizabeth seinen Arm, und sie begaben sich langsam in den von Josh bezeichneten Salon. Einige Personen standen dort in der Nähe der Sofas. Als die junge Frau und der Vizepräsident unter den Leuchtern heranschritten, wurde sie mit Schrecken gewahr, daß man respektvoll vor ihnen beiseitetrat.

Im Salon setzte Elizabeth sich auf ein Sofa. Da sie ihn nicht aufforderte, neben ihr Platz zu nehmen, wählte er einen Sessel.* Seine Manieren waren tadellos, das mußte sie anerkennen, aber es änderte nichts an der Tatsache, daß die blaßblauen Augen des Vizepräsidenten an einen Raubvogel erinnerten, wenn er Elizabeth ansah. Dagegen war er in dem, was er sagte, sehr auf Schicklichkeit bedacht und erlaubte sich nicht einmal den Schatten eines Kompliments. Doch um die Wahrheit zu sagen, wenn er auch nur Banalitäten vorbrachte, aber mit Nachdruck, so redeten seine Augen doch eine ganz andere Sprache. War er sich dessen bewußt? Jedenfalls verübelte Elizabeth es ihm nicht. Sie war ihrem Billy zwar noch nie untreu gewesen, aber sie widerstand kaum dem Vergnügen, sich ein bißchen anbeten zu lassen. So antwortete sie ihm mit einem vorsichtigen Lächeln, und das war alles, aber sie fühlte sich keineswegs unglücklich. Aus Diskretion schauten die anwesenden Personen in eine andere Richtung,

---

* Das war eine gesellschaftliche Regel, die im Süden noch lange eingehalten wurde.

wobei sie ganz natürlich weiterplauderten, und die Minuten verstrichen.

Unterdessen suchte Onkel Josh den Hausherrn vergeblich in der Menge und in allen Zimmern. Dieser befand sich nämlich in der ersten Etage und unterhielt sich mit der Patti. Er erteilte ihr tausend Ratschläge, doch was sie einander zu sagen hatten, war nur praktischer Art. Sie antwortete ihm mit einer schwindelerregenden Zungenfertigkeit, und sie waren bis zum Schluß in allem vollkommen einer Meinung... Die Italienerin hüllte sich in ihr schwarzes Cape, das Charlie Jones ihr gebracht hatte, und in dem Augenblick, da die Menge der Gäste zur großen Eingangstür drängte, stiegen sie lautlos die Treppe hinab.

Wie zwei Operngestalten begaben sie sich in das Vestibül neben dem kleinen Speisezimmer, in der Nähe der Küchen, und von dort verließen sie das Haus. Niemand sah sie, außer Mrs. Harrison Edwards, der ewigen Komplizin, die reglos in einer Ecke stand und alles beobachtete.

Draußen wurde die Paloma im schwarzen Cape sofort von zwei Kolossen in Empfang genommen, die von der New Yorker Oper beordert waren und sie zu ihrem Wagen, dann ins De Soto und schließlich zum Bahnhof brachten, um sie den gefährlichen Versuchungen des Südens zu entreißen.

In der Galerie begannen die Gäste aufzubrechen, und das Fest schien zu Ende zu gehen. Man servierte Eis im Speisesaal, und die schwarzen Diener reichten Tabletts mit Champagnerkelchen herum, die sofort geleert wurden. Plötzlich erschien Charlie Jones wieder, setzte sein liebenswürdigstes Lächeln auf und verkündete mit seiner Rednerstimme:

»*Ladies und Gentlemen*, trennen wir uns noch nicht. Unsere göttliche Nachtigall ist soeben davongeflogen. Suchen wir einen anderen Trost. Nach dem Wonnen der Seele, nach einer Stimme aus dem Paradies schlage ich vor... die Hölle!«

Kaum hatte er diese Worte gesprochen, da stimmte das Orchester den *Mephistowalzer* von Johann Strauß Vater an; er verschlug allen den Atem, aber der Ruf war unwiderstehlich, und die Paare formten sich ein wenig aufs Geratewohl. Nicht ganz allerdings. John Brekkinridge, auch er wie elektrisiert, erhob sich, aber Elizabeth hatte bei den ersten Takten die Flucht ergriffen. Sie bekam es mit der Angst zu tun. Mit der Behendigkeit einer Katze wich sie Dutzenden von Armen aus, die sich nach ihr ausstreckten, und stahl sich durch die Menge, bis sie Algernon entdeckte, der sich höflich gegen Lady Furnace zur Wehr setzte, die Erbin von Mrs. Devilue Upton Smythe.

»Sie sind mein«, sagte sie schamlos und nahm ihn bei der Hand.

Er folgte ihr verdutzt und mit unsicherem Blick.

»Das ist Ihre Chance, Sie Narr«, sagte sie. »Nutzen Sie sie. Denken Sie an unser Gespräch unter der Laterne.«

Er umschlang sie, wirbelte sie herum, und sie lachte ihm ins Gesicht.

»Keine Bange, Billy ist nicht da. Mein Wort, Sie tanzen ja wie ein Luftgeist. Heben Sie mich vom Boden auf. Seien Sie verliebt, oder tun Sie wenigstens so als ob.«

»Ich tue nicht nur als ob«, flüsterte er und wurde ganz rot.

»Ich ja, ehrlich gesagt, aber ich will diesem Breckinridge entkommen, dessen Blick mich erschaudern läßt. Übrigens gefallen Sie mir heute abend nicht schlecht. Der *Mephistowalzer*, das ist doch sehr amüsant. Glauben Sie an den Teufel?«

»Ich weiß nicht…« sagte er. »Doch… im Dunkeln…«

»Ich nicht, aber ich will lieber nichts davon hören. Nun los, lassen Sie mich in die Luft springen. Folgen Sie der Musik. Jetzt kommt die große Woge… Allez, hopp! Ach! Sie bringen mich noch um.«

Plötzlich und wie zum äußersten getrieben, küßte er sie.

»Endlich!« sagte sie, »aber Sie küssen schlecht. Haben Sie keine Angst vor dem Teufel? Auf dem Ball ist es doch nur ein Spiel.«

»Es gibt aber Leute, die anders darüber denken könnten.«

»Ach!« rief sie lachend. »Sie haben Angst vor Billy, aber ich habe Sie gezwungen, mit mir zu tanzen, und das werde ich ihm auch sagen.«

»Sie Engel!« seufzte er erleichtert auf.

Während die Musik die Galerie überflutete, ergriffen einige Männer des Südens die Gelegenheit, sich davonzustehlen, um sich in Charlie Jones' Rauchzimmer einzuschließen. Die meisten von ihnen hatten den demokratischen Konvent in Charleston verlassen und die Tür hinter sich zugeknallt. Unter ihnen herrschte noch die Atmosphäre dieser Mißhelligkeit.

»Douglas hat die Versammlung ganz einfach an sich gerissen«, rief der junge Julian Hartridge mit dem ganzen Feuer des Südens. »Alle

Posten hat er mit seinen Leuten besetzt. Er hält uns für Kinder. Seine Theorie der *Squatter* in Texas ist unverantwortlich. In Savannah will man nichts davon wissen... Er wagt es sogar, sich an Präsident Buchanan zu vergreifen, den er der Schwäche gegenüber dem Süden bezichtigt.«

Diese Rede schien sich besonders an Gouverneur Wise zu richten. Dieser saß in einem breiten Ledersessel, rauchte seine Zigarre und hörte ihm mit der Ruhe eines wahren Virginiers zu.

»Wissen Sie«, sagte er leise, »daß ich nach dem Angriff auf Harper's Ferry noch zur gleichen Stunde eine telegraphische Nachricht vom Präsidenten erhielt: *Beenden Sie diese Angelegenheit schnellstens, und lassen Sie die Justiz eingreifen.*«

Es folgte eine Pause. Einige hatten auf den schwarzen Polstersofas rechter Hand Platz genommen, andere standen. Toombs lehnte sich an ein Bücherregal, den Daumen im Ausschnitt seiner weißen Weste. Man wunderte sich bereits über sein Schweigen, als Jeff Davis seine helle und klare Stimme vernehmen ließ:

»Unser Freund Hartridge hat recht. Charleston hat nichts gebracht. Unsere Delegierten sind vor der Schlußabstimmung fortgegangen. Der Süden ist vereint, aber die Demokraten sind es nicht mehr. Die Lehre daraus ist klar: wenn wir die Präsidentschaft behalten wollen, brauchen wir einen einzigen Kandidaten.«

»... aus dem Süden«, rief eine mächtige Stimme.

Es war Toombs.

»Ja, wenn Sie wollen«, sagte Jeff Davis, »oder zumindest jemanden, der die Rechte der Staaten gemäß der Verfassung verteidigen wird.«

»Der ewige Zankapfel. Wir kommen immer wieder darauf zurück«, murmelte Gouverneur Brown.

Er war groß, schlank und breitschultrig und hatte den einschüchternden Blick eines Mannes, der sich nicht täuschen läßt.

»Howell Cobb«, schlug eine Stimme in der Nähe des Fensters vor.

Toombs erwiderte aufbrausend:

»O nein! Er ist für die Union um jeden Preis. Ich bitte um Verzeihung«, fügte er hinzu, als er ein irritiertes Lächeln auf den Gesichtern von Stephens und Davis sah, »aber Cobb? Nein! Übrigens hat er selbst seine Kandidatur zurückgezogen, als er sah, welche Opposition sie auslöste.«

»Meinen Sie Ihre persönliche Opposition und die Ihrer Journalistenfreunde?« fragte Brown in einem Ton freundlicher Ironie.

»Ich spreche für die öffentliche Meinung«, erwiderte Toombs stolz.

»Auf ihren Wellen«, bemerkte Gouverneur Wise, »treiben wir dem Unbekannten zu.«

Es war, als hätten sie sich verschworen, Toombs' Redegewalt herauszufordern.

»Das ist immer noch besser«, sagte er schlagfertig, »als sich Händen anzuvertrauen, von denen die eine nicht weiß, was die andere tut. Wir stehen möglicherweise am Rande des Bürgerkriegs.«

Seine Donnerstimme brachte die Fensterscheiben zum Erzittern. Ein allgemeiner Protest erhob sich.

»Möglicherweise, habe ich gesagt! Im Senat sitze ich arglistigen Feinden des Südens gegenüber. Ich habe es vor einigen Tagen verkündet, und ich wiederhole es hier: sie machen sich ihre Autorität zunutze, um die Rechte der Staaten anzugreifen und zu vernichten, entgegen dem Eid, den sie auf die Verfassung geschworen haben. Sie spotten ihrer Verpflichtungen. Mit den moralischen Werten haben sie alles Schamgefühl verloren. Und wenn sie auch Millionen von Menschen im Norden vertreten, erkläre ich doch: sie sind Feinde der Verfassung, also Feinde der Union und Feinde des Südens. Friede und Ruhe sind mit ihnen unvereinbar...«

Während alle Anwesenden bewegt waren von dieser großartigen Rede und der tiefen Stimme lauschten, die sie verehrten, sahen sie im Geiste den Sitzungssaal des Senats vor sich: die feierliche Reglosigkeit in den Sitzreihen, Toombs, der stolz und mit einer Geste *à la Mirabeau* seine Mähne schüttelt und seine flammenden Worte wie Pfeile durch die feindliche Stille schleudert. Niemand hätte ihn zu unterbrechen gewagt. »Hört nicht auf das eitle Gewäsch«, brüllte er, »hört nicht auf den trügerischen Jargon, mit dem man offenbare Vergehen verbrämt; sie sind bereits begangen, und wir sind weit darüber hinaus! Wehrt euch, der Feind steht vor eurer Tür, erwartet ihn nicht an eurem Herd, begegnet ihm auf der Schwelle und jagt ihn aus dem Tempel eurer Freiheit, denn sonst werdet ihr gezwungen sein, mit eigener Hand die Säulen umzustürzen, um euch alle in einen gemeinsamen Ruin zu begraben. Die größte Gefahr ist heute, daß die Union auf der Leiche der Verfassung überlebt...«

»Unvereinbar...«, murmelte Gouverneur Brown. »Dann ist es

also der Bruch«, fügte er laut hinzu. »Wollen Sie wirklich, daß wir uns vom Norden trennen?«

»Nein«, sagte Stephens, der bisher schweigend auf dem Sofa gesessen hatte.

»Nein«, sagte Jefferson Davis.

»Nein«, tönte es von allen Seiten des Zimmers.

»Und Sie, Toombs?« fragte Gouverneur Brown den Mann, der immer noch am Bücherregal lehnte.

»Sie kennen meine Gefühle... Ich bin für die Trennung, es sei denn, der Norden stellt seine Angriffe auf die Sklaverei und die Rechte der Staaten ein. Machen wir uns nichts vor. Wir müssen energisch vorgehen. Es ist an uns, an uns allein, für unsere Probleme und unsere besondere Institution im Frieden und mit der Zeit eine Lösung zu finden.«

»Sehr richtig«, sagte Jeff Davis.

»Sie wünschen also, daß es zum Bruch kommt.«

Diese von Julian Hartridge mit jugendlicher Stimme vorgebrachte Feststellung klang fast so, als befände man sich in einem Gerichtssaal beim Abschluß einer Debatte.

»Durchaus nicht«, antwortete Toombs, und er sprach diesmal so leise, daß alle Köpfe sich ihm spontan zuwandten. »Ich hoffe immer noch, daß sie es sich doch überlegen werden... solange Buchanan da ist.«

Doch Julian Hartridge spann seinen Gedanken fort und fragte:

»Und wenn sie nun ihre Angriffe in der Presse und im Kongreß fortsetzen? Der Staat New York spricht seinerseits von Sezession.«

»Wenn der Süden in seinen Rechten bedroht wird, muß ich Ihnen die Frage stellen«, entgegnete Toombs geschickt. »Würden Sie es zulassen?«

»Nein.«

Das Nein war einstimmig.

»Auch auf die Gefahr der Sezession?« fuhr der große Redner unerbittlich fort.

»Mit gebrochenem Herzen (Alexander Stephens wußte sich mit sanfter Stimme Gehör zu verschaffen), mit gebrochenem Herzen würde ich die Idee der Union aufgeben, denn mein Herz wird immer für den Süden schlagen (er hielt kurz inne und fuhr dann fort), aber ich hege die Hoffnung, daß die Union im Frieden und im Wohlstand überleben wird und daß die Verfassungen, die der

Nation und die der Staaten, unangetastet bleiben und auch in Zukunft Tausende von Menschen so glücklich machen werden, wie sie uns, die wir jetzt leben, glücklich gemacht haben.«

Toombs sagte dazu nur:

»Alexander, wir alle haben ein Ideal im Herzen. Möge Gott Sie erhören.«

Nach einem langen Schweigen erhoben sich alle und verließen das Zimmer, um zum Fest zurückzukehren; kaum hatten sie die Tür geöffnet, da umbrandete sie wieder die Welt mit ihrem Musikgetöse.

Walzer, Quadrillen und Polkas waren einander gefolgt. Unablässig hämmerten die Hacken auf den Fliesen.

Endlich verklang eine Quadrille in einem triumphalen Lärm, und die Paare trennten sich.

»Danke, Elizabeth«, sagte Algernon, »ich werde das nie vergessen...«

Aber schon war sie fort. Während des letzten Tanzes war ihr unter denen, die nur zuschauten, ein Mann besonders aufgefallen. Gewiß, viele hatten ihr nachgeblickt, aber dieser da unterschied sich von allen anderen. Er war zwar nicht das, was sie als schönen Mann betrachtete, beeindruckte sie jedoch um so mehr. Irgend etwas an ihm zog sie stark an, ohne daß sie es sich zu erklären vermochte. Schlank und von mittlerem Wuchs, wirkte er ernsthaft und versonnen, wie ein Mensch, den körperliche Leiden nicht verschont hatten. Seine schwarzen Augen strahlten eine Intelligenz und Güte aus, durch die er sich von allen Anwesenden unterschied. Man konnte sich fragen, was er hier suchte. Er beobachtete Elizabeth mit einer so konzentrierten Aufmerksamkeit, daß sie vorübergehend das Gefühl hatte, er läse in ihr. Als das Orchester verstummte, sah sie, daß er bemüht war, sich ihr zu nähern, und sie trat instinktiv auf ihn zu. Da verneigte er sich und sagte:

»Madame, gestatten Sie mir, daß ich mich vorstelle: Alexander Stephens aus Georgia. Ich bin ein Freund Ihres Schwiegervaters, Mr. Charlie Jones.«

Elizabeth vermochte den Blick nicht von diesen schwarzen Augen abzuwenden, die ihr auf zugleich zärtliche und anteilnehmende Weise so viele Dinge zu sagen schienen, als ob er sie bemitleidete. Sie sagte nur:

»Mein Herr, es ist mir ein Vergnügen, einen Freund meines Schwiegervaters kennenzulernen.«

»Darf ich Sie dann bitten«, sagte er, »mich Ihrem Mann vorzustellen, den ich noch nicht die Ehre hatte kennenzulernen?«

»Das werde ich gern bei nächster Gelegenheit tun«, unterbrach sie ihn, »denn heute abend ist er nicht hier.«

»Oh, wie bedauerlich. Ich bitte um Entschuldigung, ich hatte geglaubt...«

Jetzt begriff sie das Mißverständnis und erwiderte lebhaft:

»Nein, mein Herr, mein Mann ist Kavallerieoffizier in Fort Beauregard.«

Während sie diese Worte sprach, errötete sie leicht. Aufs neue heftete sich sein dunkler Blick auf ihre himmelblauen Augen, als suchte er die Antwort auf eine Frage, die er nicht formulierte.

»Verzeihen Sie mein Versehen«, sagte er leise.

»Aber das ist doch durchaus erklärlich«, sagte Elizabeth, plötzlich in der Defensive. »Bei all den Leuten... die Zufälle des Tanzes...«

»Natürlich, Madame. Wie dumm von mir...«

Sie nickte und kehrte ihm den Rücken zu. Er entfernte sich seinerseits, folgte ihr jedoch noch eine Weile mit dem Blick.

Das Fest nahm nun wirklich ein Ende. Man applaudierte noch ein wenig dem Orchester und verabschiedete sich dann von Charlie Jones mit Glückwünschen, die ihm das Herz erwärmten.

»Sie haben dem Frieden gedient«, sagte man ihm immer wieder, »dem Frieden gedient, den Frieden gerettet.«

Aber er zweifelte dennoch daran.

117

Elizabeth kehrte so rasch wie möglich heim. Sie fühlte sich müde, und es irritierte sie, als sie im Vestibül Miss Llewelyn begegnete, die stramm und massiv in ihrem aschgrauen Kleid auf sie wartete.

»Es überrascht mich nicht, daß Sie so spät nach Hause kommen«, sagte sie mit jenem freudlosen Lächeln, das wie ein schmaler und boshafter Strich ihre untere Gesichtshälfte zusammenzog. »Der Lärm des Fests drang bis zu uns. Das Volk demonstrierte, wie mir schien.«

»Man bejubelte eine junge Sängerin. Die Kinder schlafen doch hoffentlich.«

»Ich glaube, ja, aber Ihr kleiner Ned hat sich etwas Merkwürdiges geleistet. Er hat einen Brief an Mr. Charlie Jones geschrieben, den Umschlag zugeklebt, und er will ihn morgen früh überbringen lassen.«

»Was soll dieser Brief?«

»Er weigert sich, auch nur ein Wort darüber zu sagen.«

»Mir wird er es schon sagen. Gute Nacht, Miss Llewelyn.«

»Ich danke Ihnen, Madame. Hoffentlich werden Sie gut und lange schlafen. Sie sehen sehr müde aus.«

In ihrem Zimmer befragte Elizabeth sogleich den Spiegel, denn »müde«, so schien es ihr, war fast eine Beleidigung für dieses in allen Salons von Savannah so ausgiebig bewunderte Gesicht. Ein Schatten lag in den Augenwinkeln, und die Züge – aber die kleine Lampe warf ein ungünstiges Licht –, die Nase, der Mund, wirkten härter als sonst.

Sie räumte ihre Smaragde fort, zog sich rasch aus und schlüpfte in das große Bett, in dem sie sich, wenn sie allein war, in der Nacht so verloren fühlte. Jedenfalls war sie sterbensmüde, und der Schlaf würde nicht lange säumen. Und doch mußte sie ihn bald auf der einen, bald auf der anderen Seite suchen. Das als zu weich befundene Kopfkissen wurde weggestoßen, aber das Querkissen war hart. Sie lag auf dem Bauch und zog sich die Decke über den Kopf, um nicht den gelben Strahl der Straßenlaterne zu sehen, der durch die Fensterläden drang. Ihr Schwiegervater vermochte alles, und sie würde ihn bitten, diese Laterne ein Stück weiter entfernt aufstellen zu lassen. Aber es gelang ihr nicht, einzuschlafen wie gewöhnlich, wenn alles gut ging.

Was sie in dieser Nacht plagte, war das absurde Gespräch mit Alexander Stephens. Was wollte er eigentlich? Der Name sagte ihr nichts, aber er hatte so geduldig und fast herzlich gewirkt, ohne ihr den Hof zu machen... Und er hatte geglaubt oder so getan, als glaubte er, daß sie die Frau dieses Einfaltspinsels Algernon sei... Algernon wiederum hatte beim Tanzen etwas Seltsames über den Teufel gesagt. Im Dunkeln glaubte er an den Teufel. Was für einen Unsinn man sich auf einem Ball erzählt... Sie stieß die Bettdecke zurück und legte sich auf den Rücken. Ein langer Lichtstreifen durchschnitt das Zimmer, verfärbte die Decke mattgelb und ließ den ganzen unteren Teil des Zimmers im Dunkel. Sie schloß die Augen. Sie fand nicht den Mut, die Vorhänge zuzuziehen.

Die ersten Nächte in Dimwood kamen ihr wieder in den Sinn. Damals erzählte man ihr nicht, daß sie die Schönste auf Erden sei, man machte nicht so viel Aufhebens. Der Gesang der Frösche hielt sie wach. In dieser Phase ihres Lebens sprach sie noch ihre Gebete, seither viel seltener. Das *Vaterunser* leierte sie jetzt wie eine Formel herunter, während sie sich als ganz junges Mädchen immer gefragt hatte, was dieses »Erlöse uns von dem Bösen« bedeutete. War sie jemandes Gefangene? Das Böse konnte nur der Satan sein. Bruchstücke des Walzers gingen ihr nicht aus dem Sinn, die mitreißende Musik, die schmeichelnden Melodien, die verliebt schmachtenden Geigenklänge und dann plötzlich der triumphierende Donner Mephistos. Es war komisch, aber in der Bibel gab es Stellen, mit denen man sich besser nicht so genau beschäftigte. Ihre Mutter war nicht mehr da, um sie über die Heilige Schrift auszufragen. Jetzt konnte das in schwarzes Leder gebundene Buch dort auf dem Nachttisch liegen, wie ein Talisman, auf den man nichts stellen durfte, weil es trotz allem die Bibel war.

Wie in einer Bilderfolge sah sie wieder die Stunden, die sie in Dimwood verbracht hatte. Von ihrem letzten Besuch blieb ihr die Erinnerung an das leere Zimmer, in dem Laura gelebt hatte. Nichts gab es in diesem verlassenen Raum außer der Spur eines Kruzifixes an der Wand, aber dort schien die Stille noch tiefer als anderswo. Dort fühlte man sich im Frieden und seltsam fern von allem. Elizabeth mochte Laura gern. Diese schweigsame Frau mit dem traurigen Lächeln hatte der jungen Engländerin Ratschläge erteilt, denen sie nicht gefolgt war, aber sie hätte sie gern wiedergesehen, ohne recht zu wissen warum, vielleicht nur, weil sie aus jenen fernen Tagen von ihr den Eindruck einer besänftigenden Ruhe bewahrt hatte...

Jetzt war die Straßenlaterne erloschen, und Elizabeth glitt, ohne es zu merken, in den Schlaf.

Am folgenden Morgen erwachte sie um zehn Uhr. Das Leben hatte wieder sein normales Gesicht. Ned war bereits zur Schule gegangen. Miss Llewelyn ließ Madame das Frühstück im Schlafzimmer servieren und kam dann, um die Anweisungen für den Tag entgegenzunehmen. Sich selbst getreu, verharrte die Waliserin zwischen Respekt und Unverschämtheit. Es war wie eine Grenze, die sie mit ihrem beunruhigenden Lächeln ständig bald in die eine, bald in die andere Richtung überschritt.

»Ich sehe Sie lieber mit Ihrer heutigen Miene als mit der von gestern abend, wenn Sie mir die Bemerkung erlauben.«

»Mit oder ohne meine Erlaubnis, Sie haben Ihre Bemerkung gemacht. Das ist alles, Miss Llewelyn.«

Die Waliserin nickte und ging zur Tür.

»Nein«, sagte Elizabeth, »noch einen Augenblick. Ich möchte den Brief sehen, den Ned an seinen Großvater geschrieben hat.«

»Zu spät, Madame. Ned hat ihn gleich um acht Uhr Joe übergeben und ihm gesagt, er solle ihn sofort bei Mr. Charlie Jones abliefern.«

»Ohne meinen Befehl?«

»Madame, Sie schliefen so fest...«

»Das ist kein Grund, aber es macht nichts. Ich glaube kaum, daß es zwischen Ned und Mr. Jones Geheimnisse geben kann. Doch bleiben Sie noch einen Augenblick; ich habe Ihnen noch etwas zu sagen. In der Nacht habe ich an jene Frau gedacht, die wir alle Tante Laura nannten.«

Miss Llewlyn schüttelte den Kopf.

»Laura«, murmelte sie vor sich hin.

»Ich möchte sie besuchen.«

»Das wird schwierig sein, wenn auch nicht unmöglich.«

»Ich weiß, sie lebt als Nonne, in einem Kloster eingeschlossen...«

»Ach, das wäre kein Hindernis, aber sie ist nicht mehr in Georgia. Dank Mr. Charlie Jones konnte sie sich mit ihrer Tochter und der ganzen Schwesternschaft in einem Kloster niederlassen, das er für sie im Herzen von Maryland, etwa dreißig Meilen von Baltimore entfernt, hat bauen lassen.«

»Aber warum denn nur?«

»Er hat nicht ohne Grund gedacht, daß sie in einem katholischen Lande wohl glücklicher wären.«

Elizabeth riß erstaunt die Augen auf. Die Waliserin warf ihr einen herausfordernden Blick zu.

»Madame, Sie müssen wissen, daß die Kirche in Maryland zu Hause ist. Dort, wo sich diese Nonnen jetzt befinden, hat die Landschaft nichts Unwirtliches. Überall nur Wiesen und grüne Hügel. Das Kloster selbst wird allgemein bewundert. Mr. Charlie Jones hat sich in allem sehr großzügig gezeigt.«

Elizabeth stieß ihr Tablett zurück; sie hatte nichts angerührt.

»Ich gestehe, daß mich das betrübt; ich weiß übrigens nicht, warum, ich weiß nicht einmal, was ich ihr hätte sagen sollen, aber so ist es.«

»Was mich betrifft«, fuhr die Waliserin in einem plötzlich lebhafteren Ton fort, »so bin ich hingegangen, um ihr Lebewohl zu sagen, und wissen Sie mit wem? Mit der kleinen Betty, die wie ein Kind weinte. Laura und ihre Tochter Annabel haben sie an sich gedrückt und mit Küssen bedeckt. Wenn Sie mit uns gekommen wären, hätten Sie ihnen eine große Freude gemacht. Aber was vorbei ist, ist vorbei.«

Elizabeth blickte sie an, ohne zu antworten. Keine der beiden Frauen rührte sich. Man hätte meinen können, daß sie auf etwas warteten.

»Es ist seltsam«, sagte Elizabeth schließlich.

»Ja, Madame, wie alles übrige... das Leben...«

Das Gespräch nahm eine unvorhergesehene Wendung, und die Engländerin fühlte, daß sie den Boden unter den Füßen verlor.

»Ich werde jetzt mein Bad nehmen«, sagte sie lächelnd. »Danke, Miss Llewelyn.«

»Und ich«, sagte die Gouvernante, »werde mich um das Haus kümmern.«

Wieder allein, verspürte Elizabeth ein Unbehagen, für das sie keine Erklärung fand. Seit einer Weile fühlte sie sich weniger glücklich, weniger zuversichtlich. Es war ihr, als sei irgend etwas geschehen, ein Ereignis, dessen Sinn sie nicht verstand.

»Ich hätte vielleicht lieber schweigen sollen«, murmelte sie.

Als sie etwas später vor ihrem Spiegel saß, sah sie sich einer Elizabeth gegenüber, die zwar wieder schön und ausgeruht, jedoch ziemlich ratlos wirkte. Eine der schwindelerregendsten Melodien des *Mephistowalzers* kam ihr in den Sinn und erschien ihr lächerlich.

118

Charlie Jones saß zu Hause bei Tisch vor einer Tasse Tee und einem Teller mit *Bacon and Eggs* und las, während er frühstückte, in den *Savannah Morning News* eine feurige Ansprache des jungen und bereits berühmten Redners Julian Hartridge. Das Thema war nicht neu, aber aus dem Ton sprach die feurige Energie der großen Revolutionäre von 1776. »Durch Straflosigkeit erkühnt, hat der Fanatismus den Verrat, den Mord und den Raub zu Hilfe gerufen, hat die Grenze überschritten, um an der Schwelle des Südens ein Blutbad anzurichten und Aufruhr zu stiften. Georgia hält sich mit seinen Brüdern, den Südstaaten, bereit, innerhalb der Union an jeder Maßnahme mitzuwirken, um die gemeinsamen Rechte gemäß der Verfassung zu sichern, falls dies jedoch nicht mehr möglich ist, ihre Unabhängigkeit und ihre Sicherheit außerhalb der Union zu verteidigen.« So wollten also die Nachwehen von John Browns Überfall, dessen Galgenstrick der Norden immer noch schwenkte, kein Ende nehmen.

Charlie Jones ließ ein zustimmendes Brummen vernehmen und schickte sich an, seinen Tee zu trinken, als ein Diener ihm auf einem Tablett einen Brief reichte, der soeben abgegeben worden war.

Er warf einen äußerst erstaunten Blick auf den Umschlag. Die sehr unregelmäßige Handschrift hätte die eines Betrunkenen sein können. Schon wieder ein Hilferuf, sagte er sich, mit einer dringlichen Geldforderung... Was er las, verschlug ihm den Atem. Nur drei Zeilen, alle nach unten abfallend:

Lieber Grosfater,
du hast mir dein Haus geschängt und du hast mich gestern abend nicht zu dem Fest in mein Haus eingeladen. Das is aba gar nicht net von dir. Ich bin sehr unzufriden. Grus und Kus
Ned (sehr unzufriden)

Charlie Jones brach in schallendes Gelächter aus, nahm den Brief und steckte in in sein Portefeuille. Dann las er rasch noch einige Zeitungen, beendete sein Frühstück und begab sich in sein Büro.

Dort schrieb er gegen Abend die Antwort auf den Brief seines Enkels.

Mein lieber Ned,
Du hattest recht, mir zu schreiben, und im nächsten Jahr, zum selben Datum, wirst Du eine große Party in Deinem Haus am Madison Square veranstalten. Du kannst alle deine Freunde einladen, und es wird ein Orchester und Berge von Kuchen geben. Und wenn du mich

einladen willst, komme ich, und wenn Du mich nicht einlädst, so
komme ich nicht, aber dann schreibe ich Dir auch. Inzwischen
bereite Dich vor, Ende Mai nach Virginia zu kommen, um den Som-
mer bei uns zu verbringen. Eine Überraschung erwartet Dich dort.
Noch weiß niemand, daß mein Haus in Savannah Dir gehört, und
ich zähle fest darauf, daß Du das Geheimnis als ein Ehrenmann
bewahren wirst.
  Ich drücke Dir die treue Hand.

                                                      Großvater.

Dieser Brief wurde sogleich zum Oglethorpe Square getragen, mit
der ausdrücklichen Anweisung, ihn dem Adressaten persönlich zu
übergeben. Nur zu glücklich, an einem kleinen Komplott teilzunehmen, holte Miss Llewelyn den noch im Garten weilenden Ned und
überwachte die Aktion, die geheim blieb.

119

In Charleston ging der demokratische Konvent am 2. Mai auseinander, ohne sich über die Ernennung des Präsidentschaftskandidaten
einig geworden zu sein. Es gab Motionen und Emotionen. Eine
Abstimmung folgte der anderen, und wofür? Für nichts. Man kam
schließlich überein, noch einmal später im Juni zusammenzutreten;
als Datum wählte man den 18. und als Stadt Baltimore. Die Delegierten des Südens, die gegen Douglas opponierten, hatten den Konvent im Gefolge von Yancey, dem Abgeordneten von Alabama, am
Vorabend des Empfangs bei Charlie Jones verlassen. Sie beabsich-
ten, ihrerseits in Richmond einen Konvent aller Südstaaten einzube-
rufen, und zwar einige Tage nach dem ihrer feindlichen Brüder aus
dem Norden, der Douglas-Anhänger.
  Die Ereignisse überstürzten sich. Die kleine konstitutionelle Partei der Union, die vor allem die Rechte der Staaten verteidigte, hielt
wie die anderen ihren eigenen Konvent in Baltimore ab und entschied sich ohne viel Aufhebens für John Bell, den Senator aus Tennessee. Die Geschichte der Vereinigten Staaten schwankte. Dann
fand Mitte Mai der Konvent der Republikaner in Chicago statt. Die
Hitze am Ufer des Sees war erstickend, als sollte sie die bald auftau-

chenden Schwierigkeiten voraussagen. Die Situation wiederholte sich: wie Douglas bei den Demokraten glaubte Seward, die Debatte ohne Widerspruch zu beherrschen. Doch die Mehrheit der Abgeordneten lehnte eine Diskussion über die Abschaffung der Sklaverei ab und zog eine einfache Sezession vor, wie Horace Greely sie mit der Unterstützung der New Yorker Delegierten in seiner Zeitung befürwortete. Überall sprach man von Politik.

Von der ersten Abstimmung an wurde klar, daß die Situation festgefahren war und Seward sich nicht durchsetzen konnte. Was die anderen Kandidaten betraf, bewahrte Simon Cameron die für die Wahl wichtigen Stimmen seines Staates Pennsylvania. Er wartete ab. Um ihn herum schien sich bei den Republikanern ein Graben aufzutun, der die Partei ganz wie bei den Demokraten spalten würde. Seward gemahnte an Douglas, das heißt das Gespenst des Bürgerkriegs bedrohte die politische Welt. Da erinnerte er sich an den Abend bei Charlie Jones und die einhellige Begeisterung, die sein Trinkspruch auf die Union der Herzen ausgelöst hatte, und er beschloß, seine Stimmen dem Unbekannten des Hauses, Abraham Lincoln, zu geben. Dafür würde man ihm den Posten des Staatssekretärs im Krieg anbieten, was für ihn bedeutete im Frieden, falls die Republikaner ihre Chance nutzten. So wurde Lincoln beim dritten Wahlgang zum Kandidaten ernannt. Einige Extremisten gerieten darüber in helle Wut, und Wedell Phillips, der feierliche Schönredner mit dem gesträubten Backenbart, rief im Kreise der über die Niederlage ihres Kandidaten empörten Politiker aus: »Wer ist Lincoln?«

120

An einem warmen Abend Ende Mai packte Elizabeth zutiefst betrübt Neds Koffer. Obwohl sie sich bei dieser Aufgabe, die ihr das Herz schwer machte, von niemandem helfen lassen wollte, blieb Miss Llewelyn in ihrer Nähe und beriet sie zuweilen.

»Die kleine Wolljacke vielleicht. Es kann dort am Abend recht kühl werden.«

»Ich habe daran gedacht, Miss Llewelyn, ich kenne Virginia.«

Es war das erstemal, daß sie sich von ihrem Sohn trennte, und sie legte viel Zärtlichkeit in die Wahl der Kleidungsstücke und all der Sachen, die dem kleinen Reisenden Freude machen konnten.

Mit einer betont herzlichen Stimme murmelte die Waliserin:

»Sie hätten ruhig mit ihm dort hinfahren sollen, Madame. Mit Betty und der *Black Mammy* hätte ich den kleinen Kit in meine Obhut genommen.«

»Ausgeschlossen, Miss Llewelyn, ich nehme Christopher mit mir nach Dimwood, wo er wenigstens frische Luft hat.«

»In Virginia ist die Luft noch besser. Haben Sie daran gedacht?«

»Ich weiß, aber es ist nicht möglich.«

»Schade, wirklich schade, für Sie und für ihn.«

»Ich danke Ihnen für die gute Absicht, Miss Llewelyn, aber ich habe meine Gründe. Bringen Sie mir doch bitte noch zwei Hemden.«

Die Waliserin gehorchte eifrig, brachte es jedoch nicht fertig zu schweigen.

»Die *Savannah* soll um zehn Uhr die Anker lichten. Mr. Charlie Jones wird Sie um acht hier abholen.«

»Warum so früh? Als ob sein eigenes Schiff ohne ihn abfahren würde! Aber wir werden bereit sein.«

»Wir werden bereit sein« – diese gedankenlos gesprochenen Worte trafen genau in die Wunde. Eine Sekunde lang sah sie sich auf der Reise mit Ned, glücklich, ihn auf dem Schiff in ihrer Nähe zu fühlen. Vor Kummer wurden ihr die Knie schwach, und sie ließ sich in einen Sessel sinken. Miss Llewelyn neigte sich zu ihr.

»Ich sehe doch, daß Sie Kummer haben, Madame. Aber es ist keinesfalls zu spät, Ihren Entschluß zu ändern. Es wäre so einfach. Mr. Jones würde sich freuen.«

Elizabeth warf ihr einen schmerzlichen Blick zu:

»Wo denken Sie hin, Miss Llewelyn? Eine Entscheidung widerruft man nicht. Ich werde in Dimwood erwartet. Bitte gehen Sie.«

In der Nacht schlief sie schlecht, aber am nächsten Morgen um acht Uhr stand sie im Vestibül, hielt Neds Hand in der ihren und wartete auf Onkel Charlie, der pünktlich einige Sekunden später erschien. Der Abschied war kurz. Alle fürchteten die Sentimentalitäten der letzten Minute. Ned küßte Mom zweimal, dreimal, versicherte ihr, daß er sie sehr, sehr, sehr lieb habe, sprang dann zur Kutsche und schwenkte, ganz närrisch vor Freude, seinen Hut mit den langen Bändern, als sich die Räder zu drehen begannen.

Mit einem harten Gesicht, weil sie nicht schwach werden wollte, wandte sich Elizabeth der Waliserin zu.

»Jetzt bin ich an der Reihe«, sagte sie. »Bitten Sie Joe, sofort anzuspannen. Alle Koffer sind bereit. Lassen Sie sie herunterbringen. Ich vertraue Ihnen das Haus an, Miss Llewelyn. Passen Sie auf Pat und die Dienerschaft auf. Ich glaube, wir haben uns alles gesagt, was wir zu sagen hatten. Ich warte im Salon. Beeilen Sie sich.«

Im roten Salon wiederholte sie sich zum hundertsten Mal die Gründe, die ihr Betragen rechtfertigten. »In Virginia habe ich keine Chance, ihn zu sehen. Nach Dimwood ist er gekommen, und er kann wiederkommen. Charleston ist nicht so weit.«

Kaum eine halbe Stunde später war sie unterwegs. In einem etwas bescheideneren, aber bequemen Wagen folgte der kleine Christopher, wohl geborgen im Inneren der dicken weißen Wolke, mit der seine *Black Mammy* sich umgab. Neben ihr saß Betty, die in ihrer roten Jacke ganz winzig wirkte, und zu ihren Füßen stapelten sich Koffer, Taschen und riesige Pakete.

Da Elizabeth die Einsamkeit im Wagen schlecht ertrug, schien ihr die Reise sehr lang. Es kam ihr vor, als ob ihre Jugend sie auf dem ganzen Weg begleitete, und es gab Orte, an denen sie die Augen schloß, um unvergeßliche Minuten nicht noch einmal zu erleben. Die Erinnerungen waren so grausam, daß sie im Lärm der stampfenden Hufe verzweifelt aufstöhnte. Wieder einmal hatte sie das Gefühl, sich im Leben verirrt zu haben, wie man sich in einem unbekannten Land verirrt. Jonathan ritt wie ein Gespenst so nahe am Wagen vorbei, daß sie ihn schon zu sehen glaubte, und ihre gefalteten Hände verkrampften sich vor Entsetzen. Sie fragte sich, was sie auf der Plantage erwartete, wo sie sich verrückterweise hinflüchtete. Einen Augenblick lang erschien ihr der Sumpf mit den schwarzen Wassern voller toter Bäume wie Jahre zuvor, redete zu ihr in derselben unverständlichen Sprache, in der sie einen Ruf zu hören glaubte. Es dauerte nur den Bruchteil einer Sekunde, aber sie hatte Angst, kuschelte sich in die Ecke der Kutsche und versuchte zu schlafen.

Endlich kam die Allee der riesigen Eichen in Sicht, majestätisch wie eine Königsprozession, und führte sie an den Ort der Katastrophe zurück, wo ihr Glück zugrunde gegangen war. Mit wild pochendem Herzen hielt sie sich beide Hände vor das Gesicht und blieb so, bis der Wagen hielt.

Emma und Douglas Hargrove erwarteten sie vor dem großen Ein-

gang. Sie waren allein, und sie waren es auf ergreifende Weise. Zu
viele Menschen fehlten um sie herum.

Wortlos ging sie ihnen entgegen, wie eine Schlafwandlerin, aber
Tante Emma umarmte sie sogleich:

»Welche Freude, dich für den Sommer in Dimwood zu haben«,
sagte sie mit unverhoffter Zärtlichkeit. »Du weißt gar nicht, was für
ein Vergnügen du uns machst, Douglas und mir.«

»Ja, wirklich!« sagte Onkel Douglas.

»Das Haus ist leer«, fuhr Tante Emma fort.

»Leer, aber voller Erinnerungen«, sagte Elizabeth mit einer tonlo-
sen Stimme, die sie selbst nicht wiedererkannte, doch dann faßte sie
sich und fügte hinzu: »... schöner Erinnerungen.«

»Oh«, rief Tante Emma aus, »du hast uns deinen Kleinen und
seine schwarze Nanny mitgebracht – und Betty. Wie freue ich mich,
sie wiederzusehen! Guten Tag, Betty.«

Die Freundlichkeit dieser Worte erwärmte die Atmosphäre ein
wenig. Um den Gesetzen der südstaatlichen Gastlichkeit zu genügen, die einiges Taktgefühl erforderte, gab man der jungen Engländerin das einst von ihrer Mutter bewohnte Zimmer. Das Kind
brachte man mit seiner schwarzen Nanny im Nebenzimmer unter,
demselben, das Elizabeth bei ihrer Ankunft bezogen hatte. So ergab
sich in der räumlichen Situation eine Art sentimentaler Symmetrie.
Daß die schwarze Amme bei dem Kind schlief, verstieß zwar gegen
die Regeln, aber gab es ein anderes Mittel, um Elizabeths Ruhe zu
garantieren? Übrigens war Christopher artig und weinte nicht.

Vor dem Mittagessen blieb Elizabeth allein in ihrem Zimmer, ließ
den Blick in die Runde schweifen und fragte sich, durch welche Ironie des Schicksals sie sich hier befand. Aber wem sollte sie die Schuld
geben? In diesem Hause spukte es von oben bis unten, wie auch
schon auf der Straße, die hier herführte. Das Säulenbett und auf dem
Nachttisch die in schwarzes Leder gebundene Bibel, daneben ein
Glas mit einem Löffel auf einer Untertasse und eine kleine Wasserka-
raffe, kurz alles, was man für die Zubereitung des Laudanums
brauchte, welches sich bestimmt im Medizinschränkchen des
Waschraums fand, alles war an seinem Platz und die Szenerie vollkommen, und sie war hier, zehn Jahre später ... Im Hause spukte es,
ganz ohne Zweifel, und das Gespenst war sie.

Das Mittagessen wurde in dem Speisezimmer serviert, wo sie
einst versuchen mußte, sich hinter einem Blumenstrauß dem Blick

William Hargroves zu entziehen. Der Raum erschien ihr viel größer als in der Erinnerung, und übrigens war auch das ganze Haus wie durch ein Wunder riesig geworden, und die Stimmen hallten lauter als früher von den Wänden.

Emma und Douglas strengten sich an, das Gespräch zu beleben.

»Ganz leer ist das Haus nicht«, sagte er lachend. »Die Souligou ist immer noch dort oben. Du erinnerst dich doch an die Souligou, nicht wahr?«

»Und natürlich die Schwarzen«, fügte Emma hinzu. »Sie sind nicht mehr so zahlreich, aber man hat das Gefühl, sie sind überall. Du wirst sehen, es ist seltsam.«

»Und Hilda? Und Mildred?«

»Ach, das wußtest du nicht? Sie sind in Limestone Spring in einer Grafschaft im Norden Georgias, zusammen mit ihren Männern, aber diese fahren Ende des Monats wieder nach Hause. Sie sehnen sich nach Charleston zurück. Das ist ihr wahres Paradies.«

»Und Susanna?«

Emma blickte drein, wie jeder in der Familie dreinblickte, wenn von Susanna die Rede war, mit einer zugleich liebevollen und zurückhaltenden Miene.

»Susanna geht es sehr gut, sie verbringt ihre Ferien mit Freunden in den Hügeln Georgias.«

»Sie entfernt sich ein bißchen von Dimwood«, bemerkte Douglas. »Sie ist ein sehr unabhängiges Mädchen.«

»Wir lieben sie sehr«, sagte Emma.

»Ich auch«, sagte Elizabeth. »Ich hätte sie gern gesehen.«

Plötzlich sah sie wieder das tränennasse Gesicht hinter der Fensterscheibe.

Ein kurzes Schweigen. Dann sagte Douglas:

»Hoffentlich besucht dich unser Billy von Zeit zu Zeit in Savannah.«

»O ja, natürlich, aber er hat zu selten Urlaub.«

Douglas machte »Tss tss!«, als ob er alles begriffen hätte, und sagte:

»Wenn sich die Lage in Charleston ein wenig geklärt hat, wird er öfter kommen.«

»Alles wird sich schon wieder einrenken«, sagte Emma. »Weil es so sein muß. Höre nicht auf die Pessimisten.«

»Billy weiß, daß ich hier bin. Ich habe ihm geschrieben. Vielleicht kommt er.«

»Aber ja«, sagte Douglas. »Er ist ja schon einmal mit dir gekommen.«

Es gab Süßkartoffeln, eine von Elizabeths Lieblingsspeisen, aber sie rührte sie kaum an. Sie hatte keinen Appetit. Doch da sie nicht den Eindruck erwecken wollte, dieses köstliche Mahl zu verschmähen, kostete sie von der Nachspeise und ließ sich einen Schluck Champagner einschenken... In einer plötzlichen Eingebung wurde sie gewahr, daß sie für Emma und Douglas ein Gegenstand der Besorgnis war: was sollten sie mit dieser so offenbar von ihrem Hiersein enttäuschten Schwiegertochter anfangen? So erklärte sie, nachdem sie kaum ihren Kaffee ausgetrunken hatte, daß sie von der Reise müde sei und sich zurückziehen wolle. Das fand man sehr vernünftig, und sie begab sich sofort auf ihr Zimmer, nicht ohne vorher noch einen beunruhigten Blick ins Vestibül und auf die Treppe geworfen zu haben. In diesem fast menschenleeren Haus fühlte sie sich wie eine Gefangene, gefangen in zuviel Raum. Und womit sollte sie ihre Zeit in Erwartung Billys verbringen, der vielleicht nicht einmal kommen würde? Draußen spannen die Grillen ihren kreischenden Klangteppich, den ihre Mutter nicht ertragen konnte. Sie setzte sich in den Schaukelsessel und wiegte sich, wie ihre Mutter es getan hatte, und wie sie lehnte sie sich gegen ihr Hiersein auf.

Sehr behutsam ging die Tür auf und ließ Betty ein, ohne daß Elizabeth sie gleich bemerkte. Sie war nicht mehr viel größer als ein kleines Mädchen und trat lautlos auf ihre Herrin zu, die sie schlafend glaubte.

»Betty«, sagte diese, »was machst du denn in meinem Zimmer?«

Die Antwort war jenes Lächeln, das Elizabeth stets rührte. Dann wies die alte schwarze Frau mit der Hand auf die noch verschlossenen Koffer.

»Nun, Betty, bist zu zufrieden, daß du in Dimwood bist?«

»Imme' zuf'ieden mit M'am.«

Die gutmütigen Augen schienen zu lachen, als sie zu Elizabeth aufsah.

»Ist der Kleine nebenan? Ich höre ihn nicht.«

»Mammy hat ihn ins Bett gelegt.«

»Ich werde zu ihm gehen. Pack inzwischen meine Koffer aus und räume alles ein, wie du willst.«

Sie verließ den Sessel und ging ins Nebenzimmer, das Zimmer, das sie mit sechzehn Jahren bewohnt hatte. Das weiße Himmelbett, die

Kommode, der Spiegel, all das erkannte sie auf den ersten Blick wieder, und obgleich sie darauf gefaßt war, traf es sie wie ein leichter Schock, als sie die Mammy vor einem Kinderbett sitzen sah, in dem Christopher lag. Es war, wie wenn man zwei Bilder nebeneinanderstellte, die nicht zusammenpaßten. Aus der weißen Wolke lächelte das schwarze Gesicht und war, wie das von Betty, von einer natürlichen Güte erfüllt, die der jungen Engländerin wohltat.

Das Kind hatte die Augen geöffnet, in denen seine Mutter Billys blaue Augen wiedererkannte, aber ohne jeden Ausdruck, außer dem des Erstaunens und einer unergründlichen Unschuld. Er war nun zwei Jahre und einige Monate alt, und Elizabeth konnte ihn beim besten Willen nicht schön finden, doch das Blau der Augen rettete alles. Ohne diesen Blick von blendender Reinheit hätten die zu eng beieinanderliegenden Züge dem kleinen Gesicht ein mißgestaltetes Aussehen verliehen. Sie neigte sich ein wenig über ihn, und er betrachtete sie, ohne sich zu rühren, doch dann verzog sich sein halbgeöffneter Mund zu einem Lächeln, das sie überwältigte. In diesem Wesen, das viel weniger anmutig als sein Bruder im selben Alter war, offenbarte sich bereits die viel geheimnisvollere Gabe des Charmes. Eine Woge der Zärtlichkeit stieg in ihr auf, und sie berührte seine Stirn mit den Lippen, worauf er lachte und ihr eine Hand entgegenstreckte: »Mama!« Es folgten unverständliche Worte. Und da bedeckte sie ihn mit Küssen, den Kopf, die Wangen, die Ohren – er hatte sie betört. Jemand, den sie lieben konnte…

Auch die schwarze Mammy lachte gutherzig.

»Hübsch«, sagte sie, »was fü' ein hübsches Baby, M'am.«

»Sehr hübsch, Mammy.«

»Er ist häßlich, aber ich bin ganz vernarrt in ihn«, dachte sie.

Und während sie das lachende Gesichtchen beschnupperte, nahm sie einen Duft wahr, der an den gewisser Feldblumen erinnert, deren Namen man vergeblich sucht.

»Hast du ihn parfümiert?« fragte sie.

»Nein, nie Pa'füm.«

»Dann ist es die Seife?«

»Nein, M'am, nichts. Baby 'iecht gut.«

»Warte nur, wie ich dich lieben werde«, flüsterte Elizabeth dem Kind ins Ohr.

Wie kam es, daß sie ihn nicht schon früher entdeckt hatte? Aber Billy interessierte sich nicht wirklich für ihn, und dann war da

Ned... Die Erinnerung an den kleinen Jungen, der zur Kutsche rannte und ihr dann ein Lebewohl zuwinkte, überfiel sie auf einmal und schnürte ihr die Kehle zu. Aber jetzt schmerzte seine Abwesenheit sie weniger – oder zumindest nicht auf die gleiche Weise: es gab jemanden in Dimwood, den sie lieben konnte.

»Zuf'ieden, M'am?« fragte Mammy.

»Ja.«

Plötzlich fragte sie sich, wo diese imposante Person schlafen würde. Im Himmelbett? Das schien ihr zwar nicht gerade anstößig, aber immerhin ein bißchen unpassend... Das wäre etwas im Süden noch nie Dagewesenes, aber wenn es wegen Christopher denn sein mußte... Der Name schien ihr plötzlich sehr lang für eine so winzige Person.

»Wir müssen ihn Kit nennen«, sagte sie zu der Mammy.

»Kit, ja, M'am wi' nennen ihn imme' Kit... Massa Kit.«

»Kit genügt«, sagte Elizabeth lächelnd, und dann fragte sie: »Mammy, wo werden Sie schlafen? Im Bett?«

»O nein, M'am«, erwiderte die Mammy fast entrüstet, »doch nich' im Bett nich'. Mammy schläft auf'm Fußboden.«

Und sie zeigte auf die Fliesen vor dem Bett, wo Elizabeth eine Matratze liegen sah.

»Schläft man gut darauf?« fragte sie.

»Mammy schläft imme' d'auf, M'am.«

»Wenigstens war die Matratze sehr dick. Sie gab Kit noch ein Küßchen, und dann kehrte die verliebte Mutter in ihr Zimmer zurück. Dort war alles in Ordnung, die Schränke voll, die Koffer verschwunden, und Betty wartete lächelnd.

»Betty, mein kleiner Junge ist ein Engel.«

»*Yes*, M'am.«

Am nächsten Morgen ging sie gleich nach dem Aufstehen in Kits Zimmer. Er lag noch auf dem Rücken in dem Bett, worin alle Hargrove-Kinder geschlafen hatten. Als sie sich über ihn beugte, wandte er das Gesicht zur Seite, wie um sie besser zu sehen, schlug das rechte Auge weit auf und lächelte von einem Ohr zum anderen. So machte er sie zu seiner Beute und Sklavin. Von nun an hatte Elizabeths Anwesenheit in Dimwood einen Sinn.

Emma und Douglas bemerkten die Veränderung sehr rasch, und das ganze Haus schien die Last seiner bedrückenden Einsamkeit abzuschütteln. Man hätte meinen können, daß die Salons und die Korridore von Erinnerungen bevölkert wären wie von leuchtenden Schatten. Aus Vorsicht mied Elizabeth bestimmte Orte: den, wo Fred ihr seine Liebe gestanden hatte, und vor allem den allergefährlichsten am Ende der Veranda, wo Jonathan durch das Laub der Magnolien sein Gesicht zu ihr emporgewandt hatte... Dort allerdings war die Versuchung zu stark, als daß sie ihr lange zu widerstehen vermochte, und des Nachts, wenn nur der Gesang der Frösche die Stille belebte, schlich sie sich hinaus, um die auf immer verlorenen Minuten wiederzuerleben. Mit pochendem Herzen kehrte sie in ihr Bett zurück, überwältigt wie nach einer Liebesnacht mit einem Gespenst. Die schwarze Mammy stellte sich schlafend, vermutete alles, verstand nichts und schwieg. Am Tage tröstete sich Elizabeth, indem sie mit ihrem Mund Kits ganzes Gesichtchen durchlief, und er zeigte ihr seine winzigen Zähnchen, streichelte ihr aufs Geratewohl die Wange, die Augen, die Nase, lachte und lallte alle möglichen Worte für sie.

Billys Abwesenheit wurde ihr oft zur Qual. Manchmal bekam sie einen Brief, in dem er ihr voll Bitterkeit schrieb, daß es unmöglich sei, Urlaub zu erhalten, daß durch die politische Lage die Manöver immer häufiger würden... In ihrem sinnlos breiten Bett kämpfte sie gegen die Schlaflosigkeit an und träumte von einem neuen Ausflug zur Kaserne der Husaren, einen traurig-ausgelassenen Traum, den beim Erwachen ein strahlendes Lächeln auslöschte, das winzige, bläulichweiße Zähnchen sehen ließ.

Die Wochen gingen dahin in der abgründigen Langsamkeit der Zeit, die sich nicht vom Fleck zu rühren scheint, während sie vergeht und sich in Nichts auflöst. Die Zeitungen aus Savannah und anderswo kamen ins Haus, ohne daß sie auch nur einen Blick darauf warf. Man vermied es, von anderen Dingen als der Temperatur zu sprechen, den köstlichen Mahlzeiten folgten die köstlichen Mahlzeiten, gemäß dem gewohnten Rhythmus glücklicher Zeiten. Der ferne Gesang der Schwarzen auf der Plantage gab dieser beruhigenden Monotonie eine melancholische Note.

121

Während Elizabeth in Dimwood in der Person des kleinen Kit eine neue Liebe entdeckte, reiste Ned zu Schiff mit Charlie Jones nach Virginia. Sowie er den roten Boden der Feldwege betreten hatte, fühlte er sich in einer ganz anderen Welt, in einem Land, das einen ruhigen, mächtigen Zauber auf ihn ausübte. Die großen grünen Weiten lagen friedlich unter einem grauen Himmel, und in ihrer Einfachheit und Vollkommenheit sagte diese Landschaft dem Herzen des Jungen aus Savannah zu. Hier endete die Unruhe, und er fühlte zum erstenmal in seinem Leben den Reiz eines Glücks fern von der Welt.

Charlie Jones hielt sich nicht mit solchen Träumereien auf. Er hieß seinen Enkel in den Vierspänner steigen, der sie in wildem Galopp davontrug, denn er wollte so rasch wie möglich in Great Lawn ankommen, und Ned, der von der Ortsveränderung noch ganz sprachlos war, wagte ihm keine Fragen zu stellen, zumal sein Großvater eine Zeitung zu lesen versuchte, die er gefaltet aus der Tasche gezogen hatte. Von Zeit zu Zeit stieß er ein Murren aus, das man so oder so auslegen konnte, das seinen jungen Reisegefährten jedoch verwirrte, denn es war ihm, als folgten ihnen der Lärm und die Unruhe der Stadt die ganze große rostfarbene Straße entlang.

Vereinzelt standen hie und da Häuser, alle aus weiß oder blaßgelb gestrichenem Holz, und nach einigen Stunden kamen sie an einem Dorf vorbei, wo man ein langgestrecktes Gebäude sah, das voller Menschen schien. Charlie Jones senkte seine Zeitung:

»Das ist der Kramladen des Ortes, wo sich alle Einwohner treffen. Dort kann man alles kaufen und über Gott und die Welt schwatzen. Es gibt auch einen in unserer Nähe. Du wirst sehen, wir sind jetzt nicht mehr weit.«

Sie fuhren noch eine halbe Stunde, verlangsamten das Tempo und hielten schließlich vor einer Absperrung. Einer der beiden Kutscher sprang vom Bock und hob den die Straße versperrenden Schlagbaum auf. Die Kutsche bog in eine lange Allee ein, die sich anmutig am Rande einer Wiese hinschlängelte, und auf dieser Wiese streckte eine Zeder ihre riesigen Äste empor. Ned empfand einen Schock, weil seine Mutter ihm unter Seufzern davon erzählt hatte, und gleichzeitig erkannte er das graue Holzhaus mit dem dunkelroten

Dach. Zu beiden Seiten einer Fassade mit hohen Fenstern hatte es zwei spitze Türmchen und war umgeben von Tannen und Kastanienbäumen, die es zum Teil dem Blick verbargen. Trotz der Erzählungen seiner Mutter hätte er eher einen prunkvollen Säulenbau wie in Georgia erwartet. Statt dessen entdeckte er ein großes, etwas ländliches Haus, von dem er sich jedoch instinktiv sogleich angezogen fühlte. »Man liebt es auf den ersten Blick«, hatte seine Mutter ihm gesagt.

Der Wagen hielt vor einer Veranda, über die eine Ulme wachend ihre Zweige ausbreitete, die sich wie ein Laubgehänge bis auf die Köpfe der Pferde neigten. Schwarze Diener hießen Onkel Charlie willkommen und luden das Gepäck aus. Als Ned hinter seinem Großvater über die Türschwelle trat, eilte ihnen eine lebhafte kleine alte Dame entgegen. In ihrem schwarzen Kleid mit dem weißen Kragen war sie kaum größer als Ned, fügte ihrem Wuchs jedoch die ganze Höhe einer spitzenbesetzten Haube hinzu, die ein zartes, runzliges Gesicht krönte, aus dem zwei schalkhafte graue Augen funkelten. Sie schenkte ihm ein strahlendes Lächeln.

»Ned?« fragte sie. »Wie groß er geworden ist...«

»Du hast es erraten, ohne daß ich es dir zu sagen brauchte, Charlotte. Der Sohn meines armen Ned. Komm, Ned, gib Tante Charlotte einen Kuß.«

Das alte Fräulein hielt ihm eine Wange hin, die er pflichtgemäß küßte.

»Ich kenne deine Mama gut«, sagte sie.

Um einer langen Unterredung vorzubeugen, sagte Charlie Jones zu Ned:

»Es bleibt uns noch eine Stunde bis zum Mittagessen. Wie wär's mit einem kleinen Ausritt in die Umgebung?«

Und ohne die Antwort abzuwarten, nahm er ihn bei der Hand und führte ihn auf die linke Seite des Hauses.

»In Savannah hatte ich dir eine Überraschung versprochen. Sie wartet an der Stalltür hinter dem Haus. Lauf nur, ich treffe dich dort.«

Ned verlangte keine Erklärung und rannte wie der Blitz um das Haus. Doch plötzlich blieb er verdutzt stehen: an der Stalltür stand ein junger Schwarzer und hielt ein weißes Pony am Halfter, das seine dichte Mähne schüttelte. Mit seinem feinen und robusten Halfter und seinem silbrigen Schweif schien es einem Märchen entsprungen. Der kleine Junge stieß einen Freudenschrei aus:

»Ein Pferd für mich!«

»Ja«, sagte Onkel Charlie, der hinter ihm erschien. »Es heißt Whitie, und wenn du nett mit ihm redest, wird es sehr gehorsam sein.«

Ned trat näher und streichelte den Hals des Ponys, das ihn aus großen schwarzen Augen ansah.

»Whitie«, sagte Ned.

Es war nicht das erstemal, daß er mit einem Pony zu tun hatte, und dieses neigte ein wenig den Kopf. Jetzt konnte Ned nicht länger widerstehen und küßte das Tier trotz der warnenden Geste des Stallknechts. Welche Zusammengehörigkeit verband die beiden, den Jungen und das Pferd? Das Pony rührte sich nicht, bewegte jedoch jedesmal den Schweif, wenn Ned es anfaßte.

»Wie ich sehe, seid ihr bereits gute Freunde«, sagte Onkel Charlie lachend. »Joe, du brauchst Whitie nicht zu satteln, er gehört jetzt Master Ned, und der wird ihn ohne Sattel reiten.«

»O Großvater!«

»Schon gut, schon gut, du bist zufrieden. Wenn du deine Ferien in Great Lawn verbringst, wirst du deinen Freund Whitie stets vorfinden. Inzwischen könnt ihr eine kleine Runde auf der Wiese machen.«

Ned schwang sich auf das Pony und stob davon. Obgleich Whitie noch nicht ganz ausgewachsen war, galoppierte er mit einer erstaunlichen Geschwindigkeit. Ned stieß Freudenschreie und Komplimente hervor, die der Wind davontrug. Närrisch vor Freude und sicher, nicht gehört zu werden, gab er recht naive Erklärungen von sich:

»Whitie, du wirst mein Kamerad sein. Warte nur, wie glücklich wir werden, du wirst sehen.«

Wie der Blitz schoß Whitie auf den Tannenwald zu, wohin Ned ihn lenkte. Von den ersten niedrigen Zweigen an ging es im Schritt, dann sprang Ned zu Boden und drang ein in das Halbdunkel. Im geheimnisvollen Dickicht des immer dunkler werdenden Waldes verließ das Pony ihn nicht. Ned blickte sich um, sah den großen weißen Fleck in dieser mit Lichttupfen besäten Nacht und sagte von Zeit zu Zeit:

»Whitie, ich bin da.«

Einmal blieb er stehen, wie von einer unbestimmten Unruhe ergriffen, ging ein Stück zurück, kehrte um und kam zum zweitenmal an dem Ort vorbei, wo seine Mutter einst gewaltsam den ersten

Kuß ihres Geliebten erhalten hatte. Den Kopf voller Piraten- und Räubergeschichten wie so viele Jungen seines Alters, hegte Ned den leidenschaftlichen Wunsch, das Unbekannte zu erforschen, aber hier hatte er nichts Seltsames oder Geheimnisvolles entdeckt, und enttäuscht verließ er mit seinem Pony den Wald, dessen tote Zweige unter ihren Schritten knisterten. Wieder auf der Wiese, stoben sie im Galopp davon. Das Gras war so hoch, daß Whities Beine darin verschwanden, und es sah aus, als wenn sie einen Fluß überquerten.

Ned kam gerade noch rechtzeitig zum Mittagessen und setzte sich zur Linken von Onkel Charlie, während Tante Charlotte weiter rechts Platz genommen hatte. Emmanuel, mit dem Ned sich einst geprügelt hatte, saß neben Miss Charlotte, weil sie ihn zum Schweigen zu bringen wußte, und John mit seinem langen blonden Haar verhielt sich sehr artig zwischen Ned und seinem Bruder, war aber näher zu Ned gerückt. Emmanuel versuchte seinen »Vetter« bereits mit dem Blick herauszufordern, nachdem er ihm aggressiv die Hand geschüttelt hatte. Ein blutiges Roastbeef mit Reis füllte die Teller, als Charlie Jones sich Ned zuwandte und ihm erklärte:

»Heute wirst du Amelia, meine liebe Frau, nicht sehen. Sie bewohnt seit einigen Monaten mit unseren kleinen Zwillingen und unserem Töchterchen, das sie immer bei sich haben will, ein bezauberndes Haus ganz in der Nähe, das wir das Waldhaus nennen.«

Ned erinnerte sich undeutlich an eine große, feierliche Dame, und Miss Charlotte nutzte das Schweigen, um den Faden ihrer Ideen wiederaufzunehmen:

»Deine liebe Mama und ich haben zusammen Psalmen gelesen. Das hat sie bestimmt nicht vergessen. Ich will doch hoffen, daß du regelmäßig deine Bibel liest, Ned.«

Emmanuel ließ ein dumpfes Hohngelächter vernehmen und warf seinem verdutzten »Vetter« einen spöttischen Blick zu.

»Charlotte«, sagte Charlie Jones, »man spricht bei Tisch nicht von Religion.«

Die weiße Haube protestierte.

»Irrtum!« kreischte sie mit ihrer schrillen Stimme. »Die Religion ist allgegenwärtig!«

»Ned«, fragte Charlie Jones, »kommt ihr gut miteinander aus, du und Whitie?«

»Wir sind Freunde für immer!« rief Ned begeistert.

»Freunde für immer«, wiederholte John liebevoll, der bisher nichts gesagt hatte.

»Whitie gehört nach Great Lawn«, sagte Emmanuel, »er gehört allen.«

Charlie Jones fuhr ihn an:

»Fang bloß nicht wieder damit an, verstanden? Whitie gehört Ned, ein für allemal!«

Emmanuel musterte Ned mit einem mörderischen Blick.

»Darüber werden wir nachher reden«, flüsterte er über den Tisch.

Neds Wangen glühten, aber er sagte nichts. Mit seinem offenen Kragen und seinem wirren Haar sah er bereits wie ein etwas unordentlicher Junge vom Lande aus, was ihn nur noch schöner machte.

»Ned«, sagte Miss Charlotte, »du ähnelst deinem Vater.«

»Das wollte ich eben sagen«, bemerkte Charlie Jones lächelnd. »Ich habe dir sein Zimmer im obersten Stockwerk gegeben.«

Bei diesen Worten machte er ein so trauriges Gesicht, daß alle bis zum Nachtisch schwiegen.

Gleich nach dem Essen begab sich Ned auf sein Zimmer, in Begleitung eines Schwarzen, der seinen Koffer trug. Der große, hohe Raum beeindruckte ihn durch den Ernst der dunklen Möbel, die langen roten Vorhänge mit den schweren Falten und den Spiegel in seinem Rahmen aus Mahagoni und Nußbaumholz.

»Das is' es, Massa Ned«, sagte der Schwarze und stellte den Koffer auf den Boden. »Neben Massa Cha'lies Zimme' is' es das schönste in G'eat Lawn.«

Da er mit dem Rücken zur Tür stand, hatte er Emmanuel nicht gesehen, der sich hinter ihm hereinschlich und ihm ins Ohr brüllte:

»Raus mit dir!«

Der Schwarze sprang in die Luft und ergriff entsetzt die Flucht. Emmanuel schloß die Tür.

»Ned«, sagte er, »du bleibst den ganzen Sommer hier, also höre: Wir werden beide abwechselnd das weiße Pony reiten, und zwar ich zuerst, sonst nehme ich es dir mit Gewalt.«

»Eher lasse ich mich kurz und klein schlagen«, sagte Ned zitternd vor Wut.

»Damit werde ich gleich anfangen.«

Mit gesenktem Kopf rannte er auf Ned zu und warf ihn rücklings zu Boden. Ein Sonnenstrahl leuchtete wie Feuer im roten Haar des Angreifers, dessen Züge sich verhärteten. Ned fühlte den heißen Atem auf seinem Gesicht.

»Ich bin der Sohn, und du kommst danach. Verstanden? Oder du kriegst meine Faust aufs Auge.«

Außer sich vor Wut, warf Ned sich mit einem plötzlichen Lendenstoß zur Seite und stieß sein Knie aufs Geratewohl in den Leib seines Gegners. Er hatte die Ratschläge des Gärtners nicht vergessen, machte sich Emmanuels Verwirrung zunutze, packte ihn beim Schopf und schlug ihm den Kopf mehrere Male auf den Fußboden. Der Junge brüllte.

Charlie Jones, der irgend etwas gewittert hatte, trat in diesem Augenblick ins Zimmer. Sehr ruhig, die Hände im Rücken verschränkt, sagte er zu Ned:

»Bring ihn mir nicht gleich um. Er wird es jetzt wohl begriffen haben.«

Die beiden Jungen hielten inne.

»Er hat mir weh getan«, stöhnte Emmanuel.

»Das erstaunt mich nicht. Man wehrt sich, so gut man kann.«

Ned sprang mit einem Satz auf. Emmanuel, zuerst auf allen vieren, erhob sich knurrend.

»Hör auf«, befahl ihm sein Vater, »das geht vorüber, ich schäme mich für dich. Worum geht es denn?«

»Er will mir Whitie wegnehmen«, sagte Ned.

»Außer dir wird niemand Whitie anrühren. Die Stallburschen haben ihre Anweisungen. Und jetzt gebt euch die Hand.«

Ned trat mit ausgestreckter Hand auf Emmanuel zu, doch dieser hielt die seinen auf dem Rücken verschränkt.

»Emmanuel, man muß auch eine Niederlage einstecken können«, sagte Charlie Jones.

Emmanuel rührte sich nicht.

»Nun gut. Wenn du den Starrköpfigen spielst, dann wird das Geschenk, das ich dir zu deinem Geburtstag machen wollte, um ein Jahr verschoben.«

Wie ein Messer schnellte Emmanuels Hand Ned entgegen. Die Versöhnung war schroff und rasch.

»Ist es Agenor, Papa?« fragte Emmanuel.

»Wir werden sehen, es kommt ganz auf dein künftiges Benehmen an ... Ich passe auf.«

Ohne ein weiteres Wort ging er hinaus und schloß die Tür. Emmanuel blickte Ned an.

»Du...!« sagte er und stampfte mit dem Fuß.

Die Tür ging wieder auf.

»Willst du, daß ich alles um ein Jahr verschiebe? Ned, du weißt sicher nicht, wer Agenor ist. Er ist der schönste und der lebhafteste Rotfuchs in meinem Stall.«

Zum zweitenmal verschwand er. Emmanuel kehrte Ned störrisch den Rücken zu, aber es herrschte vollkommene Ruhe bis zu dem Augenblick, da Agenors zukünftiger Besitzer zwar immer noch wütend, aber lautlos das Zimmer verließ.

Niemand erfuhr von diesem Eklat. Miss Charlotte pries den Frieden, der im Großen Hause herrschte, und bemühte sich, den Neuangekommenen in erbauliche Gespräche zu ziehen, aber Ned sträubte sich dagegen. Gewiß, er mochte diese kleine geschäftige alte Person, die ihn mit einer etwas schalkhaften Zuneigung anblickte, aber sie verwirrte ihn, als ob sie seine Seele in irgendein frommes Abenteuer ziehen wollte... Was mochte das sein? Mit seinen acht Jahren wußte er es nicht, aber sie wollte sein Wohl, und er ging ihr freundlich aus dem Wege. Seine Unschuld vertrug sich nicht mit der ihren.

In einem wahren Glücksrausch stürmte er auf Whities Rücken durch die Wiesen und verlor sich in den Wäldern der Umgebung. Das Pony schien besser als er zu wissen, welche Wege zu meiden waren. Eines Morgens, als sie durch das Halbdunkel eines großen Waldes trotteten, blieb Whitie plötzlich stehen und wollte nicht weiter. Ned sprang ab, machte ein paar Schritte und sah ganz in der Nähe unter dem Dickicht eine verborgene Schlucht. Dankbar streichelte er die Stirn des Ponys, das seinen Kopf mit der langen Mähne auf seine Schulter legte. Diese unerwartete Geste rührte den Jungen, und, den Arm über Whities Hals geschlungen, sprach er zu ihm wie zu einem Kameraden.

»Hier stört uns niemand. Zu Hause verstehen sie nichts und machen mir Ärger wegen dir.«

Trotz allem war er noch ein wenig durcheinander vom Gedanken an einen möglichen Sturz in die Schlucht, wo Whitie sich vielleicht die Beine gebrochen hätte. So beschloß er, auf einem anderen Wege heimzukehren, und dort verirrte er sich.

Einige Schwarze hatten sich beunruhigt an der Wegkreuzung postiert. Zu Hause erwartete man ihn zum Mittagessen. Ohne ihn zu schelten, forderte Charlie Jones ihn stirnrunzelnd auf, sich zu setzen, und dann folgte ein bedrückendes, mißbilligendes Schweigen. Es war eine bittere Lektion, und Ned aß ohne Appetit den Schinken aus Smithfield, den er sonst über alles liebte.

Nach dem Essen schlenderte er allein über die große Wiese vor dem Haus. Emmanuel rannte ihm nach und holte ihn ein. Mit einem derben Lachen versetzte er ihm einen heftigen, jedoch ganz freundschaftlichen Rippenstoß und sagte:

»Also schließen wir wohl Frieden. Papa verlangt es. Dafür kriege ich Agenor zum Geburtstag. Aber was hast du denn? Habe ich dir weh getan?«

In der Tat hielt Ned sich die Seite.

»Pardon, Entschuldigung«, sagte Emmanuel. »Das ist nun mal meine Art. So bin ich eben. Und du vor ein paar Tagen doch auch. Vergiß es. Wenn ich erst auf meinem Agenor sitze, dann kannst mir auf deinem Pferdchen nachzotteln.«

»Wihtie läuft wie ein Pfeil.«

In Emmanuels stechenden Augen flammte der Wunsch auf, sich mit Ned zu prügeln und ihn auf den Rasen zu werfen, aber er dachte an Agenor und hielt sich zurück. Seine langen dunkelroten Haarsträhnen hingen ihm wirr in die Stirn und verliehen ihm eine wilde Schönheit.

»Na schön, aber du wirst Papa sagen, daß wir Freunde sind.«

»Freunde?« sagte Ned mit skeptischer Miene.

»Ach, du brauchst ja nur so zu tun. Nun komm schon, stell dich nicht so an.«

Ned reichte ihm die Hand, die mit Begeisterung ergriffen wurde.

»Fein! Jetzt bleibt es dabei. Ich meine es im Ernst.«

»Im Ernst«, wiederholte Ned. »Das gefällt mir schon besser.«

»Mir auch! Und ich habe meinen Agenor!«

Mit einer überraschenden Behendigkeit drehte er eine Pirouette auf dem Rasen.

»Wenn du willst, können wir uns mal hinter dem Haus massakrieren.«

»Eines Tages, aber nicht gleich. Kannst du boxen?«

Emmanuels Gesicht veränderte sich.

»Mehr oder weniger«, sagte er.

»Ach, ich habe es bei einem Iren gelernt, einem starken Kerl…«
Emmanuel wich unmerklich zurück.

»Ach so«, sagte er, sichtlich ruhiger geworden.

Dann steckte er die Hände in die Hosentaschen und fragte:

»Bleibst du noch lange hier?«

»Bis September. Und du?«

»Ich immer. Ich wohne hier. Eines Tages wird das Haus mir gehören.«

»So?«

»Ja«, sagte Emmanuel mit einer spöttischen Miene, die Ned beunruhigte. Was würde aus Whitie werden, wenn er nicht mehr da wäre? Aber weiter ging das Gespräch nicht, und nachdem sie schweigend ins Haus zurückgekehrt waren, trennten sie sich.

Ned verbrachte fast den ganzen Tag auf seinen langen Spazierritten mit Whitie. Er dehnte sie so weit wie möglich aus, bis zum Ufer eines Flusses, wo er Halt machte, um sich auszuruhen. Plätschernd und mit einer Emsigkeit, die dem Jungen gefiel, floß das Wasser durch ein waldiges Tal. Er setzte sich auf eine Bank aus grobem Holz, um ein bißchen zu verschnaufen, während Whitie ein paar Schritte hinter ihm auf der Wiese graste. Diese Ausflüge in die Umgebung waren die schönsten Stunden der Ferien. Ganz in der Ferne sah er die Kuppen der bläulichen Hügel, so blaß, daß sie mit dem Himmel verschmolzen. Wie hätte er ahnen können, daß neun Jahre zuvor seine Mutter hier gesessen hatte? Wie sie hatte er einen Hang zum Träumen und stellte sich aufregende Abenteuer auf diesen geheimnisvollen Höhen vor, Begegnungen mit Indianern, die mit Adlerfedern geschmückt waren und gern bereit, ihn bei sich aufzunehmen.

Im Großen Haus langweilte er sich. Es war so weiträumig und still, daß es leer schien, und seine Schritte hallten auf eine Art, die er unheimlich fand. Bei den Mahlzeiten traf er stets die gleichen Personen wieder, die mehr oder weniger die gleichen Dinge sagten. Sehr oft erschien Charlie Jones nicht bei Tisch, und dann sagte Miss Charlotte den Satz, den alle kannten:

»Onkel Charlie speist im Waldhaus.«

Und das Waldhaus, das niemand außer ihm und den Dienern betrat, wurde zu einem mythischen Ort, obgleich es gar nicht weit entfernt war. Miss Charlotte schwatzte mit leiser Stimme. Man dachte nicht daran, ihr zuzuhören, denn man wußte, daß sie mit dem Alter die Gewohnheit angenommen hatte, Selbstgespräche über den Haushalt oder die Religion zu führen, aber sie ließ sich keine Gelegenheit entgehen, die Hand des Jungen aus Savannah zu ergreifen, den sie sehr gerne mochte, gewiß, der aber aus jener verdächtigen Stadt kam und zumindest einen Bekehrungsversuch wert war. Doch leider lief er ihr davon, sowie er den letzten Bissen hinuntergeschluckt hatte.

Emmanuel hatte gegenüber Ned eine joviale Haltung eingenommen und klopfte ihm mit der Autorität eines Älteren – und eines Onkels – auf die Schulter.

»Sobald es Krieg gibt«, sagte er eines Tages, »schwinge ich mich auf Agenor und reite zum Angriff.«

»Der Krieg...«, sagte Ned.

»Papa hat gesagt, früher oder später wird er ausbrechen.«

Das sagte Charlie Jones allerdings nicht bei Tisch, wenn er überhaupt erschien. Dann sprach er kaum ein Wort, denn ihn störten Miss Charlottes ewige Monologe, die er nicht zu hören vorgab, um das alte Fräulein nicht zu verletzen. Stets wohlgelaunt, lächelte er den Jungen zu und aß mit gutem Appetit, aber dann beeilte er sich, zu seiner Frau, seinem Töchterchen und seinen Zwillingen zurückzukehren, deren Gegenwart ihn für das Leben voller Arbeit und Aufregungen in Savannah entschädigte. In dem kleinen Waldhaus kultivierte er seinen sentimentalen Traum des ewig verliebten Ehemannes, dessen Gemahlin sich zwar in ausschließlich himmlischen Hoffnungen wiegte, sich jedoch zwischen zwei Niederkünften mit erhabener Gelassenheit den ehelichen Pflichten hingab.

Fast unbemerkt von allen anderen, setzte sich der kleine, sechsjährige John bei Tisch neben Ned. Mit seinem hellen, goldblonden Haar, das ihm bis auf die Schultern fiel, personifizierte er das artige und verträumte Kind. Sein Bruder Emmanuel vermochte ihn mit einem einzigen Seitenblick in Schrecken zu versetzen, und in seinen blaßblauen Augen offenbarte sich eine Seele von fast krankhafter Schüchternheit. Man erriet seinen instinktiven Hang, die Welt der lauten Stimmen und der unbeugsamen Willensäußerungen zu fliehen. Die ganze Zartheit dieses bescheidenen Wesens zeigte sich in den sanften und feinen Zügen, die an ein Porträt gemahnten, das eine sorgsame und leichte Hand mit weichem Bleistift gezeichnet hatte. Er hielt sich so dicht wie möglich bei Ned auf und blickte ihn von Zeit zu Zeit mit einer zutraulichen und zärtlichen Miene an, die sein Nachbar nicht immer bemerkte, die ihn jedoch, wenn er ihrer gewahr wurde, in Verlegenheit brachte. Dann tauschten sie ein Lächeln, kurz bei dem einen, lang und von undefinierbarer Ernsthaftigkeit bei dem anderen. Darauf allein beschränkte sich der geheimnisvolle Dialog, der keine andere Form kannte und nur einmal durch einen Ausruf von John verraten wurde, der als Echo auf einen Ausruf Neds erschallte: »Freunde für immer!«

122

Während Virginia in der Trägheit eines schönen Sommers vor sich hinschlummerte, erwachte die nicht minder verschlafene kleine Welt in Dimwood ganz plötzlich. Gegen Ende Juli hielten zwei Kutschen vor dem Haus. Heraus sprangen Mildred, Hilda und Minnie mit ihren Sonnenschirmen, gefolgt von der viel ruhigeren Tante Augusta, der Onkel Josh aus dem Wagen half. Als letzter stieg William Hampton aus und lief Douglas entgegen:

»Mr. Hargrove, wir kommen unangemeldet. Bitte entschuldigen Sie. Aber die Damen hatten genug von Limestone Spring, und ich habe sie abgeholt.«

Dann drückte Josh Douglas die Hand.

»Überrascht, uns hier zu sehen, Douglas? Augusta hatte Heimweh nach Dimwood.«

»Es ist uns eine Freude, euch alle hier zu haben, Josh, aber wo sind die anderen? Die Ehemänner fehlen.«

»Ach, Siverac und Lawrence, denen hat ein Monat in Limestone Spring vollauf genügt. Um die Wahrheit zu sagen, man langweilt sich zu Tode in diesen Kurorten, und sie dachten, daß sie in Charleston, ihrem Paradies... Kurz, sie sind dort und gehen ihrer gewohnten Beschäftigung nach, vor allem der Politik.«

Schließlich erschien Augusta und umarmte ihre Schwägerin.

»Emma, endlich zurück in unserem geliebten Dimwood!«

»Welch eine Freude für uns, Darling, euch alle hier zu sehen«, sagte Emma.

»Josh und ich, wir bleiben, aber die anderen fahren weiter nach

Charleston. Ja, man setzt uns hier ab, und dann auf in die große Stadt! So ist die Jugend. Und gleichzeitig entführen sie uns Elizabeth.«

»Was du nicht sagst! Aber gehen wir aus der Sonne.«

Sie rief:

»Elizabeth!«

Elizabeth erschien im Vestibül auf einer Treppenstufe. In ihrem meergrünen Kleid und dem im Nacken zu einem Knoten gerflochtenen Haar sah sie blendend aus.

»Träume ich?« fragte sie.

Ein allgemeines Gelächter war die Antwort.

»Nun komm schon, Lisbeth«, sagte Hilda schelmisch und hielt die Arme auf, »du hast deinen Auftritt gehabt. Steig die Treppe herab und umarme uns.«

Mit leicht geröteten Wangen umarmte sie der Reihe nach die Frauen, dann Josh. Ein Lächeln für William Hampton, den sie schon immer elegant gefunden hatte.

»Elizabeth«, fuhr Hilda fort, »eben hast du geglaubt, du träumst, aber der Traum fängt erst jetzt an. Pack deine Koffer. Wir entführen dich nach Charleston.

Elizabeth machte ein verdutztes Gesicht.

»Das ist nicht möglich... Der Kleine... ich kann ihn nicht allein lassen.«

»Warum nicht?« fragte Douglas mit Ungeduld. »Betty und seine *Black Mammy* werden sich um ihn kümmern.«

»Das ist nicht das gleiche«, stöhnte Elizabeth. »Ich will ihn bei mir haben.«

Douglas, der gern gehabt hätte, daß sie abreiste, gab sich nicht geschlagen.

»Du kannst ihn im Juli nicht nach Charleston mitnehmen. In seinem Alter würde ihm die Hitze schaden. Er braucht ein bißchen frische Luft. Hier in Dimwood... Und dann, zum Donnerwetter, laß mir doch noch ein wenig meinen Enkel!«

Hilda sagte mit einem maliziösen Lächeln:

»In Charleston wirst du deinen Billy haben. Denk daran, Darling.«

»Aber er ist nicht in Charleston, er ist auf der Festung Beauregard.«

»Von Beauregard nach Charleston sind es zwei Stunden zu Pferd.

Es müßte mit dem Teufel zugehen, wenn er nicht für einen Tag Urlaub ergatterte… oder mehr.«

Unschlüssig wie sie war, erbat Elizabeth einige Minuten Bedenkzeit und ging sogleich in Kits Zimmer hinauf. Sie wußte genau, daß sie nachgeben würde, aber sie wollte den Kleinen in die Arme nehmen, um ihm eine letzte Chance zu geben, sie zurückzuhalten… Man hätte meinen können, daß er alles tat, um das zu erreichen. Er saß auf dem Schoß der *Black Mammy*, fuchtelte mit den Händen, sowie er sie erblickte, und stieß inartikulierte Laute aus. Sie warf sich vor ihm auf die Knie, überschüttete ihn mit Küssen und weinte.

»Ich gehe für ein paar Tage fort«, sagte sie zu der schwarzen Frau, die große Augen machte und nichts weiter vorbrachte als ein:

»Oh! M'am!«

»Auf Wiedersehen, mein Liebling«, wiederholte sie immer wieder mit tränennassem Gesicht.

Und da geschah es, daß das Kind, von irgendeiner Intuition bewegt, den Kopf zur Seite drehte, seine Mutter aus seinen schelmischen blauen Augen anschaute und in einer Art Singsang »Mama, Mama« sagte. Sie glaubte schon, schwach zu werden, doch nachdem sie ihn noch einmal an sich gedrückt hatte, gab sie ihn der *Black Mammy* zurück und eilte hinaus.

Betty hatte schnell ihren Koffer gepackt, und einige Minuten später stieg sie mit William Hampton und Hilda in eine der Kutschen, während Mildred und Minnie in der anderen Platz nahmen. Der Abschied war von exemplarischer Kürze und erleichterte das Unternehmen, indem er allen die üblichen Rührseligkeiten ersparte.

Die Wagen fuhren in raschem Trab, Dimwood verschwand, und es gelang der jungen Engländerin, vor Hampton, den sie nur wenig kannte, eine gute Figur zu machen. Dieser versuchte, sie von ihrem Kummer abzulenken, indem er ihr die Schönheiten von Limestone Spring beschrieb.

»Man glaubt seinen Augen nicht. Es ist die romantischste Landschaft der Welt, der Ort selbst und die Umgebung. Wir sind überall gewesen, bis zu den Grenzen des Staates. Waldige Abhänge von etwa vierzig Metern Höhe, Wasserfälle, über denen ein Regenbogen steht, der nur am Abend erlischt. Alleen mit so alten Bäumen, daß man ihr Alter nicht einmal mehr kennt, deren Laub eine köstliche Frische verbreitet. Und überall eine unglaubliche Fülle von berauschend duftenden Blumen; vom Dunkelviolett bis zu den zartesten

Nuancen des Himmelblaus, wetteifern alle nur vorstellbaren Farben miteinander...«

»Das Hotel in der Nähe all dieser Herrlichkeiten«, erklärte Hilda, »bietet einen wirklich modernen Komfort: alle Zimmer mit Gasbeleuchtung und fließendem Wasser.«

»Eine Woche lang hätte es Ihnen dort gefallen, Elizabeth, aber man muß zugeben, daß die Eintönigkeit der Tage in diesem Paradies all die märchenhaften Eindrücke verblassen läßt und die menschliche Geduld übersteigt!«

»Aber wir hatten frische Luft!« rief Hilda lachend aus.

»Und der Geruch der Schwefelquellen? Pfui Teufel!«

Alle drei brachen in Gelächter aus.

Der Tag ging zur Neige, als sie die Vorstädte von Charleston erreichten. Elizabeth fühlte sich bereits etwas besser, denn in den Geräuschen, die von der Stadt zu ihr herdrangen, entfernte sich die stille Reglosigkeit Dimwoods immer mehr.

»Du wirst sehen, daß Charleston sich seit deinem letzten Besuch in mancher Hinsicht verändert hat«, sagte Hilda, »außer bei uns, und selbst dort...«

Kaum hatte Elizabeth ihr Zimmer betreten – dasselbe wie das erstemal, mit einem Doppelbett von großzügigen Proportionen –, da schrieb sie Billy einen Brief, der einem Hilferuf glich... Woraufhin sie beschloß, sich fest und geduldig zu zeigen.

Hilda hatte die Wahrheit gesagt. Man atmete nicht mehr dieselbe Luft in Charleston. Die Leute auf den Straßen waren viel zahlreicher geworden und schienen lauter zu reden, die jungen Zeitungsverkäufer liefen schneller und schrien ihre Ware aus, um die man sich wie in Krisenzeiten riß. Eine zwar noch verborgene, aber tiefe Erregung machte sich bemerkbar. Im Hause von Lawrence Turner traf Elizabeth nicht mehr die glückliche Atmosphäre der fröhlichen Mahlzeiten an, die ihr bei ihrem letzten Besuch das Herz erwärmt hatte, als neun Personen am Tisch vor köstlichen Speisen und auserlesenen Weinen saßen. Die Diners waren nicht weniger gut, aber viel kürzer. Man kam und ging ohne Unterlaß. Der wahre Treffpunkt schien nicht mehr das Haus, sondern die Straße zu sein, denn dort diskutierte man zu jeder Stunde des Tages über die Nachrichten. Wer zu Hause blieb, lief Gefahr, die neuesten Gerüchte zu verpassen. Die Politik war allgegenwärtig.

Zuweilen ging Hilda mit Elizabeth in der Stadt spazieren, unter dem Vorwand, ihr einige besonders schöne Häuser zu zeigen, vor allem aber, weil sie sich vor Unruhe nicht zu lassen wußte. So erhaschten sie hie und da frische Informationsfetzen, die Elizabeth nicht verstand. Hilda erklärte ihr alles geduldig. Sie verbrachten den größten Teil ihrer Zeit mit Besuchen. Eines Morgens, als sie mit Mildred zu dritt von einem Stadtbummel zurückkehrten, sahen sie William und Lawrence auf den Stufen der Freitreppe sitzen und in einen wahren Schlachtplan vertieft.

»Wir brauchen die Union, die Union und nochmal die Union«, sagte Lawrence.

»Was hat er denn?« rief Hilda aus.

»Laß uns Ruhe«, wehrte William sie mit einer Handbewegung ab, ohne sie anzublicken, »wir spielen die Wahl durch.«

Und vor den drei Frauen, die sich im Schatten der Glyzinien auf ihre Sonnenschirme lehnten, wurde die Diskussion fortgesetzt.

»Ich ziehe Bell zurück«, sagte Lawrence, »er hat nicht die geringste Chance, und es ist das einzig Vernünftige, daß er sich unserem Kandidaten anschließt.«

»Und wie willst du Douglas zurückziehen? Der ist immerhin ein dicker Stein im Brettspiel«, bemerkte William.

»Die eleganteste Lösung für ihn wäre ein Schlaganfall.«

»Oh, Oh!« riefen die Frauen mit plötzlich erwachtem Interesse.

»Du gehst aber ein bißchen weit.«

»Finde etwas Besserers. Erinnere dich an das, was Julian Hartrigde gestern in Savannah gesagt hat: ›Drei *Tickets** für drei verschiedene Fahrtrichtungen, und der Zug kommt nirgends an.‹ Er hat recht, die demokratische Partei entgleist.«

»Die Republikaner haben keine Mehrheit«, sagte William. »Ihr Kandidat ist ein Unbekannter.«

»Sag das nicht, William«, erwiderte Lawrence. »Abraham Lincoln kann durchaus gefährlich werden. Er ist ein geschickter und gerissener Mann. Erinnert ihr euch an die Armstrong-Affäre vor zwei Jahren? Den Mordfall?«

»Oh, damals wurde viel darüber geredet«, sagte William.

»Ich erzähle euch kurz die Geschichte. Im August 57 wurden zwei Männer nach einer Schlägerei des vorsätzlichen Mordes ange-

---

* Ein *Ticket* ist auch der Ausdruck für einen Präsidentschaftskandidaten und seinen Vizepräsidenten.

klagt. Das Opfer war zwei Tage später seinen Verletzungen erlegen. Aber einer der Angeklagten war der Sohn eines alten Freundes von Lincoln. Der Hauptzeuge der Anklage machte seine Aussage und schilderte die Einzelheiten so klar, daß er die Geschworenen, wie übrigens auch den Richter, überzeugte. Lincoln stellte ihm mit lässiger Miene einige Fragen, die dem Anschein nach der Anklage entsprachen: in welcher Entfernung sich der Zeuge befunden habe, wieviel Uhr es gewesen sei, und wie er alles so klar habe erkennen können, da der Vorfall sich nachts ereignet hatte? Ohne zu zögern antwortete der Zeuge, daß er sich fünfzehn Meter vom Tatort befunden habe, daß es genau elf Uhr war und daß der Vollmond so hell schien wie die Sonne um zehn Uhr früh. Da bat Lincoln das Gericht um die Erlaubnis, einen Almanach des Jahres 1857, des Mordjahrs, einzusehen. Der Mond stand zu dieser Nachtstunde tief, war hinter Wolken verborgen und im Begriff, im Westen unterzugehen. Der ganze Saal brach in Gelächter aus. Der Zeuge wurde disqualifiziert. Aber das ist noch nicht das Ende. Alle Beweise sprachen gegen seinen Klienten, als Lincoln das Wort ergriff. Der Schluß seiner Rede zeigte, was für ein Komödiant er sein konnte. Er wandte sich direkt an die Geschworenen, erzählte ihnen von seiner Jugend in großer Armut, von der Hilfe und dem Trost, die er den Eltern des Angeklagten verdankte, von ihrem harten Lebenskampf, vom kürzlichen Tod des Vaters, der gramgebeugten Mutter und ihrer Verzweiflung, falls man ihr den einzigen Sohn nehmen würde. Tränen rannen über die Wangen des Redners, und dann weinten die Geschworenen und der hohe Gerichtshof. Und der mutmaßliche Täter wurde freigesprochen.«

»Nein, so etwas!« rief Hilda aus. »Aber wenn er je Präsident werden sollte, könnte er das nicht mehr tun!«

»Und warum nicht?« fragte William. »Schließlich ist er Republikaner.«

»Schlußfolgerung: Breckinridge muß um jeden Preis gewählt werden.«

Mit diesen Worten wollte Lawrence aufstehen, als Elizabeth zur Überraschung aller die Stimme erhob.

»Breckinridge!« rief sie aus. »Der ist ein wunderbarer Mann. Mit seinem Adlerblick wird er die Menge hypnotisieren.«

»Wie, Elizabeth?« fragte Hilda. »Du hast ihn gesehen? Du, die du dich nie für Politik interessiert hast? Weißt du denn wenigstens, daß er unser Vizepräsident ist?«

»Ich kenne ihn –« Elizabeth blickte sehr bedeutend drein –, »er war auf dem Abendempfang bei meinem Schwiegervater, als die Patti sang. Wir haben uns lange miteinander unterhalten. Er ist hochinteressant. Der Typ des Eroberers.«

»Ha, ha!« sagte Hilda, als Elizabeth nichts mehr hinzufügte. »Gehen wir essen, falls die Herren uns bitte durchlassen wollen.«

Lawrence und William erhoben sich, und alle traten ins Haus, doch sahen sie Elizabeth mit anderen Augen an. Zum erstenmal verblüffte sie sie.

Am gleichen Abend fanden sie sich mit Minnie, Mike und Antonin in den Gärten der *Battery* wieder. Dort promenierte die ganze Stadt und hörte mit halbem Ohr dem Kadettenorchester von der Zitadelle zu. Mit lautem Trommelwirbel und kindlicher Freude erklang gerade der *Türkische Marsch* von Mozart, das Lieblingsstück des Publikums, in der Stille des Mondlichts. Die Jugend der Stadt drängte sich in den Alleen der Parkanlagen, und ihre hellen und klaren Stimmen ertönten in einem fröhlichen Durcheinander. Zuweilen vernahm man gleich einer Herausforderung zwar nicht Patrick Henrys berühmten Ruf: »Die Freiheit oder den Tod«, sondern dessen aktuellere Variante: »Die Sezession oder den Tod«. Unter den schwarzen Schatten der Platanen bewegten sich die ineinander verschlungenen Silhouetten, die manchmal nur ihr Gelächter verriet, durch die großen Silberpfützen der Alleen.

Auf der Esplanade beugten sich Elizabeth und ihre kleine Gruppe über die Balustrade, von der man auf den Hafen hinabblickte. Dort saßen einige Schwarze und spielten Banjo, und diese grellen Töne wirkten wie kleine Tatzenhiebe neben dem triumphalen *A la Turca* der Kadetten.

Eine leichte Brise wehte vom Meer, und auf dem Wasser spiegelte sich tanzend der Mond. Die gewöhnlich so gesprächigen Freunde blieben stumm, und es war Mike, der das Schweigen brach:

»Die Lichter, die man dort sieht«, sagte er zu Elizabeth, »das ist Fort Sumter.«

»Und viel weiter«, sagte Lawrence, »aber von hier aus nicht sichtbar, liegt das mysteriöse Fort Moultrie. Laßt uns noch ein Stück unter den Bäumen gehen.«

»Warum mysteriös?« wollte Elizabeth wissen.

Aber sie redeten bereits von anderen Dingen, und eine Tanzmelodie schien von allen Seiten auf sie einzudringen.

Die Nacht war mild. Im undeutlichen und dunklen Raunen angeregter Gespräche bewegte sich die Menge noch lange nach dem Ende des Konzerts auf den Alleen in allen Richtungen. Die Nimmermüden konnten sich nicht entschließen, nach Hause zu gehen, aber in den frühen Morgenstunden überfielen die Aasgeier die Stadt und auch die Esplanade und ließen ihr freches Geschrei ertönen, um die letzten Nachtbummler zu vertreiben und sich der Wege zu bemächtigen. Diese finsteren, auf ihren roten Krallen hüpfenden Straßenkehrer nahmen von ihrer Domäne Besitz. Beim geringsten Versuch, sie in die Flucht zu schlagen, reckten sie ihre bläulichen Hälse, schlugen mit den schweren Flügeln und spien die Nachzügler an.

Gleich oder verschieden, die Tage folgten einander im Strudel der Ideen, und die Musik erfüllte getreu die nächtlichen Gärten. Hie und da kam Billy im Galopp auf einen kurzen Urlaub, und im Galopp stob er wieder davon. Alle jungen Leute in Charleston wußten genau, wie viele Gewehre, Munition und Kanonen in der Zitadelle und in den Festungen lagerten. Eine dieser Festungen, das auf der anderen Seite der Bucht am Meer auf einer Landzunge gelegene Fort Moultrie, war zu einem beliebten Ausflugsziel der Bewohner von Charleston geworden, und man ließ sich dort zum Picknick am Fuße der vom Sand verwehten Festungswälle nieder, die der wehrlosen Garnison kaum noch Schutz boten. Die Gespräche wurden immer lebhafter, je mehr man sich den Präsidentschaftswahlen näherte, und wie ein Fest dem anderen folgte in Charleston eine Rede auf die andere, und sie wurden immer leidenschaftlicher unter einem unverändert heiteren Himmel.

Im September dachte Elizabeth schließlich an die Heimkehr nach Savannah. Die Schulferien waren zu Ende, und sie konnte ihre Jungen nicht länger alleinlassen. Auch rechnete sie damit, daß Billy, der als Offizier in Südkarolina in Garnison lag, in Charleston wählen müßte und demnach einen Urlaub erhalten würde; also ein idealer Vorwand für sie, Ende Oktober wiederzukommen. Man hütete sich, sie zu enttäuschen, denn in Südkarolina war nichts wie anderswo. Die Bewohner von Karolina hatten ihre wichtigsten Wahlmänner bereits ernannt, und da diese mit Sicherheit für Brekkinridge stimmen würden, konnte der Staat Südkarolina an dem Tage, da ganz Amerika vom Wahlfieber ergriffen würde, die Ereignisse als Zuschauer verfolgen. Am 6. September verließ Elizabeth das Heim der Turners, und alle, der dieses Mal endgültig eroberte William Hampton an der Spitze, nahmen ihr das Versprechen eines möglichst baldigen Wiedersehens ab.

Am gleichen Tage am Spätnachmittag ging ein sechsjähriger Junge über die große Wiese, die Great Lawn von dem langen und niedrigen Gebäude trennte, das man einst das Tumulthaus genannt hatte. Langsam bahnte er sich seinen Weg durch das hohe, ihm fast bis an die Schultern reichende Gras, und die untergehende Sonne umgab den blaßblonden Kopf mit einem milden Licht. Ohne es zu wissen, wurde er von seinem Vater aus einem der Fenster von Great Lawn beobachtet, und die Blicke des Mannes folgten dem Kind mit besonderer Aufmerksamkeit.

Endlich gelangte der kleine Junge an die Tür des niederen Hauses, hob den Arm, ergriff den Türklopfer und ließ ihn zweimal fallen. War das ein vereinbartes Zeichen? Man öffnete sogleich. Eine Dame in Schwarz, mit dem Alter etwas fülliger geworden, aber immer noch schön, lächelte ihm liebevoll zu, doch das Lächeln vermochte den schmerzlichen Ausdruck eines geduldigen und resignierten Gesichts nicht ganz zu überstrahlen.

»Tritt ein, Johnny, ich habe dich von meinem Sessel aus schon eine Weile kommen gesehen. Geh und sag dem Kommodore artig guten Tag.«

John trat auf einen grauhaarigen Herrn mit einer Adlernase zu, dessen helle Augen einen unsichtbaren Horizont zu erforschen schienen. Er saß in einem sehr breiten Schaukelsessel und hielt eine kurze Pfeife in der Faust.

In einer Ecke nahe am Kamin schnarchte leise ein großer gelber Hund auf einem alten Kissen. Vom Geräusch der Tür geweckt, öffnete er ein Auge, und als er den kleinen Jungen erblickte, wedelte er zwei- oder dreimal mit seinem seltsam geringelten Schwanz.

»Willkommen an Bord der *Quarrelsome*«, sagte der Kommodore. »Was gibt es Neues in Great Lawn? Man schmollt wohl immer noch.«

»Great Lawn wird bis zum Tode schmollen«, sagte die Dame in Schwarz.

»Ruhe, Maisie! Geh in die Kombüse hinunter und hol dem Schiffsjungen eine Erfrischung.«

Maisie verschwand für einen Augenblick in einem anliegenden Raum.

»Und du«, sagte der Kommodore zu John, »stehe mir Rede und Antwort wie ein Mann.«

Johns flötende Stimme erwiderte, ohne zu zögern:

»Es gibt nichts Besonderes.«

»Dein Vater?«

»Papa sagt nichts.«

»Du wirst ihm melden, daß ich jeden Tag pünktlich um elf Uhr meinen Rundgang auf dem Deck mache. Falls ihn das interessiert.«

»Das Deck ist die Straße«, erklärte Maisie leise, als sie mit einem Glas Eistee in der Hand zurückkam. »Nimm das, Kleiner, aber trinke nicht zu rasch.«

»Verstanden, Matrose?« fragte der Kommodore.

»Ja, Sir.«

»Ja, mein Kapitän«, berichtigte ihn der Kommodore mit donnernder Stimme.

John, der sein Glas mit beiden Händen hielt, hätte es beinah fallen lassen. Maisie nahm es ihm ab und stellte es auf den Tisch.

»Ja, mein Kapitän«, sagte er schüchtern.

»Komm, setz dich zu mir«, sagte Maisie, »und hab keine Angst. Mein Mann brüllt, aber das hat nichts zu sagen. Wir haben dich sehr lieb.«

»Wenn du einmal groß bist«, sagte der Kommodore und schaukelte in seinem Sessel, »gehst du zur See und wirst in der Karibik kreuzen, wie ich.«

Aufs neue wiegte er sich in seinem Stuhl, schweigend und in seine Erinnerungen vertieft.

»Wie geht es Ned?« fragte Maisie.

Johns Augen wurden feucht, und er wandte ihr ein verzweifeltes Gesicht zu.

»Er ist nie zu Hause, immer auf seinem Pony.«

Und plötzlich brach er in Tränen aus.

»Aber, aber, Kleiner«, sagte Maisie und streichelte ihm das Haar, »das ist doch nicht traurig. Ich sehe ihn manchmal vorbeireiten. Er scheint sehr nett zu sein.«

»Sehr nett«, wiederholte John.

Sie gab ihm ein Taschentuch, um sich die Wangen abzuwischen und sich zu schneuzen.

»Was hat denn der Schiffsjunge?« fragte der Kommodore.

»Nichts. Er muß sich erkältet haben.«

Sie beugte sich über den kleinen John und gab ihm einen Kuß auf die Stirn.

»Deine lieben Besuche sind uns immer ein Vergnügen. Früher war das Haus voller Leute. Du kannst dir nicht vorstellen, was wir da für einen Spaß hatten... Aber der Tag geht zur Neige. Geh nach Hause, bevor es dunkel wird. Und vergiß nicht, deinem Papa auszurichten, daß der Kommodore auf der Straße mit ihm sprechen möchte.«

»Kann ich dem Hund auf Wiedersehen sagen?«

»Natürlich. Er kennt dich, aber rühre sein Kissen nicht an, denn das mag er nicht, und er könnte knurren.«

John streichelte die Stirn und die Ohren des alten Hundes, dessen gebrochener Schwanz hinter seinem Lager auf den Boden schlug.

»Was ist ihm eigentlich passiert?« fragte John.

Jetzt ließ Maisie zum erstenmal ein vergnügtes Lachen vernehmen.

»Ach, sein Schwanz? Den hat er ein bißchen zu oft unter den Schaukelsessel meines Mannes gestreckt... Aber nun beeil dich, Johnnie, bald bricht die Dunkelheit herein. Besuche uns bald wieder.«

Ohne zu zögern lief das Kind hinaus. Noch erhellte ein schwacher Lichtschimmer die Wiese, und der kleine Junge mit dem blaßgoldenen Schopf, ganz winzig jetzt, war im Halbdunkel kaum noch wahrzunehmen, wie er sich tapfer durch das hohe Gras kämpfte.

Charlie Jones saß an seinem Schreibtisch in einem Zimmer im Erdgeschoß. Grüne Vorhänge umgaben die Fenster, und farbige Stiche, Ansichten verschiedener Hauptstädte der Welt, bedeckten die Wände fast ganz. In diesem Rahmen, der ihn zum Arbeiten anregte, nahm er die neuesten Nachrichten zur Kenntnis. Ein beträchtlicher Stapel von Zeitungen ragte wie eine Mauer neben seinem Sessel auf, andere häuften sich auf dem Tisch, und er entfaltete sie nacheinander mit einer immer nervöser werdenden Hand. Einige lagen, kaum gelesen und beiseite geworfen, auf dem Fußboden. Anderen wiederum widmete er große Aufmerksamkeit. »Englische und französische Flotteneinheiten blockieren den Hafen von Peking, und Truppen der beiden Nationen marschieren in der Stadt ein.« Plötzlich nahm das Reich der Mitte die ganze Titelseite ein. In Wien geschah nichts; dort tanzte man Walzer... Frankreich annektierte Savoyen nach einer kräftig finanzierten Volksabstimmung, sagte die Zeitung.

Auch in Paris tanzte man; einen Tanz, der Furore machte: den *Cancan d'enfer*, den Höllencancan.

Höllencancan... Charlie Jones warf einen amüsierten Blick auf die Lawine der Zeitungen: »Welch eine treffende Definition für die ganze Presse!« Europa und Asien außer acht lassend, machte er sich an Amerika. Savannah zuerst: *The Savannah Morning News*, ein demokratisches Blatt natürlich, wie auch *The Express*, und schließlich das räudige republikanische Schaf, *The Republican*.

In den drei Zeitungen der Stadt war ausgiebig die Rede von Mrs. Harrison Edwards, Algernon Steers und Julian Hartridge. Charlie Jones las mit doppelter Aufmerksamkeit; zunächst einmal Respekt vor seiner getreuen Komplizin. Seit Anfang September, also noch vor Ende des heißen Sommers, veranstaltete sie einen Ball nach dem anderen. Alles eilte zu ihr, um seine politische Treue gegenüber dem Süden zu bezeugen, aber auch um ihren neuen Federschmuck zu bewundern: einen direkt von einer Pariser Modistin gesandten Paradiesvogel mit einem großen blauen Diamanten als Auge.

Algernon seinerseits rief unter heller Begeisterung zu einer Subskription für den Kauf von Gewehren auf, um gegebenenfalls in Georgia die Milizen zu bewaffnen. Gouverneur Brown gab dieser Aktion seine moralische Unterstützung. Gewisse Gouverneure im Norden gingen noch viel weiter: Andrew und Buckingham sammelten Waffen und militärische Ausrüstungen in erheblichen Mengen für ihre Arsenale im Hinblick auf einen Konflikt, von dem sie glaubten, daß er unmittelbar bevorstehe.

Was Julian Hartridge betraf, so geißelte er mit immer bissigerer Ironie die Spaltungen bei den Demokraten und forderte mit Nachdruck den sofortigen Rücktritt der Kandidaten Douglas und Bell, denn, sagte er, wenn man die Union mit dem Norden schon nicht mehr wolle, so müsse man die Union des Südens schaffen. Von Mississippi bis nach Karolina schloß sich ein großer Teil der öffentlichen Meinung seinen Ansichten an. Charlie Jones stimmte ihm vollauf zu.

Einmal mehr betrachtete er die Zeitungsstapel, die nicht kleiner wurden... Die Demokraten schrien, die Republikaner krakeelten. Ihre mörderischen Phrasen schienen durch dieses abgeschiedene Zimmer zu schießen. Gezeter, Lärm, Tumult und Radau waren gleichmäßig auf die Presse des Nordens und des Südens verteilt. Die Juniunruhen, die Sensationsmacherei, die scheinbare Sommerpause, das alles schlief oder brodelte in diesen Blättern: »Ich, ich«, schrie ein jedes, »ich allein habe recht!«

Douglas hatte sich mit dem Süden angelegt, und es war ihm lediglich gelungen, ihn gegen sich zu vereinen; die Republikaner, die nirgends in der Mehrheit waren und deren Führer die verschiedensten Meinungen vertraten, sahen ihre Chancen wachsen; die Sezessionisten, die auch im Süden keine Mehrheit hatten, sahen, wie die Union sich langsam auflöste. Der Republikaner Seward und der Demokrat Douglas hofften noch, insgeheim zu einer Einigung zu gelangen; beide glaubten, den Apparat ihrer eigenen Partei fest im Griff zu haben, aber die Geschicklichkeit und politische Intelligenz ihrer Gegner machten ihnen einen Strich durch die Rechnung: der beredsame und kämpferische Breckinridge scharte die großen Persönlichkeiten des Südens um sich, und Lincoln, der seine schlottrige Gestalt und seine baumelnden Hosenträger außer auf den Wahlversammlungen nur selten zeigte, erwies sich als hartnäckig und unbeugsam.

Jede Zeitung gab zu allem ihren Kommentar ab. Im Süden wetteiferten die Journalisten an Heftigkeit. Vom *Express* aus Petersburg bis zum *Constitutionalist* aus Augusta, von der *Dispatch* aus Richmond bis zum *Courier* aus Charleston, in der *Constitution* aus Atlanta, dem *Lynchburg Virginian*, der *Alexandria Gazette*, dem *South* aus Richmond und in all den anderen forderte man die Sezession. *L'Abeille* aus New Orleans, getreu ihrer Verweigerung der englischen Sprache, forderte auf Französisch »La Séparation immédiate!«, die sofortige Trennung.

Im Norden lagen die Dinge nicht ganz so einfach. Die demokratische Zeitung seiner eigenen Stadt, das *Illinois State Register*, machte sich ganz offen über den Kandidaten Lincoln und seine Wahlkampagne lustig: »*Kosten der Partie:* zweihundert Dollar. *Ziel:* ein Präsidentensessel. *Ergebnis:* null.« Im *New York Herald* ergriff der Gründer und Besitzer Gordon Bennett Partei für die Sklaverei, und seine Zeitung hatte großen Erfolg, während Charlie Jones aus den Seiten des *Liberator* die Silhouette Garrisons, der die Schwarzen zum Aufstand rief, in einem Opiumrauch entschweben sah. In der *New York Tribune* wiederum war es Seward, der sein großes gelbes Taschentuch schwenkte, und Horace Greely hatte die moralisierende Unverschämtheit zu schreiben: »Ich habe den festen Entschluß gefaßt, heute intelligenter zu sein als gestern, und viel weniger intelligent, als ich es morgen sein werde.« Charlie Jones brach in schallendes Gelächter aus, denn in dem darauf folgenden Artikel predigte derselbe Greely die Zwietracht und Gewalt.

Er wühlte noch einige Zeit in diesem Zeitungshaufen, warf zu Boden, was er gelesen hatte, und dieses Rascheln und Knistern des Papiers hörte sich an wie der Lärm einer erregten Menschenmenge.

»Jetzt sind wir mitten in der *Stadt der Verwirrung*«, murmelte er.

Es wurde dunkel. Er erhob sich mit einem irritierten Seufzer und zündete eine Lampe an. In diesem Augenblick klopfte es an der Tür.

»Ich will nicht gestört werden«, sagte er. »Ich arbeite.«

»Papa«, rief eine kleine Stimme.

Sogleich öffnete er die Tür:

»Johnnie? Was willst du?«

Das Kind hob den Kopf mit dem seidigen, vom Wind zerzausten Haar, dem der Lichtschimmer der Lampe noch einen zusätzlichen Glanz hinzuzufügen schien.

»Ich war bei Tante Maisie«, sagte er und fuhr dann in einem rascheren Ton fort, so wie man eine auswendig gelernte Bestellung weitergibt: »Der Kommodore möchte dich morgen um elf Uhr auf der Straße sprechen.«

»Das hat er gesagt?« rief Charlie Jones. »*By Jove*, da gehe ich hin. Er muß meine Gedanken gelesen haben. Danke, Johnny.«

Am nächsten Morgen spazierte er, ein Zigarillo rauchend, vor dem Haus des Tumults auf und ab. Er trug eine breite karierte Mütze, machte eine ungezwungene Miene und gab vor, die Wolken zu beobachten, ließ jedoch die gelbgestrichene und mit einem Klopfer versehene Tür nicht aus dem Auge. Diese öffnete sich plötzlich mit einer gewissen Heftigkeit, der Kommodore trat auf ihn zu und streckte ihm seine mächtige Hand entgegen:

»Charlie, das muß aufhören. Wir sehen uns einmal im Jahr auf dem Promenadendeck. Zwischen dir und mir gibt's doch schließlich keinen Streit.«

Charlie Jones zog ein Etui aus der Tasche und bot seinem alten Freund ein Zigarillo an.

»Nein, danke«, sagte der Kommodore. »Auf See raucht man eher sowas...«

Und er holte seine Pfeife hervor, die er sich in einen Mundwinkel steckte, obgleich sie nicht brannte.

»Die Nachrichten«, sagte er. »Ich bekomme keine Zeitungen. Wie ist der Stand der Dinge?«

»Alles hängt von der Wahl im November ab.«

Während sie nebeneinander die Straße zwischen Great Lawn und dem Tumulthaus entlangschlenderten, redeten sie über die letzten Ereignisse. Im Kriegsfall war der Kommodore entschlossen, wieder seinen Dienst aufzunehmen, sei es auch nur um des Vergnügens willen, die Flotte des Nordens zu versenken.

»Teddie«, unterbrach ihn Charlie Jones, »ich möchte deine Frau sehen.«

»Wie du willst, aber hier können wir besser von Mann zu Mann reden. Die Frauen, weißt du...«

Sie kehrten um, und Charlie Jones trat, die Mütze in der Hand, in das Tumulthaus. Der alte Hund ließ, wie um sein Gewissen zu beruhigen, ein schwaches und dumpfes Bellen vernehmen, ein Bellen, das schon recht abgenutzt klang.

Maisie stieß einen Freudenschrei aus:

»Charlie!«

»Jawohl, Charlie. Daß du vor fünfzehn Jahren einen Wortwechsel mit Amelia hattest, ist doch kein Grund, daß ich dich nicht besuchen kann. Diese Zänkereien sind idiotisch.«

»Idiotisch, ja«, stöhnte Maisie, den Kopf an seine Schultern gelehnt, »aber Amelia verzeiht nie.«

»Die heiligen Frauen, die verzeihen nie«, erklärte der Kommodore in einem spöttischen Ton.

Charlie Jones und Maisie setzten sich nebeneinander.

»Maisie«, sagte er und ergriff ihre Hand, »als ich meinen Jungen die Wiese überqueren sah, um dich zu besuchen...«

»Johnny ist ein Engel«, sagte Maisie, und ein Lächeln erhellte ihr vergrämtes Gesicht.

»Genau«, sagte Charlie Jones, »und erinnerst du dich an die *kleine stille Stimme*? Ihretwegen bin ich gekommen.«

»Daran hast du gut getan, Charlie. Auch ich höre diese Stimme, hier in diesem leeren Haus. Alle Kinder sind fort, alle, die Mädchen in Kalifornien und Mississippi verheiratet, Clementine, Elsie, Fanny, und die Jungen auf See, Dick, Harry, Daniel, ja der, der schönste, der jetzt Marineoffizier ist, und von dem man sagte, er sei schön wie ein junger Gott, weißt du, warum er ganz plötzlich fortgegangen ist? Wegen der schönen Engländerin...«

»Maisie, das dachte ich mir, aber Elizabeth hat mir nie etwas darüber gesagt.«

»Sie wollte ihn nicht heiraten. Und da hat er uns eines Morgens alle rasch geküßt und ist davongefahren. Wir haben ihn nie mehr gesehen. Er ist an der Westküste. Er hat nie geheiratet.«

»Der arme Daniel... aber eines Tages wird er das alles vergessen und sich verheiraten. Jedenfalls ist der Frieden zwischen dem Haus des Tumults und Great Lawn geschlossen. Ich sorge dafür, daß meine Frau sich meinem Willen fügt.«

»Bist du sicher?« fragte Maisie ein wenig skeptisch.

»Du wirst sehen. Im Augenblick gedenke ich nach Savannah zurückzukehren, aber ich werde von Zeit zu Zeit wieder hier sein. Ihr habt doch nicht etwa vor, zu verreisen?«

»Aber wohin denn?«

»Was weiß ich? Schenk den Gerüchten keinen Glauben... In diesem abgeschiedenen Winkel von Virginia seid ihr in Sicherheit, was immer auch geschehen mag, wie wir in Great Lawn.«

Nach diesen beruhigenden Worten trennten sie sich. Vor der Tür besiegelte ein kräftiger Händedruck mit dem Kommodore einen Besuch, der vielen Jahren des Schweigens ein Ende setzte.

Charlie Jones verbrachte die Nacht im Waldhaus und verkündete am nächsten Morgen beim Frühstück, das er in Great Lawn einnahm, mit einem breiten Lächeln, daß seine Ferien zu Ende seien, da die Geschäfte ihn nach Savannah zurückriefen, und daß er in vierundzwanzig Stunden mit Ned auf dem Wege nach Norfolk sein werde, wo eins seiner Schiffe ihn erwartete. Diese Nachricht, die niemand vorausgesehen hatte, wurde von den Jungen sehr verschieden aufgenommen. Emmanuel zeigte sich stoisch: er hatte seinen Agenor, während Ned ein Herzensschrei entfuhr:

»Whitie!«

»Du willst ihn doch nicht etwa mitnehmen«, sagte sein Großvater amüsiert. »Nächstes Jahr siehst du ihn wieder. Man wird ihn gut pflegen, keine Bange – aber jetzt benimm dich bitte wie ein Mann. Keine Tränen bei Tisch.«

John verbarg seinen Kummer viel diskreter, indem er schwieg. Die Wange an Neds Arm gelehnt, durchnäßte er ihm wortlos den Ärmel mit seinen Tränen.

Miss Charlottes schrille Stimme lieferte den Kommentar, den sie unter diesen Umständen für geboten hielt:

»Liebe Kinder, man muß mit froher Seele alles hinnehmen, was ein jeder Tag uns beschert. Ned, ein bißchen Marmelade?«

Aber Ned wollte keine Marmelade, er wollte Whitie. Und sobald es ihm möglich war, lief er zum Stall, nahm den Kopf des Ponys in seine Arme, schwang sich dann auf dessen bloßen Rücken und raste mit ihm im Galopp durch das Land, wo er alle Wälder, Wiesen und Flüsse kannte.

Was Johnny betraf, so flüchtete er sich ins Kinderzimmer, vergrub das Gesicht in seinem Kopfkissen, schluchzte und stammelte immer wieder den Namen Ned. Einer grausamen Ironie des Schicksals zufolge war das Bett, in dem ihm das Herz brach, dasselbe, in welchem neun Jahre zuvor, in diesem kleinen, unschuldig aussehenden Zimmer, Ned gezeugt worden war.

Der Tag verging in der Aufregung des Kofferpackens unter dem strengen und aufmerksamen Blick von Miss Charlotte, die über alles wachte.

Auch die Nacht verging, und die Sonne erhob sich gerade am Horizont eines neuen Tages, der strahlend zu werden versprach, wie um die Abreisenden zurückzuhalten, als zwei Kutschen im raschen Trab davonstoben. In der einen saßen ein Herr mit rosigen Wangen, heiter in seinem schwarzen und dunkelgrünen Reiseplaid, und ein ernsthaft dreinblickender Junge, der kein Wort sprach; in der anderen folgte ein riesiger Berg von Gepäck. Und bis zum Abend zog Virginia vor ihren Augen vorbei wie in einem Gesang friedlichen Glücks. In Norfolk übernachteten sie in dem einzigen großen Hotel der Stadt, und am folgenden Morgen waren sie an Bord eines der bequemsten Schiffe von Charlie Jones auf dem Wege nach Savannah.

Am Oglethorpe Square stieg Ned die Freitreppe empor, gefolgt von einem Diener, der sein Gepäck trug. Im Vestibül erwartete Miss Llewelyn den jungen Reisenden, denn es genügte, daß sie das Rattern einer Kutsche vor dem Haus vernahm, und schon war sie da und stand am Fuße der Treppe, voller ruhiger Autorität in ihrem schwarzen Kleid. Ned blickte sie an wie jemand, der Mühe hat, aus einem Traum zu erwachen und sich in einer unerbittlich nüchternen Wirklichkeit wiederzufinden.

»Ihre Mama ist aus Charleston zurückgekehrt und wird sich freuen, Sie zu sehen«, sagte die Gouvernante.

In diesem Augenblick kam Elizabeth aus ihrem Zimmer herunter und rief:

»Darling!«

»Mom«, sagte er.

Es glich einer einstudierten Lektion, und doch küßten sie sich zärtlich, aber weder sie noch er waren ganz dieselben wie zwei Monate zuvor. Ein Hauch von Banalität haftete der Wiedersehensfreude an. Sie selbst spürten es irgendwie. Schöner als je in ihrem weißen Kleid, fühlte sich Elizabeth nach Dimwood, Charleston und Billy um eine neue Lebenserfahrung gereift. Ned wiederum, seltsam fremd in dieser Umgebung, die er nur zu gut kannte, war noch anderswo, zu Pferd auf Whitie in der herrlichen Freiheit der weiten Ebenen.

Trotzdem nahm man seine Gewohnheiten rasch wieder auf, weil es sein mußte, und das Haus am Oglethorpe Square wurde für Mutter und Sohn wieder das alltägliche…

Nach der sommerlichen Hitze und den Aufregungen der Wahlkampagne kam in Savannah allmählich ein gewisser Überdruß bezüglich der Nachrichten auf. Man hatte von den Kandidaten Breckinridge, Douglas und Bell zu oft die gleichen Dinge gehört. Das Thema änderte sich nicht: die Wahl eines Republikaners bedeutete die Sezession und den Krieg, aber glaubte man wirklich an den Krieg? Dieses ewige Gespenst verlor unmerklich seine abschreckende Kraft. Was zu geschehen droht und nie geschieht, ist so gut wie nicht vorhanden. Im Grunde hatte Mrs. Harrison Edwards das einzig Vernünftige getan, als sie der *Society* Gelegenheit gab, sich auf Bällen zu berauschen, um das noch schöne und fröhliche Leben zu genießen.

Daß Charlie Jones sich in Virginia über seine Zeitungen so ärgern konnte, wäre in Savannah seltsam erschienen. All die Aufregung wegen einer Rede… Der gute Ton wollte es, daß man von diesen Dingen mit Ruhe und sehr wenig sprach. Breckinridge blieb im Prinzip der Favorit. Von seinem republikanischen Gegner Lincoln wußte man so gut wie nichts. Jeder angesehene Politiker hat seine Legende, und der seinen mangelte es an Reiz. Er war viel zu groß, schlecht angezogen, ungeschlacht, redete wenig, blieb rätselhaft und war im großen und ganzen ein eher finsterer Geselle.

Dieses lange Warten auf den Tag im November, da Amerika den Namen des Siegers erfahren sollte, wurde auf die Dauer bedrükkend. Man hatte den Eindruck, daß das Ereignis, wie immer es auch ausfallen würde, dem Land eine Erleichterung brächte, wie einem von Krankheit bedrohten Mann, der nach Jahren der Ungewißheit, nach Untersuchungen und Nachforschungen schließlich den Namen des Übels erfährt, von dem er befallen ist. Endlich kann er handeln, während das Nichtwissen unerträglich war.

In dieser Atmosphäre versteckter Verbitterung wurde Algernon immer aktiver. Das Ergebnis seiner Subskription überstieg seine Hoffnungen, und Mrs. Harrison Edwards half ihm wie bei einem Wohltätigkeitsbazar. Das Geld wurde bei Hodgkins and Sons in Macon, Georgia, deponiert, und sie bestellten Gewehre aus New York und in Einzelteile zerlegte Kanonen aus Manchester. Für das Material, das aus England kam, gab es keine Schwierigkeiten; es segelte unter britischer Flagge und war für den britischen Staatsbürger Charlie Jones bestimmt. Dieser wurde allerdings gebeten, die Gewehre in New York auf die *Monticello* verladen zu lassen, ein Schiff seiner persönlichen Flotte, das zwischen der großen Stadt des Nordens und Savannah verkehrte.

Der September ging zu Ende. Die Zeit, da die Wahlmaschinerie in Aktion treten sollte, war nicht mehr sehr fern, und die Voraussagen schienen vielversprechend. Eines Tages, als Mrs. Harrison Edwards sich mit Algernon in ihrem Salon beriet, hatten sie das Vergnügen, den vor kurzem aus Virginia heimgekehrten Charlie Jones mit seinem üblichen strahlenden Lächeln eintreten zu sehen.

»Ich habe Neuigkeiten«, sagte Algernon sogleich zu ihm.

»Ich weiß alles«, erwiderte Charlie Jones. »Glaubst du etwa, die Gazetten hätten geschwiegen? Dein Plan ist großartig. Ich bin einverstanden. Meine im voraus requirierten Schiffe, um nach Manchester zu fahren – einverstanden, genehmigt. Wir werden das alles gemeinsam durchgehen.«

»Wir hätten nichts ohne deine Erlaubnis getan, Charlie.«

Charlie Jones zuckte die Schultern.

»Nun gut, also handeln wir schnell, jetzt, da ich hier bin, und solange uns noch Zeit bleibt.«

»Glauben Sie wirklich an den Krieg?« fragte Mrs. Harrison Edwards.

»Ich weiß nichts, überhaupt nichts, aber ich handle so, als ob ich es wüßte.«

»Jedenfalls ist die Sezession wahrscheinlich«, sagte Algernon.

Mrs. Harrison Edwards warf mit herausfordernder Miene den Kopf zurück:

»In Charleston ist sie praktisch bereits beschlossen.«

»Und wie steht es in Virginia?« fragte Algernon.

»Virginia bleibt ruhig und bewahrt einen klaren Kopf. In Virginia ist man nie in Eile, und man handelt erst nach reiflicher Überlegung.«

»Das verzögert alles!« rief der hitzige Algernon.

Charlie Jones machte plötzlich ein etwas sorgenvolles Gesicht.

»Geduld«, sagte er nur.

Langsam verging der Oktober, und im täglichen Leben änderte sich nichts. Die optimistische Stimmung blieb im wesentlichen erhalten. Vielleicht sagte man jetzt etwas häufiger, jedoch in nüchternem Ton: »Wenn ein Republikaner gewählt wird, kommt es zur Sezession.« Wozu einige dann zu bemerken gaben: »Die Sezession ist nicht der Krieg.« Eine Behauptung, die von den scharfsinnigen Geistern mit Kopfnicken aufgenommen wurde. »Eine friedliche Sezession ist nicht auszuschließen.« Ihrer Ansicht nach herrschte in der Welt das allgemeine Bestreben, in Ruhe und gutem Einvernehmen mit dem Nachbarn zu leben. Noch etwa zehn Tage, am 6. November würde Amerika wählen. Bis dahin...

Am 28. Oktober marschierten die französischen und englischen Streitkräfte in Peking ein.

VIII
Dixie

I wish I was in de land ob cotton
Old times dar am not forgotten,
Look away, look away!
Look away! Dixie Land.
In Dixie Land whar I was born in,
Early on one frosty mornin,
Look away, look away!
Look away! Dixie Land.

123

Am 6. November wählte Amerika. An diesem Abend saß Hilda mit der kleinen Gruppe ihrer Verwandten in ihrem Salon, und es herrschte eine solche Aufregung, daß alle gleichzeitig redeten. Die Männer im Frack, die Frauen in großer Toilette wie für einen Ball, konnten sich nicht über das Ziel ihres nächtlichen Spaziergangs einig werden. Elizabeth in ihrem weißen Kleid, das Haar in kunstvoller Unordnung frisiert, versuchte nicht einmal, ein Wort mitzureden, zumal sie die Stadt nicht sehr gut kannte, aber als alle schrien, schrie sie auch, nur zum Vergnügen an der Übererregtheit. Plötzlich fühlte sie sich wie eine Sechzehnjährige.

Hildas Stimme übertönte die allgemeine Verwirrung:

»Es ist bereits zehn Uhr, und wir werden doch nicht hier herumsitzen, während sich alles draußen abspielt... Gehen wir irgendwohin.«

»Zur Battery.«

»Später. Zuerst an die Ecke Broad und Meeting Street.«

»Gehen wir doch ganz einfach zu den Hamptons.«

»Papa gibt eine Soiree«, sagte William Hampton, »aber wenn man einmal bei ihm ist, kommt man nicht wieder heraus.«

Plötzlich waren sie alle draußen. Die milde Luft des Altweibersommers stand noch unter einem von Sternen funkelnden blauschwarzen Himmel. In den lärmenden Straßen strömte die Menge bald in die eine, bald in die andere Richtung, wie auf der Suche nach dem Ort, wo die große Nachricht am lautesten hervorbrechen würde. Es war die historische Minute, die man auf keinen Fall verpassen durfte. Man vernahm die gleichen Reden überall: »Wenn es Breckinridge wird, gewinnen wir einen wahren Präsidenten; wenn es Douglas wird, werden wir sehen, wie wir ihn halten können; und wenn es Lincoln wird, haben wir die Sezession, es lebe die Sezession!« Elizabeth erhaschte im Vorbeigehen diese Erklärungen, die sie verwirrten. Immerhin ließ sie der Name Breckinridge vage auf den Sieg ihres Bewunderers hoffen. Vor dem Justizpalast, an dessen Säulenfassade ein riesiger Plakatrahmen mit Anschlagbrettern hing, blieben sie stehen, während man auf der mittleren Schriftfläche gerade die ersten Resultate und die Zahl der entsprechenden Wahlmänner eintrug. Unaufhörlich übermittelte der Telegraph mit seinem Ticken die Ergebnisse aus den entferntesten Staaten. Der Kampf zwischen Douglas und Breckinridge erregte keinerlei Aufsehen. Bell, der dritte demokratische Kandidat, schien zurückzufallen und gewann nur die Randstaaten, aber als die Zahlen einen leichten Vorsprung Lincolns ankündigten, machte sich Unruhe bemerkbar.

»Lincoln hat einfach nicht das Zeug zum Sieger«, sagte Siverac. »Er kommt nur mühsam voran. Und im Süden gibt es keine einzige Stimme für die Republikaner.«

»Ganz offenbar unterstützt der Norden ihn nicht einhellig«, sagte Turner. »Ich habe noch nie so eine fade Wahl erlebt.«

»Hier können wir noch stundenlang stehen«, rief Hilda ungeduldig. »William, gehen wir lieber auf das Fest bei deinem Vater. Dort ist es immer toll.«

In der Tat sah man ganz in der Nähe ein hell beleuchtetes Haus in der Broad Street, das einer riesigen Laterne mit blendenden Lichtern glich. Auf der Veranda der ersten Etage drängte sich eine elegante Menge, und durch die hohen, weitgeöffneten Fenster fiel der Blick in die prunkvoll vergoldeten Salons mit den strahlenden Deckenleuchtern. Ein Orchester sandte den fröhlichen Lärm der letzten Wiener Walzer in die Nacht hinaus, und die tanzenden Paare drehten sich wie von einer ganz neuen Woge der Lebensfreude fortgerissen.

Auch draußen gaben sich Männer und Frauen dem Rausch dieser Musik hin, faßten sich um die Taille, selbst wenn sie einander nicht kannten, und wirbelten auf dem Pflaster herum. Immer lautere Gesänge ertönten; aus den benachbarten Straßen eilten junge Leute mit Lampions herbei, deren Stangen sie über ihre Köpfe hoben, und dabei stießen sie Schreie aus, die den johlenden Schlachtrufen der Indianer glichen.

Inmitten dieses Tumults bahnten sich Hilda und ihre Gefährten lachend und kämpfend einen Weg durch das Gedränge. Mit der angeborenen Höflichkeit des Südens trat man ein wenig beiseite, um sie durchzulassen, aber wie immer erregte Elizabeth großes Aufsehen und erntete kaum verhohlene Komplimente. Junge Männer flüsterten ihr im Vorübergehen zu: »Mein Fräulein, darf ich um den nächsten Tanz bitten?« Sie errötete und wußte, daß sie durch ihr Erröten noch schöner wurde. Glücklich wie sie war, sparte sie nicht mit ihrem Lächeln. Noch nie hatte sie dem Wunsch zu gefallen widerstehen können; sie genoß die Bewunderung, wie man sich am Duft der Kamelien in der frischen Luft berauscht.

Nach einer Weile gelang es ihnen, durch eine Gartenallee die King Street zu erreichen; über diese etwas weniger belebte Straße konnten sie zur Battery gelangen, aber auch hier erfüllten Lärm und Gelächter den wenigen leeren Raum.

»Eine Bank unter den Bäumen«, seufzte Minnie ein wenig müde vom Gehen. »Ach, ich möchte ein bißchen ausruhen. Ihr seid unermüdlich.«

Um sie her herrschte ein fast ebenso dichtes Gedränge wie vor dem Justizgebäude. Man sah viel mehr Leute aus dem Volk, aber die gemeinsame Begeisterung kannte keine gesellschaftlichen Unterschiede. Nachlässig gekleidete Arbeiter plauderten ganz ungezwungen mit Herren im Frack und selbst mit Damen in Abendkleidern. Im offenen Kampf für die Unabhängigkeit herrschte eine Stimmung der Verbrüderung. Man tanzte, wie vor dem Hause der Hamptons, aber mit noch mehr Ausgelassenheit und zu volkstümlicher Musik. Hier wie überall wurde Elizabeth zum Gegenstand viel zu schmeichelhafter und an plumpe Vertraulichkeit grenzender Aufmerksamkeiten, so daß Hilda, die solche Gefahren nicht zu fürchten hatte, auf die Idee kam, der schönen Engländerin ihren weißseidenen Schal über den Kopf zu werfen.

»Du verteidigst dich schlecht«, sagte sie, während sie die Falten des Stoffs arrangierte, um das ganze Haar zu verbergen. »Man zeigt sich nicht so in der Öffentlichkeit.«

Elizabeth unterdrückte die Antwort, die ihr auf den Lippen brannte. Man diskutierte nicht in einer vom patriotischen Feuer ergriffenen Stadt, und allmählich drohte die allgemeine Bewegung in Tumult auszuarten. Die Lampions über den Köpfen wurden immer zahlreicher, und die Stimmen der Sänger übertönten alle Gespräche. Bald mischte sich in die wilde Ausgelassenheit die Freude an Gewalt und Kampf. Siverac, Turner und Hampton stellten sich schützend vor die Damen, um ihnen als Leibwächter zu dienen. Aber was fürchteten sie? Ein jeder war doch eines jeden Freund.

»In der Battery werden wir mehr Ruhe haben«, sagte Minnie.

Doch unterwegs verflog diese Hoffnung schnell. Wenn die Menge schon vor den hohen und stolzen Häusern der großen Familien gejohlt und gelärmt hatte, so bewegte sie sich in den Gärten der Battery noch viel freier. Scharen von jungen Männern liefen ziellos unter den Bäumen umher und bejubelten ihren Süden wie nach einem Sieg. Viele schrien, man möge ihnen Gewehre geben.

Hilda war der Meinung, daß man heimkehren sollte. Die Männer wollten nichts davon wissen, und auch Elizabeth, in ihrem ganzen Wesen von dieser fieberhaften Aktivität der Jugend angeregt, zeigte sich kühn.

»Versuchen wir, auf die Terrasse zu gelangen«, schlug Hampton vor.

»Gute Idee«, sagte Elizabeth. »Von dort sehen wir die ganze Bucht und alles, was passiert.«

Dieser Wunsch schien so vernünftig, daß sich die kleine Gruppe sogleich daranmachte, ihn zu verwirklichen, und sich mit Ellbogen und Schultern durchzukämpfen begann. Hätten sie erraten können, daß der Blick auf die Bucht Elizabeth viel weniger interessierte als der Anblick der Kadetten, die in unmittelbarer Nähe entlang der Terrasse standen? In ihren dunkelblauen Uniformen benahmen sie sich ebenso aufgeregt wie die Zivilisten, sangen aus voller Kehle kriegerische Lieder und wurden von der Menge bejubelt, die mit ihnen zu singen versuchte. Elizabeth ließ sie nicht aus den Augen. Als sie dann gestikulierend auf und ab marschierten, erblickte sie sie aus solcher Nähe, daß sie den Kopf verlor. Sie waren so schön in ihren engen taillierten Röcken, sie sahen so tapfer aus, daß Elizabeth sich aus unwiderstehlicher Bewunderung zu einer seltsam heftigen Geste hinreißen ließ: wütend packte sie den seidenen Schal, der ihr den Kopf bedeckte, und schleuderte ihn von sich, so daß ihr Haar provozierend im Licht der Lampions erstrahlte. Verwunderte und begeisterte Blicke wurden ihr zugeworfen; mehrere Kadetten winkten ihr lächelnd zu, und sie liebte sie, liebte sie alle, sie war für die Sezession, sie war für die Schlacht…

Hilda zog sie zurück:

»Elizabeth, du bist verrückt, du bist schamlos. Siehst du denn nicht, daß diese jungen Leute dir schöne Augen machen?«

Und ob sie es sah! Siverac und Turner mußten sich vor sie stellen, um sie vor diesem verliebten Sperrfeuer zu schützen.

»Erwach aus deinen Träumen«, sagte Hampton. »Denk an Billy.«

Gewaltsam zogen sie sie von den Kadetten fort, bis zum Rande der Terrasse, wo sie alles bewundern konnte, den Hafen und die Bucht. Noch ganz benommen vom Anblick der Uniformen, war sie doch sofort abgelenkt, als ihr Blick auf die zahllosen Boote fiel, die, ein jedes vom Bug bis zum Heck beleuchtet wie für ein Fest, den Hafen mit einem Lichtergürtel umschlossen. In der Ferne strahlten auch die Küstenwachtschiffe im vollen Glanz ihrer Lichter, deren Widerschein sich schimmernd auf dem Wasser bewegte, während nur in der Mitte die dunkle Masse der Schaufelräder unsichtbar blieb. Von unten von den Kais stieg eine Musik von wilder Fröhlichkeit empor: die Schwarzen tanzten nach Kräften zu den Klängen der Banjos. Woher kam diese Ausgelassenheit?

»Alle freuen sich, und alle freuen sich, daß sie sich freuen«, erklärte ihr Turner.

Eine Weile beobachtete sie die Schwarzen. In ihren bunten Kleidern bewegten sie sich mit der natürlichen Anmut ihrer Rasse, und die Sprünge und Schreie, die sie vollführten, rührten sie. Sie dachte an Betty und fühlte sich im Herzen bei ihnen.

Über die Schiffe hinweg suchte sie Fort Sumter, das sie eines Tages erspäht hatte, aber Turner, der ihrem Blick folgte, sagte ihr, es sei vergebliche Mühe: nur ein winziges Licht, das man kennen mußte, der Leuchtturm mit dem Blinkfeuer zum offenen Meer, schimmerte auf einem Felsen, während Fort Moultrie auf der anderen Seite völlig im Dunkel lag.

»Schon wieder ein Rätsel«, sagte sie lachend. »Der ganze Süden ist voll davon.«

»Macht Ihnen das Angst?«

»Sie scherzen, aber ich habe den Eindruck, daß sich in dieser Nacht die Welt verändert – oder vielleicht ich... Wo ist Billy?«

Jetzt lachte er.

»Diese Frage habe ich erwartet. Billy ist im Arsenal.«

»Ist das weit von hier?«

»Zwischen dem Hafen und der Zitadelle, im Westen der Stadt, aber Billy kommt bestimmt später.«

»Um so besser für mich!«

»Um so besser für Sie!« sagte er wie ein Echo, doch sie bemerkte seine Ironie nicht.

»Gehen wir zurück in die Gärten.«

»Darf ich Ihnen meinen Arm anbieten?«

Unter all diesen Leuten hätte Elizabeth gern auf seine Hilfe verzichtet, zumal die kleine Gruppe sich schon um sie versammelte, und sie erriet, ohne es sich anmerken zu lassen, daß man sie einkreiste. Man wachte über die schöne, exzentrische Engländerin. Verärgert ließ sie Turners Arm los, um allein und nach Belieben zu gehen, das heißt aufs Geratewohl in den dunkleren Teil der Gärten, den sie noch nicht kannte. Hilda und ihr Mann folgten ihr auf dem Fuße, aber die befreite Goldmähne trotzte ihnen. Immer mehr Leute strömten herbei, während die neuesten Wahlresultate sich wie ein Lauffeuer von Mund zu Mund verbreiteten. Als Lincoln im Norden einen zwar noch schwachen, jedoch gleichbleibenden Vorsprung gewann, ertönten spöttische Bravorufe. Alle gaben zu, daß Lincoln als Präsident die Sezession erleichterte, aber deshalb mochte man den langen republikanischen Lulatsch mit seinen hängenden Hosenträgern und seiner Korkenzieherhose noch lange nicht. Die paradoxen Finessen dieser Überlegungen entgingen Elizabeth. Was sie betraf, so wußte sie nicht, wohin sie ging, und das bloße Vergnügen, ihre Leibwächter zu necken, genügte ihr. Vom Licht der in der Nacht schaukelnden Lampions geleitet, bewegte sie sich entschlossen den weniger belebten Tiefen des Parks zu und zog die unwilligen Anderen mit sich. Doch dann griffen die Ehemänner energisch ein. Siverac trat vor sie hin.

»Elizabeth, es ist Zeit, ein wenig auszuruhen.«

»Wo denn?«

»Beim Musikkiosk, dort besteht die Chance, daß wir Stühle oder eine Bank finden.«

Sie lachte ihm ins Gesicht.

»Das hätten Sie wohl gern, aber ich folge Ihnen, Monsieur de Siverac.«

Aufs neue kämpften sie sich durch das Gedränge, diesmal in der Gegenrichtung. In Wahrheit waren sie alle müde und hatten es satt, auf das Vorspiel des sensationellen Ereignisses zu warten; aber es schien, als hätte ein launisches Schicksal sich mit der abenteuerlustigen Elizabeth verbündet. Sie waren noch weit vom Kiosk entfernt, als sie zwischen zwei Reihen von Eichen eine Gruppe ungewöhnlich gekleideter Männer erblickte. Auf dem Kopf hatten sie eine Militärmütze und über der kurzen Jacke ein Wehrgehänge. Breite Hosen, wie man sie im Volke trug, vervollständigten diese Aufmachung, die die Aufmerksamkeit der Neugierigen erweckte; sie blieb stehen.

»Völlig uninteressant«, sagte Hampton ungeduldig. »Das ist die Miliz der Stadt.«

»Ohne Gewehre?«

»Ihre Gewehre haben sie wahrscheinlich hinter den Bäumen abgelegt«, fügte Turner erklärend hinzu.

»Nun komm schon, Darling«, sagte Hilda, »das sind Bauernjungen ohne jedes Benehmen.«

»Mag sein, aber ich will die Miliz sehen.«

»Elizabeth«, drängte Hilda, »denk doch an Billy; was würde er dazu sagen?«

»Wenn Billy hier wäre, würde er geradewegs hingehen und mit ihnen reden. Was denkst du dir eigentlich, Hilda?«

»Also kommt, schauen wir uns alle die Miliz an«, rief Hampton lachend. »Übrigens werden wir nicht die einzigen sein.«

In der Tat blieben die Spaziergänger eine Weile vor diesen jungen Leuten stehen, die sich nichts Besseres wünschten, als mit den Zivilisten zu plaudern. Sie hatten Befehl erhalten, sich nicht von ihren Gewehren zu entfernen, aber rühren durften sie sich. Von Siverac und Turner gefolgt, näherte sich Elizabeth den jungen Burschen, die sie ungläubig anstarrten: ganz offenbar schüchterte sie sie ein. Das fühlte sie sofort und erschauderte vor Vergnügen. Fast alle hatten jenes zugleich strahlende und entschlossene Aussehen der Männer des Südens, einige waren auffallend schön und fast alle blond. Ohne zu zögern, trat Elizabeth mit einem Lächeln auf sie zu, das von einigen der kühnsten sofort erwidert wurde, aber Siverac beugte jeder Möglichkeit eines Gesprächs vor, indem er selbst die banalen Fragen stellte:

»Wartet ihr auf das Wahlergebnis?«

»Wir haben Befehl, hierzubleiben, Sir.«

»Woher stammen Sie?« fragte Elizabeth einen Jungen, der ihr als einer der vorwitzigsten erschien.

»Aus Charleston natürlich, Miss«, antwortete er und blickte ihr direkt in die Augen; dann fügte er schelmisch hinzu: »Aber Sie nicht, Miss.«

»Woher wissen Sie das?«

Er wollte gerade antworten, als Hilda Elizabeth wegzog.

»Kommen Sie bitte, Elizabeth«, sagte Turner und nahm sie beim Arm. »Wir werden uns alle ein bißchen am Musikkiosk ausruhen.«

Mildred und Minnie eilten herbei, um die Engländerin aus der Nähe der Soldaten zu entfernen, und sie machten so beunruhigte Gesichter, daß Elizabeth nachgab.

»Wie ängstlich ihr seid!« sagte sie zu ihnen. »Was befürchtet ihr denn? Einen Skandal hier im Park?«

»Du hättest diesen Jungen ermutigt, Dinge zu sagen, die er nicht sagen darf«, erklärte Hilda.

»Du ahnst nicht, wie verwirrend du auf diese Männer wirkst«, fügte Minnie hinzu.

Elizabeth fühlte sich geschmeichelt und räumte ironisch ein:

»Ich war mir dessen nicht bewußt, aber wenn es euch Kummer macht...«

Es kostete sie einige Mühe, die um die Soldaten gescharte Menge zu durchdringen, doch schließlich erreichte die kleine Gruppe den chinesischen Kiosk; eine Militärkapelle machte gerade Pause, aber ringsumher saß ein ganzes Bataillon alter Damen, und alle Stühle waren besetzt.

»Was nun?« fragte Elizabeth mit spöttischer Miene. »Was schlagt ihr vor?«

Hampton zog seine Uhr aus der Westentasche.

»Es ist Mitternacht oder fast«, sagte er, »wir werden nicht mehr länger herumlaufen. Ich meine, wir sollten nach Hause gehen« – und wie in einer plötzlichen Eingebung rief er aus: »Zu meinem Vater! Das ist es!«

»Bravo«, riefen Turner und Minnie. »Alle auf zur Meeting Street!«

Mit Ausnahme Elizabeths schrie die ganze Gruppe im Chor: »Alle auf zur Meeting Street!«

Obwohl sie erschöpft waren, fühlten sie sich auf einmal wieder munter und kehrten in die Innenstadt zurück, was sich als genauso schwierig erwies wie der Hinweg. Die Menge um sie her stieß Hurrarufe aus, als ein neuer Vorsprung Lincolns verkündet wurde. Noch hatte er keine Mehrheit erreicht, aber die gespaltene demokratische Partei verlor immer mehr an Boden. Männer und Frauen klatschten nach Kräften Beifall, und als ob die so inbrünstig gewünschte Niederlage bereits sicher wäre, stimmte die Militärkapelle eine der beliebtesten Melodien des Südens an: »*We are a band of brothers*«[*]. Lincolns Sieg war noch nicht sicher, doch das hinderte die Leute nicht, aus vollen Kehlen zu singen und sich dann, nachdem sie vom Orchester Tanzmusik verlangt hatten, wie die Rasenden in eine Quadrille zu stürzen, die den Erdboden erbeben ließ.

In Charleston selbst hatte die Aufregung fast ihren Höhepunkt erreicht, wenn auch auf den Anschlagbrettern noch ein Schatten der Ungewißheit blieb. Es fehlte nur so wenig, eine Enttäuschung war

[*] *The Bonnie Blue Flag.*

immer noch möglich, und sie wäre schrecklich gewesen. Als Elizabeth und ihre Gefährten endlich zum Haus von William Hamptons Vater gelangten, mußten sie immer noch kämpfen, um hereinzukommen. Eine Menschenmenge belagerte die Tür, und diese wurde nur unter außergewöhnlichen Vorsichtsmaßnahmen geöffnet. Man fürchtete ein Eindringen der Neugierigen. William mußte einem verängstigten Schwarzen, der ihn nicht erkannte, eine auf einen Zettel gekritzelte Mitteilung an seinen Vater zustecken. Schließlich gelang es, die Gruppe durch die Gartentür einzulassen... Als sie sich alle sieben im Vestibül des Hauses am Fuße einer prunkvollen Treppe wiederfanden, stießen sie einen dankbaren Freudenschrei aus. Hilda, die empfindsamste von allen, hielt es für angebracht, in Ohnmacht zu fallen. Ein Glas Wasser ins Gesicht, dem Elizabeth mit britischer Strenge zwei oder drei kräftige Ohrfeigen hinzufügte, ließ sie wieder zu sich kommen.

Im Salon, wo das helle Licht der Leuchter sie einen Augenblick lang blendete, lud man die jungen Frauen ein, auf den Sofas Platz zu nehmen, während man die Männer mit Fragen bestürmte; man wollte wissen, was in den Gärten der Battery los war, was sie gesehen hatten, was man auf den Straßen sprach. Sie waren wie Reisende, die vom Ende der Welt zurückkehrten. Der Champagner brachte sie wieder auf die Beine, und sie wurden gesprächig, mit Ausnahme der schönen Engländerin, die sich schweigend bewundern ließ.

»Auf mein Wort«, sagte der alte Hampton, »wir haben gut daran getan, hier zu bleiben, fern der außer Rand und Band geratenen Menge.«

Er war ein schlanker Mann von altmodischer Eleganz, mit stahlgrauem Haar und einem Spitzbart.

»Vater«, sagte William, »die Menge, das ist in dieser Nacht ganz Charleston, vom Niedrigsten bis zum Höchsten. Da gibt es keine Klassenunterschiede mehr.«

»Wirklich?« fragte sein Vater mit ungläubiger Miene. »Was mich betrifft, so habe ich für diese gesellschaftliche Vermischung nicht viel übrig, aber was soll's... Von hier aus können wir die Nachrichten wunderbar verfolgen. Das große Anschlagbrett am Justizpalast ist zwanzig, höchstens dreißig Schritte entfernt. Und die Menge, die hören wir zur Genüge. Ich bitte um Musik.«

Aus einem hinteren Raum ertönte ein verführerischer Wiener

Walzer mit seinen schmachtenden Klängen und seinen jähen Temperamentsausbrüchen. Der alte Hampton verneigte sich vor Elizabeth, die er schon eine Weile aus dem Augenwinkel beobachtet hatte.

»Madame, darf ich um die Ehre bitten...«

Sie hätte Müdigkeit vorschützen können, aber in den Augen dieses grauhaarigen Herrn flammte das Feuer der Jugend und eine beginnende Verehrung. Dem widerstand sie nicht. Der ganze Salon drehte sich vor ihr im Kreis. Im Getöse der Musiker, die sich bemühten, den von der Straße aufsteigenden Lärm zu übertönen, tat sie, als sähe sie nicht, daß die Blicke aller Männer nur ihr galten, und aufs neue gab sie sich dem Rausch dieses Glücks hin, dessen sie nie müde wurde: bewundert zu werden.

Plötzlich brach der Donner los, und die Tänzer blieben wie erstarrt stehen. Ein Schrei schien vom Himmel zu fallen und die Erde zu bedecken; vom Johlen der Menge getragen, vernichtete er jedes andere Geräusch. Einige Minuten lang brach er sich im Raum, über der ganzen illuminierten Stadt, wie der Schrei des Lichts. Alle stürmten auf die Veranda.

Die Hurras der Menge drangen wie Hammerschläge durch die Nacht. Die Fahne von Südkarolina, die *Palmetto Flag*, erschien, und bald waren es ihrer Hunderte, die über den Köpfen wehten. Jedesmal, wenn sich die Zahlen auf den Anschlagbrettern änderten, brauste ein einstimmiges Hurra zum Himmel empor. Plötzlich zerrissen Salven den Lärm wie einen Stoff, den man zerfetzt. Die Kadetten und die Miliz auf der Terrasse der Battery schossen Salve auf Salve. Hinzu kam der Krach eines Feuerwerks. Der Himmel erstrahlte in ebenso hellem Lichterglanz wie die Stadt, und die funkelnden Garben folgten einander unter Jubelgeschrei, ganz so, als flammten sie aus dem Herzen der Menge auf. Unten auf der Straße brüllte ein Mann in Hemdsärmeln zur Veranda herauf: »Lincoln führt, die Hölle ist los!« Ein anderer schrie »Sezession!«, und wie das Feuer auf einer Dynamitschnur lief das Wort von Mund zu Mund, auf den Straßen, in den Parks, in den Gassen, im Hafen.

Um vier Uhr morgens kam Billy. Draußen dauerte die Aufregung an. Nicht ohne Mühe gelangte er ins Haus, und seine rote Uniform schien im Einklang mit seinem freudestrahlenden Gesicht. Seine Worte erregten Aufsehen.

»Im Arsenal haben wir gute Arbeit geleistet. Sie können ruhig kommen. Wir haben alles, um sie gebührlich zu empfangen. Wißt ihr, daß die Aasgeier ganz wild sind?«

»Was soll das heißen? Wieso?« fragte man.

»Der Lärm und das Licht stören sie. Und diese Vögel sind auf den Bäumen des Friedhofs versammelt, gegenüber dem Arsenal. Als wir in ihrer Nähe vorüberzogen, paßte das diesen Herren nicht, und sie wollten uns anspucken.«

»Das sind die Anhänger Lincolns«, rief Mr. Hampton aus, »die einzigen im ganzen Süden.«

Im Morgengrauen mußte man wohl oder übel daran denken, sich zur Ruhe zu begeben, wenn auch das Volk unermüdlich schien. Die Hamptons boten den Verwandten ihre Gastfreundschaft an, und während sie hinter geschlossenen Vorhängen in ihre Betten sanken, wurde in der Stadt vor der Fassade des *Mercury* die *Palmetto Flag* gehißt und flatterte in der frischen Morgenluft.

124

Während der drei folgenden Tage feierte man in Charleston. Das Feuerwerk eroberte den Himmel und richtete sich dort häuslich ein. Ohne Unterlaß schossen die bunten Garben in der Nacht empor, inmitten der Hurras und der Gesänge.

Am Morgen des 7. November war man auch bei Hilda und bei den Hamptons noch vom allgemeinen Jubel angesteckt, aber schließlich schlummerte man so wie die ganze Stadt ein, bis ein Zwischenfall alle wachrüttelte. Ein Offizier der Bundesarmee kam aus dem Fort Sumter mit der Absicht, die Waffen aus dem Arsenal zu entfernen, um jedem Angriff vorzubeugen, aber Männer und Frauen, die ständig auf der Lauer waren, erwarteten ihn mit wehenden Fahnen auf dem Kai und versperrten ihm den Weg. Der Offizier mußte unverrichteter Dinge umkehren... Die Sache erregte großes Aufsehen.

Der *Mercury* erschien an diesem Tage mit einer riesigen Schlagzeile:

Der Tee ist über Bord.
Die Revolution von 1860 ist ausgebrochen.

Eine sonnenklare Anspielung auf die berühmte *Boston Tea Party* vom 16. Dezember 1773, als die amerikanischen Siedler sich im

Hafen von Boston dreier englischer Schiffe bemächtigt und die Ladung – Hunderte Kisten Tee – ins Meer geworfen hatten, um gegen die viel zu hohen Zölle zu protestieren, die man in London über sie verhängt hatte. So begann der Aufstand der Kolonie, und innerhalb weniger Jahre verlor England sein Amerika wegen ein paar Tassen Tee.

In Anerkennung der Tatsache, daß der befehlshabende Offizier in Fort Sumter ungeschickt vorgegangen war, ernannte der Generalstab in Washington einen neuen Kommandanten, und das Fort wurde zum Mittelpunkt des Interesses der ganzen Union. Major Anderson, der neue Kommandant, war mit einer Frau aus Georgia verheiratet, und wenn er auch insgeheim mit den Ideen des Südens sympathisierte, so blieb er dennoch seiner Pflicht treu. Dieser hochkultivierte, brillante und besonnene Mann begriff schnell, daß das Fort Sumter, das auf einem winzigen Felsen inmitten der Bucht lag und die Ausfahrwege zur See beherrschte, eine der stärksten Positionen war. Und es wäre noch mächtiger, wenn man die benachbarten Forts Moultrie und Johnson reparierte, die zwar verletzlicher waren, deren Kanonen jedoch jeden Feind zurückschlagen konnten, der sich den Verkehrswegen näherte. So beschloß er, sofort mit den Ausbesserungsarbeiten zu beginnen: Maurer und Zimmerleute aus der Stadt wurden angeheuert und jeden Tag mit Booten hinübergebracht. Natürlich redeten die Arbeiter, und die ganze Stadt verfolgte mit Interesse den Stand der Dinge. »Sie reparieren die Forts für uns«, sagte man allgemein.

In Charleston fuhr man inzwischen fort zu tanzen, und die Feuerwerksgarben fegten durch die Lüfte, aber die Kadetten wetteiferten an patriotischer Inbrunst mit der Miliz, die sich begeistert im Waffengebrauch übte.

125

Elizabeths Freude war nicht ungetrübt, denn je mehr sie von diesen Dingen erfuhr, desto weniger verstand sie ihre Bedeutung. Übertrieben schienen ihr die Komplikationen einer Politik, die den Sieg eines Gegners der Südstaaten begrüßen ließ, aber was sie in Wut versetzte, war die Anspielung auf die *Boston Tea Party,* die sie sowohl wegen der Roheit der Tat als auch wegen der phänomenalen Verschwendung guten englischen Tees würdelos fand.

»Leider nicht wieder gut zu machen«, sagte Hilda mit einem spöttischen Lächeln, »das alles liegt für immer im Atlantik auf dem Meeresgrund, und ich glaube nicht, daß die Fische davon profitiert haben...«

Elizabeth kehrte ihr den Rücken zu.

»Ich bin und bleibe eine Engländerin«, sagte sie.

Lawrence Turner bemerkte mit sanfter Stimme:

»Hier im Süden sind wir alle englischer Abstammung.«

Ein blasses Lächeln war die Antwort der empörten Engländerin. Seit einigen Tagen verspürte sie ein undefinierbares Unbehagen bei ihren Cousins in Charleston. An ihrer Freundschaft für sie hatte sich zwar nichts geändert, aber zuweilen war sie erstaunt, daß sie sich bei ihnen in dieser brodelnden Stadt aufhielt. Und sowie man England erwähnte, versetzte sie sich im Geiste wie in einer Liebesaufwallung dorthin zurück, und dann schien es ihr, als ob die Heimat sie mit aller Kraft zu ihren grünen Wiesen und stillen Dörfern riefe. Und da das Schicksal so war, wie es ist, nämlich komplizenhaft und necksüchtig, wurde dieser Eindruck von einem lakonischen Brief bestätigt, den Charlie Jones ihr zukommen ließ:

»Ich habe Nachricht von deiner Mutter. Komm möglichst bald zurück.«

Nachricht von ihrer Mutter... Sie schloß sich in ihr Zimmer ein und nahm sich fest vor, nachzudenken. Aber wie stellt man das an? Sie hatte es nie gewußt; ein Gedanke jagte den anderen, wie eine Elster den Spatzen nachjagt. Was hielt sie in Charleston zurück? Billy. Aber einerseits war er in dieser Krisenzeit einer der meistbeschäftigten Offiziere im Fort Beauregard geworden, und sie sah ihn nur selten; andererseits konnte er sie immer noch in Savannah besuchen, wie er es schon oft getan hatte, zumal es gar nicht so weit war. Im Bemühen, einmal ganz ehrlich zu sein, versuchte sie ihre Gefühle zu analysieren, ohne sich selbst zu belügen. Die Kadetten in den Gärten der Battery in ihren hübschen Uniformen mit den Kupferknöpfen und all dem, was sich hinter den Kupferknöpfen verbarg, jawohl, sie hatte den Mut, es sich einzugestehen, sie liebte all diese jungen Leute... Und die Miliz in ihrer ein wenig nachlässigen und doch so eleganten Aufmachung, die den Hals freiließ. Das Blut stieg ihr ins Gesicht. Sie blickte in den Spiegel, sah sich erröten, und diese

Röte machte sie stets noch schöner. Plötzlich kam ihr in diesem inneren Aufruhr, gegen den sie ankämpfte, ein Wort in den Sinn, das sie erstarren ließ; es war die barsche Stimme Miss Llewelyns, die ihr eines Abends gesagt hatte: »Sie stürzen sich ins Verderben, Mrs. Hargrove.« Mit welchem Recht unterstand sich die Waliserin, so etwas zu sagen? Aber die Leute sprachen manchmal an Stelle eines anderen, der sich ihrer bediente. Sie schloß die Augen und rührte sich nicht.

In dieser Nacht machte Billy ihr einen Besuch, und das beruhigte sie. Er allein ersetzte ihr die ganze Armee, und seine Rockschnüre wogen bei weitem alle Kupferknöpfe der Kadetten auf. Diese Überlegungen behielt sie zwar für sich, er aber, mit dem besonderen Instinkt der Eifersüchtigen, schien etwas zu wittern. Sie verkündete ihm in der Tat, daß sie nach Savannah zurückkehren würde.

»Gute Idee«, sagte er, »ich werde immer Mittel finden, dich dort aufzusuchen. Hier ist die Atmosphäre ungesund für eine so nervöse Frau, wie du es bist. All diese Leute, die Fahnen schwenken und nichts anderes als das Wort Sezession im Munde führen... laß dich von denen nicht verwirren. Und dann laufen überall diese randalierenden jungen Milizsoldaten herum... Fahre morgen.«

So ergab sich alles wie von selbst. Ihre Cousins bereiteten ihr einen rührenden Abschied und nahmen ihr das Versprechen ab, bald, möglichst bald wiederzukommen, hielten sie aber nicht zurück. Es war doch sonderbar und konnte ihr nicht entgehen: man hielt sie nie und nirgends zurück.

Die Heimreise verlief ohne Zwischenfälle. Allein in ihrer Kutsche, gab Elizabeth sich allen Träumen hin, die das Muster ihres Lebens bildeten, und wie vorausgesehen, wurde sie zu Hause von der unbeugsamen Waliserin empfangen, die sie im Vestibül erwartete.

»Es freut mich, daß Sie wieder da sind, Mrs. Hargrove«, sagte sie mit kühler Miene. »Hier in Savannah herrscht auch ein wenig Aufregung, aber das ist nichts im Vergleich zu den verteufelten Demonstrationen in Charleston. Wir haben davon gehört.«

»Und die Kinder?«

»Denen geht es wunderbar. Mr. Jones wünscht Sie zu sehen.«

»Lassen Sie ihm melden, daß ich wieder da bin.«

Ned kam aus dem Garten und schmiegte sich an sie mit den üblichen Liebesbezeugungen, aber sie verließ ihn rasch, um in Kits Zimmer hinaufzugehen; sie fand ihn auf dem Schoß der *Black Mammy*, als ob die Zeit stillgestanden wäre und sie das Kind vor fünf Minuten verlassen hätte. Er blickte sie aus seinen großen blauen Augen an, den Kopf zur Seite geneigt, und schien sich zu fragen, wer sie wohl sein mochte. Sie stürzte sich auf ihn und bedeckte ihn mit Küssen, während er in jener unbekannten Sprache stammelte, die die kleinen Kinder aus aufgeschnappten Worten erfinden. Von einer Welle der Zärtlichkeit getragen, weidete sich ihr Herz an ihm, an seiner Frische und am Duft seines milchigen Fleisches, an der Liebe in ihrer unschuldigsten Form. Die *Black Mammy* mußte ihr schließlich den Kleinen aus den Armen nehmen. Zum erstenmal seit vielen Tagen fühlte sie sich im Frieden mit sich selbst, als Mutter und versöhnt mit allen Anfechtungen, denen sie in Charleston verfallen war.

Charlie Jones kam sie am Abend besuchen.

»Deine Mutter hat mir aus London geschrieben«, sagte er, kaum daß er eingetreten war. »Anfang Dezember wird sie in New York sein. Sie erwartet dich dort. Aber laß uns nicht stehenbleiben und einander anstarren. Ich habe dir noch eine Menge anderer Dinge zu sagen.«

Sie setzten sich im roten Salon einander gegenüber. Er begann im kalten Ton eines Geschäftsmannes:

»Deine Mutter hat dir im modernsten und luxuriösesten Hotel der Stadt ein Zimmer bestellt, oder besser gesagt, ein Appartement.«

»Aber, Onkel Charlie, was soll ich denn in New York?«

»Sie bildet sich ein, daß du Amerika verlassen und mit ihr nach England zurückkehren wirst. Ich sage dir das alles ohne Umschweife. Ersparen wir uns die rhetorischen Umschreibungen.«

»Ich soll nach England zurückkehren?« fragte Elizabeth.

Er blickte sie mit eisiger Miene an. Das war nicht mehr der gleiche Charlie Jones.

»Genau. Zuerst einmal wirst du für dich allein eine ganze Etage eines der schönsten und am meisten bewunderten Häuser in Bath haben. Reizt dich das nicht? Du wirst in dieser sehr eleganten Stadt ein neues Leben beginnen, ruhig und fern vom Lärm des Krieges.«

»Aber wir sind doch nicht im Krieg.«

»Deine Mutter sieht ihn kommen, sie will dich vor einem schrecklichen Schicksal bewahren. Deine Kabine für die Fahrt nach New York an Bord eines meiner Schiffe ist reserviert. Es ist die *Queen Mab*, die in zehn Tagen von Savannah ausläuft.«

»Und Billy?«

Er fuhr unerschütterlich fort:

»Ach ja, Billy. Daran hat sie auch gedacht. Du wirst ihn nach dem Krieg wiedersehen – der, wie sie behauptet, nicht lange dauern wird.«

»Ist das ihr Ernst?«

»Diese Frage stelle ich mir nicht. Ich überbringe dir ihre Nachricht, ihren Ruf. Ihr Brief ist ein wenig überspannt.«

»Zeigen Sie ihn mir.«

»Nein.«

»So haben Sie noch nie zu mir gesprochen.«

»Ich versuche nur, ehrlich zu sein. Du wirst es später verstehen.«

»Ich soll also Savannah verlassen, Billy verlassen. Und die Kinder? Ned und den kleinen Kit?«

»Ja.«

»Nun, dann bedarf es keiner weiteren Überlegung. Ich bleibe hier.«

»Aber du hast es dir doch gar nicht überlegt.«

Die Augen voller Wut, sprang Elizabeth auf und stampfte mit dem Fuß.

»Ich bleibe, ich bleibe, und ich bleibe. Ich verlasse Billy nicht.«

Jetzt erhob sich auch Charlie Jones und nahm sie in seine Arme.

»Elizabeth... Du antwortest, wie ich es erhoffte, ohne mir dessen sicher zu sein. Sie hat gespielt und das Spiel verloren. Sie zählte auf deine Angst und dein Heimweh nach dem alten Land. Auch ich könnte mit all den Meinen fortgehen und mich in einem Herrenhaus in Cornwall niederlassen, aber ich verdanke dem Süden alles, und ich rühre mich nicht vom Fleck. Im Herzen sind wir alle Südstaatler geworden, und unsere Kinder haben hier ihre Heimat... Der Brief deiner Mutter ist herzzerreißend... Es ist der unredliche Schrei einer Mutterseele.«

Sie senkte den Kopf und schwieg. Liebevoll nahm er ihre Hand:

»Ich habe soeben hart gesprochen, und das ist eigentlich nicht meine Art, aber es mußte sein. Und nun merke dir wohl: die Sezession bedeutet nicht notwendigerweise den Krieg. Und falls der Krieg je ausbrechen sollte, so vergiß nicht, daß du mit deinen Kindern zu mir kommen kannst. Dort oben in Virginia seid ihr in Sicherheit. Bei Charlie Jones seid ihr auf britischem Boden. Du brauchst nichts zu fürchten.«

»Ich habe keine Angst.«

»Noch eine Frage. Man hat mir erzählt, daß es in Charleston zu einer begeisterten Verbrüderung gekommen ist, die alle sozialen Unterschiede aufhebt. Stimmt das?«

»Ja, ich habe es gesehen, die Spitzen der Gesellschaft zusammen mit den Arbeitern.«

»Für die Miliz rekrutiert man die jungen Leute aus dem Volk… und sie eilen in Massen herbei?«

Die Miliz… Sie sah diese verwegenen Jungen mit den offenen Hemdkragen wieder vor sich.

»Ja, so ist es. Und es ist gut so«, sagte sie.

»In Savannah bewahrt die Oberschicht noch ihre Vorurteile. Wenn du von Dimwood kamst, hast du bestimmt die zerlumpten Männer und Frauen in den Vorstädten bemerkt. Nur wenige finden Arbeit und verdienen auch dann kaum genug, um zu überleben. Das ist das Elend. In Amerika muß man reich sein!«

»Ich weiß, ich weiß. Seit meiner ersten Reise nach Savannah habe ich diese Leute am Straßenrand gesehen und war darüber empört.«

»Niemand denkt darüber nach. Ich versuche ihnen ein wenig zu helfen, aber es ist wie ein Tropfen auf einen heißen Stein. Sie sind zu zahlreich. Erinnerst du dich an die Schmicks? Die haben es geschafft, dank harter Arbeit. Ich hatte Algernon zu ihnen geschickt, da ich hoffte, ihn für meine Bemühungen zu interessieren. Dort hast du ihn kennengelernt, nicht wahr?«

»Algernon… ja, natürlich.«

»Er muß übrigens gleich vorbeikommen, um dir guten Tag zu sagen, falls es dir nichts ausmacht, ihn in meiner Gegenwart zu empfangen.«

»Aber mit Vergnügen.«

»Er ist ein guter Junge, aber er hat Hunger und Kälte nie gekannt, und deshalb verschließt er sich immer noch vor dem Problem der Armen.«

»Ich«, sagte sie, »habe erfahren, was Hunger und Kälte ist, als ich fünfzehn Jahre alt war und mit Mama in London lebte.«

»Ich habe das als ganz junger Mann im Shropshire gekannt. Glaub mir, es gibt keine bessere Schule. Algernon hat ein Herz anderer Art, er ist ganz Feuer und Flamme für die Bewaffnung des Südens.«

»Da sind wir aber weit von den Sorgen der Armen entfernt!«

»Täusche dich nicht. Wir werden einige Überraschungen erleben, wenn es zum Kriege kommt. Man gebe ihnen Brot und Gewehre, und sie werden Schulter an Schulter mit unseren Algernons und den Söhnen der Plantagenbesitzer marschieren.«

»Onkel Charlie, ganz im Ernst, Sie glauben zwar nicht an den Krieg, aber ohne es zu wollen, verbreiten Sie Besorgnis.«

Er blickte ihr direkt in die Augen.

»Willst du, daß ich deiner Mutter eine telegraphische Nachricht schicke, um ihr zu sagen, daß du kommst?«

»Fangen wir nicht wieder damit an«, sagte sie verärgert. »Ich bin kein kleines Mädchen mehr, reden wir von etwas anderem, um Himmels willen!«

Charlie Jones warf ihr seinen verführerischsten Blick zu und ein Lächeln, das ihn um zehn Jahre jünger machte.

»Pardon, Elizabeth. Lady Fidgetys Brief hat mich ein bißchen durcheinandergebracht, zugegeben, aber ich habe das Gefühl, daß sie bei allem Kummer über dein Nein gleichzeitig auch stolz auf dich sein wird.«

»Ich hätte sie gern selbst gesehen.«

»Dann soll sie hier herkommen. Wenn du nach New York fährst, besteht die Gefahr, daß sie dich einwickelt.«

»Lassen wir das. Ich werde ihr schreiben.«

»Ich höre, es klingelt. Das muß Algernon sein.«

»Soll ich Champagner servieren lassen, um die trübselige Atmosphäre ein bißchen aufzuheitern?«

»Ein Gläschen Champagner lehnt man nicht ab, wenn eine entzückende junge Frau es anbietet.«

Algernon trat ein. Er trug einen schwarzen Gehrock, und sein hübscher Kopf ragte über einem steifen Kragen empor, um den er ein Halstuch aus weißer Seide geschlungen hatte. Diese ein wenig feierliche Aufmachung schickte sich seines Erachtens für einen Besuch zu später Stunde, begünstigte jedoch keine Tändeleien. Er verneigte sich vor Elizabeth und küßte ihr die Hand.

»Nun, Algernon, du siehst mir ganz wie jemand aus, der uns eine Neuigkeit bringt«, sagte Charlie Jones.

»Keine einzige«, sagte er, »außer daß meine zehntausend in New York bestellten Gewehre in den ersten Januartagen geliefert werden.«

Elizabeth zuckte zusammen ... Algernon und seine zehntausend Gewehre ... Sie glaubte, nicht richtig gehört zu haben, und zog es vor zu schweigen.

»Meine Büros hatten gestern abend die Bestätigung erhalten, aber das kann die Damen nicht interessieren«, sagte Charlie Jones mit einem liebenswürdigen Lächeln. »Elizabeth, es handelt sich natürlich um Flinten für die ... Rebhuhnjagd.«

»Große Rebhühner!«

Algernon lachte, und die junge Frau warf ihrem Schwiegervater einen vorwurfsvollen Blick zu.

»Da wir von Neuigkeiten reden«, fuhr Algernon fort, »bin ich sehr gespannt, aus dem Munde von Mrs. Hargrove zu hören, wie es in Charleston steht.«

»Ach, Algernon, nennen Sie mich doch Elizabeth. Was ist denn heute mit Ihnen los?«

Ein Diener brachte drei Gläser Champagner auf einem Tablett und zog sich zurück.

»Elizabeth«, sagte Charlie Jones, »auf was trinken wir?«

Ohne zu zögern, antwortete sie:

»Auf den Frieden und das Glück aller.«

»Was für ein reizender Trinkspruch, Elizabeth«, sagte Algernon und schenkte ihr das anbetende Lächeln, das sie erwartete.

Seit Algernons Ankunft fühlte sie sich besonders schön mit ihrem hochgesteckten Haar, und die Unterredung mit ihrem Schwiegervater hatte sie ermutigt, sich glänzend zu behaupten. Mit lässiger Hand stellte sie ihren Champagnerkelch nieder, raffte nachlässig die Falten ihres isabellfarbenen Taftkleides und redete unbesonnen drauflos:

»Also, um Ihnen von den tollen Dingen in Charleston zu erzählen ... Womit soll ich anfangen? Mit dem Feuerwerk, das die Sterne in den Schatten stellt, mit dem ohrenbetäubenden Geschrei der Menge, dem Jubel, zehntausend Fahnen in den Lüften – es ist der sogenannte *Palmetto* – und in allen Händen; die Gärten der Battery sind voller Soldaten ...«

»Soldaten?« fragte Algernon stirnrunzelnd.

»Nun ja, Kadetten, junge Kadetten in feschen Uniformen mit unzähligen Kupferknöpfen, übrigens alle äußerst elegant ...«

»Das alles ist ganz normal«, unterbrach Charlie Jones, dem diese übertriebene Begeisterung peinlich war, aber sie fuhr unbeirrt fort:

»... auch andere, einfacher gekleidete, mit weiten Hosen...«

»Die Miliz«, erklärte Charlie Jones ungeduldig, »die Miliz, Elizabeth, aber was sagte man, was schrie man?«

»Sezession!« rief sie und fuchtelte mit dem Arm.

Ihr Schwiegervater schlug einen vernünftigen Ton an, um der heiklen Situation ein Ende zu setzen, und wandte sich an Algernon, dessen Teint sich ein wenig belebte.

»Die Sezession«, sagte er, »dieser Ruf, den wir nun auch in Savannah zu hören beginnen, daran hat man schon einmal in Massachusetts gedacht. Sie wäre ohne Gewalt möglich, wenn der Norden dieses Vorhaben etwas aufmerksamer und ruhiger betrachten würde. Nationen verschiedenen Ursprungs, doch Seite an Seite, im Frieden.«

Er verbreitete sich über dieses Thema und langweilte seine Zuhörer; dann ging er plötzlich auf etwas anderes über.

»Was den falschen Vorwand der Sklaverei betrifft, dessen sich der Norden bedient, um uns anzuschwärzen, so frage ich Sie, ob es Ihnen je in den Sinn gekommen ist, daß man mit diesem Problem auf eine sehr einfache Weise ein für allemal Schluß machen könnte: anstatt Sklaven zu besitzen, die umsonst arbeiten, brauchte man sie nur zu bezahlen...«

Algernon hätte beinahe seinen Champagner verschüttet.

»Sie bezahlen?«

»Und warum nicht? Wie gewöhnliche Arbeiter. Die Verlockung des Goldes würde sie hier festhalten, und sie wären nicht mehr versucht, für eine falsche Freiheit in den Norden zu fliehen. Denn dort bleibt ihnen nur die Zwangsarbeit oder die Hungersnot. Sie würden bleiben, dessen bin ich sicher. Der Süden hat mehr als genug, um sie zurückzuhalten, und die, die hier geboren wurden, sind ohnedies hier zu Hause.«

»Endlich die Stimme der Vernunft!« rief Algernon. »Das höre ich zum erstenmal.«

Charlie Jones seufzte:

»Ich fürchte, es wird auch das letztemal sein. Nach dem Gekläff der Reden riskieren wir, das stupide Gebell der Kanonen zu hören. Und was das betrifft, so habe ich dir noch einiges zu sagen... aber wir langweilen Elizabeth.«

Er erhob sich, ergriff Elizabeths Hände und hielt sie in den seinen.

»Entschuldige uns, liebe Elizabeth. Ich muß mich Ende des Monats wegen einer Zollangelegenheit nach New York begeben. Bei dieser Gelegenheit werde ich deiner Mutter, wenn sie da ist, einen Besuch machen und ihr deine Antwort mitteilen. Obwohl sie eine Engländerin ist, hat sie ein menschliches Herz. Sie wird es verstehen. Darf ich dich küssen?«

Wortlos bot sie ihm die Wange und fühlte sich in eine Wolke von Eau de Cologne gehüllt.

»Ich werde ihr schreiben«, flüsterte sie.

»Überlasse dich lieber meiner Obhut. Ich weiß, wie man eine Mutter besänftigt.«

Diese Worte beruhigten sie, und nach einem weiteren Handkuß Algernons zogen sich die beiden Männer zurück.

In den breiten Avenuen, wo nun wieder Ruhe eingekehrt war, plauderten sie in aller Ungezwungenheit.

»Ich tue mein Bestes, um dieser besorgten jungen Frau den Seelenfrieden wiederzugeben«, sagte Charlie Jones.

»Sie macht einen sehr entschlossenen Eindruck.«

»Eine mutige Haltung. Sie denkt zitternden Herzens an ihren Billy, und mit Recht. Man fühlt das Unvermeidliche kommen und hofft, sich zu täuschen. Willst du den Frieden, so bereite den Krieg vor, sagt die Weisheit der Antike. Das ist idiotisch. Wenn du den Krieg vorbereitest, kommt er.«

»Sie sind schrecklich, Onkel Charlie.«

»Algernon, sei doch nicht naiv. Ich mache mir keine Illusionen, das ist alles, aber wenn der Krieg einmal da ist, muß man sich ihm stellen, und ich will dem Süden helfen, damit er sich wehren kann. Wenn ich in New York bin, werde ich für die Lieferung der in Manchester bestellten Kanonen sorgen. Meine Schiffe warten in Liverpool, um sie, wie abgemacht, in Einzelteile zerlegt, direkt nach Savannah zu bringen.«

»Fürchten Sie nicht ein Embargo?«

»In Friedenszeiten – denn noch sind wir im Frieden – würden die Amerikaner doch kein britisches Schiff beschlagnahmen. Das wäre eine kriegerische Handlung gegen Großbritannien.«

»Oh, Sie haben eine Art, sich auszudrücken...«

»Die Ankunft der Schiffe in Savannah ist für Ende des Jahres vorgesehen. Noch haben wir Zeit, Vorsichtsmaßnahmen zu treffen.«

»Was mich betrifft, so werde ich meine Gewehre im Januar haben.«

»Gut. Wir gehen einem unsinnigen Krieg entgegen. Für den Süden steht es eins zu drei. Der Norden rüstet sich und exerziert.«

»Jetzt schon?«

»Bist du über die Einzelheiten nicht informiert? Der Norden hat seine Miliz, die republikanischen *Scouts*. Die gibt es überall, bis nach New York, und ob man dort oben von der Union begeistert ist, weiß Gott allein. Aber die kriegerische Inszenierung dient dazu, das Volk aufzuhetzen. Wenn ich zurückkomme, werde ich dir erzählen, was ich gesehen habe.«

»Verstehen Sie, warum der Norden so gegen uns hetzt?«

»Da gibt es einen Punkt, dessen Bedeutung der Süden nicht erfaßt hat, Algernon: das finanzielle Desaster von 1857, von dem der Norden sich nur mit Mühe erholt. Während dieser demütigenden Prüfung mußte man dort das Schauspiel unseres Wohlstands mitansehen. Der König Baumwolle hat uns gerettet. Und damals hat sich dort die fixe Idee gebildet, alles an sich zu reißen.«

»Alles?«

»All unseren Besitz, jawohl. Ich vereinfache, aber damit ist alles gesagt, Algernon. Das war der entscheidende psychologische Moment. Ob lang oder kurz, dieser Krieg wird furchtbar. Buchanan, der noch bis zum März Präsident ist, vermag nichts, um die Katastrophe zu verhindern. Er kann nur im Weißen Haus schlafen und Feste geben!«

»Aber Onkel Charlie, Sie sehen ja den Süden bereits geschlagen!«

»Das habe ich nicht gesagt, und das denke ich auch nicht, aber ich weiß nichts, gar nichts… Trennen wir uns hier, Algernon. Die Nacht ist klar, die Sterne leuchten. In einem Monat ist Weihnachten. Genießen wir die schönen Stunden, die uns geschenkt sind.«

Nach einem Händedruck entfernten sie sich voneinander. Die Straße war menschenleer, und ihre Schritte hallten auf dem Backsteinpflaster mit einem Klang, den sie nicht vergessen sollten.

126

Die folgenden Tage erwiesen sich als schwierig für Elizabeth. Ihr roter Salon wurde von der *Society* bestürmt, denn alle wollten die jüngsten Nachrichten aus Charleston hören. Auf Einzelheiten erpicht, begnügte man sich nicht mit einem allgemeinen Stimmungsbild, man verlangte die Farben und den Lärm, alle physischen und sentimentalen Ausbrüche der großen lauten Rivalin. Die unglückliche Elizabeth hatte nichts dergleichen erwartet. Mrs. Harrison Edwards und ihr Paradiesvogel mit dem blauen Diamantauge hielten sie in einer Ecke fest und bemühten sich, ihr klare und verständliche Antworten zu entlocken. Hinter ihr bedrängten sie die Steers, Lady Furnace, all die jungen oder nicht mehr jungen Damen, all die jungen oder nicht mehr jungen Fräuleins mit präzisen, zuweilen indiskreten und von kicherndem Gelächter begleiteten Fragen. Noch nie hatte man so viele freche kleine Hüte wie die aus dem kaiserlichen Paris gesehen, so viele Federn und Spitzen, und all das im lauten Geraschel der Volants aus Taft und Tussahseide. Man atmete bis zum Ohnmächtigwerden die Düfte des Ylang-Ylang, des Heliotrop, des *Eau à la Reine* und der noch betörenderen Parfums aus Arabien, die selbst Lady Macbeth nicht kannte! Die Diamanten funkelten.

Von leichter Panik ergriffen, servierte Elizabeth dieser anspruchsvollen Menge ihre Kadetten und ihre Miliz, aber das genügte nicht. Einstimmig forderten die Damen eine Beschreibung der Soiree bei den Hamptons. Der in ganz Charleston für seinen Prunk und seine Lüster berühmte Salon von Mrs. Hampton war ihnen viel wichtiger als die ganze Stadt, und sie waren erleichtert zu hören, daß Elizabeth ihn zwar ebenso schön, aber nicht größer als die in Savannah gefunden hatte. Nachdem diese Kulisse errichtet war, verlangten sie zu wissen, was es dort zu hören gab, welche Schreie von der Straße aufstiegen, und zwar möglichst mit einer Nachahmung oder etwas dergleichen, um sich eine Idee von der Atmosphäre zu machen. Die geplagte Erzählerin schickte sich an, ihre ganze Zuhörerschaft höflich hinauszukomplimentieren, als Miss Llewelyn, die Mitleid mit ihrer Herrin hatte, plötzlich auf der Schwelle erschien und mit gebieterischer Stimme verkündete:

»Meine Damen, der Tee erwartet Sie.«

Ein Tee! Die Waliserin hatte eine Nachmittagsmahlzeit improvisiert. In dieser Sekunde verzieh Elizabeth ihr alles, ihren Verrat, ihre Unverschämtheiten und selbst – was ihr schwerer als alles andere fiel – ihre Wohltaten.

Im offiziellen Speisesaal freuten sich die Damen bereits darauf, Elizabeth dem weiteren Verhör zu unterziehen, während sie ihren Tee tranken, als Mrs. Harrison Edwards, über der das kalte und blaue Auge des Paradiesvogels wachte, dem lästigen Treiben ein Ende machte.

»Meine Damen«, sagte sie und erhob sich, »wir haben jetzt ungefähr alles erfahren, was wir über das brodelnde Charleston wissen wollten. Wir sind sicher, daß die dortige Damenmode der unseren ganz ähnlich ist, und was die seltsame Vermischung der gesellschaftlichen Klassen betrifft, so lassen wir sie ihnen vorläufig.«

»Die Distanz oder der Tod!« verkündete eine meckernde Stimme unter einem zitternden Federbusch.

Ein kurzes Schweigen trat ein, und dann wandte sich die Konversation im gemeinsamen Einverständnis den letzten Skandalgeschichten zu. Elizabeth atmete auf.

127

In New York, am 6. Dezember, eilte Charlie Jones zu Lady Fidgety, die er in einer prunkvollen Suite des Fifth Avenue Hotels vorfand. Sie lag auf einem seegrünen Kanapee und schien nicht überrascht, ihn zu sehen, aber er bemerkte, daß sich unter den Falten und Volants ihres dunkelblauen Kleides ein Gehstock verbarg. Ihr schönes, vom Alter gegerbtes Gesicht bewahrte seinen natürlichen Adel, die markante Nase trotzte den Jahren. Sie erhob sich nicht, lächelte jedoch mit einer Anmut, die ihr einen Hauch von Jugend zurückgab.

»Du wirst mir verzeihen, daß ich nicht aufstehe«, sagte sie. »Ein Fehltritt im Badezimmer, und jetzt muß ich zwei Tage liegen. Aber es geht schon besser. Sag mir schnell die Antwort meiner Tochter. Kommt sie, oder kommt sie nicht?«

Charlie Jones schüttelte den Kopf.

Sie schwieg und wandte das Gesicht ein wenig zur Wand. Charlie Jones stand, den Zylinderhut in der Hand, wie vor einer Toten.

»Ich hatte es erwartet«, sagte sie schließlich mit tonloser Stimme, »und doch bin ich enttäuscht. So widersprüchlich ist das Frauenherz... Willst du dich nicht setzen?«

Er nahm einen französischen Sessel mit harten Armlehnen.

»Der Entschluß hat sie geschmerzt«, sagte er.

»Ich hätte mich wahnsinnig gefreut, sie zu sehen, und zugleich hätte ich mich geschämt, sie mitzunehmen. Kannst du das verstehen?«

»Sehr gut. Du sprichst aus, was sie selbst empfindet. Ihren Mann verlassen... Sie hätte sich nie an den Gedanken gewöhnt, geflohen zu sein, und sie hätte alle Selbstachtung verloren.«

»Nun, dann ist ja alles – sagen wir – zum besten geregelt. Ich reise in drei Tagen ab.«

Diese Worte wurden gesprochen, als handelte es sich um ein ganz alltägliches Problem, und er bewunderte den Mut dieser Frau, die er einst geliebt hatte.

»Laura«, sagte er leise.

Sie blickte ihn erstaunt an.

»Du erinnerst dich...«, sagte sie, und ihre grauen Augen lächelten traurig vergnügt. »Es ist besser, nicht in die Untiefen der Jugend zu schauen: da tut sich ein Abgrund auf.«

Plötzlich wechselte sie den Ton und wies mit der Hand auf das große Zimmer:

»Bewundern Sie den Luxus des Nordens«, sagte sie ironisch. »Soviel vergoldeter Stuck an den Decken und den Rahmen der Spiegel, aber von Geschmack keine Spur.«

Charlie Jones fand ihr Urteil streng. Gewiß, dieses Zimmer mit den hohen Fenstern wirkte etwas überladen. Vor allem mangelte es ihm an Intimität, aber alles war sehr komfortabel, die behäbigen dunklen Ledersessel, die riesigen, mit Eisenbeschlägen verzierten Kommoden und das monumentale Bett im Nebenzimmer mit der seidenen Daunendecke, die an eine gelbe Wolke erinnerte, und dem Alkoven mit den schweren Vorhängen.

»Das ist das Beste, was sie zu bieten haben«, sagte sie mit einem spöttischen Lachen. »Aber wenigstens ist es geräumig.«

»Und ruhig«, fügte er hinzu, während er an ein Fenster trat. »Was sieht man von hier?«

»Paß auf, daß dir nicht schwindlig wird, wenn du öffnest! Wir sind in der fünften Etage.«

Er öffnete nicht, aber sein Blick fiel auf einen rechteckigen, von eleganten Geschäften gesäumten Platz; geschlossene Kutschen fuhren vorbei, Spaziergänger in Pelzmänteln bewegten sich raschen Schrittes.

»Ich habe diese Etage gewählt, weil ich den Lärm verabscheue. Das Appartement ist überheizt, aber ich muß sagen, daß man hier fast nichts hört. Und dabei herrscht ziemliche Aufregung in der Stadt. Man spricht von Sezession.«

»Ach, daß man sie in Charleston mit lautem Geschrei fordert, ist kaum von Bedeutung... Der Süden in seiner Gesamtheit folgt nicht...«

»Charlie, ich rede nicht vom Süden, sondern von New York! Was soll ich nach meinem kleinen Unfall in diesem Zimmer anderes tun, als ihre Zeitungen lesen? Man traut seinen Augen nicht.«

»Das ist die Hetzpropaganda gegen den Süden!«

»Oh, die Abolitionisten wünschen die Sezession um jeden Preis, und das jeden Tag, ohne sich zu fragen, was man dort im Süden will. Sie flehen den Himmel an, sie von den Sklavenstaaten zu befreien. Und zwar so schnell wie möglich. Die öffentliche Meinung sieht einen Krieg voraus und hat Angst vor ihm. Man fürchtet, der Süden würde den Norden überrennen... Du brauchst nur da hineinzuschauen.«

Sie wies auf einen Stapel Zeitungen und Zeitschriften auf einem Tischchen.

»Dann ist New York also hysterisch geworden!«

»Mehr als du zu glauben scheinst, Charlie. Der Bürgermeister fordert, daß die Stadt sich im Falle eines Konflikts von der Union trennt und zur offenen und internationalen Stadt erklärt wird.«

»Das erstaunt mich nicht von Fernando Wood. Der muß italienisches Blut in den Adern haben.«

»Ach, Charlie, scherze nicht. Die Bankiers sind der gleichen Meinung. Glaube mir, New York verliert den Kopf. Das hatte ich schon vor meiner Abreise in der *London Times* gelesen. Da glaubte ich noch, daß Russell übertrieb, aber nein. Der neue Präsident ist kaum gewählt, und schon gefällt er nicht mehr. Man macht sich über sein Auftreten lustig, über seine Art zu reden, über alles. Die Völker sind noch unbeständiger als die Männer... oder die Frauen, das kommt auf den Standpunkt an.«

»Laura, es eilt dir sicher, nach Bath zurückzukehren.«

»Ohne Elizabeth? Ich werde dort vor Unruhe sterben, wenn es zu einem Krieg kommt.«

»Der Krieg ist nicht gewiß, selbst nach einer Sezession des Südens, und die ist noch lange nicht beschlossen, weit entfernt davon. Und dann mußt du ein für allemal wissen: im Falle eines Konflikts nehme ich Elizabeth und ihre Kinder zu mir, entweder in mein Haus in Savannah oder auf meinen Landsitz in Virginia, den du noch nicht kennst. Beide Häuser bieten Zuflucht auf englischem Boden.«

»In Virginia?«

»In Great Lawn, einem von Feldern und Wäldern umgebenen Landsitz. Dort wird man uns in Frieden lassen. Das macht zwei absolut sichere Zufluchtsorte! Und dann kann ich immer auf Lord Lyons zählen.«

»Dem Himmel sei Dank, Charlie! Du tröstest mich. Dein Besuch tut mir gut, trotz der Nachricht, die du mir gebracht hast.«

»Und doch, Laura, hasse ich es, der Überbringer schlechter Nachrichten zu sein. Der Pharao ließ die Unheilsboten umbringen. Ich kann ihn verstehen.«

Darüber mußte sie lachen.

»Hat er das wirklich getan? Nun, ich lade dich nur zu einer Tasse Tee ein.«

»Leider kann ich nicht bleiben. Ich habe hier auch geschäftlich zu tun. Im Augenblick ist mein Leben wahnsinnig kompliziert. Die Bank, die Exporte und alles übrige... Deshalb muß ich mich jetzt verabschieden, aber wir sehen uns wieder.«

»Nach dem Kriege.«

»Denk doch nicht ständig an diesen problematischen Krieg, Laura. Gestattest du, daß ich dich küsse?«

»Zur Erinnerung an die schönen Jahre.«

Er neigte sich über sie, und ihre Lippen berührten sich.

Dann nahm er seinen Hut und ging zur Tür. Doch bevor er sie öffnete, drehte er sich noch einmal um und sagte:

»Natürlich sehen wir uns wieder... heute abend. Wir werden zusammen essen.«

»Mit Vergnügen. Im Hotel, wenn es dir nichts ausmacht. Kommst du mich um acht Uhr abholen?«

»Um Punkt acht Uhr. Wir haben einen charmanten und nützlichen Abend vor uns, denn wir haben noch nichts beredet. Wir müssen ein paar geschäftliche Angelegenheiten besprechen«, sagte er, als er die Tür öffnete.

»Die assyrische Flotte!« rief sie ihm zu.

Da brach er in ein so schallendes Gelächter aus, daß sie ihn noch im Vorzimmer hörte.

Gemeinsam stiegen sie die fünf Etagen hinab; sie hakte sich bei ihm ein, ihr Stock berührte kaum die Stufen, und sie schien so unbehindert, daß Charlie Jones sich fragte, ob sie den Stock wirklich brauchte, oder ob er nicht nur als ein Vorwand diente, zum Beispiel um ihn auf einem Kanapee liegend zu empfangen. Er hatte einen Tisch etwas abseits an einem großen Fenster gewählt. Das weiße Tischtuch erstrahlte im Kerzenlicht, wie überall in diesem Speisesaal von imposanten Ausmaßen. Hie und da schmückten Misteln und Stechpalmenzweige die Wände. Weihnachten lag in der Luft.

Ein Gläschen Champagner begleitete das Menü, das Laura erträglich fand, und das milde Licht der Kerzen verjüngte ein wenig die beiden einander gegenübersitzenden Personen, die dazu neigten, in Augenblicken der Vertraulichkeit die Köpfe zusammenzustecken. Dann senkten sich die Stimmen, denn das Lokal war gut besucht und die Gesellschaft sehr elegant.

»Du wirst mit dem Metall zufrieden sein«, flüsterte Lady Fidgety, als die Suppe aufgetragen wurde. »Verlaß dich auf Manchester.«

»Ich habe seit sechs Monaten mit ihnen zu tun«, flüsterte er, »für die großen Stücke. Ich kenne sie. Um die kleinen...«, er flüsterte noch leiser, »die Gewehre, kümmert sich Algernon.«

»Algernon?«

»Steers«, hauchte er.

»Oh, das ist aber sehr ernst.«

»Sehr, meine liebe Laura. Assyrien wacht.«

Ihre mysteriösen Worte verloren sich im allgemeinen Stimmengewirr. Man sprach viel über Politik, ein wenig vom Theater (von Sothern, den man unbedingt in *Unser Vetter aus Amerika* gesehen haben mußte), sehr ausgiebig von den großen Finanzskandalen (über Spekulationen der Haie Jay Gould und Jim Fisk, über die Schmiergelder für die Stadtverwaltung usw.), als die allgemeine Aufmerksamkeit sich plötzlich den großen Fenstern zur Fifth Avenue zuwandte, wo kriegerische Klänge ertönten.

»Oh, Charlie, was für ein Glück du hast! Schau dir das an. Die Republikaner halten ihre Parade ab.«

In dichten Reihen, ein jeder mit einer Stocklaterne, marschierten die *Wide Awakes**. Auf ihren weiten Wachstuchumhängen spiegelte sich das schwankende Licht, zuckte bei jedem Schritt wie Flammen empor. Eine Mütze mit breitem Schirm verbarg den wilden Blick.

»Ziemlich beeindruckend«, sagte er. »Die Wirkung entbehrt nicht einer gewissen Schönheit, einer höllischen Schönheit allerdings.«

»Höllisch ist das passende Wort. Man will einschüchtern, Angst machen. Ich finde, diese Demonstration hat etwas Kindliches.«

»In jedem Amerikaner steckt ein Kind, liebe Laura. Die Botschaft von Buchanan vorgestern ist ein Beweis dafür. Er hält sich für den Weihnachtsmann. Er verteilt die guten Gefühle wie Geschenke. ›Alles wird sich einrenken, alles geht gut.‹«

»Aber das ist doch nett!« rief Laura aus.

»Genau das hat man in Südkarolina gedacht, und weißt du, was man ihm dieses Jahr zu Neujahr schenkt? Man schickt ihm Kommissare, um die Forts und die Arsenale zurückzufordern.«

»Ich bewundere soviel Spontaneität.«

Beide lachten und tranken auf die Spontaneität.

»Und um alles zu arrangieren, das heißt alles zu verwirren, liebe Laura, hat es der Oberbefehlshaber der Armee, ein Trottel, auf sich genommen, dem Präsidenten zu schreiben und ihm militärische Ratschläge zu erteilen – das Ganze in einem pompösen und plump vertraulichen Stil.«

»Charlie, du bist ja in die Geheimnisse der Götter eingeweiht!«

»Warte, warte. *Grosso modo* hat er ihm empfohlen, die Bastionen im Süden, die Forts von Charleston, von Savannah und in Florida notfalls mit Gewalt zu halten und neue Truppen dort hinzuschikken. Und wozu? Um die vorhandenen Garnisonen, die in seinen Augen zu schwach sind, zu beschützen.«

»Die Truppen beschützen! Eine komische Armee!«

»Laura, laß mich zu Ende reden. Der arme alte Winfield Scott hat kein Glück gehabt, denn Buchanan hat den Brief seines Generals an seinen Kriegsminister weitergegeben. Aber John Floyd stammt aus

---

* Die Spähtrupps

Virginia und ist ein überzeugter Anhänger des Südens: er hat den Brief unter seinen Freunden herumgehen lassen. Das ist das ganze Geheimnis der Götter.«

»Aber das ist ja ein Roman.«

»Besonders die Fortsetzung. Floyd macht es wie wir beide. Er nutzt die Gelegenheit, um seine Waffenreserven an Südkarolina zu verkaufen.«

»Und dann?«

»Hier endet vorläufig der Roman. Genügt es dir nicht? Der Rest muß noch erfunden werden.«

»Charlie, die Geschichte wird an unserer Stelle die Feder ergreifen, aber ist es nicht seltsam, daß wir gerade hier, an einem Ort, der für seine Vergnügungssucht berühmt ist, vom Krieg und von Kriegsgerüchten reden?«

»Ja, das sind die kleinen Ironien des Lebens. Schau hinaus… welch ein Bild der Zukunft…«

»Ach, es sieht ganz so aus, als ob es zu schneien beginnt.«

»Ja, wirklich. Das wird unsere tapferen Spähtrupps vertreiben.«

»Unter uns gesagt, finde ich sie abscheulich. Sie werden mir als eine Art Alptraum in Erinnerung bleiben. Charlie, es ist herrlich, sich mit dir zu unterhalten, aber…«

»Laura, du bist müde.«

Sie wollte antworten, aber da verneigte sich ein Diener vor ihnen und schlug ihnen eine Nachspeise vor – das Dessert des Hauses: *Crêpes Suzette.*

Sie wechselten einen Blick und sagten ja. Der Diener, in ehrwürdigem Alter mit weißen Koteletten, lächelte selbstzufrieden.

»Meine Crêpes schlägt man nicht aus. Wenn Sie gestatten, es fängt an, ziemlich kalt zu werden…«

Damit trat er hinter Charlie Jones, zog einen schweren beigefarbenen Vorhang mit goldenen Fransen zu und entfernte sich.

»Diese Geste ist ein Kommentar. Die Stadt liebt die *Wide Awakes* nicht, und dann muß man die Kundschaft bei guter Laune erhalten.«

»Und wie sollen wir dem Elenden seine Crêpes Suzette ausschlagen? In Europa findet man sie nur in Paris – und hier?«

»Nirgendwo anders in Amerika, jedenfalls nicht im Süden«, sagte Charlie Jones.

Die Crêpes Suzette erschienen zur gegebenen Zeit, und ein

Koch mit hoher, makellos weißer Mütze flambierte sie mit religiöser Andacht. Eien leichte blaue Flamme züngelte noch auf den Tellern.

»Hinreißend«, sagte Lady Fidgety.

Und ohne Umstände stürzten sie sich darauf... Sie plauderten noch einige Minuten.

»Übermorgen reist du ab, Laura, und ich werde am Kai sein, aber der morgige Tag ist ganz den Geschäften gewidmet, und ich werde ihn in den Banken verbringen.«

»In den englischen Banken, hoffentlich.«

»Deine Reaktion ist äußerst interessant, Laura. Was immer auch in Amerika geschieht, eine englische Bank bleibt unantastbar. Das meintest du doch, nicht wahr?«

»Da wir beide Engländer sind, machen wir uns nichts vor.«

»Vielleicht stehen wir im Begriff, mehr zu sagen als wir wollen. Wie denkst du darüber?«

»Ich denke, daß wir in unseren Bemühungen fortfahren müssen. Das ist alles, aber man fühlt im Norden eine enorme Kraft. Charlie, ich gehe jetzt zu Bett.«

»Du wirst doch nicht zu Fuß hinaufgehen, Laura.«

»Nein, ich vertraue mich dieser modernen Maschine an, die man *Lift* nennt.«

»Da muß ich dir leider widersprechen; hier heißt sie *Elevator*.«

»Das sieht ihnen ähnlich! Sie meiden das Englische, um lateinisch zu radebrechen. Gehen wir, wenn es dir recht ist.«

Während sie zum Fahrstuhl gingen, sagte sie lachend zu ihm:

»Du hast mir gar kein Kompliment über meinen Kopfputz gemacht; der letzte Schick aus London...«

In der Tat trug sie einen Kabrioletthut aus blaßlila Seidenatlas, den auf der Seite eine sich über dem Ohr rundende kleine Straußenfeder schmückte.

»In den Dreißigerjahren waren Sie galanter«, fügte sie ironisch hinzu.

»Liebe Laura, damals war ich noch nicht verheiratet.«

»Du verwöhnst mich nicht gerade, aber wir sind da.«

Vor der Fahrstuhlkabine stand ein Groom in einer roten Livree, deren vergoldete Knöpfe zwischen Schultern und Taille ein Dreieck bildeten, und hielt die Tür offen.

»Laura, es freut mich zu sehen, daß du mit dem Lift hinauffährst.

Warum hast du ihn vorhin nicht genommen, anstatt die fünf Etagen hinabzusteigen?«

»Wo denkst du hin, Charlie? Wenn es aufwärtsgeht, lasse ich es mir noch gefallen, aber mich in dieser Kiste ins Leere stürzen? Verstehst du den Unterschied?«

»Natürlich.«

»Und dann«, fuhr sie mit einem Lächeln fort, das einst betörend gewirkt hätte, »hat mir das Hinabsteigen zu Fuß gestattet, mich an deinen Arm zu lehnen. Gute Nacht, Charlie. Ich erwarte dich übermorgen in einer Hoteldroschke am Kai.«

»Ich werde um zehn Uhr dort sein.«

Sie trat in den Fahrstuhl, und der Groom schloß hinter ihnen die Tür. Charlie Jones folgte ihr mit den Augen, wie sie in der Kiste aus Mahagoni und Glas emporschwebte. Der Fahrstuhl bewegte sich mit vorsichtiger Gemächlichkeit. Bevor sie seinem Blick entschwand, winkte er und sah gerade noch, wie sie in einer raschen Geste die Lippen mit den Fingerspitzen berührte.

»Er war so schön, als er fünfundzwanzig war«, sagte sie vernehmlich.

»*Please, M'am?*« fragte der Groom.

Sie antwortete nicht und gab ihm fünfzig Cents, als sie angekommen waren. Bei geöffneter Tür hörte man durch den Fahrstuhlschacht die gedämpften Geräusche der Hotelhalle.

In ihrem Zimmer nahm sie zuerst den Hut ab und betrachtete sich dann aufmerksam in dem goldgerahmten Spiegel, der bis zur Decke ragte. Einen Augenblick lang verweilte sie reglos vor dem Bild einer ergrauten Frau und streckte ihr dann die Zunge heraus. Daraufhin setzte sie sich an ihren Schreibtisch, wo sie in einer Schublade Briefpapier fand. Ohne zu zögern, glitt ihre Hand in raschen Zügen über das Blatt.

New York, den 6. Dezember 1860

Meine liebe Tochter,

wie ich erwartet hatte, bist Du nicht gekommen. Charlie Jones hat mir die Gründe zu erklären versucht, und was er vorbrachte, ist barer Unsinn. Du würdest Dich schämen, ein vom Krieg bedrohtes Land zu verlassen? Das ist nicht wahr. Du bist Engländerin, und Du hast den Süden nie als eine neue Heimat betrachtet. Du hast nie aufgehört, Dich nach dem Land Deiner Herkunft zu sehnen, aber vor allem bist Du eine ewig Verliebte, und Dein wahres Vaterland in

Amerika trägt eine betreßte Uniform und ist ein Husar namens Billy.
In diesem Punkt verstehe ich Dich. Den Mann, den man liebt, läßt
man nicht im Stich. Er und er allein ist alles für Dich, Städte, Parks
und Schlösser. Gewiß ist es möglich, ein Land zu lieben. Manche
Länder sind wie Personen. Der Süden ist eine Person, aber Du
gehörst ihm nicht oder nur ein bißchen, weil Du Engländerin bist
und der Süden aus England besteht, so wie ein Kleid aus Stoff. Dein
Billy ist England. Bleibe bei ihm. Charlie Jones und ich, wir werden
immer für den Süden sein, der rein englisch ist, während der Norden
aus einem mehr oder weniger schlecht zusammengekitteten Völker-
gemisch besteht. Mit dieser Union habt Ihr nichts zu tun.

Das, meine liebe Tochter, ist die Lösung Deiner Gewissenspro-
bleme. Ich bin nicht sentimental. Ich bewahre einen kühlen Kopf
und einen scharfen Blick. Jetzt bleibt mir nur noch, Dich zu umar-
men und Dir auf Wiedersehen zu sagen. Ich habe nie recht an den
praktischen Wert des Segens geglaubt, aber falls Du Dir einbilden
solltest, daß mein Segen Dir nützlich sein könnte, so erteile ich ihn
Dir, wie es üblich ist, aus festem und treuen Herzen.

Deine Mutter
Laura.

Ohne ihn noch einmal durchzulesen, steckte sie den Brief in einen
schmalen Umschlag, den sie versiegelte. Draußen war die Stadt wieder ruhig geworden, und es schneite fast nicht mehr. Sie zog sich
aus, und dann fiel sie plötzlich vor dem Bett auf die Knie. Eine halbe
Stunde lang blieb sie in dieser Lage, das zu grauen Zöpfen geflochtene Haar auf der goldgelben Daunendecke. Als sie sich wieder
erhob, glänzten Tränen und Schweiß auf ihren Wangen, und sie sah
aus, als hätte man ihr einen Krug Wasser ins Gesicht geschüttet.
Dann schlug sie ihre Bibel auf, las zwei oder drei Psalmen sowie eine
Seite aus den Evangelien und ging zu Bett.

Am nächsten Tage betäubte sie ihren Kummer in den Geschäften
und mischte sich unter den Ansturm der Damen, die aufgeregt ihre
Weihnachtseinkäufe machten. Auf dem Broadway drängte man sich
in den Marmorhallen der Warenhäuser, die mit denen in Paris und
London wetteiferten und der von ihrem eigenen Wohlstand
berauschten Kundschaft auf sechs Etagen eine Überfülle all dessen
boten, was man sich nur wünschen konnte, aber es gab zuviel von
allem in diesen überheizten Räumen. Und auf den Gehsteigen der

Avenue, wo die Schaufenster im vollen Glanz der Gasbeleuchtung erstrahlten, stapften die weniger Begüterten im schwarzen Matsch des geschmolzenen Schnees. Die Zeit verging rasch.

Zum Abendessen, das sie allein im Hotel einnahm, wählte sie wieder den gleichen Tisch, an dem sie am Vorabend mit Charlie Jones gesessen hatte. Sie aß und starrte verloren vor sich hin. Zum Nachtisch bestellte sie Crêpes Suzette.

Am folgenden Morgen, kurz vor zehn Uhr, saß sie reglos im Fond eines *Hansome Cab* auf dem Europadock und wartete, in ihren Pelzmantel gehüllt, auf Charlie Jones. Die Direktion des Fifth Avenue Hotels hatte ihr Gepäck mit dem einer so reichen Dame gebührenden Respekt in ihre Kabine an Bord der *Neptune* bringen lassen. Von Zeit zu Zeit bewegten sich Lauras Augen unmerklich, um nach Charlie Jones auszuspähen. Seit dem Morgengrauen herrschte Nebel im Hafen, und er lichtete sich nur sehr langsam. Zwischen den Schwaden erkannte man verschwommen die Lagerschuppen auf der anderen Seite der Kais. Leute kamen und gingen wie Schatten an den Docks entlang, Reisende in fast bis zum Boden reichenden Mänteln, mit Koffern beladene Träger, ein scheinbar heilloses Durcheinander und Geschrei. Und alle stürzten sich in das Zollgebäude, dessen dicke schwarze Mauern an ein Zuchthaus gemahnten. In der Ferne, jenseits dieser weißen Finsternis, heulten die Nebelhörner, und in diesem traurigen Ruf fand Laura etwas von der Verzweiflung wieder, die sie im Grunde ihres Herzens empfand. Die Luxuskabine für zwei Personen, in der sie die Zeit der Überfahrt nun ganz allein verbringen würde, hatte sie nicht aufgeben wollen, weil sie immer noch auf ein Wunder in letzter Minute hoffte, auf die unmögliche Überraschung, Elizabeth plötzlich auf dem Kai erscheinen zu sehen... »Ich liebe sie zu sehr, und das Leben nimmt sie mir weg«, dachte sie, während sie sich suchend nach vorne beugte. Den Kutscher, der hoch oben hinter ihr und fast auf dem Dach des Wagens saß, konnte sie nicht sehen, und sie fragte sich, ob ihm wohl kalt sei. Das Pferd unter seiner Lederdecke rührte sich kaum. Durch die große Scheibe vor ihr konnte sie die Zügel sehen, die sich von Zeit zu Zeit bewegten, wenn das Pferd Miene machte, unruhig zu werden.

Dann erblickte sie plötzlich Charlie Jones neben dem Wagen, und sie öffnete den Schlag. Er stieg ein, und mit ihm der ganze Winter in einem eisigen Lufthauch.

»Liebe Laura«, sagte er, »wir haben uns noch so vieles zu sagen.«

»Begleite mich bis zur Landebrücke.«

Er öffnete das kleine Fenster des Wagenverdecks und gab dem Kutscher einen entsprechenden Befehl. Ohne zu warten, zog Laura den Brief aus ihrer Handtasche.

»Das ist für meine Tochter«, sagte sie. »Sie soll es lesen, wenn sie allein ist.«

»Übermorgen kehre ich nach Savannah zurück. Sie wird den Brief in fünf Tagen haben.«

»Deine Macht über sie ist grenzenlos. Du wirst ihr helfen, sich mit allem abzufinden.«

»Solange Billy ihr bleibt...«

Mit einer Geste wies er die schreckliche Vermutung von sich.

»Wir trennen uns, nachdem wir alles für den Süden getan haben, was wir konnten. Jedenfalls für den Augenblick«, sagte sie.

»Auf der Bank von Lloyds ist alles geregelt.«

»Und die Schiffe?«

»Sind auf dem Wege nach Liverpool. Aber Laura, wir sind da, die Reise ist kurz.«

Plötzlich nahm er sie in seine Arme, drückte sie an sich und küßte ihr schönes müdes Gesicht. Sie ließ es geschehen.

»Mein armer Charlie«, sagte sie schließlich, während sie ihren Hut zurechtrückte, »diese Reise durch die Zeit machst du dreißig Jahre zu spät.«

»Ich liebte dich wahnsinnig, Laura.«

»Und ich? Errätst du nichts? London, 1830... der Ball bei Lady Jennifer... Hilf mir aussteigen, mein Lieber, wir sind da.«

Der Himmel wurde klarer und leichte Schneeflocken tanzten in der Luft, wie um den Abschied ein wenig aufzuheitern, besonders nach dem kleinen Aufflammen verspäteter Geständnisse, deren leicht gespenstische Note ihnen nicht entging. Ohne Überzeugung, jedoch mit dem bei solchen Gelegenheiten üblichen Lächeln wünschten sie einander frohe Weihnachten, und dann trennten sie sich. Er winkte mit dem Hut. Sie stieg die Treppe zum Schiff empor und wandte sich nicht um.

128

Zwei Tage später schiffte sich Charlie Jones nach Savannah ein, wo er am 13. Dezember ankam. Die Versuchung, in Charleston einen Zwischenhalt zu machen, um die neuesten Nachrichten zu erfahren, war sehr stark, aber er wußte ihr zu widerstehen; seine Anwesenheit im Büro war dringlicher. Dort verbrachte er den Vormittag, und danach begab er sich zum Oglethorpe Square. Miss Llewelyn empfing ihn im Vestibül mit einer noch ernsteren Miene als gewöhnlich.

»Sie kommen wie gerufen, Mr. Jones«, sagte sie. »Mrs. Hargrove hat einen Brief aus Charleston erhalten, über den sie sehr bestürzt ist. Wenn Sie ihr ein paar Worte sagen könnten, um sie zu beruhigen...«

Er brauchte nicht zu warten. Elizabeth erschien fast gleichzeitig auf der Treppe.

»Onkel Charlie!« rief sie aus. »Wie ich mich freue, daß Sie da sind... Heute früh bekam ich einen Brief von Billy, in dem er mir schreibt, ich solle vorläufig nicht versuchen, ihn in Charleston zu besuchen. Es herrscht dort zuviel Unruhe, und dann wird es Veränderungen geben, und er wird eine andere Uniform tragen.«

»Das ist nichts Außergewöhnliches«, sagte Charlie Jones in einem ruhigen Ton. »Die Aufregung ist in Karolina zum Normalzustand geworden. Billy wird wahrscheinlich in Beaufort zurückgehalten.«

»Dann schreibt er noch, er werde von sich hören lassen, sobald ein Wiedersehen dort möglich sei.«

»Na siehst du?«

»Aber es ist so seltsam.«

»Heute ist alles seltsam. Aber die Dinge kommen schon wieder ins Lot, einfach weil es so sein muß. Mach dir darüber keine Sorgen. Hier ist inzwischen ein Brief, den deine Mutter mir für dich übergeben hat.«

Elizabeth nahm den Brief und begann den Umschlag mit dem Finger aufzureißen, als Charlie Jones ihr Einhalt gebot.

»Sie hat ausdrücklich gesagt, du sollst ihn lesen, wenn du allein bist.«

Miss Llewelyn zog sich zurück.

»Verzeihen Sie mir meine Verwirrung«, sagte Elizabeth. »Es ist dieser Brief von Billy... Ich habe Sie noch nicht einmal umarmt.«

»Wie sensibel du bist, Elizabeth. Glaubst du vielleicht, ich verstünde dich nicht? Während du deinen Brief liest, werde ich Ned guten Tag sagen und in den Garten gehen. Wir sehen uns dann später.«

Er küßte sie liebevoll und verließ sie, ohne länger zu warten. Elizabeth eilte auf ihr Zimmer, setzte sich ans Fenster, öffnete den Brief und las ihn so hastig, daß sie ihn gleich noch einmal lesen mußte, um seinen ganzen Sinn zu erfassen. Was erwartete sie? Sie hätte es nicht sagen können, aber sie hatte den seltsamen Eindruck, daß ein Schlüssel sich in einer Tür drehte. Der Brief glitt aus ihren Händen und fiel zu Boden. So stark war ihre Erregung, daß sie aufstand und ein paar Schritte auf und ab ging. Draußen schien die Sonne auf das rosa Backsteinpflaster der Avenue. Einige Spaziergänger schlenderten plaudernd und ohne Eile vorüber. Die Luft war noch recht mild, trotz der Jahreszeit… Wieder einmal überkam sie das flüchtige Gefühl, daß etwas auf der Welt ihr entglitt. Ihre Mutter schrieb, da sie Billy geheiratet habe, sei er ihre Heimat, ihr England. Von da an verstand sie überhaupt nichts mehr. Sie hatte gesagt, daß sie ihn nie verlassen werde, daß sie entschlossen sei, zu bleiben, zu bleiben und nochmal zu bleiben… Edle Worte, eine edle Haltung. Man bewunderte sie, aber den Süden mit England gleichzusetzen, das war doch nur eine Redensart. In Billy ihre Heimat zu sehen, das schien schon einfacher, aber dann durfte man ihn ihr nicht wegnehmen. Und wenn ein Krieg ihn ihr nähme? Aber behauptete er nicht jedesmal, wenn sie sich sahen, daß es keinen Krieg geben würde? In diesem Falle, ja, gewiß, würde sie immer hierbleiben – mit Billy. Woran also dachte ihre Mutter? An die Sezession? Man hatte ihr erklärt, daß die Sezession nicht den Krieg bedeutete. »Den Mann, den man liebt, läßt man nicht im Stich.« Natürlich nicht, aber dann durfte auch er sie nicht verlassen. Darüber hinaus wollte sie nichts wissen.

Übrigens sprach auch er von Veränderungen. Was für Veränderungen? Eine andere Uniform! Es gab derer so viele in der Armee… Solange die neue nur auch so hübsch war wie die andere, mit den Fangschnüren! Welche Koketterie, mir das mitzuteilen… Aber sie war gar nicht zufrieden mit dem Brief, zu dem ihre Mutter sich verpflichtet gefühlt hatte. Sie witterte eine Art Falle, deren Sinn sie nicht begreifen wollte. Sowie man zu verstehen versuchte, war man gefangen, klappte die Falle zu. Man dachte wie alle anderen, und das durfte man nicht. Darin lag das Geheimnis.

Rasch hob sie den Brief vom Boden auf, steckte ihn in den Umschlag zurück und schloß ihn in die Schublade ihres Sekretärs ein. Einmal aus den Augen, existierte er nicht mehr. Und sie fühlte sich sonderbar beruhigt.

Aber wo blieb Charlie Jones? Seit einer halben Stunde hatte er sich nicht blicken lassen. Sie ging hinunter und erwartete ihn im Salon.

Charlie Jones war in den Garten gegangen, wo er Ned anzutreffen gedachte. In der Tat plauderte der Junge dort mit Pat, sah ihn und rannte sofort auf ihn zu.

»Guten Tag, Großvater, da sind Sie ja endlich wieder. Haben Sie Nachrichten aus Great Lawn?«

»Du meinst von Whitie, nicht wahr? Nein, aber ich fand in meiner Post einen Brief von Miss Charlotte, den ich noch nicht gelesen habe. Vielleicht hat sie welche. Guten Tag, Pat. Worüber sprachen Sie denn gerade mit meinem Enkel?«

Pat kannte Charlie Jones nur von weitem, aber dieser große Herr mit dem frischen Teint beeindruckte selbst den Iren.

»Sir, von allem, was die Leute auf der Straße erzählen. Wir tauschen unsere Gedanken aus, die Leute und ich. Sie sind sehr gesprächig.«

»Und wovon reden sie?«

»Von all den Gerüchten, die so im Umlauf sind. Man spricht viel vom Krieg.«

»Was für ein Krieg? Es wird keinen Krieg geben.«

»Genau das sagen sie heute, aber vor ein paar Tagen redeten sie anders, und ich war bereit, mich bei der Armee zu melden. Wenn's ums Kämpfen geht, bin ich jederzeit sofort dabei.«

»Nun, dann wird es wohl ein andermal sein. In den Küchen des Teufels schmort immer ein Krieg.«

Pat schüttelte seine rote Mähne und machte ein flüchtiges Zeichen mit der Hand, das als ein Kreuz gelten konnte.

»Reden wir nicht von dem«, brummte er. »Der spricht am liebsten Englisch. Das ist sozusagen seine Muttersprache.«

Charlie Jones lachte und nahm Ned bei der Hand. Während er sich mit ihm entfernte, sagte er vergnügt:

»Du wirst deinen lieben Whitie wiedersehen. Im nächsten Sommer, sobald deine Schule schließt, fahren wir wieder nach Virginia.

Dann kannst du den ganzen Tag über die Wiesen galoppieren, aber hör auf, dir von deinem Iren Kriegsgeschichten erzählen zu lassen. Wenn man ständig vom Krieg redet, lockt man ihn nur herbei. Merk dir das.«

»Aber ich werde eines Tages in den Krieg ziehen.«

Charlie Jones ließ seine Hand los.

»Du lieber kleiner Narr«, sagte er. »Du weißt nicht, was das ist. Aber ich bin unbesorgt, du wirst ihn nie erleben. Ich verlasse dich jetzt und gehe zu deiner Mama. Was wirst du inzwischen tun?«

»Ich treffe mich mit einem Freund, um bei Solomon's ein Eis zu essen.«

Onkel Charlie zog eine kleine Goldmünze aus seiner Westentasche.

»Hier, damit könnt ihr euch anstatt des Eises einen *Icecream Soda* leisten.«

»Oh, danke, Großvater.«

Ned lief davon, den Hut keck in die Stirn gezogen.

Im Salon fand Charlie Jones Elizabeth halb ausgestreckt auf einem Kanapee.

»Entschuldige, daß ich dich habe warten lassen«, sagte er. »Ich wollte mir diesen irischen Gärtner einmal von nahem ansehen. Er schwatzt ein bißchen zuviel mit Ned, findest du nicht?«

»Ach, früher haben sie noch viel mehr geschwatzt. Da lebten sie in einer irischen Phantasiewelt, aber das ist jetzt vorbei. Ned ist nicht mehr so oft dort. Hier ist der Brief von meiner Mutter. Sagen Sie mir, was Sie davon halten.«

Er öffnete ihn sogleich und setzte sich die Brille auf, um ihn zu lesen. Seine Brauen zogen sich zusammen, je weiter er in seiner Lektüre fortfuhr. Schließlich gab er ihn Elizabeth mit einem liebenswürdigen Lächeln zurück.

»Ein hübscher Brief, wie ihn die Frauen zu schreiben verstehen, wenn sie nicht recht wissen, was sie sagen wollen.«

Elizabeth richtete sich jäh auf.

»Ein hübscher Brief? Aber er enthält entsetzliche Andeutungen. Ich soll aus einem vom Kriege bedrohten Land fliehen. Und Billy?«

»Liebe Elizabeth, hören wir auf, von einem Krieg zu reden, der wahrscheinlich gar nicht stattfinden wird. Was habt ihr alle nur? Was sagt dir deine Mutter? Du sollst deinem Mann treu sein und ihn nicht verlassen. Gefällt dir das nicht?«

»Ach, Onkel Charlie, wie wohl es mir tut, wenn Sie mir versichern, daß es keinen Krieg geben wird.«

»Ich habe *wahrscheinlich* gesagt.«

»Dann ist es dasselbe. Jedenfalls wird Billy nicht kämpfen müssen.«

»Hast du Billys Brief nicht gelesen?«

»Er ist oben, aber ich kenne ihn auswendig. Er ist so kurz. Der liebe Billy schreibt nicht gern lange Briefe – nur einmal, und das war dann aber auch ein starkes Stück.«

»Schweigen wir über die Liebesgeheimnisse! Aber schrieb er in diesem letzten nicht etwas von einem Uniformwechsel oder dergleichen?«

»Doch. Und denken Sie, das amüsiert ihn. Ich finde das charmant.«

»Sehr. Hat er nichts Genaueres darüber gesagt?«

»Nein. Nur: ›Ich werde eine andere Uniform tragen.‹ Es gibt ja eine Menge Uniformen in der Armee. Ich hoffe nur, daß seine neue Uniform Fangschnüre hat, wie die erste.«

»Das werden wir ja sehen. Jedenfalls beunruhige dich nicht. Ich sage dir noch einmal, es droht kein Krieg.«

Diese Worte wirkten auf Elizabeths Seele wie ein Versprechen grenzenlosen Glücks. Sie hätte es ganz natürlich gefunden, vor Freude zu tanzen und zu singen, wenn Onkel Charlie nicht diese sorgenvolle Miene gemacht hätte, die ihr nicht gefiel, aber sie hütete sich, auch nur die geringste Frage zu stellen. Charlie Jones küßte sie noch ein wenig zärtlicher als gewöhnlich und kehrte nach Hause zurück.

Einige Tage vergingen. Das Leben um sie her ging ohne Zwischenfälle weiter, und die Dinge schienen gewillt, wieder ihr vertrautes Aussehen anzunehmen. Weihnachten war nicht mehr fern. Elizabeth wußte, daß nach Neujahr ein Ball bei den Steers stattfinden sollte. Leider würde Monsieur César nicht da sein, um sie zu frisieren; Familienangelegenheiten, so sagte er, riefen ihn »ganz unverhofft« nach Paris zurück. Sie würde sich also ganz allein frisieren. Vielleicht würde Billy auf Weihnachtsurlaub kommen, in seiner neuen Uniform…

129

Am 21. Dezember kam es zu einem sensationellen Ereignis. Während Elizabeth mit Ned im sogenannten Morgeneßzimmer beim Frühstück saß, trat Miss Llewelyn schweigend ein und hielt in ihren Händen den aufgeschlagenen *Charleston Mercury*, Sonderausgabe:

DIE UNION IST AUFGELÖST!
Am 20. Dezember 1860 um 1.15 Uhr nachmittags wurde einstimmig folgendes beschlossen:
VERORDNUNG
Die Union zwischen dem Staat Südkarolina und den anderen Staaten, die durch den Vertrag der so benannten »Verfassung der Vereinigten Staaten« zusammengeschlossen sind, wird aufgelöst.
Wir, das im Konvent versammelte Volk von Südkarolina, erklären und befehlen hiermit und kraft dieses Gesetzes, daß die von uns am 23. Mai im Jahre des Heils 1788 vor versammeltem Konvent abgestimmte Verordnung, in der die Verfassung der Vereinigten Staaten von Amerika ratifiziert wurde, sowie alle Bestimmungen und Teile der Verträge, in welchen Amendements zur besagten Verfassung von der Abgeordnetenversammlung dieses Staates gegengezeichnet wurden, kraft dieses Gesetzes widerrufen sind; und daß die Union, die zwischen Südkarolina und den anderen Staaten unter dem Namen »Vereinigte Staaten von Amerika« bestand, so de facto aufgelöst ist.

Ned war mit einem Satz aufgesprungen, las laut die Schlagzeile mit den riesigen Buchstaben, und dann hallte seine helle Stimme fröhlich wie ein Ruf:

»Das ist der Krieg, Mom, ich werde den Krieg erleben.«

Elizabeth, totenblaß geworden, biß die Lippen zusammen. Die Waliserin, der es gelungen war, mit ihrem Auftritt eine Wirkung wie noch nie zuvor zu erzielen, lächelte dem Jungen geheimnisvoll zu, legte die Zeitung auf den Tisch und verschwand. Mit puterroten Wangen und glänzenden Augen redete Ned drauflos:

»In der Schule spricht man von nichts anderem. Die Großen sa-

CHARLESTON

MERCURY

EXTRA:

Passed unanimously at 1.15 o'clock, P. M., December 20th, 1860.

AN ORDINANCE

To dissolve the Union between the State of South Carolina and other States united with her under the compact entitled " The Constitution of the United States of America."

We, the People of the State of South Carolina, in Convention assembled, do declare and ordain, and it is hereby declared and ordained,

That the Ordinance adopted by us in Convention, on the twenty-third day of May. in the year of our Lord one thousand seven hundred and eighty-eight, whereby the Constitution of the United States of America was ratified, and also, all Acts and parts of Acts of the General Assembly of this State, ratifying amendments of the said Constitution, are hereby repealed; and that the union now subsisting between South Carolina and other States, under the name of " The United States of America," is hereby dissolved.

THE

UNION

IS

DISSOLVED!

gen, wenn Südkarolina die Union verläßt, wird der ganze Süden ihm wie ein Mann folgen. Und dann wird der Norden...«

»Ned, halt den Mund!« fuhr Elizabeth ihn an. »Du weißt nicht, was du sagst, du verstehst nichts, du...«

Ihre Stimme versagte. Sie ergriff die Zeitung, und ihre Hände zitterten so stark, daß sie nur die großen Buchstaben zu lesen vermochte. Die brutale Schlagzeile hatte die Kraft eines Schreis.

Jäh stand sie auf und verließ das Zimmer.

»Mom, wohin gehst du?« rief Ned ihr nach.

Ohne zu antworten, ging sie zur Treppe, stieg mühsam empor, die Hand auf dem Geländer. Als sie in ihrem Zimmer war, widerstand sie dem Wunsch, sich auf ihr Bett sinken zu lassen und setzte sich in einen Sessel am Fenster. Mit großer Willensanstrengung hielt sie sich aufrecht, aber sie hatte das Gefühl, als ob eine Hand ihre Kehle umklammerte, und das Blut pochte in ihren Schläfen. Ein einziger Gedanke schoß ihr immer wieder durch den Kopf: »Man hat mich belogen. Sie alle... Billy, Onkel Charlie, alle.« Und sie hatte ihnen geglaubt. Wie dumm mußte sie ihnen erschienen sein, wie ein kleines Mädchen, das von gewissen Dingen nichts wissen darf. Eine Stimme flüsterte ihr eindringlich immer wieder Billys Namen zu. Sie warf einen Blick aus dem Fenster und sah Damen ohne Eile vorübergehen, ganz ruhigen Schrittes in ihren mattfarbenen Kleidern, grau, beige, dunkelbraun, mit kurzen pelzverbrämten Jacken. Es war die Stunde des Morgenspaziergangs bei einem schönen Winterwetter. Sie wußten es noch nicht. Wieder sagte die Stimme »Billy«, aber Elizabeth weigerte sich, weiterzudenken. Nichts konnte Billy geschehen. Ihr Geist klammerte sich an diesen Gedanken, bis er ihr zur Gewißheit wurde. Sie verließ den Platz am Fenster und wanderte durch das Zimmer und das Nebenzimmer, ihrer beider Zimmer, die Ehegemächer. Das Geräusch ihrer Schritte auf dem Parkett brachte sie in das gewohnte Leben zurück, erinnerte sie an Billys unverhoffte Urlaube, sein plötzliches Erscheinen, die Hand bereits auf der Uniformjacke, um sie aufzuknöpfen, sie sich vom Körper zu reißen.

Plötzlich ließ der Widerhall eines heftigen Wortwechsels im Erdgeschoß sie aufhorchen. Die Stimmen von Onkel Charlie und Ned gerieten wütend aneinander, dann schlug eine Faust laut auf den Tisch, und die Stille war wiederhergestellt. Kurz darauf vernahm sie schwere Schritte auf der Treppe, und die Tür wurde aufgestoßen.

Ohne ihr auch nur guten Tag zu sagen, trat Charlie Jones mit rotem Gesicht vor sie hin:

»Elizabeth«, sagte er, »hör mir zu: es gibt keinen Krieg, und niemand auf der Welt weiß, ob es je einen geben wird. Hör nicht auf deinen Sohn, diesen kleinen Naseweis; er hat sich von den Jungen seiner Schule anstecken lassen, die man mit dem Wort Sezession aufhetzt. Ich habe ihm Angst gemacht, indem ich ihm drohte, ihn im Sommer nicht mitzunehmen. Also kein Whitie – und da wurde er still.«

»Oh, danke, Onkel Charlie. Ich gestehe, daß er mich heute früh mit seinem Kriegsgeschrei geängstigt hat, und Sie geben mir den Frieden wieder. Aber Billy…«

»Billy versieht in Beaufort seinen Dienst. Das ist ganz normal. Die Lage hat sich geändert, seine Gegenwart ist notwendig, aber alles wird wieder in Ordnung kommen. Wenn er zu Weihnachten keinen Urlaub bekommt, bringe ich dich selbst zu ihm. Bist du zufrieden?«

»Ja«, sagte sie ohne Überzeugung. »Ja.«

»Hab Vertrauen«, sagte Onkel Charlie, und sein Lächeln strahlte wieder auf dem noch geröteten Gesicht. »Du wirst sehen, nur Geduld.«

»Wann fahren wir nach Charleston?«

»Nun… am Tage nach Weihnachten.«

Sogleich wurde sein Lächeln von der jungen Frau erwidert, die sich bereits in Billys Armen sah. Was Charlie Jones betraf, so zog er sich zurück, doch war er selbst viel weniger zufrieden als sie mit seiner Beschwichtigungspolitik. Seine Wut erklärte sich aus der Tatsache, daß er zwar nicht daran glaubte, es jedoch für unerläßlich hielt, den Enthusiasmus einzudämmen, der das so schlecht vorbereitete Georgia unversehens in die Sezession stürzen könnte. Und außerdem ärgerte es ihn sehr, daß Ned ihm zum erstenmal die Stirn bot, ein Ned, der genau wußte, daß er recht hatte.

In der Tat hatte Charlie Jones Elizabeth gerade verlassen, als ihm das lärmende Geschrei der Stadt entgegenschlug und seine Behauptungen auf die offenkundigste Weise widerlegte. Man hatte die Nachricht soeben vernommen, und die Bevölkerung geriet in Begeisterung. Wie aus dem Erdboden geschossen, war die Menge überall, brüllte vor Freude und jubelte über die stürmischen Nachbarn, die zum Aufstand riefen. Ned schlich sich aus dem Haus und rannte so schnell er konnte auf den Platz, wo er in einer Gruppe junger Hitz-köpfe verschwand, die mit wildem Geschrei die Trennung vom Nor-den verlangten. Eine Stoffpuppe, die Lincoln darstellen sollte, wurde unter tosendem Beifall verbrannt. In der Ferne donnerten die Kanonen. Wahrscheinlich begrüßte Fort Pulaski die Nachricht auf seine Art. Weniger als eine Stunde hatte genügt, und Savannah sah aus wie eine Stadt am Tag nach dem Sieg. Ned wurde von der Menge herumgestoßen und gab Anzeichen der Müdigkeit zu erkennen. Ein kräftig gewachsener Mann aus dem Volk hißte ihn auf seine Schultern: der kleine Junge war außer sich vor Stolz. Im ziellosen, zufälligen Gedränge und Geschiebe gelangten sie zum Tudor-Haus, »seinem« Haus, das er winkend und mit Siegermiene grüßte, wäh-rend er schrie:

»Großvater, ich hatte recht!«

Er wartete noch, bis sie um den Madison Square gezogen waren, dann ließ er sich zu Boden gleiten, bahnte sich seinen Weg durch die Menge und kehrte nach Hause zurück. Niemand stellte ihm Fragen, denn alle standen an den Fenstern.

Entlang den Avenuen und auf den Plätzen drängte sich die immer dichter werdende Menge in einem ununterbrochenen Durcheinan-der von Schreien, Bravorufen und Gesängen. In den ersten Schatten der Abenddämmerung formierte man sich zu Umzügen. Man ent-zündete Fackeln, zuerst hie und da, dann überall. Als es dunkel war, erstrahlten die Flammen über den Köpfen wie rote Blumen, und in diesem lebhaften und schwankenden Licht schienen die Häuser im Stehen zu tanzen.

Der ganze Süden befand sich in einem lärmenden Freudentaumel. In Atlanta donnerten die Kanonen fast ununterbrochen vom Mor-gengrauen bis zum Abend und verbreiteten Besorgnis unter den hohen Offizieren, die, ohne es offen zu sagen, eine solche Ver-schwendung der Munition beklagten, zumal man diese eines Tages noch benötigen würde. In Augusta verbrannte man den zukünftigen Präsidenten *in effigie*, nachdem man ihn unter den Vivatrufen einer spöttischen Volksmenge durch die Straßen getragen hatte, und man verhöhnte auch den gegenwärtigen Bewohner des Weißen Hauses.

Washington hatte ebenfalls eine merkwürdige Stunde erlebt. In einem der prunkvollsten Häuser der Bundeshauptstadt fand ein Empfang statt, den der Präsident Buchanan mit seiner Anwesenheit beehrte. Er war immer noch ein schöner Mann, und da er die Gesellschaft hübscher junger Mädchen liebte, umgab ihn stets ein ganzer Schwarm dieser anmutigen Geschöpfe, die ihm zuliebe sogar gern auf ihre Flirts mit den jungen Leuten der *Society* verzichteten. Die anliegenden Salons erbebten im Widerhall einer alten Reiterquadrille, die Hacken stampften im Takt des Orchesters; man sah die Tänzer durch die großen offenen Doppeltüren, und Buchanan lächelte den jungen Damen zu, die sich um die Sitzplätze in seiner Nähe stritten. Plötzlich vernahm man aus der Eingangshalle Unruhe und Lärm. Eins der jungen Mädchen ging hinaus, um zu sehen, was los war. Ein Abgeordneter aus Südkarolina schwenkte eine Depesche in der Luft:

»Ich fühle mich wie ein entlassener Schuljunge«, schrie er.

Er hatte nicht einmal seinen Umhang abgelegt.

»Was ist Ihnen denn passiert, Mr. Keitt?« fragte ein ganz in Schwarz gekleideter Mann.

»Südkarolina hat die Sezession beschlossen.«

Das junge Mädchen kehrte sogleich zurück, um den Präsidenten zu informieren; er wurde bleich, und in einer Sekunde zerfiel sein Gesicht und wirkte wie das eines Greises.

»Würde mir jemand meinen Wagen rufen?« fragte er mit schwacher Stimme. »Ich fahre nach Haus.«

Einmal im Weißen Haus, blieb er während des ganzen folgenden Tages unsichtbar und hüllte sich in Schweigen.

Er dachte über das seltsame Schicksal nach, das ihm in den letzten Monaten seiner Präsidentschaft die Feder in die Hand drückte, um entscheidende Verordnungen zu unterschreiben, während er, nachdem die Tinte kaum getrocknet war, nicht mehr im Amt sein würde. In einer Woche sollte er die drei Kommissare aus Südkarolina empfangen, um über die Übergabe der von den Bundestruppen gehaltenen Forts an die Miliz dieses Staates zu verhandeln. Sein Nachfolger würde ihm nicht helfen können, da er mit der Bildung seines Kabinetts voll beschäftigt war und sich in juristischen Spitzfindigkeiten verlor, als ob er es darauf anlegte, von der Geschichte vergessen zu werden! In seinem eigenen Kabinett traten die Feindschaften ganz offen zutage, und auf jeder Sitzung ging es stürmisch zu: der Kriegsminister und der Schatzkanzler, beide feurige Anhänger des Südens, ertrugen weder die Gegenwart noch den physischen Anblick des *Attorney General*. Dieser Edwin Stanton, ein eingebildeter, frecher

Kerl, der sich jedoch feige und sogar kriecherisch verhielt, wenn er es mit einem Stärkeren zu tun hatte, war ein unausstehlicher und gemeiner Kläffer. Aber Buchanan hatte ihn nun einmal ernannt und war nicht verantwortlich für seine Wieselaugen und seinen widerlichen Prophetenbart. So würde er noch mancher schwierigen Auseinandersetzung entgegengehen, obgleich seine Präsidentschaft vor bald vier Jahren unter Beifall und Umarmungen begonnen hatte und er unter anderen Umständen jetzt mit rhetorischen Blüten bekränzt und unter allgemeinem Bedauern aus dem Weißen Hause scheiden könnte. Diese Gedanken erschienen ihm wie eine Grabrede.

In der Einsamkeit seines Büros erfuhr er durch die vertraulichen Depeschen, die man ihm ständig brachte, und die Berichte der Zeitungen, wie Charleston den schicksalsschweren Mittwoch Stunde um Stunde erlebt hatte: um 1 Uhr 15 nachmittags die Abstimmung über die Sezession; zwanzig Minuten später hatte der *Mercury* eine Sonderausgabe zusammengestellt und ausgeliefert, was an sich schon eine Glanzleistung war; in der *Institute Hall* drängt sich das elegante Publikum und das Volk, um zu sehen, wie ihre Abgeordneten das Dokument unterzeichnen; Gouverneur Jamison verkündet von der Rednertribüne den Bruch mit der Union; die Männer schwenken ihre Zylinderhüte, Hurrarufe aus voller Kehle, von kurzem Schweigen unterbrochen; und nach der Zeremonie überall auf den Straßen Umzüge, Militärmusik, während junge Leute einen Freiheitsbaum pflanzen und die *Marseillaise* singen – »ebenso schnell wie die Franzosen«, wie Zeugen berichten.

Dann werden alle Südstaaten vom Fieber ergriffen, und die Abolitionisten im Norden sind zufrieden, während in den Läden weihnachtliche Sterne auf den Papiergirlanden flimmern. In New York schneit es, in Chicago wird auf dem See Schlittschuh gelaufen, aber in Charleston, in Savannah, in Mobile verbreiten die Rosen ihren Duft wie ein Flüstern – in diesem Süden, der gleichwohl voller Schreie ist… Jetzt ging es darum, die Union zu bewahren, und der Präsident sah sich vor eine Aufgabe gestellt, der er nicht gewachsen war. Warten, bis alles wieder zur Ruhe und Ordnung zurückkehrte, Zeit gewinnen, die Begeisterung verfaulen lassen, so würde er die letzte Zeit seines Mandats retten!

In Charleston ging das tägliche Leben weiter: Feste, Tänze, Militärparaden, und das Feuerwerk schleuderte seine Sternengarben am nächtlichen Himmel in alle Richtungen, als wollte es die alten Sternbilder necken.

Der Weihnachtstag war grau und mild. In Savannah lud Charlie Jones Elizabeth und Ned zum Mittagessen in sein Tudor-Haus ein. Die schöne Engländerin fühlte sich heimisch in diesem Rahmen, wo selbst die Wände zu ihr von der Heimat und mit dem dortigen Akzent sprachen. Ihr Sohn, den ein solches Heimweh nicht plagen konnte, blickte mit stolzem Besitzerblick in die Runde, bewahrte jedoch das Geheimnis, wie er es versprochen hatte. Die Mahlzeit wurde in dem kleinen, ganz mit Palisanderholz getäfelten Speisezimmer serviert. Die Konversation, aus der die Tagesereignisse verbannt waren, um Aufregungen zu vermeiden, verlief zugleich jovial und ruhig. Onkel Charlie blieb seiner Beschwichtigungstaktik treu, wenn er auch im Geiste ständig bei der Reise seiner mit zerlegten Kanonen beladenen Schiffe war. Dieses psychologische Detail erklärte seine Anwesenheit in Savannah, während man ihn eher bei seiner lieben Amelia erwartet hätte, aber er hatte vor, sie nach Neujahr aufzusuchen, wenn seine Artillerie eingetroffen und in den Lagerschuppen vor seinen Büros verstaut wäre. Köstliche Speisen folgten einander auf dem von Kerzen erleuchteten Tisch, denn der Tag war dunkel und das Eßzimmer noch dunkler. Zwischen Großvater und Enkel war Friede geschlossen worden, und man tauschte Trinksprüche aus.

Beim Nachtisch erschienen die Geschenke. Lady Fidgety hatte ihrem Enkel ein Piratenschiff mit Segeln, Takelwerk, Enterbooten und Geschützen geschickt, das Ganze über einen Meter lang, doch mit allem Luxus versehen. Elizabeth mußte sich mit einem Saphirarmband begnügen, das ihr Schwiegervater ihr selbst um das Handgelenk legte. Und das war Weihnachten. Von Billy kam eine Depesche: »*Voller Liebe und auf bald.*«

Am folgenden Tage hielt Charlie Jones sein Wort und holte Elizabeth Punkt neun Uhr ab, um sie nach Charleston mitzunehmen. Das Wetter war prächtig, der Himmel königsblau. Der jungen Frau, die nach den aufregenden Stunden in Savannah die friedliche Landschaft genoß, schien die Reise nicht lang. Die Pinienwälder bargen in ihren Tiefen Stille und Schatten, die sie viel besser getröstet hätten als Onkel Charlies optimistische Reden, trotzdem freute sie sich jedesmal, wenn ihr Blick auf das Saphirarmband fiel, von dem sie sich nicht trennen wollte. Billy würde begeistert sein.

Um zwei Uhr fuhren sie durch die Vorstädte, und Charleston kam ihnen leer vor, wie am Tag nach einem Fest. Als sie in die Stadtmitte gelangten, hatten sie den gleichen Eindruck, und dieses ruhige Charleston war befremdlich. Niemand auf den Straßen, aber ein strahlend blauer Himmel leuchtete über dieser Einsamkeit. Die Stadt war nicht tot, sie war leer; und doch verspürte man die Gegenwart der Einwohner noch in einer gewissen provisorischen Unordnung, die überall herrschte. Sie begaben sich geradewegs zu Hilda. Dort erwartete sie eine neue Überraschung. Sie klingelten. Eine Stimme kam von der Veranda, und ein etwas vernachlässigt aussehender Schwarzer lehnte sich über das Geländer, während er gleichzeitig in seine Jacke mit den umgestülpten Ärmeln zu schlüpfen versuchte.

»Alle weg«, rief er.

Aber dann erkannte er Elizabeth, und sein Gesicht unter dem grauen Kraushaar verzog sich zu einem breiten Lächeln.

»Oh! Misses Ha'g'ove«, sagte er lachend. »F'ohes Fest! Alle in Fo't Moult'ie, alle. Sie müssen mit Ih'e Kalesche die Fäh'e nehm und nich' den g'oßn Umweg machen.«

»Die Fähre?« fragte Elizabeth verdutzt.

»Beeilen Sie sich«, fuhr der Schwarze fort. »Sie t'effen sie alle da. F'ohes Fest, f'ohes Fest!«

Charlie Jones stieg ein, gab dem Kutscher Anweisung, und sie fuhren wieder los.

Als sie die Bucht überquerten, waren sie beide von der Ruhe und Stille überrascht. Kein Vogel war zu sehen, außer der Fähre bewegte sich kein Schiff.

»Was zum Teufel haben sie am Fort Moultrie zu suchen?« murmelte Charlie Jones. »Das ist das Ende der Welt. Da gibt es nur Dünen am Strand, ein paar vertrocknete Grasbüschel und einige Bäume. Ich kann mir nicht vorstellen, daß der Festungskommandant einen Ball veranstaltet.«

Der Sand ringsum schillerte in der Nachmittagssonne, als sie vor Fort Moultrie ankamen. Der Anblick hätte nicht unvermuteter sein können. Ganz Charleston saß hier beim Picknick. Einige hatten sich im Schatten am Fuße der Festungsmauern niedergelassen; andere speisten etwas weiter am Strand unter Sonnenschirmen; in den Hainen wimmelte es von Menschen, und die Gruppen erstreckten sich bis zum Horizont. Überall hatte man sich eingerichtet, auf dem spärlichen Gras und in den Dünen. Auf dem höchsten Punkt dieser

Dünen saßen die Herren und folgten mit ihren Ferngläsern nicht etwa dem Flug der Reiher und Möwen über den Wellen, sondern dem, was sich im Inneren des Forts abspielte, dem stummen Mittelpunkt dieser Kirmes. In windgeschützten Ecken spielten junge Männer Gitarre, sangen von Liebe und Krieg. Einige Damen hatten ihre Staffelei auf einer der vorspringenden und bis zum Dach mit Sand bedeckten Kasematten aufgestellt und machten Skizzen. Kinder radelten auf dem Wehrgang oder spielten Krieg und schrien wie die Sioux im Eingangsbereich der Festung, der von ihrem Lärm widerhallte. Der befehlshabende Offizier mußte sie verjagen, dann ließ er die Tore schließen, schickte seine Leute in die Baracken und verdoppelte die Wachtposten.

Endlich fanden Elizabeth und ihr Schwiegervater Hilda und ihre Gäste unter den Pinien. Steine beschwerten die vier Ecken eines Tischtuchs, obgleich nicht die geringste Brise wehte, und Truhen aus Leder und Korb boten auf mehreren Etagen Geschirr und Bestecke. Alle amüsierten sich. Leere Flaschen lagen im Sand und schienen den Rausch ihres vergossenen Weins auszuschlafen. Doch Charlie Jones begriff sofort, welche Spannung sich hinter dieser *Party* einer ganzen Stadt verbarg. Weder Billy noch Hampton oder Mike waren anwesend...

Die Neuangekommenen starben vor Hunger, und man gab ihnen eine Decke, auf die sie sich ohne Umstände setzten. Die Gänseleberpastete und der Champagner benebelten Elizabeth weniger als die frische Luft, das helle Licht, das sich auf dem Strand spiegelte und die von einer Gruppe zur anderen springenden Gespräche.

Als die Sonne sich dem Horizont zuneigte, hörte man wieder das Rauschen der Brandung. Plötzlich und in wenigen Minuten packte ein jeder seine Sachen, und die Schreie der Kinder verstummten. Die Boote und die Wagen derer, die über das Festland gekommen waren, fuhren davon... Charleston kehrte nach Charleston zurück.

Dann begann die Geschichte von Fort Moultrie.

Als sich nichts mehr auf den Dünen regte, als das letzte Boot den Strand verlassen hatte und die Schatten der Abenddämmerung sich über die Festungsanlagen legten, ließ Hauptmann Doubleday, der im Dienste der Union stand, seine Leute in zwei lange Barkassen steigen. Sie ruderten fast lautlos durch die abendlichen Gewässer, glitten an den Küstenwachschiffen vorbei und begaben sich nach Fort Sumter. Dort hatten die Arbeiter gerade ihr Tagewerk beendet und waren dabei, ihr Werkzeug wegzuräumen, als sie schonungslos in das Boot gestoßen wurden, das sie zur Stadt zurückbrachte. Dann senkte sich die Nacht über das Meer.

Doch kaum hatte das Boot am Kai angelegt, da schlugen die mit militärischer Gewalt vertriebenen Arbeiter bei der Bevölkerung Alarm und wurden von einer Menschenmenge zum Gouverneur geleitet. Dieser ließ die Stadt sofort in Kriegsbereitschaft versetzen. Im Hafen heulten die Sirenen, und man schoß Leuchtraketen empor, um das still im Dunkel der Bucht liegende Fort Sumter zu beobachten; im Morgengrauen bemächtigte sich die Miliz des verlassenen Fort Moultrie; Maurer und Zimmerleute, dieselben, die das Fort Sumter für die Bundesarmee wiederhergestellt hatten, machten sich mit Eifer an die Arbeit, legten die Mauern frei und machten die Kanonen gefechtsbereit. Da die Küste und Fort Johnson im Laufe des Morgens besetzt wurden, bauten die Kadetten am gegenüberliegenden Ufer Geschützstellungen auf und verwandelten die niederen Dünen von Morris-Island in eine furchtgebietende und vom Meer aus unsichtbare Bastion. Die Geschichte stellte ihre Figuren auf das Schachbrett.

130

Als sie mit Charlie Jones wieder bei Hilda war, blickte Elizabeth sich um, als sähe sie diese Zimmer zum erstenmal, und sie hüllte sich in ein Schweigen, das ihrem Schwiegervater nichts Gutes zu bedeuten schien. Er mochte sich noch so bemühen und ihr sanft zureden, aber all seine Versuche, ein normales Gespräch zu beginnen, waren umsonst, so daß er fast fürchtete, sie werde den Verstand verlieren. Auf seine Fragen antwortete sie nur mit einem Lächeln. In Wahrheit hörte sie ihm gar nicht zu, und sobald es ihr möglich war, ging sie auf ihr Zimmer, nahm ihr Laudanum und schlief ein. Alle Wirklichkeit versank um sie her.

Am nächsten Morgen frühstückte sie mit Charlie Jones, der immerhin erleichtert war, sie, wenn auch nicht ganz heiter, so doch wenigstens viel geistesgegenwärtiger zu sehen. Aber sie blieb ernst. Sie plauderten ein wenig wie gewöhnlich, mieden jedoch jede Erwähnung des Tagesgeschehens. Und da dieses nicht erwähnt wurde, existierte es nicht mehr.

»Ich habe dir noch nicht gesagt«, erklärte Charlie Jones, »daß ich morgen nach Virginia reise. Ich werde dort gerade rechtzeitig zum Neujahrstag ankommen, den ich immer mit meiner lieben Amelia verbringe. Sie ist jetzt sicher ganz eingeschneit. Aber da sie nie ausgeht...«

»Ich liebe den Schnee«, sagte Elizabeth verträumt und sah sich auf einmal wieder nach England versetzt.

In diesem Augenblick erschien der grauhaarige Diener und stellte einen Teller Buchweizengebäck auf den Tisch. Er war ziemlich geschwätzig, aber da er fast zu einem Mitglied der Familie geworden war, ließ man ihm alles durchgehen.

»Oh, Misses Lisbeth sieht abe' ganich glücklich aus«, sagte er. »Mit die gute Ma'melade wi'd alles besse' we'n. Inne Küche ha'm sie Angst, abe' das kommt schon wiede' in O'dnung.«

»Schon gut, Tommie« – Charlie Jones war verärgert –, »alles kommt wieder in Ordnung: Aber jetzt laß uns allein. Ich rede mit Miss Elizabeth.«

»Gut, Massa Cha'lie, ich we'd inne Küche sagen, daß Massa Cha'lie gesagt hat, daß alles gut wi'd. Gute bitte'e Ma'melade«, fügte er für Elizabeth hinzu.

Allein mit seiner Schwiegertochter, fuhr Charlie Jones fort:

»Mitte Januar werde ich wieder in Savannah zurück sein.«

»Um so besser.«

Ein seltsamer Vormittag. Die Freunde des Hauses kamen, tranken eine Tasse Tee und gingen wieder. Man warf Zeitungen auf den Tisch, die Charlie Jones sogleich verschwinden ließ. Dann kam die Stunde des Mittagessens, das in aller Eile eingenommen wurde. Alle wirkten sehr beschäftigt und als wollten sie so rasch wie möglich wieder draußen sein.

Während Tommie den Kaffee servierte, ging plötzlich die Tür auf, und Billy erschien.

Elizabeth sprang auf und schrie, als sähe sie ein Gespenst. Es war Billy, und es war nicht Billy. Er trug eine graue Uniform, und zwei Reihen Kupferknöpfe, links und rechts, schmückten seinen Waffenrock. Selbst in ihrer Verwirrung bemerkte sie diese Einzelheiten.

»Was hast du denn schon wieder?« rief er ihr lachend zu. »Ich hatte dir doch geschrieben, daß wir eine andere Uniform bekommen, da wir die Bundesarmee verlassen haben.«

»Die Bundesarmee«, stammelte sie. »Und die Rockschnüre?«

»Wenn ich Billy wäre«, sagte Charlie Jones in einem eindringlichen Ton, »würde ich Elizabeth auf ihr Zimmer bringen und mich ein bißchen mit ihr ausruhen. Hast du Zeit?«

»Zwei Stunden, Onkel Charlie. Komm, Elizabeth. Das ist ein Befehl.«

Sie lief auf ihn zu und warf sich wortlos in seine Arme. Bevor sie das Zimmer verließen, sagte er:

»Unsere Geschützbatterien haben die ganze Küste besetzt. Wir werden weitere bis nach Nordkarolina errichten. Was Fort Sumter betrifft, so ist es umzingelt – und zwar zünftig! Oberst Beauregard soll hier Stellung beziehen. Das ist ein Mann, ein wahrer Schrecken! Die Chancen stehen gut für uns. Zuerst einmal werden wir uns des Arsenals bemächtigen.«

»Oh, Billy«, stöhnte Elizabeth an seinem Hals, »ihr werdet euch doch nicht schlagen?«

»Keine Bange, Liebste. Die Soldaten der Bundesarmee werden fliehen wie die Hasen.«

»Uff!« rief Charlie Jones aus, als sie verschwunden waren.

Alle lachten.

Diese kurze Begegnung mit Billy machte für Elizabeth die folgenden Tage nur noch schwerer. Sie war zu kurz glücklich gewesen und fühlte sich verlassener denn je. Dann reiste Charlie Jones am 27. Dezember nach Virginia, was sie noch trauriger stimmte. Mit wem sollte sie jetzt plaudern, wem sich anvertrauen? Gewiß, Hilda und ihr kleiner Kreis erklärten, sie seien entzückt, sie bei sich zu haben, aber außer während der Mahlzeiten ließen sie sie allein. Alle hatten auf geheimnisvolle Weise den ganzen Tag in der Stadt zu tun, und man erzählte ihr gar nichts. Ein kurzer Brief von Billy wärmte ihr ein wenig das Herz, bestürzte sie aber gleichzeitig:

Meine Angebetete, ich liebe dich mehr als je, aber mindestens zwei Wochen lang werden wir uns nicht sehen können. Dienstliche Angelegenheiten! Ich besuche dich wieder in Savannah. Dein Billy.

Nach zwei Tagen hielt sie es vor Langeweile nicht länger aus, ließ ihre Kutsche kommen, und fuhr zurück nach Savannah.

Wieder zu Hause am Oglethorpe Square, empfand sie die Gegenwart von Miss Llewelyn fast als angenehm. Die Waliserin erwartete sie wie gewöhnlich im Vestibül.

»Es freut mich, Sie zu sehen, Mrs. Hargrove«, sagte sie. »Ist in Charleston immer noch so viel los?«

»Nein, die Ruhe scheint wieder eingekehrt zu sein.«

»Die Ruhe vor dem Sturm. Hier regt sich so manches.«

»Und die Kinder, Miss Llewelyn?«

»Denen geht es prächtig.«

Elizabeth ging zu ihrem Letztgeborenen hinauf. In einer Aufwallung ihres ganzen Wesens bedeckte sie ihn schweigend mit Küssen. Er wenigstens verließ sie nicht.

»Oh, M'am«, sagte die *Black Mammy* mit einem breiten Lächeln, das den unteren Teil ihres Gesichts vom oberen trennte, »Sie müssen Kit nich' aufessen. Ein Engel!«

Der Engel schenkte ihr einen betörenden Blick aus seinen blauen Augen und hielt ihr dazu eine Rede, in der sie folgende Worte erkannte: »Guten Tag, Mom, Kit hat seine Mom seh' seh' lieb.«

Mit vollem Herzen und Tränen in den Augen verließ sie ihn und ging hinauf in ihr Zimmer. Es war fast Abendessenszeit, aber sie verspürte keinen Hunger. Sie hatte nur einen Wunsch: zu Bett zu gehen und zu schlafen. Doch zuerst fand das übliche Ritual statt: ein Augenblick der Bewunderung vor dem Spiegel. Da es dunkel wurde und die Öllampe auf dem Frisiertisch stand, musterte sie sich mit kritischem Blick und großer Aufmerksamkeit. Für sie war das nämlich eine unbestreitbare Realität: durch eine sozusagen absichtliche Verdoppelung ihrer Person betrachtete sie sich, als wäre sie jemand, den sie nicht kannte, und sie forderte von sich selbst eine unerbittliche Strenge des Urteils. Zuerst fand sie sich wie gewöhnlich sehr schön, doch ein zweiter, wirklich forschender Blick beunruhigte sie. Irgend etwas in ihrem Gesicht hatte sich verändert. Vielleicht war die Rundung der Wangen nicht mehr so rein, aber es gab noch etwas anderes, viel Einfacheres: die auffallende Frische ihrer sechzehn Jahre, die sie so lange bewahrt hatte, war nicht mehr da. »Du wirst alt«, sagte sie mit Entsetzen zu ihrem Spiegelbild, das sie mit großen Augen anstarrte. »Alt... nein«, sagte eine innere Stimme, »aber immerhin...« Sie blies die Lampe aus und ging im Dunkeln zu Bett. Der Schlaf bot ihr die einzige wahre Zuflucht, sogar ohne Laudanum.

131

Am 4. Januar 1861 gaben die Steers ihren großen Winterball. Elizabeth erschien, aber nicht in Weiß wie einst, sondern in einem mandelgrünen Taftkleid, das Haar auf dem Kopf zu einer Krone geflochten, nach der letzten europäischen Mode. Schön, gewiß, aber nicht mehr so, daß sie allen die Köpfe verdrehte. Es war undefinierbar, woran es lag, doch sie fühlte sofort die leichte Veränderung in der Art, wie man sie begrüßte. Man verneigte sich im Vorübergehen vor der schönen Engländerin, aber man bestürmte sie nicht mehr. Im übrigen wurde gerade getanzt. Sie war bei den Klängen eines jener Walzer eingetreten, die plötzlich langsamer werden, wie Wien sie ohne Unterlaß exportierte. Unter den riesigen, mit Kristall behangenen Deckenleuchtern drehten sich die Paare und plauderten, die Damen blendender denn je, mit funkelnden Juwelen behängt. Ein schwarzäugiger junger Mann eilte auf Elizabeth zu, die er allein in die Runde blicken sah, verneigte sich und forderte sie zum Tanzen auf. Sein rosig bräunlicher Teint gemahnte an Louisiana, und sie fand ihn charmant – das Lächeln, die Nase, die Brauen, alles. Jede Frau hätte sich geschmeichelt gefühlt, ihn zum Partner zu haben. Sie war also noch nicht die entthronte Königin.

Während sie tanzten, hörte sie leicht zerstreut den angenehmen Nichtigkeiten zu, die er von sich gab, denn um sie herum wurden Gespräche geführt, von denen sie flüchtig einige Fetzen erhaschte.

»Nachdem John Floyd und Howell Cobb gegangen sind, hat Buchanan keine Minister aus dem Süden mehr«, sagte ein junger Mann.

»Ach, der«, sagte die junge Frau, die sich in seinen Armen zurückneigte, »der wird diesen Kanaillen aus dem Norden noch ganz und gar in die Hände fallen.«

Elizabeth verstand den Sinn dieser Worte nicht, aber der ironische Ton beruhigte sie. Dennoch fiel ihr auf, daß die Tänzer nur von Politik redeten. Wo war das übliche Geschwätz, das man auf Bällen zu hören pflegte?

»Der Norden kann nur vom Meer her angreifen«, sagte ein hübsches männliches Profil.

»Das werden sie nicht wagen«, erwiderte seine rotwangige Begleiterin. »Wir haben überall Geschützbatterien aufgestellt.«

»Wir?«

»Ja, wir, der Süden.«

Auf der anderen Seite von Elizabeth schien eine ähnliche Konversation geführt zu werden. Sie hatte den Eindruck, sich in einer Kaserne zu befinden, wo gerade ein Ball stattfand.

»Der Appell Südkarolinas an alle Bruderstaaten ist einfach wunderbar! Ach, guten Abend, Mrs. Hargrove.«

Elizabeth erkannte eine der jungen Frauen wieder, die nach ihrer Rückkehr aus Charleston ins Haus am Oglethorpe Square gekommen waren.

»Guten Abend, Mrs. Ryker.«

»Waren sie nicht fabelhaft in Charleston, Mrs. Hargrove?«

»Oh, ja«, antwortete Elizabeth mit einem Lächeln.

Aber der Walzer zog sie fort. Sie hörte gerade noch, wie Mrs. Ryker ihrem Kavalier begeistert zurief:

»Mrs. Hargrove war da. Sie hat uns das alles geschildert. Es war einfach hinrei…«

Der Rest verlor sich in einem plötzlichen Wirbel des Walzers, der sie Mrs. Harrison Edwards und Algernon näherte. Da die Neugier wieder einmal stärker als die Unruhe war, blieb Elizabeth eine Weile an ihrer Seite, und der letzte Akkord trennte sie von ihrem Tänzer.

»Sie haben keine Nachrichten, aber ich habe welche. Aus New York ist nichts gekommen, falls die Schiffe aus Liverpool da sind.«

Diese rätselhaften Worte sprach Mrs. Harrison Edwards, worauf Algernon antwortete:

»Alle Südstaaten müssen Stellung beziehen. Kennt man bereits die Daten, wann die Versammlungen tagen? Hier wird es am…«

Sie waren beide so in ihr Gespräch vertieft, daß sie der jungen Frau keine Aufmerksamkeit schenkten. Sie glaubte, zwei Verschwörern zu lauschen, und fühlte sich selbst wie in ein riesiges Komplott verwickelt, von dem sie weder den Gegenstand noch den Sinn ahnte. Plötzlich hatte sie eine Eingebung, die sie erschaudern ließ: seit einiger Zeit lebte sie wie eine Schlafwandlerin am Rande eines Dachs, und unten tobte der Krieg… Vielleicht war das der Wahnsinn. Sie hatte Angst und kehrte heim.

Als sie zu Hause die Treppe emporstieg und ihr Taftkleid, das sie zum erstenmal trug, dabei so seltsam raschelte, bildete sie sich ein, daß mehrere Stimmen ihr unverständliche Dinge sagten. Eine Dosis Laudanum beruhigte sie.

Am nächsten Morgen glaubte sie, alle Ängste überstanden zu haben, weil sie sich ihrer schämte. Der Stolz riß sie aus ihrer Benommenheit: eine Engländerin durfte nicht dauernd zittern, aber sie zitterte trotzdem, und als Miss Llewelyn ihr die Zeitungen brachte, legte sie sie instinktiv beiseite.

In der Stadt war das Wort Sezession auf aller Lippen. Es erzeugte ein ständiges Raunen und verbarg sich mehr oder weniger in jedem Satz. Eines Morgens erschien Ned in einer seltsamen Verkleidung. Auf dem Kopf trug er eine alte Mütze, die er in der Bodenkammer aufgestöbert und so zugerichtet hatte, daß sie ihm ein seiner Meinung nach militärisches Aussehen verlieh; um die Taille hatte er einen Ledergürtel mit einer Metallspange gebunden.

»Ich werde Soldat«, verkündete er.

Zum erstenmal fand sie die Kraft, zu lachen.

»In deinem Alter kannst du ruhig noch warten.«

»Meine Zeit wird kommen, und zwar schnell.«

Am liebsten hätte sie geschrien, aber sie hielt sich zurück. Der Krieg war bereits überall spürbar, er lag in der Luft. »Und Billy?« fragte sie sich von früh bis spät.

Am 10. Januar beim Frühstück brachte ihr Miss Llewelyn wie gewöhnlich die Zeitungen; sie legte sie auf den Tisch und sagte:

»Mrs. Hargrove, heute sollten Sie aber wirklich einen Blick hineinwerfen, denn gestern hat sich etwas Merkwürdiges ereignet, in das jemand verwickelt ist, den...«

»Doch nicht Billy?« schrie Elizabeth auf.

»Aber nein. Gestatten Sie, daß ich mich setze?«

Ohne die Erlaubnis abzuwarten, setzte sie sich und nahm ihre Lieblingshaltung ein, die der Erzählerin.

»*The Star of the West*, ein Handelsschiff aus dem Norden, fuhr im Morgengrauen des 9. in aller Unschuld, wie es scheint, an der Küste von Morris Island vorbei, in der Absicht, Fort Sumter zu erreichen und dort – welche Überraschung – mehr als zweihundert Soldaten der Bundesarmee und Munition auszuladen.«

»Und was geschah dann? Bitte beeilen Sie sich.«

»Nein, ich werde doch eine so schöne Erzählung nicht verderben... Zum Unglück für die *Star of the West* begab sich der Kapitän in ein Fahrwasser, das die Handelsmarine gewöhnlich meidet, nämlich das im Süden von Morris Island, da er sich den Kanonen von Fort Moultrie auf der anderen Seite nicht aussetzen wollte. Aber –

seien Sie doch nicht so ungeduldig, Mrs. Hargrove, ich komme schon zum Wesentlichen – aber die Morris-Island wurde von den Kadetten mit Geschützbatterien ausgerüstet, und unter den Kadetten befand sich auch Mike.«

»O nein, der liebe Mike!«

»Schlauer als die Füchse, finden Sie nicht? Die Kadetten witterten, daß das gute dicke Handelsschiff verdächtig sein könnte. Sie feuerten einen Warnschuß ab. Die Kanone...«

»Das ist der Krieg!« schrie Ned.

»Sei still«, sagte Miss Llewelyn, »ich bin noch nicht fertig. Der Schuß ging über das Schiff hinweg. Also stellten die Jungen die Schußrichtung neu ein und zielten auf die Wasserlinie. Bei der zweiten Kugel...«

»Sie haben es versenkt!« brüllte Ned.

»... zog die *Star of the West* es vor, umzukehren.«

»Bravo!« jubelte Ned.

»Und Mike?« fragte Elizabeth besorgt.

»Sie können sicher sein, daß er sich großartig verhalten hat.«

»Das ist ja wunderbar.«

»Wunderbar. Mrs. Hargrove, es freut mich, daß Sie endlich aufwachen, aber Sie werden in den nächsten Tagen noch ganz andere Dinge zu hören bekommen, Nachrichten, von denen den Leuten im Norden die Ohren klingen werden. Ich fühle es, ich weiß es. Es lebe der Süden, Mrs. Hargrove!«

»Es lebe der Süden, es lebe der Süden!« schrie Ned.

Nach dieser Erklärung erhob sich Miss Llewelyn und verließ das Zimmer, glückstrahlend über die Wendung, die die Geschichte nahm.

Von da an wurde Elizabeth über alles unterrichtet. Ebenso begierig auf Nachrichten wie die ganze Stadt, war sie in die Falle gegangen, die Falle der Wirklichkeit. Und die Wirklichkeit hieß Sezession; jeder Tag brachte eine andere in einer gut geregelten Abfolge: Mississippi am 9., Florida am 10., Alabama am 11. und schließlich Georgia am 19. Die allgemeine Begeisterung riß Elizabeth mit. Savannah wurde zu einem zweiten Charleston, mit seinen Paraden, kriegerischen Gesängen und Feuerwerk. Fünf Sterne auf weißem Grund, vier rote und ein blauer, und darüber ein Auge ersetzten die Bundesflagge. Eine neue Morgenröte ging über dem Lande auf, »frisch und fröhlich«.

Charlie Jones war noch immer nicht nach Savannah zurückgekehrt. Komplizierten sich seine Geschäfte in New York? Sollte er nicht, und sei es von Virginia aus, die Reise seiner Schiffe auf den Meeren überwachen?

132

Seit Beginn des Jahres hatte sich Toombs verhältnismäßig diskret gezeigt. Während man in Georgia noch über die Frage diskutierte, ob man alle Beziehungen zur Union abbrechen, und welche Form man einem zukünftigen Staatenbund geben sollte, schlug er einen beunruhigend gemäßigten Ton an; doch gerade darum wirkte seine Erklärung um so aufsehenerregender. Das war das beste Mittel, im Süden die Befürworter verschiedener politischer Richtungen zu vereinen. Mit seiner subtilen und unwiderlegbaren Art, die gegensätzlichen Absichten offenzulegen und auf einen gemeinsamen Nenner zu bringen, gelang es ihm, auch Anhänger der Union wie Jefferson Davis und Alexander Stephens zu überzeugen und die begeisterte Zustimmung aller Menschen des Südens zu gewinnen: Gouverneure, Senatoren, Abgeordnete, Militärs, Plantagenbesitzer, die jungen Müßiggänger aus den vornehmen Familien, die Arbeiter, die Halbwüchsigen, die Schüler und natürlich auch die Frauen.

»Ich würde empfehlen, den 4. März abzuwarten, den Tag, an dem der neue Präsident sein Amt antritt. Dann werden wir sehen, wie es um den guten Willen der Republikaner steht, mit dem Süden *ehrlich* ins reine zu kommen.« Mit seiner sanftesten Stimme fuhr er fort: »Ich möchte nicht fürchten – aber ich fürchte, daß die Leute im Norden neue spitzfindige Gesetze gegen die Plantagenbesitzer planen, um jenen zukünftigen John Browns zu Hilfe zu kommen, deren Geldgeber immer glücklich sind, ihre *christlichen* Gefühle zu verbreiten. Nein, nein, niemand wird behaupten können, daß ich mich auf kriminelle Gespräche und Korrespondenzen berufen will. Ich werde diese flammenden Papiere nicht in das glimmende Feuer werfen.« Und mit einer Freimütigkeit, die man bei ihm nicht erwartete, stellte er die Frage: »Gibt es ein Mittel, um die kranke Union zu retten?« Nach einer Pause schloß er mit seiner eindrucksvollen Stimme vergangener Tage:

»Ein Mittel, ein einziges: neue verfassungsmäßige Sicherheiten. Mögen die Republikaner sie zum Zeichen ihres guten Willens anbieten. Und wenn sie sich weigern? Nun, dann wird man sehen, daß dieser Geist nur der *böse* Geist ist, und daß es an der Zeit sein wird, ihn auszutreiben. Geben wir ihnen noch eine Chance, die schwankende Union wiederaufzurichten.«

Und die Union schwankte.

133

Charlie Jones war nicht verschwunden. Auf der Rückkehr von Great Lawn hatte er einen Abstecher nach Washington gemacht, um an einer außerordentlichen Sitzung teilzunehmen, und am 21. Januar befand er sich im Senat.

Um neun Uhr früh ist im Kapitol, wo noch immer gebaut wird, der Senatssaal bereits überfüllt. Kaum sind die Türen geöffnet, da stürzt sich die Menge hinein; Treppen und Gänge sind schwarz von Menschen.

Eine Reihe sehr hoher korinthischer Säulen verleiht dem großen Amphitheater die Würde, die einem ganz der Beredsamkeit gewidmeten Gebäude angemessen ist, und sie selbst scheinen bis zu den Kapitellen ein Aufschwung der Eloquenz. Die Frauen drängen sich auf der einen Galerie, die für sie bestimmt ist, die Presseleute auf der anderen. Unterhalb des Präsidententischs stehen die »Pagen des Senats« bereit, die offiziellen Dokumente auszutragen. Es sind elegant gekleidete vierzehnjährige Knaben, die die Nasen hoch tragen, und selbstsicherer sind als manche alten Politiker. Seitlich im Parkett, rechts vom *Speaker*, sitzen einige Ehrengäste in den für sie reservierten Ledersesseln: Charlie Jones und Lord Lyons verhalten sich still, während der sehr selbstgefällige Comte de Paris zu ihrer Linken ständig schwatzt.

Man redet viel, aber leise, außer bei den Frauen, doch dann legt sich auch dieses Raunen allmählich und verstummt ganz, als die Stunde der Sitzung naht. Alle erwarten diese Stunde, im Laufe derer sich hier ihre Welt verändern wird. Die Senatoren der Staaten, die sich der Sezession angeschlossen haben, sollen zum letztenmal das Wort ergreifen, und Jefferson Davis, der Senator von Mississippi, hat wissen lassen, daß er, obwohl leidend, als letzter sprechen wird.

Als er endlich erscheint, begrüßt ihn ein tiefes Schweigen. Sein ganzes Wesen strahlt eine natürliche Würde aus, der keine Spur von Affektiertheit anhaftet, wie man sie sonst von politischen Persönlichkeiten kennt. Schlank und elegant, besticht er durch seinen ernsthaften Blick in einem fein und scharf geschnittenen Gesicht mit mageren Wangen. Mit einer ziemlich häufigen Handbewegung betupft er mit dem Taschentuch ein krankes Auge, das kaum noch zu retten ist.

Jetzt steht er auf der Tribüne, stützt sich auf das Pult und beginnt seine Rede mit schwacher Stimme. Er ist gekommen, obwohl er Fieber hat, und man hört ihm um so aufmerksamer zu, als man jedes seiner Worte verstehen will. »Ich bin hier, Herr Präsident, um dem Senat mitzuteilen, daß der Staat Mississippi in einem feierlichen Beschluß des im Konvent versammelten Volkes seine Trennung von den Vereinigten Staaten verkündet hat. Unter solchen Umständen lege ich natürlich mein Mandat in diesem Senat nieder. Ich hielt es jedoch für meine Pflicht, meine Kollegen hier davon zu unterrichten, und ich werde dem nur einige Worte hinzufügen. Der Augenblick lädt mich kaum zu einer Diskussion ein, und selbst wenn die Dinge anders stünden, würde mein Gesundheitszustand es mir nicht gestatten.«

Mit immer festerer Stimme erklärt er, daß er sich zur Solidarität mit seinem Staate bekenne, obgleich er immer gewünscht habe, die Union zu retten, aber nur innerhalb der Grenzen der Rechte eines jeden Staates. »Ich betone«, fuhr er fort, »daß ich Ihnen gegenüber, meine Herren Senatoren des Nordens, keinerlei Feindseligkeit empfinde; einem jeden von Ihnen, und trotz der Diskussionen, die uns in der Vergangenheit entzweiten, gelobe ich vor Gott, daß ich ihm wohlgesinnt bin. Und das ist – dessen bin ich sicher – auch das Gefühl des von mir vertretenen Volkes gegenüber jenen, die Sie vertreten. Ich hoffe, daß unsere zukünftigen Beziehungen im Zeichen des Friedens stehen werden. Dabei könnten wir alle, die einen wie die anderen, nur gewinnen, aber das hängt ganz von Ihnen ab. Das Gegenteil wäre eine Katastrophe.«

Er spricht mit innerer Beteiligung, ohne Eile, und während er seine Rede beendet, herrscht Totenstille. Das Licht der Gasleuchter beleuchtet auf theatralische Weise dieses Amerika, das angesichts der Auflösung der Nation vor Schrecken erstarrt ist.

»Während meiner politischen Laufbahn in diesem Kreis habe ich verschiedene Epochen miterlebt und nicht wenige Senatoren gekannt. Ich sehe heute hier einige von denen, die mich viele Jahre hindurch begleitet haben. Wir haben so manche Stunden des Streits und des Kampfes erlebt, aber welche Beleidigungen man mir auch immer zugefügt haben mag, sie sind vergessen, und ich scheide von Ihnen ohne Bitternis. Was meine eigenen Unbesonnenheiten betrifft, meine Herren Senatoren, so bitte ich Sie in diesem Augenblick des Abschieds, mir jedes verletzende Wort zu verzeihen, das ich Ihnen in der Hitze der Polemik entgegengeschleudert haben mag. Es ist mein Wunsch, diesen Ort ohne jeden Groll im Herzen zu verlassen. Und nun, Herr Präsident und meine Herren Senatoren, bleibt mir nur noch, Ihnen Lebewohl zu sagen.«

Er steigt von der Tribüne herab und geht, von den Senatoren der Südstaaten gefolgt, aus dem Saal. Auf der großen Marmortreppe, dann in der Halle, sind sie von Schweigen umgeben; die Menge tritt vor ihnen zurück.

134

In den folgenden Tagen wurde Washington innerhalb kurzer Zeit von den Vertretern der Südstaaten verlassen, die dort tätig gewesen waren, und in der Armee ersuchten zahlreiche Offiziere um ihre Entlassung.

Als Charlie Jones nach Savannah zurückkehrte, entdeckte er eine völlig verwandelte Elizabeth. Die junge Frau las die Zeitung in ihrem scharlachroten Salon, trug ein purpurrotes Kleid, und ihr Haar türmte sich in Locken auf dem Kopf. Sie trat lebhaft auf ihn zu.

»Ach, Onkel Charlie«, sagte sie vergnügt, »da sind Sie ja endlich wieder. Wo haben Sie gesteckt?«

Verblüfft über diesen Ton, den er nicht an ihr kannte, wiederholte er zuerst die Frage, bevor er antwortete.

»Wo ich gesteckt habe?... Nun, in Washington.«

»Dieser Tage ist es dort interessant, nicht wahr?«

»Interessant... ja. Ich wollte der Abschiedsrede unseres Freundes Jefferson Davis beiwohnen.«

»Im Senat. Es muß sehr bewegend gewesen sein.«

»Aber Elizabeth, du scheinst ja bestens informiert zu sein! Du liest jetzt sogar die Zeitung!«

»Wie alle anderen. Aber setzen wir uns.«

Sie nahm auf dem Sofa Platz und breitete mit einer ausladenden Geste ihr Kleid wie eine Fahne aus.

»Heute ist es Louisiana«, sagte sie mit gewichtiger Miene.

»Und das ist noch nicht das Ende. Aber ich sehe, daß du viel weniger beunruhigt bist über den Lauf der Ereignisse, und das freut mich.«

»Was wollen Sie, man gewöhnt sich daran, an den Lauf der Ereignisse. Haben Sie Miss Llewelyn gesehen?«

»Ja... Nein... Sie stand nicht wie üblich an der Tür, sondern saß in einer Ecke des Vestibüls und schien beschäftigt. Wir haben uns von weitem guten Tag gesagt.«

»Interessiert es Sie zu sehen, was sie tut?«

Ohne zu zögern, erhob er sich und ging hinaus. Ein wenig zurückgezogen zwischen der Treppe und der Tür zum Garten, nähte die Waliserin an einem weißen Tuch auf ihrem Schoß.

»Verzeihen Sie, daß ich nicht aufstehe, Mr. Jones«, sagte sie. »Ich bin gerade dabei, den fünf Sternen einen weiteren hinzuzufügen. Diesmal ist es Louisiana. Es wird hochinteressant. Möchten Sie sehen?«

Sie steckte die Nadel in die Näharbeit und entfaltete das Tuch, das sie mit ausgestreckten Armen hochhielt. Rote, ein wenig unregelmäßig gezeichnete Sterne rundeten sich auf dieser improvisierten Fahne zu einem Kreis.

»Ich sehe«, sagte er. »Sie haben sich aber schnell ans Werk gemacht. Lousiana hat sich seinen Stern erst gestern verdient.«

»Wir brauchen zehn, um den Kreis zu schließen, aber die kommen noch.«

Ihr gewöhnlich so strenges Gesicht verzog sich zu einem Lächeln.

»Zufrieden, Mr. Jones?« fragte sie, legte das Tuch wieder auf ihre Knie und beugte sich über ihren neuen Stern.

»Eigentlich schon«, sagte er. »Wenn alles gut geht.«

»Wenn alles gut geht«, wiederholte sie und zog die Nadel durch den Stoff. »Mrs. Hargrove ist überzeugt, daß alles gut gehen wird.«

»Erstaunlich. Was ist denn passiert?«

»Wir haben sie aus ihren Träumen gerissen, Mr. Ned und ich. Und dann hat die Begeisterung der Stadt in diesen Tagen auch sie ergriffen. Nichts ist so ansteckend wie dieses Aufflammen der Volksseele. Ihre Schwiegertochter ist zwar Engländerin, aber sie hat trotzdem ein Herz.«

Er brach in Gelächter aus.

»Immer noch so bissig, Miss Llewelyn, aber ich bin Ihnen dankbar, daß Sie sie in die Wirklichkeit zurückversetzt haben. Welch eine Erleichterung für uns alle.«

Die Waliserin warf ihm einen listigen Blick zu.

»Ich möchte Ihnen das Vergnügen nicht verderben«, sagte sie leise. »Mrs. Hargrove ist für den Süden und durchaus bereit, dem Norden zu trotzen, aber sie kann einfach nicht an den Krieg glauben. Falls durch ein Unglück...«

»Reden wir nicht vom Unglück, Miss Llewelyn.«

»... das wäre ein harter Schlag«, beendete sie ihren Satz. Und dann fügte sie hinzu: »Billy, Mr. Jones.«

Charlie Jones kehrte in den Salon zurück.

Fünf Tage später nähte Miss Llewelyn den Stern von Texas auf ihre Fahne, nachdem dieser Staat am 1. Februar der Sezession beigetreten war.

Die Konföderation der Südstaaten hatte bisher keine gemeinsame Grenze mit dem Norden, da Virginia, Kentucky und Nordkarolina einen Block zwischen den Gegnern bildeten. Die Staaten der Sezession beabsichtigten, Jefferson Davis zu ihrem Präsidenten zu wählen, und Alexander Stephens war als Vizepräsident vorgesehen. Man konnte noch auf einen *Status quo* hoffen, aber in den politischen Generalstäben herrschte totale Verwirrung; ein jeder erging sich in Voraussagen, ein jeder hatte eine Lösung für die Zukunft parat und rief zur Union auf; aber dieses Wort wechselte den Sinn, je nachdem, wer es aussprach. Lincoln, der Anfang März vereidigt werden sollte, erwies sich als ebenso zögerlich wie Buchanan und schwieg in der Öffentlichkeit, doch in seiner Umgebung griff eine fixe Idee um sich: die Union um jeden Preis. In allem übrigen waren die Absichten des zukünftigen Präsidenten ziemlich vage; seine Hauptsorge schien eine geschickte Dosierung in der Wahl der Politiker zu sein, aus denen er sein Kabinett bilden würde. Mit seinem langen, grünlichen Gesicht glich er immer mehr einer gespenstischen schwarzen Vogelscheuche, und der Bart, den er sich wachsen ließ, änderte nichts daran. Nur ein aufmerksamer Psychologe hätte in seinem

Blick eine Größe erraten können, deren er selbst sich noch nicht bewußt war.

Am 4. Februar berief John Letcher, der Gouverneur von Virginia, eine Friedenskonferenz ein, zu der alle Staaten der Union, außer den sechs Staaten Neuenglands, denen er mißtraute, geladen wurden. Diese hatten nämlich in der Vergangenheit schon mehrmals versucht, sich von der Union zu trennen, und hätten in der Debatte nur Zwietracht gesät. John Tyler aus Virginia, ein ehemaliger Präsident der Vereinigten Staaten, sollte in den Salons des Hotels Willard in Washington den Vorsitz dieser Versammlung der einundzwanzig Staaten führen. Alle, besonders die Grenzstaaten zwischen dem Norden und dem Süden, hofften zu einer Grundlage für eine Einigung zu gelangen. Am gleichen Tage wählten die sieben Sezessionsstaaten in Montgomery, Alabama, ihren Präsidenten: Jefferson Davis. Er war der Mann der Stunde.

In Savannah trafen sich Mrs. Harrison Edwards und Algernon Steers jeden Tag bei Elizabeth am Oglethorpe Square, denn diese nahm jetzt an allen Plänen teil. Die Diskussionen zogen sich zwar lange hin, führten aber auch zu konkreten Handlungen. Die englischen Kanonen waren geliefert und dem Gouverneur Brown als Geschenk übergeben worden. Dieser hatte sich seinerseits der staatlichen Arsenale bemächtigt, und im Fort Pulaski, das die Mündung des Savannah River beherrschte, bezogen von nun an die Husaren von Georgia Wache. Allerdings gab es immer noch einen dunklen Punkt: Unter dem Vorwand der Sezession hatte der Gouverneur von New York die Waffenladungen der *Monticello*, Kisten mit Gewehren und Munition, beschlagnahmen lassen.

Während des ganzen Monats Januar antwortete dieser Gouverneur zuerst gar nicht auf die wiederholten Anfragen des Gouverneurs von Georgia, und dann ausweichend. Und da letzterer sich darauf berufen konnte, daß die Lieferungsverträge rechtmäßig abgeschlossen und die Waren auf Heller und Pfennig bezahlt waren, ließ er seinerseits im Februar fünf New Yorker Handelsschiffe vor den Küsten Georgias beschlagnahmen. New York schrie: »Piraterie!« Ein Kampf zwischen den beiden Gouverneuren begann. Man schlug sich mit Depeschen. Die Behörden von New York – der Gouverneur, der Bürgermeister, die Polizei – schoben einander die Verantwortung zu, und eine Ausrede war fauler als die andere.

»Mit welchem Recht«, wetterte Gouverneur Brown, »vergreift

ihr euch an unserem Eigentum? Das ist eine gesetzeswidrige Einmischung in die Privatangelegenheiten eines souveränen Staates.«

Man versprach ihm von Tag zu Tag, die *Monticello* freizugeben. New York, so hieß es, gebe nach, nahm aber sein Wort im Namen der Moral sogleich zurück, als seine Schiffe freigelassen waren. Schließlich antwortete Brown auf jede neue New Yorker Lüge mit neuen Beschlagnahmungen und der endgültigen Drohung, die Ladungen und die Schiffe selbst in Savannah versteigern zu lassen, um sich für den Verlust zu entschädigen... So verging der Februar. Ganz Amerika verfolgte gespannt die Peripetien dieses maritimen Romans.

Algernon zog weitere Einkäufe in Betracht. Da Elizabeth wie Charlie Jones Engländerin war, könnten die Geschäfte unter ihrem Mädchennamen laufen, und die englischen Handelsniederlassungen in Jamaika hätten dann die Möglichkeit, alles, was Algernon, Mrs. Harrison Edwards, Gouverneur Brown und Julian Hartridge, Abgeordneter der Stadt Savannah, für den besten und den schlimmsten Fall bestellten, an die britische Staatsbürgerin Miss Escridge zu senden. Elizabeth setzte sich diesem gefährlichen Spiel aus, ohne zu wissen, worauf sie sich da einließ.

Billy kam nur noch zu Blitzbesuchen und widmete sich im übrigen ganz seinem Regiment und der Ausbildung der Miliz. Auf jedem seiner kurzen Besuche genoß er sein Glück wie einen unverhofften Segen, denn er wußte nur zu gut, welche Bedrohung über der Zukunft lag. Zu Elizabeth sagte er davon natürlich kein Wort und sprach nur von Liebe. An den Tagen, da er sich im Hause befand, wie auch an denen, da Mrs. Harrison Edwards sich mit Algernon bei ihr traf, hielt Elizabeth Ned fern, denn er gebärdete sich wilder als eine ganze Armee.

135

Am Morgen des 4. März kommandierte Hauptmann Fred Hargrove bei Tagesanbruch eine Brigade der leichten Kavallerie. Washington sah aus wie eine Stadt im Belagerungszustand. Das Gerücht von einem Attentat ging um, und dies hatte General Winfield Scott zum Vorwand genommen, um die in der Nähe von Harper's Ferry und in den Grafschaften des benachbarten Staates Maryland stationierten Truppen zurückzurufen. Die Soldaten hatten dem alten General den Spitznamen »Tante Besserwisser« gegeben und murmelten, er veranstalte diesen ganzen Zirkus nur, um sich mit seinen pessimistischen Ansichten wichtigzumachen, und falls es wirklich ein Komplott des Südens gäbe und es den Aufständischen gelingen sollte, die Hauptstadt im Handstreich zu erobern, würde er seinen Marschallstab auf dem Tisch des Staatsoberhauptes niederlegen.

In der Stadt, die von den Soldaten durchkämmt wurde, drängte sich nichtsdestoweniger die Menschenmenge. Sie wurde Stunde um Stunde in der Nacht von den republikanischen Zügen ausgespien. Auf allen Dächern der Pennsylvania Avenue hatten bewaffnete Männer Posten bezogen, und bis zu der offiziellen, mit den Nationalfarben drapierten Tribüne war alles bewacht.

Im ersten Licht der Morgenröte ragte vor Freds Augen das Kapitol in einen Gewitterhimmel auf; Gerüste umgaben die Säulen der noch unvollendeten Kuppel und versperrten den Zugang zum Saal, in dem der Präsident seinen Amtseid hätte schwören sollen.

Das Kapitol, Abbild des Staates, täuscht von weitem, fand Fred. Und während seine Leute in der Kälte warteten, dachte er an die letzten Jahre zurück: seine Flucht fern von Elizabeth; wie er bei den Mormonen kraft seiner Autorität die Ordnung wiederhergestellt hatte; die Jahre, die er im Westen auf den indianischen Territorien verbracht hatte; Harper's Ferry unter dem Befehl von Oberst Lee, der Prozeß gegen John Brown... Wie sehr hatte er Oberst Lee bewundert, und wie sehr hatte es alle in seiner Umgebung geschmerzt, als er nach Texas versetzt wurde... Fred, inzwischen zum Hauptmann ernannt, war dann einem anderen Regiment zugeteilt worden. Als Georgia sich der Sezession angeschlossen hatte, zögerte er, die Armee zu verlassen, denn er fürchtete, Elizabeth wiederzusehen, wenn er nach Savannah zurückkehrte... Und was sollte er jetzt tun? Soeben hatte er erfahren, daß Oberst Lee vom Generalstab in Washington zurückgerufen worden war und sich in seinem Hause in Arlington am anderen Ufer des Potomac aufhielt. Was würde er wohl tun, wenn sein Geburtsstaat Virginia der Sezession beitreten sollte?

Der Vormittag verging. Unter den schweren grauen Wolken hätte die offizielle Kulisse trübselig gewirkt, hätten die jähen Windstöße ihr nicht eine dramatische Note verliehen. Um zwölf Uhr mittags begann die Zeremonie. Zuerst versammelte man sich unter dem östlichen Portal, wo der Präsident seinen Eid auf die Bibel schwor, die Roger Taney ihm hinhielt. Dieser war seit fünfundzwanzig Jahren als *Chief Justice* im Amt, und alle Präsidenten der Vereinigten Staaten hatten einer nach dem anderen vor diesem tief religiösen Katholiken ihren Eid abgelegt. Jetzt war er sehr mager und krank und zitterte beim Gehen, und der große, schlottrige, ganz in Schwarz gekleidete Mann ihm gegenüber hatte ein ebenso ausgezehrtes Gesicht. Nachdem die Formalitäten erledigt waren, schritt Lincoln zur Tribüne.

Die Wolken jagten über das Kapitol, dazwischen riß der Himmel jäh auf und ließ ein grelles Licht herabfahren, und die Leinwand auf den Gerüsten knallte im heftigen Wind. Mit einer Unbeholfenheit, die seine Emotion verriet, zog Lincoln einige Blätter aus der Tasche und begann mit zögernder Stimme seine Rede. Der Wind riß ihm die Worte aus dem Mund und verwehte sie über den Köpfen der lärmenden Menge. Fred hörte einige Satzfetzen: »Ich habe nicht die Absicht, direkt oder indirekt in die Angelegenheiten der Sklaverei einzugreifen und bei den Staaten zu intervenieren, in denen sie existiert. Ich fühle mich dazu weder berechtigt, noch wünsche ich es zu tun...« Eins seiner Blätter wurde ihm vom Wind aus der Hand gerissen, und Senator Douglas, sein einstiger demokratischer Rivale in Illinois, der sich neben ihn gestellt hatte, um gesehen zu werden, fing es gerade noch im Fluge auf. Die Menge hörte nicht zu.

»Ich werde die mir anvertraute Macht dazu verwenden, das Land und die Orte, die der Regierung gehören, zu besetzen und zu bewahren.«

»Soweit für Fort Sumter«, dachte Fred.

Der Redner fuhr fort: »Schon rein physisch können wir uns nicht trennen. Eheleute können es, nicht aber die verschiedenen Staaten unseres Landes. Die Union ist unauflösbar...«

Diese Beredsamkeit eines Rechtsanwalts, mit der er eine Fiktion verteidigte, schien lachhaft angesichts der bewaffneten Soldaten, der Volksmenge und der Wolkenarmee, die der Wind über dem unvollendeten Gebäude in alle Himmelsrichtungen zerstreute. In Freds Kopf tauchte immer wieder eine quälende Frage auf: »Warum wollen diese Republikaner des Nordens die Union um jeden Preis?« Und da erinnerte er sich an Toombs, der an dem Tage, als Susanna verschwunden war, einen Besuch in Dimwood gemacht hatte. »Es ist der Ehrgeiz des Nordens, mit dem Geld der Baumwolle seine Fabriken auszubauen und sich der Reichtümer des Südens zu bemächtigen, indem er uns auf gesetzliche Weise seine Zölle aufzwingt. Für die protektionistische Politik des Nordens ist die Sklaverei nur ein Vorwand. In einigen Jahren wird er ohnehin hinfällig sein, aber diese Leute wollen ihn sich zunutze machen, denn es ist immer gut, sein Gewissen zu beruhigen.«

Die Rede des neuen Präsidenten war voller solcher Widersprüche. So sagte er, an die Südstaaten gewandt: »Die Regierung wird euch nicht angreifen. Es wird nur dann zu einem Konflikt kommen, wenn ihr die Angreifer seid...«, und gleichzeitig sprach er davon, »die Gesetze der Union in allen Staaten durchzusetzen.«

Die Macht über alle Gebiete und zu jeder Zeit, die Leidenschaft der Macht führte geradewegs zur Mißachtung der individuellen Freiheit; und jeder Staat konnte doch als ein Individuum betrachtet werden. Fred beschloß, die Armee zu verlassen.

Seine Schwadron folgte jetzt der offenen Kalesche, in der Buchanan winkend die an Lincoln gerichteten Vivatrufe der Menge erwiderte, während der neue Präsident ruhig blieb und sich nicht rührte. Nach der Ablösung ihrer Regimenter wurden alle Offiziere zum offiziellen Empfang eingeladen. Auch Fred war im Gedränge der Menge. Alle traten ein.

In den Salons standen die ausländischen Gesandten neben Holzfällern in Flanellhemden und Bäuerinnen im Sonntagsstaat, aber außer den Dienern war kein einziger Schwarzer zu sehen. Eine festlich gekleidete Arbeiterdelegation aus einer Fabrik in Chicago bewunderte staunend die Einrichtung, und einige streichelten sogar den vergoldeten Stuck der Türrahmen, sichtlich zufrieden, daß es das, was sie gewählt hatten, auch gab. Im Gewoge der Menge bemerkte Fred, daß man Stücke der Seidenvorhänge und der Sofarücklehnen an der Wand herausgeschnitten hatte, wahrscheinlich, um sie als Andenken mitzunehmen. Lincoln stand an der Tür des blauen Salons und sah recht verloren aus. Weiße Lederhandschuhe ließen seine sehr großen Hände noch riesiger erscheinen. Fred wollte ihn aus der Nähe sehen.

In diesem Augenblick trat ein sehr junger Mann auf den Präsidenten zu, der ihn eine Sekunde anhörte und ihm dann mit einem Lächeln antwortete, das sein Gesicht wie ein Sonnenstrahl erhellte. Fred beobachtete ihn mit noch mehr Aufmerksamkeit. »Dieser

Mann«, dachte er, »ist so widersprüchlich wie ich selbst und wie alle anderen. Er ist einer menschlichen Zärtlichkeit fähig, die uns verbindet, aber seine Ideen stoßen mich von ihm ab. Hier habe ich nichts mehr zu suchen.«

Ohne weiteren Aufenthalt verließ er den Salon. Draußen hatten andere Kavalleristen seine Brigade abgelöst und bewachten die Zugänge zum Weißen Haus. Nachdem er eine gutmütige Menge durchquert hatte, wo viele viel getrunken hatten, begab er sich in sein Quartier, und dort schrieb er sein Entlassungsgesuch.

Am 10. März sah er Savannah wieder.

136

Bei Mrs. Harrison Edwards hatte eine Zusammenkunft stattgefunden, um wieder einmal über das Problem der *Monticello* zu diskutieren und nach einer raschen und definitiven Lösung zu suchen. Außer Charlie Jones, Algernon und Elizabeth, der viel daran lag, dem Süden ihre Treue zu bezeugen, war auch Joseph Brown, der Gouverneur von Georgia, anwesend. Was an diesem Mann von knapp vierzig Jahren sofort auffiel, war der scharfe und entschlossene Blick eines geborenen Kämpfers. Seine irische Herkunft – er stammte aus Londonderry – lieferte den Schlüssel zu seiner Persönlichkeit. In seiner Familie hatte man sich viel und tapfer geschlagen. Das ebenmäßig gezeichnete Gesicht war schön, wirkte jedoch durch eine außergewöhnlich hohe Stirn sehr lang. Das dichte schwarze Haar war zu beiden Seiten glatt gekämmt, ohne jeden Anspruch auf Koketterie, und ein schmaler Backenbart rahmte das willensstarke Kinn. Es war ein Gesicht, das man nicht so leicht vergaß. Mit seiner Lust am Streit und der Energie, die er darauf verwendete, wurde er oft mit Toombs verglichen, einem seiner besten Freunde, mit dem er sich wunderbar verstand, solange sie nicht der gleichen Meinung waren. Dann begann das große Rededuell, über das sich alle Zuhörer freuten, besonders Charlie Jones, der sie beide bewunderte.

Elizabeth gelang es nicht, den Blick von diesem Mann abzuwenden, der so ganz ihrer Vorstellung von einer bedeutenden Persönlichkeit entsprach.

Mit einer bewußt maßvollen und raschen Stimme ergriff er das Wort.

»Die Organisation unserer Truppen«, sagte er, »macht beträchtliche Fortschritte. Unaufhörlich schließen sich uns weitere Offiziere an, darunter viele *Westpointers*. Der Zuletztgekommene scheint mir durchaus geeignet, sich militärischerseits der Sache mit den Waffen anzunehmen. Seine Aufgabe wäre es, sie zurückzuerlangen. Ich habe ihn gebeten, im Vorzimmer zu warten. Wenn Sie einverstanden sind, kann er an unserer Unterredung teilnehmen.«

Alle waren einverstanden. Man klingelte dem Diener und befahl ihm, den wartenden jungen Offizier hereinzubitten.

Eine Minute verging, und dann erschien Fred.

Mit einem Satz war Elizabeth aufgesprungen.

»Fred!« rief sie aus.

Ohne eine Sekunde zu zögern, trat er auf sie zu und umarmte sie. Sie wurde ganz rot.

Lächelnd stellte Joseph Brown ihn vor:

»Hauptmann Hargrove.«

»Er ist Billys Bruder«, erklärte Elizabeth. »Wir haben uns seit acht Jahren nicht mehr gesehen.«

Charlie Jones ließ sein sonores Lachen vernehmen.

»Er ist ihr Schwager, Brown, das Herz, die Familie, verstehen Sie?«

»Sehr gut«, sagte der Gouverneur. »Und jetzt, Herr Hauptmann, nehmen Sie bitte unter uns Platz, wenn Mrs. Harrison Edwards es gestattet.«

»Und ob ich es gestatte!« rief Mrs. Harrison Edwards. »Fred, mir gegenüber.«

Er gehorchte, und sie begann, sehr stolz auf ihre Wichtigkeit, über die Mißgeschicke der *Monticello* zu berichten.

»So ist es«, sagte der Gouverneur. »Und jetzt an die Arbeit. Die Leute im Norden wollen offenbar mit uns Schlitten fahren. Doch zum Glück sind die Schiffe, die ich beschlagnahmt habe, ein guter Fang. Ich beabsichtige, sie Ende des Monats versteigern zu lassen, diesmal ohne Hinhalten, und auf diese Weise Kaufleute anzulocken, die mit den Häfen Neuenglands Geschäfte machen. Wir erteilen Hauptmann Hargrove Vollmacht, und er wird alle Freiheit haben, an Bord der Schiffe Kontrollen durchzuführen und im Namen Georgias Güter zu beschlagnahmen, die diesen Leuten in New York gehören. Wir beginnen mit dem Hafen von Savannah und dehnen dann das Unternehmen auf alle Punkte der Küste – wie Darien oder Brunswick – aus, wo die Schiffe Zwischenhalt machen. Ich glaube, für heute ist nichts weiter darüber zu sagen, und ich habe die Ehre, mich zu verabschieden.«

Er erhob sich, und alle taten es ihm gleich. Nach einem letzten Blick zu Elizabeth folgte Fred dem Gouverneur.

Wahrscheinlich hatten sich die von den beiden Männern getroffenen praktischen Maßnahmen als wirkungsvoll erwiesen, denn zehn Tage später gab New York nach, und die *Monticello* verließ die verschneiten und schlammigen Docks von Manhattan, um Charlie Jones' sonnige Kais anzulaufen. Man hatte seine Waffen, der Krieg fand nur mit Worten statt, die Friedenskonferenz setzte ihre obskure Arbeit in Washington fort, und alle Reden hatten eins gemein: sie ignorierten die Wirklichkeit.

137

Wieder allein am Fenster in ihrem Zimmer, erholte sich Elizabeth von dem Schock und fragte sich, was Fred ihr bedeutete. Nach all den Jahren drang er plötzlich wieder in ihr Leben ein. Welchen Sinn mochte das haben, denn für sie mußte alles einen Sinn haben. Ihr Herz allerdings gab sich nicht mit solchen Spekulationen ab und sprach eine einfachere Sprache: sie liebte Fred. Das Schwindelgefühl der Liebe, die erste Minute, das kannte sie nur zu gut… Nichts dergleichen, als er sich ihr in Dimwood eröffnet hatte. Damals hatte sie nichts empfunden, und da mußte ausgerechnet heute… Infolge welcher Laune…? Diese Fragen blieben ohne Antwort, weil die Liebe keine Diskussionen zuläßt. Aber da war Billy. Sie vergötterte Billy. Fred hatte sich mit der Zeit verändert, das etwas vollere Gesicht, die Zärtlichkeit in den Augen, der Charme seines ganzen Wesens und die Begeisterung, die aus ihm sprach… Auch die Uniform, gut geschnitten, ein wenig streng vielleicht, aber kleidsam, während er in Dimwood viel zu jung… das war etwas anderes…

»Elende Elizabeth!« So schalt sie sich, als sie ihren Sessel verließ. War die Uniform denn so wichtig? Man gewöhnte sich an eine Welt in Uniform. Es war nicht der Krieg, dem Himmel sei Dank, aber die Uniformen sah man überall. Die tapferen Kadetten, an die sie immer noch denken mußte, wenn von Charleston die Rede war... Aber sie gelobte sich, *a good girl* zu sein, Billys wegen.

138

Hilda wurde jäh aus dem Schlaf gerissen. Die Kanone! Alle warteten seit mehreren Tagen darauf, und die ganze Stadt war enttäuscht um ein Uhr früh zu Bett gegangen, weil die Tage vergingen und nichts geschah. Sie schaute auf die Uhr: halb fünf.

Lawrence war bereits aufgestanden. In aller Eile zogen sie sich an. Beide hatten die gleiche Idee: sie wollten auf die Terrasse gehen, von der aus man die ganze Bucht überblickte. Major Anderson mußte das Ultimatum des Stadtgouverneurs Pickens ausgeschlagen haben, und man hatte gehört, daß die Bundesregierung eine bewaffnete Flotte schickte, um die Blockade von Fort Sumter zu durchbrechen. Unter dem Vorwand, es handle sich um Lebensmittel, hatte der Präsident erklärt: »Sie werden es nicht wagen, auf Brot zu schießen.« Aber warum ließ er es auf Kriegsschiffen liefern?

Da Major Anderson nur noch über Reserven für zwei Tage verfügte, mußte man angesichts der Drohung des Nordens handeln. Dieser Kanonenschuß war das Signal zum Krieg.

Auf ihrer Terrasse wurden Hilda und ihr Mann von den den Himmel durchzuckenden Blitzen geblendet. Rote Leuchtraketen stiegen ununterbrochen von der Küste auf, wie um das Ziel zu beleuchten, und dann explodierten die Granaten. Beauregard hatte auf allen Inseln um Fort Sumter Lagerfeuer anzünden lassen. Dahinter, im tiefen Dunkel der Nacht, lag das Meer. Von dort näherte sich die aus New York kommende Hilfsexpedition. Die in den Dünen von Morris Island versteckten Kanoniere erwarteten sie und hielten die Zufahrtswege zur See im Kreuzfeuer zwischen ihren Geschützstellungen und denen in den Dünen von Sullivans Island, jenseits von Fort Moultrie, um kein Schiff durchzulassen.

Als ihre Augen sich an diesen Wechsel von Blitzen und finsterer Nacht gewöhnt hatten, bemerkten Hilda und Lawrence, daß sich die Leute auf allen Terrassen der Umgebung versammelt hatten. Ganz Charleston war auf den Dächern.

Der ganze 12. April wurde von Explosionen erschüttert. Die Häuser zitterten leicht im fortwährenden Rollen der Geschützfeuer. Von Zeit zu Zeit krachten die Böller. Als die Nacht einbrach, veranstaltete man *Parties* auf den Terrassen. Das Schauspiel der Schlacht fand ebensoviel Zulauf wie das Feuerwerk. Man trank Champagner. Kanapees wurden aufgestellt, damit man sich bei der Betrachtung des flammenden Himmels ausruhen konnte.

Von Stunde zu Stunde wurde man über den Stand der Ereignisse unterrichtet: die Kadetten der Zitadelle hatten das Feuer eröffnet und sich fest auf Morris Island verschanzt; sie waren es, die die ganze Zeit schossen; sie verfügten über die größten Artilleriegeschütze und die kurzen Minenwerfer, die Fort Sumter erheblich beschädigt hatten; das Fort beantwortete nur noch das Feuer von Fort Moultrie; was nutzten ihnen all die Kanonen? Es gab derer, so hieß es, mehr als Kanoniere; das Tor war zerschmettert, ein Pulvermagazin brannte lichterloh – das war also diese Rauchsäule, die sich in den Wolken verlor. Wie lange würde Anderson sich halten können? Vom Meer aus hatten die Schiffe des Nordens sich zu nähern versucht, aber ohne Schlepper hatten sie keine Chance, durch die Sperre zu gelangen… Und selbst dann gab es immer noch unsere Kanonen. Die Marineoffiziere ließen schwimmende Stellungen errichten, um den Kreis um Fort Sumter von der Meerseite zu schließen.

Hilda sagte zu Minnie, die zu ihnen auf die Terrasse gekommen war:

»Ein Glück, daß Elizabeth nicht hier ist. Wir hätten ihr sagen müssen, daß Mike auf Morris Island ist und daß Billy den Oberbefehl über die Artillerie in Fort Johnson hat.«

»Die arme Elizabeth«, erwiderte Minnie. »Versetz dich einmal an ihre Stelle.«

Hilda lachte.

»Ach, die fürchtet ja nur für ihre Uniformen. Sie mag sie frisch und sauber!«

Der 13. war ein strahlender Tag. Der Morgennebel verzog sich mit den ersten Sonnenstrahlen, und der Himmel über der Bucht war so klar, daß man den ganzen Horizont bis zu den fernen Dünen mit topographischer Genauigkeit erkennen konnte. Der Rauch der Kanonen blieb wie Schönwetterwölkchen in der Luft hängen. Man erkannte die Zelte der provisorischen Lager und konnte auf dem schaumbedeckten Ufer den Galopp der jungen Offiziere verfolgen, die Meldungen aus dem Hauptquartier brachten. In der klaren Luft hätte man auch das dumpfe Stampfen der Hufe auf dem Sand und die Kommandos gehört, aber die Kanonen übertönten alles.

Der Nachmittag verging in guter Laune wie bei einem Vergnügungsfest, als ob der Krieg ein gefahrloses Spiel wäre. Tag und Nacht donnerten die Kanonen ohne Unterlaß, und man hätte meinen können, sie bezweckten nur, die Verteidiger von Fort Sumter am Schlafen zu hindern. Die Gärten der Battery und das ganze Meeresufer wurden von hitzigen Zuschauern gestürmt. Man sang oder schrie vielmehr heroische und übermütige Gesänge.

In der Menge rief man sich die Namen der jungen Regimenter von Karolina zu: *Tiger, Löwen, Palmenadler, Die Wilden.* Auch der Text der Botschaft, die in der Nacht des 12. um 3 Uhr 30 an den Kommandanten von Fort Sumter gesandt worden war, machte die Runde: »Wir beehren uns, Ihnen mitzuteilen, daß unsere Geschützstellungen in einer Stunde das Feuer eröffnen werden.« Beauregard hatte fair gehandelt, und Anderson ebenso, indem er sich verteidigte. Übrigens hatten am Nachmittag die Kanonen des Majors plötzlich eine ganze Weile Salve um Salve erwidert, und die zuschauende Menge spendete tosenden Beifall. Der Krieg schien fröhlich, und man sah kein anderes Rot als das der Leuchtraketen.

Ein neuer Abend brach an mit Musik und patriotischen Gesängen. Trotz des warmen und bewölkten Wetters richtete man sich wieder auf den Dachterrassen ein, um dem Schauspiel über die Magnolien und Eichen hinweg zu folgen und sich keine Sekunde entgehen zu lassen. Aus dem ganzen Staat und dem benachbarten Georgia brachten die Eisenbahnzüge Scharen aufgeregter junger Leute, die Pulverdampf riechen wollten.

Am 14. ergab sich Fort Sumter.

Die Garnison räumte das Feld mit militärischen Ehren, und die Bundessoldaten, die an Bord der immer noch machtlos und grollend auf See wartenden Schiffe gebracht werden sollten, holten ihre Fahne ein. Während dieser Zeremonie wurde ein Soldat durch die Explosion einer Munitionskiste getötet, gerade in dem Augenblick, als seine Kameraden die Abschiedsalve feuerten. Man beerdigte ihn auf dem Festungsgelände, und ein Militärgeistlicher des Südens sprach die Gebete. Dieser tödliche Unfall demoralisierte die abziehenden Männer noch zusätzlich.

Tausende von Granaten verschossen, ohne jemanden zu verletzen, viel Lärm und flammende Nächte… das Unternehmen hatte sich als leicht erwiesen; die Uniformen blieben blitzblank und unbefleckt, wie auch die Begeisterung. Die Jugend des Südens hatte keine Ahnung vom wahren Gesicht des Krieges und von dem, was sich hinter so einfachen Worten wie Feldzug, Nachtmarsch, Scharmützel verbarg. Der Tod existierte nicht, man konnte sich kein einsames Sterben in einem Graben vorstellen, man stritt gemeinsam für den Ruhm.

Als die Flagge mit den sieben Sternen endlich auf Fort Sumter gehißt wurde, erhoben sich die Bürger der Stadt auf den Terrassen, wo man mit dem Fernglas dem Verlauf der Schlacht gefolgt war, in den Gärten der Battery, auf den Hafenkais und in den Booten der Schaulustigen, die die Bucht nach allen Richtungen durchkreuzten, und sangen den Dixie:

In Dixie land I'll take my stand
To live and die in Dixie!
Look away, look away!
Look away down South to Dixie!

Nach der Übergabe des Forts wurde Major Anderson mit geröteten Augen ins Hauptquartier der Konföderierten geführt und… zum Abendessen dabehalten. Er war es, der Beauregard, damals Kadett in West Point, die Kunst der Ballistik gelehrt hatte, und nun fand er sich als Gast seines ehemaligen Schülers wieder.

In Charleston begann eine lange Nacht, noch lärmender als je zuvor. Militärkapellen zogen unermüdlich durch die Straßen; in den überfüllten Bars und Restaurants wurden die grauen Uniformen mit den gelben Aufschlägen von jedermann freigehalten; man tanzte überall, in den Häusern und auf den Straßen; man trank von allem; die Champagnerkorken knallten zu Ehren des wiedereroberten Forts Sumter. Die Gesichter glühten vor heftiger Freude. Das Fest riß alles mit in einer Orgie der Verbrüderung.

Am folgenden Tage, als man mit der Wiederinstandsetzung des Forts begann, verlas Präsident Lincoln einen Aufruf an alle Staaten der Union, in dem er sie aufforderte, der Bundesarmee 75 000 Mann aus ihren Milizen zur Verfügung zu stellen, um den Süden zur Vernunft zu bringen. Zwei Tage später erklärte Virginia, dieser Aufruf sei ein Akt der Aggression, und schloß sich der Sezession an. Die Ereignisse überstürzten sich, als hätte der Kanonenschuß um 4 Uhr 30 sie nach langen Monaten des Abwartens und Redens plötzlich befreit. Die Virginier bemächtigten sich sofort des Arsenals von Harper's Ferry, das seit John Browns mißglücktem Handstreich zu einem Symbol geworden war. Die Bundessoldaten hatten es, bevor sie es aufgaben, in Brand gesetzt, aber die Leute des Südens retteten die Maschinen der Waffenmanufaktur und schickten sie unverzüglich nach Nordkarolina, wo gerade die Sezessionsurkunde unterzeichnet werden sollte. Vierundzwanzig Stunden später verhängte Lincoln die Blockade über die Küsten der Südstaaten. Als Antwort besetzten die Virginier mehrere Werften, erbeuteten eine beträchtliche Anzahl von Kanonen und die *Merrimac*, das modernste Kriegsschiff, das der Norden ungeschickterweise versenkt hatte und das sofort wieder flottgemacht wurde.

Die künstlich angefachten Leidenschaften erhitzten sich, und alle jungen Männer im Norden wie im Süden erblickten bereits Feinde in denen, die sie noch gestern als ihre Brüder betrachtet hatten. Feinde, ein Wort, das keinen Sinn hatte...

139

Am 18. April wurde Oberst Robert E. Lee, der Urlaub auf seinem Landsitz in Arlington machte, in die Bundeshauptstadt berufen. Seit Anfang März wartete er auf seine neue Ernennung und hielt sich in dem großen Säulenhaus auf, das oberhalb des Potomac lag, von dem er in der Ferne das unvollendete Kapitol und auf der anderen Seite die geliebten Hügel von Virginia sehen konnte.

So wurde er an dem Tage, da der Staat, dem er angehörte, der Sezession beitrat, von Francis P. Blair empfangen, dem offiziellen Sprecher des Präsidenten Lincoln, und dem Kriegsminister Simon Cameron, die ihm den Posten des Oberbefehlshabers der Bundesarmee im Felde anboten. Er lehnte ab: er konnte unmöglich an einem Angriff auf den Süden teilnehmen; obgleich er die Sezession mißbilligte, war ihm ein Krieg mindestens ebenso verhaßt. Nach dieser

Unterredung begab er sich in Ehrerbietung und Freundschaft zum alten General Scott, der in ihm seinen Nachfolger sah. Ihm berichtete er von dem Angebot und seiner Weigerung. Der General versuchte vergeblich, ihn umzustimmen.

Nach Hause, auf die Höhen von Arlington zurückgekehrt, in dieses Haus, das einst im Besitz der Familie Washington gewesen war und das seine Frau geerbt hatte, dachte Lee über die seltsame Lage nach, in der er sich befand: sollte er weiterhin einer Armee angehören, deren Oberbefehl er sich zu übernehmen weigerte, weil ein Bürgerkrieg drohte, an den er trotz allem noch immer nicht glauben wollte?

Aber wer war Robert E. Lee? Sein schönes Gesicht mit dem ruhigen und redlichen Blick nahm für ihn ein. Er war von edler Abstammung und zeigte sich von einer Ungezwungenheit im Auftreten und von einer Höflichkeit, die ihm seine gesellschaftlichen Beziehungen erleichterten. Einer seiner Ahnen aus dem Shropshire an der Grenze von Wales hatte im 17. Jahrhundert den Herrensitz von Stratford im Westmoreland County in Virginia erbauen lassen, wo Robert geboren wurde. Sein Vater, der turbulente Light Horse Harry Lee, ein Waffengefährte George Washingtons, war damals neunundvierzig Jahre alt. Jenseits der Hügel gelegen, war sein Geburtshaus im Vogelflug nicht weit entfernt, aber an diesem Apriltag, in diesen sorgenvollen Stunden unter den Sykomoren von Arlington hatte Robert Lee andere Dinge im Kopf.

Er war allein, sich selbst gegenübergestellt. Die Union verlassen, das hieße die Armee verlassen, und die Armee war von früher Jugend an sein ganzes Leben gewesen. Da war West Point, die Kameraden, die Erinnerungen... selbst die an den mexikanischen Krieg, diesen Eroberungsfeldzug, den er im Grunde seines Herzens mißbilligte. Doch das Tragen einer Uniform verpflichtete zu gewissen Zugeständnissen, und gerade in diesen Unfreiheiten lag etwas, wofür er sich in gewissem Sinne begeisterte: die Liebe zur Pflicht und zum Gehorsam. Er hatte den größten Respekt für jene, die ihm seit Jahren zur Seite standen, sowohl die subalternen Offiziere als auch die Generäle, und es widerstrebte ihm, all diese Kameradschaftsbande auf einmal zu lösen. Wenn er der Armee adieu sagte, so sagte er damit seinem ganzen vergangenen Leben adieu. Wollte Gott das?

Er würde den Dienst quittieren, um ins Zivilleben zurückzukehren, und er würde nie mehr den Degen tragen, es sei denn, Virginia sollte angegriffen werden. Von der Veranda sah er die Hügel, die wie reglose Wogen bis zum Rande der weiten Ebene reichten. Der Wind grub Furchen in die Getreidefelder. Diese ganze Landschaft wurde von langen rostfarbenen Wegen durchzogen – die Erde des Südens.

Er suchte Zuflucht in seinem Zimmer. Als ein wahrer Christ fragte er Gott, was er tun sollte.

Er wußte, daß der Herr ein verborgener Gott ist, und daß Seine Sprache das Schweigen ist. Bittet, so wird euch gegeben. Das Versprechen des Evangeliums ist verbindlich, aber man muß warten und warten, Stunden vielleicht, und im Glauben, im Vertrauen auf die göttliche Liebe. Für den Menschen, der da am Fuße seines Bettes kniete, zählte Gott allein; denn der am Fuße seines Bettes kniende Mensch liebte Gott. Das war sogar das Wichtigste in seinem Leben, aber er gehörte nicht zu denen, die von diesen Dingen reden.

Als die Nacht vorüber und er sicher war, daß der Herr ihm geantwortet hatte, faßte er seinen Entschluß. Hatte er die Botschaft auch richtig verstanden? Um zu den Menschen zu sprechen, kommt alles in Frage, die plötzlichen Eingebungen wie die Geschehnisse. Aber Lee wußte, was er tat.

Er schrieb sein Entlassungsgesuch, schickte es an den Kriegsminister und ließ General Scott durch den gleichen Boten einen Brief überbringen, in dem er ihm noch einmal seinen Zwiespalt darlegte: er verließ die Bundesarmee, weil diese eines Tages in Virginia einfallen könnte, und gegen Virginia zu kämpfen, war für ihn absolut unmöglich.

Jetzt hatte er vor, sich in Kinloch bei der Familie seines Cousins Turner auszuruhen, wo zwei seiner Töchter die Ferien verbrachten, aber am 23. April bat ihn der Gouverneur von Virginia, nach Richmond zu kommen: der Norden sammelte Truppenverbände am anderen Ufer des Potomac und drohte, den Fluß zu überschreiten. Das war eine eindeutige Antwort auf seine langen Gebete.

Er ließ Traveller satteln, den grauen Apfelschimmel mit der schwarzen Mähne, seinen alten Gefährten, und ritt nach Richmond.

Und schon marschierte der ganze Süden hinter ihm.

140

Elizabeth erholte sich allmählich von ihrer Begegnung mit Fred. Diese Zusammenkunft bei Mrs. Harrison Edwards hatte sie übermäßig erregt und ihr vorübergehend die Lust am gesellschaftlichen Umgang genommen. Sie entdeckte den Reiz einer gewissen Einsamkeit. Den bloßen Gedanken an einen Stadtbummel, in der Bull Street zum Beispiel, wies sie entschieden von sich. Man war viel zu laut in Savannah: Versammlungen, Umzüge, die jungen Leute marschierten durch die Straßen und grölten ein Lied, das sie nicht kannte. Wenn sie unbedingt frische Luft brauchte, hatte sie da nicht ihren eigenen Garten mit dem Spalier blühender Magnolien? Dort hielt sie sich vorzugsweise auf, wenn Ned in der Schule war. Seit einiger Zeit nämlich hatte er ein kriegerisches Benehmen und einen Ton angenommen, die sie verärgerten, wenn sie es sich auch nicht eingestand. Sie erkannte ihren Ned von früher nicht mehr ganz wieder, aber er hatte immer noch Anwandlungen von Zärtlichkeit, die ihr das Herz erwärmten.

Eines Morgens stieg sie die Stufen der Freitreppe hinab, schlenderte durch die Allee und genoß die vom Duft der geliebten Magnolien geschwängerte Brise. Patrick war nicht da. Um so besser vielleicht. Wahrscheinlich schwatzte er schon wieder mit den Passanten, aber sie würde ihm ein andermal eine Rüge erteilen. Als sie weiter in Richtung des Gärtnerhauses ging, blieb sie plötzlich stehen. Das Raunen eines Gesprächs drang bis zu ihr; man diskutierte, und sie erkannte verblüfft die Stimmen von Patrick und Ned.

Ohne zu zögern, trat sie ein. Zuerst sah sie überhaupt nichts. Ein Keller hätte nicht dunkler sein können, und aus dieser Finsternis ertönte ein Aufschrei, der weniger liebevoll als beunruhigt klang:

»Mom!«

»Ned! Was machst du da?«

Jetzt erkannte sie ihren Sohn und den Gärtner, die sich über etwas beugten. Im Nu richteten sie sich auf.

»Wir tun nichts Böses, Mrs. Hargrove. Ich bringe ihm nur Dinge bei, die er wissen muß.«

»Tretet beiseite, ihr beide«, befahl sie.

Sie gehorchten, und Elizabeth sah ein glänzendes Metallrohr auf einem Tisch.

»Mein Gewehr«, sagte Patrick. »Massa Ned hat noch nie ein Gewehr angerührt. Ich erkläre es ihm.«

»Eines Tages werde ich auch ein Gewehr haben, Mom«, sagte Ned zuversichtlich.

Jetzt verstand sie alles, in diesem Licht, das vom Garten kam, und vor dieser Waffe und diesen beiden Komplizen, die sie gestört hatte. Sie schwieg einen Augenblick, stumm vor Entsetzen. Es kam ihr der Gedanke, daß sich hier eine Art Allegorie darbot, deren Sinn sie nicht erriet.

»Patrick«, sagte sie schließlich, »ich will diese Waffe nicht mehr bei mir sehen.«

Der Ire legte die Hand auf das Gewehr und erklärte:

»M'am, ich werde es in seine Ecke stellen, und Sie werden es nicht mehr sehen, aber es ist seit dem ersten Tag da. Es ist mein Gewehr.«

Sie fühlte, wie das Blut ihr ins Gesicht stieg, aber es gelang ihr, sich zu beherrschen.

»Mein Mann wird mit Ihnen reden, Patrick. Ich verbiete Ihnen, meinen Sohn bei sich eintreten zu lassen. Ned, komm.«

In ihrer Stimme lag soviel Autorität, daß der Mann schwieg und Ned ihr ohne Widerrede folgte. Doch nach einigen Schritten begann er zu rebellieren. Vor den Stufen der Freitreppe blieb er plötzlich stehen:

»Mom«, sagte er, »die Großen, die dreizehn sind, läßt man mit Holzgewehren üben. Ich werde auch Soldat.«

»Du hast mich gar nicht mehr lieb, Ned.«

Er ergriff ihre Hand.

»Oh, Mom!«

Der Liebesblick beruhigte sie, aber sie gab deshalb nicht nach.

»Wenn du weiter Soldat spielst, rede ich nicht mehr mit dir.«

Er antwortete nicht, nahm jedoch ihre Hand, und sie stiegen schweigend die Treppe empor. Miss Llewelyn saß im Vestibül und nähte einen Stern auf ihre Fahne.

»Noch einer«, sagte sie. »Tennessee. Gestern war es Arkansas. Sie werden sehen, bald habe ich meine dreizehn Sterne.«

Elizabeth warf ihr einen zerstreuten Blick zu. All diese Sterne... Es glich einem etwas unsinnigen Spiel, diese selbstgemachte Fahne, wie sollte man das ernst nehmen? Sie ließ Neds Hand los.

»Geh im Forsythe Park spazieren, wenn es dir Spaß macht«, sagte sie, »aber misch dich nicht unter die Menge.«

Er versprach es und verschwand. Miss Llewleyn zuckte die Schultern. Elizabeth war unentschlossen und wußte mit der Zeit bis zum Mittagessen nichts Rechtes anzufangen. Das Haus langweilte sie, besonders der rote Salon. Um sich Abwechslung zu verschaffen, stieg sie zur Veranda hinauf. Dort hielt sie sich nur selten auf, wegen der vielen Stufen, die man erklimmen mußte, aber heute, da sie einmal oben war, setzte sie sich in einen der großen Korbsessel und blickte durch das Gitter auf die Bäume. Das üppige Grün schien das Licht zu brechen, und in einem Hof nebenan trällerte ein Vogel einige Töne, hielt inne und begann aufs neue, wie um seine Koloraturen zu üben. Plötzlich stieg die Erinnerung an die köstlichen Minuten in ihr auf, die sie hier in Billys Armen verbracht hatte... Warum mischte sich immer Traurigkeit in die Gedanken an die Vergangenheit? Alles endete immer. Seit drei Wochen kam Billy nicht mehr, und wenn er ihr auch von Zeit zu Zeit ein paar hastige Worte schrieb, begann sie sich doch zu beunruhigen. Warum? Er war doch nicht in Gefahr. Allein dieses Wort verwirrte sie heillos; Dinge, die nichts mit der Gegenwart zu tun hatten, tauchten in ihrem Gedächtnis auf. Sie sah sich in Dimwood, und Lauras Gesicht lächelte ihr zu. Warum Laura? Warum jetzt? Sonst dachte sie doch fast nie an sie.

Sie stand auf und ging hinunter. Der Tag verstrich wie alle anderen, aber die Geräusche der Stadt schienen täglich näher zu kommen, mit diesem neuen fröhlichen Volkslied, das so mitreißend wie ein Militärmarsch klang. Ned summte es manchmal.

»*Dixie*«, sagte er. »Möchtest du, daß ich es dir vorsinge?«

Nein, sie mochte nicht.

»Es ist aber schön. Alle singen es, es ist das Lied des Südens.«

Diese letzten Worte sprach er mit einem Stolz, den sie reizend fand, und so sagte sie mit einem nachsichtigen Lächeln:

»Na schön, dann laß mich dein Lied mal hören.«

Sogleich schmetterte die klare Stimme diesen fröhlich kriegerischen Ruf in den roten Salon, und Elizabeth erbebte vor Rührung. Irgend etwas auf dem Grunde ihres Herzens fühlte sich davon angesprochen. Als der Junge ans Ende der ersten Strophe gelangt war, sagte sie:

»Bring mir den Text bei.«

Hocherfreut über seinen Erfolg, ließ er sie die Verse nachsingen, von denen ein jeder ein leidenschaftlicher Schrei war, und bald konnte sie es allein.

Von dieser patriotischen Regung angezogen, erschien Miss Llewelyn und machte Miene zu applaudieren.

»Welch eine schöne Überraschung, Mrs. Hargrove. Jetzt sind Sie eine richtige Südstaatlerin.«

»Ziehen Sie keine zu raschen Schlüsse, Miss Llewelyn. Diese volkstümliche Begeisterung amüsiert mich, das ist alles. Und nun gehen Sie, ich will Sie nicht aufhalten.«

Die Waliserin verneigte sich und verließ den Salon, die fertiggenähte Fahne unter dem Arm.

Nachdem die Distanzen auf diese Weise wiederhergestellt waren, nahmen die eintönigen täglichen Verrichtungen ihren Lauf, aber Elizabeth fühlte sich einer unbekannten Zukunft etwas näher entgegentreiben. Die beschwingte Melodie des *Dixie* hatte nichts Wildes, im Gegenteil, und der Text verscheuchte die trüben Gedanken; sie fand ihn kindlich, und es machte ihr Spaß, ihn mit frischer und zarter Stimme überall im Haus zu trällern. Sie hatte vor, Billy damit zu überraschen und über sein erstauntes Gesicht zu lachen, aber er blieb immer noch aus, und seine kurzen Liebesbriefe wurden seltener. In einer reflexhaften Reaktion, die sie sich nicht erklären konnte, tauchte jedesmal, wenn sie das Nahen einer Angstkrise spürte, Lauras Gesicht vor ihr auf, um dann gleich wieder zu verschwinden. Sie hatte nur gute Erinnerungen an diese Frau mit dem ernsthaften und freundschaftlichen Lächeln, über deren tragisches Schicksal die Waliserin berichtet hatte. Zuweilen bedauerte Elizabeth, sie nicht besser gekannt zu haben. Sie sah sich wieder in ihrem leeren Zimmer in Dimwood, wie sie an sie dachte... Doch das war fern, wie alles, was sich in Dimwood ereignet hatte.

Billys Abwesenheit schmerzte sie immer mehr.

Einige Tage später erfuhr sie bei Mrs. Harrison Edwards in einem Gespräch mit Algernon zufällig, daß Hauptmann Hargrove sich nach Richmond begeben habe, um sich General Lee anzuschließen. Lee? Den Namen hatte sie schon einmal bei Hilda gehört. Man sprach von einer Armee in Virginia. Elizabeth stellte keine Fragen, und im Salon ging die Konversation weiter. Sie hörte den Namen Missouri. Dort schlugen sich die Bundestruppen mit den Milizen. Das war der Krieg, aber sie dachte, da Missouri weit weg sei, sei auch der Krieg in weiter Ferne. Jemand in ihrer Nähe sagte, man habe in allen Staaten Regimenter ausgehoben. Aber warum hatte Fred dann Georgia verlassen? Sie verstand überhaupt nichts mehr. Da kam sie plötzlich auf die Idee, Charlie Jones zu fragen, was eigentlich geschehen sei.

Um sechs Uhr abends saß er in seinem Büro über den Lagerhäusern im Hafen. Sie hatte sich wegen der Erinnerung an Jonathan immer geweigert, dort hinzugehen. Aber diesmal zögerte sie nicht, sondern stieg in ihren Wagen und befahl dem Kutscher, zu den Kais zu fahren. Als sie im Hafen ankam, staunte sie über all die dort versammelten Schiffe. Noch nie hatte sie so viele gesehen, und die Masten, die sich kaum bewegten, schienen ihr im Licht der untergehenden Sonne zahllos. Im Hauptgebäude der Schiffahrtsgesellschaft sagte man ihr, Mr. Jones sei für niemanden zu sprechen, aber sie ließ ihm ihre Visitenkarte bringen, und er empfing sie sofort.

»Was ist denn los?« fragte er und bot ihr einen Stuhl an. »Du siehst ja ganz verstört aus.«

»Fred ist fort, und Billy kommt nicht«, sagte sie in einem Zug.

»Fred hat sich zu General Lee begeben, der jetzt die Truppen von Virginia in Richmond kommandiert. Fred wollte unter seinem Befehl stehen. Es wäre das zweitemal.«

»Aber Billy... Billy kommt seit einem Monat nicht mehr...«

»Billy kann wegen der Ereignisse seinen Posten nicht verlassen. So ist das bei der Armee, Elizabeth. Das solltest du wissen...«

Wie in einer plötzlich aufflackernden Erinnerung sah sie Lauras Blick.

»Onkel Charlie, ich möchte Laura besuchen.«

Er lehnte sich vor, als hätte er nicht richtig gehört.

»Elizabeth, bist du denn über gar nichts informiert? Laura ist in ihrem Kloster in Sicherheit, aber man kann nicht mehr nach Maryland reisen. Der Präsident hat dort die Bundestruppen einmarschieren lassen, um der Sezession zuvorzukommen. In Baltimore wirft man mit Steinen nach den Soldaten aus New York. Die Truppe hat zurückgeschlagen, es kam zu Unruhen, und es gab Tote. Lincoln mag ein ehrlicher Mann sein, aber die Macht ist ihm zu Kopf gestiegen. Miss Llewelyn wird es dir erklären, aber du kannst beruhigt sein, Laura hat nichts zu fürchten.«

Sie stand auf und hielt sich wie benommen am Stuhl fest.

»Laura...«, sagte sie.

Charlie Jones erhob sich ebenfalls.

»Elizabeth, du wirst mich entschuldigen, aber ich bin sehr beschäftigt. Ich habe noch eine Menge dringender Aufgaben. Siehst du all diese Schiffe im Hafen? Washington hat eine Blockade über alle Küsten des Südens verhängt. Verstehst du, was das bedeutet? Ich lasse dich zu deinem Wagen bringen, und dann wirst du nach Hause fahren. Hab keine Angst. Es droht keinerlei Gefahr. Billy ist dort, wo er sein muß. Trink ein Glas Champagner, das wird dir gut tun.«

Er klingelte, und jemand kam, um Elizabeth abzuholen, aber sie weigerte sich und wollte die Begleitung ablehnen.

»Ich gehe allein«, sagte sie mit einer Geste, als wollte sie eine aufdringliche Person abwehren.

Plötzlich stieg die Wut in ihr auf; man behandelte sie wie ein Kind, und ein solches Verhalten kannte sie nicht an Onkel Charlie. Kurzangebunden dankte sie Charlie Jones und ging hinaus.

»Du wirst mich ein andermal küssen«, rief er ihr nach, als sie an der Tür war.

Trotz der Versuchung, noch einmal umzukehren, antwortete sie nicht und verschwand. Im Haus am Oglethorpe Square traf sie Miss Llewelyn, die im Vestibül stand, die Hände vor dem Bauch verschränkt und, wie ihr schien, mit der gespielten Miene einer unzufriedenen Lehrerin.

»Miss Llewelyn, machen Sie mir eine Tasse sehr starken Tee.«

»Ich hätte Ihnen eher zu etwas Schmackhaftem und Spritzigem geraten.«

Elizabeth starrte sie überrascht an.

»Warum sagen Sie das?«

»Nur so, ich habe gewisse Gaben. Ich bin Ihnen in Gedanken gefolgt. Das ist nicht schwer, denn Sie sind eine unkomplizierte Seele. Sie haben Angst.«

»Das ist nicht wahr. Ich habe keine Angst.«

»Das werden wir gleich sehen. Eine Zeitlang wollten Sie sich über die Tagesnachrichten auf dem laufenden halten. Dann haben Sie damit aufgehört, weil sie Ihnen Angst machten.«

»Nein, sie haben mich gelangweilt!«

»Wenn Sie so wollen. Heute, ein neuer Wechsel. Sie sind zu Mr. Jones gegangen, um zu wissen, wie es steht. Und er empfiehlt stets Champagner als Stärkungsmittel.«

»Ich wollte vor allem Tante Laura besuchen. Er erzählte mir von

Unruhen in Baltimore und sagte, man könne nicht mehr nach Maryland reisen. Das ist alles. Warum?«

»Weil die Leute in Maryland fast alle für den Süden sind und die Eisenbahnbrücken gesprengt haben. Das hindert die Truppen des Nordens daran, nach Washington zu gelangen und von dort wahrscheinlich in Virginia einzufallen.«

»Aber wir sind doch nicht im Kriege.«

»Wir sind nicht weit davon entfernt. Und in solchen Fällen fehlt oft nicht mehr als die Dicke eines Blattes Papier: ein Ultimatum. Sie wollten Laura sehen?«

»Ja.«

»Soll ich Ihnen sagen, warum?«

»Ich habe meine Gründe.«

»Setzen Sie sich bitte, Mrs. Hargrove.«

Elizabeth setzte sich.

»Ich habe bei Mrs. Harrison Edwards erzählt, wie Lauras junger Gemahl in einem Kampf auf Haïti getötet wurde. Deswegen bilden Sie sich ein, daß sie Sie besser als irgendwer sonst verstehen wird.«

Elizabeth hielt ihr die offene Hand entgegen, wie um ihr Einhalt zu gebieten, aber die Waliserin fuhr unbeirrt fort.

»Und Sie sehen, daß Ihren Mann das gleiche Schicksal treffen könnte wie ihn, nicht wahr?«

Elizabeth antwortete nicht. Aus ihrem jäh erstarrten Gesicht war alle Farbe gewichen. Ein Schweigen trat ein; die beiden Frauen blickten einander an und hatten das Gefühl, als befinde sich ein Unbekannter im Zimmer. Mit einer seltsam ruhigen Stimme sagte Elizabeth:

»Sie hatten kein Recht, mir das zu sagen, Miss Llewelyn.«

»Ich habe Ihnen gesagt, was Sie vor sich selbst verbergen.«

»Ich verberge mir nichts. Glauben Sie vielleicht, ich hätte in diesem Hause nicht an das Schlimmste gedacht? Sie sprachen von Ihren Gaben. Haben Sie auch die des zweiten Gesichts?«

Die Waliserin ließ einen Augenblick verstreichen, und dann murmelte sie:

»Elizabeth, Sie hassen mich in diesem Moment, aber ich habe Ihnen immer die Treue gehalten, und ich werde bei Ihnen sein, wenn Sie mich brauchen.«

Ohne ein Wort verließ Elizabeth sie und ging auf ihr Zimmer.

Am 24. Mai beging der Norden seinen ersten aggressiven Akt: die Bundesarmee überquerte den Potomac und besetzte das Gebiet von Virginia entlang dem Flußufer von Arlington bis Alexandria. Die Staaten der Sezession schickten noch in derselben Stunde Verstärkungstruppen nach Virginia. Die Armee des Südens existierte.

Von Mississippi, Alabama, Georgia und den beiden Karolinas kamen Regimenter nach Richmond. Die requirierten Eisenbahnzüge beförderten Tag und Nacht Soldaten jeden Alters, vor allem aber junge, die es kaum erwarten konnten, den Eindringling zurückzuschlagen. Die armen Weißen eilten scharenweise herbei und beantworteten so die Frage, die sich Charlie Jones und der ganze Süden gestellt hatten: »Wenn es zum Krieg kommt, was werden dann die armen Weißen und die Schwarzen tun?« Die Schwarzen arbeiteten weiterhin auf ihre Art und überwachten die Blockadeschiffe entlang der Küste von Georgia, wodurch sie manchen Landungsversuch der Leute aus dem Norden verhinderten.

Im ganzen Süden herrschte Begeisterung: die Jungen schwindelten bei ihren Geburtsdaten, um eingezogen zu werden, aber es gab nicht genug Ausrüstung, und die Militärverwaltung konnte ihnen nur eine Mütze und ein Säbelkoppel liefern. Sie zogen in ihren alten Kleidern los, mit einem bajonettbesetzten Gewehr als einziger Munition. Und doch kamen sie mit dem enthusiastischen Großmut ihrer Jugend in hellen Scharen, um zu dienen – aus welchem Milieu sie auch immer stammen mochten –, als Hilfskanoniere, Trommler...

In diesem sozusagen auf beiden Seiten improvisierten Krieg verteidigte der Süden seinen Boden. Die Hauptstadt wurde von Montgomery nach Richmond verlegt, und Präsident Jefferson Davis rief General Beauregard zu Hilfe, um der Armee der Invasoren in Alexandria zu begegnen.

Allein und aufrecht, jedoch an eine Säule des großen Doppelbetts gelehnt, stand Elizabeth in ihrem Zimmer und versuchte sich zu erholen. Miss Llewelyns Worte hatten sie erschüttert, und sie zitterte, als wenn sie fröre. Ein klischeehafter Ausdruck kam ihr immer wieder in den Sinn und verfolgte sie wie ein Refrain: »Dem Tod ins Auge sehen.« Jene unbekannte Gegenwart, die sie unten verspürt hatte, genau das war es. Lange Zeit blieb sie reglos, den Blick auf die weiße Fläche des Betts gerichtet, das sie eine Wüste nannte. Man klopfte an der Tür; das Abendessen wurde aufgetragen. Ned erwartete sie. Sie ging hinunter. Wie gewöhnlich küßte er sie, und wie gewöhnlich erzählte er ihr Geschichten, denen sie nicht zuhörte. Alles ging weiter. Miss Llewelyn erschien von Zeit zu Zeit, um die Bedienung zu überwachen, wie sie es immer tat, denn alles mußte seine Ordnung haben. Elizabeth beobachtete sie erstaunt. War das wirklich dieselbe Frau, die ihr eben noch so schreckliche Dinge gesagt hatte? Sie verwarf den Gedanken, daß sie geträumt haben könnte. Jetzt aß sie oder tat zumindest, als ob. Man mußte so tun als ob, um das Gleichgewicht wiederzufinden.

Am nächsten Morgen beim Frühstück lag ein Brief auf dem Tisch. Ein Blick genügte, um Billys Handschrift zu erkennen, aber sie öffnete den Umschlag erst, als sie allein in ihrem Zimmer war. Endlich würde er schreiben, daß er Urlaub bekäme... Am Fenster stehend, las sie folgendes:

Meine Angebetete, es gibt Neuigkeiten! Noch heute ziehe ich mit den Truppen General Beauregards nach Virginia. Die Bundestruppen besetzen Alexandria. Wir werden diese Leute zurückschlagen müssen, und zwar mit Säbelhieben und Bajonettstößen in... den Allerwertesten. Drei Regimenter machen sich mit der Eisenbahn auf den Weg. Alle melden sich an die Front; die Begeisterung ist unbeschreiblich, Turner und Hampton schließen sich uns an, sowie Mike mit seinen Kadetten. Wir haben schon wieder die Farbe gewechselt und tragen jetzt Grau. Onkel Josh ist gekommen, er geht zu den Indianern als Verbindungsoffizier. Alle Indianer sind für den Süden, außer einem kleinen verirrten Stamm; denen haben die Leute aus dem Norden bestimmt Schnaps zu trinken gegeben!

Mit der Eisenbahn sind es drei lange Reisetage. Wie es scheint, fahren wir nach Warrenton, nicht weit von dem Ort, wo sich Onkel Charlies Landhaus befindet. Vielleicht sehen wir uns dort wieder. Vor allem beunruhige Dich nicht. Alles geht bestens. Fürs Leben Dein, mit Leib und Seele,

Dein Billy, der Dich mit Küssen bedeckt.

Blitzartig hatte sie eine Vision dessen, was sie das Schlimmste nannte, und wurde ohnmächtig. Ein wenig Riechsalz unter der Nase brachte sie jäh und mit einem Aufbäumen wieder zu sich. Miss Llewelyn stand über sie gebeugt und sagte lächelnd:

»Wußte ich's doch. Ich bin hinter Ihnen heraufgekommen. Habe ich Ihnen nicht gesagt, daß ich bei Ihnen sein werde, wenn Sie mich brauchen? Wir beginnen heute damit.«

Und mit einer Hand half sie ihrer beschämten und sehr unzufriedenen Herrin auf die Beine.

»Lassen Sie mich«, sagte sie, »ich werde hinuntergehen und zu Ende frühstücken.«

»Wissen Sie, wer Sie im Salon erwartet? Mrs. Harrison Edwards. Sie muß in aller Herrgottsfrühe aufgestanden sein, aber heute geht alles drunter und drüber.«

Mit einer hastigen Geste richtete sich Elizabeth das Haar, dann ging sie hinter der Waliserin hinunter. Im roten Salon schritt Mrs. Harrison Edwards unruhig auf und ab. Sie eilte Elizabeth entgegen.

»Mein kleines Mädchen, welch ein Schock! Algernon ist fort. Unser Algernon in der Kavallerie! Er hat sich bei Jeb Stuart gemeldet. Stellen Sie sich das vor: der so feinsinnige, so elegante Algernon... Aber das ist sehr gut«, sagte sie und wischte sich die Augen. »Und Ihr lieber Billy?«

»Fort.«

Dieses Wort wurde mit der gewünschten Festigkeit gesprochen, um beispielhaft zu wirken. Darin zeigte sich wieder die Engländerin. »Lassen Sie uns eine Tasse starken Tee trinken.«

Ned war verschwunden. Wahrscheinlich war er in der Stadt. Elizabeth überwachte ihn nicht mehr. Eine Tasse Souchongtee gestattete Mrs. Harrison Edwards, ihre Erregung zu beherrschen, und sie verkündete, daß sie sich als Krankenschwester zum Heeresdienst melden würde – mit dem Grad eines Sanitätsoffiziers, wie sie betonte –, um den Kämpfen zu folgen.

Elizabeth beschloß auch ihrerseits, Savannah zu verlassen. Die Pläne reiften rasch in ihrem Kopf. Die Kinder würde sie mit der schwarzen Nanny und der kleinen Betty nach Dimwood schicken, so daß sie selbst möglichst bald mit Onkel Charlie nach Virginia fahren könnte, denn er würde bestimmt in Great Lawn sein wollen, sowie seine Schiffe ihn nicht mehr in Savannah zurückhielten. Miss Llewelyn würde am Oglethorpe Square bleiben, um auf das Haus aufzupassen. Gute Idee! Die Waliserin wurde unerträglich. Alles fügte sich wunderbar zusammen, ohne Aufregung. Sie mußte dem Gärtner noch sein Gehalt bezahlen und ihm sagen, was sie von ihm erwartete. Mit seinem Gewehr würde er Miss Llewelyn bei der Verteidigung des Hauses beistehen, wenn es sein müßte.

Mit dem nötigen Geld lief sie in den Garten und zum Gärtnerhaus. Die Tür stand offen. Sie rief. Keine Antwort. Wahrscheinlich war er draußen auf der Avenue und schwatzte mit den Passanten. Sie rief aufs neue. Vergebens. Sehr verärgert wollte sie schon fortgehen und schlug die Tür heftig zu. Da sah sie einen ans Holz genagelten Zettel, auf dem stand: »In den Krieg gezogen.« Also auch er... und ohne sein Gehalt. Sie lachte und konnte nicht umhin, ihn zu bewundern.

Als sie ins Haus zurückkehrte, traf sie auf Miss Llewelyn, die sie erwartete, aber diesmal mit ihrer stolz ausgebreiteten Fahne.

»Mit Virginia und Nordkarolina«, sagte sie, »hab ich jetzt meine dreizehn Sterne.«

»Sehr gut«, sagte Elizabeth. »Wissen Sie, daß der Gärtner fort ist?«

»Wie alle anderen auch.«

»Immerhin, der Kerl ist nicht mehr ganz jung.«

»Man lehnt keinen Freiwilligen ab – schon gar nicht mit einem Gewehr. Und dann ist Pat erst siebenunddreißig, das ist ein gutes Alter. Ich sage es Ihnen lieber gleich: ich gehe auch.«

»Aber Miss Llewelyn, das können Sie doch nicht... Sie hatten mir versprochen, immer da zu sein... Wer soll auf das Haus aufpassen?«

»Die Schwarzen. Verlassen Sie sich auf sie. Sie werden sich nicht vom Fleck rühren. Es ist Krieg, Mrs. Hargrove. Ich werde in Virginia Erste-Hilfe-Posten organisieren.«

Zu erstaunt, um auf weitere Einzelheiten einzugehen, sagte Elizabeth nur:

»Ich muß zu Mr. Charlie Jones. Lassen Sie das Kabriolett anspannen.«

»Um diese Zeit müßte er noch zu Hause sein.«

»Gut. Beeilen Sie sich.«

Wenig später war sie bei Charlie Jones, der sie zu ihrer großen Erleichterung mit offenen Armen empfing.

»Ich wollte dir gerade ein paar Zeilen schreiben, um dir mitzuteilen, daß ich dich nach Great Lawn mitnehme. Es ist die schönste Zeit des Jahres in Virginia... Tu, was ich sage. Ich bin dein Vormund.«

»Nicht mehr, Onkel Charlie.«

»Doch. Ich bleibe es. Du brauchst einen Vormund. Man requiriert alle Eisenbahnen; ich habe meine Waggons bereits hergegeben, und da ich nicht warten will, werden wir mit Kutschen fahren. Ich fahre allein in der meinen. Ich reise immer allein. Du und Ned in einer anderen.«

»Miss Llewelyn hat erklärt, sie beabsichtige auch, nach Virginia zu gehen.«

»Sie kann uns sehr nützlich sein. Ich nehme sie mit.«

»Aber nicht in meinem Wagen, bitte.«

»In einem dritten Wagen, mit... mit Pat?«

»Pat ist mit seinem Gewehr in den Krieg gezogen.«

»Bravo, Irland! Wie viele Schwarze hast du?«

»Fünf. Einer der Köche ist ein wahrer Hüne.«

»Wunderbar. Deine Schwarzen werden das Haus beschützen. Und nun schnell, pack deine Koffer. Deinen Jüngsten schicken wir natürlich mit seiner *Black Mammy* und Betty nach Dimwood. Sie reisen noch heute ab, unverzüglich. Beeil dich. Ich muß dich jetzt leider vor die Tür setzen. Und morgen früh um sieben hole ich euch mit meinen Wagen ab.«

»Das ist ja keine Abreise mehr«, rief sie. »Das ist eine Flucht!«

»Du weißt noch nicht, was Krieg ist. Bis später dann, ich meine, bis morgen, Elizabeth.«

Sie verließ ihn in aller Eile. Jetzt hatte die Wirklichkeit sie auf atemberaubende Weise eingeholt.

Im Hause griff die Aufregung selbst auf die ruhigsten Gemüter über. Nur die Waliserin bewahrte einen kühlen Kopf und erteilte mit ausgestrecktem Finger ihre Befehle. Das Gepäck häufte sich. Betty weinte, weil sie nicht nach Virginia mitgenommen, sondern mit der schwarzen Nanny in einen Wagen gesetzt wurde, und Kit lachte über alles, sogar über die heftigen Schmatzküsse seiner Mutter. Er versuchte, wie Ned zu singen, aber mit Worten, die er selbst erfand. Eine Sekunde später waren sie verschwunden; Elizabeth verspürte eine große Leere. Noch ganz benommen, klammerte sie sich an den Gedanken, Billy in Warrenton wiederzusehen, und gehorchte allen Anweisungen der Waliserin, die sich für die Jahre der obligatorischen Unterordnung revanchierte. Ned hüpfte vor Freude, lief überall herum und zeigte sich ebenso lebhaft wie sein *Dixie*, den er unaufhörlich summte oder aus vollem Halse sang.

Und am folgenden Morgen um sieben Uhr stiegen die drei Reisenden in die von Charlie Jones gesandten Wagen.

Die Reise war beschwerlich, außer für Charlie Jones: er nahm seinen Kammerdiener mit, der neben dem Kutscher auf dem Bock saß. Elizabeth, die behauptete, in der Nacht kein Auge zugetan zu haben, schlief fest in einer Ecke des Wagens neben Ned, der so wach war wie noch nie in seinem Leben. Er trug seine kleine Militärmütze, die er stets mit Sorgfalt zerbeulte, damit sie auch recht kampferprobt aussähe. Miss Llewelyn saß ganz allein in ihrer Kutsche, auf dem Kopf einen schwarzen Hut, der ihr, wie sie glaubte, das Aussehen einer Lady verlieh. Um sie herum lag ein Haufen Pakete mit Medikamenten, die sie für die Soldaten gesammelt hatte. Als letztes Gefährt folgte der Kolonne der Gepäckwagen, ein einfacher und solider, von einem kräftigen normannischen Percheron gezogener Karren.

Die Fahrt verlief zunächst rasch und ohne Zwischenfälle. Wegen des Staubes folgten die Wagen einander in einiger Distanz, und da es im Laufe des Vormittags immer heißer wurde, hatte man die Klappverdecke aufgeschlagen. Auf dem Wege ließen sie Charleston ziemlich weit westlich liegen und fuhren durch endlose Pinienwälder. Nur wenige Häuser lockerten die Eintönigkeit der Landschaft auf. Gegen Abend erreichten sie den Lake Marion, an dessen Ufer sie bei einer Frau Bungalows mieten konnten, die ihnen sehr primitiv erschienen: die Holzbetten enthielten als einzigen Komfort zerlegene Matratzen und dünne Baumwolldecken, die jedem Schlafversuch trotzten. Aber »im Kriege herrschen andere Sitten«, erklärte Charlie Jones, und sie waren so müde, daß sie in ihren Kleidern einschliefen. Bald umsummte sie ein Heer von Mücken. Zum Glück hatte Miss Llewelyn Zitronen mitgenommen, mit denen sie sich die

Gesichter einrieben, aber dennoch wurden sie das lästige Schwirren dieser unermüdlichen Insekten nicht los.

Am nächsten Morgen vor der Abfahrt stürzten sie sich auf die Proviantkörbe. Doch sowie die Wagen angespannt waren, befahl Charlie Jones ihnen, einzusteigen.

Ned hatte sich eine Vergnügungspartie erhofft, und seine Begeisterung sank rasch. Die Reise wurde langweilig. Nach einem neuen Halt – Südkarolina lag jetzt hinter ihnen – war die Straße in Nordkarolina ebenso öde mit ihren ewigen Wäldern. Hie und da überquerten sie Eisenbahnschienen, die sich leer bis zum Horizont erstreckten, und die Kutschenräder ratterten dann plötzlich auf den Geleisen. Dann wollte es der Zufall der Reiseroute, daß sie in der Nähe eines Bahnhofs warten mußten, wo eine Menschenmenge lärmte und sang. Man schwenkte Fahnen zur Begrüßung eines haltenden Militärkonvois, und der *Dixie* ertönte mit heftiger Inbrunst aus allen Kehlen. Man brachte Früchte und kalte Getränke und bewirtete die Soldaten, die sich aus den scheibenlosen Fenstern lehnten und noch lauter schrien und mit ihren Mützen und den geschenkten Fahnen winkten. All diese jungen, lachenden, vom patriotischen Fieber geröteten Gesichter neigten sich in Trauben der vor Begeisterung tobenden Zivilistenmenge zu, und das ohrenbetäubende Geschrei stieg in den klaren Himmel empor.

Kaum war der Zug verschwunden, da gab Charlie Jones das Signal zur unverzüglichen Weiterfahrt, und sie legten die folgenden Etappen wieder im nervenaufreibenden Lärm der stampfenden Hufe und der knarrenden Räder zurück. Die Nachtquartiere waren mehr oder weniger bequem in der kleinen Städten, aber was die Qualität der Speisen betraf, die man ihnen servierte, so zeigte sich Charlie Jones unnachgiebig.

Fünf Tage nach ihrer Abfahrt von Savannah trafen sie in Richmond ein, einer belebten, völlig vom Militär beherrschten Stadt. Die Regierung hatte sich soeben dort niedergelassen, sowie auch der Generalstab der Armeen des Südens. Man sah überall nur Uniformen, und die Hotels waren voll besetzt. Um keine Zeit zu verlieren, befahl Charlie Jones, die Reise ohne jeden weiteren Halt fortzusetzen, wenn man auch im Wagen schlafen mußte. Mehrere Male begegneten sie Soldaten auf der Straße, die bei untergehender Sonne in Einerkolonnen nach Norden marschierten.

Die Aussicht auf ein Ende der Strapazen gab dem schwindenden

Mut der erschöpften Reisenden wieder neuen Auftrieb, und an einem strahlenden Junimorgen tauchte das alte Haus vor ihren Augen auf, am Ende der Allee, die um die Wiese führte. Elizabeth legte die Hände an die Brust und blieb stumm... Hier, in der unbeschreiblichen Stille der Felder, war der Frieden zu Hause.

143

Nach dem Tumult der Städte und dem Lärm des Krieges bekam das Leben wieder einen Sinn. Die junge Frau war so gerührt, daß ihr die Augen feucht wurden; die Erinnerungen, die guten und die schlechten, drangen gewaltsam auf sie ein, und sie mußte sich Mühe geben, in die Wirklichkeit des Augenblicks zurückzukehren. Die Pferde waren vor der Freitreppe stehengeblieben. Einige Minuten verstrichen, und niemand ließ sich sehen. Wie früher, wie immer schien das Haus zu schlafen. Charlie Jones übernahm die Aufgabe, es aus seinen Träumen zu wecken. Er öffnete die Tür, trat ins Vestibül und rief mit lauter Stimme. Die kleine Miss Charlotte eilte trippelnd auf ihn zu und hob die Arme.

»Welch eine Überraschung!« rief sie. »Was gibt es, Charlie?«

Sie lächelte mit liebenswürdiger Miene, und ihre große schiefsitzende Haube schien ebenso erstaunt wie sie.

»Wissen Sie denn nichts? Erfahren Sie keine Nachrichten?«

»Nein, man erzählt so vieles... Aber ich kümmere mich nicht darum. Hier hat man seine Ruhe.«

Elizabeth trat wortlos ein, beugte sich über Miss Charlotte und küßte sie.

»Warum weinst du? Ist ein Unglück geschehen?«

»Nein, nein, Miss Charlotte, ich bin glücklich, hier zu sein, das ist alles.«

Das kleine Fräulein lachte.

»Du bist immer noch die schöne und verrückte Elizabeth. Du wirst ein großes Glas Wasser trinken, das wird dir guttun.«

Draußen machten die Schwarzen einen Heidenlärm beim Ausladen des Gepäckwagens, und Charlie Jones gab seine Anweisungen. Plötzlich standen Miss Charlotte und Miss Llewelyn einander gegenüber. Sie betrachteten einander wie Tiere verschiedener Gattung, und jede fragte sich, was die andere wohl tun würde. Die monumentale Waliserin in ihrem dunklen Kleid und dem flachen schwarzen Hut wirkte verblüffend, aber das alte Fräulein ließ sich nicht einschüchtern, warf den Kopf zurück und trotzte der Unwillkommenen. Elizabeth griff ein und stellte sie vor:

»Miss Llewelyn, meine Gouvernante, Miss Charlotte. Miss Charlotte ist die Schwägerin von Mr. Charles Jones.«

Ein rasches Kopfnicken. Die beiden Frauen hatten einander taxiert.

In diesem Augenblick rannte ein wütender Rotschopf durch den Raum, ohne guten Tag zu sagen, und stürmte hinaus, wo er auf Charlie Jones traf.

»Papa!« schrie er. »Man wird uns die Pferde nehmen. Wir müssen Agenor verstecken.«

In der Sonne sah sein zerzaustes Haar aus, als ob es brenne.

»Wer hat das gesagt?«

»Es geht das Gerücht... die Leute in Warrenton. Ich will nicht, daß man meinen Agenor anrührt.«

»Beruhige dich, du hast vergessen, mir guten Tag zu sagen, Emmanuel.«

»Guten Tag, Papa. Wenn sie Agenor nehmen, nehme ich Whitie.«

»Das verbiete ich dir. Geh dich kämmen und begrüße deine Cousine Elizabeth, die die Ferien bei uns verbringen wird.«

Der Junge ging ins Haus zurück und sagte Elizabeth guten Tag.

»Wie groß du geworden bist!« sagte sie.

»Nicht groß genug«, erwiderte er mit wilder Miene. »Wenn es Krieg gibt, melde ich mich freiwillig.«

»Raus mit dir!« fuhr Miss Charlotte ihn an. »Hier gibt es keinen Krieg.«

»Darf ich fragen, wo ich heute nacht schlafen werde?« erkundigte sich Miss Llewelyn mit gespielter Höflichkeit.

»Ach, entschuldigen Sie«, erwiderte Elizabeth. »Mein Schwiegervater wird es Ihnen sagen. Aber setzen Sie sich doch.«

»Nein, danke.«

Sie zog es vor, reglos dazustehen und allen im Wege zu sein. Great Lawn gefiel ihr gar nicht, und das war ihre Art, ihre Unzufriedenheit zu zeigen.

»Miss Charlotte«, sagte Elizabeth, »wir werden uns in eine Ecke des Salons setzen.«

»Gern. Und zur Feier eurer Ankunft in Great Lawn schlage ich dir vor, mit mir zwei oder drei Dankespsalmen zu lesen. Ich habe mein Büchlein immer in der Tasche.«

Seufzend folgte Elizabeth ihr in den Salon.

»Wer ist diese Frau?« fragte Miss Charlotte.

»Meine Gouvernante? Eine Waliserin. Ein bißchen schwierig, aber treu.«

»Ich kenne diesen Menschentyp. Sie wird versuchen, das Haus mit Beschlag zu belegen, aber ich bin ja auch noch da. Und jetzt die Psalmen.«

»Nein«, sagte Elizabeth mit fester Stimme. »Später, heute abend zum Beispiel.«

Charlie Jones schaute kurz herein.

»Ich habe Miss Llewelyn das schöne Giebelzimmer in der ersten Etage geben lassen. Ein Diener bringt sie gerade hin. Und jetzt, Charlotte, ist es wohl an der Zeit, dich über die allgemeine Lage in Kenntnis zu setzen, die übrigens, soweit es Great Lawn betrifft, keineswegs beängstigend ist. Der Norden hat Alexandria besetzt.«

»So eine Frechheit!« rief Miss Charlotte.

»Vielleicht, aber so ist es. Die Truppen der Südstaaten stehen unter dem Befehl von General Beauregard und werden die Bundestruppen zurückschlagen. Sie kontrollieren das Gebiet und alle Straßen, die nach Washington führen.«

»Und Billy?« fragte Elizabeth beunruhigt.

»Das habe ich dir bereits gesagt. Momentan ist er in Warrenton, nicht weit von hier. In unserer Ecke von Virginia lebst du im Frieden. Und um euch vollauf zu beruhigen, kann ich euch sagen, daß General Lee seine Frau auf die andere Seite der Hügel zu unseren Cousins nach Kinloch geschickt hat. Ihr könnt also ganz ruhig sein.«

»Um so mehr, als der Herr uns beschützt«, bemerkte Charlotte.

»Natürlich«, sagte Charlie Jones, »aber vor allem wissen wir uns zu verteidigen. In Alexandria hat ein kleiner Oberst aus dem Norden, ein Wichtigtuer aus New York, Anwalt von Beruf und Protegé Lincolns, von sich reden machen wollen. Er kommandierte ein Regiment Zuaven und ließ sie *à la française* kleiden, und jetzt ziehen sie im Parademarsch durch die leeren Straßen. Eine Flagge der Südstaaten weht auf dem Dach des großen Hotels, des *Marshall House*. Ein Skandal, sagt sich dieser Grünschnabel, steigt mit drei seiner

Zuaven auf das Dach und schneidet die Fahne ab. Unten an der Treppe tritt ihm der Hotelbesitzer entgegen. ›Was machen Sie mit meiner Fahne?‹ – ›Das ist meine Kriegsbeute.‹ – ›Nun, dann sind Sie die meine.‹ Ein Schuß, und Oberst Ellsworth beendet seine militärische Karriere...«

»Bravo!« rief Elizabeth plötzlich.

»Warte, ich bin noch nicht fertig. Die Operettenzuaven stürzen sich auf den Feind, töten ihn und durchbohren ihn danach noch mit ihren Bajonetten, um sich zu rächen. Und in Washington weint der Präsident und läßt seinen Schützling wie einen Nationalhelden bestatten.«

»Lächerlich«, sagte Miss Charlotte. »Es ist also Krieg.«

»Ja, solche Dinge geschehen ganz plötzlich. Aber macht euch keine Sorgen, hier sind wir abseits von allem.«

In diesem Augenblick kam ein Diener und meldete ihm, daß ein Offizier ihn zu sprechen wünschte.

»Ich weiß, worum es sich handelt, und ich bin im voraus einverstanden. Meine Damen, bitte entschuldigen Sie mich.«

Raschen Schrittes ging er hinaus; ein Offizier in grauer Uniform erwartete ihn. Beide entfernten sich und verschwanden hinter dem Haus.

»Mein liebes kleines Mädchen«, sagte Miss Charlotte, »du kannst sicher sein, daß nichts passieren wird. Ich denke, du wirst wieder dein altes Zimmer im zweiten Stock beziehen. Ich werde dir dein Gepäck hinaufbringen lassen.«

Einen Augenblick später befand sich Elizabeth wieder in dem Zimmer, wo sie einst mit Ned, das heißt mit ihrem Mann Edward Jones gelebt hatte, und die Erinnerungen stürmten auf sie ein. Ihr Mann, ja, aber vor allem die geheime Korrespondenz mit der Waliserin, um Kontakt mit Jonathan aufzunehmen. Noch nach zehn Jahren bewahrte dieser Name seine Zauberkraft in diesem Zimmer, das ihr seine Geschichte noch einmal erzählte. In Savannah war das alles nach und nach in Vergessenheit geraten, aber hier, in diesen vier Wänden wurde sie wieder die Elizabeth von einst. Nur Billy vermochte es, sie diese unvergeßliche Vergangenheit vergessen zu lassen.

Man klopfte an der Tür. Eine Sekunde lang flammte eine verrückte Hoffnung in ihr auf, sie rief:

»Herein!«

Es war Miss Llewelyn. Mit ihrem kleinen schwarzen Hut, den Elizabeth nicht ausstehen konnte, bot diese Frau, die sie täglich sah, in dieser Minute einen befremdenden, geradezu beunruhigenden Anblick. Mit ausgestreckter Hand trat sie auf ihre Herrin zu.

»Entschuldigen Sie mich«, sagte sie. »Ich komme noch einmal, um mit Ihnen Frieden zu schließen und Ihnen meine Freundschaft, meine aufrichtige Freundschaft anzubieten.«

Widerwillig ergriff Elizabeth diese Hand, die sie nie drückte und deren außergewöhnliche Kraft sie fühlte.

»Ich habe nie leichtfertig gesprochen«, fuhr Miss Llewelyn fort, »und heute weniger denn je. Und wenn ich jetzt zu Ihnen komme, so tue ich es, weil Sie hier in diesem Hause meine Hilfe brauchen werden.«

Sie standen sich neben dem großen Doppelbett gegenüber, und die Waliserin versuchte zu lächeln, aber Elizabeth blieb reglos und ernst und wußte nicht, was sie darauf antworten sollte.

Mit einem gezwungenen Lächeln, das besonders liebenswürdig wirken sollte, sagte Miss Llewelyn in einem fast plump vertraulichen Ton:

»Gestatten Sie, daß ich diesen Hut abnehme, der mich auf den Kopf drückt?«

»Aber gewiß doch, ich bitte Sie.«

Die Gouvernante nahm ihren Hut ab, zögerte und warf ihn dann auf das Bett, da sie keinen besseren Platz für ihre strenge Kopfbedeckung fand. Elizabeth blickte entsetzt auf den scheußlichen schwarzen Hut mit den flachen Rändern, der auf dem schneeweißen Bettüberwurf wie ein dunkler Fleck aussah. Ein alter Aberglaube kam ihr in den Sinn. Miss Llewelyns Stimme schien aus weiter Ferne zu kommen.

»In diesem riesigen Haus, in dem man sich verlieren könnte, fühlen Sie sich bestimmt ruhiger als in Savannah. Auch ich liebe die Stille und den Frieden der Felder. Wir werden hier, wie es scheint, den ganzen Sommer verbringen, und ich wünsche mir aus tiefstem Herzen, daß zwischen uns das beste Einverständnis herrscht. Sind Sie einverstanden, wirklich einverstanden?«

»Aber ja doch«, sagte die junge Frau, den Blick auf den schwarzen Hut geheftet.

»Danke, Mrs. Hargrove. Wenn ich sehe, wie schön Sie immer noch sind, erinnere ich mich an unsere schüchternen Bemühungen, einander zu verstehen, als Sie sechzehn waren und noch all die charmanten Illusionen dieses Alters hatten. Die schönen Tage kommen wieder, dessen bin ich sicher. Inzwischen Geduld – und Mut.«

»Ja, ja«, murmelte Elizabeth.

Wie wenig sie diese Rede mochte, in der sie geheime Absichten zu wittern glaubte!

»Aber ich sehe, daß ich Sie ermüde«, sagte die Waliserin endlich. »Mit Ihrer Erlaubnis werde ich mich jetzt zurückziehen.«

Sie trat auf das Bett zu und setzte ihren Hut wieder auf.

»Vergessen Sie nicht«, sagte sie, »Maisie Llewelyn wird immer da sein, um Ihnen zu dienen und zu helfen, treu und... ergeben.«

»Ich danke Ihnen, Miss Llewelyn, ich werde es nicht vergessen.«

Ein letztes Lächeln, und die Gouvernante verließ das Zimmer. Elizabeth wartete, bis das Klappern der Halbstiefel im Korridor, dann auf der Treppe verhallt war, und ging hinunter.

Unten im Vestibül vernahm sie Geschrei aus einem anliegenden Zimmer, aber Charlie Jones eilte ihr entgegen und beruhigte sie.

»Es ist nichts«, sagte er lachend. »Emmanuel läßt in der Bibliothek seinem cholerischen Temperament freien Lauf. Man hat Pferde für die Armee requiriert. Ich habe fünfundzwanzig zur Verfügung gestellt und fünf für meinen persönlichen Gebrauch behalten. Natürlich nur die besten. Und sie haben Agenor mitgenommen, Emmanuels Pferd. Daher diese Wut, deren Echo bis an deine Ohren dringt.«

»Hoffentlich haben sie Whitie dagelassen.«

»Ein Pony! Sie haben es nicht einmal gesehen. Ned ist gleich nach seiner Ankunft in den Stall gerannt, hat sich auf Whitie geschwungen und ist mit ihm ausgeritten.«

144

Das Leben in Great Lawn verlief schon bald in wohlgeordneten Bahnen. Miss Charlotte wachte eifrig und mit jener Inbrunst, die sie in die Erfüllung ihrer Pflichten legte, über alles. Zwischen ihr und Miss Llewelyn fand keinerlei Annäherung statt, zumal das alte Fräulein in der Waliserin nach einer höflichen, jedoch entschiedenen Wei-

gerung, die protestantische Bibel zu lesen, eine Katholikin gewittert
hatte. Sie grüßten sich zwar noch, aber das war alles.

Elizabeth machte einsame Spaziergänge, meist bis zum Waldrand,
wo sie einst geträumt hatte, daß ihr ein siegreicher Jonathan im Glorienschein entgegengaloppieren werde. Dieses Gespenst tröstete sie
ein wenig über Billys Abwesenheit hinweg.

Eines Abends war er da. Man hatte ihm einige Stunden Urlaub
gewährt, und ohne eine Minute zu verlieren, stürmte er geradewegs
in Elizabeths Zimmer, die vor Überraschung beinahe in Ohnmacht
fiel. Die folgenden Stunden der Zärtlichkeit und der Liebe schienen
ihnen wie dem Schicksal abgetrotzt und wurden dadurch nur noch
intensiver, aber für die junge Frau war es nicht mehr der Liebesrausch von Savannah. Wahrscheinlich quälte sie die Erinnerung an
den absurden kleinen schwarzen Hut auf dem Bett. Sie erwähnte ihn
mit keinem Wort, aber Billy ahnte irgend etwas. Um sie auf andere
Gedanken zu bringen, sagte er vergnügt:

»Du hast gar nicht bemerkt, daß ich ein Abzeichen mehr habe.
Ich bin jetzt Hauptmann.«

Und ohne ihr Zeit für eine Antwort zu lassen, fügte er hinzu:

»Hoffentlich ängstigt dich das nicht.«

»Nein. Solange nicht gekämpft wird...«

»Selbst wenn es dazu käme, darfst du keine Angst haben. Die Frau
eines Hauptmanns hat keine Angst.«

Sie entgegnete nichts. Aber als sie sich im Morgengrauen trennen
mußten, drückte sie ihn an sich, wie um ihn am Fortgehen zu hindern. Gewaltsam löste er die um seinen Nacken geschlungenen
Hände.

»Ich habe nicht mehr viel Zeit und muß im Galopp nach Warrenton zurückkehren«, sagte er.

»Wirst du wiederkommen?«

»Aber natürlich, mein Lieb. Ich verspreche es dir.«

Als er fort war, lehnte sie sich aus dem Fenster und sah ihn im
Galopp über die kleine Straße am Rande der Wiese reiten und
dann hinter dem Zaun verschwinden. Da packte sie eine schreckliche Angst. »So muß es sein, wenn man sterben wird«, dachte
sie.

In den folgenden Tagen fand sie allmählich ihr seelisches Gleichgewicht wieder. Die Nachrichten versuchte sie in der Tat nicht zu

erfahren, und man sagte ihr nichts. Billy hatte versprochen, wiederzukommen, und das genügte.

Der junge Ned erschien nur zu den Mahlzeiten; die übrige Zeit
verbrachte er mit Whitie in der freien Natur. Elizabeth sah, daß er
glücklich war und ließ ihm alle Freiheit. Es waren schließlich seine
Ferien.

In Great Lawn wurde die schöne Schläfrigkeit eines herrlichen
Sommers von keinem Ereignis getrübt. Nur Miss Llewelyn und ihre
Namensvetterin Maisie de Witt beschäftigten sich aktiv mit einer
Aufgabe, die ihnen von großer Wichtigkeit schien. Da mit Kämpfen
in der Gegend gerechnet werden mußte, richteten sie eine Erste-
Hilfe-Station im Krämerladen des Dorfes ein. Die Waliserin war die
Initiatorin dieses Unternehmens, von dem sie zu Haus nie sprachen,
um keine Besorgnis zu erregen, aber beide waren überzeugt, daß die
am Ort stationierten Armeen sich nicht mehr lange mit Paraden
begnügen würden, wie sie täglich in beiden Lagern stattfanden, und
daß man für alles gerüstet sein müsse.

Im Waldhaus hingegen lebte Amelia mit ihren Kindern abgeschie-
den von allem. Sie zerstreute sich mit der Lektüre erbaulicher
Romane, und die Besuche ihres Gemahls erlaubten ihr, ein vollkommenes Glück zu genießen. Sie war nur flüchtig über die bereits ver-
alteten Ereignisse im Mai in Alexandria unterrichtet. Nun stellte sie
fest, daß seit Wochen nichts weiter geschehen war, und beunruhigte
sich nicht.

Ende des Monats kam Billy erneut zu einer Stippvisite, und Elizabeth war ganz hingerissen vor Freude und Entzücken. Eine ganze
Nacht lang hielt sie ihn in ihren Armen und fühlte sich so glücklich
wie einst. Er erklärte ihr kurz, daß er Warrenton verlassen habe und
nach Fairfax versetzt worden sei, das an der Straße nach Alexandria
lag. Die Truppenbewegungen sollten die Verteidigung von Virginia
gegen jeden neuen Angriff von Seiten des Nordens sichern. Sie
konnte also ruhig schlafen, und als er wie beim letztenmal im Morgengrauen von ihr schied, waren ihr Körper und Herz vollauf befrie-
digt.

Nichts bewegte sich, nicht einmal die schönen Wolken. Am 2. Juli
ließ Charlie Jones seine Kalesche anspannen und fuhr nach Richmond, wo er sogleich von seinen Freunden, dem Präsidenten Jefferson Davis und Robert Toombs, dem Staatssekretär der Regierung
des Südens, empfangen wurde. Am folgenden Tage kehrte er zurück

und hatte eine Unterredung mit Miss Llewelyn, der er seine Instruktionen erteilte: er beabsichtigte, auf einem englischen Schiff nach England zu fahren, um dort Schiffe zu holen, nicht mehr und nicht weniger.

»Und Sie werden verstehen, was das heißt«, sagte er, »wenn ich hinzufüge, daß diese Schiffe fähig sein müssen, jede Blockade zu durchbrechen.«

Sie verstand bestens und stimmte ihm zu. Charlie Jones konnte unbesorgt abreisen; die gescheiterten Versuche der Bundestruppen, weiter nach Virginia vorzudringen, beruhigten ihn vollauf. Um den hitzigen Emmanuel zu beschwichtigen, der immer wieder mit lautem Geschrei seinen Agenor zurückverlangte, sprach er mit ihm von Mann zu Mann und vertraute ihm die Obhut des Hauses in seiner Abwesenheit an; er müsse über die ganze Familie wachen, über das Waldhaus und Great Lawn.

»Über Ned und Whitie etwa auch?«

Sein Vater bat ihn, vernünftig zu sein. Da fühlte sich Emmanuel von einer neuen Bedeutung geschwellt und gab sein Wort, daß er gehorchen würde.

Am 4. Juli nahm Charlie Jones raschen Abschied, stieg in seine Kutsche und eilte davon.

In diesem Sommer lastete eine außergewöhnliche Hitze auf den Getreidefeldern, den Wiesen und den Wäldern; ganz Virginia schien im gleißenden Licht der Sonne zu schlafen. Dicke weiße Wolken hingen reglos an einem unerbittlich blauen Himmel. Man litt. Man hockte niedergeschlagen in den großen Zimmern im Erdgeschoß in der Ecke, wo noch ein Rest der nächtlichen Frische hinter den geschlossenen Läden zu verspüren war. Maisie Llewelyn ließ sich nicht unterkriegen und hielt sich bereit, falls jemand einen Sonnenstich erleiden sollte, Hilfe zu spenden. In wenigen Tagen war es ihr gelungen, dem Haus und der Umgebung eine immer massivere Autorität aufzuzwingen; ohne es zu merken, nahm sie die Gewohnheit an, sich wie ein Soldat im Marschschritt zu bewegen.

Eines Morgens flogen Schwärme der verschiedensten Vögel durch den wie eine vielfarbene Leinwand gespannten Himmel. Diese wilde Flucht beeindruckte Elizabeth, die darin ein Vorzeichen zu sehen glaubte. Charlotte versuchte, sie zu beruhigen und schlug ihr einige Minuten des Gebets vor, aber die Engländerin sträubte sich gegen die frommen Initiativen des guten alten Fräuleins. Im übrigen verschwanden die Vögel wieder. Dann, am Nachmittag, hörte man in der Ferne einige Kanonenschüsse, die man unter anderen Umständen für Gewitterdonner hätte halten können.

Billy kam an diesem Abend. Seine fröhliche Stimme verscheuchte im Nu alle finsteren Vorahnungen, und sie schwammen aufs neue in Glückseligkeit. Als sie ihn über die Kanonenschüsse des Nachmittags befragte, sagte er, es sei nichts gewesen, und erklärte ihr spaßend, man schieße nur, um die Kanonen nicht einrosten zu lassen. Noch nie hatte sie ihn so fröhlich und so ausgelassen bei der Liebe erlebt. Im Morgengrauen, kurz bevor er sie verließ, sagte er plötzlich in einem sehr ernsthaften Ton zu ihr:

»Niemand wird dich je so lieben wie ich, meine Angebetete.«

Als er im Galopp über den Weg vor dem Haus zur Straße zurückritt, winkte sie wie eine Wahnsinnige mit beiden Händen, und er warf ihr eine Kußhand zu.

Im Laufe dieses Tages erschien Mrs. Harrison Edwards. Sie kam aus Sulphur Springs, wo die ganze *Society* zur Kur weilte, und wollte Charlie Jones mit ihrem Besuch überraschen. Einen Augenblick lang war sie verzweifelt über seine Abreise. Elizabeth freute sich, sie zu sehen, denn sie fand in ihr eine Vertraute und eine unerwartete Freundin wieder. So wurde sie in Great Lawn, wo jetzt alles so leer schien, herzlich empfangen und richtete sich dort diskret ein. Der wahre Grund ihrer Anwesenheit aber war Algernon, der der Kavallerie von Jeb Stuart angehörte, die in der Nähe stationiert war und sich den Truppen Beauregards anschließen sollte, aber das sagte sie nicht. Unwillkürlich versuchte sie, den Lebensrhythmus in Great Lawn zu bestimmen, aber da stieß sie auf die eiserne Faust der Waliserin und die Starrköpfigkeit von Miss Charlotte, und so begnügte sie sich damit, wie Elizabeth zu leben.

Der kleine Johnny, an den niemand dachte, schlich sich bei jeder Gelegenheit aus dem Waldhaus, wo er sich langweilte, und suchte Zuflucht im sogenannten Tumulthaus. Maisie de Witt hieß ihn stets mit einem Lächeln willkommen. Sie war jetzt ganz allein in diesem Haus, das in Abwesenheit ihres Mannes und all ihrer Kinder riesig wirkte, denn beim ersten Gerücht einer Invasion hatte sich der Kommodore in Uniform zum Dienst bei der konföderierten Marine in Norfolk gemeldet. Die arme Frau vermißte ihren lieben Peiniger, und die Besuche des Jungen mit den hellblonden Locken schienen ihr wie ein Geschenk des Himmels. Er sprach mit schüchterner

Stimme, jedoch ohne Unterlaß, und sie verstand kaum ein Wort von seinen langen Geschichten. So gab sie vor, ihm zuzuhören, und folgte seinen Erzählungen mit einem Lächeln, das ihr Märtyrergesicht verklärte. Schließlich belohnte sie ihn mit ein oder zwei Pfefferminzpastillen. Sein angenehmes Wesen bezauberte sie, wenn sie sich auch oft genug über die Fragen wunderte, die er ihr über seinen Neffen Ned stellte. Wo war er? Man sah ihn fast nie. Einst hatte Johnny bei Tisch neben ihm gesessen, aber jetzt wollte seine Mutter ihn bei sich im Waldhaus haben, und Ned war in Great Lawn nie anzutreffen. Kurz, er litt, und dagegen halfen auch die Pfefferminzpastillen nicht. Wie die meisten Erwachsenen ahnte Maisie de Witt nichts von diesem ersten Liebesleid, das dem Herzen eines Siebenjährigen so wehtun kann.

145

Am Morgen des 18. vernahm man wieder Kanonendonner, aber diesmal war er echt und viel bösartiger als der erste, ein dumpfes und fortwährendes Grollen, bei dem alle in dieser Gegend von Virginia, im *Prince William County*, an die Fenster eilten. Diesmal erkannte man die tiefe und drohende Stimme des Krieges. In Great Lawn begab man sich auf die Wiese. Sogar Amelia hatte ihren Elfenbeinturm verlassen, um sich der Gruppe anzuschließen. Niemand sprach ein Wort, der Kanonendonner stopfte auch den Geschwätzigsten den Mund. In der Umgebung versammelten sich andere Gruppen. Über den Wäldern in der Ferne stieg eine schmale, senkrechte graue Rauchsäule auf. Die Zeit verging zugleich schleppend und rasch. Die Stunde des Mittagessens kam für die meisten ganz unerwartet, denn nur die Kinder hatten Hunger. Sie liefen zu Tisch, sowie sich ein Diener auf der Freitreppe zeigte. Die Erwachsenen setzten sich, um ihre Anwesenheit kundzutun, rührten aber nichts an, sondern begnügten sich mit einem Glas kalten Tee, und dann kehrten alle wieder auf die Wiese zurück. Die Kanonen donnerten immer noch in der Ferne. Draußen unter der großen Zeder stand Elizabeth neben Mrs. Harrison Edwards, die eine wie die andere mit einem Namen und dem gleichen Gedanken im Sinn. Miss Charlotte, zu ihrer ganzen kleinen Größe aufgerichtet, schien wie versteinert, aber Miss Llewelyn ging ständig auf und ab, spähte zum Horizont und zeigte sich bereits abgehärtet von ihren Erinnerungen an Feuer und Blut in Haïti. Die Kinder gewöhnten sich an alles, und der Lärm des Krieges störte sie nicht bei ihren Spielen. Ein Junge rannte über den Rasen, und sein Drachen stieg hinter ihm auf. Dann schwebte er fast reglos in der warmen Luft über all diesen verängstigten Menschen, die einer Gruppe von Standbildern glichen.

Endlich schwieg die Kanone, noch ziemlich früh am Nachmittag. In der Abenddämmerung, als ein herrliches Licht den Himmel überzog und die Baumwipfel in seinem rotgoldenen Schimmer erstrahlen ließ, bekam man endlich Nachricht. Die Truppen des Nordens, zahlenmäßig doppelt so stark wie die unseren, rückten plötzlich auf der Straße nach Alexandria vor, um sich der Eisenbahnkreuzung zu bemächtigen, die von Manassas einerseits nach Süden und andererseits Richtung West-Virginia verlief. Beauregard hatte sich bereits auf die andere Seite des Bull Run zurückziehen müssen, eines tiefen Flusses in einem Walddickicht, den man jedoch über ein gutes Dutzend Furten und eine Brücke überqueren konnte. Das hatten die Bundestruppen an diesem Tage versucht. Dank der unter den Bäumen versteckten Geschütze der Konföderierten – diese hatte man gehört – wurde der Angriff zurückgeschlagen. Doch Beauregard rief Johnstons Armee zu Hilfe, die im Westen Virginias, jenseits der Blue Ridge Mountains stationiert war, da man aus Washington neue Regimenter an General McDowell schickte, mit dem ausdrücklichen Befehl, gegen Richmond vorzudringen.

Johnston versuchte, noch rechtzeitig vor diesem gewaltigen Ansturm da zu sein. Er hatte den im ganzen Süden für seinen Mut und seine Tapferkeit bekannten Jeb Stuart beauftragt, mit seinen Reitern den General des Nordens aufzuhalten, der ihnen gegenüber im Tal der Schenandoah sehr behutsam vorrückte, als ob er Angst hätte, über zweimal soviele Leute wie seine Gegner zu verfügen.

Wie aber sollte man achttausend Soldaten möglichst rasch über eine Strecke von so vielen Meilen befördern? Eine glückliche Initiative hatte im voraus den Schlüssel zu diesem Problem geliefert. Ende Mai, als die Virginier sich gleich nach ihrer Sezession des Arsenals von Harper's Ferry auf ihrem Gebiet bemächtigt hatten, war Oberst Jackson, der ihre Milizen befehligte, noch einen Schritt weitergegangen und hatte, ohne zu zögern, im gleichen Zuge die Lokomotiven und Waggons der *Chesapeake and Ohio Railroad* beschlagnahmt, deren Gleise sich in Reichweite seiner Truppen über das südliche Ufer des Potomac erstreckten. Er täuschte die Verantwortlichen der Eisenbahngesellschaft so geschickt, und es gelang ihm, ihnen so viele Züge abzuluchsen, daß er gegen Ende Juni, als er das von einer Übermacht der Bundestruppen umzingelte Harper's Ferry räumen mußte und kein Material hinterlassen wollte, das dem Feinde nützlich sein könnte, die Lokomotiven und Waggons, die in schlechtem Zustand waren, im Fluß versenken konnte. Die anderen ließ er nach Winchester fahren, um sie von dort aus auf der Straße bis zur nächsten »konföderierten« Eisenbahnlinie zu bringen. Zwischen Winchester und dem vierzig Kilometer entfernten Strasburg sahen die Farmer die von Pferden gezogenen eisernen Ungeheuer vorbeifahren. Und jetzt würden die Soldaten sie nach einem langen Marsch über die Berge bei strömendem, gelblichem Regen wiederfinden.

Soviel erfuhr man in Great Lawn: die Züge aus dem Westen mit den Soldaten würden am Abend des folgenden Tages auf der Linie von Manassas eintreffen.

Am 19., nach Einbruch der Dunkelheit bei Laternenschein, begaben sich alle Frauen der Gegend in Kutschen, zu Fuß, über Hohlwege, durch Wälder und Felder wie zu einem Stelldichein zum Bahnhof von Gainesville. Es war kaum mehr als ein Behelfsbahnhof: ein einziger Bahnsteig, ein Regendach und einige Signale, die ihre Finger zu den Sternen emporstreckten. Zwei Züge waren bereits am Nachmittag vorbeigefahren, viel früher, als man erwartet hatte, und niemand war da gewesen. Jetzt brachten all die Frauen Früchte, Kuchen, erfrischende Getränke, ein Lächeln und selbstgemachte Fahnen, bei denen sie an nichts gespart und die sie aus ihren seidenen Kleidern geschnitten hatten. Außerdem brachten sie Körbe voller frischer Hemden mit, als wüßten sie bereits von den beschwerlichen Märschen im Regen und den Stunden des Wartens unter der glühenden Sonne. Es gab kein lautes Jubelgeschrei, wahrscheinlich weil es dunkel war und das Licht der Laternen alle Silhouetten auf dramatische Weise vergrößerte und weil man sich dem näherte, was man wohl oder übel ein Schlachtfeld nennen mußte.

146

In den ersten Morgenstunden des 20. verschwamm die Landschaft in einem blaugrauen Nebeldunst, der einen heißen Tag ankündigte. Für Ned zählte das nicht. Die Mütze etwas schief auf dem Kopf, um sich ein kriegerisches Aussehen zu geben, ritt er wie gewöhnlich auf Whitie davon. Wohin ritt er? Überallhin und nirgends, aufs Geratewohl, glücklich im Gefühl seiner Freiheit. Da alles ruhig schien, wagte er sich etwas weiter als gewohnt vor und stellte bald fest, daß er sich im Nebel verirrt hatte. Plötzlich erblickte er die Umrisse blauuniformierter Reiter, die sich wie Gespenster auf ihn zubewegten. Sofort machte er kehrt und versuchte, auf schnellstem Wege den Rückzug anzutreten. Whitie erriet stets die Gedanken seines Herrn und raste im gestreckten Galopp davon, aber nicht in Richtung des Hauses, sondern zu einem Walddickicht, wo sie beide zuweilen Verstecken spielten. Noch nie waren die Beine eines Ponys so schnell über den Boden dahingeflogen. Ein oder zwei Minuten später verfolgte sie ein blauer Reiter.

»Verdammter kleiner Rebell!« schrie er.

Am Waldrand sah er ein, daß er nur seine Zeit vergeudete, feuerte einen Pistolenschuß in die Luft und kehrte dann sehr schnell um, zumal die Silhouetten einiger südlicher Reiter sich ziemlich nahe in dem unter den ersten Sonnenstrahlen verdampfenden Dunst abzeichneten.

Erschöpft blieben Ned und sein Pony eine Weile unter den Bäumen stehen, ohne sich zu rühren, dann verließen sie den Wald auf der anderen Seite und kehrten im Galopp nach Hause zurück. Der schweißgebadete Junge wurde von der Waliserin ins Badezimmer gebracht.

»Sie stinken nach Pferd«, erklärte sie und befahl ihm, ein Bad zu nehmen und das Hemd zu wechseln.

Niemand erfuhr von seinem Abenteuer.

Unterdessen hatte eine Schießerei alle Hausbewohner an die Fenster gelockt. Man versuchte, durch die Spalten der geschlossenen Läden zu spähen. Es waren Reiter aus Südkarolina, erkennbar an ihrem Wimpel, die den Kundschaftern aus dem Norden nachjagten. Einige Kugeln schlugen auf der Freitreppe und in den Mauern von Great

Lawn ein. Etwa eine Viertelstunde lang zerriß das Knallen der Schüsse die Stille und entfernte sich dann. Man konnte die davonstiebenden Reiter fast die ganze Zeit mit den Augen verfolgen, und die Hausbewohner, die sich in die Zimmer mit Ausblick auf den Wald geflüchtet hatten, atmeten erleichtert auf, als sie die letzten fernen Schüsse hörten.

Miss Llewelyn öffnete die Tür und machte einige Schritte nach draußen. Die Wiese lag jetzt im vollen Sonnenlicht, und sie sah einen Mann in hellgrauer Uniform auf der Straße liegen. Sein Pferd stand reglos unter den Bäumen der Allee. Sie rief die Schwarzen zu Hilfe. Diese hockten in der Küche unter den Tischen und schienen vor Angst wie gelähmt. Zwei von ihnen folgten ihr schließlich, und sie lief, dem Verwundeten beizustehen.

Er lag flach auf dem Bauch im Staube und stöhnte leise. Sie erkannte den jungen englischen Leutnant, der Billy einst als Meldereiter gedient hatte. Das Blut rann ihm aus der rechten Seite, und sie hob ihn selbst auf, bevor sie ihn den beiden Dienern überließ, die ihn ins Haus trugen. Man legte ihn auf das Sofa in der Bibliothek. Die Waliserin schickte einen Schwarzen zu Pferde aus, um den Arzt aus Gainesville zu holen, der auch der Arzt der Familie war. Inzwischen tat sie, was sie konnte, um den Verletzten zu trösten und mit den Mitteln zu pflegen, über die sie in ihrer Hausapotheke verfügte. Er bemühte sich, nicht zu klagen, aber sie las in seinen Augen eine Not, die sie überwältigte, und diese gewöhnlich so harte Frau zeigte sich von einer mütterlichen Zärtlichkeit gegenüber dem jungen Soldaten, den der Schmerz so empfindsam machte wie ein Kind. Während sie ihm das von Staub und schwarzem Pulver besudelte Gesicht wusch, redete sie ihm mit sanfter Stimme zu, und er faßte wieder Mut. Alkohol und eine Menge Watte stillten mehr oder weniger das Blut der Wunde.

Fast eine Stunde verging, bevor der Arzt erschien. Er war ein Mann mit weißem Haar, der seit langen Jahren in der ganzen Umgebung Vertrauen und Respekt genoß. Miss Llewelyn stand ihm bescheiden zur Seite, bereit, seinen Worten Folge zu leisten. Sie half ihm, den Verletzten zum Teil zu entkleiden, und trat dann in Erwartung weiterer Anweisungen ein paar Schritte zurück.

Draußen auf dem Korridor schlich Ned herum. Er hatte die Ankunft des von den Schwarzen hereingetragenen jungen Offiziers beobachtet und hielt sich pochenden Herzens so nahe wie möglich

an der Tür auf, zugleich neugierig und entsetzt, da er Blutspuren auf
dem Fußboden gesehen hatte. Jetzt lauschte er, aber der Arzt und
Miss Llewelyn sprachen fast flüsternd, und er verstand kein Wort.
Das dauerte eine ganze Weile. Er glaubte das Geräusch eines mehrmals ins Wasser getauchten Tuchs zu hören, darauf folgte eine noch
längere Stille als zuvor, und dann ertönte eine junge und flehende
Stimme:

»Ach, bitte, Herr Doktor, lassen Sie mich nicht sterben.«

»Mein lieber Freund«, sagte der alte Arzt leise, »Sie müssen sterben.«

Ned lief davon.

147

In der Nacht des 20. setzte sich ein Teil der Armee des Nordens in
Bewegung. Nach dem fehlgeschlagenen Angriff einer Vorhut auf
Blackburn's Ford mußte General McDowell davon ausgehen, daß
Beauregards Truppen die Furten von Bull Run hielten. Deshalb
plante er, den linken Flügel der gegnerischen Front von Norden zu
umgehen und durch ein Überraschungsmanöver die geradewegs zur
Eisenbahnabzweigung bei Manassas führende Straße zu besetzen.
Um den Feind abzulenken, würde eine seiner Brigaden um sechs
Uhr früh zum Sturmangriff auf Stone Bridge vorrücken, die einzige
Steinbrücke über den Fluß.

Die Jungen aus dem Norden marschierten also im Licht des Voll-
monds, eines besonders hellen und großen Erntemonds. Sie waren
sicher, die Rebellen zu überrumpeln, sie bis nach Richmond zurückzuschlagen, und dann wäre der Krieg zu Ende. Hatten sie nicht
bereits in Washington den Siegesrausch verspürt, als sie vor den
Augen des Präsidenten unter tosendem Jubel und zu den Fanfaren-
klängen der Militärkapellen über die Pennsylvania Avenue gezogen
waren? Wie da alle Waffen in der Sonne geblitzt hatten! Die endlose
Brücke über den Potomac wurde noch in derselben begeisterten
Stimmung überquert, aber dann ging es bergauf. Sehr rasch waren
sie in lockeren Reihen durch eine Landschaft marschiert, die vor
sich hinzuträumen schien. In der Stille der Hügel von Virginia hallten ihre Schritte noch lauter, und die Hitze setzte ihnen zu. Man sah

nur einzelne, in den Waldungen verstreute Häuser, und da alle, auch die ärmsten, verlassen waren, plünderte man sie. Zwei Tage lang waren sie durch dieses Land gewandert, das an die großen Ferien gemahnte, und am Ende kam dieser glücklicherweise nicht zu lange Nachtmarsch auf einer bewaldeten Talstraße bei hellem Mondlicht.

Bei Morgengrauen ruhten sie sich unter den Bäumen aus, und dann entdeckten sie die Sträucher voller Brombeeren, an denen sie sich gütlich taten. Schließlich befahlen ihnen die Offiziere, wieder anzutreten. Die Jungen wuschen sich nach Möglichkeit die Hände, aber die Münder blieben verschmiert.

Um sechs Uhr weckte plötzlich heftiger Kanonendonner den ganzen Horizont. Die Erde schien zu beben. Das war das Signal. Man setzte sich in Bewegung.

Um fünf Uhr morgens ging Billy nach kurzem Schlaf unter den Pinien auf und ab und dachte an Elizabeth und ihre letzte Begegnung. Noch nie zuvor hatten sie sich einander so nahe gefühlt, und noch klang ihm ihre etwas ängstliche Stimme beim Abschied im Ohr, aber er verscheuchte diese störende Erinnerung bald. Dann wandten sich seine Gedanken dem jungen englischen Leutnant zu, der am Vortag mit einem Spähtrupp ausgeritten und als einziger nicht zurückgekehrt war. Irgendwo auf dem Lande hatte ein Scharmützel mit den Kundschaftern des Nordens stattgefunden, das war alles, was Billy erfahren hatte, und es beunruhigte ihn. Und weiter fragte er sich, wie man sich mitten im Schlachtgetümmel unter all diesen Regimentern auskennen sollte, von denen einige nur notdürftig ausgerüstet waren? In Oberst Evans' Brigade zum Beispiel gab es neben den Leuten aus Karolina viele andere aus Mississippi und Louisiana. Doch die Tiger aus Louisiana mit ihren verschiedenartigen Uniformen, falls sie überhaupt welche besaßen, trugen das gleiche rote Halstuch. Das hatte General Beauregard auf die Idee gebracht, die Damen in Richmond um ein Erkennungszeichen für seine Soldaten zu bitten: *Badges*, Halstücher, Taschentücher, alles, was sie wollten – und besonders Fahnen. Sie hatten sofort alles geschickt, aus Seide, Leinen, Baumwolle, was immer sie an roten Tüchern fanden. Man hätte meinen können, daß es Absicht war. Und Billy erinnerte sich an das Wort eines jungen Tambours mit langem Haar, der mit dem schleppenden Akzent des Südens gesagt hatte: »Auf diese Weise fällt es nicht so auf, wenn man blutet.«

Unter den Bäumen, in dem bläulichen Morgendunst tranken die Soldaten ihren Kaffee, und die wenigen Witze, die man austauschte, wurden mit leiser Stimme erzählt.

Gegen sechs Uhr eröffneten die Bundestruppen bei Stone Bridge plötzlich das Feuer, und die Artillerie nahm die Brücke unter Beschuß. »Wie dumm von ihnen«, bemerkte Billy, »die Brücke zu zerstören, die sie überschreiten wollen.« Und von einem Leutnant begleitet, kletterte er den kleinen Holzpfad zu Oberst Evans' Kommandoposten hinunter, um seine Befehle entgegenzunehmen.

Kühn, waghalsig, nachlässig gekleidet, das berühmte rote Tuch verwegen um den Hals, gab sich Oberst Evans den Anstrich eines wilden Draufgängers, aber in allem, was Taktik und Kampf betraf, war er scharfsichtig wie ein Luchs. Lange vor dem ersten Kanonenschuß hatte er seine eigenen Geschützbatterien aufstellen lassen, um die Brücke unter Beschuß nehmen zu können, und gleichzeitig verfolgte er sehr aufmerksam mit dem Fernglas, was sich am anderen Flußufer von einer Seite des Horizonts zur anderen tat. Er bemerkte eine dichte Staubwolke über den Wäldern, ganz links am Rande der Stellung, die er hielt.

»Was sehen Sie dort?« fragte er die ihn umgebenden Offiziere.

Wie er sahen sie alle den Staub zum klaren Himmel emporsteigen, doch hielten sie ihn für den Dunst, der einen heißen Tag ankündigt. Gerade in diesem Augenblick kam Billy und sagte, von der Waldkuppe aus könne man noch besser sehen.

»Sie umgehen uns von Norden«, erklärte Evans. »Gar nicht dumm. Und der ganze Radau auf unserer Brücke ist nur ein Bluff. Sie versuchen ja nicht einmal, uns allzu nahe zu kommen. Postiert sofort all eure Regimenter hier gegenüber auf den Hügeln.«

Auf der Karte, die er über einem Baumstumpf ausgebreitet hatte, zeigte er ihnen eine Anhöhe namens Matthews Hill und eine andere dahinter, auf der ein einsames Haus inmitten von Eichen und Fichten stand, Henry House.

»Ich lasse eine Batterie und ein halbes Regiment hier, um die Brücke auf jeden Fall zu halten. Über den Young Branch gibt es zwei überdachte Brücken, das ist der kürzeste Weg. Nähert euch ruhig und rasch. Ein Verbindungsoffizier wird Jackson melden, daß er seinerseits vorrücken soll. Und nun los. Ich hoffe, Sie alle wiederzusehen, meine Herren.«

Während sie salutierten, eilte ein junger Soldat mit zwei Wimpeln herbei. Er hatte soeben Signal vom Beobachtungsposten ganz im Süden auf der Hochebene von Manassas erhalten. Der *Wigwag* bestätigte Evans Vermutungen: die kleinen Fahnen meldeten, daß die in der Sonne funkelnden Kanonenrohre das Vorhandensein schwerer Artillerie verraten hätten und ein Teil der Bundestruppen den Fluß bei Sudley Springs überquere, nämlich dort, wo es drei breite Furten gab, die fast ineinander übergingen. Deren Überwachung war nicht vorgesehen, weil sie zu weit nördlich lagen und weil man vor allem mit einem Direktangriff auf die strategischen Verkehrsverbindungen rechnete: die Straße von Warrenton, die über die Stone Bridge führte, und weiter unten, bei einem Ort namens Union Mills, die Eisenbahnlinie von Alexandria. Dort war der größte Teil der Armee Beauregards aufgestellt, entlang dem Bull Run, der wie ein Schanzgraben vor jeder Überraschung schützte.

Um neun Uhr hatte Evans seine neuen Stellungen bezogen, und die konföderierten Geschütze schienen auf eine leere Landschaft gerichtet. Zu den Kanonieren gehörten auch die Kadetten aus Charleston. Vor ihnen erstreckten sich die Wiesen und die nur selten umzäunten Felder, ein geradezu ideales Terrain für Manöver oder eine Schlacht. Hinter ihnen befanden sich Hecken mit Haselnuß- und Brombeersträuchern. So weit das Auge reichte, zitterte die Landschaft bereits im Hitzedunst.

Mit dem Rücken an einen Baum gelehnt, wartete Mike. Noch immer donnerten die Kanonen in der Ferne am Fluß, aber man gewöhnte sich daran wie an einen Naturlaut. Die Hitze wogte über den Feldern und machte schläfrig. Mike fühlte sich hin und hergerissen zwischen seinem Wunsch zu kämpfen, und einer inneren Weigerung zu töten, die er sich nicht eingestand. Im Grunde seines Herzens hatte er Angst, und die galt es zu überwinden. Seine Gedanken irrten zu Elizabeth, die er heimlich liebte, und zu Billy, den er bewunderte und dessen Regiment sich nicht weit von ihm auf Henry Hill befand.

Die Stellungen lagen nebeneinander am Waldrand unterhalb der Kuppe von Matthews Hill, und die Hügel gegenüber tanzten leicht wie in einem Traum. In seiner Benommenheit schien ihm die rauhe Rinde, gegen die er den Kopf lehnte, der einzige wirkliche Gegenstand. Sein Blick verlor sich zuerst in der Ferne, dort, wo der Fluß flimmerte, dann auf den stillen waldigen Höhen, die sich im grellen Licht zu bewegen schienen. Wie herrlich waren die Spazierritte am

Strand von Morris Island nach der Einnahme von Fort Sumter gewesen... Spazierritte, oder besser gesagt, Herausforderungen! Die Kadetten rasten mit ihren Pferden im gestreckten Galopp über den Sand, nur um sich an der Geschwindigkeit und dem Sieg zu berauschen. Man kam außer Atem zurück, während der vom Meer aufsteigende Dunst das Licht auf den Dünen brach und Pferde und Kameraden auf zwanzig Schritt Entfernung zu verschlingen schien, so daß nur noch der Klang ihrer fröhlichen Stimmen blieb.

Aber was sollten diese Erinnerungen hier? Beschworen sie nicht die Schatten der Vergangenheit herauf? Silhouetten schwankten in der heißen Luft. Als sie in der Sonne näherkamen, wurden sie blau. Mit einem Satz war Mike aufgesprungen.

»Aufgepaßt!« rief ein Junge. »Das sind die Burschen aus dem Norden.«

Seit Stunden galoppierte Algernon mit der Kavallerie von Jeb Stuart über die Straßen von Virginia. Hinter ihnen wirbelte in der heißen Luft eine rosige Staubwolke von der roten Erde auf. Eine unerbittliche Sonne stach senkrecht herab. So drückend war die Hitze, daß man nicht einmal mehr den Gegenwind spürte und beinahe das Gefühl hatte, stillzustehen. Algernon begrüßte die plötzliche Abwechslung in seinem Leben mit einer Freude, die an Begeisterung grenzte. Das Schicksal hatte ihn auf einen Schlag von einer Person befreit, die ihm jetzt ganz unwirklich erschien: der Algernon der Bälle und Feste, kühn und schüchtern zugleich, von der Schüchternheit eines Salonmenschen. Heute, da er in seiner Uniform schwitzte, die ihm an den Achselhöhlen klebte, fühlte er sich von einer Welt nichtiger Vorurteile befreit. Der Krieg hatte ihm seine Schüchternheit genommen. Aus der Vergangenheit blieben ihm nur zwei Gesichter, zwei Namen, die ihn nie verließen: Elizabeth und Lucile, beide nahe und fern zugleich, die zweite gern bereit, ihn zu lieben und ernstzunehmen, während die erste, grausam ohne es zu wissen, sich wie eine launische Gottheit anbeten ließ. Er vergaß nicht den diamantbesetzten Stab, den sie ihn eines Abends bei den Klängen eines Wiener Walzers hatte halten lassen, und er hörte aufs neue die Musik und das fröhliche Geplauder der Paare im milden Licht der Kristalleuchter... Er liebte sie wie Schwestern. Da rief ihn plötzlich eine Männerstimme in die Wirklichkeit zurück.

»Halt! Fünf Minuten Pause. Bei uns gibt es keine Erschöpfung.

Wir müssen so schnell wie möglich in Manassas sein! Und jetzt: Musik!«

Jeb Stuart erteilte seine Befehle.

Man hatte kaum Zeit, die Pferde an die Bäume zu binden, da zupfte Sweeney bereits sein Banjo. In zwei Sekunden versetzte er all diese Reiter in eine andere Welt. Jeb Stuart ging auf und ab und schnippte mit den Fingern im Rhythmus der Lieder. Er hatte nichts Militärisches mehr an sich, und man verstand, warum seine Leute sich für diesen großen rothaarigen Jungen hätten in Stücke reißen lassen. Er trug seine Uniformjacke mit offenem Kragen, lässig, elegant wie kein anderer. Die Feder an seinem Hut wurde jeden Morgen gewechselt, und sein scharlachrot gefütterter Umhang war berühmt. Drei andere Schwarze begleiteten Sweeney mit einer Geige und Handklappern. Man hätte glauben können, man sei auf einem Baumwollfeld oder in einer Spelunke in New Orleans.

Jeb Stuart sang jedes Lied mit. Plötzlich sagte er zu Sweeney: »Los! Heiz ihnen ein!«

Die Musik wurde kriegerisch. Eine Minute später saßen alle im Sattel.

»Auf nach Manassas!« schrie Jeb Stuart. »Wir werden diese Burschen aus dem Norden im Galopp verjagen!«

Die ganze Truppe stob galoppierend davon. Algernon gab sich weiter seinen Träumereien hin. Elizabeth müßte jetzt in Savannah in ihrem kühlen Haus unter den Magnolien sein, und Lucile Harrison Edwards hatte ihm geschrieben, daß sie zur Trinkkur nach Sulphur Springs fahre... Sie hoffte, er würde Urlaub bekommen, um sie zu besuchen...

Sie kamen an einem Banhof vorbei: Gainesville. In der Ferne donnerten die Kanonen. Hatte Charlie Jones nicht Ländereien in der Nähe von Gainesville? Manassas lag ganz hinten am Horizont. Und Billy? fragte sich Algernon. Standen die Truppen von Südkarolina nicht unter dem Befehl Beauregards? Und wenn dem so war und wenn Jeb Stuart Beauregard zu Hilfe eilte, eilte dann nicht er, Algernon, Billy zu Hilfe?

Vor ihm galoppierten die rötlich schimmernden Pferde, der aufgewirbelte Staub klebte auf ihrem Fell. Der Horizont kam näher.

148

Kein Wagen, kein Pferd, kein Mensch in den stillen Straßen von Washington. Alle hatten die Stadt verlassen, um *die Rebellen davonlaufen zu sehen.* Eine ideale Gelegenheit für ein Picknick an einem so schönen Julisonntag.

Um elf Uhr vormittags herrschte auf den Höhen von Centerville ein heilloses Durcheinander; Wagen aller Arten, Kutschen, Tilburys und Kabrioletts kamen angefahren, und zahlreiche Reiter, die ihre Pferde anbanden, wo es ihnen gerade paßte, trugen ihren Teil zur Unordnung bei. Endlich ließ der Andrang nach, und man brauchte nur noch abzuwarten, wie bei einem Schauspiel. Man hätte vergebens nach einem freien Plätzchen auf dem großen Wiesenhang gesucht, der eine herrliche Aussicht bot, aber es war für alles gesorgt. Wolldecken waren auf dem Boden ausgebreitet, bis zum Rand gefüllte Proviantkörbe reihten sich aneinander, und die Schwarzen stellten Kisten mit Eis für den Champagner in den Schatten. Ganz Washington – das Washington, das sich bei großen Anlässen traf – richtete sich behaglich ein, Männer und Frauen mit Ferngläsern bewaffnet. Und die Krämer, wie immer auf Profit bedacht, hatten in Voraussicht eines heißen Tages ihre Waren für das einfache Volk ausgestellt: Obstsaft, Eiskrem und Fruchteis sowie die jederzeit willkommenen durstspendenden Würstchen.

Unter all diesen Zuschauern, die ungeduldig auf den Beginn der Belustigung warteten, stolzierten Offiziere in ihren schönen neuen, im Glanze ihrer sämtlichen Knöpfe strahlenden Uniformen. Einige erklärten das geringste Feuer, den geringsten Rauch mit Fachausdrücken, wiesen mit ihrer Reitgerte auf diesen oder jenen Fleck in der Landschaft und richteten ihre Ferngläser bald auf den Horizont, bald auf die Damen der Gesellschaft.

»Und dort«, fragte eine Dame in leuchtendem Rosa, »dort, wo man es so blitzen sieht?«

»Die Bajonette, Madame. Man pflanzt sie auf.«

»Ah!«

Ungeachtet dieser gelehrten Erläuterung waren es aber nur die Spiegelungen der Sonnenstrahlen auf dem Cub Run Flüßchen, das sich durch die Felder schlängelte, um in den auf der anderen Seite des Tals fließenden Bull Run zu münden.

»Auf die Niederlage der Rebellen!« schrie die Dame in Rosa und hob den Champagnerkelch, aus dem ihr der Schaum über die Finger lief.

»Hurra!« antworteten die tapferen Etappenoffiziere.

Die Damen und Herren, die sich kriegerisch geben wollten, spendeten lauten Beifall.

Etwas weiter entfernt hatte man im Schatten der Sykomoren Sessel für die Mitglieder des Senats und andere soeben in Washington eingetroffene offizielle Persönlichkeiten aufgestellt. Diese Herren in ihren Polstersitzen schienen wie durch ein Wunder aus ihren Büros auf die Wiese gezaubert worden zu sein. Die ungeduldige Menge blieb gutgelaunt: man amüsierte sich, der Tag wurde heißer, die Mittagszeit brach an, und da man bisher »die Kanonade« eigentlich nur mit den Ohren wahrgenommen hatte, setzten sich alle. Schließlich mußte man essen, bevor es vielleicht aufregend wurde. Einige junge Zivilisten hatten sich, den Hut tief in die Stirn gezogen, mit ihren Fräuleins im Schatten ausgestreckt; sie ruhten sich aus, um später besser den Sieg bejubeln zu können.

Die Dame in Rosa, zu der sich einige ihrer Freundinnen gesellt hatten, spähte unaufhörlich mit ihrem Fernglas zum Horizont, ohne die Schönheit der Natur zu sehen – die unendliche Weite des Himmels und in der Ferne die purpurnen Hügel in der Sonne.

»Herr Offizier, Herr Offizier! Erklären Sie uns doch bitte diese kleinen Watteflocken, die man plötzlich sieht.«

»Das ist der Atem unserer Kanonen, meine Damen!«

Es war zwar der Atem der Kanonen, aber der Kanonen des Südens bei Stone Bridge.

149

Schon dreimal hatten die Soldaten unter Oberst Evans den Angriff der Truppen des Nordens zurückgeschlagen. Es herrschte totale Verwirrung, aber die Bundestruppen hatten schließlich doch noch den Hügel überrannt, und Matthews Hill war verloren. Weiter unten, am Bull Run, war es Sherman gelungen, mit einem Regiment den Fluß auf einer Furt oberhalb von Stone Bridge zu überqueren und Evans' zurückweichende Truppen von der Flanke her anzugreifen, zumal diese nicht mehr von ihren Geschützbatterien gedeckt werden konnten. Die feindliche Artillerie verfügte über schnellere Kanonen, und wo ihre Granaten einschlugen, sah man Garben roten Staubs. Auf der Straße von Warrenton, wo man Freund und Feind nicht mehr voneinander unterscheiden konnte, hüllte der gleiche Staub alles ein. Die jungen Soldaten des Südens begannen zu fliehen. Es war kurz nach halb zwölf. Alles schien verloren.

Nur Oberst Evans hielt mit einer Handvoll Leute – aber wie lange noch? – das Robinson House, eine große Holzbaracke, die einem freien Schwarzen aus Virginia gehörte und von einer Felsenhöhe aus die Hänge beherrschte, die zum Fluß abfielen, während General Bee versuchte, die Fliehenden aufzuhalten und wieder zu sammeln. Er galoppierte bis zum Henry House, um Verstärkung zu holen. Dort wartete Jackson seelenruhig inmitten seiner Leute.

Ohne vom Pferd zu steigen, rief der mit schwarzem Pulver und Staub bedeckte Bee:

»Herr General, sie schlagen uns!«

»Nun, Sir, dann werden wir es ihnen mit den Bajonetten geben.«

Sofort ließ er am Rande eines jungen Fichtenwalds eine Linie bilden, wo die Soldaten sich in Erwartung des Angriffs vor dem gegnerischen Feuer schützen konnten. Bee faßte neuen Mut. Er kehrte um und erschien inmitten seiner fliehenden, demoralisierten Regimenter.

»Seht her«, rief er. »Jackson steht wie eine Steinmauer. Schließen wir uns den Virginiern an!«

Dieser Schrei gebot der Flucht Einhalt; die Männer nahmen wieder Aufstellung.

Beauregard kam zur Verstärkung mit jungen Soldaten, die noch nie im Feuer gewesen waren, jedoch fast im Laufschritt, im Rhythmus ihres Herzens herbeieilten. Die Bundestruppen drangen in einer Flut gelblichen Staubs von allen Seiten vor. Man schlug sich jetzt seit vier Stunden; die Kanonen spuckten Feuer und wirbelten ständig neue Wolken auf.

Algernon blickte auf seine Hände: sie waren so rot wie die Erde. Um ihn herum hatten alle Reiter von Jeb Stuart dieselbe Farbe angenommen. Ein Junge, der diese Geste gesehen hatte, rief ihm zu:

»Na und? Wir sind eben wahre Amerikaner: Rothäute jetzt!«

Und er lachte.

Algernon fühlte sich glücklich, leichten Herzens. Es gab weder

Arme noch Reiche mehr, wie in einer idealen Welt... Der Krieg! Bisher war es nur Lärm gewesen... Trotz Jeb Stuarts Ungeduld, sie in den Kampf zu führen – seit zehn Uhr früh waren sie zur Armee gestoßen –, hielt man sie in Reserve, und dreieinhalb Stunden der Untätigkeit waren dreieinhalb Stunden ruhiges Banjospiel gewesen, eine Musik zum Abwarten. »Mein Gott«, dachte Algernon, »und wenn das Ganze nur ein Spaß wäre, eine Schlacht wie auf dem College? Man prügelte sich, und danach gab man sich die Hand. Aber...«

Ein Meldereiter kam aus dem Wald, an einer seiner Epauletten hing ein roter Fetzen.

»Jetzt sind wir dran!« rief Jeb Stuart. »Es ist an uns. Vorwärts, Sweeney! Vorwärts, Jungs!«

Algernon streckte sich empor, fortgetragen mit den anderen, und alle stoben wie ein Mann davon. Auf dem Hang riß ihn eine Kugel vom Pferd.

Jeb Stuarts Angriff befreite Jackson auf der linken Flanke von den feindlichen Geschützfeuern; die Regimenter des Nordens flohen, liefen über die Hänge von Henry Hill, rissen einander mit und ließen sich im unwiderstehlichen Strom der Panik treiben. Ihre Kanonen blieben wie zum Hohn auf dem Schlachtfeld zurück, schweigend, von toten Pferden umgeben.

Doch trotz dieser Schlappe warf der Norden immer wieder frische Truppen in die Schlacht und griff erneut an. Jackson wich um keinen Zoll zurück.

An allen anderen Fronten verloren die Soldaten des Südens an Boden.

Von Zeit zu Zeit unterbrach ein kurzer Augenblick der Stille den dumpfen Kanonendonner, und das war noch schrecklicher als aller Schlachtenlärm, denn dann schwebte der Tod im Raum, bevor er blindlings niederstürzte.

Mike hatte Angst. Mit den anderen Kadetten, seinen Kameraden, war er bis zu dem kleinen Gehölz mit den Brombeersträuchern hinter ihrer Stellung gelaufen. Die Pferde, die ihre Kanonen in die neuen Stellungen zogen, waren niedergemäht, und die Bundestruppen waren wie ein Wirbelwind vorübergeeilt. Jetzt versuchten die jungen Südstaatler, sich zu orientieren, um der Hölle zu entkommen. Der Geruch der Schlacht, der Pulvergeruch war überall, selbst unter den Fichten, und er trocknete die Kehle aus. Sie hatten Angst, entdeckt und von den Soldaten des Nordens gefangengenommen zu werden. Wo sollten sie hin mit ihren verschmutzten Uniformen, den schweißnassen Kragen, den am Hals klebenden roten Tüchern, ohne sich zu verraten? Zum Glück waren die Farben auf mehr als drei Schritt kaum noch erkennbar, denn der Staub bedeckte alles wie mit einem Schleier. Auf dem freien Feld vor ihnen schienen die Soldaten am Boden zu schlafen, und die toten Pferde lagen da wie eingestürzte Häuser. Ein noch schärferer Geruch als der des Pulvers kroch über die Landschaft.

Ein Offizier in Grau kam im Galopp vorbei.

»Henry Hill wird gehalten!« rief er ihnen zu. »Bringt die Geschütze her und feuert auf die Wälder gegenüber.«

Sie eilten zu ihren Kanonen und spannten die toten Pferde aus. Seitdem schossen sie ohne Unterlaß im Rausch der Tat, mit brennenden Kehlen und verstopften Ohren. Es gab keinen Lärm mehr, sie selbst waren der Lärm geworden.

In einem ersten Angriff, um Viertel vor drei, warf Jackson seine Männer aus Virginia den dunkelblauen Massen entgegen, die von allen Seiten zum Henry House emporströmten.

»Wartet, bis sie gut in Sicht sind, bevor ihr schießt! Und dann geht ihr mit dem Bajonett vor. Und beim Angriff schreit ihr wie die Wilden!«

Auf dem linken Flügel ritt Hauptmann Hargrove an der Spitze der Angreifer. Es waren die Reste von Evans' Brigade, die Männer aus Karolina und junge Rekruten aus Mississippi. Als Billy losstürmte, erinnerte er sich an die Worte seines Kommandanten in Fort Beauregard: »… Kopf hoch, aufrecht im Sattel, die Schultern zurück!« Es ging um den Ruhm des Südens.

Alles verschwand im dichten Staub.

»Vorwärts für den Süden!« rief er.

Und er hörte jenen wilden Schrei seiner Männer, der ihn dem Feind noch schneller entgegenzutragen schien. Dann rief er: »Für Elizabeth!«, ohne recht zu wissen, was er sagte, und stob durch die feuerfarbene Wolke.

Einmal mußte Schluß sein. Kurz nach drei Uhr, als die Hitze am stärksten war, sah man eine lange graue Linie am Waldrand. Plötzlich hallten die Hügel von einem schrecklichen Jagdruf wieder. Und dann griffen die grauen Soldaten an. Die Bajonette blitzten. Die Jungen aus dem Norden bekamen es mit der Angst zu tun, wichen zurück und rannten Hals über Kopf und in heillosem Durcheinander den Henry Hill hinunter. Einige Regimenter, die sich gerade geordnet zurückgezogen hatten, schützten sie vor der Katastrophe.

In den Wäldern jenseits der Furten von Sudley Springs schöpften die jungen Soldaten Atem und glaubten sich in Sicherheit, aber da explodierten die Granaten in den Büschen ringsum, und jetzt hieß es »Rette sich, wer kann«. Die Panik verfolgte sie, Waffen und Tornister entfielen ihren von den Brombeeren klebrigen Händen, und es gab kein Regiment mehr. Im Staub, der seit dem frühen Morgen über ihnen wehte, zeichnete sich die Niederlage ab. Es war vier Uhr.

Die Zivilisten vor den Toren Washingtons sahen überhaupt nichts. Man hatte viel getrunken und gut gegessen. Die Senatoren in ihrer Ecke hatten den lauernden Journalisten wohltönende Erklärungen abgegeben, und die ruhmreichen Etappenoffiziere versicherten weiterhin, daß die Rauchwolken am Horizont die Flucht der Rebellen den Blicken des Publikums zwar noch verbargen, aber daß man sie einholen und den Damen endlich *ihre* Kriegsgefangenen vorführen werde.

Plötzlich liefen einige Soldaten des Nordens vorbei und schrien: »Rette sich, wer kann! Sie kommen!« Die Ungewißheit währte nicht lang. Man ließ alles auf dem Rasen stehen und liegen, und die schöne Welt stieß und schubste sich, um möglichst rasch zu den Kutschen zu gelangen. Das Gedränge war phantastisch. Da es zu schwierig schien, im Wagen zu fliehen, lief man mit dem einfachen Volk, das seine Karren am Wegrand stehengelassen hatte. Täschchen, Handschuhe, Hüte, Ferngläser, Gehröcke, Westen und Spazierstöcke gesellten sich zu den Gewehren in den Straßengräben: es gab weder Zivilisten noch Militärs mehr, weder Männer noch Frauen, weder Offiziere noch Soldaten, es gab nur noch eine bunte Masse von Flüchtlingen in nackter Angst vor der feindlichen Kavallerie, die sie sich auf den Fersen glaubte. Verstört und zur Hälfte entkleidet, hielten sie erst, als Washington in Sicht war. Die Dunkelheit brach ein. Bei strömendem Regen überquerten sie die Brücke über den Potomac.

150

Am Nachmittag schlich Ned aus dem Haus, um auf seinem Pony
auszureiten, und auch diesmal wagten sie sich viel weiter vor, als
man es ihnen aller Wahrscheinlichkeit nach erlaubt hätte, aber der
Junge war neugierig, und nach dem großen Lärm der Schlacht, vor
dem die Bewohner von Great Lawn sich im Hause eingeschlossen
hatten, schien alles wieder einigermaßen ruhig geworden zu sein.
Jetzt hörte man nur noch einen leisen Kanonendonner, der sich
immer mehr entfernte und wie ein leises Grollen klang.

Die Hitze war noch immer drückend, aber das Licht wurde
unmerklich milder, wie um alles zum Schweigen zu bringen. Unterwegs sah Ned, daß einige Bäume ihre Blätter verloren hatten, wie
mitten im Winter, andere waren umgestürzt, und ihre Äste bildeten
ein riesiges Gestrüpp. Ohne daß er Angst gehabt hätte, überkam ihn
das seltsame Gefühl, in ein unbekanntes Land einzudringen, das
ihm gestern noch vertraut gewesen war und das der Tod heimge-
sucht hatte, aber was war der Tod? Das wußte er nicht. Ein Wort, das
manchmal in seiner Gegenwart und immer im gleichen Ton ausgesprochen wurde und unter dem er sich etwas sehr Schwarzes vorstellte. Den Verwundeten in der Bibliothek hatte er nicht mehr
gehört.

Der Fluß, der Young Branch, war nicht mehr weit. Er vernahm
bereits das friedliche, man hätte fast sagen können glückliche
Geräusch unter diesen Bäumen, die auf einmal so beunruhigend
wirkten. Das Wasser plätscherte in einem Bett, über das eine
bedeckte Brücke führte, mit einem Dach und rotgestrichenen Wänden, wie ein kleines Haus. Ned mochte den Lärm, den die Hufe seines Ponys auf den Planken über dem kühlen Bach machten; und ein
Stück weiter, etwa hundert Schritte entfernt, stand eine riesige,
lange, hohe und ganz rote Scheune. Sie schien abseits von allem zu
liegen und ragte in ihrer Einsamkeit empor wie eine Person. Durch
ihr großes offenes Tor sah man in einen weiten, dunklen Raum.

Dicht davor saß ein Soldat in zerrissener Uniform auf einem
Baumstumpf. Er war jung, mit dichtem braunen Haar, das ihm über
das vom Pulverstaub fleckige Gesicht fiel. Seine schwarzen Augen
lächelten.

»Was machst du denn hier, *Kid*?« fragte er.

»Ich reite mit Whitie spazieren, ich komme von Great Lawn.«

»Das ist aber ziemlich weit. Du wärst dort besser aufgehoben. Wie alt bist du?«

»Neun.«

Ned sprang vom Pony.

»Kann ich es hier einen Augenblick stehen lassen? Es läuft nicht weg, es ist mein Freund.«

Der Soldat lächelte wieder und zeigte seine schönen weißen Zähne.

Ned trat ans Tor, durch das die Nachmittagssonne fiel. Mit einem Blick erfaßte er alles. Hinten in der Scheune lagen zwei Soldaten in zerrissenen grauen Uniformen nebeneinander, die Arme dicht am Körper ausgestreckt. Etwas weiter vorn, dicht an der Schattengrenze lag im matten Nachmittagslicht ein anderer, die Hand schlaff auf dem Stroh am Fußboden, ein großes Stück roten Stoffs auf dem Gesicht.

Der Soldat, der mit ihm gesprochen hatte, faßte ihn bei der Hand und zog ihn vom Tor weg.

»Das habe ich nicht erlaubt. Du mußt jetzt gehen.«

»Was ist denn das Rote auf dem Gesicht des Soldaten?«

»Ein Tuch, wegen der Fliegen. Er schläft.«

»Die anderen auch?«

»Ja, die anderen auch. Aber du hast nichts gesehen. Verstanden?«

»Nichts gesehen«, wiederholte Ned.

Er zitterte ein bißchen.

»Du wirst niemandem von der Scheune erzählen. Versprochen?«

»Versprochen.«

»Ich habe also dein Wort.«

Das sagte er in einem so ernsthaften Ton, daß der Junge sich beruhigte.

»Wie heißt du?« fragte der Soldat.

»Ned Hargrove.«

»Du bist nicht von hier. Woher kommst du?«

»Aus Savannah.«

»Ach ja, das hört man.«

»Mein Vater ist Offizier.«

»Weißt du, in welchem Regiment?«

»Bei General Beauregard.«

»Beauregard. Einen besseren gibt es nicht. Und nun hör mir gut zu: Du steigst wieder auf deinen Freund und reitest nach Hause. Und du sagst niemandem etwas, vergiß das nicht.«

»Kein Wort«, sagte Ned.

Der Soldat drückte ihm die Hand.

»Wir haben gewonnen, Ned. Der Süden hat gewonnen.«

Neds Augen begannen zu glänzen, und jetzt lächelte auch er.

»Wir haben gewonnen!« schrie er.

Er sprang auf sein Pony und sagte lachend:

»Whitie, wir haben gewonnen.«

Er streichelte den Kopf des Ponys, und es schnaubte.

»Kehr schnell nach Haus zurück, *Kid*«, rief ihm der Soldat zu und winkte.

Ned stob im Galopp davon. Ganz in der Ferne hörte man noch Kanonendonner, dumpfe vereinzelte Schüsse.

»Wir haben gewonnen, Whitie«, sagte er wieder.

In Great Lawn angekommen, führte er das Pony in den Stall und ging durch die Küche ins Haus. Die Schwarzen lächelten ihm komplizenhaft zu.

151

In der Abenddämmerung stiegen Mrs. Harrison Edwards und Maisie de Witt mit Laternen in die Kutsche. Sie hatten soeben gehört, daß Züge mit Verwundeten den Bahnhof von Gainesville passieren sollten. Maisie Llewelyn nahm auf eigene Faust neben ihnen Platz, ohne auf Widerstand zu stoßen. Der Kutsche folgte ein Schwarzer mit einem Karren voller Obst und erfrischender Getränke, denen Miss Llewelyn Laken und Verbandzeug hinzugefügt hatte.

Elizabeth zog es vor, zu Hause zu bleiben, denn sie hoffte, daß Billy sie mit einem Besuch zu Pferde überraschen würde, und sie hatte sich ans Fenster ihres Zimmers gesetzt, von wo sie den Weg überblickte, der um die Wiese führte. Auf beiden Seiten der Eingangstür brannten Laternen, die sie vor Anbruch der Dunkelheit hatte anzünden lassen, was man nur tat, wenn man einen Besuch erwartete. Sie war nicht allzu beunruhigt und kämpfte gegen ihre Ungeduld an. »Vielleicht kommt er erst morgen früh«, sagte sie sich.

»Manassas ist nicht weit, und wie ich Billy kenne, wird er, selbst wenn er müde ist, nicht warten wollen.«

Der letzte Kanonendonner war lange vor Sonnenuntergang verklungen, und in der anbrechenden Nacht vertrieb eine kühle Brise die drückende Hitze. Die ersten Sterne erschienen nach und nach am tiefblauen Himmel. Alles lag im Frieden, aber kein Vogelgezwitscher hatte das Ende des Tages begrüßt.

Auch Miss Charlotte war in Great Lawn geblieben, um auf das Haus aufzupassen. Sie begegnete Ned in der Speisekammer. Er war sehr hungrig und wollte wissen, was es zum Abendessen gab. Als er das alte Fräulein erblickte, hätte er ihr brennend gern erzählt, daß die Schlacht gewonnen sei, aber bei dem Gedanken, daß sie ihn fragen könnte, von wem er das wisse, schwieg er lieber... Er mußte sein Geheimnis für sich behalten. Geschäftig trippelte sie auf ihn zu.

»Man hat Hunger«, sagte sie lachend, »aber heute abend werden wir mit dem Essen warten, bis die Damen wieder aus Gainesville zurück sind. Willst du mit mir zusammen warten und dir ein Stück vorlesen lassen?«

Da er nicht antwortete, fügte sie mit einer fast lüsternen Miene hinzu:

»Wir beide im Salon, ganz still in einer Ecke...«

Er schüttelte den Kopf.

»Ich muß mich ein bißchen waschen«, sagte er und lief davon, »ich rieche sicher nach Pferd.«

Sie richtete ihre Haube, die stets nach vorn zu rutschen drohte, und seufzte.

»Der Geruch eines Ponys, wen stört das schon? Aber ich werde es allein tun, wie gewöhnlich.«

In Gainesville drängte man sich im Wartesaal und auf dem Platz vor dem kleinen Bahnhof. Man war aus allen Richtungen gekommen, aus den umliegenden Dörfern, den Farmhäusern und Landsitzen, um den Verwundeten zu helfen, die zuerst in das Notlazarett auf den Hügeln und dann in das weiter südlich gelegene Krankenhaus von Culpeper gebracht werden sollten. Der Zug war gerade eingetroffen, als die Kutsche aus Great Lawn ankam, und Miss Llewelyn stürzte in die erste Reihe. Mrs. Harrison Edwards trug eine Laterne und Maisie de Witt einen Proviantkorb.

Die Verletzten, die sich noch auf den Beinen halten konnten, drängten sich an die Fenster und verlangten zu trinken. Im flackernden Licht des Bahnsteigs erschienen ganz junge, mit Verbandzeug verklebte Gesichter, die zu lächeln versuchten, aber aus dem Inneren der Wagen drang klagendes Stöhnen. Die Menge, die eine Feier des Heldentums erwartet hatte, sah sich mit dem Leiden konfrontiert und schwieg betreten. Jemand begann, den *Dixie* zu singen, verstummte jedoch sofort wieder. Sollten die Zivilisten ihre Siegeshymnen doch bei sich zu Hause singen! Der Krieg, das waren weder die Fanfaren noch die im Winde flatternden Fahnen, die großen Taten, das Heldentum, wie man es auf den Gemälden sieht, nein, das war diese verstümmelte, schmerzgeschundene, auf den harten Bänken eines Eisenbahnabteils durchgeschüttelte Jugend.

Die Waliserin verstand das besser als ihre bestürzten Gefährtinnen. Sie war auf das Trittbrett eines Wagens geklettert und beschränkte ihre Reden auf das Notwendigste, fragte, was sie jetzt gleich tun könnte – einen Verband wechseln, eine Stirn mit einem feuchten Tuch kühlen. Sie verteilte das Obst, das im Nu verschlungen war, denn alle Münder brannten vor Fieber. Die Soldaten verstanden sie, weil sie mit ihnen auf gleichem Fuß verkehrte. Mrs. Harrison Edwards ahmte sie mit Eifer nach, war überall und reichte Becher mit Fruchtsaft herum, die ihr fast aus der Hand gerissen wurden. Die Leute vom Lande brachten alles, was sie hatten, sogar Schinken. Es war dunkel in den Wagen, man sah nur noch die blutbefleckten Verbände und die in der Nacht glänzenden Augen. Man ging so rasch wie möglich von einem Abteil zum anderen, um den verlängerten Aufenthalt zu nutzen, und überall saßen die gleichen Jungen, auf deren Gesichtern man das Staunen und Entsetzen las, daß sie verwundet waren. Ein Kadett mit verbundenen Augen klagte leise wie ein Kind: »Ich sehe gar nichts mehr, überhaupt nichts…« Maisie Llewelyn beugte sich über ihn und küßte ihn.

Nach einer langen halben Stunde schwenkte der Zugführer seine Fahne zur Abfahrt. Die Menge schrie:

»Ein Hurra für die Soldaten! Es lebe der Süden!«

Als der Zug verschwunden war, trat eine schreckliche Stille ein. Man verstand nicht, man glaubte nicht, was man gesehen hatte; der Zug trug einen Alptraum davon; man blickte einander an, als sei die Nacht ringsum von Klagen bewohnt. Jemand, wahrscheinlich ein Offizier, hatte ein Papier an die Wand neben der Tür genagelt: die erste Liste der Vermißten und der Gefallenen, die man hatte identifizieren können. Man drängte sich, um die Namen zu entziffern.

Mrs. Harrison Edwards wagte nicht hinzugehen, aber der Waliserin gelang es wie immer, sich direkt vor das lange Brett zu stellen, neben das man eine Laterne gehängt hatte. Maisie de Witt war viel zu aufgewühlt und saß abseits auf einer Bank. Die Waliserin las die ganze Liste durch, machte keine Bewegung und rührte sich nicht vom Fleck. Sie las den Namen Steers, zögerte, setzte ihre Lektüre fort, um endlich zu dem Namen zu gelangen, den zu finden sie am meisten fürchtete: Hauptmann Hargrove. Jetzt verließ sie die Gruppe der Männer und Frauen, aus der hie und da Schreie und Ausrufe ertönten, trat auf Mrs. Harrison Edwards zu und sagte flüsternd zu ihr:

»Madame, ich weiß, Sie haben ihn sehr geliebt.«

Sie entfernten sich von der Menge, fanden Maisie de Witt, stiegen wieder in die Kutsche und fuhren zurück nach Great Lawn.

Mrs. Harrison Edwards ließ den Kopf hängen und sprach kein Wort. Einige Minuten vergingen unter dem Geräusch der Räder und der stampfenden Hufe, und dann hörten sie die Stimme der Waliserin, die auf einmal sagte:

»Auch Billy ist gefallen. Er ist tot...«

»Billy!« stöhnte Mrs. Harrison Edwards. »Die arme Elizabeth!«

»Wir werden es ihr nicht gleich sagen«, fuhr Maisie Llewelyn fort. »Später. Wenn sich eine Gelegenheit bietet.«

In dem Zimmer, das zehn Jahre früher Elizabeths Zimmer in Great Lawn gewesen war, hatte Ned alle Mühe, einzuschlafen. Ziemlich spät am Abend, als er ganz allein bei Tisch saß, hatte Miss Charlotte ihm Maiskrapfen zu essen gegeben, weil er sonst kein Auge zugetan hätte, aber nachdem sein Hunger gestillt war und sein Kopf auf dem weichen Kissen lag, dachte er an seinen Besuch in der Scheune, wo die drei Soldaten zu schlafen schienen. Der Gedanke an das rote Halstuch auf dem Gesicht des einen verfolgte ihn. »Wegen der Fliegen«, hatte der junge Soldat gesagt, der an der Straße saß und ihn nicht hatte eintreten lassen. Das Stroh schimmerte, und er hatte die Fliegen in der warmen Luft summen gehört, aber warum lagen die anderen Soldaten hinten in der Scheune ohne dieses rote Tuch auf dem Gesicht? Auf diese Frage fand er keine Antwort, und dieses rote Tuch machte ihm Angst.

Zuerst und vor allem die Farbe: warum rot? Ein großes weißes Taschentuch wäre ihm auch schrecklich erschienen, aber weniger, ein bißchen weniger schrecklich. Vor diesem roten Stoff zog er sich die Bettdecke über den Kopf, wie um sich vor Gespenstern zu schützen. Wen könnte er um eine Erklärung bitten? Er hatte sein Wort gegeben, nichts von der Scheune zu erzählen, und seiner Meinung nach bezog sich das Geheimnis auch darauf, daß ihm der Soldat gesagt hatte: »Wir haben gewonnen.« Das bildete ein Ganzes. Es gelang ihm nicht, die Bilder zu verscheuchen: die Äste und das Laub überall auf dem Wege, der Hufschlag des Ponys auf der kühlen Brücke, die halbdunkle Scheune, die Schlafenden, die Stimme des jungen Soldaten ... Endlich schlief Ned ein und nahm das rote Halstuch mit in seine Träume.

152

Elizabeth hatte ihr Zimmer nicht verlassen und ging immer noch von Zeit zu Zeit ans Fenster, um sich in ihren Sessel zu setzen. Ohne sich dessen bewußt zu sein, horchte sie noch immer, ob sich von der Straße her der Galopp des einzigen Reiters vernehmen ließ, den sie erwartete. Die Luft wurde frisch, und die Nacht war klar. Elizabeth wurde nicht müde, in den wunderbar gestirnten Himmel zu schauen, und das half ihr, die Geduld zu bewahren. Das unerschöpfliche Mysterium des leuchtenden Sternengewölbes tröstete sie, weil sie darin ein Versprechen auf Glück und Frieden zu lesen glaubte. In Wahrheit ließ sich die erhabene Sprache all dieser Sternbilder nicht in menschliche Worte übersetzen, und darin lag die geheimnisvolle Faszination, die sie ausübte, denn sie besänftigte die von Unruhe ergriffene Seele.

Die Stunden verstrichen. Gegen Mitternacht hörte sie einen Wagen die Allee hinauffahren und vor dem Hause halten. Sie lehnte sich hinaus und sah Mrs. Harrison Edwards und Maisie de Witt, die mit der Waliserin vom Bahnhof in Gainesville zurückkehrten. Alle drei traten ein, und sie vernahm das Klicken des Eisenriegels, der die Eingangstür von innen verschloß. Wenn Billy heute nacht käme, müßte er an die Tür klopfen, und das würde sie hören. Sie konnte also ruhig zu Bett gehen und bis zum Morgen schlafen. Sie schlüpfte unter die Decke, schlief aber nicht.

Der Tag brach an, und die Sonne strahlte an einem wolkenlosen Himmel. Elizabeth stieg aus dem Bett und lief zum Fenster. Es war noch nicht acht Uhr, aber Billy könnte jeden Augenblick kommen, und sie wollte ihn durch die Allee galoppieren sehen. Dann würde sie rasch hinuntereilen und sich in seine Arme werfen, aber wie lange mußte sie noch warten? Und wenn schon. Die Erwartung des Glücks war ja bereits ein Glück, ein der Zukunft geraubtes Glück. Sie lachte ganz für sich allein, ohne Grund.

Plötzlich horchte sie auf. Ja, ganz ohne Zweifel kam da jemand, sie hörte Pferdegetrappel auf der Straße, dann unter den Bäumen der Allee. Pochenden Herzens und ohne zu zögern, stürzte sie in ihrem weißen Morgenrock zur Tür. Zwei Sekunden später eilte sie die Treppe hinunter, die Stufen kaum mit ihren Füßen berührend, lächelte immer noch und öffnete die Eingangstür. Vor ihr sprang ein Reiter vom Pferd. Es war Mike.

Er riß sich seinen Tschako vom Kopf und ließ ihn zu Boden fallen. Sein gewöhnlich so rosiges Gesicht war kreidebleich.

»Elizabeth«, stammelte er.

»Ja, Mike. Was ist denn los, Mike?«

Sie stieg zwei Stufen hinab und trat auf ihn zu. Plötzlich ließ er seinen Kopf auf ihre Schulter sinken. Sie hatte den Eindruck, daß er keine Luft mehr bekam.

»Billy...« sagte er leise. »Billy.«

»Nein«, sagte Elizabeth. »Das ist nicht wahr.«

Sie hielt ihn in ihren Armen, blieb seltsam ruhig und beherrscht, aber ihre Beine gaben nach.

»Hilf mir hinauf«, bat sie ihn. »Er hat mir doch versprochen, daß er zurückkehren würde.«

Als sie ins Haus traten, sahen sie Miss Llewelyn, die sie erwartete.

»Lassen Sie mich das machen«, flüsterte sie Mike zu.

Mit einer schmerzlichen Bestürzung sah er, wie diese Frau Elizabeth ergriff, sie wie ein Kind aufhob und zur Treppe trug, deren Stufen sie langsam emporstieg. Als sie in Elizabeths Zimmer angekommen war, legte sie sie auf das Bett und ohrfeigte sie, damit sie wieder zu sich kam. Endlich schlug Elizabeth die Augen auf und blickte die Waliserin an.

»Sie sind hier?« fragte sie. »Ich stand am Fenster...«

»Ich werde Ihnen in Ihren Sessel helfen. Können Sie aufstehen?«

»Ja.«

Sie versuchte es und fiel auf das Bett zurück.

»Das ist die Hitze«, sagte die Waliserin. »Ich werde Sie tragen.«

Wieder nahm sie sie in ihre Arme, durchschritt mit ihr das Zimmer und setzte sie in den Sessel.

»Ist Mike nicht eben gekommen? Es schien mir so.«

»Möglich. Schauen Sie, wie die Kinder auf der Wiese spielen. Ist das nicht hübsch?«

Ned tat so, als lasse er sich von dem kleinen Johnny haschen, und rannte um die Zeder. Dann drehte er sich plötzlich um, packte ihn und rollte sich mit ihm lachend im Gras. Plötzlich sprangen beide auf und blickten zum Himmel empor. Sehr hoch oben, so hoch, daß man sie fast nicht sehen konnte, trällerte eine Lerche. Ihre Stimme erfüllte die Luft.

»Elizabeth«, sagte Miss Llewelyn leise, »da sehen Sie, wie schön das Leben ist. Die Kinder sind glücklich, weil der Süden gesiegt hat.«

Elizabeth blickte sie lange an.

»Und vergessen Sie nicht, was ich Ihnen in Savannah gesagt habe«, fuhr die Waliserin fort. »In schwierigen Augenblicken werde ich immer bei Ihnen sein... Und das ist der schwierigste.«

»Warum sprechen Sie nicht offen mit mir? Ich habe keine Angst.«

Sie stand auf, hielt sich gerade, eine Hand auf den Sessel gestützt.

»Ich wußte es seit langem... selbst als ich es nicht wissen wollte.«

Draußen, auf der anderen Seite der Wiese, schrie Ned etwas mit freudiger Stimme. Die Waliserin und Elizabeth blickten hinaus: die Sonne schien auf den Rasen, und das Lied der Lerche erklang unaufhörlich, immer ferner am heiteren Himmel.

Mike stand auf der Freitreppe. Ein Teil seiner selbst war in Manassas inmitten seiner toten Kameraden geblieben. Er hatte Angst gehabt um Elizabeth; vor seinen Augen verschwammen die Bäume und Felder... Plötzlich hörte er eine klare Stimme, die seinen Namen rief.

»Mike!«

Ned hatte ihn von weitem erblickt und stürmte über die Wiese. Endlich konnte er sein Geheimnis erzählen.

»Mike«, schrie Ned, »Mike, wir haben gewonnen, wir haben *gewon-nen*!«

Eine kleine, noch hellere Stimme wiederholte wie ein Echo:

»Wir haben gewonnen.«

Und Mike sah die Kinder in der Sonne auf sich zulaufen.

DIE WICHTIGSTEN EREIGNISSE
IN DEN VEREINIGTEN STAATEN ZUR ZEIT DER
STERNE DES SÜDENS

1856:	Explosive Lage in Texas.
25. Mai:	In Pottawatomie, Texas, tötet der Mörder John Brown kaltblütig 5 Kolonisten und 4 Indianer.
November:	Der Demokrat Buchanan wird zum Präsidenten, John Breckinridge zum Vizepräsidenten gewählt. Die Demokraten erhalten 1 840 000 Stimmen gegen 1 340 000 für die Republikaner.

1857:	
März:	Amtsantritt Buchanans im noch nicht fertiggebauten Kapitol.
März:	Verurteilung Dred Scotts nach einem Prozeß, der mehrere Jahre gedauert hat.
Mai:	*The Impending Crisis* von Hinton Rowan Helper.

1858:	
Juni:	Auseinandersetzungen zwischen dem Demokraten Douglas und dem Republikaner Lincoln um den Posten des Senators von Illinois.
September:	Unruhen in Texas nach der Lecompton-Konvention.
November:	Douglas wird zum Senator von Illinois gewählt.

1859:	
17. Oktober:	John Brown überfällt mit Unterstützung der Agitatoren des Nordens – Gerrit Smith, Wendell Phillips u. a. – in einem Handstreich das Bundesarsenal von Harper's Ferry. Oberst Lee befreit die Geiseln.
2. Dezember:	John Brown wird verurteilt und gehenkt.

1860:	Jahr der Präsidentschaftswahl.
Februar:	Jefferson Davis läßt im Senat Bestimmungen über die Rechte der einzelnen Staaten verabschieden.
23. April:	Bruch der demokratischen Konvention in Charleston, Südkarolina, für die Wahl des Präsidentschaftskandidaten.
16. Mai:	Republikanische Konvention in Chicago. Lincoln Kandidat.
19. Mai:	Baltimore. Konstitutionelle Whig Partei. John Bell Kandidat.

18. Juni:	Demokratische Konvention in Baltimore. Douglas Kandidat der Demokraten des Nordens.
28. Juni:	Richmond. Breckinridge Kandidat der Demokraten des Südens.
November:	Lincoln wird zum Präsidenten gewählt. Er erhält 1 850 000 Stimmen gegen 2 820 000 Stimmen für seine drei Konkurrenten (Douglas: 1 380 000, Bell: 590 000, Breckinridge: 850 000).
20. Dezember:	Sezession Südkarolinas.

1861:

9. Januar:	Der *Star of the West* versucht, Truppen nach Fort Sumter zu bringen und wird bei Charleston von der Artillerie Südkarolinas zurückgeschlagen.
9. Januar:	Sezession Mississippis.
10. Januar:	Sezession Floridas.
11. Januar:	Sezession Alabamas.
19. Januar:	Sezession Georgias.
26. Januar:	Sezession Louisianas.
1. Februar:	Sezession des Staates Texas.
4. Februar:	Regierung der Sezessionsstaaten in Montgomery, Alabama.
4. Februar:	Virginia beruft eine Friedenskonferenz ein.
9. Februar:	Jefferson Davis Präsident der Südstaaten, Alexander Stephens Vizepräsident.
4. März:	Lincoln zieht ins Weiße Haus ein.
14. April:	Fort Sumter ergibt sich General Beauregard.
15. April:	Lincoln fordert in einem Appell 75 000 Mann von den Staaten der Union.
17. April:	Sezession Virginias.
18. April:	Lee verweigert den Oberbefehl über die Armeen der Union.
19. April:	Lincoln erklärt die Küstenblockade des Südens.
24. April:	Virginia stellt eine Armee auf. Lee wird zum Oberbefehlshaber der staatlichen Truppen ernannt.
6. Mai:	Sezession des Staates Arkansas.
7. Mai:	Sezession Tennessees.
10. Mai:	Eröffnung der Feindseligkeiten in Missouri. Die Union versucht, das Land zu erobern.
13. Mai:	Aufstände in Baltimore. Maryland von den Truppen der Union besetzt. Ausrufung des Kriegszustandes. Lincoln befiehlt die Verhaftung der Oppositionsführer.
20. Mai:	Sezession Nordkarolinas. (Sie war *de facto* schon seit Januar vollzogen.)
24. Mai:	Die Bundestruppen fallen in Virginia ein und besetzen Alexandria. Kentucky beschließt, neutral zu bleiben.

29. Mai:	Richmond, Virginia, Hauptstadt der Südstaaten.
Juni:	Vorposten der Konföderierten werden bei Philippi im Westen Virginias von den Truppen der Union gefangengenommen.
10. Juni:	Truppen der Union werden bei Big Bethel auf der Halbinsel von Virginia geschlagen. Sie standen unter dem Befehl General Butlers, der vor einem Monat in Baltimore für »Ordnung« gesorgt hatte.
17. Juni:	Niederlage der Union bei Vienna, Virginia.
15. Juli:	Die Truppen des Nordens besetzen Fairfax und Centerville.
18. Juli:	Niederlage der nördlichen Vorhut bei Blackburn's Ford am Bull Run.
21. Juli:	Die Armee der Union wird bei Manassas geschlagen.
29. Juli:	McDowell überquert den Potomac, Beauregard bemächtigt sich wieder des ganzen Gebietes von Virginia.

Kampf um Fort Sumter (12.–14. April 1861)
(nach einer zeitgenössischen Zeichnung)

Fluchtartiger Aufbruch der Leute des Nordens von einem Picknick vor den Toren
Washingtons anläßlich der Schlacht von Manassas
(nach einer zeitgenössischen Zeichnung)

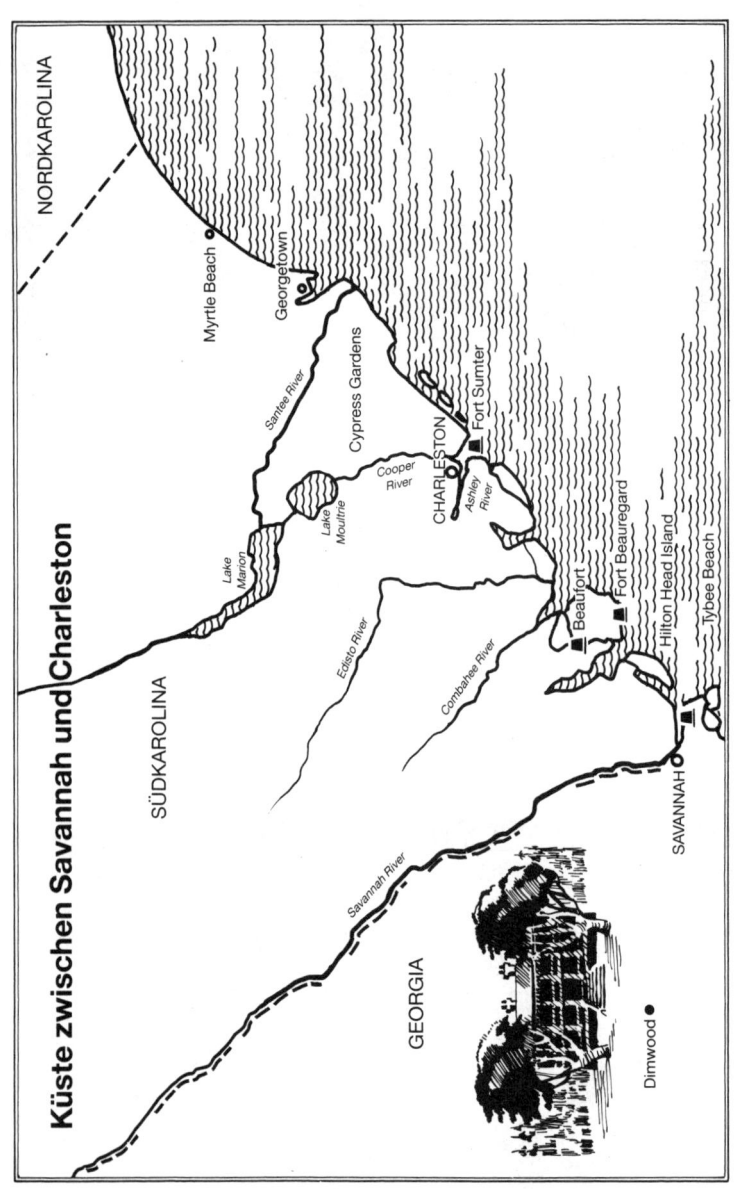

Küste zwischen Savannah und Charleston

NORDKAROLINA

Myrtle Beach

Georgetown

Santee River

Cypress Gardens

Fort Sumter

Cooper River

CHARLESTON

Ashley River

Lake Marion

Lake Moultrie

SÜDKAROLINA

Edisto River

Combahee River

Beaufort

Fort Beauregard

Hilton Head Island

Tybee Beach

Savannah River

SAVANNAH

GEORGIA

Dimwood

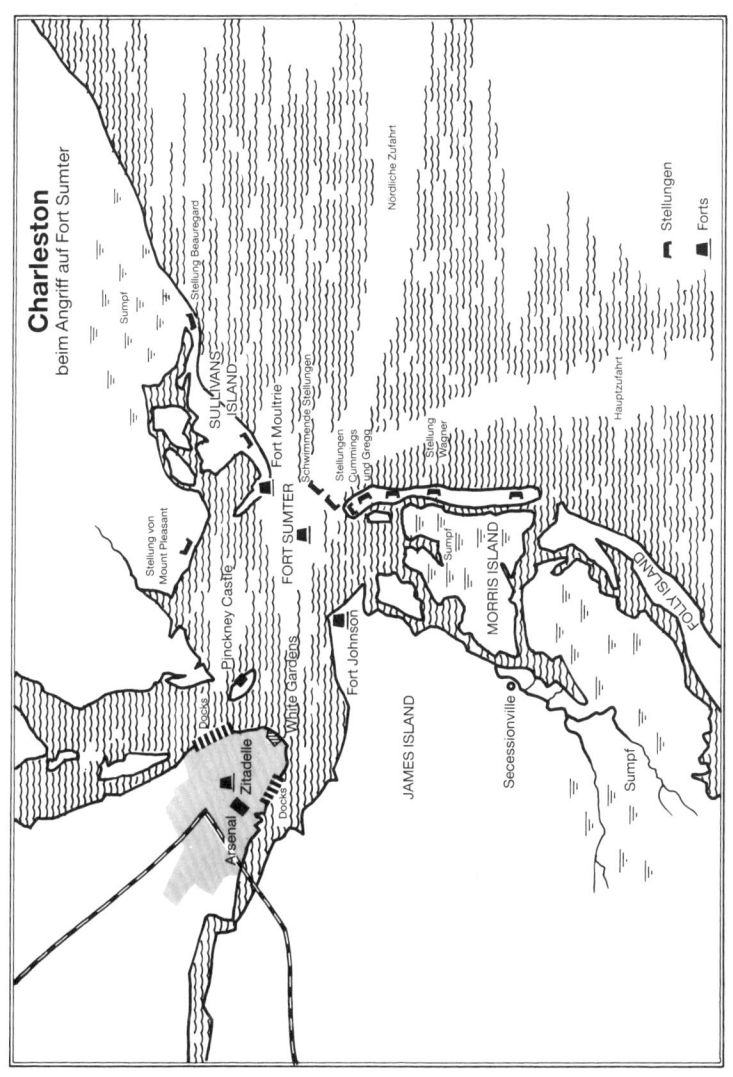

Charleston

beim Angriff auf Fort Sumter

Stellung Beauregard

Sumpf

SULLIVANS
ISLAND

Fort Moultrie

Schwimmende Stellungen

Stellung von
Mount Pleasant

FORT SUMTER

Pinckney Castle

Docks

White Gardens

Fort Johnson

Arsenal Zitadelle

Docks

JAMES ISLAND

Stellungen
Cummings
und Gregg

Stellung
Wagner

Nordliche Zufahrt

MORRIS ISLAND

Sumpf

Secessionville

Sumpf

Hauptzufahrt

FOLLY ISLAND

Stellungen

Forts

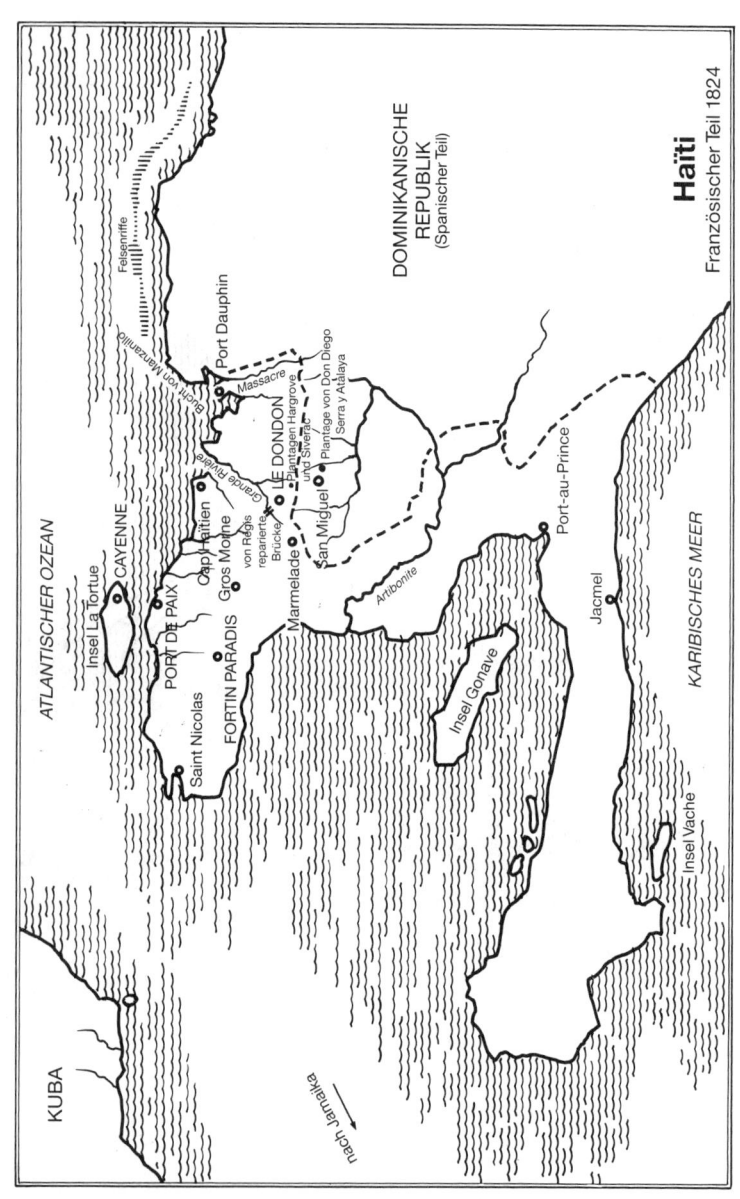

Haïti

Französischer Teil 1824

DOMINIKANISCHE
REPUBLIK
(Spanischer Teil)

ATLANTISCHER OZEAN

KARIBISCHES MEER

KUBA

Insel La Tortue

CAYENNE

PORT DE PAIX

FORTIN PARADIS

Saint Nicolas

Gros Morne

Cap Haïtien

von Régis
reparierte,
reparierte Brücke
Grande Rivière

LE DONDON

Massacre

Port Dauphin

Fluss von Manzanillo

Felsenriffe

Marmelade

Artibonite

San Miguel

Plantage von Don Diego
Serra y Atalaya

Plantagen Hargrove
und Silvera

Port-au-Prince

Insel Gonave

Jacmel

Insel Vache

nach Jamaika

840

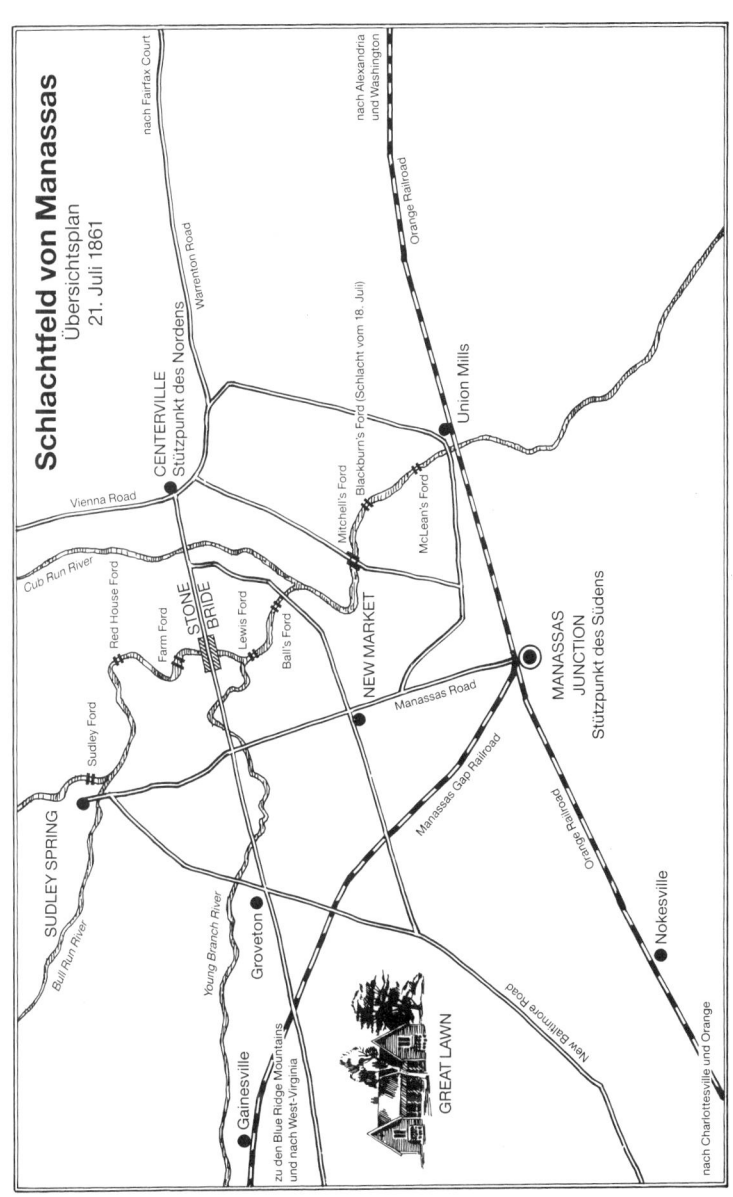

Schlachtfeld von Manassas
Übersichtsplan
21. Juli 1861

nach Fairfax Court

nach Alexandria
und Washington

Orange Railroad

Warrenton Road

CENTERVILLE
Stützpunkt des Nordens

Union Mills

Vienna Road

Mitchell's Ford

Blackburn's Ford (Schlacht vom 18. Juli)

McLean's Ford

Cub Run River

Red House Ford

Farm Ford

STONE BRIDE

Lewis Ford

Ball's Ford

NEW MARKET

Sudley Ford

MANASSAS
JUNCTION
Stützpunkt des Südens

Manassas Road

SUDLEY SPRING

Manassas Gap Railroad

Orange Railroad

Bull Run River

Young Branch River

Groveton

Nokesville

Gainesville

zu den Blue Ridge Mountains
und nach West-Virginia

New Baltimore Road

GREAT LAWN

nach Charlottesville und Orange

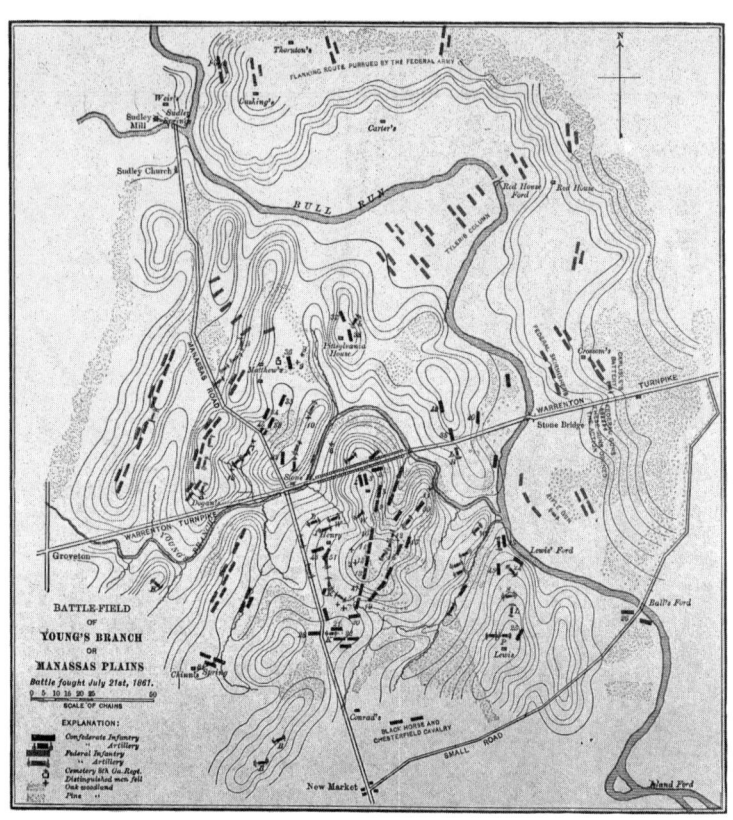

Die Schlacht von Manassas

Plan der Schlacht am 21. Juli 1861 um 14.30 Uhr. Erste Schlacht des Sezessionskriegs
und erster Sieg des Südens gegen eine anderthalbfache Überlegenheit des Nordens.

Inhalt

Julien Green
im Carl Hanser Verlag

Von fernen Ländern
Roman
Aus dem Französischen von
Helmut Kossodo
1988. 1008 Seiten

Moira
Roman
Aus dem Französischen von
Georg Goyert
1989. 232 Seiten

Die Gespensternacht
Aus dem Französischen von
Helmut Kossodo
Mit Bildern von Rotraud Susanne Berner
1989. 48 Seiten

Julien Green
im Carl Hanser Verlag

Leviathan
Roman
Aus dem Französischen von
Eva Rechel-Mertens
1986. 312 Seiten

Mont-Cinère
Roman
Aus dem Französischen von
Rosa Breuer-Lucka und
Brigitte Weidmann
1987. 256 Seiten

Der andere Schlaf
Roman
Aus dem Französischen von
Peter Handke
1988. 120 Seiten